D1696500

Wüstenkönig

WILBUR SMITH
Wüstenkönig

Aus dem Englischen
von Bernd Seligmann

Weltbild

Die englische Originalausgabe erschien 2003 unter dem Titel
Blue Horizon
bei Macmillan, London.

Besuchen Sie uns im Internet:
www.weltbild.de

Genehmigte Lizenzausgabe für Verlagsgruppe Weltbild GmbH,
Steinerne Furt, 86167 Augsburg
Copyright der Originalausgabe © 2003 by Wilbur Smith
Copyright der deutschsprachigen Ausgabe © 2004 by
S. Fischer Verlag GmbH, Frankfurt am Main
Übersetzung: Bernd Seligmann
Umschlaggestaltung: Studio Höpfner-Thoma, München
Umschlagmotiv: Bildarchiv Preußischer Kulturbesitz, Berlin
Gesamtherstellung: GGP Media GmbH,
Karl-Marx-Straße 24, 07381 Pößneck
Printed in Germany
ISBN 3-8289-7489-9

2007   2006   2005   2004
Die letzte Jahreszahl gibt die aktuelle Lizenzausgabe an.

DIE DREI STANDEN AM STRAND und schauten auf das schimmernde Band hinaus, das der Mond auf die dunklen Wellen legte.

«In zwei Tagen ist Vollmond», sagte Jim Courtney träumerisch. «Die großen Rotbarsche werden hungrig sein wie die Löwen.» Eine Welle glitt über den Sand und schäumte um ihre Knöchel.

«Was stehen wir hier herum. Bringen wir endlich das Boot zu Wasser», drängte sein Vetter, Mansur Courtney. Mansurs Haar schimmerte im Mondschein wie frisch geprägte Kupfermünzen, strahlend wie sein Lächeln. Er versetzte dem schwarzen Jüngling, der neben ihm stand, einen sanften Rippenstoß. «Komm, pack an, Zama.» Die drei beugten sich zu dem kleinen Boot hinunter und begannen zu schieben und zu zerren, doch es bewegte sich nur widerwillig und blieb bald im nassen Sand stecken.

«Warten wir auf die nächste große Welle», schlug Jim vor. Sie richteten sich auf und schauten hinaus. «Da kommt sie!» Weit draußen buckelte sich die Dünung und rollte auf sie zu, immer höher, bis die Welle die Brandungslinie erreichte und sich überschlug. Die weiße Gischt hob den Bug des Skiffs vom Sand und brachte die drei jungen Burschen so ins Taumeln, dass sie sich ans Schandeck klammern mussten, bis zu den Hüften im brodelnden Wasser.

«Alle zusammen!», rief Jim, worauf sie sich mit ihrem ganzen Gewicht auf das Boot stemmten. «Zu Wasser!» Sie ließen das Skiff von der Welle hinaustragen, bis sie bis zu den Schultern im Wasser standen. «An die Ruder!», krächzte Jim, während die nächste Welle über sie hereinbrach. Sie langten an den Bootswänden hoch und schwangen sich an Bord. Triefend nass und lachend vor Aufregung ergriffen sie die langen Ruder, die auf dem Boden bereitlagen.

«Legt euch in die Riemen!» Die Ruder fassten, zogen durch und tauchten wieder auf. Silbernes Mondlicht tropfte an ihnen herab und hinterließ winzige, schimmernde Wirbel auf dem Wasser. Schließlich schaukelte das Skiff aus der turbulenten Brandungszone und sie fielen in ihren oft geübten, ruhigen Schlagrhythmus.

«Wohin geht es?», fragte Mansur. Ganz selbstverständlich überließen er und Zama Jim die Entscheidung.

«Zum Hexenkessel», antwortete Jim, ohne zu zögern.

«Das habe ich mir gedacht», lachte Mansur. «Du hast es immer noch auf Big Julie abgesehen.»

Zama spuckte ins Wasser: «Pass lieber auf, Somoya. Vielleicht hat es Big Julie auf dich abgesehen.» Er sprach Lozi, die Sprache seines Volkes. ‹Somoya› bedeutete ‹Wirbelwind›. So hatten sie Jim seit seiner Kindheit gerufen, wegen seines stürmischen Temperaments.

Jim dachte finster daran zurück, was sie mit dem Fisch, den sie ‹Big Julie› getauft hatten, schon erlebt hatten. Keiner von ihnen hatte ihn je zu Gesicht bekommen, doch sie wussten, es musste ein Weibchen sein, denn nur die Weibchen wuchsen zu solcher Größe und Kraft. Diese Kraft hatten sie an der straff gespannten Angelleine gespürt. Das Meerwasser war aus den Fasern gepresst worden, die Leine hatte sich rauchend in das Hartholz des Schandecks gekerbt und blutige Striemen in ihre Hände geschnitten.

«Mein Vater war auf der alten *Maid of Oman*, als sie vor Danger Point auf Grund lief, damals im Jahr 1715», sagte Mansur auf Arabisch, der Sprache seiner Mutter. «Der Maat versuchte, mit einem Seil an Land zu schwimmen, doch auf halbem Weg kam ein großer Rotbarsch unter ihm herauf. Das Wasser war so klar, dass man ihn schon in drei Faden Tiefe sehen konnte. Er biss dem Mann das linke Bein ab, direkt über dem Knie, und verschlang es in einem Stück, wie ein Hund einen Hühnerknochen verschlingt. Der Maat schrie und zappelte. Das Wasser schäumte rot von seinem eigenen Blut. Er versuchte, den Fisch zu vertreiben, doch der kreiste unter ihm und biss ihm das andere Bein ab, bevor er den Rest von ihm in die Tiefe riss. Man hat nichts von ihm wiedergefunden.»

6

«Die Geschichte erzählst du jedes Mal, wenn wir zum Hexenkessel unterwegs sind», brummte Jim.

«Und jedes Mal scheißt du dir vor Angst sieben Farben Durchfall in die Hose», sagte Zama auf Englisch. Die drei hatten so viel Zeit miteinander verbracht, dass jeder fließend die Sprache des anderen sprach, sei es Englisch, Arabisch oder Lozi, und sie mühelos von einer Sprache zur anderen wechseln konnten.

«Wo zum Teufel hast du denn diesen ekelhaften Ausdruck her, du alter Heide?», lachte Jim nervös.

«Von deinem ehrwürdigen Vater», grinste Zama. Darauf wusste Jim nichts zu erwidern, was äußerst selten vorkam.

Jim schaute zum Horizont, über dem es immer heller wurde. «In zwei Stunden wird die Sonne aufgehen. Die beste Zeit, um Julie noch mal auf den Pelz zu rücken.»

Sie ruderten mitten auf die Bucht, ritten die langen Kapwogen, die Welle um Welle vom Südatlantik hereinkamen. Bei vollem Gegenwind konnten sie das Segel nicht setzen, mit dem das Boot ausgerüstet war. Hinter ihnen erhob sich das mondbeschienene, majestätische Massiv des Tafelbergs mit seinem flachen Hochplateau, in dessen Schatten, dicht vor der Küste, zahlreiche Schiffe ankerten, meist Großsegler mit abgelassenen Rahen. Dieser Ankerplatz war das Karawanenlager der südlichen Ozeane. Die Handels- und Kriegsschiffe der holländischen *Vereenigde Oost-Indische Compagnie*, der VOC, und Schiffe unter einem halben Dutzend anderer Flaggen nutzten das Kap als Versorgungs- und Ausrüstungsstützpunkt für ihren langen Ozeanreisen.

Zu dieser frühen Stunde waren an Land nur wenige Lichter zu sehen, die Funzellaternen an den Mauern der Festung und in den Fenstern der Hafentavernen, in denen die Mannschaften der Schiffe noch beim Feiern waren. Jims Blick schweifte unwillkürlich zu einem einsamen Lichtpunkt in der Finsternis, mehr als eine Seemeile abseits von den anderen. Das war das Lagerhaus der Gebrüder Courtney und er wusste, das Licht kam vom Bürofenster seines Vaters im zweiten Stockwerk des großen Gebäudes.

«Papa zählt wieder einmal seine Schekel.» Er lachte in sich

hinein. Jims Vater, Tom Courtney, war einer der erfolgreichsten Kaufleute am Kap der Guten Hoffnung.

«Da ist die Insel», sagte Mansur und Jims Gedanken wandten sich wieder dem Abenteuer zu, das vor ihnen lag. Er stellte die Pinnenschnur ein, die er sich um die große Zehe seines nackten rechten Fußes gewickelt hatte. Sie änderten den Kurs etwas nach backbord auf die Nordspitze der Robbeninsel zu. In der Nachtluft konnten sie die Schwimmkünstler schon riechen. Der Gestank ihres fischreichen Dungs war erstickend. Als sie näher herankamen, stellte sich Jim auf die Ducht, um sich an der Küstenlinie zu orientieren. Er suchte nach den Landmarken, mit deren Hilfe er das Skiff genau über den tiefen Graben manövrieren konnte, den sie den Hexenkessel nannten.

Plötzlich schrie er erschrocken auf und sprang von der Ducht. «Schaut euch diese Lümmel an! Die werden uns überfahren, wenn wir nicht hier wegkommen. Rudert, rudert, verdammt noch mal!» Ein holländischer Dreimaster unter vollen Segeln kam lautlos um die Nordspitze der Insel gesegelt. Der Nordwestwind trieb ihn mit erschreckender Geschwindigkeit direkt auf sie zu.

«Diese verdammten Käsköpfe!», fluchte Jim, während er sich in den langen Riemen legte. «Dieser Landrattensohn einer alten Kneipenhure! Er hat nicht einmal eine Laterne brennen!»

«Und wer zum Teufel hat *dir* beigebracht, so zu fluchen?», keuchte Mansur zwischen verzweifelten Ruderzügen.

«Du bist genauso ein Clown wie dieser blöde Holländer», erwiderte Jim grimmig.

«Wir müssen ihm zurufen!» Mansur klang plötzlich besorgt, da die Gefahr immer deutlicher wurde.

«Spare dir deinen Atem», entgegnete Zama. «Die schlafen fest. Sie werden dich nicht hören. Rudert!» Die drei mühten sich an den Rudern ab, das kleine Boot schien über das Wasser zu fliegen, doch das große Schiff kam noch schneller näher.

«Zeit zum Abspringen», schlug Mansur vor.

«Fantastisch», grunzte Jim, «direkt über dem Hexenkessel. Jetzt werden wir sehen, ob die Geschichte wahr ist, die dein

Vater erzählt hat. Welches Bein wird Big Julie dir wohl zuerst abbeißen?»

Sie ruderten in stummer Angst, schweißglänzend in der kühlen Nacht. Sie hielten auf die Felsen zu, wo sie sicher sein würden vor dem großen Schiff, doch die waren immer noch eine ganze Kabellänge entfernt, und die hohen Segel des Holländers verdunkelten schon die Sterne über ihnen. Sie hörten den Wind auf dem Segeltuch trommeln, das Ächzen der Balken, das melodische Gurgeln der Bugwelle. Die Jungen sagten keinen Ton. Sie ruderten verzweifelt weiter und blickten mit Grauen an den Masten hoch.

«Lieber Jesus, beschütze uns!», flüsterte Jim.

«Im Namen Allahs», sagte Mansur leise.

«Bei meinen Stammesvätern!»

Jeder beschwor seinen Gott oder seine Götter. Zamas Augen waren weit aufgerissen, doch er verpasste keinen Ruderschlag, obwohl er dem Tod ins Auge schaute. Plötzlich riss die Bugwelle des Schiffes sie hoch und drückte sie nach hinten, mit dem Heck zuerst auf das Wellental zu. Der Heckbalken wurde unter Wasser gedrückt, das nun eisig ins Boot strömte. Unmittelbar bevor der riesige Schiffsrumpf das Boot rammte, wurden die drei Knaben über Bord geschleudert. Doch sie waren nur gestreift worden, das erkannte Jim noch, während er unter Wasser versank. Das Skiff wurde zur Seite geworfen, doch er hörte keine Planken bersten.

Jim wurde weit in die Tiefe gezogen, versuchte aber, noch tiefer zu tauchen, denn er wusste, jeder Kontakt mit dem Schiffskiel wäre tödlich. Nach der Ozeanreise würde der Rumpf dick mit Entenmuscheln verkrustet sein, deren rasiermesserscharfe Schalen ihm das Fleisch von den Knochen reißen würden. Er spannte jeden Muskel in seinem Körper an und bereitete sich auf den Schmerz vor, doch es passierte nichts. Seine Lungen brannten und würgten im unwiderstehlichen Drang zu atmen. Er kämpfte dagegen an, bis er sicher war, dass das Schiff vorübergezogen war. Erst dann trieb er sich mit Armen und Beinen auf die Oberfläche zu. Durch das klare Wasser hindurch sah er den goldenen Mondkreis und schwamm mit aller Kraft seines Willens darauf zu. Dann war sein Kopf plötzlich an der Luft und Jim füllte seine Lungen. Er rollte sich auf den Rücken, keuchend und hustend, und sog die Leben spendende, süße Luft ein. «Mansur! Zama!», krächzte er unter Schmerzen. «Wo seid ihr? Meldet euch, verdammt noch mal! Wo seid ihr?»

«Hier!» Es war Mansurs Stimme und Jim schaute sich nach ihm um. Sein Vetter klammerte sich an das voll gelaufene Boot. Die langen roten Locken hingen ihm platt ins Gesicht wie ein Seehundpelz. Im nächsten Augenblick kam ein dritter Kopf an die Oberfläche.

«Zama!» Mit zwei Kraulzügen war Jim bei ihm und hielt sein Gesicht über Wasser. Zama hustete und eine Fontäne aus Kotze und Seewasser schoss ihm aus dem Mund. Er wollte sich mit beiden Armen an Jims Hals klammern, doch Jim duckte ab, bis Zama sich gefangen hatte, und zog ihn dann zu dem schaukelnden Skiff.

«Hier! Halt dich daran fest.» Er führte Zamas Hand an das Schandeck. So hingen die drei an ihrem Boot und schnappten nach Luft.

Jim erholte sich als Erster so weit, dass sein Zorn wieder aufflammte. «Dieser verdammte Hurensohn!», keuchte er, während er dem Schiff nachsah, das ungerührt davonzog. «Der hat nicht einmal gemerkt, dass er uns fast umgebracht hätte.»

«Der Pott stinkt schlimmer als die Robbenkolonie.» Mansurs Stimme war noch schwach und er bekam einen Hustenanfall.

Jim roch ebenfalls den Gestank. «Ein Sklavenschiff, ein verdammtes Sklavenschiff», spuckte er. «Der Gestank ist unverkennbar.»

«Oder ein Gefangenenschiff», sagte Mansur heiser. «Vielleicht bringt es Häftlinge von Amsterdam nach Batavia.» Sie sahen zu, wie das Schiff den Kurs änderte und Richtung Bucht wendete, um sich den anderen anzuschließen, die dort ankerten.

«Ich werde mir den Kapitän vornehmen, wenn er in den Ginhöllen an den Docks auftaucht», sagte Jim finster.

«Vergiss es», riet ihm Mansur. «Er würde dir nur ein Messer zwischen die Rippen stecken, oder irgendwo anders hin, wo es wehtut. Lasst uns das Skiff wieder flottmachen.» Der größte Teil des Decks war unter Wasser, sodass Jim über den Heckbalken an Bord schlüpfen musste. Er griff unter eine der Duchten und fand den Holzeimer, der dort angeschnallt war. Er begann das Boot auszuschöpfen und schüttete Eimer um Eimer Wasser über Bord. Bis das Boot halb leer war, hatte auch Zama sich genügend erholt, dass er an Bord klettern konnte. Jim holte die Ruder ein, die noch neben dem Boot trieben, und überprüfte die restliche Ausrüstung. «Die Angelausrüstung ist noch komplett. Sogar die Köder.»

«Willst du immer noch fischen gehen?», fragte Mansur.

«Natürlich! Warum nicht, zum Teufel?»

«Vielleicht …» Mansur schien nicht so sicher zu sein. «Wir wären fast ertrunken.»

«Fast, aber wir sind nicht ertrunken», sagte Jim munter. «Zama ist mit dem Ausschöpfen fertig und der Hexenkessel ist nur noch eine Kabellänge entfernt. Big Julie wartet auf ihr Frühstück.» So nahmen sie wieder ihre Plätze ein und legten sich in die Riemen. «Dieser Bastard von einem Käskopf hat uns eine Stunde Angelzeit gekostet», jammerte Jim weiter.

«Er hätte uns eine Menge mehr kosten können, Somoya», lachte Zama, «wenn ich dich nicht aus dem Tümpel gezogen –» Jim nahm einen toten Fisch aus dem Ködersack und warf ihn Zama an den Kopf. So schnell fanden sie ihren Frohsinn und ihre Kameradschaft wieder.

«Langsam jetzt, wir sind gleich bei den Markierungen», warnte Jim, und sie machten sich an das mühsame Geschäft, das Skiff über dem Felsengraben unter ihnen in Position zu bringen. Sie mussten über einem Vorsprung südlich des Hexenkessels Anker werfen und sich von der Strömung über die tiefe Unterwasserschlucht treiben lassen. Die Strudel, wegen denen sie die Stelle ‹Hexenkessel› getauft hatten, machten diese Aufgabe noch schwieriger, sodass sie die Markierungen mehrmals verfehlten. Schwitzend und fluchend mussten sie dann den zwanzig Kilo schweren Felsblock, der ihnen als Anker diente, wieder lichten und es noch einmal versuchen. Von Osten stahl sich schon die Dämmerung heran, als sie so weit waren, dass Jim die Tiefe mit einer köderlosen Leine ausloten konnte, um sich zu vergewissern, dass sie genau an der richtigen Stelle waren. Er maß die Leine zwischen seinen ausgestreckten Armen, während sie über die Bootswand glitt.

«Dreiunddreißig Faden!», rief er, sobald er spürte, wie das Bleilot auf dem Grund aufschlug. «Fast zweihundert Fuß. Wir sind direkt über Big Julies Speisesaal.» Er holte das Lot geschwind wieder ein. «Köder an die Haken, Jungs!» Sie stürzten zum Ködersack. Jim griff hinein und schnappte Mansur den besten Köder weg, eine Graubarbe so lang wie sein Unterarm. Er hatte sie am Tag zuvor in der Lagune vor dem Kompanielagerhaus ins Netz bekommen. «Der ist zu gut für dich. Mit Julie kann nur ein echter Fischer fertig werden.» Er fädelte die Spitze des stählernen Haihakens durch die Augenhöhlen des Fisches. Jim schüttelte die Schlagschnur aus, eine drei Meter lange Stahlkette, leicht, aber stark. Jim war überzeugt, sie würde selbst den Anstrengungen eines großen Königsbarsches widerstehen, sie am Riff durchzuscheuern. Er schwang den Köder um seinen Kopf und ließ mit jedem Schwung etwas mehr Leine ab, bis er sie schließlich fliegen ließ. Die stählerne Schlagschnur schwirrte weit über das grüne Wasser hinaus. Der Köder sank in die Tiefe, Jim ließ weiter Leine ab und sprach sich Mut zu. «Direkt in Big Julies Kehle. Diesmal wird sie mir nicht entwischen. Diesmal gehört sie mir.» Als er spürte, wie das Gewicht an der Schlagschnur den Grund berührte, legte er etwas Leine auf dem Deck aus und stellte sich mit dem rechten Fuß darauf. Er musste beide Hände am Ruder halten, um die Strömung auszugleichen und das Skiff über dem Hexenkessel in Position zu halten.

Zama und Mansur fischten mit leichteren Haken und Leinen und benutzten Makrelenstücke als Köder. Sie holten fast sofort Beute ein: rosenrote Stumpnose-Fische, zappelnde, silbrige Seebrassen und getupfte Tigerfische, die wie Ferkel grunzten, als die Jungen sie vom Haken nahmen und in den Kielraum warfen.

«Babyfische für kleine Jungen», spottete Jim, während er sich damit abmühte, seine eigene Leine zu kontrollieren und das Boot in der Strömung ruhig zu halten. Die Sonne erhob sich über den Horizont und nahm die Kälte aus der Luft. Die drei zogen ihre Kleider aus, bis sie nur noch ihre Kniebundhosen am Leib trugen.

In der Nähe schwärmten die Robben über die Felsen der Insel, stürzten sich ins Wasser und plantschten rings um das geankerte Skiff. Plötzlich tauchte ein großer Seehund unter das Boot und schnappte sich den Fisch, den Mansur gerade einholte, riss ihn vom Haken und kam in wenigen Metern Entfernung wieder an die Oberfläche, die Beute zwischen den Kiefern.

«Du gottverfluchtes Scheusal!», schrie Mansur voller Wut. Jim holte seine Steinschleuder hervor und legte einen vom Wasser glatt geschliffenen Kiesel ein, rund, glatt und von perfektem Gewicht. Jim hatte mit der Schleuder geübt, bis er eine hoch fliegende Gans mit fünf Schüssen zu Boden bringen konnte. Er wickelte die Schnur auf und schwang die Schleuder um seinen Kopf, bis sie kraftvoll summte. Dann ließ er los und der Kiesel schoss aus dem Steintäschchen. Er traf die Robbe mitten auf dem runden, schwarzen Schädel und sie hörten die zerbrechliche Knochenkapsel zerspringen. Das Tier war sofort tot und der Kadaver trieb zuckend mit der Strömung davon. «Der wird uns keine Fische mehr stehlen.»

Mansur war erst vor einer Woche von einer Handelsreise die afrikanische Ostküste hinauf bis zum Horn von Hormus zurückgekehrt. Er hatte ihnen von den Wundern erzählt, die er erblickt hatte, und von den gemeinsamen Abenteuern mit seinem Vater, der die *Gift of Allah*, eines der Courtney-Schiffe, kommandiert hatte.

Mansurs Vater, Dorian Courtney, war der jüngere Partner in der Familienfirma. Als ganz junger Bursche war er arabischen Piraten in die Hände gefallen und an einen omanischen Prinzen verkauft worden, der ihn adoptiert und zum Islam bekehrt hatte. Tom Courtney, sein Halbbruder, war Christ und Dorian war Moslem. Nachdem Tom seinen Bruder gefunden und gerettet hatte, waren sie Partner geworden. Zusammen hatten sie Zugang zu beiden Welten, der christlichen und der islamischen, und ihr Unternehmen florierte. In den vergangenen zwei Jahrzehnten hatten sie in Indien, Arabien und Afrika

Handel getrieben und ihre exotischen Waren in Europa verkauft.

Jim blickte Mansur ins Gesicht, während er nun weitererzählte, und musste wieder die Schönheit und Anmut bewundern, die Mansur von seinem Vater geerbt hatte, ebenso wie das rotgoldene Haar, das ihm dick auf den Rücken hing. Er war geschmeidig und flink wie Dorian, während Jim so breit und stabil gebaut war wie sein Vater Tom.

«Na komm schon, Vetter!», unterbrach Mansur seine Erzählung, um Jim zu hänseln. «Zama und ich werden das Boot bald bis zu den Schandecks gefüllt haben, wenn du nicht bald aufwachst. Nun fang uns schon einen Fisch!»

«Qualität war mir immer schon wichtiger als Quantität», entgegnete Jim herablassend.

«Na gut, wenn du also nichts Besseres zu tun hast, erzähle uns doch von deiner Reise ins Land der Hottentotten.» Mansur schwang noch einen schimmernden, zappelnden Fisch über die Bordwand.

Jim strahlte vor Freude, als er sich an sein Abenteuer erinnerte. Er schaute unwillkürlich nach Norden zu den zerklüfteten Bergen, die von der Morgensonne in funkelndes Gold getaucht wurden. «Wir marschierten achtunddreißig Tage lang», erzählte er stolz, «nach Norden durch die Berge und die große Wüste, weit jenseits der Grenzen dieser Kolonie, der Grenzen, die nach Anordnung des Gouverneurs und Rates der VOC in Amsterdam niemand überqueren darf. Wir sind in Länder gezogen, die kein Weißer vor uns erblickt hat.» Er hatte nicht die flüssige Sprache und poetische Ausdruckskraft seines Vetters, doch allein seine Begeisterung wirkte ansteckend. Mansur und Zama lachten mit ihm, als er die Barbarenstämme beschrieb, auf die sie gestoßen waren, und die unendlichen Herden wilder Tiere, die die Grassteppen bevölkerten. «Es stimmt doch, was ich sage, nicht wahr, Zama? Du warst dabei. Sage Mansur, dass es wahr ist.»

Zama nickte feierlich. «Es stimmt, das schwöre ich beim Grabe meines Vaters. Jedes Wort ist wahr.»

«Eines Tages werde ich dorthin zurückkehren und den

blauen Horizont überqueren und in die letzten Winkel dieser Landschaften vordringen.»

«Und ich werde mitkommen, Somoya!» Zamas Blick war voller Vertrauen und Liebe zu Jim.

«Natürlich wirst du das, du Gauner. Wer sonst würde sich schon mit dir abgeben?» Er klopfte Zama so fest auf den Rücken, dass der Junge fast von seiner Ruderbank fiel.

Er wollte noch etwas sagen, doch in diesem Augenblick ruckte die Angelspule unter seinem Fuß und er ließ einen Triumphschrei los. «Julie klopft an der Tür! Komm herein, Big Julie!» Er ließ sein Ruder fallen und packte die Leine. Stramm hielt er sie zwischen beiden Händen, mit einem Stück schlaffen Seils hinter sich, bereit, es über die Bordwand ins Wasser schnellen zu lassen. Ohne Jims Befehl abzuwarten, holten die beiden anderen ihre Leinen über das Schandeck ein, Hand über Hand, mit fieberhafter Schnelligkeit. Sie wussten, wie entscheidend es war, dass Jim offenes Wasser vor sich hatte, wenn er es mit einem wirklich großen Fisch aufnehmen wollte.

«Komm, meine Hübsche», flüsterte Jim, während er die Leine zart zwischen Daumen und Zeigefinger hielt. Bislang spürte er nur den sanften Zug der Strömung. Plötzlich fühlte die Leine sich anders an, ein fast schüchterner Zug. Jeder Nerv in Jim spannte sich wie die Sehne eines Jagdbogens. «Sie ist da unten. Sie ist immer noch hier.»

Die Leine erschlaffte wieder. «Verlass mich nicht, Liebste. Bitte verlass mich nicht!» Jim lehnte sich aus dem Skiff und hielt die Leine hoch, sodass sie senkrecht im grünen, wirbelnden Wasser verschwand. Die anderen schauten zu und wagten kaum, Atem zu holen. Dann sahen sie, wie Jims rechte Hand von einer unwiderstehlichen Kraft nach unten gezogen wurde. Sie sahen, wie seine Arm- und Rückenmuskeln sich spannten und hervorquollen, wie eine Schlange zum Angriff bereit. Niemand sprach ein Wort oder rührte sich, als die Hand, mit der Jim die Leine hielt, fast das Meer berührte.

«Ja», sagte Jim leise, «jetzt!» Er stemmte sich mit seinem Körpergewicht gegen die Seilspannung. «Ja, jetzt, ja, ja!» Jedes Mal, wenn er die Worte ausstieß, zerrte er an der Leine, mit dem linken Arm und dann mit dem rechten, links, rechts, links und wieder rechts, doch nicht einmal Jim war stark genug. zum Nachgeben zu zwingen, was immer am anderen Ende zog.

«Das kann kein Fisch sein», sagte Mansur. «Kein Fisch ist so stark. Du musst den Meeresboden am Haken haben.» Jim lehnte sich mit seinem ganzen Gewicht zurück, die Knie gegen das hölzerne Schandeck gestemmt, die Zähne zusammengebissen, das Gesicht blau angelaufen.

«Kommt hinter mich, an die Leine!», keuchte er, und seine beiden Freunde stürzten herbei, um ihm zu helfen, doch bevor sie am Heck waren, wurde Jim nach vorn gerissen und gegen die Bordwand geschleudert. Die Schnur raste zwischen seinen Fingern hindurch und es roch wie Hammelbraten auf einem Kohlefeuer, als die Haut von seinen Handflächen gerissen wurde.

Jim schrie vor Schmerzen, doch er gab nicht nach. Mit enormer Anstrengung schaffte er es, die Leine über die Kante des Schandecks zu spannen, wo er versuchte, sie einzuklemmen, doch dann büßte er noch mehr Haut ein, als seine Fingerknöchel an das Holz gepresst wurden. Mit einer Hand riss er sich die Mütze vom Kopf und benutzte sie als Handschuh, während er die Schnur an das Holz hielt. Alle drei schrien wie Dämonen im Fegefeuer.

«Helft mir! Packt das Seilende!»

«Lass sie ziehen. Der Haken wird gleich nachgeben.»

«Hol den Eimer. Schütte Wasser auf das Seil, bevor es Feuer fängt!»

Zama bekam die Leine mit beiden Händen zu fassen, doch selbst mit vereinten Kräften konnten sie den großen Fisch nicht am Davonziehen hindern. Die Leine zischte über die Bordwand und hinter dem Zug spürten sie mächtige Flossenschläge.

«Wasser, um Himmels willen, Wasser auf die Leine!», heulte Jim, und Mansur nahm längsseits einen Eimer voll Wasser auf und schüttete ihn über ihre Hände und die glühend heiße Leine, von der eine Dampfwolke aufstieg, als das Wasser auf ihr verpuffte.

«Mein Gott! Die Rolle ist fast am Ende!», rief Jim, als er das Seilende am Boden des Holzkübels sah, aus dem die Leine hervorschoss. «Schnell, Mansur, so schnell du kannst! Knote die nächste Rolle an!» Mansur arbeitete schnell und geschickt, und doch wäre er fast zu spät gekommen. In dem Augenblick, als er den Knoten anzog, wurde ihm das Seil aus den Händen gerissen und zischte zwischen den Fingern der anderen hindurch, über die Bordwand und in die grüne Tiefe.

«Halt!», flehte Jim den Fisch an. «Willst du uns umbringen, Julie? Kannst du nicht endlich stillhalten, meine Schöne?»

«Die Hälfte der zweiten Rolle ist schon draußen», warnte sie Mansur. «Lass mich übernehmen, Jim, sonst ersaufen wir noch in deinem Blut.»

«Nein!» Jim schüttelte entschlossen den Kopf. «Sie wird schon langsamer, der Widerstand ist fast gebrochen.»

«Deiner oder ihrer?», fragte Mansur.

«Warum gehst du nicht zum Theater?», entgegnete Jim grimmig, «da kämen deine Sprüche besser an.»

Die Leine rutschte immer langsamer durch ihre geschundenen Hände und kam schließlich ganz zum Stillstand. «Lass den Eimer fallen», befahl Jim. «Nimm die Leine.» Mansur hängte sich hinter Zama und dank des zusätzlichen Gewichts konnte Jim mit einer Hand loslassen. «Jetzt sind wir an der Reihe, Julie.»

Sie hielten das Seil gespannt, während sie sich in einer Reihe über die Länge des Bootes verteilten, die Leine zwischen den Beinen.

«Eins, zwei, drei!», gab Jim den Takt vor, als sie das Seil einholten, mit ihrem gemeinsamen Gewicht hinter jedem Zug. Der Knoten zwischen den beiden Rollen kam über die Bordwand und Mansur, als der dritte Mann in der Reihe, spulte die Leine in den Kübel zurück. Noch vier Mal sammelte der große Fisch seine Kräfte und wollte davonschießen, und sie waren wieder gezwungen, Leine nachzugeben, doch es wurde jedes Mal weniger. Sie zogen ihn am Kopf herum und holten ihn zurück. Er kämpfte und sträubte sich noch, doch allmählich schwanden seine Kräfte.

Plötzlich ließ Jim einen Freudenschrei los. «Da ist sie! Ich kann sie sehen da unten!» Der Fisch zog einen weiten Kreis tief unter dem Boot. Als er herumkam, traf ein Sonnenstrahl den bronzeroten Schuppenpanzer und ließ ihn aufblitzen wie ein Spiegel.

«Jesus, wie schön sie ist!» Jim konnte das große, goldene Auge des Fisches sehen, wie es zu ihm heraufstarrte durch das smaragdgrüne Wasser. Die Kiemen des Rotbarsches flatterten und pumpten verzweifelt Wasser und Sauerstoff in den erschöpften Körper. Das Maul war groß genug, Kopf und Schultern eines ausgewachsenen Mannes aufzunehmen, und die Kiefer waren gespickt mit Reihen fingerlanger, scharfer Fangzähne.

«Jetzt glaube ich, was Onkel Dorry erzählt hat», keuchte Jim erschöpft. «Mit diesen Zähnen könnte sie ohne weiteres einem Mann die Beine abbeißen.»

Endlich, zwei Stunden nachdem Jim seinen Haken im Kiefergelenk des Fisches verankert hatte, konnten sie ihn längsseits bringen. Zusammen hievten sie den riesigen Kopf aus dem Wasser, doch im selben Augenblick ging der Fisch zur letzten, verzweifelten Gegenwehr über. Er war halb so lang wie ein großer Mann und um den Bauch so dick wie ein Shetlandpony. Er zappelte und bog sich, bis sein Maul den Schwanz berührte, erst zur einen Seite, dann zur anderen, und schleuderte dabei so viel Meerwasser in das Skiff, dass die drei jungen Burschen bald so durchnässt waren wie unter einem Wasserfall. Sie hielten jedoch die Leine fest, bis die grausamen Krämpfe an Kraft verloren. Schließlich rief Jim: «Haltet sie! Sie ist bereit, ihrem Schöpfer gegenüberzutreten.»

Er holte den Knüppel unter dem Heckbalken hervor, hob den Kopf des Fisches an und legte sein ganzes Gewicht in den Hieb, der den Fisch an dem Knochenwulst über den starren, gelben Augen traf. Der riesige Körper erstarrte im Todeskrampf, dann hauchte er sein Leben aus und trieb neben dem Boot, den weißen Bauch nach oben, die Kiemen aufgespannt wie ein Sonnenschirm.

Nass von Schweiß und Meerwasser, wild keuchend und ihre zerschundenen Hände leckend lehnten sie auf dem Heckbalken und blickten ehrfurchtsvoll auf das wundervolle Geschöpf hinab, das sie soeben getötet hatten. Es gab keine Worte, um die überwältigenden Gefühle von Triumph und Reue, Jubel und Trauer auszudrücken, die sie nun ergriffen, da die Jagdleidenschaft ihren Höhepunkt erreicht hatte.

«Im Namen des Propheten, welch ein Leviathan», sagte Mansur leise. «Ich fühle mich so klein, wenn ich ihn betrachte.»

«Die Haie werden jeden Augenblick hier auftauchen», mahnte Jim. «Helft mir!» Sie fädelten das Seil durch die Kiemen des Fisches und hievten auf Jims Kommando. Das Skiff neigte sich gefährlich zur Seite und wäre fast gekentert, als sie die Beute über die Bordwand zogen. Das Boot war kaum groß genug für den mächtigen Fisch. Eine Schuppe war abgefallen, als sie ihn an Bord hievten, groß und glänzend wie eine Golddublone.

Mansur hob sie auf, drehte sie im Sonnenschein und betrachtete sie fasziniert. «Wir müssen diesen Fisch nach Hause bringen, nach High Weald», sagte er.

«Warum?», fragte Jim brüsk.

«Um ihn der Familie zu zeigen, meinem Vater und deinem.»

«Bis zum Abend wird er seine Farbe verloren haben. Seine Schuppen werden trocken und stumpf sein, er wird verrotten und anfangen zu stinken.» Jim schüttelte den Kopf. «Ich will ihn im Gedächtnis behalten, wie er jetzt ist, in voller Schönheit.»

«Was willst du also mit ihm machen?»

«Ich verkaufe ihn an den Proviantmeister des VOC-Schiffes.»

«Solch ein wundervolles Tier, und du willst es verkaufen wie einen Sack Kartoffeln?», protestierte Mansur.

«‹Sie sollen herrschen über die Fische des Meeres und über die Vögel des Himmels und über das Vieh und über die ganze Erde.› Tötet! Esst!», zitierte Jim aus der Schöpfungsgeschichte. «Das sind Gottes Worte.»

«Dein Gott, nicht meiner», widersprach Mansur.

«Es ist ein und derselbe Gott. Du nennst ihn nur anders.»

«Es ist auch mein Gott», meldete sich Zama, «Kulu Kulu, der Größte unter den Großen.»

Jim wickelte sich einen Streifen Stoff um die verletzte Hand. «Also, im Namen von Kulu Kulu, dieser Barsch wird uns an Bord des holländischen Schiffes bringen. Ich werde ihn als Empfehlungsschreiben an den Proviantmeister einsetzen. Ich werde ihm nicht nur den Fisch verkaufen, sondern alles, was High Weald zu bieten hat.»

Mit zehn Knoten Südwestwind im Rücken konnten sie das Segel setzen, das sie geschwind in die Bucht zurücktrieb. Dort, unter dem Schutz der Festungskanonen, lagen acht Schiffe vor Anker. Die meisten lagen seit Wochen vor dem Kap und hatten schon genügend Proviant an Bord genommen.

Jim zeigte zu dem Schiff, das als Letztes eingetroffen war. «Die haben doch bestimmt seit Monaten keinen festen Boden mehr unter den Füßen gehabt. Sie werden nach frischer Nahrung hungern. Wahrscheinlich leiden sie schon an Skorbut.» Jim legte die Pinne um und steuerte zwischen den geankerten Schiffen hindurch. «Nach dem, was sie uns fast angetan hätten, schulden sie uns einen hübschen kleinen Profit.» Die Courtneys waren allesamt Kaufleute, durch und durch, und selbst für den Jüngsten unter ihnen hatte das Wort «Profit» einen fast religiösen Klang. Jim hielt auf das holländische Schiff zu. Es war ein hoher Dreidecker, zwanzig Kanonen zu jeder Seite, Rah-getakelt, drei Masten, massig und breit, offenbar ein bewaffnetes Handelsschiff. Es hatte den VOC-Wimpel und die Flagge der Republik Holland gehisst. Als sie näher kamen, sah Jim die Sturmschäden an Rumpf und Takelage. Das Schiff hatte offenbar eine raue Überfahrt hinter sich. Aus noch größerer Nähe konnte Jim den Namen lesen, der in verblichenen Goldbuchstaben das Heck zierte: *Het Gelukkige Meeuw*, Die glückliche *Möwe*. Er grinste über den unpassenden Namen, mit dem man den alten Pott beehrt hatte. Dann verengten sich seine grünen Augen vor Verblüffung und Aufregung.

«Mein Gott, Frauen!» Er zeigte voraus. «Hunderte von Frauen!» Mansur und Zama kamen geschwind auf die Beine, klammerten sich an den Mast und hielten sich die Hände über die Augen, gegen die gleißende Sonne.

«Du hast Recht!», rief Mansur. Abgesehen von den Gattinnen der Bürger, ihren behäbigen Töchtern und den Huren in den Hafenkneipen gab es nicht viele Frauen am Kap der Guten Hoffnung.

«Schaut nur», keuchte Jim begeistert. «Schaut euch nur diese Schönheiten an.» Das Deck vor dem Großmast wimmelte von weiblichen Gestalten.

«Woher willst du aus unserer Entfernung wissen, dass sie schön sind?», fragte Mansur. «Wir sind zu weit entfernt, um das sagen zu können. Wahrscheinlich sind es lauter hässliche alte Hexen.»

«Nein, so grausam könnte Gott nicht sein», lachte Jim aufgeregt. «Jede von ihnen ist ein Engel des Himmels, das weiß ich einfach.»

Auf dem Achterdeck war eine kleine Gruppe von Offizieren zu sehen, und Trauben von Matrosen waren schon dabei, die beschädigte Takelage zu reparieren und den Rumpf neu anzustreichen. Die drei jungen Männer in dem Skiff hatten jedoch nur Augen für die Frauengestalten auf dem Vordeck. Wieder wehte eine Wolke des Gestanks zu ihnen herüber, von der das Schiff umgeben war, und Jim rief erschrocken aus: «Sie sind in Fußeisen!»

«Sträflinge», nickte Mansur. «Deine Engel des Himmels sind weibliche Sträflinge, hässlicher als die Sünde.»

Sie waren inzwischen so nah dran, dass sie die Gesichter einiger der zerlumpten Gestalten ausmachen konnten, das fettige Haar, die zahnlosen Münder, die zerfurchte Haut des Alters, die eingesunkenen Augen und, auf den meisten der elenden Gesichter, die hässlichen Skorbutflecke. Sie starrten mit matten, hoffnungslosen Blicken auf das Boot hinab, zeigten kein Interesse, keinerlei Gefühl.

Sobald das Skiff in Rufweite kam, eilte ein Unteroffizier in einer blauen Wolljacke an die Reling und hielt sich ein Sprachrohr vor den Mund. «Haltet Abstand!», rief er auf Holländisch. «Dies ist ein Sträflingsschiff. Bleibt weg oder wir eröffnen das Feuer.»

«Er meint es ernst», sagte Mansur. «Lasst uns besser hier verschwinden.»

Jim ignorierte den Rat und hielt einen der Fische hoch. «*Vars vis!* Frischer Fisch!», rief er zurück. «Direkt aus dem

Meer, vor einer Stunde gefangen.» Der Mann an der Reling zögerte und Jim sah seine Gelegenheit. «Schaut euch diesen hier an.» Er zeigte auf den riesigen Barsch, der fast das ganze Boot einnahm. «Rotbarsch! Der feinste Speisefisch des Ozeans, groß genug, euch alle Mann für eine Woche im Futter zu halten.»

«Wartet!», rief der Mann. Er lief über das Deck zu der Gruppe von Offizieren. Es gab eine kurze Diskussion und dann kam er zur Reling zurück. «Also gut, kommt heran, aber haltet euch vom Bug fern. Legt an den Heckwanten an.»

Mansur holte das kleine Segel ein und sie ruderten den Schiffsbauch entlang. Drei Matrosen standen an der Reling und zielten mit ihren Musketen auf sie.

«Versucht ja keine Tricks», warnte sie der Unteroffizier, «sonst habt ihr alle gleich eine Kugel im Bauch.»

Jim grinste freundlich zu ihm hinauf und zeigte ihm seine leeren Hände. «Wir haben nichts Böses im Sinn, *Mijnheer*. Wir sind ehrliche Fischer.» Zama warf die Bootsleine einem Matrosen zu, der in den Wanten über ihnen wartete.

Der Proviantmeister des Schiffs, ein dicker, glatzköpfiger Mann, streckte den Kopf über die Bordwand und schaute in das Skiff hinab, um die Ware zu begutachten, die ihm angeboten wurde. Die Größe des Riesenbarsches schien ihn zu beeindrucken. «Ich will nicht schreien. Komm hoch, dann können wir uns unterhalten.», lud der Proviantmeister Jim ein, bevor er einem Matrosen befahl, eine Strickleiter über die Seite abzulassen. Dies war die Einladung, auf die Jim gehofft hatte. Er hangelte sich wie ein Akrobat die Leiter hinauf, schwang sich über das hohe Tumblehome und landete mit klatschenden, nackten Füßen auf den Planken neben dem Proviantmeister.

«Wie viel willst du für den Großen?», fragte der Mann zweideutig, während er Jims jugendlichen Körper mit dem abschätzenden Blick des Päderasten musterte.

«Fünfzehn Silbergulden für unsere gesamte Ladung *Fisch*.» Jim betonte das letzte Wort, da der Proviantmeister so offensichtlich Interesse an ihm zeigte.

«Bist du aus dem Irrenhaus entlaufen?», erwiderte der

Mann. «Du, dein Fisch und dein schmutziges kleines Boot sind zusammen kaum die Hälfte wert.»

«Das Boot und ich sind nicht zu verkaufen», versicherte ihm Jim genüsslich. Wenn es ums Handeln ging, war er in seinem Element. Sie einigten sich schließlich auf acht Gulden für die ganze Ladung.

«Die kleinsten Fische möchte ich für unser Abendessen behalten», sagte Jim zum Schluss und der dicke Mann kicherte. «Du bist ein gerissener Kaufmann.» Er spuckte sich in die Hand, streckte sie Jim entgegen und sie besiegelten den Handel.

Jim ging zur Reling um zuzusehen, wie die Mannschaft der *Möwe* ein Frachtnetz abließ. Mansur und Zama hatten alle Mühe, den riesigen Fisch in das Netz zu schieben. Als er heraufgehievt war, wandte sich Jim wieder seinem Kunden zu. «Ich kann Ihnen eine Ladung frisches Gemüse verkaufen – Kartoffeln, Zwiebeln, Kürbisse, was Sie wollen, für die Hälfte des Preises, den Sie für Ware aus den Kompaniegärten bezahlen müssten.»

«Du weißt so gut wie ich, dass die VOC das Monopol hat», schüttelte der Mann den Kopf. «Es ist nicht erlaubt, von Privathändlern zu kaufen.»

«Das Problem lässt sich lösen, wenn ich den richtigen Leuten ein paar Gulden in die Hand drücke.» Jim fasste sich an die Nase. Jedermann wusste, wie leicht die Kompaniebeamten am Kap zufrieden zu stellen waren. Bestechung gehörte zum Alltag in den Kolonien.

«Na schön, dann bring mir also eine Ladung deiner besten Ware», stimmte der Proviantmeister zu und legte Jim onkelhaft die Hand auf den Arm. «Lass dich aber nicht erwischen. Wir wollen schließlich nicht, dass ein so hübscher Junge wie du von der Peitsche zerrissen wird.» Auf dem Vordeck kam plötzlich Unruhe auf und Jim schaute sich um, dankbar für die Erlösung von den plumpen, verschwitzten Annäherungsversuchen des Fettwanstes.

Die erste Gruppe der Gefangenen wurde unter Deck getrieben und eine andere Reihe kam an die frische Luft, um die Glieder zu strecken. Jim starrte das Mädchen an der Spitze dieser Gruppe an. Er atmete schneller, der Puls klopfte ihm in den Ohren. Sie war hoch gewachsen, dünn und blass. Sie trug einen fadenscheinigen Leinenkittel, der Saum so verschlissen, dass man durch die Löcher ihre Knie sehen konnte. Ihre Beine waren dünn und knochig, ebenso die Arme, das Fleisch vom Hunger aufgezehrt. Unter dem unförmigen Gewand wirkte ihr Körper knabenhaft, ohne jede weibliche Rundung, doch Jim achtete nicht auf ihren Körper: Er sah nur ihr Gesicht.

Der kleine Kopf saß anmutig auf ihrem langen Hals, wie eine geschlossene Tulpenblüte auf ihrem Stängel. Ihre Haut war blass, aber makellos, und so zart, dass er meinte, die Wangenknochen durchscheinen zu sehen. Selbst unter den grässlichen Umständen, die sie zu ertragen hatte, hatte sie sichtlich alles darangesetzt, nicht in dumpfe Verzweiflung zu sinken. Sie hatte ihr Haar zurückgerafft und zu einem dicken Zopf verwoben, der ihr über eine Schulter auf die Brust hing, und irgendwie war es ihr gelungen, es sauber und ordentlich zu erhalten. Der Zopf reichte ihr fast bist zur Taille, das Haar wie fein gesponnene, blonde Seide, im Sonnenschein schimmernd wie eine Goldguinee. Es waren jedoch ihre Augen, die Jim für eine lange Minute den Atem raubten. Sie waren blau wie der hohe afrikanische Mittsommerhimmel. Als sie ihn bemerkte, öffnete sie diese Augen weit, und ebenso die Lippen, hinter denen sich ebenmäßige, lückenlose weiße Zahnreihen verbargen. Sie blieb abrupt stehen, die Frau hinter ihr stolperte und sie verloren beide das Gleichgewicht. Fast wären sie gestürzt. Die Fußeisen klirrten und die anderen Frauen zerrten sie grob weiter, fluchend wie in den Docks von Antwerpen. «Komm schon, Prinzesschen, beweg deine hübsche Möse.»

Das Mädchen schien es nicht zu hören.

Einer der Wärter trat hinter sie. «Beweg dich schon, du dumme Kuh.» Er zog ihr das Knotenseil über die nackten, dünnen Oberarme, dass sofort eine rote Strieme zu sehen war. Jim war auf dem Sprung, ihr zu Hilfe zu eilen, doch der Wächter, der am nächsten bei ihm stand, bemerkte seine Bewegung und richtete die Mündung seiner Muskete auf ihn. Jim wich zurück. Er wusste, aus dieser Entfernung hätte ihm die Schrotladung die Eingeweide aus dem Bauch gerissen. Doch auch das Mädchen hatte seine Geste bemerkt. Sie taumelte vorwärts. Ihre Augen füllten sich mit Schmerzenstränen nach dem Hieb, den sie erlitten hatte. Mit einer Hand hielt sie sich die blutrote Strieme, doch ihr Blick blieb auf Jim gerichtet, der wie angewurzelt neben dem Proviantmeister stand. Er wusste, es war gefährlich und sinnlos, mit ihr zu reden, doch die Worte kamen ihm über die Lippen, bevor er sie verschlucken konnte, und seine Stimme war voller Mitleid. «Sie haben dich hungern lassen.»

Der blasse Abglanz eines Lächelns huschte über ihre Lippen, das einzige Zeichen, dass sie ihn gehört hatte, bevor die alte Schabracke hinter ihr sie weiterschubste. «Kein junger Schwanz für dich heute, Hoheit. Du musst dich schon mit deinem Fingerchen begnügen. Geh schon weiter!» Das Mädchen entfernte sich in Richtung Bug.

«Ich gebe dir einen Rat, Kerl», sagte der Proviantmeister neben ihm. «Lass dich ja nicht mit einer dieser Schlampen ein. Das wäre der schnellste Weg zur Hölle.»

Jim brachte ein Grinsen zustande. «Ich bin ein tapferer Mann, aber kein Idiot.» Er streckte seine Hand aus und der Fettwanst zählte ihm acht Silbermünzen auf die Handfläche. «Ich werde morgen mit einer Ladung Obst und Gemüse für Sie zurückkommen. Vielleicht können wir dann zusammen an Land gehen und in der Kneipe einen Grog trinken.» Während er sich in das Skiff hinunterhangelte, murmelte er: «Oder ich breche dir den Hals und die fetten Beine.» Er nahm seinen Platz an der Pinne ein.

«Leg ab, Segel hissen», rief er Zama zu, bevor er das Boot in den Wind drehte. Sie strichen die Seite der *Möwe* entlang. Die Deckel der Stückpforten standen offen, um Licht und Luft in die Kanonendecks zu lassen. Jim schaute durch die nächste Pforte, als sie daran vorbeitrieben. Das überfüllte, stinkende Unterdeck war ein Bild der Hölle. Es stank wie ein Schweinestall oder eine Jauchegrube. Hunderte von Menschen waren monatelang in diesem niedrigen, engen Raum eingepfercht gewesen.

Jim riss seinen Blick los und schaute zur Reling hoch über ihm hinauf, in der schwachen Hoffnung, das Mädchen noch einmal zu sehen, obwohl er damit rechnete, enttäuscht zu werden. Wie schlug sein Herz dann schneller, als diese unglaublich blauen Augen zu ihm herabblickten. Die Reihe der Gefangenen mit dem Mädchen an der Spitze taumelte die Reling entlang auf den Bug zu.

«Wie heißt du? Wie ist dein Name?», rief er verzweifelt. In diesem Augenblick gab es für ihn nichts Wichtigeres auf der Welt, als ihren Namen zu erfahren.

Ihre Antwort wurde vom Wind davongetragen, doch er konnte ihre Lippen lesen: «Louisa.»

«Ich werde zurückkommen, Louisa. Du darfst nicht verzagen», rief er leichtsinnig. Sie starrte ihn nur ausdruckslos an. Und dann tat er etwas noch Leichtsinnigeres. Er wusste, es war Wahnsinn, doch sie war kurz vorm Verhungern. Er griff nach der roten Stumpnose-Brasse, die er für sich behalten hatte. Sie wog fast zehn Pfund, doch er warf sie mit leichter Hand zur Reling hinauf. Louisa streckte die Arme aus und fing den Fisch mit beiden Händen, ihr Blick voller Hunger und Verzweiflung. Die verwachsene Hexe hinter ihr in der Reihe sprang vor und versuchte, ihr den Fisch aus den Händen zu reißen, und dann stürzten sich drei oder vier andere Frauen in den Kampf um den Fisch, wie eine Rotte Wölfinnen. Schließlich eilten die Wächter herbei und prügelten mit ihren Knotenseilen auf die kreischenden Frauen ein. Jim wandte sich ab. Die Szene drehte ihm fast den Magen um und wollte ihm das Herz brechen, solches Mitleid empfand er, und noch ein anderes Gefühl, das er sich nicht erklären konnte, weil er es noch nie empfunden hatte.

In dem Boot herrschte finsteres Schweigen, als die drei davonsegelten, und alle paar Minuten drehte sich Jim zu dem Gefangenenschiff um.

«Du kannst nichts für sie tun», sagte Mansur schließlich. «Vergiss sie, Vetter. Sie ist außerhalb deiner Reichweite.»

Jims Miene verfinsterte sich vor Zorn und Enttäuschung. «Ist sie das? Du denkst, du weißt alles, Mansur Courtney. Das wollen wir erst mal sehen. Warte nur ab.»

Auf dem Strand vor ihnen wartete ein Stallbursche mit einem Maultiergespann, bereit, ihnen dabei zu helfen, das Skiff auf den Sand zu ziehen. «Was sitzt ihr da wie ein Paar faule Kormorane? Holt schon das Segel ein!», knurrte Jim. Unfassbare, ziellose Wut lastete immer noch auf ihm wie eine dunkle Wolke.

An der ersten Brandungslinie ruhten sie sich auf ihren Rudern aus warteten auf die richtige Welle. Als Jim sie kommen sah, rief er: «Auf geht's! Alle zusammen! Pull!»

Die Welle schob sich unter das Heck und plötzlich genossen sie das berauschende Gefühl, auf dem kräuselnden, grünen Wellenkamm auf den Strand zuzurasen. Die Welle trug sie hoch durch die Luft, bevor sie sich zurückzog und die drei sicher auf dem Strand absetzte. Sie sprangen aus dem Boot, und als der Bursche mit den Maultieren herbeigaloppiert kam, knoteten sie das Schleppseil an und liefen schreiend neben den Tieren her, die das Skiff schließlich weit über die Hochwasserlinie zogen.

«Ich brauche das Gespann morgen früh wieder», sagte Jim zu dem Stallburschen.

«Wir fahren also wieder zu diesem Höllenschiff hinaus?», fragte Mansur zweifelnd.

«Ja, um ihnen eine Ladung Gemüse zu bringen», entgegnete Jim mit unschuldiger Miene.

«Und wogegen willst du das eintauschen?», fragte Mansur in ebenso harmlosem Ton. Jim boxte ihm sanft den Arm und sie sprangen auf die nackten Maultierrücken. Jim blickte noch einmal finster über die Bucht zurück zu der Stelle, wo das Gefängnisschiff vor Anker lag, und dann ritten sie den Strand entlang um die Lagune, den Hügel hinauf, auf die gekalkten Gebäude zu, das Wohnhaus und das Lagerhaus des Anwesens, das Thomas Courtney High Weald getauft hatte, nach dem großen Gutshaus in Devon, wo er und Dorian geboren waren.

Der Name war das Einzige, was die beiden Häuser gemeinsam hatten. Dieses hier war im Kap-Stil errichtet worden. Das Dach war dick mit Reet gedeckt. Die eleganten Giebel und den Torbogen, der auf den Haupthof führte, hatte der berühmte holländische Architekt Anreith entworfen. Der Name des Anwesens und der Familie waren in das schmuckvolle, Engel und Heilige darstellende Fresko über dem Tor eingearbeitet. Das Emblem war eine langläufige Kanone auf einer Fahrlafette, mit einem Band darunter, das die Buchstaben CBTC trug, für *Courtney Brothers Trading Company*. Eine andere Tafel trug die Inschrift *High Weald, 1711*. Das Haus war in demselben Jahr erbaut worden, in dem Jim und Mansur geboren waren.

Als sie durch das Tor auf den gepflasterten Hof ritten, kam Tom Courtney aus dem Lagerhaus gestampft. Er war fast zwei Meter groß, mit schweren, breiten Schultern. Sein dichter, schwarzer Bart war mit silbernen Strähnen durchschossen, sein schimmernder Glatzkopf von buschigen, schwarzen Locken umkränzt. Sein Bauch, einst flach und hart, hatte einen respektablen Umfang angenommen. Sein verwittertes Gesicht war von Lachfalten durchzogen, in seinen Augen schimmerten das sonnige Gemüt und die Zufriedenheit eines überaus erfolgreichen und wohlhabenden Mannes.

«James Courtney! Du bist so lange weg gewesen, dass ich gar nicht mehr weiß, wie du aussiehst. Gut, dass ihr vorbeikommt. Ich möchte euch ja keine Unannehmlichkeiten bereiten, aber hat irgendjemand von euch vor, heute ein wenig zu arbeiten?»

Jim ließ schuldbewusst die Schultern sinken. «Wir wären fast von einem holländischen Schiff gerammt worden. Die Burschen hätten uns fast versenkt. Und dann haben wir einen Rotbarsch gefangen, so groß wie ein Kutschpferd. Wir haben zwei Stunden gebraucht, ihn einzuholen, und dann mussten wir ihn wieder verladen, um ihn an eines der Schiffe auf der Bucht zu verkaufen.»

«Junge, Junge, was ihr heute Morgen alles erlebt habt! Erspare mir den Rest, lass mich raten: Danach hat euch ein französisches Kriegsschiff angegriffen, und schließlich war noch ein verwundetes Nilpferd hinter euch her.» Tom brüllte vor Vergnügen an seinem eigenen Witz. «Egal, wie viel habt ihr denn bekommen für dieses Pferd von einem Rotbarsch?»

«Acht Silbergulden.»

Tom pfiff durch die Zähne. «Das muss ein ja echtes Monstrum gewesen sein.» Doch dann wurde er ernst. «Das ist aber alles keine Entschuldigung, Bursche. Ich kann mich nicht erinnern, dir die Woche freigegeben zu haben. Du hättest seit Stunden hier sein sollen.»

«Ich musste mit dem Proviantmeister des Holländers verhandeln», entschuldigte sich Jim. «Er will uns alles abkaufen, was wir ihm liefern können – und zu einem guten Preis, Papa.»

Das Lachen in Toms Augen wich einem scharfen Blick. «Du hast offenbar keine Zeit verschwendet. Gut gemacht, Junge.»

In diesem Augenblick kam eine hübsche Frau aus der Küche am anderen Ende des Hofes. Sie war fast so groß wie Tom und hatte ihr Haar zu einem schweren Knoten zusammengerafft. Die aufgerollten Ärmel ihrer Bluse offenbarten kräftige, sonnengebräunte Arme. «Tom Courtney, ist dir nicht klar, dass das arme Kind heute ohne Frühstück aus dem Haus gegangen ist? Lass ihn etwas essen, bevor du ihm weiter das Leben schwer machst.»

«Sarah Courtney», rief Tom zurück, «vergiss nicht, dass das arme Kind nicht mehr fünf ist.»

«Es ist Zeit fürs Mittagessen», wechselte Sarah das Thema, «auch für dich, Tom. Kommt also herein, alle.»

Tom hob resigniert die Hände. «Sarah, du bist eine Tyrannin, aber ich könnte tatsächlich einen Büffel verputzen, mitsamt den Hörnern.» So kam er von der Veranda herunter, legte einen Arm um Jims, den anderen um Mansurs Schultern und schob sie zur Küchentür, wo Sarah auf sie wartete, die Arme bis zu den Ellbogen mit Mehl bedeckt.

Zama übernahm die Maultiere und führte sie aus dem Hof zu den Ställen. «Zama, sag meinem Bruder, die Damen warten mit dem Mittagessen auf ihn», rief Tom ihm nach.

«Ich werde es ausrichten, *Oubas*!» Zama wählte stets die respektvollste Anrede für den Herrn von High Weald.

«Wenn du gegessen hast, kommst du hierher zurück, und bring alle Männer mit», befahl ihm Jim. «Wir müssen eine Ladung Gemüse für die *Glückliche Möwe* zusammenstellen und verladen.»

In der Küche wimmelte es von Frauen, die meisten befreite Hausklavinnen, anmutige, goldbraune Javanerinnen aus Batavia. Jim ging zu seiner Mutter und umarmte sie.

Sarah tat so, als wäre es ihr unangenehm. «Spiel nicht den großen Affen, James!» Und doch strahlte sie vor Freude, als er sie hochhob und auf beide Wangen küsste. «Lass mich sofort runter! Ich muss mich um das Essen kümmern!»

«Wenn du mich nicht mehr lieb hast, gehe ich eben zu Tante Yassie.» Er ging auf die zarte, reizende Frau zu, die gerade von ihrem eigenen Sohn umarmt wurde. «Geh weg, Mansur, jetzt bin ich an der Reihe.» Er hob Yasmini aus Mansurs Armen. Sie trug ein langes *Ghagra*-Kleid und eine buntseidene *Coli*-Bluse. Sie war schlank und leicht wie ein junges Mädchen, ihr Teint wie glühender Bernstein, die Mandelaugen dunkel wie Onyx.

Während die Frauen geschäftig umherliefen, ließen die Männer sich um das Ende des langen Gelbholztisches nieder, der mit Schalen und Tellern gedeckt war. Es gab Bobootie-Curry nach malaysischer Art, mit Hammelfleisch, Gewürzen, Eiern und Joghurt, und eine riesige Wildpastete mit Kartoffeln und Fleisch von dem Springbock, den Jim und Mansur geschossen hatten. Dazu gab es ofenfrisches Brot, Butter in Tonschalen und Krüge voll Buttermilch und Dünnbier.

«Wo ist Dorian?», fragte Tom. «Ist er wieder mal zu spät?»

«Hat jemand meinen Namen erwähnt?» Dorian kam in die Küche geschlendert, immer noch schlank und athletisch, hübsch und ungezwungen, der kupferrote Haarschopf dicht wie der seines Sohnes. Er trug hohe Reitstiefel, bis zu den Knien mit Staub bedeckt, und einen breitkrempigen Strohhut. Er warf seinen Hut durch die Küche und die Frauen begrüßten ihn jauchzend.

«Ruhe! Ihr klingt wie eine Schar Hühner, wenn ein Schakal in den Stall kommt!», brüllte Tom. Es wurde fast unmerklich leiser. «Komm schon, Dorry, setze dich, bevor du diese Frauen vollkommen verrückt machst. Wir müssen uns die Geschichte von dem Riesenbarsch anhören, den die Jungen gefangen haben, und von ihrem Handel mit dem VOC-Schiff draußen in der Bucht.»

Dorian setzte sich auf den Stuhl neben seinem Bruder und steckte sein Messer in die Kruste der Wildpastete. Alle seufzten anerkennend, als eine duftende Dampfwolke zu den Stinkholzbalken an der hohen Decke aufstieg. Sarah füllte die blauen Porzellanteller mit dem leckeren Essen und die Küche war von Scherzen, Kichern und spontanen Liebesbekundungen des Frauenvolkes erfüllt.

«Was ist denn mit unserem Jim los?»

Sarah schaute quer über den Tisch und erhob ihre Stimme über den allgemeinen Aufruhr.

Nach und nach wurde es still um den Tisch und alle starrten Jim an. «Warum isst du nicht?», fragte Sarah besorgt. Jims mächtiger Appetit war legendär in der Familie. «Ich glaube, was du brauchst, ist eine Portion Schwefelsirup.»

«Es fehlt mir nichts. Ich habe einfach keinen Hunger.» Jim blickte auf die Pastete auf seinem Teller, die er kaum angerührt hatte, und dann in die Runde. «Schaut mich nicht so an. Ich liege schließlich nicht im Sterben.»

Sarah blickte ihm in die Augen. «Was ist heute passiert?»

Jim wusste, dass sie ihn durchschaute. Er sprang auf. «Entschuldigt mich bitte.» Er schob seinen Schemel zurück und stampfte auf den Hof hinaus.

Tom erhob sich seufzend und wollte seinem Sohn folgen, doch Sarah schüttelte den Kopf. «Lass ihn in Ruhe, Mann.» Es gab nur einen Menschen auf der Welt, der Tom Courtney Befehle erteilen konnte, und er ließ sich gehorsam wieder auf seinem Stuhl nieder.

Sarah schaute zur anderen Seite des Tisches. «Was ist heute dort draußen geschehen, Mansur?»

«Jim ist an Bord des Sträflingsschiffs gegangen, das in der Bucht ankert. Die Dinge, die er dort gesehen hat, müssen ihn bedrücken.»

«Was für Dinge?», fragte Sarah weiter.

«Das Schiff ist voll gestopft mit weiblichen Gefangenen, in Ketten, ausgehungert und geprügelt. Das Schiff stinkt wie ein Schweinestall», erklärte Mansur voller Abscheu und Mitleid in seiner Stimme. Es war wieder vollkommen still, als sich alle die Szene vorstellten, die Mansur beschrieb.

Schließlich sagte Sarah leise: «Und eine der Frauen an Bord war jung und hübsch.»

«Woher weißt du das?», fragte Mansur verblüfft.

Jɪᴍ ʟɪᴇғ ᴅᴜʀᴄʜ ᴅᴀs ᴛᴏʀ und den Hügel hinunter, auf die Koppel am Rand der Lagune zu. Der Hengst graste etwas abseits von der Herde, dicht am Wasser, wo das Gras am grünsten war. Als er Jims Pfiff hörte, warf er den Kopf hoch, krümmte seinen Hals, blähte seine großen Arabernüstern und schaute mit leuchtenden Augen zu Jim hinüber. Jim pfiff noch einmal. «Komm her, Drumfire!», rief er. «Komm zu mir!»

Nach wenigen Schritten war Drumfire aus dem Stillstand in vollem Galopp. Für ein so großes Tier bewegte er sich mit antilopenhafter Anmut. Das Fell des Tieres schimmerte wie geöltes Mahagoni und die Mähne wehte über seinem Rücken wie ein Kriegsbanner. Die stahlbeschlagenen Hufe rissen brockenweise Gras aus dem Boden und hämmerten über die Wiese wie Trommelfeuer, das Geräusch, nach dem Jim ihn benannt hatte.

Am letzten Weihnachtstag hatten Jim und Drumfire im Rennen gegen die Bürger der Kolonie und die Offiziere des Kavallerieregiments die goldene Trophäe des Gouverneurs gewonnen. Damit hatte Drumfire bewiesen, dass er das schnellste Pferd Afrikas war, und Jim hatte ein Angebot von zweitausend Gulden für ihn ausgeschlagen, das Oberst Stephanus Keyser, der Kommandeur der Garnison, ihm für das Tier gemacht hatte.

An jenem Tag hatten Pferd und Reiter viel Ehre gewonnen, aber keine Freunde.

Drumfire glitt den Weg hinunter und kam direkt auf Jim zu. Er änderte im letzten Augenblick den Kurs und schoss so dicht an Jim vorbei, dass der Wind dem Jungen das Haar zerzauste. Dann kam er mit gehobenen Vorderläufen wiehernd zum Stillstand.

«Du alter Angeber», sagte Jim, «benimm dich gefälligst.» Plötzlich lammfromm kam Drumfire zurück und schnupperte an Jims Jackentaschen, bis er das Stück Pflaumenkuchen roch, das Jim mitgebracht hatte. «Das ist es also, was du haben willst.»

Drumfire schubste ihn mit der Stirn, zuerst sanft, doch dann so fordernd, dass er Jim fast umwarf. «Du hast es zwar nicht verdient ...», gab Jim schließlich nach und hielt ihm den Kuchen hin. Drumfire leckte ihm sabbernd den letzten Krümel Kuchen aus der rechten Hand, die Jim sich dann am glänzenden Hals des Pferdes abwischte, bevor er ihm die andere sanft auf die Kruppe legte und sich auf Drumfires Rücken schwang. Die Berührung seiner Fersen genügte, das Tier einen wunderbaren Galopp aufnehmen zu lassen. Der Wind trieb Jim die Tränen aus den Augenwinkeln. Sie flogen das Ufer der Lagune entlang, und als Jim ihn mit der Zehe hinter der Schulter berührte, wechselte der Hengst sofort die Richtung und stob in das flache Wasser, dass ein Schwarm Seebarben an die Oberfläche kam und über das grüne Nass wirbelte wie eine Hand voll Silbergulden. Plötzlich war Drumfire in tieferem Wasser und Jim ließ sich neben dem schwimmenden Tier in die Fluten gleiten. Er hielt sich an der langen Mähne fest und ließ sich durchs Wasser ziehen. Schwimmen war eine der größten Freuden für den Hengst, der nun laut grunzte vor Vergnügen. Sobald Drumfires Hufe wieder festen Boden berührten, glitt Jim wieder auf den Pferderücken und sie stürmten in vollem Galopp zum Strand am anderen Ufer.

Jim lenkte sein Pferd auf die Ozeanküste zu. Er ritt die hohen Dünen hinauf, tiefe Hufabdrücke im weißen Sand hinterlassend, und auf der anderen Seite hinunter, auf die donnernde Brandung zu. Ohne eine Spur langsamer zu werden, galoppierte Drumfire am Wasser entlang, zuerst auf dem harten, feuchten Sand, dann bis zum Bauch im Salzwasser, wo die Ozeanwellen hereinkamen, bis Jim ihn schließlich zügelte und er in Schritt fiel. Der Hengst hatte Jims Zorn und seine Schuldgefühle verscheucht. Jim sprang auf und stand hoch aufgerichtet auf Drumfires Rücken, während das Tier geschickt seinen Schritt anpasste, um Jim in Balance zu halten.

Jim blickte auf die Bucht hinaus. Die *Möwe* hatte sich am Anker gedreht und zeigte ihm ihre Breitseite. Aus der Entfernung wirkte sie ehrbar wie eine gute Bürgersfrau. Keine Anzeichen jenes Grauens, das sich in dem grauen Schiffsbauch verbarg.

«Der Wind hat gedreht», erklärte Jim seinem Pferd, das die Ohren zurücklegte, um seiner Stimme zu lauschen. «In den nächsten Tagen wird er ein mächtiges Unwetter bringen.» Jim stellte sich vor, wie es dann unter Deck auf dem Sträflingsschiff zugehen würde, falls es dann immer noch in der Bucht läge. Er ließ sich auf Drumfires Rücken sinken und ritt in ruhigerem Tempo auf die Festung zu. Bis sie vor den massiven Steinmauern ankamen, waren seine Kleider getrocknet, bis auf die Stiefel aus Kuduhaut, die immer noch feucht waren.

Der Quartiermeister der Garnison, Captain Hugo van Hoogen, saß in seinem Büro neben dem Hauptpulvermagazin. Er begrüßte Jim freundlich und bot ihm eine Pfeife türkischen Tabaks und eine Tasse arabischen Kaffee an. Jim lehnte die Pfeife dankend ab, doch das schwarze Gebräu, mit dem ihn Tante Yasmini bekannt gemacht hatte, trank er genüsslich. Sie hatten sich geeinigt, dass Jim als inoffizieller Mittelsmann der Familie Courtney fungierte.

Hugo war ein eifriger Angler und Jims Erzählung von dem Riesenbarsch begleitete er fasziniert mit lauten Rufen: «*Ag nee!*» und «*Dis nee war nee!*»

Als Jim ihm zum Abschied die Hand gab, hatte er eine Blankolizenz in der Tasche, die ihn berechtigte, im Namen der *Courtney Brothers Trading Company* Handel zu treiben. «Ich werde am Samstag wieder auf einen Kaffee zu Ihnen kommen», zwinkerte Jim.

Hugo nickte herzhaft. «Du bist mehr als willkommen, mein junger Freund.» Er wusste aus langer Erfahrung, dass er sich auf Jim verlassen konnte, vor allem was die Provision betraf, die er bekommen würde: ein kleiner Beutel voll Gold- und Silbermünzen.

Zurück auf High Weald führte Jim seinen Hengst in die Stallungen und bürstete ihn selbst ab, anstatt diese Arbeit einem der Stallburschen zu überlassen. Dann ließ er ihn mit einem Trog voll zerkleinertem Korn zurück, das er mit Sirup beträufelt hatte. Drumfire war ein Zuckerschlecker.

Die Felder und Gärten hinter den Ställen wimmelten von befreiten Sklaven, die dabei waren, das frische Gemüse für die *Möwe* zu ernten. Die meisten der Scheffelkörbe waren schon mit Kartoffeln und Äpfeln, Kürbissen und Rüben gefüllt. Sein

Vater und Mansur leiteten die Ernte. Jim ließ sie mit ihrer Arbeit allein und ging ins Schlachthaus. In dem großen, höhlenartigen Kühlhaus hingen Dutzende frisch geschlachteter Schafe an Haken von der Decke. Jim nahm das Messer aus der Scheide an seinem Gürtel und zog die Klinge mit geübten Streichen über den Schleifstein, bevor er seinem Onkel Dorian bei der Arbeit half. Jeder auf dem Gut musste mit anpacken, um die Lieferung für das Schiff fertig zu machen.

Trotz aller Anstrengungen war es schon später Nachmittag, als die Kolonne von Maultierkarren fertig beladen und auf dem Weg zum Strand war. Für das Umladen der Proviantwaren von den Karren in die auf dem Sand liegenden Bumboote brauchten sie den Rest der Nacht. Als alles verladen war, brach fast schon der Morgen an.

Entgegen Jims Befürchtungen hatte der Wind nicht aufgefrischt. Im Osten war der erste Morgenschimmer zu sehen, als der kleine Konvoi endlich unterwegs war. Jim saß an der Pinne des Führungsbootes, Mansur am Schlagriemen.

«Was hast du in dem Beutel dort?», fragte er Jim.

«Stell keine Fragen, Vetter, dann bekommst du auch keine Lügen zu hören.» Jim schaute auf den wasserfesten Leinensack, der zwischen seinen Füßen lag. Er sprach leise, damit ihn sein Vater nicht hören konnte. Zum Glück hatte Tom Courtney, der im Bug stand, in seiner langen Laufbahn als Jäger so viele schwere Musketen abgefeuert, dass er recht schwerhörig war.

«Ist es ein Geschenk für deine Liebste?» Mansur grinste verschmitzt, doch Jim ignorierte ihn. Mansurs Pfeil hatte fast ins Schwarze getroffen. Jim hatte sorgfältig ein Bündel gesalzenes, in der Sonne getrocknetes Wild in den Beutel gepackt, das *Biltong* der Kapburen, zehn Pfund in Tücher eingewickelte, harte Schiffszwiebacke, ein Klappmesser, eine Dreikantfeile, die er aus der Werkstatt stibitzt hatte, einen Kamm aus Schildkrötenpanzer, der seiner Mutter gehörte, und einen Brief, nur eine Seite, auf Holländisch.

Sie näherten sich der *Möwe* und Tom Courtney brüllte hinauf: «Langboot mit Proviant! Bitten um Erlaubnis anzulegen!»

Jemand auf dem Schiff rief eine Antwort zurück und sie ruderten heran, bis sie sachte an die hohe Bordwand stießen.

IHRE LANGEN BEINE unter sich begraben saß Louisa Leuven auf den harten Planken im stinkenden Halbdunkel, nur erhellt durch den schwachen Schein der Schlachtlaternen. Ihre Schultern waren mit einer dünnen Baumwolldecke von erbärmlichster Qualität bedeckt. Die Kanonenklappen waren geschlossen und verriegelt. Die Wachen gingen kein Risiko ein: So dicht vor der Küste mochten manche der Frauen die Flucht in die kalte, grüne Strömung wagen, ungeachtet der Gefahr zu ertrinken oder von den Haien verschlungen zu werden. Am Nachmittag, als die Frauen an Deck waren, hatte der Koch einen Eimer Innereien des roten Riesenbarsches über Bord geschüttet. Der Oberwärter hatte seine Gefangenen auf die Rückenflossen der Haie aufmerksam gemacht, die sogleich herbeigeschossen kamen, um ihr blutiges Mahl in Empfang zu nehmen.

«Dass nur keine von euch dreckigen Schlampen auf dumme Gedanken kommt», hatte er sie gewarnt.

Zu Beginn der Reise hatte Louisa diesen Platz unter einer der riesigen Bronzekanonen für sich erobert. Sie war stärker als die meisten der anderen verhutzelten, unterernährten Gefangenen, und aus Not hatte sie gelernt, sich zu verteidigen. Das Leben an Bord war wie in einem Rudel wilder Tiere: Die Frauen um sie herum waren so gefährlich und gnadenlos wie Wölfe, doch schlauer und gerissener als jedes Tier. Louisa hatte sofort erkannt, dass sie eine Waffe brauchte. So war es ihr gelungen, ein Stück von dem Bronzefalz unter der Lafette der Kanonen abzureißen. Sie hatte viele Stunden damit zugebracht, das Stück Metall am Kanonenlauf abzufeilen, bis sie eine zweischneidige Stilettklinge daraus gefertigt hatte. Dann hatte sie einen Streifen Leinen von ihrem Kittelsaum abgerissen und daraus einen Messergriff gewickelt. Diesen Dolch trug sie nun Tag und Nacht bei sich, in dem Beutel, den sie sich unter ihrem Leinenkittel um die Taille gebunden hatte.

Bisher war sie nur einmal gezwungen gewesen, einer der anderen Frauen damit einen Schnitt beizubringen.

Nedda war eine Friesin mit fetten Schenkeln und Hintern, das Gesicht voller Sommersprossen. Sie war einmal die Wirtin eines berüchtigten Bordells für den Adel gewesen. Sie hatte sich darauf spezialisiert, ihren Klienten blutjunge Mädchen bereit zu stellen, doch eines Tages war sie zu gierig geworden und hatte versucht, einen Kunden zu erpressen. In einer heißen Tropennacht, als das Schiff ein paar Grad südlich des Äquators dümpelte, war die fette Nedda zu Louisa gekrochen und hatte sich mit ihrem erstickenden Gewicht auf sie gelegt. Keiner der Wächter oder anderen Frauen kam Louisa zu Hilfe, als sie schrie und sich zu wehren versuchte. Sie hatten nur gekichert und Nedda angestachelt.

«Gib's der hochnäsigen Zicke. Sie liebt es.»

«Hört nur, wie sie darum wimmert. Sie liebt es.»

«Weiter, Nedda, ramm ihr die Faust in die feine *Poesje*.»

Als Louisa spürte, wie die Frau ihr die Beine mit einem ihrer fetten Knie auseinander zwingen wollte, langte sie in den Beutel vor ihrem Bauch und zog Nedda die Klinge über die dicke rote Wange. Nedda heulte auf und rollte von ihr weg, beide Hände auf der sprudelnden Wunde. Sie kroch schluchzend in die Dunkelheit davon. Seitdem hielt sich Nedda fern von Louisa, und die anderen Frauen hatten ebenfalls ihre Lektion gelernt. Louisa wurde in Ruhe gelassen.

Für Louisa schien diese grausame Reise ein ganzes Leben zu währen. Selbst in dieser Pause, als die *Möwe* vor dem Tafelberg ankerte, schauderte Louisa bei dem Gedanken an die Qualen, die sie zu erleiden hatte. Sie kroch tiefer in ihr Schlupfloch unter der Kanone und zuckte bei jeder Erinnerung, wie von Dornen gestochen. Jeder Zentimeter des Decks war so mit Menschen voll gestopft, dass es kein Entkommen gab. Die Berührung anderer schmutziger, mit Läusen bedeckter Körper war unausweichlich. In rauem Wetter schwappten die Latrineneimer über. Die Jauche lief über das Deck und kroch in die Kleider und dünnen Baumwolldecken der Frauen. Wenn es ruhiger war, pumpte die Mannschaft Seewasser durch die Luken und die Frauen krochen auf ihren Knien und schrubbten die Planken mit rauen Bimssteinen, doch vergeblich, denn im nächsten Sturm wurden sie wieder mit Schmutz überschüttet. Im Morgengrauen, wenn die Luken geöffnet wurden, lösten sie sich ab und trugen die stinkenden Holzeimer die Leitern hinauf aufs offene Deck und leerten sie über die Reling, während Mannschaft und Wachen johlend zuschauten.

Jeden Sonntag, bei jedem Wetter, wurden die Gefangenen an Deck geholt, unter den Augen der Wachen mit geladenen Musketen. In ihren Fußeisen mussten sie sich dann zitternd, die Arme vor der Brust verschränkt, blau vor Kälte, die Predigt des holländischen Protestantenpredigers anhören, der sie für ihre Sünden tadelte. Wenn diese Folter vorüber war, spannte die Mannschaft ein Leinenlaken vor dem Vordeck auf und die Gefangenen wurden in Gruppen dahinter getrieben, um sich mit Meerwasser aus den Schiffspumpen abspritzen zu lassen. Die Matrosen riefen schmutzige Bemerkungen, und Louisa lernte, sich mit ihrem nassen Kittel zu bedecken und sich hinter den anderen Frauen zu ducken. Die wenigen Stunden der Sauberkeit waren diese Demütigung wert, doch sobald der Kittel trocknete und ihre Körperwärme die nächste Generation Läuse zum Schlüpfen brachte, musste sie sich wieder kratzen. Mit ihrer Bronzeklinge schnitzte sie ein Stück Holz zu einem feinen Kamm, und sie verbrachte jeden Tag Stunden unter der Kanonenlafette, die Nissen aus ihrem Haar zu kämmen. Ihre hoffnungslosen Versuche, sich sauber zu halten, schienen die Verkommenheit der anderen Frauen noch zu unterstreichen, und das hassten sie.

«Schaut euch nur ihre verdammte königliche Hoheit an, sie ist schon wieder dabei und kämmt ihre *Poesje*-Haare.»

Louisa hatte gelernt, die Schreier zu ignorieren. Sie erhitzte die Messerspitze in der rauchigen Flamme der Laterne über ihr und strich mit der Klinge den Saum ihres Kittels vor ihrem Schoß entlang. Die Nissen platzen und verbrannten. Sie hielt die Klinge wieder in die Flamme. Während sie darauf wartete, dass sie wieder heiß wurde, beugte sie den Kopf und schaute durch den engen Spalt in der Fuge der Kanonenklappe.

Mit ihrer Messerspitze hatte sie diese Öffnung so weit vergrößert, dass sie freien Blick nach draußen hatte. Die Klappe war mit einem Vorhängeschloss verriegelt und sie hatte Wochen damit zugebracht, die Scharniere zu lockern. Als das geschafft war, hatte sie das rohe Holz, an dem sie gearbeitet hatte, mit Ruß von der Laterne geschwärzt. Sie hatte den Ruß mit den Fingern eingerieben, damit es den Offizieren nicht auffiel, die sonntags die wöchentliche Inspektion durchführten, während die Gefangenen den Gottesdienst und die Waschung auf dem offenen Deck über sich ergehen lasen mussten. Louisa hatte jedes Mal Angst, ihre Arbeit könnte entdeckt worden sein, wenn sie zu ihrem Schlafplatz zurückkehrte, und da das nicht geschehen war, war ihre Erleichterung oft so überwältigend, dass sie zusammenbrach und weinte.

Die Verzweiflung war niemals fern, sie lauerte wie ein wildes Tier, jeden Augenblick bereit zum Sprung und sie zu verschlingen. Mehr als einmal in den vergangenen Monaten hatte sie ihr kleines Messer so scharf geschliffen, dass die Klinge die feinen blonden Härchen an ihren Unterarmen rasieren konnte. Sie hatte nach dem Puls an ihrem Handgelenk getastet, wo die blaue Arterie so dicht unter der Haut klopfte. Einmal hatte sie die scharfe Klinge dort angelegt, bereit, den tiefen Schnitt anzusetzen, doch dann fiel ein dünner Lichtstrahl durch die Fuge der Kanonenklappe, wie ein Versprechen.

«Nein», flüsterte sie, «ich werde entkommen. Ich werde überleben.»

Sie gab sich Tagträumen hin, während das Schiff durch die Sturmwellen des Südatlantik brach, Träume von den lichten, glücklichen Tagen ihrer Kindheit, die ihr nun als ein verschwommenes, anderes Dasein erschienen. Sie übte sich darin, sich in ihre Fantasie zu verkriechen und sich gegen die Wirklichkeit abzuschotten, in der sie nun gefangen war.

Sie erinnerte sich an ihren Vater, Hendrick Leuven, ein hoch gewachsener, dünner Mann. Sie sah ihn vor sich in seinem hochgeschlossenen schwarzen Anzug und den weißen Spitzenstrümpfen, die seine dünnen Beine bedeckten und die ihre Mutter immer wieder liebevoll gestopft hatte, und an die Falschgoldschnallen an seinen eckigen Schuhen, die er zu polieren pflegte, bis sie glänzten wie reines Silber. Unter der breiten Krempe seines hohen, schwarzen Hutes strahlten schelmische blaue Augen, so ganz im Gegensatz zu seiner sonst so düsteren Erscheinung. Diese Augen hatte sie von ihm geerbt. Sie erinnerte sich an all seine lustigen, faszinierenden, schlauen Geschichten. Als sie ein kleines Mädchen war, hatte er sie jeden Abend die Treppe hinauf in ihr Bett getragen und zugedeckt, und dann hatte er sich neben sie gesetzt und seine Geschichten erzählt, während sie verzweifelt gegen den Schlaf ankämpfte. Als sie etwas größer war, pflegte er mit ihr durch den Garten zu spazieren und die Lektionen des Tages zu besprechen, Hand in Hand, durch die Tulpenfelder des Guts. Sie lächelte noch jetzt, wenn sie an seine endlose Geduld mit ihren Fragen dachte und an sein trauriges, stolzes Lächeln, wenn sie mit nur ganz wenig Hilfestellung die richtige Lösung zu einer Mathematikaufgabe fand.

Hendrick Leuven war der Hauslehrer der van Ritters' gewesen, einer der bedeutendsten Kaufmannsfamilien von Amsterdam. Mijnheer Koen van Ritters gehörte den *Zeventien* an, dem Vorstand der VOC. Seine Lagerhäuser erstreckten sich Hunderte von Metern an beiden Ufern des Inneren Kanals entlang, seine Flotte umfasste fünfunddreißig Schiffe, mit denen er auf der ganzen Welt Handel trieb. Seine Residenz, Huis Brabant, war eine der prächtigsten in ganz Holland.

In diesem mächtigen Schloss am Kanal verbrachten sie die holländischen Winter. Louisas Familie hatte drei Zimmer für sich im obersten Stockwerk und vom Fenster ihrer winzigen Schlafkammer aus konnte sie auf die schwer beladenen Barken hinabschauen, und auf die Fischerboote, die vom Meer zurückkamen.

Den Frühling liebte sie jedoch am meisten. Das war die Zeit, die die van Ritters auf dem Land verbrachten, auf Mooi Uitsig, ihrem Landsitz. In jenen zauberhaften Tagen wohnten Hendrick und seine Familie in einem Häuschen am See gegenüber dem Herrenhaus. Louisa erinnerte sich an die langen Schwärme von Wildgänsen, die von Süden hereingeflogen kamen, wenn es wärmer wurde. Sie landeten platschend auf dem See und ihr Trompeten weckte sie, wenn der Morgen anbrach. Sie kuschelte sich in ihr Daunenbett und horchte, wie ihr Vater im Nebenzimmer schnarchte. Nie hatte sie sich je wieder so warm gefühlt wie damals.

Louisas Mutter, Anne, stammte aus England. Ihr Vater hatte sie nach Holland gebracht, als sie noch ein Kind war. Er war ein Korporal in der Leibgarde Wilhelms von Oranien gewesen, nachdem dieser zum König von England gekrönt worden war. Mit sechzehn war sie als Hilfsköchin in die Dienste der van Ritters' getreten und innerhalb eines Jahres hatte sie dann Hendrick geheiratet.

Anne war pummelig und fröhlich gewesen, ständig umgeben von einer Wolke von Küchenaromen: Gewürze und Vanille, Safran und frisch gebackenes Brot. Sie hatte darauf bestanden, dass Louisa Englisch lernte, und wenn sie unter sich waren, war dies ihre einzige Sprache. Louisa hatte ein Ohr für Sprachen. Außerdem brachte Anne ihr Kochen und Backen bei, Sticken, Nähen und all die anderen Hausfrauenkünste.

Auf besondere Genehmigung Mijnheer van Ritters' durfte Louisa am Hausunterricht mit seinen Kindern teilnehmen, wenngleich von ihr erwartet wurde, dass sie im Klassenzimmer ganz hinten saß und ihren Mund hielt. Erst wenn sie mit ihrem Vater allein war, konnte sie endlich die Fragen stellen, die ihr den ganzen Tag auf der Zunge gelegen hatten. Sie hatte sich sehr früh ein ehrerbietiges Betragen angeeignet.

Mevrouw van Ritters hatte Louisa nur zwei Mal zu Gesicht bekommen, in all den Jahren, und beide Male hatte sie sie nur vom Fenster des Klassenzimmers aus erspäht, wie sie die riesige, schwarz verhangene Kutsche bestieg, umschart von einem halben Dutzend Dienern. Sie war eine geheimnisvolle Gestalt, verhüllt unter mehreren Lagen schwarzen Seidenbrokats und hinter einem dunklen Schleier, der ihr Gesicht verbarg. Louisa hatte ihre Mutter mit anderen Bediensteten über die Herrin reden gehört. Sie litt offenbar an einer Hautkrankheit, die ihre Züge so grauenhaft entstellte, dass sie wie eine Vision der Hölle aussah. Nicht einmal ihr Gatte und ihre Kinder sahen sie jemals unverschleiert.

Mijnheer van Ritters besuchte dagegen manchmal das Klassenzimmer, um zu sehen, wie sein Nachwuchs vorankam, und es geschah oft, dass er dem hübschen, schüchternen

Mädchen zulächelte, das im Hintergrund saß. Einmal blieb er sogar neben Louisas Schulbank stehen und sah zu, wie sie in sauberer, wohlgeformter Schrift auf ihre Schiefertafel schrieb. Er lächelte und berührte ihren Kopf. «Welch wunderhübsches Haar du hast, meine Kleine», murmelte er. Seine eigenen Töchter waren eher dicklich und nicht sonderlich hübsch.

Louisa errötete. Wie nett er ist, dachte sie, und doch so fern und mächtig wie Gott. Er sah sogar aus wie Gott auf dem großen Ölgemälde im Festsaal. Der berühmte Rembrandt Harmenszoon van Rijn hatte es gemalt, ein Protegé der Familie van Ritters. Man sagte, Mijnheers Großvater hätte dem Künstler dafür Modell gesessen. Das Gemälde stellt den Tag der Wiederauferstehung dar, wenn der gnädige Gott die erretteten Seelen ins Paradies erhebt, während die Verdammten im Hintergrund von Dämonen ins brennende Höllenfeuer getrieben werden. Das Gemälde hatte Louisa fasziniert und sie hatte viele Stunden davor zugebracht.

Jetzt, auf dem stinkenden Kanonendeck der *Möwe*, wie sie sich die Nissen aus dem Haar kämmte, fühlte Louisa sich wie eine der Unglücklichen, die für den Hades bestimmt waren. Sie spürte, wie ihre Augen sich mit Tränen zu füllen begannen, und versuchte vergeblich, die traurigen Gedanken abzuschütteln. Sie war erst zehn gewesen, als die schwarze Pest wieder einmal Amsterdam heimsuchte, wie immer zuerst die rattenverseuchten Docks und dann die ganze Stadt.

Mijnheer van Ritters war mit seinem ganzen Haushalt aus Huis Brabant nach Mooi Uitsig geflohen. Er befahl, alle Tore des Guts zu verriegeln und überall bewaffnete Wachen zu postieren, um jedem Fremden den Zutritt zu verwehren. Als die Diener jedoch eine der Ledertruhen auspackten, die sie aus Amsterdam mitgebracht hatten, sprang eine große Ratte heraus und flüchtete die Treppe hinunter. Dennoch fühlten sie sich wochenlang sicher, bis plötzlich eines der Dienstmädchen wie tot zusammenbrach, während sie der Familie das Abendessen servierte.

Zwei Lakaien trugen das Mädchen in die Küche und legten sie auf den langen Tisch. Als Louisas Mutter ihr die Bluse öffnete, sah zu ihrem Schrecken die typischen roten Flecken rund um den Hals des Mädchens – das Pestmal, das Rosenhalsband. Sie war so außer sich vor Entsetzen, dass sie die schwarzen Flöhe nicht bemerkte, die von den Kleidern des Mädchens auf ihre eigenen Röcke hüpften. Vor Sonnenuntergang am nächsten Tag war das Mädchen gestorben.

Am nächsten Morgen fehlten zwei der Kinder van Ritters', als Louisas Vater die Klasse zur Ordnung rief. Eines der Kindermädchen kam herein und flüsterte ihm etwas ins Ohr. Er nickte und sagte laut: «Kobus und Tinus werden heute nicht kommen. Und nun, meine Kleinen, schlagt eure Lesebücher auf, Seite fünf. Nein, Petronella, ich meine Seite zehn.

Petronella war so alt wie Louisa und sie war die Einzige, die freundlich zu ihr gewesen war. Sie brachte oft kleine Geschenke für Louisa mit, und manchmal lud sie sie ins Kinderquartier ein, wo sie dann zusammen mit ihren Puppen spielten. Zu Louisas letztem Geburtstag hatte sie ihr eine ihrer Lieblingspuppen geschenkt. Natürlich zwang sie das Kindermädchen später dazu, sie zurückzugeben. An jenem Tag gingen die beiden Mädchen Hand in Hand am See entlang und Petronella flüsterte: «Tinus ging es gestern Abend so schlecht. Er hat gebrochen! Es stank fürchterlich.»

Als der Morgen halb vorüber war, stand Petronella plötzlich auf und lief zur Tür, ohne um Erlaubnis zu fragen.

«Wo willst du hin, Petronella?», fragte Hendrick van Leuven streng. Sie drehte sich um und starrte ihn an. Ihr Gesicht war leichenblass, und dann brach sie zusammen, ohne noch ein Wort zu sagen. Am Abend sagte Louisas Vater: «Mijnheer van Ritters hat angeordnet, dass ich den Klassenraum abschließe. Niemand von uns darf das Herrenhaus betreten, bis die Seuche vorüber ist. Wie müssen in unserem Haus bleiben.»

«Aber was werden wir dann essen, Papa?» Louisa dachte stets praktisch, wie ihre Mutter.

«Deine Mutter wird Essen von der Speisekammer herunterbringen, Käse, Schinken, Wurst, Äpfel und Kartoffeln, und ich habe meinen kleinen Gemüsegarten hier, und den Hasenstall und die Hühner. Wir werden deinen Unterricht hier fortsetzen. Du wirst schneller vorankommen, und es wird wie Ferien sein. Wir werden zusammen Spaß haben. Aber du darfst den Garten nicht verlassen, verstehst du?», schärfte er ihr ein, während er einen roten Flohbiss an seinem knochigen Handgelenk kratzte.

So vergnügten sie sich für drei Tage, doch am Morgen danach brach Louisas Mutter über dem Küchenherd zusammen und verschüttete kochendes Wasser auf ihr Bein. Louisa half ihrem Vater, sie die Treppe hinaufzutragen und auf das große Bett zu legen. Das verbrühte Bein verbanden sie mit in Honig getränkten Tüchern. Dann öffnete Hendrick ihr Kleid und starrte entsetzt auf das Rosenband um ihren Hals.

Das Fieber kam über sie wie ein Sommersturm. Innerhalb einer Stunde zeigten sich rote Flecke auf ihrer Haut, die so heiß waren, dass man sie kaum berühren konnte. Louisa und Hendrick tupften sie mit kaltem Wasser aus dem See ab. «Sei stark, mein *Lieveling*», flüsterte Hendrick, während sie sich stöhnend auf dem Bett wälzte und es mit ihrem Schweiß tränkte. «Gott wird dich beschützen.»

In der Nacht saßen sie abwechselnd an ihrem Bett, doch am Morgen schrie Louisa nach ihrem Vater. Als er die Treppe heraufgestürmt kam, zeigte Louisa auf den nackten Unterleib ihrer Mutter. In beiden Leisten, wo die Schenkel in den Bauch übergingen, hatten sich grauenhafte Karbunkel gebildet, so groß wie Louisas geballte Faust. Sie waren steinhart und tief purpurn wie reife Pflaumen.

«Die Bubonen!» Hendrik berührte vorsichtig eine der Schwellungen. Anne schrie auf vor Schmerz und ihr Darm explodierte in einem Schwall von Gas und Durchfall, der die Laken tränkte.

Hendrick und Louisa hoben sie aus dem stinkenden Bett und legten sie auf eine saubere Matratze auf dem Boden. Am Abend waren ihre Schmerzen so stark und unablässig, dass Hendrick die Schreie seiner Frau nicht mehr ertragen konnte. Seine blauen Augen waren blutunterlaufen, sein Blick gehetzt. «Bring mir mein Rasiermesser!», befahl er Louisa. Sie eilte zum Waschbecken in der Ecke des Schlafzimmers und holte es. Das Messer hatte einen wunderschönen Perlmuttgriff. Louisa hatte ihrem Vater immer gern zugeschaut, wie er am frühen Morgen seine Wangen einschäumte und die weißen Seifenflocken mit der geraden, blitzenden Klinge abzog.

«Was hast du vor, Papa?», fragte sie, als er die Klinge an dem Lederriemen schärfte.

«Wir müssen das Gift herauslassen, es bringt deine Mutter um. Halt sie fest!»

Louisa hielt ihre Mutter sanft an den Handgelenken. «Es wird alles gut, Mama. Papa sorgt schon dafür, dass es dir gleich besser geht.»

Hendrick zog seine Jacke aus und kam in seinem weißen Hemd zum Bett zurück. Er hockte sich auf Annes Beine, um sie niederzuhalten. Der Schweiß floss ihm die Wangen hinunter und seine Hand zitterte unkontrollierbar, als er die Rasierklinge auf der riesigen, purpurroten Schwellung ansetzte.

«Vergib mir, gnädiger Gott», flüsterte er. Dann drückte er die Klinge nieder und zog sie quer über den Karbunkel, mit einem tiefen, sauberen Schnitt. Einen Augenblick passierte nichts, und dann platzte eine Flut schwarzen Blutes und puddinggelben Eiters aus der tiefen Wunde. Es spritzte auf Hendricks weiße Hemdbrust und an die niedrige Decke über seinem Kopf.

Annes Rücken bog sich wie ein Jagdbogen und Louisa wurde an die Wand geschleudert. Hendrick kauerte in einer Ecke, erschüttert von der Gewalt in Annes Krämpfen. Anne wand und krümmte sich schreiend, das Gesicht so grässlich verzerrt, dass es Louisa Angst machte. Sie drückte sich beide Hände vor den Mund um nicht zu schreien, während sie zusah, wie das Blut in kraftvollen, regelmäßigen Stößen aus der Wunde schoss. Allmählich erstarb dann die pulsierende Fontäne und Annes Schmerzen ließen nach. Die Schreie wurden schwächer, bis sie schließlich ganz still lag, totenblass in einer riesigen Blutlache.

Louisa kroch wieder an die Seite ihrer Mutter und berührte sie am Arm. «Mama, jetzt ist alles in Ordnung. Papa hat das Gift herausgelassen. Du wirst bald wieder gesund sein.» Dann schaute sie zu ihrem Vater. So hatte sie ihn noch nie so gesehen: Er weinte, mit schlaffen, zitternden Lippen, der Speichel tropfte ihm vom Kinn.

«Weine nicht, Papa», flüsterte sie, «sie wird ganz bald wieder aufwachen.»

Doch Anne wachte nie mehr auf.

LOUISA MUSSTE SCHLUCHZEND
zusehen, wie ihr Vater das Grab füllte und die Erde festtrampelte. Danach ging sie auf das Feld hinter der Hecke hinaus und pflückte einen Arm voll Blumen. Als sie zurückkam, war ihr Vater nicht mehr im Garten. Louisa arrangierte die Tulpen an der Stelle, unter der der Kopf ihrer Mutter ruhte. Der Tränenstrom schien versiegt zu sein. Ihr Schluchzen war schmerzhaft und trocken.

Als sie ins Haus kam, saß ihr Vater am Küchentisch, das Hemd schmutzig vom Blut seiner Frau und von der Erde aus ihrem Grab. Er hatte seinen Kopf in beide Hände vergraben und seine Schultern schüttelten sich in Krämpfen. Als er den Kopf hob und sie anschaute, war sein Gesicht blass und fleckig. Ihm klapperten die Zähne.

«Papa, bist du auch krank?» Sie ging auf ihn zu, doch dann zuckte sie zurück, als er den Mund öffnete und einen dicken Strahl gallebrauner Kotze quer über den Tisch spuckte. Danach sackte er auf seinem Stuhl zusammen und fiel auf den Steinfußboden. Er war zu schwer für sie und bestimmt konnte sie ihn nicht die Treppe hinaufschleppen. So pflegte sie ihn, wo er lag, reinigte den Tisch und Boden von Erbrochenem und Durchfall, und tupfte ihn mit eiskaltem Seewasser ab, um das Fieber zu senken. Sie brachte es jedoch nicht über sich, das Rasiermesser anzusetzen, und nach zwei Tagen starb er auf dem Küchenboden.

Sie ging in den Garten. Der Spaten lag noch neben dem Grab ihrer Mutter, wo ihr Vater ihn fallen gelassen hatte. Sie begann zu graben. Es war schwere, stundenlange Arbeit. Als das Grab so tief war, dass ihre dünnen Arme nicht mehr die Kraft hatten, die feuchte Erde hinauszuwerfen, holte sie einen Apfelkorb aus der Küche und zog die Erde Korb für Korb mit einem Seil aus der tiefen Grube. Als es dunkel wurde, arbeitete sie im Laternenschein weiter, und als das Grab schließlich so tief war, dass sie nicht mehr über den Rand schauen konnte, ging sie zu ihrem Vater zurück und versuchte, ihn zur Tür zu schleifen. Doch sie war zu erschöpft, ihre Hände waren wund und voller Blasen vom langen Graben. Sie konnte ihn nicht bewegen. Sie legte ein Laken über ihn, um seine blasse, fleckige Haut und die aufgerissenen Augen zu bedecken. Dann legte sie sich neben ihn und schlief bis zum Morgen.

Die Sonne schien durchs Küchenfenster, als sie erwachte. Sie stand auf und schnitt sich eine Scheibe von dem Schinken ab, der in der Speisekammer hing, und eine Ecke Käse, und aß es mit einem Brocken trockenen Brotes. Dann ging sie zu den Ställen hinter dem Herrenhaus. Sie wusste, es war ihr verboten, dorthin zu gehen. Sie duckte sich also hinter der Hecke. Die Ställe waren verlassen. Die Stallburschen mussten mit den anderen Bediensteten geflohen sein. Sie kroch durch die geheime Lücke in der Hecke, die sie und Petronella entdeckt hatten. Die Pferde waren noch in ihren Ställen, ohne Futter und Wasser. Sie öffnete die Türen und trieb sie auf die Koppel hinaus. Sie galoppierten sofort zum Seeufer hinunter, um zu trinken.

Sie holte ein Halfter aus dem Sattelraum und ging zu Petronellas Pony, während es noch trank. Petronella hatte ihr erlaubt, es zu reiten, wann immer sie wollte. Das Tier erkannte sie also und war zutraulich. Es hob den Kopf und Louisa legte ihm das Halfter um das tropfende Maul und die Ohren. Dann führte sie es zu ihrem Häuschen, dessen Hintertür breit genug war, dass das Pony hindurchpasste.

Louisa zögerte eine ganze Weile und überlegte, wie sie ihren Vater auf respektvollere Weise zu seinem Grab bringen könnte, doch am Ende hatte sie keine Wahl: Sie holte ein Seil und band es Hendrick um die Fußgelenke. Sein Kopf holperte über den unebenen Grund, als das Pony ihn in den Garten schleppte. Bald rutschte er über den Rand des flachen Grabes und Louisa weinte ein letztes Mal um ihn. Dann nahm sie dem Pony das Halfter ab und ließ es auf die Koppel laufen, bevor sie in das Grab hinabstieg, um ihren Vater ordentlich hinzulegen, doch seine Glieder waren stocksteif. Sie musste ihn liegen lassen, wie er war. Sie ging ins Feld hinaus, sammelte noch einen Arm voll Blumen und streute sie über Hendricks Leichnam. Sie kniete neben dem offenen Grab und sang die erste Strophe von «Der Herr ist mein Hirte», auf Englisch, wie es ihr ihre Mutter beigebracht hatte, bevor sie begann, ihn mit Erde zu bedecken. Als das Grab voll war, war es schon dunkel und sie schleppte sich ins Haus zurück, betäubt vor körperlicher und seelischer Erschöpfung.

Sie hatte weder die Kraft noch das Bedürfnis, etwas zu essen. Sie schaffte es nicht einmal die Treppe zu ihrer Schlafkammer hinauf. So legte sie sich vor den Herd und schlief fast sofort wie eine Tote. Mitten in der Nacht wachte sie auf, mit höllischem Durst und Kopfschmerzen, als wollte ihr der Schädel platzen. Als sie aufzustehen versuchte, stolperte sie und fiel gegen die Wand. Ihr war übel und schwindelig, ihre Blase war geschwollen und schmerzte. Sie versuchte, sich in den Garten zu schleppen, um sich zu erleichtern, doch da überkam sie eine Welle von Übelkeit. Ihr Körper krümmte sich langsam und sie übergab sich mitten auf den Küchenfußboden. Voller Entsetzen starrte sie auf die dampfende Pfütze zwischen ihren Füßen. Sie taumelte zu den Kupfertöpfen ihrer Mutter, die an Haken aufgereiht am anderen Ende der Küche an der Wand hingen, und betrachtete ihr Spiegelbild im polierten Boden eines der Töpfe. Langsam und widerwillig berührte sie ihren Hals und starrte auf das rote Band, das ihre milchweiße Haut entstellte.

Ihre Knie gaben nach und sie sank zu Boden. «Ich muss nachdenken», flüsterte sie. «Ich muss aufstehen. Ich weiß, was geschehen wird. Es wird mir ergehen, wie es Mama und Papa ergangen ist. Ich muss mich darauf vorbereiten.» Sie zog sich an der Wand hoch und blieb schwankend stehen. «Ich muss mich beeilen.» Sie erinnerte sich, wie furchtbarer Durst ihre sterbenden Eltern verzehrt hatte. «Wasser!», flüsterte sie. Sie taumelte mit einem Eimer zu der Pumpe im Hof. «Nicht jeder muss an dieser Krankheit sterben», sprach sie sich Mut zu, während sie sich an der Pumpe abmühte. «Ich habe gehört, was die Erwachsenen sagten. Sie sagten, manche der Jungen, Kräftigen können überleben. Sie sterben nicht.» Der Eimer füllte sich mit Wasser. «Ich werde nicht sterben. Ich werde leben, leben!»

Als der Eimer voll war, schwankte sie zu dem Hasenstall, dann zum Hühnerstall und ließ alle Tiere frei, damit sie eine Chance hatten, aus eigener Kraft am Leben zu bleiben.

Auf wackligen Beinen schleppte sie den Wassereimer in die Küche zurück, wo sie ihn vor den Herd stellte und eine Kupferkelle an den Eimerrand hängte. «Essen!», hörte sie ihre Stimme zwischen den Wahnbildern in ihrem Kopf. Sie holte den restlichen Schinken und Käse und einen Korb Äpfel aus der Speisekammer und stellte alles auf, wo sie es erreichen konnte.

«Kalt. Es wird kalt werden in den Nächten.» Sie schleppte sich zur Wäschetruhe, in der ihre Mutter die Überreste ihrer Aussteuer aufbewahrt hatte, nahm ein Bündel Wolldecken und ein Schaffell heraus und breitete sie vor dem Herd aus. Dann nahm sie einen Arm voll Brennholz von dem Stapel in der Ecke und fachte das Feuer an. Der Schüttelfrost hatte schon begonnen.

«Die Tür! Du musst die Tür abschließen!» Sie hatte gehört, dass hungernde Schweine und Hunde in der Stadt in Häuser eingebrochen waren, wo die Menschen zu krank waren, sich zu verteidigen. Die Tiere hatten sie bei lebendigem Leibe aufgefressen. Sie schloss also die Tür und legte den Balken vor. Dann holte sie die Axt ihres Vaters und ein Tranchiermesser und legte sie neben ihr Lager.

Im Schuppen und in den Wänden des Hauses hatten sich Ratten eingenistet. Sie hatte gehört, wie sie nachts umherhuschten, und ihre Mutter hatte sich über das nächtliche Treiben der Eindringlinge in ihrer Speisekammer beklagt. Petronella hatte Louisa erzählt, wie eine riesige Ratte in den Kinderstuben des Herrenhauses erschienen war, als das neue Kindermädchen wieder einmal zu viel Schnaps getrunken hatte. Ihr Vater hatte das grässliche Untier im Bettchen ihrer kleinen Schwester gefunden und daraufhin den Stallburschen befohlen, das betrunkene Kindermädchen zu verprügeln. Die Schreie der unglücklichen Frau waren bis ins Klassenzimmer zu hören gewesen. Nun bekam Louisa eine Gänsehaut, wenn sie sich vorstellte, wie sie hilflos den rasiermesserscharfen Zähnen einer Ratte ausgeliefert wäre.

Mit letzter Kraft nahm sie den größten der Kupfertöpfe von seinem Haken an der Wand und stellte ihn mit geschlossenem Deckel in eine Ecke. Sie war peinlich sauber und schauderte bei dem Gedanken, sich so zu beschmutzen, wie es ihren Eltern widerfahren war.

«Mehr kann ich nicht tun», flüsterte sie und ließ sich auf dem Schaffell nieder. Dunkle Wolken wirbelten in ihrem Kopf und das Blut schien in ihren Adern zu kochen, so hoch war bereits ihr Fieber. «Vater unser, der Du bist im Himmel …», begann sie auf Englisch zu beten, dann überwältigte sie die brodelnde Finsternis.

Es mochte eine Ewigkeit vergangen sein, bevor sie langsam wieder zu Bewusstsein kam, wie ein Taucher, der aus großer Tiefe an die Oberfläche stieg. Die Dunkelheit um sie wurde zu gleißendem Licht, blendend wie Sonnenschein auf einem Schneefeld, und aus dem Licht kam die Kälte, die ihr Blut und Knochen zu gefrieren schien. Der Schüttelfrost setzte wieder ein.

Sie zog das Schaffell über sich und rollte sich zusammen, die Knie an die Brust gepresst. Jede Bewegung schmerzte. Dann fasste sie sich zaghaft ans Hinterteil: Es war so abgemagert, dass die Knochen vorstanden. Sie tastete sich mit dem Finger ab, immer in der Angst, feuchten, schleimigen Durchfall zu fühlen, doch die Haut war trocken. Sie roch zweifelnd an ihrem Finger, doch er war sauber.

Ihr Vater hatte zu ihrer Mutter gesagt: «Durchfall ist das schlimmste Zeichen. Die Gedärme werden in Fetzen gescheuert. Die Überlebenden sind fast immer davon verschont geblieben.»

«Es ist ein Zeichen Gottes», flüsterte Louisa mit klappernden Zähnen. «Ich habe mich nicht beschmutzt. Ich muss nicht sterben.» Dann kam die sengende Hitze zurück und brannte die Kälte und das weiße Licht hinweg. Sie wälzte sich im Delirium, schrie nach Vater und Mutter und nach Jesus. Schließlich weckte der Durst sie auf, brennend wie Feuer. Ihre Zunge füllte den ausgetrockneten Mund wie ein glühender Stein. Sie stützte sich mühsam auf einen Ellbogen und streckte den anderen Arm nach der Wasserkelle aus. Beim ersten Versuch schüttete sie sich fast alles über die Brust, und an dem Rest verschluckte sie sich. Die wenigen Schlucke, die sie nehmen konnte, stärkten sie jedoch auf wunderbare Weise. Im nächsten Versuch trank sie fast eine ganze Kelle voll. Sie ruhte sich wieder aus und trank noch eine Kelle, bis sie genug hatte und das Feuer in ihrem Blut für einen Augenblick gelöscht schien. Sie rollte sich unter dem Fell zusammen, der Bauch geschwollen von dem Wasser, das sie getrunken hatte; sie schlief, und diesmal war ihr Schlaf tief, aber gesund.

Das nächste Mal wurde sie von Schmerzen geweckt. Sie wusste nicht, wo sie war oder was den Schmerz verursacht hatte. Dann hörte sie ganz in der Nähe ein scharfes, reißendes Geräusch. Sie öffnete die Augen und schaute nach unten. Einer ihrer Füße schaute unter dem Schaffell hervor. Über ihrem nackten Fuß hockte etwas so groß wie ein Kater, grau und haarig. Im ersten Augenblick wusste sie nicht, was es war, doch dann war das Geräusch wieder da, und der Schmerz. Sie wollte danach treten, wollte schreien, doch sie war starr vor Schreck. Ihr schlimmster Alptraum war wahr geworden.

Das Tier hob den Kopf und starrte sie an, aus funkelnden Augenperlen. Die Schurrbarthaare an der langen, spitzen Schnauze zitterten. Die scharfen, gebogenen Reißzähne, die über die Unterlippe ragten, waren rosa von Louisas Blut: Das Tier hatte an ihrem Knöchel genagt. Das kleine Mädchen und die Ratte starrten sich an, doch Louisa war immer noch gelähmt vor Schreck. Die Ratte senkte den Kopf und biss abermals zu. Louisa bewegte ihre Hand langsam auf das Tranchiermesser neben ihrem Kopf zu. Mit katzenhafter Schnelligkeit hackte sie nach der ekelhaften Kreatur. Die Ratte war fast ebenso schnell: Sie sprang hoch in die Luft, doch die Messerspitze schlitzte ihr den Bauch auf und sie plumpste quietschend zu Boden.

Louisa ließ das Messer fallen und beobachtete mit weit aufgerissenen Augen, wie die Ratte sich über den Steinboden schleppte, die Eingeweide in einem schleimigen Knäuel hinter sich her schleifend. Sie keuchte und es dauerte lange Zeit, bis ihr Herzklopfen sich beruhigte und sie wieder bei Atem war. Und dann spürte sie, wie der Schreck sie stärker gemacht zu haben schien. Sie setzte sich auf und schaute sich ihren verletzten Fuß an. Die Bisse waren tief. Sie riss einen Streifen Stoff von ihrem Unterrock und wickelte ihn um ihr Fußgelenk. Dann bemerkte sie, dass sie hungrig war. Sie kroch zum Tisch und zog sich daran hoch. Die Ratte hatte sich von dem Schinken bedient. Louisa hackte die angeknabberte Ecke ab, schnitt sich eine dicke Scheibe ab und legte sie auf eine Scheibe Brot. Der Käse war schon mit grünem Schimmel bedeckt. Das zeigte, wie lange sie bewusstlos vor dem Herd gelegen hatte. Doch der Käse war köstlich. Sie trank die letzte Kelle Wasser. Sie wünschte, sie könnte den Eimer noch einmal füllen, doch sie wusste, sie war noch nicht stark genug, und sie fürchtete sich, die Tür zu öffnen.

Sie schleppte sich zu dem großen Kupferkessel in der Ecke und hockte sich darüber hin. Während sie in den Kessel pinkelte, hob sie den Rock und untersuchte ihren Unterleib. Er war glatt und unbefleckt, der unschuldige kleine Schlitz ohne jedes Haar. Sie betrachtete die geschwollenen Bubonen in ihren Leisten. Sie waren hart wie Eicheln und taten weh, als sie sie berührte, doch sie waren nicht von der erschreckenden Farbe und Größe wie die, die ihre Mutter umgebracht hatten. Sie dachte über das Rasiermesser nach, wusste jedoch, sie hätte nicht die Courage, sich damit zu behandeln.

«Ich werde nicht sterben!» Zum ersten Mal glaubte sie wirklich, was sie sagte. Sie glättete ihren Rock, kroch auf ihr Lager zurück und schlief wieder ein, das Messer fest umklammert. Danach verschwammen die Tage und Nächte zu einer traumartigen Abfolge von Schlaf und Wachen. Diese Intervalle wurden allmählich länger und jedes Mal, wenn sie aufwachte, fühlte sie sich kräftiger und besser in der Lage, für sich zu sorgen. Als sie eines Tages auf dem Topf saß, entdeckte sie, dass die Geschwüre abgeschwollen und nicht mehr rot, sondern rosa waren, und sie schmerzten bei weitem nicht mehr so stark, wenn sie sie anfasste. Doch sie wusste, sie musste trinken.

So nahm sie allen Mut und alle Kraft zusammen, die sie besaß, stolperte auf den Hof hinaus und füllte den Wassereimer, bevor sie sich wieder in der Küche einschloss. Als der Schinken bis auf den Knochen abgegessen und der Apfelkorb leer war, fühlte sie sich stark genug, in den Garten zu gehen, wo sie einen Korb voll Rüben und Kartoffeln erntete. Mit dem Feuerstein ihres Vaters zündete sie das Feuer wieder an und kochte den Schinkenknochen in einem Gemüseeintopf. Das

Essen war köstlich und sie fühlte sich von neuer Kraft durchströmt. Danach nahm sie sich jeden Morgen eine Aufgabe vor, die sie an dem Tag erledigen wollte.

Am ersten Tag leerte sie den Kupferkessel, den sie als Nachteimer benutzt hatte, in die Kompostgrube ihres Vaters. Dann wusch sie ihn mit Lauge und heißem Wasser aus und hängte ihn an seinen Haken zurück. Sie wusste, so hätte es sich ihre Mutter gewünscht. Die Anstrengung erschöpfte sie und sie kroch wieder auf das Schaffell.

Am nächsten Morgen fühlte sie sich stark genug, den Wassereimer an der Pumpe zu füllen, ihre schmutzigen Kleider auszuziehen und sich von Kopf bis Fuß mit einer Kelle von der kostbaren Seife zu waschen, die ihre Mutter aus Schaffett und Holzasche zusammengekocht hatte. Zu ihrer großen Freude fand sie, dass die Bubonen an ihren Leisten fast verschwunden waren. Sie konnte sie mit den Fingerspitzen ziemlich hart drücken und der Schmerz war erträglich. Sobald ihre Haut rosa glänzte, putzte sie sich die Zähne mit einem mit Salz bedeckten Finger und verband den Rattenbiss an ihrem Fuß mit einem Verband aus dem Medizinschrank ihrer Mutter. Zum Schluss suchte sie sich in der Wäschetruhe saubere Kleider.

Am Tag darauf hatte sie wieder Hunger. Sie fing einen der Hasen, die ahnungslos durch den Garten hoppelten, und hielt ihn an den Ohren hoch. Dann nahm sie allen Mut zusammen, packte einen Knüppel und brach dem Tier den Hals. Sie nahm den Hasen aus und zog ihm das Fell ab, schnitt ihn in Viertel und kochte ihn mit Zwiebeln und Kartoffeln. Nach dem Essen lutschte sie das letzte Fleisch von den Hasenknochen.

Am nächsten Tag begab sie sich ans Ende des Gartens und verbrachte den Morgen damit, die Gräber ihrer Eltern zu pflegen. Bis dahin hatte sie sich nicht aus dem Garten getraut, doch nun brachte sie den Mut auf, durch das Loch in der Hecke zu kriechen und zum Gewächshaus zu schleichen. Sie vergewisserte sich, dass niemand zu sehen war, doch das Gut schien immer noch verlassen. Unter der großen Auswahl auf den Regalen suchte sie sich die schönsten blühenden Pflanzen aus, stellte sie in einen Handkarren und ging damit zu ihrem Haus zurück, um die Blumen auf den frisch geglätteten Gräbern ihrer Eltern zu pflanzen. Während dieser Arbeit sprach sie ununterbrochen zu ihrem Vater und ihrer Mutter. Sie erzählte ihnen in allen Einzelheiten von den Qualen, die sie erlitten hatte, von der Ratte und dem Hasen, und wie sie in dem schwarzen Topf mit seinen drei Beinen ihren Eintopf gekocht hatte.

Als die Gräber zu ihrer Zufriedenheit dekoriert waren, meldete sich ihre Neugier wieder. Sie schlüpfte durch die Hecke und nahm einen Umweg durch die Tannenschonung, sodass sie sich dem Herrenhaus von der Südseite aus nähern konnte. Es war still und düster. Alle Fenster waren mit Fensterläden verschlossen. Sie schlich vorsichtig an den Haupteingang heran, doch der war verschlossen und zugesperrt. Sie blickte auf das grobe rote Kreuz, das jemand auf die Tür gemalt hatte. Die Farbe war am Holz heruntergelaufen wie Blutstropfen: die Pestwarnung.

Plötzlich fühlte sie sich einsam. Sie setzte sich auf die Stufen der Eingangstreppe. «Ich glaube, ich bin die einzige Überlebende auf der ganzen Welt», sagte sie für sich. «Alle anderen sind tot.»

Mit dem Mut der Verzweiflung stand sie schließlich auf und lief zur Hintertür, die zur Küche und zu den Dienstbotenquartieren führte. Sie versuchte die Tür und zu ihrer Verblüffung schwang sie auf. «Hallo!», rief sie. «Ist jemand da? Stals! Hans! Wo seid ihr?»

Die Küche war verlassen. Sie ging zur Spülküche und steckte den Kopf durch die Tür. «Hallo!» Keine Antwort. Sie ging durch das ganze Haus, suchte jedes Zimmer ab, alles war menschenleer. Überall fand sie Anzeichen der fluchtartigen Abreise der Familie. Sie ließ alles unberührt und zog sorgfältig die Küchentür hinter sich zu, als sie das Haus verließ.

Auf dem Rückweg zu ihrem Häuschen kam ihr eine Idee. Sie bog vom Weg ab und ging zu der Kapelle am Ende des Rosengartens hinunter. Manche der Grabsteine auf dem Friedhof waren zweihundert Jahre alt und mit grünem Moos bedeckt, doch in der Nähe des Eingangs war eine Reihe neuer Gräber, noch ohne Grabsteine. Die Blumensträuße auf ihnen waren bereits verwelkt. Auf jedem der frischen Grabhaufen lagen schwarz umrandete Karten mit den Namen der Verstorbenen und mit Abschiedsgrüßen. Die Tinte war im Regen verlaufen, doch die Namen waren noch zu erkennen. Auf einer der Karten las Louisa: *Petronella Katrina Susanna van Ritters*. Ihre Freundin ruhte zwischen zweien ihrer kleinen Brüder.

Louisa lief zu ihrem Haus zurück. An jenem Abend weinte sie sich in den Schlaf und als sie aufwachte, fühlte sie sich wieder krank und schwach. Ihre Trauer und Einsamkeit waren mit aller Macht zurückgekehrt. Sie schleppte sich zu der Wasserpumpe im Hof und wusch sich Gesicht und Hände. Dann hob sie plötzlich den Kopf. Das Wasser lief ihr übers Gesicht und tropfte ihr vom Kinn. Sie neigte den Kopf und ihre Miene erhellte sich langsam. Ihre blauen Augen funkelten vor Freude. «Menschen!», sagte sie laut, «Stimmen!» Sie klangen fern und kamen aus Richtung des Herrenhauses. «Sie sind zurück. Ich bin nicht mehr allein.»

Mit noch nassem Gesicht rannte sie zu dem Loch in der Hecke, sprang hindurch und lief auf das Herrenhaus zu. Am Gärtnerschuppen blieb sie stehen, um Luft zu holen. Sie war schon im Begriff, auf den Rasen hinauszulaufen, doch irgendein Instinkt mahnte sie plötzlich zur Vorsicht. Sie zögerte. Dann steckte sie den Kopf langsam um die Ecke der roten Ziegelmauer. Kalter Schreck kroch ihr über den Rücken.

Sie hatte erwartet, Kutschen mit dem Wappen der van Ritters' auf dem Kiesplatz vor dem Haupteingang vorzufinden, die Familie dabei auszusteigen, umwimmelt von Stallburschen und Lakaien. Stattdessen ging eine Horde Fremdlinge ein und aus, beladen mit Silber, Kleidern und Gemälden. Die Türen waren aufgebrochen worden. Die zertrümmerten Türflügel hingen schlaff an den Scharnieren.

Die Plünderer stapelten die Schätze auf einer Reihe Handkarren, schreiend und lachend vor Aufregung. Louisa sah, dass sie den Abschaum der Stadt, der Docks und der Elendsquartiere vor sich hatte, Sträflinge und Deserteure aus Gefängnissen und Kasernen, die ihre Tore geöffnet hatten, als die Pest alle Merkmale einer zivilisierten Regierung hinwegschwemmte. Sie trugen die Lumpen an ihren Leibern, die gewöhnlich in den Seitenstraßen und Gossen zu sehen waren, gemischte Uniformjacken oder -hosen und schlecht sitzende Kleider der reichen Leute, deren Häuser sie geplündert hatten. Einer der Schurken, geschmückt mit einem hohen Federhut, hatte eine rechteckige Ginflasche in der Hand, als er mit einem massiv goldenen Tablett unter dem Arm die Haupttreppe heruntergewankt kam, das Gesicht aufgedunsen und entstellt von Alkohol und Ausschweifung. Er schaute genau in Louisas Richtung. In ihrer Verblüffung duckte sie sich nicht schnell genug hinter die Mauer und er erspähte sie. «Eine Frau! Bei allen Teufeln der Hölle, eine richtige Frau, jung und saftig wie ein Apfel!» Er ließ die Flasche fallen und zog sein Schwert. «Komm her, du süßes Füllen. Mal sehen, was sich unter deinem Rock verbirgt.» Er sprang die Stufen hinunter.

Seine Kumpane stießen wilde Schreie aus: «Eine Frau! Hinterher, Jungens! Wer sie fängt, ist als Erster dran!»

Sie kamen johlend über den Rasen gelaufen. Louisa wirbelte herum und rannte davon, zuerst auf ihr Häuschen zu, doch dann erkannte sie, dass sie ihr zu dicht auf den Fersen waren und sie sie dort belagern würden wie eine Horde Frettchen einen Karnickelbau. Sie änderte deshalb die Richtung und lief über die Koppel auf den Wald zu. Der Boden war weich und schlammig, und ihre Beine waren nach der Krankheit noch nicht wieder so stark wie zuvor. Die Männer holten auf, ihre Schreie waren laut und triumphierend. Als sie den Waldrand erreichte, waren die Anführer der Meute schon dicht hinter ihr, doch sie kannte dieses Gehölz genau, da sie oft dort gespielt hatte. Sie schlug Pfade ein, die kaum zu erkennen waren, und strich durch Brombeer- und Ginsterbüsche.

Alle paar Minuten blieb sie stehen und lauschte, und jedes Mal klangen die Stimmen der Verfolger ferner, bis es schließlich ganz still war. Ihre Angst ließ etwas nach, obwohl sie wusste, dass es immer noch gefährlich war, den Schutz des Waldes zu verlassen. Sie suchte das dichteste Dornengebüsch auf und kroch auf dem Bauch hinein, bis sie vollkommen verborgen war. Dann vergrub sie sich unter dem toten Laub, dass nur noch ihr Mund und ihre Augen herausschauten, damit sie die Lichtung im Auge behalten konnte, an deren Rand sie sich befand. So blieb sie dort liegen, keuchend und zitternd. Sie beruhigte sich allmählich und lag regungslos, bis die Bäume lange Schatten auf den Waldboden warfen. Als sie nach einiger Zeit immer noch keinen Laut von den Männern hörte, die sie gejagt hatten, kroch sie wieder auf die Lichtung zu.

In dem Augenblick, als sie sich aufrichten wollte, rümpfte sie die Nase und schnupperte in die Luft. Sie roch einen Hauch von Tabakrauch und presste sich wieder an den Boden. Die Angst war sofort wieder da. Nach vielen lautlosen, angespannten Minuten hob sie langsam den Kopf. Auf der anderen Seite der Lichtung saß ein Mann mit dem Rücken am Stamm der höchsten Buche. Er rauchte eine langstielige Tonpfeife und sein Blick schnellte hin und her. Sie erkannte ihn sofort. Es war der Mann mit dem Federhut, der sie zuerst entdeckt und dann die Jagd auf sie angeführt hatte. Er war so nah, dass sie jeden Zug hören konnte, den er an seiner Pfeife nahm. Sie vergrub ihr Gesicht im schimmligen Laub und versuchte, ihres Zitterns Herr zu werden. Sie wusste nicht, was er mit ihr machen würde, wenn er sie fände, doch sie ahnte, dass es schlimmer sein würde als ihre schlimmsten Albträume.

Sie blieb liegen und lauschte, wie sein Speichel im Pfeifenkopf zischte und gurgelte. Ihre Angst wurde immer schlimmer. Plötzlich beugte er sich zurück und spuckte einen dicken Klumpen Schleim aus. Sie hörte es dicht neben ihrem Kopf aufklatschen und hätte fast die Nerven verloren. Sie brauchte all ihre Courage und Selbstbeherrschung, um nicht aufzuspringen und wegzurennen.

Die Zeit schien stillzustehen, doch endlich spürte sie auf ihren nackten Armen, wie die Luft kälter wurde. Sie hob jedoch immer noch nicht den Kopf. Plötzlich hörte sie Blätter rascheln und schwere Schritte, die über die Lichtung direkt auf sie zukamen. Er blieb dicht neben ihrem Kopf stehen und brüllte so laut, dass sich ihr Herz zusammenzukrampfen und zu gefrieren schien. «Da bist du also! Ich kann dich sehen! Ich komme! Lauf! Lauf lieber weg!» Ihr erfrorenes Herz erwachte wieder zum Leben und hämmerte gegen ihre Rippen, doch sie zwang sich, sich nicht zu bewegen. Nach einer weiteren langen Stille entfernten sich die Schritte von ihrem Versteck. Sie konnte hören, wie er beim Weggehen mit sich selbst sprach:

«Schmutzige kleine Hure. Wahrscheinlich hat sie sowieso die Pocken.»

Sie blieb regungslos liegen, bis es vollkommen dunkel war und sie eine Eule im Wipfel der Buche rufen hörte. Erst dann erhob sie sich und schlich durch den Wald. Jedes Rascheln und Trippeln der kleinen Nachttiere ließ sie zusammenzucken.

Danach traute sie sich tagelang nicht aus dem Haus. Tagsüber vertiefte sie sich in die Bücher ihres Vaters. Eines davon faszinierte sie besonders. Sie las es von der ersten bis zur letzten Seite, und dann las sie es noch einmal. Der Titel lautete *Im schwärzesten Afrika*. Die Geschichten von seltsamen Tieren und wilden Stämmen bezauberten sie und füllten die langen Tage. Sie las von haarigen Riesen, die in den Baumwipfeln hausten, von einem Stamm, der Menschenfleisch verzehrte, und von winzigen Pygmäen mit nur einem Auge mitten auf der Stirn. Das Lesen war für sie das Opium, das ihre Ängste linderte. Eines Abends schlief sie am Küchentisch ein, ihr goldener Kopf auf dem aufgeschlagenen Buch vor der flackernden Lampe.

Der Lichtschein drang durch das vorhanglose Fenster und durch eine Lücke in der Hecke. Zwei dunkle Gestalten, die auf der Straße unterwegs waren, blieben stehen und tauschten heisere Worte aus, bevor sie lautlos das Tor in der Hecke öffneten und hineingingen, der eine zur Vordertür, der andere auf Zehenspitzen zur Hintertür.

«Wer bist du?»

Die raue Stimme schreckte Louisa aus ihrem Schlaf und ließ sie im selben Augenblick aufspringen. «Wir wissen, dass du da drinnen bist! Komm sofort heraus!»

Sie schoss zur Tür und fummelte an dem Riegel. Dann riss sie die Tür auf und stürzte in die Nacht. In diesem Augenblick packte sie eine schwere Männerhand am Nacken und hob sie hoch, dass sie mit den Füßen in der Luft strampelte wie ein neugeborenes Kätzchen.

Der Mann, der sie festhielt, öffnete die Klappe einer Bullaugenlaterne und leuchtete ihr ins Gesicht. «Wer bist du?», fragte er wieder.

Im Schein der Laterne erkannte sie das rote Gesicht und

den buschigen Schnauzbart. «Jan!», kreischte sie. «Ich bin es! Louisa! Louisa Leuven!»

Jan war einer der Lakaien der van Ritters. Die Feindseligkeit in seiner Miene verflog allmählich und wich ungläubigem Staunen. «Die kleine Louisa? Bist du es wirklich? Wir hatten alle gedacht, du wärst mit den anderen umgekommen.»

WENIGE TAGE SPÄTER FUHR JAN mit Louisa nach Amsterdam. Sie hatten einige der geretteten Besitztümer der van Ritters' auf ihren Karren geladen. Als er sie in die Küche von Huis Brabant führte, scharten sich die überlebenden Dienstboten um sie und hießen sie willkommen. Ihr hübsches Gesicht und ihre Heiterkeit hatten sie seit langem zu einem Liebling im Dienstbotentrakt gemacht. So trauerten sie mit ihr, als sie hörten, dass Anne und Hendrick tot waren. Sie konnten kaum fassen, wie die kleine Louisa, nur zehn Jahre alt, ohne Eltern oder Freunde, nur dank ihrer eigenen Besonnenheit und Entschlossenheit die Pest überlebt hatte. Elise, die Köchin, die eine gute Freundin ihrer Mutter gewesen war, nahm sie sofort in ihre Obhut.

Louisa musste ihre Geschichte immer wieder aufs Neue erzählen, als sich herumsprach, dass sie überlebt hatte, und die anderen Dienstboten, Arbeiter und Matrosen von van Ritters' Schiffen und Lagerhäusern zu Besuch kamen.

Jede Woche schrieb Stals, der Butler und Majordomus des Haushalts, einen Bericht an van Ritters in London, wo er mit dem Rest seiner Familie vor der Seuche Zuflucht gesucht hatte. Am Ende eines dieser Berichte erwähnte er, dass Louisa, die Tochter des Schulmeisters, gerettet worden war, worauf sich Mijnheer zu folgender Antwort herabließ: «Sorgen Sie dafür, dass das Kind in meinem Haushalt Arbeit findet. Sie können ihr den Lohn eines Spülmädchens zahlen. Sobald ich wieder in Amsterdam bin, werde ich entscheiden, was wir mit ihr machen werden.»

Anfang Dezember, als das kalte Wetter die Stadt von den letzten Spuren der Seuche gereinigt hatte, brachte Mijnheer van Ritters seine Familie schließlich nach Hause. Seine Frau war der Pest zum Opfer gefallen, doch das änderte nichts am Leben der Familie. Von den zwölf Kindern hatten nur fünf überlebt. Eines Morgens, als Mijnheer van Ritters seit über einem Monat wieder in Amsterdam war und all die dringlicheren Dinge erledigt hatte, die seine Aufmerksamkeit erforderten, befahl er Stals, Louisa zu ihm zu bringen.

Sie stand zögernd im Eingang zu Mijnheer van Ritters' Bibliothek. Er blickte von dem dicken, ledergebundenen Kontenbuch auf, mit dem er beschäftigt war. «Komm herein, Kind», befahl er. «Komm her, damit ich dich sehen kann.»

Stals führte sie vor den Schreibtisch des mächtigen Mannes. Sie machte ihren Knicks vor ihm und er nickte anerkennend. «Dein Vater war ein guter Mann. Er hat dich gelehrt, wie man sich benimmt.» Er erhob sich aus seinem Sessel und ging zu den hohen Erkerfenstern. Für eine Minute blickte er durch die geschliffenen Fenster auf eines seiner Schiffe hinab, von dem gerade Baumwollballen aus der Karibik abgeladen und in ein Lagerhaus gebracht wurden. Dann drehte er sich um und musterte Louisa. Sie war gewachsen, seit er sie das letzte Mal gesehen hatte. Ihr Gesicht und ihre Glieder waren voller geworden. Er wusste, dass sie von der Pest befallen gewesen war, doch sie hatte sich gut erholt. Ihr Gesicht zeigte keine Spuren der verheerenden Krankheit. Sie war ein hübsches Mädchen, sehr hübsch, dachte er, und es war keine oberflächliche Schönheit: Sie wirkte auch aufgeweckt und intelligent. Ihr Blick war lebendig, ihre Augen funkelten blau wie kostbare Saphire, ihre Haut war sahnig und unbefleckt. Doch das Attraktivste an ihr war ihr Haar. Sie trug es in zwei langen Zöpfen, die ihr auf die Brust hingen. Van Ritters stellte ihr ein paar Fragen.

Sie versuchte, ihre Furcht und Scheu vor ihm zu verbergen und vernünftige Antworten zu geben.

«Lernst du auch fleißig, Kind?»

«Ich habe all die Bücher, die meinem Vater gehört haben, Mijnheer. Ich lese jeden Abend vor dem Einschlafen.»

«Welche Arbeit tust du im Augenblick?»

«Ich wasche und schäle Gemüse, ich knete den Brotteig,

helfe Pieter beim Spülen und Abtrocknen der Töpfe und Pfannen, Mijnheer.»

«Bist du glücklich damit?»

«Oh ja, Mijnheer. Elise, die Köchin, ist sehr gut zu mir.»

«Ich glaube, wir können nützlichere Arbeit für dich finden.» Van Ritters strich sich nachdenklich den Bart.

Elise und Stals hatten Louisa eingeschärft, wie sie sich vor ihm zu benehmen hatte. «Denke immer daran, dass er einer der größten Männer im Lande ist. Nenne ihn stets ‹Exzellenz› oder ‹Mijnheer›. Und vergiss nicht deinen Knicks zur Begrüßung und zum Abschied.»

«Tu genau, was er sagt. Halte deine Hände vor dem Bauch gefaltet, zappele nicht herum und bohre nicht in der Nase.»

Sie hatten ihr so viele Anweisungen gegeben, dass es sie verwirrte, doch nun, da sie vor ihm stand, fühlte sie sich wieder sicherer. Seine Kleidung war von feinster Qualität, sein Kragen aus schneeweißer Spitze. Die Schnallen auf seinen Schuhen waren aus reinem Silber und das Heft des Dolches an seinem Gürtel war aus Gold, mit funkelnden Rubinen besetzt. Er war groß und seine Beine in den schwarzen Seidenstrümpfen waren so wohlgeformt, dass sie einem halb so alten Mann Ehre gemacht hätten. Sein Haar zeigte silberne Strähnen, doch es war immer noch dicht und in makellose Locken gelegt. Sein Bart, rasiert und geformt im Stile van Dycks, war fast vollständig silbergrau. Um seine Augen hatte er zarte Lachfalten, doch die Haut seiner Hand, mit der er sich den Spitzbart strich, war glatt und ohne Altersflecke. Am Zeigefinger trug er einen enormen Rubin. Trotz der Pracht und Würde seiner Erscheinung war sein Blick milde und wohlwollend. Irgendwie wusste Louisa, sie konnte ihm vertrauen, wie sie stets auf den lieben Jesus vertraute.

«Gertruda braucht jemanden, der sich um sie kümmert», entschied van Ritters schließlich. Gertruda war die jüngste seiner überlebenden Töchter. Sie war sieben Jahre alt, ein schlichtes, einfältiges und mürrisches Kind. «Du wirst ihre Freundin sein und ihr bei ihren Schularbeiten helfen. Ich weiß, du bist ein aufgewecktes Mädchen.»

Louisa sank der Mut. Sie wollte die Wärme und Sicherheit,

die sie im Dienstbotentrakt empfand, nicht aufgeben, um sich oben um die jammernde Gertruda zu kümmern. Sie wollte protestieren, doch Elise hatte sie gewarnt, Mijnheer niemals zu widersprechen. Sie senkte den Kopf und machte einen Knicks.

«Sorgen Sie dafür, dass sie ordentlich gekleidet ist, Stals. Wir werden sie als Hilfskindermädchen bezahlen. Weise ihr eine Schlafkammer in der Nähe der Kinderzimmer an.» Damit entließ van Ritters sie und ging wieder hinter seinen Schreibtisch.

Louisa wusste, sie musste aus ihrer Lage das Beste machen. Sie hatte keine Wahl. Mijnheer herrschte über ihr Universum. Sie wusste, sie würde endlose Qualen erleiden, wenn sie sich seinem Diktat widersetzte. So nahm sie sich vor, Gertruda auf ihre Seite zu bringen. Das war nicht einfach, denn das kleine Mädchen war anspruchsvoll und unvernünftig. Sie gab sich nicht damit zufrieden, Louisa am Tage als Sklavin zu haben, sie schrie gar in der Nacht nach ihr, wenn sie von einem Albtraum aufwachte oder wenn sie auf den Nachttopf musste. Doch Louisa beklagte sich nie und war immer heiter, wodurch sie Gertruda allmählich für sich gewann. Sie brachte ihr einfache Spiele bei, beschützte sie vor den Rüpeleien ihrer Brüder und Schwestern, sang sie in den Schlaf und las ihr Geschichten vor. Wenn sie unter Albträumen litt, kroch Louisa zu ihr ins Bett, nahm sie in die Arme und wiegte sie wieder in den Schlaf. So gab Gertruda nach und nach ihre Rolle als Louisas Peinigerin auf. Die Mutter des Mädchens war eine unnahbare, verschleierte Gestalt gewesen. Sie konnte sich nicht einmal an ihr Gesicht erinnern. Nun hatte sie in Louisa einen Ersatz gefunden und folgte ihr vertrauensvoll wie ein Hündchen. Bald war Louisa in der Lage, Gertrudas Wutanfälle unter Kontrolle zu bringen, wenn sie sich heulend auf dem Boden wälzte, ihr Essen an die Wand warf oder sich aus dem Fenster in den Kanal zu stürzen versuchte. Niemandem war dies je gelungen, doch mit einem

63

stillen Wort konnte Louisa sie beruhigen, sie an die Hand nehmen und auf ihr Zimmer bringen. Innerhalb von Minuten lachte sie dann wieder und klatschte in die Hände, während sie mit Louisa den Refrain eines Kinderreims aufsagte. Anfangs fühlte sich Louisa nur durch ihre Pflichten Gertruda verbunden, doch dann begann sie, sie zu mögen, und empfand schließlich eine Art mütterliche Liebe für sie.

Mijnheer van Ritters entging nicht, wie seine Tochter sich veränderte. Bei seinen gelegentlichen Besuchen in Kinderzimmer und Klassenraum bedachte er Louisa oft mit einem netten Wort. Auf der Weihnachtsfeier für die Kinder sah er zu, wie Louisa mit ihrem Schützling tanzte. Louisa war so geschmeidig und anmutig wie Gertruda plump und unansehnlich war. Van Ritters lächelte, als Gertruda Louisa ihr Weihnachtsgeschenk überreichte, ein Paar winziger Perlenohrringe, und wie Louisa sie küsste und umarmte.

Wenige Monate später bestellte van Ritters Louisa wieder in seine Bibliothek. Er sprach für eine Weile von den Fortschritten, die sie mit Gertruda machte, und wie zufrieden er mit ihr war. Bevor sie ihn verließ, berührte er ihr Haar. «Du bist im Begriff, zu einer reizenden jungen Frau heranzuwachsen. Ich muss aufpassen, dass nicht irgendein Lümmel versucht, dich uns wegzunehmen. Gertruda und ich brauchen dich hier.» Louisa war überwältigt von seiner Gunst.

An Louisas dreizehntem Geburtstag bat Gertruda ihren Vater um einen besonderen Gefallen. Van Ritters war im Begriff, mit einem seiner älteren Söhne nach England zu reisen, wo der Junge an der berühmten Universität zu Cambridge studieren sollte, und Gertruda fragte nun ihren Vater, ob sie und Louisa mitkommen dürften. Van Ritters gab seine Zustimmung.

Sie segelten auf einem von van Ritters' Schiffen und verbrachten dann den größten Teil des Sommers in den englischen Großstädten. Louisa fand die Heimat ihrer Mutter bezaubernd und nahm jede Gelegenheit wahr, die Sprache zu üben.

Die van Ritters und ihr Gefolge blieben eine Woche in Cambridge, da Mijnheer dafür sorgen wollte, dass sein Lieblingssohn sich dort gut einrichtete. Er mietete sämtliche Zimmer im *Red Boar*, dem besten Gasthaus der Universitätsstadt. Louisa schlief wie gewöhnlich in einem Bett in der Ecke von Gertrudas Zimmer. Eines Morgens saß Gertruda schnatternd auf ihrem Bett und schaute Louisa zu, wie sie sich ankleidete. Plötzlich streckte sie ihre Hand aus und kniff Louisa in die Brust. «Sieh nur, Louisa, bei dir wachsen ja Tittys!»

Louisa schob sanft ihre Hand zurück. In den letzten Monaten hatten sich unter ihren Brustwarzen die harten Klümpchen gebildet, die den Beginn der Pubertät ankündigten. Ihre Brustwarzen waren geschwollen und empfindlich.

«Das musst du nicht tun, mein Schatz. Es tut weh, und es war ein hässliches Wort, das du da gebraucht hast.»

«Es tut mir Leid, Louisa.» Dem Kind kamen die Tränen. «Ich wollte dir nicht wehtun.»

«Schon gut.» Louisa küsste sie. «Was möchtest du zum Frühstück?»

«Kuchen.» Die Tränen waren sofort vergessen. «Ganz viel Kuchen mit Sahne und Erdbeermarmelade.»

«Vielleicht können wir danach zum Kasperletheater gehen», schlug Louisa vor.

«Au ja, Louisa! Meinst du, wir dürfen?»

Als Louisa um Erlaubnis fragte, beschloss Mijnheer van Ritters spontan, die Kinder zu begleiten. In der Kutsche kam Gertruda auf ihre unberechenbare Art darauf zurück, was sie am Morgen gesehen hatte, und verkündete mit lauter Stimme: «Louisa hat rosa Tittys und die Spitzen stehen vor.»

Louisa senkte den Blick und flüsterte: «Ich habe dir doch gesagt, Gertie, das ist ein unanständiges Wort. Du hast mir versprochen, es nicht mehr zu sagen.»

«Entschuldige, Louisa, ich habe es vergessen», antwortete Gertruda schuldbewusst.

Louisa drückte ihre Hand. «Ich bin nicht böse mit dir, Schatz. Ich will nur, dass du dich wie eine Dame benimmst.»

Van Ritters schien den Wortwechsel nicht gehört zu haben. Er schaute nicht auf von dem Buch, das offen auf seinen Knien lag. Während des Puppenspiels, als der hakennasige Kasper seine kreischende Frau mit dem Knüppel auf den Kopf schlug, schaute Louisa jedoch zur Seite und bemerkte, dass Mijnheer die sanften Schwellungen in ihrer Bluse anstarrte. Sie spürte, wie das Blut ihr in die Wangen schoss, und zog sich ihren Schal enger um die Schultern.

Es war schon Herbst, als sie auf der Rückreise nach Amsterdam waren. Am ersten Abend auf See lag Gertruda mit Seekrankheit danieder. Louisa pflegte sie und hielt ihr die Schüssel hin, wenn sie sich übergeben musste. Als das Kind endlich fest schlief, konnte Louisa die stinkende Kabine verlassen. Gierig nach frischer Luft eilte sie die Stiege zum offenen Deck hinauf. Als sie geduckt in der Tür stand, sah sie eine hoch gewachsene, elegante Gestalt allein auf dem Achterdeck. Die Offiziere und Matrosen hatten van Ritters die luvseitige Reling überlassen. Das war sein Vorrecht als Schiffseigner. Louisa wäre sofort wieder unter Deck verschwunden, doch van Ritters hatte sie schon gesehen und rief sie zu sich. «Wie geht es meiner Gertie?»

«Sie schläft, Mijnheer. Morgen früh wird sie sich bestimmt viel besser fühlen.»

In diesem Augenblick hob eine größere Welle das Schiff empor und brachte es abrupt zum Rollen. Louisa verlor das Gleichgewicht und wurde gegen ihn geworfen. Er legte ihr einen Arm um die Schultern. «Es tut mir so Leid, Mijnheer», sagte sie heiser. «Ich bin ausgerutscht.» Sie wollte sich von ihm lösen, doch sein Arm hielt sie fest umklammert. Sie war verwirrt und wusste nicht, was sie tun sollte. Sie wagte nicht, sich noch einmal von ihm abzustoßen und er machte keine Anstalten, sie loszulassen, und dann – sie traute kaum ihren Sinnen – spürte sie, wie seine andere Hand sich um ihre rechte Brust schloss. Sie keuchte und zitterte, als er die zarte, geschwollene Brustwarze zwischen seinen Fingern zwirbelte. Seine Berührung war sanft, ganz anders als die seiner Tochter gewesen war. Es tat überhaupt nicht weh. Mit furchtbarer, brennender Scham wurde ihr klar, dass sie es genoss. «Mir ist kalt», flüsterte sie.

«Ja», sagte er, «du musst nach unten gehen, bevor du dir eine Erkältung holst.» Er ließ sie los und lehnte sich wieder über die Reling. Funken sprühten von der Spitze seines Stumpen und wurden vom Wind davongetragen.

ALS SIE WIEDER IN HUIS BRABANT
waren, sah sie ihn wochenlang nicht wieder. Sie hörte, wie
Stals zu Elise sagte, Mijnheer wäre auf Geschäftsreise in Paris.
Dennoch dachte sie immer wieder an ihre flüchtige Begegnung an Bord des Schiffes. Manchmal wachte sie mitten in der
Nacht auf und lag wach, schwitzend vor Scham und Reue,
wenn sie die Augenblicke auf See wieder durchlebte. Sie
fühlte sich verantwortlich dafür was passiert war. Es war ihr
Fehler. Einem großen Mann wie Mijnheer van Ritters konnte
man sicherlich keinen Vorwurf machen. Wenn sie daran
dachte, spürte sie ein eigenartiges Brennen in ihren Brustwarzen. Sie fühlte sich von etwas unsagbar Bösem erfüllt und
stieg aus ihrem Bett, um niederzuknien und zu beten, zitternd
auf den nackten Holzdielen. Doch dann rief Gertruda: «Louisa, ich brauche den Nachttopf!»

Dankbar für die Ablenkung begab sich Louisa zu Gertruda,
bevor das Kind ins Bett machen konnte. Ihre Schuldgefühle
legten sich etwas im Laufe der Wochen, ohne jedoch ganz zu
verschwinden.

Eines Nachmittags kam Stals dann zu ihr ins Kinderzimmer. «Mijnheer van Ritters möchte dich sehen. Du musst dich
sofort zu ihm begeben. Ich hoffe, du hast nichts angestellt,
Kind.» Sie bürstete geschwind ihr Haar und sagte Gertruda,
wo sie hin musste.

«Kann ich mitkommen?»

«Du musst noch das Bild von dem Boot für mich fertig machen. Versuche, innerhalb der Linien zu bleiben, mein Schatz.
Ich werde bald zurück sein.»

Mit galoppierendem Herzen klopfte sie an die Bibliotheks-
tür. Sie wusste, er würde sie dafür bestrafen, was auf dem
Schiff geschehen war. Vielleicht würde er sie von den Stallburschen verprügeln lassen, wie er es mit dem betrunkenen Kindermädchen gemacht hatte. Oder, noch schlimmer, er könnte
sie auf die Straße werfen lassen.

«Komm herein!», rief er mit strenger Stimme.

Sie öffnete die Tür und machte ihren Knicks vor ihm. «Sie
haben nach mir geschickt, Mijnheer.»

«Ja, komm herein, Louisa.» Sie blieb vor seinem Schreibtisch stehen, doch er winkte sie zu sich auf die andere Seite. «Ich möchte mit dir über meine Tochter reden.»

Statt des gewohnten schwarzen Rocks und Spitzenkragens trug er einen Hausmantel aus schwerer chinesischer Seide. Aus seiner legeren Kleidung und dem ruhigen, freundlichen Gesichtsausdruck schloss sie, dass er nicht böse auf sie war. Sie war erleichtert. Er würde sie nicht bestrafen, und seine nächsten Worte bestätigten das. «Ich habe überlegt, es ist vielleicht an der Zeit, dass Gertruda Reitunterricht bekommt. Du bist eine gute Reiterin. Ich habe gesehen, wie du den Stallburschen geholfen hast, die Pferde in Bewegung zu halten. Was ist deine Meinung?»

«Oh ja, Mijnheer, das würde Gertie bestimmt gefallen. Old Bumble ist ein gutmütiger Wallach ...» So half sie ihm freudig, für seine Tochter zu planen. Sie stand dicht neben ihm. Vor ihm auf dem Schreibtisch lag ein dickes Buch in grünem Ledereinband, das er nun wie beiläufig aufschlug. Sie kam nicht umhin, das Bild zu sehen, und ihre Stimme erstarb. Sie presste sich beide Hände vor den Mund, als sie die Illustration anschaute, die eine ganze Folioseite einnahm. Es war offensichtlich das Werk eines begabten Künstlers. Der Mann in dem Gemälde war jung und hübsch und lungerte zurückgelehnt in einem Ledersessel. Vor ihm stand ein hübsches, lachendes junges Mädchen, das, wie Louisa auffiel, ihre Zwillingsschwester hätte sein können, mit weit auseinander stehenden, himmelblauen Augen. Das Mädchen hielt ihre Röcke hoch, bis zur Taille, sodass der Mann das goldene Nest zwischen ihren Schenkeln sehen konnte. Die geschwollenen Lippen, die ihn durch die Löckchen anschmollten, hatte der Künstler besonders betont.

Das reichte schon, ihr den Atem zu rauben, doch es kam noch schlimmer – viel schlimmer: Der Mann auf dem Bild hatte den Hosenschlag geöffnet und durch den Schlitz wuchs ein weißer Schaft mit einem rosaroten Kopf. Der Mann hielt ihn sanft zwischen zwei Fingern und schien damit auf die rosige Öffnung des Mädchens zu zielen.

Louisa hatte noch nie einen Mann nackt gesehen. Sie hatte zwar die anderen Mädchen im Dienstbotentrakt begeistert darüber reden gehört, doch so etwas wie dies hatte sie nicht im Entferntesten erwartet. Sie war zugleich erschrocken und fasziniert und konnte ihren Blick nicht davon abwenden. Heiße Blutschwalle stiegen ihr zu Kopf und röteten ihre Wangen. Scham und Schrecken verzehrten sie.

«Ich dachte, das Mädchen sieht aus wie du, wenn auch nicht ganz so hübsch», sagte van Ritters mit ruhiger Stimme. «Meinst du nicht auch, mein Liebes?»

«Ich – ich weiß nicht», hauchte sie. Die Knie gaben fast unter ihr nach, als sich van Ritters Hand sanft auf ihr Hinterteil legte und sich durch die Unterröcke in ihre Haut zu brennen schien. Er umfasste ihre kleine, runde Pobacke. Sie wusste, sie sollte ihn bitten, aufzuhören, oder aus dem Zimmer rennen, weglaufen, doch sie konnte nicht. Stals und Elise hatten sie immer wieder gewarnt, dass sie Mijnheer stets zu gehorchen hatte. Sie war wie gelähmt. Sie gehörte ihm, so wie seine Pferde und Hunde ihm gehörten. Sie musste sich ihm klaglos unterwerfen, obwohl sie nicht sicher war, was er tat und was er von ihr wollte.

«Was die Größe angeht, hat Rembrandt sich natürlich etwas künstlerische Freiheit genommen.» Sie konnte nicht fassen, dass dieses Bild von demselben Künstler stammen sollte, der Gott gemalt hatte, doch genauso war es: Selbst ein berühmter Maler musste offenbar tun, was der große Mann von ihm verlangte.

«Vergib mir, gnädiger Jesus», betete sie und schloss fest die Augen, damit sie dieses sündige Bild nicht mehr anschauen musste. Dann hörte sie das Rascheln steifen Seidenbrokats und er sagte: «Hier, Louisa, so sieht es in Wirklichkeit aus.»

Sie kniff die Augen zusammen und er fuhr ihr mit der Hand über den Po, sanft, aber beharrlich. «Du bist jetzt ein großes Mädchen, Louisa. Es wird Zeit, dass du von diesen Dingen erfährst. Öffne die Augen, mein Liebes.»

Gehorsam öffnete sie die Augen einen Schlitz weit. Sie sah, dass er seinen Hausmantel aufgeknöpft hatte und dass er darunter nackt war. Sie starrte das Ding an, das aufrecht zwischen den Seidenfalten herausragte. Das Gemälde war nur eine abgemilderte, beschönigende Darstellung davon. Van Ritters'

Glied, dick wie ihr Handgelenk, wuchs prall aus einem drahtigen, dunklen Haarbusch, und der Kopf war nicht blassrosa, sondern von der Farbe einer reifen Pflaume. Der Schlitz an der Spitze starrte sie an wie das Auge eines Zyklopen. Sie schloss wieder fest die Augen.

«Gertruda», flüsterte sie, «ich habe ihr versprochen, mit ihr spazieren zu gehen.»

«Du bist sehr gut zu ihr, Louisa.» Seine Stimme klang eigenartig heiser, wie sie es noch nie gehört hatte. «Doch nun musst du auch gut zu mir sein.» Er griff unter ihre Röcke und fuhr mit den Fingern ihre nackten Beine hinauf. Er verharrte an den weichen Kuhlen in ihren Kniekehlen und sie zitterte noch mehr. Seine Berührung war nicht mehr als ein Streicheln. Es beruhigte sie auf seltsame Weise, obwohl sie wusste, dass es unrecht war. Ihre widersprüchlichen Gefühle verwirrten sie so sehr, dass sie kaum noch atmen konnte. Seine Hand bewegte sich die Schenkel hinauf, nicht verstohlen oder zögernd, sondern so bestimmt, als wäre es nicht etwas, wogegen sie sich wehren oder was sie zurückweisen konnte.

«Du musst gut zu mir sein», hatte er gesagt, und sie wusste, er hatte jedes Recht, das von ihr zu verlangen. Sie verdankte ihm alles. Wenn es dies war, was er mit ‹gut zu mir sein› meinte, dann hatte sie keine Wahl, obwohl sie wusste, dass es sündhaft war und Jesus sie dafür strafen würde. Vielleicht würde Er aufhören sie zu lieben, wegen dem, was sie jetzt taten. Sie hörte das Papier rascheln, als er mit seiner freien Hand eine andere Seite aufschlug. «Schau nur», sagte er. Sie versuchte, sich wenigstens dieser Forderung zu widersetzen und schloss wieder die Augen. Seine Berührung wurde fordernder und seine Hand glitt zu der Falte zwischen Oberschenkel und Po.

Sie öffnete die Augen ein wenig, blickte durch die Augenlider auf die neue Seite in dem Buch, und dann riss sie die Augen weit auf. Das Mädchen, das ihr so ähnlich sah, kniete nun vor ihrem Verehrer. Ihre Röcke waren hinten hochgerafft, sodass ihr rundes, butterweiches Hinterteil offenbart war. Sie und der junge Mann schauten beide auf seinen Schoß, das Mädchen mit einem liebevollen Blick, als betrachtete sie ihr Lieblingstier, vielleicht ein Kätzchen. Sie hielt sein Glied mit ihren beiden kleinen Händen, obwohl ihre zierlichen Finger es nicht ganz umfassen konnten.

«Ist das nicht ein schönes Bild?», fragte er, und trotz der Verdorbenheit des Motivs empfand sie eine eigenartige Sympathie für die beiden jungen Leute. Sie lächelten. Anscheinend liebten sie einander und hatten Freude an dem, was sie da taten. Diesmal vergaß sie, ihre Augen wieder zu schließen.

«Siehst du, Louisa, Gott hat Mann und Frau unterschiedlich erschaffen. Allein sind sie unvollständig; nur zusammen bilden sie ein Ganzes.» Sie wusste nicht genau, was er meinte, doch manchmal hatte sie auch nicht verstanden, was ihr Vater sagte oder was der Pastor predigte. «Deshalb ist das Paar auf dem Bild so glücklich, deshalb kannst du sehen, dass sie voller Liebe sind füreinander.»

Mit sanfter Bestimmtheit fuhren seine Finger zwischen ihre Beine, bis zu der Stelle, wo sich die Schenkel trafen. Und dann machte er etwas anderes mit ihr. Sie war nicht sicher, was es war, doch sie stellte ihre Füße etwas weiter auseinander, um es ihm einfacher zu machen. Das Gefühl, das sie dann erlebte, war jenseits von allem, was sie je erfahren hatte. Sie spürte, wie das Glück und die Liebe, von der er gesprochen hatte, sie durchströmten und ihren ganzen Körper einnahmen. Sie starrte auf die Öffnung in seinem Mantel und ihr Schrecken und ihre Angst waren plötzlich verflogen. Sie sah nun, dass es eigentlich ein schöner Anblick war, wie das Bild in dem Buch. Kein Wunder, dass das andere Mädchen es so angeschaut hatte.

Er bewegte sie sanft und sie bot keinen Widerstand. Immer noch in seinem Sessel sitzend drehte er sie zu sich, zog sie näher an sich heran und legte ihr eine Hand auf die Schulter. Sie begriff instinktiv, was er wollte. Er wollte, dass sie das Gleiche mit ihm tat wie das Mädchen in dem Buch. Seine Hand zog sie langsam nieder und sie sank auf die Knie, sodass das seltsame, schöne Ding in seinem Schoß nur wenige Zentimeter von ihrem Gesicht entfernt war. Wie das andere Mädchen, nahm sie es nun in die Hände. Er grunzte leise und sie fühlte, wie heiß und hart es war. Es faszinierte sie. Sie drückte es sanft und spürte, wie es zum Leben erwachte, als wäre es ein selbstständiges Wesen. Es gehörte ihr und sie empfand ein eigenartiges Gefühl von Macht, als hielte sie den Kern seines Daseins in Händen.

Er griff nach unten, legte seine Hände auf die ihren und bewegte sie langsam vor und zurück. Zuerst war sie nicht sicher, was er tat, doch dann begriff sie, dass er ihr zeigte, was er wollte. Sie empfand den starken Wunsch, ihn zufrieden zu stellen, und sie lernte schnell. Während sie mit flinken Fingern sein Glied bearbeitete wie eine Weberin ihren Webstuhl, lehnte er sich stöhnend in seinen Sessel zurück. Sie dachte, sie hätte ihm wehgetan, und wollte aufstehen, doch er drückte sie wieder herunter und sagte mit drängender Stimme: «Nein, Louisa, mach weiter, genau so, höre nicht auf. Du bist ein so gutes, kluges Mädchen.»

Plötzlich stieß er einen tiefen, heiseren Seufzer aus und zog ein rotes Seidentuch aus seiner Manteltasche, mit dem er seinen Schoß und ihre beiden Hände bedeckte. Sie wollte ihn nicht loslassen, selbst als sie eine heiße, klebrige Flüssigkeit auf ihren Händen fühlte, bis er ihre Handgelenke ergriff und still hielt. «Es ist genug, mein Liebes. Du hast mich sehr glücklich gemacht.»

Nach einiger Zeit erhob er sich, nahm ihre kleinen Hände, eine nach der anderen, und wischte sie mit dem Seidentuch ab. Sie empfand keinerlei Ekel. Er lächelte sie freundlich an und sagte: «Ich bin sehr zufrieden mit dir, aber du darfst niemandem erzählen, was wir heute getan haben. Verstehst du, Louisa?» Sie nickte eifrig. Die Schuldgefühle waren verschwunden. Sie empfand nichts als Dankbarkeit und Ehrfurcht.

«Geh jetzt wieder zu Gertruda. Wir werden morgen mit ihrem Reitunterricht beginnen. Du wirst sie natürlich zur Reitschule bringen.»

In den Tagen danach sah sie ihn nur einmal, und dann auch nur aus der Entfernung. Sie war auf halbem Weg die Treppe hinauf zu Gertrudas Zimmer, als ein Lakai die Tür des Bankettsaals öffnete und Mijnheer van Ritters eine Prozession von Gästen herausführte, lauter vornehme Damen und Herren in wunderschönen Kleidern. Louisa erkannte mindestens vier Mitglieder der *Zeventien*, des Direktoriums der VOC. Sie hatten offenbar gut gespeist und benahmen sich jovial und geschwätzig. Sie versteckte sich hinter den Vorhängen, als sie unter ihr vorbeigingen, doch als sie Mijnheer van Ritters sah, empfand sie ein eigenartiges Verlangen. Er trug eine lange Lockenperücke und eine Schärpe mit dem Stern des Ordens des Goldenen Vlieses. Er sah großartig aus. Louisa empfand einen seltsamen Hass auf die lächelnde, elegante Frau an seinem Arm. Als sie an ihrem Versteck vorbei waren, lief sie in das Zimmer, das sie mit Gertruda teilte, und warf sich schluchzend auf ihr Bett.

«Warum will er mich nicht wiedersehen? Gefalle ich ihm nicht mehr?»

Sie dachte jeden Tag an das, was sich in der Bibliothek zugetragen hatte, besonders abends, wenn das Licht aus war und sie in ihrem Bett lag, in Gertrudas Zimmer.

Dann erschien Mijnheer van Ritters eines Tages unerwartet in der Reitschule. Louisa hatte Gertruda einen ordentlichen Hofknicks beigebracht. Sie war plump und ungeschickt und Louisa musste ihr auf die Beine helfen, als sie das Gleichgewicht verlor, doch van Ritters lächelte über das kleine Kunststück und bedankte sich mit einer spielerischen Verbeugung. «Euer ergebener Diener», sagte er und Gertruda kicherte. Er sprach nicht direkt mit Louisa und sie war klug genug, ihn nicht unaufgefordert anzusprechen. Er sah zu, wie Gertruda mit ihrem Pferd an der Laufleine eine Runde durch die Reithalle ritt. Gertrudas Puddinggesicht war voller Schrecken und Louisa musste neben dem Pony hergehen. Van Ritters verschwand danach so plötzlich, wie er erschienen war.

Noch eine Woche verging und Louisa fühlte sich hin- und hergerissen. Manchmal quälte sie wieder die Ungeheuerlichkeit ihrer Sünde. Sie hatte ihm erlaubt, sie zu berühren und mit ihr zu spielen, und es hatte ihr gefallen, mit diesem monströsen Ding zu hantieren. Sie hatte gar begonnen, so lebhaft davon zu träumen, dass sie nachts aufwachte, mit Jucken und

Brennen in ihren frisch gewachsenen Brüsten und in ihrem Schoß. Wie als Bestrafung für ihre Sünden waren ihre Brüste so angeschwollen, dass sie die Knöpfe ihrer Bluse zu sprengen drohten. Sie versuchte, es zu verbergen, indem sie ständig die Arme vor der Brust verschränkte, doch sie hatte bemerkt, wie die Stallburschen und Lakaien sie anstarrten.

Sie wollte mit Elise darüber reden, was geschehen war, und sie um Rat fragen, doch das hatte Mijnheer van Ritters ihr ausdrücklich verboten. Sie schwieg also.

Dann eröffnete ihr Stals plötzlich: «Du wirst in dein eigenes Zimmer ziehen. Mijnheer hat es befohlen.»

Louisa war verblüfft. «Aber was ist mit Gertruda? Sie kann nicht allein schlafen.»

«Mijnheer sieht die Zeit gekommen, dass sie das endlich lernen muss. Auch sie wird ein neues Zimmer beziehen, direkt neben deinem. Sie wird eine Glocke haben, mit der sie dich rufen kann, wenn sie dich nachts braucht.»

Die neuen Zimmer der beiden Mädchen waren im Stockwerk unter Mijnheers Bibliothek und Schlafgemach. Um Gertrudas Sorgen zu vertreiben, machte Louisa ein Spiel aus dem Umzug. Sie brachte alle ihre Puppen hinauf und gab ein Fest für sie in ihrem neuen Quartier. Louisa hatte für jede der Puppen eine eigene Stimme gelernt, was Gertruda jedes Mal zum Lachen brachte. Als alle Puppen Gertruda versichert hatten, wie glücklich sie in ihrem neuen Heim waren, war auch Gertruda überzeugt.

Louisas Zimmer war hell, geräumig und vortrefflich eingerichtet, mit Samtvorhängen, vergoldeten Sesseln und einem Himmelbett mit einer Federmatratze und dicken Decken. Sie hatte sogar ihren eigenen, in Marmor gefassten Kamin, wenngleich Stals sie unterrichtete, dass ihr nur ein Eimer Kohle pro Woche zustand. Doch, Wunder über Wunder, es gab sogar eine winzige Zelle mit einer Truhe, unter deren Deckel sich ein Porzellannachttopf mit einem geschnitzten Holzsitz verbarg. Louisa war benommen vor Glück, als sie an jenem ersten Abend in ihr Bett kroch. Ihr war, als hätte sie es nie zuvor richtig warm gehabt.

Sie erwachte aus tiefem, traumlosem Schlaf und versuchte

sich zu erklären, was sie geweckt haben könnte. Es musste lange nach Mitternacht sein, denn es war dunkel und still im Haus. Dann hörte sie es wieder und ihr Herz raste: Es waren Schritte. Sie kamen von der getäfelten Wand am anderen Ende des Zimmers. Abergläubische Furcht ergriff sie. Sie konnte sich nicht rühren, sie konnte nicht schreien. Dann hörte sie, wie eine Tür sich quietschend öffnete, und sah gespenstisches Licht aus dem Nichts erscheinend. Eine Platte in der Wand schwang langsam weit auf und eine himmlische Erscheinung trat in das Zimmer, ein großer, bärtiger Mann in Bundhose und weißem Hemd mit Gigotärmeln und hoher Kragenbinde.

«Louisa!» Die hohle Stimme hallte durch das Zimmer, genau die Stimme, die sie von einem Geist erwartet hätte. Sie zog sich die Decke über den Kopf und hielt den Atem an. Die Schritte näherten sich dem Bett und sie sah flackerndes Licht durch einen Schlitz in der Bettwäsche. Was immer es war, blieb neben ihr stehen und riss mit einem Ruck ihre Bettdecke weg. Diesmal schrie sie, obwohl sie wusste, dass es vergeblich war. Gertruda lag nebenan in besinnungslosem Tiefschlaf, aus dem sie nur ein Erdbeben geweckt hätte. Sonst schlief niemand in diesem Stockwerk in Huis Brabant. Sie starrte in das Gesicht über ihr, so außer sich vor Schrecken, dass sie ihn auch im Laternenschein noch nicht erkannte.

«Fürchte dich nicht, Kind. Ich werde dir nicht wehtun.»

«Oh Mijnheer!» Sie warf sich an seine Brust und klammerte sich erleichtert an ihn. «Ich dachte, Sie wären ein Geist.»

«Ruhig, Kind.» Er streichelte ihr das Haar. «Es gibt nichts, wovor du dich fürchten musst.» Sie brauchte einige Zeit, sich zu beruhigen. Dann sagte er: «Ich kann dich so nicht allein lassen. Komm mit.»

Er nahm sie bei der Hand und sie folgte ihm vertrauensvoll, barfuß in ihrem Nachthemd. Er führte sie durch die Geheimtür in der Wandtäfelung, hinter der sich eine Wendeltreppe verbarg. Sie gingen hinauf und durch eine weitere Geheimtür, und plötzlich waren sie in einem prächtigen Gemach, so groß, dass nicht einmal die fünfzig Kerzen, die in ihren Haltern brannten, die letzten Winkel des Raumes erleuchten konnten.

Er führte sie zum Kamin, in dem hohe, gelbe Flammen leckten und wirbelten.

Er umarmte sie und streichelte ihr Haar. «Dachtest du, ich hätte dich vergessen?»

Sie nickte. «Ich dachte, ich hätte Sie erzürnt und Sie mögen mich nicht mehr.»

Er lachte und hob ihr Gesicht ins Licht. «Welch ein wunderschönes kleines Ding du bist. Ich zeige dir, wie wenig ich dich mag.» Er küsste sie auf den Mund und sie schmeckte den Stumpen auf seinen Lippen, ein starkes, würziges Aroma, mit dem sie sich sicher und geborgen fühlte. Schließlich entließ er sie aus seiner Umarmung und setzte sie auf das Sofa vor dem Kamin. Er ging zu einem Tisch, auf dem Kristallgläser und eine Karaffe rubinroten Likörs standen. Er schenkte ein Glas ein und brachte es ihr. «Trinke das. Es wird alle düsteren Gedanken verscheuchen.»

Sie würgte und hustete von dem brennenden Alkohol, doch dann durchströmte sie eine wunderbare Wärme, bis in die Zehen und Fingerspitzen. Er setzte sich neben sie, streichelte ihr Haar und sprach mit sanfter Stimme. Er sagte, wie hübsch sie sei und welch ein gutes Mädchen, und wie sehr er sie vermisst habe. Schläfrig von dem Glühen in ihrem Bauch und seiner schmeichelnden Stimme legte sie ihren Kopf an seine Brust. Er hob ihr das Nachthemd über den Kopf und sie wand sich aus dem dünnen Tuch. Sie war nackt. Im Kerzenschein war ihr kindlicher Körper weiß und glatt wie frische Sahne. Sie empfand keine Scham, als er ihren Körper streichelte und ihr Gesicht küsste. Sie drehte sich hin und her, folgte dem sanften Drängen seiner Hände.

Plötzlich stand er auf und sie sah zu, wie er Hemd und Hose auszog. Als er dann wieder vor dem Sofa stand, brauchte er ihre Hände nicht mehr zu führen. Sie erfasste ihn wie selbstverständlich. Sie betrachtete sein Glied und schob die Vorhaut zurück, unter der sich die pflaumenfarbige Eichel verbarg, wie er es sie gelehrt hatte. Plötzlich schob er ihre Hände beiseite und sank vor ihr zu Boden. Er drückte ihre Knie auseinander und legte sie mit dem Rücken auf das samtene Sofa. Dann senkte er den Kopf und sie spürte, wie sein Bart die Innenseiten ihrer Schenkel kitzelte, immer höher.

«Was tun Sie da?», rief sie ängstlich. Er hatte dies noch nie getan und sie versuchte, sich aufzurichten, doch er hielt sie nieder. Plötzlich schrie sie auf und bohrte ihm ihre Fingernägel in den Rücken. Sein Mund hatte sich auf ihrem intimsten Winkel niedergelassen. Das Gefühl war so intensiv, dass sie einen Augenblick fürchtete, ohnmächtig zu werden.

Es GESCHAH NICHT JEDE NACHT, dass er die Wendeltreppe herunterkam und sie holte. An vielen Abenden holperten die Kutschräder über das Pflaster unter Louisas Fenster. Sie blies ihre Kerze aus und spähte durch die Vorhänge, um Mijnheer van Ritters' Gäste zum nächsten Festmahl oder zu einer der unzähligen Soireen ankommen zu sehen. Und dann lag sie wach, lange nachdem die Gäste das Haus verlassen hatten, und hoffte, seine Schritte auf der Treppe zu hören, doch gewöhnlich wurde sie enttäuscht.

Er verreiste für Wochen oder gar Monate auf einem seiner prächtigen Schiffe, zu Orten mit fremden Namen. Wenn er fort war, war sie ruhelos und gelangweilt. Sie ertappte sich gar dabei, mit Gertruda die Geduld zu verlieren, und fühlte sich gar nicht glücklich.

Wenn er zurückkehrte, erfüllte seine Gegenwart das ganze Haus. Selbst die anderen Dienstboten schienen diese Tage lebhaft und aufregend zu finden. Es war plötzlich, als habe es all das Warten und Sehnen nie gegeben, und als sie ihn die Treppe herunterkommen hörte, sprang sie aus dem Bett und begrüßte ihn an der Geheimtür in der Täfelung. Danach dachte er sich ein Signal aus, um sie in sein Schlafgemach zu bestellen, sodass er nicht mehr herunterkommen musste, um sie zu holen. An solchen Abenden schickte er einen Lakaien zur Essenszeit mit einer roten Rose zu Gertruda, und keiner der Diener, die die Blume ablieferten, dachte sich etwas dabei. Sie wussten alle, dass Mijnheer eine unerklärliche Zuneigung zu seiner hässlichen, schwachköpfigen Tochter entwickelt hatte. Doch dies waren die Nächte, wenn die Tür am Ende der Wendeltreppe unverschlossen blieb und er auf Louisa wartete.

Jede dieser Nächte war anders, denn jedes Mal dachte er sich ein neues Spiel für sie aus. Er ließ sie fantastische Verkleidungen anlegen: Sie spielte die Milchmagd, den Stallburschen oder die Prinzessin. Manchmal ließ er sie auch Masken tragen, die Dämonenköpfe oder wilde Tiere darstellten.

An anderen Abenden schauten sie sich die Bilder in dem grünen Buch an und spielten die Szenen nach, die darin abgebildet waren. Als Erstes zeigte er ihr das Bild, auf dem das Mädchen unter dem Knaben liegt und seine Rute bis zum Knauf in ihr steckt. Sie glaubte nicht, dass das möglich war, doch er war sanft und geduldig mit ihr, sodass sie kaum Schmerzen spürte, und nur wenige Tropfen ihres Jungfernbluts auf das breite Bett vergoss. Danach fühlte sie sich, als hätte sie etwas Großartiges erlebt, und studierte ehrfurchtsvoll ihren Unterleib. Sie staunte, wie die Körperteile, über die sie einst gelernt hatte, sie seien sündhaft, solche Freuden bergen konnten. Sie war sicher, nun konnte er ihr nichts mehr beibringen. Sie glaubte, sie hätte ihn – und sich selbst – nun auf jede erdenkliche Weise in Verzückung versetzt. Doch da irrte sie sich gewaltig.

Er verschwand wieder auf einer seiner scheinbar endlosen Reisen, diesmal zu einer Stadt namens St. Petersburg in Russland, um den Hof Pjotr Alekseyevichs, den sie auch Peter den Großen nannten, zu besuchen und seinen Handel mit kostbaren Pelzen auszudehnen. Als er zurückkam, fieberte Louisa vor Aufregung, und diesmal musste sie nicht lange warten, bevor er sie zu sich bestellte. Gleich am ersten Abend brachte ein Lakai Gertruda eine einzelne rote Rose, während Louisa für das Kind ein Brathähnchen tranchierte.

«Warum bist du so glücklich?», wollte Gertruda wissen, als Louisa im Schlafzimmer umhertanzte.

«Weil ich dich liebe, Gertie, und weil ich alle Menschen auf der Welt liebe», zwitscherte Louisa.

Gertruda klatschte in die Hände. «Ich liebe dich auch, Louisa.»

«Aber jetzt wird es Zeit, dass du zu Bett gehst. Hier ist dein Becher warme Milch, damit du auch fest schläfst.»

Als Louisa an jenem Abend durch die Geheimtür in Mijnheer van Ritters' Schlafgemach trat, blieb sie vor Verblüffung wie angewurzelt stehen. Dies war ein neues Spiel und sie war verwirrt und verängstigt. Es war zu wirklich, zu erschreckend.

Mijnheer van Ritters' Kopf steckte in einer eng anliegenden, schwarzen Ledermaske mit runden Augenlöchern und einem groben Mundschlitz. Er trug eine schwarze Lederschürze und glänzende schwarze Stiefel, die ihm bis zu den Hüften reichten. Er hatte die Arme vor der Brust verschränkt, die Hände in schwarzen Handschuhen. Sie konnte kaum ihren Blick von ihm wenden, um das unheimliche Gerüst zu betrachten, das mitten im Raum stand. Es sah genauso aus wie die Prügelgestelle, auf denen Missetäter auf dem Platz vor dem Gerichtshaus öffentlich bestraft wurden. Statt der Ketten hingen jedoch Seidenschnüre von der Spitze des Dreibeingestells.

Sie lächelte mit zitternden Lippen, doch sein Blick durch die Augenlöcher in der schwarzen Haube blieb kalt und böse. Sie wollte weglaufen, doch er schien ihre Absicht vorauszuahnen. Er eilte zur der Tür hinter ihr, schloss sie ab und steckte den Schlüssel in die Bauchtasche seiner Schürze. Louisas Knie gaben unter ihr nach und sie sank zu Boden. «Es tut mir Leid», flüsterte sie. «Bitte tun Sie mir nicht weh.»

«Das Strafmaß für deine Sünde der Hurerei sind zwanzig Peitschenhiebe.» Seine Stimme war streng und grob.

«Bitte lassen Sie mich gehen, Mijnheer, ich mag dieses Spiel nicht.»

«Es ist kein Spiel.» Obwohl sie ihn um Gnade anflehte, riss er sie hoch und führte sie zu dem Gestell. Sie schaute über ihre Schulter durch Strähnen ihres langen, gelbblonden Haars, während er ihr die Hände hoch über dem Kopf mit den Seidenschnüren fesselte. «Was haben Sie mit mir vor?»

Er wandte ihr den Rücken zu und nahm etwas von dem Tisch am anderen Ende des Raumes. Dann drehte er sich theatralisch langsam zu ihr um und sie sah die Peitsche in seiner Hand. Sie winselte und versuchte sich aus den Seidenfesseln zu winden, an denen sie von dem Dreibeingestell hing, doch er war schon wieder bei ihr, legte einen Finger unter den Kragen ihres Nachthemds und riss es auf bis zum Saum. Dann nahm er ihr die Fetzen ab und sie war nackt. Er baute sich vor ihr auf und sie sah eine mächtige Wölbung unter seiner Lederschürze, der Beweis, wie ihn die Szene erregte.

«Zwanzig Hiebe», wiederholte er mit der kalten, harten Stimme eines Fremden, «und du wirst mitzählen, Hieb für Hieb. Verstehst du, du verkommene kleine Hure?» Sie winselte unter der Beschimpfung. So hatte sie noch niemand genannt.

«Ich wusste nicht, dass es unrecht war. Ich dachte, ich täte es Ihnen zu Gefallen.»

Er ließ die Peitsche durch die Luft sausen und die Schnur zischte dicht an ihrem Gesicht vorbei. Dann trat er hinter sie. Sie schloss die Augen und spannte jeden Muskel in ihrem Rücken, doch als der Hieb schließlich kam, war der Schmerz schlimmer als sie zu glauben gewagt hatte. Sie schrie laut auf.

«Zähle!», befahl er, und sie gehorchte mit bebenden Lippen.

«Eins!», schrie sie.

Er folterte sie weiter, gnadenlos und ohne Pause, bis sie das Bewusstsein verlor. Dann hielt er ihr eine kleine grüne Flasche unter die Nase. Die stinkenden Dämpfe weckten sie wieder und es ging weiter.

«Zähle!»

Endlich konnte sie «zwanzig» flüstern und er legte die Peitsche auf den Tisch zurück. Auf dem Weg zurück zu ihr löste er die Bänder seiner Lederschürze. Sie hing immer noch an den Seidenschnüren, unfähig den Kopf zu heben oder auf eigenen Füßen zu stehen. Ihr Rücken, Hinterteil und Oberschenkel brannten wie Feuer.

Er trat wieder hinter sie und sie spürte, wie er mit beiden Händen ihre Pobacken auseinander riss, und dann fühlte sie schrecklichere Schmerzen als sie je erlebt hatte. Er pfählte sie auf widernatürlichste Weise, er riss sie entzwei. Der Schmerz schoss durch ihre Därme und sie fand neue Kraft, laut zu schreien, immer wieder.

Schließlich schnitt er sie von dem Gestell, wickelte sie in eine Decke und trug sie die Treppe hinunter. Ohne ein weiteres Wort ließ er sie schluchzend auf ihrem Bett zurück. Als sie am nächsten Morgen die Latrinenzelle aufsuchte und sich auf die Truhe setzte, sah sie, dass sie noch blutete. Sieben Tage später war es immer noch nicht ganz geheilt, doch Gertrude bekam die nächste rote Rose gebracht. Zitternd und still vor sich hin weinend stieg Louisa die Wendeltreppe empor, um seinem Ruf zu folgen. Als sie sein Schlafzimmer betrat, stand das Gerüst in der Mitte des Raumes und er trug wieder die Maske und Schürze des Henkers.

Es dauerte Monate, bis sie den Mut aufbrachte, doch schließlich ging sie zu Elise und erzählte ihr, wie Mijnheer sie behandelte. Sie hob ihr Kleid und drehte sich um, damit die Köchin die Wülste und Striemen auf ihrem Rücken sehen konnte. Dann beugte sie sich vornüber und zeigte ihr das zerrissene, eiternde Loch.

«Bedecke dich, du schamloses Flittchen!», schrie Elise. «Wie kannst du es wagen, solch schmutzige Lügen über einen so großen und guten Mann zu erfinden? Ich muss das Mijnheer melden, und ich werde Stals sagen, er soll dich in den Weinkeller sperren.»

Zwei Tage lang kauerte Louisa auf dem Steinboden in einer dunklen Ecke des Kellers. Die Schmerzen in ihrem Leib waren wie ein Feuer, das ihre Seele zu verschlingen drohte. Am dritten Tag kam ein Sergeant mit drei Mann von der Stadtwache und holte sie heraus. Als sie sie die Treppe hinaufführten, hielt sie nach Gertruda, Elise und Stals Ausschau, doch sie entdeckte kein Zeichen von ihnen oder irgendeinem anderen Dienstboten.

«Danke, dass Sie mich befreit haben», sagte sie zu dem Sergeanten. «Ich hätte es keinen Tag länger ertragen.» Er bedachte sie mit einem eigenartigen, unergründlichen Blick.

«Wir haben heute dein Zimmer durchsucht und dabei den Schmuck gefunden, den du gestohlen hast», sagte er. «Welch abscheuliche Undankbarkeit für einen Edelmann, der dich so gut behandelt hat. Mal sehen, was der Amtsrichter dazu zu sagen hat.»

Der Richter litt noch sichtlich unter den Folgen des Festmahls vom vergangenen Abend. Er war einer der fünfzig Gäste in Huis Brabant gewesen, dessen Weinkeller und Küche in ganz Holland berühmt waren. Koen van Ritters war ein alter Freund und der Richter runzelte die Stirn über die junge Gefangene, die er vor sich hatte. Koen hatte ihm schon von diesem kleinen Flittchen erzählt, während sie ihre Stumpen pafften und eine Flasche feinen Cognacs geleert hatten. Er hörte ungeduldig zu, wie der Wachsergeant sämtliche Beweise gegen Louisa vorbrachte und das Paket gestohlenen Schmucks, das er in ihrem Zimmer gefunden hatte, vor ihm ausbreitete.

«Die Gefangene ist zur Strafkolonie in Batavia zu deportieren. Lebenslänglich», ordnete der Richter an.

Die *Glückliche Möwe* lag im Hafen, fast bereit zum Auslaufen. Sie führten Louisa aus dem Gerichtssaal direkt zu den Docks. Oben an der Gangway wurde sie vom Oberwärter in Empfang genommen und ins Register eingetragen. Zwei Mann legten ihr dann Fußeisen an und schoben sie die Luke hinunter zum Kanonendeck.

FAST EIN JAHR SPÄTER lag die *Möwe* in der Tafelbucht vor Anker. Trotz der dicken Eichenplanken hörte Louisa den Ruf: «Langboot mit Proviant! Bitten um Erlaubnis anzulegen!»

Sie schüttelte ihren langen Tagtraum ab und spähte durch die Lücke am Rand der Kanonenklappe. Sie sah, wie eine gemischte Mannschaft, ein Dutzend schwarzer und weißer Männer, das Langboot auf das Schiff zuruderte. Im Bug stand ein großer, breitschultriger Kerl, doch dann zuckte sie zusammen, als sie den Mann an der Pinne erkannte: Es war der Junge, der sie nach ihrem Namen gefragt und ihr den Fisch zugeworfen hatte. Sie hatte um dieses Geschenk gekämpft, bevor sie es mit ihrer kleinen Klinge zerlegte und mit drei anderen Frauen teilte. Es waren keine Freundinnen, es gab keine Freundschaft auf diesem Schiff, doch in den ersten Wochen der Reise hatte sie eine Art gegenseitigen Schutzpakt mit ihnen geschlossen, um sich am Leben zu erhalten. Sie hatten den Fisch roh verschlungen, umringt von den anderen hungernden Frauen, die sie keine Sekunde aus den Augen verlieren durften, da sie nur auf die Gelegenheit warteten, einen Batzen für sich zu ergattern.

Sie erinnerte sich sehnsüchtig an den süßen Geschmack des rohen Fisches, als sie nun das schwer beladene Boot an der Seite des Schiffes anlegen sah. Sie hörte viel Hämmern und Schreien, quietschende Flaschenzüge und laute Befehle. Durch ihr Guckloch konnte sie beobachten, wie Körbe und Kisten voll frischer Lebensmittel an Bord geschwungen wurden. Sie konnte das Obst und die frisch gepflückten Tomaten riechen und das Wasser lief ihr im Mund zusammen. Sie wusste jedoch, der größte Teil dieser Schätze würde in der Offiziersmesse enden, und der Rest würde an die Wachen und gewöhnlichen Matrosen gehen. Nichts davon würde seinen Weg auf die Gefangenendecks finden. Die Sträflinge würden weiterhin von wurmstichigem Schiffszwieback und verrottetem Salzfleisch voller Maden leben müssen.

Plötzlich hörte sie, wie jemand an einer der anderen Kanonenklappen auf ihrem Deck klopfte, und ein Mann draußen rief leise, aber drängend: «Louisa! Ist Louisa hier?»

Bevor sie antworten konnte, heulten und schrien die anderen Frauen: «Ja, mein *Dottie*. Ich bin Louisa. Möchtest du von meinem Honigtöpfchen kosten?» Dann kreischendes Gelächter. Louisa erkannte die Stimme des Mannes. Sie versuchte, ihm durch den Chor von Schmutz und Beschimpfungen etwas zuzurufen, doch ihre Feindinnen übertönten sie mit gehässiger Schadenfreude. Sie wusste, er würde sie nicht hören können. In wachsender Verzweiflung spähte sie durch ihr Guckloch, doch sie konnte nichts sehen.

«Ich bin hier», rief sie auf Holländisch, «Louisa ist hier!»

Im nächsten Augenblick sah sie sein Gesicht durch die Fuge. Er musste auf eine der Duchten des Langboots gestiegen sein, das unter ihr angelegt hatte.

«Louisa?» Er brachte sein Auge vor die andere Seite der Ritze und sie schauten einander an, nur wenige Zentimeter zwischen ihnen. «Ja», lachte er unvermittelt, «blaue Augen! Strahlend blaue Augen!»

«Wer bist du? Wie heißt du?» Aus irgendeinem Grund sprach sie plötzlich Englisch und Jim stand der Mund offen.

«Du sprichst Englisch?»

«Nein, du Schwachkopf, das war Chinesisch», schnappte sie zurück, und er musste wieder lachen. Er klang großspurig und frech, dachte sie, doch dies war das erste Mal seit über einem Jahr, dass sie eine freundliche Stimme hörte.

«Du bist mir eine! Ich habe etwas für dich. Kriegst du die Klappe auf?», fragte er.

«Die Wachen an Deck werden mich auspeitschen lassen, wenn sie uns entdecken», entgegnete sie.

«Keine Angst, wir sind unter dem Tumblehome. Sie können uns nicht sehen.»

«Warte!», sagte sie und nahm das Messer aus ihrem Beutel. Sie löste geschwind den einen Schäkel, der die Klappe noch hielt. Dann lehnte sie sich zurück, stemmte beide Füße gegen das Holz und drückte mit aller Kraft. Die Scharniere knirschten und gaben ein paar Zentimeter nach. Sie sah seine Finger in der Fuge und er half ihr, die Klappe ein wenig weiter zu öffnen.

Dann hielt er einen kleinen Leinenbeutel durch die Lücke. «Hier ist ein Brief für dich», flüsterte er, sein Gesicht ganz nah an ihrem. «Lies ihn.» Und dann war er verschwunden.

«Warte!», flehte sie, und sein Gesicht erschien wieder in der Öffnung. «Du hast mir nicht geantwortet. Wie heißt du?»

«Jim. Jim Courtney.»

«Danke, Jim Courtney», sagte sie und ließ die Luke zuklappen.

Die drei Frauen drängten sich in einem dichten Schutzring um sie, als sie die Tasche öffnete. Sie teilten geschwind das Trockenfleisch und die Pakete Hartgebäck unter sich auf und kauten in verzweifeltem Hunger an dem unappetitlichen Mahl. Als sie den Kamm fand, stiegen Louisa Tränen in die Augen. Er war aus gesprenkeltem, honigfarbenem Schildkrötenpanzer geschnitzt. Sie fuhr sich mit ihm durchs Haar und er glitt sanft durch die Strähnen, ohne das schmerzhafte

Reißen und Zerren, das ihr hässlicher, selbst gemachter Kammersatz verursachte. Dann fand sie auch die Feile und das Messer, die zusammen in einem Leinentuch eingewickelt waren. Das Messer hatte einen Holzgriff und die Klinge erwies sich als eine scharfe, feine Waffe, als sie sie an ihrem Daumen testete. Die robuste kleine Feile hatte drei Schneiden. Zum ersten Mal in all diesen langen Monaten sah sie einen Funken Hoffnung. Sie blickte auf die Eisen an ihren Fußgelenken. Die Haut unter den grausamen Fesseln war rot und schwielig.

Das Messer und die Feile waren unschätzbare Geschenke für sie, doch der Kamm berührte sie am tiefsten. Es zeigte ihr, dass er sie als Frau sah, nicht als eine Kerkerratte aus der Gosse. Sie kramte tief in dem Beutel nach dem Brief. Es war ein einzelner Bogen billigen Papiers, geschickt zu seinem eigenen Umschlag zusammengefaltet, adressiert an ‹Louisa› in kräftiger, doch wohlgeformter Handschrift. Sie öffnete ihn vorsichtig, damit er nicht riss. Er war in unbeholfenem Holländisch, doch sie verstand, was er sagen wollte.

Benutze die Feile für deine Ketten. Morgen Nacht werde ich mit einem Boot unter dem Heck warten. Spring, sobald du die Schiffsglocke zweimal schlagen hörst, in der Mittelwache. Ich werde dich ins Wasser klatschen hören. Hab Mut.

Ihr Puls raste. Sie erkannte sofort, dass ihre Chance verschwindend gering war. Hundert Dinge konnten dazwischenkommen, nicht zuletzt eine Musketenkugel oder ein Hai. Doch das Wichtigste war, dass sie einen Freund gefunden hatte, und mit ihm neue Hoffnung auf Rettung, wie schwach diese Hoffnung auch sein mochte. Sie zerriss die Botschaft in kleine Fetzen und warf sie in den stinkenden Latrineneimer. Keiner der Wärter würde dort danach suchen. Dann kroch sie wieder unter die Kanone, in ihre einzige, dunkle Zuflucht, wo sie allein sein konnte, und saß mit den Beinen überkreuz, sodass sie die Scharniere ihrer Fußschellen leicht erreichen konnte. Der erste Streich mit der kleinen Feile schnitt eine flache, glänzende Kerbe in das Eisen und einzelne Metallspäne fielen auf die Planken. Die Fußeisen waren zwar aus ungehärtetem Stahl minderer Qualität geschmiedet, dennoch würde sie viel Zeit und fast übermenschliche Geduld brauchen, eines der Scharniere durchzufeilen.

«Ich habe einen Tag und eine Nacht, bis zwei Glasen in der Mittelwache morgen Nacht», sprach sie sich Mut zu, bevor sie die Feile durch die Kerbe zog, die sie schon geschnitten hatte. Das Metall fiel als Staub zu Boden, Span um Span.

OHNE DIE SCHWERE LADUNG Proviant glitt das Langboot geschwind über die Wogen. Mansur saß an der Pinne und Jim blickte über das Heck zurück, während er ruderte. Er musste lächeln, als er an seine kurze Begegnung mit Louisa zurückdachte, immer wieder lächeln. Sie sprach Englisch, gutes Englisch, mit nur ganz leichtem holländischem Akzent, und sie war tapfer und schlagfertig. Sie hatte sich schnell auf die Umstände eingestellt. Dies war keine dumpfe, dumme Kerkermaus. Durch die Ritze in der Kanonenklappe hatte er ihre nackten Beine gesehen, als sie ihm half, sie zu öffnen. Sie waren furchtbar abgemagert und von den Fußeisen zerschunden, doch sie waren lang und gerade, nicht krumm und rachitisch. «Offenbar aus einem guten Stall», wie sein Vater von einem Zuchtfohlen gesagt hätte. Die Hand, die den Leinenbeutel in Empfang genommen hatte, war schmutzig gewesen, die Fingernägel rissig und abgebrochen, doch sie war wohlgeformt, mit feinen, spitzen Fingern: die Hände einer Dame, nicht einer Sklavin oder eines Spülmädchens. «Sie duftet nicht gerade nach Lavendel, doch schließlich ist sie seit weiß Gott wie lange in diesem schmutzigen Pott eingesperrt. Was soll man da erwarten?», verteidigte er sie vor sich. Dann dachte er an ihre Augen, diese wunderbar blauen Augen, und er begann zu träumen. «Ein solches Mädchen habe ich in meinem ganzen Leben noch nicht gesehen. Und sie spricht Englisch.»

«He, Vetter!», rief Mansur. «Halt den Takt. Du ruderst uns

noch zur Robbeninsel, wenn du nicht besser aufpasst.» Jim zuckte aus seinem Tagtraum, gerade rechtzeitig für die nächste Woge, die das Heck hoch in die Luft hob.

«Die See wird allmählich rauer», brummte sein Vater. «Bis morgen wird wahrscheinlich der Sturm hier sein. Wir müssen versuchen, die letzte Ladung hinauszubringen, bevor es zu stürmisch wird.»

Jim blickte jenseits des Schiffes, von dem sie sich immer mehr entfernten, und ihm sank der Mut. Über dem Horizont türmten sich die Sturmwolken hoch und massiv wie Berge.

Ich muss mir eine Entschuldigung einfallen lassen, um an Land bleiben zu können, wenn sie die nächste Ladung zur *Möwe* bringen. Eine andere Gelegenheit, zu ihr zu kommen, wird es nicht geben.

ALS DIE MAULTIERE das Langboot den Strand hinaufzogen, sagte Jim zu seinem Vater: «Ich muss Captain Hugo seinen Anteil bringen. Er könnte uns einen Strich durch die Rechnung machen, wenn ich ihm kein Geld in die fette Hand drücke.»

«Lass ihn warten, den alten Hammeldieb. Ich brauche dich hier. Du musst uns mit der nächsten Ladung helfen.»

«Ich habe es Hugo versprochen. Die Mannschaft ist ohnehin komplett.»

Tom Courtney musterte seinen Sohn mit einem forschenden Blick. Er kannte ihn gut. Er führte etwas im Schilde. Es war nicht Jims Art, auszukneifen, im Gegenteil, er war wie ein Fels, auf den er sich jederzeit stützen konnte. Jim war es gewesen, der den Handel mit dem Proviantmeister des Sträflingsschiffs angeleiert hatte. Jim hatte die Handelslizenz von Hugo bekommen, und er hatte das Verladen der ersten Fracht geleitet. Er konnte ihm vertrauen.

«Also, ich weiß nicht …» Tom strich sich zweifelnd das Kinn.

«Lass Jim gehen, Onkel Tom», schaltete sich Mansur ein. «Ich kann seine Arbeit übernehmen, während er fort ist.»

«Also gut, Jim, dann besuche deinen Freund Hugo», willigte Tom schließlich ein, «aber ich will dich hier auf dem Strand sehen, wenn wir zurückkommen. Du musst uns mit den Booten helfen.»

SPÄTER STAND JIM auf der höchsten Düne und schaute den Langbooten nach, die mit der letzten Ladung zur *Möwe* hinausgerudert wurden. Die Dünung war jetzt höher als am Morgen und der Wind begann schon, die Wellenkämme aufzureißen, die hereinzustürmen schienen wie ein Heer weißer Hengste.

«Gott verschone uns», sagte er laut, «wenn der Sturm wirklich kommt, werde ich das Mädchen nicht von dem Schiff holen können.» Er konnte ihr jetzt keine neue Botschaft mehr bringen. War sie vernünftig genug, an Bord zu bleiben, wenn ein Sturm in vollem Gange wäre? Würde sie verstehen, dass er in solchem Wetter nicht hinauskommen konnte, oder würde sie sich einfach über Bord werfen und in der Finsternis umkommen? Der Gedanke, dass sie ertrinken könnte, traf ihn wie ein Fausthieb in den Magen. Er wandte Drumfires Kopf der Festung zu und stieß ihm die Fersen in die Seiten.

Captain Hugo war überrascht und erfreut, so schnell seine Provision bezahlt zu kommen. Jim verließ ihn ohne großes Drumherum. Er lehnte sogar die Tasse Kaffee ab und galoppierte den Strand zurück. Die ganze Zeit überlegte er fieberhaft, was er machen sollte.

Er hatte kaum Zeit gehabt, seinen Plan zu durchdenken. Erst seit wenigen Stunden war er sicher, dass das Mädchen die Courage hatte, eine so riskante Flucht zu wagen. Wenn er sie erst an Land hätte, wäre das erste Problem, ein sicheres Versteck für sie zu finden. Sobald ihre Flucht bemerkt würde, würden sie die ganze Garnison hinter ihr her hetzen, hundert Mann Infanterie und eine Kavallerieschwadron. Die Kompanietruppen in der Festung hatten ohnehin nicht genug zu tun, und eine kleine Menschenjagd, erst recht auf eine Frau, wäre sicherlich das Aufregendste, was sie seit Jahren erlebt hätten. Oberst Keyser, der Garnisonskommandeur, würde sich gewiss auf keinen Fall die Ehre entgehen lassen wollen, einen entflohenen Sträfling einzufangen.

Zum ersten Mal wagte er, an die Folgen zu denken, falls sein waghalsiger Plan fehlschlagen sollte. Er sorgte sich, er könnte damit seine Familie in Schwierigkeiten bringen. Eines der strengen Gesetze, die die Direktoren der VOC, die allmächtigen *Zeventien* in Amsterdam, niedergelegt hatten, schrieb vor, dass kein Ausländer sich in der Kolonie niederlassen oder dort ein Geschäft betreiben durfte. Wie bei so vielen der anderen strengen Gesetze der Direktoren in Amsterdam gab es jedoch auch hier «besondere Umstände», bei denen der Erlass umgangen werden konnte. Diese besonderen Umstände hatten stets mit einer finanziellen Ehrenbezeugung für seine Exzellenz, den Gouverneur van der Witten, zu tun. Es hatte die Gebrüder Courtney zwanzigtausend Gulden gekostet, sich in der Kolonie am Kap der Guten Hoffnung niederlassen und ihren Geschäften nachgehen zu dürfen. Van der Witten würde sich wahrscheinlich nicht veranlasst sehen, diese Erlaubnis zu widerrufen. Er war gut befreundet mit Tom Courtney, und Tom leistete großzügige Beiträge zu van der Wittens inoffizieller Pensionskasse.

Jim hoffte, wenn er mit dem Mädchen einfach aus der Kolonie verschwände, würde nichts am Rest der Familie hängen bleiben. Vielleicht würden die Holländer Verdacht schöpfen, vielleicht würde es seinen Vater gar noch eine Schenkung an van der Witten kosten, doch am Ende würde Gras darüber wachsen – solange er nicht zurückkehrte.

Es gab nur zwei Wege, wie man aus der Kolonie entkommen konnte, von denen der Seeweg der natürlichste und beste war. Doch dazu brauchte man ein Schiff. Die Courtneys besaßen zwei bewaffnete Handelschiffe, schnelle und wendige Schoner, mit denen sie bis nach Arabien und Bombay kamen. Im Augenblick waren jedoch beide Schiffe auf See und wurden erst zurückerwartet, wenn der Monsun drehte, und bis dahin waren es noch mehrere Monate.

Jim hatte etwas Geld zusammengespart, vielleicht genug um für Plätze für sich und das Mädchen auf einem der Schiffe zu bezahlen, die gerade in der Bucht lagen. Doch alle diese

Schiffe würden bestimmt durchsucht werden, sobald sie Louisas Flucht bemerkten. Das wäre das Erste, was Oberst Keyser anordnen würde. Jim konnte auch versuchen, ein kleineres Boot zu stehlen, vielleicht eine Pinasse, irgendetwas, was seetüchtig genug wäre, ihn und das Mädchen zu einem der portugiesischen Häfen an der Küste von Mozambique zu bringen, doch dem standen die Piraten im Wege, vor denen alle Seeleute hier auf der Hut waren. Wahrscheinlich würde ein solches Unterfangen nur mit einer Kugel im Bauch enden.

Selbst unter optimistischsten Annahmen kam er nicht um die Einsicht herum, dass ihnen der Seeweg verschlossen sein würde. Das hieß, es gab nur noch eine Möglichkeit, aus der Kolonie zu entkommen. Er drehte sich um und blickte nach Norden, zu den fernen Bergen, auf denen der letzte Winterschnee noch nicht geschmolzen war. Er zügelte Drumfire und dachte darüber nach, was dort vor ihnen liegen würde. Jim war nie weiter als fünfzig Meilen jenseits dieser Gipfel vorgedrungen, doch er hatte von anderen gehört, die es weiter ins Hinterland geschafft hatten und mit Tonnen von Elfenbein zurückgekehrt waren. Es gab sogar das Gerücht, ein alter Jäger habe auf einer Sandbank in einem namenlosen Fluss hoch im Norden einen funkelnden Stein gefunden, für den er dann in Amsterdam hunderttausend Gulden bekommen haben soll: Diamanten. Es kribbelte ihn vor Aufregung. Wie viele Nächte hatte er davon geträumt, was hinter diesem blauen Horizont liegen mochte? Er hatte mit Mansur und Zama davon geredet und sie hatten einander versprochen, sie würden eines Tages diese Reise antreten. Hatten die Götter des Abenteuers seine Prahlerei gehört und sich nun verschworen, ihn in diese Wildnis hinauszutreiben? Würde er dabei ein Mädchen mit goldenem Haar und blauen Augen an seiner Seite haben? Er lachte bei dem Gedanken und trieb Drumfire wieder in Galopp.

Jim musste schnell handeln. Er wusste, wo sein Vater die Schlüssel zum Lager und zur Waffenkammer aufbewahrte. Von der Herde suchte er sich sechs starke Maultiere aus, schnallte ihnen Packsättel auf und führte sie zur Hintertür des Lagerhauses. Er musste sehr vorsichtig sein bei der Auswahl der Dinge, mit denen er die Tiere beladen würde. Ein Dutzend der besten Tower-Musketen, Schwarzpulverfässchen, Bleibarren und Gießformen für neue Kugeln, Äxte, Messer, Decken, Medikamente und was man sonst in der Wildnis zum Leben brauchte, doch keine Luxusgüter. Kaffee ist kein Luxus, tröstete er sich, und suchte sich einen Sack Kaffeebohnen heraus.

Als die Maultiere beladen waren, führte er sie zu einem stillen Platz an einem Bach in dem Wald, der fast zwei Meilen von High Weald entfernt lag. Dort lud er wieder alles ab, damit die Tiere sich ausruhen konnten, und ließ sie mit Kniehalftern zurück, sodass sie am Bachufer grasen konnten.

Als er wieder auf dem Hof des Courtney-Anwesens war, waren die Langboote schon auf der Rückfahrt von der *Möwe*. Er ritt also zum Strand hinunter, um seinen Vater, Mansur und die Mannschaften zu begrüßen, als sie über die Dünen kamen. Er ritt neben ihnen her und lauschte ihren müden Gesprächen. Sie waren alle nass bis auf die Knochen und der Erschöpfung nahe. Die Rückfahrt von dem holländischen Schiff in schwerer See hatte sich in die Länge gezogen.

Mansur beschrieb es ihm kurz und bündig: «Du hast Glück gehabt, dass du nicht mitkommen musstest. Die Wellen sind über uns hereingebrochen wie ein Wasserfall.»

«Hast du das Mädchen gesehen?», flüsterte Jim, damit sein Vater ihn nicht hören konnte.

«Welches Mädchen?», fragte Mansur lächelnd.

«Du weißt, welches Mädchen.» Jim knuffte ihn, Mansur wurde ernst.

«Alle Sträflinge waren hinter Schloss und Riegel. Einer der Offiziere hat zu Onkel Tom gesagt, der Kapitän wolle so bald wie möglich wieder auslaufen, wenn er genug Proviant an Bord genommen und seine Wasserfässer gefüllt hat, spätestens morgen. Er will nicht, dass der Sturm ihn vor dieser Leeküste festhält.» Er sah die Verzweiflung in Jims Blick und tröstete ihn: «Tut mir Leid, Vetter, aber morgen Mittag wird das Schiff wahrscheinlich verschwunden sein. Sie wäre sowieso nichts für dich gewesen. Du weißt nicht, welche Verbrechen sie begangen hat, vielleicht Mord. Lass sie ziehen, Jim, vergiss sie. Es gibt mehr als einen Vogel unter dem blauen Himmel, mehr als einen Grashalm auf den Steppen von Camdebo.»

Jim spürte, wie sein Zorn aufflammte und ihm lagen bittere Worte auf der Zunge, doch er hielt sie zurück. Er verließ die anderen und lenkte Drumfire auf den höchsten Punkt der Dünen zu, von wo er auf die Bucht hinausschaute. Der Sturm wurde zusehends stärker und verdunkelte den Himmel frühzeitig. Der Wind heulte und zerzauste sein Haar und Drumfires Mähne. Er musste seine Augen vor dem Sand und den Schaumflocken schützen, die durch die Luft flogen. Die Meeresoberfläche war ein Gewirr aus weißer Gischt und riesigen Wogen, die kurz vor dem Strand brachen und auf den Sand donnerten. Es war ein Wunder, dass sein Vater die Boote durch dieses Chaos von Wind und Wasser hereingebracht hatte, doch Tom Courtney war ein vortrefflicher Seemann.

Die *Möwe* war ein verschwommener grauer Umriss zwei Meilen vor der Küste. Sie rollte und neigte sich mit nackten, schwingenden Masten. Jim schaute hinaus, bis die Dunkelheit sie ganz verbarg. Dann galoppierte er die Rückseite der Düne hinunter nach High Weald, wo Zama noch in den Ställen arbeitete und die Pferde versorgte. «Komm mit», sagte Jim, und Zama folgte ihm gehorsam in die Obstgärten. Als sie außer Sichtweite des Hauses waren, setzten sie sich nebeneinander ins Gras. Sie schwiegen für eine Weile, bevor Jim in Lozi zu reden begann, der Sprache der Wälder, damit Zama klar war, dass sie todernste Dinge zu besprechen hatten.

«Ich werde weggehen», sagte er.

Zama starrte ihn an. «Wohin, Somoya?», fragte er. Jim wies mit dem Kinn nach Norden. «Wann wirst du zurückkommen?»

«Ich weiß nicht, vielleicht nie», antwortete Jim.

«Dann muss ich mich von meinem Vater verabschieden.»

«Du willst mit mir kommen?», fragte Jim.

Zama schaute ihn nur mitleidig an. Die Frage war so albern, dass sie keine Antwort verdiente.

«Aboli war auch mein Vater.» Jim stand auf und legte Zama einen Arm um die Schultern. «Lass uns zu seinem Grab gehen.»

Sie erklommen den Hügel in tiefer Finsternis. Aboli war am Osthang begraben worden, mit Blick auf den Sonnenaufgang. Jim erinnerte sich genau an die Beisetzung, in jeder Einzelheit. Tom Courtney hatte einen schwarzen Stier geschlachtet und Abolis Frauen hatten den Leichnam des alten Mannes in die feuchte Haut eingenäht. Dann hatte Tom Abolis einst mächtigen Körper, nun vor Alter geschrumpft, wie ein schlafendes Kind in den tiefen Schacht getragen. Dort hatte er ihn aufrecht hingesetzt und alle seine Waffen und kostbarsten Besitztümer um ihn ausgelegt.

Jetzt knieten Jim und Zama in der Dunkelheit vor der Grabkammer und beteten zu den Stammesgöttern der Lozi und zu Aboli, der im Tode diesem düsteren Pantheon beigetreten war. Donnergrollen untermalte ihre Gebete. Zama bat seinen Vater um seinen Segen für die Reise, die vor ihnen lag, und Jim dankte ihm dafür, dass er ihn gelehrt hatte, mit Muskete und Schwert umzugehen, und er erinnerte Aboli daran, wie er ihn zum ersten Mal auf die Löwenjagd mitgenommen hatte. «Beschütze uns, deine Söhne, so wie du uns schon damals beschützt hast», betete er, «denn wir wissen nicht, wohin uns diese Reise führen wird.»

Dann saßen die beiden mit dem Rücken zum Grabstein und Jim erklärte Zama, was er zu tun hatte. «Ich habe eine Kolonne Maultiere beladen. Sie sind unten am Bach angebunden. Bringe sie in die Berge, nach Majuba, dem Ort der Tauben, und warte dort auf mich.»

Majuba war eine versteckte Hütte im Vorgebirge, in der die Schäfer schliefen, wenn sie die Herden der Courtneys im Sommer auf die Hochweiden trieben, und die auch die Männer der Familie benutzten, wenn sie auf Jagd nach dem Quagga, dem Elen und dem Blaubock gingen. Um diese Jahreszeit war die Hütte verlassen. Sie verabschiedeten sich mit einem letzten Lebewohl von dem alten Krieger, der für alle Ewigkeit in der Finsternis hinter dem Felsblock saß, und gingen zu der Lichtung an dem Bach hinunter. Jim nahm eine Laterne aus einem der Bündel und half Zama in ihrem Licht, die Maultiere wieder zu beladen. Dann schickte er ihn auf den Weg nach Norden in die Berge.

«Ich werde in zwei Tagen nachkommen, Zama, was immer auch geschehen wird. Warte auf mich!», rief Jim ihm nach, bevor Zama allein davonritt.

Als Jim nach High Weald zurückkam, hatte sich der ganze Haushalt schon schlafen gelegt, doch seine Mutter hatte sein Abendessen am Rand des Herdes warm gehalten. Als sie ihn mit den Töpfen klappern hörte, kam sie in ihrem Hausmantel herunter, um ihm beim Essen Gesellschaft zu leisten. Sie sagte wenig, doch ihr Blick war traurig und sie ließ die Mundwinkel hängen. «Gott segne dich, mein Sohn, mein einziger Sohn», flüsterte sie, als sie ihm ihren Gutenachtkuss gab. Sie hatte ihn tagsüber beobachtet, wie er das Maultiergespann in den Wald geführt hatte, und der Instinkt einer Mutter sagte ihr, dass er weggehen würde. Sie nahm ihre Kerze und ging die Treppe hinauf zu dem Schlafzimmer, in dem Tom friedlich schnarchte.

J IM KONNTE KAUM SCHLAFEN in jener Nacht. Der Wind wütete um das Haus und rüttelte an den Fensterrahmen. Er stand auf, lange bevor irgendjemand anderes im Haus wach war. Er ging in die Küche und goss sich eine Tasse bitteren schwarzen Kaffee aus der Emaillekanne ein, die immer hinten auf dem Herd stand. Es war noch dunkel, als er zu den Ställen ging und Drumfire nach draußen führte. Er ritt zum Strand hinunter, und als er auf dem höchsten Dünenkamm ankam, schlug ihm aus der Finsternis der Sturm entgegen wie ein brüllendes Ungeheuer. Er ritt Drumfire zurück in den Schutz der Düne und band ihn an einem niedrigen Salzbusch an, bevor er zu Fuß wieder auf den Kamm kletterte. Er zog sich seinen Umhang enger um die Schultern, schob sich den breitkrempigen Hut in die Stirn und setzte sich nieder, um die Morgendämmerung abzuwarten. Er dachte an das Mädchen. Würde sie verstehen, dass er sie nicht im Stich lassen würde?

Die dahinjagenden Wolken verzögerten den Anbruch der Dämmerung, und selbst als sie schließlich kam, war es kaum hell genug, dass er die wilde Seelandschaft vor sich sehen konnte. Er stand auf und musste sich gegen den Wind stemmen, als hätte er ein Wildwasser zu durchqueren. Mit beiden Händen am Hut hielt er nach dem holländischen Schiff Ausschau. Dann sah er weit draußen etwas über den Horizont ragen, was nicht so flüchtig erschien wie der Schaum und die Gischtwirbel, die es auszulöschen versuchten. Er schaute angespannt in diese Richtung und der Umriss hielt sich über der brodelnden See.

«Ein Segel!», rief er. Der Wind riss ihm die Worte von den Lippen. Das Segel war jedoch nicht, wo er die *Möwe* zu sehen erwartete. Dies war ein Schiff unter Segeln, nicht am Anker. Er musste herausfinden, ob dies die *Möwe* war, die sich einen Weg aus der Bucht zu bahnen versuchte, oder ob es eines der anderen Schiffe war, die dort geankert hatten. Er hatte sein kleines Jagdteleskop in der Satteltasche. Er drehte sich um und rannte zu dem weichen Sand zurück, wo er Drumfire im Windschatten der Düne zurückgelassen hatte.

Sobald er wieder auf der Düne stand, hielt er erneut nach dem Schiff Ausschau. Er brauchte mehrere Minuten, um es wieder zu finden, doch dann blitzte das Segel auf. Er setzte sich in den Sand, stützte sich auf Knie und Ellbogen und richtete das Teleskop auf das ferne Schiff. Er fand die Segel, doch der Rumpf war hinter der Dünung verborgen, bis das zufällige Zusammenspiel von Wind und Wellen das Schiff endlich über den Horizont hob.

«Sie ist es!» Er hatte keinen Zweifel. «Die *Glückliche Möwe!*» Ein furchtbares Gefühl des Versagens raubte ihm fast die Sinne. Vor seinen Augen verschwand Louisa aus seinem Leben, zu irgendeinem stinkenden Kerker am Ende der Welt, und er konnte nichts tun, um es zu verhindern.

«Oh Gott, nimm sie mir nicht weg, nicht so schnell», betete er verzweifelt, doch das ferne Schiff kämpfte sich weiter durch den Sturm, dicht am Wind. Der Kapitän versuchte offenbar, sie von der tödlichen Leeküste wegzubringen. Jim beobachtete es mit dem Auge eines Seemanns. Tom hatte ihm alles beigebracht. Er verstand all die Kräfte und Gegenkräfte von Wind, Kiel und Segel. Er sah, wie dicht das Schiff vor der Katastrophe stand.

Es wurde heller und er konnte nun mit bloßem Auge verfolgen, wie der Holländer gegen den Sturm ankämpfte. Eine Stunde verging und das Schiff hing immer noch in der Bucht fest. Jim schwenkte sein Teleskop zu dem schwarzen, haifischartigen Umriss der Robbeninsel, die an der Ausfahrt lauerte. Mit jeder Minute wurde klarer, dass die *Möwe* es so nicht aufs offene Meer schaffen würde. Der Kapitän würde wenden müssen, Er hatte keine Wahl. Das Wasser unter ihm war schon zu tief, um Anker zu werfen, und der Sturm drückte ihn unerbittlich auf die Klippen der Insel zu. Wenn er dort auf Grund liefe, würde der Rumpf zertrümmert werden.

«Wenden!» Jim sprang auf. «Umtakeln, sofort! Du wirst sie umbringen, du Idiot!» Er meinte sowohl das Schiff als auch das Mädchen. Er wusste, Louisa wäre immer noch unter Deck angekettet, und selbst wenn sie durch irgendein Wunder aus dem Kanonendeck entkäme, würden die Eisen um ihre Fußgelenke sie sofort in die Tiefe ziehen, wenn sie über Bord sprang.

Das Schiff hielt stur seinen Kurs. Ein Wendemanöver in diesem Wetter wäre mit furchtbaren Risiken verbunden, doch der Kapitän musste bald erkennen, dass es seine einzige Chance war.

«Zu spät!», heulte Jim, «jetzt ist es zu spät!» Die Segel neigten sich und die Silhouette der *Möwe* veränderte sich, als sie den Bug in den Sturm drehte. Er beobachtete es durch sein Teleskop. Seine Hände zitterten, als er sah, wie das Wendemanöver langsamer wurde und schließlich ganz stockte, halb über Stag, alle Segel flatternd und schlagend, unfähig, weiter durch den Wind zu gehen. Dann sah Jim, wie der nächste Brecher auf sie einschlug. Die See kochte unter dem Ansturm von Regen und Wind, der das Schiff nun ergriff und auf die Seite legte, bis die Kielplanken sich zeigten, dick bedeckt mit Algen und Muscheln. Der Brecher erstickte sie, die *Möwe* verschwand, als hätte sie nie existiert. Jim wartete voller Furcht darauf, dass sie wieder auftauchte. Vielleicht war sie umgeschlagen und käme mit dem Kiel zuerst wieder hoch, oder der Sturm hatte sie in den Meeresboden gestampft, beides war möglich. Jims Augen brannten und sein Blick wurde verschwommen, so angestrengt starrte er durch sein Teleskop. Es schien eine Ewigkeit zu dauern, bis die Bö vorüber war. Dann sah er das Schiff plötzlich wieder – doch es konnte nicht dasselbe Schiff sein, so anders sah es jetzt aus.

«Die Masten sind weg!», stöhnte Jim. Tränen, die ihm die Anstrengung und der Wind in die Augen getrieben hatten, rollten ihm über die Wangen. Er konnte sein Auge nicht von dem Teleskop lösen. «Hauptmast und Fock, beides verloren!» Nur der Besanmast ragte noch aus dem rollenden Wrack. Das Gewirr von Segeln und Masten, das ihr über die Seite hing, bremste die *Möwe* kaum, als der Wind sie in die Bucht zurücktrieb, weg von der Robbeninsel, aber direkt auf die donnernde Brandung zu.

Geschwind berechnete Jim Entfernung, Winkel und Geschwindigkeit. «In keiner halben Stunde wird sie auf dem Strand liegen», flüsterte er. «Gott stehe den Leuten an Bord bei, wenn sie auf dem Sand aufschlägt.»

Er senkte das Fernrohr und wischte sich mit dem Handrücken die Windtränen aus dem Gesicht. «Doch vor allem, Gott stehe dir bei, Louisa.» Er versuchte, sich auszumalen, wie es nun auf dem Kanonendeck zugehen musste, doch seine Vorstellungskraft sträubte sich dagegen.

Louisa hatte die ganze Nacht nicht geschlafen. Stunde um Stunde, während die *Möwe* sich an ihrer Ankerkette aufbäumte und der Sturm unablässig durch die Takelage heulte, hatte sie unter der Kanonenlafette gehockt und an ihren Fußeisen gefeilt. Sie hatte die Kettenglieder mit dem Leinenbeutel eingewickelt, um das Kratzen von Metall an Metall zu dämpfen. Der Feilengriff hatte schon eine Schwiele in ihre Handfläche gescheuert und sie benutzte den Beutel schließlich, um das rohe Fleisch zu schützen, als die Blase platzte. Das erste fahle Morgenlicht fiel durch die Ritze an der Kanonenklappe. Nichts als ein dünner Metallsteg hielt die Kette noch zusammen, als sie den Kopf hob und

hörte, wie der Anker gelichtet wurde. Das Rasseln der Ankerkette und das Stampfen der nackten Füße der Matrosen, die
auf dem Deck über ihr an der Winde arbeiteten, waren schon
deutlich genug, doch dann hörte sie auch noch, wie die Offiziere auf dem Hauptdeck ihre Befehle schrien, und das Fuß-
getrappel der Männer, als sie im Sturm in die Takelage stiegen.

«Wir fahren weiter!», hallten die Rufe durch das Kanonendeck und die Frauen verfluchten ihr Unglück oder beschimpf-
ten den Kapitän und die Männer oben an Deck, oder Gott, je
nach Laune. Ihre Ruhepause war zu Ende. All die Qualen der
Reise auf diesem Höllenschiff würden von neuem beginnen.
Sie spürten, wie die Ankerflügel sich aus dem lehmigen Meeresgrund lösten, wie das Schiff zum Leben erwachte, um sich
den wütenden Elementen zu stellen.

Finsterer, bitterer Zorn kam über Louisa. Die Rettung war
scheinbar so nah gewesen. Sie kroch zu der Ritze in der Kanonenklappe. Es war noch zu dunkel und die Gischt und der Regen waren so dicht, dass sie das Land kaum sehen konnte.
«Wir sind immer noch dicht vor der Küste», sagte sie sich.
«Mit Gottes Gnade könnte ich es an den Strand schaffen.» In
ihrem Herzen wusste sie jedoch, dass sie die Küste hinter Meilen sturmgepeitschter See niemals erreichen würde. Selbst
wenn sie die Fußeisen loswurde, durch die Klappe kletterte
und über Bord sprang, würde sie nicht länger als ein paar Minuten überleben, bevor sie in die Tiefe gezogen würde. Und
Jim Courtney würde nicht da sein, um sie zu retten. Er konnte
nicht da sein.

«Besser schnell ersaufen als langsam verrotten in dieser lau-
sigen Hölle», sagte sie sich, während sie das letzte Stück Eisen
durchfeilte, das das Kettenglied geschlossen hielt. Die anderen
Gefangenen um sie herum wurden schreiend und heulend hin
und her geworfen. Dicht an dem stürmischen Wind rollte das
Schiff grausam in alle Richtungen. Louisa zwang sich, nicht
von ihrer Arbeit aufzuschauen. Nach wenigen Zügen mit der
Feile öffnete sich das Glied und ihre Ketten fielen auf die
Deckplanken. Louisa verbrachte nur eine Minute damit, ihre
geschwollenen, wunden Fußgelenke zu massieren, dann kroch

sie wieder unter die Kanone und holte das Messer mit dem Horngriff aus seinem Versteck. «Niemand wird mich aufhalten», zischte sie grimmig. Sie kroch zu der Kanonenklappe und löste den Bügel über dem Riegel. Das Messer steckte sie dann in den Beutel unter ihrem Rock. Sie stemmte sich mit dem Rücken gegen die Kanonenlafette und versuchte, die Klappe aufzudrücken. Das Schiff war nach steuerbord gehalst und die Krängung arbeitete gegen sie. Mit aller Kraft schaffte sie es, die schwere Kanonenklappe einige Zentimeter weit zu öffnen und sofort spritzte ein Schwall von Salzwasser durch die Lücke. Sie musste die Luke wieder zuklappen lassen.

«Helft mir! Helft mir, die Klappe zu öffnen!», rief sie verzweifelt ihren drei Verbündeten zu, doch als Antwort erntete sie nur matte Kuhblicke. Sie würden sich nur bewegen und ihr helfen, wenn ihr eigenes Überleben davon abhing. Zwischen zwei Wellen wagte Louisa noch einen Blick durch die Spalte in der Luke und sah den dunklen Umriss der Insel nicht weit vor ihnen.

Der Kapitän muss jetzt wenden oder wir werden auf Grund laufen, dachte sie. In den Monaten an Bord hatte sie einiges darüber aufgeschnappt, wie man ein Schiff steuerte und wie es sich verhielt. Nach der Wende würde die Neigung des Schiffes ihr helfen, die Klappe zu öffnen und tatsächlich drehte sich der Bug nun langsam in den Wind und das Deck unter ihr kam allmählich in die Horizontale. Selbst durch den heulenden Sturm hörte sie schwach, wie oben an Deck Befehle gerufen wurden und Matrosen eilig über die Planken liefen. Sie wartete darauf, dass sich das Schiff auf die andere Seite legte, doch es geschah nicht. Die *Möwe* dümpelte müde in der schweren See.

Eine der anderen Gefangenen, die in ihrer Fantasie mit dem Bootsmann eines VOC-Indienseglers verheiratet war, rief in wachsender Panik: «Dieses dumme Schwein von einem Kapitän hat die Halse verpasst. Guter Gott, und wir sind in Ketten!» Louisa wusste, was das bedeutete. Mit dem Bug im Wind war das Schiff manövrierunfähig und hilflos dem Sturm ausgeliefert.

«Hört ihr das?», schrie die Frau, und dann hörten sie es alle kommen, lauter als der heulende Wind. «Ein Brecher! Er wird uns umwerfen!» Sie knieten in ihren Ketten und lauschten, wie die Welle näher kam, unter heulendem Wind, immer schriller, bis es schien, als könne es nicht mehr lauter werden, und dann traf der Brecher das Schiff. Es stöhnte und taumelte und stürzte um wie ein Elefantenbulle, tödlich ins Herz getroffen. Das Krachen der berstenden Takelage war ohrenbetäubend, und dann der Kanonendonner, als die Hauptstag unter der Last nachgab. Der Schiffsrumpf schlug um, bis die Schandecks senkrecht standen. Taue und Holzstücke, Menschen und Ausrüstung rutschten ab und stapelten sich an der Reling. Lose Kanonenkugeln rollten und flogen in die Knäuel der um ihr Leben kämpfenden Sträflinge. Die Frauen kreischten vor Schmerz und Schrecken. Eine der Kanonenkugeln rollte direkt auf Louisa zu, die sich an ihre Kanonenlafette klammerte. Im letzten Augenblick warf sie sich zur Seite und die Kugel traf die Frau, die neben ihr kauerte. Louisa konnte hören, wie die Knochen in beiden Beinen brachen.

Eine der großen Kanonen, neun Tonnen Bronzeguss, löste sich aus ihren Tauen und kam das Deck heruntergeholpert. Sie zerquetschte die Frauen in ihrer Bahn wie Hasen unter den Rädern eines Kampfwagens. Dann traf sie die Bordwand. Nicht einmal die dicken Eichenplanken konnten sie aufhalten. Sie brach durch und verschwand. Die See kam durch das klaffende Loch im Rumpf des Schiffes und ergoss sich in einer eisigen grünen Welle über das Kanonendeck. Louisa hielt die Luft an und klammerte sich an die Kanonenlafette, während sie überflutet wurde. Dann spürte sie, wie das Schiff sich wieder aufzurichten begann, als die Welle es aus ihrem Griff entließ. Das Wasser strömte durch das scharfkantige Loch in der Bordwand wieder ins Meer hinaus und riss ein schreiendes Knäuel von Frauen mit. Die Ketten zogen sie sofort in die Tiefe.

Immer noch an die Lafette geklammert schaute Louisa durch das mannshohe Loch, das nun vor ihr lag wie ein offenes Tor. Sie sah den gebrochenen Mast, das Gewirr von Tauen und Segeltuch, das vom offenen Deck in das brodelnde Wasser hing. Sie sah die Köpfe der Seeleute, die mit den Trümmern über Bord gespült worden waren, auf und ab schaukeln. Und dahinter sah sie die Küste Afrikas und die hohe Brandung, die auf die Strände donnerte wie Kanonenfeuer. Der Sturm trieb das verkrüppelte Schiff unausweichlich auf diese Gestade zu und wachsende Hoffnung mischte sich in Louisas Schrecken. Mit jeder Sekunde, die verstrich, kam sie der Küste näher – und die losgerissene Kanone hatte ihr einen Fluchtweg eröffnet. Selbst durch die Schleier aus Regen und Gischt konnte sie Einzelheiten der Küste ausmachen, vom Wind gebogene Bäume und verstreute, gekalkte Gebäude hinter dem Strand.

Das geschundene Schiff trieb immer dichter an die Küste heran. Jetzt erkannte sie schon winzige Figuren an Land: Menschen. Sie kamen aus der Stadt gelaufen und sprangen auf dem Strand umher. Manche winkten mit den Armen, doch wenn sie etwas riefen, kamen ihre Stimmen nicht gegen diesen grässlichen Wind an. Dann war das Schiff dicht genug vor Land, dass Louisa Männer, Frauen und Kinder unter den Gaffern unterscheiden konnte.

Es kostete sie große Überwindung, ihren sicheren Platz hinter der Kanonenlafette zu verlassen, doch schließlich begann sie über das wimmelnde Deck zu kriechen, über zerschmetterte Körper und durchnässte Ausrüstung. Kanonenkugeln rollten immer noch ziellos hin und her, schwer genug, ihr die Knochen zu brechen, und sie musste mehrmals ausweichen. Schließlich war sie an dem Loch im Schiffsrumpf. Es war groß genug, dass ein Pferd hindurchgaloppieren konnte. Sie klammerte sich an die zersplitterten Planken und schaute durch Gischt und Brandung zum Strand hinaus. Ihr Vater hatte ihr am See von Mooi Uitsig beigebracht, wie man unter Wasser die Beine bewegt. Sie konnte schwimmen, doch nur wie ein Hündchen, wenngleich sie es mit ihrem Vater einmal geschafft hatte, von einem Ufer des Sees zum anderen zu schwimmen. Doch dies hier war etwas ganz anderes. Sie wusste, in dieser wütenden Brandung würde sie sich nur wenige Sekunden über Wasser halten können.

Die Küste war inzwischen so nah, dass sie die Gesichtsausdrücke der Zuschauer, die darauf warteten, dass das Schiff auf Grund lief, ausmachen konnte. Manche lachten aufgeregt, ein paar Kinder tanzten und winkten fröhlich. Niemand zeigte das geringste Mitgefühl für den Todeskampf eines großen Schiffes, kein Mitleid für die in Lebensgefahr schwebenden Menschen an Bord. Für diese Afrikaner war es wie ein römischer Zirkus, mit dem zusätzlichen Vorzug, dass sie das Wrack würden plündern können, sobald es auf dem Sand läge.

Aus Richtung der Festung sah sie eine Kolonne Soldaten zum Strand heruntermarschiert kommen, mit einem berittenen Offizier in prächtiger Uniform an der Spitze. Sie konnte die Rangabzeichen und Orden an seiner grün-gelben Jacke schimmern sehen, sogar in dem grauen Licht. Sie wusste, selbst wenn sie den Strand erreichte, würden die Soldaten sie dort erwarten.

Die Frauen um sie herum stießen herzzerreißende Schreie aus, als sie spürten, wie das Schiff den Grund berührte. Dann trieb es wieder frei, nur um im nächsten Augenblick wieder aufzulaufen, und diesmal zitterte das Wrack in allen Balken. Die *Möwe* saß auf dem Sand fest und die Wellen stürmten auf sie ein wie Reihe um Reihe einer unheimlichen Kavallerie. Das Schiff würde diesem Anschlag nicht standhalten können. Jede Welle prügelte es unter gewaltigem Donner und in einer Fontäne aus weißem Schaum. Der Rumpf rollte langsam herum, bis die Steuerbordseite oben lag. Louisa kroch durch das gähnende Loch in der Wand und stand aufrecht auf dem schwer krängenden Wrack.

Sie schaute zum Strand, sie sah die Köpfe der Matrosen, die über Bord gesprungen waren, in dem wildem Wasser auf und ab schaukeln. Einer kam dicht genug an den Strand, dass er stehen konnte, nur um von der nächsten Welle wieder umgeworfen zu werden. Drei andere Gefangene folgten Louisa durch das Loch in der Bordwand, doch die Fußeisen behinderten sie und sie konnten sich nur an die nassen Planken klammern. Noch eine Welle schwappte über das Wrack und Louisa hielt sich an einer Wante des Hauptmastes fest, die neben ihr herunterhing. Die Brandung umwirbelte sie hüfthoch, doch sie war sicher. Als die Welle sich zurückzog, waren die anderen drei Frauen verschwunden, von den Ketten augenblicklich in die grünen Fluten hinabgezogen.

Louisa zog sich an der Wante hoch und stand wieder aufrecht. Die Zuschauer waren fasziniert von dem Anblick, wie sie wie Aphrodite aus den Wellen aufzutauchen schien: so jung und schön und in so tödlicher Gefahr. Dies war besser als eine Auspeitschung oder Hinrichtung auf dem Exerzierplatz der Festung. Sie tanzten, winkten und schrien. Ihre Stimmen waren kaum zu hören, doch als der Wind sich kurz legte, verstand sie, was sie riefen.

«Spring, *Meisje!*»

«Schwimm, wir wollen dich schwimmen sehen!»

«Ist das besser als eine Gefängniszelle, *Poesje?*»

Sie sah die sadistische Verzückung in ihren Gesichtern und hörte die Grausamkeit in ihren Stimmen. Sie wusste, von denen konnte sie keine Hilfe erwarten. Sie schaute zum Himmel auf, und dann sah sie, dass sich auf dem Dünenkamm etwas bewegte.

Auf der Düne war ein Reiter erschienen. Sein Pferd war ein prächtiger brauner Hengst mit schwarzer Mähne. Der Reiter saß auf dem nackten Rücken des großartigen Tieres. Er war nackt bis auf ein Tuch, das er sich um die Hüften geknotet hatte. Sein Oberkörper war weiß wie Porzellan, doch seine starken jungen Arme waren sonnengebräunt im Ton feinen Leders. Seine dichten schwarzen Locken tanzten im Wind. Er schaute über den Strand hinweg zu ihr hinaus. Plötzlich hob er einen Arm und winkte, und nun erkannte sie ihn.

Sie winkte aufgeregt zurück und schrie seinen Namen.

«Jim! Jim Courtney!»

MIT WACHSENDEM GRAUEN hatte Jim die letzten Augenblicke der unglücklichen *Möwe* mit angesehen. Einige der Matrosen kauerten noch auf dem gekenterten Wrack. Dann kamen ein paar der gefangenen Frauen aus den Kanonenklappen und zerschmetterten Luken gekrochen. Die Menge auf dem Strand verspottete sie, als sie sich auf dem Rumpf zusammendrängten.

Während die Wellen das Schiff auf den Strand prügelten,

sprang die restliche Mannschaft in die schäumenden Wogen. Die meisten wurden vom Wasser überwältigt. Ein oder zwei Ertrunkene wurden an Land gespült und die Zuschauer zogen sie über die Hochwassermarke. Sobald sie erkannten, dass kein Leben mehr in den Seeleuten war, warfen sie sie auf einen Haufen und liefen zurück, um weiter Spaß zu haben. Der erste Überlebende watete durch die Brandung und fiel in frommer Dankbarkeit für seine Rettung auf die Knie. Drei Sträflinge klammerten sich an eine Spiere aus der zertrümmerten Takelage, die sie davor gerettet hatte, von den Ketten in die Tiefe gezogen zu werden. Die Soldaten aus der Festung eilten sofort herbei und liefen hüfttief in die sahnige Brandung, um sie auf den Strand zu ziehen und festzunehmen. Jim fiel die fette Gestalt mit flachsblondem Haar auf, deren weiße Brüste, groß wie ein Paar Seeländer Käse, aus ihrem zerrissenen Kittel hingen. Während sie mit ihren Häschern rang, schrie sie Oberst Keyser ein schmutziges Schimpfwort zu, als er herbeigeritten kam. Keyser lehnte sich aus dem Sattel, hob seine Schwertscheide und verpasste ihr einen Hieb damit, der sie in die Knie gehen ließ. Doch als sie wieder zu ihm aufschaute, schrie sie weiter.

Der nächste Hieb mit der Stahlscheide beförderte sie in den Sand und die Soldaten schleppten sie weg.

Jim schaute verzweifelt zu dem offenen Deck hinaus und suchte nach Louisa, konnte sie jedoch nicht finden. Das Wrack riss sich noch einmal aus dem Sand los und trieb näher heran. Dann lag es endgültig fest und begann umzukippen. Die überlebenden Frauen rutschen das Deck hinunter und platschten eine nach der anderen in die grünen Fluten. Das Schiff lag nun auf der Seite. Keine Menschenseele klammerte sich mehr an das Wrack. Und dann sah Jim zum ersten Mal das gähnende Loch, das die Kanone gebrochen hatte. Die Öffnung ging nach oben und plötzlich kroch eine schlanke, weibliche Gestalt daraus hervor und stellte sich auf wackligen Beinen auf den runden Schiffsbauch. Ihr langes, gelbes Haar triefte von Seewasser und flatterte im Sturmwind. Ihr zerfetzter Kittel bedeckte kaum ihre Fohlenbeine. Sie hätte ein Knabe sein können, wäre nicht der volle Busen unter den

Lumpen zu sehen gewesen. Sie schaute flehend auf die johlende Menge am Strand hinaus.

«Nun spring schon, du Galgenvogel!», spotteten sie.

«Schwimm, schwimm für uns, kleiner Fisch!»

Jim richtete sein Teleskop auf ihr Gesicht. Auch ohne das saphirblaue Funkeln der Augen in dem abgemagerten und blassen Gesicht hätte er sie sofort erkannt. Er sprang auf und lief hinter die Düne zurück, wo Drumfire geduldig wartete. Der Hengst hob den Kopf und wieherte leise, als er Jim kommen sah. Im Laufen warf Jim seine Kleider von sich und ließ sie verstreut hinter sich liegen. Er hoppelte zuerst auf einem Fuß, dann auf dem anderen, um seine Stiefel auszuziehen, bis er nur noch ein Baumwolltuch um die Hüften gebunden hatte. Als er neben seinem Pferd ankam, schnallte er den Riemen auf und ließ den Sattel in den Sand fallen. Dann schwang er sich auf Drumfires nackten Rücken, jagte ihn die Düne hinauf und brachte ihn auf dem Kamm zum Stehen.

Voller Furcht, das Mädchen könnte schon von dem wankenden Wrack gespült worden sein, schaute er hinaus, doch dann jauchzte er innerlich, da Louisa immer noch aufrecht stand, wie er sie zuvor gesehen hatte. Doch das Schiff war schon dabei, unter den grausamen Hammerschlägen der Brandung auseinander zu brechen. Er hob seinen rechten Arm und winkte ihr zu. Ihr Kopf schnellte herum und er erlebte den Augenblick mit, als sie ihn erkannte. Sie winkte verzweifelt zurück, und obwohl der Wind ihre Worte davontrug, sah er, wie ihre Lippen seinen Namen formten: «Jim! Jim Courtney!»

«Ha!», rief er Drumfire zu und der Hengst sprang auf den losen weißen Sand, tief in den Hinterläufen, um die Balance zu halten, während sie die Düne hinunterrutschten. Auf dem Strand war er sofort in vollem Galopp und die Menschenmenge stob vor Drumfires fliegenden Hufen auseinander. Keyser trieb sein Pferd voran, um ihnen den Weg abzuschneiden. Er hatte einen strengen Blick auf seinem runden, glatt rasierten Gesicht und die Straußenfeder an seinem Hut flatterte im Wind, weiß wie die Brandung. Jim berührte Drumfires Flanke, der Hengst machte einen Schwenk um das andere Pferd herum und galoppierte weiter aufs Wasser zu.

Eine Welle brach sich unmittelbar vor ihnen, hatte den größten Teil ihrer Kraft jedoch schon aufgebraucht. Drumfire hob ohne zu zögern die Vorderhufe vor die Brust und übersprang den Wellenkamm wie einen Zaun. Auf der anderen Seite der Welle war das Wasser schon so tief, dass seine Hufe den Grund nicht mehr fanden und er begann zu schwimmen. Jim glitt von seinem Rücken und hielt sich mit einer Hand an der Mähne fest. Die andere legte er dem Hengst auf den Hals und lenkte ihn zu dem wankenden Wrack.

Drumfire schwamm wie ein Otter. Seine Läufe schlugen einen mächtigen Rhythmus unter der Wasseroberfläche. So waren sie schon zwanzig Meter weiter, als die nächste Welle sie unter sich begrub und sie nicht mehr zu sehen waren.

Das Mädchen auf dem Wrack starrte in Schrecken auf die Stelle, wo Pferd und Reiter verschwunden waren. Selbst die Gaffer auf dem Strand verstummten, während sie in dem sprudelnden Rückstrom der Welle nach ihnen Ausschau hielten. Dann ein allgemeiner Aufschrei, als ihre Köpfe aus dem Schaum auftauchten. Die Hälfte der Distanz, die sie zuvor gewonnen hatten, waren sie wieder zurückgespült worden, doch der Hengst schwamm kraftvoll weiter. Das Mädchen hörte, wie er mit jedem Atemzug das Seewasser aus den Nüstern schnaubte. Jims langes, schwarzes Haar klebte ihm an Gesicht und Schultern. Durch den Donner der Brandung drang schwach seine Stimme: «Komm, Drumfire, ha, ha!»

Sie schwammen weiter durch das eisige grüne Nass und hatten die Distanz, die sie zurückgefallen waren, bald wieder gutgemacht. Es kam noch eine Welle, doch diesmal schwammen sie daran hinauf und über den Kamm, sodass sie bald die halbe Entfernung zwischen Küste und Schiff hinter sich hatten. Das Mädchen richtete sich auf und balancierte unsicher auf dem schaukelnden Wrack, bereit, den Sprung ins Wasser zu wagen.

«Nein!», rief Jim ihr zu. «Noch nicht! Warte!» Er hatte bemerkt, wie sich die nächste Welle vor dem Horizont aufbaute, viel höher als die letzte. Die Front, steil wie eine Klippe, schien aus massivem, grünen Malachit gemeißelt zu sein, gesäumt mit weißem Schaum. Wie sie majestätisch heranrollte, nahm sie fast den halben Himmel ein.

«Halt dich fest, Louisa!», rief Jim, als der mächtige Brecher gegen das Schiff krachte und es vollkommen überspülte, bevor sie sich wieder sammelte wie ein Raubtier bereit zum Sprung. Unendliche Sekunden lang schwammen Pferd und Reiter die sich kräuselnde Front hinauf, wie Insekten an einer grünen Glaswand. Dann neigte sich die Welle langsam zum Strand, bog sich über ihnen und stürzte über sie herein wie eine Lawine von solcher Gewalt, solcher Masse, dass die Leute am Strand die Erde unter ihren Füßen beben spürten. Ross und Reiter waren verschwunden, so tief unter Wasser getrieben, dass sie wohl nie mehr auftauchen würden.

Die Zuschauer, die noch Sekunden zuvor danach geschrien hatten, dass der Sturm siegen und seine Opfer umkommen würden, waren nun bleich vor Grauen und warteten auf das Unmögliche, dass die Köpfe dieses tapferen Pferdes und seines Reiters wieder aus der wilden Brandung hervorkamen. Das Wasser um das Schiff floss schließlich ab und sie sahen, dass das Mädchen noch auf den Planken lag. Die Stücke der Takelage, an denen sie sich festhielt, hatten sie davor bewahrt, in die Tiefe gerissen zu werden. Sie hob den Kopf und suchte mit triefendem Haar nach irgendeinem Zeichen von Pferd und Reiter. Aus Sekunden wurden Minuten. Noch eine Welle donnerte herein, dann wieder eine, doch nicht so hoch und gewaltig wie die, die Drumfire und Jim unter sich begraben hatte.

Louisa fiel in tiefe Verzweiflung. Sie fürchtete nicht um ihr eigenes Leben. Sie wusste, sie würde bald sterben, doch ihr Leben schien nicht mehr wichtig zu sein. Sie trauerte vielmehr um den jungen Fremden, der sein Leben gegeben hatte, um ihres zu retten. «Jim!», rief sie flehend. «Bitte stirb nicht!»

Wie als Antwort auf ihre Klage kamen plötzlich zwei Köpfe an die Oberfläche. Die Strömung unter der großen Welle, die sie auf den Meeresgrund geschleudert hatte, hatte sie fast an dieselbe Stelle zurückgetrieben, wo sie verschwunden waren.

«Jim!» Sie sprang auf. Er war so nah bei ihr, dass sie sehen konnte, wie er das Gesicht verzerrte, als er versuchte, Atem zu holen. Er schaute zu ihr herauf und wollte etwas sagen, vielleicht ein Lebewohl, obwohl sie in ihrem Herzen wusste, dass er sich niemals geschlagen geben würde, nicht einmal dem Tod. Er versuchte, ihr eine Anweisung zuzurufen, doch es kam nur Keuchen und Gurgeln aus seiner Kehle. Das Pferd schwamm schon wieder, doch als es den Kopf dem Strand zuwandte, sah sie Jims Hand in Drumfires Mähne, wie er ihn wieder in ihre Richtung steuerte. Jim war immer noch halb ertrunken und ohne Stimme, doch mit der freien Hand machte er eine Geste, und jetzt war er nah genug, dass sie die Entschlossenheit in seinem Blick sehen konnte.

«Springen?», rief sie gegen den Wind. «Soll ich springen?»

Er nickte bestätigend mit seinen nassen Locken, und sie hörte ihn krächzen: «Komm!»

Sie schaute über ihre Schulter und sah, dass er selbst in seiner Not noch die Geistesgegenwart hatte, die Ruhe zwischen zwei Wellen abzuwarten, bevor er sie zu springen aufforderte. Sie warf das Stück Seil weg, das sie gerettet hatte, und sprang mit wedelnden Armen und geblähtem Kittel von dem Wrack. Sie platschte ins Wasser und ging unter, tauchte jedoch sofort wieder auf. Sie bewegte Arme und Beine, wie es ihr Vater sie gelehrt hatte, und schwamm zu Jim.

Jim streckte den Arm aus und ergriff ihr Handgelenk. Sein Griff war so stark, dass sie meinte, er könnte ihre Knochen brechen. Nach ihren Qualen in Huis Brabant hatte sie gedacht, sie würde keinem Mann je wieder erlauben, sie zu berühren, doch jetzt war keine Zeit für solche Gedanken. Die nächste Welle überschlug sich über ihnen, doch sein Griff ließ nicht nach. Sie kamen wieder hoch und sie spuckte und schnappte nach Luft. Sie meinte, durch seine Finger flösse Kraft in sie. Er führte ihre Hand an die Mähne des Pferdes, und inzwischen hatte er auch seine Stimme wiedergewonnen.

«Zieh ihn nicht herunter.» Sie wusste, was er meinte, denn auch sie kannte sich mit Pferden aus. So versuchte sie, ihr Gewicht nicht an den Hengst zu hängen, sondern neben ihm herzuschwimmen. Sie bewegten sich nun auf den Strand zu und jede neue Welle trieb sie voran. Louisa hörte die Stimmen, zuerst schwach, doch jede Sekunde lauter. Die Zuschauer am Strand waren begeistert von der Rettungsaktion. Wie es der Pöbel an sich hat, schienen sie plötzlich die Seiten zu wechseln und jubelten nun den beiden jungen Leute zu. Sie alle kannten das Pferd. Die meisten hatten es das Weihnachtsrennen gewinnen sehen, und Jim Courtney war bekannt in der Siedlung. Manche beneideten ihn als den Sohn eines reichen Mannes, andere hielten ihn für unverfroren, doch niemand konnte umhin, ihm Respekt zu zollen. Er focht eine große Schlacht gegen den Ozean, und die meisten der Männer am Strand waren Seeleute. Sie fühlten mit ihm.

D RUMFIRE SPÜRTE DEN Muschelsand unter den Hufen und sprang kraftvoll nach vorn. Jim war inzwischen wieder bei Atem und hatte das Wasser aus seinen Lungen gehustet. Er schwang ein Bein über den Rücken des Hengstes und sobald er aufgesessen war, zog er Louisa hinter sich hoch. Sie legte beide Arme um seinen Bauch und klammerte sich mit aller Kraft an ihn. Drumfire stob aus dem flachen Wasser, das unter seinen Hufen zu explodieren schien, und dann waren sie auf dem Strand.

Jim sah, wie Oberst Keyser herangeritten kam, und trieb Drumfire in vollem Galopp vor ihm vorbei, sodass Keyser bald zehn Längen hinter ihnen war.

«*Wag, jou donder!* Halt! Sie ist eine entlaufene Gefangene! Sie gehört dem Gesetz!»

«Ich werde sie selbst zur Festung bringen», rief Jim, ohne sich umzuschauen.

«Nein, das wirst du nicht! Sie gehört mir! Komm zurück mit dem Flittchen!» Keysers Stimme bebte vor Zorn. In einem war sich Jim sicher, als er Drumfire weiter den Strand entlangtrieb: Er hatte schon zu viel gewagt, um das Mädchen irgendjemandem in der Festung übergeben zu können, besonders wenn er an Keyser dachte. Auf dem Exerzierplatz vor den Festungsmauern hatte er zu viele Auspeitschungen und Exekutionen gesehen, die Keyser geleitet hatte. Jims eigener Urgroßvater war auf demselben Platz gefoltert und hingerichtet worden, nachdem die Holländer ihn als Hochseepiraten verleumdet und verurteilt hatten.

«Sie werden keine Hand an Louisa legen», schwor er sich. Ihre dünnen Arme lagen um seine Taille und er spürte ihren Oberkörper an seinem nackten Rücken. Obwohl sie halb verhungert war, nass und zitternd vor Kälte nach der langen Zeit im grünen Wasser, konnte er spüren, dass sie ebenso entschlossen war wie er selbst.

Dieses Mädchen ist eine Kämpferin, dachte er, ich kann sie nicht im Stich lassen, niemals. «Halt dich gut fest, Louisa», rief er ihr zu, «wir werden den fetten Oberst in den Dreck reiten.» Sie antwortete nichts. Er hörte nur ihr Zähneklappern, als sie ihren Griff um ihn festigte und sich hinter ihn duckte. An ihrem Gleichgewichtssinn und der Art, wie sie sich auf Drumfires Bewegungen einstellte, erkannte er, dass sie sich mit Pferden auskannte.

Er schaute unter seiner Armbeuge zurück und sah, dass Keyser weiter zurückgefallen war. Es war nicht das erste Rennen, das er sich mit Trueheart geliefert hatte, und er kannte die Stärken und Schwächen der Stute gut. Sie war flink und aufgeweckt, doch Keyser war zu schwer für ihren zarten Knochenbau. Auf festem, flachem Grund war sie in ihrem Element und konnte wahrscheinlich schneller sein als Drumfire, doch auf dem weichen Sand oder über Stock und Stein kam ihnen Drumfires überlegene Kraft zugute. Der Hengst mochte eine doppelte Last tragen, aber Louisa war leicht wie ein Spatz und auch Jim war bei weitem nicht so schwer wie der Oberst. Dennoch hütete sich Jim davor, die Stute zu unterschätzen. Er wusste, sie hatte das Herz einer Löwin. Auf der letzten halben Meile des Weihnachtsrennens hätte sie Drumfire fast niedergerannt.

Ich muss einen Kurs wählen, wo wir im Vorteil sind, dachte

Jim. Er und Drumfire kannten jeden Zoll zwischen dem Strand und dem Vorgebirge, kannten jeden Hügel, jeden Sumpf, jeden Salzsee und jedes Wäldchen, wo Trueheart in Schwierigkeiten geraten würde.

«Halt, *Jongen*, oder ich schieße!», rief Keyser hinter ihnen her. Jim schaute sich um und sah, dass der Oberst die Pistole aus dem Halfter vor seinem Sattel gezogen hatte und sich zur Seite lehnte, um nicht sein eigenes Pferd zu treffen. Mit einem schnellen Blick erkannte Jim, dass es eine einläufige Waffe war und dass sich keine zweite Pistole in dem Halfter befand.

Er schwenkte Drumfire nach links, ohne eine Spur an Tempo einzubüßen, und kreuzte die Schusslinie. So konnte Keyser nicht mehr auf ein sich stetig vor ihm entfernendes Objekt zielen, sondern musste in spitzem Winkel nach vorn schießen, und selbst ein erfahrener Soldat wie der Oberst hätte Schwierigkeiten, von einem galoppierendem Pferd aus für einen solchen Schuss den Vorhaltewinkel richtig zu schätzen.

Jim griff nach hinten, fasste Louisa um die Taille und zog sie nach rechts unter seinen Arm, sodass er sie mit seinem Körper abschirmte. Die Pistole knallte und er spürte, wie ihn die schwere Bleikugel traf, quer über seinen Rücken hinter den Schulterblättern, doch nach dem ersten Schock spürte er immer noch Kraft und Gefühl in seinen Armen. Er wusste, es konnte nur ein Kratzer sein.

«Das war seine einzige Kugel», sprach er Louisa Mut zu, bevor er sie wieder hinter sich zu sitzen brachte.

«Gnädiger Jesus, du bist getroffen!», rief sie ängstlich.

«Darum kümmern wir uns später», sagte er leichthin. «Jetzt zeigen Drumfire und ich dir erst mal ein paar von unseren Tricks.» Offenbar hatte er seinen Spaß. Er wäre soeben fast ertrunken, er hatte eine Kugel abbekommen, aber er hatte immer noch ein großes Maul. Louisa fasste neuen Mut, als sie erkannte, dass ihr Retter ein unbezähmbarer Kämpfer war.

Doch das Ausweichmanöver hatte sie Vorsprung gekostet. Truehearts Hufe trommelten dicht hinter ihnen auf dem Sand, und dann hörten sie Stahl an Stahl schaben, als Keyser seinen Säbel zog. Louisa schaute sich um und sah, wie er über sie kam, aufrecht in den Steigbügeln und mit hoch erhobener

Klinge, doch die neue Gewichtsverteilung verstörte die Stute und brachte sie ins Stolpern. Keyser schwankte und klammerte sich an seinen Sattelknauf, um wieder ins Gleichgewicht zu kommen, und Drumfire zog davon. Jim lenkte ihn auf die hohe Düne zu, an deren Steigung die Kraft des Hengstes voll zur Geltung kommen würde. Drumfire erklomm die Düne in einer Reihe gewaltiger Sprünge, dass der Sand unter seinen Hufen aufwirbelte. Trueheart fiel deutlich zurück, als sie das Gewicht des Obersts den Hang hinauftragen musste.

Sie überquerten den Kamm und rutschten die andere Seite der Düne hinunter. Danach lag bis zum Ufer der Lagune offener, fester Grund vor ihnen. Louisa schaute zurück. «Er holt wieder auf», warnte sie Jim. «Er lädt seine Pistole wieder!»

«Mal sehen, ob wir nicht dafür sorgen können, dass sein Pulver nass wird», sagte Jim fröhlich. Im nächsten Augenblick waren sie an der Lagune und stürzten sich in vollem Galopp ins Wasser.

«Du musst noch einmal schwimmen», sagte Jim und Louisa ließ sich auf Drumfires anderer Seite ins Wasser sinken. Sie blickten beide zurück, als Trueheart am Ufer ankam und Keyser sie zügelte. Er sprang ab und machte die Pulverpfanne seiner Pistole fertig. Dann spannte er den Hahn und zielte über die offene Wasserfläche auf sie. Sie sahen den weißen Pulverdampf aufsteigen, eine Fontäne spritzte dicht hinter ihnen auf, wo die Kugel vom Wasser abprallte, und das schwere Geschoss summte über ihre Köpfe hinweg.

«Als Nächstes musst du uns deine Stiefel hinterherschmeißen», lachte Jim, als Keyser vor Wut mit dem Fuß aufstampfte. Jim hoffte, der Holländer würde nun aufgeben. Selbst in seinem Zorn musste Keyser einsehen, dass Trueheart zu schwer beladen war, während Drumfire nur zwei fast nackte Jugendliche zu tragen hatte. Keyser entschied sich schließlich und schwang sich wieder auf seine Stute. Er trieb sie ins Wasser, als Drumfire schon auf der anderen Seite der Lagune auf das schlammige Ufer stieg. Jim führte ihn im Schritt über den weichen Grund am Wasser entlang.

«Drumfire braucht eine Atempause», erklärte er Louisa, die hinter ihm hergelaufen kam. «Jedes andere Pferd wäre dort draußen in der Brandung ertrunken.» Er schaute zu den Verfolgern zurück. Trueheart war noch mitten auf der Lagune. «Mit seiner Zielübung hat Keyser nur Zeit verschwendet. Eines ist sicher: Das war die letzte Kugel. Sein Pulver muss inzwischen gründlich durchnässt sein.»

«Das Wasser hat das Blut von deiner Wunde gewaschen», sagte sie, während sie sanft seinen Rücken berührte. «Nur ein Streifschuss. Die Wunde ist nicht tief, Gott sei Dank.»

«Du bist es, um die ich mir Sorgen mache», entgegnete er. «Du bist nur noch Haut und Knochen, kein Pfund Fleisch an dir. Wie lange meinst du auf diesen mageren Beinen laufen zu können?»

«So lange wie du», blitzte sie ihn an.

«Das musst du vielleicht noch beweisen», grinste er, «bevor dieser Tag zu Ende geht. Keyser ist wieder auf dem Trockenen.»

Weit hinter ihnen kam Trueheart ans Ufer geklettert. Das Wasser strömte aus Keysers Jacke, Hose und Stiefel, als er wieder in den Sattel stieg und das Ufer entlang hinter ihnen her kam. Er trieb die Stute in Galopp, doch schwerer Schlamm flog von ihren Hufen und es war offensichtlich, wie schwer es ihr fiel. Genau aus diesem Grund hatte sich Jim auf dem Watt gehalten.

«Sitz auf.» Jim packte Louisa, warf sie auf den Rücken des Hengstes und fiel in Laufschritt. Dabei hielt er Drumfires Mähne fest im Griff, sodass er von dem Pferd mitgezogen wurde, während es sich in leichtem Trab erholen konnte. Er schaute immer wieder zurück, um Keysers Geschwindigkeit abzuschätzen und konnte sich nun erlauben, ihn etwas aufholen zu lassen. Nur mit Louisas Gewicht auf dem Rücken schritt Drumfire locker aus, während die Stute in dieser rücksichtslosen Verfolgungsjagd ans Ende ihrer Kräfte getrieben wurde.

Nach einer halben Meile forderte Keysers Gewicht seinen Preis und Trueheart verlangsamte bis auf Schritttempo. Sie waren nun einen halben Pistolenschuss hinter ihnen und Jim bremste Drumfire entsprechend, um den Abstand konstant zu halten.

«Steigen Sie bitte ab, meine Dame», forderte er Louisa auf. «Erlauben wir Drumfire noch eine Verschnaufpause.»

Sie sprang leichtfüßig ab und funkelte ihn an. «Red nicht so mit mir.» Es erinnerte sie schmerzhaft an das Gespött, das sie von den anderen Gefangenen auf dem Schiff erfahren hatte.

«Soll ich dich lieber ‹Igel› nennen?», fragte Jim. «Denn, bei Gott, du hast bestimmt genug Stacheln, um diesen Namen zu verdienen.»

Keyser muss inzwischen ebenfalls erschöpft sein, dachte er, als er sah, dass der dicke Oberst immer noch im Sattel blieb, anstatt sein Pferd zu entlasten. «Die beiden sind fast fertig», erklärte er Louisa. Er wusste, dass nicht weit vor ihnen, noch auf dem Courtney-Gut, eine Salzebene lag, die *Groot Wit*, wie sie sie nannten, das «große Weiß». Dorthin wollte er Keyser locken.

«Er kommt wieder näher», warnte ihn Louisa, und als er sich umschaute, sah er, dass Keyser die Stute wieder auf Trab gebracht hatte. Sie war ein gefälliges Tier und reagierte auf die Peitsche.

«Steig auf!», befahl Jim.

«Ich kann so weit laufen wie du», schüttelte sie trotzig ihre salzverkrustete blonde Mähne.

«In Gottes Namen, musst du denn ständig mit mir streiten?»

«Musst du denn ständig Gotteslästerungen ausstoßen», erwiderte sie, doch dann erlaubte sie ihm, sie wieder auf den Hengst zu heben.

«Da drüben beginnt der Salzsee.» Er zeigte voraus. Selbst unter den tiefen Sturmwolken und in der einbrechenden Dämmerung glänzte das Gebiet vor ihnen wie ein riesiger Spiegel.

«Der Boden scheint eben und hart zu sein.» Sie blinzelte in die weiße Glut.

«Das sieht nur so aus. Unter der Kruste ist es weich wie Grütze. Mit dem fetten Holländer und all seiner Ausrüstung auf dem Rücken wird die Stute alle paar Schritte einbrechen. Der Kessel ist fast drei Meilen weit. Sie werden am Ende ihrer Kräfte sein, bevor sie das andere Ende erreichen …» Er schaute zum Himmel. «Und bis dahin wird es finster sein.»

Hinter der niedrigen Wolkendecke musste die Sonne sich nun dem Horizont nähern und es wurde schnell dunkel, als er Drumfire und das Mädchen, das neben ihm herstolperte, schließlich von der tückischen weißen Ebene führen konnte. Am Waldrand hielt er inne und sie schauten sich um.

Drumfires Hufe hatte sich tief in die glatte weiße Oberfläche geprägt, wie eine lange, schwarze Perlenkette. Selbst für ihn war die Überquerung eine furchtbare Prüfung gewesen. Weit hinter ihnen konnten sie mit Mühe den kleinen dunklen Umriss der Stute ausmachen. Zwei Stunden zuvor war Trueheart mit Keyser auf dem Rücken durch die Salzkruste gebrochen und in den Treibsand darunter geraten. Jim war stehen geblieben und hatte zugesehen, wie Keyser sich abmühte, sie wieder frei zu bekommen. Er war versucht gewesen, umzukehren und ihnen zu helfen. Sie war ein so tapferes, schönes Tier, dass er nicht mit ansehen konnte, wie sie in Grund und Boden geritten wurde. Doch dann erinnerte er sich, dass er unbewaffnet und fast nackt war, während Keyser immer noch seinen Säbel hatte und ein beachtlicher Fechter war. Jim hatte gesehen, wie er seine Schwadron auf dem Exerzierplatz gedrillt hatte. Während er diese Gedanken wälzte, war es Keyser gelungen, die Stute mit Gewalt aus dem Schlamm zu ziehen, und er war wieder auf der Verfolgung.

Jim runzelte die Stirn, als er das sah. «Wenn wir uns irgendwo Keyser gegenüberstellen wollen, muss es geschehen, wenn er aus dem Salzkessel kommt. Er wird erschöpft sein, und in der Dunkelheit könnten wir ihn überraschen. Aber er hat seinen Säbel und ich habe gar nichts», murmelte er. Louisa schaute ihn kurz an, dann kehrte sie ihm züchtig den Rücken zu, während sie unter ihren Kittel griff. Sie holte das Taschenmesser mit dem Horngriff aus ihrem Beutel und übergab es ihm, ohne ein Wort zu sagen. Er starrte das Messer an und lachte laut auf, als er es erkannte.

«Ich nehme alles zurück, was ich über dich gesagt habe. Du siehst aus wie eine Wikingerprinzessin und, bei Gott, du benimmst dich wie eine.»

«Hüte deine lästerliche Zunge, Jim Courtney», sagte sie, doch es war kein Feuer in ihrem Tadel. Sie war zu müde, noch mit ihm zu streiten, und es war ein nettes Kompliment. Als sie sich abwandte, spielte ein erschöpftes Lächeln um ihre Lippen. Jim führte Drumfire zwischen die Bäume und sie folgte ihnen. Nach wenigen hundert Schritten kamen sie an die dichteste Stelle des Waldes und er band Drumfire an. «Du kannst jetzt für eine Weile ruhen», sagte er zu Louisa.

Diesmal protestierte sie nicht, sondern ließ sich auf den dicken Teppich aus feuchtem Laub sinken, der den Boden bedeckte. Sie zog die Beine an und schloss die Augen. In ihrem geschwächten Zustand meinte sie, sie würde vielleicht nie mehr die Kraft finden, wieder aufzustehen, und kaum hatte sie diesen Gedanken zu Ende gedacht, war sie schon eingeschlafen.

Jim verbrachte einige Augenblicke damit, ihre plötzlich so gelassenen Züge zu bewundern. Bis dahin hatte er nicht erkannt, wie jung sie noch war. Nun sah sie aus wie ein schlafendes Kind. Während er sie betrachtete, klappte er die Klinge des Messers aus und prüfte die Spitze an seiner Daumenkuppe. Schließlich raffte er sich auf und lief an den Waldrand zurück. Sicher hinter den Bäumen verborgen spähte er über den immer dunkleren Salzsee. Keyser war ihnen immer noch hartnäckig auf den Fersen, nun aber zu Fuß, die Stute am Zügel hinter sich her führend.

Gibt er denn niemals auf? Jim konnte nicht umhin, etwas wie Bewunderung für den fetten Holländer zu empfinden. Dann schaute er sich um, wo er sich neben den Spuren, die Drumfire hinterlassen hatte, am besten verstecken konnte. Er wählte eine Stelle, die mit dichtem Gebüsch bedeckt war, kroch hinein und blieb darin hocken, das Messer fest im Griff.

Keyser kam am Rand des Salzsees an und taumelte auf den festen Grund auf Jims Seite. Inzwischen war es so dunkel, dass Jim gerade noch seinen Umriss erkennen konnte und ihn keuchend um Atem ringen hörte. Er kam langsam näher mit seiner Stute und Jim ließ ihn an seinem Versteck vorbeiziehen. Dann kroch er aus dem Busch und schlich sich von hinten an ihn heran. Jedes Geräusch, das er dabei machte, ging in dem Hufschlag der Stute unter. Er legte Keyser von hinten den linken Arm vor die Kehle und drückte ihm gleichzeitig die Messerspitze in die weiche Haut unter dem Ohr. «Ich werde dich töten, wenn du mich dazu zwingst», knurrte er so brutal wie er konnte.

Keyser war starr vor Schreck und musste sich erst sammeln, bevor er sagen konnte: «Wie kannst du hoffen, damit durchzukommen, Courtney? Es gibt keinen Ort, wohin du fliehen könntest. Gib mir die Frau und ich werde alles regeln mit deinem Vater und Gouverneur van der Witten.»

Jim griff nach unten und zog den Säbel aus der Scheide an Keysers Gürtel. Dann lockerte er seinen Griff um die Kehle des Holländers und trat zurück, mit der Spitze des Säbels an Keysers Brust. «Ziehen Sie sich aus», befahl er.

«Du bist jung und dumm, Courtney», erwiderte Keyser kalt. «Ich werde das in Rechnung stellen.»

«Die Jacke zuerst», sagte Jim, «dann Hose und Stiefel.»

Keyser rührte sich nicht. Erst als Jim ihm die Säbelspitze fester auf die Brust presste, hob er widerwillig die Hände und begann, seine Uniformjacke aufzuknöpfen.

«Was hoffst du damit zu erreichen?», fragte er, während er die Jacke ablegte. «Bildest du dir in deinem Kindskopf ein, du wärst ein edler Ritter? Die Frau ist eine verurteilte Verbrecherin. Wahrscheinlich ist sie eine Hure und Mörderin.»

«Sag das noch einmal, Oberst, und ich werde dir den Bauch aufschlitzen wie einem Ferkel.» Diesmal blutete Keyser aus der Stelle, wo Jim den Säbel angesetzt hatte. Keyser setzte sich auf den Boden, um Stiefel und Hose auszuziehen. Jim stopfte alles in Truehearts Satteltaschen. Dann eskortierte er Keyser mit der Säbelspitze an seinem Rücken, barfuß und nur noch in Unterwäsche, an den Rand der Salzebene.

«Folgen Sie Ihrer eigenen Spur zurück, Oberst», riet er dem Holländer, «dann werden Sie zum Frühstück in der Festung sein.»

«Hör zu, *Jongen*», sagte Keyser mit dünner, gepresster Stimme. «Ich werde hinter dir her kommen. Ich werde dich auf dem Exerzierplatz hängen sehen, und ich verspreche dir, dein Tod wird langsam sein, sehr langsam.»

«Wenn Sie weiter hier herumstehen und schwätzen, werden Sie Ihr Frühstück verpassen», lächelte Jim. «Laufen Sie lieber los.»

Er sah zu, wie Keyser über den Salzsee davontrottete. Plötzlich wehte der Wind die schweren Wolken davon und der Vollmond tauchte die fahle Oberfläche in taghelles Licht, hell genug, dass Keyser einen Schatten vor sich warf. Jim blickte ihm nach, bis der Oberst nur noch ein dunkler Fleck in der Ferne war und er sicher sein konnte, dass Keyser nicht zurückkommen würde – jedenfalls nicht in dieser Nacht. Es ist bestimmt nicht das letzte Mal, dass ich es mit dem ehrbaren Oberst zu tun bekomme, dachte er. Er lief zu Trueheart zurück und führte sie in den Wald. Dann schüttelte er Louisa wach. «Wach auf, Igelchen. Wir haben eine lange Reise vor uns», sagte er. «Morgen Abend um diese Zeit wird Keyser mit seiner ganzen Schwadron hinter uns her sein.»

Als sie sich benommen aufsetzte, ging er zu Trueheart zurück. Keyser hatte einen zusammengerollten, wollenen Kavallerieumhang auf die Satteltaschen geschnallt.

«Es wird kalt werden, wenn wir in die Berge kommen», warnte er sie. Sie war immer noch halb im Schlaf und sträubte sich nicht, als er ihr den Mantel um die Schultern legte. Dann fand er den Proviantbeutel des Obersts, der einen Laib Brot enthielt, eine Ecke Käse, ein paar Äpfel und eine kleine Flasche Wein. «Der Oberst ist ein echter Feinschmecker.» Er warf ihr einen Apfel zu und sie verschlang ihn mit Stumpf und Stiel.

«Süßer als Honig», sagte sie, während sie kaute. «Ich habe noch nie etwas so Köstliches geschmeckt.»

«Gieriger kleiner Igel», neckte er sie, und diesmal bedankte sie sich mit dem Lächeln eines Straßenkindes. Sie war nicht die Einzige, der es schwer fiel, Jim für längere Zeit böse zu sein. Er kniete vor ihr auf dem Boden, schnitt mit dem Taschenmesser einen Batzen Brot ab und legte eine dicke Scheibe Käse darauf. Sie aß mit wildem Verlangen. Er betrachtete ihr blasses Gesicht im Mondschein. Sie sah aus wie eine Waldfee.

«Und was ist mit dir?», fragte sie. «Isst du nichts?» Er schüttelte den Kopf. Das Essen wäre nicht genug für beide, und sie war es, die halb verhungert war.

«Wie kommt es, dass du so gut Englisch sprichst?»

«Meine Mutter war aus Devon.»

«Meine Güte, da kommen wir auch her! Mein Ur-Urgroß-vater war ein Herzog oder so was Ähnliches.»

«Soll ich dich also Herzog nennen?»

«Von mir aus, bis dir etwas Besseres einfällt, Igelchen.» Sie nahm noch einen Bissen Brot und Käse und konnte für eine Weile nichts entgegnen. Während sie aß, durchsuchte er Keysers übrige Habseligkeiten. Er probierte die mit goldenen Kordeln verzierte Jacke an und zog die Revers zusammen.

«Darin hätten zwei von uns Platz, aber sie ist warm.» Der Hosenschlag des Obersts reichte Jim halb um den Bauch, doch er band den Bund mit einem der Riemen der Satteltaschen zusammen. Dann probierte er die Stiefel an. «Wenigstens die passen ganz gut.»

«Im Theater in London habe ich ein Schauspiel gesehen, *Der Zinnsoldat* hieß es», sagte sie. «So siehst du jetzt aus.»

«Du warst in London?» Er konnte nicht umhin zu zeigen, wie beeindruckt er war. London war der Mittelpunkt der Welt. «Du musst mir davon erzählen, sobald wir Gelegenheit haben.»

Dann führte er die Pferde zu dem Brunnen am Rand des Salzsees, wo sie normalerweise das Vieh tränkten. Er und Mansur hatten ihn zwei Jahre zuvor selbst gegraben. Das Wasser war süß und die Pferde soffen gierig. Als er sie zurückbrachte, war Louisa unter ihrem Umhang wieder eingeschlafen. Er setzte sich neben sie und studierte ihr Gesicht im Mondschein. Er spürte eine eigenartige Leere unter den Rippen. Er beschloss, sie noch etwas schlafen zu lassen und fütterte die Pferde aus dem Kornbeutel des Obersts.

Dann suchte er sich unter Keysers Ausrüstung die Dinge heraus, die er gebrauchen konnte. Die Pistole war eine wunderschöne Waffe. In dem Lederhalfter fand er auch eine kleine Leinenrolle, die den Ladestock und alles andere Zubehör enthielt. Der Säbel war aus feinstem Stahl. In der Uniformjacke fand er eine goldene Uhr, einen Geldbeutel voller Silbergulden und ein paar Golddukaten. In einer anderen Tasche war eine kleine Messingdose mit Feuerstein, Wetzstahl und Baumwollzunder.

«Wenn ich schon sein Pferd stehle, kann ich auch sein Geld nehmen», sagte er sich. Von Keysers persönlicheren Dingen ließ er jedoch die Finger. Die goldene Uhr und seine Orden steckte er in eine der Satteltaschen, die er dann gut sichtbar in die Mitte der Lichtung legte. So konnte er sicher sein, dass Keyser, der am nächsten Tag bestimmt mit seinen eingeborenen Spurensuchern zurückkehren würde, seine persönlichen Schätze wieder fände. «Ich bin gespannt, wie dankbar er sich dafür zeigen wird», lächelte er schwach. Er fühlte sich von einer gnadenlosen Unvermeidlichkeit vorangetrieben. Er wusste, es gab kein Zurück mehr. Er hatte sich entschieden. So schnallte er Trueheart den Sattel auf und setzte sich wieder neben Louisa. Sie hatte sich unter dem Umhang zu einer Kugel zusammengerollt. Er streichelte ihr das Haar, um sie sanft aufzuwecken.

Sie öffnete die Augen und schaute ihn an. «Fass mich nicht so an», flüsterte sie. «Fass mich nie mehr so an, niemals.»

In ihrer Stimme lag so bitterer Abscheu, dass er zurückzuckte. «Ich musste dich wecken», erklärte er. «Wir müssen weiter.» Sie erhob sich sofort.

«Nimm die Stute», sagte er. «Sie hat eine weiche Schnauze und ist von sanfter Natur, aber schnell wie der Wind. Ihr Name ist Trueheart.» Er half ihr in den Sattel und sie nahm die Zügel in die Hand und legte sich den Umhang fest um die Schultern. Dann gab er ihr die letzten Reste Brot und Käse. «Du kannst unterwegs essen.» Sie aß, als wäre sie immer noch am Verhungern und er dachte, dass furchtbare Entbehrungen sie zu diesem verhungerten, missbrauchten, wilden Geschöpf gemacht haben mussten. Er spürte leise Zweifel, ob er ihr je wirklich helfen oder ihre Leiden würde tilgen können. Er schob diese Gedanken jedoch beiseite und bedachte sie mit einem – nach seinem Gefühl – beruhigenden Lächeln, das in ihren Augen jedoch nur überheblich wirkte. «Wenn wir nach Majuba kommen, wird Zama den Jägertopf auf dem Feuer haben. Ich hoffe, er ist randvoll. In einem Esswettkampf mit dem guten Oberst würde ich mein ganzes Geld auf dich setzen.» Er sprang auf Drumfires Rücken. «Vorher haben wir jedoch noch etwas anderes zu erledigen.»

Er schlug im Trab den Weg nach High Weald ein. Um die Farm jedoch machte er einen großen Bogen. Es war zwar inzwischen nach Mitternacht, doch er wollte unter keinen Umständen riskieren, seinem Vater oder Onkel Dorian über den Weg zu laufen. Die Neuigkeiten von seiner Eskapade mussten ihnen ziemlich genau in dem Augenblick zu Ohren gekommen sein, als er das Mädchen aus dem Meer gezogen hatte. Unter den Zuschauern am Strand hatte er viele der befreiten Sklaven und Arbeiter der Familie gesehen. Er konnte seinem Vater jetzt nicht gegenübertreten. Von der Seite können wir kein Mitgefühl erwarten, dachte er. Er würde mich zu zwingen versuchen, Louisa dem Oberst zu übergeben. Also ritt er auf die Hütten auf der Ostseite der Koppel zu. In einer Baumgruppe stieg er ab und überließ Louisa Drumfires Zügel. «Warte hier. Ich werde nicht lange wegbleiben.»

Er ging auf die größte der Lehmhütten in dem Dorf zu und stieß einen leisen Pfiff aus. Für einige Zeit tat sich nichts, doch dann blitzte hinter der ungegerbten Schafshaut, mit der das einzige Fenster der Hütte verhangen war, eine Laterne auf. Der stinkende Ersatzvorhang wurde beiseite gezogen, ein dunkler Kopf lugte misstrauisch heraus. «Wer ist da?»

«Ich bin es, Bakkat.»

«Somoya!» Mit einer fettigen Decke um die Hüften gebunden trat Bakkat in den Mondschein hinaus. Er war nicht größer als ein Kind und seine Haut schimmerte wie Bernstein. Sein Gesicht war platt und seine Augen standen eigenartig schräg wie bei einem Ostasiaten. Er war ein Buschmann. Er konnte ein entlaufenes Tier durch Wüsten und Gebirge verfolgen, über fünfzig Meilen, durch Gewitter und Schneestürme. Er lächelte zu Jim auf. Seine Augen verschwanden fast in einem Netz von Falten. «Möge der Kulu Kulu auf dich herniederlächeln, Somoya.»

«Und auf dich, alter Freund. Ruf die anderen Hirten heraus. Treibt die Herden zusammen. Treibt sie über alle Wege und jede Straße, besonders die, die nach Osten und Norden führen. Ich will, dass sie den Boden aufwühlen, dass es aussieht wie ein frisch gepflügtes Feld. Niemand darf in der Lage sein, meinen Spuren zu folgen, wenn ich hier verschwinde, nicht einmal du. Verstehst du?»

Bakkat kicherte wie eine Ziege. «Oh ja, Somoya! Ich verstehe sehr gut. Wir haben alle gesehen, wie der fette Soldat hinter dir hergejagt ist, als du mit diesem hübschen Mädchen davongeritten bist. Mach dir keine Sorgen. Bis zum Morgen wird es keine Spur mehr geben, der er folgen könnte.

«Gut, mein Freund!», klopfte Jim ihm den Rücken. «Ich verschwinde jetzt besser.»

«Ich weiß, wohin du gehst. Gehst du auf den Räuberpfad?» Der Räuberpfad war der legendäre Fluchtweg aus der Kolonie, den nur Entlaufene und Gesetzlose einschlugen. «Niemand weiß, wohin er führt, weil niemand je zurückkehrt. Die Geister meiner Vorfahren flüstern in der Nacht und meine Seele hungert nach den wilden Orten. Hast du Platz für mich an deiner Seite?»

Jim lachte. «Folge mir, Bakkat, sei willkommen! Du würdest mich sowieso überall finden, das weiß ich. Du könntest den Spuren eines Geistes folgen, über die brennenden Felsen der Hölle. Aber zuerst musst du erledigen, was hier zu tun ist. Sag meinem Vater, ich bin wohlauf, und sag meiner Mutter, dass ich sie liebe.» Er drehte sich auf dem Absatz um und lief zu Louisa und den Pferden zurück.

Sie ritten weiter. Der Sturm war verpufft, und der Mond stand tief über dem westlichen Horizont, bevor sie das Vorgebirge erreichten. An einem Bach, der aus den Hügeln herunterkam und sich in einem Becken staute, machten sie schließlich Halt. «Die Pferde brauchen Ruhe und Wasser», erklärte Jim. Er bot Louisa nicht an, ihr beim Absitzen behilflich zu sein. Sie sprang einfach ab, geschmeidig wie eine Katze, und führte Trueheart zum Bach, um sie zu tränken. Sie und die Stute schienen sich schon gut zu verstehen. Dann ging sie in die Büsche. Er wollte ihr nachrufen, nicht zu weit wegzugehen, doch beschloss im letzten Augenblick, den Mund zu halten.

Jim schüttelte die Weinflasche des Obersts und stellte fest, dass sie nur noch halb voll war. Er ging an den Bach und verdünnte den Rest mit dem süßen Gebirgswasser. Er hörte, wie das Mädchen durch die Büsche zurückkam und, immer noch vor ihm verborgen, durch einen Haufen großer Felsen, ans Wasser kam. Dann hörte er es platschen.

«Ich will verdammt sein, wenn diese Verrückte nicht gerade ein Bad nimmt.» Er schüttelte den Kopf und schauderte bei dem Gedanken. Es lag noch Schnee auf den Bergen und die Nachtluft war eisig. Als Louisa zurückkam, setzte sie sich auf einen der Felsen am Bachufer, nicht zu nahe bei Jim, doch auch nicht zu weit entfernt. Sie kämmte ihr nasses Haar aus und er erkannte den Schildkrötenkamm. Er ging zu ihr und reichte ihr die Weinflasche. Sie hielt in ihrem Kämmen inne und trank.

«Das ist gut.» Es klang wie ein Friedensangebot. Dann kämmte sie weiter ihr blondes Haar aus und er beobachtete sie schweigend, doch sie schaute nicht mehr in seine Richtung.

Wie eine riesige Motte stürzte sich eine Fischeule auf lautlosen Schwingen in das Bachbecken. Im schwindenden Mondlicht schnappte sie einen kleinen gelben Fisch aus dem Wasser und flog damit auf einen Ast des toten Baumes am anderen Ufer. Der Fisch zappelte noch in ihren Klauen, als die Eule ihm brockenweise Fleisch aus dem Rücken riss.

Louisa schaute weg. Als sie dann zu reden begann, war ihre Stimme sanft und ihr schwacher Akzent ließ sie noch lieblicher klingen. «Du darfst nicht denken, ich wäre undankbar für das, was du für mich getan hast. Ich weiß, du hast dein Leben, vielleicht mehr als das riskiert, um mir zu helfen.»

«Weißt du, ich halte mir einen kleinen Zoo», entgegnete er leichthin.

«Nur ein Tierchen hat mir noch gefehlt: ein kleiner Igel.»

«Vielleicht hast du das Recht, mich so zu nennen», sagte sie nach einem weiteren Schluck aus der Weinflasche. «Du weißt nichts über mich. Du weißt nicht, welche Dinge mir widerfahren sind, Dinge, die du niemals verstehen würdest.»

«Nein, warte, ich weiß ein wenig über dich. Ich habe deinen Mut und deine Entschlossenheit gesehen. Ich habe gesehen, wie es an Bord der *Möwe* aussah, wie es gestunken hat. Vielleicht würde ich es verstehen», antwortete er. «Ich würde es wenigstens versuchen.»

Er schaute sie an und ihm wäre fast das Herz gebrochen, als er die Tränen auf ihren Wangen sah, silbern im Mondschein. Er wollte zu ihr eilen und sie festhalten, doch er erinnerte sich, was sie gesagt hatte: ‹Du darfst mich nie mehr so berühren, niemals.›

Dennoch versuchte er sie zu trösten: «Ob du es willst oder nicht, ich bin dein Freund. Ich will verstehen.»

Sie wischte sich mit ihrer kleinen, mageren Hand die Tränen aus dem Gesicht und kauerte dünn, blass und untröstlich in ihren Umhang gekuschelt.

«Ich muss nur Eines wissen», fuhr Jim fort. «Ich habe einen Vetter namens Mansur. Er ist mir näher als ein Bruder. Er hat gesagt, du bist vielleicht eine Mörderin. Hast du gemordet? Ich muss es wissen. Warst du deshalb auf der *Möwe*?»

Sie drehte sich langsam um und teilte den Vorhang aus feuchtem Haar, sodass er ihr Gesicht sehen konnte. «Mein Vater und meine Mutter sind an der Pest gestorben. Ich habe mit meinen eigenen Händen ihre Gräber ausgehoben. Ich schwöre dir, Jim Courtney, bei meiner Liebe für meine Eltern und bei den Gräbern, in denen sie ruhen: Ich bin keine Mörderin.»

Er seufzte erleichtert. «Ich glaube dir. Mehr brauchst du mir nicht zu erzählen.»

Sie trank noch einmal von der Flasche und gab sie ihm zurück. «Lass mich nicht mehr davon trinken. Es macht mich schwach, doch ich muss stark sein», sagte sie noch, dann verfielen sie wieder in Schweigen. Er wollte sie gerade aufklären, dass sie weiter in die Berge reiten mussten, als sie flüsterte, so leise, dass er nicht sicher war, dass sie gesprochen hatte: «Es gab einen Mann, ein reicher und mächtiger Mann, dem ich vertraute, wie ich einst meinem Vater vertraut hatte. Er hat mir schlimme Dinge angetan und wollte nicht, dass andere davon erfahren.»

«Nein, Louisa.» Er hob die Hände, um sie zum Schweigen zu bringen. «Ich will das nicht hören.»

«Ich verdanke dir mein Leben und meine Freiheit. Du hast das Recht, es zu hören.»

«Bitte, hör auf.» Er wollte aufspringen und in den Busch laufen, um ihren Worten zu entkommen, doch er konnte sich nicht bewegen. Er war wie hypnotisiert, wie eine Maus vor dem Pendeltanz der Kobra.

In derselben weichen, kindlichen Stimme fuhr sie fort: «Ich werde dir nicht erzählen, was er mir angetan hat. Das werde ich niemandem je erzählen. Aber ich könnte es nicht ertragen, wenn ein Mann mich noch einmal berührte. Als ich vor ihm fliehen wollte, ließ er seine Diener ein Paket Schmuck in meinem Zimmer verstecken. Dann riefen sie die Stadtwachen, damit sie es fanden. Sie schleppten mich vor den Richter in Amsterdam. Mein Ankläger war nicht einmal im Gerichtssaal, als ich dazu verurteilt wurde, für mein ganzes Leben verbannt zu werden.» Sie schwiegen beide für lange Zeit, bevor sie sagte: «Jetzt weißt du, was ich bin, Jim Courtney: ein schmutziges, abgelegtes Spielzeug. Was wirst du jetzt tun?»

«Ich werde ihn umbringen», sagte Jim schließlich. «Wenn ich diesem Mann je begegne, werde ich ihn umbringen.»

«Ich war ehrlich zu dir, und jetzt musst du auch ehrlich zu mir sein. Überleg dir, was du willst. Ich habe dir gesagt, dass ich nie mehr zulassen werde, dass ein Mann mich berührt. Willst du mich jetzt zum Kap zurückbringen und mich Oberst Keyser übergeben? Wenn es so ist, bin ich bereit, mit dir umzukehren.»

Er wollte nicht, dass sie sein Gesicht sah. Seit seiner Kindheit hatte ihn niemand weinen gesehen. Er sprang auf und sattelte Trueheart. «Komm, Igelchen, es ist ein langer Ritt nach Majuba. Wir können es uns nicht leisten, noch mehr Zeit zu verschwenden.» Sie kam gehorsam zu ihm und stieg auf das Pferd. Er führte sie in den tiefen Bergwald, die enge Schlucht hinauf. Es wurde immer kälter, je höher sie kamen, und am Morgen tauchte die aufgehende Sonne die Berggipfel in unwirkliches rosa Licht. Zwischen den Felsen schimmerte alter Schnee.

Es wurde später Vormittag, bevor sie auf einem Kamm an der Baumgrenze Rast machten und in das dicht bewaldete Tal hinabschauten. Zwischen den Felsen auf dem Geröllhang verbarg sich eine baufällige Hütte, die Louisa vielleicht nicht bemerkt hätte, wäre nicht eine dünne Rauchfahne aus dem Loch in dem ramponierten Rieddach aufgestiegen, und zwischen den Steinmauern des kleinen Krals neben der Hütte graste eine kleine Herde Maultiere.

«Das ist Majuba», erklärte er ihr, während er sein Pferd zügelte, «der Ort der Tauben, und das da ist Zama.» Ein hoch gewachsener junger Mann in einem Lendenschurz war in den Sonnenschein hinausgetreten und schaute zu ihnen hinauf. «Wir haben unser ganzes Leben zusammen verbracht. Ich glaube, du wirst ihn mögen.»

Zama winkte und rannte den Hang hinauf, um sie willkommen zu heißen. Jim sprang von Drumfire ab und lief ihm entgegen. «Hast du die Kaffeekanne auf dem Feuer?», fragte er seinen Freund.

Zama schaute das Mädchen auf dem Pferd an. Sie musterten einander für einen Augenblick. Er war groß und gutgebaut, mit breitem, starkem Gesicht und sehr weißen Zähnen. «Ich sehe dich, Miss Louisa», sagte er schließlich.

«Ich sehe dich auch, Zama, aber woher weißt du meinen Namen?»

«Somoya hat ihn mir gesagt. Und woher kennst du meinen?»

«Auch von ihm. Er redet sehr viel, nicht wahr?», sagte sie, und dann lachten sie zusammen. «Aber warum nennst du ihn Somoya?», fragte sie.

«Den Namen hat ihm mein Vater gegeben. Er bedeutet Wirbelwind», antwortete Zama. «Er bläst, wie es ihm gerade in den Sinn kommt, wie der Wind.»

«In welche Richtung mag er jetzt wohl wehen?», fragte sie mit einem kleinen, fragenden Lächeln in Jims Richtung.

«Das werden wir sehen», lachte Zama, «bestimmt in die Richtung, die wir am wenigsten erwarten.»

OBERST KEYSER RITT an der Spitze von zehn berittenen Soldaten auf den Hof von High Weald, Buschmänner liefen vor seinem Pferd her. Keyser stand in den Steigbügeln und rief auf das Tor der Lagerhalle zu: «Mijnheer Tom Courtney, kommen Sie sofort heraus!»

In jedem Fenster und jeder Tür zeigten sich schwarze und weiße Köpfe. Kinder und befreite Sklaven begafften ihn mit großen, runden Augen.

«Ich komme mit ernsten Kompaniegeschäften», rief Keyser. «Spielen Sie kein Spiel mit mir, Tom Courtney!»

Tom kam durch das hohe Tor des Lagerhauses. «Stephanus Keyser, lieber Freund!», rief er jovial, während er sich die stahlumrandete Brille ins Haar schob. «Willkommen, Oberst, willkommen.»

Die beiden hatten viele Abende zusammen in der *Meerjungfrau* verbracht, einer Kneipe in der Stadt. Im Laufe der Jahre hatten sie sich gegenseitig zahlreiche Gefallen erwiesen. Noch letzten Monat hatte Tom eine Perlenkette für Keysers Mätresse beschafft, zu einem günstigen Preis, und Keyser hatte dafür gesorgt, dass die Anklage wegen öffentlicher Trunkenheit und Prügelei gegen einen von Toms Arbeitern fallen gelassen wurde.

«Kommen Sie herein, nur herein!» Tom breitete einladend die Arme aus. «Meine Frau wird uns eine Kanne Kaffee bringen, oder hätten Sie lieber ein Glas Wein?»

Er rief quer über den Hof zur Küche: «Sarah Courtney! Wir haben einen Ehrengast!»

Sie kam auf die Terrasse. «Ach was, Oberst, welch wunderbare Überraschung.»

«Es ist vielleicht eine Überraschung», sagte er streng, «aber ob sie wunderbar ist, sei dahingestellt, *Mevrouw*. Ihr Sohn James hat schlimmen Ärger mit dem Gesetz.»

Sarah zog ihre Schürze aus und trat neben ihren Mann, der ihr einen starken Arm um die Taille legte. Im selben Augenblick trat Dorian Courtney, schlank und elegant wie immer, das dunkelrote Haar unter einem grünen Turban verborgen, aus dem Schatten der Lagerhalle und stellte sich an der anderen Seite seines Bruders auf. Zusammen stellten die drei eine eindrucksvolle Front dar.

«Kommen Sie herein, Stephanus», wiederholte Tom, «hier draußen können wir nicht reden.»

Keyser schüttelte entschieden den Kopf. «Sie müssen *mir* sagen, wo Ihr Sohn, James Courtney, sich versteckt hält.»

«Ich dachte, Sie könnten mir sagen, wo er ist. Gestern

Abend hat alle Welt zugesehen, wie Sie ihn über die Dünen gejagt haben. Hat er Sie etwa wieder in einem Rennen geschlagen, Stephanus?»

Keyser wurde rot und rutschte in seinem geborgten Sattel herum. Seine Ersatzjacke war zu eng unter den Armen. Erst wenige Stunden zuvor hatte er seine Orden und den Stern des St. Nicholas aus den zurückgelassenen Satteltaschen geborgen, die sein schwarzer Spurensucher am Rand des Salzsees gefunden hatte. Die Medaillen hingen schief an seiner Brust und er fasste sich an die Hosentasche, um sich zu vergewissern, dass die goldene Uhr noch da war. Seine Füße waren wund und voller Blasen von dem langen Marsch zurück in der Dunkelheit, und die neuen Stiefel machten es noch schmerzhafter. Er legte gewöhnlich großen Wert auf seine Erscheinung, und die gegenwärtige Unordnung und Unbequemlichkeit in seiner Aufmachung machten die Demütigung noch schlimmer, die Jim Courtney ihm zugefügt hatte.

«Ihr Sohn ist mit einem entlaufenen Sträfling auf der Flucht. Er hat ein Pferd und andere Wertgegenstände gestohlen. Das sind alles Kapitalverbrechen, auf die der Galgen steht. Ich muss Sie also warnen. Ich habe Grund zu der Annahme, dass der Gesuchte sich hier auf High Weald verbirgt. Wir haben seine Spur vom Salzsee hierher verfolgt. Ich werde jedes Gebäude durchsuchen.»

«Gut!», nickte Tom. «Und wenn Sie damit fertig sind, wird meine Frau Erfrischungen für Sie und Ihre Männer bereit haben.» Als Keysers Soldaten absaßen und ihre Säbel zogen, fuhr Tom fort: «Aber schärfen Sie diesen Rüpeln ein, sie sollen meine Dienstmädchen in Ruhe lassen, Stephanus, oder wir werden es wirklich mit einem Kapitalverbrechen zu tun haben.»

Die drei Courtneys zogen sich in den kühlen Schatten der Lagerhalle zurück und gingen in das Büro am anderen Ende der weitläufigen Halle. Tom ließ sich in den Ledersessel neben dem kalten Kamin sinken. Dorian saß mit überkreuzten Beinen auf einem Lederkissen am anderen Ende des Raumes. Mit seinem grünen Turban und der bestickten Weste sah er aus wie der orientalische Potentat, der er einmal gewesen war. Sarah schloss die Tür und blieb daneben stehen, um dafür zu sorgen, dass sie niemand belauschte. Sie betrachtete die beiden Männer, während sie abwartete, was Tom zu sagen hatte. Unterschiedlichere Brüder waren kaum vorstellbar: Dorian war schlank, elegant und von fast überirdischer Schönheit, und Tom dagegen so massiv, solide und offen. Die Macht ihrer Gefühle für ihn, selbst nach so vielen Jahren, überraschte sie immer noch.

«Ich würde dem jungen Hund liebend gern den Hals umdrehen.» Toms herzhaftes Lächeln war tiefen Zornesfalten gewichen. «Ich kann immer noch nicht sagen, in welche Schwierigkeiten er uns alle gebracht hat.»

«Du warst selbst einmal jung, Tom Courtney, und du warst stets bis zum Hals in heißem Wasser.» Sarah schenkte ihm das Lächeln einer liebenden Gattin. «Warum, glaubst du, habe ich mich in dich verliebt? Bestimmt nicht wegen deines Aussehens.»

Tom bemühte sich, sein Lächeln nicht wieder aufleuchten zu lassen. «Das war etwas anderes», erklärte er. «Ich war nie auf der Suche nach Ärger.»

«Du warst nie auf der Suche danach», stimmte sie zu, «aber du hast jede Gelegenheit ergriffen, mit beiden Händen.»

Tom zwinkerte ihr zu und wandte sich an Dorian. «Es muss wundervoll sein, eine pflichtbewusste, respektvolle Frau wie Yasmini zu haben.» Dann wurde er wieder ernst.

«Ist Bakkat wieder zurück?» Der Hirte hatte einen seiner Söhne zu Tom geschickt, um ihm von Jims nächtlichem Besuch zu erzählen. Tom hatte nicht ohne Bewunderung von Jims Plan gehört, seine Spuren zu verwischen. «So hätte ich es auch gemacht. Er mag wild sein wie der Wind, aber er ist kein Dummkopf.», hatte er zu Sarah gesagt.

«Nein», antwortete Dorian. «Bakkat und die anderen Hirten sind immer noch dabei, sämtliches Vieh und die Schafe über jeden Pfad und jede Straße diesseits der Berge zu treiben. Nicht einmal Keysers Buschmänner werden in der Lage sein, Jims Spur zu verfolgen. Ich glaube, wir können sicher sein, dass Jim ihnen entkommen ist. Aber wohin?» Beide schauten Sarah an, auf der Suche nach einer Antwort.

«Er hat es sorgfältig geplant», sagte sie. «Ich habe ihn gestern oder vorgestern mit den Maultieren gesehen. Der Schiffbruch war vielleicht pures Glück, was ihn betraf, aber er hatte mit Sicherheit geplant, das Mädchen von dem Schiff zu holen, so oder so.»

«Diese verdammte Frau! Warum ist es immer eine Frau?», jammerte Tom.

«Das musst du fragen, gerade du!», lachte Sarah. «Uns sind die Musketenkugeln um die Ohren geflogen, als du mich von meiner Familie weggeholt hast. Spiel bitte nicht den Papst vor mir, Tom Courtney!»

«Gütiger Himmel, ja! Das hatte ich fast vergessen. Das war ein Spaß, nicht wahr, meine Schöne?» Er beugte sich zu ihr vor und kniff ihr in den Hintern. Sie schlug ihm auf die Hand und er fuhr ungerührt fort: «Aber diese Frau, mit der Jim jetzt zusammen ist, was ist sie denn? Eine Kerkerratte, ein Stück Dreck. Vielleicht eine Giftmischerin? Oder eine Taschendiebin? Eine Mätressenhure? Wer weiß, was der Idiot sich da ausgesucht hat.»

Dorian hatte mit mildem Gesicht dem Gespräch gelauscht, während er seine Wasserpfeife ordentlich zum Ziehen brachte. Er hatte diese Angewohnheit aus Arabien mitgebracht. Jetzt nahm er das Elfenbeinmundstück aus dem Mund und bemerkte trocken: «Ich habe mit mindestens einem Dutzend unserer Leute gesprochen, die am Strand waren und alles gesehen haben. Vielleicht ist sie all das andere, was du erwähnt hast, aber sie ist bestimmt kein Stück Dreck.» Er stieß eine lange, duftende Rauchfahne aus. «Die Leute sagen verschiedene Dinge über sie. Kateng sagt, sie ist schön wie ein Engel, Litila sagt, sie ist eine goldene Prinzessin. Bakkat sagt, sie ist lieblich wie der Geist der Regengöttin.»

Tom schnaubte verächtlich. «Eine Regengöttin aus einem stinkenden Sträflingsschiff? Wahrscheinlich eher ein Paradiesvogel, der aus einem Geiernest gefallen ist. Aber wohin kann Jim sie gebracht haben?»

«Zama ist seit vorgestern verschwunden. Ich habe ihn nicht weggehen sehen, aber ich vermute, Jim hat ihn mit den Maultieren vorausgeschickt, um irgendwo auf ihn zu warten», sagte Sarah. «Zama wird alles tun, was Jim von ihm verlangt.»

«Und Jim hat vor Bakkat vom Räuberpfad geredet», fügte

Dorian hinzu. «Er hat ihm befohlen, alle Spuren nach Osten und Norden zu verwischen.»

«Der Räuberpfad ist eine Legende», sagte Tom entschieden. «Es gibt keinen Pfad in die Wildnis.»

«Aber Jim glaubt daran. Ich habe ihn und Mansur darüber reden hören», entgegnete Sarah.

Tom sah besorgt aus. «Es ist Wahnsinn, Sarah. Ein Baby und eine Kerkerratte ohne jede Ausrüstung auf dem Weg in die Wildnis? Sie werden es keine Woche durchstehen.»

«Sie haben Zama, und man kann nicht gerade sagen, dass sie keine Ausrüstung mitgenommen haben», sagte Dorian. «Ich habe nachgesehen, was im Lager fehlt, und er hat gut gewählt. Sie haben genug Ausrüstung und Proviant für eine lange Reise.»

«Er hat nicht einmal Lebewohl gesagt.» Tom schüttelte den Kopf. «Er ist mein Sohn, mein einziger Sohn, und er hat sich nicht einmal von mir verabschiedet.»

«Er war etwas in Eile, Bruder», stellte Dorian fest.

Auch Sarah verteidigte ihren Sohn: «Er hat uns durch Bakkat eine Nachricht zukommen lassen. Er hat uns nicht vergessen.»

«Das ist nicht dasselbe», sagte Tom traurig. «Ihr wisst, er wird vielleicht nie mehr zurückkommen. Er hat alle Türen hinter sich zugeschlagen. Keyser wird ihn einfangen und hängen, wenn er je wieder einen Fuß in die Kolonie setzt. Aber, verdammt, ich muss ihn wiedersehen, nur einmal. Er braucht meinen Rat.»

«Du hast ihm die letzten neunzehn Jahre deinen Rat gegeben», sagte Dorian trocken.

«Schau dir an, wohin das geführt hat.»

«Wo ist sein Treffpunkt mit Zama?», fragte Sarah. «Dort wird er jetzt sein.»

Tom dachte einen Augenblick nach. Dann grinste er: «Es gibt nur einen Ort, wo das sein kann.»

Dorian nickte. «Ich weiß, woran du denkst: Majuba. Es ist das einzige, beste Versteck für sie. Aber wir dürfen ihnen nicht dorthin folgen. Keyser wird uns im Auge behalten wie ein Leopard an einer Wasserstelle. Sobald einer von uns High Weald verlässt, wird er seinen kleinen gelben Bluthund auf uns hetzen. Wir würden ihn direkt nach Majuba führen, direkt zu Jim.»

«Wenn wir ihn finden wollen, muss es bald geschehen, sonst wird Jim Majuba wieder verlassen haben. Sie sind gut beritten. Sie haben Drumfire und Keysers Stute. Jim wäre auf halbem Weg nach Timbuktu, bevor wir ihn einholen.»

In diesem Augenblick hallten Stiefelschritte und laute Männerstimmen durch die große Lagerhalle.

«Keysers Männer sind mit unserem Haus fertig.» Sarah spähte durch die Türritze. «Jetzt durchsuchen sie das Lagerhaus und die anderen Nebengebäude.»

«Wir gehen besser hinaus und behalten diese Halunken im Auge», Dorian stand auf, «bevor sie sich selbst bedienen.»

«Wir werden entscheiden, was wir mit Jim machen, sobald wir Keyser abgefertigt haben», sagte Tom, während sie in das Hauptlager durchgingen.

Vier der Soldaten stocherten ziellos in dem Gewirr von Kisten und Säcken herum. Offenbar wurden sie ihrer fruchtlosen Suche allmählich müde. Die lange Lagerhalle war voll gestopft bis an die gelben Holzsparren unter dem hohen Dach. Wenn sie sie gründlich durchsuchen wollten, mussten sie zunächst Tonnen von Waren ausräumen: Seidenballen aus China und Baumwolle aus Westindien, Säcke voll Kaffeebohnen und Kautschuk von Sansibar und aus anderen Häfen jenseits des Golfes von Hormus, Bündel von Teak-, Sandelholz- und Ebenholzbalken und Berge von reinem, schimmerndem Kupfer, zu mächtigen Rädern gegossen, damit Heere von Sklaven sie die Bergpfade hinunter aus dem tiefen Inneren von Äthiopien an die Küste rollen konnten. Außerdem waren Bündel getrockneter, exotischer Tierhäute zu finden, von Tigern und Zebras, Affen- und Robbenfelle und lange, gebogene Rhinozeroshörner, die in China und dem ganzen Orient für ihre Wirkung als Liebesdroge bekannt waren.

Das Kap der Guten Hoffnung lag mitten in einem Netz von Handelsstraßen zwischen Europa und dem Orient. Früher hatten die Schiffe aus dem Norden nach ihrer langen Passage den Atlantik herunter immer noch die schier endlose Überfahrt nach Indien und China vor sich, mit nur einer kurzen Pause am Ankerplatz vor dem Tafelberg. Ein Schiff konnte drei oder vier Jahre unterwegs sein, bevor es nach Amsterdam oder zum Hafen von London zurückkam.

Tom und Dorian hatten nach und nach ein anderes Handelsnetz aufgebaut. Sie hatten ein Syndikat europäischer Schiffseigner überzeugt, ihre Schiffe nur bis zum Kap fahren zu lassen. Dort konnten sie ihre Laderäume mit ausgesuchten Gütern aus dem Lager der Gebrüder Courtney füllen und mit dem nächsten günstigen Wind zu ihren Heimathäfen zurückkehren. Die ganze Reise dauerte dann nicht einmal ein Jahr. Der Aufschlag, den die Courtneys in Rechnung stellten, war geringer als die Kosten für die zusätzlichen Jahre, die die Schiffe auf See bleiben müssten, wenn sie weiter zu reisen hätten.

Diese Neuerung war der Grundstein, auf dem die Courtneys ihr Vermögen aufgebaut hatten. Außerdem hatten sie ihre eigenen Handelsschoner, die unter Führung von Dorians arabischen Vertrauten und Anhängern die afrikanische Küste entlangfuhren. Als Moslems konnten sie in Gewässer vordringen, die für christliche Kapitäne verboten waren, bis nach Maskat und Medina hinauf, der schimmernden Stadt des Propheten. Diese Schiffe hatten nicht die großen Laderäume, die nötig waren, um sperrige Güter oder Massenware zu befördern. Sie handelten in Kostbarkeiten: Kupfer und Kautschuk, Perlen und Perlmutt aus dem Roten Meer, Elfenbein von den Märkten Sansibars, Saphire aus den Minen von Ceylon, gelbe Diamanten aus dem Reich der Mogulen, und schwarze Opiumklumpen aus den paschtunischen Bergen.

Es gab nur eine Ware, in der die Gebrüder Courtney niemals handeln würden: Sklaven. Sie hatten ihre eigenen Erfahrungen mit diesem barbarischen Brauch. Dorian hatte den größten Teil seiner Kindheit in Sklaverei zugebracht, bis sein Eigentümer, Sultan Abd Muhammad al-Malik, der Herrscher von Maskat, ihn als Sohn adoptierte. In jungen Jahren hatte Tom einen erbitterten Krieg gegen die Sklavenhändler Ostafrikas geführt. Er hatte mit eigenen Augen gesehen, wie herzlos und grausam dieser Handel war. Viele der Knechte und Matrosen der Courtneys waren frühere Sklaven, die in ihren Besitz gekommen waren und die sie dann sofort freigelassen hatten. Diese Unglücklichen hatte die Familie auf verschiedenen Wegen unter ihren Schutz gebracht, nicht selten mit Gewalt, denn Tom liebte eine gute Schlacht, oder durch Schiffbruch, oder als Abzahlung für Schulden, oder sie hatten sie einfach gekauft. Sarah brachte es selten über sich, an einem auf dem Auktionsblock schluchzenden Waisenkind vorbeizugehen, ohne ihren Mann aufzufordern, das Kind zu kaufen und es in ihre Obhut zu geben. Die Hälfte des Hauspersonals hatte sie selbst großgezogen.

Sarah ging zum Küchentrakt hinüber und kam fast sofort wieder heraus, mit ihrer Schwägerin Yasmini und kichernden Hausmädchen im Schlepptau, die Krüge frisch gepressten Limonensafts und Tabletts voll englischer Fleischpasteten und scharfer Lamm-Samosas herausbrachten. Die gelangweilten, hungrigen Landser steckten ihre Waffen in die Scheiden zurück und fielen über das Essen her. Zwischen den Bissen beglotzten sie die Küchenmädchen und flirteten mit ihnen. Auch die Soldaten, die eigentlich das Kutschhaus und die Ställe durchsuchen sollten, fanden eine Entschuldigung, als sie die Frauen mit dem Essen aus der Küche kommen sahen.

Oberst Keyser unterbrach das Festmahl und befahl seinen Männern, wieder an die Arbeit zu gehen, doch Tom und Dorian besänftigten ihn und luden ihn in das Büro ein.

«Ich hoffe, Sie akzeptieren jetzt mein Ehrenwort, dass mein Sohn Jim sich nicht auf High Weald aufhält.» Tom schenkte ihm ein Glas *Jonge Jenever* aus einer Steingutflasche ein und Sarah schnitt ihm eine dicke Kante dampfender Pastete ab.

«Sicher, na schön, ich glaube Ihnen, dass er nicht mehr hier ist, Tom. Er hatte genug Zeit, das Weite zu suchen – jedenfalls für den Augenblick. Aber ich glaube, Sie wissen, wo er sich versteckt.» Er blickte Tom in die Augen, als er das langstielige Glas entgegennahm.

Tom machte das Gesicht eines Chorknaben, der im Begriff ist, das Sakrament zu erhalten. «Sie können mir vertrauen, Stephanus.»

«Da habe ich meine Zweifel.» Keyser spülte einen Mund voll Pastete mit einem Schluck Genever hinunter. «Aber ich warne

Sie, ich werde Ihrem kleinen Wilden nicht durchgehen lassen, was er verbrochen hat, daran werden Sie nichts ändern können.»

«Natürlich nicht! Sie müssen ja schließlich Ihre Pflicht tun», stimmte Tom zu, «und ich tue hier nur meine Gastgeberpflicht. Ich versuche nicht, Sie zu beeinflussen. Sobald sich Jim wieder auf High Weald zeigt, werde ich ihn persönlich zur Festung bringen und ihn Ihnen und Seiner Exzellenz ausliefern. Darauf haben Sie mein Wort als Gentleman.»

Nur etwas besänftigt erlaubte Keyser ihnen, ihn nach draußen zu begleiten, wo ein Bursche sein Pferd bereithielt. Tom steckte ihm noch zwei Flaschen des jungen holländischen Wacholderschnapses in die Satteltaschen und winkte ihm nach, als er seine Schwadron durch das Tor hinausführte.

Während sie ihnen nachschauten, sagte Tom leise zu seinem Bruder: «Ich muss Jim eine Nachricht zukommen lassen. Er muss in Majuba bleiben, bis ich zu ihm durchkommen kann. Keyser wird darauf warten, dass ich in die Berge reite und ihn zu Jim führe, doch ich werde Bakkat schicken. Der wird keine Spuren hinterlassen.»

Dorian warf sich das Ende seines Turbantuchs über die Schulter. «Hör mir gut zu, Tom. Du darfst Keyser nicht auf die leichte Schulter nehmen. Wenn er Jim in die Finger bekäme, wäre das eine Tragödie für unsere Familie. Vergiss niemals: Unser eigener Großvater ist hier am Galgen gestorben.»

D IE AUSGEFAHRENE STRASSE von High Weald in die Stadt führte durch einen Wald hoher Gelbholzbäume mit Stämmen so dick wie die Säulen einer Kathedrale. Keyser hielt seinen Trupp an, sobald sie vom Gut aus nicht mehr zu sehen waren. Er schaute auf den kleinen Buschmann neben seinem Steigbügel hinab und der Mann erwiderte seinen Blick mit dem Eifer eines Jagdhundes.

«Xhia!» Wie er den Namen aussprach, klang es wie Niesen. «Sie werden bald jemanden mit einer Nachricht zu dem jungen Schurken schicken, wo immer er sich versteckt. Halt nach dem Boten Ausschau und folge ihm. Pass auf, dass du nicht gesehen wirst. Sobald du das Versteck gefunden hast, komm sofort zurück und berichte mir, verstehst du?»

«Ich verstehe, *Gwenyama*», antwortete der Buschmann auf respektvollste Weise. *Gwenyama* bedeutete ‹der, der seine Feinde verschlingt›. Er wusste, dass Keyser diesen Titel gern hörte. «Ich weiß, wen sie schicken werden. Bakkat ist ein alter Rivale und Feind von mir. Es wird mir Freude bereiten, ihn niederzumachen.»

Xhia verschwand in den Gelbholzwald, lautlos wie ein Schatten, und Keyser führte seinen Trupp Reiter zur Festung zurück.

D<small>IE</small> H<small>ÜTTE IN</small> M<small>AJUBA</small> bestand aus einem einzigen langen Raum. Das niedrige Dach war mit Ried vom Ufer des Baches bedeckt, der dicht vor der Tür vorbeifloss. Die Fenster waren einfache Schlitze zwischen den Mauersteinen, mit Vorhängen aus getrockneten Elen- und Blaubockhäuten. In der Mitte des irdenen Fußbodens befand sich eine offene Feuerstelle. Darüber war ein Loch in der Decke, um den Rauch abzulassen. Die hinterste Ecke der Hütte war mit einem Vorhang aus Rohleder verhängt.

«Wir haben gewöhnlich meinen Vater hinter diesem Vorhang untergebracht, wenn er zum Jagen hier heraufkam. Wir dachten, auf die Weise würden wir sein Schnarchen nicht hören müssen», eröffnete Jim Louisa. «Das hat natürlich nicht funktioniert. Dafür schnarcht er leider viel zu laut.»

Er lachte. «Aber jetzt wirst du dahinter schlafen.»

«Aber ich schnarche nicht», protestierte sie.

«Selbst wenn du das tätest, würden wir nicht lange darunter zu leiden haben. Wir werden weiterziehen, sobald die Pferde gut ausgeruht sind und das Gepäck aufgeladen ist, und wenn wir ein paar anständige Kleider für dich gefunden haben.»

«Wie lange wird das dauern?»

«Wir werden aufbrechen, bevor sie Soldaten aus der Festung hinter uns her hetzen können.»

«Und wohin gehen wir?»

«Ich weiß nicht», lächelte er. «Ich kann es dir erst sagen, wenn wir angekommen sind.» Er schaute sie an. In ihrem zerfetzten Kittel war sie fast nackt. Sie zog den Umhang fester um ihren dünnen Körper. «In den Kleidern wirst du dich kaum beim Gouverneur sehen lassen können.» Er ging zu einem der Bündel, die Zama von den Maultieren abgeladen und an einer Wand gestapelt hatte, wühlte darin und zog schließlich eine Rolle Kleiderstoff und ein Päckchen heraus, das Schere, Nadeln und Faden enthielt. «Du kannst hoffentlich nähen?», fragte er, als er ihr die Sachen brachte.

«Meine Mutter hat es mir beigebracht.»

«Gut», sagte er, «dann setzen wir uns jetzt erstmal. Seit dem Frühstück vor zwei Tagen habe ich nichts mehr gegessen.»

Zama tischte Wildragout aus dem dreibeinigen Jägertopf auf, der auf den Kohlen stand. Obendrauf legte er einen Brocken harten Maiskuchen. Jim aß einen Löffel und fragte Louisa mit vollem Mund: «Hat deine Mutter dir auch das Kochen beigebracht?»

Louisa nickte. «Sie war eine berühmte Köchin. Sie hat für den Statthalter von Amsterdam gekocht, und für den Prinzen des Hauses Oranien.»

«Dann gibt es hier viel für dich zu tun. Du wirst ab sofort die Küche übernehmen», sagte er. «Zama hat es einmal geschafft, einen Hottentottenhäuptling zu vergiften. Du magst denken, dazu gehört nicht viel, doch ich kann dir sagen: Hottentotten fressen gewöhnlich, was jede Hyäne umbringen würde.»

Sie blickte unsicher zu Zama hinüber, ihr Löffel auf halbem Weg zum Mund. «Ist das wahr?»

«Die Hottentotten sind die größten Lügner in ganz Afrika», antwortete Zama, «doch Somoya ist ein noch größerer Lügner.»

«Es war also ein Scherz?», fragte sie.

«Ja, es war ein Witz», nickte Zama, «ein schlechter, englischer Witz. Manche Leute bringen es einfach nicht fertig, witzig zu sein.»

Nach dem Essen rollte Louisa den Stoff aus und begann mit

dem Messen und Schneiden. Jim und Zama packten die Maultierladungen aus, die Jim in solcher Eile zusammengestellt hatte, und notierten und sortierten den Inhalt. Jim konnte erleichtert wieder in seine eigenen Stiefel und Kleider schlüpfen und gab Keysers Jacke und Hose an Zama weiter. «Wenn wir je in eine Schlacht mit den wilden Stämmen des Nordens geraten, kannst du sie immerhin mit der Uniform eines Kavallerieobersten beeindrucken.»

Sie reinigten und ölten die Musketen und ersetzten die Feuersteine in den Gewehrschlössern. Dann setzten sie den Bleitopf aufs Feuer und schmolzen Blei, um zusätzliche Kugeln für die Pistole zu gießen, die Jim von Oberst Keyser erbeutet hatte. Die Munitionsbeutel für die Musketen waren noch prall gefüllt.

«Du hättest mindestens fünf Pulverfässer mehr mitnehmen sollen», sagte Zama zu Jim, während er die Pulverfläschchen füllte. «Wenn wir auf der Jagd auf feindselige Stämme stoßen, wird das hier nicht lange reichen.»

«Ich hätte fünfzig Fässer mehr mitgenommen, wenn ich zwanzig Maultiere mehr hätte finden können, um sie zu tragen», sagte Jim scharf. Louisa kniete auf dem Stoff, den sie auf dem Boden ausgebreitet hatte. Sie benutzte ein Stück Holzkohle von der Feuerstelle, um das Schnittmuster aufzuzeichnen, bevor sie die Schere ansetzte. «Kannst du eine Muskete laden und abfeuern?», rief Jim ihr zu.

Sie schüttelte beschämt den Kopf.

«Dann werde ich es dir beibringen müssen.» Er zeigte auf den Stoff, an dem sie arbeitete. «Was schneiderst du da gerade?»

«Einen Rock.»

«Ein stabiles Paar Hosen wäre nützlicher und würde weniger Stoff brauchen.»

Ihre Wangen verfärbten sich in einem bezaubernden Rosa. «Frauen tragen keine Hosen.»

«Wenn sie ordentlich auf einem Pferd sitzen, wandern und laufen müssen, wie du es tun wirst, dann sollten sie das aber lieber.» Er blickte auf ihre nackten Füße. «Zama wird dir ein gutes Paar *Velskoen*-Stiefel aus Elenleder machen. Die werden gut zu deiner neuen Hose passen.»

Louisa schnitt die Hosenbeine sehr weit, was sie noch jungenhafter aussehen ließ. Sie schnitt den zerfetzten Saum von ihrem Sträflingskittel ab und hatte auf diese Weise ein langes Hemd, das ihr halb über die Oberschenkel hing. In der Taille raffte sie es mit einem Rohledergürtel zusammen, den Zama für sie machte. Der junge Mann war ein ausgezeichneter Segelmacher und Schuster. Die Stiefel, die er ihr machte, passten sehr gut. Schließlich schneiderte sie sich eine Leinenkappe, die ihr Haar bedeckte und sie vor der Sonne schützte.

Früh am nächsten Morgen pfiff Jim nach Drumfire. Der Hengst kam vom Bach heraufgestürmt, wo er das junge Frühlingsgras genossen hatte. Jim streifte ihm das Zaumzeug über den Kopf.

Louisa erschien im Eingang der Hütte. «Wo willst du hin?»

«Spuren verwischen», erklärte er.

«Was bedeutet das?»

«Ich muss den Weg, den wir gekommen sind, zurückverfolgen und mich vergewissern, dass uns niemand folgt», antwortete er.

«Ich würde gern mit dir reiten.» Sie schaute zu Trueheart hinaus. «Beide Pferde sind jetzt gut ausgeruht.»

«Dann sattle lieber schnell auf», lud Jim sie ein.

Louisa hatte ein großes Stück Maisbrot in dem Beutel an ihrem Gürtel verborgen und Trueheart roch es, sobald sie aus der Hütte trat. Die Stute kam sofort zu ihr gelaufen und während sie das Brot fraß, legte Louisa ihr den Sattel auf den Rücken. Jim sah zu, wie sie den Riemen schnallte und aufsaß.

«Sie muss das glücklichste Pferd Afrikas sein», bemerkte Jim, «jetzt wo sie den Oberst gegen dich eintauschen durfte, einen Elefanten gegen ein Igelchen.»

Jim hatte Drumfire gesattelt und steckte nun eine lange Muskete in das Halfter. Dann hängte er sich ein Pulverhorn über die Schulter und sprang auf den Rücken des Hengstes. «Reite voran.»

«Denselben Weg, den wir gekommen sind?», fragte sie, doch dann ritt sie den Hang hinauf, ohne seine Antwort abzuwarten. Sie führte die Zügel mit leichter Hand und ihr Sitz war natürlich. Die Stute schien ihr Gewicht nicht wahrzunehmen und flog geradezu den steilen Berghang hinauf.

Jim hing zurück und bewunderte ihren Stil. Wenn sie den Damensattel gewöhnt war, hatte sie sich schnell darauf umgestellt, rittlings zu sitzen. Er war erstaunt, welche Ausdauer sie auf dem langen Nachtritt gezeigt und wie schnell sie sich jetzt erholt hatte.

Sobald sie auf dem Hügelkamm waren, übernahm Jim die Führung. Mit sicherem Blick fand er den Weg zurück durch das Labyrinth von Tälern und Pässen. Für Louisa sah jede Klippe und jeder Hang wie der andere aus, doch er fand jede Biegung und Abzweigung, ohne einen Augenblick zu zögern.

Als sie wieder offenes Gelände vor sich hatten, stieg er ab und kletterte zu einem Aussichtspunkt hinauf, um das Gebiet vor ihnen mit seinem Teleskop abzusuchen. Diese Pausen gaben ihr Gelegenheit, die großartige Landschaft zu bewundern, von der sie umgeben waren. In ihrer Heimat kannte man nur Flachland, sodass ihr diese Berge schier himmelhoch erschienen. Die Felswände waren dunkelbraun, rot und purpurn, die Geröllhänge dicht mit Sträuchern bewachsen. Manche der Blüten daran sahen aus wie riesige narzissengelbe oder orangefarbene Nadelkissen. Schwärme von langschwänzigen Vögeln flatterten darüber umher und steckten ihre krummen Schnäbel tief in die Blüten.

«*Suikerbekkies* – Nektarvögel», klärte Jim sie auf, als sie darauf zeigte. «Sie trinken den Nektar aus den Proteablüten.»

Louisa verliebte sich sofort in die Schönheiten dieses fremden, neuen Landes. Die Schrecken des Kanonendecks auf der *Möwe* verblassten schon in ihrer Erinnerung und schienen einem vergangenen Albtraum anzugehören. Sie erklommen eine weitere steile Steigung. Dicht unter dem Grat brachte Jim Drumfire zum Stehen und Louisa hielt die Zügel, während Jim auf den Kamm stieg, um zur anderen Seite des Berges Ausschau zu halten.

Sie sah ihm verträumt zu, dann duckte er sich plötzlich, ging zu Boden und kam zu ihr zurückgekrochen. «Werden wir verfolgt?», fragte sie mit zitternder Stimme. «Der Oberst?»

«Nein, viel besser: Es ist Fleisch.»

«Ich verstehe nicht.»

«Elenantilopen, eine Herde von mindestens zwanzig Tieren. Sie kommen die andere Seite des Berges herauf, direkt auf uns zu.»

«Elen?», fragte sie.

«Die größte Antilope in Afrika, so groß wie ein Ochse», erklärte er, während er die Zündpfanne der Muskete in Augenschein nahm. «Das Fleisch ist wunderbar fett und schmeckt mehr wie Rindfleisch als jedes andere Antilopenfleisch. Gesalzen und getrocknet oder geräuchert hält uns das Fleisch eines einzigen Elens für mehrere Wochen im Futter.»

«Hast du vor, eines zu töten? Was ist, wenn der Oberst uns doch verfolgt? Würde er den Schuss nicht hören?»

«In diesen Bergen, mit all dem Echo, kann man unmöglich sagen, aus welcher Richtung es kommt. Und wenn schon, ich kann mir diese Gelegenheit nicht entgehen lassen. Wir brauchen Fleisch. Ich muss das Risiko eingehen, wenn wir nicht hungern wollen.»

Er nahm das Zaumzeug beider Pferde in die Hand und führte sie vom Pfad weg hinter einen roten Felsvorsprung.

«Sitz ab. Halt die Pferde und versuche, außer Sicht zu bleiben. Rühr dich nicht, bis ich dich rufe», befahl er Louisa. Dann lief er mit der Muskete wieder den Hang hinauf. Kurz bevor er den Kamm erreichte, ließ er sich ins Gras fallen. Er schaute sich um und sah, dass sie seinen Anweisungen folgte. Sie hockte am Boden, sodass nur ihr Kopf zu sehen war.

Er wischte sich mit seinem Hut den Schweiß aus den Augen und setzte sich bequemer hinter einen kleinen Felsen. Er legte sich nicht flach auf den Boden. Der Rückschlag der schweren Muskete könnte ihm in dieser Lage das Schlüsselbein brechen. Er benutzte den Hut als Polster, legte den Musketenkolben darauf an und zielte.

Die tiefe Stille der Berge legte sich auf das Tal. Das leise

Summen der Insekten in den Proteablüten und das einsame, klagende Pfeifen eines roten Stars klangen unnatürlich laut.

Die Minuten verstrichen träge wie Honigtropfen. Dann hob Jim den Kopf. Er hatte ein anderes Geräusch gehört, das sein Herz schneller schlagen ließ: ein leises Klicken, als klopfte jemand trockene Zweige aneinander. Jim erkannte es sofort. Das Elen hatte eine seltsame Eigenart, anders als jedes andere afrikanische Wild. Die mächtigen Sehnen in seinen Beinen machten bei jedem Schritt dieses bizarre Klick-Geräusch.

Als Jim noch ein kleiner Junge war, hatte Bakkat ihm erzählt, wie es zustande kam: «Eines Tages in ferner Vergangenheit, als die Sonne zum ersten Mal aufgegangen und die Welt noch jung war, fing Xtog, der Urvater aller Khoisan oder Buschmänner, die Hyäne Impisi in seiner raffinierten Falle. Wie jedermann weiß, war und ist Impisi ein mächtiger Zauberer. Als Xtog sein Steinmesser wetzte, um ihm die Kehle durchzuschneiden, sagte Impisi zu ihm: ‹Xtog, wenn du mich freilässt, werde ich dich mit einem Zauber belohnen. Statt meines Fleisches, das nach dem Kadaver stinkt, den ich verzehrt habe, wirst du an jedem Abend deines Lebens Berge von dem weißem Fett und süßen Fleisch des Elens über deinem Feuer rösten.›»

«Wie kann das geschehen, oh Hyäne?», hatte Xtog gefragt, obwohl ihm schon der Speichel beim Gedanken an das Elenfleisch im Munde zusammenlief. Das Elen war ein schlaues Tier und schwer zu finden.

«Ich werde das Elen mit einem Fluch belegen, sodass es einen Laut machen wird, der dich zu ihm führt, wo immer es über Wüste und Berge streift.»

So ließ Xtog Impisi laufen und von jenem Tag an war der Zug der Elen von diesem Klicken begleitet, das die Jäger auf sie aufmerksam machte, wenn sie sich näherten.

Jim grinste, als er sich nun an Bakkats Geschichte erinnerte. Er spannte langsam den schweren Hahn der Muskete bis zum Anschlag und setzte den messingbeschlagenen Kolben an seine Schulter. Das Klicken wurde lauter und hörte auf, als die Tiere stehen blieben. Dann begann es wieder, als sie weitergingen. Jim beobachtete den Grat direkt vor sich, und plötzlich erhob sich ein mächtiges Paar Hörner vor dem blauen Himmel, lang und dick wie der Arm eines starken Mannes und korkenzieherförmig wie das Horn des Narwal, glänzend schwarz, dass die Sonne sich darin spiegelte.

Das Klickgeräusch hörte auf und die Hörner wandten sich langsam nach links und rechts, als lauschte das Tier, das sie trug, in die Wildnis. Jim hörte seine Lungen pfeifen und seine Nerven spannten sich wie eine Armbrustsehne. Dann begann das Klicken wieder und die Hörner kamen höher, bis zwei trompetenförmige Ohren und ein Paar großer Augen darunter erschienen. Die Augen, verschleiert hinter gekräuselten Augenlidern, waren dunkel und sanft und schienen in Tränen zu schwimmen. Sie schienen direkt in Jims Seele zu blicken. Jim hielt den Atem an. Das Tier war so dicht bei ihm, dass er es blinzeln sehen konnte. Er wagte nicht, sich zu rühren.

Dann schaute das Elen weg und drehte sein mächtiges Haupt, um auf den Hang zurückzublicken, den es heraufgekommen war. Es kam auf Jim zu. Den dicken Hals mit dem Hautlappen, der daran herunterhing und mit jedem Schritt hin und her schwang, hätte er mit beiden Armen nicht umfassen können. Der Rücken und die Schultern waren blau vor Alter und er war so hoch wie Jim.

Nur ein Dutzend Schritte von Jims Versteck blieb es stehen und senkte den Kopf, um die frischen Blätter von einem Krüppelholzstrauch zu äsen. Über den Kamm hinter dem Bullen kam jetzt der Rest der Herde zum Vorschein. Die Kühe hatten eine weiche, sahnig braune Färbung, und obwohl auch sie lange Drehhörner trugen, waren ihre Köpfe graziler und weiblicher. Die Kälber waren von einem rötlichen Kastanienbraun und die Jüngeren unter ihnen hatten noch keine Hörner. Eines senkte den Kopf und vollführte einen gespielten Kampf mit seinem Zwillingsbruder. Danach bockten sie und jagten einander im Kreis umher. Die Mutter beobachtete sie, scheinbar ohne großes Interesse.

Der Jagdinstinkt zog Jims Blicke wieder auf den großen Bullen, der immer noch auf dem Krüppelgehölz kaute. Jim fiel es schwer, dieses alte Tier laufen zu lassen. Doch so mächtig die Trophäe an seinem Kopf auch sein mochte, sein Fleisch wäre zäh und übel schmeckend und es wäre nicht viel Fett an ihm. Im selben Augenblick kam die perfekte Beute über den Kamm.

Dies war ein viel jüngerer Bulle, kaum älter als vier Jahre, mit einem so dicken Hinterteil, dass es aus dem schimmernden, goldbraunen Fell zu platzen schien. Er wandte sich zur Seite, angezogen von den glänzenden grünen Blättern eines Guarribaums. Die Äste waren beladen mit reifen, purpurroten Trauben. Der junge Bulle drehte sich um, bis er Jim zugewandt stand und reckte den Hals, um von den Beeren zu naschen, sodass er Jim seine hellbraune Kehle zeigte.

Jim richtete den Musketenlauf auf ihn ein. Die Bewegung war so langsam wie ein Chamäleon sich einer Fliege nähert. Die spielenden Kälber wirbelten Staub auf und zogen den gewöhnlich wachsamen Blick der Kühe auf sich. Jim richtete das Korn der Muskete sorgfältig auf den Halsansatz des Bullen, auf die Hautfalte, die dem Tier wie eine Halskrause um die Kehle lag. Er wusste, selbst aus dieser kurzen Entfernung würde das Schulterblatt des Bocks die Musketenkugel plätten und aufhalten.

Er musste die Lücke in der Brust des Tieres finden, durch die er die Kugel tief in die lebenswichtigen Organe treiben konnte, durch Herz, Lungen und Schlagadern.

Er zog den Abzug durch und spürte den Widerstand des Stollens. Er verstärkte den Druck allmählich, während er intensiv seinen Zielpunkt an der Kehle des Elens anvisierte und dem instinktiven Drang widerstand, den Abzug einfach bis zum Anschlag durchzuziehen. Der Hammer fiel mit einem lauten Schnappen und der Flint schlug einen Funkenregen aus der Zündpfanne. Das Pulver in der Pfanne entzündete sich in einer weißen Rauchwolke und der tief donnernde Schuss rammte ihm den Flintenkolben in die Schulter. Bevor ihn der schwere Rückschlag traf und der Pulverdampf ihm die Sicht raubte, sah Jim, wie das Elen krampfhaft den Rücken krümmte. So wusste er, dass die Kugel ihm das Herz durchbohrt hatte. Er sprang auf, um über die Rauchwolke hinwegblicken zu können. Der junge Bulle war noch erstarrt in seinem Schmerz und hatte das Maul weit aufgerissen. Jim konnte das Einschussloch sehen, eine dunkle, blutlose Öffnung in dem weichen Fell an der Kehle des Tieres.

Die übrige Herde um ihn herum sprang auseinander und floh in wildem Galopp den Felsenhang hinunter, dass das Geröll und der Staub unter ihren Hufen aufspritzte. Der getroffene Bulle blieb zurück, gelähmt von mächtigen Krämpfen. Seine Beine zitterten und er sank schließlich auf die Lenden. Dann hob er den Kopf zum Himmel und hellrotes Lungenblut spritzte zwischen seinen weit aufgerissenen Kiefern hervor. Er warf sich herum und fiel auf den Rücken, mit allen vieren in die Luft tretend. Jim stand da und beobachtete den Todeskampf der großen Antilope.

Als das Elen schließlich still lag, legte Jim die Muskete beiseite und zog sein Messer aus der Scheide an seinem Gürtel. Mit den Hörnern hebelte er den Kopf des Tieres hoch und öffnete mit zwei geübten Schnitten die Arterien links und rechts von der Kehle. Das hellrote Blut strömte auf den staubigen Boden. Dann hob er einen der mächtigen Hinterläufe und schnitt dem Tier den Hodensack ab.

Louisa kam herbeigeritten, als er das haarige weiße Säckchen gerade in der Hand hielt. «Es würde den Geschmack des Fleisches verderben, wenn ich es dran ließe», sagte er entschuldigend.

Sie schaute weg. «Was für ein prächtiges Tier.» Dann richtete sie sich in ihrem Sattel auf und fragte: «Was muss ich tun? Wie kann ich dir helfen?»

«Als Erstes binde die Pferde an», wies er sie an, worauf sie sich von Truehearts Rücken schwang und die Pferde zu dem Guarribaum führte. Sie machte sie an dem Baumstamm fest und kam zu ihm zurück.

«Halt einen der Hinterläufe fest», sagte er. «Wenn wir die Eingeweide drinnen lassen, wird das Fleisch in ein paar Stunden sauer und verdorben sein.»

Es war schwere Arbeit, vor der sie jedoch nicht zurückschreckte. Als er den Pansenschnitt vom Unterleib bis unter den Brustkasten führte, kam der Weidsack aus der Öffnung gequollen.

«Gleich werden wir uns die Hände schmutzig machen müssen», warnte er sie, doch bevor er weitermachen konnte, meldete sich eine andere Stimme dicht hinter ihnen, hell und kindlich.

«Du hast gut aufgepasst, Somoya.»

Jim wirbelte herum, das Messer instinktiv in Verteidigungsstellung, und starrte den kleinen gelben Mann an, der auf einem Felsen hockte und sie beobachtete.

«Bakkat, du kleiner Scheitan», rief Jim eher vor Schreck als im Zorn. «Tu das nie wieder. Wo kommst du her, im Namen des Kulu Kulu?»

«Habe ich dich erschreckt, Somoya?» Bakkat sah unglücklich aus und Jim erinnerte sich, wie er sich zu benehmen hatte. Fast hätte er seinen Freund beleidigt.

«Nein, natürlich nicht. Ich hatte dich längst kommen sehen.» Man darf nie zu einem Buschmann sagen, man hätte ihn übersehen. Das wäre eine beleidigende Anspielung auf seinen Zwergenwuchs. «Du überragst die höchsten Bäume.»

Als er dieses Kompliment hörte, erhellte sich Bakkats Miene wieder. «Ich habe dich beobachtet, seit du auf die Jagd gegangen bist. Du hast dich gut angepirscht und es war ein sauberer Schuss, aber ich glaube, du brauchst mehr als die Hilfe eines Mädchens, wenn du das Fleisch herrichten willst.» Er sprang von seinem Felsen und begrüßte Louisa, indem er mit gefalteten Händen vor ihr niederkniete.

«Was sagt er?», fragte sie Jim.

«Er sagt, er sieht dich, und dass dein Haar wie Sonnenschein ist», übersetzte er für sie. «Ich glaube, du hast jetzt einen afrikanischen Namen: Welanga, das Sonnenmädchen.»

«Bitte sage ihm, dass er mir damit eine große Ehre erweist.» Sie lächelte zu ihm hinab und Bakkat gackerte entzückt.

Bakkat trug eine Axt auf einer Schulter und einen Jagdbogen an der anderen. Er legte Bogen und Köcher ab und kam mit der Axt herbei, um Jim mit dem riesigen Kadaver behilflich zu sein.

Louisa war erstaunt, wie schnell die beiden arbeiteten. Jeder wusste genau, was er zu tun hatte, und tat es ohne Zögern oder Diskussion. Blutig bis an die Ellbogen zogen sie die Eingeweide und den prallen Weidsack heraus. Ohne in seiner Arbeit nachzulassen, schnitt Bakkat einen Streifen von den rohen Kutteln ab und klatschte ihn gegen einen Felsen, um die halb verdaute Nahrung herauszuschlagen. Dann stopfte er sich das Stück in den Mund und kaute mit sichtbarem Genuss. Als sie die dampfende Leber herausgezogen hatten, beteiligte sich auch Jim an dem Festmahl.

Louisa sah es mit Schrecken. «Es ist roh!», rief sie.

«In Holland esst ihr rohen Hering», erwiderte er und bot ihr eine Scheibe tiefrote Leber an. Sie wollte es ablehnen, doch dann sah sie an Jims Gesicht, dass er sie auf die Probe stellen wollte. Sie zögerte immer noch, bis sie bemerkte, dass auch Bakkat verschmitzt lächelte.

Sie ergriff die Scheibe Leber, nahm all ihren Mut zusammen und steckte sie in den Mund. Sie spürte, wie ihr die Galle hochkam, zwang sich jedoch zu kauen. Nach dem ersten Schock, den sie bei dem starken Geschmack empfand, fand sie es gar nicht so schlecht. Sie aß langsam und verschluckte es schließlich. Zu ihrer Befriedigung war es nun Jim, der geknickt dreinschaute. Dann nahm sie noch eine Scheibe aus seiner blutigen Hand und kaute daran.

Bakkat lachte kreischend und stieß Jim den Ellbogen in die Rippen. Er schüttelte entzückt den Kopf, hänselte Jim und äffte nach, wie sie diesen wortlosen Wettstreit gewonnen hatte, indem er im Kreis herumtaumelte und sich unsichtbare Stücke Leber mit beiden Händen in den Mund stopfte, bis er erschöpft zu Boden sank.

«Wenn du halb so witzig wärest, wie du dir einbildest», bemerkte Jim säuerlich, «dann wärst du der Hofnarr für alle fünfzig Stämme der Khoisan. Und jetzt komm, an die Arbeit.»

Sie teilten das Fleisch in zwei Ladungen auf, eine pro Pferd, und Bakkat machte einen Sack aus der feuchten Haut, in den er die besonderen Leckerbissen steckte, Nieren, Pansen und Leber. Der Sack wog fast so viel wie er, doch er schulterte ihn und trabte damit davon. Jim trug eine Schulter des Elens, unter deren Gewicht er fast zusammenbrach, und Louisa führte die Pferde. Die letzte Meile die Schlucht nach Majuba hinunter gingen sie durch die Dunkelheit.

Xhia trabte in einem schnellen, krummbeinigen Gang. «Den Wind trinken», so nannten es die Buschmänner. So konnte er vom frühen Morgen bis zum Einbruch der Dunkelheit marschieren. Im Gehen sprach er mit sich selbst wie mit einem Kameraden und lachte über seine eigenen Witze. Ohne anzuhalten, trank er aus seiner Hornflasche und aß aus dem ledernen Proviantbeutel, der ihm von der Schulter hing.

«Ich bin Xhia, der mächtige Jäger», sagte er mit einem kleinen Luftsprung. «Mit dem Gift an meiner Pfeilspitze habe ich den großen Elefantenbullen erlegt.» Er erinnerte sich, wie er den Riesen den großen Fluss entlang verfolgt hatte. Er hatte ihn so lang gejagt, wie der Neumond brauchte, zum Vollmond zu werden und dann wieder zum Neumond zu schrumpfen. «Ich habe nie seine Spur verloren. Hätte irgendein anderer Mann dies vollbringen können? Niemals! Könnte Bakkat den Pfeil in die Vene hinter dem Ohr geschossen haben, sodass das Gift direkt ins Herz des Bullen ging? Das hätte er nicht geschafft!» Der zerbrechliche Riedpfeil vermochte kaum, den Dickhäuter auch nur anzukratzen, und konnte unmöglich in sein Herz oder seine Lungen vordringen. Er musste also eines der großen Blutgefäße finden, die dicht unter der Oberfläche verliefen, um ans Ziel zu kommen. Das Gift hatte fünf Tage gebraucht, den Bullen zu fällen. «Aber ich verfolgte ihn die ganze Zeit und tanzte und sang Jägerlieder, als er schließlich fiel wie ein Berg und der Staub bis zu den Baumwipfeln aufstieg. Hätte Bakkat eine solche Heldentat vollbringen können?», fragte er die Gipfel um sich herum. «Niemals!», antwortete er sich selbst. «Niemals!»

Xhia und Bakkat gehörten demselben Stamm an, doch sie waren nicht verschwistert. «Wir sind keine Brüder!», rief Xhia laut. Und dann wurde er zornig.

Es hatte einmal ein Mädchen gegeben. Ihre Haut war so hell gewesen wie das Gefieder eines Webervogels, ihr Gesicht geformt wie ein Herz. Ihre Lippen waren voll wie die reife Frucht des Marulabaumes, ihr Po war wie zwei große Straußeneier, ihre Brüste so rund wie zwei gelbe Tsama-Melonen, gewärmt von der Sonne der Kalahari. «Sie war dazu geboren, meine Frau zu werden», schrie Xhia. «Der Kulu Kulu nahm mir im Schlaf ein Stück von meinem Herzen und formte es zu dieser Frau.» Er brachte es nicht über sich, ihren Namen auszusprechen. Er hatte den winzigen Liebespfeil auf sie geschossen, mit den Federn der Trauertaube, um ihr zu zeigen, wie sehr er sie begehrte.

«Doch sie ging fort. Sie wollte nicht mit Xhia, dem Jäger, die Schlafmatte teilen. Stattdessen ging sie mit dem abscheulichen Bakkat und gebar ihm drei Söhne. Doch ich bin schlau. Die Frau starb an dem Biss der Mamba.» Xhia hatte die Schlange selbst gefangen. Es war keine große Mamba, doch ihr Gift war stark genug, einen Büffelstier zu töten. Er hatte die Schlange in den Erntebeutel des Mädchens gelegt, während sie neben Bakkat schlief. Am nächsten Morgen, als sie den Beutel öffnete, biss sie dann die Schlange, drei Mal, einmal in den Finger und zweimal ins Handgelenk. Ihr Tod kam geschwind, aber grausam. Bakkat weinte, als er sie in seinen Armen hielt. Aus seinem Versteck hatte Xhia alles beobachtet, und nun war die Erinnerung an ihren Tod und an Bakkats Trauer so süß, dass Xhia wie ein Grashüpfer mit beiden Füßen in die Luft sprang.

«Kein Tier kann mir entkommen. Kein Mensch kann gegen meine List ankommen. Denn ich bin Xhia!» rief er, und das Echo hallte von den Felswänden über ihm zurück. «Xhia, Xhia, Xhia!»

Nachdem Oberst Keyser ihn weggeschickt hatte, war er zwei Tage und eine Nacht auf den Hügeln und in den Wäldern geblieben und hatte Bakkat bespitzelt. Er beobachtete ihn, wie er die Herde ans Wasser trieb. Wie ein Rebhuhn im Gras verborgen sah Xhia den großen, schwarzbärtigen weißen Mann, den sie Klebe nannten, den Habicht, vom Farmhaus heruntergeritten kommen. Er war Bakkats Herr und die beiden setzten sich zusammen nieder, mitten auf offenem Feld, die Köpfe dicht zusammen. So flüsterten sie für einige Zeit, damit niemand sie belauschen konnte. Selbst Xhia konnte nicht nah genug herankriechen, dass er ihre Worte hören konnte.

Xhia beobachtete grinsend ihre geheime Besprechung. «Ich weiß, was du sagst, Klebe. Ich weiß, dass du Bakkat hinausschickst, um deinen Sohn zu finden. Ich weiß, dass du ihm sagst, er soll aufpassen, dass ihm niemand folgt, doch ich, Xhia, werde da sein wie der Geist des Windes, wenn sie sich treffen.»

Er beobachtete, wie Bakkat am Abend die Tür seiner Hütte schloss, und konnte die Glut seines Herdfeuers sehen, doch Bakkat kam nicht mehr heraus, bis der Morgen anbrach.

«Du versuchst, mich einzulullen, Bakkat. Wird es heute Abend geschehen oder morgen?», fragte er, während er von der Hügelspitze aus zu der Hütte hinabschaute. «Ist deine Geduld größer als meine? Wir werden sehen.» Er sah zu, wie Bakkat im ersten Morgenlicht um seine Hütte herumging und den Boden nach feindlichen Spuren absuchte, nach den Spuren von jemandem, der ihm nachspionieren könnte.

«Glaubst du, ich bin dumm genug, so nah heranzugehen, Bakkat? Ich bin Xhia, ich hinterlasse keine Spuren. Nicht einmal der Geier hoch oben am Himmel kann mein Versteck entdecken.»

In der Dunkelheit versuchte Xhia einen Zauber. Er nahm eine Prise Pulver aus einer verkorkten Ampulle aus dem Horn der Duckerantilope, die an seinem perlenbesetzten Gürtel hing, und streute sie sich auf die Zunge. Es war die Asche von Leopardenschnurrhaaren, gemischt mit getrocknetem, pulverisiertem Löwendung und anderen geheimen Zutaten. Während sich das Pulver in seinem Speichel auflöste, murmelte Xhia die Formel, die ihm helfen sollte, sein Opfer zu überlisten. Dann spie er dreimal in Richtung der Hütte, in der Bakkat wohnte.

«Dieser Zauber hat große Macht, Bakkat», warnte er seinen Feind. «Kein Tier und kein Mensch kann ihm widerstehen.» Das war nicht unbedingt wahr, doch wenn der Zauber einmal versagte, gab es immer einen guten Grund dafür. Manchmal war es, weil der Wind gedreht hatte, oder weil eine schwarze Krähe über den Jäger hinwegflog, oder weil die Blutlilie gerade in Blüte stand. Abgesehen von diesen oder ähnlichen Umständen war die Formel unfehlbar.

Er hatte seit einem Tag nichts gegessen. Nun verschlang er einige Stücke von dem Räucherfleisch aus seinem Proviantbeutel. Weder der Hunger noch der kalte Wind konnten ihn schrecken. Wie alle von seinem Stamm war er abgehärtet gegen Schmerzen und Not. Die Nacht war ruhig, ein Beweis, dass sein Zauber wirkte. Selbst die kleinste Brise hätte die Geräusche überdeckt, auf die er lauschte.

Kurz nachdem der Mond untergegangen war, hörte er, wie im Wald hinter Bakkats Hütte ein Nachtvogel seinen Alarmruf ertönen ließ. Xhia nickte. Wenige Minuten darauf hörte er, wie der Gespiele des Ziegenmelkers vom Waldboden aufflatterte, und indem er diese beiden Hinweise in Zusammenhang setzte, erriet er die Richtung, in der sein Opfer sich bewegte. Lautlos wie ein Schatten ging er den Hügel hinab. Dabei prüfte er jeden Flecken Boden, den er berührte, mit seiner nackten Zehe, um nicht auf Äste oder trockenes Laub zu treten, die ihn durch ihr Knistern verraten hätten. Jeden zweiten Schritt blieb er stehen und horchte. Unten am Bach hörte er das trockene Rascheln eines Stachelschweins, das seine Nadeln aufrichtete, um einen Räuber zu warnen, der ihm zu nahe gekommen war. Das Stachelschwein konnte einen Leoparden gesichtet haben, doch Xhia wusste, dass das nicht der Fall war. Ein Leopard würde in der Nähe bleiben und versuchen, seine Beute mürbe zu machen, doch ein Mensch ging sofort weiter. Nicht einmal ein Adept des San, wie Bakkat oder Xhia, hätte in der Dunkelheit des Waldes vermeiden können, einem Ziegenmelker oder einem Stachelschwein zu nahe zu kommen. Diese kleinen Zeichen waren alles, was Xhia brauchte, um sich auszurechnen, wo Bakkat sich aufhielt und welche Richtung er einschlug.

Ein anderer Jäger hätte vielleicht den Fehler gemacht, sein Opfer zu schnell zu verfolgen, doch Xhia blieb zurück. Er wusste, Bakkat würde immer wieder seine Schritte zurückverfolgen und im Kreis laufen, um sicherzugehen, dass er nicht verfolgt wurde.

«Er ist fast so erfahren in den Künsten der Wildnis wie ich, doch ich bin Xhia, der Unvergleichliche.» Indem er sich das sagte, fühlte er sich stark und tapfer. Er fand die Stelle, wo Bakkat den Bach überquert hatte, und im letzten Licht des schwindenden Mondes machte er einen einzelnen nassen Fußabdruck aus, der auf einem der großen Steine im Bachbett schimmerte. Er war nicht größer als ein Kinderfuß, aber breiter und platter.

«Bakkat!» Er machte einen kleinen Freudensprung. «Ich werde deinen Fußabdruck mein Leben lang nicht vergessen.»

Nun, da er die Richtung und Merkmale der Spur kannte, konnte er weiter zurückhängen, um zu vermeiden, dass er im Dunkeln in eine der Fallen lief, die Bakkat ihm bestimmt stellen würde. «Da er durch die Finsternis läuft, wird er seine Spur nicht so gut verwischen können wie bei Tageslicht. Ich werde die Ankunft der Sonne abwarten, um das Zeichen genauer zu lesen, das er mir hinterlassen hat.»

Im ersten Licht der Dämmerung nahm er die Spur wieder auf. Der Fußabdruck im Bach war inzwischen getrocknet und nicht mehr zu erkennen, doch nach hundert Schritten fand er einen losgetretenen Kiesel. Noch einmal hundert Schritte weiter sah er einen umgeknickten Grashalm, dessen Spitze schlaff herabhing und zu welken begann. Xhia brauchte nicht stehen zu bleiben, um diese Zeichen zu studieren. Ein schneller Blick bestätigte sein Gefühl und ermöglichte ihm, seine Richtung leicht zu ändern, falls es nötig wurde. Er schüttelte lächelnd den Kopf, als er sah, wo Bakkat sich niedergelassen hatte, um neben seiner Spur zu warten. Dort hatten seine nackten Fersen Abdrücke hinterlassen. Noch weiter die Spur entlang fand Xhia die Stelle, wo Bakkat im weiten Bogen zurückgelaufen war, um neben seiner eigenen Spur zu verharren, so wie ein verwundeter Büffel zurückgeht, um über den Jäger herzufallen, der ihn verfolgt.

Die Spur führte schließlich in die Berge und wurde immer undeutlicher. Hoch oben in einer langen, engen Schlucht war Bakkat von Stein zu Stein gesprungen, ohne je weichen Boden zu berühren oder einen Grashalm oder irgendein anderes Gewächs zu verletzen, bis auf die grauen Flechten, die spärlich auf den Felsen wuchsen. Diese Pflanze war so trocken und hart, und Bakkat so leicht, seine Fußsohlen so klein und weich, dass er darüber hinweggeglitten war wie der Bergwind. Xhia kniff die Augen zusammen, um den etwas anderen Grauton zu erkennen, wo Bakkats Füße die Flechten berührt hatten. Xhia hielt sich bewusst auf der Seite der Spur, die der aufgehenden Sonne am fernsten war. So hob das Licht die Spur etwas hervor und er konnte sie unberührt lassen für den Fall, dass er zurückgehen musste, um sie noch einmal genauer in Augenschein zu nehmen.

Doch dann war sogar Xhia verwirrt. Die Spur führte einen Geröllhang hinauf, wieder von Fels zu Fels, und dann hörte sie plötzlich auf, auf halbem Weg den Hang hinauf. Es war, als hätte ein Adler Bakkat in die Klauen genommen und zum Himmel getragen. Xhia ging weiter in die Richtung, in die die Spur ihn geführt hatte, bis er das Ende der Schlucht erreichte, doch er fand nichts mehr. Er ging zurück zu der Stelle, wo die Spur endete, setzte sich zu Boden und schaute in alle Richtungen, während er über die fast unsichtbaren Verwischungen auf der Flechtendecke auf den Felsen starrte.

In seiner Ratlosigkeit nahm er noch eine Prise des Zauberpulvers aus dem Duckerhorn und löste es in seinem Speichel auf. Er schloss die Augen und verschluckte die Mischung. Dann öffnete er die Augen halb, und durch den Schleier seiner Wimpern sah er Bewegung, schwache Schatten wie das Flattern einer Fledermaus im Zwielicht. Wenn er direkt hinschaute, war wieder alles ruhig, als wäre es nie geschehen. Der Speichel trocknete in seinem Mund und die Haut auf seinen Armen prickelte. Er wusste, einer der Geister der Wildnis hatte ihn berührt, und was er gesehen hatte, waren Bakkats Füße, wie sie über die Felsen hüpften. Er lief jedoch nicht bergauf, sondern in die andere Richtung, den Hang hinunter.

In diesem Augenblick gesteigerten Bewusstseins erkannte er an der Farbe der Flechten, dass Bakkats Füße den Stein zweimal berührt hatten, einmal beim Aufstieg und dann wieder, als er zurücklief. Er lachte laut auf: «Bakkat, du hättest jeden anderen Mann getäuscht, doch nicht Xhia.» Er ging über das Geröll zurück und sah, wie sein Feind es gemacht hatte, wie er von Stein zu Stein hinaufgelaufen war und sich dann mitten im Sprung umgedreht und wieder hinuntergelaufen war, sodass seine kleinen Füße genau seine alten Spuren trafen. Das einzige, was die Doppelspur verriet, war der leichte Farbunterschied.

Fast wieder am Fuß des Geröllhangs führte die Spur unter dem hängenden Geäst einer Baumfuchsie hindurch. Auf dem Boden neben der Spur lag ein Stück Rinde, nicht größer als ein Daumennagel. Es war kürzlich von dem Ast darüber abgefallen oder abgerissen worden. An dieser Stelle wurde die Doppelspur wieder zu einer einzelnen. Xhia lachte laut auf.

«Bakkat ist in die Bäume gestiegen wie einst seine Pavianmutter.» Xhia stellte sich unter den ausladenden Ast, sprang und zog sich hoch, bis er aufrecht stand und auf dem schmalen Holz balancierte. Dort sah er die Spuren, die Bakkats Füße auf der Rinde hinterlassen hatten. Er verfolgte sie zum Stamm des Baums, ließ sich zu Boden rutschen und lief weiter die Spur entlang.

Die Sonne sank schon dem Horizont entgegen, als er auf Bakkats letztes Rätsel stieß, und diesmal schien sogar Xhia nicht weiterzukommen. Konnten Bakkat durch irgendeinen Gegenzauber Flügel gewachsen sein?

«Ich bin Xhia. Niemand kann mich täuschen», sagte er laut, doch das Gefühl, versagt zu haben, das ihn allmählich überwältigte, konnte er auch damit nicht vertreiben.

Dann hörte er ein Geräusch, leise und fern, doch unverkennbar. Xhias Kopf schnellte hin und her, als das Echo von Klippe zu Klippe hallte, sodass die Richtung, aus der es ursprünglich kam, verborgen blieb. «Musketenfeuer», flüsterte er. «Meine Geister haben mich nicht verlassen. Sie führen mich weiter.»

Er ließ Bakkats Spur zurück und erklomm den nächsten Gipfel, wo er sich niedersetzte und den Himmel beobachtete. Bald bemerkte er einen winzigen Fleck vor dem blauen Firmament. «Wo Gewehrfeuer ist, ist der Tod, und der Tod hat seine getreuen Diener.»

Noch ein Fleck zeigte sich und dann viele mehr. Sie wuchsen zu einem Rad zusammen, das sich langsam am Himmel drehte. Xhia sprang auf und wanderte auf die Erscheinung zu. Als er näher kam, offenbarten sich die Flecke als Aasvögel, die mit starren Flügeln auf dem Aufwind segelten und ihre ekelhaften nackten Köpfe drehten, um auf eine Stelle zwischen den Bergen hinabzublicken.

«Danke, alte Freunde», rief Xhia zu ihnen hinauf. Seit undenklichen Zeiten hatten diese Vögel die Jäger seines Stammes zur Beute geführt. Er schlich von Fels zu Fels und blickte mit seinen scharfen, hellen Augen in alle Richtungen. Dann hörte er menschliche Stimmen von der anderen Seite des Hügelkamms vor ihm, und Xhia schien sich in Luft aufzulösen wie eine gelbe Rauchwolke.

Von seinem Versteck aus beobachtete er, wie die drei das Fleisch des zerlegten Elens auf die Pferde luden. Xhia kannte Somoya gut, er hatte gesehen, wie er das Weihnachtsrennen vor seinem Herrn gewonnen hatte. Die Frau hatte er jedoch noch nie gesehen. «Das muss die Frau sein, hinter der Gwenyama her ist, die Frau, die von dem sinkenden Schiff entkommen ist.»

Er sah zu, wie die kleine Jagdgruppe die Pferde fertig bepackte und auf dem Wildpfad, der sich den Hang hinunterschlängelte, Richtung Tal verschwand. Sobald die drei nicht mehr zu sehen waren, lief Xhia zu den Überresten des Elens, um sich gegen die Geier seinen Anteil daran zu sichern. Er sah die Blutlache, wo Jim dem Elen die Kehle durchgeschnitten hatte. Sie hatte sich zu einem schwarzen Gelee verdickt. Xhia schöpfte mit beiden Händen daraus und ließ die dunkle Masse in seinen Mund tropfen. Die vergangenen beiden Tage hatte er nur kleine Bröckchen aus seinem Proviantbeutel gegessen, sodass er nun sehr hungrig war. Er leckte sich den letzten Rest geronnenen Blutes von den Fingern. Er konnte nicht viel länger in der Nähe des Kadavers bleiben, denn wenn Bakkat zurückschaute, würde er bemerken, dass sich die Geier nicht sofort niedergelassen hatten. Daraus würde er schließen, dass etwas oder jemand sie daran hinderte, über das Aas herzufallen. Die Jäger hatten ihm nicht viel übrig gelassen. Er fühlte sich versucht, sich einen Stein zu suchen und die massiven Beinknochen aufzuschlagen und das fette, gelbe Knochenmark auszusaugen, doch er wusste, Bakkat würde zu der Beute zurückkehren, und ein so offensichtliches Zeichen würde er nicht übersehen. Also kratzte er stattdessen mit seinem Messer die Fetzen und Streifen Fleisch ab, die noch an den Knochen und Rippen hingen, und stopfte sie in seine Proviantasche.

Dann fegte er mit einem Büschel trockenen Grases seine Fuß-spuren weg. Andere kleine Spuren, die er übersehen hatte, würden bald von den Aasvögeln beseitigt sein. Wenn Bakkat zurückkehrte, um seine eigenen Spuren zu verwischen, würde er nichts Verdächtiges finden.

Immer noch fröhlich auf den stinkenden Eingeweiden kau-end ließ er den Kadaver zurück und ging hinter Bakkat und den beiden Weißen her. Er folgte ihnen nicht direkt den Pfad hinunter, sondern hielt sich auf dem Hang über dem Tal. An drei Stellen schnitt er die Kurven und Schlängel des Tals ab, indem er über die Höhen zog, die für die Pferde unpassierbar waren, und fand ihre Spur auf der anderen Seite des Kamms wieder. Aus der Entfernung sah er den Rauch des Lagerfeuers in Majuba und eilte voran. Von einem Gipfel aus beobachtete er, wie sie mit den Pferden an der Hütte ankamen. Er wusste, er sollte eigentlich sofort zurückkehren und seinem Herrn Be-richt erstatten, dass er das Versteck der Flüchtigen gefunden hatte, doch er konnte der Versuchung nicht widerstehen, noch etwas zu bleiben und den Sieg über seinen alten Feind Bakkat auszukosten.

Die drei Männer, einer weiß, einer schwarz und einer gelb, schnitten das rohe Elenfleisch in dicke Streifen und die Frau streute grobes Meersalz aus einem Lederbeutel darüber, das sie dann mit den Händen einrieb, bevor sie die Streifen zum Trocknen auf die Felsen legte. Die Männer warfen inzwischen die weißen Fettklumpen, die sie von dem Fleisch geschnitten hatten, in den Dreibeintopf über dem Feuer, um sie zu Bratfett oder Seife einzukochen.

Als die Metzgerarbeit getan war und die Männer sich um die Pferde und Maultiere kümmerten, war die Frau noch dabei, die letzten Fleischstreifen zum Trocknen auszulegen. Dann verließ sie das Lager und suchte sich einen Weg den Bach entlang, bis sie hinter einer Biegung zu einem grünen Staubecken kam, das vom Lager aus nicht zu sehen war. Sie nahm ihre Kappe ab und schüttelte ihr Haar aus wie eine schimmernde Wolke. Xhia war verblüfft. So gelbes und langes Haar hatte er noch nie gesehen. Es war unnatürlich und abstoßend. Die Schädel der Frauen sei-nes Stammes waren mit einem Fell aus kleinen, harten Haarperlen bedeckt, das schön aussah und sich gut anfühlte. Nur eine Hexe oder eine andere ekelhafte Kreatur hätte Haare wie diese Frau. Er spuckte aus, um den bösen Einfluss abzuwenden, den sie auf ihn ausüben mochte.

Die Frau schaute sich gut um, doch kein menschliches Auge konnte Xhia entdecken, wenn er nicht gesehen werden wollte. Dann begann sie, sich zu entkleiden. Sie zog ihr Hemd aus und stieg aus der weiten Hose, die ihren Unterleib und ihre Beine bedeckte. Schließlich stand sie nackt am Ufer des Bachbeckens, und wieder war Xhia entsetzt, wie sie aussah. Dies war keine Frau, sondern irgendetwas zwischen Mann und Frau. Ihr Körper war grotesk verformt, mit viel zu langen Beinen, schmalen Hüften und flachem Bauch, und ihr Hinterteil war das eines hungernden Knaben. Die San-Frauen waren stolz auf ihre fetten Hintern. Zwischen ihren Beinen hatte sie ebenfalls ein Büschel Haare. Es hatte die Farbe des Wüstensands der Kalahari und war so fein, dass es ihr Geschlecht kaum verhüllte. Ihr Schlitz war wie ein zusammengepresster Mund und von den inneren Lippen war nichts zu sehen. Die Mütter in Xhias Stamm perforierten die Labia ihrer Töchter im frühen Säuglingsalter und hängten Steine daran, um sie zu strecken und schön vorstehen zu lassen. Nur die Brüste wiesen dieses Geschöpf als Frau aus, doch selbst die waren eigenartig geformt. Sie standen spitz vor und die blassen Warzen zeigten nach oben, wie die Ohren eines aufgeschreckten Dikdiks!

Xhia hatte genug gesehen. Die Sonne würde bald untergehen. Er kroch auf die andere Seite des Hügelkamms zurück und begann, auf den Tafelberg zuzutraben, der sich majestätisch, blau und unwirklich in der Ferne über den südlichen Horizont erhob. Er würde die ganze Nacht hindurch laufen, um seinem Herrn die guten Neuigkeiten zu bringen.

SIE SASSEN VOR DEM KLEINEN FEUER in der Mitte der Hütte, denn die Nächte waren immer noch eisig. Sie aßen Steaks, die sie von den langen Rückenstreifen des Elens geschnitten hatten, und Kebabs aus Nieren-, Leber- und Fettstücken, die sie über den Kohlen grillten. Die nahrhaften Säfte liefen Bakkat am Kinn herunter. Als Jim sich schließlich zufrieden seufzend zurücksetzte, schenkte ihm Louisa eine Tasse Kaffee ein. Er nickte dankbar. «Möchtest du keinen?», fragte er und sie schüttelte den Kopf.

«Ich mag Kaffee nicht.» Das war eine Lüge. Sie hatte in Huis Brabant Geschmack daran gefunden, aber sie wusste, wie rar und teuer das Gebräu war. Sie hatte bemerkt, wie Jim auf den kleinen Beutel Bohnen achtete, der nicht lange reichen würde. Ihre Dankbarkeit ihrem Retter und Beschützer gegenüber war so groß, dass sie ihm nicht nehmen wollte, was ihm solchen Genuss bereitete. «Es ist mir zu stark und bitter», sagte sie.

Sie ging an ihren Platz auf der anderen Seite des Feuers zurück und betrachtete die Gesichter der Männer, wie sie im Feuerschein miteinander redeten. Sie verstand nicht, was sie sagten, denn sie sprachen in einer fremden Sprache, doch der Klang war melodisch und einschläfernd. Sie war müde und hatte gut gegessen und sie fühlte sich sicherer und geborgener als je, seit sie Amsterdam verlassen hatte.

«Ich habe deinem Vater, dem großen Klebe, deine Nachricht überbracht», sagte Bakkat zu Jim. Es war das erste Mal, dass sie das Thema ansprachen, das sie beide am meisten beschäftigte.

«Was hat er geantwortet?», fragte Jim besorgt.

«Er trug mir auf, dir seine Grüße und die Grüße deiner Mutter zu überbringen. Er sagte, du darfst nicht nach High Weald zurückkehren, obwohl es ein Loch in ihren Herzen hinterlässt, das niemand je füllen kann. Er sagte, der fette Soldat aus der Festung würde deine Rückkehr abwarten, geduldig wie ein Krokodil, das sich im Schlamm des Wasserlochs verbirgt.»

Jim nickte traurig. Von dem Augenblick an, als er beschloss, das Mädchen zu retten, hatte er gewusst, welche Konsequenzen daraus erwachsen würden. Doch nun, da sein Vater es bestätigte, lastete die Ungeheuerlichkeit seines Exils wie ein Fels auf ihm. Er war tatsächlich ein Ausgestoßener.

Louisa sah seinen Gesichtsausdruck im Feuerschein und wusste, dass sie der Grund seiner Trauer war. Sie blickte in das flackernde Feuer. Sie spürte ihre Schuld wie ein Messer zwischen den Rippen.

«Was hat er sonst noch gesagt?», fragte Jim leise.

«Er sagte, der Schmerz der Trennung von seinem einzigen Sohn wäre unerträglich für ihn, wenn er dich nicht noch ein letztes Mal sehen kann, bevor du weggehst.»

Jim öffnete den Mund, um etwas zusagen, doch er verschluckte die Worte. Bakkat berichtete weiter: «Er weiß, dass du vorhast, dem Räuberpfad nach Norden zu folgen, in die Wildnis. Er sagte, du wirst nicht überleben können mit so wenig Ausrüstung. Er hat vor, dir mehr zu bringen. Er sagte, das würde dein Erbe sein.»

«Wie soll das möglich sein? Ich kann nicht zu ihm und er kann nicht zu mir. Das Risiko ist zu groß.»

«Er hat Bomvu, deinen Onkel Dorian, schon mit zwei Wagen voll Sandsäcken und Kisten voll Steinen auf die Straße nach Westen geschickt. Das wird Keyser ablenken, sodass sich dein Vater an einem vorbestimmten Ort mit dir treffen kann. Er wird mit anderen Wagen kommen, in denen er dir deine Abschiedsgeschenke bringen wird.»

«Wo ist dieser Treffpunkt?», fragte Jim. Er spürte tiefe Erleichterung und große Freude, dass er seinen Vater vielleicht noch einmal sehen konnte. Er hatte gedacht, sie wären für immer auseinander gegangen. «Er kann nicht hierher nach Majuba kommen. Der Weg durch die Berge ist zu steil und tückisch für große Wagen.»

«Nein, er wird nicht hierher kommen.»

«Wo ist es also?», wollte Jim wissen.

«Erinnerst du dich, wie wir vor zwei Jahren an die Grenzen der Kolonie gezogen sind?» Jim nickte. «Wir haben die Berge über den geheimen Pass des Gariep-Stroms überquert.»

«Ich erinnere mich.» Diese Reise war das größte Abenteuer seines Lebens gewesen.

«Klebe wird die Wagen über diesen Pass bringen und dich an der Grenze zu den unbekannten Landen treffen, an dem *Kopje*, der wie ein Paviankopf aussieht.»

«Ja, dort haben wir gejagt und den alten Gamsbock erlegt. Es war unser letztes Lager, bevor wir in die Kolonie zurückkehrten.» Er erinnerte sich lebhaft, wie traurig er gewesen war, als sie den Rückweg antraten. «Ich wollte zum nächsten Horizont weiterziehen, und dann zum nächsten, bis zum letzten Horizont.»

Bakkat lachte. «Du warst immer schon ein ungeduldiger Junge, und das bist du immer noch. Aber du wirst deinen Vater am Paviankopf treffen. Findest du ihn ohne meine Führung, Somoya?» Er versuchte, Jim ein wenig herauszufordern, doch diesmal gelang es ihm nicht. «Dein Vater wird High Weald erst verlassen, wenn er sicher ist, dass Keyser deinem Onkel Bomvu und Mansur folgt, und wenn ich ihm deine Antwort überbracht habe.»

«Sag meinem Vater, ich werde mich dort mit ihm treffen.»

Bakkat erhob sich und griff nach seinem Bogen und Köcher.

«Du kannst noch nicht weggehen», sagte Jim. «Es ist dunkel und du hast nicht geruht, seit du High Weald verlassen hast.»

«Die Sterne werden mich leiten.» Bakkat ging zur Tür. «Klebe hat mir befohlen, sofort zurückzukehren. Wir werden uns am Paviankopf wiedersehen», lächelte er. «Bis dahin, gehe in Frieden, Somoya. Habe Welanga immer an deiner Seite, denn trotz ihrer Jugend scheint es mir, sie wird einmal zu einer feinen Frau heranwachsen, wie deine Mutter.» Dann verschwand er in die Nacht.

Bakkat bewegte sich so geschwind durch die Finsternis wie ein Nachttier, doch es war schon spät gewesen, als er Majuba verließ, und die Morgendämmerung erhellte die Landschaft, als er an dem Elenkadaver vorbeikam. Er hockte sich daneben nieder und suchte nach Hinweisen, wer oder was die Stelle seit dem Vortag besucht hatte. Die Geier saßen bucklig auf den Klippen und Kämmen um ihn herum. Der Boden um den Kadaver war mit Federn übersät, wo sie um die Fleischfetzen gestritten hatten.

Ihre Klauen hatten den Boden aufgewühlt. Dennoch konnte er die Spuren von Schakalen und anderen Assfressern in der weichen Erde ausmachen. Hyänen hatten sich offenbar nicht an dem Schmaus beteiligt, doch das überraschte ihn nicht, denn die Berge waren um diese Jahreszeit zu hoch und kalt für sie. Das Elenskelett war kahl gefressen, aber intakt. Hyänen hätten die Knochen zu Splittern zernagt.

Wäre ein menschlicher Besucher dort gewesen, hätten die Tiere jede Spur von ihm verwischt, doch Bakkat war ohnehin sicher, dass ihm niemand gefolgt war. Nur wenige Menschen hätten die Spur enträtseln können, die er gelegt hatte. Dann fiel sein Blick auf den Brustkorb des Elens. Bakkat stieß einen leisen Pfiff aus, denn plötzlich war er nicht mehr so sicher. Er berührte die blanken Rippen und tastete sie ab, eine nach der anderen. Die feinen Kerben auf den Knochen mochten natürlich sein, oder die Zähne der Aasfresser hatten sie zurückgelassen. Doch Bakkat spürte, wie sich seine Bauchmuskeln verkrampften: Er glaubte es nicht. Die Rillen waren zu gerade und regelmäßig; sie schienen nicht von Zähnen zu stammen, sondern von einem Werkzeug. Jemand hatte mit einem Messer das Fleisch von den Knochen geschabt.

Wenn es ein Mensch gewesen war, musste er Stiefel- oder Sandalenspuren hinterlassen haben, dachte er. Er suchte also geschwind den Boden um den Kadaver ab, über das Gebiet hinaus, das die die Aasfresser aufgewühlt hatten. Nichts! Er ging zu dem Skelett zurück und studierte es noch einmal genau. Sollte der Besucher barfuß gewesen sein? Die Hottentotten trugen Sandalen, und was hätte ein Hottentotte jetzt in den Bergen gewollt? Um diese Jahreszeit waren sie alle unten im Flachland und hüteten ihre Herden. Ist mir vielleicht doch jemand gefolgt? Nur ein Eingeweihter hätte meine Spuren lesen können. Ein barfüßiger Adept? Ein San wie ich? Je länger er darüber nachdachte, desto besorgter wurde er. Soll ich nach High Weald weiterwandern oder soll ich zurückgehen, um Somoya zu warnen? Er zögerte, doch dann traf er seine Entscheidung: Ich kann nicht in beide Richtungen gehen. Ich muss weiterziehen, das ist meine Pflicht. Ich muss Klebe berichten.

Im Licht der Morgendämmerung kam er nun schneller voran. Kein Laut, kein noch so schwacher Duft entging ihm. Irgendwann kam er an einem Krüppelholzbusch vorbei, die Triebe mit grauem Moos behangen, und witterte Fäkaliengeruch. Er verließ den Pfad, um die Quelle des Gestanks zu erkunden, und fand sie nach wenigen Schritten. Ein einziger Blick sagte ihm, dass dies der Mist eines Fleischfressers war, der kürzlich Blut und Fleisch zu sich genommen hatte. Der Haufen war schwarz, locker und übel riechend.

Ein Schakal? Nein, das konnte es nicht sein. Es mussten menschliche Exkremente sein, denn in der Nähe fand er die beschmutzten Blätter, mit denen der Mann sich gereinigt hatte. Nur die San benutzten die Blätter des Wash-Hand-Busches für diesen Zweck. Sie waren saftig und weich. Wenn man sie zwischen den Handflächen rieb, brachen sie auf und gaben einen nach Kräutern duftenden Saft ab. Nun wusste er, dass der Mann, der von dem Elenkadaver gegessen hatte, sich hier erleichtert hatte, dicht neben dem Pfad, der von Majuba die Berge hinabführte. Und dieser Mann musste ein San sein. Wie viele Eingeweihte der San, abgesehen von ihm selbst, lebten innerhalb der Grenzen der Kolonie? Die San waren ein Volk der Wüsten und Urwälder. Und dann wusste er, wer es war.

«Xhia», flüsterte er, «Xhia, mein Todfeind, ist mir gefolgt und hat meine Geheimnisse ausspioniert. Und jetzt ist er auf dem Weg zu seinem Herrn in der Festung. Bald werden sie mit vielen Soldaten nach Majuba hinausreiten, um Somoya und Welanga zu fangen.» Wieder quälte er sich mit derselben schicksalhaften Frage: «Soll ich zurücklaufen und Somoya warnen oder soll ich nach High Weald weitergehen? Wie viel Vorsprung hat Xhia vor mir?» Und wieder kam er zu derselben Entscheidung. «Somoya wird Majuba schon verlassen haben. Keyser und seine Truppen werden langsamer sein als Somoya. Wenn ich den Wind trinke, kann ich vielleicht beide warnen, Klebe und Somoya, bevor Keyser sie einholt.»

Er rannte, wie er selten zuvor gerannt war, als wäre ein hungriger Löwe auf seinen Fersen.

Es war schon tiefe Nacht, als Xhia in der Kolonie ankam. Die Tore der Festung waren verschlossen und würden erst bei Tagesanbruch wieder geöffnet werden, wenn der Weckruf ertönen und die Flagge der VOC gehisst werden würde. Xhia wusste jedoch, dass Gwenyama in letzter Zeit selten innerhalb der hohen Steinmauern schlief. Es gab nämlich eine neue, unwiderstehliche Versuchung, die ihn jeden Abend in die Stadt zog.

Nach einem Erlass des VOC-Rates in Amsterdam war es den Bürgern der Kolonie – und besonders den Bediensteten der Kompanie – streng verboten, mit Eingeborenen des Landes das Lager zu teilen. Wie viele andere der Erlasse der *Zeventien* war dieses Gesetz jedoch kaum das Papier wert, auf dem es geschrieben stand, und Oberst Keyser unterhielt ein diskretes Häuschen am Rand der Kompaniegärten. Es lag an einem ungepflasterten Weg hinter einer hohen, blühenden Lantanahecke. Xhia verschwendete keine Zeit damit, mit den Wachen am Festungstor zu streiten, ging direkt zu diesem Liebesnest des Obersts und schlüpfte durch eine Lücke in der Hecke. In der Küche hinten im Haus brannte Licht. Er klopfte ans Fenster. Ein Schatten huschte zwischen der Lampe und dem Fenster vorbei und eine vertraute Frauenstimme rief: «Wer ist da?» Ihre Stimme klang scharf und ängstlich.

«Shala! Ich bin es, Xhia!», antwortete er in der Sprache der Hottentotten. Dann hörte er, wie sie den Riegel anhob und die Tür öffnete. Sie steckte den Kopf hinaus. Sie war kaum größer als Xhia und sah kindlich aus. Doch sie war kein Kind.

«Ist Gwenyama bei dir?», fragte Xhia. Sie schüttelte den Kopf. Er betrachtete sie voller Wohlgefallen. Für die San waren die Hottentotten ein verwandtes Volk und in Xhias Augen verkörperte Shala das Ideal weiblicher Schönheit. Im Licht der Laterne glühte ihre Haut wie Bernstein. Sie hatte dunkle Augen und hohe Wangenknochen. Ihr Kinn war dagegen sehr schmal, sodass ihr Gesicht die Form einer Pfeilspitze hatte. Die Schädelkuppe war vollkommen rund und mit einem Pelz aus winzigen Pfefferkornzöpfen bedeckt.

«Nein, er ist weggegangen», antwortete sie und hielt ihm einladend die Tür auf.

Xhia zögerte. Nach ihren früheren Begegnungen sah er ihr Geschlecht deutlich vor Augen. Es erinnerte an eine saftige Kaktusblüte, mit fleischigen, purpurroten Lippen. Außerdem bereitete es ihm enormes Vergnügen, im Hirsetopf seines Herrn zu rühren. Shala hatte ihm einmal das Glied des Obersts beschrieben. «Es ist wie der Schnabel eines Nektarvogels, dünn und krumm. Es nascht nur ganz sacht von meinem Nektar, und dann flattert es wieder davon.»

Die Männer der San waren berühmt für ihren Priapismus. Die Dimensionen ihrer Penisse standen in keinem Verhältnis zu ihrer sonst so zierlichen Statur. Shala schätzte Xhia in dieser Richtung mehr als jeden anderen Mann seines Stammes.

«Wo ist er?» Xhia war hin- und hergerissen zwischen Pflichtgefühl und Versuchung.

«Er ist gestern mit zehn seiner Männer weggeritten.» Sie nahm Xhia bei der Hand und zog ihn in die Küche. Dann schloss sie die Tür hinter ihm und legte den Riegel vor.

«Wohin sind sie geritten?», fragte er. Sie stand vor ihm und öffnete ihr Gewand. Keyser machte es Freude, sie in grelle Seidenstoffe aus Indien zu kleiden und sie mit Perlen und anderem Schmuck zu behängen, die er für viel Geld von den Courtneys zu kaufen pflegte.

«Er sagte, sie wollten hinter den Wagen des Bomvu, des Rothaarigen, herreiten», antwortete sie. Sie ließ das Kleid an ihrem Körper zu Boden gleiten und Xhia holte tief Luft. Wann immer er diese Brüste sah, war der Anblick für ihn ein süßer Schock.

«Warum folgt er diesen Wagen?» Er streckte die Hand aus und begann, eine ihrer Brüste zu kneten.

Sie lächelte verträumt und neigte sich näher zu ihm heran. «Er sagte, sie würden ihn zu den Entlaufenen führen, zu Somoya, dem Sohn der Courtneys, und zu der Frau, die er aus dem Wrack gestohlen hat», antwortete sie mit rauchiger Stimme. Sie hob seinen Schurz und schob ihre Hand darunter. Ihre Augen verengten sich lüstern und sie lächelte, sodass ihre kleinen, weißen Zähne sichtbar wurden.

«Ich habe nicht viel Zeit», warnte er sie.

«Dann lass uns schnell machen.» Sie sank vor ihm auf die Knie.

«In welche Richtung sind sie geritten?»

«Ich habe sie vom Leuchthügel aus beobachtet», antwortete sie. «Sie haben die Küstenstraße nach Westen eingeschlagen.»

Sie stützte sich mit den Ellbogen auf den Boden und beugte sich vor, bis ihre fantastischen, goldenen Pobacken zum Strohdach zeigten. Er kam hinter sie, schob ihre Knie auseinander, kniete sich dazwischen und zog sie an sich, beide Hände auf ihren Hüften. Sie schrie leise auf, als er ihre fleischigen Blütenblätter auseinander zwang und tief in sie eindrang.

Am Ende schrie sie noch einmal, doch diesmal wie in tödlichen Schmerzen. Dann fiel sie aufs Gesicht und blieb gekrümmt auf dem Küchenboden liegen.

Xhia stand auf und schob seinen Lederschurz zurecht. Dann hob er Köcher und Bogen auf und legte sie sich um die Schulter.

«Wann wirst du wiederkommen?» Sie setzte sich zitternd auf.

«Sobald ich kann», versprach er, bevor er wieder in die Nacht hinaus verschwand.

ALS BAKKAT DIE HÜGEL über High Weald erreichte, sah er, dass auf dem ganzen Gut ungewöhnliche Aktivität herrschte. Alle Männer und Frauen schienen fieberhaft zu arbeiten. Wagenkutscher und Ochsenführer kamen mit vier vollen Gespannen vom anderen Ende der Hauptkoppel und zogen die Straße zu den Farmgebäuden hinauf. Andere Hirten hatten kleine Herden Dickschwanzschafe, Milchkühe mit säugenden Kälbern und weiteren Zugbullen zusammengetrieben und zogen langsam mit ihnen gen Norden. Der Treck zog sich schon so weit hin, dass die entferntesten Herden nur noch kleine Flecke in der Landschaft waren, fast unsichtbar in ihren eigenen Staubwolken.

«Sie sind schon auf dem Weg zum Pass des Gariep-Stroms,

um sich mit Somoya zu treffen», nickte Bakkat zufrieden. Dann lief er den Hügel zur Farm hinunter.

Als er auf dem Hof ankam, sah er, dass die Vorbereitungen für den Aufbruch schon weit fortgeschritten waren. Tom Courtney stand in kurzen Ärmeln auf der Laderampe des Lagerhauses und leitete die Männer an, die die letzten Kisten auf die Wagen luden.

«Was ist da drin?», fragte er einen. «Ich erkenne die Kiste nicht.»

«Die Herrin hat mir befohlen, sie aufzuladen. Ich weiß nicht, was drin ist», zuckte der Mann die Schultern. «Vielleicht Frauensachen.»

«Ladet sie auf den zweiten Wagen.» Tom drehte sich um und bemerkte Bakkat, der gerade den Hof betrat. «Ich habe dich gesehen, sobald du über den Hügel kamst. Du wirst jeden Tag größer, Bakkat.»

Bakkat grinste vor Freude, reckte sich auf und blähte die Brust ein wenig. «Wie ich sehe, hat dein Plan funktioniert, Klebe.»

«Ja. Innerhalb von Stunden, nachdem Bomvu mit den anderen Wagen nach Westen aufgebrochen war, war Keyser hinter ihm her, mit allen seinen Männern», lachte Tom. «Ich weiß aber nicht, wie schnell er merkt, dass er dem falschen Wagenzug nachgeritten ist. Deshalb müssen wir so schnell wie möglich hier verschwinden.»

«Ich bringe schlechte Nachrichten, Klebe.»

Toms Lächeln verblasste, als er sah, wie der kleine Mann dreinblickte. «Komm mit. Wir gehen irgendwohin, wo wir ungestört reden können.» Er führte Bakkat in das Lagerhaus und hörte sich an, was er zu berichten hatte. Bakkat erzählte ihm, was auf seiner Expedition in die Berge geschehen war. Tom hörte mit Erleichterung, dass sie richtig geraten hatten und Jim in Majuba war.

«Somoya, Zama und das Mädchen werden Majuba inzwischen verlassen haben und auf dem Weg zu dem Treffpunkt an der Grenze sein, am Paviankopf», berichtete Bakkat weiter.

«Das sind gute Neuigkeiten», stellte Tom fest. «Warum ziehst du also ein solches Gesicht?»

«Jemand ist mir gefolgt», gestand Bakkat. «Jemand ist mir nach Majuba gefolgt.»

«Wer war es?» Tom konnte seine Sorge nicht verbergen.

«Ein San», antwortete Bakkat, «ein Eingeweihter meines Stammes, jemand, der meine Spur enträtseln konnte. Jemand, der mich beobachtet hat, bis ich High Weald verließ.»

«Keysers Jagdhund!», rief Tom wütend.

«Xhia», bestätigte Bakkat. «Er hat mich überlistet, und jetzt ist er wahrscheinlich auf dem Weg zu seinem Herrn. Vielleicht wird er Keyser schon morgen nach Majuba führen.»

«Weiß Somoya, dass Xhia ihn entdeckt hat?»

«Ich selbst habe Xhias Spur erst entdeckt, als ich auf halbem Weg zurück war. Ich entschied, weiterzugehen und zuerst dich zu warnen», erklärte Bakkat. «Jetzt kann ich zurückgehen und Somoya finden, um auch ihn zu warnen und dann in Sicherheit zu bringen.»

«Du musst ihn finden, bevor Keyser ihn einholt.» Toms offene Züge verzerrten sich vor Sorge.

«Xhia muss zuerst nach Majuba zurück, um Somoyas Spur aufzunehmen. Keyser und seine Männer werden nicht schnell vorankommen, da sie die Gebirgspfade nicht gewöhnt sind», bemerkte Bakkat. «Er wird gezwungen sein, einen großen Bogen nach Süden zu schlagen. Ich werde bei Somoya sein, bevor Keyser ihn findet.»

«Eile, alter Freund», hielt Tom ihn an. «Ich lege das Leben meines Sohnes in deine Hände.»

Bakkat nickte seinen Abschiedsgruß. «Somoya und ich werden am Paviankopfhügel auf dich warten.»

Bakkat wollte schon weggehen, doch Tom rief ihn zurück. «Die Frau …» Er stockte. Er konnte dem kleinen Mann nicht ins Gesicht sehen. «Ist sie noch bei ihm?», brummte er, und Bakkat nickte.

«Was … wie ist sie?» Tom wusste nicht, wie er es sagen sollte. «Ist sie …?»

Bakkat hatte Mitleid mit ihm. «Ich habe sie Welanga genannt, denn ihr Haar ist wie Sonnenschein.»

«Das ist nicht, was ich wissen will.»

«Ich glaube, Welanga wird noch lange neben ihm gehen,

für lange, lange Zeit, vielleicht für den Rest seines Lebens. Ist es das, was du wissen willst?»

«Ja, Bakkat, das ist genau, was ich wissen wollte.»

Von der Laderampe aus schaute er Bakkat nach, wie er durch das Tor trabte und den Pfad in die Berge einschlug. Er fragte sich, wann der kleine Mann das letzte Mal geruht oder geschlafen hatte, doch die Frage war sinnlos. Bakkat würde weiterlaufen, solange die Pflicht es von ihm verlangte.

«Tom!» Er hörte Sarah seinen Namen rufen und als er sich umdrehte, kam sie aus der Küche herbeigelaufen. Zu seiner Überraschung war sie in Hose und Reitstiefeln und trug einen weitkrempigen Strohhut, den sie mit einem roten Kopftuch festgebunden hatte. «Was macht Bakkat hier?»

«Er hat Jim gefunden.»

«Und das Mädchen?»

«Ja», nickte er zögernd, «und das Mädchen.»

«Warum sind wir dann noch nicht unterwegs?», wollte sie wissen.

«Wir?», fragte er. «*Wir* gehen nirgendwohin, aber *ich* werde innerhalb der nächsten Stunde aufbrechen.»

Sarah hielt sich die geballte Faust vor den Mund. Er wusste, dies war gleichbedeutend mit dem ersten Grollen eines aktiven Vulkans kurz vor dem Ausbruch. «Thomas Courtney», sagte sie kalt und mit blitzenden Augen, bereit zur Schlacht. «James ist mein Sohn, mein einziges Kind. Wie kannst du auch nur für einen Augenblick annehmen, ich könnte hier in der Küche sitzen bleiben, während du davonreitest, um ihm Lebewohl zu sagen, vielleicht für immer?»

«Ich werde ihm deine mütterlichen Grüße ausrichten und ihn deiner Liebe versichern», bot er an, «und wenn ich wiederkomme, werde ich dir das Mädchen beschreiben, in allen Einzelheiten.»

Er versuchte es noch für eine Weile, doch als er durch das Tor hinausritt, war Sarah an seiner Seite, mit erhobenem Kinn, bemüht, kein triumphierendes Lächeln zu zeigen. Sie schaute ihn von der Seite an und zwitscherte: «Tom Courtney, du bist immer noch der hübscheste Mann, den ich je erblickt habe, außer wenn du schmollst.»

«Ich schmolle nicht. Ich schmolle nie», sagte er beleidigt.

«Komm, ein Rennen zur Furt», sagte sie. «Wer als Erster da ist, gewinnt einen Kuss.» Sie kitzelte die Flanke der Stute mit ihrer Rute und galoppierte davon. Tom versuchte, seinen Hengst im Zaum zu halten, doch der tänzelte im Kreis herum und wollte losrennen.

«Verdammt! Also gut.» Tom ließ dem Pferd seinen Willen, doch inzwischen hatte die Stute schon zu viel Vorsprung, und Sarah war eine ausgezeichnete Reiterin.

Sie wartete an der Furt auf ihn, mit funkelnden Augen und roten Wangen. «Wo bleibt mein Kuss?», fragte sie. Er lehnte sich aus dem Sattel und nahm sie in die Arme. «Das ist nur die erste Rate», versprach er, als er sich wieder in den Sattel setzte. «Den Rest bekommst du heute Abend.»

Jim hatte einen guten Orientierungssinn, doch Bakkat wusste, dass dieser nicht unfehlbar war. Er erinnerte sich, wie der Junge sich aus dem Lager geschlichen hatte, als alle anderen die Mittagshitze verschliefen. Jim hatte eine Herde Gamsböcke am Horizont erspäht, und da es ihnen an Fleisch mangelte, hatte er sich auf die Jagd gemacht. Schließlich hatte Bakkat ihn in den Bergen gefunden, wo Jim drei Tage im Kreis gelaufen war, sein lahmes Pferd am Zügel führend, halb wahnsinnig vor Durst.

Jim hasste es, wenn man ihn an diese Geschichte erinnerte, und bevor sie in Majuba auseinander gingen, hatte er aufmerksam gelauscht, als Bakkat ihm genau den Weg durch die Berge erklärte, den er einzuschlagen hatte, auf deutlich sichtbaren Wildpfaden, die seit Jahrhunderten von Elefanten- und Elenherden benutzt wurden. Einer dieser Pfade würde ihn zu einer Furt durch den Gariep führen, wo sich der Strom auf die Ebenen ergoss und die Kolonie in die Wildnis überging. Von der Stelle aus würde er den Paviankopf klar am östlichen Horizont sehen. Bakkat konnte darauf vertrauen, dass Jim sich genau an seine Anweisungen halten würde, weshalb er nun eine klare

Vorstellung hatte, wo Jim jetzt sein würde und welche Richtung er gehen musste, um ihm den Weg abzuschneiden.

Bakkat lief durch das Vorgebirge und war weit im Norden, bevor er die Richtung änderte und zwischen hohen, dunkelbraunen Felswänden zu den Hochtälern des Hauptgebirges aufstieg. Fünf Tage nachdem er High Weald verlassen hatte, kreuzte er ihre Spur. Die beiden stahlbeschlagenen Pferde und sechs schwer beladenen Maultiere hatten deutliche Zeichen hinterlassen. Bevor die Sonne den Zenit erreichte, hatte er Jims Gruppe eingeholt. Er machte sich nicht sofort bemerkbar, sondern schlug einen Bogen und wartete neben dem Pfad, dem sie folgen mussten.

Bakkat sah Jim an der Spitze der Kolonne den Weg herunterkommen. Als Drumfire auf gleicher Höhe mit seinem Versteck war, sprang er hinter seinem Felsblock hervor wie ein Flaschengeist und rief mit schriller Stimme: «Ich sehe dich, Somoya!» Drumfire scheute. Jim, der ebenfalls erschrocken war, wurde gegen seinen Hals geworfen und Bakkat kreischte vor Lachen über seinen Streich. Jim fand bald wieder sein Gleichgewicht und ritt hinter Bakkat her, als der den Wildpfad hinablief, immer noch laut lachend. Jim nahm seinen Hut ab, lehnte sich aus dem Sattel und verhaute ihm damit Kopf und Schultern.

«Du grässlicher kleiner Mann! Du bist so klein, so winzig, solch ein Zwerg, dass ich dich überhaupt nicht gesehen habe.» Diese Beschimpfungen versetzten Bakkat in solche Lachkrämpfe, dass er umfiel und sich auf dem Boden rollte.

Als Bakkat sich so weit erholt hatte, dass er aufstehen konnte, musterte Jim ihn genau, während sie einander etwas förmlicher begrüßten. Nun sah er deutlich, wie erschöpft Bakkat war. Die San mochten für die Kraft und Ausdauer bekannt sein, doch Bakkat hatte in einer Woche über hundert Meilen durch bergiges Gelände zurückgelegt, ohne entsprechend zu essen und zu trinken oder mehr als ein paar Stunden zu schlafen. Seine Haut war nicht mehr golden glänzend, sondern grau und staubig wie die Asche des letzten Lagerfeuers. Sein Haupt sah aus wie ein Totenkopf, so deutlich standen seine Wangenknochen vor. Die Augen waren tief in ihre Höhlen gesunken. Die Hinterbacken eines Buschmanns sind wie Kamel-höcker: Wenn er wohlgenährt und ausgeruht ist, wirken sie majestätisch und schwingen unabhängig voneinander, wenn er einhergeht. Bakkats Hintern war jedoch zu faltiger, loser Haut verschrumpelt, die unter seinem Schurz hervorhing. Seine Arme und Beine waren dünn wie die Glieder einer Gottes-anbeterin.

«Zama», rief Jim, als sein Freund mit dem Maultiergespann aufschloss. «Lade einen der *Chagga*-Beutel ab.»

Bakkat wollte seinen Bericht beginnen, doch Jim brachte ihn zum Schweigen. «Iss und trink erst mal», befahl er, «und dann leg dich schlafen. Wir können uns später unterhalten.»

Zama schleppte einen der Lederbeutel mit dem *Chagga* herbei, das sie aus dem Elenfleisch gemacht hatten. Die gesal-zenen Streifen hatten sie in der Sonne halb getrocknet und dann so dicht in die Beutel gestopft, dass Luft und Fliegen nicht in Kontakt damit kamen. Die ersten Afrikareisenden hatten die Idee wahrscheinlich von den nordamerikanischen Ureinwohnern abgeschaut, deren *Pemmikan* im Grunde das Gleiche war. Auf diese Weise behandelt, konnte das Fleisch nicht verrotten und war unbegrenzt haltbar. Es behielt viel von seiner Feuchtigkeit, und obwohl es etwas streng schmeckte, überdeckte das Salz jedes Verwesungsaroma.

Bakkat saß im Schatten neben dem Gebirgsbach und be-gann von dem Haufen schwarzer *Chagga*-Streifen zu essen, der vor ihm lag. Nach ihrem Bad in einem der Becken strom-abwärts gesellte sich auch Louisa zu ihnen und sie sahen Bak-kat beim Essen zu.

Nach einer Weile fragte sie: «Wie viel mehr wird er essen können?»

«Er kommt gerade erst auf den Geschmack», sagte Jim.

Nochmals viel später bemerkte sie: «Schau dir seinen Bauch an. Er wird zusehends dicker.»

Bakkat stand auf und kniete vor dem Bachbecken. «Er ist fertig», sagte Louisa. «Ich dachte schon, er würde essen, bis er platzt.»

«Nein», schüttelte Jim den Kopf. «Er muss es nur hinun-terspülen, um für den nächsten Gang Platz zu schaffen.»

Bakkat kam zurück und machte sich mit unvermindertem Appetit wieder über den Haufen *Chagga* her, während ihm noch das Wasser vom Kinn tropfte. Louisa lachte vor Staunen. «Er ist so winzig, es scheint unmöglich! Er wird niemals aufhören.»

Doch schließlich hatte er genug gegessen. Mit sichtlicher Anstrengung würgte einen letzten Bissen hinunter. Dann saß er da, die Beine über Kreuz und mit glasigem Blick, und rülpste laut.

«Er sieht aus, als wäre er im achten Monat schwanger.» Jim zeigte auf Bakkats aufgeblähten Bauch. Louisa errötete über diesen schamlosen Vergleich, musste aber lächeln. Es war eine treffende Beschreibung. Bakkat erwiderte ihr Lächeln. Dann fiel er zur Seite, rollte sich zu einer Kugel zusammen und begann zu schnarchen.

Bis zum nächsten Morgen hatten sich seine Wangen auf wunderbare Weise aufgefüllt und sein Hintern, wenngleich noch nicht ganz die alte Pracht, wölbte sich unter seinem Schurz. Mit frischem Eifer machte er sich an sein Frühstück, das wieder aus *Chagga* bestand, und so gestärkt war er schließlich in der Lage, Jim Bericht zu erstatten.

Jim sagte kaum etwas, während Bakkat erzählte. Als Bakkat darauf zu sprechen kam, dass Xhia ihm offenbar in die Berge gefolgt war und dass er mit Sicherheit Keyser nach Majuba führen würde und sie von dort aus ihrer Spur folgen würden, sah Jim besorgt aus. Doch dann richtete Bakkat die Botschaft von Jims Vater aus, der den Sohn seiner Liebe und Unterstützung versicherte. Die dunklen Wolken um Jim schienen sich plötzlich zu verziehen und sein Gesicht erstrahlte in dem gewohnten Lächeln. Als Bakkat fertig war, saßen sie für eine Weile schweigend beieinander. Dann stand Jim auf und ging zu dem Bachbecken. Er setzte sich auf einen verrotteten Baumstamm und brütete vor sich hin. Er brach ein Stück von der morschen Rinde ab, pickte die weißen Holzmaden heraus, die er freigelegt hatte, und schnippte sie ins Wasser. Ein großer, gelber Fisch kam an die Oberfläche und verschlang sie. Schließlich kam er zu Bakkat zurück, der geduldig gewartet hatte, und setzte sich ihm gegenüber. «Wir können nicht zum

Gariep weiterziehen, wenn Keyser uns verfolgt. Wir würden ihn geradewegs zu meinem Vater und den Wagen führen.» Bakkat nickte. «Wir müssen ihn von der Spur abbringen.»

«Deine Weisheit und dein Verständnis sind reifer, als dein zartes Alter vermuten lassen, Somoya.»

Jim bemerkte die Ironie in Bakkats Stimme. Er lehnte sich zu ihm vor und knuffte ihn liebevoll in die Rippen. «Nun sag schon, oh Prinz der Iltisse, König der San, was haben wir zu tun?»

BAKKAT FÜHRTE SIE in einem weiten, geschlängelten Bogen in die Richtung, aus der sie gekommen waren, weg vom Gariep, über Wildpfade von einem Tal ins nächste, bis sie wieder über dem Lager in Majuba waren. Sie hielten mindestens eine halbe Meile Abstand von der riedgedeckten Steinhütte und lagerten hinter der östlichen Wasserscheide des Tals. Sie machten kein Feuer. Sie aßen ihre Nahrung kalt und wickelten sich zum Schlafen in Schakalfelle. Am Tag stiegen die Männer abwechselnd auf die Höhe und beobachteten durch Jims Teleskop das Majuba-Lager, um zu sehen, ob Xhia mit Keyser und seinen Soldaten eingetroffen war.

«Sie können in diesen Bergen nicht mit uns mithalten», sagte Bakkat selbstbewusst. «Vor übermorgen werden sie nicht hier sein. Doch bis dahin müssen wir uns gut verborgen halten, denn Xhia hat die Augen eines Geiers und die Instinkte einer Hyäne.»

Jim und Bakkat bauten hinter dem Kamm ein Versteck aus Krüppelholz und Gras. Bakkat inspizierte es von allen Seiten, um sich zu vergewissern, dass es unsichtbar war. Jim übernahm die erste Morgenschicht in dem getarnten Ausguck.

Er machte es sich bequem und sank in einen wohligen Tagtraum. Er dachte an das Versprechen seines Vaters, Wagen und Ausrüstung mitzubringen. Damit könnten seine Träume von einer Reise an die Grenzen dieses riesigen Landes endlich wahr werden. Er dachte an die Abenteuer, die er und Louisa erleben würden, und an die Wunder, die sie in dieser unerforschten Wildnis entdecken würden. Er erinnerte sich an die Legenden über Flussbetten voller Goldnuggets, die riesigen Elefantenherden mit Tonnen von Elfenbein und die mit funkelnden Diamanten gepflasterten Wüsten.

Plötzlich riss ihn der Laut eines losen Kiesels, der hinter ihm den Hang hinunterkullerte, in die Wirklichkeit zurück. Er griff instinktiv nach der Pistole an seinem Gürtel, doch er konnte nicht riskieren, einen Schuss abzufeuern. Bakkat hatte ihn deutlich genug daran erinnert, dass der Musketenschuss, mit dem er das Elen niedergestreckt hatte, Xhia zu ihnen geführt haben musste.

«Xhia hätte meine Spur niemals entschlüsselt, wenn du ihm nicht geholfen hättest. Dieser Schuss, den du abgefeuert hast, hat uns verraten.»

«Vergib mir, Bakkat», hatte Jim sarkastisch erwidert, «ich weiß, wie abscheulich du den Geschmack von Elen-*Chagga* findest. Es wäre bestimmt besser gewesen, wenn wir gehungert hätten.»

Er ließ die Pistole los und griff nach dem seinem Jagdmesser. Er hielt die lange Klinge schon für einen Verteidigungsstoß bereit, doch in diesem Augenblick flüsterte Louisa von draußen: «Jim?» Die Furcht, die er eine Sekunde zuvor empfunden hatte, wich der Freude darüber, ihre Stimme zu hören.

«Komm schnell herein, Igelchen. Pass auf, dass dich niemand sehen kann.» Sie kroch durch den niedrigen Eingang. Der Ausguck bot kaum genug Platz für die beiden. Sie saßen Seite an Seite, nur wenige Zentimeter auseinander. Schließlich brach Jim das angespannte Schweigen zwischen ihnen. «Ist alles in Ordnung bei euch?»

«Die anderen schlafen.» Sie schaute ihn nicht an, obwohl es ihr unmöglich war, ihn nicht zu spüren. Er war so nah, dass es sie verwirrte und nervös machte. Finstere Erinnerungen mischten sich mit neuen, widersprüchlichen Gefühlen. Sie rückte so weit von ihm weg, wie es der enge Unterstand zuließ, und er tat dasselbe.

«Ziemlich eng hier drinnen», sagte er. «Bakkat hat das Versteck auf seine Größe zugeschnitten.»

«Ich wollte nicht …», begann sie.

«Ich verstehe, Igelchen», sagte er, «du hast es mir schon erklärt.» Sie blickte ihn kurz aus dem Augenwinkel an und sah erleichtert, dass sein Lächeln nicht gespielt war. Sie hatte im Laufe der letzten Tage begriffen, dass der Spitzname, bei dem er sie rief, nicht als Tadel oder Beleidigung gemeint war, sondern als freundliche Neckerei.

«Du hast einmal gesagt, du hättest gern einen Igel als Schoßtier», spann sie ihren Gedanken weiter.

«Was?», fragte er verdutzt.

«Das hast du gesagt: Du wünschtest, du hättest ein Igelchen als Schoßtier. Warum hast du dir dann keinen gefangen?»

«Das ist nicht so einfach, es gibt nämlich keine Igel in Afrika», grinste er. «Ich kenne sie nur aus Büchern. Du bist der erste, den ich je in Fleisch und Blut gesehen habe. Es macht dir doch nichts aus, wenn ich dich so nenne?»

Sie dachte darüber nach und erkannte nun, dass er gar nicht necken wollte. Er sah es als einen Kosenamen. «Zuerst fand ich es nicht so schön, doch jetzt habe ich mich daran gewöhnt», antwortete sie, bevor sie leise hinzufügte: «Igel sind süße kleine Geschöpfe. Nein, es macht mir nichts aus.»

Sie schwiegen wieder, doch diesmal war das Schweigen nicht mehr drückend und peinlich. Nach einer Weile bohrte sie sich ein Guckloch in die Graswand. Er gab ihr das Teleskop und zeigte ihr, wie man es scharf stellt.

«Du hast gesagt, du bist ein Waisenkind. Erzähl mir von deinen Eltern», sagte er. Sie war schockiert und ihr Zorn flammte wieder auf. Er hatte kein Recht, sie nach ihren Eltern zu fragen. Sie schaute angespannt durch das Teleskop, konnte jedoch nichts sehen, und dann war ihr Zorn plötzlich verflogen. Sie spürte vielmehr ein tiefes Bedürfnis, über ihren Verlust zu reden. Nie zuvor hatte sie das tun können, nicht einmal gegenüber Elise, als sie der dummen Frau noch vertraut hatte.

«Mein Vater war ein Lehrer, ein sanfter und guter Mann. Er liebte seine Bücher, er liebte es, zu lernen.» Ihre Stimme war zuerst fast unvernehmlich, doch dann wurde sie stärker und fester, als sie sich an all die wundervollen Dinge über ihren Vater und ihre Mutter erinnerte, ihre Liebe und Gutherzigkeit.

Er saß schweigend neben ihr und stellte die eine oder andere Frage, wenn sie stockte, sodass sie weitererzählen konnte. Es war, als ob er eine Geschwulst in ihrer Seele aufgestochen hätte, um all das Gift und den Schmerz herauszulassen. Sie empfand immer mehr Vertrauen zu ihm, als könnte sie ihm alles erzählen, als würde er es irgendwie verstehen. Sie schien jedes Zeitgefühl zu verlieren, bis ein leises Kratzen an der Rückwand des Unterstands sie in die Gegenwart zurückholte. Bakkat flüsterte eine Frage durch die Wand. Jim antwortete und Bakkat verschwand so lautlos wie er gekommen war.

«Was hat er gesagt?», fragte sie

«Er war gekommen, um mich abzulösen, aber ich habe ihn weggeschickt.»

«Ich rede zu viel. Wie spät ist es?»

«Zeit spielt hier draußen keine Rolle. Erzähl nur weiter.»

Als sie ihm alles gesagt hatte, woran sie sich erinnern konnte, begannen sie über andere Dinge zu reden, über alles, was ihr gerade in den Sinn kam, oder wo immer seine Fragen sie hinführten. Es machte sie so glücklich, unbefangen mit jemandem reden zu können.

Jetzt, da sie entspannt war, legte sich auch ihre Zurückhaltung, wie Jim zu seiner Freude feststellte, und sie zeigte einen schrulligen Sinn für Humor, oft voller Scharfsinn oder bissiger Ironie. Ihr Englisch war vorzüglich, weit besser als sein Holländisch, doch ihr Akzent ließ alles neu und frisch klingen und die gelegentlichen Fehler und Eigentümlichkeiten machten es noch entzückender.

Dank der Erziehung, die ihr Vater ihr hatte zukommen lassen, verfügte sie über ein breites Wissen in einer verblüffenden Vielfalt von Themen, und die Orte, die sie auf ihren Reisen gesehen hatte, faszinierten ihn. England war seine Heimat, doch er war nie dort gewesen. Sie beschrieb ihm Schauplätze und Orte, von denen er seine Eltern zwar hatte reden hören, die er ansonsten jedoch nur aus Büchern kannte.

Die Stunden vergingen wie im Flug, und erst als die langen Schatten der Berge auf die winzige Hütte fielen, bemerkte er, dass der Tag fast vorüber war. Er machte sich Vorwürfe, dass er seine Wache vernachlässigt hatte, denn seit Stunden hatte er schon nicht mehr durch das Guckloch geschaut.

Er beugte sich vor und spähte den Hang hinunter. Louisa zuckte vor Überraschung zusammen, als er eine Hand auf ihre Schulter legte. «Sie sind hier!», sagte er aufgeregt. Für einen Augenblick verstand sie nicht, was er meinte. «Keyser und seine Männer sind hier!»

Ihr Herz schlug schneller und die feinen, blassen Haare auf ihren Armen richteten sich auf. Sie spähte zaghaft hinaus und sah, dass sich weit unten im Tal etwas bewegte. Eine Reiterkolonne überquerte den Bach. Aus dieser Entfernung war es jedoch nicht möglich, die einzelnen Männer zu erkennen. Jim griff nach dem Teleskop in ihrem Schoß. Er überprüfte den Winkel, in dem die Sonne stand, doch die Hütte lag schon im Schatten, sodass es keine Reflexionen von der Linse geben würde. Geschwind stellte er die Schärfe ein.

«Der Buschmann Xhia führt die Holländer. Ich kenne das kleine Schwein sehr gut. Er ist listig wie ein Pavian und gefährlich wie ein verwundeter Leopard. Xhia und Bakkat sind Todfeinde. Bakkat schwört, der Schurke hat seine Frau getötet, mit irgendeinem Zauber. Er sagt, Xhia habe eine Mamba dazu gebracht, sie zu beißen.»

Er schwenkte das Teleskop hin und her und beschrieb weiter, was er sah. «Keyser ist dicht hinter Xhia. Er reitet seinen Grauen, ebenfalls ein gutes Pferd. Die Bestechungsgelder, die in seine Tasche gewandert sind, und die Waren, die er der VOC gestohlen hat, haben Keyser zu einem wohlhabenden Mann gemacht. Seine Ställe gehören zu den besten in Afrika. Er ist ein harter Mann, viel härter, als sein dicker Bauch vermuten lässt. Sie haben es einen vollen Tag eher bis hierher geschafft, als Bakkat erwartet hat.»

Louisa rückte ein wenig dichter an ihn heran. Sie spürte, wie die kalte Angst ihr den Rücken hinaufkroch. Sie wusste, was mit ihr geschehen würde, wenn sie Keyser in die Hände fiele.

Jim schwenkte das Fernrohr weiter. «Der zweite Mann in der Kolonne ist Captain Herminius Koots. Mutter Maria, das ist ein Kerl! Wenn du manche der Geschichten über ihn hörtest, würdest du in Ohnmacht fallen. Der Nächste ist Sergeant Oudeman, Koots' Spießgeselle. Sie finden Geschmack an den gleichen Dingen, hauptsächlich Gold, Blut und was unter Röcken zu finden ist.»

«Jim Courtney, ich wäre dir dankbar, wenn du nicht so reden würdest. Vergiss nicht, ich bin eine Frau.»

«Dann brauche ich es dir nicht weiter zu erklären, oder, Igelchen?», grinste er. Sie versuchte, streng dreinzublicken, doch er ignorierte ihr Missfallen und rasselte die Namen der anderen Soldaten herunter, die er in Keysers Gefolge sah.

«Die Korporale Richter und Le Riche bilden die Nachhut und führen die Ersatzpferde.» Er zählte zehn Tiere in der kleinen Herde, die dem Trupp folgte. «Kein Wunder, dass sie so schnell vorangekommen sind, mit all den Pferden.»

Schließlich schob er das Teleskop wieder zusammen. «Ich erkläre dir jetzt, was wir zu tun haben. Wir müssen Keyser vom GariepStrom weg führen, wo mein Vater mit den Fuhrwerken auf uns warten wird. Das bedeutet leider, dass wir tage- oder wochenlang vor ihnen herreiten müssen. Es bedeutet viele schwere Tage, keine Zelte, keine Zeit, um Unterstände zu bauen, und knappe Rationen, wenn uns das Elenfleisch erst ausgegangen ist – es sei denn, wir können mehr davon jagen, doch um diese Jahreszeit ist das meiste Wild unten auf den Steppen. Mit Keyser dicht auf den Fersen werden wir nicht in der Lage sein, auf Jagd zu gehen. Es wird nicht leicht sein.»

Sie verbarg ihre Ängste hinter einem Lächeln und sagte fröhlich: «Nach dem Kanonendeck der *Möwe* wird es mir wie das Paradies vorkommen.» Sie rieb sich die Kettenmarken an ihren Fußgelenken, die allmählich verheilten. Bakkat hatte ihr aus Elenfett und wilden Kräutern eine Salbe zusammengerührt, die geradezu wunderbare Wirkung zeigte.

«Ich habe darüber nachgedacht, dich mit Zama zum Treffpunkt am Gariep vorauszuschicken, während Bakkat und ich Keyser in die Irre führen. Ich dachte, das wäre sicherer für dich, doch Bakkat hat mich überzeugt, dass das ein Fehler wäre. Keysers Buschmann ist ein Magier. Zama und du würden ihm niemals entwischen, selbst wenn Bakkat alle Tricks einsetzte, die er kennt. Xhia würde bemerken, dass wir uns getrennt haben, und eure Spur aufnehmen, und Keyser ist fast so sehr hinter dir her wie hinter mir.» Seine Züge verfinsterten sich bei dem Gedanken, wie sie Keyser, Koots und Oudeman schutzlos ausgeliefert wäre. «Nein, wir werden zusammenbleiben.»

Sie war überrascht, wie erleichtert sie sich fühlte, dass er sie nicht verlassen würde.

Sie beobachteten, wie Keysers Männer die verlassene Hütte durchsuchten, wieder aufsaßen und der kalten Spur das Tal hinauf folgten. Schließlich verschwanden sie in den Bergen.

«Die werden wir bestimmt bald wiedersehen», prophezeite Jim.

X HIA BRAUCHTE DREI TAGE, Keyser entlang der Spur im weiten Kreis zu führen und wieder in die Hügel über Majuba zurückzufinden. Jim hatte diese Pause genutzt, die Pferde und Maultiere ausruhen und grasen zu lassen. Auch Bakkat kam in der Zeit wieder zu Kräften. Sein Hinterteil war wieder zur gewohnten runden, fetten Pracht gewachsen, während sie die Spur im Auge behielten. Am frühen Nachmittag des dritten Tages tauchte Keysers Zug wieder auf, immer noch hartnäckig auf der alten Spur. Sobald Bakkat sie entdeckt hatte, begann er sich mit Jim und den anderen immer weiter in die Berge zurückzuziehen. Sie passten ihr Tempo dem der Verfolger an. Sie hielten den Vorsprung vor Keyser groß genug, um ihn stets im Auge behalten und auf jeden plötzlichen Vorstoß reagieren zu können.

Zama und Louisa marschierten mit den Maultieren und dem Gepäck an der Spitze. Zama legte ein Tempo vor, das die Tiere durchhalten konnten. Sie mussten Zeit haben, um sie grasen und ruhen zu lassen, sonst würden sie bald geschwächt zusammenbrechen. Zum Glück galt dies auch für Keysers Tiere, obgleich er über Ersatzpferde verfügte. Doch selbst unter diesen Bedingungen waren Zama und Louisa in der Lage, weit voraus zu bleiben.

Bakkat und Jim hielten sich dicht vor Keyser. Wann immer der Weg über einen Kamm führte, warteten sie auf der Höhe, bis Keysers Truppen in Sicht kamen. Bevor sie dann weiterzogen, schaute Jim durch sein Teleskop und zählte die Männer und Pferde, damit sie sicher sein konnten, dass sich niemand abgesetzt hatte.

Bei Einbruch der Dunkelheit schlich Bakkat zurück, um Keysers Lager zu beobachten, für den Fall, dass Keyser etwas im Schilde führte. Dabei konnte er Jim nicht mitnehmen, denn Xhia war eine ständige Gefahr, und so gut sich Jim auch in der Wildnis auskennen mochte, in der Dunkelheit wäre er Xhia hoffnungslos unterlegen. Da Louisa und Zama weit voraus waren, aß er allein an seinem kleinen Lagerfeuer, das er dann brennen ließ, um etwaige Spitzel in die Irre zu führen, bevor er den anderen beiden in die Nacht folgte. So schützte er sie vor einem Überraschungsangriff.

Vor Anbruch der Morgendämmerung würde Bakkat seinen Posten über dem feindlichen Lager verlassen und hinter Jim hereilen, bevor sie ihren Rückzug nach dem gleichen Muster fortsetzten.

Am nächsten Morgen war Xhia so weit, dass er an den Spuren, die sie zurückgelassen hatten, alle ihre Bewegungen ablesen konnte, und am dritten Abend befahl Keyser einen Überraschungsangriff. In der Dämmerung schlugen sie ihr Lager auf. Seine Soldaten banden die Pferde an. Sie aßen zu Abend und stellten Wachposten auf. Die anderen rollten sich in ihre Decken ein und ließen die Feuer ausbrennen. Von Xhias Beobachtungen wussten sie, dass Bakkat in der Nähe sein musste und sie ausspähte. Sobald es dunkel war, führte Xhia Koots und Oudeman verstohlen aus dem Lager. Sie schlugen einen Bogen, versuchten, Bakkat zu umgehen und Jim an seinem Lagerfeuer zu überraschen. Doch obwohl die beiden Weißen ihre Sporen abgeschnallt und sich Tücher um die Stiefel gebunden hatten, um nicht gehört zu werden, hatten sie keine Chance gegen Bakkat. Er hörte, wie sie blind durch die Dunkelheit stolperten. Als Xhia und die beiden weißen Männer an Jims Lagerfeuer ankamen, war es längst verlassen und es war nur noch Asche übrig.

Zwei Nächte später legten sich Koots und Oudeman weit außerhalb des Lagers auf die Lauer, um Bakkat abzufangen. Bakkat hatte jedoch einen animalischen Überlebensinstinkt. Er witterte Koots aus zwanzig Metern Entfernung. Der Schweiß eines weißen Mannes und der schale Zigarrengeruch, der ihn umgab, waren unverkennbar. Bakkat rollte einen kleinen Felsbrocken den Hang hinunter. Das Geräusch veranlasste Koots und Oudeman, ihre Musketen abzufeuern und im ganzen Lager brach Geschrei und Gewehrfeuer los. Weder Keyser noch seine Männer bekamen viel Schlaf in dieser Nacht.

Am nächsten Tag beobachteten Jim und Bakkat, wie der Feind wieder aufsaß und hinter ihnen her kam.

«Wird Keyser jemals aufgeben und in die Kolonie zurückkehren?», fragte sich Jim laut.

Bakkat, der sich an einem Steigriemen festhielt und neben ihm herlief, musste kichern. «Du hättest sein Pferd nicht stehlen sollen, Somoya. Ich glaube, das hat ihn geärgert und seinen Stolz angekratzt. Wir müssen ihn entweder töten oder ihm entwischen, aber aufgeben wird er bestimmt nicht.»

«Mord kommt nicht in Frage, du blutrünstiger kleiner Teufel. Die Entführung einer VOC-Gefangenen und der Pferdediebstahl sind schon schlimm genug. Selbst Gouverneur van der Witten könnte die Ermordung seines Militärkommandeurs nicht einfach hinnehmen. Er würde die ganze Familie zur Rechenschaft ziehen. Mein Vater …» Jim stockte.

«Keyser ist kein Dummkopf», fuhr Bakkat fort. «Er muss inzwischen wissen, dass wir uns mit deinem Vater treffen werden. Wenn er den Treffpunkt noch nicht kennt, braucht er uns nur zu folgen. Wenn du ihn nicht töten willst, kannst du nur hoffen, dass Kulu Kulu persönlich Xhia von unserer Spur abbringt. Nicht einmal, wenn ich allein wäre, wäre ich sicher, dass ich das fertig brächte. Doch jetzt sind wir zu viert, mit einem Mädchen, das noch nie in der Wildnis war, wir haben zwei Pferde und sechs beladene Maultiere. Welche

Hoffnung haben wir schon gegen Xhias Augen, Nase und Zauber?»

Sie kamen auf einen weiteren Berggrat, wo sie anhielten, um die Verfolger wieder in Sicht kommen zu lassen.

«Wo sind wir, Bakkat?» Jim stand in den Steigbügeln auf und schaute auf das Chaos aus Bergen und Tälern ringsum.

«Dieser Ort hat keinen Namen, da kein normaler Mensch je hierher kommen würde, höchstens jemand, der sich verirrt hat, oder ein Verrückter.»

«In welcher Richtung liegen das Meer und die Kolonie?» Es fiel ihm schwer, sich in diesem Labyrinth aus Bergen noch zu orientieren.

Bakkat zeigte es ihm ohne zu zögern, und Jim blinzelte in die Sonne, um ein Gefühl für die Richtung zu bekommen. Er stellte Bakkats Unfehlbarkeit jedoch nicht in Frage. «Wie weit ist es?»

«Nicht weit, wenn du auf dem Rücken eines Adlers reitest.» Bakkat zuckte die Schultern. «Vielleicht acht Tage, wenn du den Weg weißt und dich beeilst.»

«Keyser muss allmählich der Proviant ausgehen. Wir selbst sind inzwischen beim letzten Beutel *Chagga* angelangt und haben nur noch zwanzig Pfund Maismehl übrig.»

«Er wird eher seine Ersatzpferde auffressen, bevor er aufgeben und dir erlauben würde, dich mit deinem Vater zu treffen», sagte Bakkat voraus.

Am späten Nachmittag konnten sie aus der Ferne zusehen, wie Sergeant Oudeman eines der Pferde in der Ersatzherde aussuchte und es in eine Schlucht in der Nähe von Keysers Lager führte. Oudeman hielt den Kopf des Tieres fest, während Richter und Le Riche ihre Messer an einem Felsen wetzten. Koots ging dann zu dem Pferd und setzte ihm die Mündung seiner Pistole auf die weiße Stirnblesse. Der Schuss war gedämpft. Das Tier fiel augenblicklich zu Boden und trat im Todeskrampf um sich.

«Pferdesteaks zum Abendessen», murmelte Jim, «und Keyser ist noch für mindestens eine Woche versorgt.» Er senkte das Fernrohr. «Wir können nicht viel länger so weitermachen, Bakkat. Mein Vater kann nicht ewig auf uns warten.»

«Wie viele Pferde haben sie jetzt noch übrig?», fragte Bakkat, während er nachdenklich in seiner Nase bohrte und sich anschaute, was er dabei zutage förderte.

Jim hob sein Teleskop wieder und richtete es auf die ferne Herde. «Sechzehn, siebzehn, achtzehn», zählte er. «Achtzehn, einschließlich des Grauen, den Keyser reitet.» Plötzlich dämmerte es ihm. Er schaute Bakkat an. «Ja, natürlich! Jetzt verstehe ich dich endlich!», rief Jim aus. Bakkats gezwungen ernste Miene verzerrte sich zu einem schelmischen Grinsen. «Ihre Pferde sind der einzige wunde Punkt, an dem wir sie treffen können.»

DIE VERFOLGER TRIEBEN SIE gnadenlos in eine Wildnis, die nicht einmal Bakkat kannte. Zweimal stießen sie auf Wild, zuerst vier Elenantilopen, die in der Ferne einen Kamm überquerten, dann eine Herde von fünfzig wunderschönen Blauböcken. Doch wenn sie von ihrem Weg abgebogen wären, um die Tiere zu verfolgen, hätten sie ihren Vorsprung eingebüßt, und das Musketenfeuer hätte Keyser und seine Soldaten zu solcher Eile angespornt, dass sie sie eingeholt hätten, bevor sie die Beute hätten zerlegen können. Dasselbe wäre passiert, wenn sie eines der Maultiere erschossen hätten. So ritten sie weiter, obwohl ihr Proviant fast am Ende war. Jim hatte nur noch eine Hand voll Kaffeebohnen übrig.

Das Tempo, das Zama mit Louisa und den Maultieren durchhalten konnte, wurde immer langsamer. Der Abstand zwischen den beiden Gruppen schrumpfte, bis Jim und Bakkat sie schließlich einholten. Keysers Trupp ließ jedoch nicht nach und es fiel Jim immer schwerer, sie abzuschütteln. Die frischen, über dem Lagerfeuer gegrillten Pferdesteaks schienen den Soldaten neue Kraft und Entschlossenheit geschenkt zu haben. Louisa wurde dagegen immer schwächer. Nachdem sie tagelang kaum noch Nahrung und Ruhe bekommen hatte, war sie fast am Ende.

Als hätte Jim nicht schon genug Sorgen, waren nun auch

noch andere Jäger hinter ihnen her. Eines Nachts, nachdem sie sich niedergelegt hatten, hungrig und frierend, da sie tagsüber nicht einmal Zeit hatten, Brennholz zu sammeln, weil sie jeden Augenblick damit rechnen mussten, dass Keysers Männer angeschlichen kamen, wurden sie durch ein grässliches Geräusch aus ihrem unruhigen Schlaf geweckt. Louisa schrie laut auf.

«Was ist das?», rief sie erschrocken.

Jim wickelte sich aus seiner Felldecke und kam an ihre Seite. Er legte ihr einen Arm um die Schultern und sie ließ es geschehen, solche Angst hatte sie. Und dann wieder dieses Geräusch: Tiefes Gebrüll, immer wieder, jedes Mal lauter als zuvor, bis das Echo in einem donnernden Crescendo von den dunklen Bergen widerhallte.

«Was ist das?», wiederholte Louisa mit bebender Stimme.

«Löwen», erklärte Jim. Es wäre sinnlos gewesen, sie zu belügen. Er konnte nur versuchen, sie zu beruhigen. «Selbst der tapferste Mann bekommt es drei Mal mit der Angst zu tun, wenn er einem Löwen begegnet», erzählte er ihr, «das erste Mal, wenn er die Spur entdeckt, das zweite Mal, wenn er ihn brüllen hört, und das dritte Mal, wenn er ihn vor sich sieht.»

«Einmal reicht mir», sagte sie mit einem unsicheren Lachen und noch immer zitternder Stimme. Jim empfand großen Stolz auf seine tapfere Freundin. «Die Löwen sind hinter den Pferden her», klärte er sie auf.

«Wenn wir Glück haben, stürzen sie sich auf Keysers Tiere und nicht auf unsere.» Seine Hoffnung schien sich bald zu erfüllen, denn wenige Minuten später hallte von weiter unten im Tal, wo der Feind am Abend sein Lager aufgeschlagen hatte, eine Musketensalve zu ihnen herauf.

«Die wilden Tiere scheinen tatsächlich auf unserer Seite zu sein», lachte Louisa wieder, diesmal etwas überzeugender. Im Laufe der Nacht hörten sie dann immer wieder Musketenschüsse.

Im Morgengrauen setzten sie ihre Flucht fort, und als Jim durch sein Teleskop schaute, musste er entdecken, dass Keyser keines seiner Pferde eingebüßt hatte.

«Schade. Offenbar ist es ihnen gelungen, sich die Löwen vom Leibe zu halten», berichtete er Louisa.

«Lass uns hoffen, sie versuchen es heute Abend noch einmal», entgegnete sie.

Es war der schwerste Tag, den sie bis dahin zu ertragen gehabt hatten. Am Nachmittag brach ein Gewitter von Nordwesten über sie herein und durchnässte sie mit kaltem, schneidendem Regen. Es verzog sich erst bei Sonnenuntergang und im letzten Abendlicht sahen sie den Feind nur noch eine knappe Meile zurück und stetig aufholend. Jim und seine drei Freunde flohen weiter bis tief in die Nacht, doch der Marsch wurde immer mehr zu einem bösen Albtraum. Es ging über nasses, tückisches Gelände und durch Bäche, die durch den Regen gefährlich angeschwollen waren. In seinem Herzen wusste Jim, dass sie nicht viel länger so weiterleiden konnten.

Als sie schließlich anhielten, fiel Louisa fast aus dem Sattel. Jim wickelte sie in eine triefende Felldecke und gab ihr einen kleinen Streifen vom letzten Rest *Chagga*, den sie noch im Beutel hatten.

«Iss es selbst. Ich habe keinen Hunger», protestierte sie.

«Nein, du isst es», befahl er ihr. «Wir haben jetzt keine Zeit für Heldentaten.»

Sie sackte zusammen und schlief ein, nachdem sie nur wenige Bissen von dem Fleisch verschlungen hatte, und Jim schloss sich Zama und Bakkat an, die etwas abseits zusammensaßen. «Das ist das Ende», sagte er finster. «Wir müssen handeln, noch diese Nacht. Wir müssen an ihre Pferde herankommen.» Sie hatten den ganzen Tag Pläne geschmiedet für einen letzten Versuch, sich zu retten. Jim ließ sich nichts anmerken, doch er wusste, es war fast hoffnungslos.

Bakkat war der Einzige unter ihnen, der die geringste Chance hatte, Xhias Wachsamkeit zu entgehen und unentdeckt in das feindliche Lager einzudringen, doch er konnte unmöglich allein alle achtzehn Pferde losbinden und aus dem Lager holen.

«Vielleicht eines oder zwei», sagte er zu Jim, «aber niemals achtzehn.»

«Wir müssen sie alle herausholen.» Er schaute zum Him-

mel. Die Mondsichel grinste durch die jagenden Wolkenfet-
zen, die die Nachhut des Gewitters bildeten.

«Bakkat könnte sich an die Pferde heranmachen und sie
verletzen, sie lahm machen», schlug Zama vor.

Jim rutschte unbehaglich herum. Der Gedanke, ein Pferd
zu verstümmeln, war ihm zuwider.

«Das erste Tier würde solchen Lärm schlagen, dass Bakkat
das ganze Lager auf dem Hals hätte. Nein, das würde nicht
funktionieren.»

In diesem Augenblick sprang Bakkat auf und schnupperte
hörbar die Luft. «Haltet die Pferde fest!», rief er. «Die Löwen
sind da!»

Zama lief zu Trueheart und packte ihre Halfterleine. Bakkat
stürzte zu den Maultieren, um sie im Zaum zu halten. Die Mu-
lis würden gefügiger sein als die beiden Vollblüter.

Jim konnte Drumfire gerade noch um den Hals greifen, als
der Hengst sich schon aufbäumte und schrill aufwieherte. Jim
wurde in die Luft gehoben, konnte Drumfire jedoch nieder-
halten. «Ruhig, mein Liebling, ja, ruhig, ruhig», besänftigte er
sein Pferd. Drumfire stampfte jedoch weiter, stellte sich wieder auf die Hinterhufe und versuchte auszubrechen. «Was ist
passiert?», rief er Bakkat zu.

«Es ist der Löwe», keuchte Bakkat, «der übel riechende
Teufel! Er hat uns umgangen, gegen den Wind, und seine stinkende Pisse verspritzt, damit die Pferde ihn wittern können.
Die Löwin lauert wahrscheinlich vor dem Wind, um die aus-
brechenden Tiere abzufangen.»

«Heiliger Himmel!», rief Jim aus. «Jetzt kann ich es auch
riechen!» Drumfire bäumte sich wieder auf. Die Witterung
machte ihn verrückt. Diesmal wusste Jim, dass er ihn nicht
halten konnte. Er hatte immer noch beide Arme um den Hals
des Hengstes, doch seine Füße berührten kaum noch den Boden. Drumfire brach aus und riss Jim mit sich, in wildem Galopp.

«Die Löwin!» rief Bakkat. «Pass auf! Die Löwin wartet auf
euch!»

Drumfires Hufe donnerten über den felsigen Grund. Jim
dachte, die Arme würden ihm aus den Schultern gerissen.

«Lass ihn ziehen, Somoya, du kannst ihn nicht aufhalten!», schrie Bakkat hinter ihm her. «Die Löwin wird dich erwischen!»

Jim warf seinen Körper nach vorn und als er für einen Augenblick den Boden unter seinen Füßen spürte, nutzte er den Impuls, beide Beine nach hinten zu werfen und eines über Drumfires Rücken zu schwingen. Während er den Lauf des Hengstes ausbalancierte, riss er Keysers Pistole aus seinem Gürtel und spannte den Hahn, alles in einer Bewegung.

«Rechts von dir, Somoya!» Bakkats Stimme klang immer ferner, doch er hörte die Warnung gerade noch rechtzeitig. Er sah, wie die Löwin aus ihrem Hinterhalt kam und sie von rechts einholte. In dem schwachen Mondschein war sie wie ein bleiches Phantom, lautlos, riesig und Grauen erregend.

Er hob die Pistole und beugte sich vor. Er versuchte, Drumfire mit den Knien zu steuern, doch das Pferd war in heller Panik und ließ sich nicht kontrollieren. Er sah, wie die Löwin sie überholte, vor ihnen niederkauerte und sich für den Sprung sammelte. Dann erhob sie sich und kam direkt auf Jim zugeflogen. Er hatte keine Zeit zu zielen. Er richtete die Mündung instinktiv auf ihr Gesicht. Sie war so nah, dass er die beiden Vorderpranken sehen konnte. Ihr offenes Maul war wie eine schwarze Höhle. Die Fänge glänzten im Mondschein wie Porzellan und als sie brüllte, spürte er ihren Kadaveratem heiß im Gesicht.

Er feuerte die Pistole an seinem ausgestreckten rechten Arm. Im nächsten Augenblick war er vom Mündungsfeuer geblendet und die Löwin rammte Pferd und Reiter mit ihrem ganzen Gewicht, sodass selbst Drumfire ins Taumeln geriet, doch er konnte sich fangen und galoppierte weiter. Jim spürte, wie die Klauen der Löwin sich in seine Stiefel gruben, doch dann fiel das Tier von ihnen ab und rollte schlaff über den harten Boden, bevor es regungslos liegen blieb.

Jim brauchte einige Sekunden, bevor er begriff, dass er den Angriff unverletzt überstanden hatte. Seine nächste Sorge galt Drumfire. Er beugte sich vor, fasste ihn um den Hals und rief ihm zu: «Es ist vorüber, mein Liebling. Ruhig! Ja, so ist gut, guter Junge.»

Drumfires Ohren klappten zurück, er lauschte Jims Stimme. Er wurde langsamer, fiel in leichten Trab und schließlich in Schritt. Jim wendete ihn und ritt zurück, wieder den Hang hinauf, doch sobald Drumfire das Blut der Löwin witterte, scheute er wieder und warf ängstlich den Kopf herum.

«Die Löwin ist tot», rief Bakkat aus der Dunkelheit. «Die Kugel ist in ihr Maul gegangen und am Hinterkopf wieder ausgetreten.»

«Wo ist der Löwe?», rief Jim zurück.

Wie als Antwort hörten sie nun den Löwen brüllen, dicht unter dem Gipfel, eine gute Meile entfernt. «Seine Frau kann ihm kein Futter mehr bringen und er hat sie einfach verlassen», höhnte Bakkat, «der feige Dieb.»

Jim hatte immer noch Mühe, Drumfire in die Richtung zu lenken, wo Bakkat neben der toten Löwin wartete. «Ich habe Drumfire noch nie so in Angst gesehen», rief er.

«Kein Tier kann ruhig bleiben, wenn es den Gestank der Pisse oder des Blutes von einem Löwen in den Nüstern hat», sagte Bakkat. Dann rief er: «Das ist es! Das ist die Lösung!»

Es war lange nach Mitternacht, als sie auf dem Kamm über dem feindlichen Lager ankamen. Die Feuer waren fast niedergebrannt, doch die Wachen waren offenbar noch auf ihren Posten.

«Wir haben nur leichten Ostwind.» Jim hielt Drumfires Kopf, um ihn zu beruhigen. Der Hengst zitterte und schwitzte immer noch vor Angst. Nicht einmal Jims Hand und Stimme konnten ihn beruhigen. Jedes Mal, wenn der Kadaver, den er hinter sich her zog, ein Stück näher rutschte, verdrehte Drumfire die Augen.

«Wir müssen unter dem Wind bleiben», flüsterte Bakkat. «Die anderen Pferde dürfen die Witterung erst aufnehmen, wenn wir bereit sind.»

Sie hatten Drumfires Hufe in Lederschuhe gesteckt und die Metallteile seines Zaumzeugs mit Tüchern umwickelt. Bakkat lief vor, um sich zu vergewissern, dass sie freie Bahn hatten, wenn sie sich von Westen dem feindlichen Lager näherten.

«Selbst Xhia muss von Zeit zu Zeit schlafen», flüsterte Jim Bakkat zu, als er zurückkam, doch er war selbst nicht überzeugt davon. Sie schlichen sich langsam an und waren innerhalb eines halben Pistolenschusses vom Rand des Lagers, wo

die feindlichen Wachposten sich vor dem schwachen Feuerschein abzeichneten.

«Gib mir dein Messer, Somoya», flüsterte Bakkat, «es ist
schärfer als meines.»

«Wenn du es verlierst, werde ich dir beide Ohren abrei-
ßen», murmelte Jim, während er es ihm überreichte.

«Warte auf mein Signal.» Bakkat verließ ihn auf seine beun-
ruhigend abrupte Art. Er schien sich einfach in Luft aufzulösen. Jim stand neben Drumfires Kopf und hielt ihm mit einer
Hand die Nüstern zu, damit er nicht wieherte, wenn er die anderen Pferde witterte.

Bakkat glitt wie ein Gespenst
näher an die Feuer heran. Dann sah er Xhia und sein Herz
machte einen Satz. Sein Feind saß mit seiner Decke um die
Schultern gewickelt auf der anderen Seite des zweiten Feuers.
Bakkat konnte sehen, dass er die Augen geschlossen hatte und
ihm der Kopf auf die Brust hing. Er war fast eingeschlafen.
Somoya hatte also Recht gehabt.

Dennoch hielt Bakkat sich in sicherer Entfernung von dem
anderen Buschmann, während er sich Korporal Richter, der
die Pferde bewachte, auf fast verächtliche Weise bis auf Armeslänge näherte, als er an ihm vorbeikroch. Keysers Grauer
war das erste Pferd, zu dem er kam. Bakkat begann kehlig zu
summen, um die Pferde ruhig zu halten. Der Graue tänzelte
etwas zur Seite und spitzte die Ohren, machte jedoch sonst
keinen Laut. Bakkat brauchte nur einen Augenblick, drei Fasern der Halfterleine zu durchtrennen, bevor er zum nächsten
Pferd in der Reihe kroch und mit der Klinge vorsichtig über
das Seil fuhr, mit dem es angebunden war.

So hatte er schon die Hälfte der Pferde abgefertigt, als er
Korporal Richter hinter sich husten, würgen und spucken
hörte. Bakkat ließ sich zu Boden sinken und lag still. Er hörte
Richters Schritte die Pferdeleine entlangkommen und sah, wie
der Mann neben dem Grauen stehen blieb, um das Halfter zu
überprüfen. In der Dunkelheit fiel ihm nicht auf, dass das an-

geschnittene Seil sich schon aufzuzwirbeln begann. Er ging weiter und wäre fast auf Bakkat getreten. Am Ende der Reihe öffnete er seine Hose und urinierte geräuschvoll auf den Waldboden. Als er zurückkam, war Bakkat schon unter den Bauch eines der Pferde gekrochen und Richter ging vorbei, ohne in seine Richtung zu schauen. Er ging wieder zu seinem Platz am Feuer und sagte etwas zu Xhia, der daraufhin eine Antwort brummte.

Bakkat gab ihnen ein paar Minuten, bis wieder alles ruhig war. Dann kroch er weiter und ritzte die übrigen Halfterstricke an.

J IM HÖRTE DAS SIGNAL, den leisen, gurgelnden Schrei eines Nachtvogels, so überzeugend nachgeahmt, dass er nur hoffen konnte, es war wirklich der kleine Mann, der ihn da rief, und kein echter Vogel.

«Jetzt gibt es kein Zurück mehr!» Er schwang sich auf Drumfires Rücken. Der Hengst brauchte keinen Ansporn, so nervös war er. Als er Jims Fersen spürte, schoss er sofort nach vorn. Drumfire konnte es nicht länger ertragen, den Löwenkadaver, halb ausgeweidet, die stinkenden Gedärme aus dem Bauch hängend, hinter sich herzuschleifen. Er stürmte in vollem Galopp in das schlafende Lager, während Jim heulte, trillerte und seinen Hut über dem Kopf schwenkte.

Bakkat kam am anderen Ende des Lagers aus der Dunkelheit gesprungen und brüllte und brummte unglaublich laut für einen so kleinen Mann. Er klang tatsächlich wie ein Löwe.

Korporal Richter kam auf die Beine und feuerte noch halb im Schlaf seine Muskete ab, als Jim an ihm vorbeistürmte. Die Kugel verfehlte Drumfire, doch sie traf eines der Pferde, die an der Leine festgemacht waren, und zerschmetterte ihm einen Vorderlauf. Das Tier bäumte sich kreischend auf und riss dabei den angeschnittenen Halfterstrick durch, bevor es stürzte und sich auf den Rücken rollte. Die anderen Soldaten wachten auf und griffen zu ihren Musketen. Die Panik war ansteckend und alles feuerte schreiend auf vermeintliche Löwen und Angreifer.

«Es ist der Courtney-Bastard!», brüllte Keyser. «Da ist er! Erschießt ihn! Lasst ihn nicht entkommen!»

Die Pferde wurden mit Schreien, Rufen und Gebrüll bombardiert, mit Musketendonner und schließlich mit dem grauenhaften Gestank von Löwenblut und Eingeweiden. Außerdem waren sie in der Nacht zuvor immer wieder von Löwen angegriffen worden, und die Erinnerung war noch frisch. Sie hatten genug von diesem Albtraum. Sie zerrten an ihren Kopfstricken, traten aus, bäumten sich auf und wieherten panisch. Die Stricke rissen einer nach dem anderen und die Pferde waren frei. Sie wirbelten herum und stoben in geschlossener Herde in Windrichtung aus dem Lager, dicht gefolgt von Drumfire. Bakkat kam aus dem Schatten gerannt und packte einen von Jims Steigriemen. Er brüllte immer noch wie ein wütender Löwe, während Drumfire ihn aus dem Lager trug. Keyser und seine Soldaten stolperten durch die Staubwolke, die die Pferde zurückgelassen hatten, und feuerten, so schnell sie ihre Musketen nachladen konnten.

«Haltet sie auf!», kreischte Keyser. «Sie haben die Pferde! Haltet sie auf!» Er stolperte über einen Stein und fiel auf die Knie. Er schnappte nach Luft und sein Herz klopfte, als wollte es platzen. Er starrte hinter der Herde her, die im Busch verschwand, und die Ungeheuerlichkeit seiner Lage traf ihn wie ein Hammerschlag. Er saß mit seinen Männern in weglosem, bergigem Gelände fest, mindestens zehn Tagesmärsche von jeder Zivilisation entfernt. Ihre Vorräte waren fast aufgebraucht, und selbst von dem, was noch übrig war, würden sie nicht viel mitnehmen können.

«Du Schwein!», brüllte er. «Ich werde dich kriegen, Jim Courtney! Ich werde nicht ruhen, bis ich dich am Galgen baumeln sehe, bis dir die Maden aus den Augenhöhlen kriechen! Das schwöre ich bei allem, was mir heilig ist, und Gott ist mein Zeuge!»

Jim trieb die ausgerissenen Pferde zusammen vor sich her und sobald sie aus dem Lager waren, schnitt er das Seil durch, an dem Drumfire die tote Löwin hinter sich herschleifte. Überglücklich, den stinkenden Kadaver endlich los zu sein, beruhigte sich der Hengst sofort. Als Jim nach einer Stunde sicher sein konnte, dass keiner der Soldaten, beladen mit Waffen und Ausrüstung, sie zu Fuß noch einholen konnte, bremste er die Pferde in stetigen Trab, ein Tempo, das sie noch stundenlang durchhalten würden.

V̲O̲R̲ ̲D̲E̲R̲ ̲A̲T̲T̲A̲C̲K̲E̲ auf Keysers Lager hatte Jim seinen Freund Zama und Louisa mit Trueheart und den Maultieren vorausgeschickt. Und obwohl sie mehrere Stunden Vorsprung hatten, war Jim schon eine Stunde nach Sonnenaufgang wieder bei ihnen. Es war ein berührender Augenblick.

«Wir haben in der Nacht das Gewehrfeuer gehört und schon das Schlimmste befürchtet», sagte Louisa, «aber ich habe für dich gebetet, bis vor einer Minute, als ich dich rufen hörte.»

«Das war es also, Igelchen. Du musst eine echte Meisterbeterin sein.» Er grinste schelmisch, doch in Wirklichkeit spürte er den fast unwiderstehlichen Drang, sie von Truehearts Rücken zu heben und an sich zu drücken, sie zu beschützen und festzuhalten. Sie sah so dünn aus, so blass und erschöpft. Er schwang sich aus dem Sattel. «Mach ein Feuer, Zama», befahl er. «Wir können uns endlich wärmen und ausruhen. Ich will verdammt sein, wenn wir jetzt nicht den letzten Mund voll Proviant essen und den letzten Becher Kaffee trinken, und dann schlafen wir, bis wir von selbst wieder aufwachen.» Er lachte. «Keyser ist auf dem Rückweg zur Kolonie, auf Schusters Rappen! Vor dem werden wir für eine Weile Ruhe haben.»

Diesmal erlaubte Jim nicht, dass Louisa den Becher Kaffee ablehnte, und als sie die bittere Flüssigkeit erst gekostet hatte, war sie froh darüber und trank dankbar aus. Der Kaffee belebte sie sofort. Sie zitterte nicht mehr und hatte wieder etwas Farbe auf den Wangen. Sie brachte sogar ein schwaches Lächeln zustande, als Jim einige seiner schlechtesten Scherze anbrachte. Jedes Mal, wenn die Kanne leer war, füllte er sie noch einmal mit kochendem Wasser auf. Der Aufguss wurde immer dünner, doch das Gebräu hob seine Stimmung und machte ihn wieder so geschwätzig und überschwänglich, wie man es von ihm gewohnt war. Er beschrieb Louisa, wie Keyser auf den Überraschungsangriff reagiert hatte, und führte ihr vor, wie er barfuß umhergestolpert war, wie er mit seinem Schwert gefuchtelt und Drohungen ausgestoßen hatte. Louisa lachte, bis ihr die Tränen über die Wangen liefen.

Jim und Zama schauten sich die Pferde an, die sie erbeutet hatten. Nach dem Gewaltmarsch, den sie hinter sich hatten, waren sie noch in relativ gutem Zustand. Keysers grauer Wallach war das beste Tier der Herde. Keyser hatte ihn *Zehn* getauft, doch Jim gab ihm den entsprechenden englischen Namen, Frost.

Nun, da sie Ersatzpferde hatten, konnten sie in vollem Tempo zu ihrem Treffpunkt am Gariep weiterreiten. Zuerst ließ Jim die Pferde jedoch ausruhen und grasen. Louisa machte vollen Nutzen von dieser Rast. Sie kuschelte sich unter ihre Decke und schlief. Sie lag so still, dass Jim sich schon Sorgen machte und vorsichtig ihre Decke anhob, um sich zu vergewissern, dass sie noch atmete.

An diesem Morgen, kurz bevor sie mit Zama und Louisa aufgeschlossen hatten, hatte Jim eine kleine Gruppe von vier oder fünf Bergrehantilopen gesichtet, die zwischen den Felsen weiter oben über dem Tal grasten. Nun sattelte er Frost, Bakkat ritt auf dem nackten Rücken eines der erbeuteten Pferde. Während Zama zurückblieb, um auf die schlafende Louisa aufzupassen, ritten sie zu der Stelle zurück, wo sie die Rehantilopen gesehen hatten. Der Hang war leer. Jim wusste jedoch, sie konnten noch nicht weit gekommen sein. Sie sicherten die Pferde mit Kniefesseln und ließen sie auf einem Flecken Gras zurück, wo süße Halme in der Frühlingssonne reiften, und stiegen den Hang hinauf.

Bakkat fand die Antilopenspuren unmittelbar unter dem Kamm und folgte ihnen geschwind über felsigen Grund. Jim ging hinter ihm her. Auf der anderen Seite des Grats sahen sie, dass die Tiere sich hinter einer Gruppe großer Felsblöcke niedergelassen hatten, die sie vor dem kalten Wind schützten. Jim kroch im Leopardengang, mit der Muskete in der Armbeuge, näher an sie heran, bis auf siebzig Schritte Entfernung, doch nicht weiter, sonst hätte er die Herde aufgescheucht. Er suchte sich eine fette, falbenfarbene Zibbe aus, die von ihm abgewandt lag und zufrieden wiederkäute. Er wusste, die Muskete zog auf hundert Metern drei Zoll nach rechts. Er zielte also einen Daumenbreit neben sein Opfer. Die Kugel traf die Zibbe über dem Genick. Der Aufprall klang wie wenn eine reife Melone auf einen Steinboden platscht. Der Kopf der Antilope fiel schlaff zur Seite und sie rührte sich nicht mehr. Die übrige Herde stob mit wirbelnden weißen Schwänzen und vor Schreck quietschend davon.

Sie häuteten die Zibbe an Ort und Stelle und weideten sie aus. Bei der Arbeit aßen sie von der warmen Leber des Tieres. Die Antilope war nicht so groß wie das Elen, von dem sie die vergangenen Wochen gelebt hatten, doch sie war immerhin jung und fett. Sie ließen die Haut, den Kopf und die Gedärme zurück und trugen den Rest des Kadavers zu den Pferden.

Sobald sie ihre Beute auf Frosts Rücken geladen hatten, stopfte Bakkat seinen Proviantbeutel mit rohen Fleischstreifen voll. Dann trennten sie sich. Mit Jims Teleskop bewaffnet ritt Bakkat zurück, um Keyser und seine Männer auszuspionieren. Jim wollte sichergehen, dass sie die Verfolgung wirklich aufgegeben und den langen, mörderischen Rückmarsch durch die Berge angetreten hatten, die zwischen ihnen und der Kolonie lagen. Jim wusste inzwischen, dass er die Hartnäckigkeit und den Hass des Oberst nicht unterschätzen durfte.

Als er am Nachmittag zu dem Lagerplatz zurückkam, wo er Louisa zurückgelassen hatte, schlief das Mädchen immer noch. Erst der Duft der Antilopensteaks weckte sie. Jim holte noch eine Kanne wässrigen Kaffees aus den alten Bohnen heraus, und Louisa trank und aß mit sichtbarem Genuss.

Am späten Nachmittag, als die sinkende Sonne die Berggipfel in die Farbe von Blut und Feuer tauchte, kam auch Bakkat ins Lager zurückgeritten. «Ich habe sie ungefähr fünf Meilen von der Stelle gefunden, wo wir sie letzte Nacht angegriffen haben», berichtete er. «Sie haben die Jagd aufgegeben. Sie haben allen Proviant und alle Ausrüstung zurückgelassen, die sie nicht auf den Rücken nehmen konnten. Sie haben sich nicht einmal die Zeit genommen, es zu verbrennen. Ich habe alles mitgebracht, was wir gebrauchen können.»

Während Zama ihm half, die Sachen abzuladen, fragte Jim: «In welche Richtung sind sie gegangen?»

«Wie du gehofft hast, führt Xhia sie nach Westen zurück, direkt auf die Kolonie zu, aber sie kommen nicht schnell voran. Die meisten der weißen Männer leiden große Qualen. Ihre Stiefel sind besser zum Reiten geeignet als zum Laufen. Der dicke Oberst hinkt schon und geht am Stock. Es sieht nicht so aus, als würde er es noch viel länger schaffen, nicht die zehn Tage, die sie brauchen werden, zur Kolonie zurückzukommen.» Bakkat blickte Jim an. «Du hast gesagt, du willst ihn nicht töten, doch das könnten die Berge nun für dich erledigen.»

Jim schüttelte den Kopf. «Stephanus Keyser ist kein Narr. Er wird Xhia vorausschicken, um frische Pferde vom Kap kommen zu lassen, Er wird vielleicht etwas an Umfang verlieren, aber nicht sterben.»

Zum ersten Mal seit Wochen mussten sie sich nicht abhetzen, um ihren Verfolgern einen Schritt voraus zu bleiben. In einer der Satteltaschen, die Keyser hatte zurücklassen müssen, hatte Bakkat einen kleinen Sack Mehl und eine Flasche Wein gefunden. Louisa backte Brotfladen auf den Kohlen und grillte Kebabs aus Antilopenfleisch und -leber. Das Ganze spülten sie mit Keysers feinem altem Rotwein hinunter. Alkohol ist Gift für die San und Bakkat kicherte besoffen und fiel fast ins Feuer, als er versuchte aufzustehen. Die Felldecken waren endlich trocken nach dem Gewitter des Vortages und sie sammelten Zedernholz für das duftende Lagerfeuer, sodass sie zum ersten Mal seit vielen Nächten ungestört schlafen konnten.

Am frühen Morgen ritten sie weiter auf den Treffpunkt am Paviankopf zu. Sie waren gut genährt und ausgeruht und konnten auf zahlreiche Ersatzpferde zurückgreifen. Nur Bakkat litt noch an den Folgen der drei Schlucke Wein, die er am Abend getrunken hatte. «Ich habe mich vergiftet», brummte er. «Ich muss sterben.»

«Du wirst nicht sterben», versicherte ihm Jim. «Deine Vorfahren würden einen Halunken wie dich in ihrem Kreis nicht dulden.»

D REI TAGE LANG hinkte Oberst Stephanus Keyser, gestützt auf den Stock, den Captain Koots für ihn angefertigt hatte, und auf Goffel, einen der Hottentotten unter seinem Kommando. Der Marsch schien endlos. Steile Abhänge wechselten sich mit tückischen Steigungen ab, oft über loses Geröll, das unter ihren Füßen nachgab. Eine Stunde vor Mittag des dritten Tages konnte Keyser schließlich nicht weiter. Er brach stöhnend auf einem Felsen neben dem Wildpfad zusammen, dem sie folgten.

«Goffel, du nichtsnutziger Bastard, zieh mir die Stiefel aus!», rief er. Keyser hob eines seiner Beine und Goffel mühte sich mit dem großen, zerkratzten, staubigen Stiefel ab. Er wäre fast auf den Hintern gefallen, als er ihn endlich losbekam. Die Socke war nur noch ein blutiger Lappen. Die Blasen waren geplatzt, Hautfetzen hingen von den offenen Wunden.

Captain Koots kniff seine hellen Augen zusammen. Seine Augenlider waren farblos, sodass er ständig aussah, als würde er einen blöde anstarren. «Sir, Sie können mit diesen Füßen nicht weitergehen.»

«Das sage ich schon seit zwanzig Meilen, du Idiot!», brüllte ihn Keyser an. «Sag deinen Männern, sie sollen mir eine Trage bauen!»

Die Soldaten schauten sich gegenseitig an. Sie hatten schon die schwere Ausrüstung zu schleppen, die Keyser unbedingt in die Kolonie zurückbringen wollte, einschließlich des englischen Jagdsattels, seines Faltstuhls und Feldbetts und seiner Kaffeekanne und Bettrolle. Nun würden sie auch noch die Ehre haben, den Oberst höchstselbst auf die Schultern zu nehmen.

«Ihr habt gehört, was der Oberst gesagt hat», wandte sich Koots an seine Leute. «Richter! Du und Le Riche, geht und besorgt zwei Zedernholzstangen. Ihr könnt sie mit euren Bajonetten zurechtschnitzen. Wir werden den Sattel des Obersts mit Rindenstreifen darauf festbinden.» Die Soldaten trotteten davon und gingen an die Arbeit.

Keyser hoppelte auf nackten, blutenden Füßen zu dem Bach und setzte sich ans Ufer. Er tauchte seine Füße in das kalte, klare Wasser und seufzte vor Erleichterung. «Koots!», rief er und der Captain kam sofort zu ihm geeilt.

«Oberst, Sir!» Er stand stramm vor seinem Kommandeur. Er war ein drahtiger, harter Mann mit schmalen Hüften und breiten, knochigen Schultern unter der grünen Drillichjacke.

«Wie würde es Ihnen gefallen, wenn Sie sich zehntausend Gulden verdienen könnten?», sagte Keyser mit verschwörerischer Stimme. Koots dachte über die Summe nach. Zehntausend Gulden waren fast fünf Jahre Sold in seinem gegenwärtigen Rang. «Das ist viel Geld, Sir», sagte er vorsichtig.

«Ich will diesen Courtney-Bastard in die Finger kriegen. Ich will ihn mehr als alles andere, was ich je gewollt habe in meinem Leben.»

«Ich verstehe, Oberst», nickte Koots. «Ich würde ihn selbst gern in die Finger bekommen.» Bei dem Gedanken lächelte er wie eine Kobra und ballte unwillkürlich die Fäuste.

«Er ist im Begriff zu entwischen, Koots», sagte Keyser ernst. «Bevor wir wieder in der Festung sind, falls wir je dort ankommen, wird er jenseits der Grenzen der Kolonie sein, auf Nimmerwiedersehen. Er hat mich zum Narren gemacht, mich und die VOC.»

Koots zeigte keinerlei Mitgefühl. Ein Lächeln stahl sich auf seine dünnen Lippen, als er daran dachte: Dazu gehört nicht viel. Man brauchte kein Genie zu sein, um den Oberst zum Narren zu machen.

Keyser entging dieses Lächeln nicht. «Und dich auch, Koots. Jeder Säufer und jede Hure in den Kneipen der Kolonie wird sich über dich lustig machen. Du wirst für etliche Jahre selbst für deinen Schnaps bezahlen müssen. Es sei denn, Koots, du und ich können dafür sorgen, dass er eingefangen und zurückgebracht wird, um den Galgentanz aufzuführen, vor der Festung, vor der ganzen Kolonie.»

«Er ist auf dem Räuberpfad nach Norden», wandte Koots

ein. «Die VOC kann ihm dort keine Truppen hinterherschicken, es ist außerhalb unseres Hoheitsgebiets. Gouverneur van der Witten würde es nie erlauben. Er kann sich nicht über die Gesetze der *Zeventien* hinwegsetzen.»

«Guter Mann, ich könnte dir unbegrenzt Urlaub von deinen Diensten für die Kompanie einräumen, bezahlten Urlaub, natürlich. Ich könnte auch einen Reisepass für dich arrangieren, für einen Jagdausflug jenseits der Grenzen. Ich würde dir Xhia und zwei oder drei gute Männer mitgeben – vielleicht Richter und Le Riche? Ich würde euch mit allem versorgen, was ihr braucht.»

«Und wenn wir Erfolg haben, wenn ich Courtney schnappe und ihn in die Festung bringe?»

«Ich werde dafür sorgen, dass Gouverneur van der Witten und die VOC ein Kopfgeld von zehntausend Gulden in Gold auf ihn aussetzen. Mir würde es sogar schon reichen, wenn ihr mir nur seinen Kopf bringt, eingelegt in einem Fass Branntwein.»

Koots bekam große Augen, als er darüber nachdachte. Mit zehntausend Gulden könnte er diesem gottverdammten Land für immer den Rücken kehren. Nach Holland würde er natürlich niemals zurückkehren können. In der alten Heimat war er unter einem anderen Namen bekannt, und er war dort in Dinge verwickelt gewesen, die ihn leicht an den Galgen bringen konnten. Batavia war jedoch ein Paradies, verglichen mit dieser hinterwäldlerischen Kolonie am Südzipfel eines barbarischen Kontinents. Koots schwelgte in einer vagen erotischen Fantasie. Die Frauen von Java waren berühmt für ihre Schönheit. An den Kaphottentotten mit ihren Affengesichtern hatte er nie Geschmack gefunden. Außerdem gab es für einen Mann, der mit Schwert und Muskete umgehen konnte und sich nicht vor Blut scheute, im Fernen Osten viele Möglichkeiten, besonders wenn er einen Beutel voll Goldgulden am Gürtel trug.

«Was sagst du dazu, Koots?», unterbrach Keyser seine Tagträume.

«Was ich dazu sage? Ich sage fünfzehntausend Gulden.»

«Du bist zu gierig, Koots. Fünfzehntausend sind ein Vermögen.»

«Sie sind ein wohlhabender Mann, Oberst», erinnerte ihn Koots. «Ich weiß, was Sie für Trueheart und Zehn bezahlt haben: zweitausend Gulden pro Tier. Ich würde Ihnen beide Pferde zurückbringen, und Courtneys Kopf.»

Als er die Pferde erwähnt hörte, die Jim ihm geraubt hatte, stieg wieder die brennende Wut in ihm auf, die er bis dahin mit Mühe unter Kontrolle gehalten hatte. Es waren zwei der besten Vollblüter außerhalb Europas. Er schaute auf seine blutigen Füße. Die Schmerzen, die sie ihm bereiteten, waren fast so schlimm wie der Verlust seiner Pferde. Doch fünftausend Gulden aus seiner eigenen Tasche waren tatsächlich ein Vermögen.

Koots sah, wie der Oberst zauderte. Er brauchte nur noch einen kleinen Stoß. «Und vergessen Sie nicht den Hengst», sagte er.

«Welcher Hengst?», Keyser schaute von seinen Füßen auf.

«Der, der Sie im Weihnachtrennen geschlagen hat. Drumfire, Jim Courtneys Pferd. Den würden Sie noch dazubekommen.»

Keyser war nahe daran, nachzugeben, doch er stellte noch eine letzte Bedingung. «Das Sträflingsmädchen, die will ich auch.»

«Aber erst, nachdem ich ein bisschen Spaß mit ihr hatte.» Sein hageres, hartes Gesicht blieb ausdruckslos, doch Koots fand immer mehr Gefallen an diesem Handel. «Ich werde sie zu Ihnen bringen, beschädigt, aber noch am Leben.»

«Beschädigt ist sie wahrscheinlich sowieso schon», lachte Keyser, «erst recht, wenn dieser junge Courtney-Bock mit ihr fertig ist. Ich will sie nur, damit sie am Galgen eine hübsche Figur abgeben kann. Der Mob liebt es, ein junges Mädchen am Strick zu sehen. Was du bis dahin mit ihr machst, ist mir egal.»

«Wir sind uns also einig?», fragte Koots.

«Der Knabe, das Mädchen und die drei Pferde», nickte Keyser. «Dreitausend für jedes einzelne Stück und fünfzehntausend für alles zusammen.»

Zehn Mann teilten sich die Mühe, den Oberst durch die Wildnis zu tragen, in Vierergruppen, die sich stündlich ablösten. Keyser nahm die Zeit mithilfe seiner goldenen Uhr. Der Sattel war englischen Stils, aus der Werkstatt eines der besten Sattler in Holland. Sie banden ihn zwischen den beiden Tragestangen fest und Keyser saß mit den Füßen in den Steigbügeln, während zwei Mann an jedem Ende die Stangen auf die Schultern nahmen und den Marsch fortsetzten. Sie brauchten neun Tage, bis sie wieder in der Kolonie waren, die letzten beiden davon ohne Nahrung. Die Schultern der Männer waren vom Gewicht des Obersts böse wund gescheuert, doch Keysers Füße waren fast verheilt, und durch das erzwungene Fasten hatte er einiges an Gewicht verloren. Er sah zehn Jahre jünger aus als vor der Expedition.

KEYSERS ERSTE PFLICHT war es nun, dem Gouverneur, Paulus Pieterzoon van der Witten, Bericht zu erstatten. Sie waren alte Kameraden und teilten so manches Geheimnis. Van der Witten, noch keine vierzig Jahre alt, war ein hoch gewachsener, etwas verstopft aussehender Mann. Sein Vater und Großvater waren Mitglieder der *Zeventien* in Amsterdam gewesen; er verfügte über ein erhebliches Vermögen und große Macht. In Kürze würde er nach Holland zurückkehren und seinen Sitz im Vorstand der VOC einnehmen, vorausgesetzt man fand keinen dunklen Fleck auf seiner dienstlichen und persönlichen Reputation. Oberst Keyser beschrieb ihm die Verbrechen, die der junge Courtney am Eigentum und an der Würde der VOC verübt hatte, in allen Einzelheiten. So fachte er langsam den Zorn des Gouverneurs an. Er wies van der Witten immer wieder auf die persönliche Verantwortung hin, die er in dieser Sache trug. Die Besprechung zog sich über mehrere Stunden hin, sie konsumierten dabei reichliche Mengen holländischen Genevers und französischen Rotweins. Schließlich stimmte van der Witten Keysers Ersuchen zu, eine Belohnung von fünfzehntausend Gulden für Louisa van Leuvens und James Archibald Courtneys Gefangennahme oder für den sicheren Beweis ihrer Hinrichtung auszusetzen. Kopfgelder für flüchtige Verbrecher waren eine alte Tradition in der Kolonie. Viele der Jäger und Kaufleute, die die Erlaubnis hatten, die

Kolonie zu verlassen, pflegten damit ihre Einkommen aufzustocken.

Keyser war höchst zufrieden mit diesem Ausgang. Es bedeutete, er brauchte keinen einzigen Gulden seines eigenen, sorgfältig aufgebauten Vermögens zu riskieren, um etwas zu der Belohnung beizusteuern, auf die er sich mit Captain Koots geeinigt hatte.

Noch am selben Abend besuchte ihn Koots in dem Häuschen hinter den Kompaniegärten. Keyser gab ihm vierhundert Gulden Vorschuss, um die Kosten für Proviant und Ausrüstung des Expeditionstrupps zu decken, mit dem sie Jim Courtney jagen würden. Fünf Tage später versammelte sich der Trupp am Ufer des *Eerste*, des ersten Flusses außerhalb der Kolonie. Sie waren getrennt zu dem Treffpunkt geritten. Zu der Gruppe gehörten vier Weiße: Captain Koots mit seinen farblosen Augen und Haaren, die Haut rot von Sonnenbrand, Sergeant Oudeman, glatzköpfig, aber mit einem buschigen, hängenden Schnurbart, und die Korporale Richter und Le Riche, die zusammen jagen konnten wie ein Paar wilder Hunde. Außerdem fanden sich fünf Hottentottensöldner ein, darunter der berüchtigte Goffel, der den Dolmetscher spielen würde, und der Buschmann Xhia als Spurensucher. Niemand von ihnen trug eine VOC-Uniform.

Koots schwang sich in seinen Sattel und blickte auf Xhia hinab. «Nimm die Spur auf, du kleiner gelber Teufel, und trinke den Wind.» Sie folgten Xhia einer hinter dem anderen, wobei jeder der Männer ein Ersatzpferd mit Packsattel hinter sich her führte.

«Courtneys Spur wird mehrere Wochen alt sein, bevor wir sie kreuzen.» Koots schaute auf Xhias nackten Rücken und die Pfefferkornkrause auf dem Kopf, der sich vor den Nüstern seines Pferdes auf und ab bewegte. «Doch dieser Jagdhund ist ein Scheitan. Er könnte einem Schneeball durchs Höllenfeuer folgen.» Dann dachte er an den von Gouverneur van der Witten unterzeichneten Steckbrief in seiner Satteltasche und an die Aussicht auf fünfzehntausend Gulden in Gold. Es war wahrlich kein hübscher Anblick, wenn Herminius Koots lächelte.

BAKKAT WUSSTE, dass dies nur eine Ruhepause war und Keyser sie nicht so leicht entkommen lassen würde. Früher oder später würde Xhia wieder auf ihrer Spur sein. Er lief weit voraus, und sechs Tage nachdem sie Keysers Pferde erbeutet hatten, fand er eine Stelle, die bestens geeignet war für seinen Plan. Eine Ader schwarzen Vulkanfelsens zog sich schnurgerade durch einen weiten Talgrund, durch das Bett eines Wildwassers und schließlich den Steilhang auf der anderen Seite des Tales hinauf. Da hier kein Gras oder irgendwelche andere Vegetation wuchs, hob sich die Felsader von der übrigen Landschaft ab wie eine Römerstraße. Wo sie den Fluss kreuzte, erwies sie sich als so hart, dass der Wasserstrom ihr in Jahrtausenden nichts hatte anhaben können und sie ein natürliches Wehr bildete, hinter dem der Fluss als ein donnernder, sechs Meter hoher Wasserfall in ein brodelndes Becken rauschte. Der schwarze Fels war so unzerstörbar, dass die stählernen Hufeisen der Pferde keinen Kratzer darauf zurückließen.

«Keyser wird wiederkommen», sagte Bakkat zu Jim, als sie auf dem glänzenden, schwarzen Felsboden saßen. «Er ist hartnäckig und du hast seinen Stolz verletzt. Er wird nicht aufgeben, und wenn er nicht selbst kommt, wird er andere ausschicken, dir zu folgen. Und Xhia wird sie führen.»

«Selbst Xhia wird viele Tage und Wochen brauchen, um zum Kap und dann wieder hierher zu kommen», wandte Jim ein. «Bis dahin werden wir Hunderte von Meilen entfernt sein.»

«Xhia kann einer Spur folgen, die ein Jahr alt ist, wenn sie nicht sorgfältig verwischt worden ist.»

«Wie wirst du also unsere Spur verwischen, Bakkat?», fragte Jim.

«Wir haben viele Pferde», stellte Bakkat fest. Jim nickte. «Vielleicht zu viele», fügte Bakkat hinzu.

Jim schaute zu der Herde von Maultieren und Beutepferden hinüber. Es waren über dreißig Tiere. «Mehr als wir brauchen.»

«Doch wie viele brauchen wir?», fragte Bakkat.

Jim überlegte. «Drumfire, Trueheart, Frost und Crow zum Reiten; Stag und Lemon als Ersatz- und Packtiere.»

«Die restlichen Pferde und Maulesel werde ich also benutzen, um unsere Spur zu verwischen und Xhia in die Irre zu führen», erklärte Bakkat.

«Zeige mir, wie du das machen willst!», befahl Jim, und Bakkat machte sich an seine Vorbereitungen. Während Zama oberhalb des Felsenwehrs die Herde tränkte, machten Louisa und Jim Lederüberschuhe aus den erbeuteten Satteltaschen und den Häuten des Elens und der Rehantilope. Diese Schuhe waren für die Hufe der sechs Pferde bestimmt, die sie mitnehmen würden. Während sie damit beschäftigt waren, erkundete Bakkat das Gebiet stromabwärts. Er hielt sich hoch über dem Fluss, weit weg vom Ufer. Als er zurückkam, banden sie die sechs Pferde los, die sie ausgesucht hatten, und zogen ihnen die Überschuhe über die Hufe. Die Hufeisen würden sich nach kurzer Zeit durch das Leder fressen, doch bis zum Ufer waren es nur wenige hundert Meter.

Sie banden die Ausrüstung auf die Rücken der sechs Pferde. Als alles bereit war, trieben sie die gesamte Herde, einschließlich der Maultiere, dicht zusammen langsam über den schwarzen Felsen. Auf halbem Weg hielten sie die sechs bepackten Pferde an. Die restlichen Tiere trotteten weiter und grasten schließlich auf dem Hang auf der anderen Seite des Tales.

Jim, Louisa und Zama zogen nun ihre Stiefel aus und banden sie auf ihren Pferden fest, die sie dann barfuß über die schwarze Felsader führten. Bakkat ging hinter ihnen und inspizierte jeden Zoll Boden, den sie berührt hatten, doch selbst in seinen Augen hatten sie keine Spur hinterlassen. Die Lederschuhe hatten die Hufe der Pferde gepolstert und die nackten Füße der Menschen waren weich und biegsam. Außerdem waren sie langsam gegangen und hatten die Pferde von ihrem Gewicht entlastet. Die Hufe hatten deshalb auf dem Felsen weder Kerben noch Kratzer hinterlassen.

Als sie am Ufer ankamen, sagte Jim zu Zama: «Du gehst als Erster. Sobald die Pferde in dem Becken unter dem Wasserfall sind, werden sie sofort versuchen, ans Ufer zu schwimmen. Deine Aufgabe ist, sie davon abzuhalten.»

Sie beobachteten gespannt, wie Zama auf das natürliche Wehr hinauswatete. Bald war er bis zu den Knien im Wasser, dann bis zum Bauch. Am Ende brauchte er nicht über die Kante zu springen. Das Wildwasser riss ihn einfach mit. Er platschte in das Becken sechs Meter tiefer und verschwand für eine Ewigkeit, so kam es jedenfalls den anderen vor. Dann brach sein Kopf durch die Oberfläche, er hob einen Arm und winkte zu ihnen herauf. Jim schaute Louisa an.

«Bist du bereit?», fragte er. Sie nickte. Sie brauchte nichts zu sagen. Die Angst stand ihr ins Gesicht geschrieben. Sie ging tapfer ans Ufer vor, doch Jim brachte es nicht über sich, sie allein gehen zu lassen. Er nahm sie beim Arm und zum ersten Mal zuckte sie nicht vor ihm zurück. So wateten sie Seite an Seite, bis das Wasser ihnen über die Knie reichte. Sie blieben stehen und kamen leicht ins Schwanken. Jim bereitete sich darauf vor, sie festhalten zu müssen. «Ich weiß, du schwimmst wie ein Fisch. Ich habe es gesehen», sagte er. Sie schaute ihn an, doch ihre blauen Augen waren vor Angst weit aufgerissen. Er ließ sie zögernd los und sie sprang sofort vor und verschwand in der donnernden Gischt. Jim war halb gelähmt vor Sorge.

Dann tauchte ihr Kopf aus dem schäumenden Nass auf. Sie hatte ihren Hut in ihren Gürtel gesteckt und ihr Haar hatte sich gelöst. Es bedeckte nun ihr Gesicht wie ein Schleier aus schimmernder Seide. Sie schaute zu ihm auf und er konnte kaum glauben, was er sah: Sie lachte. Im Lärm des Wasserfalls hörte er sie nicht, doch er konnte ihre Lippen lesen: «Hab keine Angst, ich fange dich!»

«Du freche Göre!», lachte er erleichtert. Dann drehte er sich um und ging zum Ufer zurück, wo Bakkat die Pferde hielt. Er führte sie nacheinander ins Wasser hinaus, Trueheart zuerst, weil sie am zuverlässigsten war. Die Stute hatte gesehen, wie Louisa gesprungen war, und ahmte sie bereitwillig nach. Sie landete mit einem mächtigen Platscher. Sobald sie an die Oberfläche kam, begann sie, aufs Ufer zuzuschwimmen, doch Louisa schwamm zu ihr und zog sie am Kopf flussabwärts. Am Ende des Beckens stieg der Flussboden an und sie konnten wieder stehen. Louisa winkte Jim zu, um ihm zu signalisieren, dass alles in Ordnung war.

Jim brachte nun die anderen Pferde heraus. Crow und Lemon, die beiden Stuten, sprangen ohne viel Aufhebens. Die beiden Wallache, Stag und Frost, waren etwas schwieriger, doch am Ende zwang Jim auch sie dazu, den Sprung zu wagen. Sobald sie unten ankamen, schwamm Zama zu ihnen und lenkte sie flussabwärts zu der Stelle mitten im Fluss, wo Louisa sie halten würde.

Drumfire hatte die anderen Pferde springen gesehen, und als er schließlich an der Reihe war, stand ihm offenbar nicht der Sinn danach, bei einem solchen Unsinn mitzumachen. Mitten auf dem Felsenwehr im brodelnden Wasser forderte er Jim zu einem Willenskampf heraus. Er bäumte sich auf und duckte sich, rutschte aus und fing sich wieder, scheute zurück und warf den Kopf herum. Jim klammerte sich an Drumfires Hals und wurde kräftig durchgeschüttelt. «Du schwachsinniges Biest, ich werde dich als Löwenköder benutzen», beschimpfte er den Hengst mit beruhigender Stimme. Schließlich gelang es ihm, den Kopf des Tieres in eine Stellung zu bringen, dass er aufspringen konnte. Sobald er im Sattel saß, zwang er Drumfire dicht an den Wasserfall, wo die Strömung dann den Rest erledigte. Sie sprangen in die Tiefe, doch während des langen Sturzes befreite sich Jim aus den Steigbügeln.

Drumfire hätte ihn zerquetscht, wenn er auf ihm gelandet wäre. Er sprang ab, und sobald Drumfires Kopf die Wasseroberfläche berührte, packte Jim seine Mähne und schwamm mit ihm zu den anderen Pferden.

Nun war Bakkat allein oben am Wasserfall. Er gab Jim ein Signal, weiter flussabwärts zu gehen. Er selbst ging über die Felsader zurück, um sich noch einmal zu vergewissern, dass sie keine Spuren darauf hinterlassen hatten.

Als er sich davon überzeugt hatte, ging er zu der Stelle, wo die übrige Herde den schwarzen Fels überquert hatte und vollführte einen Tarnzauber, um den Feind blind zu machen. Er hob seinen Lederschurz und urinierte, wobei er den Strahl immer wieder mit Daumen und Zeigefinger abquetschte und sich im Kreis drehte.

«Xhia! Xhia, du Mörder unschuldiger Frauen, mit diesem Fluch schließe ich deine Augen, sodass du die Mittagssonne über dir nicht sehen kannst.» Er ließ einen mächtigen Strahl los.

«Xhia, Liebling der finstersten Geister, mit diesem Fluch versiegele ich deine Ohren, sodass du die wilden Elefanten nicht trompeten hören kannst.» Er furzte vor Anstrengung, als er den nächsten Strahl herauspresste, und sprang lachend in die Luft.

«Xhia, der du die Sitten und Gebräuche deines eigenen Stammes nicht kennst, mit diesem Fluch verstopfe ich deine Nasenlöcher, sodass du deinen eigenen Dung nicht riechen kannst.»

Als seine Blase leer war, öffnete er eines der Duckerhörner an seinem Gürtel, schüttelte den grauen Puder heraus und ließ ihn vom Wind davontragen. «Xhia, der du mein Todfeind bist, ich betäube alle deine Sinne, sodass du an diesem Ort vorbeiziehen wirst, ohne die Teilung der Spuren zu erkennen.»

Schließlich zündete er einen getrockneten Tongzweig aus seinem tönernen Feuertöpfchen an und wedelte ihn über der Spur. «Xhia, du namenloser Schmutz und Misthaufen, mit diesem Rauch maskiere ich meine Spur, auf dass du ihr nicht folgen kannst.»

Endlich zufrieden mit seinem Zauber, schaute er das Tal hinunter und sah, wie Jim und die anderen in der Ferne die Pferde wegführten, immer noch in der Mitte des Wildwassers. Sie würden nicht aus dem Wasser kommen, bevor sie an der Stelle waren, die Bakkat für sie ausgewählt hatte, fast eine Meile flussabwärts. Bakkat schaute ihnen nach, bis sie hinter einer Flussbiegung verschwanden.

Die Pferde und Maultiere, die sie zur Täuschung des Feindes zurückgelassen hatten, waren inzwischen weiter den Hang entlanggezogen und grasten friedlich vor sich hin. Bakkat ging hinter ihnen her, suchte sich ein Pferd aus und saß auf. Ohne die Herde durch unnötige Hast zur Unruhe zu bringen, trieb er sie zusammen und begann, sie vom Fluss wegzuführen, ins nächste Tal.

Fünf Tage lang trieb er die Herde dann in ziellosen Schlangenlinien durch das Gebirge, ohne seine Spur zu verbergen. Am Abend des fünften Tages band er sich die Hufe der toten

Rehantilope in umgekehrter Richtung unter die Füße. Dann ließ er die Herde zurück und stakste davon, den Gang und die Schrittlänge der Antilope imitierend. Sobald er weit genug von den zurückgelassenen Pferden und Maultieren entfernt war, legte er noch einen Zauber aus, um Xhia blind zu machen, für den unwahrscheinlichen Fall, dass der Feind seine Spur bis dahin verfolgen könnte.

Schließlich war er sicher, dass Xhia die Stelle auf der schwarzen Felsader nicht finden würde, wo sie die Herde aufgeteilt hatten, und dass er den unverhüllten Spuren der größeren Anzahl von Tieren folgen würde, und wenn er sie einholte, wäre er in einer Sackgasse.

Nun konnte er endlich in weitem Bogen zu dem Flusstal zurückgehen, wo er sich von Jim und den anderen getrennt hatte. Als er dort ankam, fand er, dass Jim seine Anweisungen genau befolgt hatte. Er hatte seine Gruppe an dem felsigen Stück aus dem Wasser geführt, das Bakkat ausgesucht hatte, und dort hatten sie eine Kehrtwende gemacht und waren wieder nach Osten geritten. Bakkat folgte ihnen und verwischte sorgfältig die schwache Spur, die die Gruppe hinterlassen hatte. Er benutzte dazu einen Handbesen, den er aus einem Ast des magischen Tongbaumes gemacht hatte. Sobald er sich ein gutes Stück vom Fluss entfernt hatte, legte er einen dritten Zauber aus, um die Verfolger zu verwirren, bevor er schneller hinter Jim und den anderen herlief. Inzwischen hatten sie fast zehn Tage Vorsprung vor ihm, doch selbst zu Fuß bewegte er sich so schnell durch die Wildnis, dass er sie nach vier Tagen eingeholt hatte.

Er witterte ihr Lagerfeuer, lange bevor er bei ihnen war. Zu seiner Zufriedenheit fand er, dass Jim das Feuer nach dem Abendessen unter einer dicken Sandschicht erstickt hatte und dass sie dann in der Dunkelheit weitergezogen waren, um die Nacht an einem geschützteren Ort zu verbringen.

Bakkat nickte anerkennend: Nur ein Narr würde neben seinem Lagerfeuer schlafen, wenn er weiß, dass er verfolgt werden könnte. Als er sich schließlich an das wirkliche Nachtlager anschlich, sah er Zama zuerst, der die Wache übernommen hatte. Bakkat umging ihn mühelos und als Jim bei Anbruch der Dämmerung aufwachte, saß der Buschmann direkt neben ihm.

«Mit deinem Schnarchen beschämst du die Löwen, Somoya.»

Jim umarmte ihn, als er sich von dem Schock erholt hatte. «Ich schwöre bei Kulu Kulu, du bist schon wieder geschrumpft, seit ich dich das letzte Mal gesehen habe, Bakkat. Bald wirst du in meine Hosentasche passen.»

BAKKAT RITT AUF FROST, einem der Wallache, voraus. Er führte sie direkt auf die Felsenklippe zu, die sich am Ende des Tales erhob wie eine mächtige Festung. Jim schob sich den Hut in den Nacken und blickte an der Felswand empor.

«Da werden wir nicht durchkommen», schüttelte er den Kopf. Hoch über ihnen segelten die Geier vor der Wand entlang und landeten auf den Vorsprüngen neben ihren geräumigen Nestern aus Stöcken und Zweigen.

«Bakkat wird einen Weg finden», widersprach ihm Louisa. Sie hatte vollkommenes Vertrauen in den kleinen Buschmann. Sie kannten kein einziges Wort in einer gemeinsamen Sprache, doch an den Abenden am Lagerfeuer saßen sie oft dicht zusammen und verständigten sich mit Handzeichen und Gesichtsausdrücken und lachten über Scherze, die sie beide zu verstehen schienen. Jim fragte sich, wie er auf Bakkat eifersüchtig sein konnte, doch Louisa war ihm gegenüber befangener als mit dem Buschmann.

Sie zogen weiter auf die undurchdringliche Felswand zu. Louisa hatte sich zurückfallen lassen und ritt neben Zama her, der die beiden Ersatzpferde am Ende des Zuges führte. In den langen, schweren Tagen ihrer Flucht vor Keyser war er ihr Beschützer und ständiger Begleiter gewesen, während Jim damit beschäftigt war, ihren Rücken zu decken und ihnen die Verfolger vom Leibe zu halten. Auch mit ihm hatte sie ein tiefes Verständnis entwickelt. Zama lehrte sie die Sprache der Wälder, und da sie ein Ohr für Sprachen hatte, lernte sie schnell.

Jim hatte allmählich erkannt, dass Louisa irgendetwas an sich hatte, das die Menschen zu ihr brachte, und er versuchte zu ergründen, was das sein konnte. Er dachte an ihre erste Begegnung auf dem Sträflingsschiff zurück. Die Anziehung war für ihn unmittelbar und unwiderstehlich gewesen. Lag es vielleicht daran, dass sie Mitgefühl und Güte ausstrahlte? Er war nicht sicher. Es schien ihm, als wäre er der Einzige, vor dem sie sich hinter dieser Mauer verschanzte, die er als ihre Igelstacheln bezeichnete. Anderen gegenüber war sie offen und freundlich. Es verwirrte ihn und manchmal ärgerte er sich darüber. Er wollte sie an seiner Seite, nicht an Zamas.

Sie musste seine Blicke gespürt haben, denn plötzlich drehte sie sich nach ihm um. Selbst aus der Entfernung strahlten ihre Augen in diesem unglaublichen Blau. Sie lächelte durch den dünnen Staubschleier, den die Pferdehufe aufwirbelten.

Bakkat stoppte auf halbem Weg den Geröllhang hinauf. «Wartet hier auf mich, Somoya», sagte er.

«Wo willst du hin, alter Freund?»

«Ich will mit meinen Vorvätern sprechen und ihnen ein Geschenk bringen.»

«Was für ein Geschenk?»

«Etwas zu essen und etwas Hübsches.» Bakkat öffnete den Beutel an seinem Gürtel und zog ein Stück Elen-*Chagga* hervor, das er sich aufgespart hatte, halb so lang wie sein Daumen, und den getrockneten Flügel eines Sonnenvogels, dessen Federn schimmerten wie Smaragde. Er stieg von seinem Pferd ab und überließ Jim die Zügel. «Ich muss um Erlaubnis bitten, die geheiligten Orte zu betreten», erklärte er, bevor er verschwand. Zama und Louisa kamen herbei und sie sattelten die Pferde ab. Dann verging einige Zeit. Sie dösten im Schatten der Büsche. Plötzlich hörten sie eine Stimme, ein Mensch, ganz leise und weit entfernt, ein flüsterndes Echo. Louisa rappelte sich auf und schaute zu der Felswand hinauf. «Ich habe es dir gesagt: Bakkat findet den Weg», rief sie.

Der Buschmann stand hoch über ihnen am Fuß der Felsenklippe und winkte sie heran. Sie sattelten geschwind und kletterten zu der Stelle weiter, wo Bakkat auf sie wartete.

«Sieh nur! Sieh dir das an!» Louisa zeigte auf die senkrechte Spalte, die die Felswand vom Fuß bis zum Grat durchzog. «Es ist wie ein Durchgang, das Tor zu einer Festung.»

Bakkat nahm Jim Frosts Zügel ab und ging mit dem Pferd in die dunkle Öffnung. Sie stiegen ab und führten ebenfalls ihre Pferde in die Felsspalte. Es war so eng, dass sie hintereinander gehen mussten und die Steigbügel gegen die Wände kratzten, die sich zu beiden Seiten wie Glasscheiben zu dem blauen, rasierklingendünnen Streifen Himmel zu erheben schienen. Zama trieb die Ersatzpferde hinter ihnen in die Spalte, der Hufschlag gedämpft durch den feinen Sand, der den Boden bedeckte. Ihre Stimmen hallten gespenstisch durch die Enge des gewundenen Ganges durch den Felsenberg.

«Sieh nur! Da!», rief Louisa begeistert und zeigte auf die Gemälde, die die Wände bedeckten, vom Sandboden bis in Augenhöhe. «Wer hat das gemalt? Das können keine Menschen gewesen sein. Es ist das Werk von Feen!»

Die Felsengemälde stellten Menschen und Tiere dar, Antilopen in wilder Flucht auf dem glatten Stein, und dünne, kleine Männer, die sie mit Pfeil und Bogen jagten, bereit zum Schuss. Giraffenherden mit langen, drahtigen Hälsen in Ocker und Beige, verschlungen wie Riesenschlangen, Nashörner, finster und drohend, mit Hörnern länger als die kleinen Jäger, die sie umringten und ihre Pfeile auf sie abschossen, mit roten Blutlachen unter den Hufen der Bestien, und Elefanten, Vögel und Schlangen: die ganze Schöpfung.

«Wer hat das gemalt, Bakkat?», wiederholte Louisa. Bakkat verstand, was sie meinte, ohne ihre Sprache zu verstehen. Er drehte sich um und antwortete mit einem Schwall von schnalzenden Worten, die klangen wie brechende Zweige.

«Was hat er gesagt?»

«Es ist das Werk seines Stammes, seiner Väter und Großväter», erklärte Jim. «Es sind die Jagdträume seines Volkes, zum Ruhme der tapferen, schönen Beute und der Geschicklichkeit der Jäger.»

Die Gemälde bedeckten die Wände zu beiden Seiten. Manche mussten uralt sein, die Farbe war verblichen und abgebröckelt, und andere Künstler hatten sie übermalt, doch alles zusammen war wie ein Geschichtsbuch der Ewigkeit. Sie schwiegen, denn der Klang ihrer Stimmen schien diesen Ort zu entheiligen.

Schließlich wurde die Felsspalte etwas breiter und sie ritten auf die senkrechte Lichtklinge am Ende des Durchgangs zu, und dann standen sie im gleißenden Licht, hoch über einer Welt, die ihnen mit ihrer Weite den Atem raubte, Steppen, so weit das Auge reichte, braun und grenzenlos, unterbrochen von Grün, wo es Flüsse gab, und gesprenkelt mit dunklen Wäldern. Jenseits der Ebenen, unfassbar fern, erhoben sich Berge, Zug um Zug, wie die gezackten Fänge eines riesigen Haifischs, verschwommen in der Ferne, purpurn und blau wie der afrikanische Himmel über ihnen.

Louisa hatte keine Vorstellung gehabt, dass ein Himmel so hoch sein konnte, ein Land so weit. Sie blickte verzückt hinaus und sie schwiegen, bis Jim es nicht mehr ertragen konnte. Dies war sein Land und er wollte, dass sie es so liebte, wie er es liebte.

«Ist es nicht großartig?»

«Wenn ich niemals geglaubt hätte, dass es einen Gott gibt, jetzt glaube ich es», flüsterte sie.

Am nächsten Morgen hatten sie den Gariep vor sich, wo der Fluss sich aus den Bergen ergoss. Über die Zeitalter hatte er einen tiefen Pass durch die Felsen geschnitten, und nun, mit dem Tauwasser, war er zu einem breiten Strom angeschwollen.

Nach dem kühlen Gebirgsklima wurden sie nun von warmer Luft umstreichelt. Die Flussufer waren von dichten Dornenbüschen und Weidengruppen gesäumt, die sich aus einem Teppich von Frühjahrsblumen erhoben. Die safrangelb gefiederten Webervögel kreischten und flatterten um ihre Nestkörbe in den hängenden Zweigen der Weidenbäume. Fünf Kudubullen tranken am Fluss und hoben ihre mächtigen Korkenzieherhörner, als sie die Kolonne von Pferden am anderen Ufer zur Furt herunterkommen sahen. Sie flohen in die Dornenbüsche, die Hörner zurückgeworfen, das Wasser noch aus den Schnauzen tropfend.

Jim war der Erste, der den Fluss durchquerte, und als er die tiefen Spuren sah, die von stahlumreiften Wagenrädern in der weichen Erde am andern Ufer hinterlassen worden waren, stieß er einen Triumphschrei aus. «Die Wagen!», rief er. «Sie sind hier durchgekommen, vor nicht einmal einem Monat!»

Sie ritten schneller. Jim konnte sich kaum halten vor Ungeduld. Aus vielen Meilen Entfernung machte er die einzelne Kuppe aus, die sich aus der Baumsavanne vor ihnen erhob, umgeben von Kameldornakazien. Grauer Fels formte den kegelförmigen Sockel der vom Wind aus dem Gestein gemeißelten Skulptur, die den Gipfel bildete: Ein kauernder Pavian mit rundem Schädel und niedrigen, hängenden Augenbrauen, das längliche Maul nach Norden gerichtet. Der Paviankopf blickte auf die löwengelbe Ebene hinaus, über die Springbockherden trieben zimtfarbene Rauchwolken.

Jim trat die Steigbügel weg und stellte sich aufrecht auf Drumfires Rücken. Er schwenkte sein Teleskop über den Fuß des fernen *Kopje*, und dann lachte er vor Freude, als er etwas Weißes im Sonnenlicht aufblitzen sah, wie das Segel eines Ozeanschiffes in großer Ferne.

«Die Wagen! Sie sind da, sie warten auf uns!» Er ließ sich in den Sattel plumpsen, und sobald sein Hinterteil auf das Leder klatschte, sprang Drumfire vor und galoppierte mit ihm auf den Hügel zu.

Tom COURTNEY KNIETE unter der Wagenplane und war mit zwei Knechten dabei, das Wild zu verarbeiten, das er am Morgen erlegt hatte. Tom schnitt das frische Fleisch in Streifen, einer der Männer drehte das Rad der Wurstmaschine und der andere stopfte die Streifen hinein. Sarah stand an der Düse, aus der die Fleischpaste quoll, und füllte die langen Schweinedarmschläuche. Tom streckte sich und blickte über das Veld hinaus. Nun sah er die ferne Staubwolke, die sich ihnen näherte. Er riss sich den Hut vom

Kopf und hielt ihn sich über die Augen, um die grausame, weiße Sonnenglut abzuschirmen. «Ein Reiter!», rief er Sarah zu. «Er kommt schnell näher.»

Sie schaute auf, ließ aber den langen Wurstdarm weiter durch ihre Finger gleiten. «Wer ist es?» Ihr mütterlicher Instinkt sagte ihr, wer es war, doch da das vielleicht Unglück gebracht hätte, wollte sie den Namen nicht aussprechen, bevor sie das Gesicht sehen konnte.

«Er ist es!», rief Tom. «Wenn nicht, werde ich mir den Bart abschneiden. Der kleine Teufel scheint Keyser tatsächlich abgehängt zu haben.»

Sie hatten wochenlang gewartet. In ihrer Sorge hatten sie sich immer wieder gegenseitig Mut gemacht, dass Jim in Sicherheit war, obwohl die Hoffnung mit jedem Tag schwächer wurde. Nun empfanden sie unbändige Freude und Erleichterung.

Tom schnappte sich Zaumzeug von einem Haken an der Ladeklappe des Wagens und lief zu einem der Pferde, die im Schatten angebunden waren. Er steckte ihm das Gebiss zwischen die Kiefer und schnallte den Backenriemen fest. Für einen Sattel hatte er keine Zeit. Er schwang sich auf den nackten Pferderücken und galoppierte seinem Sohn entgegen.

Jim sah ihn kommen und stellte sich in die Steigbügel, winkte mit seinem Hut und heulte und brüllte, als wäre er aus dem Irrenhaus entlaufen. Sie rasten aufeinander zu, bis sie in vollem Lauf von ihren Pferden absprangen und einander in die Arme geworfen wurden. Sie klopften einander den Rücken und vollführten einen Tanz, in dem sie sich gegenseitig in die Luft zu heben versuchten. Tom zauste Jims langes Haar und zog ihm an den Ohren, dass es wehtat.

«Ich sollte dich verprügeln, du kleiner Schurke!», schimpfte Tom. «Du hast deiner Mutter und mir die schlimmsten Tage unseres Lebens beschert.» Er blickte ihn liebevoll an. «Ich weiß nicht, warum wir uns die Mühe gemacht haben. Wir hätten dich Keyser überlassen sollen, du Nichtsnutz.» Die Stimme versagte ihm und er umarmte Jim noch einmal. «Komm, Junge, deine Mutter wartet auf dich. Ich hoffe, sie wird dir ordentlich die Meinung sagen.»

Jims Wiedersehen mit Sarah war nicht so stürmisch, aber vielleicht noch herzlicher als das mit seinem Vater. «Du hast uns solchen Kummer bereitet», sagte sie, «Ich danke Gott, dass er für deine Rettung gesorgt hat.»

Ihr erster Instinkt war, ihren Sohn zu füttern. Zwischen Bissen von Kuchen und Milchtörtchen gab Jim seinen Eltern eine farbenfrohe Beschreibung seiner Abenteuer, wenn er auch zuweilen etwas ausließ, was sie zu sehr erschreckt hätte. Louisa erwähnte er mit keinem Wort, was allen, die dort zusammensaßen, nur allzu bewusst war.

Schließlich konnte Sarah nicht länger an sich halten. Sie baute sich vor Jim auf, die Fäuste in die Hüften gestemmt. «Das ist ja alles schön und gut, James Archibald Courtney, aber was ist mit dem Mädchen?» Jim verschluckte sich an seinem Kuchen und schaute beschämt und sprachlos in die Runde.

«Nun komm schon, heraus damit, Junge!», kam Tom seiner Frau zu Hilfe. «Was ist mit dem Mädchen – oder mit der Frau, was immer sie sein mag?»

«Ihr werdet sie bald sehen. Sie ist auf dem Weg», sagte Jim leise und zeigte auf die Staubwolke, die sich über die Savanne näherte. Tom und Sarah schauten den Reitern entgegen.

Tom machte als Erster den Mund auf. «Ich kann da draußen kein Mädchen entdecken», sagte er bestimmt. «Ich sehe Zama und Bakkat, aber kein Mädchen.»

Jim sprang auf und lief zu ihnen. «Sie muss …» Er stockte, als er erkannte, dass sein Vater sich nicht geirrt hatte: Louisa war nicht dabei. Er rannte auf Zama und Bakkat zu, als sie in das Lager geritten kamen. «Wo ist Welanga? Was habt ihr mit ihr gemacht?»

Zama und Bakkat schauten sich gegenseitig an. Jeder wartete darauf, dass der andere etwas sagte. In solchen Augenblicken konnte Bakkat sehr schweigsam sein. Zama zuckte die Schultern und übernahm das Antworten. «Sie wird nicht kommen», sagte er.

«Warum nicht?», schrie Jim.

«Sie hat Angst.»

«Angst?» Jim verstand nicht. «Wovor sollte sie Angst haben?»

Zama schaute bedeutungsvoll zu Tom und Sarah hinüber.

«Das hat sie sich ein bisschen spät überlegt!» Jim marschierte auf Drumfire zu, der gerade eine Maultasche voll Hafer genoss. «Ich werde sie holen.»

«Nein, Jim», sagte Sarah. Sie sprach nicht laut, doch ihr Ton veranlasste Jim dazu, auf der Stelle stehen zu bleiben. Er schaute seine Mutter an. «Sattle Sugarbush für mich», befahl sie ihm. «Ich werde sie holen.»

Vom Sattel aus blickte sie auf Jim hinab. «Wie heißt sie?»

«Louisa», antwortete er, «Louisa Leuven. Sie spricht sehr gut Englisch.»

Sarah nickte. «Es könnte sein, dass ich eine Weile wegbleibe», informierte sie ihren Mann. «Kommt ja nicht auf den Gedanken, hinter mir herzukommen, ist das klar?» Sie kannte Tom, seitdem sie ein kleines Mädchen war, und liebte ihn mehr, als sie es in Worte fassen konnte, doch sie wusste auch, dass er manchmal das Taktgefühl eines verwundeten Büffels zeigen konnte. Sie ließ die Zügel schnappen und Sugarbush kanterte aus dem Lager.

Sie sah das Mädchen eine halbe Meile vor sich. Louisa saß auf einem abgefallenen, toten Ast unter einem Kameldornbaum, Trueheart neben ihr angebunden, eine verlorene, winzige Gestalt auf der weiten Ebene. Sie stand auf, als sie Sarah heranreiten sah. Sarah zügelte Sugarbush, als sie bei ihr ankam. «Du bist Louisa, Louisa Leuven?»

«Ja, Frau Courtney.» Louisa nahm ihren Hut ab und ihr Haar ergoss sich über ihre schmalen Schultern. Sarah blinzelte, als sie diese goldene Fülle sah. Louisa machte einen kleinen Knicks und wartete respektvoll, bis Sarah wieder etwas sagte.

«Woher weißt du, wer ich bin?»

«Er sieht Ihnen so ähnlich», erklärte Louisa, «und er hat mir viel von Ihnen erzählt, von Ihnen und seinem Vater.» Sie sprach leise und ihre Stimme zitterte, den Tränen nahe.

Sarah wusste nicht, was sie sagen sollte. Dies hatte sie nicht erwartet. Doch was hatte sie erwartet von einer entlaufenen Strafgefangenen? Härte und Trotz? Dumpfe Verzweiflung? Verdorbenheit? Sie schaute in diese blauen Augen und fand keine Spur von Laster darin.

«Du bist sehr jung, Louisa, nicht wahr?»

«Ja, Herrin. Es … es tut mir alles so Leid. Ich wollte Jim nicht in Schwierigkeiten bringen. Ich wollte ihn Ihnen nicht wegnehmen.» Sie weinte langsame, stille Tränen, die in der Sonne funkelten. «Wir haben nichts Böses zusammen getan, das schwöre ich Ihnen.»

Sarah stieg ab, legte ihr einen Arm um die Schultern, und Louisa klammerte sich an sie. Sarah wusste, es war gefährlich, was sie tat, doch ihr Mutterinstinkt war stark, und das Mädchen war so jung. Die Aura der Unschuld, die sie umgab, war fast greifbar. Sarah fand sich unwiderstehlich zu ihr hingezogen.

«Komm, mein Kind.» Sarah führte sie in den Schatten und sie setzten sich vor den toten Ast.

Die Sonne stieg zum Zenit, während sie redeten, und begann ihren langsamen Abstieg zum Horizont. Zuerst stellte Sarah bohrende Fragen. Louisa beantwortete sie offen und ohne Umschweife, mit fast beunruhigender Ehrlichkeit. Nie wich sie Sarahs forschendem Blick aus und ihre Offenheit war entwaffnend.

Schließlich konnte Sarah nicht anders, als ihre Hand zu nehmen und sie zu fragen: «Warum erzählst du mir das alles, Louisa?»

«Weil Jim sein Leben für mich riskiert hat, und Sie sind Jims Mutter. Das ist das Wenigste, was ich Ihnen schulde.» Sarah fühlte sich nun selbst den Tränen nahe. Sie versuchte, sich zu fassen.

«Ich weiß, was Sie denken», sagte Louisa schließlich. «Sie fragen sich, warum ich auf dem Sträflingsschiff war. Sie wollen wissen, welcher Verbrechen ich schuldig bin.» Sarah wollte den Kopf schütteln, doch wie verlogen wäre das gewesen? Natürlich wollte sie es wissen, schließlich hatte sich ihr einziger Sohn in dieses Mädchen verliebt. Sie musste es wissen.

«Ich werde es Ihnen erzählen», sagte Louisa. «Niemandem

außer Jim habe ich es je erzählt, doch jetzt sollen auch Sie es wissen.»

Und dann erzählte sie und am Ende weinte Sarah mit ihr. «Es ist spät.» Sie schaute zur Sonne und stand auf. «Komm, Louisa, lass uns heimgehen.»

Tom konnte es kaum fassen, als er sah, dass seine Frau geweint hatte. Ihre Augen waren rot und geschwollen. Sie stieg nicht ab und machte keine Anstalten, ihm das blasse Mädchen vorzustellen, das neben ihr ins Lager ritt.

«Wir wollen eine Weile allein sein, bevor Louisa dir gegenübertreten kann», sagte sie bestimmt. Das Mädchen hielt den Kopf gesenkt, als sie an ihm vorbeiritten und vor dem letzten Wagen der Kolonne abstiegen. Die beiden Frauen verschwanden hinter der Plane über der Ladeklappe des Wagens und Sarah ließ die kupferne Sitzwanne und heißes Wasser vom Herdfeuer bringen. Die geheimnisvolle Truhe, die sie in High Weald hatte aufladen lassen, enthielt alles, was eine Frau brauchen konnte.

Die beiden Männer saßen auf ihren *Riempie*-Stühlen am Feuer, die Rücken und Hintern auf den gekreuzten Rohlederstreifen, von denen diese Klappstühle ihren Namen hatten. Sie tranken Kaffee und Tom hatte seinen mit einem guten Schuss Gin verdünnt. Sie besprachen, was der Familie widerfahren war, seit sie sich das letzte Mal gesehen hatten, und schmiedeten Pläne, was als Nächstes zu tun wäre, wobei jedoch eine Person – und die Frage, wie diese Person in diese Pläne passen würde – taktvoll umgangen wurde: Louisa. Einmal kam Tom ziemlich nahe heran, als er sagte: «Das ist Frauensache, Jim. Deine Mutter muss das entscheiden.»

Es war dunkel geworden und die Schakale heulten draußen auf der Savanne.

«Was macht deine Mutter nur», beschwerte sich Tom. «Es ist längst Zeit zum Abendessen. Ich bin hungrig.» Als hätte sie es gehört, erschien Sarah plötzlich vom andern Ende des Lagers, eine Laterne in der einen Hand, Louisa an der anderen. Als sie in den Feuerschein traten, mussten die beiden Männer das Mädchen anstarren. Jim war nicht weniger verblüfft als sein Vater.

Sarah hatte Louisa mit englischer Lavendelseife das Haar gewaschen. Sie hatte es trocken gerieben, gebürstet, die gespaltenen Spitzen abgeschnitten und es mit einem Satinband zusammengebunden, sodass es ihr in einem schimmernden Schleier den Rücken herabhing. Das Mädchen trug eine züchtige Bluse, hochgeschlossen und zugeknöpft, nicht nur am Hals, sondern auch an den Handgelenken. Ihr Rock offenbarte gerade die Knöchel, und weiße Söckchen verbargen die blassen Narben der Fußeisen.

Der Feuerschein betonte die Vollkommenheit ihrer Haut und ihre großen Augen. Sarah nahm jede «humorvolle» Bemerkung vorweg, die Tom auf Lager haben könnte, indem sie sagte: «Das ist Jims Freundin, Louisa Leuven. Es könnte sein, dass sie für eine Weile bei uns bleibt. – Louisa, das ist mein Mann, Mr Thomas Courtney.» Louisa machte ihren eleganten Knicks.

«Willkommen, Louisa.» Tom verbeugte sich.

Sarah lächelte. So hatte sie ihren Mann seit langer Zeit nicht mehr gesehen. Er war nicht der Typ, der sich verbeugte. Da hast du deine Kerkerratte, Thomas Courtney, dachte sie zufrieden.

Sie blickte auf ihren einzigen Sohn und sah, wie er Louisa anschaute: Kein Zweifel, Louisa gehörte zum Courtney-Klan, ohne Einspruch.

Später an jenem Abend lagen Sarah und Tom im Nachthemd unter ihrer warmen Bettdecke. Selbst hier auf der Savanne waren die Nächte noch kalt. Gewöhnlich schwätzten sie miteinander, bevor sie einschliefen, doch in jener Nacht lagen sie in dröhnender Stille.

Tom war schließlich er Erste, der den Mund aufmachte.

«Sie ist ganz hübsch», bemerkte er.

«Das kannst du wohl sagen», sagte Sarah, «ganz hübsch für eine Kerkerratte, nicht wahr?»

«Das habe ich nie so gemeint.» Er setzte sich auf, doch sie

zog ihn herunter und drückte sich an seinen warmen Bauch. «Na gut, wenn ich sie so genannt habe, dann nehme ich es jetzt zurück.»

Sie wusste, wie schwer es ihm fiel, einen Fehler zuzugeben, und sie liebte ihn umso mehr dafür. «Ich habe mit ihr gesprochen», sagte sie. «Sie ist ein gutes Mädchen.»

«Wenn du das sagst, dann stimmt es», schloss er das Thema ab.

«Ich liebe dich, Tom Courtney», grunzte sie schläfrig.

«Ich liebe dich, Sarah Courtney», antwortete er. «Unser Jim kann von Glück sagen, wenn sie ihn halb so glücklich macht, wie du mich glücklich machst.» So etwas hatte sie ihn selten sagen gehört.

«Mein Gott, Tom Courtney, du schaffst es immer noch, mich zu überraschen», flüsterte sie, bevor sie beide einschliefen.

SIE WAREN ALLE WIEDER auf den Beinen, bevor die Dämmerung anbrach. Louisa kam aus ihrem Wagen gestiegen, der dicht neben Toms und Sarahs geparkt war. Sarah hatte sie absichtlich dort einquartiert und Jim am anderen Ende des Lagers. Irgendwelcher nächtlicher Unfug in Louisas Wagen wäre Sarah nicht entgangen. Sie hätte das kleinste Flüstern mitbekommen.

Das arme Kind, dachte Sarah mit einem warmen Lächeln. Louisa hatte die ganze Nacht Toms Schnarchen lauschen müssen. Ihre Vorsichtsmaßnahmen erwiesen sich jedoch als unnötig: Tom und die Schakale hatten ihren gewohnten Lärm gemacht, doch aus Louisas Wagen war kein Ton zu hören gewesen.

Als Louisa sah, dass Sarah schon am Kochfeuer beschäftigt war, lief sie zu ihr und half ihr mit dem Frühstück, und bald plauderten die beiden wie alte Freundinnen.

Tom und Jim waren schon dabei, die Fuhrwerke zu inspizieren, die Tom vom Kap heraufgebracht hatte. Es waren große, kräftige Gefährte, die in der Kolonie gebaut wurden und deren Konstruktion ständig verbessert wurde, um den rauen Bedingungen in Afrika widerstehen zu können. Sie hatten zwei Achsen mit großen Hinterrädern und sehr viel kleineren Vorderrädern. An der schwenkbaren Vorderachse war der Disselboom angebracht, der lange, stabile Deichselbaum. Die zwölf Ochsen, von denen sie gezogen wurden, wurden paarweise in einem einfachen Jochsystem eingespannt. Der Hauptharnisch war am vorderen Ende der Deichsel befestigt.

Die Karosserie war großzügige sechs Meter lang und über einen Meter breit. Vorne waren die Seitenwände etwa sechzig Zentimeter hoch, hinten jedoch über einen Meter. Die Wände bestanden aus gebogenen, mit Eisenklammern zusammengehaltenen Ästen, und darüber war die Plane aufgespannt. Der Laderaum unter der Plane war etwa anderthalb Meter hoch, sodass ein ausgewachsener Mann, wenn auch gebeugt, darin stehen konnte. Die Plane bestand aus zwei Lagen. Die äußere Lage war aus dickem Leinentuch, die das Wasser abhielt oder zumindest verhinderte, dass der Laderaum vollkommen überflutet werden konnte. Die innere Schicht war ein grobes Kokosgewebe, das den Innenraum vor der Sonnenhitze isolierte. Die langen Segeltuchvorhänge am vorderen und hinteren Ende nannte man Bugklappe und Achterklappe. Der Fahrersitz war eine große Truhe über die volle Breite des Wagens und hinten war eine ähnliche Kiste angehängt: Bugkiste und Achterkiste. Außen an der Karosserie und unter den Bodenplanken waren Eisenhaken angebracht, an denen Töpfe und Pfannen, Werkzeuge, Leinensäcke, Pulverfässer und andere schwere Ausrüstung aufgehängt waren.

An einer Reihe von Haken innen im Wagen hingen rechteckige Seitentaschen, in denen Kleider, Kämme, Bürsten, Seife und Handtücher, Tabak und Pfeifen, Pistolen, Messer und alles andere untergebracht war, was man stets griffbereit haben musste. Es gab auch verstellbare Haltezapfen für das bequeme, große *Cardell*-Bett, in dem der Reisende schlief. In dieser Halterung konnte man das Bett senken oder heben, um Platz für die Säcke, Kisten und Fässer zu schaffen, die darunter zu lagern waren.

Tom hatte vier dieser mächtigen Gefährte mitgebracht, mitsamt den Ochsen, von denen sie gezogen wurden. Zu je-

dem Wagen gehörte zudem ein fähiger Kutscher und ein Vorläufer, ein Junge, der das Gespann an einem Halfter aus Kudu-
leder führte, der dem Ochsen an der Spitze um die Hörner gewickelt war.

Alle vier Wagen waren schwer beladen und nach dem Frühstück riefen die beiden Männer Sarah und Louisa herbei, das
Inventar aufzunehmen. Für diesen Zweck musste die gesamte
Fracht abgeladen und alles überprüft werden. Als alter Schiffskapitän hatte Tom eine genaue Ladeliste angefertigt und Jim
musste genau wissen, wo jeder einzelne Gegenstand verstaut
war. Es wäre zeitraubend und ärgerlich, wenn sie irgendwo in
der Wildnis alles abladen müssten, nur um einen Achsnagel,
Hufe oder Segelzwirn zu finden.

Sogar Jim war überrascht, was sein Vater alles mitgebracht
hatte. «Das ist deine ganze Erbschaft, mein Junge, mehr wirst
du nicht bekommen. Nutze es mit Bedacht.»

Die riesige Gelbholztruhe, die Sarah für Louisa gepackt
hatte, stand im Bug des Wagens, der für die nächsten Monate
oder vielleicht gar Jahre Louisas Heim sein würde. Sie enthielt
Kämme und Bürsten, Nadeln und Faden, eine komplette Gar-
derobe, Stoffrollen, um weitere Sachen zu schneidern, Handschuhe und Hüte, um ihre feine Haut vor der Sonne zu schützen, Nagelschere und Feile, parfümierte englische Seifen und
Medikamente. Sie fanden auch ein dickes Kochbuch, das Sarah eigens für sie geschrieben hatte. Es enthielt neben Sarahs
unschätzbaren Tipps Dutzende von Kochrezepten, die sie
selbst ausprobiert oder entwickelt hatte, und Anweisungen,
wie man alles Mögliche essbar machte, von Elefantenrüsseln
bis zu Wildpilzen, und wie man Seife macht und Leder gerbt.
Sie hatte auch Listen heilkräftiger wilder Kräuter und essbarer
Pflanzen und Wurzeln zusammengestellt und aufgeschrieben,
wie man mit verdorbenen Mägen und zahnenden Babys ver-
fährt. Die kleine Handbibliothek in der Kiste enthielt zudem
ein in London veröffentlichtes medizinisches Lexikon, einen
Almanach, der im Jahr 1731 begann, und ein Exemplar der
Heiligen Schrift. Dazu hatte Sarah Tinte, Federn und Schreib-
papier eingepackt, einen Wasserfarbkasten mit Pinseln, Bündel von Zeichenpapier, Stricknadeln und Wolle sowie eine

Rolle weichen, gegerbten Schuhleders. Daneben fanden sie Betttücher und Decken, mit Gänsedaunen gefüllte Kissen, Schals und Wollstrümpfe, eine wunderschöne Schakalfelldecke, einen langen Schaffellmantel und einen wasserdichten Umhang mit Kapuze. Und das war nur die Hälfte von dem, was die Truhe barg.

Jims Kiste war kleiner und enthielt seine alten, lange getragenen Kleider, Rasiermesser und Wetzriemen, seine Jagd- und Abhäutemesser sowie Angelschnur und Haken, die Zunderdose, in der er seinen Feuerstein und Wetzstahl aufbewahrte, eine Lupe, ein zweites Teleskop und andere Dinge, an die er nie gedacht hätte. Die Auswahl zeigte, wie besorgt Jims Mutter um sein Wohlergehen war: Sie hatte ihm einen langen, wasserdichten Wachstuchumhang eingepackt, einen breitkrempigem Hut aus dem gleichen Material, Schals und Handschuhe, Halstücher und Wollsocken, ein Dutzend Flaschen Salatextrakt gegen Husten und noch ein Dutzend Flaschen von Dr. Chamberlains bester Durchfallmixtur.

Die Liste der Vorräte war schier endlos. Sie begann mit acht Kisten Kaffeebohnen mit einem Gesamtgewicht von fast sechshundert Pfund und dreihundert Pfund Zucker. Jim war überglücklich, als er es sah. Außerdem waren zweihundert Pfund Salz geladen, um das Wildfleisch zu konservieren, das sie erbeuten würden, zehn Pfund Pfeffer, ein großer Kasten scharfes Currypulver, etliche Säcke Reis, Mehl und Maismehl, Beutel voll Gewürze und Flaschen von Würzeextrakten für Suppen und Kuchen, viele Flaschen Marmelade und Gläser voll eingelegten Gemüses aus der Küche von High Weald. Käse und Schinken hingen an Haken in den Wagen, und es gab Kürbisse und luftgetrocknete Maiskolben und Pakete und Kisten voll Samen, die sie anpflanzen konnten, wenn sie irgendwo lange genug ihr Lager aufschlugen, dass sie Gemüse ziehen konnten.

Sie hatten dreibeinige Lagerfeuertöpfe, Pfannen und Töpfe, Grillroste und Kessel, Wassereimer, Teller und Tassen, Messer und Gabeln und Suppenkellen. Jeder Wagen trug zudem ein zweihundert-Liter-Wasserfass, und es gab militärisches Kochgeschirr und Wasserflaschen, die man zu Pferde mitnehmen konnte.

Für die Wagen gab es zwei Tonnen Teer, den sie mit Tierfett mischen und zum Schmieren der Radnaben benutzen würden, schwere Rollen roher Tierhäute, Zugseile, Riemen, Joche und Jochbolzen, Achsnägel für die Räder, und Leinenstoff und Kokosmatten, um die Planen zu reparieren. Eine der Achtertruhen enthielt eine Auswahl von Werkzeugen, zum Beispiel Bohrer und Klammern, Hobel und Speichenhobel, Meißel, einen schweren Schraubstock, Schmiedezangen und -hämmer und eine große Sammlung anderer Zimmermanns- und Schmiedezeugs, einschließlich zweihundert Hufeisen sowie Beutel voll Nägel und Messer, um die Hufe zu trimmen.

«Das hier ist besonders wichtig, Jim.» Tom zeigte auf das Eisenpistill und den Mörser zum Zerstampfen von Gesteinsproben und ein Sortiment flacher Goldwäscherpfannen. In der Rinne am Rand dieser Pfannen würden sich die schweren Goldflocken fangen, wenn solche in Erz oder Flusssand zu finden waren. «Ich habe dir auch einen Bottich Lunte eingepackt – sechshundert Fuß Zündschnur, um den Felsen aufzusprengen, wenn du auf Gold stößt.»

Als Tauschwaren und Geschenke für afrikanische Häuptlinge und Potentaten hatte Tom Dinge ausgesucht, von denen er wusste, wie begehrt sie unter den wilden Stämmen waren, die sie im Herzen Afrikas antreffen könnten: zweihundert billige Messer, Axtköpfe, Beutel voll venezianischer Glasperlen in fünfzig verschiedenen Formen und Farben, Handspiegel, Zunderdöschen und Rollen von dünnem Kupfer- und Messingdraht, aus denen die Eingeborenen Halsbänder, Fußringe und anderen Schmuck machen konnten.

Sie hatten zwei sehr gute englische Jagdsättel, außerdem Zaumzeug und gewöhnliche Sättel für die Knechte, zwei Packsättel, um das Wild vom Veld hereinzubringen, und ein geräumiges Kuppelzelt für die Küche und als Esszimmer, komplett mit Klappstühlen und faltbaren Tischen.

Für die Jagd und zur Verteidigung gegen die kriegerischeren Stämme hatte Tom zwanzig Marinehieber und dreißig Brown-Bess-Flinten mitgebracht, mit denen die meisten der

Knechte sehr gut umzugehen wussten, zwei schwere deutsche Elefantentöter, die Viertelpfundkugeln ins Herz eines Elefanten oder Rhinozerosses feuern konnten, und zwei unverschämt teure doppelläufige Flinten, die, wie Jim aus Erfahrung wusste, so präzise waren, dass er mit der zugespitzten Kugel eine Oryxantilope oder einen Kudu aus vierhundert Schritt Entfernung niederstrecken konnte. Ein anderes Gewehr in der Ladung war ebenfalls etwas ganz Besonderes: eine wunderschöne kleine Damenflinte aus Frankreich, aus einer der besten Werkstätten. Das Schloss war mit goldener Einlegearbeit verziert, die das Wappen des Herzogs von Ademas darstellte. Tom hatte Sarah die Waffe nach Jims Geburt geschenkt. Sie war leicht und genau und hatte ein rosa Samtpolster an ihrem Walnusskolben. Sarah ging kaum noch auf Jagd, doch einmal hatte Jim gesehen, wie seine Mutter mit dieser Waffe aus zweihundert Metern Entfernung einen fliehenden Springbock erlegt hatte. Nun gab sie sie an Louisa weiter. «Vielleicht kannst du sie gebrauchen.»

Sarah winkte ab, als Louisa ihr danken wollte, doch das Mädchen umarmte sie und flüsterte in ihr Ohr: «Ich werde deine Geschenke in Ehren halten. Sie werden mich immer daran erinnern, wie gut du zu mir warst.»

Das Arsenal von Gewehren und Pistolen kam komplett mit einem Sortiment von Bleikellen, Kugelformen, Ladestöcken, Patronengürteln und Pulverflaschen. Eine halbe Tonne Bleibarren lagen bereit, um mehr Kugeln zu gießen, und fünfzig Pfund Zinn, um die Kugeln zu härten, die zum Schießen von Großwild benutzt wurden, zwanzigtausend vorgefertigte Musketenkugeln, zwanzig Fässer feinstes Jagdpulver für die Flinten und hundert Fässer grobes Schwarzpulver für die Brown-Bess-Musketen; zweitausend Feuersteine, gefettete Baumwollstücke, um die spitzen Geschosse eng in die Flintenläufe einzupassen, weiteres feines Baumwolltuch, das man für diesen Zweck in Stücke schneiden konnte, und ein Fass ausgelassenes Nilpferdfett zum Einschmieren. Die Ausrüstung war so umfangreich, dass sie am Abend des zweiten Tages immer noch nicht damit fertig waren, die Wagen wieder zu beladen.

Ihr letztes gemeinsames Mahl war von bedrücktem Schweigen geprägt, unterbrochen von gezwungener Heiterkeit, denn allen war bewusst, dass sie sich bald trennen mussten. Am Ende sagte Tom auf seine typische, direkte Art: «Auf jetzt. Wir haben morgen einen langen Tag vor uns.» Er erhob sich und nahm Sarah bei der Hand. Auf dem Weg zu ihrem Bett im ersten Wagen flüsterte er: «Meinst du, wir können sie allein lassen? Sollten wir sie nicht unter Aufsicht halten?»

Sarah konnte nur lachen. «Tom Courtney, wie kannst du nur so zimperlich sein? Sie haben schon Wochen zusammen in der Wildnis verbracht, und aus den Wochen werden wahrscheinlich Jahre werden. Wie kannst du nur annehmen, sie bräuchten einen Aufpasser?»

Tom lächelte reumütig, nahm sie in seine Arme und hob sie in den Wagen. Als sie sich später in ihr Bett kuschelten, murmelte Sarah: «Mach dir keine Sorgen wegen Louisa. Ich habe schon gesagt, sie ist ein gutes Mädchen, und wir haben Jim dazu erzogen, sich wie ein Gentleman zu benehmen. Bisher ist nichts zwischen ihnen geschehen, und nichts wird geschehen, bis die Zeit reif ist, doch dann werden sie keine zehn Pferde davon abhalten können. Wenn alles anders ist, wenn wir uns das nächste Mal treffen, können wir vielleicht an eine Hochzeit denken. Aber was willst du überhaupt, Tom Courtney? Soweit ich mich entsinne, warst du weniger zurückhaltend, nachdem wir uns erst kennen gelernt hatten. Danach verstrich noch einige Zeit, bevor wir uns das Jawort gaben.»

«Mit diesen Dingen kennst du dich besser aus als ich», gab Tom zu. Er zog sie näher zu sich heran. «Und keine zehn Pferde würden uns heute Abend von irgendwas abhalten.»

«Ach wirklich, Mr Courtney?» Sie kicherte wie ein junges Mädchen.

N OCH BEVOR DIE SONNE die letzte Nachtkälte vertrieben hatte, waren sie mit dem Frühstück fertig und hatten die Wagen beladen. Smallboy, der massige Oberkutscher, ließ seine Ochsenpeitsche knallen und gab damit das Signal, die Zugtiere einzuspannen. Die Peitsche war eine sieben Meter lange Bambusstange mit einer noch längeren Schnur daran. Ohne sich von seiner Bugtruhe zu erheben oder seine Tonpfeife aus dem Mund zu nehmen, konnte Smallboy mit der Spitze der Lederschnur eine Fliege auf dem Leitochsen erschlagen. Dem Ochsen würde dabei natürlich kein Haar gekrümmt.

Der doppelte Peitschenknall hallte über das Veld wie der Knall einer zweischüssigen Pistole und war meilenweit zu hören. Die Ochsenführer trieben die Tiere paarweise mit Beschimpfungen und wohl gezielten Steinen vom Veld herein, wo sie gegrast hatten.

Paar für Paar wurden die Ochsen dann vor die Wagen gespannt, und zum Schluss wurden die Leitochsen, die stärksten und zuverlässigsten Tiere, an ihre Plätze geführt. Smallboy ließ noch einmal seine mächtige Peitsche knallen und die Ochsen begannen scheinbar ohne jede Anstrengung den schwer beladenen Führungswagen hinter sich herzuziehen. Die anderen drei Wagen folgten in Abständen von einigen hundert Metern. Sie hielten diesen großen Abstand, damit Mensch und Tier nicht den Staub atmen mussten, der von den Hufen der Ochsen und von den eisenumreiften Wagenrädern aufgewirbelt wurde. Hinter den Wagen folgten die Pferde, Ersatzochsen und Milchkühe sowie die Schafe und Ziegen, die zum Schlachten vorgesehen waren. Dem Vieh wurde erlaubt, auf dem Weg zu grasen, und vier Hirtenjungen sorgten dafür, dass die Tiere nicht zu weit auseinander liefen oder zurückfielen. Keiner der Hirtenknaben war älter als dreizehn oder jünger als zehn Jahre. Sie gehörten zu den Waisenkindern, die Sarah im Laufe der Jahre um sich geschart hatte. Sie hatten sie angefleht, an dem großen Abenteuer mit Somoya teilnehmen zu dürfen, den sie alle vergötterten. Die Jungen waren von einer bunten Hundemeute umwimmelt, lauter Promenadenmischungen, die sich ihren Unterhalt mit der Jagd und dem Einsammeln von verwundetem Wild oder verirrtem Vieh verdienten.

Die Familie zögerte den Augenblick der Trennung so weit wie möglich hinaus. In der letzten Stunde saßen sie über einer Kanne Kaffee am verlöschenden Lagerfeuer zusammen, tauschten all die Dinge aus, die sie in den vergangen Tagen zu sagen vergessen hatten, und wiederholten all das, was schon viele Male gesagt worden war.

Tom hatte eine der wichtigsten Angelegenheiten bis zuletzt aufgespart. Nun holte er eine Wachstuchmappe von dem Dogcart und setzte sich wieder neben Jim, bevor er die Mappe öffnete und eine Landkarte herauszog. «Dies ist die Kopie einer Karte, die ich im Laufe der vergangenen fünfzehn Jahre aufgezeichnet habe. Das Original habe ich zu Hause behalten, doch dies ist die einzige Kopie. Es ist ein wertvolles Dokument», warnte er Jim.

«Es ist bei mir in sicheren Händen», versprach ihm sein Sohn.

Tom breitete den schweren Pergamentbogen vor ihnen aus und legte kleine Steine auf die Ecken, um sie in der leichten Morgenbrise am Boden zu halten. Jim sah eine wunderschön gezeichnete und gefärbte Topographie des südlichen Kontinents vor sich ausgebreitet. «Ich wusste gar nicht, dass du ein so begabter Künstler bist, Vater.»

Tom schaute etwas beschämt drein und blickte zu Sarah hinüber. «Na ja», brummte er, «ich hatte ein wenig Hilfe.»

«Du bist zu bescheiden, Tom», lächelte Sarah, «du hast alles beaufsichtigt.»

«Natürlich», lachte Tom, «das war das Schwerste.» Dann wurde er wieder ernst. «Die Küstenlinie ist genau so, wie du sie hier siehst, akkurater als jede andere Karte, die ich je gesehen habe. Dein Onkel Dorian und ich haben die Beobachtungen auf unseren Handelsreisen entlang der Ost- und Westküste aufgenommen. Du hast mich auf einer dieser Fahrten begleitet, Jim, du wirst dich also erinnern an diese Orte.» Er zählte sie auf, während er mit dem Finger darauf zeigte. «Hier an der Westküste siehst du die Bucht der Wale und New Devon Harbour – ich habe sie nach unserer alten Heimat benannt. Das hier, an der Ostküste, ist Franks Lagune, wo dein Urgroßvater den Schatz vergrub, den er von der holländischen Galeone *Standvastigkeit* erbeutet hatte. Es ist ein guter Ankergrund. Die Einfahrt ist durch felsige Landzungen vor dem offenen Meer geschützt. Und hier, viel weiter nördlich, ist eine andere großartige Bucht. Die Portugiesen haben sie nach der Geburt Christi benannt, Natal oder Nativity Bay.»

«Aber du hast keine Lagerhäuser in diesen Häfen, Vater», warf Jim ein. «Sie sind alle in gottverlassenen Gegenden.»

«Das stimmt natürlich, Jim, aber der eine oder andere unserer Schoner läuft sie etwa alle sechs Monate an, je nach Jahreszeit und Windverhältnissen. Die Eingeborenen wissen das und erwarten uns dort mit Tierhäuten, Gummi arabicum, Elfenbein und anderen Waren, die wir von ihnen eintauschen.»

Jim nickte.

«Da du schon einmal dort warst», fuhr Tom fort, «wirst du alle diese Orte an der Küste wiedererkennen, wenn du erst am Ozean ankommst. Du weißt, wo die Poststeine sind.» Dies waren große, flache, in leuchtenden Farben angestrichene Steine, die an auffälligen Orten an der Küste verteilt lagen. Unter diesen Steinen deponierten die Seefahrer in Wachstuch verpackte Briefe, die dann von anderen vorbeikommenden Schiffen abgeholt und dem Adressaten überbracht wurden. «Wenn du an einer solchen Stelle einen Brief hinterlässt, kannst du sicher sein, dass ich oder dein Onkel ihn irgendwann finden werden. Und wir werden natürlich ebenfalls Briefe für dich hinterlegen lassen, einfach auf gut Glück.»

«Oder ich könnte einfach dort warten, bis eines unserer Schiffe vorbeikommt.»

«Ja, Jim, das könntest du, aber sei auf der Hut, dass es kein VOC-Schiff ist. Gouverneur van der Witten hat inzwischen bestimmt ein anständiges Kopfgeld auf dich und Louisa ausgesetzt.»

Sie schauten sehr ernst drein, als sie daran dachten, in welcher Lage sich das junge Paar befand. Tom brach das bedrückte Schweigen, indem er fortfuhr: «Bevor ihr die Küste erreicht, werdet ihr jedoch Hunderte oder gar Tausende von Meilen praktisch unerforschter Wildnis durchqueren müssen.» Tom fuhr mit seinen narbigen Händen über die Karte. «Sieh nur, was ihr mit euren Wagen vor euch habt. Es ist eine Gelegenheit, nach der ich mich mein ganzes Leben lang gesehnt habe. Die Stelle, an der wir hier sitzen, ist etwa so weit im Landesinnern, wie ich überhaupt jemals reisen konnte.»

«Da bist du ganz allein selber schuld, Thomas Courtney», warf Sarah ein. «Ich habe dich nie aufgehalten, du warst nur immer viel zu beschäftigt damit, noch mehr Geld anzuhäufen.»

«Und jetzt ist es zu spät. Ich werde alt und fett», sagte Tom traurig. «Doch wenigstens kann unser Jim hier an meiner Stelle gehen.» Er blickte sehnsüchtig auf die Karte und dann auf die Savanne hinaus, wo der Wagenzug in seiner eigenen gelben Staubwolke davonrollte. «Du bist ein Glückspilz. Du wirst Orte sehen, die kein weißer Mann je erblickt hat.»

Dann wandte er sich wieder der Karte zu. «Im Laufe der Jahre habe ich jeden aufgesucht, schwarz, weiß oder gelb, von dem ich gehört hatte, er wäre über die Grenzen der Kapkolonie hinausgekommen, und dann habe ich diese Leute regelrecht ausgequetscht. Wenn Dorian und ich zu unseren Handelsexpeditionen an Land gingen, haben wir die Eingeborenen befragt, mit denen wir Waren getauscht haben. Alles, was ich je aus diesen Quellen erfahren habe, ist auf dieser Karte vermerkt. Ich habe die Namen so niedergeschrieben, wie sie in meinem Ohr geklungen haben. Hier, an den Rändern und auf der Rückseite, habe ich jede Geschichte und Legende zusammengefasst, die ich gehört habe, mit all den Namen der verschiedenen Stämme, ihrer Dörfer, Könige und Häuptlinge. Und dann habe ich noch versucht, die Flüsse, Seen und Wasserlöcher einzuzeichnen, obwohl es unmöglich ist zu sagen, wie weit sie voneinander entfernt sind und in welcher Richtung sie zueinander liegen. Du, Bakkat, Zama und Smallboy sprecht zusammen ungefähr ein Dutzend Eingeborenendialekte. Ihr könnt auf dem Weg Führer und Dolmetscher anheuern, die euch zu unbekannten Stämmen führen werden.»

Tom faltete die Karte zusammen, steckte sie mit ehrfürchtiger Sorgfalt in ihr Etui zurück und übergab sie Jim. «Pass gut darauf auf, mein Junge. Diese Karte wird dir auf deiner Reise den Weg weisen.»

Er ging noch einmal zu dem Dogcart zurück und diesmal kam er mit einem Hartlederkasten zurück. Er öffnete ihn und zeigte Jim, was er enthielt. «Ich wünschte, ich hätte einen dieser neumodischen Chronometer, die Harrison in London kürzlich konstruiert hat. Damit könntest du auf der Reise den Breitengrad und den Längengrad, auf dem du dich gerade befindest, genauer bestimmen, doch ich habe noch nie ein solches Ding zu Gesicht bekommen, und selbst wenn man einen findet, müsste man fünfhundert Pfund dafür bezahlen. Das Gleiche gilt für John Hadleys Spiegelquadranten. Doch hier hast du meinen treuen alten Kompass und Quadranten. Die haben einmal deinem Großvater gehört und du weißt wenigstens, wie man damit umgeht, und mit diesen Marinetabellen hier kannst du dann berechnen, auf welchem Breitengrad du dich befindest, solange du die Sonne sehen kannst. Damit solltest du in der Lage sein, zu all den Orten zu navigieren, die ich auf der Karte eingezeichnet habe.»

Jim öffnete den Lederkasten, den sein Vater ihm überreichte, und hob das wunderschöne, komplexe Navigationsinstrument heraus. Es stammte aus Italien. Es wurde an einem Messingring aufgehängt, sodass es sich selbst mit der Erdachse ausrichten konnte. Auf einem zweiten, drehbaren Messingring waren Sternzeichen, Breitengrade und ein Stundenkreis liebevoll eingraviert. Die Alidade – das Drehlineal, mit dem man die Sonne anvisierte – warf einen Schatten auf den Stundenring und den entsprechenden Breitengrad.

Jim betastete das Gerät und schaute seinen Vater an. «Ich werde euch niemals belohnen können für all diese wundervollen Geschenke und für alles was ihr für mich getan habt. Ich verdiene eure Liebe und Großzügigkeit nicht.»

«Darüber lass nur deine Mutter und mich urteilen», brummte Tom. «Und jetzt müssen wir uns auf den Heimweg machen.» Er rief die beiden Männer herbei, die mit ihnen zur Kolonie zurückkehren würden. Sie liefen los, spannten die Zugpferde vor dem Dogcart ein und sattelten Toms großen Fuchswallach.

Jim und Louisa ritten Drumfire und Trueheart für fast eine Meile neben der Kutsche her, um den Eltern Lebewohl zu sagen, bis sie den Wagenzug vor Sonnenuntergang nicht mehr eingeholt hätten, wenn sie nicht umgekehrt wären. So hielten sie ihre Pferde an und blickten dem Dogcart nach, wie er auf dem staubigen Veld verschwand.

«Er kommt zurück!», rief Louisa aus. Tom kam im Galopp herangeritten und zügelte seinen Wallach neben ihnen.

«Eines wollte ich noch sagen, Jim, mein lieber Junge: Vergiss nicht, ein Tagebuch zu führen. Ich will, dass du alle deine Navigationen notierst. Und vergiss auch nicht, die Namen der Eingeborenenhäuptlinge und ihrer Dörfer festzuhalten. Halte die Augen offen, ob du Waren finden kannst, die wir später von ihnen eintauschen könnten.»

«Ja, Vater, das haben wir alles schon besprochen.»

«Und die Goldpfannen», fuhr Tom fort.

«Die werde ich an jedem Flussbett auspacken, das wir durchqueren werden», lachte Jim.

«Ich werde es bestimmt nicht vergessen.»

«Du musst ihn daran erinnern, Louisa. Mein Sohn vergisst alles Mögliche. Ich weiß nicht, woher er es hat. Es muss von seiner Mutter kommen.»

«Ich verspreche es Ihnen, Mr Courtney», nickte Louisa ernst.

«James Archibald, sorge gut für diese junge Dame. Sie ist offenbar ein vernünftiges Mädchen, viel zu gut für dich», sagte Tom.

Dann ritt er wieder hinter Sarah her, wobei er sich immer wieder im Sattel umdrehte und ihnen zuwinkte. Als sein Vater wieder bei dem Dogcart war, rief Jim plötzlich: «Hölle und Teufel, ich habe vergessen, Mansur und Onkel Dorian meine Grüße ausrichten zu lassen. Komm!» Sie galoppierten hinter dem Wagen her. Als sie ihn eingeholt hatten, saßen sie alle wieder ab und umarmten sich noch einmal.

«Diesmal machen wir uns aber wirklich auf den Weg», sagte Jim schließlich, doch sein Vater begleitete sie noch für eine Meile, und er winkte ihnen nach, bis sie außer Sicht waren.

Die Wagen waren inzwischen längst in der Ferne verschwunden, doch die Spuren der Eisenreifen hatten sich tief in den Boden geschnitten. Sie waren so leicht zu verfolgen wie eine Landstraße mit Wegweisern. Wie sie so dahinritten, trieben sie die Springböcke vor sich her wie eine Schafherde. Die kleineren Gruppen wuchsen zu einer großen Herde zusammen, bis das Land zu brodeln schien und das Gras nicht mehr zu sehen war unter diesem Meer von Antilopen.

Andere, größere Tiere gesellten sich unter diese Flut von Leben. Dunkle Truppen von Gnus hüpften umher, schüttelten ihre zottigen Mähnen, krümmten ihre Hälse und schlugen mit den Hinterläufen aus, während sie sich gegenseitig im Kreis umherjagten. Schwadronen von Quaggas galoppierten in Reihen davon, bellend wie eine Meute Hunde. Die Wildpferde der Kapregion, gestreift wie Zebras, bis auf die einfarbigen braunen Beine, waren so zahlreich, dass die Bürger der Kolonie sie zu Tausenden abschossen. Die Häute nähten sie dann zu Kornsäcken zusammen und die Kadaver überließen sie den Geiern und Hyänen.

Louisa konnte nur staunen über diese Masse von wilden Tieren. «So etwas Wunderbares habe ich noch nie gesehen», rief sie.

«In diesem Land sind wir mit einer solchen Fülle gesegnet, dass die Jäger ihre Flinten erst niederlegen, wenn ihre Arme zu müde werden», nickte Jim. «Es gibt einen großen Jäger in der Kolonie, der einmal dreihundert Stück Großwild erlegt hat, an einem einzigen Tag, an dem er vier Pferde so erschöpfte, dass sie keinen Schritt weiter wollten. Was für eine Leistung.» Jim schüttelte bewundernd den Kopf.

Die Lagerfeuer führten sie die letzte Meile durch die Dunkelheit zu den Wagen, die für die Nacht dicht zusammengezogen worden waren. Zama hatte schon kochendes Wasser in dem schwarzen Eisenkessel und frisch gemahlene Kaffeebohnen im Mörser.

MITHILFE DER KARTE und der Instrumente seines Vaters navigierte Jim die Wagen Richtung Nordosten. Die Tage fielen in einen natürlichen Rhythmus, wurden zu Wochen und dann zu Monaten. Jeden Morgen ritt Jim mit Bakkat voraus, um die Landschaft auszukundschaften, die vor ihnen lag und um das nächste Wasserloch oder den nächsten Fluss zu finden. Bakkat führte ein Packpferd am Zügel, auf dem sie das Wild heimbringen konnten, das sie vielleicht erlegen würden.

Louisa blieb bei den Wagen und war meistens damit beschäftigt, Sachen zu flicken und zu waschen und die Knechte dabei anzuleiten, ihr fahrbares Heim nach ihren Wünschen in Schuss zu halten, doch an den meisten Tagen fand sie auch die Zeit, mit Jim auszureiten. Sie war immer noch bezaubert von den Tieren und Vögeln, von denen es überall wimmelte, wohin sie auch schaute. Jim brachte ihr die Namen der vielen Arten bei. Sie sprachen ausgiebig über das Verhalten all dieser Geschöpfe, und Bakkat hatte immer wieder Perlen aus seinem unermesslichen Wissensschatz und das eine oder andere Zaubermärchen beizutragen.

Wenn sie mittags Rast machten, um die Pferde auszuruhen und grasen zu lassen, holte Louisa einen der Zeichenblöcke, die Sarah ihr geschenkt hatte, aus ihrer Satteltasche und skizzierte die interessanten Dinge, die sie an dem Tag gesehen hatte. Jim gab ihr Ratschläge, wie sie eine Zeichnung vielleicht verbessern konnte, obwohl er in Wirklichkeit staunte, welch eine Künstlerin sie war.

Er bestand darauf, dass sie die kleine französische Flinte stets in dem Halfter unter ihrem rechten Knie trug. «Wenn du eine Waffe brauchst, dann brauchst du sie schnell», sagte er zu ihr, «und wir sorgen besser dafür, dass du auch weißt, wie man damit umgeht.» Er übte mit ihr das Laden, Scharfmachen und Abfeuern des Gewehrs. Der Knall und der Rückstoß des ersten Schusses ließen sie vor Angst aufschreien und sie hätte die Waffe fallen gelassen, wenn Jim nicht an ihrer Seite gewesen wäre und ihr die Waffe aus der Hand genommen hätte. Mit vielen beruhigenden Worten überzeugte er sie dann davon, dass das Ganze nicht so beängstigend war, wie ihre Reaktion es hatte erscheinen lassen, und schließlich war sie zu einem zweiten Versuch bereit. Um sie anzuspornen, hängte er seinen Hut an einen niedrigen Dornbusch in zwanzig Schritten Entfernung.

«Ich wette, du triffst mindestens zehn Schritte daneben, Igelchen.» Jim erreichte damit genau, was er wollte. Sie kniff konzentriert die Augen zusammen, und diesmal behielt sie die Ruhe. Als sich der Pulverdampf nach dem Schuss verzog, war Jims Hut hoch in die Luft geflogen und flog kreisend davon. Es war sein Lieblingshut und er lief los, um ihn aufzuheben, und als er seinen Finger durch das Loch in der Krempe steckte, schaute er so ungläubig und erschüttert drein, dass Bakkat sich vor Lachen nicht halten konnte. Er torkelte im Kreis umher und ahmte mit seinen Händen nach, wie der Hut durch die Luft gesegelt war. Dann gaben seine Knie nach und er rollte sich im Staub und schlug sich auf den Bauch, kreischend vor Lachen.

Seine Heiterkeit wirkte ansteckend, sogar auf Louisa. Jim hatte sie noch nie so herzlich lachen gehört. Schließlich setzte er sich den durchlöcherten Hut auf und beteiligte sich an dem Frohsinn. Später steckte er eine Adlerfeder in das Loch und trug sie mit Stolz.

Mittags saßen sie im Schatten und aßen von dem Wild und dem eingelegten Gemüse, das Louisa in Jims Kochgeschirr gepackt hatte. Alle paar Minuten brach einer von ihnen in Gelächter aus und die anderen konnten nicht anders, als darin einzufallen.

«Lass Welanga doch noch mal deinen Hut abschießen», bettelte Bakkat. «Das war der beste Witz meines Lebens.»

Jim weigerte sich und schnitt stattdessen mit seinem Jagdmesser ein Stück Rinde von dem Sweetthorn-Baum. Das leuchtend weiße Holz, das dann zu sehen war, stellte ein gutes Ziel dar. Jim hatte inzwischen gelernt, dass Louisa zielstrebig und hartnäckig war, wenn sie sich erst einmal etwas vorgenommen hatte. Sie lernte schnell, wie man die Flinte lud: Zuerst maß sie die Pulverladung aus der Flasche ab, stopfte sie mit dem Wollpfropfen in den Lauf, suchte sich in dem Beutel an ihrem Gürtel eine runde Kugel aus, wickelte sie in den gefetteten Stofffetzen, rammte sie mit dem Ladestock in den Lauf und klopfte mit dem kleinen Holzhammer nach, bis die eingewickelte Kugel fest auf dem Pfropfen saß. Zum Schluss füllte sie die Zündpfanne und klappte den Deckel darüber zu, damit die Ladung nicht herausfallen konnte.

Am zweiten Tag ihrer Schießausbildung war sie schon so

weit, dass sie die Waffe ohne Jims Hilfe laden und abfeuern konnte, und bald verfehlte sie in fünf Versuchen nur einmal ihr Ziel.

«Das wird allmählich zu einfach für dich, Igelchen. Es wird Zeit, dass du richtig auf Jagd gehst.»

Früh am nächsten Morgen lud sie ihre Flinte, wie Jim es ihr beigebracht hatte, und sie ritten zusammen aus. Sobald sie sich einer grasenden Antilopenherde näherten, zeigte ihr Jim, wie sie Trueheart beim Anschleichen als Deckung benutzen konnte. Sie saßen beide ab und führten ihre Pferde hintereinander näher an die Herde heran. Abgeschirmt hinter den Bäuchen ihrer Pferde gingen sie langsam vor einer Gruppe junger Antilopenböcke her. Diese Tiere hatten noch nie Menschen oder Pferde gesehen und beäugten nun in unschuldigem Staunen die eigenartigen Kreaturen, die dort vorübergingen. Sie näherten sich der Gruppe in einem flachen Winkel. Wären sie direkt auf sie zugegangen, hätten sie sie verschreckt und vertrieben.

Als sie keine hundert Meter mehr vom ersten Tier der kleinen Herde entfernt waren, brachte Jim Drumfire zum Stehen und stieß einen leisen Pfiff aus. Louisa ließ Truehearts Zügel fallen. Die Stute blieb gehorsam stehen, zitternd in Erwartung des Gewehrknalls, der nun kommen würde. Louisa ließ sich zu Boden sinken und nahm im Sitzen einen Bock aufs Korn, der etwas abseits stand von den anderen Tieren und der ihr die Flanke zukehrte. Jim hatte ihr eingeschärft, auf einen Punkt hinter der Schulter zu zielen, den er ihr auf Zeichnungen und an Beutetieren gezeigt hatte. Dennoch war dies für sie etwas anderes als auf einen Baumstamm zu zielen. Ihr klopfte das Herz und ihre Hände zitterten, ohne dass sie etwas dagegen tun konnte.

«Erinnere dich, was ich gesagt habe», sagte Jim leise.

In der Aufregung hatte sie seinen Rat vergessen: «Hole tief Luft. Hebe die Waffe langsam. Atme halb aus. Lass den Abzug in Ruhe. Drück ihn erst durch, wenn du das Ziel sicher im Visier hast.»

Sie senkte das Gewehr und begann noch einmal von vorn, diesmal genauso, wie Jim es ihr beigebracht hatte. Die kleine

Flinte hob sich leicht wie eine Feder, als sie sie nun hochschwenkte, und der Schuss löste sich fast wie von selbst, so unerwartet, dass sie erschrak, als es knallte und eine lange Rauchwolke aus dem Lauf schoss.

Sie hörte den dumpfen Aufschlag. Der Bock sprang hoch in die Luft und drehte eine Pirouette. Dann gaben die Beine unter ihm nach und er rollte wie ein Ball über die sonnenverbrannte Erde, wo er schließlich ausgestreckt liegen blieb. Jim jauchzte triumphierend und lief zu dem regungslosen Kadaver. Louisa kam mit der rauchenden Waffe in der Hand hinter ihm hergelaufen.

«Mitten durchs Herz!», rief Jim. «Das hätte ich selbst nicht besser machen können!» Er lief ihr entgegen. Ihre Wangen waren gerötet, ihr Haar hatte sich gelöst, und ihre Augen funkelten. Trotz ihrer Anstrengungen, sich vor der Sonne zu schützen, hatte ihre Haut die Farbe eines reifen Pfirsichs angenommen. Sie war genauso aufgeregt wie er und für Jim war sie in diesem Augenblick das Schönste, was er je gesehen hatte.

Er breitete seine Arme aus und wollte sie an sich drücken, doch sie blieb abrupt stehen, gerade außerhalb seiner Reichweite, und zog sich zurück. Mit größter Mühe hielt er sich davon ab, auf sie zuzustürzen und in die Arme zu nehmen. Sie starrten einander an und er sah, wie das glückliche Funkeln in ihren Augen der tiefen Abscheu wich, die sie bei dem Gedanken empfand, von einem Mann berührt zu werden. Es währte nur einen Augenblick, doch er wusste, wie nah er daran gewesen war, all seine Mühen zunichte zu machen, all die Monate, die er damit verbracht hatte, ihr Vertrauen zu gewinnen, ihr zu zeigen, dass er sie achtete und sie nur beschützen wollte. All das hätte er nun fast verspielt, durch eine einzige stürmische Geste.

Er drehte sich um und gab ihr Zeit, sich von dem Augenblick zu erholen. «Ein prächtiger Bock, fett wie Butter.»

Als das Tier schlaff im Steppengras lag, öffnete sich die lange Hautfalte über seinem Rückgrat und das weiße, flaumweiche Fell in der Falte kam zum Vorschein. Jim bückte sich und strich durch die Hautfalte, mit einem Finger, den er sich dann unter die Nase hielt. «Der Springbock ist das einzige

Tier, das wie eine Blume riecht.» Seine Fingerspitze war mit dem hellgelben Wachs aus den Talgdrüsen des Tieres bedeckt. «Versuch es selbst», sagte er, ohne sie anzuschauen.

Sie kehrte ihm den Rücken zu und fuhr ebenfalls mit den Fingern durch das Rückenfell des toten Tieres und schnupperte daran. «Parfüm!», rief sie verblüfft aus. Jim rief Bakkat herbei, sie weideten den Springbock zusammen aus und hoben den Kadaver auf den Packsattel. Die Wagen waren nur noch winzige Punkte am Horizont, auf die sie nun schweigend zuritten. Von der fröhlichen Stimmung, die am Morgen unter ihnen geherrscht hatte, war nichts mehr zu spüren. Jim hatte das verzweifelte Gefühl, als hätte er die Beziehung, die er mit Louisa aufgebaut hatte, mit einem Schlag zerstört, als müssten sie wieder ganz von vorne anfangen.

Zum Glück gab es reichlich Ablenkung, als sie bei den Wagen ankamen. Smallboy war mit dem Führungswagen über den unterirdischen Bau eines Ameisenbärs geraten und der Boden war unter ihm eingebrochen. Das schwer beladene Fuhrwerk war bis zu den Bodenplanken in dem Loch versunken. Einige Speichen im rechten Vorderrad waren geborsten und das Gefährt saß gründlich fest. Sie mussten es entladen, bevor ein doppeltes Ochsengespann in der Lage wäre, es herauszuziehen. Es war schon dunkel, als sie den Wagen schließlich frei bekamen, zu spät, um mit der Reparatur des gebrochenen Vorderrads zu beginnen. Die zerschmetterten Speichen mussten ersetzt werden und es bedurfte sehr genauen, vielleicht tagelangen Arbeitens mit dem Speichenhobel, wenn sie die Ersatzteile ordentlich einpassen wollten.

Jim begab sich müde und schweißgebadet zu seinem Wagen. «Wo ist die Badewanne? Bring mir heißes Wasser!», schrie er Zama an.

«Das hat Welanga schon in die Wege geleitet», brummte Zama.

Wenigstens machst du keinen Hehl daraus, auf wessen Seite du bist, dachte Jim bitter, doch seine schlechte Laune besserte sich ein wenig, als er die galvanisierte Eisenwanne voll heißen Wassers sah, die auf ihn wartete, mit einem Stück Seife und einem frischen Badetuch daneben. Nach seinem Bad ging er ins Küchenzelt.

Louisa war am Kochfeuer beschäftigt. Er war immer noch zu aufgebracht über ihre Zurückweisung, um sich für ihre Geste, das Bad für ihn vorzubereiten, dankbar zu zeigen. Als er das Zelt betrat, schaute sie kurz auf und blickte sofort wieder auf ihre Arbeit.

«Ich dachte, du möchtest vielleicht einen Schluck von dem Genever, den dein Vater dir eingepackt hat.» Die Schnapsflasche stand auf dem Klapptisch für ihn bereit. Er sah sie zum ersten Mal, seit seine Eltern heimgefahren waren. Er wusste nicht, wie er ihr Angebot ablehnen konnte, ohne sie zu verletzen. Er wollte nicht sagen, dass ihm nichts daran lag, seine Sinne mit Alkohol zu benebeln. Er war nur einmal in seinem Leben betrunken gewesen und diese Erfahrung hatte er stets bereut. Da er jedoch den zerbrechlichen Frieden zwischen ihnen nicht aufs Spiel setzen wollte, schenkte er sich einen kleinen Schluck ein und trank ihn widerwillig.

Louisa hatte zum Abendessen frische Springbockkoteletts gegrillt, die sie nun mit karamellisierten Zwiebeln und Kräutern servierte, eines der Rezepte, die Sarah ihr vermacht hatte. Er fiel mit großem Appetit darüber her und seine Stimmung besserte sich so weit, dass er sagen konnte: «Nicht nur gut geschossen, sondern auch perfekt zubereitet.» Danach blieb ihr Gespräch jedoch gezwungen und voller peinlicher Pausen. Dabei waren sie so nahe daran gewesen, zu Freunden zu werden, beklagte er sich im Stillen, während er seinen Becher Kaffee trank.

«Ich gehe schlafen.» Er erhob sich früher vom Esstisch, als er es gewöhnlich tat. «Und du?»

«Ich werde noch an meinem Tagebuch arbeiten», antwortete sie. «Heute war für mich ein ganz besonderer Tag. Meine erste Jagd, und noch wichtiger: Ich habe deinem Vater versprochen, keinen Tag auszulassen. Ich bleibe also noch etwas auf.» Er ließ sie zurück und ging zu seinem Wagen.

Jeden Abend wurden die Wagen zu einem Quadrat zusammengezogen und die Lücken dazwischen mit Ästen und Dornen verstopft, um die Haustiere drinnen zu halten und die

Raubtiere draußen. Louisas Wagen stand immer neben Jims, sodass nur zwei Wagenplanen zwischen ihnen waren. So war Jim sicher, dass er sofort zu Hilfe eilen konnte, wenn sie ihn brauchte, und sie konnten nachts miteinander reden, ohne ihre Betten verlassen zu müssen.

An diesem Abend lag Jim lange wach. Er hörte sie aus dem Küchenzelt kommen und sah den Schein ihrer Laterne durch seine Plane. Danach hörte er, wie sie sich auszog und ihr Nachthemd überstreifte. Das Rascheln ihrer Kleider beschwor beunruhigende Bilder in ihm herauf, die er zu verbannen versuchte, doch ohne Erfolg. Er hörte, wie sie ihr Haar bürstete. Es klang wie das Flüstern des Windes in einem reifen Weizenfeld. Er stellte sich vor, wie ihre Locken im Laternenschein schimmerten. Und schließlich hörte er das Feldbett unter ihrem Gewicht quietschen. Danach war es lange still.

«Jim?» Ihre Stimme war leise, fast nur ein Flüstern. Jim war überrascht und aufgeregt. «Jim, bist du wach?»

«Ja.»

«Danke», sagte sie. «Ich kann mich nicht erinnern, wann ich zum letzten Mal einen so schönen Tag erlebt habe.»

«Für mich war es auch schön.» Fast hätte er hinzugefügt: ‹Bis auf …› Doch er verkniff sich die Worte.

Das Schweigen, das nun folgte, währte so lang, dass er dachte, sie wäre eingeschlafen, doch dann flüsterte sie plötzlich: «Danke, dass du so viel Verständnis für mich hast.»

Er entgegnete nichts. Was sollte er noch sagen? Er lag noch lange wach, sein Schmerz verwandelte sich immer mehr in Zorn. ‹Ich verdiene es nicht, so behandelt zu werden. Ich habe alles für sie aufgegeben, mein Heim und meine Familie. Ich habe mich zum Gesetzlosen gemacht, um sie zu retten, und sie behandelt mich wie ein ekelhaftes Reptil. Ich hasse sie. Ich wünschte, ich hätte sie nie getroffen.›

Louisa lag stocksteif in ihrem Bett. Sie wusste, er konnte jede ihrer Bewegungen hören, und er sollte nicht wissen, dass sie nicht schlafen konnte. Sie war gepeinigt von Schuld und Reue. Sie fühlte sich Jim tief verpflichtet. Sie wusste nur zu gut, was er für sie geopfert hatte.

Außerdem mochte sie ihn. Es war unmöglich, ihn nicht zu mögen. Er war so offen und fröhlich, so stark, verlässlich und findig. Sie fühlte sich sicher in seiner Nähe. Sie mochte, wie er aussah, so groß und stark mit seinem offenen, ehrlichen Gesicht. Er konnte sie zum Lachen bringen. Sie musste lächeln, wenn sie an seine Reaktion dachte, als sie ein Loch in seinen Hut geschossen hatte. Er hatte einen verschrobenen Sinn für Humor, den sie inzwischen immer besser verstand. Sie hatte das Gefühl, in ihm einen Freund zu haben, wenn er sie Igelchen nannte und sie hänselte auf seine freche, englische Art.

Auch jetzt fühlte sie sich wohl bei dem Gedanken, dass er in der Nähe war, obwohl sie wusste, dass er schmollte. Nachts hatte sie oft große Angst, wenn sie die Geräusche der Wildnis hörte, das Kichern einer Hyäne oder das Gebrüll einer Löwenrotte. Er sprach dann leise durch die Wagenplanen zu ihr. Seine Stimme beruhigte sie und nahm ihr die Angst, sodass sie wieder einschlafen konnte.

Und dann die Albträume. Oft träumte sie, sie wäre wieder in Huis Brabant. Sie sah das Foltergestell, sah die Seidenfesseln und die finstere Gestalt im Kerzenschein, den Henker mit seinen schwarzen Handschuhen und der Ledermaske mit den Augenschlitzen. Wenn die Albträume sie überkamen, gab es keinen Ausweg für sie, bis seine Stimme sie weckte und aus ihren Qualen erlöste.

«Wach auf, Igelchen, es ist alles in Ordnung! Es ist nur ein Traum. Ich bin hier. Ich werde nicht zulassen, dass dir etwas passiert.» Wie dankbar sie dafür war, dass er sie so weckte.

Mit jedem Tag mochte sie ihn ein bisschen mehr. Sie vertraute ihm. Doch sie konnte ihm nicht erlauben, sie zu berühren, nicht einmal zufällig. Sie konnte es nicht ertragen, wenn er ihren Knöchel berührte, während er ihren Steigriemen einstellte, oder wenn er ihre Finger streifte, was manchmal passierte, wenn er etwas in die Hand gab, einen Löffel oder eine Kaffeetasse. Sie hatte Angst und empfand nichts als Ekel, wenn das passierte.

Doch aus der Ferne fand sie ihn attraktiv. Sie war glücklich, wenn sie Seite an Seite ritten und sie seinen warmen, männlichen Duft roch, wenn sie seine Stimme hörte und sein Lachen.

Einmal war sie überraschend auf Jim gestoßen, als er in einem Fluss stand und sich wusch. Er hatte noch seine Hose an, doch sein Hemd und die Lederjacke lagen am Ufer. Er stand mit dem Rücken zu ihr und warf sich Hände voll Wasser ins Gesicht und über den Kopf. Er konnte sie also nicht sehen. Bevor sie sich abwandte, hatte sie für einen langen Augenblick die glatte, makellose Haut auf seinem nackten Rücken angestarrt, ganz weiß, in scharfem Kontrast zu seinen sonnengebräunten Armen. Die Muskeln zeichneten sich deutlich ab und änderten ihre Formen, wenn er die Arme hob.

Wieder hatte sie diese unerhörten, sündigen Gefühle empfunden, die ihr den Atem zu rauben drohten, die schmelzende Schwere in ihren Lenden, das verschwommene, lüsterne Verlangen, das Koen van Ritters in ihr erweckt hatte, bevor er sie in das Grauen seiner teuflischen Fantasien stürzte.

Das will ich nie wieder erleben, dachte sie, wie sie nun in der Dunkelheit wach lag, nie wieder. Kein Mann soll mich je wieder berühren, nicht einmal Jim. Ich will ihn als Freund, aber *das* will ich gewiss nicht, nie mehr. Ich sollte in ein Kloster eintreten, ja, ein Kloster, es ist meine einzige Zuflucht.

Doch in der Wildnis gab es kein Kloster, und endlich schlief sie ein.

XHIA FÜHRTE KOOTS und seine Bande von Kopfgeldjägern zu dem Lager zurück, wo Jim Courtney ihre Pferde in die Flucht geschlagen hatte, das Lager, von wo sie den langen Rückmarsch in die Kolonie angetreten hatten. Seit jener Nacht waren viele Wochen vergangen und in den Bergen hatten es seitdem Stürme und schwere Regenfälle gegeben. In den Augen jedes anderen Menschen hätten die Elemente Jims Spur vollkommen verwischt und unsichtbar gemacht, doch nicht für Xhia.

Von dem alten Lagerplatz aus ging Xhia zunächst in die

Richtung, in die die Pferde geflohen waren. Dann erriet er die Richtung, in die Jim die gestohlene Herde getrieben haben würde, nachdem er sie unter Kontrolle gebracht hatte. Eine viertel Meile vom alten Lager entfernt fand er den Hauch einer Spur, einen Kratzer auf einem Stück Schiefer, den nur ein stählernes Hufeisen hinterlassen haben konnte, bestimmt nicht der Huf eines Elenbullen oder irgendeines anderen wilden Tieres. Er datierte die Spur und fand, dass sie weder zu frisch noch zu alt war. Dies war das erste Mosaiksteinchen, auf dem er die Verfolgungsjagd aufbauen würde. Von da aus suchte er an geschützten Plätzen, zwischen Felsen, im Windschatten umgestürzter Bäume, im knetbaren Tonlehm einer Dongasohle und in Schieferlagen, die weich genug waren, einen Abdruck aufzunehmen, und hart genug, dass eine Spur erhalten bleiben konnte.

Koots und seine Männer folgten ihm in einigem Abstand, um nicht eine alte Spur zu übertrampeln. Oft war die Spur so flüchtig, dass nicht einmal Xhias Zauberei sie sichtbar machen konnte. Dann sattelten sie die Pferde ab und warteten rauchend und zankend und verspielten die Belohnung, die sie sich für ihre Jagd erhofften. Sobald Xhia dann diesen Teil des Rätsels gelöst hatte, rief er sie und sie folgten ihm weiter durch die Berge.

Die Spur wurde allmählich frischer. Der Abstand zu ihrer Beute wurde geringer, Xhia kam immer schneller voran. Dennoch stießen sie erst drei Wochen, nachdem Xhia den ersten schwachen Hufabdruck entdeckt hatte, auf die umherirrenden Maultiere und Pferde, mit denen Jim und Bakkat sie in die Irre geführt und die sie dann zurückgelassen hatten.

Zuerst verstand Koots nicht, was geschehen war. Hier waren die Pferde, doch keine Menschen. Er hatte von Anfang an große Schwierigkeiten gehabt, sich mit Xhia zu verständigen. Der Buschmann sprach nur wenige Worte Holländisch, und Zeichensprache reichte nicht aus, den komplizierten Streich zu erklären, den Bakkat ihnen gespielt hatte. Dann dämmerte es Koots schließlich. Die besten Pferde fehlten in dieser streunenden Herde: Frost, Crow, Lemon, Stag und natürlich Drumfire und Trueheart.

«Sie haben sich getrennt und diese Gäule zurückgelassen, um uns von ihrer Spur abzubringen.» Koots hatte endlich verstanden und wurde bleich vor Zorn. «Wir sind die ganze Zeit im Kreis gelaufen und diese Verbrecher sind in eine ganz andere Richtung entwischt!»

Sein Zorn brauchte ein Ziel: Xhia. «Fangt mir diese gelbe Ratte!», schrie er Richter und Le Riche an. «Ich werde diesem stinkenden Neger ein bisschen die Haut abziehen.» Sie packten den Buschmann, bevor er erkannte, was sie vorhatten.

«Bindet ihn an den Baum da.» Koots zeigte auf einen kräftigen Krüppelholzbaum. Das machte den Männern Spaß. Sie waren nicht weniger wütend auf den Buschmann als Koots selbst. Xhia war unmittelbar verantwortlich für das harte Leben und die Unbequemlichkeit, die sie in den letzten Monaten erlitten hatten, und Rache war süß. Sie fesselten ihn mit Lederriemen an Fuß- und Handgelenken und Koots riss ihm den Lederschurz vom Leib. Xhia war nackt.

«Goffel!», rief Koots den Hottentottensöldner herbei. «Schneide mir ein Bündel Dornenzweige ab, so dick.» Er hielt Daumen und Zeigefinger hoch und formte ein großes O. «Und lass die Dornen dran.»

Koots schüttelte seinen Lederumhang ab und ließ seinen rechten Arm kreisen, um seine Muskeln zu lockern. Goffel kam mit einem Arm voll Dornenästen vom Bachufer zurück und Koots nahm sich die Zeit, einen auszusuchen, der hart und stabil genug erschien für seine Zwecke. Xhia beobachtete ihn mit großen Augen und zerrte an seinen Fesseln. Koots schnitt an einem Ende des Stocks die Dornen ab, damit er sich nicht die Hand aufriss, die übrige Länge ließ er mit roten Stacheln gespickt. Er schwenkte die Geißel und ging damit auf Xhia zu. «So, du kleines Reptil, du hast uns schön durch die Gegend gehetzt, aber jetzt wirst du für uns einen Tanz aufführen.»

Den ersten Hieb platzierte er quer über Xhias Schulterblätter, wo sich sofort eine dicke Strieme bildete, mit blutenden Löchern gesäumt, wo die Dornen durch die Haut gedrungen waren. Xhia heulte vor Schmerz und Empörung.

«Singe, du Bastardsohn eines Pavians», sagte Koots mit

grimmiger Befriedigung. «Du musst lernen, dass du Herminius Koots nicht zum Narren halten kannst.» Er holte wieder aus, und wieder, bis der grüne Zweig unter der Gewalt der Hiebe nachzugeben begann und die Dornen abbrachen und in Xhias Fleisch stecken blieben.

Xhia wand sich in seinen Fesseln, bis seine Handgelenke von den Lederriemen blutig gescheuert waren. Mit einer Stimme, die viel zu laut klang für seinen kleinen Körper, brüllte er seine Racheschwüre in einer Sprache hinaus, die der weiße Mann nicht verstehen konnte.

«Dafür wirst du sterben, du weiße Hyäne, du Mistfresser und Leichenschänder! Ich werde dich mit meinem langsamsten Gift töten, du Säufer von Schlangenpisse und Affensamen.»

Koots ließ den gebrochenen Ast fallen und suchte sich einen anderen aus. Er wischte sich mit dem Hemdsärmel den Schweiß von der Stirn und fing von neuem an. Er prügelte den Buschmann, bis beide erschöpft waren. Sein Hemd war schweißgetränkt, er keuchte heiser. Xhia hing regungslos an den Lederriemen. Das Blut rann ihm in dunklen Schlangenlinien über Rücken und Hintern und tropfte in den Staub zwischen seinen Füßen. Koots trat einen Schritt zurück. «Lasst ihn über Nacht dort hängen», befahl er. «Morgen früh wird er sich williger zeigen. Nichts bringt diese *Zwartes* so gut zum Arbeiten wie eine tüchtige Tracht Prügel.»

Xhia drehte langsam den Kopf und blickte Koots ins Gesicht. «Ich werde dir den Tod der zwanzig Tage geben», sagte er leise. «Am Ende wirst du mich anflehen, dich zu töten.»

Koots verstand nicht, was er sagte, doch als er den Hass in Xhias schwarzen Augen sah, verstand er, was der Sinn sein musste, und zuckte unwillkürlich zurück. «Korporal Richter, wir werden ihn in Fesseln halten müssen, bis es seinem Rücken besser geht und er seine Mordlust überwunden hat.» Er warf Xhias Köcher mit Giftpfeilen ins Feuer. «Haltet ihn von allen Waffen fern, bis er seine Lektion gelernt hat. Diese kleinen Affen sind hinterlistige Bastarde.»

Am nächsten Morgen grub Goffel mit der Spitze seines Bajonetts die Dornen aus den Löchern, mit denen Xhias Rücken bedeckt war, doch manche saßen zu tief. Über die nächsten Tage füllten sich die Wunden mit Eiter, bevor die Dornen an die Oberfläche kamen. Mit der Kraft eines wilden Tieres fand Xhia dann schnell seine Gewandtheit wieder. Seine Miene war unergründlich und nur wenn er Koots anblickte, funkelte der Hass in seinen grauen Augen.

«Trinke den Wind, Xhia.» Koots gab ihm einen Klaps, als wäre er ein widerspenstiger Hund «Und schau mich nicht so an, oder ich verwichse noch einen Dornenbaum auf deiner stinkenden Haut.» Er zeigte auf den Pfad, auf dem sie gekommen waren. «Und jetzt verfolge die Spur zurück und finde die Stelle, wo Jim Courtney in eine andere Richtung gezogen ist.»

Sie ritten die Strecke zurück, die sie in den letzten Tagen zurückgelegt hatten, Xhia ging voraus. Sein mit eiternden Wunden übersäter Rücken begann allmählich zu heilen. Die Prügel schienen sogar ihren Zweck erfüllt zu haben, insofern, dass er sehr hart arbeitete. Er hob nur den Blick vom Boden, um das Terrain zu studieren, das vor ihm lag. Auf ihrer eigenen Spur kamen sie schnell voran. Xhia zweigte zuweilen ab, um eine andere Spur zu verfolgen, bis sie sich als falsch erwies und er zur Hauptspur zurückkehrte.

Schließlich kamen sie zur der schwarzen Vulkanfelsader an dem Wasserfall. Das letzte Mal hatten sie an dieser Stelle nur kurz Rast gemacht. Obwohl sie als der ideale Ort erschien, wo Bakkat eine List versucht haben könnte, hatte Xhia keinen Verdacht geschöpft und schnell die klare Spur auf der anderen Seite des Streifens aufgenommen, der sie dann weiter gefolgt waren.

Er schüttelte den Kopf als er zu der Stelle zurückkam. «Ich war ein Narr. Jetzt kann ich Bakkats Verrat in der Luft riechen.» Er schnupperte wie ein Hund nach einer Witterung. Er kam zu der Stelle, wo Bakkat seinen Tarnzauber vollführt hatte, und hob ein Stück schwarze Asche auf – die Asche des Zauberbaums.

«An dieser Stelle hat er den Fluch gesprochen, der mich überlistet hat. Ich bin wie ein Blinder hier vorbeigelaufen.» Er war wütend, dass ein Mann, den er in seiner List und Zauberkraft für weit unterlegen hielt, ihn so leicht hinters Licht führen konnte. Er ging auf Hände und Knie und schnüffelte am

Boden. «Hier muss er gepisst haben, um seinen Geruch zu überdecken.» Die Spuren waren jedoch Monate alt und nicht einmal seine Nase konnte noch den Ammoniakgeruch von Bakkats Urin entdecken.

Er stand auf und gab Koots ein Zeichen, indem er die Handflächen zusammenlegte und mit einer schwimmenden Bewegung wieder auseinander führte. «Hier ist die Stelle», sagte er in furchtbarem Holländisch. Er zeigte nach links und rechts. «Pferde gehen dahin. Mensch gehen dahin.»

«Beim Blute der Kreuzigung, diesmal täuschst du dich besser nicht oder ich schneide dir die Eier ab, verstehst du?»

«Verstehe nicht.» Xhia schüttelte den Kopf.

Koots griff nach unten packte Xhias Genitalien, während er mit der anderen Hand seinen Dolch zog. Er zog Xhia am Hodensack hoch, bis er auf Zehenspitzen stand, und zog die Klinge so dicht über die gespannte Haut, dass er fast sie fast angeritzt hätte.

«Ich schneide dir die Eier ab», wiederholte er, «verstanden?»

Xhia nickte stumm und Koots schob ihn weg. «Dann mach dich jetzt an die Arbeit.»

Sie lagerten neben dem Wasserfall und Xhia studierte beide Ufer je drei Meilen flussabwärts und flussaufwärts. Zuerst hielt er sich dicht am Wasser, doch im Laufe der letzten zehn Tage hatte der Fluss Hochwasser geführt, das sich dann wieder gelegt hatte. An der Hochwasserlinie waren trockenes Gras und Sträucher in die Äste der Bäume getrieben worden, die am Ufer wuchsen. Nicht einmal die tiefste und deutlichste Spur hätte diese Überflutung überlebt.

Danach entfernte sich Xhia weiter vom Ufer und stieg die Böschungen hinauf, bis zum höchsten Punkt, den das Hochwasser erreicht hatte. Er untersuchte jeden Zoll Boden, doch all seine Erfahrung, all seine Zauberformeln halfen diesmal nichts. Die Spur war verschwunden, weggewaschen. Er konnte nicht sagen, ob Bakkat flussabwärts oder flussaufwärts gegangen war. Er stand vor einer undurchdringlichen Mauer.

Koots' Nerven waren schon zum Zerreißen gespannt, und als ihm klar wurde, dass Xhia wieder versagt hatte, war sein

Wutausbruch noch gewaltsamer als beim letzten Mal. Er ließ Xhia wieder fesseln, doch diesmal hängten sie ihn an den Füßen über einem schwelenden Feuer auf, das Koots sorgfältig mit grünen Blättern nährte. Xhia wand sich und schwang an dem Seil über dem Feuer hin und her. Seine Pfefferkornkrause knisterte in der Hitze und er hustete und würgte in dem Qualm, der von dem Feuer aufstieg.

Die restliche Bande unterbrach ihr Würfelspiel, um dem Schauspiel zuzusehen. Sie litten inzwischen alle furchtbare Langeweile und hatten fast den Mut verloren. Die Spur wurde jeden Tag kälter und das Kopfgeld rückte in immer weitere Ferne. Richter und Le Riche hatten schon begonnen, von Meuterei zu reden. Sie hatten gedroht, die Verfolgung aufzugeben, aus diesen rauen, unwirtlichen Bergen zu entkommen und in die Kolonie zurückzukehren.

«Mach den kleinen Affen doch endlich fertig», sagte Le Riche gelangweilt. «Machen wir ihn fertig und gehen wir heim.»

Koots tat jedoch nichts dergleichen. Er stand auf, zog sein Messer und schnitt das Seil durch, an dem Xhia baumelte, sodass der kleine Mann mit dem Kopf zuerst in die Kohlen fiel. Er stieß einen Schrei aus und rollte sich aus dem Feuer, nicht viel mehr versengt, als er ohnehin schon war. Koots packte das Ende des Seils, mit dem Xhias Füße zusammengebunden waren, und schleifte den Buschmann zum nächsten Baum. Dort band er ihn an und ging zurück, um sein Mittagessen zu sich zu nehmen.

Xhia kauerte vor dem Baumstamm, murmelte in sich hinein und untersuchte seine Wunden. Als Koots mit dem Essen fertig war, schüttelte er den Kaffeesatz aus seinem Becher und rief nach Goffel. Der Hottentotte ging mit ihm zu dem Baum und sie schauten auf Xhia hinab. «Ich will, dass du diesem kleinen Bastard in seiner eigenen Sprache erklärst, dass ich ihn gefesselt halten werde. Er wird kein Wasser und kein Essen bekommen und ich werde ihn jeden Tag verprügeln, bis er seine Arbeit tut und die Spur wieder findet.»

Goffel übersetzte die Drohung. Xhia zischte wütend und hielt sich die Hände vor die Augen, um zu zeigen, wie er es verabscheute, Koots vor sich zu sehen.

«Sag ihm, dass ich keine Eile habe», redete Koots weiter. «Sag ihm, ich kann warten, bis er in der Sonne verschrumpelt wie der Haufen Pavianmist, der er ist.»

Am nächsten Morgen saßen Koots und seine Männer über ihrem Frühstück aus gegrilltem Maisteig und holländischer Räucherwurst, als Xhia Goffel etwas in der Sprache der San zurief. Der Hottentotte hockte sich vor ihn hin und sie unterhielten sich für einige Minuten. Schließlich kam Goffel zu Koots zurück und berichtete: «Xhia, sagt, er kann Somoya für Sie finden.»

«Damit hat er aber bisher nicht viel Erfolg gehabt.» Koots spuckte ein Stück Wurstpelle ins Feuer.

«Er sagt, die einzige Möglichkeit, die Spur jetzt noch zu finden, ist durch einen heiligen Zauber.»

Le Riche und Richter prusteten verächtlich und Le Riche sagte: «Wenn wir schon bei Hexerei angelangt sind, dann verschwende ich hier keinen Tag länger. Ich reite zum Kap zurück. Keyser kann sich seine Belohnung in den Arsch stecken.»

«Halt's Maul», riet ihm Koots und wandte sich wieder Goffel zu. «Was für ein heiliger Zauber soll das sein?»

«Es gibt einen geheiligten Ort in den Bergen, wo die Geister der San ihren Sitz haben. Dort ist ihre Macht am größten. Xhia sagt, wenn wir dahin gehen und den Geistern ein Opfer bringen, werden sie Somoyas Spur offenbaren.»

Le Riche stand auf. «Ich habe genug von diesem Humbug. Ich höre das jetzt seit fast drei Monaten und die Goldgulden sind immer noch so fern wie eh und je.» Er hob seinen Sattel auf und ging auf sein Pferd zu, das in der Nähe graste.

«Wo willst du hin?», fragte Koots.

«Bist du taub oder dumm?», fragte Le Riche streitlustig und legte die rechte Hand auf seinen Säbelknauf. «Ich habe es schon gesagt, aber ich sage es dir noch einmal: Ich reite zum Kap zurück.»

«Das nennt man Desertion und Missachtung seiner Pflichten. Doch ich verstehe, warum du gehen willst», sagte Koots in so mildem Ton, dass es Le Riche verblüffte. «Wenn jemand mit Le Riche gehen will, werde ich ihn nicht davon abhalten», fuhr Koots fort.

Richter stand langsam auf. «Ich glaube, ich gehe mit.»

«Gut», sagte Koots, «aber alles VOC-Eigentum müsst ihr natürlich hier lassen.»

«Was willst du damit sagen, Koots?», wollte Le Riche wissen.

«Sattel und Zaumzeug, Musketen und Säbel, das gehört alles der Kompanie. Natürlich auch die Pferde, eure Stiefel und Uniformen, ganz zu schweigen von Wasserflaschen und Decken», grinste Koots. «Lasst alles da hinten liegen, und dann könnt ihr abhauen.»

Richter hatte sich noch nicht ganz entschlossen und setzte sich eilig wieder hin. Le Riche blieb unschlüssig stehen. Dann stählte er sich mit sichtbarer Anstrengung und sagte: «Hör zu, Koots, das Erste, was ich tun werde, wenn ich wieder am Kap bin, ist deine Frau zu besteigen.» Koots hatte vor kurzem eine junge, schöne Hottentottin geheiratet. Nella war eines der populärsten Freudenmädchen der Kolonie gewesen. Koots hatte sie geheiratet, um sich die exklusiven Rechte an ihren üppigen Reizen zu sichern. Der Plan hatte nicht ganz geklappt, denn einen Mann, der die Sitten des heiligen Ehestandes nicht ganz verstand, hatte er schon töten müssen.

Koots warf Sergeant Oudeman, seinem alten Waffenbruder, einen kurzen Blick zu. Oudeman, kahl wie ein Straußenei, aber mit einem prächtigen dunklen Schnurrbart, verstand Koots' unausgesprochene Befehle und signalisierte dies, indem er ein Auge halb schloss. Koots stand auf und reckte sich wie ein Leopard. Er war groß und schlank und seine hellen Augen funkelten gefährlich unter den farblosen Wimpern. «Ich habe noch etwas vergessen», sagte er drohend. «Deine Eier kannst du ebenfalls hier lassen. Ich werde sie mir gleich bei dir abholen.» Es kratzte metallisch, als er seinen Säbel zog. Er ging auf Le Riche zu, der seinen Sattel fallen ließ, herumschnellte und sich ihm stellte. Seine Klinge schoss blitzend aus der Scheide.

«Auf diese Gelegenheit habe ich lange gewartet, Koots.»

«Jetzt hast du sie», entgegnete Koots und hob die Säbelspitze. Er ging näher heran und nun hob auch Le Riche seinen Säbel. Stahl tippte an Stahl, als sie die Klingen kreuzten. Sie kannten einander gut. Sie hatten jahrelang zusammen geübt. Sie trennten sich wieder und umkreisten einander.

«Du hast dich der Fahnenflucht schuldig gemacht», sagte Koots. «Es ist meine Pflicht, dich zu verhaften oder zu töten.» Er lächelte. «Ich ziehe Letzteres vor.»

Le Riche blitzte ihn grimmig an und senkte den Kopf zum Angriff. Er war nicht so groß wie Koots, hatte jedoch lange, affenartige Arme und kräftige Schultern. Er attackierte mit einer Serie von Vorstößen, hart und schnell, doch Koots hatte das kommen sehen. Le Riche mangelte es an Finesse. Koots wich zurück und ripostierte dann mit einem schnellen Stoß, wie eine angreifende Puffotter. Le Riche sprang gerade noch rechtzeitig zurück, doch Koots' Klinge schlitzte ihm den Ärmel auf und ein paar Blutstropfen sickerten aus einem Kratzer an seinem Unterarm.

Sie rückten beide wieder vor und Stahl kratzte an Stahl, doch sie waren einander immer noch ebenbürtig. Sie brachen ab und umkreisten einander wieder, wobei Koots versuchte, Le Riche auf Oudeman zuzutreiben, der am Stamm eines Dornenbaums lehnte. Über die Jahre hatten Koots und Oudeman ein gutes Verständnis entwickelt. Zweimal hatte Koots Le Riche fast in einer Position, wo Oudeman ihn fertig machen konnte, doch beide Male entkam er aus der Falle.

Oudeman entfernte sich von dem Baum und ging auf das Lagerfeuer zu, als wollte er sich noch einen Kaffee einschenken. In der rechten Hand, die er hinter dem Rücken hielt, hatte er jedoch ein Messer. Er zielte gewöhnlich auf die Nieren. Ein Messer im Kreuz würde das Opfer lähmen und Koots konnte ihm dann mit einem Stoß durch die Kehle den Rest geben.

Koots änderte Richtung und Winkel seiner Attacke und drängte Le Riche wieder auf Oudeman zu. Le Riche sprang zurück und wirbelte plötzlich herum, leichtfüßig wie eine Ballerina. Im selben Augenblick fuhr er Oudeman mit seiner Klinge über die Knöchel der Hand, in der er den Dolch hielt. Das Messer flog aus den fühllosen Fingern und Le Riche wirbelte wieder zu Koots herum. «Warum bringst du deinem Hund nicht mal einen neuen Trick bei, Koots?», grinste er. «Den da habe ich schon so oft gesehen, dass es bald langweilig wird.»

Oudeman hielt sich fluchend die verletzte Hand und Koots war sichtlich aus der Fassung nach Le Riches überraschender Aktion. Er blickte zu seinem Kumpan und als er Le Riches Gesicht dadurch aus den Augen verlor, attackierte dieser *en flèche*, schnell wie ein Pfeil. Er zielte direkt auf Koots' Kehle. Koots taumelte zurück und stolperte. Er ging auf ein Knie und Le Riche stieß weiter vor, um dem Gefecht ein Ende zu machen. Im letzten Augenblick sah er noch das triumphierende Blitzen in Koots' fahlen Augen und versuchte, sich zur Seite zu drehen, doch er hatte sein Gewicht auf dem führenden rechten Fuß und Koots konnte seine Verteidigung unterlaufen. Der tiefe Hieb mit der rasiermesserscharfen Klinge ging glatt durch Le Riches Stiefelferse und seine Achillessehne schnappte mit einem hörbaren «Popp». Koots war schon wieder auf den Beinen und sprang zurück, außerhalb von Le Riches beachtlicher Reichweite.

«Da hast du deinen neuen Trick, Korporal. Gefällt er dir?», fragte Koots. «Also: Wer besteigt hier wen? Nun sag schon!»

Blut sprudelte aus dem Schlitz in Le Riches Stiefel und er humpelte auf seinem gesunden Bein zurück, den verkrüppelten Fuß hinter sich herschleifend. Die Verzweiflung stand ihm ins Gesicht geschrieben, als Koots wieder auf ihn einstürmte und dabei mit der Säbelspitze vor seinem Gesicht fuchtelte. Auf einem Bein hatte Le Riche keine Chance, ihn abzuwehren. Er fiel auf den Rücken. Als er auf dem Boden lag, setzte Koots den nächsten Schnitt an, wieder mit der Präzision eines Chirurgen. Er hackte Le Riches linken Stiefel auf, an der gleichen Stelle wie den anderen, und durchtrennte die andere Sehne. Dann ließ er seinen Säbel in die Scheide gleiten und ging verächtlich davon. Le Riche setzte sich auf, zog sich mit zitternden Händen und kaltem Schweiß im Gesicht die Stiefel aus und starrte schweigend auf seine grausam verstümmelten Füße. Schließlich riss er sich den Saum vom Hemd und versuchte, die Wunden zu verbinden, doch das Blut tropfte bald durch die schmutzigen Lappen.

«Lager abbrechen, Sergeant!», rief Koots Oudeman zu. «In fünf Minuten sind alle aufgesessen und zum Aufbruch bereit. Der Buschmann soll uns zu seinem Heiligtum führen.»

Xhia ging voran und die Kolonne ritt aus dem Lager. Oudeman führte Le Riches Pferd am Zügel, mitsamt der Muskete,
der Wasserflasche und sämtlicher Ausrüstung, die sie an den
leeren Sattel gebunden hatten.

Le Riche kroch hinter ihnen her. «Wartet! Ihr könnt mich
nicht hier zurücklassen!» Er versuchte aufzustehen, doch seine
Füße gehorchten ihm nicht und er fiel wieder hin. «Bitte,
Captain Koots, habt Gnade. Im Namen Jesu, lasst mir wenigstens die Muskete und die Wasserflasche hier.»

Koots wendete noch einmal sein Pferd und schaute auf Le
Riche hinab. «Warum sollte ich wertvolle Ausrüstung verschwenden? Du wirst sowieso bald nichts mehr damit anfangen können.»

«Ich kann nicht laufen und ihr habt mir mein Pferd genommen», jammerte Le Riche.

«Es ist nicht dein Pferd, Korporal, es gehört der VOC», erinnerte ihn Koots, «aber was beschwerst du dich? Ich habe dir
schließlich deine Stiefel gelassen, und deine Eier. Das ist genug der Großzügigkeit für einen Tag.» Damit riss er den Kopf
seines Pferdes herum und ritt hinter den anderen her.

«Bitte!», schrie ihm Le Riche nach. «Wenn du mich hier
lässt, werde ich sterben!»

«Ja, das wirst du», sagte Koots noch, «wahrscheinlich sobald dich die Geier und Hyänen finden.» Er ritt davon. Der
Hufschlag der Pferde entfernte sich immer mehr und schließlich senkte sich die Stille der Berge auf Le Riche, mit solchem
Gewicht, dass sie den letzten Tropfen Hoffnung aus ihm her-
ausquetschte.

Es dauerte nicht lange, bis der erste Geier auf weit ausgebreiteten Schwingen über ihm kreiste. Er spähte zu Le Riche
hinunter. Als er sich überzeugt hatte, dass Le Riche sich nicht
mehr bewegen konnte und offenbar im Sterben lag, setzte er
zur Landung auf einer Felsenspitze über ihm an.

Le Riche kroch zum nächsten Baum und lehnte sich an den
Stamm. Er suchte alle Steine zusammen, die in seiner Reichweite lagen, und legte sie auf einen erbärmlichen kleinen Haufen. Er warf einen Stein nach dem Geier, doch das Tier war zu
weit weg, und im Sitzen konnte er nicht genug Kraft in den

Wurf legen. Der mächtige Vogel blieb ungerührt sitzen. Ein morscher Ast war von dem Baum gefallen und lag gerade noch in Le Riches Reichweite, zu schwer und unförmig für einen brauchbaren Knüppel, doch Le Riche legte ihn sich dennoch über den Schoß. Es war seine letzte Waffe, doch als er den großen Vogel betrachtete, musste er einsehen, wie nutzlos sie sein würde.

Sie beobachteten einander den ganzen Tag. Am Abend litt Le Riche großen Durst und die Schmerzen in seinen Füßen waren fast unerträglich. Die Mitternachtskälte raubte ihm die Lebenskraft und er sank in einen von Wahnbildern geplagten Schlaf. Die Sonne auf seinem Gesicht und ihr blendendes Licht in seinen Augen weckten ihn schließlich.

Die ersten Sekunden wusste er nicht, wo er war, doch als er sich zu bewegen versuchte, erinnerten ihn die Schmerzen mit aller Macht, in welch grauenhafter Lage er sich befand.

Er drehte stöhnend den Kopf und kreischte erschrocken auf. Der Geier war von seinem Sitz auf der Felsenspitze heruntergekommen und hockte nun direkt neben ihm, gerade außerhalb seiner Reichweite. Erst jetzt wurde ihm wirklich klar, wie groß das Tier war. Es stand über ihm wie ein Berg. Aus der Nähe sah es noch hässlicher aus als zuvor. Kopf und Hals waren vollkommen nackt und von einem schuppigen Rot, und der Aasgeruch war fast unerträglich.

Er packte einen Stein von dem Haufen zu seiner Seite und warf ihn mit aller Kraft. Er streifte das schimmernde, friedhofsschwarze Gefieder des Geiers. Das Untier breitete seine mächtigen Schwingen aus und hüpfte ein Stück zurück, bevor es die Flügel wieder einzog.

«Lass mich in Ruhe, du stinkende Bestie!», schluchzte Le Riche in Todesangst. Als der Geier seine Stimme hörte, sträubte er sein Gefieder und senkte den grässlichen Kopf zwischen die Schultern, doch das blieb seine einzige Reaktion. Der Tag schleppte sich dahin und der Durst wurde zu einer grausamen Folter.

Le Riche schwanden allmählich die Sinne. Es wurde ihm schwarz vor Augen. Der Vogel schien dies zu spüren, denn plötzlich breitete er seine Schwingen zu einem schwarzen Baldachin aus. Er stieß ein kehliges Gackern aus, spreizte die Krallen und stürzte sich auf Le Riche, den krummen Schnabel weit aufgerissen. Le Riche heulte vor Schreck, packte den Knüppel auf seinem Schoß und schlug wild damit um sich. Ein Hieb traf den Geier am nackten Hals, sodass er das Gleichgewicht verlor, das er jedoch mithilfe seiner Flügel so weit wiedererlangte, dass er außer Reichweite hoppeln konnte. Dann faltete er seine Schwingen ein und nahm seine stumme Wache wieder auf.

Schließlich war es die unermüdliche Geduld des Geiers, die Le Riche in den Wahnsinn trieb. Er beschimpfte das Tier durch vor Durst geschwollene und von der glühenden Sonne verbrannte Lippen. Die Risse um seinen Mund waren so tief, dass das Blut ihm vom Kinn tropfte. In seinem Wahnsinn griff Le Riche nach dem Knüppel, seiner letzten Waffe, und warf sie nach dem Kopf des Vogels. Der Geier hob seine Flügel und krähte heiser, als der Stock an seinem glänzenden Gefieder abglitt. Dann ließ er sich wieder nieder und wartete.

Die Sonne erreichte den Zenit und Le Riche wetterte und kreischte, schimpfte auf Gott und Teufel und verfluchte den geduldigen Vogel. Er kratzte Hände voll Staub und Sand zusammen und warf sie nach dem Vogel, bis seine Fingernägel bis zur Wurzel abgebrochen waren. Er saugte an seinen blutenden Fingerspitzen, um seinen brennenden Durst zu stillen, doch der Schmutz verstopfte die Poren in seiner geschwollenen Zunge nur noch mehr.

Er dachte an den Fluss, den sie auf dem Weg durchquert hatten, doch der war mindestens eine halbe Meile tiefer unten im Tal. Die Vorstellung von dem kalten, rauschenden Wasser machte ihn noch wahnsinniger. Er begab sich aus dem eingebildeten Schutz des Dornenbaums und kroch langsam den felsigen Pfad zum Fluss hinunter. Seine Füße konnte er nur hinter sich herschleifen und die verkrusteten Säbelwunden brachen wieder auf und bluteten. Der Geier witterte das Blut und hüpfte hinter ihm her. Nach kaum hundert Metern legte der Soldat den Kopf auf einen Unterarm und war sofort bewusstlos, doch nicht für lange, denn bald hatte er das Gefühl, als würden ihm ein Dutzend Speerspitzen in den Rücken getrieben.

Der Geier saß auf Le Riches Rücken, die Krallen tief im Fleisch zwischen den Schulterblättern. Er flatterte mit den Schwingen, um das Gleichgewicht zu halten, während er den Kopf senkte und seinem Opfer mit einem Schnabelhieb das Hemd aufriss. Dann hackte er mit der krummen Schnabelspitze zu und riss einen langen Streifen aus Le Riches Rückenfleisch. Der Holländer kreischte hysterisch und rollte sich herum, um den Vogel unter sich zu erdrücken, doch der erhob sich mit einem Schwingenschlag und landete in ein paar Metern Abstand.

Le Riche sah verschwommen, wie der Vogel den Hals ausstreckte und sein Fleisch herunterschlang. Dann drehte der Geier den Kopf und starrte ihn wieder an, wie er es den ganzen Tag getan hatte.

Er wusste, die Bestie wartete nur darauf, dass er wieder in Bewusstlosigkeit sinken würde. Er versuchte, sich wach zu halten, er sang und schrie und klatschte in die Hände, doch bald konnte er nur noch stammeln, seine Arme wurden schlaff und er schloss die Augen.

Als er das nächste Mal aufwachte, war der Schmerz so überwältigend, dass er es nicht für möglich hielt. Riesige Schwingen flatterten um seinen Kopf und er meinte, ein Stahlhaken wäre ihm in die Augenhöhle getrieben worden, mit dem ihm jemand das Hirn aus dem Schädel riss.

Er hatte nicht mehr die Kraft zu schreien. Er versuchte, seine Augen zu öffnen, doch er war blind und konnte nur fühlen, wie ihm das Blut über das Gesicht floss, über das Auge, das er noch übrig hatte, und in Mund und Nasenlöcher, sodass er darin zu ertrinken meinte. Er griff mit beiden Händen nach oben und bekam den schuppigen Hals des Vogels zu fassen, und dann erkannte er, dass der Schnabel tief in einer seiner Augenhöhlen steckte.

Sie hacken einem immer zuerst die Augen aus, war sein letzter klarer Gedanke. Er war jenseits jeden Widerstands. Dann spürte er wieder den Flügelschlag um seinen Kopf. Das Letzte, was er fühlte, war, wie die Schnabelspitze sich tief in sein anderes Auge bohrte.

O<small>UDEMAN RITT DICHT</small> hinter Xhia. Er hielt ihn an einer langen Leine, wie einen Jagdhund. Ihnen allen war klar, dass keiner von ihnen je aus dieser Wildnis finden würde, zurück zur fernen Kolonie, wenn Xhia sie verließe und einfach in die Nacht verschwände. Nach der Behandlung, die der Buschmann von Koots erfahren hatte, war dies mehr als möglich. So lösten sie sich darin ab, Xhia im Auge zu behalten, und hielten ihn Tag und Nacht an dieser Leine.

Sie durchquerten noch einen schmalen, klaren Bach und folgten einer Biegung in dem Tal, die sie zwischen zwei hohen Felsspitzen hindurchführte. Dahinter eröffnete sich ihnen eine unglaubliche Aussicht. Die Großartigkeit der Gebirgslandschaft hatte schon ihre Sinne abgestumpft, doch dieser Anblick veranlasste sie nun, ihre Pferde zu zügeln und staunend nach oben zu blicken.

Xhia stimmte einen klagenden Singsang an, begleitet von einem schlurfenden Tanz. Er schaute an dem heiligen Felsenberg empor, der den Himmel zu berühren schien und über dessen Gipfel die Wolken flossen wie vergossene Milch.

Plötzlich sprang Xhia hoch in die Luft und stieß einen grässlichen Schrei aus, der Koots zusammenzucken ließ und bei dem sich ihm die Haare sträubten. Xhias Schrei verfing sich in dem großen Felsenkessel vor ihnen und hallte tausendfach zurück.

«Hört, wie mir die Stimmen meiner Ahnen antworten!», rief Xhia und vollführte noch einen Luftsprung. «Ihr Heiligen, ihr Weisen, lasst mich eintreten.»

«Eintreten, eintreten!», echote es zurück. Xhia, immer noch tanzend und singend, führte die Soldaten den Geröllhang zum Fuß der flechtenbedeckten Felswände hinauf, die über ihnen zu hängen schienen. Der schnelle Wolkenfluss über die Gipfel erzeugte die Illusion, dass die Wände vor ihnen im Begriff waren, über ihnen einzustürzen. Der Wind summte tief zwischen den Felsentürmen und Zinnen, wie die Stimmen der lange Verstorbenen. Die Soldaten sagten keinen Ton und die Pferde tänzelten nervös.

Auf halber Höhe kamen sie zu einem großen Felsblock, der

vor Urzeiten aus der Wand gebrochen und zu der Stelle gerollt war, wo er jetzt lag. Er hatte die Ausmaße einer großen Hütte und war so perfekt rechteckig, dass er von Menschen aus dem Felsen gehauen zu sein schien. Auf der Seite, vor der sie nun standen, bemerkte Koots einen kleinen, natürlichen Schrein, eine Nische im Fels, in dem eine eigenartige Sammlung von Gegenständen zu sehen war: Hörner des Blaubocks und der Rehantilope, so alt, dass sie mit einer Kruste von Speckkäferkokons bedeckt waren, ein Pavianschädel, Reiherflügel, trocken und spröde vor Alter, ein ausgehöhlter Kalabschkürbis, halb voll mit hübschen, vom Wasser glatt polierten Achat- und Quarzperlen, eine Halskette aus Straußeneisplittern, steinerne Pfeilspitzen und ein verrotteter, rissiger Köcher.

«Wir müssen den Alten hier Geschenke hinterlassen», sagte Xhia und Goffel übersetzte.

Koots fühlte sich nicht wohl in seiner Haut. «Was für Geschenke?», fragte er.

«Etwas zu essen oder zu trinken und etwas Hübsches», erklärte Xhia. «Deine kleine, glänzende Flasche.»

«Nein!», sagte Koots, jedoch mit wenig Überzeugung. Der kleine silberne Flachmann enthielt den letzten Rest Genever, den er noch hatte.

«Die Alten werden zornig sein», warnte Xhia, «sie werden uns die Spur nicht offenbaren.»

Koots schwankte noch eine Sekunde, dann öffnete er widerwillig seine Satteltasche und holte die kleine Silberflasche heraus. Xhia streckte die Hand danach aus, doch Koots hielt die Flasche fest im Griff. «Wenn du noch einmal versagst, habe ich keine Verwendung mehr für dich, höchstens noch als Schakalfutter», sagte der Holländer schließlich, bevor er die Flasche hergab.

Xhia ging leise singend zu dem Schrein und träufelte einige Tropfen Schnaps auf den Felsen. Dann hob er einen faustgroßen Stein auf und hämmerte damit auf der Flasche herum. Koots verzog das Gesicht, sagte aber nichts. Xhia legte die zerbeulte Flasche zu den anderen Gaben in die Felsnische und entfernte sich rückwärts, immer noch leise singend.

«Und was machen wir jetzt?», wollte Koots wissen. Der Ort jagte ihm Angst ein. Er wollte verschwinden. «Was ist mit der Spur?»

«Wenn den Alten dein Geschenk gefällt, werden sie sie uns offenbaren. Wir müssen zu den heiligen Orten», antwortete Xhia. «Doch zuerst musst du mir dieses Seil vom Hals nehmen, oder die Alten werden dir zürnen, weil du einen von ihrem Stamm so behandelst.»

Koots war nicht sicher, doch was Xhia sagte, war bestimmt sinnvoll. Schließlich entschied er sich. Er zog seine Muskete aus der Scheide und spannte den Hahn. «Sage ihm, er muss in unserer Nähe bleiben. Wenn er versucht abzuhauen, werde ich hinter ihm herkommen und ihn abknallen wie einen räudigen Hund. Dieses Gewehr ist mit Schrot geladen, und er hat mich schießen gesehen. Er weiß, dass ich ihn nicht verfehlen würde. Sag ihm das», befahl er Goffel und wartete ab, bis der Hottentotte es übersetzt hatte.

«Binde ihn los.» Er nickte Oudeman zu. Xhia machte keine Anstalten, wegzulaufen, und sie folgten ihm zum Fuß der Felswand. Dann war Xhia plötzlich verschwunden, wie durch den Zauber seiner Vorväter.

Koots stieß einen Wutschrei aus und spornte sein Pferd an, die Muskete im Anschlag, doch dann zügelte er es plötzlich wieder und blickte staunend in die enge Felsspalte, die vor ihm sichtbar wurde.

In diesen finsteren Gang war Xhia also verschwunden, doch Koots zögerte, ihm zu folgen. Er konnte sehen, dass die Spalte zu eng war, um sein Pferd zu wenden, wenn er erst einmal drinnen wäre. Die anderen Soldaten blieben ebenfalls zurück.

«Goffel!», rief Koots. «Geh da hinein und hol den kleinen Bastard zurück.»

Goffel schaute den Weg hinunter, den sie gekommen waren, doch nun war er es, auf den Koots seine geladene Muskete richtete.

«Wenn ich Xhia nicht haben kann, dann muss ich mich eben mit dir begnügen.»

In diesem Augenblick hörten sie Xhias Stimme aus der Felsspalte hallen. Er sang.

«Was ist los?», fragte Koots, und Goffel fiel sichtlich ein Stein vom Herzen.

«Es ist sein Siegesgesang. Er dankt seinen Göttern für die Gnade, ihm die Spur offenbart zu haben.»

Koots' Furcht war sofort verflogen. Er schwang sich aus dem Sattel und marschierte in die Felsspalte. Er fand Xhia hinter der ersten Biegung, wo er immer noch triumphierend sang, kicherte und in die Hände klatschte. «Was hast du gefunden?», wollte Koots wissen.

«Schau unter deine Füße, du weißer Pavian», antwortete Xhia, unverständlich für Koots, und zeigte auf den zertrampelten weißen Sand. Koots verstand die Geste, war aber immer noch unsicher: Er konnte keine Spur erkennen, nur einzelne kleine Grübchen im Sand.

«Woher will er wissen, dass das die Spur ist, nach der wir suchen?», fragte er Goffel, der hinter ihm erschienen war. «Es könnte alles Mögliche gewesen sein, vielleicht eine Herde Quaggas oder Elen.»

Xhia widersprach diesem Einwand mit einem Schwall von Beteuerungen und Goffel übersetzte: «Xhia sagt, dies ist ein heiliger Ort. Kein wildes Tier würde je hier durchkommen.»

«Das glaube ich nicht!» Koots schüttelte den Kopf. «Woher soll ein Tier das wissen?»

«Wenn du den Zauber dieses Ortes nicht wahrnimmst, sind deine Augen blind und deine Ohren taub», erwiderte Xhia. Dann ging er dicht an eine Wand der Felsspalte, starrte sie an und begann, etwas von dem Gestein zu picken, wie ein Pavian einem Kameraden die Flöhe aus dem Fell pickt. Was immer er dort fand, legte er sich in die hohle Hand und kam damit zu Koots zurück. Er nahm etwas davon zwischen Daumen und Zeigefinger und hielt es Koots hin. Koots musste genau hinsehen, bevor er erkannte, dass es ein Haar war.

«Sieh mit deinen weißen, ekelhaften Augen, o Dungfresser!», sagte er in der Sicherheit, dass Koots ihn nicht verstehen konnte. «Dieses weiße Haar ist von der Schulter des Wallachs Frost. Dieses braune, seidige hier hat Trueheart für uns an der Wand zurückgelassen, und dieses gelbe Haar ist von Lemon. Das dunkle Haar stammt von Somoyas Pferd, Drumfire.» Er zischte verächtlich. «Glaubst du jetzt, dass Xhia der mächtigste Jäger der San ist und dass er durch einen heiligen Zauber die Spur für dich gefunden hat?»

«Sag dem kleinen gelben Affen, er soll aufhören zu plappern und uns zu ihnen führen.» Koots versuchte vergebens, seine Begeisterung zu verbergen.

W̲AS IST DAS FÜR EIN FLUSS?», fragte Koots. Sie standen auf dem Berggipfel und blickten über die Savannen und Hügel, die sich über unfassbare Weiten zu einer anderen Bergkette erstreckten, die sich blass vor dem milchig blauen afrikanischen Mittagshimmel abzeichnete.

«Sie nennen ihn den Gariep», übersetzte Goffel, «oder den Gariep Che Tabong, in der Sprache der San, den Fluss, wo der Elefant gestorben ist.»

«Warum nennen sie ihn so?», wollte Koots wissen.

«Am Ufer dieses Flusses hat Xhia als junger Mann den großen Elefanten erlegt, den er viele Tage lang verfolgt hatte.»

Koots brummte anerkennend. Seit Xhia die Spur gefunden hatte, war er ihm wieder freundlicher gesinnt. Er hatte sogar den Medizinkasten abgeladen und Xhias Verbrennungen und andere Wunden versorgt. Die Wunden heilten wie bei einem wilden Tier.

«Wenn er die Stelle findet, wo Somoya den Fluss durchquert hat, werde ich ihn mit einer kräftigen Milchkuh belohnen, sobald wir wieder in der Kolonie sind. Sag ihm das. Und wenn er mir dazu verhilft, Somoya gefangen zu nehmen oder zu töten, wird er noch fünf fette Kühe sein Eigen nennen können.» Koots bedauerte inzwischen, dass er den Buschmann so rau behandelt hatte. Er wusste, wenn er die Verbrecher einholen wollte, musste er Xhias Loyalität gewinnen.

Xhia war hoch erfreut über die Aussicht auf Reichtum. Nur wenige San besaßen ein Schaf, geschweige denn eine Kuh. Er reagierte wie ein Kind: Das Angebot einer Belohnung ließ die

Erinnerung an die Misshandlungen, die er erfahren hatte, sofort verblassen. Er lief mit solchem Eifer die Hänge hinunter, die zu dem Talkessel und dem Fluss führten, dass Koots selbst zu Pferde Mühe hatte, mit ihm Schritt zu halten. Als sie am Fluss ankamen, fanden sie dort solche Massen von Wild vor, dass Koots kaum seinen Augen traute. Die Herden innerhalb der Kolonie waren intensiv bejagt worden, seit die ersten holländischen Siedler unter Gouverneur van Riebeeck vor fast achtzig Jahren dort an Land gegangen waren. Die Bürger waren allesamt begeisterte Jäger, nicht nur wegen der Aufregung, die die Jagd bescherte, sondern auch wegen des Fleisches, der Häute und des Elfenbeins, die sie dabei erbeuten konnten. Nach den großen Jagden, die sie zu veranstalten pflegten, war der Himmel oft schwarz von Geierschwingen, und der Kadavergestank war noch nach Monaten zu riechen.

Als Folge dieser Raubzüge waren die Herden in der Kolonie beträchtlich geschrumpft und in der näheren Umgebung von Stadt und Festung war selbst das Quagga zu einer Rarität geworden. Die letzten Elefantenherden waren schon vor vierzig Jahren weit jenseits der Grenzen der Kolonie vertrieben worden und nur ein paar besonders hartnäckige Jäger machten sich auf den monatelangen Marsch in die ferne Wildnis, um sie zu verfolgen. Tatsächlich hatten sich nur wenige Weiße bis zum Gariep vorgewagt, so fern von der Sicherheit und den Bequemlichkeiten der Kolonie. Deshalb empfand Koots diese mächtige Ansammlung wilder Tiere als eine solche Offenbarung.

In den Bergen hatte es nicht viel zu jagen gegeben und nun hungerten sie nach frischem Fleisch. Koots und Oudeman preschten also voraus und waren bald bei einer Herde Giraffen, vielleicht ein Dutzend Tiere, die von den obersten Zweigen einer einsamen Akaziengruppe ästen. Die riesigen Geschöpfe flohen in ihrem behäbigem, schwingendem Lauf, die langen, sehnigen Hälse nach vorn gestreckt, wie als Gegengewicht zu dem massigen Rumpf. Koots und Oudeman schnitten eine junge Giraffenkuh von der Herde ab und ritten so dicht hinter ihr, dass ihnen die Steine und Erdklumpen um die Ohren flogen, die von den Giraffenhufen aufgeschleudert wurden. Sie feuerten auf den Rumpf, zielten auf das Rückgrat, das sich deutlich unter ihrem braun-gelb gefleckten Fell abzeichnete. Schließlich war Koots so nah dran, dass er die Musketenmündung fast aufsetzen konnte, und diesmal traf er sein Ziel. Die Kugel durchtrennte die Wirbelsäule des Tieres und es brach augenblicklich zusammen, in einer Wolke aus Staub und Erde. Koots stieg ab, lud eilig sein Gewehr nach und lief zu seinem Opfer, das nur noch schlapp um sich trat. Immer noch auf der Hut vor den Vorderhufen, deren Tritt einem Löwen das Rückgrat brechen konnte, erledigte er die Giraffe mit einem Schuss in den Hinterkopf.

Am Abend stritten sich die Hyänen mit einer Löwenmeute um die Überreste des riesigen Kadavers, während Koots und seine Männer um ihr Lagerfeuer saßen und sich am Mark der Oberschenkelknochen der Giraffe labten. Sie zerschmetterten die gerösteten Knochen zwischen zwei großen Steinen und zogen lange Schläuche des fetten, gelben Marks heraus, dick wie ein Männerarm und zweimal so lang.

Als Koots am nächsten Morgen aufwachte, schlief Goffel, den er zum Wachdienst eingeteilt hatte, fest, und Xhia war verschwunden. Rasend vor Wut trat Koots Goffel in Bauch und Unterleib. Dann prügelte er ihn mit einem Bündel Zaumzeug und zog ihm die Metallschnallen über Schultern und Schädel. Schließlich trat er einen Schritt zurück und knurrte: «Und jetzt findest du besser die Spur und fängst mir diesen kleinen gelben Affen, oder du bekommst noch eine Tracht Prügel zu spüren.»

Xhia hatte sich keine Mühe gegeben, seine Spur zu verbergen, sodass selbst Goffel ihr leicht folgen konnte. Ohne Frühstück saßen sie auf und ritten hinter Xhia her, bevor er zu viel Vorsprung gewinnen konnte. Auf der offenen Savanne würden sie ihn aus großer Entfernung sehen können, hoffte Koots, und selbst ein Buschmann konnte nicht so schnell laufen wie ein gutes Pferd.

Xhias Spur führte direkt zurück zu der dunkelgrünen Uferböschung, die den Lauf des Gariep markierte. Schon auf halbem Weg dorthin sah Koots, wie die Springbockherden am Ufer umherzurennen begannen. Die Antilopen sprangen mit allen vieren in die Luft, dass ihre Schnauzen fast ihre Vorderhufe berührten, und ließen ihren schneeweißen Schwanzflaum aufblitzen.

«Irgendetwas muss sie aufgescheucht haben», sagte Goffel, «vielleicht der Buschmann.» Koots sprengte voraus, und dann sah er eine kleine, vertraute Gestalt, die durch die von den Springböcken aufgewirbelte Staubwolke auf sie zugetrabt kam.

«Beim Atem des Satans!», rief Koots. «Es ist Xhia! Er kommt wieder zurück!»

Noch am selben Tag führte Xhia sie zu der Stelle am Gariep-Strom, wo Wagenräder tiefe Furchen in dem weichen Schwemmboden am Ufer hinterlassen hatten.

«Vier große Fuhrwerke und ein kleiner Wagen sind hier durchgekommen», erklärte er Koots durch Goffels Mund. «Die Wagen waren von vielen Tieren begleitet, Pferde, Vieh und einige Schafe. Hier! Hier ist der kleine Wagen zur Kolonie umgekehrt, aber die vier großen Wagen sind weiter in die Wildnis gezogen.»

«Wessen Wagen sollen das gewesen sein?», fragte Koots.

«Es gibt nur wenige Bürger in der Kolonie, die reich genug sind, fünf Wagen zu besitzen. Einer davon ist Klebe, Somoyas Vater.»

«Ich verstehe nicht.» Koots schüttelte den Kopf.

«Anscheinend ist Klebe mit diesen Wagen hierher zum Gariep gekommen, während Bakkat und Somoya uns mit der Verfolgungsjagd durch die Berge abgelenkt haben. Nachdem Somoya unsere Pferde gestohlen hatte, wusste er, dass wir ihm nicht weiter folgen konnten und ist dann hierher geritten, um sich mit seinem Vater zu treffen.»

«Und was ist mit dem kleinen Wagen, der zur Kolonie umgekehrt ist?», wollte Koots wissen.

Xhia zuckte die Schultern. «Vielleicht hat Klebe seinem Sohn die vier großen Wagen übergeben und ist dann zum Kap zurückgekehrt.» Er berührte die Radspuren mit seiner großen Zehe. «Siehst du, wie tief sie sich in den Boden geschnitten haben? Die Wagen sind schwer beladen.»

«Wie kann Xhia das alles wissen?», fragte Koots.

«Weil ich Xhia bin, weil meine Augen alles sehen können.»

«Der kleine Bastard rät also einfach.» Koots nahm seinen Hut ab und wischte sich den Schweiß von der Halbglatze.

«Wenn wir den Wagen folgen, wird Xhia dir alles beweisen», gab Goffel zu bedenken, «und wenn er sich geirrt hat, kannst du ihn immer noch erschießen und dir die Kühe sparen, die du ihm versprochen hast.»

Koots setzte sich den Hut wieder auf. Trotz seines drohenden Gesichtsausdrucks war er in der ganzen Zeit, seit sie von der Kolonie aufgebrochen waren, noch nie so überzeugt gewesen, dass sie am Ende erfolgreich sein würden.

Sie reisen offenbar mit jeder Menge Fracht, dachte Koots. Die Ladung auf diesen Wagen ist vielleicht fast so viel wert wie das Kopfgeld, wegen dem wir losgezogen sind. Er blickte zu dem in der Hitze flimmernden Horizont, zu dem die Spuren führten. Dort draußen gibt es keine Zivilisation, kein Gesetz. Kopfgeld oder Fracht, ich rieche hier einen hübschen Gewinn für mich.

Um sich Zeit zum Nachdenken zu geben, saß er ab und sah sich die Wagenspuren genauer an. «Wie lange ist es her, dass die Wagen hier durchgekommen sind?»

Goffel gab die Frage an Xhia weiter.

«Einige Monate, mehr kann er nicht sagen, doch Wagen kommen nur langsam voran, viel langsamer als Reiter.»

Koots nickte. «Gut, sehr gut! Er soll den Spuren folgen und mir den Beweis bringen, dass die Wagen Courtney gehören.»

Diesen Beweis fanden sie hundert Meilen weiter, zwölf Tage später, als sie an eine Stelle kamen, wo einer der Wagen in den Bau eines Ameisenbärs eingesunken und schwer beschädigt worden war. Etliche Speichen in einem der Vorderräder waren dabei gebrochen. Der Zug hatte dort einige Tage gelagert und den Wagen repariert. Sie hatten neue Speichen geschnitzt und abgehobelt und die gebrochenen zurückgelassen.

Xhia hob eines der geborstenen Holzstücke vom Gras auf und lachte triumphierend. «Hat Xhia dir nicht immer wieder die Wahrheit gesagt? Und hast du ihm geglaubt? Nein!» Er hielt die gebrochene Holzstange hoch. «Kennst du dieses Bild?», fragte er.

Koots grinste wölfisch und nickte, als er das Symbol erkannte: eine stilisierte Kanone, ein langer Neunpfünder auf seiner Lafette, mit einem Band darunter, auf dem die Buchstaben CBTC eingeprägt waren. Koots hatte dieses Zeichen auf der Fahne gesehen, die über dem Lagerhaus auf High Weald wehte, und unter dem Giebel an der Fassade. Es bedeutete: *Courtney Brothers Trading Company.*

Er rief seine Soldaten zusammen und zeigte ihnen das Stück Holz. Sie ließen es von Hand zu Hand gehen. Alle kannten dieses Brandzeichen. Nach Gouverneur van der Witten waren die Gebrüder Courtney die reichsten und einflussreichsten Männer der Kolonie. Ihr Wappen war fast so bekannt wie das der VOC. Die Brüder schmückten all ihre Besitztümer damit, ihre Gebäude, Schiffe und Wagen. Es war das Zeichen, mit dem sie ihre Briefe und Verträge besiegelten und ihre Pferde und ihr Vieh brandmarkten. Nun gab es keinen Zweifel mehr, wem die Wagen gehörten, denen sie folgten.

Koots schaute in die Runde, bis sein Blick zuletzt auf Richter ruhte. Er warf ihm die gebrochene Speiche zu. «Weißt du, was du da in Händen hältst, Korporal?»

«Ja, Captain. Es ist eine Wagenspeiche.»

«Nein, Korporal!», berichtigte ihn Koots. «Es sind tausend Goldgulden!» Von den beiden Weißen, Oudeman und Richter, wanderte sein Blick nun zu den dunklen Gesichtern von Xhia, Goffel und den anderen Hottentotten. «Will irgendjemand von euch nun umkehren? Diesmal würde es euch nicht ergehen wie dem elenden Bastard Le Riche. Diesmal könntet ihr eure Pferde mitnehmen. Die Belohnung ist nicht alles, was wir gewinnen werden. Wir werden auch vier voll beladene Wagen erbeuten, und eine Herde Vieh, Pferde und Schafe. Selbst Xhia wird mehr gewinnen als die sechs Kühe, die ich ihm versprochen habe. Und der Rest von euch? Möchte irgendjemand von euch heimkehren, ja oder nein?»

Sie waren nun wie eine Meute wilder Hunde, die die verwundete Beute witterten. Sie grinsten einander an und schüttelten die Köpfe.

«Und vergesst nicht das Mädchen, das sie bei sich haben.

Hätte jemand von euch schwarzen Bastarden Lust, mit einem weißen Mädchen mit goldenem Haar zu spielen?»

Sie brachen in lautes, lüsternes Gelächter aus.

«Es tut mir Leid, aber einer von euch wird wohl nicht dieses Vergnügen haben.» Er schaute nachdenklich von einem zum anderen. Unter den Hottentottensöldnern gab es einen, den er schon lange loswerden wollte. Sein Name war Minna. Er schielte, was ihn ständig verschlagen und hinterlistig aussehen ließ, und dieser Ausdruck entsprach nur zu genau seinem wahren Charakter, wie Koots erkannt hatte. Minna hatte geschmollt und gejammert, seit sie die Kolonie verlassen hatten, und nun war er der Einzige in dem Trupp, der keine Begeisterung dafür zeigte, Jim Courtneys Wagen zu folgen.

«Wir sind alte Brüder im Kriegerblut, Minna.» Koots legte dem Mann einen Arm um die Schultern. «Du kannst dir also vorstellen, wie es mich schmerzt, dass wir uns trennen müssen. Ich brauche nämlich einen guten Mann, der Oberst Keyser eine Nachricht überbringen muss. Ich muss ihn über den Erfolg unserer Expedition informieren und du, mein lieber, tapferer Minna, bist genau der richtige Mann für diese Aufgabe. Ich werde den Oberst natürlich bitten, dich fürstlich zu belohnen. Wer weiß, vielleicht hast du bald ein paar goldene Tressen am Ärmel, wenn du diesen Auftrag ordentlich erfüllst, und ein paar Goldstücke in der Tasche.»

Koots setzte seinen Brief an Keyser auf. Er wusste, Minna konnte nicht lesen, und nachdem er seine eigenen Leistungen als Anführer der Expedition gebührend gepriesen hatte, schloss er seinen Bericht mit folgender Anmerkung: «Johannes Minna, dem Mann, der Ihnen diese Botschaft überbringt, mangelt es an soldatischen Tugenden. Ich empfehle, mit größtem Respekt, ihn seines Ranges zu entheben und ihn ohne Pensionsanspruch aus den Diensten der Compagnie zu entlassen.»

Damit, dachte er zufrieden, als er den Brief faltete, haben wir auch der Verpflichtung Genüge getan, die Beute mit Minna zu teilen, wenn wir mit Jim Courtneys Kopf in die Kolonie zurückkehren. «Du brauchst nur die Wagenspuren zurückverfolgen, sie werden dich zum Kap zurückführen», riet er Minna. «Xhia sagt, es sind keine zehn Tagesritte.» Dann übergab er Minna die Botschaft und die gebrochene Wagenspeiche. «Beides musst du Oberst Keyser persönlich übergeben.»

Minna grinste unterwürfig und machte sich eifrig daran, sein Pferd zu satteln. Er konnte sein Glück kaum fassen: Endlich kam er von dieser grässlichen Expedition weg, und er würde sogar dafür belohnt werden!

D IE RÄDER DER SCHWER beladenen Wagen drehten sich langsam, doch die Tage flogen dahin, die Stunden schienen zu kurz zu sein, um sich all der Wunder zu erfreuen, die sie auf ihrer Reise erblickten, und all die großen und kleinen Abenteuer auszukosten, die sie täglich erlebten. Hätte Louisa nicht so sorgfältig ihr Tagebuch geführt, wären diese goldenen Tage spurlos dahingegangen. Allerdings musste sie Jim immer wieder dazu anhalten, sein Versprechen zu halten. Er bestimmte ihre Position anhand des Sonnenstands nur, wenn sie darauf bestand, und sie war es dann, die die Ergebnisse notierte.

Jim war zuverlässiger, wenn es ums Goldwaschen ging. Jeden Fluss, den sie durchquerten, untersuchte er auf Spuren des kostbaren Metalls und nicht selten fand er eine hellgelbe Linie aus Metallstaub am Rand der Goldpfanne. Die Aufregung legte sich jedoch schnell, wenn er das Metall mit der Schwefelsäure testete und es sich sprudelnd auflöste. «Wieder nur Pyrit, Katzengold», berichtete er Louisa dann traurig, bevor er wenige Stunden später erneut voller Begeisterung auf Goldsuche ging. Sein jungenhafter Optimismus war einer der Züge, die Louisa so an ihm mochte.

Jim suchte auch nach Spuren anderer Menschen, die durch diese Landschaft gekommen waren, fand jedoch kaum einen Hinweis. Einmal fanden sie Wagenspuren, die in der leblosen Kruste eines Salzsees erhalten geblieben waren, doch Bakkat ließ ihn in keinem Zweifel, dass diese Spuren sehr alt waren. Bakkat hatte einen anderen Begriff vom Lauf der Zeit als die Europäer, weshalb Jim nachbohrte: «Wie alt ist ‹sehr alt›, Bakkat?»

«Diese Spuren stammen noch aus der Zeit vor deiner Geburt, Somoya», erklärte der Buschmann. «Der Mann, dessen Wagen sie hinterlassen hat, ist wahrscheinlich längst gestorben.»

Es gab aber auch andere, frischere Spuren menschlichen Lebens – Spuren von Bakkats Volk. Wann immer sie auf einen Felsenunterstand oder eine Höhle in einem Hügel oder einem Kopje stießen, fanden sie dort eigenartige, bunte Gemälde, die die Felswände schmückten, und noch relativ frische Feuerstellen mit Holzkohleresten, auf denen die kleinen Leute ihre Beute gekocht hatten, und Tierknochen, die sie auf ihren Dunghaufen in der Nähe hinterlassen hatten. An den Symbolen und dem Stil der Malereien konnte Bakkat sogar ablesen, welcher Klan des Stammes jeweils an einem solchen Ort gelagert hatte. Oft spürte Louisa, wenn sie diese kunstvollen Huldigungen an fremde Götter betrachteten, wie sehr sich Bakkat nach der idyllischen Zeit zurücksehnte, als sein Volk noch das freie, sorglose Leben führen konnte, das die Natur für sie ausersehen hatte.

Die Landschaft veränderte sich mit der Zeit, die Ebenen gingen in Wälder und Hügel über, mit Flüssen, die durch weite, grüne Täler und Auen flossen. An manchen Stellen war der Urwald so dicht und dornig, dass sie keinen Weg hindurch fanden und es ihnen auch nicht gelang, eine Schneise für ihre Wagen zu schlagen. Die verschlungenen Äste waren eisenhart und widerstanden den schärfsten Äxten. So mussten sie lange Umwege einschlagen. An anderen Stellen war das Veld wie eine englische Parklandschaft, offen und fruchtbar, mit kirchturmhohen Bäumen und weiten, dichten Laubkronen.

Überall gab es Tiere und Vögel in unermesslicher Anzahl und Vielfalt, vom winzigen Sonnenvogel bis zu Straußen, die einen berittenen Mann überragten, mit weißem Flaum in Flügeln und Schwanzfedern, von winzigen Spitzmäusen, kaum größer als Jims Daumen, bis zu Flusspferden, schwerer als der größte Ochse. Diese Riesen schienen jeden Teich und jeden Fluss zu bevölkern, so dicht zusammengedrängt, dass sie lebendige Inseln formten für die weißen Reiher, die auf ihren Rücken hockten, als wären sie Felsen.

Jim jagte einmal einem alten Nilpferdbullen eine gehärtete Kugel zwischen die Augen. Im Todeskampf tauchte das Tier unter und war lange Zeit nicht zu sehen. Am nächsten Tag brachten die Gase in seinem Bauch den Kadaver an die Oberfläche, wo er dann trieb wie ein Luftballon, die Stummelbeine senkrecht in die Luft gereckt, bevor sie ihn mit einem Ochsengespann ans Ufer zogen. Das reine, weiße Fett in seinem Leib füllte dann ein Zweihundert-Liter-Wasserfass, nachdem sie es ausgelassen hatten. Dieses Fett war ideal zum Kochen, zum Seifemachen, als Schmiere für die Wagen und die Flinten.

Es gab so viele verschiedene Antilopenarten, dass Louisa bei Jim praktisch ihr Lieblingsfleisch bestellen konnte, wie in einem Metzgerladen, denn jede Art schmeckte anders und eignete sich für andere Rezepte. Die falbenfarbenen Riedbockantilopen grasten unter hohen Bäumen. Riesige Herden fantastisch gestreifter Zebras galoppierten über das Grasland. Eine andere pferdeartige Antilope hatte ebenholzschwarze Läufe und Rücken, eisweiße Bäuche und riesige nach hinten verlaufende, säbelförmige Hörner. In jedem Dickicht und Dornenwald fanden sie die nervösen Kudus mit ihren Korkenzieherhörnern und ganze Herden schwarzer Büffel, die den Dschungel niedertrampelten, wenn sie die Flucht ergriffen.

Jim wartete sehnsüchtig darauf, seinen ersten Elefanten zu Gesicht zu bekommen, und an den Abenden sprach er mit fast religiöser Ehrfurcht von diesen Tieren. Er hatte noch nie einen lebendigen Elefanten gesehen, obwohl die Stoßzähne sich im Lagerhaus der Courtneys auf High Weald stapelten. Jims Vater hatte in seiner Jugend Elefanten gejagt, doch das war in Ostafrika gewesen, über tausend Meilen entfernt. Er war aufgewachsen mit den Geschichten, die sein Vater über die Jagd nach diesen legendären Tieren erzählte, und Jim war besessen von dem Gedanken, sie endlich mit eigenen Augen zu sehen. «Seit wir den Gariep verlassen haben, haben wir fast tausend Meilen zurückgelegt», sagte er zu Louisa. «Kein Mensch kann sich je weiter von der Kolonie entfernt haben. Wir müssen bald auf die Elefantenherden stoßen.»

Und dann bekamen seine Träume schließlich greifbare Nahrung. Sie stießen auf einen Wald, in dem die meisten Bäume zu Boden gerissen und zu Splittern zertrümmert waren wie nach einem Wirbelsturm. Von den Bäumen, die noch standen, hatten die mächtigen Dickhäuter alle Rinde abgefressen.

«Siehst du, wie sie den Saft aus der Rinde gekaut haben?» Bakkat zeigte Jim die großen Bälle ausgesaugter Rinde, die die Tiere ausgespieen hatten. «Und siehst du den Baum dort, den sie niedergerissen haben? Der war einmal höher als der Großmast auf dem größten Schiff deines Vaters – und sie haben nur die zarten Blätter vom Wipfel gefressen. Ja, es sind wirklich wunderbare Tiere.»

«Folge ihnen, Bakkat!», flehte ihn Jim an. «Bring mich zu den Elefanten.»

«Die Spuren sind mindestens drei Monde alt. Siehst du, wie die Abdrücke, die sie im Schlamm der letzten Regenzeit hinterlassen haben, steinhart getrocknet sind?»

«Wann werden wir sie finden?», wollte Jim wissen. «Werden wir sie jemals finden?»

«Wir werden sie finden», versprach Bakkat, «und wenn es so weit ist, wirst du vielleicht wünschen, es wäre nie geschehen.» Er zeigte mit dem Kinn auf einen der umgestürzten Bäume. «Wenn sie das mit solch einem Baum machen können, was werden sie dann erst mit einem Menschen anstellen?»

Jeden Tag ritten sie voraus, um die Gegend zu erkunden, nach frischeren Elefantenspuren zu suchen und den Weg für Smallboy und seine Fuhrwerke zu bahnen. Sie mussten stets dafür sorgen, dass es genug Trinkwasser und gutes Futter für die Tiere gab und um die Vorräte aufzufüllen für Zeiten, wenn ihre Suche nach frischen Wasserlöchern erfolglos blieb. Bakkat zeigte Jim, wie man den Flug der Steppenhühner und anderer Vogelschwärme deutete und wie man beobachtete, in welche Richtung die durstigen Herden zu den nächsten Wasserlöchern zogen. Die Pferde waren ebenfalls eine große Hilfe – sie witterten Wasser aus vielen Meilen Entfernung.

Oft fanden sie sich so weit vor dem Wagenzug, dass sie vor Sonnenuntergang nicht in die Sicherheit und Bequemlichkeit des Lagers zurückkehren konnten und gezwungen waren, ein

Notlager einzurichten, wo immer die Nacht oder die Erschöpfung sie einholte. An den Abenden, wenn sie es zurück schafften, war es jedoch immer eine glückliche Heimkehr, wenn sie die Lagerfeuer in der Ferne brennen sahen oder die Ochsen muhen hörten. Die Hunde kamen ihnen dann aufgeregt bellend entgegengelaufen und Smallboy und die anderen Fahrer begrüßten sie mit freudigen Rufen.

Louisa versäumte es nie, die Tage auf dem Kalender abzuhaken, und sie bestand darauf, dass Jim an jedem Sonntag im Lager blieb. Den Sonntagmorgen schliefen sie dann lange und hörten einander, wenn sie erst aufwachten, als die Sonne durch die Achterklappen schien. Danach blieben sie in ihren Betten liegen und plauderten schläfrig durch ihre Wagenplanen hindurch, bis Louisa Jim erinnern musste, dass es Zeit wurde, aufzustehen. Der Kaffeeduft von Zamas Lagerfeuer überzeugte ihn schließlich, dass sie Recht hatte.

Louisa kochte immer ein besonderes Sonntagsmahl, gewöhnlich nach einem neuen Rezept aus Sarahs Kochbuch. Jim kümmerte sich in der Zeit um all die kleinen Arbeiten im Lager, die in der Woche vernachlässigt worden waren. Er beschlug ein Pferd, reparierte einen Riss in einer Wagenplane oder schmierte die Radnaben.

Nach dem Mittagessen brachten sie oft Hängematten im Schatten der Bäume an und lasen einander aus einem der Bücher vor, die in ihrer kleinen Bibliothek zu finden waren. Danach besprachen sie die Ereignisse der letzten Tage und machten Pläne für die kommende Woche. Zu Jims Geburtstag, dem ersten, den sie zusammen verbrachten, schnitzte ihm Louisa als Überraschungsgeschenk einen Satz Schachfiguren und ein Schachbrett aus verschiedenfarbigen Hölzern. Jim versuchte begeistert auszusehen, obwohl er nicht recht wusste, was er mit dem Geschenk anfangen sollte, da er noch nie eine Partie gespielt hatte. Im Schatten eines mächtigen Kameldornbaums las sie ihm dann die Regeln vor, wie sie in ihrem Almanach zu finden waren, und baute das Schachbrett auf.

«Ich überlasse dir die weißen Figuren», sagte sie großzügig, «das heißt, du hast den ersten Zug.»

«Ist das von Vorteil?», fragte er.

«Das ist ein großer Vorteil», versicherte sie ihm. Er lachte und schob einen seiner Bauern drei Felder vor. Sie ließ ihn das korrigieren und schlug ihn dann mit wenigen gnadenlosen Zügen. «Schachmatt!», sagte sie plötzlich zu seiner vollkommenen Verblüffung.

Gedemütigt durch die Leichtigkeit, mit der sie das fertig gebracht hatte, studierte er die Stellung eingehend und zweifelte die Legitimität jedes ihrer Züge an, die zu seiner Niederlage geführt hatten. Sobald klar wurde, dass sie nicht geschummelt hatte, setzte er sich zurück und starrte missmutig auf das Schachbrett, bis allmählich wieder der Kampfgeist in seinen Augen aufblitzte und er sich in die Brust warf. «Lass uns noch eine Partie spielen», sagte er. Die zweite Partie endete jedoch auf die gleiche beschämende Art wie die erste. Vielleicht war Jim deshalb von da an so besessen von dem Spiel. Unter Louisas taktvoller Anleitung machte er so schnelle Fortschritte, dass er ihr bald fast ebenbürtig war. Danach fochten sie viele denkwürdige Schlachten auf diesem Schachbrett aus, die sie einander auf eigenartige Weise immer näher brachten.

In einem konnte sie ihm jedoch immer noch nicht das Wasser reichen, obwohl sie alles daransetzte und es oft fast geschafft hätte, und das war im Schießen. An einem Sonntagnachmittag nach dem Essen stellte Jim in fünfzig, hundert, und einhundertfünfzig Schritten Entfernung Ziele auf. Louisa benutzte ihre kleine französische Waffe und er schoss mit einem der beiden schwereren Gewehre aus London. Die Siegestrophäe war ein buschiger Giraffenschwanz und der Sieger dieses wöchentlichen Wettstreits hatte das Recht, ihn für den Rest der Woche vorne an seinen Wagen zu hängen. In den seltenen Wochen, wo Louisa diese Ehre zuteil wurde, ließ Smallboy, ihr Fahrer, seine Peitsche öfter und lauter knallen als gewöhnlich, viel lauter als nötig gewesen wäre, seine Ochsen anzutreiben.

Louisa fand nach und nach solchen Stolz und solche Erfüllung darin, wie sie das Lager und ihr Leben organisierte, und sie fühlte sich so froh in Jims Gegenwart, dass die Erinnerungen an ihr früheres Leben immer mehr verblassten. Die Albträume wurden seltener und sie fand den Humor und die Lebensfreude wieder.

Auf einem ihrer gemeinsamen Ausritte fanden sie eine Tsama-Rebe prall mit Früchten. Die grün-gelb gestreiften Melonen waren groß wie ein Männerkopf. Jim füllte seine Satteltaschen damit und als sie wieder im Lager waren, schnitt er eine der Melonen in dicke, dreikantige Scheiben. «Das ist einer der Leckerbissen der Wildnis.» Er gab ihr ein Stück und sie kostete zaghaft. Es triefte vor Saft, doch es schmeckte nach nichts, nur ein wenig süßlich. Ihm zu Gefallen tat sie so, als fände sie Geschmack an der vermeintlichen Delikatesse.

«Mein Vater sagt, eine solche Melone hätte ihm einmal das Leben gerettet. Er war tagelang durch eine Wüste geirrt und wäre bestimmt verdurstet, wenn er nicht auf eine Tsama-Melone wie diese hier gestoßen wäre. Ist sie nicht köstlich?»

Sie schaute auf das blassgelbe Mark in der Kürbisschale und dann auf Jim. Plötzlich fühlte sie sich mit mädchenhaftem Übermut erfüllt, wie sie es seit dem Tod ihrer Eltern nicht erlebt hatte.

«Worüber grinst du?», fragte Jim.

«Darüber!» Sie beugte sich über den Lagertisch und rieb ihm das weiche, nasse Fruchtfleisch ins Gesicht. Er starrte sie verdattert an, als der Saft und das gelbe Mark ihm von Nase und Kinn tropften. «Na, ist das nicht köstlich?», fragte sie, und dann brach sie in unbändiges Gelächter aus. «Du siehst so komisch aus!»

«Mal sehen, wer gleich noch komischer aussieht.» Jim erholte sich und griff nach den Resten der Melone. Sie kreischte auf, sprang von ihrem Stuhl und lief davon. Jim verfolgte sie durch das Lager, die Melone in der Hand, Kerne und Saft im Haar und auf dem Hemd.

Das ganze Lager sah staunend zu, wie sie sich zwischen die Wagen duckte und zu entkommen versuchte, doch sie konnte vor Lachen kaum noch laufen und schließlich fing Jim sie ein, drückte sie mit einer Hand an einen Wagen und zielte mit der anderen.

«Es tut mir furchtbar Leid», keuchte sie. «Bitte vergib mir, es tut mir wirklich Leid, ich werde es nie wieder tun.»

«Nein, das wirst du bestimmt nicht», nickte er. «Ich werde dir zeigen, wie es dir ergehen wird, wenn du das noch einmal versuchst.» Er machte mit ihr das Gleiche, was sie mit ihm gemacht hatte, als er fertig war, hatte sie gelbes Melonenfleisch im Haar, in den Augenwimpern und in den Ohren.

«Du bist eine Bestie, James Archibald!» Sie wusste, wie sehr er den Namen verabscheute. «Ich hasse dich.» Sie versuchte, ihn anzufunkeln, aber dann musste sie wieder lachen. Sie hob eine Hand, um ihn zu schlagen, doch er packte sie am Handgelenk und sie taumelte.

Plötzlich lachte niemand mehr. Ihre Mund war so nah bei seinem, dass ihr Atem sich mischte, und er sah etwas in ihren Augen, was er noch nie bei ihr gesehen hatte. Sie begann zu zittern und ihre Lippen bebten. Was er gesehen hatte, verschwand und wich purem Schrecken. Er wusste, alle seine Leute beobachteten sie.

Er ließ ihr Handgelenk los und trat zurück, und diesmal war er es, der vor Lachen fast keine Luft mehr bekam. «Pass auf, du Luder, das nächste Mal werde ich dir ein kaltes, klebriges Stück Melone in den Kragen stecken, dass es dir den Rücken hinunterläuft.»

Es war ein angespannter Augenblick. Sie war den Tränen nahe. Bakkat rettete die Situation, indem er ihren Kampf nachzuäffen begann. Er hob die herumliegenden Melonenstücke auf und bewarf Zama damit. Die Fahrer beteiligten sich an dem Spiel und bald flogen die Melonenschalen in alle Richtungen. In dem Aufruhr verschwand Louisa unbemerkt in ihren Wagen. Als sie später wieder herauskam, war sie sehr still. Sie trug ein frisches Kleid und hatte ihr Haar in lange Zöpfe geflochten. «Möchtest du eine Partie Schach mit mir spielen?», fragte sie Jim, ohne ihm in die Augen zu schauen.

Er brauchte nur zwanzig Züge, um sie matt zu setzen. Er zweifelte jedoch an dem Wert seines Sieges. Hatte sie ihn absichtlich gewinnen lassen oder war sie nur mit den Gedanken woanders gewesen?

AM NÄCHSTEN MORGEN ritten Jim und Louisa mit Bakkat aus, noch bevor es hell wurde. Ihr Frühstück hatten sie in Feldgeschirren hinter ihren Sätteln verstaut. Nach etwa einer Stunde kamen sie an einen schmalen Bach, der sich durch den lichten Wald schlängelte. Dort machten sie Rast, tränkten die Pferde und nahmen ihr Frühstück zu sich.

Die beiden jungen Leute saßen einander gegenüber auf umgestürzten Baumstämmen. Sie waren befangen und still, konnten sich nicht in die Augen schauen. Die Erinnerung an den Moment am Tag zuvor war noch zu lebhaft und wenn sie etwas sagten, war es steif und übertrieben höflich. Nach dem Frühstück spülte Louisa die Essgeschirre am Bach und Jim sattelte die Pferde. Als sie zurückkam, half er ihr zaghaft beim Aufsitzen und sie bedankte sich viel überschwänglicher, als die kleine Geste erfordert hätte.

Sie machten sich auf den Weg den Hügel hinauf. Bakkat ritt voraus. In der Sekunde, als er den Kamm erreichte, warf er Frost herum und kam das kurze Stück zu ihnen zurückgaloppiert, das Gesicht zu einer eigenartigen Grimasse verzerrt, die Stimme nur mehr ein unverständliches Piepsen.

«Was ist los?», brüllte Jim.

«Was hast du gesehen?» Er packte ihn am Arm und hätte ihn fast aus dem Sattel gerissen.

Endlich fand Bakkat seine Stimme wieder. «Dhlovu!», rief er gequält, als wäre er in großen Schmerzen. «Viele, viele!»

Jim warf Bakkat seine Zügel zu, riss die kleinkalibrige Flinte aus ihrem Halfter, sprang aus dem Sattel und lief den Hügel hinauf. Er wusste, er durfte sich nicht zeigen. Also duckte er sich dicht hinter dem Kamm und versuchte, sich zu sammeln, doch die Aufregung schnürte ihm die Brust zusammen und er konnte kaum atmen. Das Herz schien ihm aus dem Mund hüpfen zu wollen. Dennoch hatte er die Geistesgegenwart, die Windrichtung zu überprüfen: Er zupfte ein paar trockene Grashalme vom Boden, zerrieb sie zwischen seinen Fingern und beobachtete, in welche Richtung die Graskrümel dann trieben, als er sie zu Boden fallen ließ. Der Wind stand günstig.

Plötzlich spürte er Louisa dicht neben sich. «Was ist, Jim?» Sie hatte das Wort nicht verstanden, das Bakkat gerufen hatte.

«Elefanten!» In seiner Aufregung hatte Jim Schwierigkeiten, dieses magische Wort über die Lippen zu bringen.

Zuerst starrte sie ihn verständnislos an, doch dann funkelten ihre Augen. «Oh Jim, zeig sie mir!»

Selbst in dem fast unerträglichen Jagdfieber, das ihn gepackt hatte, war er noch dankbar dafür, dass sie jetzt bei ihm war und etwas mit ihm teilen würde, was er bestimmt sein Leben lang nicht vergessen würde. «Komm.» Sie nahm seine Hand, und trotz allem, was zwischen ihnen vorgefallen war, empfand er keinerlei Überraschung über ihre zutrauliche Geste. So krochen sie Hand in Hand weiter hinauf und schauten über den Kamm.

Vor ihnen lag ein riesiger, von Hügeln umringter Talkessel. Der Grund war mit frischem Grün bedeckt, das nach den kürzlichen Regenfällen aus dem Boden geschossen war. Das alte Gras war in der Trockenzeit davor abgebrannt. Nun war das Tal so grün wie eine englische Parklandschaft, mit verstreuten Gruppen von hohen Mahobahoba-Bäumen und vereinzelten Dornendickichten.

Auf dieser Ebene zwischen den Hügeln liefen und standen Hunderte von Elefanten umher, allein und in kleinen Herden. Für Jim, der sich seine erste Begegnung mit diesen Tieren so oft vorgestellt hatte, übertraf dieses Bild seine kühnsten Träume. «Süße Mutter Maria», flüsterte er, «mein Gott, lieber Gott!»

Sie fühlte, wie seine Hand in der ihren zitterte und hielt sie fester. Sie begriff, dies war ein entscheidender Augenblick in seinem Leben, und wie stolz war sie nun, diesen Augenblick mit ihm zu teilen. Sie wusste einfach, dies war ihr Platz, hier an seiner Seite, als hätte sie endlich gefunden, wo sie hingehörte.

Er betrachtete die Größe einzelner Tiere und schloss aus dem Vergleich, dass die Herden, die wie Granitfelder aus der Ebene zu wachsen schienen, hauptsächlich aus Kühen und Jungtieren bestanden. Die Herden änderten nur langsam ihre Form, drängten sich enger zusammen und strömten wieder auseinander. Die Bullen, dunkelgraue Riesen im Vergleich zu den anderen Tieren, unverkennbar in ihrer Majestät, selbst aus dieser Entfernung, standen abseits von diesen Massen.

Ein Bulle, nicht weit vor der Höhe, auf der sich Jim und Louisa befanden, war jedoch besonders mächtig, sodass seine Brüder und Vettern gegen ihn unbedeutend erschienen. Vielleicht war es nur das Licht, doch seine Haut wirkte dunkler als bei jedem anderen Tier, das sie vor sich sahen. Seine Ohren waren wie Schiffssegel, mit denen er sich kühle Luft zufächerte, mit trägen, müden Schlägen. Jedes Mal, wenn er den Kopf bewegte, ließ die Sonne die Rundung eines der riesigen Stoßzähne aufblitzen wie einen Spiegel. Dann ließ der Bulle die Rüsselspitze zu Boden sinken, saugte den Staub zu seinen Füßen auf und sprühte ihn sich in einer blassgelben Wolke über Kopf und Schultern.

«Er ist so riesig», flüsterte Louisa. «Ich hätte nie gedacht, dass sie so groß sind.»

Ihre Stimme riss Jim aus seiner Verzückung und er schaute sich um. Bakkat war dicht hinter ihnen.

«Ich habe nur diese kleinkalibrige Flinte bei mir.» Die beiden deutschen Elefantentöter hatte er bei den Wagen gelassen und das bereute er nun. Es waren schwere, unhandliche Waffen und nachdem er so oft enttäuscht worden war, hatte er nicht erwartet, ausgerechnet an diesem Tag auf Elefanten zu stoßen, und bestimmt nicht auf so viele. Er wusste, es wäre idiotisch, es mit der kleinen London-Flinte mit einem Geschöpf aufzunehmen, das so mit Muskeln und Sehnen bepackt war und das so massive Knochen hatte, an dem die Kugeln nur abprallen würden.

«Reite zurück, Bakkat, so schnell dich Frost tragen kann, und hole mir die beiden schweren Gewehre und die Pulverflasche und den Patronengürtel.» Kaum hatte Jim den Befehl ausgesprochen, war Bakkat im Sattel und ritt in wildem Galopp den Hügel hinunter. Jim und Louisa schauten ihm nicht lange nach, sondern krochen weiter, wobei sie ihre Silhouette mit einem kleinen Strauch tarnten, den sie neben sich hielten. Auf der anderen Seite fanden sie einen dornigen Akazienbusch, der ihnen Deckung bot und zwischen dessen zottigen Zweigen und gelben Blüten sie sich niederließen, Seite an

Seite. Jim richtete sein Teleskop wieder auf den großen Bullen am Fuß des Hangs ein.

Er schnappte nach Luft, so groß sah das Tier durch das Fernrohr aus, und er bestaunte die langen, dicken Elfenbeintriebe, die ihm aus dem Oberkiefer wuchsen. Obwohl er nicht genug bekommen konnte von diesem wunderbaren Anblick, reichte er das Teleskop an Louisa weiter, die inzwischen bestens damit umgehen konnte. Sie richtete es auf das großartige Tier, doch nach wenigen Minuten fiel ihre Aufmerksamkeit auf eine Gruppe spielender Kälber etwas weiter weg, wo sie einander piepsend durch ein Wäldchen jagten.

Als Jim bemerkte, dass sie das Fernrohr von dem Patriarchen weggeschwenkt hatte, hätte er es ihr fast aus der Hand gerissen, doch dann sah er ihr zärtliches Lächeln, wie sie die verspielten Kälber beobachtete, und besann sich eines Besseren, so stark waren seine Gefühle für sie, noch stärker als die Jagdleidenschaft.

Zu seiner Freude löste sich der Bulle dann aus dem Schatten des Mahobahoba-Baums und kam den Hang heraufspaziert, direkt auf sie zu. Er berührte Louisa sanft an der Schulter. Als sie daraufhin das Teleskop senkte, legte er warnend einen Finger an die Lippen und zeigte auf den näher kommenden Elefantenbullen.

Mit wachsender Unruhe sah Louisa, wie der Bulle sich immer dichter und größer vor ihnen auftürmte. Selbst am helllichten Tage hatte sein lautloser Gang etwas Gespenstisches an sich. Die Präzision und Anmut, mit der er einen Fuß vor den anderen setzte, stand in keinem Verhältnis zu seiner Größe. Die großen Füße machten keinen Laut. Der Rüssel hing fast auf den Boden, doch nur die Spitze berührte die Erde, wenn er sie ausrollte und mit außerordentlicher Geschicklichkeit, wie die Hand eines Menschen, ein Blatt oder eine Frucht aufpickte, betastete und verwarf.

Der Bulle kam immer näher und nun konnte sie eines seiner Augen sehen, funkelnd vor Intelligenz und Aufmerksamkeit, tief in einem spinnennetzartigen Gewebe von grauen Falten. Aus dem Augenwinkel lief ihm ein schmaler Tränenstrom über die wettergegerbte Wange.

Er kam näher, bis er den ganzen Himmel vor ihnen einzunehmen schien. Alle paar Schritte berührte einer der langen Stoßzähne den Boden und hinterließ eine winzige Furche. Sie hielten den Atem an und erwarteten, jeden Moment zertrampelt oder von einem dieser blendend weißen Elfenbeinspieße durchbohrt zu werden. Louisa war schon auf dem Sprung wegzulaufen, doch Jims Hand lag schwer auf ihrer Schulter und hielt sie zurück.

Aus der Kehle und dem Bauch des Bullen war ein tiefes Grollen zu hören, wie ein fernes Gewitter. Louisa zitterte in einer Mischung aus Ehrfurcht, Aufregung und Angst. Jim hob die leichte Flinte vor seine Schulter, ganz langsam, um das Tier nicht zu erschrecken, und legte auf den großen, grauen Kopf an. Er dachte noch einmal daran, was sein Vater ihn gelehrt hatte, auf welchen Punkt er zielen musste, wenn er das Gehirn treffen wollte.

«Doch nur ein Narr oder Angeber würde einen solchen Schuss versuchen», hatte Tom ihm eingeschärft, «so klein ist dieser Punkt auf dem mächtigen Knochenpanzer, der das Gehirn umgibt. Ein wahrer Jäger will sicher sein, dass der Schuss die Beute auch tötet. Du brauchst ein großkalibriges Gewehr und eine schwere Kugel und du musst auf die Schulter zielen, wenn die Kugel zum Herzen und zu den Lungen durchdringen soll.»

Jim senkte die Flinte und Louisa entspannte sich. Der Elefant ging mit majestätischen Schritten an ihrem Versteck vorbei. Fünfzig Meter weiter kam er zu einem kleinen Guarribaum und begann, die purpurnen Beeren abzufressen. Sobald er ihnen sein lappiges Hinterteil zukehrte, stand Jim vorsichtig auf und führte Louisa über den Kamm zurück. Er erspähte die Staubfahne, die sich ihnen aus Richtung des Wagenzugs näherte und bald sah er Bakkat auf Frost in vollem Galopp herangeprescht kommen.

«Das war sehr schnell. Gut gemacht, Bakkat.» Er riss dem Buschmann eines der schweren Jagdgewehre aus der Hand, noch bevor er absteigen konnte, und inspizierte die Waffe geschwind. Sie war nicht geladen und noch dick eingefettet, doch der Feuerstein war neu und sah gut aus. Er rammte die schimmernde Bleikugel in den Lauf. Sie war größer als eine reife Weinbeere und über hundert Gramm schwer, stahlhart durch den Zusatz von Zinn in der Gussmasse. Sobald die Kugel fest auf der schweren Schwarzpulverladung saß, machte er noch die Zündladung fertig und nahm das zweite Gewehr entgegen, das Bakkat ihm anreichte. Als beide Waffen geladen waren, sagte er: «Wir haben einen prächtigen Bullen gesehen, ganz in der Nähe, direkt auf der anderen Seite des Kamms. Ich werde mich zu Fuß anpirschen, doch sobald du meinen Schuss hörst, musst du sofort mit Drumfire und dem zweiten Gewehr nachkommen.»

Louisa fragte: «Und was habe ich zu tun?» Jim zögerte. Sein Instinkt sagte ihm, er sollte sie zu den Wagen zurückschicken, doch andererseits wäre es nicht fair gewesen, sie von dem Abenteuer seiner ersten Elefantenjagd auszuschließen. Wahrscheinlich würde sie sich ohnehin weigern, wenn er sie wegzuschicken versuchte, und er hatte keine Zeit, sich auf einen Streit einzulassen, den er wahrscheinlich sowieso verloren hätte. Er konnte sie jedoch auch nicht allein lassen. Von den lebhaften Beschreibungen seines Vaters wusste er, dass der Busch nach dem ersten Schuss von vor Angst verrückten, in alle Richtungen fliehenden Dickhäutern wimmeln konnte. Wenn einer auf sie zugerast käme und niemand sie verteidigte, wäre sie in höchster Lebensgefahr. «Folge uns, aber in gehörigem Abstand, dass du Bakkat und mich gerade noch sehen kannst. Und sei auf der Hut. Die Elefanten könnten aus allen möglichen Richtungen kommen, sogar von hinten, und dann musst du mit Trueheart das Weite suchen.»

Er spannte den Hahn der schweren Flinte bis zur Sicherheitsraste, lief zum Kamm zurück und spähte auf die andere Seite. Der Bulle war immer noch an der gleichen Stelle, mit dem Hinterteil zu Jim, und äste friedlich von dem Guarribaum. Die Herden unten im Talkessel ruhten, die jungen Kälber spielten um die Beine ihrer Hüterinnen.

Jim hielt noch einmal inne, um die Windrichtung zu prüfen. Er spürte die leichte kühle Brise auf seinem verschwitzten Gesicht, nahm sich aber die Zeit, eine Hand voll Staub durch seine Finger rinnen zu lassen. Der Wind war immer noch stetig und stand günstig für ihn. Es war also nicht nötig, besondere Deckung zu suchen. Elefanten sind so kurzsichtig, dass sie die Umrisse eines Menschen nicht erkennen können, solange er mehr als fünfzig Schritte Abstand hält und sich nicht bewegt. Doch ihr Geruchssinn ist phänomenal.

So pirschte sich Jim von hinten an den fressenden Bullen an. Die Worte seines Vaters klangen ihm in den Ohren: «Du musst nah herangehen, so nah du kannst. Jeder Schritt, den du der Beute näher kommst, vergrößert deine Chance, sie zu töten. Dreißig Schritte sind zu weit weg und zwanzig Schritte sind nicht so gut wie zehn. Fünf Schritte sind perfekt. Aus der Entfernung kannst du ihm die Kugel ins Herz treiben.»

Jims Schritte wurden immer schwerer, je näher er an das Tier herankam. Ihm war, als hätte er plötzlich Blei in den Beinen, und er bekam kaum noch Luft, als wäre er am Ersticken. Auch das Gewehr in seinen Händen schien immer schwerer zu werden. Bekam er es etwa mit der Angst zu tun? Das hatte er nicht erwartet. Ich habe noch nie Angst gehabt, dachte er, oder höchstens manchmal ein bisschen.

Er kam immer näher an den riesigen Dickhäuter heran. Dann erinnerte er sich, dass er den Hahn des Elefantentöters nur halb gespannt hatte. Inzwischen war er so dicht dran, dass der Bulle das Klicken hören würde, wenn er den Hahn durchzog. Er zögerte und der Bulle begann, mit bedächtigen Schritten um den Guarribaum herumzugehen. Jim klopfte das Herz an die Rippen, als das Tier ihm die Flanke zeigte und er die massiven Schulterblätter sah, die sich unter der runzligen Haut abzeichneten. Es war genauso, wie sein Vater es ihm aufgezeichnet hatte. Er wusste genau, worauf er zielen musste. Er legte sein Gewehr an, doch im selben Augenblick lief der Bulle weiter um den Baum herum, sodass die Schulter des Tieres bald hinter dem Gewirr von Ästen und Laub verborgen war. Auf der anderen Seite des Baums blieb er stehen und begann wieder zu äsen. Jim war so nah dran, dass er die einzelnen Borsten in den Elefantenohren sehen konnte, und die dicken, dichten Lider um das Auge, das in dem uralten, massigen Kopf so winzig wirkte.

«Nur ein Narr oder ein Angeber zielt auf das Hirn», hatte

sein Vater ihn gewarnt, doch die Schulter konnte er einfach nicht sehen. Aus dieser Entfernung würde er das Ziel gewiss nicht verfehlen. Zunächst hatte er den Flintenhahn voll durchzuspannen. Er ließ das Gewehr sinken, legte eine Hand über das Schloss, um dadurch das Geräusch zu dämpfen, und zog den ziselierten Stahlhammer langsam zurück, Millimeter für Millimeter. Er spürte, wie der Abzugstollen zu greifen begann, und biss sich vor Anspannung auf die Zunge, während er den Hahn das letzte Stück durchzog.

Er starrte den Bullen an, als könnte er ihn durch die Kraft seines Willens taub machen für das metallische Geräusch. Der Elefant stopfte sich die reifen Beeren ins Maul und kaute genüsslich, die Lippen schon purpurrot von dem bitteren Saft.

Klick! Für Jim klang es furchtbar laut in der großen Stille der Wildnis. Der Elefant hörte auf zu kauen und erstarrte in der Bewegung. Er hatte es gehört, dieses fremde Geräusch, und Jim wusste, er war im Begriff, die Flucht zu ergreifen.

Jim starrte auf den dunklen Ohrschlitz des Elefanten und hob den Kolben langsam wieder an seine Schulter. Kimme und Korn schienen nicht zu existieren, er schien einfach durch den Stahl hindurchzuschauen. Er konzentrierte sich mit seinem ganzen Dasein auf den Punkt eine halbe Fingerlänge vor dem Ohr. Er kannte die Spannung und das Gefühl des Abzugs genau, doch seine Konzentration war so intensiv, dass der Schuss ihn zusammenzucken ließ.

Der Gewehrkolben rammte sich in seine Schulter und warf ihn zwei Schritte zurück, bevor er sein Gleichgewicht wieder fand. Eine lange, blaue Rauchwolke schoss aus der Mündung und schien die runzlige graue Haut auf der Stirn des Bullen zu streicheln. Der Rückstoß und die Rauchwolke nahmen Jim die Sicht, sodass er den Einschlag der Kugel nicht sehen konnte, doch er hörte, wie sie in den Elefantenschädel drang wie ein scharfer Axtkopf in den Stamm eines Eisenholzbaums.

Der Bulle warf den Kopf zurück, fiel wie vom Blitz getroffen und ging mit solcher Gewalt zu Boden, dass eine Staubwolke um ihn aufstieg. Jim meinte, den Aufprall unter seinen Füßen zu spüren. Er starrte mit offenem Mund auf die Szene vor ihm, konnte nicht fassen, was er vollbracht hatte, und als er es schließlich begriff, stieß er einen Triumphschrei aus. «Er ist gefallen! Ich habe ihn erlegt, mit einem einzigen Schuss!»Er lief los, um sich seine Beute näher anzuschauen, doch dann hörte er Hufschlag hinter sich.

Als er sich umschaute, sah er Bakkat herangaloppiert kommen. Er winkte mit dem zweiten Gewehr und führte Drumfire am Zügel. «Nimm das andere Gewehr, Somoya!», rief er. «Pass auf! Die Elefanten sind überall. Wenn wir uns anstrengen, können wir noch zehn erlegen.»

«Ich muss zuerst zu dem Bullen hier», protestierte Jim. «Ich muss ihm den Schwanz abschneiden.» Dies war die Trophäe, die sein Vater niemals zurückgelassen hatte, selbst wenn die Jagd noch in vollem Gange war.

«Wenn er tot ist, wird er tot bleiben.» Bakkat zügelte sein Pferd, nahm ihm die abgeschossene Flinte aus der Hand und warf ihm die geladene zu. «Die anderen Elefanten werden verschwunden sein, bevor du dir den Schwanz in die Tasche stecken kannst, und wenn sie einmal weg sind, wirst du sie nie mehr wiedersehen.» Jim zögerte immer noch und schaute sehnsüchtig zu dem gefallenen Riesen. «Komm, Somoya, sie fliehen schon! Schau dir den Staub an, den sie aufwirbeln. Bald wird es zu spät sein.»

Jim schaute den Hang hinab und sah, dass sein Schuss die Herden aufgeschreckt hatte. Die Elefanten in dem Talkessel zerstreuten sich und flohen in alle Richtungen. Sein Vater hatte von der eigenartigen, instinktiven Furcht erzählt, die der Elefant gegenüber dem Menschen empfindet. Selbst wenn sie noch nie diesem grausamen, kriegerischen Wesen begegnet waren, flohen sie nach dem ersten Kontakt über Hunderte von Meilen. Jim wusste immer noch nicht, was er tun sollte, und Bakkat drängte. Er zeigte auf zwei andere große Bullen, die vorbeistürmten, weniger als einen Pistolenschuss entfernt, die Ohren eng angelegt und in vollem Lauf. «Sie werden weg sein, bevor du dreimal Luft holen kannst. Folge ihnen! Reite hinterher, so schnell du kannst!»

Die Bullen verschwanden schon im Wald, doch Jim wusste, er konnte sie nach einer Meile einholen, wenn er scharf ritt.

Nun gab es kein Zögern mehr. Er sprang mit dem geladenen Gewehr in der Hand auf Drumfires Rücken und stieß ihm die Fersen in die Rippen. «Ha! Drumfire! Ha! Hinterher, mein Schatz!» Sie preschten den Hang hinab, in vollem Tempo, Drumfire anscheinend ebenso im Jagdfieber wie sein Reiter, die Augen wild verdreht, mit jedem Schritt den Kopf nach vorn stoßend wie einen Schmiedehammer. Sie schwenkten hinter den fliehenden Bullen ein und holten schnell auf. Jim musste blinzeln, um den Staub, den die Elefanten mit ihren mächtigen Füßen aufwirbelten, und die Dornenäste, die ihm durch das Gesicht kratzten, nicht in die Augen zu bekommen. Er suchte sich den größeren der beiden Leitbullen aus. Selbst von hinten konnte er die ausladende Krümmung der Stoßzähne sehen, die zu beiden Seiten der schweren Flanken herausragten.

«Ich will mit dem Teufel speisen, wenn der nicht noch größer ist als der erste, den ich erlegt habe», jubelte er und lenkte Drumfire auf eine Linie parallel zur Fluchtbahn des Bullen, um neben ihm aufzuholen und einen Schuss in die offene Flanke, direkt hinter der Schulter, anbringen zu können. Er hielt die Flinte quer über seinen Sattelknauf und sicherte den Hahn.

Dann hörte er hinter sich das wilde Trompeten eines wütenden Elefanten und Louisas verzweifelten Schrei.

Die beiden grauenhaften Laute gingen fast in Drumfires Huftrommeln unter, so fern waren sie schon, doch Louisas Schrei spannte Jims Nerven zum Zerspringen und schnitt ihm ins Herz. Es war der Schrei eines Menschen in Todesangst. Er drehte sich im Sattel um und sah, in welch grausamer Lage sie sich befand.

LOUISA HATTE JIMS ANWEISUNGEN befolgt und war mit Bakkat zurückgeblieben. Als sie den Kamm im Schritt überquerten, sah sie Jim hundert Schritte voraus. Er rückte entschlossen vor, halb geduckt über seiner Waffe.

Zuerst sah sie den Bullen nicht. Seine graue Haut mischte sich wie Rauch in den Hintergrund aus staubigen Büschen. Dann hielt sie die Luft an, als sie den Umriss wahrnahm. Er sah aus wie ein Berg und Jim war so nah bei der Bestie, dass sie furchtbare Angst um ihn hatte. Sie hielt Trueheart an und beobachtete mit einer Mischung aus Entsetzen und Faszination, wie Jim sich noch dichter an ihn heranpirschte. Sie sah, wie der Bulle sich hinter den Guarribaum bewegte und für einen Augenblick dachte sie, er würde Jim entkommen. Dann sah sie, wie Jim langsam aufstand und den langen Lauf seiner Flinte hob. Als er zielte, schien die Mündung den Kopf des Bullen zu berühren, und dann der Gewehrdonner, wie das Schlagen des Großsegels, wenn die *Möwe* in einem Sturm wendete und das Segel sich mit Wind füllte.

Der blaue Pulverdampf wälzte sich brodelnd über das Gras und der Bulle stürzte um wie von einer Lawine getroffen. Dann war sie plötzlich von Schreien und Unruhe umgeben, als Bakkat an ihr vorbeipreschte und Drumfire am Zügel zu Jim führte. Jim saß auf. Sie ließen das gefallene Tier zurück und jagten den Hang hinunter, hinter zwei anderen großen Bullen her, die sie erst jetzt bemerkte.

Louisa ließ sie ziehen. Ohne es gemerkt zu haben, hatte sie Trueheart mit einem leichten Druck ihrer Knie auf den Guarribaum zugelenkt, hinter dem der leblose Bulle lag. Sie machte keinen Versuch, die Stute anzuhalten, und wurde immer neugieriger, je näher sie herankamen. Sie stellte sich in die Steigbügel, um über den Baum hinwegschauen und einen Blick auf das mächtige Tier werfen zu können, das vor ihren Augen gefallen war.

Sie war fast bei dem Baum, als sie eine flüchtige Bewegung bemerkte, so flüchtig, dass sie sie zunächst nicht mit dem großen Tier in Zusammenhang brachte. Doch als sie näher heranritt, erkannte sie, dass es der Stummelschwanz des Elefanten war, was sich bewegte. Das Borstenbüschel an seinem Ende war zottig und abgewetzt wie ein alter Farbpinsel.

Sie war im Begriff abzusteigen, um den Kadaver und die großartigen gelben Stoßzähne näher zu betrachten. Doch dann, zu ihrem ungläubigen Schrecken, stand der Bulle plötzlich auf. In einer einzigen schnellen Bewegung war er wieder auf den Beinen, flink und frisch, als wäre er aus einem kurzen Schlaf erwacht. Für einen Augenblick stand er still und lauschte. Ein Rinnsal von hellrotem Blut strömte aus der Wunde an seiner Stirn und floss an seiner grauen, runzligen Wange hinab. Trueheart schnaubte und scheute. Louisa hatte nur noch einen Fuß im Steigbügel und wäre fast abgeworfen worden, konnte sich jedoch mit Mühe wieder in den Sattel schwingen.

Doch der Bulle hatte Trueheart gehört. Er drehte sich zu ihnen um und stellte sofort seine riesigen Ohren ab: Dies waren also seine Peiniger. Die Witterung des Menschen und des Pferdes durchdrangen sein Hirn, ein fremder Duft, vollkommen unbekannt, und das bedeutete Gefahr. Der Bulle schüttelte sein Haupt, dass die großen Ohren klatschend an seine Schultern schlugen, und kreischte seinen Zorn und seine Entrüstung hinaus. Blut spritzte aus der Kugelwunde und regnete in Louisas Gesicht, warm wie ein Monsunschauer. «Jim! Rette mich!», schrie sie aus vollen Lungen.

Der Bulle rollte seinen Rüssel vor der Brust zusammen und legte die Ohren halb an, die Spitzen gekräuselt, das Zeichen totaler Aggression. So stürmte er direkt auf sie zu. Trueheart drehte sich auf den Hinterhufen, legte die Ohren an und war sofort in vollem Galopp. Obwohl sie über den rauen Grund zu fliegen schien, blieb der Bulle ihnen dicht auf den Fersen, immer wieder seine Wut hinaustrompetend, und eine rosa Blutfahne wehte hinter ihm her.

Trueheart nahm noch mehr Tempo auf und begann davonzuziehen, doch plötzlich fanden sie sich vor einer dichten Dornenhecke und Louisa musste die Stute zügeln und um das Hindernis herumreiten, während der Bulle ohne zu zögern durch die Büsche brach, als ob sie nicht existierten. So holte er wieder auf und kam immer näher.

Louisa sah mit Schrecken den steinigen Grund vor sich, und noch mehr und noch dichteres Dornendickicht in ihrem Weg. Der Bulle trieb sie in eine Falle, in der Truehearts Schnelligkeit ihnen wenig nützen würde. Plötzlich erinnerte sich Louisa an das kleine französische Gewehr an ihrem rechten Bein. In ihrem Schrecken hatte sie es ganz vergessen, doch jetzt wusste sie, es war alles, was sie hatte, um den Bullen daran zu hindern, sie aus dem Sattel zu reißen. Sie schaute sich um und sah, dass er schon den langen, schlangenhaften Rüssel nach ihr ausstreckte.

Sie zog die leichte Flinte aus ihrer Lederscheide, drehte sich im Sattel und spannte den Hahn, alles in einer Bewegung. Sie schrie unwillkürlich auf, als sie die Rüsselspitze vor ihrem Gesicht sah, und riss die Waffe hoch. Der riesige Elefantenkopf füllte ihr ganzes Blickfeld. Sie zielte nicht, sondern schoss dem Bullen blind ins Gesicht.

Die leichte Kugel wäre nie durch die dicke Haut und die panzerartige Schädelkapsel gedrungen, doch an einer Stelle war der Bulle verletzlich und durch geradezu übernatürliches Glück fand die Kugel genau diesen Punkt. Sie drang in spitzem Winkel in die Augenhöhle ein und zertrümmerte den Augapfel, sodass der Bulle nun auf derselben Seite blind war, wo Jim ihm die Kopfwunde zugefügt hatte.

Der Elefant warf den Kopf herum, taumelte und verlor an Boden, doch er erholte sich schnell und nahm wieder Tempo auf. Louisa versuchte nun fieberhaft, ihre Flinte nachzuladen, was sie im Sattel, geschweige denn in vollem Galopp, noch nicht geübt hatte. Das Schießpulver träufelte aus dem Pulverflakon und wurde vom Wind davongetragen. Als sie sich wieder umschaute, hatte der Bulle sie immer noch mit dem rechten Auge im Visier und langte wieder mit dem Rüssel nach ihr. Diesmal würde er sie erwischen, das wusste sie.

Sie war so verzweifelt, dass sie das Dickicht vergaß, auf das sie nun zuritt. Trueheart schwenkte scharf nach rechts, um nicht in die Dornen zu geraten. Louisa konnte sich gerade noch im Sattel halten, musste aber die Waffe fallen lassen. Sie klammerte sich an den Sattelknauf und die Flinte purzelte über den steinigen Boden.

Louisa hing aus dem Sattel und wurde das Dickicht entlanggeschleift. Die krummen Dornen hatten karminrote, nadelscharfe Spitzen, die sich in ihre Kleider krallten und ihre Haut aufkratzten wie tausend Katzenkrallen, mit unwiderstehlichem Griff, sodass Louisa langsam aus dem Sattel gezerrt wurde. Die Stute galoppierte ohne sie weiter und Louisa blieb hilflos in dem Dornengestrüpp liegen.

Der Elefant hatte sie aus den Augen verloren, da sie auf seiner blinden Seite war, doch er konnte sie wittern. Der Geruch des frischen Blutes aus den winzigen Wunden, die ihr die Dornen beigebracht hatten, war stark genug. Er ließ Trueheart laufen und kehrte zurück, um mit ausgestrecktem Rüssel, dessen dicker, grauer Haut die Dornen nichts anhaben konnten, in dem Gestrüpp nach Louisa zu wühlen. Das Rascheln der Büsche, aus denen sie sich verzweifelt zu befreien versuchte, und der Blutgeruch führten sie zu ihr. Sie begriff, in welcher Gefahr sie schwebte, und stellte sich instinktiv tot.

Sie hing reglos in den Dornen und konnte nur zusehen, wie die Rüsselspitze sich immer näher an sie herantastete. Schließlich berührte sie ihren Stiefel und legte sich um ihr Fußgelenk. So zog sie der Elefant mit so unglaublicher Kraft aus dem Dickicht, dass die Dornen in ihrer Haut und Kleidung einfach abgerissen wurden. Sein Griff um ihr Fußgelenk wurde fester und sie fürchtete, er könnte ihr jeden Moment den Knöchel zerquetschen. Nach allem, was Jim ihr erzählt hatte, wusste sie, was als Nächstes geschehen würde: Der Bulle würde sie hoch in die Luft schleudern und sie mit dem Kopf zuerst auf den steinigen Boden schmettern, immer wieder, bis jeder Knochen in ihrem Körper zertrümmert wäre, und dann würde er sich auf sie knien und sie zu Brei zermalmen und sie mit den Spitzen seiner Stoßzähne in den Boden stampfen.

JIM VERGASS DIE JAGD nach den beiden anderen Elefanten, sobald er ihren ersten Schrei und das schrille Trompeten des großen Bullen hörte. Er brachte Drumfire auf der Stelle zum Stehen und schaute sich ungläubig um. «Aber ich habe ihn doch getötet!», keuchte er. «Er war tot, als wir ihn da hinten zurückgelassen haben.» Doch dann erinnerte er sich, wie sein Vater ihn gewarnt hatte: «Das Gehirn ist sehr klein und es ist nicht dort, wo du es vermuten würdest. Wenn du es auch nur um einen Fingerbreit verfehlst, wird das Tier zwar wie tot umfallen, aber es ist nur betäubt. Wenn es wieder zu sich kommt, wird es wieder voll bei Kräften und zehnmal so gefährlich sein wie zuvor. Ich habe etliche gute Männer auf diese Weise umkommen sehen. Vergiss diesen Schuss, mein lieber Jim, oder du wirst es bereuen.»

«Bakkat!», schrie Jim. «Bleib dicht hinter mir mit der zweiten Flinte!» Er gab Drumfire die Sporen und jagte in vollem Galopp zurück. Louisa und der Bulle entfernten sich in dieselbe Richtung, sodass er nur langsam aufholte. Seine Hilflosigkeit machte ihn fast wahnsinnig: Louisa würde vor seinen Augen getötet werden, bevor er bei ihr sein konnte, und es war alles seine Schuld: Er hatte sie praktisch mit der wütenden Bestie allein gelassen.

«Ich komme!», rief er so laut er konnte. «Halte aus!» Er wollte ihr Mut machen, doch im Donner der Hufe und unter den hallenden Trompetenstößen des Bullen hörte sie ihn offenbar nicht. Er sah, wie sie sich im Sattel drehte und das kleine Damengewehr abfeuerte. Der Schuss brachte den Bullen leicht ins Straucheln, brachte ihn jedoch nicht von der Verfolgung ab.

Dann musste er verzweifelt zusehen, wie Louisa in die Büsche geriet und aus dem Sattel gerissen wurde. Sie hing hilflos in den Dornen fest und der Elefant kehrte zurück, um nach ihr zu suchen. Diese Verzögerung ermöglichte Jim jedoch wenigstens, so dicht aufzuholen, dass Drumfire vor dem Wildgestank und der Furcht einflößenden Präsenz des Elefanten zu scheuen begann. Jim gab ihm gnadenlos die Sporen, um ihn noch näher heranzutreiben, immer auf Ausschau nach einer Gelegenheit, einen wirkungsvollen Schuss anzubringen. Er wusste, die Kugel musste einen Knochen brechen oder ein lebenswichtiges Organ treffen, wenn er den Bullen ablenken wollte. Was er vor sich sah, war jedoch nichts als Chaos, Lärm und Staub. Der Elefant watete durch die Dornenbüsche, sodass Jim durch das Astgewirr hindurch keine verletzliche Stelle aufs Korn nehmen konnte. Drumfire sträubte sich, warf den Kopf herum und wollte der grässlichen Bedrohung entkommen, die der Elefant für ihn darstellte.

Der Gedanke, Louisa verlieren zu können, war unerträglich für Jim und er zwang Drumfire vorwärts, mit aller Kraft und Entschlossenheit. Dann fand der Bulle Louisas schlaffen Körper und zerrte sie aus dem Dickicht. Aus Angst, sie zu treffen, wagte Jim nicht, auf den Kopf zu feuern. Er musste warten, bis die Bestie aus den Büschen kam und ihm endlich die Flanke bot. Jim beugte sich aus dem Sattel, bis die Mündung des schweren Gewehrs fast die raue, lappige Haut des Bullen berührte, und feuerte.

Die Kugel traf die Spitze des Schulterblatts, direkt über dem Humerusknochen, und zerschmetterte das Gelenk. Der Elefant taumelte zurück und streckte den Rüssel aus, um auf drei Beinen das Gleichgewicht zu halten. Dazu musste er Louisa loslassen und sie fiel wieder in das Dickicht, wo die Äste den Aufprall dämpften.

Nun ging der Elefant mit weit ausgeklappten Ohren, kreischend vor Schmerz und Zorn auf Jim los und versuchte, ihn mit dem Rüssel aus dem Sattel zu stoßen. Doch der gebrochene Vorderlauf lähmte ihn und Jim konnte Drumfire wenden und außer Reichweite bringen. Dann kam Bakkat mit dem zweiten Gewehr herbeigeritten und sie führten den lange geübten Waffentausch aus. «Nachladen, so schnell du kannst!», rief Jim, bevor er mit der zweiten Flinte in der Hand dem Bullen entgegensprengte, der auf drei Beinen, der zerschossene Lauf schlaff und verdreht, auf sie zugehinkt kam.

Jetzt sah Jim auch, dass Louisas Kugel dem Elefanten ein Auge zertrümmert hatte. Also änderte er die Richtung und näherte sich dem Bullen von der blinden Seite. Er ritt so dicht heran, dass die Spitze eines Stoßzahns seine Schulter streifte, und feuerte dem Tier in die Brust, ohne Drumfire abzubremsen. Der Bulle taumelte. Diesmal war die Viertelpfund-Kugel tief in sein Fleisch gedrungen und hatte lebenswichtige Organe durchbohrt, das Netz von Arterien und Venen tief in seinem Brustkorb. Es war eine tödliche Wunde, doch es würde noch eine Weile dauern, bis der Bulle fiel.

Da Louisa nun relativ sicher war, solange sie tief in dem Dickicht verborgen blieb, ritt er eilig zu Bakkat zurück, der abgesessen war, um das Gewehr schneller und besser nachladen zu können. Es gehörte einiger Mut dazu, aus dem Sattel zu steigen, wenn ein verwundeter Elefant in der Nähe war.

An Mut fehlt es ihm bestimmt nicht, dachte Jim, während er zusah, wie Bakkat geschwind die vielen Handgriffe anbrachte, die dazu gehörten, das schwere Gewehr zu laden. Drumfire tänzelte nervös im Kreis, und dann schrie Jim vor Schreck auf: Louisa kam auf Händen und Knien aus dem Dornengestrüpp gekrochen, direkt vor die Füße des angeschossenen Bullen. Sie war wieder in höchster Gefahr. Jim ließ das Gewehr fallen, wartete nicht ab, bis Bakkat das andere nachgeladen hatte, und galoppierte zurück. Er schwenkte wieder zur blinden Seite des Elefanten ein, wo er viel dichter vorbeireiten konnte.

Louisa war offensichtlich halb betäubt. Sie stand auf und hob den verletzten Fuß, wo der Bulle sie gepackt hatte. Sie sah Jim, strauchelte und winkte mit beiden Armen. Sie bot einen jämmerlichen Anblick, die Kleider in Fetzen gerissen und voller Blutflecke, von Kopf bis Fuß mit Kratzern und Staub bedeckt.

Drumfire strich so dicht an der blinden Seite des Bullen vorbei, dass Jims Hosenknie mit dem Blut aus der Schulterwunde des Dickhäuters getränkt wurde. Der Elefant holte mit seinem Rüssel aus und wollte nach ihm schlagen wie nach einer Fliege, doch Jim duckte sich hinter Drumfires Hals und konnte dem Hieb ausweichen. Er galoppierte direkt auf Louisa zu, beugte sich weit aus dem Sattel, hakte einen Arm um ihre Taille und hob sie hinter seinen Sattel. Sobald sie hinter ihm saß, legte sie ihm beide Arme um den Bauch und presste ihr Gesicht an das durchgeschwitzte Hemd zwischen seinen Schulterblättern. Sie schluchzte vor Schmerzen und Angst und konnte nicht sprechen in ihrem Schock. So ritt er mit ihr zu dem Hügelkamm hinauf, wo er sich aus dem Sattel schwang und sie von Drumfires Rücken hob.

Sie brachte immer noch kein Wort heraus, doch Worte waren unnötig und hätten ihre Gefühle ohnehin kaum ausdrücken können. Ihr Gesicht war dicht vor seinem und ein Blick in ihre Augen zeigte ihm ihre Dankbarkeit und etwas von den anderen Gefühlen, die sie für ihn empfand, immer noch zu widersprüchlich und verworren, als dass sie sie hätte aussprechen können.

Jim setzte sie vorsichtig ins Gras. «Wo bist du verletzt?», fragte er mit vor Sorge erstickter Stimme. Die Betroffenheit über ihre fast tödliche Begegnung mit dem Elefanten stand ihm noch ins Gesicht geschrieben. Es berührte sie so, dass sie ihn umarmen musste, wie er vor ihr kniete.

«Das Fußgelenk, aber es ist nicht schlimm», flüsterte sie.

«Lass mich sehen», sagte er. Sie nahm ihre Arme von seinem Hals. «Welches ist es?» Sie zeigte ihm, wo der Elefant sie gepackt hatte, und er zog ihr vorsichtig den Stiefel aus und tastete ihr Fußgelenk ab. «Es ist nicht gebrochen», sagte er schließlich.

«Nein.» Sie setzte sich auf. «Es ist nur eine Prellung.» Sie wischte sich das goldene Haar aus dem schmutzigen Gesicht und er sah, dass ein Dorn in ihrer Wange steckte. Sie zuckte ein wenig zusammen, als er ihn herauszog. «Jim», flüsterte sie.

«Ja, mein Igelchen?»

«Ach, nichts, aber …» Sie stockte. Sie konnte es nicht aussprechen und fuhr verlegen fort: «Ich mag es, wenn du mich so nennst.»

«Ich bin froh, dass ich dich wiederhabe», sagte Jim. «Für einen Augenblick dachte ich, du hättest uns verlassen.»

«Mein Gott, wie muss ich aussehen. Der Anblick würde Kindern wahrscheinlich Albträume einjagen.» Sie konnte ihm nicht mehr in die Augen schauen und wischte sich den Staub aus dem Gesicht.

Nur eine Frau kann sich in einer solchen Situation um ihr Aussehen sorgen, dachte Jim, aber er sprach es nicht aus. Stattdessen sagte er: «Du bist ein Anblick, wie ich ihn mir nicht schöner erträumen könnte.» Sie errötete unter der Schmutzschicht.

Nun kam auch Bakkat herbeigeritten. Beide Elefantentöter waren geladen und schussbereit. «Der Bulle kann uns immer noch entkommen, wenn du ihn lässt, Somoya.»

Jim wurde endlich wieder bewusst, was um ihn vor sich ging. Er sah, wie der alte Bulle langsam den Hügel hinabtaumelte, schwang sich in den Sattel und nahm das Gewehr entgegen, das Bakkat ihm anreichte. Dann ritt er den Hang hinab, machte einen Bogen um das verstümmelte Tier und stoppte Drumfire direkt in der Bahn des Elefanten. Er spannte den Gewehrhahn und wartete.

Der Bulle schien ihn nicht zu bemerken und kam mit langsamen, qualvollen Schritten auf ihn zu. Als er noch zehn Schritte entfernt war, schoss Jim ihm mitten in die Brust. Die Kugel drang tief unter die Haut und Jim drehte Drumfire auf den Hinterläufen. Der Bulle stand still wie ein Denkmal. Das Herzblut schoss aus der frischen Kugelwunde wie eine schimmernde Fontäne.

Jim tauschte mit Bakkat die Gewehre aus und trieb Drumfire zu dem Bullen zurück. Er hielt seinen Hengst in stetem Schritt und näherte sich dem Elefanten von der blinden Seite. Der Bulle wiegte sich langsam hin und her, ein dumpfes Grollen tief in der Brust. Jim spürte, wie seine Jagdlust versiegte, und einem Gefühl von Trauer und bitterer Reue wich. Angesichts dieses edelsten aller Tiere empfand er die unvermeidliche Melancholie der Jagd stärker als je zuvor. Es kostete ihn große Überwindung, noch einmal das Gewehr abzufeuern. Der Bulle erzitterte, als die Kugel in ihn eindrang. Schließlich stieß er einen gepressten, pfeifenden Seufzer aus.

Er fiel wie ein großer Baum unter dem Anschlag von Axt und Säge, zuerst langsam, dann immer schneller, bis er mit einem solchen Donner zu Boden krachte, dass es von den Hügeln widerhallte.

Bakkat glitt von Frosts Rücken und ging langsam auf den gefällten Riesen zu. Das unverletzte Auge war weit offen, doch als Bakkat mit einem Finger leicht über die Wimpernfransen strich, spürte er keine Reaktion. «Es ist vorbei, Somoya. Er ist für immer dein.»

O BWOHL SIE PROTESTIERTE, ihre Verletzungen seien überhaupt nicht der Rede wert und es würde ihr nichts ausmachen, den Rückweg zu Pferde zu bewältigen, bestand Jim darauf, dass Louisa sich schonte. Er schnitt zwei lange, biegsame Stöcke ab, band kurze, leichtere Querstangen dazwischen fest und bedeckte das Ganze mit den Leinenplanen aus ihren Bettrollen. So baute er ihr mit Bakkat eine Schlepptrage, die Drumfire hinter sich herziehen konnte. Jim legte Louisa vorsichtig auf diese Konstruktion und führte Trueheart auf dem schonendsten Weg zu den Wagen zurück.

Louisa lachte und scherzte, dies sei die bequemste Reise, die sie je erlebt habe, doch als sie bei den Wagen ankamen, fühlte sie sich steif und wund. Sie stieg von ihrer Trage und humpelte zu ihrem Wagen wie eine sehr alte Frau.

Jim blieb besorgt in ihrer Nähe, obwohl er wusste, dass sie jede Hilfe, die er ihr ungefragt anböte, zurückweisen würde. So war er überrascht und erfreut, dass sie sich auf seine Schulter stützte, als sie die Leiter in ihren Wagen hochstieg. Er ließ sie allein, damit sie ihre zerfetzten, schmutzigen Kleider ablegen konnte, und sorgte dafür, dass der Wasserkessel angeheizt wurde und die kupferne Sitzbadewanne bereit war. Zama baute mit zwei Knechten die Achtertruhe von ihrem Wagen ab und brachte an deren Stelle die Badewanne an, die sie dann mit dampfendem Wasser füllten. Sobald alles bereit war, zog Jim sich zurück und lauschte durch die Zeltplane, wie sie in dem heißen Bad plantschte. Manchmal stieß sie kleine Schreie aus, wenn das Wasser an ihre Abschürfungen und Dornenstiche kam, und Jim verzerrte das Gesicht, als spürte er ihre Schmerzen am eigenen Leib. Als er schließlich sicher sein konnte, dass sie fertig war, bat er sie um Erlaubnis, in ihr Wagenzelt zu kommen. «Ja, du kannst hereinkommen. Ich bin vermummt wie eine Nonne.»

Sie trug den Bademantel, den Sarah Courtney ihr geschenkt hatte. Er bedeckte sie vom Kinn bis zu den Knöcheln und Handgelenken.

«Gibt es vielleicht irgendetwas, womit ich deine Schmerzen lindern könnte?», fragte Jim.

«Ich habe mein Fußgelenk und die meisten anderen angeschlagenen Stellen mit der Salbe von deiner Tante Yasmini eingerieben.» Sie hob den Saum des Bademantels um einige Fingerbreit und zeigte ihm das stramm verbundene Fußgelenk.

Jim war nicht sicher, worauf sie hinauswollte, und verlegte sich darauf, weise zu nicken. Dann errötete sie wieder und murmelte, ohne ihn anzuschauen: «Ich habe aber noch Dornen an Stellen, die ich nicht erreichen kann, und genug blaue Flecke, dass ich dir ein paar davon abgeben könnte.»

Er begriff immer noch nicht, dass sie ihn um seine Hilfe bat, und sie musste noch deutlicher werden. Sie griff sich über die Schulter und langte so tief ihren Rücken hinunter, wie sie konnte. «Da unten scheint sich ein ganzer Wald von Dornen festgesetzt zu haben, so fühlt es sich jedenfalls an.» Er starrte sie blöde an und sie kam zu dem Schluss, dass es mit schamhaften Andeutungen nicht getan war.

«In der Truhe findest du eine Pinzette und Nadeln, die du benutzen kannst.» Sie kehrte ihm den Rücken zu und ließ den Bademantel von ihren Schultern rutschen. «Da, direkt unter dem Schulterblatt, ist ein besonders schlimmer Dorn.» Sie berührte die Stelle. «Es fühlt sich an wie ein Kreuzigungsnagel.»

Er schluckte, als er endlich verstand, was sie meinte, und holte die Pinzette aus der Truhe. «Ich werde versuchen, dir nicht wehzutun, aber wenn es zu schlimm wird, musst du schreien.»

Sie streckte sich mit dem Gesicht nach unten auf ihrem Schaffell aus und vertraute sich seiner Behandlung an. Ihr Rücken war voller Kratzer und Einstiche, doch wo die Haut unverletzt geblieben war, schimmerte sie weiß und glatt wie Marmor. Als er sie zum ersten Mal gesehen hatte, war sie nur Haut und Knochen gewesen. Seitdem hatten reichlich gutes Essen und ihre vielen Ausritte und Wanderungen ihren Muskeln Form und Festigkeit verliehen. Selbst in ihrem gegenwärtigen Zustand war ihr Körper das Lieblichste, was er je erblickt hatte. Er redete nicht, während er ihre Wunden versorgte, da er fürchtete, die Stimme würde ihm versagen, und auch Louisa sagte nichts, sondern stöhnte nur manchmal oder stieß einen leisen Schrei aus.

Als er ihr den Bademantel umfaltete, um einen weiteren versteckten Dorn zu erreichen, rutschte sie ein wenig hoch, um es ihm leichter zu machen, und als er den Seidenstoff noch einen Fingerbreit weiter herunterzog, sah er den Ansatz der zarten Ritze zwischen ihren Pobacken, so fein und blass, dass er erst sichtbar wurde, wenn das Licht in einem bestimmten Winkel darauf schien. Jim trat zurück und wandte seinen Blick ab, obwohl es ihm fast übermenschliche Überwindung abforderte. «Weiter kann ich nicht», stammelte er.

«Ach, warum nicht?», fragte sie, ohne das Gesicht zu heben. «Ich spüre noch Dornen, um die du dich kümmern musst.»

«Das geht nicht, das verbietet mir mein Schamgefühl.»

«Ist es dir gleichgültig, wenn die Wunden sich entzünden und ich an Blutvergiftung sterbe, nur wegen deines kostbaren Schamgefühls?»

«Das darfst du nicht sagen!», rief er aus. Der Gedanke, sie könnte sterben, traf ihn tief in der Seele, besonders nachdem sie an diesem Morgen dem Tod so nahe gewesen war.

«Ich meine es ernst, James Archibald.» Sie bedachte ihn mit einem frostigen Blick. «Du bist der Einzige, den ich darum bitten kann. Betrachte dich als einen Arzt und mich als deine Patientin.»

Die Konturen ihres nackten Pos waren reiner und symmetrischer als alle geometrischen Diagramme, die er je gesehen hatte. Ihre Haut war warm und seidig. Als er alle Dornen entfernt und die vielen Wunden mit der Salbe eingeschmiert hatte, maß er eine Dosis Laudanum ab, um ihre Schmerzen zu lindern. Dann durfte er endlich ihr Zelt verlassen, mit so weichen Knien, dass er kaum laufen konnte.

A<small>M ABEND ASS JIM ALLEIN</small> am Lagerfeuer. Zama hatte eine große Scheibe Elefantenrüssel geröstet, nach Ansicht seines Vaters und anderer Kenner eine der größten Delikatessen, die der afrikanische Busch zu bieten hatte. Jim taten jedoch schon die Kiefer weh vom Kauen, so zäh war das Fleisch, und es schmeckte wie geröstete Sägespäne. Als die Flammen des Lagerfeuers erstarben, holte auch ihn schließlich die Erschöpfung ein. Er hatte gerade noch genug Energie, durch die Ritze in der Achterklappe in Louisas Wagenplane zu spähen. Sie lag lang ausgestreckt, mit dem Gesicht nach unten unter ihrer Decke und er musste angestrengt lauschen, wenn er sie atmen hören wollte. Er ließ sie allein und wankte zu seinem Bett. Er ließ seine Kleider zu Boden fallen und legte sich ächzend auf seine Schaffellmatratze.

Irgendwann in der Nacht zuckte er hoch und wusste nicht, ob er träumte oder wachte. Es war Louisas Stimme, schrill vor Schrecken: «Jim! Jim, hilf mir!»

Er sprang aus dem Bett, und wollte sofort zu ihr eilen, doch dann erinnerte er sich, dass er nackt war, und er packte seine Hose. Louisa schrie noch einmal auf. Er hatte keine Zeit, in seine Beinkleider zu steigen, und hielt sie nur vor sich. So rannte er zu ihr, um sie zu retten. Beim Herunterspringen scheuerte er sich an der Ladeklappe des Wagens das Knie auf, doch er kümmerte sich nicht darum. Er rannte zu ihrem Wagen und stürzte sich durch die Achterplane. «Louisa! Was ist? Was ist passiert?»

«Reite, Jim, reite so schnell du kannst! Er darf mich nicht fangen!», schrie sie, und jetzt erkannte er, dass sie in einem Albtraum gefangen war. Diesmal war es nicht einfach, sie wach zu bekommen. Er musste sie bei beiden Schultern packen und wachschütteln.

«Jim, bist du es?» Endlich tauchte sie aus dem Land der Schatten auf. «Ich hatte einen so grässlichen Traum. Der Elefant!»

Sie klammerte sich an ihn und er wartete, bis sie sich beruhigt hatte. Sie schwitzte und war glühend heiß, doch nach einer Weile legte er sie zurück und zog ihr die Felldecke unters Kinn. «Schlaf jetzt wieder, mein Igelchen», flüsterte er. «Ich bin immer in der Nähe.»

«Lass mich nicht allein, Jim. Bleib noch etwas bei mir.»

«Bis du eingeschlafen bist», willigte er ein.

Doch dann war er es, der zuerst einschlief. Sie spürte, wie er langsam neben ihr niedersank und ausgestreckt liegen blieb. Er atmete langsam und gleichmäßig. Er berührte sie nicht, doch seine Gegenwart beruhigte sie und auch sie schlief wieder ein, und diesmal schlief sie ruhig, ohne düstere Wahnbilder.

Am nächsten Morgen, als das Treiben im Lager sie weckte, streckte sie die Hand aus, um ihn zu berühren, doch er war verschwunden und sie war enttäuscht und traurig.

Louisa kleidete sich an und kletterte mühsam aus dem Wagen. Jim und Bakkat waren mit den Pferden beschäftigt. Sie wuschen die Kratzer und kleinen Wunden, die Drumfire und Trueheart in der Schlacht mit dem Elefanten davongetragen hatten, und fütterten sie als Belohnung für ihre Tapferkeit mit etwas Hafer und Kleie aus ihren begrenzten Vorräten, saftig gemacht mit schwarzem Sirup. Als Jim aufschaute und Louisa aus ihrem Wagen klettern sah, offenbar unter Schmerzen, lief er sofort zu ihr. «Du solltest im Bett bleiben! Was machst du hier draußen?»

«Ich muss mich um das Frühstück kümmern.»

«Bist du verrückt? Zama wird schon einen Tag ohne dich zurechtkommen. Du musst ruhen.»

«Behandle mich nicht wie ein Kind», erwiderte sie matt. Dann lächelte sie ihn an und hinkte zum Feuer. Es war ein strahlender Morgen, licht und kühl, und beide waren gut gelaunt. Sie aßen unter den Bäumen, die Vögel sangen auf den Zweigen über ihnen und das Frühstück wurde zu einem Festmahl, zur Feier des Abenteuers, das sie am Tag zuvor überstanden hatten. Sie durchlebten noch einmal jeden Augenblick, die Aufregung und Schrecken der Jagd, doch die Ereignisse der letzten Nacht erwähnten sie mit keinem Wort, obwohl sie sie beide klar in Erinnerung hatten.

«Jetzt muss ich aber zu dem alten Elefanten zurück und ihm die Stoßzähne abhacken. Das kann ich keinem anderen überlassen. Ein einziger Ausrutscher mit der Axt könnte das Elfenbein unwiederbringlich beschädigen», erklärte er ihr, während er seinen Teller mit einem Stück Kuchenbrot leer wischte. «Ich werde Drumfire heute ruhen lassen. Er hat gestern hart genug arbeiten müssen. Ich nehme Crow. Trueheart wird ebenfalls im Lager bleiben. Sie ist genauso lahm wie du.»

«Dann werde ich auf Stag mitreiten», sagte sie. «Ich gehe schnell und ziehe mir die Stiefel an.» Stag war ein starker, aber sanfter Wallach, eines von Oberst Keysers Tieren.

«Du solltest im Lager bleiben, bis du dich ganz erholt hast.»

«Ich muss aber mein Gewehr holen, das ich in dem Dornendickicht verloren habe.»

«Das kann ich ebenso gut für dich erledigen.»

«Meinst du ernsthaft, ich sollte nicht dabei sein, wenn du die Stoßzähne holst, für die wir unser Leben riskiert haben?»

Er öffnete den Mund und wollte widersprechen, doch dann sah er an ihrem Gesichtsausdruck, dass es nur Zeitverschwendung wäre. «Ich werde Bakkat sagen, er soll Stag satteln.»

Traditionell gab es zwei Methoden, wie man die Stoßzähne entfernte. Man konnte den Kadaver verrotten lassen und wenn die Knorpel, die die Stoßzähne in ihren Höhlen hielten, weich und zerfallen waren, konnte man das Elfenbein mit einem kräftigen Ruck aus dem Schädel ziehen. Das war ein langwieriges und übel riechendes Geschäft, und weder Jim noch Louisa hatten die Geduld, so lange zu warten, bevor sie die Stoßzähne in ihrer ganzen Pracht bewundern konnten.

Als sie zu der Stelle kamen, wo der Elefant gefallen war, war der Himmel über dem toten Bullen von allen möglichen Aasvögeln verdunkelt, verschiedene Geier- und Adlerarten und zahllose Totengräberstörche mit ihren riesigen Schnäbeln und rosa Köpfen, die aussahen, als hätten sie zu lange in kochendem Wasser gesteckt. Die Äste an den Bäumen rings um den Kadaver ächzten unter dem Gewicht der gefiederten Horden. Als Jim und Louisa näher heranritten, stob eine Rotte Hyänen auseinander, und kleine rote Schakale beobachteten sie mit funkelnden Augen und gespitzten Ohren aus dem Schutz der Dornenbüsche. Die Aasfresser hatten dem Bullen schon die Augen ausgehackt und sich durch den Anus gefressen. Sie hatten es jedoch noch nicht geschafft, sich durch die zähe graue Haut zu beißen und an das Fleisch heranzukommen. Wo die Geier auf dem Kadaver gehockt hatten, hatten sie weiße Mistspuren hinterlassen, die an dem Elefantenbauch herunterliefen. Jim war empört, wie solch ein edles Tier so entheiligt werden konnte. Er zog wütend seine Flinte aus der Scheide und schoss auf einen der schwarzen Geier, die auf den höchsten Ästen des nächsten Baumes saßen. Die Kugel traf den Vogel mitten in die Brust und er purzelte flatternd in einer Wolke von Federn durch das Geäst. Die übrigen Tiere des Schwarms auf dem Baum breiteten ihre Flügel aus und schlossen sich ihren Kumpanen an, die über ihnen am Himmel kreisten.

Louisa fand bald ihre Flinte wieder. Der Holzkolben war nur leicht angekratzt. Sie kam zurück und suchte sich einen guten Platz im Schatten. Dort breitete sie ihre Satteldecke aus und begann zu skizzieren, was Jim machte. Ihre Erklärungen vermerkte sie am Rand der Zeichnungen.

Als Erstes musste Jim den enormen Kopf des Bullen vom Hals trennen. Das war nötig, wenn er die Stoßzähne in eine andere Lage bringen wollte. Er hätte mindestens fünfzig Mann gebraucht, den gesamten Kadaver von einer Seite auf die andere zu wälzen. Allein für diese Enthauptung brauchte Jim schon den halben Vormittag. Die Männer hatten sich die Hemden ausgezogen und schwitzten schon unter der Mittagssonne, bevor es vollbracht war.

Dann hatten sie die mühsame Aufgabe vor sich, dem Kopf die Haut abzuziehen und die Knochen rund um die Wurzeln der Stoßzähne wegzuhacken, was sehr genauer Axtschläge bedurfte. Jim, Bakkat und Zama lösten sich dabei ab, denn die Wagenfahrer und Knechte mit ihren klobigen Händen wollten sie nicht an das kostbare Elfenbein heranlassen. So hoben sie die beiden Stoßzähne nacheinander aus ihren Knochenkanälen und betteten sie auf eine Matte aus frisch geschnittenem Gras. Louisa hielt mit schnellen Pinselstrichen den Augenblick fest, wie Jim vor den Stoßzähnen hockte und mit seinem Messer den langen, kegelförmigen Nerv aus den hohlen Enden schnitt.

Sie wickelten die Stoßzähne in frisches Gras ein, luden sie auf die Packpferde und brachten sie im Triumphzug zu den Wagen zurück. Jim packte die Waage aus, die sein Vater ihm für diesen Zweck mitgegeben hatte, und hängte sie an einen Ast. Dann wog er die Stoßzähne Stück für Stück unter aller Augen. Der rechte Elfenbeinschaft, den der Bulle mehr als

Werkzeug eingesetzt hatte, war verschlissener und wog 143 Pfund. Der größere der beiden Stoßzähne brachte genau 150 Pfund auf die Waage. Beide hatten braune Flecke von den Baumsäften, denen sie ausgesetzt gewesen waren, doch die Kolben, die tief im Kiefer gesteckt hatten, waren wunderbar cremefarben und glänzten wie Porzellan. «Unter den Hunderten von Stoßzähnen, die durch das Lagerhaus von High Weald gegangen sind, habe ich niemals einen größeren gesehen», erklärte er Louisa stolz.

Sie saßen bis spät am Abend am Lagerfeuer. Bakkat, Zama und die Knechte hatten sich schon alle in ihre Decken gerollt und schliefen an ihren Feuern, als Jim schließlich Louisa zu ihrem Wagen brachte.

Danach lag er auf seinem Bett, nackt in der warmen Nacht. Schon im Halbschlaf lauschte er dem bizarren Schluchzen und Lachen der Hyäne, die um das Lager strich, angezogen vom Geruch des rohen Elefantenfleischs, das sie auf den Räucherrosten ausgelegt hatten. Sein letzter Gedanke galt der Frage, ob Smallboy und die anderen Fahrer die Lederseile und Geschirre der Wagenharnische außer Reichweite dieser Räuber geschafft hatten. Mit ihren mächtigen Kiefern konnte die Hyäne das zäheste gegerbte Leder durchnagen und verschlingen, als wäre es zartes Austernfleisch. Er wusste jedoch, dass Smallboy sich immer zuerst um die Sicherheit und den Zustand der Harnische kümmerte. Er brauchte sich also keine Sorgen zu machen und fiel in tiefen, friedlichen Schlaf.

Er wachte plötzlich auf, als er spürte, wie der Wagen leicht unter ihm schwankte. Hatte die Hyäne sich etwa doch ins Lager getraut? Er setzte sich auf und griff nach der geladenen Muskete, die immer neben seinem Bett lag, doch bevor seine Hand den Kolben berührte, erstarrte er und blickte zur Achterklappe.

Es waren noch zwei Tage bis Vollmond und am Stand des Trabanten konnte er ablesen, dass es nach Mitternacht sein musste. Das Mondlicht glühte silbern durch den Leinenvorhang über der Achterklappe und davor konnte er Louisas Silhouette erkennen, unwirklich wie eine Fee. Ihr Gesicht war im Schatten, doch ihr Haar umfloss ihre Schultern wie ein silberner Wasserfall.

Sie tat einen zögernden Schritt auf sein Bett zu und blieb wieder stehen. An ihrer Kopfhaltung erkannte er, dass sie scheu war oder Angst hatte, wahrscheinlich beides. «Louisa? Was hast du?»

«Ich kann nicht schlafen», flüsterte sie.

«Kann ich irgendetwas für dich tun?»

Sie antwortete nicht sofort, sondern ging langsam weiter und legte sich neben ihn. «Bitte, Jim, sei lieb zu mir, hab Geduld mit mir.»

Sie lagen schweigend nebeneinander, stocksteif, ohne sich zu berühren. Sie wussten beide nicht, was sie als Nächstes tun sollten.

«Bitte sag etwas, Jim», brach Louisa schließlich das Schweigen, «sprich mit mir. Willst du, dass ich in meinen Wagen zurückgehe?» Es verwirrte sie, dass der sonst so unerschrockene Jim plötzlich so schüchtern zu sein schien.

«Oh nein, bitte nicht», platzte es aus ihm heraus.

«Dann sprich zu mir.»

«Ich weiß nicht, was du von mir hören willst, aber ich will alles vor dir aussprechen, was ich denke und in meinem Herzen fühle», begann er. Er dachte für einen Augenblick nach, bevor er flüsterte: «Als ich dich das erste Mal auf jenem Schiffsdeck sah, hatte ich das Gefühl, ich hätte mein ganzes Leben auf diesen Augenblick gewartet.»

Sie seufzte und er spürte, wie sie sich neben ihm entspannte wie eine Katze, die sich in der Sonne reckt. So ermutigt fuhr er fort: «Wenn ich meinen Vater und meine Mutter zusammen sah, habe ich oft gedacht, Gott muss für jeden Mann, der geboren wird, eine bestimmte Frau erschaffen haben.

«Adams Rippe», murmelte sie.

«Ich glaube, du bist meine Rippe», sagte er. «Ohne dich kann ich weder Glück noch Erfüllung finden.»

«Sprich weiter, Jim, bitte hör nicht auf.»

«Ich glaube, all die schrecklichen Dinge, die dir widerfahren sind, bevor wir uns trafen, und all die Not und Gefahren, die wir seitdem erlitten haben, hatten nur den einen Zweck, uns zu prüfen und hart zu machen, wie in einer Stahlschmiede.»

«So habe ich es nie gesehen», sagte sie, «doch jetzt weiß ich, dass es die Wahrheit ist.»

Er berührte ihre Hand. Es war, als spränge ein Funke zwischen ihren Fingerspitzen, knisternd wie Schwarzpulver in der Zündpfanne. Sie zuckte zurück und er wusste, ihr Augenblick war noch nicht gekommen, obwohl er so nah war. Er zog seine Hand zurück und sie entspannte sich wieder.

Schließlich schlief sie ein, immer noch neben ihm, immer noch nicht ganz in Berührung mit ihm. Er lauschte ihrem sanften Atem und schlief endlich ebenfalls wieder ein.

NOCH EINEN MONAT LANG folgten sie den Elefantenherden nach Norden. Es war, wie sein Vater gesagt hatte: Einmal von Menschen aufgeschreckt, wanderten die Riesen Hunderte von Meilen zu neuen Weidegründen. Sie liefen mit langen, ausgreifenden Schritten, mit denen selbst ein gutes Pferd nicht lange mithalten konnte. Ihr Reich war der gesamte südliche Kontinent und die alten Matriarchinnen der Herden kannten jeden Gebirgspass und jeden See, jeden Fluss und jedes Wasserloch auf dem Weg. Sie wussten, wie sie die Wüsten und Ödlande umgehen konnten. Sie kannten die Wälder voller Früchte und üppigen Grüns und sie kannten die natürlichen Trutzburgen, wo sie vor Angriffen sicher waren.

Sie hinterließen jedoch Spuren, die Bakkat leicht lesen konnte, und er folgte ihnen in eine Wildnis, die nicht einmal er je gesehen hatte. Die Elefantenpfade führten sie zu gutem Trinkwasser und zu den leichten Pässen über die Berge.

So kamen sie schließlich an einen Fluss in einem grasigen Veld, mit süßem und klarem Wasser. An fünf aufeinander folgenden Tagen vermaß Jim den Mittagsdurchgang der Sonne, bis er sicher war, dass er ihre Position auf der Karte seines Vaters richtig bestimmt hatte. Er und Louisa waren verblüfft, über welche Entfernung die trägen Räder der Ochsenfuhrwerke sie schon getragen hatten.

Sie ritten jeden Tag aus dem Lager am Flussufer, um das Gelände in alle Richtungen auszukundschaften. Am sechsten Tag erklommen sie einen hohen, runden Hügel, von dem aus sie die Ebenen jenseits des Flusses überblicken konnten.

«Seit wir das Territorium der Kolonie verlassen haben, sind wir auf keine Menschenseele gestoßen, kein Zeichen menschlichen Lebens», bemerkte Louisa, «bis auf die eine Wagenspur vor fast drei Monaten und die Gemälde von Bakkats Stammesbrüdern in den Höhlen im Gebirge.»

«Es ist ein leeres Land», nickte Jim, «und das gefällt mir so, denn das heißt, alles hier gehört mir. Ich fühle mich wie ein Gott.»

Sie musste lächeln. Für sie sah er wirklich aus wie ein junger Gott. Seine Haut war sonnengebräunt und seine Arme und Beine waren mit steinharten Muskeln bepackt. Trotz ihrer häufigen Versuche mit der Schafschere war sein Haar nun schulterlang. Sein Blick war ruhig und fest, so oft hatte er zu fernen Horizonten geschaut. Seine Haltung war voller Selbstvertrauen und Autorität.

Sie konnte sich nicht länger belügen. Sie konnte nicht mehr verleugnen, wie sehr sich ihre Gefühle für ihn in den letzten Monaten geändert hatten. Er hatte hundertmal bewiesen, welch ein Mann er war, und nun war er der Mittelpunkt ihres Daseins. Doch erst musste sie die Bürde ihrer Vergangenheit abwerfen, denn selbst jetzt sah sie noch manchmal das unheimliche Gesicht hinter der schwarzen Ledermaske vor sich, die kalten Augen hinter den Schlitzen. Van Ritters, der Herr von Huis Brabant, schwebte immer noch über ihr.

Jim schaute sie an und sie wandte den Blick ab. Wie hätte sie ihre dunklen Gedanken sonst vor ihm verbergen können? «Sieh nur!», rief sie und zeigte über den Fluss. «Wilde Gänseblümchen.»

Er schirmte seine Augen vor der Sonne ab und blickte in die Richtung, in die sie zeigte. «Ich habe meine Zweifel, ob das Blumen sind.» Er schüttelte den Kopf. «Sie blitzen zu sehr. Ich glaube eher, wir haben hier ein Kalksteinbett vor uns, oder weiße Quarzkiesel.»

«Ich bin sicher, es sind Gänseblümchen wie die, die am Gariep wachsen.» Louisa brachte Trueheart in Bewegung. «Komm, Jim, lass uns hinüberreiten und sie anschauen. Ich möchte sie zeichnen.» Sie war schon ein gutes Stück den Hügel hinunter und Jim hatte keine Wahl. Er musste ihr folgen, obwohl er kein großes Interesse an Blumen hatte.

Ein gut ausgetretener Wildpfad führte sie durch einen Hain wilder Weiden zu einer flachen Furt. Sie preschten durch das grüne Wasser und ritten das Steilufer auf der anderen Seite hinauf. Das mysteriöse weiße Feld erstrahlte nicht weit vor ihnen im hellen Sonnenschein und sie lieferten sich ein kleines Wettrennen.

Louisa war einige Längen voraus, doch plötzlich zügelte sie ihre Stute, und das Lachen erstarb ihr auf den Lippen. Sie starrte erschüttert zu Boden, sprachlos vor Schreck. Jim stieg aus dem Sattel und führte Drumfire langsam hinter ihr her. Der Boden unter ihren Füßen war dick mit menschlichen Knochen bedeckt. Er bückte sich und hob einen Schädel auf. «Ein Kind», sagte er, während er die winzige Knochenkapsel in seiner Hand drehte. «Jemand hat ihm den Schädel eingeschlagen.»

«Was ist hier geschehen, Jim?»

«Ein Massaker», antwortete er, «vor nicht allzu langer Zeit, denn die Vögel haben zwar die Skelette schon abgenagt, aber die Hyänen haben die Knochen noch nicht verschlungen.»

«Wie kann so etwas passieren?» Louisas Augen waren tränennass.

Er kam mit dem Kinderschädel zu ihr und hielt ihn hoch, damit sie ihn näher betrachten konnte. «Siehst du das? Das ist der Abdruck eines Kriegerknüppels. Ein einziger Hieb auf den Hinterkopf. So verfahren die Nguni mit ihren Feinden.»

«Selbst mit Kindern?»

«Man sagt, sie töten aus Vergnügen und für die Ehre.»

«Wie viele Menschen sind hier umgekommen?» Louisa wandte ihren Blick von dem kleinen Schädel ab und schaute auf die Skeletthaufen, die sich wie Schneewehen vor ihnen ausbreiteten. «Wie viele?»

«Das werden wir niemals wissen, doch es könnte ein ganzer

Stamm gewesen sein.» Jim legte den Kinderschädel an die Stelle zurück, wo er ihn gefunden hatte.

«Kein Wunder, dass wir auf unserer langen Reise keinen Menschen gesehen haben», flüsterte sie. «Diese Ungeheuer haben alle erschlagen und das Land verwüstet.»

Jim holte Bakkat vom Wagenzug herbei und der Buschmann bestätigte seine erste Einschätzung. Unter den Knochen suchte er nach Indizien, um sich ein besseres Bild von dem Gemetzel zu machen. Er fand den zertrümmerten Schädel und den Schaft eines Kriegerknüppels, den er *Kerrie* nannte. Er war kunstvoll aus einem Trieb des Knorrendornbaums geschnitzt worden. Der knollige Wurzelabschnitt formte einen natürlichen Kopf für den mörderischen Knüppel. Die Waffe muss in der Hand des Kriegers, der sie geführt hatte, gebrochen sein. Er fand auch eine Hand voll zylindrische, rot-weiße Glasperlen, die vielleicht einmal zu einer Halskette gehört hatten.

Jim kannte diese Perlen gut. Genau solche Perlen hatten sie in einem der Wagen. Er zeigte sie Louisa. «Perlen wie diese hier sind seit mindestens hundert Jahren die allgemeine Währung in Afrika, wahrscheinlich von den Portugiesen eingeführt, die dafür bei den Stämmen des Nordens Waren eingetauscht haben.»

Bakkat rieb eine der Perlen zwischen den Fingerspitzen. «Für die Nguni sind sie sehr kostbar. Sie könnten einem der Krieger vom Hals gerissen worden sein, vielleicht durch die Hand eines sterbenden Opfers.»

«Wer waren die Opfer, all diese Skelette?», fragte Louisa.

Bakkat zuckte die Schultern. «In diesem Land kommen Menschen von nirgendwo und verschwinden wieder, ohne Spur.» Er steckte die Perlen in den Beutel, den er sich aus dem Hodensack eines Büffelstiers gemacht hatte. «Nur mein Volk ist anders. Wir hinterlassen Bilder auf den Felsen, damit sich die Geister unserer erinnern.»

«Ich möchte wissen, wer sie waren», sagte Louisa. «Es ist so tragisch, die vielen kleinen Kinder, die hier abgeschlachtet worden sind, und niemand, der sie begraben oder um sie trauern kann.»

Sie würden bald herausfinden, wer die Opfer waren.

Am nächsten Tag, als der Wagenzug weiter nach Norden rollte, sahen sie in der Ferne, wie eine Herde Antilopen sich teilte wie die Fluten vor dem Bug eines großen Schiffes. Jim wusste, so reagierten die Tiere auf die Gegenwart von Menschen. Er hatte keine Ahnung, was vor ihnen lag, also befahl er Smallboy, die Wagen zu einem Burgquadrat zusammenzufahren und jeden Mann mit einer Muskete auszurüsten. Dann ritt er mit Louisa, Bakkat und Zama voraus, um das Gelände vor ihnen zu erkunden.

Die Grasebene war gewellt wie ein Ozean und vom nächsten Kamm aus konnten sie weit in die Ferne schauen. Sie zügelten ihre Pferde unwillkürlich und starrten stumm auf den eigenartigen Anblick, der sich ihnen bot.

Winzig in der Ferne schleppte sich eine verlorene Kolonne menschlicher Gestalten über die Ebene, so qualvoll langsam, dass sie fast keinen Staub aufwirbelten. Sie hatten keine Haustiere bei sich und als sie weiterritten, konnte Jim durch sein Teleskop sehen, dass sie ihre spärlichen Besitztümer auf dem Kopf trugen: Tontöpfe und Kalebassen und in Tierhäute gepackte Bündel. Sie hatten nichts Feindseliges an sich, also ritt Jim ihnen entgegen und konnte bald noch mehr Einzelheiten erkennen.

Der traurige Zug bestand fast ausschließlich aus Frauen und Kindern. Die Kinder trugen sie in Lederbeuteln, die die Mütter sich auf den Rücken oder um die Hüften gebunden hatten. Sie waren alle ausgezehrt und dünn, die Beine wie dürre Stöcke. Sie hatten den schlaffen, schleppenden Gang völliger Erschöpfung. Vor Jims und Louisas Augen sank eine der skelettartigen Frauen zu Boden. Das Bündel und die beiden kleinen Kinder, die sie trug, waren eine zu große Last. Die anderen blieben stehen und halfen ihr auf die Beine und eine Frau hielt ihr eine Kalebasse an den Mund, damit sie trinken konnte.

Es war eine rührende Geste. «Diese Leute sterben im Gehen», sagte Louisa leise. Sie ritten näher und sie zählte sie. «Es sind achtundsechzig, aber vielleicht habe ich ein paar Kinder übersehen.»

Als sie in Rufweite der Spitze dieses traurigen Zuges waren, hielten sie die Pferde an und Jim stellte sich in die Steigbügel. «Wer seid ihr und wo kommt ihr her?»

Sie schienen so abwesend zu sein, dass sie die Reiter zuvor nicht bemerkt hatten, denn Jims Stimme verursachte nun Panik und Verwirrung unter ihnen. Viele der Frauen ließen ihre Bündel fallen, ergriffen ihre Kinder, und liefen den Weg zurück, den sie gekommen waren, doch ihre Flucht war ein Bild des Elends. Eine nach der anderen blieben sie stehen und brachen im Gras zusammen, unfähig, noch einen Schritt weiterzulaufen. Sie legten sich flach auf den Boden und zogen sich ihre Lederumhänge über die Köpfe, als würde der Feind sie so nicht bemerken.

Nur einer war nicht weggelaufen, ein alter Mann. Auch er war spindeldürr und gebrechlich, und dennoch reckte er sich zu seiner vollen Höhe auf, ließ seinen Schal von den Schultern fallen und stürmte direkt auf Jim zu, mit erhobenem Wurfspeer. Aus fünfzig Schritten Entfernung, weit außerhalb der Reichweite seines alten Arms, schleuderte er den Speer, der sich auf halber Strecke zwischen ihm und Jim in den Boden bohrte. Dann sank er auf die Knie. Jim ritt vorsichtig näher, immer auf der Hut vor einem weiteren Angriff des kriegerischen Silberschopfes.

«Wer bist du, alter Vater?», fragte Jim noch einmal. Er musste die Frage in drei verschiedenen Dialekten wiederholen, bevor der Mann endlich aufzuckte und antwortete: «Ich weiß, wer du bist, du, der du auf dem Rücken wilder Tiere reitest und in Zungen sprichst. Ich weiß, du bist einer der weißen Krokodilhexer, die aus dem großen Wasser kommen, um Menschen zu verschlingen. Wie könntest du sonst die Sprache meines Volkes sprechen? Doch ich fürchte dich nicht, stinkender Dämon, denn ich bin alt und bereit zu sterben. Ich werde gegen dich kämpfen, denn sonst wirst du meine Töchter und Kindeskinder verschlingen.» Er rappelte sich auf und zog die Axt aus seinem Gürtel. «Komm, lass mich sehen, ob du Blut in den Adern hast wie andere Menschen.»

Er sprach den Dialekt der Lozi des Nordens. Aboli hatte ihn die Sprache gelehrt. «Du machst mir Angst, tapferer Krieger», sprach Jim mit ernster Stimme, «doch lass uns die Waffen beiseite legen und eine Weile reden, bevor wir uns in die Schlacht stürzen.»

«Er ist verwirrt und verängstigt», sagte Louisa.

«Vielleicht ist er es nicht gewohnt, mit Hexern und Dämonen zu reden», bemerkte Bakkat trocken, «doch eines weiß ich: Wenn er nicht bald etwas zu essen bekommt, wird der Wind ihn umblasen.»

Der alte Mann schwankte auf seinen dünnen Beinen. «Wann hast du das letzte Mal gegessen, großer Häuptling?», fragte Jim.

«Ich spreche nicht mit Hexern und Krokodilgeistern», erwiderte der alte Mann verächtlich.

«Wenn du nicht hungrig bist, dann sage mir, Häuptling, wann deine Töchter und Kindeskinder das letzte Mal gegessen haben.»

Der Widerstand des alten Mannes bröckelte allmählich. Er schaute sich zu seinen Leuten um. Seine Stimme war leise, als er mit schlichter Würde antwortete. «Sie hungern.»

«Das sehe ich», sagte Jim bitter.

«Jim, wir müssen Essen für sie holen. Wir haben genug auf den Wagen», ging Louisa dazwischen.

«Wir brauchen mehr als unser bisschen Brot und Fische, um diese Massen zu füttern. Und dann, wenn sie alles aufgegessen haben, werden wir mit ihnen verhungern», antwortete Jim. Er drehte sich im Sattel um und blickte zu den Antilopenherden, die in alle Richtungen über die Savanne stoben. «Sie hungern inmitten dieser Fülle. Doch sie sind keine Jäger und mit ihren primitiven Waffen werden sie kein einziges Stück Wild zur Strecke bringen.» Er wandte sich wieder dem alten Mann zu. «Ich werde meine Zauberkraft nicht dazu benutzen, deine Leute zu vernichten, sondern sie zu nähren.»

Sie ritten auf die Ebene hinaus. Jim suchte eine Herde Gnus aus, bizarre, kuhähnliche Kreaturen mit dunklen Haarschöpfen und sichelförmigen Hörnern, die Beine viel zu dünn für die massigen Rümpfe. Sie sprangen vor Bakkat und Zama umher, als sie in großem Bogen um sie herumritten und sie auf Jim und Louisa zutrieben. Als die Leittiere schon in Schussweite waren, spürten sie die Gefahr und senkten die Köpfe.

Schnaubend rannten sie nun davon, doch Drumfire und Trueheart holten sie mit Leichtigkeit ein. Jim ritt nah an die Beute heran und feuerte aus dem Sattel. Er erlegte je ein Tier mit seinen beiden Gewehren und Louisa streckte mit ihrer französischen Flinte ein drittes nieder. Sie banden den Kadavern die Hinterläufe zusammen und schleppten sie hinter den Pferden her zu dem alten Mann zurück, der im Gras saß, wo sie ihn verlassen hatten.

Der Alte erhob sich, und als er erkannte was die weißen Teufel ihm brachten, rief er mit zitternder Stimme: «Fleisch! Die Teufel haben uns Fleisch gebracht! Kommt schnell, bringt die Kinder mit.»

Eine alte Frau kam zaghaft zu ihnen gekrochen, doch die anderen blieben zurück. Die beiden alten Leute begannen, sich an den Kadavern zu schaffen zu machen, wobei sie die Spitze des Wurfspeers als Schlachtermesser benutzten. Als der Rest der Gruppe sah, dass die weißen Teufel sie in Ruhe ließen, kamen sie herbeigeschwärmt, um an dem Festmahl teilzuhaben.

Louisa musste laut lachen, als sie sah, wie die Mütter Klumpen von rohem Fleisch abhackten und zu Brei kauten, bevor sie es den Kindern in den Mund spuckten, wie Vögel im Nest ihre Jungen füttern. Sobald der erste Hunger gestillt war, bauten sie Feuer, um den Rest des Fleisches zu rösten oder zu räuchern. Jim und Louisa gingen noch einmal auf Jagd und brachten weiteres erstklassiges Wild, genug um selbst diese Anzahl von Menschen über Monate mit geräuchertem Fleisch zu versorgen.

Bald verlor der kleine Stamm jede Angst und fasste genug Vertrauen, dass sie nicht mehr auseinander stoben, wenn Louisa unter ihnen einherging. Sie erlaubten ihr sogar, die Kinder hochzuheben und in ihren Armen zu wiegen. Und dann scharten sich die Frauen um sie, berührten ihr Haar und ihre blasse Haut.

Jim und Bakkat saßen mit dem alten Mann zusammen und befragten ihn. «Von welchem Volk seid ihr?»

«Wir sind Lozi, doch unser Totem ist der Bakwato.»

«Wie ist dein Name, großer Häuptling der Bakwato?», fragte Jim.

«Tegwane, aber ich bin eigentlich nur ein sehr kleiner Häuptling», antwortete er. Der Tegwane, ein kleiner brauner Storch mit einer Federhaube, war in jedem Bach und Flussbecken zu finden.

«Woher kommst du?» Der alte Mann wies nach Norden. «Wo sind die jungen Krieger deines Stammes?»

«Von den Nguni erschlagen», sagte Tegwane, «im Kampf, als sie versuchten, ihre Familien zu retten. Ich suche jetzt nach einem sicheren Ort für die Frauen und Kinder, doch ich fürchte, die Mörder sind schon dicht hinter uns.»

«Erzähle mir von diesen Nguni», forderte Jim ihn auf. «Ich habe gehört, wie ihr Name mit Furcht und Grauen ausgesprochen wurde, doch ich habe sie noch nie gesehen, noch habe ich je jemanden getroffen, der sie gesehen hat.»

«Sie sind mordende Teufel», antwortete Tegwane. «Sie kommen so schnell, wie die Wolken die Steppe in Schatten tauchen, und sie töten jede lebendige Seele auf ihrem Weg.»

«Erzähl mir alles, was du über sie weißt. Wie sehen sie aus?»

«Die Krieger sind große Männer, stark wie die Eisenholzbäume. Sie tragen schwarze Geierfedern als Kopfschmuck. Sie haben Rasseln an den Hand- und Fußgelenken, damit ihre Heere wie der Wind klingen, wenn sie kommen.»

«Was sind ihre Waffen?»

«Sie tragen schwarze Schilde aus getrockneter Ochsenhaut und sie verachten den Wurfspeer. Sie nähern sich dem Feind mit dem kurzen Stechschwert, dem *Assegai*. Die Wunde von dieser Klinge ist so weit und tief, dass sie dem Opfer das Blut aus dem Körper saugt, wenn sie sie aus dem Fleisch ziehen.»

«Woher kommen sie?»

«Das weiß niemand, doch manche sagen, sie kommen aus einem Land weit im Norden. Sie treiben große Herden geplünderten Viehs vor sich her und sie schicken ihre Kohorten voraus, um alles abzuschlachten, was in ihren Weg kommt.»

«Wer ist ihr König?»

«Sie haben keinen König. Sie haben eine Königin. Ihr Name ist Manatasee. Ich habe sie noch nie gesehen, aber sie sagen, sie ist grausamer und kriegerischer als jeder ihrer

Männer.» Er schaute angsterfüllt zum Horizont. «Ich muss mit meinem Volk weiterzuziehen, um ihr zu entkommen. Ihre Krieger können nicht mehr weit hinter uns sein. Vielleicht verfolgen sie uns nicht weiter, wenn wir den Fluss durchqueren.»

Sie ließen Tegwane und seine Frauen an den Feuern zurück, wo sie das übrige Fleisch räucherten, und ritten zu den Wagen zurück. Am Abend, als sie im Schein des Lagerfeuers unter den funkelnden Sternen zum Essen zusammenkamen, besprachen sie das Los der Flüchtlinge. Louisa schlug vor, am nächsten Morgen mit der Medizintruhe und ein paar Säcken Mehl und Salz zu ihnen zurückzureiten.

«Und was wird aus uns, wenn du ihnen alles gegeben hast», fragte Jim ruhig.

«Denk doch nur an die Kinder!», versuchte sie ihn zu überreden, obwohl sie wusste, dass er kaum seine Zustimmung geben würde.

«Kinder oder Erwachsene, wir können keinen ganzen Stamm unter unsere Fittiche nehmen. Wir haben ihnen genug Nahrung besorgt, dass sie zum Fluss und weiter kommen können. Dies ist ein grausames Land. Entweder sie kommen selbst zurecht oder sie gehen unter. Das Gleiche gilt für uns.»

Sie kam an jenem Abend nicht in seinen Wagen und er vermisste sie sehr. Obwohl sie immer noch keusch miteinander waren wie Bruder und Schwester, hatte er sich daran gewöhnt, dass sie nachts bei ihm war. Als er am nächsten Morgen aufwachte, war sie schon am Lagerfeuer beschäftigt. Während ihres Aufenthalts an dem Fluss hatten sie die Hühner aus ihren Käfigen gelassen und zum Dank hatten die Hennen ein halbes Dutzend Eier gelegt. Louisa machte Jim ein Omelett zum Frühstück und tischte es vor ihm auf, ohne ihn anzulächeln. Offenbar war sie immer noch böse mit ihm.

«Ich hatte diese Nacht einen Traum», sagte sie nach einer Weile.

Er unterdrückte einen Seufzer. Er musste sich wohl daran gewöhnen, dass ihre Träume zu seinem Leben gehören würden. «Erzähle.»

«Ich habe geträumt, unseren Freunden, den Bakwato, wäre etwas Schreckliches zugestoßen.»

«Du würdest dich niemals kampflos geschlagen geben, nicht wahr?», fragte er. Sie lächelte nur einmal auf dem Weg zu der Stelle, wo sie auf den kleinen Stamm gestoßen waren. Auf dem Ritt suchte er nach anderen guten Gründen, mit denen er sie davon abbringen konnte, als Wohltäterin und Beschützerin der siebzig Hungernden zu fungieren, doch er schob den Augenblick noch auf, wo er den Willenskampf mit ihr wieder aufnehmen würde.

Die Rauchfahnen von den Feuern, über denen das Fleisch gepökelt wurde, führten sie für die letzte Meile. Als sie auf der Erhebung ankamen, von wo aus sie den Stamm zuerst entdeckt hatten, erwartete sie jedoch wieder eine Überraschung. Sie zügelten ihre Pferde. Tegwanes Lager sah anders aus als sie es verlassen hatten. Der Rauch von den Feuern vermischte sich mit Staub zu einer dichten Wolke, sodass sie nicht sehen konnten, was darin vor sich ging, doch am Rand dieser Wolke sahen sie winzige Figuren herauskommen und sich hineinstürzen. Jim zog sein Teleskop aus dem Köcher und nach einem Blick durch die Linsen rief er aus: «Gütiger Jesus, die Nguni haben sie schon gefunden!»

«Ich wusste es!», schrie Louisa. «Ich habe dir gesagt, etwas Furchtbares ist passiert. Habe ich es nicht gesagt?»

Sie preschte vor und er hatte alle Mühe, sie einzuholen. Er packte Truehearts Zügel und brachte sie zum Stehen. «Warte! Wir müssen vorsichtig sein. Wir wissen nicht, auf was wir uns da einlassen.»

«Sie bringen unsere Freunde um!»

«Der alte Mann und sein Stamm sind wahrscheinlich schon tot, und so wird es auch uns ergehen, wenn wir nicht aufpassen.» Er erklärte Bakkat und Zama geschwind seinen Plan.

Zum Glück waren die Wagen nicht weit hinter ihnen. Er befahl Zama, zurückzureiten und Smallboy und seine Männer zu warnen, sie sollen eine Wagenburg bauen und alle Ochsen, Ersatzpferde und anderen Tiere in die Mitte zu treiben.

«Wenn sie das Lager gesichert haben, dann komm mit Smallboy und zwei anderen Fahrern hierher zurück, so schnell du kannst, mit zwei Musketen pro Mann. Füllt die Kugelbeutel mit Schrot und bringt extra Pulverflaschen mit.»

Die glattläufigen Musketen waren einfacher und schneller zu laden als die präziseren Jagdflinten. Eine Hand voll Schrot, aus kurzer Entfernung abgefeuert, würde weit streuen und mit einem Schuss mehr als einen Feind niederstrecken.

Louisa wäre immer noch am liebsten sofort losgeritten, um den kleinen Flüchtlingszug zu retten, doch Jim beschwor sie zu warten, bis Zama mit der Verstärkung und den Waffen zurückkäme. «Es wird keine Stunde dauern, bis sie hier sind», versicherte er ihr.

«Bis dahin wird von den Bakwato nichts mehr übrig sein.»

Sie wollte ihm das Teleskop aus der Hand reißen, doch er gab es nicht her. «Es ist besser, wenn du das nicht siehst.»

Durch das Fernrohr sah Jim stählerne Klingen in der Sonne blitzen, Kriegsschilde und tanzenden Federschmuck. Selbst er bekam eine Gänsehaut, so grauenhaft war der Anblick, der sich ihm da bot. Eine nackte Bakwato-Frau kam aus der Staubwolke gerannt, ihr Baby an die Brust gedrückt, gefolgt von einem großen, federgeschmückten Krieger. Er holte sie ein und stieß ihr sein Schwert in den Rücken. Sie fiel flach ins Gras. Der Krieger hockte über ihr, dann richtete er sich auf, mit dem Baby von seiner Hand hängend. Er warf das Kind hoch in die Luft und ließ es auf seine Schwertspitze fallen, die es sauber durchbohrte. Dann lief er, den kleinen Leichnam schwenkend wie eine Fahne, zurück in das Chaos aus Rauch und Staub.

Endlich, viel später als Louisa sich gewünscht hätte, kam Zama mit Smallboy, Klaas, Muntu und den anderen Fahrern herangeritten. Jim überprüfte geschwind die Musketen. Die Männer konnten alle gut mit diesen Waffen umgehen, doch keiner von ihnen hatte sich je in einer Schlacht bewähren müssen. Er stellte sie in gutem Abstand hintereinander auf und dann ritten sie in Schritttempo, um die Pferde zu schonen, auf das Lager der hilflosen Flüchtlinge zu. Jim hielt Louisa dicht bei sich. Er hätte es lieber gesehen, wenn sie in die Sicherheit der Wagenburg zurückgeritten wäre, doch das schlug er gar nicht erst vor. Er wusste, dazu wäre sie nie bereit gewesen.

Bald hörten sie den Aufruhr, der in dem Lager herrschte,

Schreie und Klagen, das wilde, triumphierende Trillern der Nguni, wie sie mit ihren Assegais und Kerrie-Knüppeln durch die Flüchtlingsmenge pflügten. Unter der Staubwolke war der Boden mit den zerschmetterten Körpern von Frauen und Kindern bedeckt.

Sie bringen sie alle um, dachte Jim, und sein Zorn wurde mörderisch. Er schaute zu Louisa hinüber, die bleich vor Grauen in das Gemetzel starrte. Dann sah er, dass wenigstens einer der Bakwato noch am Leben war.

In der Mitte des Lagers befand sich ein kleiner Granithügel, eine natürliche Trutzburg, eine Sariba aus Felsenmauern. Dort stand der hagere Tegwane, einen Knüppel in der einen Hand, einen Speer in der anderen. Sein Körper war rot von seinem eigenen Blut und dem seiner Feinde. Er war von Nguni-Kriegern umringt, die mit dem alten Mann zu spielen und sich an seiner Tapferkeit zu belustigen schienen. Sie tanzten um ihn herum wie Katzen um eine halb tote Maus, verhöhnten ihn und lachten über sein kriegerisches Gehabe. Tegwane hatte etwas von der Kraft und dem Ungestüm seiner Jugend wiedergefunden. Sein schriller Kriegsschrei und seine trotzigen Flüche hallten durch das Lager, und dann taumelte einer der Angreifer vor der Speerspitze zurück, die ihm ins Gesicht gestoßen wurde. Er hielt sich die Wunde und sein Blut spritzte zwischen seinen Fingern hindurch. Damit war Tegwanes Schicksal besiegelt und die Nguni drangen nun ernsthaft auf ihn ein.

Die Reiterkolonne war inzwischen nur noch hundert Schritte vom Rand des Lagers entfernt. Die Nguni waren so versunken in ihrem Blutrausch, dass keiner von ihnen die Reiter bemerkt hatte.

«Wie viele sind es?», rief Jim Louisa zu.

«Nicht mehr als vielleicht zwanzig, soweit ich sehen kann», antwortete sie.

«Also nur ein Voraustrupp», schätzte Jim. «Auf sie! Macht sie nieder!», rief er dann seinen Männern zu. «Schießt sie ab wie räudige Schakale!»

Sie trieben die Pferde in leichten Galopp und fielen in das Lager ein. Direkt vor ihnen stieß ein Nguni eine der jüngeren

Frauen mit seinem Assegai an und versuchte sie in eine Lage zu bringen, dass er ihr die Klinge in den Bauch stoßen konnte, doch sie zappelte wie ein Aal und konnte der stählernen Schwertspitze immer wieder ausweichen. Der Krieger war so vertieft in sein grausames Spiel, dass Louisa vor ihm war, bevor er aufschauen konnte. Was hat sie nur vor, dachte Jim, doch dann hob sie ruhig ihre Muskete und feuerte. Die Schrotladung krachte in die schweißglänzende Brust des Nguni und schleuderte ihn nach hinten.

Louisa zog die zweite Muskete aus dem Halfter und blieb an Jims Seite, während sie auf die Traube von Kriegern einstürmten, die Tegwane bedrängte. Sie feuerte wieder und noch ein Mann lag am Boden. Selbst in der Hitze des Augenblicks war Jim erschrocken, wie grausam sie sein konnte. Dies war nicht das Mädchen, das er zu kennen geglaubt hatte. Sie hatte soeben zwei Männer getötet, kalt und effizient, ohne irgendwelche Gefühle zu zeigen.

Die Krieger, die Tegwane eingekreist hatten, hörten das Gewehrfeuer hinter sich. Der Donner klang fremd für sie und als sie sich zu der Reihe von Reitern umdrehten, stand ihnen die Bestürzung deutlich ins Gesicht geschrieben. Jim und Louisa feuerten fast gleichzeitig. Der schwere Bleischrot riss einem Mann den nackten Bauch auf und er fiel auf der Stelle. Dem Krieger neben ihm wurde der Unterarm halb abgeschossen und er ließ sein Assegai fallen.

Der Verwundete schaute für einen Augenblick auf seinen nutzlos baumelnden Arm, doch dann bückte er sich, hob mit dem anderen Arm sein Schwert auf und stürmte direkt auf Jim zu. Sein Kampfgeist verblüffte Jim und da seine beiden Musketen leer geschossen waren, musste er die Pistole aus dem Halfter vor seinem Sattel reißen. Die Kugel traf den angreifenden Nguni mitten in den Hals. Er stieß ein gurgelndes Geräusch aus und das Blut spritzte ihm aus der abgerissenen Luftröhre, und doch schien sein Beispiel seine Kameraden anzuspornen. Sie erholten sich von der Überraschung, ließen Tegwane stehen und stürzten auf die Reiter zu, die Augen funkelnd vor Mordlust, die Rasseln an ihren Händen und Füßen klirrend bei jedem Schritt und jedem Stoß ihrer Arme.

Zama und Bakkat feuerten gleichzeitig, jeder tötete einen Feind. Zwei andere Nguni fielen unter der Salve, die Smallboy und die anderen Fahrer abgefeuert hatten, doch sie hatten nicht gut gezielt und selbst die verwundeten Nguni kamen weiter heran, fast so nah, dass sie ihre kurzen Schwerter einsetzen konnten.

«Zurück! Zurück und nachladen!», rief Jim. Die Reihe der Reiter löste sich auf und drehte ab und sie galoppierten aus dem Lager. Die Gegenattacke der Nguni kam ins Stocken, sobald sie merkten, dass sie die Pferde nicht einholen konnten. In sicherer Entfernung hielt Jim seinen Trupp an und stellte wieder Ordnung her. «Absteigen und nachladen!», befahl er. «Haltet eure Pferde am Zügel fest, damit sie sich jetzt nicht aus dem Staub machen!»

Sie gehorchten eifrig. Mit den Zügeln sicher um die Schultern gebunden gossen sie Pulver und Blei in die Musketenmündungen und stopften noch eine Handvoll Schrot darüber.

«Smallboy und seine Burschen mögen erbärmliche Schützen sein», sagte Jim leise zu Louisa, während er die Zündpfanne seiner zweiten Muskete scharf machte, «aber immerhin halten sie die Disziplin.»

Louisa arbeitete fast so schnell wie er und war kurz nach ihm mit dem Laden ihrer beiden Gewehre fertig. Die Nguni fassten wieder Mut, als sie sahen, dass ihre Feinde sich nicht zu rühren schienen. Unter wildem Kriegsgeheul liefen sie wieder los und näherten sich schnell über das offene Grasland.

«Wenigstens haben wir sie von ihren Opfern abgelenkt», sagte Louisa, als sie wieder in den Sattel stieg. Jim saß schon wieder auf Drumfire, doch die anderen Männer waren noch mit Laden beschäftigt. Louisa hatte Recht. Jeder Nguni-Krieger, der noch laufen konnte, hatte sich der Verfolgung angeschlossen und kam nun über die Steppe gerannt. Tegwane stand einsam auf dem Felsenhügel, offenbar schwer verwundet, doch wenigstens noch am Leben.

Bakkat wurde schließlich mit seiner Muskete fertig und schwang sich behänd wie ein Affe in den Sattel. Er schloss neben Jim auf, aber die anderen waren immer noch beschäftigt.

«Folgt uns, sobald ihr bereit seid!», rief Jim. «Aber beeilt euch!» Dann wandte er sich an Louisa und Bakkat: «Kommt, lassen wir sie noch etwas Pulverdampf schnuppern, um ihre Kampflust ein bisschen zu dämpfen.» Die drei trabten voran, um den anrückenden Kriegern entgegenzutreten.

«Sie zeigen keine Furcht», sagte Louisa in widerwilliger Bewunderung. Die Nguni bellten wie eine Meute wilder Hunde und stürmten in vollem Tempo auf sie zu.

Jim gab das Zeichen zum Anhalten, als nur noch hundert Schritte sie trennten. Sie feuerten aus dem Sattel. Zwei der Angreifer brachen zusammen, ein dritter fiel auf die Knie und hielt sich den Bauch. Sie wechselten die Musketen und feuerten noch einmal. Jim und Bakkat streckten wieder je einen Mann nieder, doch Louisa ließ allmählich nach. Die Musketen waren viel zu schwer für sie und vor jedem Rückschlag zuckte sie nun zusammen. Ihr zweiter Schuss ging zu hoch. Die restlichen Nguni näherten sich unter wildem Geheul. Es waren nicht mehr viele auf den Beinen, doch in ihren Gesichtern brannte der Kampfrausch und sie hatten ihre Schilde hoch erhoben.

«Zurück!», befahl Jim. Sie wendeten fast direkt vor den Schilden und galoppierten zu Zama, Smallboy und den anderen zurück, die endlich nachgeladen hatten und im Sattel saßen. Als sie aneinander vorbeiritten, rief Jim Smallboy zu: «Lasst sie nicht zu nah herankommen. Haltet Abstand und schießt sie nieder. Wir laden jetzt nach und werden euch dann wieder ablösen.»

Während Jim sein Gewehr neu lud, konnte er sehen, dass Smallboy seine Befehle verstanden hatte. Er hielt sich mit seinen Männern in kurzem, aber sicherem Abstand vor den schwarzen Kriegern. So lockten sie sie heraus, bevor sie anhielten und feuerten, sobald der Feind gut in Schussweite war, und dann ritten sie in Position für die zweite Salve. Sie zielten jetzt auch besser: Zwei Krieger blieben leblos im Gras liegen. Als ihre Musketen leer geschossen waren, brach Smallboy die Attacke ab und führte seine Männer zurück.

Jim und seine Gruppe hatten inzwischen nachgeladen und waren schon aufgesessen. Die Reiter passierten einander, eine Gruppe auf dem taktischen Rückzug, die andere zur Attacke.

«Gut geschossen, Smallboy!», lobte Jim. «Jetzt sind wir wieder an der Reihe.»

Die restlichen Nguni-Krieger sahen sie kommen und blieben unschlüssig stehen. Sie hatten inzwischen begriffen, wie sinnlos es war, hinter diesen Fremden herzujagen, die auf dem Rücken dieser großen, flinken Tiere saßen, mit denen kein Mensch zu Fuß mithalten konnte. Sie hatten die Gewalt der Waffen zu spüren bekommen, die donnerten und Rauch ausspieen und die durch ihre Zauberkraft einen Mann aus der Ferne niederstrecken konnten. Einer löste sich aus der Gruppe und ergriff die Flucht, obwohl Jim bemerkte, dass er seinen Schild und sein Assegai mitnahm. Offenbar wollte er sich nicht geschlagen geben und hoffte auf eine weitere Schlacht. Seine Kameraden taten es ihm schließlich nach und liefen ebenfalls davon.

«Langsam!», warnte Jim seine Männer. «Lasst euch nicht in eine Falle locken.» Tegwane hatte ihn gewarnt. Es gehörte zu den Taktiken der Nguni, einen Rückzug vorzutäuschen oder sich gar tot zu stellen, um den Feind herauszulocken.

Einer der Krieger, der langsamste Läufer, war weit hinter die anderen zurückgefallen. Jim ritt hinter ihm her und hatte ihn bald eingeholt. Als er seine Muskete hob, wandte ihm der Schwarze die Brust zu. Jim sah, dass er keinen Jüngling vor sich hatte. Der Mann hatte silberne Strähnen in seinem kurzen, lockigen Bart, trug einen Kopfschmuck aus Straußenfedern und hatte Kuhschwänze um seinen Schwertarm gewickelt, das Ehrenzeichen der tapfersten Krieger. In dem blitzschnellen Vorstoß, den er nun wagte, hätte er Drumfire fast sein Schwert in die Flanke gerammt, wenn Jim ihm nicht im letzten Augenblick eine Ladung Schrot ins Gesicht geschossen hätte.

Jim schaute sich um und konnte sehen, dass Louisa seinen Rat angenommen hatte und zurückgeblieben war. Auch Bakkat und Zama waren zurückgeritten. Jim war erleichtert, dass sie solche Disziplin zeigten.

Als Jim wieder an Louisas Seite war, sah er in ihrem Gesicht, dass ihr Zorn so schnell verfliegen konnte, wie er aufgeflammt war. Sie blickte traurig und mit Reue auf einen der toten Nguni hinab.

«Wir haben sie vertrieben, doch sie werden wiederkommen, da bin ich sicher.» Jim schaute den überlebenden Kriegern nach, die in der Ferne in dem goldenen Grasland untertauchten.

«Es ist genug», sagte sie. «Ich bin froh, dass du sie ziehen gelassen hast.»

«Wo hast du gelernt, so zu kämpfen?», fragte er.

«Wenn du ein Jahr auf dem Kanonendeck der *Möwe* verbracht hättest, würdest du das nicht fragen.»

Smallboy und die anderen Fahrer kamen nun mit geladenen Musketen herangeritten. «Wir werden hinter ihnen herreiten, Somoya», rief er begeistert, offenbar noch im Taumel der Schlacht.

«Nein! Lasst sie laufen!», befahl Jim scharf. «Jenseits des nächsten Hügels wartet wahrscheinlich Manatasee auf euch, mit ihrem ganzen Heer. Euer Platz ist jetzt bei den Wagen. Reitet zurück, sorgt dafür, dass das Vieh in Sicherheit ist und bereitet euch auf den kommenden Angriff vor.»

Smallboy ritt mit seinen Fahrern davon und Jim führte die anderen zum Schauplatz des Massakers zurück. Der alte Tegwane saß auf seinem Granitklumpen, hielt sich seine Wunden und sang ein leises Trauerlied für seine Familie und die anderen Frauen und Kinder seines Stammes, deren Leichname um ihn verstreut lagen.

Louisa gab ihm Wasser aus ihrer Flasche, wusch seine Wunden und verband sie, um die Blutungen zu dämmen. Jim ging langsam durch das Lager. Den gefallenen Nguni näherte er sich mit Vorsicht, die Pistole schussbereit in der Hand, doch sie waren alle tot. Der Schrot hatte ihnen grässliche Wunden zugefügt. Es waren meist große, gut aussehende Männer, jung und kräftig gebaut. Ihre Waffen waren das Werk wirklicher Schmiede. Jim hob eines der Assegai-Schwerter auf. Es lag wunderbar in der Hand, perfekt ausbalanciert, und die Schneide war so scharf, dass er sich damit die Haare vom Unterarm rasieren konnte. Alle toten Krieger trugen Ketten aus geschnitztem Elfenbein um Hals und

Handgelenke. Jim nahm dem älteren Nguni-Krieger, den er mit seinem letzten Schuss getötet hatte, seinen Schmuck vom Hals. Die Straußenfedern an seinem Kopf und die weißen Kuhschwänze um die Oberarme ließen darauf schließen, dass er einer der Anführer gewesen sein musste. Die Halskette bestand aus kunstvoll zu kleinen Menschenfiguren geschnitzten Elfenbeinstücken, durch die eine Lederschnur gefädelt war.

«Jede der kleinen Figuren stellt vielleicht einen Mann dar, den er auf dem Schlachtfeld getötet hat», vermutete Jim. Die Nguni betrachteten Elfenbein offenbar als eine große Kostbarkeit. Das faszinierte Jim und er ließ die Kette in seine Tasche gleiten.

Auf seinem Rundgang durch das Lager musste er feststellen, dass die Nguni mit grausamer, gnadenloser Effizienz vorgegangen waren. Die Kinder waren meist mit einem einzigen Knüppelhieb getötet worden. Außer Tegwane fanden sie nur eine Bakwato, die noch am Leben war, das Mädchen, das Louisa mit ihrem ersten Schuss gerettet hatte. Sie hatte eine tiefe Wunde in der Schulter, doch sie konnte laufen, nachdem Zama ihr auf die Beine geholfen hatte. Tegwane ließ einen Freudenschrei los, als er sah, dass sie lebte, und kam herbeigehumpelt, um sie zu umarmen.

«Das ist Intepe, meine Enkeltochter, die Blume meines Herzens.»

Louisa hatte sie schon bemerkt, als sie zuerst auf den Stamm gestoßen waren. Sie war das hübscheste Mädchen von allen gewesen. Nun kam das Kind vertrauensvoll zu ihr und saß geduldig still, während Louisa ihre Wunde wusch und verband. Als Louisa Tegwane und seine Enkeltochter fertig behandelt hatte, blickte sie um sich, wo all die Leichname halb verborgen im Gras lagen.

«Was sollen wir mit den Toten machen?», fragte sie Jim.

«Wir können hier nichts mehr tun», antwortete er. Er blickte zum wolkenlosen Himmel auf, wo die Geier sich schon versammelten. «Überlassen wir es denen dort oben. Wir müssen jetzt schnell zu den Wagen zurück, denn die Nguni werden gewiss wiederkommen.»

Jɪᴍ ᴡäʜʟᴛᴇ ᴅɪᴇ ʙᴇsᴛᴇ Verteidigungsstellung am Ufer aus, wo ein kleiner Nebenfluss aus den Hügeln einfloss. Die Flüsse trafen sich in spitzem Winkel, sodass sie einen schmalen Landkeil bildeten, der an ein Becken im Hauptstrom grenzte. Jim lotete das Becken aus und fand, dass es tief genug war, dass das Wasser einem ausgewachsenen Mann bis über den Kopf reichen würde.

«Die Nguni werden niemals schwimmen», versicherte ihm Tegwane. «Wasser ist vielleicht das Einzige, was sie fürchten. Sie essen weder Fisch noch Flusspferdfleisch. Sie verabscheuen alles, was aus dem Wasser kommt.»

«Das Flussbecken wird also unsere eine Flanke und unseren Rücken decken», sagte Jim erleichtert. Tegwane erwies sich als eine nützliche Informationsquelle. Der alte Mann behauptete sogar, er spräche die Sprache der Nguni und kenne ihre Sitten. Wenn das stimmte, war es ein großes Glück, dass er bei ihnen war.

Jim ging den Zufluss entlang. Das Steilufer war über drei Meter hoch, eine Mauer aus glitschigem Schlamm, die ohne Leitern kaum zu bewältigen war. «Das wird unsere andere Flanke decken. Wir müssen also nur das Stück zwischen dem Strom und dem Nebenfluss blockieren.»

Sie rollten die Wagen in Stellung und banden die Räder mit Lederriemen zusammen, damit die Nguni sie nicht beiseite schieben konnten. Die Lücken zwischen und unter den Wagen verstopften sie mit Dornenästen, sodass die Krieger nirgendwo hindurchkriechen konnten. In der Mitte der Wagenbarrikade ließen sie ein schmales Tor frei.

Jim befahl, die Pferde und anderen Tiere ganz in der Nähe grasen zu lassen, sodass sie in Minutenschnelle hinter die Befestigungen getrieben werden konnten. Das Tor würden sie danach mit Bündeln von Dornengestrüpp verrammeln, die sie bereitlegten.

«Glaubst du wirklich, die Nguni werden zurückkommen?» Louisa hatte Mühe, ihre Furcht zu verbergen, als sie die Frage stellte. «Meinst du nicht, sie könnten aus der schweren Erfahrung gelernt haben und sich in Zukunft von uns fern halten?»

«Der alte Tegwane kennt sie gut. Er hat keinen Zweifel,

dass sie wiederkommen werden, und sei es nur, weil sie die Schlacht so lieben», antwortete Jim.

«Wie viele von ihnen gibt es wohl?», fragte sie nun.

«Der alte Mann kann nicht zählen, aber er sagt, es sind viele.»

Jim maß sorgfältig eine Stelle in gutem Abstand vor dem Wagenwall ab, wo er Smallboy und seine Burschen eine flache Grube ausheben ließ. Dort deponierten sie ein Fünfzig-Pfund-Fässchen groben Schwarzpulvers, stopften einen Zünder und Lunte in das Spundloch und verlegten die Zündschnur zwischen den Rädern des mittleren Wagens hindurch. Dann bedeckte er das Pulverfass mit Kies, den sie in Säcken aus dem Flussbett holten und der, wie er hoffte, wie Musketenkugeln umherfliegen würde, wenn das Fass explodierte.

Als Nächstes ließ er die Männer Schusslöcher in den Dornenwall stechen, durch die sie das Gelände vor den Befestigungen mit Enfilierfeuer belegen konnten. Dann wurden die geladenen Musketen neben den Hiebern aufgereiht, zusammen mit Pulverfässern, Kugelbeuteln und Ladestöcken. Louisa brachte den Vorläufern und Hirtenjungen bei, wie man die Waffen lud und schussbereit machte, und übte es mit ihnen. Sie hatte einige Schwierigkeiten, sie zu überzeugen, dass, wenn eine Hand voll Schießpulver solch eine hübsche Explosion erzeugte, zwei Hände voll es nicht besser machten. Zu viel Pulver konnte vielmehr den Musketenlauf sprengen und möglicherweise den Schützen enthaupten, der den Abzug betätigte.

Am Flussbecken füllten sie die Wasserfässer, die sie dann bereitstellten, um den Durst der Kämpfer zu stillen und um Feuer zu löschen, falls die Nguni auf den alten Trick verfallen sollten, brennende Fackeln ins Lager zu werfen.

Zwei Hirtenjungen wurden als Ausgucke auf dem kleinen Hügel postiert, von dem aus Louisa das Knochenfeld erspäht hatte. Jim gab ihnen einen tönernen Feuertopf mit und befahl ihnen, frisches Laub anzuzünden, sobald sie das Nguni-Heer anrücken sahen. Der Rauch würde das Lager alarmieren und dann konnten die Jungen den Hügel hinabbrennen und sich dort in Sicherheit bringen, wie Jim ihnen einschärfte.

«Die Nguni greifen niemals in der Nacht an», erklärte Tegwane. «Sie sagen, die Dunkelheit ist für Feiglinge. Ein wahrer Krieger sollte nur im Sonnenlicht sterben.» Dennoch holte Jim jeden Abend seine Ausgucke herein und stellte Wachen um das Lager auf, die er während der Nacht regelmäßig inspizierte, um sicherzustellen, dass sie auch wach blieben.

«Wenn sie kommen, werden sie singen und ihre Schilde schlagen», sagte Tegwane. «Sie lieben es, den Feind auf sich aufmerksam zu machen. Sie wissen, ihr Ruhm eilt ihnen voraus und der Klang ihrer Stimmen und der Anblick ihrer schwarzen Kopffedern erfüllt ihre Feinde mit Schrecken.»

«Dann müssen wir ihnen eine ordentliche Begrüßung bereiten», entgegnete Jim.

Sie rodeten eine hundert Schritte lange Lichtung vor den Wagen und ließen die Ochsen die gefällten Bäume und das Unterholz wegschleppen, bis das Gelände offen und nackt vor ihnen lag. Die angreifenden *Impis*, so nannten sich die Nguni-Kriegerscharen, würden dieses Schussfeld überqueren müssen, wenn sie zu den Wagen vordringen wollten. Jim schritt die Entfernungen vor den Befestigungen ab und legte eine Linie aus weißen Flusssteinen aus, um die optimale Schussentfernung und Streuzonen für die Schrotladungen zu markieren. Seinen Männern schärfte er ein, das Feuer nicht zu eröffnen, bevor die Angreifer diese Linie überschritten.

Als er all diese Vorbereitungen abgeschlossen hatte, setzten sie sich hin und warteten. Das Warten war das Schlimmste. Es war deprimierend, wie die Stunden sich dahinschleppten. Jim nutzte jedoch die Zeit, indem er sich mit Tegwane zusammensetzte und sich mehr über den Feind erzählen ließ.

«Wo sind ihre Frauen und Kinder?»

«Sie bringen sie nicht mit, wenn sie in den Krieg ziehen. Vielleicht lassen sie sie in ihrer Heimat.»

«Haben sie große Lager geplünderter Güter? Sind sie reich?»

«Sie haben viel, viel Vieh und sie lieben die Elfenbeinzähne der Elefanten und Flusspferde.»

«Erzähl mir von ihrem Vieh.»

«Sie haben riesige Herden. Die Nguni lieben ihr Vieh wie ihre eigenen Kinder. Sie schlachten sie nicht und essen ihr

Fleisch nicht. Sie zapfen nur ihr Blut ab und mischen es unter die Milch. Das ist ihre Hauptnahrung.»

Jim lauschte mit berechnendem Blick. Ein guter Ochse konnte in der Kolonie hundert Gulden bringen.

«Erzähl mir von dem Elfenbein.»

«Sie lieben ihr Elfenbein sehr», antwortete Tegwane. «Vielleicht brauchen sie es für ihren Handel mit den Arabern des Nordens oder mit den Bulamatari.» Bulamatari bedeutete ‹Felsenbrecher›. Gemeint waren damit die Portugiesen, deren Goldsucher die Klippen aufzuhacken pflegten, um neue Adern zu finden. Jim war verblüfft, dass Tegwane hier im tiefen Innerafrika von diesen Völkern gehört hatte. Er fragte den alten Mann danach und Tegwane lächelte: «Meines Vaters Vater hat von euch Krokodilhexern gewusst, und sein Vater vor ihm.»

Jim nickte. Er war naiv gewesen. Die Oman-Araber trieben seit dem fünften Jahrhundert Handel in Afrika, nicht zuletzt Sklavenhandel, und Vasco da Gama war vor hundertfünfzig Jahren vor Mozambique gelandet. Seitdem hatten die Portugiesen Festungen und Handelsstützpunkte auf dem Festland errichtet. Es war kein Wunder, dass Gerüchte über diese Ereignisse selbst zu den primitivsten Stämmen in den fernsten Winkeln dieses Kontinents gedrungen waren.

Jim zeigte dem Alten die Stoßzähne des Bullen, den er erlegt hatte. «So große Zähne habe ich noch nie gesehen», staunte Tegwane.»

«Wo finden die Nguni ihr Elfenbein? Jagen sie die Elefanten?»

Tegwane schüttelte den Kopf. «Der Elefant ist ein mächtiges Tier. Selbst die Nguni können ihn nicht töten mit ihren Assegais.»

«Wo kommt dann das Elfenbein her?»

«Ich habe gehört, es gibt Stämme, die Fallgruben graben, in denen sie sie fangen, oder sie hängen einen mit Steinen beschwerten Speer in einen Baum über einen Elefantenpfad. Wenn der Elefant das Stolperseil berührt, fällt der Speer herunter und durchbohrt ihm das Herz.» Tegwane hielt inne und blickte zu Bakkat hinüber, der unter einem der Wagen schlief. «Ich habe auch gehört, dass diese kleinen gelben Affen, die

San, sie manchmal mit ihren Giftpfeilen erlegen. Doch mit diesen Methoden können sie nur wenige Tiere töten.»

«Woher bekommen die Nguni also ihr Elfenbein?», wollte Jim immer noch wissen.

«Jedes Jahr, besonders in der Regenzeit, sterben manche der großen Bestien an Altersschwäche oder Krankheit, oder sie bleiben in Sumpflöchern stecken oder stürzen im Gebirge ab. Die Stoßzähne liegen dann da und man muss sie nur aufsammeln. Mein eigener Stamm hat in meinem Leben auf diese Weise einiges Elfenbein gesammelt.»

«Und was ist mit den Stoßzähnen passiert, die dein Stamm gefunden hat?» Jim beugte sich gespannt vor.

«Die Nguni haben sie gestohlen, nachdem sie die jungen Männer abgeschlachtet hatten, so wie sie sie von jedem Stamm stehlen, den sie angreifen und niedermachen.»

«Dann müssen sie riesige Mengen Elfenbein besitzen.», sagte Jim. «Wo bewahren sie es auf?»

«Sie tragen es mit sich herum», antwortete Tegwane. «Wenn sie umherziehen, packen sie die Stoßzähne auf ihr Vieh. Sie haben so viel Elfenbein, wie ihre Tiere tragen können, und sie haben viele Tiere.»

Jim erzählte Louisa, was er gehört hatte. «Wenn ich nur eine dieser Herden finden könnte, jedes Stück Vieh mit einem Vermögen in Elfenbein auf dem Rücken.»

«Würde es dir gehören?», fragte sie unschuldig.

«Natürlich, es wäre Kriegsbeute.» Er blickte zu den Hügeln, über die die Impis der Nguni wahrscheinlich kommen würden. «Wann werden sie wohl angreifen?», fragte er sich.

Je länger sie warteten, desto gereizter wurden alle. Jim und Louisa verbrachten viel Zeit über dem Schachbrett und als das langweilig wurde, malte sie noch ein Porträt von ihm. Während er für sie Modell saß, las er laut aus Robinson Crusoe vor. Es war sein Lieblingsbuch und im Geheimen sah er sich selbst als den findigen Helden. Obwohl er es schon unzählige Male gelesen hatte, musste er immer wieder lachen, wenn er von Crusoes Abenteuern las, und er litt mit ihm, wenn ihm ein Unglück widerfuhr.

Jeden Tag ritten sie zwei oder drei Mal hinaus, um die Ausgucke auf dem Hügel zu inspizieren und um sicherzustellen, dass die Hirtenjungen dort wach und auf dem Posten waren anstatt im Wald nach Honig zu suchen oder sich anderem Kinderspiel hinzugeben. Wenn das erledigt war, ritten sie die Umgebung ihrer natürlichen Festung ab, um sich zu vergewissern, dass keine Nguni-Späher in den kleinen Schluchten und Wäldchen auf der Lauer lagen, mit denen das Grasveld durchsetzt war.

Am zwölften Tag nach dem Bakwato-Massaker ritten Jim und Louisa allein hinaus. Die Hirten auf der Hügelspitze waren gelangweilt und mürrisch und Jim musste ein ernstes Wort mit ihnen reden, damit sie auf ihren Posten blieben.

Dann ritten sie zum Fluss zurück und durchquerten ihn an der Furt. Sie ritten fast bis zu der Stelle, wo sich das Massaker zugetragen hatte, kehrten jedoch kurz davor um. Jim wollte Louisa die grausigen Erinnerungen ersparen, die mit jenem Ort verbunden waren.

Als sie wieder in Sichtweite des Lagers waren, hielt Jim an, um die Befestigungen durch sein Teleskop zu betrachten und zu sehen, ob er irgendwelche Schwachstellen fand, die er übersehen haben mochte. Während er so beschäftigt war, saß Louisa ab und schaute sich nach einem Platz um, wo sie ein privates Geschäft erledigen konnte. Sie waren auf offenem Gelände und die Steppe war von den Herden abgegrast worden, sodass die Halme ihr nur halb an die Knie reichten. In der Nähe sah sie jedoch einen *Donga*, einen natürlichen Graben, den das Regenwasser auf dem Weg zum Fluss in die Ebene geschnitten hatte. Sie überließ Jim Truehearts Zügel.

«Ich werde nicht lange weg bleiben», sagte sie und machte sich auf den Weg zu dem Graben. Jim wollte sie warnen, doch dann besann er sich eines Besseren und schaute weg, um sie nicht zu beschämen.

Am Rand des Grabens meinte Louisa ein eigenartiges Geräusch zu hören, Flüstern und Zischeln, das in der Luft zu hängen schien. Sie ging weiter, jedoch viel langsamer, verwirrt, aber nicht ängstlich. Das Geräusch wurde lauter, wie Wasserplätschern oder Fliegengesumme. Sie war sich nicht sicher, aus welcher Richtung es kam.

Sie schaute zu Jim zurück, doch der blickte wieder durch sein Fernrohr. Er hörte das Geräusch offenbar nicht. Sie zögerte einen Moment, dann trat sie an den Rand des Donga und schaute hinunter. Das Geräusch schwoll zu einem wütenden Summen, als hätte sie ein Hornissennest aufgescheucht.

Der Graben vor ihr war dicht gepackt mit Reihe um Reihe von Nguni-Kriegern. Sie saßen auf ihren Schilden und hielten ihre Assegais in der rechten Hand. Die Schwertspitzen waren auf Louisa gerichtet und jedes Mal, wenn sie ihre Waffen schüttelten, klapperten die Rasseln an ihren Handgelenken. Das war das Summen gewesen, das sie gehört hatte. Die nackten Körper waren mit Fett eingerieben, sodass sie glänzten wie nasse Kohle. Das Weiß in ihren Augen war das Einzige, was sich abhob in dieser vibrierenden schwarzen Masse. Louisa kam es vor, als blickte sie auf einen riesigen Drachen in seiner Grube, mit schimmernden schwarzen Schuppen, wütend und Gift speiend, bereit zum Sprung.

Sie wirbelte herum und rannte. «Jim! Pass auf! Sie sind hier!»

Jim schaute sich um, als er sie schreien hörte. Er sah kein Anzeichen von Gefahr, nur Louisa, die mit angstverzerrtem Gesicht auf ihn zugerannt kam.

«Was ist los?», rief er noch, doch im selben Augenblick schien sich der Boden hinter dem Mädchen zu öffnen und Massen von Kriegern auszuspeien. Ihre nackten Füße trommelten auf der harten Erde und die Kriegsrasseln an ihren Fußgelenken krachten im Rhythmus. Sie schlugen mit ihren Assegais auf die schwarzen Schilde und brüllten in ohrenbetäubender Lautstärke: «*Bulala! Bulala Amathagati!* Tötet! Tötet die Hexer!»

Louisa lief wie ein Windhund vor der schwarzen Flut her, doch einer der Verfolger war noch schneller. Er war groß und schlank, und sein Kopfschmuck ließ ihn noch größer erscheinen. Muskelpakete wölbten sich auf seinem Bauch und seinen Schultern. Er warf seinen Schild weg und holte schnell auf. Das Heft seines Assegai hielt er mit der Spitze nach vorn gerichtet, bereit zum Stoß zwischen Louisas Schulterblätter. Jim sah für einen Augenblick das Bakwato-Mädchen vor sich, wie

es so vor einem Nguni wegrannte und plötzlich die Schwertspitze aus ihrer Brust ragte, rosa von ihrem Herzblut.

Er trieb Drumfire in vollen Galopp und sprengte, Trueheart am Zügel hinter sich her ziehend, Louisa entgegen. Der
Krieger war jedoch schon zu dicht hinter ihr. Sie würde keine
Zeit haben, aufzusitzen, bevor er sie eingeholt hätte. Er ließ
Drumfire freien Lauf und sie strichen so dicht an Louisa vorbei, dass ihre Haare im Wind flatterten. Jim warf ihr Truehearts Zügel zu.

«Spring auf und weg hier!», rief er im Vorbeireiten. Da er
keinen Kampf erwartet hatte, hatte er nur eine Muskete bei
sich. Er konnte sich nicht erlauben, diesen einzigen Schuss zu
verschwenden, und die leichte Kugel aus seiner Pistole hätte
den Mann vielleicht nur verwundet. Er durfte also keinen Fehler machen. Er hatte gesehen, dass der Krieger seinen Schild
weggeworfen hatte. Also riss er seinen Marinehieber aus der
Scheide. Unter Abolis und seines Vaters Anleitung hatte er mit
diesem Schwerttyp geübt, bis er das gesamte Waffenhandbuch
meisterte. Er verbarg seine Klinge, um den Feind nicht zu
warnen, und trieb Drumfire geradewegs auf den Nguni zu.
Der Mann verlangsamte daraufhin seinen Lauf und änderte
den Griff, mit dem er sein Assegai hielt. Jim lehnte sich vor,
um dem Schwertstoß zu begegnen, und als dieser kam, senkte
er seinen Hieber zum klassischen Konter, indem er die Spitze
des afrikanischen Kurzschwerts zur Seite schlug. Dann wendete er und holte im nächsten Vorbeiritt zu einem Rückhand-
hieb aus. Smallboy hatte den Stahl mit einer feinen Schneide
versehen, scharf wie ein Schlachtermesser, die Jim dem Nguni
nun quer über den Nacken zog. Das Heft zitterte in seiner
Hand, als die Klinge sauber die Halswirbel durchschnitt. Der
Mann stürzte, als hätte sich eine Falltür unter ihm geöffnet.

Jim drückte Drumfire die Knie in die Seiten und der
Hengst wirbelte herum. Louisa hatte offenbar Schwierigkei-
ten, in Truehearts Sattel zu kommen. Die Stute hatte den
Nguni gewittert und die Reihen von Kriegern auf sie zueilen
sehen. Sie tänzelte seitwärts und warf wild den Kopf herum.
Louisa hielt die Zügel fest und wurde umgerissen.

Jim steckte den blutigen Hieber in die Scheide zurück und

kam mit Drumfire hinter sie. So beugte er sich aus dem Sattel, packte sie beim Hosenboden und hob sie auf Truehearts Rücken. Dann legte er ihr beruhigend eine Hand auf den Arm und sie galoppierten Knie an Knie von den Feinden weg. Sobald sie in Sicherheit waren, zog er seine Pistole und feuerte in die Luft, um die Wachen am Lager zu warnen. Als er sicher war, dass sie es gehört hatten, sagte er zu Louisa: «Reite zurück! Sag ihnen, sie sollen die Tiere ins Lager holen. Schick Bakkat und Smallboy zu mir. Sie müssen mir helfen, den Feind aufzuhalten.»

Zu seiner Erleichterung gehorchte sie ohne Widerwort und galoppierte davon, so schnell Trueheart laufen konnte. Jim wandte sich wieder den heranstürmenden Kriegern zu, zog die Muskete aus der Scheide und ließ Drumfire in Schritt auf sie zu gehen. In der ersten Reihe erkannte er den *Induna*, der den Angriff zu führen schien.

Er berührte Drumfires Flanken mit den Zehen und hielt im Trab auf den Induna zu. Die Nguni mussten inzwischen begriffen haben, welch schreckliche Gefahr eine Feuerwaffe darstellte, doch der Mann zeigte keinerlei Furcht. Er kam noch schneller heran, hob seinen Schild, um seinen Schwertarm frei zu machen, und verzerrte das Gesicht zu einem grausamen Kriegsschrei.

«*Bulala!* Tötet! Tötet!» Seine Männer drängten nach vorn. Jim ließ ihn dicht herankommen und feuerte dann. Der Induna stürzte in vollem Lauf, das Assegai flog ihm aus der Hand und er rollte ins Gras. Die Schrotladung traf auch die beiden Männer direkt hinter ihm und schickte sie ebenfalls zu Boden.

Wütendes Gebrüll erhob sich aus den schwarzen Massen, als sie ihren Hauptmann und ihre Kameraden fallen sahen, doch Jim hatte schon gewendet und galoppierte nun zurück, um nachzuladen. Die Nguni konnten nicht mit Drumfire mithalten und fielen in einen gleichmäßigen Trab, liefen jedoch immer noch auf das Lager zu.

Als er seine Muskete geladen hatte, saß Jim wieder auf und ritt ihnen entgegen. Er fragte sich, wie viele Krieger es wohl sein mochten, doch es war unmöglich zu schätzen. Er ritt vor ihrer Front vorbei, in kaum zwanzig Schritten Entfernung, und feuerte in ihre Reihen. Er sah Männer straucheln und fallen, doch ihre Kameraden strömten über sie hinweg, sodass die Leichen sofort unter ihnen verschwanden. Diesmal gab es keine Wutschreie, aber die Krieger verlangsamten ihren Vormarsch zu einem flüssigen, rhythmischen Trab und begannen zu singen. Obwohl die tiefen afrikanischen Stimmen wunderschön klangen, sträubten sich Jim die Nackenhaare, als er sie hörte. Ihr Vormarsch auf das befestigte Lager war unaufhaltsam.

Als Jim wieder mit dem Nachladen fertig war, hörte er Hufschlag, und als er aufschaute, sah er Bakkat und Louisa mit Zama und den Fahrern durch das Tor zwischen den Wagen hervorkommen.

«Gott, gib mir Kraft! Ich wollte doch, dass sie im Lager bleibt!», stöhnte er, doch dann machte er das Beste aus der Situation. Als sie herangeritten kam und ihm die zweite Muskete gab, sagte er: «Derselbe Drill wie zuvor, Igelchen. Du hast das Kommando über die zweite Abteilung, das heißt Zama, Bakkat und Muntu. Smallboy und Klaas kommen mit mir.»

Er führte seine Abteilung voran, direkt vor die Schwerter der ersten Nguni-Reihe, und sie feuerten ihre Gewehre ab. Dann wechselten sie die Musketen, ritten noch einmal vor und feuerten die zweite Salve, bevor sie sich auflösten und sich mit den leer geschossenen Waffen zurückzogen.

«Sucht euch die Indunas heraus», rief Jim, «tötet die Anführer!», als Louisa ihre Abteilung an die Front führte. Jim sah mit grimmiger Genugtuung, dass die meisten der Indunas in den ersten Reihen schon unter dem Anschlag gefallen waren.

Die Nguni taumelten unter diesen grausamen, unablässigen Attacken. Sie verloren an Tempo und aus dem Gesang wurde ein wütendes Zischen. Schließlich kamen sie dreihundert Schritte vor dem Lager zum Stehen, doch die Reiter griffen weiter an.

Jim ritt noch einmal an der Spitze seiner Abteilung und bemerkte die Veränderung. Manche der Krieger in der ersten Reihe senkten ihre Schilde und schauten sich um. Jim und seine Männer feuerten eine Salve mit ihren ersten Musketen und kamen kurz darauf mit ihren zweiten Gewehren zurück. Die Federn auf den Köpfen der Krieger wehten wie Grashalme im Wind. Die nächste Salve donnerte auf sie hernieder, der Bleischrot klatschte in lebendiges Fleisch, und wieder fiel eine Reihe von Kriegern.

Das Echo der Salven hallte noch zwischen den Hügeln, als Louisa mit Zama, Bakkat und Muntu wieder vorrückte. Die erste Reihe der Nguni sah sie kommen und löste sich auf. Sie drehten sich um und schoben mit ihren Schilden die Männer hinter sich zurück. «Emuva! Zurück, geht zurück!», riefen sie, doch die Krieger hinter ihnen schrien: «*Schikela!* Vorwärts! Rückt vor!»

Die gesamte Impi schwang vor und zurück, Krieger wurden aneinander gedrückt, verhedderten sich mit ihren Schilden und blockierten sich gegenseitig. Louisa und ihre Männer ritten dicht heran und feuerten eine Salve in das Durcheinander. Verzweifeltes Stöhnen erhob sich und die hintere Reihe machte schließlich den Weg frei. Sie drehten sich um und rannten auf die Grasebene zurück. Ihre Toten und Verwundeten ließen sie zurück, wo sie gefallen waren, Schilde, Schwerter und Knüppel um sie verstreut. Louisas Gruppe galoppierte hinterher und feuerte ihnen die zweite Salve in den Rücken.

Jim erkannte, dass sie in eine Falle gelockt werden könnten. Er sprengte hinter ihnen her und Drumfire hatte sie bald eingeholt. «Halt! Gebt die Verfolgung auf!» Louisa rief ihre Männer zusammen. So ritten sie alle zurück und sobald sie sicher im Lager waren, zog ein Ochsengespann die Dornenbündel in das schmale Tor zu der Wagenburg.

Es schien unmöglich, dass eine solche Menschenmasse so schnell verschwinden konnte, doch bis das Tor wieder versiegelt war, war die Impi wie vom Erdboden verschluckt. Das einzige Zeichen, dass ein Kampf stattgefunden hatte, waren die Toten und das niedergetrampelte, blutige Gras vor dem Lager.

«Wir haben ihnen schwere Verluste zugefügt. Werden sie wiederkommen?», fragte Louisa besorgt.

«So sicher wie die Sonne heute untergehen und morgen wieder aufgehen wird», antwortete Jim finster. Er nickte nach Westen, wo die Sonne schon auf den Horizont zusank. «Das war wahrscheinlich nur der Voraustrupp, den Manatasee geschickt hat, um zu sehen, wie stark wir sind.»

Er rief nach Tegwane und der alte Mann kam sofort herbei, ohne sich um seine Wunden zu kümmern. «Die Nguni hatten sich dicht vor dem Lager verschanzt. Wenn Welanga nicht über sie gestolpert wäre, hätten sie uns heute Abend angegriffen. Du hast dich geirrt, alter Mann, sie kämpfen sehr wohl in der Dunkelheit.»

«Nur Kulu Kulu irrt sich nie», antwortete Tegwane mit gezwungener Gelassenheit.

«Du kannst deinen Fehler wieder gutmachen», sagte Jim streng.

«Ich werde tun, was du sagst», nickte Tegwane.

«Manche der Nguni, die dort draußen liegen, leben noch. Geh dort hinaus. Bakkat wird dich beschützen. Finde mir einen der überlebenden Nguni. Ich will wissen, wo ihre Königin ist. Außerdem will ich wissen, wo ihr Tross ist, ihr Vieh und das Elfenbein.»

Tegwane nickte. Er löste das Abhäutemesser in seiner Scheide. Jim wollte ihn schon auffordern, das Messer im Lager zu lassen, doch dann dachte er an die Frauen und Kinder vom Stamm des alten Mannes und wie sie umgekommen waren.

«Geh nun, großer Häuptling. Geh, bevor die Dunkelheit hereinbricht und die Hyänen die verwundeten Nguni finden.» Dann sagte er zu Bakkat: «Halte deine Muskete schussbereit. Traue nie einem Nguni, und erst recht keinem toten Nguni.»

Während er die Befestigungen des Lagers inspizierte, schaute Jim drei Mal auf, als der Donner von Bakkats Muskete über das Schlachtfeld hallte. Er wusste, der kleine Buschmann war dabei, die verwundeten Feinde zu töten. Als die Dämmerung hereinbrach, kamen Bakkat und Tegwane ins Lager zurück, beide schwer beladen mit Assegais und Elfenbeinschmuck, und Tegwane hatte frisches Blut an den Händen.

«Ich habe mit einem verwundeten Induna gesprochen, bevor er starb. Du hattest Recht. Dies war nur ein Spähtrupp. Manatasee lagert jedoch nicht weit von hier mit ihren anderen Impis und dem Vieh. Sie wird in spätestens zwei Tagen hier sein.»

«Was hast du mit dem Mann gemacht, der dir das erzählt hat?»

«Ich habe ihn erkannt», antwortete Tegwane. «Es war der,

der den ersten Angriff auf unser Dorf geführt hat. Zwei meiner Söhne sind an jenem Tag gestorben.» Tegwane schwieg für eine Weile, bevor er lächelnd fortfuhr: «Es wäre herzlos gewesen, einen so edlen Krieger den Hyänen zu überlassen.»

Nach dem Abendessen kamen die Fahrer und Knechte von ihren Feuern und versammelten sich in respektvollem Abstand um Jim und Louisa. Die Fahrer pafften ihre langen Tonpfeifen. Der Rauch von dem starken türkischen Tabak hing in der süßen Abendluft. Es war eine der formlosen Beratungen – sie nannten es *Indaba* –, die im Laufe der Monate zu einem Teil des Lagerlebens geworden waren. Obwohl die meisten nur zuhörten und kaum etwas sagten, wusste jeder der Anwesenden, von Smallboy, dem Fuhrmeister, bis Izeze, dem jüngsten Hirtenknaben, dass er das Recht hatte, seine Meinung zu äußern, wann und wie er wollte.

Sie waren alle nervös. Bei jedem Laut, der von jenseits der Barrikaden kam, zuckten sie zusammen und spähten in die Dunkelheit hinaus. Das Jaulen eines Schakals konnte der Alarmruf eines Nguni-Spähers sein, das Flüstern des Nachtwinds in den Dornenbäumen der Klang ihrer Fußrasseln. Jim wusste, die Männer kamen zu ihm, weil sie Schutz suchten.

Obwohl er jünger an Jahren war als jeder andere Erwachsene im Lager, mit Ausnahme von Zama, sprach er wie ein Vater zu ihnen. Er sprach von den Schlachten, die sie schon geschlagen hatten, und pries jeden Einzelnen für seine Heldentaten, seine Ruhe in der Hitze des Gefechts und für die furchtbaren Verluste, die sie dem Feind schon zugefügt hatten. Er vergaß auch nicht, zu erwähnen, welchen Anteil die Hirten und Vorläufer an diesen Erfolgen hatten, und die Jungen grinsten vor Stolz. «Ihr habt mir und euch selbst bewiesen, dass die Nguni gegen unsere Pferde und Musketen nicht ankommen können – solange wir standhaft bleiben.»

Bis die Leute nach und nach an ihre Feuer zurückkehrten, hatte Jim sie so weit aufgemuntert, dass sie fröhlich miteinander plauderten und wieder ungezwungen lachen konnten.

«Sie haben Vertrauen in dich», sagte Louisa leise. «Sie werden dir folgen, wo immer du sie hinführen wirst.» Sie schwieg für eine Weile, bevor sie fast unhörbar hinzufügte: «Und das werde ich auch tun. – Komm.» Sie nahm ihn bei der Hand und zog ihn auf die Beine. Ihre Stimme klang fest und entschlossen. Bisher war sie immer heimlich zu ihm gekommen, wenn alle anderen schliefen. Nun ging sie vor aller Augen mit ihm zu seinem Wagen. Sie konnte das Murmeln in der Dunkelheit hören und wusste, dass die Leute ihnen nachschauten, doch das schreckte sie nicht mehr.

«Hilf mir hinauf», sagte sie, als sie an der Leiter am Heck des Wagens ankamen. Er bückte sich und hob sie auf. Sie legte ihm beide Arme um den Hals. Als er sie die Leiter hinauf und durch den Vorhang der Achterklappe trug, fühlte sie sich leicht wie ein kleines Kind. «Ich bin deine Frau», sagte sie leise.

«Ja.» Er legte sie auf sein Feldbett. «Und ich bin dein Mann.»

Er stand über ihr und legte seine Kleider ab. Sein Körper schimmerte weiß und stark im Laternenschein. Sie sah sein prall erigiertes Glied, ergriff es ohne Scham und nahm es zwischen Daumen und Zeigefinger, mit denen sie es kaum umfangen konnte. Er war hart wie Eisenholz. Ihre Brustspitzen schmerzten vor Verlangen nach ihm. Sie setzte sich auf und öffnete ihr Hemd.

«Ich brauche dich, Jim, oh wie ich dich brauche.» Sie hörte nicht auf, sein Glied anzustarren. Er war sehr hastig, sein Verlangen noch größer als ihres. Er zog ihr die Stiefel aus und dann die Reithose und dann starrte er verzückt auf das goldene Lockennest zwischen ihren Schenkeln.

«Fass mich an», sagte sie mit rauchiger Stimme, und zum ersten Mal legte er seine Hand auf den Eingang zu ihrem Körper und ihrer Seele. Sie ließ ihre Schenkel auseinander fallen und er spürte, wie ihre Hitze fast seine Fingerspitzen verbrannte. Er teilte sanft ihre fleischigen Lippen und seine Finger waren sofort mit Perlen öliger Feuchtigkeit bedeckt.

«Beeile dich, Jim», flüsterte sie und griff wieder nach ihm. «Ich halte es nicht mehr aus.» Sie zog fest an ihm und er fiel auf sie.

«Oh Gott, mein Igelchen, wie ich dich liebe», keuchte er.

Sie hielt ihn mit beiden Händen gepackt und versuchte, ihn einzuführen, doch dann meinte sie für einen Augenblick, sie wäre zu eng für ihn. «Hilf mir!», rief sie immer wieder und legte beide Hände auf seine Pobacken. Sie zog ihn verzweifelt an sich und spürte, wie sich die harten, runden Muskeln verkrampften, als er sein Becken vorstieß. Sie schrie laut auf, immer wieder, während er ihre Wollust an die Schmerzgrenze trieb, und dann kam er endlich durch, gegen alle Widerstände, und sie spürte seine ganze pulsierende Länge in ihrem Leib. Sie schrie, doch als er sich zurückzuziehen versuchte, umklammerte sie seinen Rücken mit beiden Beinen. «Geh nicht weg», rief sie, «verlass mich nicht, niemals, bleib für immer bei mir.»

Als er aufwachte, schimmerte das erste Morgenlicht durch den Leinenvorhang über der Achterklappe. Sie war schon wach und lag still neben ihm, ihr Kopf auf seiner nackten Brust. Als sie sah, dass er die Augen öffnete, strich sie ihm mit einem Finger zart über die Lippen. «Wenn du schläfst, siehst du aus wie ein kleiner Junge», hauchte sie.

«Ich kann dir zeigen, dass ich ein großer Junge bin», flüsterte er.

«Weißt du was, James Archibald? Das darfst du mir jederzeit beweisen.» Sie setzte sich lächelnd auf, legte ihm die Hände auf die Schultern und drückte ihn aufs Bett. In einer geschmeidigen Bewegung, als schwänge sie sich in Truehearts Sattel, setzte sie sich auf seinen Leib.

Iʜʀ ɢʟüᴄᴋ ᴡᴀʀ ꜱᴏ ꜱᴛʀᴀʜʟᴇɴᴅ, dass es das ganze Lager zu erhellen schien und alle um sie herum ebenfalls glücklicher machte. Sogar die Hirtenjungen spürten, dass sich etwas Großes ereignet hatte, und sie kicherten und stießen einander an, wenn sie Jim und Louisa zusammen sahen. Es gab etwas, worüber sie klatschen konnten, sodass sie selbst Manatasee und ihre Impis, deren Angriff bevorstand, fast zu vergessen schienen.

Jim spürte die Nachlässigkeit, die sich im Lager auszubreiten begann, und tat, was er konnte, die Männer wachsam zu halten. Er übte mit den berittenen Musketieren die Taktik des aggressiven Rückzugs, die sie wie durch Zufall entdeckt hatten, und verfeinerte auch die Verteidigungsmaßnahmen im Lager selbst. Jedem Musketier wurde ein Posten an den Barrikaden zugeteilt, und je zwei Jungen aus den Reihen der Vorläufer und Hirten, die für die Männer das Nachladen zu übernehmen hatten, was Jim und Louisa mit ihnen einübten. Jim nagelte einen Goldgulden an das Heckbrett seines Wagens. «Nächsten Sonntag, nachdem Welanga euch aus der Bibel vorgelesen hat, werden wir einen Wettkampf veranstalten, welche Musketenmannschaft die schnellste ist», versprach er. Er zog die große Glockenspieluhr, sein letztes Geburtstagsgeschenk von seinen Eltern, an ihrer Goldkette aus der Tasche. «Damit werde ich die Zeit stoppen und die Sieger gewinnen den Goldgulden.»

Eine Goldmünze war ein schier unvorstellbares Vermögen für die Jungen und der Preis spornte sie so an, dass sie bald fast so schnell waren wie Louisa. Manche der Knaben waren noch so klein, dass sie sich auf die Zehenspitzen stellen mussten, um die Ladung in den langen Lauf zu rammen, doch dann lernten sie, wie sie die Waffe schräg stellen konnten, um besser an die Mündung zu kommen. Die Pulverladung maßen sie ab, indem sie eine Hand voll aus dem Fass gossen, anstatt mit der Pulverflasche herumzufummeln, und den Schrot steckten sie sich in den Mund und spuckten ihn in die Mündung. Nach wenigen Tagen waren sie in der Lage, stetiges Gewehrfeuer aufrechtzuerhalten, indem sie die Barrikaden entlangliefen und die geladenen Musketen fast so schnell nach vorn brachten, wie die Männer feuern konnten. Das Schießpulver und der Schrot, den sie in diese Übungen investiert hatten, hatten sich gewiss gelohnt, dachte Jim. Der Tag des Wettkampfs rückte näher, die Knaben wurden immer aufgeregter und die Männer wetteten einiges Geld auf den Ausgang.

Am Sonntag wachte Jim auf, als es noch dunkel war. Irgendetwas stimmte nicht, das war ihm sofort klar. Er wusste nicht, was es war, doch dann hörte er die Pferde ruhelos an den Leinen zerren und das Vieh im Lager umherlaufen.

«Löwen?», fragte er sich. Er setzte sich auf. Im selben Moment begann einer der Hunde zu bellen und die anderen fielen ein. Er sprang aus dem Bett und griff nach seiner Hose.

«Was ist, Jim?», fragte Louisa noch halb im Schlaf.

«Die Hunde, die Pferde, ich bin nicht sicher.» Er zog sich die Stiefel an, sprang vom Wagen und sah, dass fast das ganze Lager schon auf den Beinen war. Smallboy warf Holz in das Feuer und Bakkat und Zama waren bei den Pferden und beruhigten die aufgeregten Tiere mit Worten und Streicheln. Jim stapfte zur Barrikade und sprach leise mit den beiden Jungen, die dort zitternd in der Morgenkälte saßen.

«Habt ihr irgendetwas gehört oder gesehen?» Sie schüttelten den Kopf und spähten in die Finsternis hinaus. Es war noch so dunkel, dass man die Wipfel der Dornenbäume vor dem Himmel nicht ausmachen konnte. Er lauschte angestrengt, konnte jedoch nur die Morgenbrise im Gras rascheln hören. Dennoch war er nicht weniger rastlos als die Pferde. Er war froh, dass sie alle Tiere am Abend vom Veld hereingebracht hatten, und das Lager war sicher verbarrikadiert.

Louisa kam zu ihm, angezogen und mit einem Schal um die Schultern, das Haar unter einem Kopftuch hochgebunden. Sie standen Seite an Seite, wartend und lauschend. Trueheart wieherte und die anderen Pferde stampften und rasselten ihre Halfterketten. Jeder im Lager war jetzt wach, doch die Stimmen waren gedämpft.

Plötzlich ergriff Louisa Jims Hand. Sie hörte das Singen, bevor er es hören konnte. Die Stimmen klangen fern und dumpf in der milden Morgenluft.

Tegwane kam vom Feuer herbei, immer noch hinkend von seinen Wunden. Sie lauschten dem Gesang. «Es ist das Todeslied», sagte Tegwane leise. «Die Nguni bitten die Geister ihrer Väter, ein Festmahl für sie vorzubereiten und sie im Land der Schatten willkommen zu heißen. Sie singen, sie werden an diesem Tag auf dem Schlachtfeld sterben oder ihrem Stamm viel Ehre bringen.» Sie lauschten schweigend weiter.

«Jetzt singen sie, heute Abend werden ihre Frauen um sie weinen oder jubeln für sie, und ihre Söhne werden stolz auf sie sein.»

«Wann werden sie hier sein?», fragte Louisa leise.

«Sobald es hell wird», antwortete Tegwane.

Louisa hielt immer noch Jims Hand und jetzt blickte sie ihm ins Gesicht. «Ich habe es noch nie gesagt, aber jetzt muss ich es sagen: Ich liebe dich, mein Mann.»

«Ich habe es schon oft gesagt und ich sage es noch einmal», entgegnete er. «Ich liebe dich, mein Igelchen.»

«Küss mich», forderte sie, und sie umarmten sich lang und leidenschaftlich.

«An eure Plätze!», rief Jim den Männern zu, nachdem sie sich voneinander gelöst hatten. «Manatasee ist hier.»

Die Hirtenknaben brachten ihnen ihr Frühstück von den Kochfeuern und sie aßen ihren gesalzenen Haferbrei im Dunkeln neben ihren Gewehren. Und dann kam der Tag, und er kam schnell. Zuerst zeigten sich die Baumwipfel vor dem erhellenden Himmel, dann konnten sie die Hügellinie dahinter erkennen. Jim hielt plötzlich die Luft an und Louisa schaute auf.

«Die Hügel sind schwarz», flüsterte er, «schwarz von Menschen.» Es wurde heller und der Gesang wurde lauter, bis er zu einem majestätischen Chor anschwoll. Jetzt konnten sie die Regimenter sehen, wie tiefe Schatten auf dem hellgrünen Grasland. Jim musterte sie durch sein Teleskop.

«Wie viele sind es?», fragte Louisa leise.

«Viele, wie Tegwane gesagt hat, zu viele, als dass ich sie zählen könnte.»

«Und wir sind nur zu acht», sagte sie mit verzagter Stimme.

«Du hast die Jungen nicht mitgezählt», lachte er. «Vergiss die Kinder nicht.»

Jim ging zur Wagenbarrikade, wo die Musketen nebeneinander aufgestellt waren, und sprach mit jedem einzelnen der Hirtenjungen, die vor den Waffen saßen. Ihre Wangen waren prall von dem Schrot, den sie sich in den Mund gestopft hatten, sie hielten ihre Ladestöcke bereit. Sie grinsten und nickten eifrig, als Jim sie ansprach.

Dann ging er die Reihe der Männer entlang, die hinter den Barrikaden standen. «Die Nguni werden dich aus der Ferne gesehen haben», sagte er zu Bakkat, «denn du überragst die

Savanne wie ein Granitberg und erfüllst ihre Herzen mit Angst und Schrecken.»

«Haltet eure langen Peitschen bereit», riet er Smallboy und seinen Fahrern. «Nach diesem Scharmützel werdet ihr tausend Stück Vieh zur Küste zu treiben haben.»

Er legte Zama seinen Arm um die Schultern. «Ich bin froh, dass du an meiner Seite bist, wie du es immer warst. Du bist meine rechte Hand, alter Freund.»

Als er wieder bei Louisa war, schwoll der Gesang der Impis zu einem Crescendo an und endete mit dem Aufstampfen Hunderter nackter Füße. Es klang wie eine Geschützsalve und die Stille danach war fürchterlich.

«Es geht los», sagte Jim. Er hob sein Teleskop vors Auge.

Die schwarzen Reihen standen still wie ein versteinerter Wald. Das einzige, was sich bewegte, war die auffrischende Morgenbrise, die die Geierfedern am Kopf der Nguni zum Tanzen brachte. Dann sah Jim, wie sich die Marschordnung in der Mitte öffnete wie die Blüte einer Nachtorchidee, aus der nun ein Zug von Männern hervorkam und sich wie eine Schlange auf das Lager zuwand. In Gegensatz zu den Kriegermassen trugen sie Röcke aus weißen Ochsenfellstreifen und hohen Kopfschmuck aus schneeweißen Reiherfedern. Zwanzig Mann marschierten an der Spitze, mit Trommeln aus ausgehöhlten Baumstämmen vor den Bauch gebunden. Danach kamen Bläser mit Trompeten aus Kuduhorn. In der Mitte des Zuges sah Jim eine große Sänfte, deren Inneres hinter Ledervorhängen verborgen lag. Zwanzig Mann trugen sie auf den Schultern und führten dabei einen schlurfenden, taumelnden Tanz auf.

Einer der Trommler begann einen dumpfen Rhythmus zu schlagen. Es klang wie der Pulsschlag der ganzen Welt und die Impis tanzten und wiegten sich danach. Einer nach dem anderen fielen die anderen Trommler ein und dann stießen die Trompeter in ihre Hörner und bliesen ihre Kriegsfanfare. Die Marschordnung breitete sich nun zu einer einzigen breiten Front aus, mit der großen Sänfte genau in der Mitte. Die Trompeter ließen noch eine Fanfare erklingen, und dann war es wieder gespenstisch still.

Die ersten Strahlen der aufgehenden Sonne flackerten über

die massierten Nguni-Regimenter und ließen die Klingen ihrer Assegai-Schwerter aufblitzen.

«Wir sollten sofort zuschlagen», sagte Louisa. «Wir sollten hinausreiten und ihrem Angriff zuvorkommen.»

«Sie sind schon zu dicht am Lager. Wir könnten nicht mehr als drei Salven abfeuern, bevor sie uns ins Lager zurücktreiben», klärte Jim sie auf. «Sollen sie sich an den Barrikaden aufreiben. Die Pferde schone ich lieber für das, was danach kommt.»

Auf das nächste Trompetensignal setzten die Träger die Sänfte ab und nach einer weiteren Fanfare kam zwischen den Vorhängen eine einzelne dunkle Gestalt zum Vorschein, wie eine Hornisse aus ihrem Nest.

«*Bayete!*», donnerten die Stimmen der Krieger.

«*Bayete!*» Trommel- und Hörnerklang gingen im Gruß an die Königin unter. Jim hob geschwind sein Teleskop und musterte die makabre Gestalt.

Die Frau war schlank und drahtig, größer als ihre Leibwächter mitsamt ihrem Federschmuck. Sie war splitternackt und am ganzen Körper mit fantastischen Mustern bemalt: Blendend weiße Kreise um die Augen, eine gerade weiße Linie die Kehle herauf über Kinn und Nase zwischen den Augen hindurch und über den geschorenen Schädel, der so in zwei Hemisphären geteilt wurde, die eine himmelblau, die andere blutrot. In der rechten Hand hielt sie ein kleines, zeremonielles Assegai, das Heft mit einem feinen Perlenmuster besetzt und mit Quasten aus Löwenmähne.

Aufgemalte weiße Spiralen und Wirbel betonten Brüste und Venushügel. Diamanten- und Pfeilspitzenmuster ließen ihre schlanken Arme und Beine noch länger erscheinen.

«Manatasee», hauchte Tegwane, «die Königin des Todes.»

Manatasee begann zu tanzen, langsame, tranceartige Bewegungen, wie eine Kobra, aufgerichtet, bereit zum Stoß. So kam sie mit tödlicher Anmut den Hügel herunter auf das Lager zu. Keiner von Jims Männern rührte sich oder sprach ein Wort. Alle starrten in einer Mischung aus Faszination und Grauen auf das Schlachtfeld hinaus.

Die Impis rückten hinter ihrer Königin vor, als wäre sie der

Kopf des Drachen und die Kriegermassen der grässliche Körper. In der aufgehenden Sonne schimmerten ihre Waffen wie die Schuppen eines riesigen Reptils.

Manatasee blieb kurz vor der Linie stehen, die Jim vor den Wagen frei geschlagen hatte, baute sich mit gespreizten Beinen und zurück gebogenem Rücken vor ihnen auf und stieß ihnen den Unterleib entgegen. Hinter ihr donnerten und schrillten wieder die Trommeln und Kuduhörner.

«Jetzt wird sie uns für den Tod zeichnen.» Tegwane sprach laut genug, dass es alle hören konnten, doch Jim war nicht sicher, was er meinte, bis Manatasees lange, bemalte Beine erzitterten und zwischen ihren Schenkeln ein kräftiger Urinstrahl in hohem Bogen heraussspritzte.

«Sie pisst auf uns», sagte Tegwane.

Manatasees Wasser versiegte schließlich und während noch die letzten Tropfen ins Gras fielen, stieß sie einen wilden Schrei aus und sprang hoch in die Luft. Als sie wieder auf dem Boden landete, hatte sie die Spitze ihres Assegais auf das Lager gerichtet.

«*Bulala!*», kreischte sie. «Tötet sie alle!» Ohrenbetäubendes Gebrüll erhob sich aus den Reihen der Impis und sie stürmten voran.

Jim packte eines seiner London-Gewehre und versuchte, die Königin ins Visier zu nehmen, aber es war zu spät. Manatasee hatte ihn ebenso in ihren Bann geschlagen wie alle anderen. Bevor er schießen konnte, war sie hinter ihren vorrückenden Kriegern verschwunden. Vor Wut hätte Jim fast den Induna abgeschossen, der vor sie getreten war, doch dann nahm er im letzten Augenblick den Finger vom Abzug. Er wusste, wenn er geschossen hätte, hätten seine Männer es ihm nachgetan und die erste Salve verschwendet, bevor der Feind in Reichweite war. Er ließ seine Flinte sinken, ging hinter den Barrikaden entlang und rief den Musketieren zu: «Lasst sie erst nahe genug herankommen, uns werden schon nicht die Ziele ausgehen. Da draußen sind genug für uns alle.» Nur Smallboy lachte über seinen Scherz, und sein Lachen war bitter und gezwungen.

Jim ging wieder an seinen Platz neben Louisa, wobei er kei-

nerlei Eile oder Panik zeigte, um seinen Männern ein gutes
Beispiel zu geben. Die vorderste Reihe der Nguni strömte auf
die Linie zu, die Jim mit den weißen Steinen gezogen hatte.
Die Krieger tanzten und sangen, stampften mit ihren nackten
Füßen auf, schüttelten ihre Kriegsrasseln und trommelten mit
ihren funkelnden Klingen auf den schwarzen Schilden.

Ich habe sie zu nah herankommen lassen, dachte Jim. Als er
mit fiebrigem Blick hinausschaute, meinte er, sie wären mit ihren tödlichen Stichwaffen schon fast bei den Wagen, Doch
dann sah er, dass sie die Steinlinie noch nicht erreicht hatten.
Er stählte seine Nerven und rief seinen Musketieren zu:
«Wartet! Noch nicht feuern!»

Er nahm den Induna aufs Korn, der immer noch in der ersten Reihe zu sehen war, das Gesicht entstellt von einer grässlichen Narbe. Eine Axt hatte ihm den Schädel gespalten, mitten durch ein Auge und eine Wange. Die verheilte Haut war
glatt und glänzend und Jim blickte direkt in die leere Augenhöhle, die ihn über den Rand des Schilds hinweg anzustarren
schien.

«Wartet», rief Jim, «lasst sie herankommen!» Jetzt konnte
er jede einzelne der Schweißperlen sehen, die dem Induna
über die Wangen flossen wie graue Zuchtperlen. Mit seinen
nackten Füßen trat er einen der weißen Flusssteinhäufchen
beiseite.

«Feuer!», rief Jim und die erste Salve knallte wie ein einziger
Donnerschlag. Der Pulverdampf schoss aus den Musketenläu-
fen und rollte als graue Wolkenbank dem Feind entgegen.

Die Schilde boten keinerlei Schutz vor Gewehrfeuer aus so
kurzer Entfernung. Der Schrot schlüpfte mühelos durch das
Leder und richtete fürchterlichen Schaden an. Die erste Reihe
schien sich in Rauch aufzulösen. Die schweren Bleibrocken
gingen glatt durch Fleisch und Knochen und prasselten auf die
Schilde und Körper der Krieger hinter den durchbohrten Opfern. Die zweite Reihe stolperte über die Toten und Sterbenden. Die nachrückenden Krieger wollten so schnell wie möglich ihre Assegais zum Einsatz bringen. Sie schoben sich mit
ihren Schilden vor und stießen dabei die benommenen Überlebenden der ersten Reihe um.

Einer der Hirtenjungen riss Jim die rauchende Muskete aus der Hand und reichte ihm eine geladene Waffe. Die zweite Salve kam fast mit der gleichen Präzision wie die erste, doch danach wurden die Salven immer ungenauer, da manche der Musketiere immer schneller mit geladenen Gewehren bedient wurden und entsprechend schneller feuern mussten.

Vor den Barrikaden türmten sich Berge von Toten und Verwundeten auf, die die nachdrängenden Krieger überklettern mussten. Die blutigen Leichname waren schlüpfriger Untergrund, was die Krieger noch mehr aufhielt, während unablässiges Musketenfeuer von der Wagenlinie auf sie niederprasselte.

Als die hartnäckigsten Nguni die Barrikade erreichten, versuchten sie mit bloßen Händen, die Dornenzweige wegzuräumen, doch das Gewehrfeuer ließ keinen Augenblick nach. Sie kletterten über ihre eigenen Gefallenen und versuchten, die Wagen von der Außenseite zu besteigen, doch dort empfing sie ein Kugelhagel und sie fielen auf die Kameraden zurück, die hinter ihnen waren.

Der schmale Landkeil zwischen dem Flussbecken und dem steilen, schlammigen Bachufer drängte die Front der Impis dicht zusammen, als sie massiert vorrückten, sodass jede Musketensalve wie eine Sense durch ihre Reihen fuhr.

Der Wind wehte von Richtung des Flusses in die Gesichter der Angreifer und der Pulverdampf rollte über sie hinweg wie eine Nebelbank, machte sie halb blind und brachte ihre Attacke durcheinander, während er den Verteidigern Sicht und Lungen freihielt.

Einer der Nguni-Krieger benutzte die Speichen eines Wagenrads als Leiter und schaffte es so, über die Heckklappe des mittleren Wagens zu klettern. Jim war mit dem Krieger beschäftigt, der direkt vor ihm die Barrikade zu stürmen versuchte, als Louisas Schrei ihn auf die Gefahr aufmerksam machte. Als er sich umdrehte, stach der Mann über die Seite des Wagens hinweg nach Louisa. Sie sprang zurück, doch die Stahlspitze schlitzte ihr Hemd auf.

Jim ließ die leer geschossene Muskete fallen, riss den Hieber aus dem Wagenbrett neben ihm und versetzte dem Mann einen tiefen Stich in die Brust, von der Seite unter dem erhobenen Arm hinweg. Der Krieger sackte leblos nach hinten, Jim zog das Stutzschwert aus der Wunde und rammte es wieder in das Wagenholz. Dann nahm er dem Knaben hinter ihm die nächste frisch geladene Muskete ab.

«Gut gemacht, Junge», brummte er, bevor er den nächsten Angreifer erschoss, der versuchte, sich an der Wagenseite hochzuziehen. Er blickte kurz nach rechts und sah, dass Louisa wieder an ihrem Platz neben ihm war. Das Assegai hatte ihr das Hemd vor der Brust aufgerissen, durch den Schlitz war ihre weiße Haut zu sehen.

«Du bist unverletzt?» Er lächelte ihr ermutigend zu. Ihre blauen Augen funkelten in dem von Pulverruß geschwärzten Gesicht. Sie nickte ernst und nahm die nächste Muskete entgegen, die ihr Ladebursche ihr reichte. Sie wartete, bis der Krieger vor ihr den Arm ausstreckte, um sich an dem Wagen hochzuziehen, und feuerte. Der Rückschlag warf sie einen Schritt nach hinten, doch die Schrotladung traf den Mann in Gesicht und Hals und er sackte mit einem Aufschrei auf den nächsten Krieger hinter ihm.

Jim verlor jedes Zeitgefühl. Alles verschwamm zu einem Nebel aus Rauch, Schweiß und Gewehrfeuer. Der Rauch machte ihnen das Atmen schwer, der Schweiß lief ihnen in die Augen, und der Musketendonner machte sie taub und benommen. Und dann waren plötzlich die Krieger, die noch Augenblicke zuvor wie ein Bienenschwarm über sie gekommen waren, verschwunden.

Die Verteidiger blickten verblüfft um sich und suchten nach einem Ziel, auf das sie feuern konnten. Der Pulverrauch verzog sich allmählich und dann sahen sie schließlich, wie die dezimierten Impis den Hügel hinaufrannten und -taumelten, die Verwundeten hinter sich her schleifend.

«Auf die Pferde! Wir müssen aufsitzen und sie verfolgen», rief Louisa Jim zu.

Er staunte über ihre Angriffslust und ihren Sinn für Taktik. «Warte! Sie sind noch nicht geschlagen.» Er zeigte über die sich zurückziehenden Impis hinweg. «Siehst du? Manatasee hat immer noch die Hälfte ihrer Streitmacht in Reserve.» Louisa hielt sich die Hand über die Augen und blickte hinaus. Dicht unter dem Kamm saßen frische Reihen von Kriegern auf ihren Schilden und warteten auf den Befehl zum Angriff.

Die Hirtenjungen kamen mit den Wasserflaschen herbeigelaufen. Die Schützen tranken und husteten und tranken wieder, so gierig, dass ihnen das Wasser über die Hemden lief. Jim lief hinter der Barrikade entlang und fragte besorgt jeden Einzelnen: «Bist du verletzt? Ist alles in Ordnung?» Es schien unglaublich, niemand hatte auch nur einen Kratzer davongetragen. Louisa kroch durch die Achterklappe ihres Wagens und kam kurz darauf wieder heraus. Sie hatte sich Gesicht und Arme abgeschrubbt und trug ein frisches Hemd und ein gestärktes Kopftuch ums Haar. Sie eilte zu Zama und half ihm, die Küchenfeuer anzuzünden, um für die Männer ein schnelles Frühstück zuzubereiten. Sie brachte Jim einen Zinnteller voll Brotkanten und gegrilltem Wild und eingelegtem Gemüse.

«Wir haben Glück gehabt», bemerkte sie, während sie zusah, wie er das Essen herunterschlang. «Ich dachte mehr als einmal, sie würden uns überrennen.»

Jim schüttelte den Kopf und antwortete mit halb vollem Mund: «Nicht einmal die tapfersten Männer können gegen Feuerwaffen ankommen. Keine Angst, Igelchen, es wird nicht einfach sein, aber wir werden überleben.»

Sie wusste, er wollte ihr Mut zusprechen, obwohl er selbst nicht ganz sicher war. «Was auch kommen mag, ich bin an deiner Seite», sagte sie lächelnd.

Auf dem Hügel stimmten die Nguni wieder ihren Kriegsgesang an. Jims Leute, die sich hinter den Barrikaden ausgeruht hatten, rappelten sich hoch und nahmen ihre Plätze ein. Die frischen Impis rückten zwischen den verwundeten und erschöpften Nachzüglern vor, die ihnen vom Schlachtfeld entgegenkamen. Manatasee tanzte vor ihren Kohorten einher, umgeben von ihren Trommlern.

Jim nahm seine beste London-Flinte aus dem Ständer und überprüfte die Zündpfanne.

«Wenn ich die große Wölfin töten kann, wird ihr Pack viel-

leicht die Jagd aufgeben», sagte er zu Louisa, die ihm zu-
schaute.

Er ging neben den Wagen und visierte sein Ziel an. Selbst für
seine Flinte war die Königin noch außer Reichweite. Der Wind
hatte aufgefrischt und wehte in wirbelnden Böen, stark genug,
die schwere Bleikugel aus der Bahn zu werfen. Außerdem er-
schwerte der aufgewirbelte Staub ihm die Sicht und Manatasee
wand sich wie eine Schlange. Jim gab Louisa sein Teleskop.

«Sag mir, ob ich getroffen habe, wenn es so weit ist», bat er
sie, bevor er noch einmal tief Luft holte und die Flinte anlegte.
Er wartete auf den richtigen Augenblick. Der Wind wehte ihm
kühl ins verschwitzte Gesicht und flaute endlich ab. Im selben
Augenblick öffnete sich eine Lücke in dem Staubschleier und
er sah, wie Manatasee beide Arme hob. Jim schwenkte das Gewehr hoch, bis er die schlanke Gestalt in der Kimme hatte.
Dann ließ er das Korn ruhig über ihren bemalten Körper
streichen. Gleichzeitig zog er den Abzug durch und der Schuss
krachte, sobald er ihre Augen im Visier hatte. Er zielte hoch,
um das Stück auszugleichen, um das die Kugel über diese Entfernung absacken würde.

Für einen Moment blendeten ihn der Rückschlag und Pulverrauch. Es dauerte einen Herzschlag, bis die schwere Kugel
die Distanz überbrückt hatte. Dann sah er Manatasee herum-
wirbeln und fallen.

«Du hast sie getroffen!», rief Louisa aufgeregt. «Sie liegt
am Boden!»

Die Impis brüllten wie eine wütende Bestie.

«Das wird ihren Kampfgeist brechen», freute sich Jim,
doch dann brummte er: «Mein Gott!»

Manatasee war wieder aufgestanden. Selbst aus dieser Entfernung konnte Jim den scharlachroten Flecken auf ihrer bemalten Haut erkennen, ein großer Tropfen Blut, der ihr an der
Seite herunterlief.

«Die Kugel hat ihre Rippen gestreift.» Louisa blickte durch
das Fernrohr. «Sie ist nur leicht verwundet.»

Manatasee drehte eine Pirouette vor ihren Impis, um ihnen
zu beweisen, dass sie noch lebte. Sie antworteten mit einem
Freudenschrei und hoben zum Gruß ihre Schilde vor ihr.

«*Bayete!*», brüllten sie.

«*Ziii*», kreischte die Königin, «*Ziii, Amadoda!*» Sie begann zu trillern, was ihre Krieger noch weiter in den Schlachtrausch trieb.

«*Ziii!*» Die Männer schrien sich und ihre Kameraden um sie herum in Rage. Das Nguni-Heer rollte auf die Wagenburg zu wie eine Lavaflut aus einem Vulkankrater, Manatasee immer noch an der Spitze tanzend.

Jim schnappte sich die zweite London-Flinte und feuerte noch einmal auf die schlanke, sich windende Gestalt vor der schwarzen Flut. Der weiß gefiederte Induna an ihrer Seite warf die Arme hoch und fiel, doch Manatasee tanzte weiter. In ihrem Zorn schien sie mit jeder Sekunde an Kraft zu gewinnen.

«Haltet die Stellung und wartet ab», rief Jim seinen Männern zu.

Die ersten Reihen der Angreifer strömten über das offene Gelände und stiegen über die Berge von Toten und Verwundeten.

«Jetzt!», schrie Jim. «Schießt sie ab! Schießt, was das Zeug hält!»

Die Füsillade traf die ersten Reihen, als wären sie gegen eine Mauer gelaufen, doch die Krieger dahinter stellten sich dem höllischen Bleigewitter. Die Musketenläufe waren so heiß, dass die Schützen Blasen an den Fingern bekamen. Es bestand sogar die Gefahr, dass das Pulver beim Nachladen explodierte, sodass die Ladeburschen die Läufe in kaltes Wasser tauchen mussten, wo sie zischend und dampfend abkühlten. Doch selbst in der Hektik des Gefechts passten sie auf, dass Gewehrschlösser und Feuersteine nicht nass wurden.

Die Notwendigkeit, die Gewehre abzukühlen, verlangsamte den Nachladetakt und als die Salven immer dünner wurden, riefen die Schützen verzweifelt nach frischen Musketen. Manche der kleineren Jungen hatte die harte Arbeit schon an den Rand der Erschöpfung getrieben und sie drohten, in Panik zu verfallen. Louisa bemerkte dies und lief zu ihnen, um sie zu beruhigen und ihnen Mut zuzusprechen.

Durch den Pulvernebel und über die Köpfe der Angreifer

hinweg konnte Jim wieder Manatasee sehen. Sie war dicht hinter ihrer Impi und trieb die Krieger mit wilden Schreien und Trillern zur Attacke und zu noch größerer Anstrengung an. Etliche Männer schwärmten über die Leichenberge und schafften es zu der Barrikade, hinter der Jim stand. Sie rochen Blut und geiferten wie Wölfe. Ihr Bellen erfror die Seele und schwächte die Arme der Verteidiger.

Da sie die Barrikade unter den ständigen Musketensalven nicht überklettern konnten, begannen die Krieger nun, den mittleren Wagen auf seinen Rädern zu schaukeln. Fünfzig Mann schoben und zogen zusammen an dem Holz und der Wagen schwankte bedrohlich hin und her. Jim erkannte, dass das Gefährt bald aus dem Gleichgewicht geraten und umstürzen würde. Die Krieger würden dann durch die Lücke strömen, die Assegais würden ihr Blut zu trinken bekommen und die Schlacht wäre in Minuten vorüber.

Manatasee hatte die Gelegenheit erkannt und spürte, dass der Sieg greifbar nahe war. Sie stolzierte dicht hinter die angreifenden Kriegermassen und kletterte auf einen Steinhaufen, um über ihre Köpfe hinwegzuschauen.

«Ziii!», kreischte sie. «Ziii!» Ihre Krieger reagierten, indem sie sich mit aller Kraft gegen den Wagen stemmten, bis er nur noch auf zwei Rädern stand. Doch dann sank er knirschend zurück und stand wieder aufrecht.

«Schikelela!», schrien die Indunas. «Noch mal!» Die Krieger sammelten ihre Kräfte und packten den Wagen bei den Rädern und am Fahrgestell.

Jim schaute wieder zu Manatasee hinaus. Den Steinhaufen, auf dem sie stand, hatte er selbst gebaut, um das Fass Schießpulver zu verbergen. Er blickte unter die Vorderräder des Wagens. Das Ende der Lunte war noch um eine der Speichen gebunden und der Rest der langen Zündschnur verlief unter dem Fahrgestell und unter dem Haufen der gefallenen Nguni hindurch zu dem Felsenhaufen, auf dem Manatasee stand. Er hatte die Zündschnur nur mit einer dünnen Schicht Erde bedeckt und an manchen Stellen hatten die Füße der Angreifer sie frei getrampelt. Es war möglich, dass die Lunte am anderen Ende aus dem Spundloch gerissen worden war.

«Es gibt nur eine Art, das herauszufinden», sagte er sich grimmig. Er griff nach der nächsten geladenen Muskete, die einer der Jungen ihm anreichte, und spannte den Hahn. Dann duckte er sich unter den schwankenden Wagen.

Wenn der Karren jetzt umkippt, werde ich wie ein Frosch unter den Rädern zerquetscht, dachte er, doch dann fand er das Ende der Lunte und legte es auf die Zündpfanne der Muskete. Dort hielt er es mit einer Hand fest, während er mit der anderen den Abzug durchdrückte. Der Feuerstein schlug einen Funkenregen aus der Pfanne und das Pulver ging in einer Rauchwolke auf. Die Muskete machte einen Satz und der Schrot bohrte sich in den Boden zu seinen Füßen. Die Explosion in der Musketenpfanne hatte die Lunte gezündet. Sie zischte und dann schoss eine Flamme an ihr entlang und verschwand unter der Erdschicht wie eine Schlange in ihr Loch.

Jim sprang wieder auf den wild schwankenden Wagen und schaute zu Manatasee hinaus. Eine dünne Blutspur kam aus der Fleischwunde, die seine Kugel ihr beigebracht hatte, und lief ihr an der Seite herab. Sie sah ihn und zeigte mit ihrem Assegai auf ihn. Ihr grotesk bemaltes Gesicht war hassverzerrt. Speichel sprühte von ihren Lippen, als sie ihm ihre Verwünschungen zuschrie.

Dann sah er, dass der letzte Meter Zündschnur vor dem Steinhaufen, auf dem die Königin stand, freigelegt worden war. Die Flamme schoss auf sie zu und ließ eine verkohlte Aschespur zurück. Jim biss die Zähne zusammen und wartete auf die Explosion, und in diesem furchtbaren Augenblick stürzte der Wagen schließlich um und riss eine tödliche Lücke in die Barrikade. Jim wurde von der Plattform geschleudert und kam halb unter der Plane zu liegen. Die angreifenden Krieger stießen Triumphschreie aus und drängten vor.

«*Bulala!*», brüllten sie. «Tötet sie!»

Im selben Moment explodierte das Pulverfass unter Manatasees Füßen. Eine mächtige Säule aus Staub und Steinen schoss über die Baumwipfel hinaus. Die Explosion riss die Königin in drei Stücke. Ein Bein wirbelte in hohem Bogen durch die Luft. Das andere hing noch am Rumpf und flog in die Reihen der vorrückenden Krieger und besprizte sie mit ihrem

Blut. Der Kopf segelte wie eine Kanonenkugel über die Barrikade und rollte durch die Wagenburg.

Die Druckwelle stürmte durch die Nguni, die den Wagen umgekippt hatten und sich nun in der Bresche drängten, die sie geschlagen hatten. Sie wurden niedergemäht, tot oder verstümmelt, und auf den Leichenberg geworfen, zu dem ihre gefallenen Kameraden geworden waren.

Die Masse des umgestürzten Wagens hatte Jim gegen die Druckwelle abgeschirmt und jetzt kam er benommen auf die Beine. Seine erste Sorge galt Louisa. Sie war bei den Hirtenjungen gewesen und die Explosion hatte sie auf die Knie geworfen. Nun sprang sie auf und kam zu ihm gelaufen.

«Bist du verwundet, Jim?» Er spürte, wie ihm etwas Warmes, Feuchtes von der Nase in den Mund lief. Es schmeckte metallisch und salzig. Ein Steinsplitter hatte ihm den Nasenrücken aufgeritzt.

«Nur ein Kratzer», sagte er und drückte sie an seine Brust. «Gott sei Dank bist du unverletzt.» Immer noch eng umschlungen schauten sie durch die Lücke in der Barrikade auf das Blutbad, das die Explosion angerichtet hatte. Die toten Nguni formten eine hüfthohe Leichenschicht auf dem Grasland. Manatasees Impis waren in panischer Flucht. Die meisten hatten ihre Schilde und Waffen weggeworfen und ihre Stimmen waren voll abergläubischen Grauens. «Die Hexer sind unsterblich!», schrien sie einander zu.

«Manatasee ist tot!»

«Die Blitze der Hexer haben sie erschlagen.»

Jim schaute über das Lager. Smallboy stand an die Barrikade gelehnt und starrte den fliehenden Feinden nach, halb ohnmächtig vor Erschöpfung. Die anderen Männer waren zu Boden gesunken, manche beteten, immer noch die heißen, rauchenden Musketen in der Hand. Nur Bakkat schien unermüdlich. Er war auf eines der Wagendächer geklettert und schrie den fliehenden Impis Beschimpfungen nach.

«Ich scheiße auf eure Köpfe, ich pisse auf eure Brut. Mögen eure Söhne mit zwei Köpfen zur Welt kommen. Mögen euren Frauen Bärte wachsen, mögen die Feuerameisen eure Eier fressen!»

«Was schreit der kleine Teufel da?», fragte Louisa.

«Er wünscht ihnen Lebewohl und eine glückliche Zukunft», log Jim und ihr Gelächter schenkte ihm neue Kraft.

«Auf die Pferde!», rief er seinen Männern zu. «Aufsitzen! Unsere Stunde ist gekommen!»

Sie starrten ihn verschwommen an und er dachte, vielleicht hatten sie ihn nicht gehört, denn auch seine Ohren dröhnten noch von dem Musketenfeuer.

«Komm», sagte er zu Louisa, «wir müssen sie aus dem Lager führen.» Sie liefen zusammen zu den Pferden. Bakkat sprang von dem Wagen und folgte ihnen. Die Pferde waren schon gesattelt, eigens für diesen Augenblick. Als Jim und Louisa aufsaßen, kamen schließlich auch die anderen herbei.

Bakkat hob Manatasees bemalten Kopf auf, steckte ihn auf die Spitze eines Assegais, und trug ihn wie eine römische Legionsstandarte. So ritten sie durch die Lücke, die die Nguni in die Wagenburg gerissen hatten, jeder mit zwei Musketen bewaffnet, eine in der Hand und die andere in der Gewehrscheide, Munitionsgürtel an beiden Schultern und Pulverflaschen am Sattelknauf. Ihnen folgten die Hirtenjungen auf sattellosen Pferden, jeder ein mit Pulverfässern, Munitionssäcken und Wasserflaschen beladenes Packpferd an der Leine.

«Bleibt zusammen», warnte Jim sie. «Lasst euch nicht abschneiden. Die Nguni sind immer noch so gefährlich wie in die Enge getriebene Schakale.»

Über Leichname und Schilde ritten sie langsam auf das offene Grasland hinaus, wo die Männer gleich hinter dem Feind hergaloppieren wollten. Jim musste sie zurückhalten. «Langsam! Bleibt im Trab. Wir haben noch viele Stunden Tageslicht vor uns. Wir müssen die Pferde schonen.»

Sie ritten in breiter Front über das Veld und bald begann der Musketendonner, als sie die fliehenden Krieger einzuholen begannen. Die meisten hatten ihren Federschmuck und ihre Waffen weggeworfen. Als sie den stetigen Hufschlag hinter sich hörten, liefen sie, bis die Beine unter ihnen nachgaben. Dann knieten sie im Gras und warteten wie Schlachtvieh, dass eine Schrotladung sie niederstreckte.

«Ich kann das nicht tun», rief Louisa verzweifelt.

«Dann werden sie morgen wiederkommen und das Gleiche mit dir machen», warnte Jim sie.

Smallboy und seine Männer schwelgten in dem Gemetzel. Die Hirtenknaben mussten ihre Pulverflaschen und Munitionsbeutel nachfüllen. Bakkat winkte mit Manatasees Kopf an seinem Schwert und ritt kreischend auf die demoralisierten Krieger zu.

«Er ist ein blutrünstiger Kobold», murmelte Louisa, während sie ihm folgten. Als die Nguni den Kopf ihrer Königin sahen, heulten sie vor Wut und Verzweiflung und warfen sich vor ihnen zu Boden.

Vor den Reitern erhob sich nun eine weitere sanfte Hügelkette und dorthin schienen die Überreste der aufgeriebenen Impis fliehen zu wollen. Jim erlaubte seinen Männern nicht, das Tempo zu steigern und als sie in stetigem Trab zum Kamm hinaufritten, verstummten die Musketen nach und nach. Die Impis verschwanden am Horizont und boten kaum noch ein Ziel.

Jim und Louisa zügelten ihre Pferde, sobald sie den höchsten Punkt erreicht hatten, und blickten in ein weites Tal hinab, durch das sich ein anderer Fluss schlängelte. An den Ufern wuchsen hohe Bäume, unter denen sich saftige Wiesen erstreckten. Die Luft war blau von dem Rauch der Feuer, die in dem riesigen Lager brannten. Auf den Wiesen hatten die Nguni Hunderte kleiner Strohhütten in militärischer Ordnung aufgebaut. Doch das Lager war verlassen. Die Nachhut der Armee verschwand gerade über den Kamm auf der anderen Seite des Tals.

«Manatasees Lager!», rief Louisa.

«Und da sind ihre Herden. Bei allem, was heilig ist …» Er zeigte auf die Massen von Vieh, die unter den Bäumen und in dem ganzen Talkessel weideten.

«Das ist Manatasees Schatz, das Vermögen ihres Volkes. Wir müssen nur hinabreiten und sie zusammentreiben.» Jim musterte die Herden mit leuchtenden Augen.

«Es sind zu viele», schüttelte Louisa den Kopf. «Wie sollen wir mit so viel Vieh fertig werden?»

«Es gibt Dinge, von denen ein Mann nie genug bekommen

kann, mein süßes Igelchen: Liebe, Geld und Vieh, um nur ein paar zu nennen.» Er stellte sich in die Steigbügel und schwenkte sein Teleskop über die bunten Rindermassen und dann zu den letzten fliehenden Nguni, bevor er es wieder senkte. «Die Impis sind geschlagen und gebrochen. Wir können die Verfolgung abblasen und Bilanz ziehen.»

Das Grasland war mit gefallenen Nguni bedeckt, doch kein Einziger von Jims Männern war verwundet worden, bis auf den kleinen Izeze, der mit einem Finger in ein Musketenschloss geraten war und dabei die Fingerspitze eingebüßt hatte. Louisa verband die Wunde und Jim versicherte ihm, es wäre ein Ehrenzeichen. Izeze hielt den Finger stolz hoch und zeigte den kleinen Turbanverband jedem, der sich die Mühe machte, hinzuschauen.

MIT DEM AUGE eines Viehzüchters ritt Jim durch die Herden und musterte die Beute, die sie gewonnen hatten, lauter robuste, starke Tiere mit dicken Schulterhöckern und ausladenden Hörnern. Sie waren zahm und zutraulich und zeigten keine Furcht, als Jim in Armeslänge Entfernung an ihnen vorbeiritt. Alle waren in erstklassigem Zustand, mit glänzendem Fell und dickem, fettem Rumpf.

«Diese Rinder sind wertvoller als jedes Vieh, das je von Europa importiert werden kann», erklärte er Louisa. «Die Nguni haben sie wirklich gut behandelt. Wie Tegwane gesagt hat: Sie lieben ihr Vieh mehr als ihre eigenen Kinder.»

Zama hatte sich von den anderen Reitern abgesetzt und war in dem Hüttendorf verschwunden. Nun kam er zurückgeritten, sprachlos vor Aufregung, und winkte Jim zu, er solle ihm folgen. Er führte ihn zu einer Einfriedung aus frisch behauenen Baumstämmen. Sie hoben die Stangen vor dem Eingang weg und Jim ging hinein, nur um sofort staunend stehen zu bleiben. Er hatte Manatasees Schatzkammer vor sich, über mannshohe Stapel von Elfenbein, sortiert nach Länge und Dicke. Manche der Stoßzähne waren prächtige

Stücke, doch Jim konnte keinen entdecken, der dem Paar von dem großen Bullen gleichgekommen wäre, den er selbst erlegt hatte.

Während Smallboy und die anderen Fahrer die Pferde absattelten und zum Fluss führten, gingen Jim und Louisa in dem Elfenbeinlager umher. Sie betrachtete sein Gesicht, wie er auf seine Schätze schaute: Wie ein kleiner Junge am Weihnachtstag, dachte sie. Schließlich nahm er ihre Hand.

«Louisa Leuven», sagte er mit feierlicher Stimme, «der Tag ist schließlich gekommen: Ich bin ein reicher Mann.»

«Ja.» Sie versuchte, nicht zu lächeln. «Das sehe ich, doch trotz all deines Reichtums bist du immer noch ein ganz liebenswürdiger Junge.»

«Es freut mich, dass du das bemerkst. Da dies nun zwischen uns klar ist, willst du mich heiraten, Louisa, und meine Reichtümer und anderen Reize mit mir teilen?»

Das Lachen erstarb auf ihren Lippen. «Oh Jim!», flüsterte sie, und dann überwältigten sie schließlich die Anstrengungen der Schlacht und der Verfolgung der Impis und sie begann zu schluchzen. Die Tränen zogen weiße Spuren auf ihren mit Pulverruß und Staub bedeckten Wangen. «Ja, Jim, oh ja, das will ich. Nichts könnte mich glücklicher machen, als deine Frau zu sein.»

Er umarmte sie und hob sie in die Luft. «Dann ist dies der glücklichste Tag meines Lebens.» Er drückte ihr einen Kuss auf die Lippen. «Und jetzt trockne deine Tränen, Igelchen. Ich bin sicher, wir werden irgendwo einen Priester finden, wenn nicht in diesem Jahr, dann im nächsten.»

Mit Louisa im Arm, die andere Hand stolz auf einem Stapel Elfenbein, blickte er zu seinen soeben erbeuteten Herden hinaus, die das halbe Tal bedeckten. Und dann änderte sich sein Gesichtsausdruck langsam, als er sich mit dem ewigen Dilemma des reichen Mannes konfrontiert sah. Wie, zum Teufel, können wir dafür sorgen, dass mein bleibt, was nun mein geworden ist, fragte er sich, denn jeder Mensch und jedes wilde Tier wird jetzt alles daransetzen, es uns wieder abzujagen.

Erst bei Sonnenuntergang brachte Jim es fertig, dem Hüttendorf für eine Weile den Rücken zu kehren. Er ließ Zama mit der Hälfte seiner kleinen Streitmacht zurück, um das Elfenbein und die Herden zu bewachen, und machte sich auf den Rückweg zur Wagenburg. Das funkelnde Sternenzelt beleuchtete ihren Weg und als sie an den Leichen der gefallenen Nguni vorbeiritten, stoben die Hyänen und Schakale vor ihnen auseinander.

Sie waren fast in Sichtweite des Wagenlagers, als sie ihre Pferde zügelten und erschrocken zum Nachthimmel aufschauten. Ein überirdisches Glühen erhob sich über dem östlichen Horizont und erhellte die Welt um sie so klar, dass sie einander sehen konnten, wie sie staunend die Köpfe hoben. Es war, als ginge die Sonne auf, doch viele Stunden zu früh. Ein riesiger Feuerball kam über den Horizont und zog lautlos über sie hinweg. Manche der Hirtenknaben zogen sich winselnd die Reitdecke über den Kopf.

«Es ist nur eine Sternschnuppe.» Jim nahm Louisas Hand, um sie zu beruhigen. «Die sind keine Seltenheit am afrikanischen Himmel. Diese ist nur ein bisschen größer als gewöhnlich.»

«Es ist Manatasees Geist», rief Smallboy. «Sie hat ihre Reise ins Land der Schatten angetreten.»

«Der Tod von Königen», wimmerte Bakkat, «der Untergang von Stämmen. Krieg und Verderben. Das ist eines der schlimmsten Omen, die es gibt.»

Der riesige Himmelskörper hinterließ seine feurige Spur quer über den Himmel und verschwand hinter dem westlichen Horizont. Er beleuchtete den Himmel für den Rest der Nacht.

Im gespenstischen Licht des Meteors kamen sie schließlich bei den Wagen an, wo der alte Tegwane mit dem Speer in der Hand und seiner Enkelin an seiner Seite die Stellung hielt wie ein treuer Wachhund.

Obwohl alle fast am Ende ihrer Kräfte waren, weckte Jim das Lager am nächsten Morgen vor Anbruch der Dämmerung. Mithilfe eines Ochsengespanns und viel Geschrei und Peitschenknallen schafften sie es, den umgestürzten Wagen wieder auf die Räder zu stellen. Das robuste Gefährt hatte kaum Schaden gelitten und nach wenigen Stunden war die ganze durcheinander geratene Ladung wieder ordentlich verstaut.

Jim wusste, sie taten gut daran, das Schlachtfeld so schnell wie möglich zu verlassen. In der Sonnenglut würden die Leichname sehr bald zu verwesen beginnen.

Auf Jims Befehl spannten sie alle Wagen an. Als das geschehen war, ließen Smallboy und die anderen Fahrer ihre langen Peitschen knallen und die Ochsen zogen die Fuhrwerke aus dem grausigen Lager aufs offene Grasland hinaus.

Am Abend schlugen sie ihr Lager zwischen den verlassenen Hütten des Nguni-Dorfs auf, inmitten der riesigen Buckelviehherden und rund um Manatasees Elfenbeinschätze.

Nach dem Frühstück am nächsten Morgen rief Jim alle zur Indaba zusammen, um ihnen seine Pläne für die Zukunft darzulegen und ihnen zu eröffnen, wohin er sie als Nächstes führen würde. Zuerst bat er Tegwane, den Leuten zu erklären, wie die Nguni ihr Vieh zum Transport des Elfenbeins einsetzten, wenn sie unterwegs waren.

«Erzähle, wo sie die Ladung anbringen und wie sie sie auf den Tieren festmachen», forderte Jim ihn auf.

«Das weiß ich nicht», gab Tegwane zu. «Ich habe ihre Marschkolonnen nur aus der Ferne gesehen.»

«Dann muss sich Smallboy selbst eine Lösung für die Harnische ausdenken», entschied Jim, «obwohl es besser wäre, es so zu machen, wie die Tiere es gewohnt sind.»

Dann wandte er sich den Hirtenjungen zu. «Also, Männer» – die Jungen legten Wert darauf, als Männer angeredet zu werden, dieses Recht hatten sie sich an den Barrikaden verdient –, «glaubt ihr, ihr werdet mit so viel Vieh fertig?»

«So viele sind es gar nicht», sagte der älteste der Knaben.

«Wir könnten mit noch viel mehr fertig werden», sagte ein anderer.

«Wir haben die Nguni in der Schlacht besiegt», meldete sich Izeze, der kleinste und frechste der Jungen, mit hoher Stimme, «und jetzt werden wir uns um ihr Vieh kümmern, und um ihre Frauen, wenn wir sie erst gefangen haben.»

«Vielleicht, Izeze», der Name, den Jim dem Jungen gegeben hatte, bedeutete ‹kleiner Floh›, «vielleicht ist weder deine Peitsche noch deine Flöte schon lang genug, um diese Aufgaben wirklich erfüllen zu können.»

Izezes Kameraden kreischten vor Lachen. «Zeig sie uns!», riefen sie und versuchten, ihn zu fangen, aber er war so schnell und wendig wie das Insekt, nach dem er benannt war. «Zeig uns die Waffe, die die Nguni-Frauen in Angst und Schrecken versetzen wird.» Izeze hielt sich den Lendenschurz, der seine Scham und seine Würde hütete, und lief davon, verfolgt von seinen Freunden.

«Das heißt, wir wissen immer noch nicht, was wir tun sollen», bemerkte Jim zu Louisa, als sie am Abend die Befestigungen des Lagers noch einmal überprüften.

Obwohl die Impis der Nguni offenbar geschlagen waren und nicht mehr zurückkehren würden, wollte Jim kein Risiko eingehen. Bei Einbruch der Dämmerung stellte er Wachen auf, die er dann im Morgengrauen inspizierte.

Als es heller wurde, rief Jim plötzlich: «Gütiger Himmel! Sie sind zurück!» Er packte Louisa am Arm und zeigte zu den dunklen Gestalten, die gerade außer Schussweite jenseits der Barrikaden saßen.

«Ich dachte, das Kämpfen und Töten wäre endlich vorüber. Davon haben wir bei Gott genug gesehen.»

«Das werden wir bald herausfinden.» Er rief Tegwane zu sich. «Wink sie herbei!», befahl er dem alten Mann. «Sag ihnen, ich werde Blitze auf sie niederprasseln lassen, wie ich es mit Manatasee gemacht habe.»

Tegwane kletterte zitternd an einem Wagen hinauf und rief auf das offene Gelände hinaus. Jemand aus den Reihen der Nguni rief eine Antwort und es folgte ein längerer Wortwechsel.

«Was wollen sie?», fragte Jim ungeduldig. «Wissen sie nicht, dass ihre Königin tot ist und ihre Impis geschlagen sind?»

«Das wissen sie sehr wohl», sagte Tegwane. «Sie haben ihren Kopf auf einem Assegai gesehen, als sie vom Schlachtfeld flohen, und sie haben gesehen, wie ihr Geist als Feuerball über den Nachthimmel gezogen ist, auf dem Weg zu ihren Ahnen.»

«Was wollen sie dann noch?»

«Sie wollen mit dem Hexer reden, der mit seinem Blitz ihre Königin dahingerafft hat.»

«Ein Palaver», erklärte Jim Louisa. «Offenbar handelt es sich um Überlebende der Schlacht.»

«Rede mit ihnen, Jim», drängte sie ihn. «Vielleicht können wir dann weiteres Blutvergießen verhindern.

Jim wandte sich wieder an Tegwane. «Sag ihrem Induna, er soll allein und unbewaffnet in unser Lager kommen. Wir werden ihm nichts tun.»

Der Anführer kam in einem einfachen Rock aus Lederstreifen, ohne Federschmuck und Waffen. Er war ein prächtiger Mann mittleren Alters, mit dem Körper eines Kriegers und einem hübschen Mondgesicht wie frisch geschlagenes Mabanga-Holz. Er erkannte Jim, sobald er das Lager betrat. Er musste ihn auf dem Schlachtfeld gesehen haben. Er setzte respektvoll ein Knie auf den Boden, begann in die Hände zu klatschen und Lobpreisungen zu singen: «O mächtigster aller Krieger, unbesiegbarer Hexer, der du vom großen Wasser gekommen bist und die Impis verschlungen hast, Sieger über Manatasee, größer als alle ihre Vorväter!»

«Sag ihm, ich sehe ihn und er soll näher kommen», befahl Jim. Er erkannte die Bedeutung dieses Treffens und nahm eine würdevolle und stolze Haltung an. Der Induna ging auf Hände und Knie und kroch auf ihn zu. Dann nahm er Jims rechten Fuß und setzte ihn sich auf den gebeugten Kopf. Die Geste überraschte Jim und fast hätte er das Gleichgewicht verloren, doch er behielt seine Würde.

«Großer weißer Elefantenbulle», intonierte der Induna, «jung an Jahren, doch stark und weise, habt Gnade mit mir.»

Von seinem Vater und seinem Onkel hatte er genug über das Protokoll gelernt, das in Afrika üblich war, dass er jetzt wusste, wie er sich zu geben hatte. «Dein wertloses Leben gehört jetzt mir», sagte er, «ich kann es dir nehmen oder ich kann dich schonen. Warum soll ich dich nicht auf denselben Weg durch den Himmel schicken, auf den ich Manatasee geschickt habe?»

«Ich bin ein Kind ohne Vater und Mutter. Ich bin ein Waisenkind. Du hast mir meine Kinder genommen.»

«Was redet er da?», fragte Jim zornig. «Wir haben keine Kinder getötet.»

Der Induna bemerkte seinen ärgerlichen Ton und erkannte, dass er Unwillen erregt hatte. Er drückte sein Gesicht in den

Schmutz. Als er dann Tegwanes Fragen beantwortete, war seine Stimme heiser von verschlucktem Staub. Jim nutzte die Gelegenheit, seinen Fuß vom Kopf des Induna zu nehmen. Er fand es unbequem und würdelos, so lange auf einem Bein zu stehen.

Schließlich erklärte Tegwane: «Er war der Hüter von Manatasees königlichen Herden. Er nennt das Vieh seine Kinder. Er bittet dich, ihn entweder zu töten oder ihm zu erlauben, der Hüter deiner Herden zu sein.»

Jim starrte den Mann verblüfft an. «Er will für mich arbeiten, als mein Oberhirte?»

«Er sagt, er hat seit seiner Kindheit mit den Herden gelebt. Er kennt jedes Tier beim Namen und weiß, welcher Bulle welche Kühe bestiegen hat. Er weiß von jedem Tier, wie alt es ist und wie gutmütig oder schwierig. Er kennt die Heilmittel für alle Krankheiten, die die Herden befallen können. Mit seinem Assegai hat er fünf Löwen getötet, die die Tiere angegriffen haben, und das ist nicht alles …» Tegwane musste Luft holen, bevor er weiterreden konnte.

«Genug», bremste Jim ihn eilig. «Ich glaube, was er sagt, doch was ist mit den anderen.» Er zeigte auf die Reihen von Männern, die vor dem Lager hockten. «Wer sind die?»

«Das sind seine Hirten. Sie haben sich seit ihrer Kindheit dem königlichen Vieh gewidmet, genau wie ihr Führer. Ohne die Herden hat ihr Leben keinen Sinn.»

«Und sie bieten sich ebenfalls an?» Jim konnte sein Glück kaum fassen.

«Jeder Einzelne von ihnen möchte unter deine Männer aufgenommen werden.»

«Und was erwarten sie von mir?»

«Sie erwarten, dass du sie tötest, wenn sie ihre Pflichten vernachlässigen oder versagen», versicherte ihm Tegwane. «Das hätte jedenfalls Manatasee getan.»

«Das habe ich nicht gemeint», sagte Jim auf Englisch und Tegwane war verwirrt. Jim fuhr in der Sprache der Lozi fort: «Ich meine, was erwarten sie als Lohn für ihre Arbeit?»

«Sie erwarten nur, dass du ihnen wohlgesinnt bist und dich ihrer Arbeit erfreust», erklärte Tegwane, «genau wie ich.»

Jim zupfte sich nachdenklich am Ohr und der Induna verdrehte den Kopf, um sein Gesicht sehen zu können, offenbar besorgt, sein Ersuchen könnte abgelehnt werden und der weiße Hexer würde ihn mit seinem Blitz erschlagen. Jim dachte darüber nach, was es ihn kosten würde, wenn er den Induna und seine fünfzig oder sechzig Hirten in seine Mannschaft aufnehmen würde, und kam zu dem Schluss, dass es ihm keine zusätzlichen Kosten verursachen würde. Von Tegwane wusste er, dass diese Hirten sich von dem Blut und der Milch der Herden ernährten, und von dem Wild, das er jagen würde. Außerdem war er sicher, dass sie es ihm mit vollkommener Loyalität und Hingabe danken würden. Es waren lauter erfahrene Viehhirten und furchtlose Kämpfer. Er wäre der Anführer seines eigenen Kriegerstamms. Mit den Hottentotten-Musketieren und den Nguni-Kriegern gäbe es nichts mehr, was er in diesem wilden Land noch zu fürchten hätte. Er wäre ein König. «Wie nennt sich der Mann», fragte er Tegwane.

«Man nennt ihn Inkunzi, den Leitstier der königlichen Herden.»

«Sage Inkunzi, ich betrachte sein Anliegen mit Wohlwollen. Er und seine Männer sind nun meine Männer. Ihr Leben liegt in meiner Hand.»

«*Bayete!*», rief Inkunzi vor Freude aus, als er das hörte. «Du bist mein Herr und meine Sonne.» Er setzte sich wieder Jims rechten Fuß aufs Haupt und als seine Männer das sahen, wussten sie, sie waren aufgenommen.

Sie erhoben sich, trommelten mit ihren Assegais auf ihren Schilden und riefen im Chor: «*Bayete!* Wir sind deine Männer! Du bist unsere Sonne!»

«Sag ihnen, die Sonne kann einen Mann wärmen, sie kann ihn aber auch verbrennen.»

Louisa schaute zu den grausamen Kriegern hinaus, die noch vor wenigen Tagen fast ihr Lager gestürmt hätten. «Kannst du ihnen trauen, Jim? Solltest du sie nicht besser entwaffnen?»

«Ich kenne ihre Traditionen. Wenn sie mir einmal ihre Treue geschworen haben, kann ich ihnen mein Leben anvertrauen.»

«Und meines», erinnerte sie ihn leise.

Aᴍ ɴäᴄʜꜱᴛᴇɴ ᴛᴀɢ beobachtete Jim den Mittagsdurchgang der Sonne und trug die Position seines Zuges auf der Karte ein, die sein Vater ihm vermacht hatte. «Nach meinen Berechnungen sind wir nur wenige Grad südlich der Breite, auf der unser Handelsstützpunkt an der Nativity Bay liegt. Die Station sollte keine tausend Meilen östlich von hier sein, also etwa drei Monatsreisen entfernt. Vielleicht wartet dort eines unserer Schiffe auf uns, oder wenigstens eine Nachricht unter dem Poststein.»

«Das ist also unser nächstes Ziel?», fragte Louisa. Er schaute von der Landkarte auf und hob eine Augenbraue. «Ja, oder hast du einen besseren Vorschlag?»

«Nein», sie schüttelte den Kopf, «das passt mir so gut wie jedes andere Ziel.»

Am nächsten Morgen brachen sie das Lager ab. Inkunzi und seine Hirten trieben die erbeuteten Herden zusammen und Jim beobachtete mit Interesse, wie sie das Elfenbein aufluden. Inkunzi und seine Männer stellten jede Ladung entsprechend der Größe und Stärke des Tieres zusammen, das sie zu tragen hatte. Das Vieh schien die Last gar nicht zu bemerken, als es dann in dem bequemen Tempo, das die Hirten vorgaben, davontrottete und zufrieden am Wegrand graste. So wallten die Herden wie ein mächtiger Strom durch das breite Tal, so mächtig, dass die Spitze des Trecks schon mehrere Meilen hinter sich hatte, bevor alles Vieh in Bewegung war.

Jim nahm die Kompasspeilung entlang der Marschroute vor und zeigte Inkunzi eine Landmarke am Horizont, auf die er zuhalten sollte. Inkunzi ging selbst an der Spitze der Herde, eingewickelt in seinen Lederumhang, das Assegai und den schwarzen Schild auf den Rücken gebunden. Im Gehen spielte er auf einer Schilfflöte eine süße, eintönige Melodie und das Vieh folgte ihm wie eine Schar treuer Hunde. Die Wagen bildeten nun das Ende des Zuges.

Jeden Morgen ritten Jim und Louisa mit Bakkat voraus, um die Route für den Tag auszukundschaften, zu sehen, ob irgendwelche Gefahren vor ihnen lauerten und um nach frischen Elefantenspuren Ausschau zu halten. Sie suchten die Pässe durch die Berge und die Furten und Geröllbänke aus, auf denen sie die Flüsse durchqueren würden. Sie stießen immer noch auf unermessliche Antilopenherden, trafen jedoch keine Menschenseele. Die Nguni hatten das Land offenbar vollkommen leer gefegt. Sie fanden niedergebrannte Dörfer, wo nur noch die rauchgeschwärzten Grundsteine standen und das Veld ringsum mit Gerippen übersät war.

«Die *Mefekane*» nannte Tegwane diesen Völkermord. «Die Impis haben die Stämme aufgerieben wie Korn zwischen Mahlsteinen.»

Sobald Inkunzi bewiesen hatte, wie nützlich er war, und seinen Platz weit oben in der Hierarchie des Zuges etabliert hatte, nahm er selbstverständlich auch an den Indabas teil, die sie am Lagerfeuer abhielten. Er erzählte von den Ursprüngen seines Volkes hoch im Norden, in einem mythischen Tal, einem Ort, den er den Anfang aller Dinge nannte.

Generationen zuvor war sein Stamm selbst von einer Katastrophe heimgesucht worden, einer anderen Mefekane, und von der Hungersnot, die unvermeidlich folgte. Die Nguni hatten sich dann mit ihren Herden auf die lange Wanderung nach Süden begeben. Alle anderen Stämme, die sich ihnen dabei in den Weg stellten, hatten sie geplündert und ausgelöscht. Als ein nomadisches Hirtenvolk waren sie immer unterwegs, immer auf der Suche nach neuen Weidegründen für ihre Herden, nach noch mehr Beute und Frauen. Es war eine tragische Geschichte.

«Wir werden niemals erfahren, wie viele Menschen in diesem wundervollen Land ihr Leben lassen mussten», sagte Louisa erschüttert.

Selbst Jim berührte die Tragödie, die den Kontinent überrollt zu haben schien wie die schwarze Pest. «Dies ist ein wildes Land. Damit es blühen kann, müssen unzählige Menschen und Tiere es mit ihrem Blut tränken», sinnierte er.

Auf ihren Expeditionen in das Gebiet vor dem Wagenzug war Jim daher immer auf der Hut vor Überresten der Nguni-Heere. Mit seinen Männern übte er die Verteidigungstaktiken, die sie im Falle eines Angriffs anwenden würden.

Er hielt auch nach den scheinbar unauffindbaren Elefantenherden Ausschau, doch die Wochen vergingen und die Wagenräder rollten über Meile um Meile dieses weiten, unberührten Landes, ohne dass sie auf einen Nguni oder einen Elefanten stießen.

Fast drei Monate, nachdem sie den Weg nach Osten eingeschlagen hatten, fanden sie sich plötzlich am Rand eines steilen Grabens, wo das Land vor ihnen in einen Abgrund gestürzt zu sein schien.

«Es sieht aus wie das Ende der Welt», hauchte Louisa. Sie standen beisammen und blickten staunend auf die Aussicht vor ihnen. Durch sein Teleskop sah Jim, dass der Himmel am Horizont von einem unwirklichen, transparenten Hellblau war, wie polierter Lapislazuli.

Es dauerte eine Zeit, bis er begriff, was er vor sich sah. Dann änderte sich das Licht ein wenig und er rief: «Endlich! Der Ozean!» Er gab ihr das Teleskop. «Jetzt wirst du sehen, was für ein großer Navigator ich bin, denn ich werde dich direkt zum Strand der Nativity Bay führen, im Land der Elefanten.»

Tom und Dorian Courtney ritten zum Haupttor der Festung hinauf. Sie wurden erwartet. Der wachhabende Sergeant grüßte und winkte sie in den Hof durch. Stallburschen kamen herbeigelaufen und übernahmen ihre Pferde, nachdem sie abgestiegen waren.

Die Gebrüder Courtney waren solchen Respekt gewöhnt. Sie gehörten zu den führenden Bürgern der Kolonie und waren als die reichsten Kaufleute weit und breit nicht selten zu Gast bei Gouverneur van der Witten. Der Sekretär des Gouverneurs, selbst ein wichtiger VOC-Beamter, kam aus seinem Büro geeilt, um sie zu begrüßen und in das Privatquartier des Gouverneurs zu führen.

Sie mussten nicht im Vorzimmer warten, sondern wurden sofort in den großen Ratssaal gebeten. Der lange Tisch in der Mitte und die zwanzig Stühle darum waren aus Stinkwood, einem der am schönsten gemaserten Hölzer Afrikas, liebevoll geschnitzt von malawischen Meistertischlern. Der Fußboden bestand aus Gelbholzplanken, die die Zimmerleute mit Bienenwachs poliert hatten, bis sie glänzten wie Glas. Die Scheiben des Erkerfensters am anderen Ende des Raums waren juwelenartige Farbglaskunstwerke, die den Atlantik herunter von Holland eingeschifft worden waren. Sie blickten auf die Tafelbucht hinaus, mit dem monumentalen Löwenkopfberg dahinter. Auf der Bucht drängten sich die Schiffe und der Südostwind wühlte das Meer zu einer Herde springender Schimmel auf.

An den getäfelten Wänden hingen siebzehn Porträts: die Ratsmitglieder der VOC in Amsterdam, ernste Männer mit Bulldoggengesichtern, in schwarzen Hüten und weißen Spitzenkragen über hoch geknöpften schwarzen Röcken.

Zwei Männer erhoben sich von ihren Stühlen am Ratstisch, um die Brüder zu begrüßen. Oberst Keyser trug die Galauniform aus scharlachrotem Brokat, mit je einer Schärpe über beide Schultern, die eine blau und die andere golden. Um den stattlichen Bauch trug er einen mit Goldmedaillons besetzten Schwertgürtel und der Knauf seines Rapiers war mit Halbedelsteinen eingelegt. Drei emaillierte Diamanté-Sterne schmückten seine Brust, der größte davon der Stern des St.-Nicholas-Ordens. Dazu trug er hohe Reitstiefel und einen breitkrempigen Hut, geschmückt mit Straußenfedern.

Der Gouverneur war dagegen nach der Art gekleidet, wie sie praktisch zur Uniform der höchsten VOC-Beamten geworden war: eine schwarze Seidenkappe, ein flämischer Spitzenkragen und eine schwarze, hochgeschlossene Jacke. Seine dünnen Beine steckten in einer schwarzen Seidenhose und an den Füßen trug er Schuhe mit abgehackten Spitzen und massiven Silberschnallen.

«Mijnheeren, Sie ehren uns mit Ihrem Besuch», begrüßte der Gouverneur sie. Sein Gesicht war blass und freudlos.

«Die Ehre ist ganz auf unserer Seite. Wir haben uns sofort auf den Weg gemacht, als wir Ihre Einladung erhielten», sagte Tom und beide Brüder verbeugten sich. Tom trug einen einfachen Anzug aus dunklem Wolltuch bester Qualität und von Londoner Schnitt. Dorian hatte eine grüne Seidenjacke, einen dazu passenden Turban mit einer Smaragdnadel und weite

Pluderhosen gewählt. Seine Sandalen waren aus Kamelleder. Sein kurzer, roter, lockiger Bart war sauber gestutzt, ganz im Gegensatz zu Toms üppigerer, mit Silber durchschossener Bartpracht. Niemand, der sie zusammen sah, hätte erraten, dass sie Brüder waren. Oberst Keyser kam nun ebenfalls herbei. Er begrüßte sie und sie verbeugten sich noch einmal.

«Ihr Diener, Herr Oberst», sagte Tom.

«Salaam alaikum, Oberst», murmelte Dorian. Auf High Weald, am Busen seiner Familie, mochte er es oft vergessen, doch wenn er auf Reisen war, oder bei förmlichen Anlässen wie diesem, erinnerte er die Welt gern daran, dass er der adoptierte Sohn des Sultans Abd Muhammad al-Malik war, des Kalifen von Maskat. «Friede sei mit Euch, Oberst.» Dann sagte er auf Arabisch und in einem Ton, dass es klang wie ein Teil der Begrüßungsformel: «Der Gesichtsausdruck des Fettwanstes gefällt mir gar nicht. Er lächelt wie ein Tigerhai.» Dies war nur für Tom bestimmt. Er wusste, niemand anderer im Raum verstand ein Wort Arabisch.

«Gentlemen, bitte setzen Sie sich.» Der Gouverneur klatschte in die Hände und sofort erschien eine kleine Prozession malaysischer Sklaven mit Silbertabletts voller Leckerbissen und Karaffen voll Wein und Spirituosen.

Während sie bedient wurden, tauschten der Gouverneur und seine Gäste wie üblich ihre Komplimente aus und setzten ihr Geplauder fort, wobei Tom und Dorian geflissentlich an dem geheimnisvollen Gegenstand vorbeischauten, der zwischen ihnen in der Mitte des Stinkwood-Tisches lag, verborgen unter einem Samttuch mit Perlenrand. Tom stieß Dorian mit dem Knie an. Dorian schaute ihn nicht an, sondern fasste sich an die Nase, zum Zeichen, dass er den Gegenstand ebenfalls bemerkt hatte. Nach den vielen gemeinsamen Jahren waren sie einander so nah, dass sie stets wussten, was der andere meinte.

Als die Sklaven gegangen waren, sagte der Gouverneur zu Tom: «Mijnheer Courtney, ich glaube, Oberst Keyser hat schon mit Ihnen über das beunruhigende und bedauerliche Benehmen Ihres Sohnes, James Archibald Courtney, gesprochen.»

Tom hatte erwartet, dass sie darauf zu sprechen kommen würden, doch was hatte Keyser wohl Neues für sie auf Lager, fragte er sich besorgt. Der Oberst schien äußerst zufrieden mit sich selbst, wie Dorian schon bemerkt hatte.

«Natürlich, Gouverneur, ich erinnere mich sehr gut an dieses Gespräch», entgegnete Tom.

«Sie hatten mir versichert, Sie missbilligten das Verhalten Ihres Sohnes, seine Einmischung in den Gang der Justiz, die Entführung einer Strafgefangenen und den Diebstahl von VOC-Eigentum.»

«Ja, ja natürlich, ich erinnere mich», versicherte ihm Tom eilig, um diese Aufzählung von Jims Missetaten möglichst abzukürzen.

Doch van der Witten fuhr unbarmherzig fort. «Sie hatten mir außerdem versichert, Sie würden mich informieren, sobald Sie erführen, wo Ihr Sohn sich aufhält. Sie haben versprochen, Sie würden alles tun, was in Ihrer Macht steht, dass er und diese Kriminelle, Louisa Leuven, so bald wie möglich zur Festung überführt würden, um mir persönlich für ihre Verbrechen Rechenschaft abzulegen. Hatten wir uns nicht so geeinigt?»

«Ja, das hatten wir, Exzellenz. Ich erinnere mich auch, dass ich Ihnen eine Zahlung von zwanzigtausend Gulden in Gold habe zukommen lassen, als Zeichen meines guten Willens und um die VOC für ihre Verluste zu entschädigen.»

Van der Witten ignorierte diese Unverschämtheit. Er hatte die Zahlung nie offiziell quittiert. Zehn Prozent davon waren in Oberst Keysers Tasche gewandert und der Rest in seine eigene. Er schaute immer trauriger drein, als er fortfuhr: «Nun habe ich Grund zu der Annahme, Mijnheer Courtney, dass Sie Ihren Teil der Abmachung nicht eingehalten haben.»

Tom warf die Arme hoch und schüttelte theatralisch den Kopf, ohne jedoch so weit zu gehen, den Vorwurf direkt abzustreiten.

«Möchten Sie, dass ich Beweise vorlege für das, was ich eben gesagt habe? Da Oberst Keyser der Offizier ist, der mir in diesem Fall verantwortlich ist, bitte ich ihn nun, Ihnen darzulegen, was er entdeckt hat.» Er schaute den Oberst an. «Wären Sie so freundlich, diese Herren aufzuklären?»

«Sicher, Exzellenz, es ist mir eine Pflicht und Ehre.» Keyser lehnte sich über den Tisch und berührte den geheimnisvollen Gegenstand unter dem Samttuch. Aller Augen folgten seiner Hand, doch dann zog er sie wieder zurück und lehnte sich in seinen Stuhl zurück.

«Erlauben Sie mir zunächst eine Frage, Mijnheer Courtney: Hat in den letzten drei Monaten irgendeines Ihrer Fuhrwerke die Kolonie verlassen, ich meine, Ihre Wagen oder die Ihres Bruders?» Er nickte in Dorians Richtung.

Tom dachte für einen Augenblick nach und wandte sich an seinen Bruder. «Nicht, dass ich mich erinnern kann. Du vielleicht, Dorry?»

«Keiner unserer Wagen hat eine VOC-Lizenz erhalten, die Kolonie zu verlassen», wich Dorian der Frage aus.

Keyser lehnte sich wieder vor und diesmal riss er das Samttuch von dem Gegenstand und alle blickten auf das gebrochene Stück Wagenspeiche. «Ist das das Brandzeichen Ihrer Firma in dem Holz?»

«Wo haben Sie das gefunden?», fragte Tom mit ungespielter Neugier.

«Ein Offizier der VOC hat es neben den Spuren von vier Wagen gefunden, die die Kolonie nicht weit von den Quellen des Gariep verlassen haben und nach Norden, in die Wildnis gezogen sind.»

Tom schüttelte den Kopf. «Das kann ich mir nicht erklären.» Er zupfte sich den Bart. «Weißt du, wie das sein kann, Dorian?»

«Im März letzten Jahres haben wir einen der alten Trödelkarren an einen Hottentotten verkauft, einen Jäger, was war noch gleich sein Name? Umpie? Er sagte, er wollte in den Einöden auf die Suche nach Elfenbein gehen.»

«Natürlich!», rief Tom aus, «wie konnte ich das nur vergessen!»

«Haben Sie eine Quittung für diesen Verkauf?»

«Der alte Umpie kann nicht schreiben», winkte Dorian ab.

«Dann lassen Sie uns das jetzt klarstellen: Sie sind nie mit vier schwer beladenen Wagen an die Grenze der Kolonie gefahren und Sie haben diese Wagen nicht an Ihren flüchtigen Sohn, James Courtney, übergeben. Und Sie haben diesen Flüchtling vor dem Gesetz nie dazu ermutigt und ihm geholfen, ohne Erlaubnis der VOC das Territorium der Kolonie zu verlassen. Ist es das, was Sie sagen wollen?»

«Das stimmt.» Tom blickte ihm über den Tisch hinweg standhaft in die Augen. Keyser grinste triumphierend und ersuchte den Gouverneur mit einem Blick, fortfahren zu dürfen. Van der Witten nickte und Keyser klatschte noch einmal in die Hände. Die Flügeltüren schwangen auf und zwei uniformierte VOC-Korporale schleppten eine schwarze Gestalt zwischen sich herein.

Im ersten Moment erkannte Tom ihn nicht, und auch Dorian wusste nicht, wer der Mann sein konnte. Seine Kleidung bestand nur aus einer mit getrocknetem Blut und Exkrementen befleckten Hose. Die Finger- und Fußnägel waren ihm mit der Schmiedezange herausgerissen worden. Sein Rücken hatte die Peitsche zu spüren bekommen, bis er nur noch eine blutige Masse war. Sein Gesicht war grotesk geschwollen, ein Auge vollkommen zu und das andere nur noch ein Schlitz in dem aufgedunsenen Fleisch.

«Ein hübscher Anblick», lächelte Keyser. Gouverneur van der Witten hielt sich ein Säckchen getrockneter Kräuter und Blütenblätter unter die Nase. «Verzeihen Sie, Exzellenz.» Keyser hatte bemerkt, wie unangenehm dem Gouverneur dieser Auftritt war. «Tiere muss man wie Tiere behandeln.»

Dann wandte er sich wieder Tom zu. «Sie kennen diesen Mann natürlich. Er ist einer Ihrer Fahrer.»

«Sonnie!» Tom sprang auf, doch dann besann er sich eines Besseren und sank wieder auf seinen Stuhl. Dorian gefiel überhaupt nicht, was er sah. Sonnie war einer ihrer besten Leute, wenn er nüchtern war. Er war seit über einer Woche vermisst gewesen und sie hatten angenommen, er wäre wieder einmal auf einer seiner Sauftouren, die er des Öfteren einlegte und von denen er dann nach Cannabis, billigem Schnaps und noch billigeren Frauen stinkend zurückzukehren pflegte, niedergeschlagen und voller Reue, und jedes Mal schwor er beim

Grabe seines Vaters, es würde nicht noch einmal passieren.

«Oh ja», sagte Keyser, «Sie kennen ihn. Er hat uns interessante Dinge erzählt, was die Reisen angeht, die Sie mit Ihrer Familie kürzlich unternommen haben. Er sagt, vergangenen September seien zwei Ihrer Wagen unter Führung von Mijnheer Dorian Courtneys Sohn Mansur die Küstenstraße hinauf nach Norden gezogen. Das kann ich bestätigen, da ich diesen Wagen persönlich mit einer ganzen Schwadron gefolgt bin. Jetzt weiß ich, dass es eine Finte war, um mich von wichtigeren Ereignissen abzulenken.» Keyser blickte Dorian an. «Ich finde es traurig, dass ein so guter Junge wie Mansur nun auch in diese schmutzige Affäre verwickelt ist. Auch er wird sich für die Folgen seiner Handlungen zu verantworten haben.» Er sagte es leichthin, doch die Drohung war damit ausgesprochen.

Die Courtneys schwiegen. Tom brachte es nicht fertig, Sonnie anzuschauen, den er trotz seiner vielen Fehler sehr ins Herz geschlossen hatte. Er fühlte sich für ihn verantwortlich wie ein Vater für einen Sohn.

Keyser sprach wieder zu Tom. «Dieser Mann hat uns auch erzählt, Sie und Mevrouw Courtney wären, kurz nachdem die beiden Wagen High Weald verlassen hatten und als Sie sicher sein konnten, dass ich Sie nicht verfolgen würde, mit vier anderen schwer beladenen Wagen und etlichen Pferden und anderen Tieren zum Gariep aufgebrochen. Dort haben Sie dann einige Wochen gewartet, bis Ihr Sohn, James Courtney, mit der entlaufenen Gefangenen aus den Bergen kam und sich mit Ihnen traf. Dann haben Sie ihnen die Wagen und Tiere übergeben, mit denen sie ihre Flucht in die Wildnis fortsetzten. Und Sie sind in die Kolonie zurückgekehrt, als wäre nichts geschehen.»

Keyser lehnte sich auf seinem Stuhl zurück und faltete die Hände über der Schnalle seines Schwertgürtels. Es war vollkommen still in dem Raum, bis Sonnie stammelte: «Es tut mir Leid, Klebe.» Er war kaum zu verstehen. Seine Lippen waren aufgeplatzt und in seinem Mund klafften schwarze Lücken, wo sie ihm zwei Schneidezähne ausgeschlagen hatten. «Ich wollte es ihnen nicht verraten, aber sie haben mich geschlagen. Sie sagten, sie würden mich töten, und dann würden sie meine Kinder umbringen.»

«Es ist nicht dein Fehler, Sonnie. Du hast nur getan, was jeder getan hätte.»

Keyser lächelte und lehnte sich zu Tom vor. «Sie sind sehr großzügig, Mijnheer. Ich hätte an Ihrer Stelle kein solches Verständnis für ihn.»

«Können wir den Kerl jetzt wegschaffen lassen, Oberst?», fragte Gouverneur van der Witten irritiert. «Der Gestank ist unerträglich und unappetitliche Flüssigkeiten tropfen auf meinen Fußboden.»

«Verzeihen Sie mir, Exzellenz, natürlich, er hat seinen Zweck erfüllt.» Er nickte den uniformierten Wachen zu und sie schleppten ihn hinaus und schlossen die Tür hinter sich.

«Wenn Sie eine Kaution für ihn festsetzen, werde ich sie bezahlen und den armen Kerl nach High Weald mitnehmen», sagte Tom.

«Dabei setzen Sie voraus, dass Sie selbst nach High Weald zurückkehren werden», stellte Keyser fest.

«Und selbst wenn das so wäre, könnte ich nicht zulassen, dass Sie den Zeugen mitnehmen. Er muss in unserem Kerker bleiben, bis unser Gouverneur über Ihren Sohn James und die entlaufene Gefangene zu Gericht gesessen hat.» Er nahm seine Hände vom Bauch und beugte sich wieder vor. Sein Lächeln erstarb und sein Blick wurde hart, kalt und grausam. «Und bis Ihre eigene Rolle in dieser Angelegenheit geklärt ist.»

«Sie wollen uns festnehmen?», fragte Tom. «Aufgrund der unbewiesenen Aussage eines Hottentottenfahrers?» Tom schaute Gouverneur van der Witten an. «Exzellenz: Gemäß Artikel 152 des Strafgesetzes, das die Direktoren in Amsterdam niedergelegt haben, darf kein Sklave oder Eingeborener als Zeuge gegen einen freien Bürger der Kolonie vorgeführt werden.»

«Sie haben den falschen Beruf gewählt, Mijnheer. Ihre Kenntnisse der Gesetze beeindrucken mich», nickte van der Witten. «Danke, dass Sie mich darauf aufmerksam machen.» Er stand auf und ging zu dem Farbglasfenster, er verschränkte die Arme vor seiner Hühnerbrust und blickte auf die Bucht hinaus. «Wie ich sehe, sind Ihre Schiffe wieder in ihrem Heimathafen.»

Keiner der Brüder sagte etwas. Sie brauchten nichts zu sagen, denn die beiden Schiffe waren von der Festung aus deutlich an ihrem Ankerplatz vor der Küste zu sehen. Sie waren zwei Tage zuvor im Konvoi in die Bucht eingelaufen und hatten ihre Ladung noch nicht gelöscht. Die *Maid of York* und die *Gift of Allah* waren bildhübsche Schoner. Tom hatte sie selbst entworfen und in den Werften von Trincomalee bauen lassen. Sie waren schnell und wendig, mit minimalem Tiefgang und gut bewaffnet, perfekt für Reisen entlang der Küste, manövrierfähig bis in die Flussdeltas hinein und in die Untiefen vor gefährlichen oder feindseligen Küsten.

«War es eine lukrative Reise?», fragte van der Witten. «Ich glaube, das war es, so habe ich jedenfalls gehört.»

Tom erlaubte sich ein dünnes Lächeln. «Wir danken Gott für alles, was wir haben, und sind stets dankbar für ein bisschen mehr.»

Van der Witten quittierte den Spruch mit einem säuerlichen Lächeln und ging zu seinem Stuhl zurück. «Sie fragen mich, ob Sie unter Arrest stehen.» Er schüttelte den Kopf. «Sie sind eine Säule unserer kleinen Gemeinschaft hier, ein Gentleman von höchstem Ansehen, fleißig und erfolgreich. Sie zahlen Ihre Steuern. Genau genommen sind Sie kein freier holländischer Bürger, sondern Ausländer, doch Sie zahlen die Gebühren für Ihr Recht, hier zu wohnen, und haben daher Anspruch auf die gleichen Rechte wie ein Bürger. Ich käme niemals auf den Gedanken, Sie in Haft zu nehmen.» An Oberst Keysers Gesichtsausdruck war jedoch deutlich abzulesen, dass sie die Möglichkeit ernsthaft erwogen haben mussten.

«Danke, Exzellenz.» Tom erhob sich und Dorian folgte seinem Beispiel. «Ihre gute Meinung von uns bedeutet uns sehr viel.»

«Bitte, *Mijnheeren*!» Van der Witten hielt seine Hände hoch, um sie am Weggehen zu hindern. «Es gibt noch ein paar Kleinigkeiten, über die wir reden sollten, bevor Sie gehen.» Sie setzten sich wieder.

«Es wäre mir nicht lieb, wenn einer von Ihnen oder irgend-ein anderes Mitglied Ihrer Familie die Kolonie verließe, ohne meine ausdrückliche Genehmigung eingeholt zu haben. Das schließt auch Ihren Sohn ein, Mansur Courtney, der für das Ablenkungsmanöver verantwortlich war, mit dem Sie eine VOC-Schwadron auf eine fruchtlose Expedition an die Nord-grenzen der Kolonie gelockt haben.» Er blickte Dorian an. «Habe ich mich deutlich genug ausgedrückt?» Dorian nickte.

«Ist das alles, Exzellenz?», fragte Tom mit übertriebener Höflichkeit.

«Nein, Mijnheer, nicht ganz. Ich habe entschieden, Sie soll-ten eine Nominalkaution hinterlegen, um sicherzustellen, dass Sie sich an die Auflagen halten, die ich soeben erklärt habe.»

«Und wie nominal soll diese Kaution sein?» Tom bereitete sich auf die Antwort vor.

«Einhunderttausend Gulden.» Van der Witten griff nach der Karaffe honiggoldenen Madeiraweins. Er kam um den Tisch, um ihre langstieligen Gläser aufzufüllen. Schwere Stille lastete auf dem Raum. «Ich weiß, Sie sind Ausländer. Viel-leicht haben Sie mich nicht verstanden.» Er ließ sich wieder auf seinem Stuhl nieder. «Deshalb wiederhole ich es noch ein-mal: Ich verlange von Ihnen eine Sicherheitszahlung in Höhe von hunderttausend Gulden.

«Das ist eine Menge Geld», sagte Tom schließlich.

«Ja, ich glaube, es sollte reichen», nickte der Gouverneur, «wenngleich die Summe recht bescheiden wirkt, wenn man den Gewinn bedenkt, den Sie auf Ihrer letzten Handelsreise gemacht haben.»

«Ich werde etwas Zeit brauchen, um so viel Geld flüssig zu machen», sagte Tom. Seine Miene war unergründlich. Nur ein leichtes Zucken eines Augenlids verriet, wie schockiert er war.

«Ja, das verstehe ich», entgegnete van der Witten. «Wenn Sie Ihre Vorkehrungen für die Sicherheit treffen, sollten Sie zudem berücksichtigen, dass die Gebühr für Ihre Aufenthalts-berechtigung ebenfalls in wenigen Wochen fällig wird. Ich würde Ihnen empfehlen, beide Zahlungen auf einmal zu erle-digen.»

«Das heißt, Sie wollen noch fünfzigtausend Gulden.» Tom versuchte, seine Bestürzung zu verbergen.

«Nein, Mijnheer. In Anbetracht dieser unvorhergesehenen Umstände sah ich mich gezwungen, die Höhe der Gebühr noch einmal zu überdenken. Sie beträgt jetzt hunderttausend Gulden.»

«Das ist Piraterie», schnappte Tom, doch dann bewahrte er die Fassung. «Verzeihung, Exzellenz, ich ziehe diese Bemerkung zurück.»

«Sie sollten wissen, was ein Pirat ist und was nicht», seufzte van der Witten. «Ihr eigener Großvater ist für dieses Verbrechen hingerichtet worden.» Er zeigte durch die Erkerfenster. «Dort draußen auf dem Exerzierplatz. Wir können nur hoffen, dass niemand anderes aus Ihrer Familie dasselbe schreckliche Ende findet.» Die Drohung schwebte über ihnen wie der Schatten des Galgens.

Nun schaltete sich Dorian zum ersten Mal ein: «Eine Gebühr von hunderttausend Gulden, zusätzlich zu der Sicherheitszahlung, würde unser Geschäft ruinieren.»

Van der Witten blickte ihn an. «Ich glaube, Sie verstehen mich immer noch nicht recht. Hunderttausend ist die Gebühr für Ihren Bruder und seine Familie. Dazu kommen weitere Hunderttausend für Ihre eigene Familie, plus die Hunderttausend Kaution.»

«Dreihunderttausend!», rief Tom aus. «Das ist unmöglich!»

«Es ist möglich, das versichere ich Ihnen», widersprach ihm van der Witten. «Als letzte Möglichkeit können Sie immer noch ihre Schiffe verkaufen, und die Bestände in Ihrem Lagerhaus.»

«Die Schiffe verkaufen?» Tom sprang auf. «Was ist das für ein Wahnsinn? Die Schiffe sind das Blut und die Knochen unserer Kompanie.»

«Seien Sie beruhigt, es ist kein Wahnsinn.» Van der Witten schüttelte langsam den Kopf und lächelte Oberst Keyser zu. «Ich glaube, Sie erklären den Herren lieber, wie die Dinge stehen.»

«Gern, Exzellenz.» Keyser erhob sich mühsam von seinem

Stuhl und watschelte zum Fenster. «Ah, gut! Gerade rechtzeitig, um Ihnen die Situation deutlicher zu machen.»

Auf dem Strand vor den Festungsmauern stellten sich zwei Züge VOC-Soldaten auf, mit aufgesteckten Bajonetten und vollem Marschgepäck. Die grünen Uniformjacken hoben sich scharf vor dem weißen Sand ab. Vor Toms und Dorians Augen wateten sie nun zu zwei offenen Leichtern hinaus, die am Ufer warteten.

«Als Vorsichtsmaßnahme postiere ich Wachen auf Ihren Schiffen», erklärte Keyser, «nur um sicherzustellen, dass Sie Gouverneur van der Wittens Edikt auch wirklich befolgen.» Keyser setzte sich wieder. «Bis auf weiteres werden Sie sich beide täglich vor dem Mittagssalut in meinem Hauptquartier melden, damit ich weiß, dass Sie die Kolonie nicht verlassen haben. Sobald Sie die Quittung vom Schatzmeister vorlegen können, dass Sie die volle Summe bezahlt haben, die Sie dem Gouverneur schulden, und wenn Sie mir einen vom Gouverneur ausgestellten Pass zeigen können, dürfen Sie natürlich verschwinden – obwohl ich nicht glaube, dass Ihnen die Rückkehr das nächste Mal so leicht fallen wird.

Na gut, vielleicht sind wir schon ein bisschen zu lange hier», bemerkte Tom und schaute in die Runde. Die Familie hatte sich im Kontor des Lagerhauses versammelt.

Sarah Courtney versuchte missbilligend dreinzuschauen, doch ihr Blick verriet, dass sie sich schon damit abgefunden hatte, was kommen würde. Er schafft es immer noch, mich zu verblüffen, dieser Gatte, den ich mir da angelacht habe, dachte sie. Er schwelgt in Situationen, die andere Männer zur Verzweiflung treiben würden.

«Ich glaube, Tom hat Recht», stimmte Dorian zwischen zwei Zügen aus seiner Wasserpfeife zu. «Wir Courtneys sind immer schon über die Ozeane gesegelt und durch die Kontinente gezogen. Zwanzig Jahre an einem Flecken auf dieser Erde ist zu lang.»

«Du redest von meinem Heim», protestierte Yasmini, «dem Ort, wo mein einziger Sohn geboren wurde.»

«Wie werden dir und Sarah ein anderes Heim finden und euch mehr Söhne schenken, wenn euch das glücklich macht», versprach Dorian.

«Du bist nicht besser als dein Bruder», rügte ihn Sarah, «du verstehst nicht, was im Herzen einer Frau vor sich geht.»

«Oder in ihrem Kopf», lachte Tom. «Aber komm, mein Liebling, wir können nicht hier sitzen bleiben und uns von van der Witten bankrott machen lassen. Es ist nicht das erste Mal, dass du alles stehen und liegen lassen und verschwinden musst. Erinnerst du dich nicht, wie wir uns aus Fort Providence absetzen mussten, als Zayn al-Dins Leute uns einen Besuch abstatteten?»

«Das werde ich nie vergessen. Du hast damals einfach mein Cembalo über Bord geworfen, weil das Schiff zu schwer war.»

«Ah, aber ich habe dir ein neues gekauft», sagte Tom und alle schauten zu dem dreieckigen Instrument, das vor einer Wand stand. Sarah stand auf und ging hin. Sie öffnete den Deckel über den Tasten, setzte sich auf den Hocker und spielte die ersten Takte der «Spanish Ladies», und Tom summte den Refrain.

Sarah schloss abrupt den Deckel und stand auf. Sie hatte Tränen in den Augen. «Das ist lange her, Tom. Ich war damals noch ein törichtes junges Ding.»

«Jung? Ja. Aber töricht? Niemals!» Tom eilte zu ihr und legte ihr seinen Arm um die Schultern.

«Ich bin zu alt, um noch einmal ganz von vorne anzufangen», flüsterte Sarah.

«Unsinn, du bist so jung und stark wie eh und je.»

«Wir werden am Hungertuch nagen», jammerte Sarah. «Wir werden wie Bettler sein, heimatlose Wanderer.»

«Wenn du das wirklich denkst, dann kennst du mich nicht so gut wie du meinst.» Er schaute seinen Bruder an. «Sollen wir es ihnen zeigen, Dorry?»

«Sonst werden wir wohl keinen Frieden bekommen», zuckte Dorian die Schultern. «Unsere Frauen werden schimpfen und zetern, bis sie wissen, wovon du redest.»

Yasmini beugte sich vor und zog an seinem lockigen roten Bart. «Ich war dir immer eine gehorsame Gattin, al-Salil, wie es der Koran vorschreibt.» Sie nannte ihn bei seinem arabischen Namen. Es bedeutete ‹das gezogene Schwert›. «Wie kannst du mir vorwerfen, ich würde dich nicht achten? Nimm das sofort zurück, oder du musst bis zum nächsten Ramadan auf alle Privilegien und Gefallen verzichten, die du von mir genießt.»

«Du bist so entzückend, o Vollmond meines Lebens. Mit jedem Tag, der vergeht, wirst du respektvoller und gefügiger.»

«Ich nehme an, damit hast du es zurückgenommen.» Sie lächelte.

«Genug!», rief Tom. «Dieser Streit entzweit unsere Familie und unsere Herzen.» Sie lachten alle, sogar die Frauen, und Tom nutzte die Gelegenheit, indem er begann: «Ihr wisst, dass Dorian und ich nie so dumm waren, dieser Bande von Straßenräubern und Taschendieben, die das Direktorium der VOC darstellen, je über den Weg zu trauen.»

«Wir waren uns stets bewusst, dass wir in dieser Kolonie nur geduldet sind», fuhr Dorian fort. «Die Holländer haben uns als Milchkühe betrachtet. Über die vergangenen zwanzig Jahre haben sie unsere Euter leer gemolken.»

«Aber nicht ganz leer», widersprach Tom. Er ging zu dem Bücherregal am anderen Ende des Zimmers. Es reichte vom Boden bis zur Decke. Das mit schweren Lederbänden gefüllte Regal stand auf Stahlrädern, die geschickt hinter der dunklen Scheuerleiste verborgen waren. Tom und Dorian schoben an einem Ende und es rollte mit quietschenden Rädern langsam zur Seite. Dahinter war nun eine kleine Tür in der Wand zu sehen, verschlossen mit schweren Eisenriegeln und einem enormen, bronzenen Vorhängeschloss.

Tom nahm ein Buch aus dem Regal – Ungeheuer der Südsee war auf dem Rücken in Goldbuchstaben eingraviert – und öffnete den Deckel. Im ausgehöhlten Inneren des Buches lag ein Schlüssel.

«Bring mir die Laterne», bat er Sarah. Er drehte den Schlüssel in dem Schloss, schob die Riegel zur Seite und öffnete die Tür.

«Wie konntet ihr das all die Jahre vor uns verbergen?», fragte Sarah erstaunt.

«Das war bestimmt nicht einfach.» Tom nahm sie bei der Hand und führte sie in die winzige Kammer hinter der Tür, nicht viel größer als ein Schrank. Dorian und Yasmini folgten ihnen. Es war kaum genug Platz für sie alle und den Stapel kleiner Holztruhen, der ordentlich vor der Rückwand aufgebaut war.

«Das Familienvermögen», erklärte Tom, «die Gewinne von zwanzig Jahren. Wir waren nicht so leichtsinnig und dumm, es der Bank von Batavia anzuvertrauen, die unseren alten Freunden in Amsterdam gehört.» Er öffnete die oberste Truhe, die bis zum Rand mit kleinen Leinenbeuteln gefüllt war. Tom gab den beiden Frauen je einen der Beutel in die Hand.

Yasmini hätten ihren fast fallen gelassen. «Mein Gott, ist das schwer!», rief sie aus.

«Etwas Schwereres gibt es nicht», bestätigte Tom.

Als Sarah ihren Beutel öffnete, stockte ihr der Atem. «Goldmünzen? Sind alle drei Truhen voll mit Gold?»

«Natürlich, meine Süße. Unsere Kosten zahlen wir in Silber und die Gewinne behalten wir in Gold.»

«Tom Courtney, ich hätte nie gedacht, dass du solch ein Geheimniskrämer sein kannst. Warum hast du uns nie davon erzählt?»

«Bis jetzt hatte ich nie einen Grund dazu.» Er lachte. «Früher hätte euch das Wissen um das Gold vielleicht unzufrieden gemacht, doch jetzt seid ihr sicher erleichtert, dass wir es haben.»

«Wie viel habt ihr beiseite geschafft?», fragte Yasmini staunend.

Tom klopfte mit der Faust auf die drei Truhen, eine nach der anderen. «Alle drei scheinen noch voll zu sein. Das hier stellt den größten Teil unserer Ersparnisse dar. Außerdem haben wir noch eine hübsche Sammlung von Saphiren aus Ceylon und Diamanten aus den legendären Kollur-Minen am Fluss Krischna in Indien, lauter große, lupenreine Steine. Es ist vielleicht nicht genug, einen König auszulösen, doch für einen Maharadscha reicht es bestimmt.» Er lachte zufrieden in sich hinein. «Und dann haben wir natürlich noch die beiden voll beladenen Schiffe auf der Bucht.»

«Mit zwei Zügen VOC-Soldaten an Bord», bemerkte Sarah ernst, während sie sich durch die enge Tür aus der geheimen Schatzkammer tastete.

«Das ist ein interessantes Problem», gab Tom zu. Er verriegelte die Tür wieder und Dorian half ihm, das Bücherregal davor zu schieben. «Interessant, aber nicht unlösbar.» Er setzte sich wieder auf seinen Stuhl und tappte auf das Polster des Stuhls neben sich. «Komm, Sarah Courtney, setze dich neben mich. Ich werde deinen Scharfsinn und deine Weisheit brauchen.»

«Ich glaube, es wird auch Zeit, dass wir Mansur hinzuziehen», schlug Dorian vor. «Er ist jetzt alt genug und sein Leben wird sich genauso radikal ändern wie unseres, wenn wir erst aus der Tafelbucht gesegelt sind.»

«Sicher», sagte Tom, «aber jetzt hängt alles davon ab, dass wir schnell handeln. Unser Exodus wird van der Witten und Keyser überraschen. Sie rechnen bestimmt nicht damit, dass wir alles hier einfach aufgeben. Es gibt viel zu erledigen, aber wir müssen uns eine Frist setzen.» Er blickte Dorian an. «Drei Tage?»

«Das wird knapp», Dorian runzelte die Stirn, «aber wir können es schaffen. Ja, in drei Tagen können wir auslaufbereit sein.»

Volle drei Tage war die Familie fieberhaft mit den Vorbereitungen beschäftigt, was jedoch keinem, der nicht dazugehörte, auffallen durfte. Nicht einmal die loyalsten Hausdiener und Knechte durften ahnen, was sie wirklich im Schilde führten. Loyalität bedeutete nämlich nicht unbedingt Verschwiegenheit. Die Serviermädchen waren berüchtigte Klatschmäuler und die Zimmermädchen waren noch schlimmer. Viele von ihnen pflegten romantische Bande mit Männern in der Stadt und manche gaben sich gar mit Soldaten und Beamten von der Festung ab. Um jeden Verdacht zu ersticken, gaben Sarah und Yasmini zu verstehen, ihr Kleidersortieren gehörte zu einer großen Reinigungsaktion, die längst wieder einmal nötig sei.

Tom und Dorian hielten sich meist im Lagerhaus auf und machten ihre jährliche Inventur, wenn auch drei Monate früher als gewöhnlich.

Der Kapitän des englischen Ostindienseglers, der in der Bucht vor Anker lag, war ein alter Freund und Vertrauter von Tom, mit dem er über die vergangenen zwanzig Jahre zahllose Geschäfte abgewickelt hatte. Tom schickte ihm eine Einladung zum Abendessen und bei Tisch schwor er ihn auf absolutes Stillschweigen ein, bevor er ihm eröffnete, sie würden das Kap der Guten Hoffnung in Kürze verlassen. Dann verkaufte er ihm die gesamten Bestände im Lagerhaus zu einem Bruchteil des Marktpreises. Als Gegenleistung versprach Captain Welles, die Waren erst in Besitz zu nehmen, wenn die Courtneys mit ihren beiden Schiffen aus der Bucht verschwunden waren. Außerdem verpflichtete er sich, den vereinbarten Preis direkt auf ihr Geschäftskonto bei Mr Coutts' Bank am Piccadilly einzuzahlen, sobald er wieder nach London käme.

Das Land und die Gebäude von High Weald hatten sie auf unbegrenzte Dauer von der VOC gepachtet. Mijnheer van de Velde, ein anderer wohlhabender Bürger der Kolonie, hatte Tom und Dorian seit Jahren bedrängt, ihm das Gut zu verkaufen.

Nach Mitternacht ritten die Brüder, beide ganz in Schwarz, das Gesicht unter der breiten Hutkrempe verborgen, über van de Veldes Land an den Ufern des Schwarzen Flusses und klopften an die Schlagläden vor dem Schlafzimmerfenster des Kaufmanns. Nach dem ersten Schrecken, wütenden Schreien und Drohungen kam er im Nachthemd mit einer alten Donnerbüchse bewaffnet aus dem Haus und leuchtete ihnen mit seiner Laterne ins Gesicht.

«Ihr seid es, ihr Höllenhunde!», rief er aus und führte sie in sein Kontor. Die Dämmerung erhellte den Himmel schon, als der Handel schließlich besiegelt war. Tom und Dorian unterzeichneten die Überschreibungsurkunde für High Weald und van de Velde übereichte ihnen mit einem triumphierenden Grinsen einen unwiderruflichen Kreditbrief auf sein Konto bei der Bank von Batavia. Die Summe war nicht einmal die

Hälfte von dem, was er ihnen wenige Monate zuvor für das Gut angeboten hatte.

Kurz nach Sonnenuntergang an dem Tag, den sie für ihre Flucht vorgesehen hatten, sobald es dunkel genug war, dass sie vom Strand oder von den Festungszinnen aus nicht gesehen werden konnten, ruderte Mansur mit einer kleinen Mannschaft zu den ankernden Schiffen hinaus. Keyser hatte je sechs Hottentottenmusketiere und einen Korporal auf den beiden Courtney-Schonern postiert. Nach fünf Tagen vor Anker, die Schiffe rollend und schaukelnd in der schroffen Dünung, die der Südostwind in der Bucht aufrührte, waren die Soldaten, wenn sie nicht seekrank in ihren Kojen lagen, gelangweilt und unglücklich darüber, dass sie für diese Aufgabe eingeteilt worden waren. Was es noch schlimmer machte, war, dass sie die Lichter der Hafenkneipen hinter dem Strand sehen konnten und manchmal Trubel und Gesang über die aufgewühlte See zu ihnen herüberwehten.

So war es eine willkommene Abwechslung für die Männer, als Mansur längsseits erschien, und sie drängten sich an der Reling, um Scherze und freundliche Beschimpfungen mit ihm und seinen Ruderern auszutauschen. Mansur war der Liebling der Hottentottengemeinde der Kolonie. Sie nannten ihn Specht, wegen seines feuerroten Haarschopfes.

«Du kannst nicht an Bord kommen, Specht», rief der Korporal mit strenger Stimme. «So hat es Oberst Keyser befohlen. Besucher sind nicht erlaubt an Bord.»

«Keine Sorge, ich komme nicht an Bord. Ich möchte nicht gesehen werden mit solch einer Bande von Schlägern und Halunken», rief Mansur zurück.

«Und was machst du dann hier, Specht, wenn du nicht an Bord kommen willst? Du solltest im Dorf sein und den Mädchen Nähstunden geben.» Der Korporal brüllte vor Lachen über seinen eigenen Witz. Nähen war im Holländischen ein äußerst zweideutiger Begriff, in diesem Fall eine Anspielung darauf, dass Mansur eine geradezu unwiderstehliche Anziehung auf das schöne Geschlecht ausübte.

«Es ist mein Geburtstag», erzählte ihm Mansur, «ich habe ein Geschenk für euch.» Er trat gegen das Fässchen Kapschnaps, das in dem Boot lag. «Lasst ein Frachtnetz ab.» Die Männer an Bord des Schoners liefen sofort los und das Fass wurde an Bord geschwenkt.

Der muselmanische Kapitän der *Gift of Allah* kam aus seiner Kabine, um sich darüber zu beschweren, dass sie das Teufelsgebräu an Bord brachten, das sein Prophet streng verboten hatte.

«Friede sei mit dir, Batula», rief Mansur ihm auf Arabisch zu. «Diese Männer sind meine Freunde.» Batula war Dorians Lanzenträger gewesen, damals in der Wüste Arabiens, und kannte Mansur seit dessen Geburt. Er erkannte die Stimme und sein Zorn legte sich ein wenig. Er tröstete sich schließlich damit, dass alle seine Männer gläubige Moslems waren und das Satanswasser nicht anrühren würden, ganz im Gegensatz zu den *Kaffer*-Soldaten.

Der Hottentottenkorporal schlug den Stopfen aus dem Schnapsfass und füllte einen Zinnbecher. Er nahm einen Schluck von dem klaren Schnaps und keuchte die Alkoholdämpfe aus. «*Yis maar!*», rief er aus. «*Dis lekker!* – Junge, das ist gut!»

Seine Männer drängten sich mit Bechern in der Hand um ihn und wollten ihren Anteil an dem Schnaps. Der Korporal klang plötzlich nicht mehr so streng und rief zu Mansur hinunter: «He, Specht! Komm an Bord und trink einen Becher mit uns.»

Mansur winkte ab. «Jetzt nicht, vielleicht später, ich will erst mein Geschenk für eure Leute auf der *Maid of York* abliefern.»

S ARAH UND YASMINI hatten ihren Männern versprechen müssen, ihr Gepäck auf je zwei große Überseetruhen zu beschränken. Tom hatte Sarah zudem absolut verboten, auch nur daran zu denken, sie könnte ihr Cembalo an Bord schmuggeln. Sobald die Männer anderweitig beschäftigt waren, ließen die beiden ihre Diener jedoch ihre zehn großen Truhen auf den Karren laden, und das Cembalo thronte am Ende hoch oben auf dem Gepäckberg. Der Karren spreizte unter dem Gewicht schon die Räder ab.

«Sarah Courtney, ich muss mich wundern. Ich weiß nicht, was ich sagen soll.» Tom funkelte das Instrument an, das seine Machtlosigkeit symbolisierte.

«Dann sag lieber nichts, du großer Tölpel», erwiderte Sarah, als ihr Mann später zurückkam. «Ich werde für dich auch die ‹Spanish Ladies› spielen, so schön, wie du es noch nie gehört hast, wenn wir erst da sind und du mir das neue Haus gebaut hast.» Er stapfte resigniert davon und kümmerte um die anderen Wagen.

Ihre Flucht stand nun so dicht bevor, dass Oberst Keyser kaum noch davon erfahren und etwas dagegen unternehmen konnte. Also wurde das Personal zusammengerufen und Tom und Dorian eröffneten den Leuten, dass die Familie High Weald für immer verlassen würde. Die Schiffe boten nicht genug Platz für all die Hausboten, Knechte und befreiten Sklaven, die der Haushalt beschäftigt hatte. Denjenigen, die die Courtneys mitnehmen wollten, wurde die Möglichkeit geboten, das Angebot abzulehnen und in der Kolonie zu bleiben, doch dafür entschied sich kein Einziger von ihnen. Sie gaben den Betreffenden eine Stunde Zeit zum Packen. Die anderen, die zurückgelassen werden mussten, standen verloren am Ende der Veranda, die Frauen leise schluchzend. Die gesamte Familie Courtney schritt die Reihe der vertrauten Gesichter ab. Sie sprachen mit jedem Einzelnen und umarmten sie. Tom und Dorian überreichten jedem eine kleine Leinenbörse, als Zeichen, dass sie frei waren und als Entlassungsgeld, zusammen mit einem Dienstzeugnis, das sie in den höchsten Tönen lobte.

«Wo ist Susie?», fragte Sarah, als sie am Ende der Reihe ankamen. Sie blickte ihre älteren Hausdiener an. Susie war mit dem Wagenfahrer Sonnie verheiratet, der immer noch eingekerkert war.

Die Hausmädchen schauten sich verblüfft um. «Sie war eben noch hier», sagte eine. «Ich habe sie am Ende der Veranda gesehen.»

«Wahrscheinlich war der Schock zu viel für sie», meinte

Yasmini. «Wenn sie sich erholt hat, wird sie bestimmt wiederkommen und sich verabschieden.»

Es gab immer noch so viel zu tun, dass Sarah sich nicht mehr um Susie kümmern konnte. «Ich bin sicher, sie würde uns nicht ohne ein Wort verlassen», sagte sie noch, und dann lief sie auf den Hof, um sich zu vergewissern, dass der Karren mit ihren besonderen Schätzen fertig zur Abreise war.

DER MOND STAND schon am Himmel. Susie eilte die Straße zur Festung entlang. Sie hatte sich ihren Schal um den Kopf und über den Mund gewickelt. Ihr Gesicht war tränennass, und sie sprach mit sich selbst. «An mich und Sonnie hat kein Mensch gedacht. Nein, sie lassen meinen Mann einfach in der Gewalt der Buren, und mich lassen sie hier mit den drei Babys zurück und segeln einfach davon.» Die zwanzig Jahre, die Sarah sie so gut behandelt hatte, zählten plötzlich nicht mehr und sie musste schluchzen, als sie daran dachte, wie grausam ihre Herren zu ihr waren.

Sie lief noch schneller. «Ich werde den Buren einen Handel vorschlagen: Wenn sie Sonnie freilassen, werde ich ihnen verraten, was Klebe und seine Frau heute Nacht vorhaben.»

Susie verschwendete keine Zeit damit, Oberst Keyser in der Festung zu suchen. Sie lief direkt zu dem kleinen Häuschen hinter den Kompaniegärten. Die Hottentotten bildeten ihre eigene, enge Gemeinde in der Kolonie. Shala, Oberst Keysers Geliebte, war die jüngste Tochter von Susies Schwester. Durch ihr Verhältnis mit dem Oberst genoss Shala hohes Ansehen in der Familie.

Susie klopfte an die Schlagläden der Hinterkammer des Häuschens. Nach einigem Tuscheln in dem dunklen Zimmer wurde im Haus eine Laterne angezündet und Shala fragte verschlafen: «Wer ist da?»

«Ich bin es, Shala, Tante Susie.»

Shala öffnete das Fenster. Ihr nackter Körper schimmerte im Laternenlicht, als sie sich aus dem Fenster lehnte. «Tante

Susie? Weißt du nicht, wie spät ist es? Was willst du um diese Zeit?»

«Ist er bei dir, Kind?» Susies Frage war überflüssig. Keysers Schnarchen grollte wie ferner Donner. «Weck ihn.»

«Er wird mich schlagen, wenn ich das tue», weigerte sich Shala, «und dich auch, dich wird er auch verprügeln.»

«Ich habe wichtige Neuigkeiten für ihn», drängte Susie weiter. «Er wird uns beide belohnen, wenn er es hört. Das Leben deines Onkels Sonnie hängt davon ab. Weck ihn, mach schnell.»

D ER WAGENZUG SETZTE SICH von High Weald zur Küste in Bewegung und selbst die, die nicht auf die Schiffe mitkommen würden, gingen nebenher. Als sie am Strand ankamen, halfen alle, die Wagen abzuladen und die Fracht auf die Leichter zu verladen, die am Wasser bereitlagen. Die Boote waren schon voll beladen, bevor alle Wagen durch die Dünen gekommen waren.

«In dieser Brandung werden wir kentern, wenn wir die Boote noch schwerer machen», erkannte Tom. «Dorian und ich werden diese Ladung zu den Schiffen hinausbringen und uns um die Wachen kümmern. Wenn Mansurs Schnaps sie noch nicht schlafen gelegt hat, könnte es ein kleines Handgemenge geben», sagte er zu den Frauen. «Wartet hier. Ihr kommt dann auf der nächsten Tour mit aufs Schiff.»

«Der Karren mit unserem Gepäck ist noch nicht angekommen.» Sarah blickte besorgt in die dunklen Dünen.

«Er wird jeden Moment hier sein», beruhigte sie Tom, «und jetzt wartet bitte hier, und geh nicht wer weiß wohin mit Yasmini.» Er umarmte sie und flüsterte ihr ins Ohr: «Diesmal wäre ich dir wirklich dankbar, wenn du tust, was ich sage.»

«Wie kannst du nur so schlecht denken von deiner Frau?», flüsterte sie zurück. «Und jetzt verschwinde. Ich werde hier sein, wenn du zurückkommst, treu wie Gold.»

«Und doppelt so schön», fügte er hinzu.

Die Männer kletterten an Bord der Leichter und packten

die Ruder. Die schwer beladenen Boote lagen tief im Wasser und die Fahrt zu den Schiffen hinaus war rau und nass. Die Gischt kam über den Bug und durchnässte sie bis auf die Haut. Als sie schließlich in das ruhigere Wasser im Windschatten der *Gift of Allah* kamen, hörten sie keinen Ton von dem Schiff. Tom huschte die Strickleiter hinauf, Dorian und Mansur dicht hinter ihm. Sie hatten ihre Klingen gezogen, bereit, einem Angriff der VOC-Truppen zu begegnen, doch stattdessen erwartete sie Kapitän Batula an der Eingangspforte.

«Möge der Friede Gottes mit euch sein», begrüßte er die Schiffseigner mit tiefstem Respekt. Dorian umarmte Batula herzlich. Sie hatten Tausende gemeinsame Meilen hinter sich, zu Pferde und auf See.

«Wo sind die Soldaten, Batula?»

«Im Vorschiff», antwortete Batula, «alle sturzbesoffen.»

Tom lief zu der Treppe und sprang hinunter. Die Kabine stank nach Schnaps und Schlimmerem. Die VOC-Soldaten und ihr Korporal lagen bewusstlos in ihrer eigenen Kotze. Er steckte sein Schwert in die Scheide zurück. «Die Herrschaften werden für eine Weile ganz glücklich sein. Fesselt sie und lasst sie schlafen, bis wir auslaufbereit sind. Holen wir jetzt die Goldtruhen und das andere Gepäck an Bord.»

Sobald die Truhen mit den Goldmünzen sicher in der Hauptkabine untergebracht waren, ließ Tom seinen Bruder und Mansur mit der Aufgabe zurück, das Verstauen der übrigen Ladung zu überwachen. Dann übernahm er den zweiten Leichter und steuerte ihn zur *Maid of York*. Die VOC-Wachen, die sie dort vorfanden, waren in keinem besseren Zustand als ihre Kameraden auf der *Gift of Allah*.

«In acht Stunden geht die Sonne auf. Bis dahin müssen wir außer Sichtweite sein», erklärte Tom Kumrah, dem arabischen Kapitän. «Seht zu, dass ihr diese Ladung an Bord bekommt.» Die Mannschaft machte sich eilig an die Arbeit. Als der letzte Ballen Gepäck auf das Schiff gehievt wurde, schaute Tom zu dem anderen Schiff hinüber und sah, dass Dorian eine einzelne Laterne an die Mastspitze der *Gift* gehängt hatte. Das war das Signal, dass der erste Leichter jetzt entladen war und dass sie zum Strand zurückrudern konnten, um die Frauen und die restliche Ladung aufzunehmen.

Sobald die Fracht auf das Schiffsdeck abgelassen war, ließ Tom seine Männer die VOC-Soldaten aus dem Vorschiff holen und sie zusammengeschnürt wie Hühner in den Leichter werfen, der längsseits lag. Inzwischen wachten manche der Männer langsam auf, doch ihre Knebel und Fesseln sorgten dafür, dass sie nichts weiter tun konnten, als grunzend mit den Augen zu rollen.

Sie stießen sich von dem Schiff ab, Tom übernahm die Ruderpinne und steuerte das Boot hinter Dorians Leichter her zum Strand zurück. Als sie auf den Sand glitten, sah Tom, dass Dorians Boot schon auf dem Strand lag, doch niemand dabei war, es neu zu beladen. Stattdessen hatten sich Knechte und Matrosen in einer erregten Traube am Fuß der Dünen versammelt. Tom sprang in das flache Wasser und watete an Land. Er lief den Strand hinauf und sah, dass Dorian mit dem Fuhrmeister stritt.

«Was ist passiert?» Dann bemerkte er, dass Sarah und Yasmini nicht da waren. «Wo sind die Frauen?», rief Tom.

«Dieser Idiot hier hat sie zurückgehen lassen», antwortete Dorian.

«Zurück?» Tom blieb auf der Stelle stehen und starrte ihn an. «Was meinst du damit, zurück?»

«Der Karren mit ihrem Gepäck ist in den Dünen liegen geblieben. Die Achse ist gebrochen. Sarah und Yasmini haben einen der leeren Wagen genommen, um ihre Sachen zu holen.»

«Diese verrückten Weiber!», explodierte Tom, bevor er mit größter Mühe seine Wut unter Kontrolle bringen konnte. «Na gut, Mansur, bring die Gefangenen über die Hochwasserlinie. Soll Keyser sie morgen früh dort aufsammeln. Und dann ladet die Sachen hier in den ersten Leichter.» Er zeigte auf die Kisten und Ballen, die sich auf dem Strand stapelten. «Die Mannschaft der *Maid of York* soll damit hinausrudern. Gott sei Dank haben wir die Goldtruhen an Bord.»

«Und wenn das erledigt ist?», fragte Mansur.

«Du bist hier am Strand für alles verantwortlich. Warte bei dem zweiten Boot und halte dich bereit, es zu beladen, sobald wir mit den Frauen hier sind.» Mansur lief los und machte sich an die Arbeit und Tom sagte zu seinem Bruder: «Komm, Dorian, wir beide fangen jetzt besser die beiden süßen Hühner ein, die ihrem Stall entflogen sind.»

Sie eilten zu den Pferden. «Lockere dein Schwert in der Scheide und vergewissere dich, dass deine beiden Pistolen geladen sind, Dorry. Die Sache gefällt mir überhaupt nicht», murmelte er, als er sich in den Sattel schwang. Dann befolgte er seinen eigenen Rat, indem er sein Schwert bereit machte und die beiden Pistolen überprüfte, bevor er sie wieder in das Halfter vor seinem Sattel steckte.

«Komm!», rief er und sie galoppierten den Sandpfad hinauf. Tom rechnete damit, jeden Moment auf den liegen gebliebenen Karren zu stoßen, doch als sie aus den Dünen kamen und über die Koppeln auf das Herrenhaus zuritten, hatten sie ihn immer noch nicht gefunden.

«Dem Fahrer kann ich keinen Vorwurf machen, wenn der Wagen nicht weit gekommen ist», brummte Tom. «Der Karren ist wahrscheinlich unter dem Gewicht des Weibergepäcks zusammengebrochen. Wir hätten den Kram auf den größeren Wagen packen sollen.»

«Das hätten die Damen nicht zugelassen», erinnerte ihn Dorian.

«Ich würde es nicht auf die leichte Schulter nehmen, Bruder. Uns läuft allmählich die Zeit davon.» Tom blickte besorgt zum Osthimmel auf, wo sich jedoch noch keine Dämmerung zeigte.

«Da sind sie!» Sie sahen den Schein einer Laterne vor sich, und den dunklen Umriss eines Wagens neben dem kleineren Karren, der auf der Seite lag. Sie trieben ihre Pferde zu höchstem Tempo an. Als sie bei den Wagen ankamen, trat Sarah auf die Straße und hielt die Laterne hoch, Yasmini an ihrer Seite.

«Du kommst gerade rechtzeitig, um zu spät zu sein, holder Gatte», lachte Sarah. «Alles ist schon sicher auf dem Wagen verstaut.»

In diesem Moment sah Tom, wie der Fahrer hinter ihr seine lange Peitsche hob, um sie über den Ochsen knallen zu lassen. «Halt, Henny, du verdammter Narr! Der Peitschenknall wäre bis zur Festung zu hören. Willst du uns den Oberst und seine ganze Streitmacht auf den Hals hetzen?»

Henny ließ schuldbewusst die Peitsche sinken und lief mit seinem Vorläufer zu den Ochsen, die sie dann mit sanften Klapsen in Bewegung setzten. Der Wagen rollte schwerfällig auf die Dünen zu, mit dem Cembalo schwankend auf der Spitze des Gepäckberges. Tom schaute wütend zu dem Instrument hinauf. «Ich hoffe, es fällt runter und zerbricht in tausend Splitter!», brummte er.

«Das möchte ich nicht gehört haben», sagte Sarah pikiert. «Ich weiß, du hast es nicht so gemeint.»

«Komm hinter mich, meine Süße.» Er beugte sich aus dem Sattel, um ihr aufs Pferd zu helfen. «Ich werde dich zum Strand bringen und auf unser Schiff schaffen, bevor du mit der Wimper zucken kannst.»

«Danke, mein Herzblut, aber ich bleibe lieber bei dem Wagen und passe auf, dass mein Gepäck nicht noch einmal in den Schmutz fällt.» In seinem Zorn zog Tom dem Leitochsen die schwere Schwertscheide über den Rücken und ritt von dannen.

Vor der ersten Steigung die Dünen hinauf schaute Tom sich wieder um und was er diesmal sah, gefiel ihm überhaupt nicht: Am Herrenhaus, das wenige Minuten zuvor noch in vollkommener Dunkelheit gelegen hatte, waren plötzlich Lichter zu sehen.

«Schau dir das an, Bruder», sagte er leise. «Was hältst du davon?»

Dorian drehte sich im Sattel um. «Reiter mit Fackeln, aus Richtung der Siedlung. Das kann nur Kavallerie sein.»

«Keyser», nickte Tom, «Stephanus Keyser! Wer sonst? Irgendwie muss er von unseren Plänen Wind bekommen haben.»

«Wenn er das Haus verlassen vorfindet, wird er direkt zum Strand weiterreiten.»

«Er wird uns einholen, bevor wir diesen Haufen Gepäck in das Boot verladen können», nickte Tom. «Wir müssen den Wagen zurücklassen und so schnell wie möglich zum Strand zurück.»

Er gab seinem Pferd die Sporen und galoppierte zu Sarah

und Yasmini zurück, die neben dem Ochsengespann hergingen.

«Lösche diese verdammte Laterne. Keyser ist hier!», rief Tom Sarah zu und zeigte zum Haus. «Er wird jeden Moment hinter uns herkommen.»

«Lasst den Wagen zurück, wir müssen fliehen!» Dorian war an Toms Seite.

Sarah legte ihre Hände um den Glaszylinder der Laterne und blies die Flamme aus. «Woher willst du wissen, dass es Keyser ist?», fragte sie ihren Mann.

«Wer sonst sollte mitten in der Nacht einen Kavallerietrupp nach High Weald führen?»

«Keyser weiß nicht, dass wir zum Strand unterwegs sind.»

«Keyser mag fett sein, aber er ist nicht blind oder dumm. Natürlich wird er hinter uns herkommen.»

Sarah schaute den Weg entlang. «Es ist nicht mehr weit. Wir können vor ihm am Wasser sein.»

«Ein beladener Ochsenwagen gegen einen Trupp Kavalleriereiter? Vergiss es, Frau.»

«Dann musst du dir eben etwas anderes einfallen lassen», sagte sie. «Das ist dir bisher immer gelungen.»

«Ja, mir ist schon etwas eingefallen: Sitz hinter mir auf und dann reiten wir, als wäre der Teufel hinter uns her.»

«Und das ist er auch!», unterstützte ihn Dorian, bevor er zu Yasmini sagte: «Komm, mein Schatz, lass uns sofort hier verschwinden.»

Sarah schüttelte den Kopf. «Du kannst gehen, Yassie, ich bleibe hier.»

«Ich kann dich hier nicht zurücklassen, Sarah. Wir sind seit über zwanzig Jahren zusammen und ich werde bei dir bleiben», sagte Yasmini und trat dichter neben sie. So standen sie vor den Männern, eine unüberwindliche Front. Tom zögerte nur noch einen Augenblick.

«Ich mag sonst nichts im Leben gelernt haben mag, aber eines weiß ich: Sie werden sich nicht von der Stelle rühren.» Er zog eine seiner Pistolen aus dem Halfter an seinem Sattelknauf. «Sieh zu, dass deine Pistolen bereit sind, Dorry.» Dann drehte er sich noch einmal zu Sarah um und sagte ernst: «Du wirst uns noch alle ins Grab bringen, Frau, vielleicht bist du dann zufrieden. Beeilt euch jetzt. Mansur wartet am Strand mit dem Leichter auf euch. Seht zu, dass ihr euren Kram einladet und bereit seid, in See zu stechen. Wenn ihr uns wieder seht, werden Dorry und ich wahrscheinlich etwas in Eile sein.» Er war schon im Begriff wegzureiten, als ihm plötzlich ein Gedanke kam. Er beugte sich aus dem Sattel und hob die Ersatzkette von ihrem Haken am Heckbrett des Wagens. Jeder Wagen war mit einer solchen Kette ausgerüstet, für den Fall, dass die Ochsen doppelt eingespannt werden mussten.

«Was hast du damit vor», wollte Dorian wissen. «Die Kette wird dein Pferd nur langsamer machen.»

«Vielleicht werde ich gar nichts damit machen.» Tom hängte die Kette um seinen Sattelknauf.

«Aber vielleicht ist sie unsere Rettung.»

Sie legten ihren Frauen noch einmal ans Herz, sich zu beeilen, und galoppierten den Hügel hinauf auf das Herrenhaus zu. Als sie näher kamen, konnten sie deutlicher sehen, was dort vor sich ging. Sie zügelten die Pferde am Rand der Koppel direkt hinter dem Haus und führten sie zu Fuß in den Schatten unter den Bäumen. Der Fackelschein war jetzt hell genug, dass sie die uniformierten Soldaten sehen konnten. Viele der Männer waren abgesessen und schwärmten mit gezogenen Säbeln durch die Gebäude. Sie durchsuchten offenbar Zimmer für Zimmer. Tom und Dorian konnten sogar die Gesichter erkennen.

«Da ist Keyser», rief Dorian, «er hat Susie bei sich!»

«Sie ist also der Judas!», sagte Tom grimmig. «Welchen Grund kann sie nur gehabt haben, uns zu verraten?»

«Manchmal gibt es keine Erklärung dafür, wenn die, denen wir die meiste Liebe und das größte Vertrauen geschenkt haben, uns plötzlich hassen und verraten», entgegnete Dorry.

«Keyser wird sich nicht lange damit aufhalten, auf dem Hof nach uns zu suchen», grunzte Tom, während er den Riemen aufknotete, mit dem er die schwere Ochsenkette vor seinen Sattel gebunden hatte. «Und jetzt erkläre ich dir, was du zu tun hast, Dorry.»

Er beschrieb ihm kurz seinen Plan und Dorian verstand, kaum dass sein Bruder den Mund aufgemacht hatte.

«Das Tor oben am Hauptkral», nickte er.

«Wenn du fertig bist, lass es offen stehen», schärfte Tom ihm ein.

«Du kannst ein echter Teufel sein, Bruder Tom», lachte Dorian.

«Beeil dich jetzt», sagte Tom.

Dorian ließ Tom unter den Bäumen zurück und nahm die Abzweigung, die zu der großen Viehkoppel über der Lagune führte. Tom bemerkte zu seiner Genugtuung, dass Dorian vernünftig genug war, sich am Rand des Weges zu halten, sodass das Gras den Hufschlag dämpfte. Er blickte ihm nach, bis er in der Dunkelheit verschwand. Dann konzentrierte er sich wieder darauf, zu beobachten, was um die Gebäude auf High Weald vor sich ging.

Die Soldaten hatten ihre Suche schließlich aufgegeben und liefen zu ihren Pferden zurück. Vor dem Herrenhaus stand Susie vor Keyser, der sie vom Sattel aus so laut anschrie, dass Tom seine Stimme hören konnte, wenngleich er zu weit weg war, um verstehen zu können, was er schrie.

Vielleicht hatte Susie doch noch das schlechte Gewissen gepackt, dachte Tom, während er zusah, wie Keyser ihr die Reitpeitsche durchs Gesicht zog. Susie fiel auf die Knie und Keyser schlug noch einmal zu, diesmal auf die Schulter, mit voller Kraft. Susie stieß einen schrillen Schrei aus und zeigte die Straße zu den Dünen hinunter.

Die Kavalleriesoldaten saßen eilig auf und ritten hinter Keyser her. Im Licht ihrer Fackeln sah Tom sie auf die Koppel zukommen. Das Rasseln der Harnische und das Klappern der Karabiner und Säbel in den Scheiden wurde stetig lauter. Als sie so nah bei Tom waren, dass er die Pferde keuchen hören konnte, gab Tom seinem Hengst die Sporen und ritt aus der Dunkelheit mitten auf die Straße.

«Keyser, du verkommener Schmalzsack! Ich wünsche dir die Pocken auf deine verschrumpelten Genitalien!», rief Tom. Keyser war so verblüfft, dass er sein Pferd ruckartig zügelte und die Reiter hinter ihm zusammenstießen. Für einen Augenblick herrschte Verwirrung in der Schwadron.

«Du wirst mich niemals erwischen, Keyser, du dicker, fetter Käskopp! Nicht auf dem Esel da, den du dein Pferd nennst.»

Tom hob die doppelläufige Pistole und zielte so dicht über die Straußenfedern an Keysers Hut, wie er sich trauen konnte. Keyser duckte sich, als die Kugel an seinem Ohr vorbeizischte.

Tom riss sein Pferd herum und sprengte die Straße hinunter auf den Kral zu. Hinter sich hörte er dumpfes Knallen, als sie sein Pistolenfeuer erwiderten, und Keyser brüllte: «Fangt mir diesen Mann, tot oder lebendig, aber bringt ihn zu mir!»

Der Kavallerietrupp kam hinter Tom her. Eine Patronensalve aus einem Karabiner umschwirrte ihn wie ein Geheck aufgescheuchter Rebhühner. Er legte sich flach an den Hals seines Pferdes und band ihm das lose Ende des Zügels um den Hals.

Er schaute unter seiner Armbeuge hindurch und schätzte den Abstand zu den Verfolgern, und als er sah, dass er an Vorsprung gewann, verlangsamte er seinen Ritt ein wenig, um Keyser aufholen zu lassen. Die aufgeregten Schreie und das Gejohle der Reiter bestätigten Tom, dass sie nicht zu weit zurückgefallen waren. Alle paar Sekunden hörte er einen Pistolen- oder Karabinerknall und die Kugeln flogen so dicht an ihm vorbei, dass er sie hören konnte. Eine streifte seinen Sattel und verschwand jaulend in der Nacht. Wenn sie ihn getroffen hätte, wäre alles sofort vorbei gewesen.

Obwohl er genau wusste, wo das Tor war, und er angestrengt danach Ausschau hielt, war er überrascht, als es sich plötzlich vor ihm in der Dunkelheit abzeichnete. Er sah sofort, dass Dorian es weit offen gelassen hatte, wie er ihm gesagt hatte. Zu beiden Seiten des Tores erhob sich eine schulterhohe, dunkle Dornenhecke. Tom hatte nur einen Augenblick Zeit, sein Pferd von dem Tor weg und auf die Hecke zuzulenken. Während er das Tier durch Kniedruck und Zügelarbeit auf den Sprung vorbereitete, sah er aus dem Augenwinkel etwas metallisch aufblitzen. Dorian hatte die beiden Enden der Kette um die schweren, hölzernen Torpfosten gewickelt, sodass sie hüfthoch über den Weg gespannt war.

Tom überließ es seinem Pferd, den richtigen Augenblick zu finden, und als es so weit war, erleichterte er ihm den Sprung, indem er sein Gewicht nach vorne verlagerte. Sie strichen über die Hecke und landeten sicher auf der anderen Seite. Sobald Pferd und Reiter wieder ihr Gleichgewicht gefunden hatten, schaute Tom sich um. Einer der Soldaten war ein gutes Stück vor den anderen und versuchte nun, es Tom nachzutun. Sein Pferd scheute jedoch und verweigerte im letzten Augenblick und der Reiter kam in hohem Bogen über die Hecke geflogen. Er schlug in einem Gewirr von Gliedern und Ausrüstung auf den harten Boden auf und blieb liegen wie ein Sack Mehl.

Als Oberst Keyser sah, wie sein Mann aus dem Sattel flog, winkte er mit seinem Schwert und rief: «Folgt mir! Durch das Tor!»

Seine Schwadron drängte sich dicht zusammen und er sprengte an der Spitze seiner Leute durch das Tor. Unter dem Ansturm der Pferde und Reiter spannte sich die Kette mit einem metallischen Krachen und im nächsten Augenblick ging der gesamte Trupp zu Boden. Die Knochen der Pferde brachen wie trockenes Brennholz, als sie die Kette rammten, und ihre Körper häuften sich in dem Tor zu einer tretenden, kreischenden Masse. Männer wurden unter den Tieren begraben und ihre Schreie machten den Tumult noch schlimmer.

Selbst Tom, der dieses Schauspiel inszeniert hatte, war erschüttert von dem Anblick, und riss instinktiv sein Pferd herum. Für einen Augenblick war er gar versucht, zurückzureiten und seinen Opfern zu helfen.

Dorian kam aus seinem Versteck hinter der Mauer des Krals hervorgeritten und hielt neben Tom an. Beide blickten auf die grausame Szene, die sich ihnen darbot, und dann stand plötzlich Oberst Keyser vor ihnen, keine fünf Schritte entfernt.

Keyser war als Erster in die Falle gelaufen und die Kette hatte sein Pferd mit solcher Gewalt zum Stehen gebracht, dass er aus dem Sattel geworfen worden war wie ein Stein von einer Schleuder. Nach dem Aufprall war er viele Meter weit über den Boden gerollt, doch irgendwie hatte er es geschafft, seinen Säbel im Griff zu behalten. Nun rappelte er sich benommen auf und blickte ungläubig auf den Haufen verzweifelter Männer und Tiere hinter sich.

«Dafür werde ich dir die Haut abziehen und das Herz herausschneiden!», brüllte er, doch Tom schlug ihm mit einer lässigen Parade die Klinge aus der Hand, sodass sie zehn Schritte entfernt im Boden stecken blieb. «Sei kein Idiot, Mann. Kümmere dich lieber um deine Männer. Sie haben genug gelitten für heute», riet ihm Tom. «Komm, Dorry, lass uns hier verschwinden.»

Sie wirbelten ihre Pferde herum. Keyser taumelte benommen zu seinem Schwert und zog es aus dem Boden. «Das war noch nicht das letzte Wort, Tom Courtney», rief er ihnen nach, als sie davonritten. «Du wirst meinem Zorn nicht entgehen, das verspreche ich dir.» Tom und Dorian blickten sich nicht mehr um.

Als sie in die Nacht verschwanden, rief Keyser ihnen noch nach: «Koots hat deinen Bastard schon eingefangen, diesen Hurensohn. Er wird bald mit Jim Courtneys Kopf hier ankommen, und mit dem Kopf der kleinen Hure, eingelegt in einem Fass Schnaps.»

Tom hielt an und starrte zu ihm zurück. «Er lügt, Bruder. Er sagt es nur, um dir das Herz schwer zu machen.» Dorian legte Tom eine Hand auf den Arm. «Woher will er wissen, was dort draußen passiert ist?»

«Du hast Recht, Dorry, wie könnte er das wissen» sagte Tom leise. «Jim ist entkommen.»

«Wir müssen zu den Frauen zurück und sie endlich an Bord bringen», drängte Dorian schließlich, und sie ritten, bis Keysers Schreie nicht mehr zu hören waren.

IMMER NOCH NACH ATEM RINGEND taumelte Keyser zu dem Gewirr von Männern und Pferden zurück. Einige seiner Soldaten rappelten sich inzwischen auf, hielten sich den Kopf oder kümmerten sich um andere Verletzungen.

«Findet mir ein Pferd!», brüllte Keyser.

Seinem eigenen Pferd, wie den meisten anderen, hatte die

Kette die Beine gebrochen, doch manche der Tiere, die am Ende des Trupps gewesen waren, standen wieder aufrecht, wenn auch zitternd vor Schreck. Keyser lief von einem zum anderen und schaute sich die Läufe an. Dann suchte er sich das Tier aus, das noch am kräftigsten zu sein schien, hievte sich in den Sattel und befahl denen unter seinen Männern, die noch laufen konnten: «Kommt mit! Wir können sie immer noch am Strand abfangen.»

TOM UND DORIAN fanden den letzten Wagen auf dem Abstieg zum Strand hinunter. Die Frauen gingen noch neben den Ochsen her. Sarah hatte die Laterne wieder angezündet und hielt sie hoch, als sie die Pferde herangaloppieren hörte.

«Kannst du dich nicht endlich beeilen, Frau?» Tom war so außer sich, dass er sie schon aus der Ferne anschrie.

«Aber wir beeilen uns doch schon», erwiderte sie, «und mit deinem rauen Seemannsgetue wirst du uns bestimmt nicht dazu bringen, schneller zu laufen.»

«Wir konnten Keyser für den Augenblick aufhalten, aber er wird uns bald wieder auf den Fersen sein.» Tom begriff endlich, dass er so mit ihr nicht weiterkam, und bemühte sich nun, trotz seiner Wut etwas milder zu klingen. «Der Strand ist schon in Sicht und eure Besitztümer sind in Sicherheit.» Er zeigte voraus. «Wirst du mir jetzt endlich erlauben, dich zu dem Boot zu bringen, Liebste?»

Sie schaute zu ihm auf und erkannte selbst im schwachen Schein der Laterne, wie besorgt er war. Also gab sie nach. «Dann heb mich schon auf deinen Gaul, Tom.» Sie streckte ihm die Arme entgegen, und nachdem er sie aufs Pferd gehoben und hinter sich gesetzt hatte, drückte sie sich eng an ihn und flüsterte in die Locken, die sich an seinem Nacken kräuselten. «Du bist der beste Ehemann, den Gott je erschaffen hat, und ich bin die glücklichste Ehefrau der Welt.»

Dorian hob Yasmini hinter sich auf sein Pferd und sie ritten zum Ufer hinunter, wo Mansur mit dem Leichter auf sie wartete, und endlich konnten die beiden Männer ihre Frauen in das Boot setzen. Der Wagen kam die letzte Düne heruntergeschaukelt und versank neben dem Boot bis zu den Achsen im nassen Sand, was das Verladen des Gepäcks ein wenig leichter machte. Als der Wagen leer war, konnten die Ochsen ihn wieder aus dem Sand ziehen.

Tom und Dorian behielten die ganze Zeit die dunklen Dünen im Auge. Sie rechneten jeden Augenblick damit, dass Keyser auf den Strand geritten kam und seine Drohungen wahr machte, doch schließlich war auch das Cembalo sicher auf dem Boot festgeschnallt und mit Wachstuch abgedeckt, um es vor der Gischt zu schützen.

Mansur und die Mannschaft, die das Boot ins Meer zu schieben hatten, standen noch bis zum Bauch im Wasser, als ein wütender Schrei von den Dünen zu ihnen hallte. Im nächsten Augenblick blitzte und knallte ein Karabiner. Die Kugel krachte in den Heckbalken des Bootes und Mansur sprang eilig an Deck.

Es kam noch ein Schuss und die Kugel traf wieder die Bootswand. Tom drückte die Frauen nieder, bis sie auf den Deckplanken saßen, zentimetertief im Wasser, das in das Boot geschwappt war, aber geschützt hinter den Bergen des hastig verladenen Gepäcks.

«Ich kann euch nur anhalten, die Köpfe unten zu lassen, und fragt mich bitte nicht, warum. Darüber können wir später streiten. Das sind echte Musketenkugeln, die uns da um die Ohren fliegen.»

Er blickte zum Strand zurück und sah Keysers unverwechselbaren Umriss vor dem fahlen Sand. Seine Schreie hallten deutlich zu ihnen herüber: «Du wirst mir nicht entkommen, Tom Courtney. Ich werde dafür sorgen, dass du hängen wirst, gerädert und geviertteilt, am selben Galgen wie dein Großvater, dieser verdammte Pirat. Jeder holländische Hafen auf dieser Welt wird dir verschlossen sein.»

«Kümmere dich nicht darum, was er sagt», riet Tom seiner Frau. Seine größte Sorge war, Keyser könnte wieder von Jim anfangen und welches grausame Los ihn angeblich ereilt hatte. Das hätte Sarah nicht ertragen. «In seinem Zorn verlegt er sich auf die schlimmsten Lügen. Komm, singen wir ihm ein Abschiedslied.»

Um Keysers Drohungen zu übertönen, begann er eine von

Herzen kommende, wenn auch schräge Darbietung der ‹Spanish Ladies›, und alle fielen ein in den Gesang. Dorians Stimme war immer noch eindrucksvoll und Mansur hatte seinen glockenklaren Tenor geerbt. Yasminis Sopranstimme trillerte durch die Nacht. Sarah kuschelte sich an Toms mächtige Brust und sang ebenfalls mit.

Farewell and adieu to you, fair Spanish ladies,
Farewell and adieu you, ladies of Spain
For we've received orders to sail for old England,
But we hope in a short time to see you again …

Then let every man here toss off a full bumper,
Then let every man here toss off his full bowl,
For we will be jolly and drown melancholically,
With a health to each jovial and true-hearted soul …

Yasmini lachte und klatschte in die Hände. «Das war das erste unanständige Lied, das Dorry mir je beigebracht hat. Weißt du noch, wie ich es dir das erste Mal vorgesungen habe, Tom?»

«Das werde ich nie vergessen.» Tom lachte und steuerte das Boot auf die *Maid of York* zu. «Es war der Tag, als du mir Dorry wiedergegeben hast, nach all den Jahren, die ich ihn verloren hatte.»

Tom kletterte an Bord der *Maid of York* und befahl seinem Kapitän: «Captain Kumrah, schaffen Sie in Gottes Namen diese Ladung an Bord, so schnell Sie können.» Er ging an die Reling zurück und schaute zu Dorian hinab, der in dem Leichter geblieben war. «Sobald du auf der *Gift of Allah* bist, lösch alle Lichter und lass den Anker einholen. Wir müssen auf hoher See sein, bevor der Tag anbricht. Ich will nicht, dass die holländischen Ausgucke von der Festung aus sehen, in welche Richtung wir segeln. Lassen wir sie raten, ob wir nach Westen oder nach Osten fahren, oder gar zum Pol.»

Das letzte Stück Fracht, das aus dem Leichter gehievt wurde, war Sarahs Cembalo. Tom rief den Männern zu: «Eine Guinee für den, der das verdammte Ding auf den Meeresgrund fallen lässt.»

Sarah versetzte ihm einen kräftigen Rippenstoß und die Matrosen schauten einander ratlos an. Sie waren nie sicher, was sie mit Toms Sinn für Humor anfangen sollten. Tom legte Sarah seinen Arm um die Schultern und fuhr fort: «Wenn der Gewinner seine Guinee hat, muss ich ihn natürlich hinterherschmeißen, sonst würden wir die zarten Gefühle meiner Frau verletzen.»

Sie lachten nervös und schwangen das Cembalo an Bord.

Tom ging wieder an die Reling. «Nun mach schon, dass du wegkommst, Bruder!», rief er Dorian zu.

Die Mannschaft stieß den Leichter ab und Dorian antwortete: «Wenn wir im Dunkeln getrennt werden, treffen wir uns vor Cape Hangklip, wie immer!»

«Wie immer, Dorry.»

Die beiden Schiffe segelten hintereinander. Für die erste Stunde konnten sie den Abstand konstant halten, doch dann frischte der Wind fast zu Sturmstärke auf, das letzte Stück Mond verschwand hinter den Wolken. In der Finsternis verloren sie den Kontakt.

Bei Anbruch der Dämmerung fand sich die Maid allein auf hoher See. Der Südostwind heulte durch die Takelage. Der Kontinent war nur noch ein schmaler blauer Streifen am nördlichen Horizont, fast nicht mehr zu sehen hinter den sich überschlagenden Wellen und der wirbelnden Ozeanströmung.

«Ich glaube nicht, dass die Holländer uns in diesem Wetter ausmachen können», rief Tom Kumrah zu. Der Wachstuchmantel flatterte ihm um die Beine und das Schiff legte sich auf die Seite, um den Sturm aufzunehmen. «Lass uns hier verschwinden. Dreh ab, Richtung Cape Hangklip.»

Sie segelten dicht am Wind und am nächsten Morgen sahen sie das Kap und die *Gift* vor sich. Wieder im Konvoi segelten sie nun nach Osten, um Cape Agulhas, die südlichste Spitze Afrikas herum. Der Wind wehte beständig von Osten und sie verbrachten viele anstrengende Tage damit, hin und her zu kreuzen, um die tückischen Sandbänke herum, die Agulhas einschlossen und in ihren Kurs ragten. Schließlich schafften sie es um die Spitze und konnten nach Norden wenden, die zerklüftete, unwirtliche Küste hinauf.

Drei Wochen, nachdem sie High Weald verlassen hatten, passierten sie endlich die grauen Felsenzungen, hinter denen sich die große Elefantenlagune verbarg. Sie ankerten in wunderbar ruhigem Wasser, klar wie guter holländischer Gin und voller Fischschwärme.

«Hier hat mein Großvater Frankie Courtney seine letzte Schlacht mit den Holländern geschlagen. Hier haben sie ihn gefangen genommen und zum Kap verschleppt, wo er dann am Galgen umkam», erzählte Tom seiner Frau. «Ich schwöre dir, meine Liebe, meine Vorfahren waren tapfere alte Teufel», sagte er stolz.

«Willst du damit sagen, du bist zart wie Weißbrot und ein Feigling im Vergleich mit ihnen?», lächelte Sarah. Sie hielt sich eine Hand über die Augen und schaute den Hügel empor, der sich über der Lagune erhob. «Ist das da euer berühmter Poststein?»

Auf halber Höhe war ein grauer Felsbrocken auf dem Hang zu sehen, etwa so groß wie ein Heuballen, mit einem aufgemalten, schrägen ‹P›, in roter Farbe, sodass es von jedem Schiff, das in der Lagune ankerte, gut zu sehen war.

«Ich bin sicher, dort wartet ein Brief von Jim auf uns.»

Obwohl Tom da anderer Ansicht war, ruderte er sie im Langboot zum Strand hinüber. Sarah sprang vor ihm aus dem Boot und stand bis zum Bauch im Wasser, und dann hatte Tom alle Mühe, mit ihr Schritt zu halten, als sie, die nassen Röcke hoch gerafft, den Hügel hinaufstürmte. «Sieh nur!», rief sie. «Der Steinhaufen! Das ist bestimmt ein Zeichen, dass hier ein Brief auf uns wartet.»

Unter dem Poststein hatte jemand einen Hohlraum gegraben und den Eingang mit kleineren Steinen zugebaut. Sie räumte diese Steine beiseite und fand dahinter ein dickes, in Wachstuch eingewickeltes Paket, versiegelt mit Teer.

«Ich wusste es, ja, ich habe es gewusst!», jubelte Sarah, als sie das Paket aus dem Versteck zog. Doch als sie die Beschriftung las, stand ihr die Enttäuschung ins Gesicht geschrieben. Sie gab Tom das Paket, ohne einen Ton zu sagen, und ging bedrückt den Hügel hinunter.

Tom las, was jemand in unbeholfener Handschrift mit vielen Fehlern auf das Paket geschrieben hatte: «Sei gegrüst, du erliche, holde Seele, der du diese Sendung findet. Nim sie nach London mit und gib sie Herr Nicolas Whatt, Wacker Street 51, nich weit vom Ostindien Dok. Er wird dir eine Ginee dafür geben. Und öffne dies Paket ja nicht! Wenn du das tust, sorg ich dafür, das deine Eier verrotten und die Augen dir ausfallen und das dein Männken nie mehr hochkomt, du gottverdammte Sau!» Unterschrieben hatte das Ganze ein ‹Cpt Noah Calder an Bord der Brigg *Larkspur*, auf Tour nach Bombay, 21. März im Jar unsers Herren Jessus 1731›.»

«Wohl gewählte Worte. Ich weiß genau, was er meint», lächelte Tom, als er das Paket in die kleine Höhle zurücklegte und sie wieder mit den Stein verschloss. «Ich bin nicht auf dem Weg nach London, ich werde also nicht riskieren, dass der alte Noah mich erwischt, wenn etwas mit dem Paket schief geht. Es muss auf eine andere tapfere Seele warten, die in die richtige Richtung unterwegs ist.»

Er ging zum Strand hinunter, wo Sarah verloren auf einem Felsen saß. Sie wandte sich ab, als er sich neben sie setzte, und versuchte ihre Tränen zu ersticken. Er nahm ihr Gesicht in seine großen Hände und drehte es zu sich. «Nein, nein, nein, meine Liebste. Das darfst du nicht denken. Unser Jim ist in Sicherheit.»

«Ach Tom, ich war so sicher, dort liegt ein Brief von ihm und nicht von irgendeinem alten Seebären.»

«Es war sehr unwahrscheinlich, dass er hierher kommen würde. Er zieht bestimmt weiter nach Norden, zur Nativity Bay. Dort werden wir ihn finden, ihn und die kleine Louisa, ganz bestimmt. Unserem Jim wird schon nichts passieren. Er ist ein Courtney, ein Riese, stark wie Eisen, bedeckt mit Elefantenhaut.»

Sie lachte unter ihren Tränen. «Ach Tom, du alberner Kerl, du solltest im Theater auftreten.»

«Nein, nicht einmal der große Meister Garrick könnte sich mein Honorar erlauben», lachte er mit ihr. «Und jetzt komm, mein süßes Mädchen. Es hilft nichts, wenn du dich grämst. Wir sollten uns allmählich an die Arbeit machen, wenn wir diese Nacht an Land verbringen wollen.»

Sie gingen zum Wasser, wo Dorian mit seiner Mannschaft

von der *Gift* schon an Land gekommen war. Mansur war dabei, die Wasserfässer aus dem Langboot zu entladen, um sie mit Süßwasser aus dem kleinen Fluss zu füllen, der in die Lagune floss. Dorian und seine Männer bauten aus den jungen Baumstämmen, die sie gefällt hatten, Rahmen für die Hütten, die sie am Waldrand errichteten. Es war über ein Jahr her, dass die Brüder die Lagune auf ihrer letzten Handelsexpedition die Küste hinauf besucht hatten. Die Hütten, die sie damals gebaut hatten, hatten sie niedergebrannt, bevor sie wieder in See stachen. Die Gebäude wären seitdem ohnehin von Skorpionen, Hornissen und anderen kriechenden und fliegenden Insekten heimgesucht worden und vollkommen unbrauchbar.

Alle schreckten auf, als vom anderen Ende der Lagune Musketenschüsse herüberhallten, doch Dorian konnte sie schnell beruhigen. «Ich habe Mansur gesagt, er soll uns frisches Fleisch besorgen. Er muss auf Wild gestoßen sein.»

Als Mansur und seine Männer mit den aufgefüllten Wasserfässern zurückkamen, brachten sie auch den Kadaver eines jungen Büffels mit. Trotz seines zarten Alters war das Tier so groß wie ein Ochse, genug Fleisch, um sie alle für Wochen im Futter zu halten, wenn es erst gesalzen und geräuchert war. Dann kam das andere Langboot von dem Kanal zurück, wohin Tom fünf seiner Matrosen zum Fischen geschickt hatte. Die Töpfe, die mittschiffs standen, waren voller silbern funkelnder, zappelnder Fische.

Sarah und Yasmini machten sich mit ihren Helferinnen sofort daran, ein ordentliches Festmahl zur Feier ihrer Ankunft zuzubereiten. Später speisten sie unter den Sternen und dem Funkenwirbel, der vom Lagerfeuer zum dunklen Himmel aufstieg. Nachdem sie ihren Teil gegessen hatten, schickte Tom nach Batula und Kumrah. Sie kamen von den geankerten Schiffen, rollten ihre Gebetsmatten aus und nahmen ihre Plätze in der Runde um das Lagerfeuer ein.

«Bitte verzeiht mir, wenn ich euch nicht den Respekt gezeigt habe, der euch zusteht», begrüßte Tom die beiden Kapitäne. «Wir hätten euch längst bitten sollen, uns die Neuigkeiten zu berichten, die ihr von eurer letzten Reise mitgebracht habt. Da wir jedoch in solcher Eile aufbrechen mussten, und wegen des Sturms, durch den wir seitdem gesegelt sind, hatten wir bisher keine Gelegenheit dazu.»

«Wie Ihr sagt, Effendi», entgegnete Batula, der ranghöhere der beiden Kapitäne, «es ist keine Frage des Respekts. Wir sind eure getreuen Diener.»

Die Diener brachten Messingkannen voll Kaffee vom Feuer und Dorian und die Araber zündeten ihre Wasserpfeifen an, die dann bei jedem Zug, den sie von dem parfümierten türkischen Tabak nahmen, wohlig blubberten. Als Erstes sprachen sie über Geschäftliches, die Waren, die sie von ihrer letzten Handelsreise entlang dieser Küste mitgebracht hatten. Als Araber konnten sie Gewässer befahren, zu denen kein christliches Schiff Zugang hatte. Sie waren gar auf die Straße von Aden vorgedrungen und aufs Rote Meer, bis nach Medina hinauf, der strahlenden Stadt des Propheten.

Auf der Rückreise hatten sie sich getrennt. Kumrah lief die Häfen im Reich der Mogulen an, um mit den Diamantenhändlern von den Kollur-Minen Handel zu treiben und um Ballen von Seidenteppichen von den Märkten Bombays und Delhis zu erwerben. Batula war unterdessen die Koromandelküste hinaufgesegelt, wo er sein Schiff mit Tee und Gewürzen beladen hatte. Danach hatten sich die beiden Schiffe im Hafen von Trincomalee auf Ceylon getroffen. Dort hatten sie Nelken, Kaffeebohnen und Blue-Star-Saphire an Bord genommen, bevor sie im Konvoi zum Kap zurückgesegelt waren.

Batula konnte die Mengen, die sie geladen hatten, aus dem Gedächtnis nennen, ebenso die Preise, die sie bezahlt hatten, und die Situation auf den verschiedenen Märkten, die sie besucht hatten.

Tom und Dorian befragten die beiden Kapitäne eingehend und Mansur notierte alles in dem Handelsjournal der Gebrüder Courtney. Was sie auf diese Weise erfuhren, war von unschätzbarer Bedeutung für ihren künftigen Wohlstand. Jede Veränderung in der Marktsituation und der Versorgung mit verschiedenen Gütern konnte große Gewinne oder noch größere Verluste für ihr sie bedeuten.

«Das meiste Geld ist immer noch im Sklavenhandel zu machen», bemerkte Kumrah wie nebenher am Ende seines Berichtes, doch keiner der beiden Kapitäne konnte Tom in die Augen schauen, als er es aussprach. Sie wussten, was er von solchem Handel hielt.

So überraschte es niemanden, als Tom Kumrah anfuhr: «Das einzige Stück Menschenfleisch, das ich je verkaufen werde, ist dein haariger Arsch, und zwar an den Ersten, der mir fünf Rupien dafür bietet.»

«Effendi!», rief Kumrah theatralisch in einer vorzüglichen Mischung von Reue und verletzter Ehre. «Ich würde mir eher den Bart abrasieren und Schweinefleisch essen, als eine einzige Menschenseele vom Sklavenblock zu erwerben.»

Tom war im Begriff, ihn daran zu erinnern, dass der Sklavenhandel seine Haupteinnahmequelle gewesen war, bevor er in die Dienste der Gebrüder Courtney trat, doch dann schaltete sich Dorian noch rechtzeitig ein, indem er mit sanfter Stimme sagte. «Ich hungere nach Neuigkeiten aus meiner alten Heimat. Erzähle mir, was du von Oman und Maskat gehört hast, von Lamu und Sansibar.»

«Wir wussten, Ihr würdet das fragen, weshalb wir bis jetzt nicht davon geredet haben. Bedeutende Ereignisse haben sich in jenen Landen zugetragen, al-Salil.» Die beiden Araber waren dankbar, dass Dorian Toms Zorn den Wind aus den Segeln nahm.

«Erzählt uns alles, was ihr erfahren habt», forderte Yasmini sie auf. Bisher hatte sie still hinter ihrem Gatten gesessen, wie es die Pflicht einer guten muslimischen Ehefrau war, doch nun, da es um ihre Heimat und Familie ging, konnte sie nicht mehr an sich halten. Obwohl sie und Dorian vor fast zwanzig Jahren von Lamu geflohen waren, kehrten ihre Gedanken noch oft dorthin zurück. Ihr Herz sehnte sich nach den verlorenen Jahren ihrer Kindheit, obwohl sie bestimmt nicht auf lauter glückliche Erinnerungen zurückblicken konnte.

Sie war eine Prinzessin, eine Tochter des Sultans Abd Muhammad al-Malik, des Kalifen von Maskat. Dennoch hatte sie einsame Tage erlebt, damals in der Isolation des Frauendorfs, der Zenana von Lamu. Ihr Vater hatte über fünfzig Frauen gehabt und sich nur für seine Söhne interessiert. Er wusste kaum, was mit seinen Töchtern geschah, sodass sie sich nicht erinnern konnte, dass er je ein einziges Wort mit ihr gesprochen oder sie berührt oder sie mit einem lieben Blick bedacht hätte. Sie hatte ihn nur bei offiziellen Anlässen gesehen, oder wenn er seine Frauen in der Zenana besuchte, und selbst dann war es nur aus der Ferne und sie hatte ihr Gesicht bedeckt, in Schrecken vor seiner gottgleichen Präsenz. Trotzdem hatte sie die vollen vierzig Tage und Nächte gefastet, wie es der Prophet verlangte, als sie in Afrika von seinem Tod hörte, denn da war sie schon mit Dorian in die Wildnis geflohen.

Ihre Mutter war gestorben, als sie noch ein Baby war. Sie konnte sich nicht an sie erinnern. Sie wusste nur, dass sie es war, von der sie diese silberne Haarsträhne geerbt hatte, die in ihrer sonst mitternachtsschwarzen Haarpracht schimmerte. Yasmini hatte ihre ganze Kindheit in der Zenana auf der Insel Lamu verlebt. Die einzige mütterliche Liebe, die sie je erfahren hatte, war von Tahi gekommen, der alten Sklavin, die sie und Dorian großgezogen hatte.

Zu Beginn hatte auch Dorian in der Zenana gelebt, doch nur, bis die Pubertät einsetzte und er die Qualen des Beschneidungsmessers über sich ergehen lassen musste. Er war ihr adoptierter älterer Bruder und hatte sie beschützt, oft mit Fäusten und Fußtritten, besonders vor der Bosheit ihres leiblichen Bruders, ihres Peinigers Zayn al-Din. Indem Dorian sie gegen ihn verteidigte, hatte er sich Zayn zum Todfeind gemacht, und Zayns Hass hatte sie durch ihr ganzes Leben verfolgt. Bis zu diesem Tage erinnerte sie sich noch in allen Einzelheiten an jenen grässlichen Kampf zwischen den beiden Jungen, mit dem alles angefangen hatte.

Es war wenige Monate nach Dorians und Zayns Beschneidung. Ihr Abschied von der Zenana, ihr Eintritt in den Mannesstand und der damit verbundene Militärdienst standen kurz bevor. Yasmini spielte an jenem Tag allein auf der Terrasse des alten Grabmals, am Ende der Haremsgärten. Es war einer der geheimen Zufluchtsorte, wo sie ungestört sein und in Tagträumen Trost suchen konnte. Yasmini hatte ihr kleines Äffchen Jinni bei sich. Und dann entdeckten sie ihre Halbbrüder Zayn al-Din und Abubaker dort.

Der dicke, verschlagene und gemeine Zayn fühlte sich am stärksten, wenn er einen seiner Kumpane bei sich hatte. Er entriss Yasmini den kleinen Affen und warf ihn in eine offene Zisterne. Yasmini schrie aus Leibeskräften und sprang ihm auf den Rücken, schlug auf seinen Kopf ein und versuchte ihm die Haare auszureißen, doch er ignorierte sie und begann Jinni systematisch zu ertränken, indem er das Köpfchen des kleinen Affen jedes Mal, wenn er auftauchte, wieder unter Wasser drückte.

Aufgeschreckt von Yasminis Schreien kam Dorian dann vom Garten die Treppe zur Veranda heraufgestürmt. Er sah auf einen Blick, was vor sich ging, und stürzte sich auf die beiden größeren Jungen. Bevor er den Arabern in die Hände gefallen war, hatte sein Bruder Tom mit ihm die Kunst des Faustkampfs geübt, doch Zayn und Abubaker hatten es noch nie mit zwei geballten, fliegenden Fäusten zu tun gehabt. Abubaker floh vor dem Anschlag und Zayns Nase zerplatzte beim ersten Hieb in einem Schwall scharlachroten Blutes, und nach der zweiten Geraden purzelte er kopfüber die steile Verandatreppe hinunter. Der Aufprall brach ihm die Knochen in seinem rechten Fuß. Die Fraktur verheilte nicht gut und er hinkte seitdem.

In den Jahren, nachdem er die Zenana und seine Kindheit hinter sich gelassen hatte, war aus Dorian ein echter Prinz und ein berühmter Krieger geworden, während Yasmini gezwungen war, zurückzubleiben, in der Gewalt des Obereunuchen Kush. Noch nach all diesen Jahren lebte seine monströse Grausamkeit in ihrer Erinnerung fort. Yasmini wuchs zu einer bezaubernden Frau heran, während Dorian die Feinde seines Vaters in den arabischen Wüsten hoch im Norden bekriegte. Er bedeckte sich mit Ruhm und kehrte eines Tages nach Lamu zurück, doch seine Adoptivschwester und erste Freundin hatte er fast vergessen. Dann besuchte ihn Tahi, die uralte Sklavin, die einmal seine Kinderfrau gewesen war, im Palast und erinnerte ihn, dass Yasmini noch immer in der Zenana schmachtete.

Mit Tahi als Botin hatten sie eine gefährliche Verbindung begonnen. Indem sie zu einem Liebespaar wurden, begingen sie eine doppelte Sünde, vor deren Folgen sie nicht einmal Dorians hohe Stellung schützen konnte. Sie waren Bruder und Schwester, wenn auch nicht im Blute, und in den Augen Gottes, des Kalifen und des Rates der Mullahs war ihr Verhältnis sowohl Unzucht als auch Inzest.

Kush hatte ihr Geheimnis entdeckt und für Yasmini eine so unsäglich grausame Strafe erdacht, dass sie immer noch schauderte, wenn sie daran dachte. Doch Dorian war ihr gerade noch rechtzeitig zu Hilfe geeilt. Er tötete Kush und verscharrte ihn in dem Grab, das der Eunuch für Yasmini gegraben hatte. Dann hatte Dorian Yasmini als Jungen verkleidet und sie aus dem Harem geschmuggelt. So waren sie zusammen von Lamu entkommen.

Viele Jahre später, nachdem sein Vater, Abd Muhammad al-Malik vergiftet worden war, bestieg Zayn den Elefantenthron von Oman. Einer seiner ersten Machtakte als Kalif war, Abubaker nach Süden zu schicken, um Dorian und Yasmini zu finden und einzufangen. Als Abubaker das Liebespaar schließlich aufgespürt hatte, gab es eine grausame Schlacht, in der Dorian Abubaker tötete. Yasmini und Dorian waren noch einmal Zayns Rache entkommen und Dorian war wieder mit seinem Bruder Tom vereint. Zayn saß jedoch immer noch auf dem Elefantenthron, bis zu diesem Tage, und war weiterhin der Kalif von Oman. Sie wussten, sie wären nie vollkommen sicher vor seinem Hass.

Nun saßen sie am Lagerfeuer an dieser wilden, verlassenen Küste und Yasmini streckte den Arm aus, um Dorian zu berühren. Er nahm ihre Hand, als hätte er ihre Gedanken gelesen. Sie spürte, wie seine Kraft und sein Mut sie umströmten wie der warme Kusi, der Passatwind des Indischen Ozeans.

«Erzählt», befahl Dorian seinen Kapitänen. «Berichtet, was diese wichtigen Neuigkeiten aus Maskat sind. Geht es um den Kalifen, Zayn al-Din?»

«Ja, allerdings, so wahr Allah mein Zeuge ist, denn Zayn ist nicht mehr Kalif in Maskat.»

«Was sagst du da?», rief Dorian aus. «Ist er endlich tot?»

«Nein, mein Prinz, ein Scheitan ist nicht so leicht umzubringen. Zayn al-Din ist immer noch unter den Lebenden.»

«Wo ist er dann? Wir müssen wissen, was er im Schilde führt.»

«Vergebt mir, Effendi.» Als Zeichen seiner tiefsten Verehrung berührte Batula seine Lippen und seine Brust. «Es ist jemand bei uns, der all dies weit besser weiß als ich. Er kommt vom Busen Zayn al-Dins. Er gehörte einst zum engsten Kreis seiner Vertrauten.»

«Dann kann er kein Freund sein. Zu oft hat sein Herr schon versucht, mich und die Prinzessin zu töten. Zayn war es, der uns ins Exil getrieben hat. Wir sind in Blutfehde.»

«Das weiß ich sehr wohl, Herr», erwiderte Batula, «denn seit jenem glücklichen Tag, als der damalige Kalif, Euer geheiligter Adoptivvater al-Malik, mich zu Eurem Lanzenträger erkoren hat, bin ich kaum von Eurer Seite gewichen. Ich war bei Euch, als Ihr Zayn al-Din in der Schlacht von Maskat gefangen genommen und als einen Verräter hinter Euer Kamel gebunden habt, auf dass der Zorn und das Urteil des al-Malik über ihn kämen.»

«Das werde ich nie vergessen, ebenso wenig, wie ich vergessen könnte, wie treu du mir in all diesen Jahren gedient hast. Doch der Zorn meines Vaters währte leider nicht lange», sagte Dorian mit trauriger Stimme, «und sein Urteil war zu sehr von Gnade geprägt. Er vergab Zayn al-Din und drückte ihn wieder an seinen Busen.»

«Ja, beim heiligen Namen Gottes!» Batula litt sichtlich bei der Erinnerung. «Und diese Gnade hat Euren Vater das Leben gekostet, denn es war Zayns feige Hand, die ihm den Giftbecher an die Lippen hielt.»

«Und Zayns fetter Hintern war es dann, der sich auf dem Elefantenthron niederließ, als mein Vater tot war.» In Dorians edlen Zügen glühte wilder Zorn. «Und jetzt erwartest du von mir, dass ich einen Schergen und Diener dieses Ungeheuers in mein Lager lasse?»

«Nein, Hoheit. Ich habe nur gesagt, dieser Mann war einmal all diese Dinge, doch das war in der Vergangenheit. Wie jeder, der Zayn al-Din kannte, konnte er seine ungeheure Grausamkeit bald nicht mehr ertragen. Er musste zusehen, wie Zayn das Herz und die Glieder unseres Volkes in Stücke riss. Er musste hilflos zusehen, wie Zayn seine Haie mit dem Fleisch guter und edler Männer fütterte, bis sie fast zu fett waren, um noch schwimmen zu können. Er wollte einschreiten, als Zayn seine angeborenen Rechte an die Heilige Pforte verkaufte, die türkischen Tyrannen in Konstantinopel. Am Ende war er einer der Anführer der Verschwörung, die Zayn schließlich den Thron kostete und ihn aus Maskat vertrieb.»

«Es hat also endlich einen Umsturz gegeben», sagte Dorian leise, «nach zwanzig langen Jahren. Ich dachte, Zayn bliebe an der Macht, bis er an Altersschwäche stirbt.»

«Ungeheuer wie Zayn sind oft nicht nur grausam wie ein Wolf, sie haben auch den Überlebensinstinkt des wilden Tieres. Doch der Mann, von dem ich gesprochen habe, Kadem al-Jurf, kann Euch mehr erzählen, wenn Ihr erlaubt.»

Dorian schaute Tom an, der jedem Wort gelauscht hatte. «Was meinst du, Bruder?»

«Lass uns hören, was der Mann zu erzählen hat.»

Kadem al-Jurf musste darauf gewartet haben, dass man ihn vorlud, denn nach wenigen Minuten erschien er aus dem Mannschaftslager am Waldrand. Diejenigen, die auf der *Gift of Allah* gekommen waren, erkannten ihn sofort wieder, denn auf der stürmischen Reise vom Kap der Guten Hoffnung hatten sie ihn oft an Bord gesehen. Sie hatten zwar seinen Namen nicht gekannt, doch sie wussten, er war Batulas neuer Schreiber und Zahlmeister.

«Kadem al-Jurf?», begrüßte Dorian ihn. «Du bist ein Gast in meinem Lager. Du stehst unter meinem Schutz.»

«Eure Wohltätigkeit erhellt mein Leben wie die aufgehende Sonne, Prinz al-Salil ibn al-Malik.» Kadem warf sich vor Dorian in den Staub. «Mögen der Friede Gottes und die Liebe seines letzten wahren Propheten an jedem Tag Eures langen und ruhmreichen Lebens mit Euch sein.»

«Es ist viele Jahre her, dass mich jemand mit diesem Titel angeredet hat», nickte Dorian zufrieden. «Erhebe dich, Kadem, und nimm deinen Platz in unserem Rat ein.» Kadem setzte sich neben Batula, seinen Fürsprecher. Die Diener servierten ihm Kaffee in einer silbernen Tasse und Batula überließ ihm das Elfenbeinmundstück seiner Wasserpfeife. Tom und Dorian musterten den Mann sorgfältig, während er diesen Ausdruck von Gastfreundschaft und Gunst genoss.

Kadem al-Jurf war noch ein junger Mann, nur wenige Jahre älter als Mansur. Seine aristokratischen Züge erinnerten Dorian an seinen Adoptivvater. Natürlich war es nicht ausgeschlossen, dass er ein illegitimes Königskind vor sich hatte. Als großer Mann hatte er seinen Samen freigebig unter dem Frauenvolk ausgestreut. Er hatte gepflügt und gesät, wo immer der Acker ihm zusagte.

Dorian lächelte, bevor er den Gedanken beiseite schob und sich wieder auf Kadem konzentrierte. Seine Haut war von der Farbe feinen, polierten Teakholzes, seine Stirn hoch und breit, die Augen glänzend, dunkel und stechend. Trotz der Beteuerungen von Treue und Respekt meinte Dorian in seinem Blick einen beunruhigenden Funken von Fanatismus zu bemerken. Dies ist ein Mann, der stets nach dem Worte Allahs lebt, dachte er. Die Gesetze und Meinungen von Menschen bedeuten ihm wahrscheinlich nichts. Dorian wusste genau, wie gefährlich solche Menschen sein konnten. Während er sich seine nächste Frage zurechtlegte, betrachtete er Kadems Hände. Er sah die Zeichen des Kriegers, die Narben und Schwielen, die die Sehne des Kampfbogens und das Heft des Schwerts hinterlassen hatten. Er schaute sich noch einmal die Schultern und Arme an und fühlte sich bestätigt: Solche Muskeln konnte Kadem nur in vielen Stunden der Übung mit Bogen und Klinge aufgebaut haben. Dorian verriet nichts von diesen Gedanken, als er mit ernster Stimme fragte: «Du warst früher in den Diensten des Kalifen Zayn al-Din?»

«Seit meiner Kindheit, Herr. Ich war ein Waisenkind und er nahm mich unter seinen Schutz.»

«Du hast ihm also einen Bluteid geschworen, ihm dein Leben lang treu zu bleiben», stellte Dorian fest. Zum ersten Mal wurde Kadems Blick etwas unruhig. Er antwortete nichts. «Und nun willst du diesem Schwur entsagt haben?», stieß Dorian nach. «Batula sagt, du bist nicht mehr der Diener des Kalifen. Stimmt das?»

«Euer Hoheit, ich sprach diesen Schwur vor vielen, vielen Jahren, am Tage meiner Beschneidung. Ich war damals nur dem Namen nach ein Mann. In Wirklichkeit war ich noch ein Kind, das die Wahrheit nicht kannte.»

«Doch jetzt bist du ein Mann, wie jeder hier sehen kann», setzte Dorian das Verhör fort. Kadem war angeblich ein Schreiber, jemand, der nur mit Tinte und Papier umzugehen wusste, doch den Eindruck machte er einfach nicht. Er hatte etwas Lauerndes an sich, wie ein Falke in seinem Horst. Dorian hatte Zweifel. «Wie auch immer», fragte er weiter, «meinst du, das enthebt dich deines Treuegelübdes?»

«Mein Gebieter, ich glaube, ein solches Gelübde ist ein Dolch mit zwei Schneiden. Wer es akzeptiert, ist auch verantwortlich gegenüber dem, der es ablegt. Wenn er diese Pflicht und Verantwortung vernachlässigt, ist auch meine Treuepflicht dahin.»

«Das ist nichts als Wortspalterei, Kadem, zu verworren, als dass ich sie ergründen könnte. Für mich bleibt ein Schwur ein Schwur.»

«Mein Gebieter verurteilt mich also?» Seine Stimme war seidenweich, doch sein Blick war kalt wie Obsidian.

«Nein, Kadem al-Jurf, dieses Urteil überlasse ich Gott.»

«*Bismallah!*», deklamierte Kadem.

«Es gibt keinen Gott außer Gott», intonierte Batula.

«Gottes Weisheit übersteigt alles, was wir begreifen können», schloss Kumrah die Litanei ab.

«Ich weiß, dass Zayn al-Din Euer Todfeind ist», flüsterte Kadem, «deshalb komme ich nun zu Euch, al-Salil.»

«Ja, Zayn ist mein Adoptivbruder und schlimmster Feind», nickte Dorian. «Vor vielen Jahren hat er geschworen, mich umzubringen.»

«Ich habe gehört, wie er seinen Höflingen erzählte, Ihr wäret es, dem er seinen verkrüppelten Fuß zu verdanken hat», fuhr Kadem fort.

«Er hat mir noch viel mehr zu verdanken», lächelte Dorian. «Einmal hatte ich das Vergnügen, ihm einen Strick um den Hals zu legen und ihn vor unseren Vater zu schleppen, damit der Kalif Gericht über ihn halten konnte.»

«Zayn al-Din und unser Volk erinnern sich auch daran sehr gut», nickte Kadem. «Auch deshalb kommen wir nun zu Euch.»

«Bis jetzt hast du von dir gesprochen. Warum plötzlich ‹wir›?»

«Es gibt noch andere, die Zayn al-Din abgeschworen haben. Wir wenden uns an Euch, da Ihr der Letzte vom Stamm des Abd Muhammad al-Malik seid.»

«Wie ist das möglich?», rief Dorian aus, plötzlich wieder zornig. «Mein Vater hatte zahllose Gemahlinnen, die ihm Söhne geboren haben, und diese hatten ebenfalls Söhne und Enkelsöhne.»

«Am ersten Tag des Ramadan gab es ein solches Gemetzel, dass es eine Schande vor Gott war und den ganzen Islam erschütterte. Zweihundert Eurer Brüder und Neffen sind Zayn al-Dins Sense zum Opfer gefallen. Sie starben durch Gift, die Waffe des Feiglings, oder sie starben durch die Klinge, den Strick oder Wasser. Ihr Blut tränkte den Wüstensand und rötete das Meer. Jeder Mann, der durch seine Herkunft einen Anspruch auf den Elefantenthron von Maskat hätte erheben können, kam um in jenem heiligen Monat. Dieser Frevel machte die Morde noch tausendmal schlimmer.»

Dorian starrte in ungläubigem Schrecken und Yasmini begann zu schluchzen. Zayns Opfer waren ihre Brüder und Neffen gewesen. Dorian überwand seinen Schock und tröstete sie. Er streichelte die silberne Strähne, die wie ein Diadem in ihren pechschwarzen Locken schimmerte, und flüsterte ihr beruhigende Worte zu, bevor er sich wieder Kadem zuwandte. «Das sind bittere Neuigkeiten», sagte er. «Es fällt uns schwer, zu begreifen, wie ein Mensch solche Sünden und Verbrechen begehen kann.»

«Mein Gebieter, so waren auch wir nicht mehr fähig, Zayns ungeheuerliche Niedertracht weiter zu ertragen. Deshalb haben wir ihm abgeschworen und uns gegen ihn erhoben.»

«Es hat einen Aufstand gegeben?» Batula hatte es schon erwähnt, doch Dorian wollte es von Kadem selbst hören.

«Die Schlacht innerhalb der Stadtmauern tobte für viele Tage. Zayn al-Din und seine Anhänger wurden in die Mitte der Festung zurückgetrieben. Wir dachten, sie würden dort zugrunde gehen, doch es gibt einen geheimen Tunnel unter den Mauern hindurch, der zum alten Hafen hinunterführt.

So konnte Zayn entkommen und mit seinen Schiffen fliehen.»

«Wohin ist er geflohen?», fragte Dorian.

«Er ist zu seinem Geburtsort zurückgekehrt, zur Insel Lamu.

Mithilfe der Portugiesen und der Schergen der englischen Ostindien-Kompanie auf Sansibar konnte er die große Festung auf Lamu einnehmen und alle omanischen Siedlungen und Besitztümer entlang der Fieberküste. Unter dem Schutz der englischen Kanonen konnte er seine Streitkräfte in jenen Besitztümern zwingen, ihm treu zu bleiben und unsere Versuche abzuwehren, den Tyrannen abzusetzen.»

«In Gottes Namen, warum habt ihr und eure Junta in Maskat eure Erfolge nicht längst genutzt und Zayn auf Sansibar und Lamu angegriffen?», wollte Dorian nun wissen.

«Mein Gebieter, unsere Reihen sind leider gespalten, zumal es keinen Nachfolger von königlichem Blut gibt, der sich an die Spitze unserer Bewegung setzen könnte. Deshalb fehlt es uns auch an Unterstützung in der Bevölkerung Omans. Vor allem zögern die Wüstenstämme noch, sich gegen Zayn zu stellen.»

Dorians Miene war wie versteinert, als ihm zu dämmern begann, worauf Kadem mit seinen Erklärungen hinauswollte.

«Ohne einen Führer wird unsere Bewegung mit jedem Tag schwächer. Zayn hat die Küsten um Sansibar in seiner Gewalt. Wie wir erfahren haben, hat er Botschafter an den Großmogul, den Erhabenen Kaiser in Delhi und an die Heilige Pforte in Konstantinopel ausgesandt. Seine alten Verbündeten scharen sich um ihn, um ihn zu unterstützen. Bald wird sich die gesamte islamische und christliche Welt gegen uns vereinigt haben.»

«Was willst du also von mir, Kadem al-Jurf?», fragte Dorian leise.

«Wir brauchen einen Führer, der berechtigten Anspruch auf den Elefantenthron anmelden kann», antwortete Kadem. «Wir brauchen einen bewährten Krieger, der die Wüstenstämme schon einmal in die Schlacht geführt hat, die Saar, die Dahm und die Karab, die Bait Kathir und die Awamir, und vor allem die Harasis, die die Ebenen um Maskat beherrschen. Ohne sie können wir am Ende nicht siegen.»

Dorian bewahrte äußerlich die Ruhe, doch sein Herz schlug schneller, als Kadem diese berühmten Stämme aufzählte. Er sah wieder das Schlachtfeld vor sich, den blitzenden Stahl inmitten der Staubwolken und die wehenden Banner der Wüstenstämme. Er hörte die Kriegsschreie der Reiter, «*Allah Akbar!* Gott ist groß!», und das Brüllen der Kamele, wie sie durch die Wüsten Omans stürmten.

Yasmini spürte, wie seine Hand zitterte, und ihr Herz krampfte sich zusammen. Ich habe geglaubt, jene düsteren Tage wären für immer vorüber, dachte sie. Ich glaubte, der Klang der Kriegstrommeln würde nie mehr zu uns dringen. Ich habe gehofft, mein Mann würde immer an meiner Seite sein und nie mehr in den Krieg ziehen.

Alle schwiegen. Jeder dachte seine eigenen Gedanken. Kadem beobachtete Dorian mit diesem funkelnden, besessenen Blick.

Schließlich schüttelte sich Dorian und zwang sich in die Gegenwart zurück. «Bist du sicher, es ist wahr, was du uns da erzählst, oder sind es vielleicht nur Wunschträume?», fragte er sein Gegenüber.

Kadem antwortete sofort, ohne den Blick zu senken. «Wir haben uns mit den Scheichs der Wüstenstämme beraten und selbst diese, die so oft gespalten sind, sprechen mit einer Stimme. Sie sagen: ‹Soll al-Salil seinen Platz an der Spitze unserer Armeen einnehmen. Ihm würden wir folgen, wo immer er uns hinführt.›»

Dorian erhob sich abrupt und verließ den Kreis um das Lagerfeuer. Niemand folgte ihm. Er ging zum Wasser und lief auf und ab, eine Gestalt wie aus dem Märchen, ein wirklicher Prinz in seinem im Mondschein schimmernden Gewand.

Tom und Sarah tuschelten, doch alle anderen schwiegen.

«Du darfst ihn nicht gehen lassen», bedrängte Sarah Tom, «um Yasminis und unser selbst willen. Du hast ihn schon einmal verloren. Du darfst nicht zulassen, dass das wieder passiert.»

«Ich kann ihn nicht aufhalten. Es ist eine Sache zwischen Dorian und seinem Gott.»

Batula stopfte frischen Tabak in die Wasserpfeife und dieser Tabak war fast verglüht, bevor Dorian zum Feuer zurückkam. Er setzte sich, die Beine über Kreuz und die Ellbogen auf den Knien, das Kinn in beide Hände gestützt, und starrte in die Flammen.

«Mein Gebieter», flüsterte Kadem, «lasst mich jetzt Eure Antwort hören. Mit dem günstigen Passatwind könnt Ihr zum Lichterfest den Elefantenthron besteigen, wenn wir sofort segeln. Es kann keinen günstigeren Tag geben, an dem Ihr Eure Herrschaft als Kalif antreten könntet.»

Dorian sagte immer noch nichts und Kadem fuhr fort. «Hoheit, wenn Ihr nach Maskat zurückkehrt, werden die Mullahs einen Dschihad ausrufen, einen Heiligen Krieg gegen den Tyrannen. Gott und ganz Oman wird auf Eurer Seite sein. Ihr könnt Eurer Bestimmung nicht den Rücken zukehren.» Sein Ton war nicht schmeichelnd, sondern selbstbewusst und entschlossen.

Dorian hob langsam den Kopf. Yasmini hielt den Atem an und vergrub ihre Fingernägel in die Muskeln an seinem Unterarm.

«Kadem al-Jurf», sagte Dorian schließlich, «dies ist eine furchtbar schwere Entscheidung, die ich nicht allein treffen kann. Ich muss um Anleitung beten.»

Kadem warf sich vor Dorian in den Sand, Arme und Beine weit von sich gestreckt. «Gott ist groß! Ohne Seine Billigung kann es keinen Sieg geben. Ich werde auf Eure Antwort warten.»

«Du wirst deine Antwort erhalten, morgen Abend um diese Zeit und an diesem Ort.»

Yasmini atmete langsam aus. Sie wusste, dies war nur ein Aufschub des Urteils, keine Begnadigung.

Am NÄCHSTEN MORGEN stiegen Tom und Sarah auf die grauen Felsen, die sich in die Lagune erhoben, und suchten sich einen windgeschützten Platz in der Sonne.

Der Indische Ozean lag vor ihnen ausgebreitet. Ein Meeresvogel hing auf dem Wind wie ein Kinderdrachen, hoch über den grünen, mit sahneweißen Schaumkronen gesprenkelten Fluten. Plötzlich faltete der Vogel seine Flügel ein und stürzte sich in die Tiefe, stieß platschend durch die Wasseroberfläche und kam fast sofort wieder hoch, mit einem silbernen, zappelnden Fisch im Maul.

«Ich muss ein ernstes Wörtchen mit dir reden», begann Sarah.

Tom rollte sich auf den Rücken und faltete seine Hände unter dem Kopf. «Was bin ich für ein Narr», grinste er. «Ich dachte, du hättest mich hierher gebracht, um mein zartes Fleisch zu missbrauchen.»

«Tom Courtney, kannst du denn niemals ernst sein?»

«Doch, Mädchen, das kann ich. Danke für die Einladung.» Er grabschte nach ihr, doch sie schlug seine Hand weg.

«Ich warne dich, ich werde schreien.»

«Dann halte ich mich lieber zurück, jedenfalls für den Augenblick. Was wolltest du also mit mir besprechen?»

«Dorry und Yassie.»

«Ich frage mich, warum mich das nicht besonders überrascht.»

«Yassie ist sicher, er wird nach Maskat segeln, um den Thron dort zu besteigen. Es ist ein Angebot, das er nicht ausschlagen kann.»

«Ich bin sicher, sie fände es nicht schlecht, als Königin aufzuwachen. Welche Frau hätte damit schon Schwierigkeiten?»

«Es wird ihr Leben zunichte machen. Sie hat es mir alles erklärt. Du kannst dir nicht vorstellen, was für Intrigen und Verschwörungen an einem orientalischen Hof vor sich gehen.»

«Meinst du?» Er hob die Augenbrauen. «Nach zwanzig Jahren mit dir kann ich mir ganz gut vorstellen, wie es dort zugehen mag.»

Sie fuhr fort, als hätte sie ihn nicht gehört. «Du bist sein großer Bruder. Du musst ihm verbieten wegzugehen. Dieses Angebot, dass er den Elefantenthron besteigen kann, ist kein Geschenk. Es ist ein Schierlingsbecher. Es wird nicht nur die beiden, sondern auch uns vernichten.»

«Sarah Courtney, glaubst du ernsthaft, ich würde Dorian irgendetwas verbieten? Es ist eine Entscheidung, die nur er treffen kann.»

«Du wirst ihn wieder verlieren, Tom. Weißt du nicht mehr, wie es war, als er in die Sklaverei verschleppt wurde? Wie du dachtest, er wäre tot, und wie ein Teil von dir mit ihm gestorben war?»

«Daran erinnere ich mich sehr gut, doch diesmal geht es um eine Krone und grenzenlose Macht.»

«Ich glaube, der Gedanke gefällt dir allmählich», warf sie ihm vor.

Tom setzte sich abrupt auf. «Nein, Frau. Er ist von meinem Blute. Ich will nur das Beste für ihn.»

«Und du meinst, dies könnte das Beste für ihn sein?»

«Es ist die Bestimmung, für die er erzogen wurde. Er ist zum Kaufmann geworden, doch mir war die ganze Zeit bewusst, dass er mit seinem Herzen nicht wirklich dabei war. Für mich geht es um Fleisch und Wein. Dorry sehnt sich aber nach mehr, als wir hier haben. Hast du gehört, wie er von seinem Adoptivvater sprach, von der Zeit, als er die Armeen von Oman kommandierte? Siehst du nicht manchmal die Sehnsucht in seinen Augen?»

«Das bildest du dir nur ein, Tom», widersprach Sarah.

«Du kennst mich gut.» Er stockte, bevor er fortfuhr: «Es liegt in meinem Charakter, dass ich die Menschen dominiere, die mit mir zusammen sind – sogar dich, meine Liebe.»

«Du versuchst es jedenfalls!», lachte sie.

«Ja, ich versuche es, auch mit Dorry, und bei ihm habe ich mehr Erfolg damit als bei dir. Er ist mein getreuer kleiner Bruder und als solchen habe ich ihn die ganzen Jahre behandelt. Vielleicht ist dieser Ruf nach Maskat genau das, worauf er gewartet hat.»

«Du wirst ihn wieder verlieren», schüttelte sie den Kopf.

«Nein, es wird nur ein bisschen Wasser zwischen uns sein, und ich habe ein schnelles Schiff.» Er legte sich wieder ins Gras und zog sich den Hut ins Gesicht, damit ihn die Sonne nicht blendete. «Außerdem wäre es nicht schlecht fürs Geschäft, einen Bruder zu haben, der meinen Schiffen Lizenzen ausstellen könnte, in all den verbotenen Häfen des Orients Handel zu treiben.»

«Tom Courtney, du alter Freibeuter! Ich hasse dich, ich hasse dich wirklich!» Sie sprang auf ihn und boxte ihn auf die Brust. Er rollte sie mit Leichtigkeit wieder ins Gras und schob ihre Röcke hoch.

«Sarah Courtney, zeig mir, wie sehr du mich wirklich hasst.» Er hielt sie mit einer Hand zu Boden, während er mit der anderen seinen Gürtel aufschnallte.

«Hör sofort damit auf, du Lustmolch. Sie beobachten uns.» Sie sträubte sich, wenn auch nicht sehr stark.

«Wer?», fragte er.

«Die da!» Sie zeigte auf die Klippschliefer, die über ihnen auf den Felsen saßen und sie anstarrten.

«Buh!», rief Tom in Richtung der Tiere und sie schossen in ihre Tunnels. «Jetzt beobachtet uns niemand mehr!»

Aᴍ ᴀʙᴇɴᴅ ᴠᴇʀsᴀᴍᴍᴇʟᴛᴇ sɪᴄʜ die ganze Familie wieder am Lagerfeuer. Die Stimmung war ernst und feierlich. Niemand wusste, wie Dorian sich entschieden hatte. Yasmini saß neben ihrem Mann und beantwortete die stumme Frage, die ihr Sarah mit einem Blick über das Feuer hinweg stellte, mit einem resignierten Schulterzucken.

Tom war der Einzige, der entschlossen war, sich nicht die Laune verderben zu lassen. Während sie gegrillten Fisch mit frisch gebackenem Brot aßen, erzählte er noch einmal die Geschichte, wie sein Großvater Francis Courtney die holländische Ostindien-Galeone vor Cape Agulhas erobert hatte, damals vor sechzig Jahren. Er erklärte ihnen, wo Francis seinen Schatz versteckt hatte, in einer Höhle am Oberlauf des Flusses, der in die Lagune floss, nicht weit von der Stelle, wo Mansur den Büffel geschossen hatte. Er zeigte lachend auf Gräben und überwachsene Löcher, die die Holländer auf der vergeblichen Suche nach dem geraubten Schatz ausgehoben hatten. «Sie schwitzten und fluchten, dabei hatte unser Vater, Hal

Courtney, die Beute längst woanders in Sicherheit gebracht», erzählte er. Die anderen hatten die Geschichte jedoch schon so oft gehört, dass sie nicht mehr mitlachen konnten. Am Ende musste sich selbst Tom vor der betäubenden Stille geschlagen geben, mit der er sich konfrontiert sah, und fiel stattdessen über die Schale Büffelragout her, das die Frauen nach dem Fisch serviert hatten.

Dorian aß nicht viel. Bevor die silberne Kaffeekanne von dem Gestell über dem Feuer genommen und herumgereicht wurde, sagte er zu Tom: «Wenn du nichts dagegen hast, Bruder, werde ich jetzt mit Kadem reden und ihm meine Entscheidung mitteilen.»

«In Ordnung, Dorry», nickte Tom, «bring es endlich hinter dich. Die Frauen benehmen sich seit gestern, als säßen sie auf einem Ameisenhaufen. Sag Kadem, er kann jetzt kommen, wenn er will!», rief er Batula zu.

Kadem kam den Strand entlang. Mit den langen, fließenden Schritten eines Wüstenkriegers näherte er sich dem Lagerfeuer und warf sich vor Dorian in den Sand.

Mansur beugte sich gespannt vor. Am Tage hatte er mit seinem Vater das Lager verlassen und mit ihm viele Stunden allein im Wald verbracht. Niemand wusste, worüber sie dort gesprochen hatten. Als Yasmini ihrem Sohn nun in die strahlenden Augen blickte, sank ihr der Mut. Er ist so jung und schön, dachte sie, so klug und stark. Und natürlich sehnt er sich nach solch einem Abenteuer, wenn er die Gelegenheit sieht. Er kennt die Schlacht nur aus den romantischen Liedern der Balladensänger. Er träumt von Ruhm und Macht, denn wenn Dorian heute Abend entscheidet, nach Norden zu fahren, könnte der Elefantenthron eines Tages ihm gehören.

Sie zog sich den Schleier vor das Gesicht, um ihre Ängste zu verbergen. Mein Sohn versteht nicht, welchen Schmerz, welches Leid die Krone ihm bringen würde, Tag für Tag, für den Rest seines Lebens. Er weiß nichts vom Gift und von der Klinge des Attentäters. Er begreift nicht, dass das Kalifat ihn zum Sklaven machen würde, schlimmer als die Ketten des Galeerensklaven oder der Arbeiter in den Kupferminen von Monomotapa.

Ihre Gedanken wurden unterbrochen, als Kadem Dorian begrüßte. «Möge der Segen des Propheten mit Euch sein, Majestät, und der Friede Gottes. Möge Er alle Eure Taten mit seinem Segen begleiten.»

«Es ist ein wenig verfrüht, mich Majestät zu nennen», warnte ihn Dorian. «Warte lieber, bis du meine Entscheidung gehört hast.»

«Diese Entscheidung hat der Prophet schon für Euch getroffen, und der heilige Mullah al-Allama, der in seinem neunundneunzigsten Jahr in der Moschee auf der Insel Lamu gestorben ist, Gott preisend mit seinem letzten Atemzug.»

«Ich wusste nicht, dass er tot ist», sagte Dorian traurig, «obwohl ich in Anbetracht seines ehrwürdigen Alters nichts anderes erwartet hätte. Er war tatsächlich ein heiliger Mann. Ich kannte ihn gut. Er war es, der mich beschnitten hat. Er war mir ein zweiter Vater.»

«In seinen letzten Tagen hat er an Euch gedacht und eine Prophezeiung ausgesprochen.»

Dorian neigte sein Haupt. «Ich erlaube dir, die Worte des heiligen Mullahs vor uns zu wiederholen.»

Kadem war ein begabter Redner, mit kräftiger, doch angenehmer Stimme: «Der Waisenknabe vom Meer, der seinem Vater den Elefantenthron errungen hat, wird auf diesem Throne sitzen, wenn der Vater dahingeschieden ist, und er wird eine Krone aus rotem Gold tragen.» Kadem breitete die Arme aus. «Majestät, der Waisenknabe aus der Prophezeiung seid Ihr selbst und niemand anderes, denn Ihr tragt nun eine Krone aus rotem Gold und Ihr habt die Schlacht gewonnen, die Euren Adoptivvater, Kalif Abd Muhammad al-Malik, auf den Elefantenthron gebracht hat.»

Seine klingende Rede wurde mit langem Schweigen aufgenommen. Kadem blieb mit ausgebreiteten Armen vor Dorian stehen, wie der Prophet selbst.

Schließlich brach Dorian das Schweige, indem er sagte: «Ich habe dein Anliegen gehört und werde dir meine Entscheidung verkünden, die du dann den Scheichs von Oman überbringen musst. Doch zuerst will ich dir erklären, wie ich zu dieser Entscheidung gekommen bin.»

Dorian legte seine Hand auf Mansurs Schulter. «Dies ist mein Sohn, mein einziger Sohn. Meine Entscheidung berührt ihn zutiefst. Ich habe dein Ersuchen mit ihm besprochen, in allen Einzelheiten. Sein wildes, junges Herz brennt auf das Abenteuer, so wie meines darauf gebrannt hat, als ich so alt wie er war. Er hat mich gedrängt, die Einladung der Scheichs anzunehmen.»

«Seine Weisheit ist weit größer, als seine Jugend vermuten ließe», entgegnete Kadem. «Wenn es Allah gefällt, wird er nach dir in Maskat herrschen.»

«*Bismallah!*», riefen Batula und Kumrah im Chor.

«Wenn es Allah gefällt!», rief Mansur strahlend auf Arabisch.

Dorian hob seine rechte Hand und alle verstummten wieder. «Es gibt aber noch jemand anderen, der von meiner Entscheidung tief betroffen ist.» Er nahm Yasminis Hand. «Prinzessin Yasmini ist seit all diesen Jahren meine Gefährtin und Gattin, von meiner Kindheit bis zum heutigen Tag. Vor langer Zeit habe ich ihr einen Eid geschworen, einen Bluteid.» Er schaute sie an. «Erinnerst du dich an die Ehegelübde, die ich vor dir abgelegt habe?»

«Ich erinnere mich, mein Gatte und Gebieter», antwortete sie leise. «Ich dachte, du hättest sie vielleicht vergessen.»

«Ich habe dir damals zwei Dinge geschworen. Das Erste war, dass ich mir nie eine Frau neben dir nehmen würde, obwohl die Propheten es erlauben. Diesen Schwur habe ich eingehalten.»

Yasmini konnte nicht mehr sprechen und nickte nur. Die Träne, die auf ihren langen Wimpern gezittert hatte, löste sich und fiel auf die Seide, die ihren Busen bedeckte.

«Mein zweiter Schwur war, dass ich dir niemals Schmerz bereiten würde, sofern es in meiner Macht steht, dies zu verhüten.» Yasmini nickte noch einmal.

«Alle, die hier anwesend sind, sollen wissen, dass ich Prinzessin Yasmini großen Schmerz zufügen würde, schlimmer als gar der Tod, wenn ich der Einladung der Scheichs folgen würde.»

Die Stille knisterte in der Nacht wie ein nahendes Sommergewitter. Dorian erhob sich und breitete die Arme aus.

«Dies ist meine Antwort. Möge Gott meine Worte hören. Mögen die heiligen Propheten des Islam meinen Schwur bezeugen.»

Tom staunte über die Verwandlung, die sein jüngerer Bruder erfahren hatte. Er sah nun wirklich aus wie ein König, doch seine nächsten Worte zerstörten diese Illusion. «Sage den Scheichs, dass ihnen immer noch meine Liebe und Bewunderung gehört. Dennoch ist die Bürde, die sie mir auferlegen wollen, zu schwer für mein Herz und meine Schultern. Sie müssen jemand anderen für den Elefantenthron finden. Ich könnte das Kalifat nicht antreten, ohne die Gelübde zu brechen, die ich Prinzessin Yasmini geschworen habe.»

Mansur stöhnte unwillkürlich vor Enttäuschung. Er sprang auf und lief in die Nacht. Tom sprang ebenfalls auf und wäre hinter ihm hergelaufen, wenn Dorian nicht den Kopf geschüttelt hätte. «Lass ihn gehen, Bruder. Seine Enttäuschung ist schmerzhaft, doch sie wird vorübergehen.» Er setzte sich wieder und lächelte Yasmini an.

«Mein Gebieter», flüsterte sie, «mein Herz.»

Kadem stand auf und verbeugte sich tief vor Dorian. «Wie mein Prinz befiehlt», sagte er mit ausdruckslosem Gesicht. «Ich wünschte, ich könnte Euch Majestät nennen. Es macht mich traurig, aber es hat nicht sollen sein. Gottes Wille geschehe.» Und mit diesen Worten verschwand er in die entgegengesetzte Richtung, in die Mansur gegangen war.

Es war zeit für die Abendgebete und der Mann, der sich Kadem al-Jurf nannte, vollzog seine rituelle Waschung im Salzwasser der Lagune. Als er sich gereinigt hatte, erklomm er einen Felsen hoch über dem Ozean. Er rollte seine Gebetsmatte aus, sprach sein erstes Gebet und machte seine erste, tiefe Verbeugung.

Zum ersten Mal konnten weder das Gebet noch die Unterwerfung unter den Willen Gottes den Zorn dämpfen, der in ihm brannte. Er brauchte seine ganze Selbstdisziplin und Hingabe, um seine Gebete zu absolvieren, ohne sie mit seinen unbändigen Gefühlen zu beschmutzen. Als er fertig war, baute er mit dem Holz, das er auf dem Weg gesammelt hatte, ein kleines Feuer. Als dieses hell brannte, setzte er sich mit überkreuzten Beinen auf seine Matte und blickte durch den Schleier flirrender Hitze auf die glühenden Holzstücke.

Er wiegte sich sanft vor und zurück, rezitierte die zwölf mystischen Suren des Korans und wartete auf die Stimmen. Diese Stimmen begleiteten ihn seit seiner Kindheit, seit dem Tage seiner Beschneidung. Er hörte sie deutlich, jedes Mal, wenn er gebetet oder gefastet hatte. Für ihn waren es die Stimmen der Engel und der Propheten. Die erste, die nun sprach, fürchtete er am meisten.

«Du hast versagt in deiner Aufgabe.» Er erkannte die Stimme Gabriels, des Erzengels der Rache, und winselte unter der Anklage.

«Erhabenster der Erhabenen, niemand konnte damit rechnen, dass al-Salil den Köder verschmähen würde, den wir so sorgfältig für ihn ausgelegt haben», murmelte Kadem. «Höre, Kadem ibn Abubaker», grollte der Engel. «Es war dein unbescheidener Stolz, der zu deinem Versagen geführt hat. Du warst dir deiner Kräfte zu sicher.»

Der Engel sprach ihn bei seinem wahren Namen an, denn Kadem war der Sohn des Paschas Abubaker, des Generals, den Dorian zwanzig Jahre zuvor in der Schlacht am Fluss Lunga in Stücke geschossen hatte.

Pascha Abubaker war der Halbbruder und lebenslange Gefährte des Kalifen Zayn al-Din gewesen. Sie waren zusammen aufgewachsen, damals auf der Insel Lamu, und dort war es auch gewesen, wo sich ihr Schicksal mit Dorians und Yasminis zu verstricken begann.

Viele Jahre später, im Palast von Maskat, als ihr Vater tot und Zayn al-Din der Kalif von Maskat war, war Abubaker zum obersten Befehlshaber und Pascha des Kalifats ernannt worden. Zayn al-Din schickte ihn mit seiner Armee nach Afrika, um Dorian und Yasmini aufzuspüren und gefangen zu nehmen.

An der Spitze seiner Kavallerieschwadronen hatte Abubaker sie eingeholt, als sie auf Toms winzigem Schiff, der Swallow, den Lunga hinab auf die offene See flohen. Abubaker hatte sie angegriffen, als sie auf einer Sandbank in der Flussmündung gestrandet waren. Es war eine verzweifelte, blutige Schlacht. Abubakers Reiter näherten sich durch das seichte Wasser, doch das Schiff war mit einer Kanone ausgerüstet und Dorian feuerte die Schrapnellladung, die Abubaker den Kopf abschoss und seine Truppen in Chaos stürzte.

Kadem war damals noch ein kleines Kind gewesen und nach dem Tod seines Vaters hatte Zayn al-Din ihn unter seinen Schutz genommen und ihm die Gunst und Privilegien eines Sohnes gewährt. Dadurch machte er Kadem zu seinem treuesten Diener. Ganz anders als er Dorian am Lagerfeuer erzählt hatte, war seine Treue zu Zayn al-Din ebenso unverbrüchlich wie seine Pflicht, Rache an dem Mann zu nehmen, der seinen Vater getötet hatte.

Zayn al-Din liebte seinen Neffen Kadem, und das bedeutete Einiges, denn Zayn liebte nur wenige Menschen. Er hatte ihn immer um sich, und als aus dem Jungen ein wahrer Krieger wurde, machte er ihn zum Kommandanten der königlichen Leibgarde. Kadem war der Einzige der möglichen Erben gewesen, der nicht dem Ramadan-Massaker zum Opfer gefallen war. In dem Aufstand nach dem Gemetzel hatte er wie ein Löwe gekämpft, um seinen Kalifen zu beschützen, und am Ende war er es gewesen, der Zayn al-Din durch das Labyrinth der unterirdischen Gänge zu dem Schiff führte, das im Hafen von Maskat wartete. So hatte er seinen Herrn sicher zum Palast auf Lamu gebracht, der Insel vor der Fieberküste.

Kadem war auch der General gewesen, der die Festungen an der Küste überwältigt hatte. Die Soldaten dort hatten sich auf Seiten des Revolutionsregimes in Maskat erhoben. Kadem hatte das Bündnis mit dem englischen Konsul auf Sansibar ausgehandelt und seinen Herrn überredet, Gesandte nach Konstantinopel und Delhi zu schicken, um sich auch dort Unterstützung zu sichern. Auf seinen Feldzügen entlang der Fieberküste hatte Kadem die meisten der Anführer gefangen genommen, die sich gegen Zayn erhoben hatten, und diese Gefangenen hatte er dann seinen Folterknechten überlassen.

Auf diese Weise, durch geschickten Einsatz der Bastonade, der Schraube und der Garotte, gruben die Inquisitoren auch ein besonders kostbares Stück an Information aus: Sie erfuhren, wo al-Salil sich aufhielt, der Mörder des Abubaker und Todfeind des Kalifen.

Mit diesem Wissen bewaffnet ersuchte er Zayn al-Din, ihn zum Werkzeug seiner Rache zu machen. Der Kalif willigte schließlich ein und Kadem entwarf seinen geheimen Plan, wie er al-Salil in das Territorium des Kalifen locken würde, indem er sich als Abgesandten der Rebellenjunta ausgab, die in Maskat an der Macht war.

Der Kalif war begeistert, als Kadem ihm seinen Plan unterbreitete, und gab ihm sofort seinen Segen. Er versprach seinem getreuen Diener, ihn mit dem Titel eines Paschas zu belohnen, und gelobte, ihm jeden Wunsch zu erfüllen, falls er al-Salil und sein Schwesterweib nach Lamu brächte, wo sie seinen Zorn und seine Rache zu spüren bekommen würden. Kadem hatte jedoch nur einen Wunsch: Wenn al-Salils Stunde schlug, wollte er die Ehre haben, ihn mit bloßen Händen erwürgen zu dürfen. Er versprach Zayn, dass es ein langsamer, grauenhafter Tod sein würde, und Zayn lächelte und gewährte ihm seinen Wunsch.

Von den Inquisitoren hatte Kadem auch erfahren, dass das Handelsschiff *Gift of Allah*, das oft die Häfen an der Fieberküste anlief, al-Salil gehörte. Als es das nächste Mal im Hafen von Sansibar erschien, erschwindelte er sich dann Batulas Vertrauen, der früher al-Salils Lanzenträger gewesen war. So weit hatte Kadems Plan reibungslos funktioniert, doch jetzt, so nah am Ziel, hatte al-Salil plötzlich alles vereitelt, indem er aus unerfindlichen Gründen nicht auf den Köder ansprang, und nun sah sich Kadem den Anklagen des Engels ausgesetzt.

«Erhabenster der Erhabenen, es stimmt, ich habe die Sünde der Überheblichkeit begangen.» Er machte die Geste der Buße, indem er sich mit beiden Händen das Gesicht wischte.

«Du dachtest, du könntest den Frevler allein, ohne göttliche Hilfe, zur Rechenschaft ziehen. Du warst eitel und dumm.»

Die Beschuldigungen dröhnten in Kadems Kopf, bis er meinte, ihm platzten die Trommelfelle, doch er ertrug den Schmerz klaglos. «Gnädiger Engel, ich hatte nicht geglaubt, irgendein Sterblicher könnte das Angebot eines Thrones ausschlagen.» Kadem warf sich vor dem Feuer und dem Engel zu Boden. «Sage mir, was ich tun soll, um meine Arroganz und Dummheit wieder gutzumachen. Befiel, oh Erhabenster der Erhabenen.»

Es kam jedoch keine Antwort. Das Einzige, was er hörte, war, wie die hohen Wellen gegen die Felsen krachten, und die Schreie der Möwen, die über ihm kreisten.

«Sprich zu mir, heiliger Gabriel!», flehte Kadem. «Verlasse mich jetzt nicht, nicht nach all diesen Jahren, in denen ich getan habe, was du von mir verlangt hast.» Er zog den Krummdolch aus seinem Gürtel. Es war eine prachtvolle Waffe. Die Klinge war aus Damaszenerstahl und das Heft aus Rhinozeroshorn und purem Gold. Kadem drückte sich die Spitze in die Daumenkuppe, bis Blut herausquoll.

«Allah! Allah!», rief er. «Mit diesem Blut flehe ich dich an. Sage mir, was ich tun soll!»

Erst in seinem Schmerz konnte er die andere Stimme hören, nicht Gabriels Donnerbass, sondern viel ruhiger, gemessen und melodisch. Kadem wusste, dies war die Stimme des Propheten selbst, erschreckend in ihrer Schlichtheit. Er lauschte zitternd.

«Du hast Glück, Kadem ibn Abubaker», sagte der Prophet. «Ich habe deine Beichte gehört und deine Schreie bewegen mich. Ich gebe dir noch eine letzte Gelegenheit, deine Sünden zu tilgen.»

Kadem drückte sein Gesicht in den Staub. Er wagte nicht, auf diese Stimme zu antworten, die nun sprach: «Kadem ibn Abubaker! Du musst deine Hände im Blut des Mörders deines Vaters waschen, im Blut des al-Salil.»

Kadem schlug seinen Kopf auf den Felsen und weinte vor Glück, dass der Prophet ihm solche Gnade gezeigt hatte. Er richtete sich auf, kniete sich vor das Feuer und hob seine Hand. Das Blut tropfte noch aus der Wunde, die er sich zugefügt hatte. «Gott ist groß», hauchte er. «Gib mir ein Zeichen

Deiner Gunst, bitte, gib mir ein Zeichen.» Er streckte seinen Arm aus und hielt die Hand ins Feuer, sodass sie in den leckenden Flammen verschwand. «Allah!», rief er «Der Eine, der Einzige!»

In den Flammen versiegte der hellrote Blutstrom und die Wunde schloss sich auf wunderbare Weise wie das Maul einer Seeanemone. Das Fleisch heilte vor seinen Augen.

Er nahm die Hand aus den Flammen und hielt sie hoch, immer noch Lobpreisungen Gottes auf den Lippen. Die Wunde war spurlos verschwunden und das Feuer hatte keine Blase, nicht die geringste Rötung hinterlassen. Die Haut war glatt und makellos. Dies war das Zeichen, das er erfleht hatte.

«Gott ist groß!», jubelte er. «Es gibt keinen Gott außer Gott und Mohammed ist sein letzter wahrer Prophet!»

NACH DEM ABENDESSEN mit dem Rest der Familie verabschiedeten sich Dorian und Yasmini von der Runde. Yasmini umarmte erst Sarah und dann ihren Sohn Mansur. Sie küsste ihm die Augen und streichelte sein Haar.

Tom umarmte Dorian so fest, das seine Rippen knackten. «Ich will verdammt sein, Dorian Courtney, ich dachte, wir wären dich endlich los und könnten dich nach Oman verfrachten.»

Dorian erwiderte die Umarmung. «Ich weiß, wie du dich fühlst. Du wirst mich wohl noch für eine Weile ertragen müssen.»

Mansur umarmte seinen Vater kurz, sprach aber nicht und schaute ihm nicht in die Augen, die Lippen zusammengepresst in bitterer Enttäuschung. Dorian wusste, Mansur hatte sich in den Kopf gesetzt, sich mit Ruhm zu bedecken, und nun hatte sein eigener Vater ihm die Gelegenheit geraubt. Dorian würde ihn später trösten.

Dorian und Yasmini verließen das Lagerfeuer und gingen zusammen den Strand hinunter, Sobald sie aus dem rötlichen Lichtkreis waren, legte Dorian seine Arme um sie. Sie sprachen nicht. Es war schon alles gesagt. Die körperliche Berührung drückte ihre Liebe besser aus als alle Worte es gekonnt hätten. An der Biegung der Sandbank, wo der tiefere Kanal dicht vor dem Strand verlief, zog Dorian seine Kleider aus und wickelte seinen Turban auf. Dann gab er alles Yasmini und watete nackt ins Wasser. Zwischen den Felsenzungen strömte die Flut herein und brachte kaltes Wasser vom offenen Meer. Dorian sprang kopfüber in den tiefen Kanal und tauchte keuchend und prustend wieder auf.

Yasmini setzte sich auf die Sandbank und schaute ihm zu. Sie teilte seine Vorliebe für kaltes Wasser nicht. Sie hielt seine Kleider in einem Bündel und vergrub ihr Gesicht darin, um den Duft ihres Mannes zu inhalieren, den sie so liebte, noch nach all diesen Jahren. Wenn sie ihn roch, fühlte sie sich sicher und geborgen.

«Ich würde in deine Haut schlüpfen, wenn das möglich wäre», sagte sie ernst, wenn er sie deswegen neckte. «So bin ich dir so nah, als gehörte ich zu deinem Körper.»

Dorian kam schließlich aus dem Wasser. Das phosphoreszierende Plankton der Lagune schimmerte auf seiner Haut und Yasmini rief aus: «Sogar die Natur bedeckt dich mit Diamanten. Gott liebt dich, al-Salil, doch nicht so sehr, wie ich dich liebe.»

Er beugte sich über sie und küsste sie mit seinen salzigen Lippen. Dann nahm er ihr den Turban ab und trocknete sich damit, bevor er ihn sich als Lendenschurz um die Hüften band. Das lange Haar hing ihm nass den Rücken hinunter.

Sie gingen über den Strand zum Lager zurück. Der Wachposten grüßte und segnete sie, als sie an seinem Feuer vorbeigingen. Ihre Hütte stand weit entfernt von Toms und Sarahs, und Mansur zog es vor, bei den Offizieren und Matrosen seines Schiffes zu schlafen.

Dorian zündete die Laternen an und Yasmini nahm eine davon mit hinter den Wandschirm am anderen Ende des Raumes. Sie hatte die Hütte mit Perserteppichen, Seidenstoffen und Daunenkissen eingerichtet. Dorian hörte, wie sie Wasser in die Wanne goss und leise summte, während sie sich wusch. Dorian spürte, wie es sich in seinen Lenden regte: Dies waren

Yasminis Vorbereitungen für eine Liebesnacht. Er warf seine Kleider und den nassen Turban beiseite und streckte sich auf der Matratze aus. Er betrachtete ihre Silhouette, die das Laternenlicht auf den chinesischen Wandschirm warf. Sie hatte die Laterne extra so aufgestellt und wusste, dass er sie beobachtete. Als sie sich nun vornüber beugte, um ihre intimsten Körperteile zu waschen, drehte sie sich so, dass er das Schattenspiel bewundern konnte.

Als sie schließlich hinter dem Schirm hervorkam, senkte sie schamhaft den Kopf, sodass ihr das Haar ins Gesicht hing wie ein mit Silber durchschossener schwarzer Vorhang. Sie bedeckte ihre Scham mit beiden Händen. Dann hob sie den Kopf und spähte mit einem vor Leidenschaft funkelnden Auge durch den Haarschleier.

«Du lüsternes Früchtchen.» Er war inzwischen höchst erregt. Sie sah, welche Wirkung sie auf ihn hatte und lachte glockenhell. Dann ließ sie ihre Hände fallen und offenbarte ihre Scham, von der sie sorgfältig jedes Härchen abgezupft hatte. Es war eine nackte Spalte unter der elfenbeinweißen Rundung ihres Bauches, ihre Brüste waren klein und spitz, sodass sie aussah wie ein junges Mädchen.

«Komm her!», befahl er und sie gehorchte freudig.

Viele Stunden später spürte Yasmini, wie er sich neben ihr rührte, und war sofort hellwach. «Geht es dir gut?», flüsterte sie. «Brauchst du irgendetwas?»

«Schlaf weiter, meine Kleine», antwortete er leise. «Es ist nur dein Freund und heißer Bewunderer, der in die Hand genommen werden möchte.» Er erhob sich von der Matratze.

«Bitte richte diesem Freund meine ehrerbietigsten Grüße aus, und dass ich immer für ihn da bin», flüsterte sie. Er lachte verschlafen und hauchte ihr einen Kuss aufs Haar, bevor er sich von ihrer Matratze erhob. Dorian benutzte den Nachttopf nur im äußersten Notfall. Sich hinzuhocken, war nicht seine Sache. Er schlüpfte zur Hintertür hinaus und ging zu der Latrine fünfzig Meter von ihrer Hütte entfernt, hinter den Bäumen am Waldrand. Der Sand war kühl unter seinen nackten Füßen, die Nachtluft mild und duftend von den Blumen des Waldes und der Ozeanbrise. Dorian erleichterte sich und machte sich auf den Rückweg. Bevor er an der Hintertür war, blieb er jedoch noch einmal stehen. Die Nacht war so schön und der Sternenhimmel so wunderbar, dass es ihn verzauberte. Er blickte zum Himmel auf und fühlte plötzlich einen tiefen Frieden in sich.

Bis zu diesem Augenblick hatten ihn noch Zweifel geplagt. War seine Entscheidung, dem Elefantenthron den Rücken zu kehren, selbstsüchtig gewesen, und ungerecht für Mansur? Hatte er seine Pflicht gegenüber den Völkern Omans verletzt, die unter dem grausamen Joch stöhnten, das Zayn al-Dins Herrschaft für sie bedeutete? Tief in seinem Herzen wusste er, dass Zayn seinen Vater getötet hatte. Schrieben nicht die Gesetze Gottes und der Menschen vor, dass er Blutrache an diesem Vatermörder üben musste?

All diese Zweifel verebbten nun, als er so unter dem Sternenzelt stand. Die Nacht war kühl und er war nackt wie ein Neugeborenes, doch er war immer noch warm von der Umarmung der einzigen Frau, die er je geliebt hatte. Er seufzte zufrieden. Meine erste Pflicht gilt den Lebenden, nicht den Toten, und Yasmini braucht mich mehr als jeder andere, dachte er.

Er ging weiter auf die Hütte zu und dann hörte er Yasminis Schrei, herzzerreißend in seiner Mischung aus Schrecken und grässlichem Schmerz.

A̲LS DORIAN AUS DER HÜTTE gegangen war, setzte sich Yasmini auf. Sie schüttelte sich. Es war plötzlich sehr kalt geworden, viel kälter, als es sein sollte. Sie fragte sich, ob es natürliche Kälte war oder der kalte Hauch des Bösen. Vielleicht schwebte irgendein unheilvoller Geist über ihr. Sie glaubte wie selbstverständlich an die andere Welt, das Reich der Engel, Dschinn und Schaitane. Sie schüttelte sich wieder, diesmal jedoch eher vor Angst als vor Kälte. Sie machte das Zeichen gegen den bösen Blick, indem sie Daumen und Zeigefinger zusammenführte. Dann stand sie von der Matratze auf und drehte den Docht hoch, damit Dorian Licht hatte, wenn er zurückkam. Sie nahm Dorians Gewand von dem Wandschirm, über den er es gelegt hatte, und legte es um ihren nackten Körper. Dann setzte sie sich auf die Matratze und wickelte sich den Turban um den Kopf. Er war inzwischen getrocknet und duftete immer noch nach seinem Haar.

«Wo ist Dorry nur?», murmelte sie. «Wieso bleibt er so lange weg?» Sie wollte durch die Schilfwand hindurch nach ihm rufen, doch dann hörte sie ein verstohlenes Geräusch hinter sich. Sie drehte sich um und sah eine hoch gewachsene Gestalt vor sich, ganz in Schwarz, das Gesicht verborgen hinter einem schwarzen Kopftuch, eher eine Erscheinung des Bösen, mehr wie ein Dschinn oder ein Scheitan als wie ein Mensch. In seiner rechten Hand blitzte eine lange, gekrümmte Klinge in dem schwachen Laternenschein.

Yasmini schrie aus Leibeskräften und wollte aufstehen, doch der Dolchstoß kam so schnell, dass sie ihn nicht sehen konnte. Sie spürte, wie die Klinge in sie eindrang, so scharf, dass ihr zartes Fleisch kaum Widerstand bot. Sie fühlte nur einen Stich tief in ihrem Busen.

Der Mörder stand über ihr, als sie zu Boden sank. Ihre Beine waren plötzlich kraftlos. Er machte sich nicht die Mühe, die lange Klinge herauszuziehen, sondern drehte nur sein Handgelenk, sodass die Klinge sich schräg stellte. So suchte sich die rasiermesserscharfe Schneide selbst ihren Weg, indem sie die Wunde vergrößerte und durch Muskeln, Venen und Arterien schnitt. Als sie schließlich herausrutschte, fiel Yasmini auf die Matratze zurück. Die dunkle Gestalt schaute sich um und suchte nach dem Mann, der eigentlich da sein sollte und es nicht war. Erst als sie schrie, hatte er erkannt, dass er eine Frau vor sich hatte, und dann war es schon zu spät. Er bückte sich und schob den Turban von Yasminis Gesicht. Er blickte auf ihre bildschönen Züge, jetzt so blass und still im Laternenschein, dass sie aus Elfenbein geschnitzt zu sein schienen.

«Im heiligen Namen Gottes, ich habe erst die halbe Arbeit getan», flüsterte er. «Ich habe die Füchsin getötet, aber der Fuchs ist nicht hier.»

Er wirbelte herum und lief zu der Tür, durch die er gekommen war. In diesem Augenblick kam Dorian hinter ihm nackt in die Hütte gestürzt. «Wachen!», rief er sofort. «Zu Hilfe! Hierher, zu mir!»

Kadem ibn Abubaker erkannte die Stimme und drehte sich sofort um. Dies war das Opfer, auf das er aus war, dieser Mann, nicht die Frau, die seine Kleider trug. Er sprang auf Dorian zu, der nur langsam reagierte und es eben noch schaffte, den rechten Arm hochzureißen, um den Hieb abzuwehren. Die Klinge schlitzte seinen Arm auf, von der Schulter bis zum Ellbogen. Er schrie auf und fiel auf die Knie. Sein Arm hing ihm schlaff von der Seite und er schaute gequält zu dem Mann auf, der dabei war, ihn umzubringen.

Kadem wusste, sein Opfer war doppelt so alt wie er, und aus Dorians erster Reaktion schloss er, dass die Jahre ihn langsamer gemacht hatten, dass er jetzt hilflos war. Dies war seine Gelegenheit, schnell mit ihm Schluss zu machen und er sprang wieder vor. Al-Salils Ruf als legendärer Krieger hätte ihm jedoch eine Warnung sein sollen. Als er seinen Dolch niedersausen ließ, wieder auf das Herz seines Feindes zu, schossen zwei stahlharte Arme hoch, schnell wie Vipern, und Kadem fand seinen Angriffsarm in einem klassischen Handgelenkblock.

Dorian rappelte sich auf, das Blut spritzte aus der langen Armwunde, und sie rangen miteinander. Kadem wollte den Block brechen, damit er wieder zustechen konnte, und Dorian versuchte verzweifelt, ihn zu halten, während er weiter um Hilfe rief. «Tom!», schrie er, «Tom! Zu mir, zu mir!»

Kadem hakte seine Ferse hinter Dorians Fuß und warf sich gegen ihn, um ihn umzuwerfen, doch Dorian verlagerte sein Gewicht auf den anderen Fuß und drehte sich, wobei er die Messerhand nach hinten drückte, dass es Kadem fast die Sehnen aus dem Handgelenk riss. Der Mörder stöhnte vor Schmerzen, doch Dorian ließ nicht nach. «Tom!», rief er, «Tom, in Gottes Namen!»

Kadem gab unter dem Druck auf sein Handgelenk nach und gewann gerade genug Raum, dass er seine Hüfte gegen Dorian stemmen konnte. Der Hüftwurf schickte Dorian in hohem Bogen zu Boden und brach seinen Griff. Kadem stürzte sich auf ihn wie ein Frettchen auf einen Hasen und Dorian schaffte es gerade noch im Zurückfallen, seine Messerhand abzufangen. Sie waren wieder Brust an Brust, doch nun lag Kadem auf ihm und allmählich machte sich der Altersunterschied und Dorians Mangel an Übung im Kriegshandwerk bemerkbar. Kadem drückte die Spitze der krummen Klinge gnadenlos nieder. Das Gesicht des Angreifers war immer noch hinter dem schwarzen Tuch verborgen, das er sich um den Kopf gewickelt hatte. Nur seine Augen funkelten in dem engen Sehschlitz, Zentimeter über Dorians Gesicht.

«Für meinen Vater», keuchte Kadem, «endlich kann ich meine Pflicht tun für meinen Vater.»

Kadem legte sein ganzes Gewicht hinter seinen Messerarm und Dorian konnte ihn schließlich nicht mehr halten. Sein Abwehrarm gab langsam nach. Die Messerspitze durchbohrte seine nackte Haut und glitt tiefer und tiefer in seine Brust, bis zum Heft.

«Die Rache ist mein!», rief Kadem triumphierend.

Bevor der Schrei in seiner Kehle erstorben war, kam Tom hinter ihm in die Hütte gestürzt, wütend und stark wie ein schwarzmähniger Löwe. Er erfasste die Situation mit einem Blick und holte mit der schweren Pistole aus, die er in der rechten Hand hielt. Er wagte es nicht, sie abzufeuern, aus Angst, seinen Bruder zu treffen, und zog Kadem den stählernen Lauf mit aller Gewalt über den Schädel. Der Mörder brach lautlos auf Dorian zusammen.

Während Tom den Araber von dem reglosen Dorian zog, kam Mansur in die Hütte gelaufen. «Um Gottes willen, was ist passiert?»

«Dieses Schwein hier hat sich auf Dorian gestürzt.»

Mansur half Tom, Dorians Oberkörper aufzurichten. «Bist du verletzt, Vater?» Dann sahen sie beide mit Schrecken die grässliche Wunde in Dorians nackter Brust.

«Yassie!», hauchte Dorian heiser. «Kümmert euch um Yassie.»

Tom und Mansur drehten sich zu der kindlichen Gestalt um, die zusammengerollt auf der Matratze lag. Weder Tom noch Dorian hatten sie bis dahin bemerkt.

«Mach dir keine Sorgen um Yassie. Sie schläft», sagte Tom.

«Nein, Tom, sie ist tödlich verwundet.»

«Ich werde nach Mutter sehen.» Mansur sprang auf und lief zu der Matratze. «Mutter!», rief er und versuchte, sie aufzuheben. Dann taumelte er zurück und starrte auf seine Hände, nass von Yasminis Blut.

Dorian kroch über den Boden, zog sich auf die Matratze und hielt Yasmini in seinen Armen. Ihr Kopf fiel leblos zurück. «Yassie, bitte verlass mich nicht! Bitte verlass mich nicht, mein Herz.»

Sein Flehen war umsonst. Yasminis Engelsseele war schon zu weit auf dem Weg in die Welt der Schatten.

SARAH, GEWECKT VON DEM Aufruhr, war bald bei ihnen. Sie untersuchte Yasmini geschwind und fand, dass ihr Herz nicht mehr schlug, dass ihr niemand mehr helfen konnte. Sie verdrängte ihren Schrecken und wandte sich Dorian zu, der selbst kaum noch am Leben war.

Tom rief Batula und Kumrah herbei. Sie fesselten dem Mörder Ellbogen und Handgelenke hinter dem Rücken. Dann zogen sie seine Fußgelenke an seine Hände und banden alles zusammen, sodass sein Rückgrat schmerzhaft nach hinten gebogen wurde. Als Letztes legten sie ihm einen stählernen Sklavenring um den Hals und zerrten ihn zu einem Baum in der Mitte des Lagers, wo sie ihn anketteten. Sobald die furchtbare Neuigkeit von dem Mord sich im Lager herumgesprochen hatte, versammelten sich die Frauen um Kadem, um ihn zu verfluchen und anzuspucken, voller Zorn und Abscheu, denn es war keine unter ihnen, die Yasmini nicht geliebt hatte.

«Sorgt dafür, dass sie ihn nicht umbringen, jedenfalls nicht, bevor ich es befohlen habe», befahl Tom. «Du hast diesen Schweinehund zu uns gebracht, Batula, also kümmere dich jetzt um ihn. Wenn er flieht, wirst du mit deinem Leben dafür bezahlen.»

Er ging in die Hütte zurück, um zu helfen, soweit er konnte, und das war nicht viel, denn dort hatte nun Sarah das Kommando übernommen. Sie hatte in ihrem Leben schon so viele zerschlagene Körper und sterbende Männer gepflegt, dass sie sich bestens auskannte, wenn es um die Versorgung von Wunden ging. Sie brauchte Tom nur, um die Druckverbände festzuzurren, mit denen sie die Blutung stillte. Die übrige Zeit hielt sich Tom im Hintergrund und verfluchte seine Dummheit, weil er die Gefahr nicht vorausgesehen hatte.

«Wie dumm kann ein Mann nur sein? Warum habe ich es nicht gesehen?» Sein Gejammer half jedoch niemandem und schließlich forderte Sarah ihn auf, die Hütte zu verlassen. Sie erlaubte Tom erst wieder hereinzukommen, als sie Dorians Wunde fertig verbunden hatte und er ruhig lag. Sie beruhigte ihren Mann ein wenig, indem sie ihm eröffnete, sein Bruder sei zwar schwer verletzt, die Klinge sei jedoch am Herzen vorbeigegangen – jedenfalls soweit sie sagen konnte.

«Ich habe Männer gesehen, die nicht so stark sind wie Dorian und schlimmere Wunden überlebt haben. Es liegt nun alles in Gottes Hand. Wir können nur abwarten.» Sie gab Dorian zwei Löffel Laudanum, wartete, bis die Droge ihre Wirkung zeigte, und ließ ihn dann mit Tom und Mansur allein. Als Nächstes stand ihr die Aufgabe bevor, Yasminis Leichnam für das Begräbnis vorzubereiten.

Die malaysischen Dienstmädchen, Moslems wie Yasmini, halfen ihr dabei. Sie trugen Yasmini zu Sarahs Hütte am anderen Ende des Lagers, legten sie auf den niedrigen Tisch und stellten Wandschirme um sie auf. Sie zogen ihr die blutigen Kleider aus, die sie dann zu Asche verbrannten. Dann schlossen sie die Lider über diesen wunderbaren großen Augen, die nun ihren Glanz verloren hatten. Sie badeten Yasminis Körper und salbten ihn mit duftenden Ölen, bevor sie die Wunde verbanden, wo der Dolch ihr ins Herz gedrungen war. Sie kämmten ihr Haar, sodass die silberne Strähne so hell daraus hervorschimmerte wie eh und je. Dann kleideten sie sie in ein weißes Gewand und legten sie auf die Totenbahre. Sie sah aus wie ein schlafendes Kind.

Mansur und Sarah gingen in den Wald und suchten eine Grabstätte aus. Die Mannschaft der *Gift* half Mansur dabei, das Grab auszuheben, denn die Gesetze des Islam schrieben vor, dass Yasmini noch am Tag ihres Todes begraben werden musste.

Als sie Yasminis Bahre anhoben und aus der Hütte trugen, weckten die Klagen der Frauen Dorian aus seinem Opiumschlaf und er rief nach Tom, der sofort zu ihm geeilt kam. «Du musst Yassie zu mir bringen», flüsterte Dorian.

«Nein, Bruder, du darfst dich nicht rühren. Jede Bewegung könnte dich umbringen.»

«Wenn du sie nicht herbringst, werde ich zu ihr gehen.» Dorian wollte sich aufsetzen, doch Tom drückte ihn sanft auf die Matratze. Er rief Mansur zu, er solle die Totenbahre an Dorians Bett bringen.

Da Dorian darauf bestand, stützten Tom und Mansur ihn unter den Schultern, sodass er seiner Frau zum letzten Mal die Lippen küssen konnte. Dann zog sich Dorian den goldenen Ring vom Finger, über dem er seine Ehegelübde gesprochen hatte. Der Ring löste sich nicht gleich, da er ihn noch nie abgenommen hatte. Schließlich führte Mansur seinem Vater die Hand, als er den Goldreif über Yasminis dünnen, spitzen Finger streifte. Der Ring war viel zu groß für sie, doch Dorian faltete ihre Hand darum, sodass er nicht abgleiten konnte.

«Geh in Frieden, meine Liebe. Möge Allah dich an Seinen Busen nehmen.»

Wie Tom befürchtet hatte, war Dorian danach erschöpft von der Anstrengung und Trauer und sank kraftlos auf sein Lager. Helles, frisches Blut sickerte durch den Brustverband.

Sie trugen Yasmini in den Wald hinaus und ließen sie vorsichtig in das Grab ab. Tom und Mansur ließen sich die Aufgabe nicht nehmen, den Leichnam mit Erde zu bedecken. Sarah sah zu, bis sie fertig waren, dann nahm sie Toms Hand zur Rechten und Mansurs zur Linken und führte sie ins Lager zurück.

TOM UND MANSUR gingen sofort zu dem Baum, an den Kadem angekettet war. Tom stand finster über dem Gefangenen, die Arme in die Hüften gestemmt.

Kadem hatte eine dicke Beule am Kopf, wo der Pistolenlauf ihn getroffen hatte. Die Kopfhaut war aufgerissen und das Blut aus der Wunde war zu einer schwarzen Kruste geronnen. Er war jedoch wieder bei Bewusstsein und bedachte Tom mit einem stahlharten, fanatischen Blick.

Batula kam herbei und warf sich vor Tom zu Boden. «Klebe, mein Gebieter, ich verdiene Euren unbändigen Zorn. Es ist wahr, was Ihr gesagt habt: Ich war es, der diese Bestie unter seinen Schutz genommen und in Euer Lager gebracht hat.»

«Ja, Batula, es ist deine Schuld. Du wirst den Rest deines Lebens damit zubringen müssen, diese Schuld wieder gutzumachen.»

«Wie Ihr sagt, mein Gebieter, ich bin bereit, dafür zu bezahlen», sagte Batula demütig. «Soll ich diesen Schweinefresser jetzt töten?»

«Nein, Batula. Zuerst muss er uns erzählen, wer er in Wirklichkeit ist und wer ihn zu uns geschickt hat, diese grässliche Untat zu verüben. Es könnte schwierig werden, es aus ihm herauszubekommen. Ich sehe es in seinem Blick. Dieser Mann lebt in einer anderen Welt.»

«Er ist von Dämonen besessen», nickte Batula.

«Bring ihn zum Reden, aber pass auf, dass er nicht stirbt, bevor wir alles wissen», warnte ihn Tom noch einmal.

«Wie Ihr befehlt, Herr.»

«Bring ihn an einen Ort, wo seine Schreie die Frauen nicht erschrecken.»

«Ich werde mitkommen», sagte Mansur.

«Nein, Junge, dies ist schmutzige Arbeit. Du solltest nicht dabei zusehen.»

«Prinzessin Yasmini war meine Mutter», erwiderte Mansur. «Ich werde nicht nur zusehen, sondern jeden Schrei genießen, der aus seiner Kehle kommt.»

Tom konnte nur staunen. Dies war nicht mehr das entzückende Kind, das er von Geburt an gekannt hatte. Dies war ein harter Mann, innerhalb einer einzigen Stunde zu voller Reife herangewachsen. «Dann geh mit Batula und Kumrah», sagte er schließlich, «und pass gut auf, was Kadem al-Jurf zu sagen hat.»

Sie setzten Kadem in das Langboot und fuhren mit ihm den Fluss hinauf, bis sie sich über eine Meile vom Lager entfernt einen Baum suchten, an den sie ihn wieder anketten konnten. Sie legten einen Lederriemen über seine Stirn und banden ihn um den Baum, so fest, dass er in seine Haut schnitt und er den Kopf nicht bewegen konnte. Mansur fragte ihn nach seinem wahren Namen, doch Kadem spuckte ihn nur an. Mansur wandte sich ab.

«Die Arbeit, die wir nun vor uns haben, ist gerechte Arbeit. Lasst uns beginnen, in Gottes Namen», sagte er zu Batula und Kumrah.

«Bismallah!», rief Batula.

Mansur bewachte den Gefangenen, während Batula und Kumrah im Wald verschwanden. Sie wussten, wo sie zu suchen hatten, und nach einer Stunde hatten sie ein Nest der gefürchteten Waldameisen gefunden, grellrote Insekten, nicht viel größer als ein Reiskorn, der schimmernde Kopf mit einer giftigen Zange bewaffnet. Mit zwei Bambusstöcken hob Batula die Ameisen äußerst vorsichtig aus ihrem Nest, damit sie nicht verletzt wurden und ihn nicht beißen konnten.

Als sie wieder bei Mansur waren, pflückten sie einen Schilfhalm vom Flussufer und schoben Kadem ein Ende davon ins Ohr.

«Schau dir dieses winzige Insekt an.» Er hielt eine Ameise zwischen den Bambusstöckchen hoch. «Ihr giftiger Biss bringt einen Löwen dazu, sich vor Schmerz auf dem Boden zu rollen. Sag mir, du, der du dich Kadem nennst, wer bist du und wer hat dich geschickt, dieses Verbrechen zu begehen?»

Kadem schaute auf das zappelnde Insekt. Ein farbloser Tropfen Gift quoll zwischen den gezackten Kiefern hervor. Es verströmte einen scharfen Geruch, der jede andere Ameise in einen Blutrausch trieb.

«Ich bin ein wahrer Anhänger des Propheten», antwortete Kadem. «Gott hat mich gesandt, Seinen göttlichen Willen zu erfüllen.»

Mansur nickte Batula zu. «Dann soll die Ameise diesem wahren Anhänger des Propheten meine Frage noch klarer ins Ohr flüstern.»

Kadem verdrehte die Augen zu Mansur und versuchte, ihn wieder anzuspucken, doch sein Mund war schon trocken wie Sandpapier. Batula steckte die Ameise in die Öffnung des Schilfhalms in Kadems Ohr und verstopfte sie mit einem Klümpchen verrotteten Holzmehls.

«Du wirst hören, wie die Ameise durch das Röhrchen gekrochen kommt», erklärte Batula dem Gefangenen. «Ihre Schritte werden klingen wie Hufschläge. Dann wirst du spüren, wie sie auf deinem Trommelfell spaziert. Und dann wird sie dich beißen.»

Sie beobachteten Kadems Gesicht. Seine Lippen zuckten, und dann verdrehte er die Augen, bis nur noch das Weiße darin zu sehen war. Sein Gesicht verzerrte sich in grausamen Krämpfen.

«Allah», flüsterte er, «gib mir die Kraft, den elenden Frevlern zu widerstehen!»

Der Schweiß quoll ihm aus den Poren wie die ersten Tropfen des Monsunregens. Er wollte den Kopf schütteln, als er die Schritte der Ameise tausendfach verstärkt in seinem Ohr hörte, doch der Lederriemen hielt seinen Kopf wie in einem Schraubstock.

«Antworte, Kadem», zischte Batula, «ich kann die Ameise immer noch herausspülen, aber du musst schnell machen, sonst ist es zu spät.» Kadem schloss die Augen.

«Wer hat dich geschickt?» Batula ging noch näher heran und flüsterte in sein anderes Ohr: «Schnell, Kadem, oder der Schmerz wird schlimmer, als selbst du dir in deinem Wahnsinn vorstellen kannst.»

Die Ameise tief in Kadems Gehörgang krümmte ihren Rücken und ein frischer Tropfen Gift quoll zwischen den Kieferzangen hervor. Sie steckte die widerhakigen Spitzen in das weiche Gewebe an der Stelle, wo der Gehörnerv am dichtesten unter der Oberfläche lag.

Kadem al-Jurf wurde von Wellen unerträglichen Schmerzes verzehrt. Er schrie nur einmal, kein menschlicher Laut, sondern wie etwas aus einem Albtraum. Dann lähmte der Schmerz die Muskeln und Stimmbänder in seiner Kehle. Seine Kiefer verbissen sich in einem so steinharten Krampf, dass einer seiner verfaulten Backenzähne zerbarst und sich sein Mund mit Splittern und bitterem Eiter füllte. Seine Augen verdrehten sich, bis er aussah wie ein Blinder. Er bog den Rücken durch, dass Mansur fürchtete, er könnte sich das Rückgrat brechen, und sein Körper schüttelte sich mit solcher Macht, dass die Fesseln ihm tief ins Fleisch schnitten. «Er stirbt», sagte Mansur besorgt.

«Ein Schaitan ist nicht so leicht umzubringen», entgegnete Batula. Die drei saßen im Halbkreis vor Kadem und beobachteten, wie er litt. Es war furchtbar mit anzusehen, doch keiner von ihnen empfand das geringste Mitleid.

«Sieh nur, Herr», sagte Kumrah. «Der erste Krampf scheint vorüber zu sein.» Er hatte Recht. Kadems Rücken entspannte sich allmählich und obwohl es ihn immer noch am ganzen Leib schüttelte, wurden die Anfälle immer milder.

«Es ist vorbei», sagte Mansur.

«Nein, Herr. Wenn Gott gerecht ist, wird die Ameise bald wieder zubeißen», sagte Batula leise. «So schnell wird es nicht vorbei sein.» Er hatte kaum zu Ende gesprochen, als seine Voraussage sich erfüllte: Das winzige Insekt stach noch einmal zu.

Diesmal hatte Kadem die Zunge zwischen den Zähnen, als seine Kiefer zusammenklappten. Er biss sie durch und das Blut floss ihm übers Kinn. Er schüttelte sich und zerrte an der Kette. Seine Därme entleerten sich in einer spritzenden Explosion. Das war mehr, als selbst Mansur in seiner Rachlust verkraften konnte. «Genug, Batula. Beenden wir dieses Spiel. Spül die Ameise heraus.»

Batula zog den Holzpfropfen aus dem Schilfhalm und füllte seinen Mund mit Wasser, das er dann durch den Halm in Kadems Ohr blies, bis die rote Ameise mit dem Wasser an Kadems Hals hinablief.

Der Körper des Gefolterten entspannte sich langsam, bis er schlaff in seinen Fesseln hing. Sein Atem war schnell und flach und alle paar Minuten leerte er heiser seine Lungen, halb seufzend, halb stöhnend.

Seine Peiniger setzten sich wieder im Halbkreis vor ihn und beobachteten ihn geduldig. Am späten Nachmittag, als die Sonne hinter den Baumwipfeln zu versinken begann, öffnete

Kadem schließlich die Augen und fokussierte seinen Blick langsam auf Mansur.

«Batula, gib ihm Wasser», befahl Mansur. Kadems Mund war schwarz von seinem geronnenen Blut. Seine zerbissene Zunge hing ihm zwischen den Lippen heraus wie ein Klumpen verrotteter Leber. Batula hielt ihm den Wasserbeutel an den Mund und Kadem trank hustend und würgend.

Bis zum Sonnenuntergang ließ Mansur ihn ruhen. Dann befahl er Batula, ihn noch einmal trinken zu lassen. Kadem war jetzt kräftiger und folgte jeder ihrer Bewegungen. Mansur befahl Batula und Kumrah, seine Fesseln zu lockern, damit das Blut wieder in seine Glieder strömen konnte, und ihm Hände und Füße zu reiben, bevor sie ihm abfaulten. Er musste extreme Schmerzen leiden, als das Blut wieder durch die Adern zu fließen begann, doch Kadem ertrug es klaglos. Nach einer Weile zogen sie die Lederriemen wieder strammer.

Mansur baute sich vor ihm auf. «Wie du sicher weißt, bin ich der Sohn der Prinzessin Yasmini, der Frau, die du ermordet hast», sagte er. «In den Augen Gottes und der Menschen habe ich ein Recht auf Rache. Dein Leben gehört mir.»

Kadem starrte ihn nur an.

«Wenn du mir nicht antwortest, werde ich Batula befehlen, ein Insekt in dein anderes Ohr zu stecken.»

Kadem zuckte, doch sein Blick blieb kalt.

«Beantworte meine Frage», forderte Mansur. «Wer bist du und wer hat dich geschickt?»

Kadems geschwollene Zunge füllte seinen ganzen Mund, sodass seine Antwort kaum zu verstehen war. «Ich bin ein wahrer Anhänger des Propheten», sagte er, «Gott hat mich gesandt, Seinen göttlichen Willen zu erfüllen.»

«Das ist dieselbe Antwort, die du mir vor Stunden gegeben hast, doch es ist nicht die, auf die ich noch warte», sagte Mansur. «Batula, such noch ein Insekt heraus. Kumrah, steck ihm einen Halm in das andere Ohr.» Als sie fertig waren, warnte Mansur Kadem: «Diesmal könnte der Schmerz dich umbringen. Bist du bereit zu sterben?»

«Gott segnet den Märtyrer», erwiderte Kadem. «Ich sehne mich danach. Allah wird mich im Paradies willkommen heißen.»

Mansur nahm Batula beiseite. «Er wird nicht reden», sagte er.

Batula schien seine Zweifel zu haben: «Es gibt keinen anderen Weg, Herr.»

«Ich glaube, den gibt es. – Hör auf, wir brauchen den Halm nicht!», rief er Kumrah zu. Dann zu beiden: «Bleibt bei ihm. Ich werde bald zurück sein.»

Er ruderte den Fluss hinunter. Als er am Lager ankam, war es fast dunkel, doch der Vollmond tauchte den Osthimmel schon in einen wunderbaren, goldenen Glanz. Durch die Ritzen in der Riedhütte seines Vaters sah er Licht brennen und dorthin lenkte er nun seine Schritte.

Sein Onkel Tom und Tante Sarah saßen an der Matratze, auf der Dorian lag. Mansur kniete neben seinem Vater nieder und küsste ihm die Stirn. Dorian bewegte sich, öffnete jedoch nicht die Augen.

Mansur hielt seinen Mund an Toms Ohr und flüsterte: «Onkel, der Schurke will nicht reden. Ich brauche deine Hilfe.»

Tom erhob sich und nickte Mansur zu, er solle ihm nach draußen folgen. Mansur erklärte ihm geschwind, was er vorhatte: «Ich würde es selber tun, wenn der Islam es nicht verböte.»

«Ich verstehe.» Tom nickte und schaute zum Mond hinauf. «Vollmond. Das ist gut. Ich habe eine Stelle im Wald gesehen, nicht weit von hier, wo sie jede Nacht von den Wurzeln der Arumlilie fressen. Sag deiner Tante Sarah, was ich zu tun habe, und dass sie sich keine Sorgen machen soll. Ich werde nicht lange wegbleiben.»

Tom ging zu seinem Waffenschrank und nahm eine doppelläufige Viertelpfündermuskete heraus. Er machte die Zündpfanne scharf und lud die Waffe mit einer Hand voll von seinem Big Looper, dem berühmten Löwenschrot. Dann überprüfte er Feuerstein und Zünder und löste das Messer in der Scheide an seinem Gürtel.

Er suchte zehn Mann aus und befahl ihnen, sie sollten sich bereithalten. Er verließ das Lager jedoch allein. Es war entscheidend, dass er sich lautlos anpirschte. Er watete durch den Fluss. In der Mitte blieb er stehen, bückte sich und rieb sich eine Hand voll schwarzen Lehms ins Gesicht. Seine helle Haut hätte sonst das Mondlicht reflektiert und seine Beute war sehr scheu und klug. Es waren große Tiere, doch sie kamen nur in der Nacht aus ihrem Versteck, weshalb nur wenige Menschen je eines gesehen hatten.

Für fast eine Meile ging Tom das andere Flussufer entlang. Als er sich dem Sumpf näherte, in dem die Arumlilien wuchsen, verlangsamte er seine Schritte und blieb alle fünfzig Meter stehen, um zu lauschen. Am Rand des Sumpfes hockte er sich hin, hielt das schwere Gewehr auf seinem Schoß und wartete geduldig. Er rührte sich nicht, schlug nicht einmal nach den Moskitos, die ihm um den Kopf schwirrten. Der Mond stieg immer höher, bis das Licht so stark war, dass jeder Baum und jeder Busch einen scharfen Schatten warf.

Plötzlich hörte er ein Grunzen und Quietschen ganz in der Nähe und sein Herz schlug schneller. Er wartete reglos. Es war wieder still. Dann hörte er viele Hufe im Schlamm platschen, dann wieder Grunzen, Wühlen und zahniges Kauen.

Tom schlich auf die Geräusche zu und es wurde still, so plötzlich, wie es begonnen hatte. Er wusste, dies war nichts Ungewöhnliches, wenn man es mit Buschschweinen zu tun hatte: Das ganze Rudel stand still und lauschte auf Räuber und Tom stand auf einem Bein wie eine missglückte Statue. Die Stille zog sich hin, bis endlich das Grunzen und Scharren wieder losging. Er pirschte sich weiter an. Dann sah er das Rudel direkt vor sich: mehrere Dutzend dunkle, bucklige Sauen mit ihren Ferkeln zwischen den Beinen, wühlend und schlürfend, und kein ausgewachsener Eber darunter.

Mit unendlicher Vorsicht bewegte sich Tom auf eine Stelle am Rand des Sumpfes zu, wo der Grund fester war, und wartete, dass die großen Eber aus dem Wald kämen. Eine Wolke schob sich vor den Mond und plötzlich, in vollkommener Dunkelheit, spürte er es: Etwas war da, ganz in seiner Nähe. Er konzentrierte sich mit jedem Nerv auf dieses Etwas und bald sah er, wie sich etwas sehr Großes vor ihm bewegte, so nah, dass er meinte, er könnte es mit seiner Gewehrmündung berühren. Er hob den Kolben langsam an seine Schulter, wagte jedoch nicht, den Hahn zu spannen. Das Tier war zu dicht bei ihm. Es würde das Klicken hören, wenn der Abzugstollen einrastete. Er starrte in die Finsternis, nicht sicher, ob er sich nicht alles einbildete. Dann brach die Bewölkung über ihm auf und helles Mondlicht umflutete ihn.

Ein gigantischer Eber stand vor ihm aufgetürmt, eine raue Borstenmähne auf dem Kamm seines Rückens, zottig und schwarz im Mondschein. Seine Kiefer waren mit gebogenen Hauern bewaffnet, scharf genug, dass er Tom damit den Bauch aufschlitzen konnte, sodass er in Minuten verblutet wäre.

Tom und der Eber sahen einander im gleichen Augenblick. Tom riss die Hämmer der Muskete voll zurück und der Eber kam kreischend auf ihn zugestürmt. Er feuerte die Ladung des ersten Laufs auf die Brust des Untiers und die schweren Bleikugeln prasselten dumpf auf Fleisch und Knochen. Der Eber strauchelte und fiel auf die Vorderläufe, rappelte sich jedoch sofort wieder auf und kam weiter auf ihn zugerannt. Tom schoss den zweiten Lauf ab, dann schmiss er dem Eber die nutzlose Muskete ins Gesicht und warf sich zur Seite. Einer der Hauer verfing sich in seinem Mantel und schlitzte ihn auf wie eine Rasierklinge, ohne jedoch seine Haut anzukratzen. Das Untier streifte ihn mit seiner massiven Schulter und Tom flog in hohem Bogen in den Schlamm.

Er kam mühsam auf die Beine, das Jagdmesser in der rechten Hand, bereit für den nächsten Angriff. Um ihn herum herrschte panische Flucht. Dunkle Körper huschten quietschend an ihm vorbei, danach war es wieder vollkommen still, bis Tom ein anderes Geräusch hörte: Qualvolles Keuchen und Schniefen und krampfhaftes Treten im Sumpfschilf. Er kroch langsam auf das Geräusch zu und fand den Eber am Boden, in seinen letzten Zügen.

Tom eilte zum Lager zurück, wo die zehn Männer, die er ausgesucht hatte, auf ihn warteten. Es war kein Moslem unter ihnen, sie hatten also keine religiösen Skrupel, ein Schwein zu berühren. Tom führte sie zu dem Sumpf und sie banden den riesigen, übel riechenden Kadaver an eine Tragestange. Alle zehn trugen diese Last dann mit großer Mühe den Fluss hinunter zu der Stelle, wo Kadem an den Baum gekettet war und Mansur, Batula und Kumrah auf sie warteten.

Die Dämmerung brach schon an und Kadem starrte auf den Schweinekadaver, den sie vor ihm abluden. Er sagte nichts, doch sein Gesichtsausdruck zeigte deutlich, wie angeekelt er war.

Die Träger hatten auch Spaten mitgebracht und Mansur begann sofort, neben dem Kadaver ein Grab auszuheben. Niemand sprach ein Wort mit Kadem und sie schauten kaum in seine Richtung. Kadem schwitzte und zitterte, doch diesmal waren es nicht die Nachwirkungen der Ameisenbisse, sondern weil er allmählich begriff, welches Schicksal Mansur für ihn vorgesehen hatte.

Als das Grab tief genug war, legten die Männer die Spaten beiseite und gingen alle zusammen zu dem toten Eber. Zwei der Männer wetzten ihre Abhäutemesser. Die anderen rollten den Kadaver auf den Rücken und hielten die vier Beine weit auseinander, um den Kürschnern die Arbeit zu erleichtern. Jeder Schnitt saß und bald fiel das borstige Schweinefell von den Muskeln und dem Fett des Tieres ab und konnte auf dem Boden aufgespannt werden. Mansur und die beiden Kapitäne hielten sich fern von dem Ganzen, damit kein Tropfen Blut von dem unreinen Tier sie beschmutzen konnte. Ihr Ekel war ebenso offensichtlich wie bei ihrem Gefangenen. Mansur spuckte aus, um den Geschmack aus dem Mund zu bekommen, bevor er zu Kadem sprach.

«Oh Namenloser, der du dich als einen wahren Anhänger des Propheten bezeichnest, von Gott gesandt, um Seinen göttlichen Willen zu erfüllen, wir haben keine Verwendung mehr für dich und dein schändliches Tun. Dein Leben auf dieser Erde ist zu Ende.» Kadem war inzwischen in einem erbärmlicheren Zustand als nach den Ameisenbissen. Er faselte und sabberte wie ein Schwachsinniger und verdrehte die Augen nach links und rechts. Mansur ignorierte es und fuhr fort: «Auf meinen Befehl wirst du in diese feuchte, stinkende Schweinehaut eingenäht und lebendig in dem Grab verscharrt werden, das wir für dich vorbereitet haben. Wir werden den gehäuteten Kadaver des Untiers auf dich legen, auf dass du in dem Blut und Fett ersäufst. Du wirst zusammen mit diesem Schwein verwesen und eure Körpersäfte werden sich vermischen. Ihr werdet eins werden. Du wirst unrein sein, *haroum* in alle Ewigkeit. Gott und seine Propheten werden sich für immer von dir abwenden.»

Mansur gab den Männern ein Zeichen und sie traten vor. Mansur schloss Kadems Ketten auf, ließ aber seine Hände und Füße zusammengebunden. So legten die Männer ihn auf die blutige Schweinehaut. Der Segelmacher fädelte seinen Zwirn in die Nadel ein und zog sich den ledernen Daumenschutz über, um Kadem in das ekelhafte Leichentuch einzunähen.

Als Kadem die feuchte und fettige Haut um sich spürte, kreischte er wie die Seele eines Verdammten, der in ewige Finsternis gestürzt wird. «Mein Name ist Kadem ibn Abubaker, ältester Sohn des Paschas Suleiman Abubaker. Ich bin gekommen, um den Mord an meinem Vater zu rächen und den Willen meines Herrn, des Kalifen Zayn al-Din ibn al-Malik zu erfüllen!»

«Was war der Wille deines Herrn?», fragte Mansur.

«Die Hinrichtung der Prinzessin Yasmini und ihres Bruders und Liebhabers, al-Salil.»

«Das ist alles, was wir wissen wollten», sagte Mansur zu Tom, der in der Nähe saß. »Darf ich ihn jetzt töten, Onkel?»

Tom stand auf und schüttelte den Kopf. «Sein Leben gehört nicht mir, sondern deinem Vater. Außerdem werden wir ihn vielleicht noch brauchen, wenn wir den Mord an deiner Mutter rächen wollen.»

Mit seinem verletzten Trommelfell hatte Kadem keinen Gleichgewichtssinn mehr. Er taumelte und stürzte, als sie ihn aus der Schweinehaut hoben, seine Fesseln durchschnitten und ihn auf die Füße stellten. Tom befahl, ihn an die Tragestange zu binden, an der zuvor der Schweinekadaver gehangen hatte, und die Träger schleppten ihn an die Lagune wie ein erlegtes Stück Wild.

«Von einem Schiff wird er nicht so leicht entkommen können. Bringt ihn auf die *Gift*, Batula!», befahl Tom. «Kettet ihn im Orlopdeck an und teile deine zuverlässigsten Männer dafür ein, ihn Tag und Nacht zu bewachen.»

DIE VIERZIG TAGE DER TRAUER um Yasmini blieben sie in dem Lager am Ufer der Lagune. Die ersten zehn Tage hing Dorian über dem schwarzen Abgrund des Todes, zwischen Delirium und Koma und selten bei Bewusstsein. Tom, Sarah und Mansur lösten sich darin ab, an seinem Bett zu wachen.

Am zehnten Morgen öffnete Dorian die Augen und blickte Mansur an. Seine Stimme war schwach, aber klar. «Ist deine Mutter beerdigt? Hast du die Gebete gesprochen?»

«Sie ist beerdigt und ich habe an ihrem Grab gebetet, für dich und für mich.»

«Das ist gut, mein Sohn.» Dorian fiel wieder in Bewusstlosigkeit, doch nach einer Stunde wachte er auf und wollte essen und trinken.

«Du wirst überleben», sagte Sarah, als sie ihm eine Schale Suppe brachte. «Bis jetzt war ich nicht sicher, doch jetzt weiß ich es. Dorian Courtney: Du wirst überleben.»

Frei von der Sorge um Dorian, überließ Tom es nun Sarah und den Dienstmädchen, abwechselnd am Bett seines Bruders zu wachen, sodass er sich mit Mansur wieder anderen Dingen widmen konnte.

Tom befahl, Kadem jeden Tag vom Orlopdeck heraufzuholen, damit er sich in frischer Luft und Sonnenschein bewegen konnte. Er sorgte dafür, dass sie ihn gut fütterten und dass der Riss in seiner Kopfhaut sauber verheilte. Er empfand kein Mitleid für den Gefangenen, wollte jedoch sicherstellen, dass er überlebte.

Auf Toms Befehl hatten sie die Haut des Buschschweins eingesalzen und in die Takelage der *Gift* gehängt. Er verhörte Kadem fast jeden Tag in fließendem Arabisch und während dieser Verhöre zwang er den Gefangenen, im Schatten der Schweinehaut zu sitzen, die über seinem Kopf flatterte, damit er nie vergaß, welches Schicksal ihn erwartete, wenn er nicht antwortete.

«Wie hast du erfahren, dass dieses Schiff mir und meinem Bruder gehört?», wollte er wissen, worauf Kadem den Namen des Kaufmanns nannte, der ihm auf Sansibar diese Information gegeben hatte, bevor er ihn mit der Garotte zu Tode würgte.

Tom berichtete Dorian, der sich inzwischen ohne Hilfe aufsetzen konnte. «Sämtliche Spione Zayn al-Dins wissen nun also, wer wir sind, an jedem Ankerplatz an der Küste, vom Kap der Guten Hoffnung bis nach Hormus und zum Roten Meer.»

«Und die Holländer wissen es ebenfalls», nickte Dorian. «Keyser hat geschworen, jeder VOC-Hafen im ganzen Orient würde uns verschlossen bleiben. Es bleibt uns wohl nichts anderes übrig, als uns ein bisschen zu verkleiden.»

Tom machte sich sofort an die Arbeit, das Aussehen der beiden Schiffe zu verändern. Er nutzte Ebbe und Flut, um sie kielzuholen und aufs Trockene zu bringen. Als Erstes kratzten sie den Seegrasbelag ab und trieben den Schiffswurm aus, der sich in den Planken eingenistet hatte. Manche der ekelhaften Kreaturen waren so dick wie Toms Daumen und so lang wie sein Arm. Diese Würmer konnten ein Schiff durchbohren, bis der Rumpf aussah wie ein Schweizerkäse und im nächsten rauen Wetter auseinander brechen konnte. Sie teerten den Schiffsboden ein und erneuerten den Kupferbelag. Dies war die einzige Art, wie sie den Rumpf gründlich restaurieren konnten. Danach wechselte Tom Masten und Takelage aus. Er versah die *Gift* mit einem Besanmast, wie er es mit Dorian abgesprochen hatte. Der zusätzliche Mast änderte das Aussehen und Verhalten des Schiffes vollkommen. Als Tom die *Gift* für eine Testfahrt auf See brachte, segelte sie einen vollen Strich dichter am Wind und pflügte zwei Knoten schneller durch das Wasser als zuvor. Tom und Batula waren hoch erfreut und berichteten Dorian begeistert, wie erfolgreich die Umrüstung war. Dorian bestand darauf, ans Wasser zu hinken, um sein Schiff zu bewundern.

«Bei Gott, sie ist wieder so frisch wie eine Jungfrau.»

«Ja, Bruder, und sie braucht einen neuen Namen», sagte Tom darauf. «Wie soll sie also heißen?»

Dorian zögerte keine Sekunde: «*Revenge*. Die Rache.»

Tom wusste, woran sein Bruder dachte, und stimmte sofort zu. «Das ist ein berühmter Name», nickte er. «Unser Ururgroßvater segelte mit Sir Richard Grenville auf der alten *Revenge*.»

Sie strichen den Rumpf himmelblau. Dann machten sie sich an der *Maid of York* an die Arbeit. Sie hatte immer eine Neigung zum Querschlagen gezeigt, wenn man sie in hohem Tempo direkt vor dem Wind segelte. Tom nahm die Gelegenheit wahr, den Hauptmast um drei Meter zu verlängern und ihn fünf Grad mehr nach achtern zu neigen. Er verlängerte auch das Bugspriet und verschob Stag und Fock etwas zum Bug hin. Außerdem ließ er die Wasserfässer in den Ladebuchten näher am Heck aufstellen und veränderte dadurch die Trimmung des Schiffes. Das verwandelte nicht nur das Profil des Schiffes, sondern kurierte auch die leichte Kopflastigkeit der alten Maid.

«Ich habe sie damals nach dir benannt», erinnerte er Sarah, «deshalb ist es jetzt nur gerecht, wenn du den neuen Namen aussuchst.»

«*Water Sprite*», sagte sie so schnell, dass es Tom fast die Sprache verschlug.

«Wassergeist? Wie kommst du denn darauf? Ein schlauer Name.»

«Ich bin eben ein schlaues Mädchen», lachte sie.

«Das bist du gewiss», lachte er mit ihr. «Aber wäre *Sprite* nicht einfacher und besser?»

«Suchst du den Namen aus oder ich?», blitzte sie ihn an.

«Sagen wir, wir suchen ihn zusammen aus», erwiderte er und sie hob resigniert die Hände.

Als die vierzig Tage der Trauer um Yasmini vorüber waren, hatte Dorian sich so weit erholt, dass er ohne Stütze ans andere Ende des Strands gehen und durch den Kanal zurückschwimmen konnte. Doch obwohl er viel von seiner alten Kraft wiedergewonnen hatte, war er immer noch von Einsamkeit und tiefer Traurigkeit gezeichnet. Wann immer Mansur die Zeit fand, setzte er sich mit seinem Vater zusammen, um sich mit ihm zu unterhalten.

Jeden Abend versammelte sich die ganze Familie um das Lagerfeuer und sie besprachen ihre Pläne. So wurde bald klar, dass niemand dafür war, die Lagune zu ihrer neuen Heimat zu machen. Da sie keine Pferde hatten, konnten Tom und Mansur auf ihren Erkundungsexpeditionen nicht weit ins Hinterland vordringen. Sie stießen auch auf keinen der Stämme, die dieses Land einst bewohnt hatten. Die alten Dörfer waren niedergebrannt und verlassen.

«Es gibt keinen Handel, wenn es niemanden gibt, mit dem man Handel treiben könnte», stellte Tom fest.

«Und es ist nicht sehr gesund hier», unterstützte ihn Sarah. «Wir haben schon einen unserer Männer an das Fieber verloren. Ich hatte so gehofft, unseren Jim hier zu treffen, doch in all dieser Zeit haben wir nichts von ihm gehört oder gesehen. Er muss weiter nach Norden gezogen sein.» Es konnte hundert andere Gründe geben, weshalb Jim verschwunden war, doch daran wollte sie nicht denken. «Dort werden wir ihn bestimmt finden», sagte sie mit fester Stimme.

«Ich für meinen Teil kann bestimmt nicht hier bleiben», sagte Mansur. Er hatte in den vergangenen Wochen seinen natürlichen Platz im Familienrat eingenommen. «Mein Vater und ich haben die heilige Pflicht, den Mann zu finden, der den Mord an meiner Mutter befohlen hat. Ich weiß, wer er ist. Meine Bestimmung liegt im Norden, im Königreich Oman.» Er schaute seinen Vater fragend an.

Nach einer Weile nickte Dorian zustimmend. «Yasminis Tod hat alles geändert. Ich teile jetzt deine heilige Pflicht zur Rache. Wir werden zusammen nach Norden fahren.»

«Dann sind wir uns also einig», sprach Tom für alle. «Wenn wir erst die Nativity Bay erreicht haben, können wir noch einmal darüber nachdenken, wie es weitergehen soll.»

«Wann können wir aufbrechen?», fragte Sarah ungeduldig.

«Die Schiffe sind fast fertig. Wir sind so gut wie bereit. Sagen wir, in zehn Tagen, am Tag nach Karfreitag», schlug Tom vor, «das sollte uns Glück bringen.»

Sarah schrieb einen Brief an Jim. Sie füllte schließlich zwölf Seiten schweren Pergaments mit ihrer eleganten Handschrift. Sie nähte den Brief in ein Leinenetui ein, bemalte das Paket mit dem himmelblauen Schiffslack und dichtete die Nähte mit Teer ab. Dann schrieb sie seinen Namen darauf, in großen, weißen Buchstaben, James Archibald Courtney, trug den Brief selbst den Hügel hinauf und verstaute ihn unter dem Poststein. Darauf baute sie dann einen hohen Steinhaufen auf, damit Jim sah, dass ein Brief auf ihn wartete.

Tom UND DORIAN lösten sich darin ab, Kadem al-Jurf zu verhören. Im Schatten der trockenen Schweinehaut, die über ihm in der Takelage hing, antwortete Kadem auf ihre Fragen, vielleicht nicht bereitwillig, aber zumindest respektvoll. Er verlor jedoch nie diesen beunruhigenden, feurigen Blick in seinen Augen. Tom und Dorian stellten manchmal dieselbe Frage auf drei verschiedene Weisen, doch Kadem blieb bei seiner Antwort und ging in keine der Fallen, die ihm die beiden stellten. Er musste wissen, was schließlich sein Los sein würde. Das Gesetz verbot Dorian und Mansur, ihm irgendwelche Gnade zu zeigen. Wenn sie ihn anschauten, sah Kadem seinen Tod in ihren Augen. Er konnte bestenfalls hoffen, dass dieser Tod schnell und würdevoll sein würde.

Im Laufe der Wochen hatte Kadems Kerkerleben im Orlopdeck seinen eigenen Rhythmus entwickelt. Drei arabische Matrosen teilten sich die Pflicht, ihn nachts zu bewachen, jeder in einer Schicht von vier Stunden. Batula hatte sie sorgfältig ausgewählt und am Anfang hielten sie sich peinlichst genau an seine Befehle. Sie selbst sagten kein Wort, unterrichteten Batula aber von jeder kleinsten Bemerkung, die Kadem über die Lippen kam. Die Nächte zogen sich jedoch dahin und der Wachdienst war so langweilig, dass es ihnen schwer fiel, sich wach zu halten. Kadem war von den berühmtesten Mullahs des Königshauses von Oman erzogen worden, die ihn in Dialektik und religiösem Diskurs geschult hatten. Was er in der Finsternis, wenn die übrige Mannschaft an Land war oder auf dem offenen Deck schlief, seinen Wärtern zuflüsterte, machte großen Eindruck auf die frommen jungen Männer. Die Wahrheiten, die er aussprach, waren zu schmerzlich und bewegend, als dass sie Batula davon berichten konnten. Sie konnten nicht ihre Ohren verschließen vor Kadems Einflüsterungen. Zuerst lauschten sie in Ehrfurcht, als er ihnen von der Wahrheit und

Schönheit von Gottes Plan predigte. Und dann begannen sie gegen ihren Willen, selbst in die Dunkelheit zu flüstern. Das Feuer in seinen Augen bewies für sie, dass er ein heiliger Mann war, und schließlich gewann er sie für seine Sache. Sie gerieten unter den Bann des Kadem ibn Abubaker.

Die anderen dachten inzwischen nur noch an die bevorstehende Abfahrt. Die letzten Möbelstücke und anderen Dinge wurden vom Waldrand geholt und an Bord gerudert und am Karfreitag steckten Tom und Mansur schließlich die leeren Hütten in Brand. Die Schilfwände und -dächer waren ausgetrocknet und brannten wie Zunder. Am Tag nach Karfreitag stachen sie dann in See, mit der ersten Morgenwache, damit Tom genug Licht hatte, sie aus dem Kanal zu lotsen. Der Wind wehte vom Kontinent und trieb die kleine Flotte geschwind aufs offene Meer hinaus. Am Mittag, als Afrika nur noch eine dünne blaue Linie am Horizont war, kam einer der Matrosen an Deck gelaufen. Tom und Dorian saßen auf dem Achterdeck, Dorian auf dem Feldstuhl, den Tom für ihn gebaut hatte. Der Mann war so außer sich, dass sie zuerst nicht verstanden, was er rief.

«Kadem!» Endlich begriff Tom, um was es ging. Er stürzte die Treppe zum Orlopdeck hinunter. Kadem schien zusammengerollt auf seiner Strohmatratze zu schlafen. Seine Ketten waren sicher an den Ringen befestigt, die sie in den Planken verankert hatten. Tom nahm eine Ecke der dünnen Decke, die den Gefangenen von Kopf bis Fuß bedeckte, riss sie beiseite und trat gegen die Attrappe, die er darunter vorfand: zwei mit Hanf ausgestopfte Säcke, so zusammengebunden, dass der Umriss einen schlafenden Mann vortäuschte.

Sie durchsuchten das Schiff von vorne bis hinten. Tom und Dorian gingen mit dem Schwert in der Hand durch sämtliche Lagerräume und stachen in jede verborgene Ecke und Nische.

«Es fehlen noch drei Mann», meldete Batula beschämt.

«Wer?», wollte Dorian wissen.

Batula brauchte einen Augenblick, bevor er es über sich brachte, zu antworten: «Raschud, Pinna und Habban», sagte er heiser, «die drei, die ich als Wachen für ihn abgestellt hatte.»

Tom änderte den Kurs und ging längsseits neben die *Revenge*, die nun unter Mansurs Kommando segelte. Durch das Sprachrohr rief er seinem Neffen zu, was geschehen war, worauf beide Schiffe wendeten. Doch der Wind, der sie so schnell aus der Lagune gebracht hatte, hielt sie nun von der Küste fern. Sie mussten tagelang vor der Einfahrt kreuzen. Zweimal hätten sie fast Schiffbruch erlitten, als Tom die Geduld verlor und die Passage erzwingen wollte.

Sechs Tage, nachdem sie in See gestochen waren, konnten sie endlich wieder vor dem Strand der Lagune Anker werfen. Seit ihrer Abfahrt hatte es schwer geregnet und als sie an Land gingen fanden sie keine Spur mehr von den Flüchtigen. «Sie können nur in eine Richtung gegangen sein.» Tom zeigte das Tal hinauf. «Aber sie haben neun Tage Vorsprung. Wenn wir sie einholen wollen, müssen wir sofort losmarschieren.»

Er befahl Batula und Kumrah, die Waffenschränke und Magazine an Bord der Schiffe zu überprüfen. Als sie wieder an Land kamen, mussten sie berichten, dass vier Musketen fehlten, die gleiche Anzahl an Hiebern und eine entsprechende Menge Pulver und Blei, doch Tom zügelte sich in seinem Verlangen, den beiden Kapitänen die Leviten zu lesen. Sie hatten schon genug gelitten.

Dorian sträubte sich mit aller Macht, als Tom ihm sagte, er müsse zurückbleiben und sich um die Schiffe und Sarah kümmern, während er mit den Männern hinter den Flüchtlingen herjagen würde. Am Ende half Sarah, ihn zu überzeugen, dass er noch nicht kräftig genug war für eine solche Expedition, auf der sie schwere Märsche und vielleicht noch schwerere Kämpfe vor sich haben würden. Tom suchte zehn seiner besten Männer aus, alles bewährte Kämpfer. Eine Stunde, nachdem sie an Land gegangen waren, war alles bereit. Tom küsste Sarah zum Abschied und sie marschierten ins Landesinnere, Tom und Mansur an der Spitze der bewaffneten Männer.

«Ich wünschte, wir hätten Bakkat bei uns», brummte Tom. «Der würde ihnen auf der Spur bleiben, selbst wenn ihnen Flügel gewachsen wären und sie zehn Ellen über dem Boden schwebten.»

«Du bist ein berühmter Elefantenjäger, Onkel Tom. Ich

habe dich davon erzählen gehört, seit ich ein kleiner Junge war.»

«Das ist inzwischen ein paar Jahre her», lächelte Tom reumütig, «und es wäre gut, wenn du dich nicht an alles erinnertest, was ich erzählt habe. Prahlereien sind wie Schulden und Jugendlieben – sie kommen oft zu einem zurück und plagen den Mann, der für sie verantwortlich ist.»

Am Mittag des dritten Tages standen sie auf dem höchsten Kamm einer Bergkette, die sich wie eine geschlossene Mauer von Süden nach Norden zog. Die Hänge vor ihnen waren mit purpurnem Heidekraut bedeckt. Dies war die Grenze zwischen dem Küstenland und dem Kontinentalschelf. Hinter ihnen lagen die Wälder wie ein grüner Teppich, der sich bis zum Ozean erstreckte. Die Berge vor ihnen waren schroff und felsig, die Ebenen endlos bis zum blauen Horizont. In der Ferne trieben winzige Staubwolken in der warmen Brise über fliehenden Antilopenherden.

«Jede davon könnte den Weg der Männer markieren, nach denen wir auf der Jagd sind, und die Hufe der Herden werden ihre Spuren verwischt haben», erklärte Tom Mansur. «Ich kann mir aber nicht vorstellen, dass sie in diese große Leere gegangen sind. Kadem ist bestimmt schlau genug, in eine Richtung zu ziehen, wo er Menschen zu finden hofft.»

«Die Kapkolonie?» Mansur blickte nach Süden.

«Eher auf die arabischen Festungen an der Fieberküste zu, oder in das portugiesische Territorium von Mozambique.»

«Dieses Land ist so groß», runzelte Mansur die Stirn. «Sie könnten überall sein.»

«Warten wir, bis die Kundschafter zurückkommen.»

Tom hatte seine besten Männer nach Norden und Süden ausgeschickt, um zu sehen, ob sie Kadems Spur kreuzen würden. Zu Mansur hatte er nichts gesagt, noch nicht; er wusste, die Chance war verschwindend gering. Kadem hatte schon zu viel Vorsprung.

Als Treffpunkt hatte Tom einen Berg vereinbart, der sich wie ein schiefer Hut über die Hügel erhob und aus jeder Richtung aus zwanzig Meilen Entfernung zu sehen war. Sie lagerten am Südhang und in der Nacht kamen die Kundschafter zurück. Niemand war auf irgendein Zeichen von Menschen gestoßen.

«Sie sind entkommen, Junge», eröffnete Tom seinem Neffen schließlich. «Ich glaube, wir sollten sie ziehen lassen und zu den Schiffen zurückkehren. Dafür möchte ich aber dein Einverständnis. Deine Pflicht deiner Mutter gegenüber ist das Entscheidende.»

«Kadem war nur der Handlanger», sagte Mansur. «Meine Blutfehde ist mit seinem Gebieter auf Lamu, Zayn al-Din. Du hast Recht, Onkel, es hat keinen Sinn, ihn weiter zu verfolgen.»

«Du musst auch an Folgendes denken, Junge: Kadem wird auf dem schnellsten Weg zu seinem Herrn zurückkehren, wie die Taube zu ihrem Schlag. Wenn wir Zayn finden, wirst du Kadem an seiner Seite sehen, wenn die Löwen ihn nicht schon gefressen haben.»

Mansurs Miene erhellte sich und er richtete sich auf. «Bei Gott, Onkel, daran hatte ich überhaupt nicht gedacht. Natürlich, wir werden ihn auf Lamu wiedersehen. Und was die Löwen angeht, so glaube ich, Kadem verfügt über genug animalische Zähigkeit und fanatischen Glauben, um dort draußen zu überleben. Ich bin sicher, wir werden ihn wiedersehen. Er wird meiner Rache nicht entkommen. Lass uns zu den Schiffen zurückgehen, so schnell wie möglich.»

Vor Anbruch der Dämmerung kletterte Sarah aus der Koje in ihrer kleinen Kabine auf der *Sprite*. Sie ruderte an Land und erklomm den Hügel über der Lagune, wie sie es jeden Morgen getan hatte, seit Tom weggegangen war. Nun erkannte sie von weitem seine große, aufrechte Gestalt und seinen wiegenden Gang an der Spitze seiner Männer. Ihr Blick wurde verschwommen von Tränen der Freude.

«Danke, Gott, Du hast meine Gebete erhört», rief sie laut und lief die andere Seite des Hügels hinunter direkt in Toms Arme. «Ich habe mir solche Sorgen gemacht, du könntest dich wieder in Schwierigkeiten bringen, wenn ich mich nicht um dich kümmern kann, Tom Courtney.»

«Dazu hatte ich leider keine Gelegenheit, Sarah Courtney.» Er umarmte sie fest. Dann blickte er Mansur an. «Deine

Beine sind schneller als meine, Junge. Laufe vor und sag deinem Vater, dass wir zurück sind. Ich will, dass die Schiffe auslaufbereit sind, sobald ich an Bord bin.» Mansur machte sich sofort auf den Weg.

Sobald er außer Hörweite war, sagte Sarah: «Du willst nur nicht derjenige sein, der Dorian die schlechte Nachricht überbringt, dass der Mord an Yassie immer noch ungerächt ist.»

«Es ist Mansurs Pflicht, nicht meine», winkte Tom ab, «Dorry würde es nicht anders wollen. Das einzig Gute an diesem blutigen Geschäft ist, dass es Vater und Sohn näher zusammenbringt, als sie je gewesen sind – und sie waren sich schon verdammt nahe.»

Sie liefen mit der Ebbe aus. Der Wind stand günstig und sie waren auf hoher See, bevor der Abend anbrach. Die Schiffe blieben innerhalb von zwei Kabellängen Abstand voneinander, mit dem Wind frisch von achtern, in bester Segellage. Die *Revenge* zeigte ihre Schnelligkeit und begann, davonzuziehen. Dennoch gab Tom Befehl, für die Nacht Segel einzuholen. Er bedauerte, dass sie den Wind nicht nutzen konnten, der so kräftig in Richtung Nativity Bay wehte.

«Was soll man machen?», tröstete sich Tom, «wir sind schließlich kein Kriegsschiff, sondern nur ein Handelsschoner.» Er konnte sehen, dass auch Mansur nun sein Stagsegel einrollte und Besan- und Großsegel reffte. Beide Schiffe hängten Laternen an den Hauptmast, damit sie über Nacht in Sichtkontakt bleiben konnten.

Tom war im Begriff, Kumrah die Brücke zu überlassen und in die kleine Messe hinunterzugehen, um das Abendessen zu sich zu nehmen, das Sarah gerade kochte. Er überprüfte noch einmal Segeltrimmung und Kurs und machte sich dann auf den Weg zur Stiege. Und dann blieb er abrupt stehen.

Er starrte zum dunklen östlichen Horizont und murmelte verwundert: «Es sieht aus, als brennt dort draußen irgendetwas, ein riesiges Feuer. Ein brennendes Schiff? Nein, es muss etwas noch Größeres sein, vielleicht ein Vulkanausbruch.»

Die Matrosen an Deck hatten es ebenfalls gesehen und drängten sich glotzend und plappernd an der Reling. Plötzlich stieg ein riesiger Feuerball über dem Horizont auf und erhellte das Meer. Die Segel der *Revenge* schimmerten blass in diesem himmlischen Feuer.

«Mein Gott, ein Komet!», rief Tom. Er stand über der Messe und stampfte mit dem Fuß auf. «Sarah Courtney, komm sofort herauf! So etwas hast du noch nie gesehen und wirst du wahrscheinlich nicht noch einmal sehen!»

Sarah kam die Stiege heraufgelaufen, Dorian dicht hinter ihr. Sie blieben neben Tom stehen und starrten zum Himmel, sprachlos im Glanz dieses Himmelsschauspiels. Sarah suchte Toms schützende Arme. «Es ist ein Zeichen», flüsterte sie. «Es ist Gottes Segen für unser altes Leben, das wir am Kap zurückgelassen haben, und Sein Versprechen für das neue Leben, das vor uns liegt.»

Dorian ließ sie allein. Er ging langsam zum Bug und fiel auf die Knie, den Blick zum Himmel erhoben. «Die Tage der Trauer haben ihr Ende gefunden. Deine Zeit auf Erden mit mir ist vorüber. Geh nun, Yasmini, ich vertraue dich der Liebe Gottes an, doch wisse, mein Herz wird für immer bei dir sein.»

Als Mansur den Kometen über dem dunklen Meer aufsteigen sah, lief er zu den Hauptwanten und stieg daran hinauf. Er kletterte geschwind durch die Takelage, bis er über dem Haupttopp war. Er legte einen Arm um den Toppgallantmast und pendelte geschickt das Rollen und Neigen des Schoners aus. Er blickte zum Himmel und sein langes, dichtes Haar wehte im Wind. «Der Tod der Könige!», rief er. «Der Untergang der Tyrannen! Es steht am Himmel geschrieben, in Gottes Hand!» Er füllte noch einmal seine Lungen und schrie in den Wind. «Höre mich, Zayn al-Din! Ich bin die Rache, ich werde dich finden!»

Nacht um Nacht, während die beiden kleinen Schiffe nordwärts segelten, stieg der Komet über ihnen auf und schien ihren Weg zu beleuchten, bis sich schließlich eine massive Landzunge vor ihnen aus den Fluten erhob wie der Rücken eines gigantischen Wals, dessen Maul sich nach Norden öffnete. Sie segelten durch diese Einfahrt auf eine große, abgeschlossene Bucht, viel größer als die Elefantenlagune, die sie vor Wochen hinter sich gelassen hatten. Auf einer Seite erhob sich das Land steil zu einem Hochplateau, auf der anderen erstreckten sich dichte Mangrovensümpfe, und dazwischen öffnete sich ein liebliches Flusstal mit süßem, klarem Wasser zwischen sanft ansteigenden Ufern, ein natürlicher Ankerplatz.

«Dorian und ich haben diese Bucht schon oft besucht. Den Fluss nennen die Eingeborenen dieser Gegend den Umbilo», klärte Tom seine Frau auf, während er auf den Strand zusteuerte und in drei Faden tiefem Wasser ankerte. Sie blickten über die Reling ins Wasser hinunter und sahen, wie die Stahlflügel in dem weißen Sandboden versanken.

Sobald beide Schiffe ruhig lagen, alle Segel eingeholt und die Rahen abgelassen waren, sahen Tom und Sarah von der Reling aus zu, wie Mansur von der *Revenge* aus an Land ruderte, begierig, diese neue Umgebung zu erkunden.

«Die Rastlosigkeit der Jugend», bemerkte Tom.

«Wenn Rastlosigkeit ein Zeichen junger Jahre ist, dann bist du immer noch ein Baby, Tom», entgegnete sie.

«Das ist nicht ganz fair», lachte er, «aber ich lasse es durchgehen.»

Sie hielt sich eine Hand über die Augen und blickte das Ufer entlang. «Wo ist der Poststein?»

«Da, am Fuß der Felsenklippe, aber mach dir keine all zu großen Hoffnungen.»

«Natürlich nicht!», schnappte sie. Diesmal braucht er mich nicht vor Enttäuschungen zu beschützen, dachte sie. Mein Mutterinstinkt sagt mir, dass Jim nicht fern ist. Selbst wenn er jetzt noch nicht hier ist, wird er bestimmt bald ankommen.

Tom wechselte das Thema und fragte in versöhnlichem Ton: «Was hältst du von diesem Flecken Erde, Sarah Courtney?»

«Es gefällt mir ganz gut. Vielleicht wird es mir noch besser gefallen, wenn du mir hier mehr als einen Tag Ruhe gönnen könntest.» Sie akzeptierte sein Friedensangebot mit einem Lächeln.

«Dann werden Dorian und ich sofort damit beginnen, das Grundstück für unser neues Fort und die Handelsstation abzustecken.» Tom hob sein Fernrohr vors Auge. Er und Dorian hatten die meiste Arbeit schon während ihres letzten Besuchs dort erledigt. Er schwenkte das Fernrohr zu der Stelle, die sie ausgesucht hatten. Es war eine Halbinsel in einer Biegung des Flusses. Da sie auf drei Seiten von den Fluten des Umbilo umgeben war, war sie leicht zu verteidigen. Die Versorgung mit Süßwasser war gesichert und sie hatten freies Schussfeld in alle Richtungen. Außerdem lag das Gelände in Reichweite der Kanonen auf den geankerten Schiffen, falls kriegerische Eingeborene auf den Gedanken kämen, sie anzugreifen.

«Ja», nickte er zufrieden. «Wir fangen noch morgen mit der Arbeit an, und du wirst uns unser Privatquartier einrichten, so wie du es vor zwanzig Jahren in Fort Providence getan hast.»

«Das waren unsere Flitterwochen», sagte sie mit erwachender Begeisterung.

«Genau, Mädel», lächelte Tom, «und hier werden wir unsere zweiten Flitterwochen verleben.»

D ER KLEINE REITERTRUPP zog langsam über das Veld, verschwindend in der unendlichen Landschaft, von der sie umgeben waren. Sie führten die Packtiere an einer Leine und ließen die Ersatzpferde frei hinterherlaufen. Mensch und Tier waren hager und abgehärmt von dem langen Marsch, die Kleider zerschlissen und zusammengeflickt, die Stiefel längst durchgelaufen und durch grob zusammengenähte Kuduhäute ersetzt. Die Geschirre der Pferde waren zerkratzt von den vielen Dornendickichten, durch die sie gezogen waren, und die Sättel blank poliert von den verschwitzten Hinterteilen der Reiter.

Die Gesichter und Arme der Holländer waren sonnenverbrannt und so dunkel wie die Haut ihrer Hottentottensöldner. Sie ritten schweigend in einer Reihe hinter Xhia, dem Buschmann her, der vor ihnen hertrottete, immer weiter den Wagenspuren nach, die sich wie eine endlose Schlange über Steppen und Hügel zogen.

Die Soldaten dachten längst nicht mehr an Desertion. Nicht nur die stählerne Entschlossenheit ihres Führers hinderte sie daran, sondern auch die Tausende von Meilen an

Wildnis, die inzwischen hinter ihnen lagen. Sie wussten, ein Reiter allein hätte kaum eine Chance, je zur Kolonie zurückzufinden. Sie waren zu einer Herde geworden. Sie mussten zusammenbleiben, wenn sie überleben wollten. Sie waren nicht nur Gefangene der Besessenheit ihres Führers, Captain Herminius Koots, sondern auch der großen, leeren Wildnis.

Koots' verschlissener Ledermantel und seine Reithose waren voller Flicken und Flecken von Schweiß, Regen und rotem Staub. Sein strähniges Haar hing ihm auf die Schultern, weiß gebleicht von der Sonne, die Enden grob mit einem Jagdmesser getrimmt. Mit seinem sonnengeschwärzten Gesicht und den farblosen, starren Augen sah er tatsächlich aus wie ein Besessener.

Die Belohnung war längst nicht mehr wichtig für ihn. Was ihn vorantrieb, war das Bedürfnis, den Hass auf die Beute zu stillen. Nichts sollte ihm diesen höchsten Preis rauben, weder Mensch noch Tier, noch unzählige Meilen unter glühender Sonne.

Das Kinn war ihm auf die Brust gesunken, doch nun hob er den Kopf und blickte voraus. Seine Augen verengten sich zwischen den weißen Lidern. Am Horizont war eine dunkle Wolke zu sehen. Er sah zu, wie sie immer höher zum Himmel aufstieg und über die Ebene auf sie zurollte. Er zügelte sein Pferd und rief Xhia zu: «Was ist das da vor uns? Es sieht nicht aus wie Staub oder Rauch.»

Xhia lachte gackernd und begann einen schlurfenden, stampfenden Freudentanz. Die Länge des Marsches und all die Entbehrungen konnten ihm nichts anhaben. Dies war das Leben, für das er geboren war. Die Wildnis war seine Heimat, der offene Himmel das Dach über seinem Kopf.

Er begann wieder eine seine Litaneien, in denen er sich selbst pries und seinen grausamen Herrn verhöhnte, in einer Sprache, die der nicht verstand. «Schleimiger weißer Wurm, deine Haut von der Farbe von Eiter und saurer Milch, weißt du denn gar nichts von diesem Land? Muss Xhia, der mächtige Jäger und Bezwinger des großen Elefanten, dich bemuttern wie einen blinden, lallenden Säugling?» Xhia sprang in die Luft und presste einen Furz heraus, so gewaltig, dass die

Klappe seines Schurzes hochflog. Er wusste, das würde Koots wütend machen. «Muss Xhia, so groß, dass sein Schatten seine Feinde in Schrecken versetzt, Xhia, unter dessen mächtigem Stachel die Frauen vor Entzücken kreischen, muss Xhia dich ewig an der Hand führen? Du begreifst nicht die Zeichen der Erde, du siehst nicht, was klar am Himmel geschrieben steht.»

«Hör sofort mit diesem Affengezeter auf!», brüllte Koots. Er verstand die Worte nicht, hörte aber den Spott in Xhias Ton. «Halt dein dreckiges Maul und gib mir eine klare Antwort.»

«Ich soll das Maul halten und deine Frage beantworten, Herr?» Xhia wechselte in den Dialekt der Kolonie, eine Mischung aus allen Sprachen, die dort gesprochen wurden. «Bin ich denn ein Zauberer?»

Koots berührte den Griff der langen Nilpferdpeitsche, die an seinem Sattelknauf hing, und dies war eine Geste, die sie beide verstanden. Xhia änderte seinen Ton und hielt sich außerhalb der Reichweite der Peitsche. «Herr, dies ist ein Geschenk von Kulu Kulu. Heute Abend werden wir mit vollem Bauch schlafen.»

«Vögel?», fragte Koots. Er sah zu, wie der Schatten dieser Wolke über die Ebene auf sie zukam.

«Keine Vögel», klärte ihn Xhia auf, «nein, Heuschrecken.»

Koots vergaß seinen Zorn auf den Buschmann und lehnte sich im Sattel zurück, um den sich nähernden Schwarm genauer zu betrachten. Das Heuschreckenheer füllte den halben Himmel von einem Horizont zum anderen. Das Geräusch, das die Flügel machten, klang zuerst wie ein milder Wind, der durch Baumwipfel weht, wurde jedoch schnell lauter, erst Murmeln, dann Brüllen, dann ohrenbetäubender Donner. Der gigantische Insektenschwarm bildete einen lebendigen Vorhang, dessen Saum über den Boden schleifte. Koots' Staunen verwandelte sich in Schrecken, als die ersten Insekten ihm ins Gesicht und gegen die Brust flogen. Er duckte sich und schrie auf. Die Hinterbeine der Heuschrecken hatten scharfe Haken und eine hinterließ einen blutigen Kratzer auf seiner Wange. Sein Pferd bäumte sich auf und duckte sich unter ihm und Koots sprang aus dem Sattel und hielt die Zügel gepackt. Er drehte den Rumpf des Tieres in die Richtung, aus der der

Schwarm kam, und rief seinen Männern zu: «Haltet die Pack-pferde und legt den Ersatzgäulen Kniefesseln an, damit sie nicht vor dieser Plage die Flucht ergreifen.»

Sie zwangen die Tiere auf die Knie und zerrten an den Zü-geln, bis sie sich widerwillig auf die Seite rollten und im Gras liegen blieben. Koots legte sich hinter sein Pferd, zog sich den Hut über die Ohren und schlug den Mantelkragen hoch. Das Pferd bot ihm teilweise Deckung, doch auf die ungeschützten Stellen prasselten die Insekten wie scharfkantige Hagelkörner.

Der übrige Trupp folgte seinem Beispiel und alle legten sich hinter ihre Pferde, als wären sie unter Musketenfeuer. Nur Xhia schienen die harten Körper nichts auszumachen, die unablässig auf ihn herabregneten. Er saß auf der offenen Ebene, fing die Insekten, die auf seinem Körper aufprallten, riss ihnen die Beine und glubschäugigen Köpfe ab und stopfte sich den Rest in den Mund. Die Panzer der Tiere knirschten, der tabakbraune Saft lief ihm übers Kinn. «Esst!», rief er den Männern zu. «Nach den Heuschrecken kommt die Hungers-not!»

Von Mittag bis nach Sonnenuntergang brüllte der Heu-schreckenschwarm über sie hinweg. Er verdunkelte den Him-mel, sodass schon am Nachmittag die Dämmerung hereinzu-brechen schien. Xhias Appetit schien unersättlich. Er verschlang die lebenden Insekten, bis sein Bauch sich blähte und Koots dachte, er würde an seiner eigenen Fressgier zu-grunde gehen. Xhias Verdauungstrakt war jedoch so stark wie der eines wilden Tieres. Als sein Bauch zu einem glänzenden Ball geschwollen war, kam er taumelnd auf die Beine und stol-perte ein paar Schritte von ihnen weg, bevor er die hintere Klappe seines Lendenschurzes hob und sich wieder nieder-hockte, vor Koots' Augen – und der Wind wehte dem Hollän-der direkt ins Gesicht.

Die Mengen an Nahrung, die der Buschmann in sich hi-neingestopft hatte, schien nur seine Därme geschmiert zu haben. Er drückte geräuschvoll einen großen Haufen heraus, während er sich gleichzeitig mehr von den flatternden Insek-ten in den Mund stopfte.

«Du ekelhaftes Tier!», schrie Koots. Er zog seine Pistole,

doch Xhia wusste, er würde ihn nicht töten, obwohl er ihn regelmäßig zu verprügeln pflegte. Nein, er würde ihn nicht erschießen, nicht in dieser Wildnis Tausende von Meilen von jeder Zivilisation entfernt.

«Gut!», grinste er Koots an und winkte ihm einladend zu, er solle sich doch an dem Schmaus beteiligen.

Koots steckte seine Waffe ins Halfter zurück und vergrub seine Nase in seiner Achselhöhle. «Sobald er seinen Zweck erfüllt hat, werde ich diesen kleinen Affen erwürgen, mit bloßen Händen», schwor er sich. Der Gestank, der von Xhia zu ihm wehte, ließ ihn kaum zu Atem kommen.

Als es dunkel wurde, sank der schier unendliche Schwarm vom Himmel herab und die Insekten ließen sich nieder, wo sie gerade landeten. Das ohrenbetäubende Summen verstummte und Koots konnte schließlich aufstehen.

So weit er blicken konnte, war die Erde hüfttief mit einem lebendigen Teppich bedeckt, in jeder Richtung, rotbraun im Licht der untergehenden Sonne. Die Bäume hatten ihre Gestalt verändert, als die Insekten sich auf ihnen niederließen. Sie hatten sich in unförmige, kriechende Haufen verwandelt, die weiter anwuchsen, als sich immer noch mehr Heuschrecken auf ihnen niederließen. Krachend wie Musketenfeuer gaben die dicksten Äste unter der lebenden Last nach und fielen donnernd zu Boden, mit Haufen von Heuschrecken bedeckt, die sich nicht dabei stören ließen, das Laub zu verschlingen.

Die Fleischfresser kamen aus ihren Höhlen und Verstecken gekrochen und versammelten sich zu einem Festmahl. Koots sah staunend zu, wie Hyänen, Schakale und Leoparden vor Gier den Mut fassten, auf die offene Steppe zu laufen, um sich die Bäuche zu füllen.

Selbst eine Rotte Löwen beteiligte sich an dem Bankett. Sie zogen dicht an Koots vorbei, ohne den Männern und Pferden die geringste Beachtung zu schenken, so fixiert waren sie auf die leichte Beute. Wie grasendes Vieh breiteten sich die Raubtiere auf der Ebene aus, die Nase am Boden, das Maul voll Heuschrecken. Die voll gefressenen Löwenjungen stellten sich auf die Hinterbeine und schlugen ver-spielt nach den Insekten, die sie mit ihren Schnauzen aufgescheucht hatten.

Koots' Männer fegten ein Stück Erde frei und machten ein Feuer. Dann nahmen sie ihre Spaten als Bratpfannen und rösteten die Heuschrecken, bis sie knusprig braun waren. So verspeisten sie Stück für Stück mit fast so großem Genuss wie Xhia. Sogar Koots beteiligte sich an dem Schmaus. Als die Nacht hereinbrach, versuchten die Männer, sich zur Ruhe zu legen, doch dann kamen die Insekten wieder über sie. Sie kratzten mit ihren stacheligen Beinen an jedem offenen Stück Haut, sodass niemand schlafen konnte.

Am nächsten Morgen bei Sonnenaufgang fanden sie sich in einer unwirklichen, rotbraunen Landschaft. Bald wärmte die Sonne die Milliarden von Heuschrecken, die über Nacht in einen Kälteschlaf gefallen waren. Sie rührten sich und summten wie ein aufgescheuchtes Wespennest und dann, wie auf ein Signal, erhob sich das ganze Heer in die Lüfte und zog brüllend nach Osten, in Richtung der Morgenbrise. Danach war Koots' Trupp noch für viele Stunden in dieser dunklen Wolke gefangen, doch als die Sonne den Zenit erreichte, war der Himmel über ihnen wieder strahlend blau.

Die Landschaft, die der Heuschreckenschwarm zurückließ, war jedoch nicht mehr wieder zu erkennen: nichts als nackte Erde und Felsen. Es war, als hätte ein Feuer alles Grün verzehrt.

Die Pferde schnupperten an der nackten Erde und scharrten traurig zwischen den Steinen. In ihren leeren Bäuchen rumorten schon die Gase. Koots kletterte auf den nächsten Felsenhügel und schwenkte sein Teleskop über die Steinwüste. Die Quagga- und Antilopenherden, von denen das Land gestern noch gewimmelt hatte, waren verschwunden.

Seine Männer hatten offenbar angeregt diskutiert, während er fort war, und als er nun zurückkam, verstummten sie plötzlich. Koots schaute einem nach dem anderen ins Gesicht, während er sich aus der schwarzen Kanne einen Becher Kaffee eingoss. Den letzten Zucker hatten sie vor Wochen aufgebraucht. Er nippte an seinem Becher und schnappte: «Was ist, Oudeman? Du schaust aus der Wäsche wie eine alte Frau, der die Krampfadern geplatzt sind.»

«Die Pferde haben kein Gras zu fressen», murmelte Oudeman.

Koots tat, als wäre dies eine Enthüllung für ihn. «Danke, dass du mich darauf hinweist, Sergeant Oudeman. Ohne deine scharfe Beobachtungsgabe wäre mir das bestimmt nicht aufgefallen.»

Oudeman konnte nur die Stirn runzeln, als er diesen Spott hörte. Er war nicht schlagfertig oder gebildet genug, um sich mit Koots auf ein Wortgeplänkel einlassen zu können. «Xhia sagt, die Wildherden wissen, wo neue Weidegründe zu finden sind. Wenn wir ihnen folgen, werden sie uns hinführen.»

«Bitte mach weiter, Sergeant. Ich kann nie genug bekommen von deinen Perlen der Weisheit.»

«Xhia sagt, seit gestern Abend ziehen die Herden nach Süden.»

«Ja», nickte Koots und blies laut über seinen heißen Kaffee. «Xhia hat Recht, ich habe es von da oben gesehen.» Er zeigte mit seinem Becher zu dem Hügel, den er erklommen hatte.

«Wir müssen also nach Süden gehen, wenn wir Gras für unsere Pferde finden wollen», fuhr Oudeman unbeirrt fort.

«Eine Frage, Sergeant: in welche Richtung führen die Spuren von Jim Courtneys Wagenzug?» Er benutzte wieder seinen Becher, um auf die tiefen Rillen zu zeigen, die nun, da sie nicht mehr von Gras bedeckt waren, noch offener vor ihnen lagen.

Oudeman lüftete seinen Hut und kratzte sich den kahlen Schädel. «Nach Nordosten», brummte er schließlich.

«Also, wenn wir nach Süden reiten, werden wir Courtney dann jemals einholen?», fragte Koots mit freundlicher Stimme.

«Nein, aber …» Oudeman versagte die Stimme.

«Aber was?»

«Captain, Sir, ohne die Pferde werden wir es niemals zur Kolonie zurück schaffen.»

Koots stand auf und schüttelte das Kaffeemehl aus seinem Becher. «Wir sind hier, um Jim Courtney zu fangen, Oudeman. Aufsitzen!» Er schaute Xhia an. «Und du, du gelber Pavian, nimm die Spur wieder auf und trink den Wind!»

Die Bäche und Flüsse, die sie durchquerten, führten alle Wasser, doch das Veld war leer gefressen, so weit das Auge reichte. Sie ritten fünfzig Meilen, dann hundert Meilen, ohne einen Grashalm zu sehen. In den größeren Flüssen fanden sie Wasserpflanzen und Lilienstängel unter der Wasseroberfläche, die sie mit ihren Bajonetten ernteten und ihren Pferden zu fressen gaben. In einem steilwandigen, engen Tal war nicht alles vollkommen kahl gefressen. Dort stiegen sie in die Sweetthorn-Bäume und schnitten die Zweige ab, die nicht unter dem Gewicht der Heuschrecken zu Boden gefallen waren. Die Pferde fraßen hungrig die grünen Blätter, doch dies war nicht ihr normales Futter und nährte sie kaum.

Obwohl die Tiere schon alle Anzeichen zeigten, dass sie langsam verhungerten, führte Koots sie unbeirrt über die Einöde. Die Pferde waren so geschwächt, dass die Reiter vor jeder steilen Steigung absitzen mussten, um sie zu schonen. Auch die Männer litten Hunger, denn mit dem Gras war auch das Wild verschwunden.

Xhia jagte mit seiner Steinschleuder die urzeitlichen Blaukopfechsen, die zwischen den Felsen hausten, und sie gruben Maulwürfe und Springratten aus, die in ihren Höhlen von unterirdischen Wurzeln lebten. Sie rösteten die Tiere, ohne sie auszunehmen oder zu häuten, denn das hätte kostbare Nährstoffe gekostet. Sie warfen die Kadaver einfach auf die Kohlen, ließen das Fell abbrennen und die Haut verkohlen und warteten, bis die Tiere aufplatzten. Dann zupften sie das halb rohe Fleisch von den winzigen Knochen und schlangen es hinunter. Xhia kaute die weggeworfenen Knochen, wie eine Hyäne.

In einem verlassenen Straußennest entdeckte der Buschmann dann einen wahren Schatz: sieben elfenbeinfarbene Eier, jedes fast so groß wie sein Kopf. Er tanzte und kreischte vor Freude. «Dies ist noch ein Geschenk, das der schlaue Xhia euch bringt. Der Strauß, mein Totem, hat es für mich hinterlassen.» Er wechselte sein Totem mit derselben Leichtigkeit, wie er sich eine neue Frau nehmen würde. «Ohne Xhia wäret ihr längst verhungert.»

Er suchte eines der Straußeneier aus, stellt es im Sand auf und schlang seine Bogensehne um den Schaft eines seiner Pfeile. Dann setzte er die Pfeilspitze auf dem Ei auf und drehte den Pfeil, indem er den Bogen schnell hin- und herzog. Auf diese Weise bohrte er ein rundes Loch in die dicke Eierschale. Als die Pfeilspitze durchkam, pfiff Gas aus dem Loch, gefolgt von einer gelben Fontäne, die in die Luft hochspritzte wie Champagner aus einer Flasche, die heftig geschüttelt worden war. Xhia riss den Mund auf, legte ihn über das Loch und saugte das Ei aus.

Die Männer um ihn herum sprangen zurück vor dem schwefligen Gestank, der ihnen entgegenströmte.

«Du verrückter Hundesohn!», fluchte Koots. «Das Ding ist total verfault!»

Xhia verdrehte genüsslich die Augen, ohne den Mund von dem Loch zu nehmen, sonst wäre die gelbe Flüssigkeit herausgespritzt und im trockenen Boden versickert. Er schluckte gierig.

«Diese Eier müssen seit der letzten Brutzeit hier gelegen haben – sechs Monate in der heißen Sonne. Sie sind so verdorben, dass eine Hyäne sich daran vergiften würde.»

Xhia setzte sich neben das Nest und trank zwei der Eier leer, ohne Pause, außer um zu rülpsen und vor Vergnügen in sich hinein zu kichern. Dann packte er die übrigen Eier in seinen Lederbeutel, schlang ihn sich über die Schulter und lief wieder die Wagenspuren entlang, die Jim Courtneys Zug hinterlassen hatte.

Die Männer und Pferde wurden mit jedem Tag schwächer und abgehärmter. Nur Xhia hatte einen dicken Bauch und seine Haut glänzte vor Kraft und Gesundheit. Die verdorbenen Straußeneier und der Mist von Eulen, Löwen und Schakalen, die bitteren Wurzeln und Kräuter, die Maden und Wespenlarven, die er aß – und die sonst keiner essen konnte –, hielten ihn bei Kräften.

Der Trupp erklomm mühsam den nächsten nackten Hügel und sie stießen auf noch einen der Plätze, wo Jim Courtney sein Lager aufgeschlagen hatte. Dieser war jedoch anders als die anderen Stellen, die sie zuvor gefunden hatten. Der Wagenzug war offenbar lange genug geblieben, dass sie Grashütten und lange, hölzerne Räucherroste bauen konnten. Das meiste der kalten, schwarzen Aschereste hatte der Wind davongetragen, doch etwas war noch unter den Rosten zu sehen.

«Hier hat Somoya seinen ersten Elefanten erlegt», verkündete Xhia nach einer flüchtigen Untersuchung des verlassenen Lagers.

«Woher weißt du das?», fragte Koots. Er stieg aus dem Sattel, drückte sich die Fäuste ins schmerzende Kreuz und schaute sich um.

«Ich bin schlau und du bist dumm, deshalb weiß ich es», sagte Xhia in der Sprache seines Volkes.

«Ich will nichts mehr hören von diesem Affengeschnatter», brummte Koots. «Gib mir eine klare Antwort!»

«Sie haben hier Berge von Fleisch geräuchert, und hier sind die Fußknochen des Elefanten. Sie haben damit eine Suppe gekocht.» Er hob einen Knochen auf. Es hingen noch Sehnenfetzen daran, an denen Xhia nagte, bevor er weitersprach. «Der Rest des Kadavers wird ganz in der Nähe liegen. Ich werde ihn finden.»

Er verschwand wie eine kleine, gelbe Staubwolke, was Koots immer noch verblüffen konnte. In einem Moment stand der Buschmann praktisch direkt vor ihm, im nächsten war er verschwunden. Koots setzte sich in den spärlichen Schatten eines Baumskeletts. Er brauchte nicht lange zu warten, bevor Xhia wieder auftauchte, so plötzlich, wie er verschwunden war. Er trug den riesigen, weißen Oberschenkelknochen eines Elefantenbullen auf der Schulter.

«Ein mächtiger Bulle!», berichtete er. «Somoya ist nun ein großer Jäger, wie es sein Vater vor ihm war. Er hat die Stoßzähne aus dem Schädel geschnitten. Nach den Löchern im Kiefer des Elefanten muss jeder Stoßzahn so lang gewesen sein wie zwei Männer und so dick wie der Umfang meiner Brust.» Er blähte seinen Brustkorb.

Koots interessierte all dies nicht. Er blickte zu den Hütten. «Wie lange hat Somoya hier gelagert?»

Xhia betrachtete die Tiefe der Aschegruben unter den Rosten und studierte die Größe der Misthaufen und den Zustand der ausgetretenen Pfade zwischen den Hütten. «Zwanzig Tage.»

«Das ist also die Zeit, die er an Vorsprung eingebüßt hat»,

sagte Koots zufrieden. «Finde uns etwas zu essen, bevor wir weiterreiten.»

Unter Xhias Anleitung gruben die Soldaten einen Springhasen und ein Dutzend blinder Maulwürfe aus. Diese Aktivitäten zogen zwei Krähen an, die Koots mit einem einzigen Schuss aus seiner Muskete abschoss. Die Maulwürfe schmeckten wie Hühnchen, doch das Krähenfleisch war ekelhaft, verpestet von dem Aas, von dem sie sich ernährten. Nur Xhia aß es mit Genuss.

Die Männer waren sattelwund und krank vor Erschöpfung. Nachdem sie die Fetzen Fleisch gegessen hatten, rollten sie sich in ihre Decken, sobald die Sonne hinter dem Horizont versank. Irgendwann in der Nacht weckte Xhia sie plötzlich mit aufgeregtem Gekreische und Koots rappelte sich auf, die Pistole in der einen Hand, das Schwert in der anderen. «Zu den Waffen! Zu mir!», rief er, noch bevor er richtig wach war. «Pflanzt die Bajonette auf!»

Er verstummte und starrte zum östlichen Horizont, über dem der Himmel unwirklich glühte. Die Hottentotten winselten in abergläubischer Furcht und kauerten unter ihren Decken. «Es ist eine Warnung», flüsterten sie einander zu, «eine Warnung, dass wir zur Kolonie zurückkehren und diese verrückte Jagd aufgeben sollen.»

«Es ist das brennende Auge des Kulu Kulu», sang Xhia und tanzte vor der großen, strahlenden Gottheit, die sich am Himmel über ihm zeigte. «Er wacht über uns. Er verspricht Regen und die Rückkehr der Herden. Bald werden wir süßes, grünes Gras sehen, und fettes, rotes Fleisch, bald, sehr bald.»

Die drei Holländer rückten instinktiv enger zusammen.

«Das ist der Stern, der die drei Weisen nach Bethlehem geführt hat.» Koots war Atheist, doch die beiden anderen waren fromme Christen, das wusste Koots, und nun deutete er ihnen die Erscheinung zu seinem Vorteil. «Dieser Stern wird auch uns weiterführen.»

Oudeman sagte nichts. Er wollte keinen Streit mit seinem Captain anfangen. Richter bekreuzigte sich verstohlen: ein heimlicher Katholik unter lauter Lutheranern und Heiden.

Noch bevor der Morgen anbrach, zog der Schweif des Kometen einen Bogen von einem Horizont zum anderen, der dann hinter der dichten Wolkenbank verschwand, die von Osten heranrollte, vom warmen Indischen Ozean. Der Tag begann grau, Donner grollte zwischen den Hügeln und grelle Blitze spalteten den Wolkenbauch. Und dann kam der Regen. Die Pferde wandten ihre Schweife gegen den Wind und die Männer verkrochen sich unter ihren Decken, als die eisigen Schauer über sie hinwegwuschen. Xhia zog dagegen seinen Lendenschurz aus und tanzte nackt im Regen umher, warf den Kopf zurück und füllte sich den Mund mit dem kühlen Nass.

Einen Tag und eine Nacht lang regnete es ununterbrochen. Der Boden unter ihnen löste sich auf und jedes Rinnsal wurde zu einem reißenden Fluss, jede Kuhle und Senke zu einem weiten See. Der Regen prasselte auf sie hernieder und der Donner belagerte sie wie schweres Kanonenfeuer. Nass und kalt kauerten sie zitternd unter ihren Decken, und Bauchweh von den sauren Hungersäften. Manchmal gefror der Regen, bevor er zu Boden fiel, Hagelkörner donnerten auf die Decken und machten die Pferde wild. Manche rissen sich von ihren Leinen los und galoppierten vor der grauen Flut davon.

Am zweiten Tag brachen die Wolken auf, bis nur noch graue Fetzen übrig waren, die schnell davonzogen, und die Sonne schien wieder hell und heiß. Die Männer erhoben sich, saßen auf und schwärmten aus, um die fehlenden Pferde einzufangen, die sich meilenweit über das Veld verteilt hatten. Eines war einem Paar junger Löwen zum Opfer gefallen. Die beiden Großkatzen waren noch bei ihrem Opfer, sodass Koots und Oudeman sie in wütender Rache abschießen konnten. Sie hatten noch einmal drei Tage verloren, doch nun konnte Koots die Verfolgung wieder aufnehmen. Obwohl der Regen die Wagenspuren an manchen Stellen unsichtbar gemacht hatte, führte Xhia sie weiter, ohne ein einziges Mal zu zögern.

Auf dem Veld spross neues Leben, erweckt durch den Regen und den heißen Sonnenschein danach. Schon nach dem ersten Tag lag ein feiner grüner Schimmer auf den nackten Hügeln und die Bäume hoben ihre hängenden, laublosen Äste. Nach nicht einmal hundert Meilen waren die Bäuche der

Pferde wieder prall voll mit frischem Gras und sie stießen auf die ersten zurückkehrenden Antilopenherden.

Von weitem erspähte Xhia eine Herde von etwa fünfzig Kuhantilopen, jede so groß wie ein Pony, mit schimmerndem rotem Fell. Die drei Holländer galoppierten auf die Herde zu. Ihre Pferde, gestärkt von dem frischen Gras, hatten das Wild bald eingeholt und schon hallte Musketenfeuer über die Savanne.

Sie schlachteten die Kuhantilopen, wo sie sie geschossen hatten, und machten mehrere Feuer neben den Kadavern. Sie warfen Klumpen des blutigen Fleisches auf die Glut und verschlangen, halb wahnsinnig vor Hunger, das geröstete Wild. Xhia aß mehr als das Doppelte von dem, was jeder der Soldaten in seinen Bauch bekam, und diesmal neidete ihm nicht einmal Koots seinen Anteil.

K ADEM KNIETE NEBEN EINEM Baumstamm an einem Bach. Er hatte die Muskete über den Baumstamm gelegt, mit seinem gefalteten Turban als Polster darunter, sonst wäre der Lauf von dem harten Holz abgesprungen, wenn er feuerte, und sein Schuss würde sein Ziel verfehlen. Die Muskete war eine der Waffen, die sie aus dem Magazin der *Revenge* gestohlen hatten. Raschud hatte nur vier kleine Pulverbeutel holen können und in dem mächtigen Gewitter, das sie einen Tag und eine Nacht lang durchnässt hatte, war das meiste von dem Pulver, das sie noch übrig hatten, feucht geworden und zusammengepappt. Kadem hatte die Reste sortiert und zwischen seinen Fingern zerbröselt, doch am Ende konnte er nur einen einzigen Beutel von dem kostbaren Pulver retten. Um zu sparen, hatte er die Muskete nur halb geladen.

Durch die Uferböschung hindurch beobachtete er eine kleine Herde Impalas beim Grasen. Es war das erste Wild, das er entdeckt hatte, seit der Heuschreckenschwarm über sie hinweggefegt war. Die Tiere knabberten an dem frischen Grün, das der Regen gebracht hatte. Kadem suchte sich einen der Böcke aus, ein samtig braunes Geschöpf mit leierförmigem

Geweih. Er war ein erstklassiger Musketenschütze, doch mit der halben Ladung und den wenigen Schrotkugeln, die er auf das Pulver gelegt hatte, musste er die Beute nah herankommen lassen, wenn er Erfolg haben wollte. Der Augenblick kam schließlich und er schoss. Durch den Pulverrauch hindurch sah er, wie der Bock schwankte und blökend im Kreis herum taumelte, ein Vorderlauf schlaff von der zerschmetterten Schulter hängend. Kadem stürmte mit dem Hieber vor. Er betäubte den Bock mit einem Hieb mit dem schweren Messingknauf des englischen Schwerts und rollte ihn schnell herum, um dem Tier die Kehle aufzuschlitzen, solange es noch am Leben war.

«Gott sei gepriesen!» Er segnete seine Beute und das Fleisch war damit *halal* und nicht mehr unrein, sodass ein Gläubiger es essen durfte. Er stieß einen leisen Pfiff aus und seine drei Männer kamen das Ufer herauf, wo sie sich versteckt hatten. Sie schlachteten den Bock geschwind und rösteten Fleischstreifen über dem kleinen Feuer, das Kadem ihnen zu bauen erlaubt hatte. Sobald das Fleisch gar war, befahl er ihnen, es wieder zu löschen. Sogar in dieser weiten, unbewohnten Wildnis traf er alle Maßnahmen, dass sie nicht entdeckt werden konnten. Das hatte er in den arabischen Wüsten gelernt, wo fast jeder Stamm in Blutfehde mit seinen Nachbarn lag.

Sie aßen geschwind und nicht sehr viel. Dann rollten sie das kalte, geröstete Fleisch in ihre Turbantücher ein, die sie sich über die Schultern legten und um den Bauch knoteten.

«In Gottes Namen, lasst uns weiterziehen.» Kadem stand auf und führte seine drei Anhänger den Fluss entlang. Das Tal schnitt sich durch eine steile, zerklüftete Hügelkette. Ihre Kittel waren inzwischen so schmutzig und die Säume so abgewetzt, als wären sie von Ratten angefressen worden. Sie reichten ihnen kaum noch bis an die Knie. Aus den Häuten des Wilds, das sie erlegt hatten, bevor die Heuschrecken kamen, hatten sie sich Sandalen gemacht. Das kam ihnen nun zugute, denn der Grund, über den sie wanderten, war rau und felsig. An manchen Stellen war er mit dreistacheligen Teufelsdornen bedeckt, die immer einen ihrer Stachel nach oben reckten. Die

Nadeln waren so spitz und stark, dass sie selbst durch die hornigste Fußsohle bis zum Knochen gedrungen wären.

Der Regen hatte inzwischen den größten Teil des Schadens repariert, den die Heuschreckenschwärme angerichtet hatten. Sie hatten keine Pferde und marschierten jeden Tag vom Anbruch der Dämmerung bis Sonnenuntergang. Kadem hatte entschieden, dass sie nach Norden ziehen mussten, um eines der omanischen Handelszentren jenseits des Pongola-Flusses zu erreichen, bevor ihnen das Pulver ausging. Doch von diesem Ziel waren sie noch über tausend Meilen entfernt.

Am Mittag legten sie wieder eine Rast ein, denn selbst diese unermüdlichen Wanderer mussten ihre Gebetszeiten einhalten. Sie hatten keine Gebetsmatten bei sich. So schätzte Kadem die Richtung, in der Mekka lag, nach dem Stand der Mittagssonne und sie verbeugten sich auf dem nackten Boden. Kadem führte ihre Gebete: Gott ist der einzige Gott und Mohammed sein letzter wahrer Prophet. Sie erwarteten keinen Segen oder Gefallen als Lohn für ihren Glauben. Als sie ihren Gottesdienst absolviert hatten, setzten sie sich in den Schatten und aßen ein wenig von dem kalten Wild. Kadem führte das Wort in ihrer ruhigen Unterhaltung und unterwies sie in religiösen und philosophischen Dingen. Schließlich blickte er wieder zur Sonne auf. «In Gottes Namen, lasst uns unsere Reise fortsetzen.»

Sie erhoben sich und legten ihre Gürtel an, und dann erstarrten sie alle zugleich: ein Knall, fern, aber unverkennbar – Musketenfeuer.

«Menschen, zivilisierte Menschen mit Musketen und Pulver», flüsterte Kadem. «Wenn sie so weit ins Landesinnere vorgedrungen sind, müssen sie auch Pferde haben. Alles, was wir brauchen, um uns davor zu retten, an diesem schrecklichen Ort umzukommen.»

Sie hörten noch einen Gewehrschuss. Kadem hob den Kopf und kniff die Augen zusammen, während er die Richtung bestimmte, aus der der Knall gekommen war. «Folgt mir», befahl er seinen Anhängern. «Aber sie dürfen uns nicht bemerken.»

Später an jenem Nachmittag fand Kadem die Spuren vieler Pferde, die nach Nordosten unterwegs waren. Die Hufe waren mit Stahl beschlagen und hatten in dem vom Regen feuchten Boden deutliche Abdrücke hinterlassen. Sie folgten der Spur und schließlich sahen sie die dunkle Rauchfahne eines Lagerfeuers vor sich und sie rückten noch vorsichtiger vor. In der anbrechenden Abenddämmerung konnten sie rot flackernde Flammen unter dem Rauch ausmachen und als sie noch näher herankamen, sah Kadem die Umrisse von Männern, die vor dem Feuer umherliefen. Dann legte sich der Wind des Tages und die Abendbrise wehte aus einer anderen Richtung. Kadem roch das unverkennbare Ammoniakaroma.

«Pferde!», flüsterte er voller Erregung.

Koots Lehnte sich an den Stamm eines Kameldornbaumes und drückte vorsichtig etwas trockenen Tabak in den Kopf seiner Tonpfeife. Sein Tabaksbeutel – der Hodensack eines Büffelstiers, die Öffnung mit einem Stück Sehne zusammengebunden – war kaum noch halb voll und er gestand sich eine Ration von einer halben Pfeife pro Tag zu. Er zündete seine Pfeife mit einem Stück Glut aus dem Lagerfeuer an und hustete zufrieden, als die erste kräftige Rauchwolke seine Lungen füllte.

Seine Soldaten saßen unter den Bäumen, in deren Mitte sie lagerten. Jeder hatte sich einen Platz gesucht und seine Felldecke ausgebreitet. Sie hatten sich die Bäuche mit dem Fleisch der Kuhantilope gefüllt und litten zum ersten Mal seit über einem Monat keinen Hunger. Damit sie ihr Festmahl besser genießen konnten, hatte Koots das Lager eine Stunde früher aufschlagen lassen, als sie es sonst taten. Normalerweise hielten sie erst an, wenn die Wagenspuren, denen sie folgten, in der Dämmerung nicht mehr zu sehen waren.

Aus dem Augenwinkel bemerkte Koots, wie sich etwas bewegte, und schaute sich schnell um, doch dann war er beruhigt. Es war nur Xhia, der vor seinen Augen auf dem dunklen Veld verschwand. Ein Buschmann, der sich sein ganzes Leben lang in der Natur behaupten musste, würde sich niemals schlafen legen, bevor er sicher war, dass ihm nichts und niemand in den Rücken fallen konnte. Koots wusste, Xhia würde in weitem Bogen um das Gelände zurückgehen, das sie zuletzt durchquert hatten. Wenn ein Feind ihnen folgte, würde er mit Sicherheit seine Spur kreuzen.

Koots rauchte seine Pfeife bis zum letzten Krümel Tabak und genoss jeden Zug. Dann klopfte er mit Bedauern die Asche aus, legte sich seufzend unter seine Decke und schloss die Augen. Er wusste nicht, wie lange er schon geschlafen hatte, als eine leichte Berührung an der Wange ihn weckte. Er sprang auf, doch Xhia beruhigte ihn mit einem leisen, schnalzenden Laut.

«Was ist?» Koots zügelte seine Stimme instinktiv.

«Fremde», antwortete Xhia. «Sie folgen uns.»

«Menschen?», fragte Koots verwirrt, noch halb im Schlaf. Xhia machte sich nicht die Mühe, die idiotische Frage zu beantworten.

«Wer ist es? Wie viele?» Koots richtete sich stöhnend auf.

Xhia zwirbelte geschwind etwas trockenes Gras zusammen. Bevor er es anzündete, hielt er ein Stück von Koots' Decke davor, um es vor fremden Blicken abzuschirmen. Dann hielt er das Gras an das niedergebrannte Feuer. Er blies in die heißen Ascheklumpen und als eine Flamme darin aufflackerte, hielt er sofort die Decke davor. Er hielt etwas in seiner freien Hand. Koots blinzelte es an. Es war ein schmutziger weißer Stofffetzen.

«Die Dornen haben es von den Kleidern eines Mannes abgerissen», klärte ihn Xhia auf. Dann zeigte er ihm seine nächste Trophäe, ein einzelnes schwarzes Haar. Selbst Koots erkannte sofort, dass es von einem Menschen war, doch es war zu schwarz und grob für einen Nordeuropäer und zu glatt und gerade, als dass es vom Kopf eines Buschmanns oder anderen Afrikaners stammen konnte.

«Dieser Fetzen ist ein Stück von einem langen Gewand, wie es die Muselmanen tragen, und dieses Haar ist von seinem Kopf.»

«Muselmanen?», staunte Koots und Xhia schnalzte bekräftigend. Koots wusste, der Buschmann war sich vollkommen sicher.

«Wie viele?»

«Vier.»

«Wo sind sie jetzt?»

«Nicht weit von hier. Sie liegen auf der Lauer und beobachten uns.» Xhia ließ das brennende Gras fallen und rieb die letzten Funken mit dem Ballen seiner Hand im Staub aus.

«Wo haben sie ihre Pferde gelassen?», fragte Koots.

«Keine Pferde. Sie sind zu Fuß.»

«Araber zu Fuß? Dann weiß ich, wonach sie hinterher sind, wer immer sie sind.» Koots schlüpfte in seine Stiefel. «Sie wollen unsere Pferde.» Er kroch vorsichtig zu Oudeman hinüber, der schnarchend unter seiner Decke lag, und schüttelte ihn. Als Oudeman wach war, begriff er endlich, was vor sich ging, und verstand Koots' Befehle.

«Kein Gewehrfeuer!», wiederholte Koots. «Im Dunkeln würden wir nur die Pferde treffen.»

Koots und Oudeman krochen zu den anderen Männern und flüsterten ihnen die Befehle zu. Die Männer rollten sich aus ihren Decken und schlichen einzeln zu den Pferden, wo sie sich mit gezogenen Säbeln zwischen Gestrüpp und Büschen auf die Lauer legten.

Koots suchte sich eine Stelle am Südrand des Lagers, am weitesten entfernt von der Glut des Lagerfeuers. Er legte sich flach auf den Boden, sodass er jeden, der sich den Pferden näherte, als Silhouette vor dem Sternenhimmel sehen würde. Koots schloss seine Augen immer wieder, um sie auf die Dunkelheit einzustellen, und lauschte angestrengt in die Nacht.

Die Stunden schleppten sich dahin. Er maß die Zeit, indem er den Lauf der Himmelskörper beobachtete. Es war unendlich schwer, für so lange Zeit höchste Konzentration zu bewahren, doch Koots war ein Krieger. Er verstand es, die normalen Laute der Nacht auszublenden, das Scharren der Pferde oder ihr Kauen, wenn sie ein Maul voll Gras vom Boden rupften.

Der letzte Schimmer des Kometen stand tief über dem westlichen Horizont, als Koots hörte, wie zwei Kiesel zusammenklickten. Jeder Nerv in seinem Körper spannte sich. Eine Minute später hörte er eine Ledersandale über den weichen Staub schlurfen, diesmal viel näher. Er hielt den Kopf unten und sah eine dunkle Silhouette, die vor den Sternen dahinhuschte.

Der Eindringling kam zum Ende der Pferdeleine und blieb stehen. Koots sah, wie er langsam den Kopf drehte und lauschte. Er trug einen Turban und einen buschigen Bart. Nach einer Minute, die Koots wie eine Ewigkeit erschien, bückte sich der Fremde zu der Leine hinunter, an der die Pferde mit Eisenringen festgemacht waren. Zwei der Tiere warfen den Kopf herum, als der Araber die Leine durch die Ringe zog.

Sobald Koots sicher war, dass der Eindringling damit beschäftigt war, den nächsten Knoten zu öffnen, stand er auf und ging langsam auf ihn zu, doch dann verlor er ihn aus den Augen, da er sich nicht mehr über den Horizont erhob. Er war nicht mehr dort, wo Koots ihn erwartete, und dann stolperte der Holländer plötzlich über ihn. Koots konnte seinen Männern noch eine Warnung zurufen und schon rangen die beiden Männer Brust an Brust, so dicht, dass Koots seine Klinge nicht einsetzen konnte.

Koots erkannte sofort, dass er es mit einem starken Widersacher zu tun hatte. Er wand sich in seinem Griff wie ein Aal und er fühlte die harten Muskeln und Sehnen unter der Haut des Arabers. Koots versuchte, ihm das Knie in den Unterleib zu stoßen, doch dann riss er sich fast die Kniescheibe ab, als er statt der weichen Genitalien den stahlharten Oberschenkel des Mannes traf. In direkter Riposte rammte ihm der Mann die rechte Handwurzel unters Kinn. Sein Kopf wurde zurückgeworfen und er fühlte sich, als hätte man ihm das Genick gebrochen, als er hintüber flach auf den Rücken fiel. Er sah den Eindringling über sich, mit blitzender Klinge, als er zum Vorhandstreich zu seinem Kopf ausholte. Koots paradierte instinktiv, indem er ebenfalls seinen Säbel hochriss. Stahl klirrte an Stahl.

Der Araber brach die Attacke ab und verschwand in der Finsternis. Koots kroch auf die Knie, immer noch halb betäubt. Er hörte Schreie und Hiebe aus allen Richtungen. Oudeman und Richter brüllten den anderen Befehle zu. Dann der

Blitz und Knall eines Pistolenschusses, und Koots war wieder hellwach.

«Nicht schießen, ihr Narren! Denkt an die Pferde!» Er rappelte sich hoch und im selben Augenblick hörte er Hufgetrappel hinter sich. Er blickte sich um und sah den dunklen Umriss eines Reiters, der in vollem Galopp auf ihn zukam. Ein Schwert schimmerte matt im Sternenlicht und Koots duckte sich. Die Klinge zischte an seiner Wange vorbei und er sah den beturbanten Kopf und den Bart des Arabers, der an ihm vorbeistob.

Koots schaute sich hastig um. Ganz in der Nähe sah er die graue Stute als blassen Flecken vor dem schwarzen Hintergrund. Sie war das schnellste und stärkste Tier, das sie noch hatten. Auf dem Weg zu ihr steckte er sein Schwert in die Scheide und tastete nach der Pistole in dem Halfter an seiner Hüfte. Sobald er auf ihrem Rücken saß, lauschte er, in welche Richtung sich der Hufschlag entfernte, wendete die Stute und brachte sie in vollen Galopp.

In den nächsten Stunden musste er immer wieder anhalten, um so in die Nacht zu lauschen. Der Araber schlug zahllose Haken, um den Verfolger abzuschütteln, doch am Ende ritt er stets wieder nach Norden. Eine Stunde vor Anbruch der Dämmerung konnte er ihn dann überhaupt nicht mehr hören. Entweder er war wieder abgebogen, oder er ritt nur noch in Schritttempo.

Nach Norden! Er muss nach Norden geritten sein, entschied er.

Er sorgte dafür, dass er das große Kreuz des Südens immer im Rücken hatte und ritt geradewegs nach Norden, in stetigem, leichtem Galopp, den sein Pferd lange Zeit durchhalten würde. Die Dämmerung kam schließlich und er war verblüfft, wie schnell es heller wurde. Die Dunkelheit wich zurück und der Horizont vor ihm erweiterte sich zusehends. Sein Herz lachte, als er einen dunklen Umriss vor sich ausmachen konnte, keinen Pistolenschuss entfernt. Koots trieb seine Stute zu schnellerem Tempo an und holte weiter auf. Der Reiter hatte ihn noch nicht bemerkt und hielt sein Pferd in Schritt. Koots erkannte den braunen Wallach, ein gutes, starkes Tier, fast so schnell wie seine Stute.

«Sohn der großen Hure!», lachte Koots triumphierend. «Er hat den Wallach lahm geritten! Kein Wunder, dass er plötzlich so langsam ist!» Selbst in dem schwachen Morgenlicht war klar zu erkennen, dass der Wallach seinen linken Vorderlauf zu entlasten versuchte. Er musste auf einen scharfen Stein oder einen Dorn getreten sein und litt offenbar erheblich. Koots galoppierte auf ihn zu und der Pferdedieb drehte sich um. Nun sah Koots das Gesicht des Arabers, die große Hakennase und den dichten, lockigen Bart. Er blitzte Koots an und trieb den Wallach in einen gequälten Galopp.

Koots war nun nah genug, dass er einen Pistolenschuss riskieren konnte, um dem Spiel schnell ein Ende zu machen. Er riss die Waffe hoch und zielte mitten auf den breiten Rücken des Arabers. Die Kugel musste dicht an ihm vorbeigezischt sein, denn er duckte sich und rief: «Das Schwert, Ungläubiger, Mann gegen Mann!»

Als Fähnrich der VOC-Armee hatte Koots Jahre im Orient zugebracht, sein Arabisch war fließend. «Welch süße Worte!», rief er zurück. «Bleib stehen, damit ich sie dir ins Maul zurückstopfen kann.»

Nach kaum hundert Metern kam der Wallach zum Stehen. Der Araber glitt vom Rücken des Tieres und blickte Koots entgegen, mit dem Marinehieber in der rechten Hand, doch, wie Koots erkannte, ohne eine Feuerwaffe. Wenn er bei seinem Überfall auf das Lager eine Muskete dabeigehabt hatte, musste er sie irgendwo verloren haben. Er hatte also nur den Hieber und natürlich seinen Dolch. Ein Araber hatte immer einen Dolch bei sich. Koots war also im Vorteil. Er ritt direkt auf den Araber zu und lehnte sich hinaus, um vom Pferd aus einen Säbelhieb anzubringen.

Der Araber war jedoch flinker als er gedacht hatte. Sobald er Koots' Absicht erkannte, wich er in einer Finte zurück, nur um im letzten Augenblick unter Koots' Schwertarm zu gehen und die galoppierende Stute mit der Eleganz eines Toreros an sich vorbeiwischen zu lassen. Gleichzeitig griff er nach oben, packte eine Handvoll von Koots' Ledermantel und hängte sich mit seinem ganzen Gewicht daran. Das Manöver kam so plötzlich und unerwartet, dass Koots – ohne Steigbügel und Zügel, an denen er sich festhalten konnte, und weit hinausgelehnt – glatt vom Pferd gerissen wurde.

Doch auch Koots war ein Kämpfer. Wie eine Katze landete er auf den Füßen, das Heft seines Säbels fest im Griff. Der Araber versuchte es wieder mit einem Vorhandhieb auf den Kopf zu, bevor er blitzschnell den Griff wechselte und tief auf die Achillessehnen zielte. Den ersten Hieb wehrte Koots mit der Klinge ab, doch der zweite kam so schnell, dass er über den Hieber springen musste. Er fing sich sofort und stach direkt auf die dunklen, funkelnden Augen des Arabers zu. Der neigte den Kopf zur Seite und ließ die Klinge über seine Schulter sausen, so dicht an seinem Gesicht vorbei, dass sie ihm ein Stück Bart unter dem Ohr abrasierte. Sie sprangen voneinander weg und umkreisten einander.

«Wie heißt du, du Sohn des falschen Propheten?», fragte Koots grinsend. «Ich möchte wissen, wen ich hier töte.»

«Mein Name ist Kadem ibn Abubaker al-Jurf, Ungläubiger», sagte er mit ruhiger Stimme, doch in seinen Augen brannte der Zorn über Koots' Beleidigung. «Und wie nennt man dich, Mistfresser?»

«Ich bin Captain Herminius Koots, Armeeoffizier der VOC.»

«Ah», rief Kadem, «dein Ruhm eilt dir voraus. Du bist mit der hübschen kleinen Hure verheiratet, Nella, die es mit jedem Mann treibt, der je das Kap besucht. Selbst ich habe ein paar Gulden geopfert, um von ihr zu naschen, hinter der Hecke am Rand der Kompaniegärten, als ich vor gar nicht langer Zeit in der Kolonie war. Sie versteht ihr Geschäft und hat Spaß an ihrer Arbeit.»

Die Beleidigung war so schneidend und unerwartet, dass Koots der Mund offen stand – der Araber kannte sogar seinen Namen. Sein Schwertarm erschlaffte von dem Schock und Kadem war sofort über ihm, sodass er zurücklaufen musste, um dem Angriff auszuweichen. Sie umkreisten einander und kamen wieder zusammen und diesmal gelang es Koots, Kadem auf der linken Schulter zu treffen. Er kratzte jedoch kaum seine Haut an und nur wenige Tropfen Blut zeigten sich durch das schmutzige Baumwolltuch über Kadems Arm.

Sie versuchten noch ein Dutzend Attacken, ohne einen Treffer zu landen, bis Kadem schließlich erfolgreich war und Koots' Hüfte aufschlitzte, wenn auch nicht tief. Die Blutung war dramatischer als die Wunde. Dennoch verlor Koots nun an Boden und sein Schwertarm begann zu schmerzen. Er bereute den verschwendeten Pistolenschuss. Kadem lächelte wie eine Schlange und hatte plötzlich einen dünnen Krummdolch in der Hand, wie Koots erwartet hatte.

Kadem stürmte zu einem Blitzangriff vor, geführt mit dem rechten Fuß. Seine Klinge schoss vor wie ein Sonnenstrahl und Koots musste davor zurückweichen. Er blieb mit der Ferse in einem Dornenstrauch hängen und wäre fast gestürzt, fing sich jedoch mit einer Seitwärtsdrehung, die ihm fast das Rückgrat ausrenkte. Kadem brach den Angriff ab und kreiste nach links. Er hatte inzwischen erkannt, was Koots' schwache Seite war. In den Kämpfen vor Jaffna hatte den Holländer eine Kugel im linken Knie erwischt und er keuchte vor Schmerzen. Kadem griff wieder an, stahlhart und gnadenlos.

Koots hielt inzwischen sein Schwert etwas zu tief und konnte nicht mehr gerade und hart zustoßen. Sein Atem pfiff ihm in den Ohren. Der Schweiß brannte ihm in den Augen und Kadems Gesicht verschwamm vor ihm. Plötzlich zog der Araber sich zurück und senkte seinen Hieber. Er blickte über Koots' Schulter. Es konnte eine Falle sein und Koots wollte nicht darauf hereinfallen.

Dann hörte er den Hufschlag hinter sich. Er drehte sich langsam um und sah Oudeman und Richter vor sich, zu Pferde und voll bewaffnet. Xhia hatte sie zu ihnen geführt. Kadem ließ Dolch und Schwert fallen, stand aber mit erhobenem Kinn und geblähter Brust.

«Soll ich den Schweinehund töten, Captain?», fragte Oudeman. Sein Karabiner lag vor ihm quer über dem Sattel. Koots hätte fast den Befehl gegeben. Er wusste, wie nah er dem Tod gewesen war, und Kadem hatte Nella eine Hure genannt. Dann riss er sich zusammen. Der Araber hatte vom Kap der Guten Hoffnung gesprochen. Vielleicht hatte er noch mehr zu erzählen, und dann konnte Koots ihn immer noch umbringen, mit seinen eigenen Händen, das würde ihm mehr Freude bereiten, als wenn Oudeman es für ihn erledigte.

«Ich will ihn verhören. Binde ihn hinter dein Pferd.»

Zum Lager waren es fast zwei Meilen. Sie fesselten Kadems Handgelenke und banden das andere Ende des Stricks an dem Eisenring an Oudemans Sattelflügel fest. Er zog Kadem im Trab hinter sich her. Wenn er stürzte, zerrte er ihn wieder auf die Beine, doch dabei verlor Kadem jedes Mal ein Stück Haut von seinen Ellbogen oder Knien. Als sie ihn ins Lager schleppten, war er bedeckt mit Staub und Blut.

Koots schwang sich von der grauen Stute und ging weg, um sich die anderen drei Gefangenen anzuschauen, die Oudeman in die Hände gefallen waren.

«Name?», fragte er die beiden, die unverletzt zu sein schienen.

«Raschud, Effendi.»

«Habban, Effendi.» Sie berührten ihre Stirn und Brust als Zeichen ihrer Unterwerfung. Koots ging zu dem dritten Gefangenen, der offenbar verwundet war. Er lag stöhnend im Schmutz, zusammengerollt wie ein Fötus im Mutterleib.

«Name?» Koots trat ihm in den Bauch. Der Mann stöhnte noch lauter und frisches Blut rann zwischen den Händen hervor, mit denen er sich den Bauch hielt. Koots schaute Oudeman an.

«Das war Goffel, der dumme Kerl», erklärte Oudeman, «wieder mal übereifrig. Er hat deinen Befehl vergessen und geschossen. Ein Bauchschuss, er wird den Tag wohl nicht überleben.»

«Wenigstens hat der Idiot kein Pferd getroffen», sagte Koots und zog seine Pistole. Er spannte den Hahn und setzte die Mündung auf den Hinterkopf des Verwundeten auf. Als der Schuss knallte, versteifte sich der Gefangene und verdrehte die Augen. Seine Beine erzitterten im Todeskrampf und dann lag er still.

«Warum verschwendest du das Schießpulver an ihn?»,

fragte Oudeman. «Ich hätte ihn mit dem Messer erledigen können.»

«Ich habe noch nicht gefrühstückt und du weißt, wie empfindlich ich sein kann.» Koots lächelte über seine eigene Schlagfertigkeit und zeigte auf die anderen Gefangenen. «Gebt jedem zehn Hiebe auf beide Fußsohlen. Das wird sie freundlicher stimmen. Nach dem Frühstück werde ich mich dann mit ihnen unterhalten.»

Koots aß eine Schale Eintopf, den sie aus den Haxen der Kuhantilope gekocht hatten, und sah Oudeman und Richter dabei zu, wie sie die nackten Füße der arabischen Gefangenen mit ihren Sjambok-Stöcken bearbeiteten.

«Harte Männer», musste Koots zugeben. Der einzige Laut, den sie unter der Folter von sich gaben, war ein leises Grunzen bei jedem Schlag, und er wusste, wie weh es tat. Er leckte sich den Finger, mit dem er seine Suppenschale ausgewischt hatte, und hockte sich vor Kadem. Trotz seiner zerrissenen und schmutzigen Kleider und der Schnitte und Abschürfungen, mit denen seine Glieder bedeckt waren, war es so offensichtlich, dass Kadem der Anführer war, dass Koots keine Zeit mit den anderen verschwenden wollte. Er blickte zu Oudeman auf und zeigte auf Raschud und Habban. «Lass diese Schweinehunde wegbringen.»

Oudeman verstand. Koots wollte sie außer Hörweite haben, damit sie Kadems Antworten nicht mitbekamen, wenn er ihn verhörte. Später würde er sie getrennt befragen. Koots wartete, bis seine Hottentotten die beiden Männer zu einem Baum geschleppt und angebunden hatten, und wandte sich wieder Kadem zu. «Du warst also am Kap der Guten Hoffnung, du Liebling Allahs?»

Kadem starrte ihn an. Seine Augen funkelten fanatisch in dem staubbedeckten Gesicht. Als Koots das Kap erwähnte, erinnerte sich Oudeman an etwas. Er holte eine der Musketen, die sie den Arabern abgenommen hatten, und gab sie dem Kapitän. Koots schaute sich die Waffe flüchtig an.

«Der Kolben», sagte Oudeman. «Siehst du das Brandzeichen?»

Koots verengte die Augen und presste seine Lippen zusammen, als er das Zeichen sah, das in das Holz gebrannt war. Es stellte eine Kanone dar, einen langläufigen Neunpfünder auf einer zweirädrigen Lafette, über einem Banner mit den Buchstaben CBTC.

«Sieh mal an.» Koots blickte zu Kadem auf. «Ihr gehört also zu Tom und Dorian Courtneys Leuten.»

Koots sah etwas aufflackern, tief in diesen dunklen Augen, das der Araber aber so schnell verbarg, dass er nicht sicher sein konnte, was diese Reaktion bedeutete: Loyalität, Hingabe oder irgendetwas anderes. Koots blickte seinen Gefangenen an. «Du sagtest, du kennst meine Frau», erinnerte er ihn. «Vielleicht muss ich dich dafür kastrieren, wie du von ihr geredet hast. Kennst du die Gebrüder Courtney? Erzähle. Vielleicht kannst du damit deine Eier retten.»

Kadem starrte ihn nur an und Koots sagte zu Oudeman: «Heb sein Hemd, Sergeant, damit wir sehen können, wie groß das Messer sein muss, das wir dafür brauchen.»

Oudeman grinste und kniete sich neben Kadem, doch bevor er ihn anfassen konnte, begann der Araber zu reden.

«Ich kenne Dorian Courtney. Sein arabischer Name ist al-Salil.»

«Der Rotschopf», nickte Koots. «Ja, ich habe gehört, dass man ihn so nennt. Und was ist mit seinem Bruder Tom, den sie auch Klebe nennen, den Adler?»

«Ich kenne sie beide», bestätigte Kadem.

«Und du bist ihr Handlanger, ihr Sklave, ihr Speichellecker.» Koots wählte seine Worte mit Bedacht, um ihn zu provozieren.

«Ich bin ihr unversöhnlicher Feind.» Kadem ging sofort in die Falle, so hatte Koots seinen Stolz verletzt. «Wenn Allah mir gnädig ist, werde ich eines Tages ihr Henker sein.»

Er sagte es mit so fanatischem Ernst, dass Koots ihm glaubte. Der Holländer sagte jedoch nichts. Schweigen war oft die beste Verhörmethode.

Kadem war so erregt, dass er herausplatzte: «Ich bin Vollstrecker der heiligen *Fatwa*, die mein Gebieter, der Herrscher von Oman, Kalif Zayn al-Din ibn al-Malik, ausgesprochen hat.»

«Warum sollte ein so erhabener und mächtiger Monarch einem elenden Stück ranzigen Schweinespecks, wie du es bist, solch eine Mission anvertrauen?» Koots lachte spöttisch. Obwohl Oudeman kein Wort Arabisch verstand, lachte er eifrig mit.

«Ich bin ein Prinz von königlichem Blut», bekannte Kadem zornig. «Mein Vater war ein Bruder des Kalifen. Ich bin sein Neffe. Der Kalif vertraut mir, denn ich bin der Kommandant seiner Legionen und habe mich für ihn bewährt, in Krieg wie in Frieden.»

«Und doch hast du darin versagt, diese heilige Fatwa zu vollstrecken, von der du gesprochen hast», provozierte Koots ihn weiter. «Deine Feinde leben in Pracht und du bist in Lumpen, mit Schmutz bedeckt und an einen Baum gefesselt. Ist es das, was man sich in Oman unter einem mächtigen Krieger vorstellt?»

«Ich habe die Schwester des Kalifen getötet, die mit ihrem Bruder in Sünde lebte, das war Teil meines Auftrags, und ich habe meinen Dolch so tief in al-Salils Brust gestoßen, dass er an der Wunde immer noch sterben kann. Und wenn er lebt, werde ich nicht ruhen, bis meine Pflicht getan ist.»

«Das ist alles nur das Geschwätz eines Wahnsinnigen», grinste Koots. «Wenn das wirklich deine heilige Pflicht ist, warum wanderst du dann in der Wildnis umher wie ein Bettler, in schmutzigen Lumpen, mit einer Muskete, die al-Salils Brandzeichen trägt, und versuchst, ein Pferd zu stehlen, auf dem du fliehen kannst?»

Koots melkte seinen Gefangenen geschickt um jede Information, die er ihm herauslocken konnte. Kadem brüstete sich nun, wie er sich an Bord der *Gift of Allah* das Vertrauen seiner Wärter erschlichen hatte, wie er den richtigen Augenblick abgewartet hatte und geflohen war. Er erzählte, wie er Prinzessin Yasmini erstochen und fast auch al-Salil getötet hatte, und dann berichtete er, wie er mit Hilfe seiner drei Anhänger vom Schiff der Courtneys entkommen war, als es noch auf der Lagune vor Anker lag, und wie sie den Verfolgern entwischt waren und schließlich auf Koots' Trupp gestoßen waren.

Vieles, was Kadem erzählte, war Koots vollkommen neu,

besonders, dass die Courtneys allesamt aus der Kapkolonie geflohen waren. Das musste geschehen sein, als er schon seit vielen Wochen auf der Jagd nach Jim Courtney war. Es ergab jedoch alles Sinn und er fand keine schwachen Stellen in Kadems Bericht. Alles schien hübsch mit dem zusammenzupassen, was er über Keyser und dessen Pläne wusste. Es war zudem die Art Tollkühnheit, wie sie Tom und Dorian Courtney zuzutrauen war.

Er glaubte es also, wenn auch mit Vorbehalten. Ja, freute er sich innerlich, ohne es zu zeigen: Welch außerordentliches Glück. Ich habe plötzlich einen Verbündeten, den ich mit eisernen Ketten an mich binden kann, und neben seinem brennenden Hass verblasst gar mein eigener Drang, die Courtneys in die Finger zu bekommen.

Koots blickte Kadem tief in die Augen, während er seine Entscheidung traf. Er hatte unter Muselmanen gelebt und so lange für oder gegen sie gekämpft, dass er wusste, welch unumstößlicher Ehrenkodex in der islamischen Welt herrschte.

«Auch ich bin ein bitterer Feind der Courtneys», sagte er schließlich, und dann bemerkte er, wie sich sofort ein Schleier über das Feuer in Kadems Augen legte.

Habe ich einen tödlichen Fehler begangen, fragte er sich. Habe ich es überstürzt und ihn verschreckt? Kadem wurde offenbar immer misstrauischer. Wie auch immer, ich muss es wagen, es gibt kein Zurück mehr. «Nimm ihm die Fesseln ab», befahl er Oudeman, «und bring ihm Wasser. Gib ihm etwas zu essen und lass ihn beten, doch behalte ihn im Auge. Ich glaube nicht, dass er fliehen wird, aber geben wir ihm lieber nicht die Gelegenheit.»

Oudeman wusste nicht, was er sagen sollte. «Und … und was ist mit seinen Männern?», fragte er verdattert.

«Die bleiben gefesselt und unter strenger Bewachung», befahl Koots weiter. «Sie dürfen nicht mit Kadem reden. Sorg dafür, dass er nicht in ihre Nähe kommt.»

Koots wartete, bis Kadem gebadet und gegessen und seine Mittagsgebete absolviert hatte. Erst dann schickte er nach ihm, um ihr Gespräch fortzusetzen.

Koots begrüßte ihn höflich und erhob Kadem damit vom

Status des Gefangenen zu dem eines Gastes, mit all den Pflichten, die dieses Verhältnis beiden auferlegte. Dann begann er selbst ein wenig zu erzählen. «Du siehst mich hier in der Wildnis, weil ich dieselbe Mission verfolge wie du. Siehst du diese Wagenspuren?»

Kadems Züge waren wie versteinert. Er bedauerte inzwischen, dass er so viel ausgeplaudert hatte. Er hatte seinen Gefühlen erlaubt, seine Zunge zu beherrschen, und dadurch dem Ungläubigen Dinge offenbart, die er besser für sich behalten hätte. Er erkannte inzwischen, dass Koots ein gerissener und gefährlicher Mann war.

«Diese Spuren stammen von vier Wagen, mit denen der Sohn des Tom Courtney die Kolonie verlassen hat.» Kadem blinzelte kurz, zeigte aber sonst keine Reaktion. Koots ließ ihm Zeit, darüber nachzudenken, was er eben gehört hatte. Dann erklärte er ihm, warum Jim Courtney auf der Flucht war.

Obwohl Kadem schweigend lauschte und sein Blick so ausdruckslos blieb wie der einer Kobra, rasten die Gedanken in seinem Kopf. In der Zeit, als er sich auf der *Gift of Allah* als einfacher Seemann ausgegeben hatte, hatte er gehört, wie seine Kameraden all dies besprochen hatten. Er wusste von Jim Courtneys Flucht vom Kap.

«Wenn wir diesen Wagenspuren folgen, werden sie uns bestimmt zu einer Stelle irgendwo an der Küste führen, wo Vater und Sohn einen Treffpunkt ausgemacht haben», schloss Koots.

Kadem dachte darüber nach, was Koots ihm erzählt hatte. «Was willst du von mir?», fragte er schließlich.

«Wir verfolgen das gleiche Ziel», antwortete Koots. «Ich schlage einen Pakt zwischen uns vor. Lass uns zusammen schwören, vor Gott und seinem Propheten, dass wir nicht ruhen werden, bevor wir unsere gemeinsamen Feinde vernichtet haben.»

«Lass uns schwören», sagte Kadem und das wahnsinnige Funkeln in seinen Augen, das er so sorgfältig verborgen hatte, flackerte wieder auf. Koots fand es beunruhigender und bedrohlicher als den Hieber und den Dolch in den Händen des

Arabers, als sie sich am Morgen im Kampf gegenübergestanden hatten.

Das Ritual fand unter einem hohen Kameldornbaum statt, an dem frisches Grün schon das Laub zu ersetzen begann, das die Heuschreckenschwärme verzehrt hatten. Sie schworen auf Klinge und Heft von Kadems Damaszenerdolch. Jeder streute dem anderen eine Prise Salz auf die Zunge. Sie teilten eine Scheibe Fleisch und aßen jeder einen Bissen. Dann öffneten sie sich mit dem rasiermesserscharfen Damaszenerstahl eine Vene am rechten Handgelenk und massierten den Arm, bis hellrotes, warmes Blut in ihre offenen Hände floss. Sie legten diese Hände ineinander, sodass ihr Blut sich mischte, und hielten den festen Griff, während Kadem die wunderbaren Namen Gottes rezitierte. Zum Schluss umarmten sie einander.

«Du bist mein Blutsbruder», sagte Kadem. Seine Stimme zitterte im Bewusstsein der Bedeutung dieses Schwures.

«Du bist mein Blutsbruder», sagte Koots. Seine Stimme war fest und klar und er schaute Kadem offen in die Augen, doch der Schwur war keine große Last für ihn. Er akzeptierte keinen Gott und konnte in diesem Handel nur gewinnen, denn er konnte den Schwur einfach vergessen. Er würde seinen neuen Blutsbruder sogar töten, wenn es nötig sein sollte. Kadem war dagegen durch seine Hoffnung auf Erlösung und den Zorn seines Gottes gebunden, und das wusste Koots.

Tief in seinem Herzen war Kadem bewusst, wie zerbrechlich die Allianz zwischen ihnen war, und am Abend, als sie zusammen am Lagerfeuer saßen und Fleisch aßen, zeigte er, wie gerissen er war. Er machte Koots ein Versprechen, das mehr Macht über den Holländer haben würde als jeder heilige Schwur. «Ich habe dir erzählt, ich bin der Liebling meines Onkels, des Kalifen. Du weißt auch, wie mächtig und reich das Imperium der Omaner ist. Mein Onkel hat mir reiche Belohnung versprochen, wenn ich die Fatwa erfolgreich vollstrecken kann. Wir beide haben als Blutsbrüder geschworen, dass dies unser gemeinsames Ziel sein soll. Sobald es vollbracht ist, werden wir zusammen zum Palast des Kalifen auf der Insel Lamu zurückkehren, wo uns die Dankbarkeit meines Onkels erwarten wird. Du wirst den Islam annehmen und ich werde den Kalifen ersuchen, dir das Kommando über sämtliche Truppen auf dem afrikanischen Festland zu übertragen. Ich werde ihn ersuchen, dich zum Gouverneur der Provinzen Monamatapas zu machen, dem Land, aus dem das Gold und die Sklaven von Opet kommen. Du wirst ein mächtiger Mann sein, von unermesslichem Reichtum.»

Das Leben des Herminius Koots schien tatsächlich eine vielversprechende Wendung zu nehmen.

SIE RITTEN NUN MIT NEUEM SCHWUNG neben den Wagenspuren her. Selbst Xhia schien sich von dieser neuen Stimmung anstecken zu lassen. Zweimal kreuzten sie die Spuren von Elefanten, die aus dem Norden heruntergekommen waren. Koots beobachtete die riesigen Herden dieser grauen Riesen von weitem durch sein Teleskop, zeigte jedoch kein besonderes Interesse an ihnen. Die Jagd auf ein bisschen Elfenbein sollte ihn nicht von seiner wirklichen Jagd abhalten.

Er befahl Xhia, die Herde zu umgehen, und sie ließen sie unbehelligt links liegen. Koots und Kadem ärgerte jede Stunde, die sie verloren. Sie trieben die Männer und Pferde gnadenlos die Spur ihres Feindes entlang.

Schließlich verließen sie die weite Schneise, die die Ameisen durch das Land geschnitten hatten, und ließen die großen Ebenen hinter sich. Sie kamen in ein wundervolles Land voller Flüsse und üppiger Wälder, wo die Luft so süß schmeckte wie der Duft wilder Blumen. Die Landschaft um sie war voller Schönheit und Pracht und die Aussicht auf Ruhm und Reichtum trieb sie mit aller Macht voran.

«Wir sind nicht mehr weit hinter den Wagen», versicherte Xhia ihnen, «wir holen jeden Tag mehr auf.»

Dann kamen sie an eine Stelle, wo zwei Flüsse zusammenflossen, ein breiter, tiefer Strom und ein kleinerer Nebenfluss. Xhia staunte, was er dort fand. Er führte Koots und Kadem durch das Feld verwesender, in der Sonne getrockneter menschlicher Überreste, angefressen und verstreut von Hyänen und anderen Aasfressern. Er musste sie nicht auf die weggeworfenen Assegais und Lederschilde aufmerksam machen, die meisten von Musketenkugeln durchlöchert. «Hier hat eine große Schlacht stattgefunden», erklärte Xhia. «Diese Schilde und Waffen sind von den wilden Nguni-Stämmen.»

Koots nickte. Jeder, der in Afrika gelebt hatte, hatte von den legendären Kriegerstämmen der Nguni gehört. «Na schön», sagte er, «was siehst du hier sonst noch?»

«Die Nguni haben Somoyas Wagen angegriffen, die er hier zusammengezogen hatte, zwischen den beiden Flüssen. Das war ein guter Platz für ihn, mit Wasser im Rücken und zu zwei Seiten. Die Nguni mussten ihn frontal angreifen. Er hat sie abgeschlachtet wie die Hühner.» Xhia kicherte und schüttelte bewundernd den Kopf.

Koots ging zu dem Krater in der Mitte des verwüsteten Gebiets vor der Stelle, wo die Wagenburg gewesen war. «Was ist das?», fragte er. «Was ist hier passiert?»

Xhia hob ein kurzes Stück der verkohlten Zündschnur auf und hielt es hoch. Er kannte Zünder und Sprengstoff, konnte es jedoch nicht mit Worten beschreiben. Er spielte also mit Gesten nach, wie man die Lunte anzündet, und dann lief er zischend den Weg entlang, den die Flamme genommen haben musste. Als er an dem Krater ankam, rief er «Babumm!» und mimte die Explosion, indem er hoch in die Luft sprang. Dann fiel er auf den Rücken und strampelte mit beiden Beinen, kreischend vor Lachen. Die Darbietung war so eindrucksvoll, dass sogar Koots lachen musste.

«Bei der pockenverseuchten Fotze der großen Hure!», prustete er, «der kleine Courtney hat eine Bombe unter den Impis losgelassen, als sie sein Lager stürmen wollten.» Dann wurde er wieder ernst: «Wir werden aufpassen müssen, wenn wir ihn einholen. Er scheint so gerissen zu sein wie sein Vater.»

Xhia brauchte den Rest des Tages, alle Geheimnisse des Schlachtfelds zu entschlüsseln. Er zeigte Koots den Weg, auf dem die geschlagenen Impis geflohen waren, und wie Jim Courtney und seine Männer sie zu Pferde niedergejagt hatten.

Schließlich kamen sie zu dem verlassenen Nguni-Lager und Xhia war fast nicht zu verstehen, als er versuchte, die Größe der Viehherden zu beschreiben, die Jim erbeutet hatte. «Wie Grashalme! Wie Heuschrecken!», kreischte er, als er auf die Spuren zeigte, die sie auf ihrem Zug nach Osten hinterlassen hatten.

Koots versuchte, grob abzuschätzen, wie viel Geld diese Herden bringen würden, wenn er sie zum Kap schaffen könnte. Das sind mehr Gulden als die Bank von Batavia auszahlen könnte, schloss er am Ende. Eines ist sicher, dachte er: Wenn ich sie einhole, werden Oudeman und diese stinkenden Hottentotten keinen Cent sehen. Ich werde sie eher töten, bevor ich ihnen einen einzigen Gulden gebe. Wenn ich hier fertig bin, wird Gouverneur van der Witten gegen mich wie ein Bettler aussehen.

Doch das war noch nicht alles. Als sie ins Lager gingen, führte Xhia sie zu dem Ende, wo ein Stück mit dicken, mit Rindenstreifen zusammengehaltenen Holzbalken eingezäunt war.

Koots hatte noch nie solch eine massive Konstruktion gesehen, nicht einmal in den permanenten Dörfern der Stämme. War es ein Kornsilo? Er saß ab und ging hinein. Er wunderte sich noch mehr, als er sah, dass es voller Trocken- oder Räucherroste lag, obwohl keine Spur von Asche oder verbrannter Erde darunter zu sehen war. Und das Holz schien wieder viel zu massiv für solche Zwecke, genau wie die Wände. Offenbar waren die Roste dafür vorgesehen gewesen, eine viel schwerere Last zu tragen als ein paar Fleischstreifen.

«Elefanten?»

«Ja, ja, du dummer Mann!», nickte Xhia eifrig.

«Bist du verrückt?», sagte Koots auf Holländisch. «Ein Elefant würde niemals durch diesen engen Eingang passen.»

Xhia sprang von dem Rost und krabbelte darunter umher. Dann kam er wieder hervorgekrochen und zeigte Koots, was er gefunden hatte. Es war ein kleiner Stoßzahn von einem Elefantenkalb. Er war nur so lang wie Xhias Unterarm und so dünn, dass er ihn selbst an der dicksten Stelle mit Daumen und Zeigefinger umgreifen konnte. Er musste übersehen worden sein, als sie das Lager ausgeräumt hatten. Xhia fuchtelte damit vor Koots' Gesicht herum.

«Elfenbein?» Koots begriff allmählich. Fünf Jahre zuvor, als er noch als Adjutant des Gouverneurs von Batavia fungiert hatte, hatte der Gouverneur dem Sultan von Sansibar einen offiziellen Besuch abgestattet. Der Sultan war stolz auf seine Stoßzahnsammlung und hatte den Gouverneur und seinen Stab zu einem Rundgang durch seine Schatzkammern eingeladen. Das Elfenbein hatte dort auf ganz ähnlichen Rosten gelegen wie diesen hier, um es von dem feuchten Boden fernzuhalten.

«Elfenbein!», keuchte Koots. «Das sind Elfenbeinregale! Im Namen des schwarzen Engels, das wäre noch ein Vermögen, fast so groß wie das, was die Herden bringen würden.»

Er drehte sich um und marschierte aus dem Schuppen. «Sergeant!», brüllte er. «Sergeant Oudeman, lassen Sie die Männer aufsitzen. Und treten Sie unseren arabischen Freunden in die braunen Ärsche. Wir reiten sofort weiter. Wir müssen Jim Courtney fangen, bevor er die Küste erreicht und den Schutz der Kanonen genießen kann, die sein Vater an Bord hat.» Sie ritten nach Osten, den erbeuteten Herden nach, die eine breite Trasse abgeweideten und niedergetrampelten Grases durch die Wildnis geschlagen hatten.

«Dieser Spur könnte ein Blinder bei Neumond folgen», sagte Koots zu Kadem, der neben ihm ritt.

«Welch feinen Köder dieses Ferkel des großen Ebers für unsere Falle abgeben wird», entgegnete Kadem mit grimmiger Stimme. Sie rechneten damit, jeden Moment auf die Wagen und Herden zu stoßen, doch dann verging Tag um Tag, und obwohl sie die Pferde antrieben und Koots jede Gelegenheit wahrnahm, mit seinem Teleskop Ausschau zu halten, war nichts zu sehen, weder Vieh noch Wagen.

Jeden Tag versicherte Xhia ihnen, dass sie schnell aufholten. Nach den Spuren konnte er Koots mitteilen, dass Jim Courtney auf Elefantenjagd ging, während seine Karawane weiterzog.

«Hält ihn das nicht auf?», fragte Koots.

«Nein, nein, er jagt weit vor den Wagen.»

«Dann können wir die Karawane überraschen, wenn er nicht da ist, um sie zu verteidigen.»

«Erst müssen wir sie einholen», sagte Kadem, und Xhia warnte Koots, sie dürften sich Jim Courtneys Karawane erst nähern, wenn sie angriffsbereit wären, sonst würde Bakkat sie sofort bemerken. «Genau wie ich diese braunen Paviane entdeckt habe», er zeigte verächtlich auf Kadem und seine Araber, «als sie sich anschleichen wollten. Bakkat kann sich zwar nicht mit Xhia messen, was seine Schlauheit und Zauberkraft angeht, aber er ist auch kein Narr. Ich habe seine Fußabdrücke und Zeichen gesehen, wo er jeden Abend seine Spur zurückverfolgt hat, bevor sie ihr Lager aufschlugen.»

«Woher weißt du, dass es Bakkats Spuren sind?», fragte Koots.

«Bakkat ist mein Feind. Ich kann seine Fußabdrücke von denen jedes anderen Mannes unterscheiden, der sich durch dieses Land bewegt.» Dann wies Xhia noch auf andere Umstände hin, die Koots nicht bedacht hatte. Die Spuren zeigten deutlich, dass Jim Courtneys Karawane nicht nur um viele Stück Vieh angewachsen war, sondern auch um viele, viele Männer, nach Xhias Schätzung mindestens fünfzig. Vielleicht waren es sogar hundert zusätzliche Krieger, die sie vor sich haben würden, wenn sie die Wagen angriffen. Xhia hatte all sein Wissen und seine Zauberkraft angewandt, um die Art und den Zustand dieser neuen Männer zu ergründen.

«Es sind große, stolze Männer, das kann ich daran sehen, wie sie einherschreiten, an der Größe ihrer Füße und der Länge ihrer Schritte», erklärte er Koots. «Sie tragen Waffen. Sie sind freie Männer, keine Gefangenen oder Sklaven. Sie folgen Somoya aus freiem Willen und hüten seine Herden. Ich glaube, es sind Nguni, und sie werden wie Krieger kämpfen.» Koots wusste aus Erfahrung, dass es besser war, die Meinung des kleinen Buschmanns ernst zu nehmen. Der hatte sich in solchen Dingen bisher noch nie geirrt.

Mit dieser Masse und Qualität an Verstärkung für den harten Kern der bewaffneten Musketiere verfügte Jim Courtney nun über eine Streitmacht, die Koots nicht unterschätzen durfte.

«Sie sind um ein Vielfaches in der Überzahl. Wir haben einen harten Kampf vor uns», schätzte Koots.

«Überraschung», entgegnete Kadem. «Wir haben die Überraschung auf unserer Seite. Wir können uns aussuchen, wann und wo wir angreifen wollen.»

«Ja», stimmte Koots zu, der inzwischen einsah, dass er in dem Araber einen erfahrenen Krieger vor sich hatte. «Diesen Vorteil dürfen wir nicht vergeuden.»

Elf Tage später kamen sie an den Rand eines tiefen Abgrunds. Im Süden sahen sie schneebedeckte Berge, doch im Osten fiel das Land steil zu einem Gewirr von Hügeln, Tälern und Wäldern ab. Koots saß ab und stützte sein Teleskop auf Xhias Schulter. Dann schrie er plötzlich auf, als er in der Ferne einen Streifen Meer ausmachte. «Ja!», rief er. «Ich hatte die ganze Zeit Recht! Jim Courtney ist auf dem Weg zur Nativity Bay, um sich dort mit den Schiffen seines Vaters zu treffen, keine hundert Meilen von hier.» Bevor er seine Zufriedenheit richtig genießen konnte, entdeckte er etwas, das ihn noch glücklicher machte.

In dem Grasland vor ihnen, zwischen den Wäldern, machte er eine blasse Staubwolke aus, die über einem weiten Gebiet zu hängen schien, und als er sein Teleskop dorthin schwenkte, sah er die riesigen Herden unter diesem Dunst, Tausende Stück Vieh, die sich wie ein dunkler Ölteppich über das Veld schoben.

«Bei Satans Mutter!», rief er. «Da sind sie! Endlich habe ich sie!» Es kostete ihn große Mühe, seinen Kriegerinstinkt zu zügeln.

«Sie kommen nicht schnell voran. Die grasenden Herden schreiben das Tempo vor. Wir können uns leisten, unsere Männer und Pferde jetzt ausruhen zu lassen und uns für den Angriff vorzubereiten. Inzwischen werde ich Xhia ausschicken, Jim Courtneys Verteidigung auszukundschaften, seine Marschlinie, die Art seiner neuen Männer und die Schlachtordnung seiner Reiter.»

Kadem nickte zustimmend. Er studierte das Gelände vor ihnen. «Wir könnten sie umgehen und einen Hinterhalt legen, vielleicht in einem engen Pass durch die Hügel oder an

494

einer Furt. Befiehl Xhia, nach einem solchen Ort Ausschau zu halten.»

«Was immer geschieht, wir müssen verhindern, dass sie sich mit den Schiffen zusammentun, die vielleicht schon in der Nativity Bay auf sie warten», sagte Koots. «Wir müssen angreifen, bevor das geschehen kann, sonst haben wir es nicht nur mit Musketen und Speeren zu tun, sondern auch mit Kanonen- und Schrapnellfeuer.»

Koots senkte das Teleskop und packte Xhia beim Genick, um ihm die Wichtigkeit seiner Befehle deutlich zu machen. Xhia hörte mit ernster Miene zu und verstand wenigstens jedes zweite Wort, das Koots ihm ins Gesicht knurrte. «Ich finde euch hier, wenn ich zurückkomme», nickte Xhia, als Koots mit seiner Predigt fertig war. Dann trottete er davon, den Steilhang hinunter, ohne sich noch einmal umzuschauen. Er brauchte keine weiteren Vorbereitungen zu treffen, denn alles, was er besaß, trug er stets auf seinem starken Rücken.

Es war kurz vor Mittag, als er aufbrach, und später Nachmittag, als er nah genug bei der Karawane war, dass er das ferne Muhen der Rinder hören konnte. Er verwischte sorgfältig seine Spuren, denn trotz seiner Prahlerei hatte er großen Respekt vor Bakkat. Er umging die Herden, um herauszufinden, wo genau sich Somoyas Wagen befanden. Die Herden hatten die Spuren zertrampelt, weshalb sogar er es schwer fand, so viel von ihnen abzulesen, wie er sich gewünscht hätte.

Er schloss mit den Wagen auf, doch eine Meile nördlich von ihrer Route blieb er plötzlich stehen. Sein Herz schlug wie die Hufe einer galoppierenden Zebraherde. Er starrte auf den winzigen Fußabdruck im Staub vor ihm.

«Bakkat», raunte er, «mein Feind. Dein Zeichen würde ich überall erkennen, es ist in mein Herz gebrannt.»

Er vergaß alle Befehle, die Koots ihm eingeschärft hatte, und konzentrierte sich mit allen Sinnen auf diese Spur. «Er geht schnell und zielstrebig, in einer geraden Linie, ohne Pause oder Zögern. Er zeigt keine Vorsicht. Wenn ich ihn je überraschen will, dann heute.»

Ohne weiter nachzudenken, wandte er sich von seinem ursprünglichen Ziel ab und folgte der Spur des Bakkat, den er mehr hasste als alles andere in seiner Welt.

Es WAR NOCH FRÜHER MORGEN, als Bakkat den Honigsucher hörte. Er flatterte durch die Baumwipfel, und verbreitete dieses eigentümliche, surrende Geräusch, das nur eines bedeuten konnte. Bakkat lief das Wasser im Mund zusammen.

«Sei gegrüßt, mein süßer Freund», rief er und lief unter den Baum, in dem der zottige kleine Vogel seinen verführerischen Tanz aufführte. Als er bemerkte, dass er Bakkats Aufmerksamkeit erregt hatte, flatterte er noch hektischer umher. Er sprang von dem Ast, auf dem er gehockt hatte, und flog zum nächsten Baum.

Bakkat zögerte. Er schaute zu der Wagenburg zurück, die sie am Waldrand am anderen Ende der weiten Lichtung zusammengerollt hatten. Wenn er sich die Zeit nähme zurückzulaufen, nur um Somoya zu sagen, wo er hin wollte, wäre der Honigsucher vielleicht weggeflogen, bevor er zurück war, und vielleicht würde Somoya ihm gar verbieten, dem Vogel zu folgen. Bakkat leckte sich die Lippen. Er konnte den süßen, klebrigen Honig fast schon auf der Zunge schmecken. «Ich werde nicht lange wegbleiben und Somoya wird nicht einmal merken, dass ich nicht da bin.»

Der Honigsucher sah ihn kommen und sang ihm ein Lied, während er zum nächsten Baum flatterte. Bakkat sang ebenfalls: «Du führst mich zum süßen Honig und dafür liebe ich dich. Du bist schöner als der Sonnenvogel, weiser als die Eule und größer als der Adler. Du bist der Herr aller Vögel.» Das war vielleicht nicht ganz wahr, doch der Honigsucher würde sich geschmeichelt fühlen.

Bakkat lief den ganzen übrigen Morgen durch den Wald und am Mittag, als der Wald in der Hitze schmorte und alle Tiere und Vögel still und schläfrig waren, blieb der Vogel auf dem höchsten Ast eines Tambootie-Baums sitzen und wechselte die Melodie. Bakkat verstand, was er sang: «Wir sind angekommen. Hier ist das Bienennest und es fließt über von goldenem Honig. Nun können du und ich unseren Anteil essen.»

Bakkat stand unter dem Tambootie und schaute nach oben. Er sah die Bienen, wie sie im hellen Sonnenschein schimmerten wie Goldstaub und sich in die Ritze in dem Baumstamm verkrochen. Bakkat nahm Bogen und Köcher von der Schulter und legte sie sorgfältig an den Baum. «Warte hier auf mich, mein kleiner Freund. Ich werde bald zurück sein. Ich muss noch die Ranken sammeln, mit denen ich die Bienen einschläfern kann.»

Die Pflanze, die er brauchte, wuchs am Ufer eines nahen Baches. Sie kletterte am Stamm eines Bleiholzbaums empor, um den sie sich wickelte wie eine dünne Schlange, mit tränenförmigen Blättern und roten Blüten. Bakkat erntete vorsichtig die Blätter, die er brauchte, um die Pflanze nicht mehr zu verletzen als nötig, denn sie war ein kostbares Geschöpf. Sie zu töten, wäre eine Sünde gegen die Natur und gegen Bakkats Volk, die San, gewesen.

Er steckte die Hand voll Blätter in seinen Beutel und ging weiter, bis er zu einer Gruppe von Fieberbäumen kam. Er suchte sich einen aus und löste einen Streifen Rinde rings um den Baumstamm ab. Ein Stück davon rollte er zu einem Rohr zusammen, das er mit verzwirbelten Rindenschnüren zusammenhielt. Dann lief er zu dem Honigbaum zurück.

Bakkat setzte sich an den Fuß des Baumes und machte ein winziges Feuer in dem Rindenrohr. Er blies in ein Ende und die Stöckchen glühten hell auf. Dann streute er etwas von den Blüten und Blättern darauf, die sofort in einer scharf riechenden Rauchwolke aufgingen. Bakkat stand auf, legte sich seine Axt über die Schulter und kletterte den Baum hinauf, geschwind wie eine Meerkatze. Direkt unter der Ritze in dem Baumstamm suchte er sich einen passenden Ast, auf den er sich setzen konnte. Er schnupperte den Wachsgeruch des Bienennests und lauschte einen Augenblick dem tiefen, summenden Chor des Schwarms in den Tiefen des hohlen Stammes. Er begutachtete den Eingang und ritzte die Stelle an, wo er die

Axt ansetzen würde. Dann steckte er ein Ende der Rinden-röhre in die Öffnung und blies vorsichtig mehrere Wölkchen Rauch hinein. Nach einer Weile verstummte der Schwarm: Die Bienen waren betäubt.

Bakkat legte das Rauchrohr beiseite, setzte sich geschickt auf dem schmalen Ast zurecht und holte mit seiner Axt aus. Der Hieb ließ den Baum erzittern, einzelne Bienen kamen heraus und umschwirrten seinen Kopf. Der Rauch hatte jedoch ihre kriegerischen Instinkte gelähmt. Eine oder zwei stachen ihn, doch das ignorierte Bakkat. Mit schnellen Hieben schlug er ein rechteckiges Loch in den Stamm und legte die dichten Reihen von Honigwaben frei.

Er kletterte vom Baum herunter und legte die Axt ab, bevor er mit seinem Lederbeutel über der Schulter wieder zu seinem Ast hinaufkletterte. Er streute mehr von den Blättern auf die Glut in dem Feuerrohr und blies mehr von dem dicken blauen Rauch in die vergrößerte Baumöffnung. Als der Schwarm wieder still war, griff er tief in das Nest. Mit Bienen auf Armen und Schultern nahm er eine Wabe nach der anderen heraus und legte sie vorsichtig in seinen Beutel.

Er kletterte wieder herunter, schälte noch ein Stück Rinde vom Stamm des Tambootie-Baums ab und formte daraus einen Teller, auf dem er den Anteil des Honigsuchers auslegte. Er suchte für seinen kleinen Komplizen die saftigste Wabe aus, eine, die voller gelber Klumpen war, denn die liebte der Vogel fast so sehr wie er selbst.

Dann suchte er seine Habseligkeiten zusammen und hängte sich den prall gefüllten Lederbeutel über die Schulter. Er dankte dem Vogel noch einmal und sagte ihm Lebewohl. Sobald er sich entfernte, kam der Vogel von seinem Baumwipfel herunter, landete auf der fetten, goldenen Wabe und pickte sofort die saftigsten Klumpen heraus. Bakkat blieb stehen und beobachtete ihn lächelnd. Er wusste, der Vogel würde alles auffressen, sogar das Wachs, denn der Honigsucher ist das einzige Geschöpf, das diesen Teil der Beute verdauen kann.

Er dachte an die Legende von dem gierigen San, der das Bienennest ausgeräumt hatte, ohne etwas für den Vogel zurückzulassen. Das nächste Mal hatte der Vogel ihn dann zu einem Loch in einem Baumstamm geführt, in dem sich eine riesige schwarze Mamba zusammengerollt hatte, die den wortbrüchigen San zu Tode biss.

«Das nächste Mal, wenn wir uns treffen, denke bitte daran, dass ich dich gerecht und gut behandelt habe», erinnerte er den Vogel. «Ich werde zurückkommen und nach dir suchen. Möge der Kulu Kulu dich behüten.» Mit diesen Worten machte er sich auf den Rückweg zum Wagenlager. Auf dem Weg griff er immer wieder in seinen Beutel, brach ein Stück Honigwabe ab, stopfte es sich in den Mund und brummte vor Genuss an dem Leckerbissen.

Nach einer halben Meile blieb er abrupt stehen. Er war an einer Furt durch den Bach und starrte verblüfft auf die Fußabdrücke im Lehm an der Uferböschung. Die Menschen, die kürzlich diesen Weg gegangen waren, waren San, und sie hatten sich keine Mühe gegeben, ihre Spuren zu verwischen.

Bakkats Herz sprang wie eine Gazelle. Erst als er diese frischen Fußabdrücke sah, wurde ihm klar, wie er sich nach seinem Volk gesehnt hatte. Er studierte die Spuren. Sie waren von fünf Wanderern, zwei Männer, drei Frauen. Einer der Männer war alt, der andere viel jünger, das konnte er an der Weite und Entschlossenheit der Schritte ablesen. Eine der Frauen war uralt und hinkte auf verkrüppelten, krummen Füßen daher. Die andere war in der Blüte ihrer Jahre, mit starkem, sicherem Schritt. Sie ging an der Spitze dieser Gruppe.

Dann fiel Bakkats Blick auf das fünfte und letzte Paar Fußabdrücke und eine große Sehnsucht ergriff sein Herz. Es war so zierlich und bezaubernd wie das schönste Gemälde, das ein Künstler seines Stammes je auf den Felsen hinterlassen hatte. Bakkat hätte fast geweint, so schön waren diese Fußabdrücke. Er konnte das Mädchen vor sich sehen, das ihm diese Zeichen hinterlassen hatte. All seine Instinkte sagten ihm, dass sie sehr jung war, eine anmutige, geschmeidige Frau. Er folgte ihren Spuren in den Wald.

Am anderen Ufer des Bachs kam er an eine Stelle, wo die beiden Männer sich von der Gruppe getrennt hatten und tiefer im Wald auf die Jagd gegangen waren. Die Frauen hatten dann begonnen, die wilden Früchte des Velds zu ernten. Bakkat sah, wo sie sie von den Zweigen gerupft hatten und wo sie mit den spitzen Stöcken, die sie trugen, die essbaren Knollen und Wurzeln ausgegraben hatten. Er sah wie geschwind und geschickt das Mädchen arbeitete. Sie hatte stets an der richtigen Stelle gegraben, hatte keine Kraft vergeudet, und Bakkat war sicher, sie kannte jede Pflanze und jeden Baum, den sie vor sich sah. Sie ging an den giftigen oder übel schmeckenden Gewächsen vorbei und suchte stets nur die süßen und nahrhaften aus.

Bakkat lächelte anerkennend. «Sie ist ein kluges Mädchen. Mit dem, was sie gesammelt hat, seit sie den Bach durchquert haben, könnte sie ihre ganze Familie ernähren.»

Dann hörte er Stimmen im Wald vor sich, weibliche Stimmen. Sie sprachen miteinander, während sie ihre Ernte fortsetzten. Eine der Stimmen war so melodisch und süß wie das Lied der Goldamsel und zog ihn so unwiderstehlich an, wie es der Honigsucher getan hatte. Lautlos und unsichtbar kroch er auf das Mädchen zu. Sie arbeitete in einem dichten Gebüsch. Er konnte hören, wie sie ihren Grabestock in die Erde stach. Schließlich war er nah genug, dass er sehen konnte, wie sich in dem Dickicht aus Blättern und Zweigen etwas bewegte. Dann kam sie plötzlich heraus, direkt vor Bakkat. Die Explosion der Gefühle, die er nun empfand, fegte die Trümmer seines alten Lebens hinweg, all die Jahre der Einsamkeit nach dem Tod seiner ersten Frau.

Das Mädchen war ein erlesenes Geschöpf, so zierlich, so vollkommen. Ihre Haut schimmerte in der Mittagssonne, ihr Gesicht wie eine goldene Blume, die Lippen voll wie Blütenblätter. Sie hob eine anmutige Hand, wischte sich mit dem Daumen die Schweißtropfen von der geschwungenen Augenbraue und schüttelte die Hand, dass die Luft um sie funkelte wie silberner Regen. Er war so nah bei ihr, dass ein Tropfen auf sein staubiges Schienbein fiel. Ohne etwas von seiner Gegenwart zu ahnen ging sie langsam weg. Eine der anderen Frauen rief aus der Nähe: «Bist du durstig, Letee? Sollen wir zum Bach zurückgehen?» Das Mädchen blieb stehen und schaute sich um. Sie trug einen winzigen Lederschurz vor dem Bauch, verziert mit Porzellanschneckenhäuschen und Perlen aus Straußeneisplittern. Das Muster der Schneckenhäuser und

Perlen bedeutete, dass sie eine Jungfrau war und dass noch kein Mann für sie sprach.

«Mein Mund ist trocken wie ein Stein in der Wüste», antwortete sie ihrer Mutter. Sie lachte. Ihre kleinen Zähne waren strahlend weiß.

In diesem Augenblick wandelte sich Bakkats ganzes Dasein. Als sie wegging, hüpften ihre kleinen Brüste lustig auf und ab und ihre vollen, nackten Hinterbacken schwabbelten vor Bakkats Augen. Er versuchte nicht, sie aufzuhalten. Er wusste, er würde sie von nun an überall wieder finden, überall und jederzeit.

Als sie nicht mehr zu sehen war, erhob er sich aus seinem Versteck, machte einen Freudesprung und lief los, einen Liebespfeil zu machen. Er ging zum Bach und suchte sich ein vollkommen gerades Schilfrohr aus, von dem er ein Stück abschnitt. Dann bemalte er den Pfeil mit mystischen Zeichen und Mustern, mit den gelben, weißen, roten und schwarzen Pigmenten aus seinen Farbhörnern. Er klemmte die purpurne Feder eines Lourie-Vogels ans Ende und steckte ein mit dem Flaum des Sonnenvogels gefülltes Lederbällchen auf die Spitze, damit er Letee nicht verletzen würde.

«Sehr schön!», bewunderte Bakkat sein kleines Kunstwerk, als er schließlich fertig war. «Doch nicht so schön wie Letee.»

Am Abend fand er das Lager der Familie. Sie hausten vorübergehend in einer Höhle in einer Felsenklippe über dem Bach. Er schlich sich in der Dunkelheit an und lauschte ihrem ungezwungenen, sorglosen Geplauder. So erfuhr er, dass der alte Mann und die Frau ihre Großeltern waren und das andere Paar ihre Mutter und ihr Vater. Ihre ältere Schwester hatte kürzlich einen guten Mann gefunden und den Klan verlassen. Sie neckten Letee. Sie hatte vor ganzen drei Monaten zum ersten Mal geblutet und war trotzdem noch eine Jungfrau und unverheiratet. Letee senkte den Kopf, beschämt, weil sie es immer noch nicht geschafft hatte, einen Mann zu finden.

Bakkat zog sich vom Eingang der Höhle zurück und suchte sich weiter stromabwärts einen Platz zum Schlafen. Doch noch bevor die Morgendämmerung anbrach, war er wieder zurück, und als die Frauen aus der Höhle kamen und in den

Wald gingen, folgte er ihnen in taktvollem Abstand. Sie sammelten wieder Wurzeln und Kräuter im Wald, wobei sie mit Rufen und Pfiffen Kontakt miteinander hielten. Dennoch geriet Letee nach einer Weile etwas abseits von den anderen und Bakkat pirschte sich mit größter Vorsicht näher an sie heran.

Sie grub nach der fetten Knolle der Tiski-Pflanze, einer wilden Maniokart. Sie hielt ihre Beine gerade, als sie sich bückte. Ihr Körper wiegte sich im Rhythmus des Grabestocks, ihre Vulva lugte zwischen ihren Schenkeln hervor, ihr pralles Hinterteil zeigte zum Himmel.

Bakkat kroch näher heran. Ihm zitterten die Hände, als er den kleinen, zeremoniellen Bogen hob und mit seinem Liebespfeil auf sie zielte, und auch diesmal traf er nicht daneben. Letee stieß einen kleinen Schrei aus und sprang hoch in die Luft, als der Pfeil ihren Po traf. Sie wirbelte herum und ihr Gesicht zeigte deutlich, wie verblüfft und empört sie war. Dann sah sie den Pfeil, der zu ihren Füßen lag, und blickte sich um. Bakkat war verschwunden, als hätte er sich in Luft aufgelöst. Sie rieb sich den Hintern und der Schmerz ließ etwas nach, doch nun fühlte sie sich immer scheuer.

Und dann stand Bakkat plötzlich vor ihr, so nah, dass sie vor Schreck nach Luft schnappte. Sie starrte ihn an. Seine Brust war breit und hoch, seine Arme und Beine wohlgeformt und kräftig. An der Art, wie er seine Waffen trug, sah sie sofort, dass sie einen mächtigen Jäger vor sich hatte, der gut für seine Familie sorgen würde. Er trug die Farbhörner des Künstlers an seinem Gürtel, was bedeutete, er würde bei allen Stämmen der San in hohem Ansehen stehen. Sie senkte schamhaft den Blick und flüsterte: «Du bist so groß, ich habe dich von weitem gesehen.»

«Auch ich habe dich von weitem gesehen», sagte Bakkat, «denn deine Schönheit erleuchtet den Wald wie die aufgehende Sonne.»

«Ich wusste, du würdest kommen», entgegnete sie, «seit dem Tag meiner Geburt war dein Gesicht auf mein Herz gemalt.» Letee trat zaghaft auf ihn zu, nahm seine Hand und führte ihn zu ihrer Mutter. In der anderen Hand trug sie den Liebespfeil. «Bakkat ist hier», sagte sie zu ihrer

Mutter. Sie hielt den Pfeil hoch. Ihre Mutter schrie auf, sodass auch die Großmutter herbeigelaufen kam. Die beiden älteren Frauen führten sie singend, tanzend und klatschend zu der Höhle. Bakkat und Letee folgten ihnen, immer noch Hand in Hand.

Bakkat gab Letees Großvater den Beutel wilden Honig. Ein besseres Geschenk hätte er nicht mitbringen können, denn sie alle waren süchtig nach der süßen Delikatesse, und es bewies, dass Bakkat in der Lage war, für Frau und Kinder zu sorgen. Die Familie ergötzte sich an dem Honig, doch Bakkat aß nichts davon, da es sein Geschenk war. Nach jedem Bissen leckte sich Letee die Lippen und lächelte ihn an. Sie saßen im Schein des Lagerfeuers und redeten bis spät in die Nacht. Bakkat erzählte ihnen, wer er war und was das Totem seines Stammes war und zählte ihnen die Liste seiner Vorfahren auf. Der Großvater erinnerte sich an viele von ihnen und klatschte in die Hände, als er die Namen hörte. Schließlich stand Letee auf und kam zu Bakkat, der zwischen den beiden anderen saß. Sie nahm ihn bei der Hand und führte ihn zu der Schlafmatte, die sie tief in der Höhle ausgerollt hatte.

Die beiden verließen das Lager früh am nächsten Morgen. Letee rollte alle ihre Besitztümer in ihre Schlafmatte ein und balancierte das Paket mühelos auf dem Kopf. Bakkat ging vor ihr her. Sie wanderten in einem Tempo, das sie bis zum Abend durchhalten konnten. Bakkat sang die Jagdweisen seines Stammes und Letee begleitete ihn mit ihrer süßen, kindlichen Stimme.

Xhia hatte sich im Dickicht gegenüber der Höhle verborgen, auf der anderen Seite des Bachs. Er beobachtete, wie das Paar in den Morgen hinaustrat. Er hatte Bakkat seit zwei Tagen beobachtet, wie er Letee den Hof gemacht hatte. Er empfand ein lüsternes Prickeln, wenn er beobachtete, wie die beiden das uralte Hochzeitsritual vollzogen. Er wollte sich den letzten Akt, die Paarung, nicht entgehen lassen, bevor er eingreifen würde.

«Bakkat hat sich wieder einmal eine hübsche Blume gepflückt.» Dass sie die Frau seines Feindes war, machte sie für Xhia noch begehrenswerter. «Er wird sich ihrer nicht lange erfreuen können.»

Xhia wollte ihnen nicht zu dicht folgen, denn er wusste, die neue Gefährtin mochte Bakkat zwar ablenken, doch er war immer noch ein Widersacher, den es zu fürchten galt. Xhia war nicht in Eile. Geduld ist die wichtigste Qualität eines Jägers. Er wusste, die Stunde würde kommen, wenn Bakkat und das Mädchen getrennt wären, ganz gleich, wie kurz, und dann würde er zuschlagen.

Kurz vor Mittag stieß Bakkat auf eine kleine Büffelherde. Xhia sah, wie er seinen Beutel und seine anderen Sachen bei Letee zurückließ und sich anschlich. Er suchte sich eine halb erwachsene Färse aus, deren Fleisch süß und zart wäre. Da sie nicht sehr groß war, würde das Gift auch schneller wirken. Bakkat hielt sich vor dem Wind und brachte sich geschickt in eine Position direkt hinter der jungen Büffelkuh, sodass er seinen Pfeil durch die dünne Haut um ihren After und ihre Genitalien schießen konnte. Das Netz von Venen um die Körperöffnungen der Färse würde das Gift schnell ins Herz leiten. Sein Schuss traf genau ins Ziel und das Tier galoppierte in Panik davon, gefolgt von der restlichen Herde. Der Pfeilschaft brach ab, doch die mit Widerhaken versehene, giftige Pfeilspitze hatte sich tief ins Fleisch gebohrt. Die Kuh kam nicht weit, bevor das Gift zu wirken begann.

Bakkat und Letee folgten dem Tier geduldig. Die Sonne hatte sich erst wenige Fingerbreit über den Himmel bewegt, als die Färse stehen blieb und sich niederließ. Bakkat und seine kleine Frau warteten geduldig, bis das Tier aufstöhnte und auf die Seite rollte.

Am Abend, vor Einbruch der Dunkelheit, schlugen sie neben dem Kadaver ihr Lager auf. Das Fleisch würde bald in der Sonne verrotten, doch sie würden dennoch dableiben, bis die ganze Kuh verzehrt war, und sie vor Geiern und anderen Aasfressern beschützen. Nach dem Essen führte Bakkat sie zur Schlafmatte und sie liebten sich. Xhia kroch näher heran, um diesen letzten Akt der Hochzeitszeremonie zu beobachten. Am Ende, als Bakkat und Letee sich zusammen aufbäumten und mit einer Stimme aufschrieen, rollte er sich im Staub und ejakulierte ebenfalls in einem schüttelnden Orgasmus. Bevor Bakkat sich erholen konnte, verschwand Xhia wieder im Busch.

Am nächsten Morgen sah Xhia, wie sich Letee neben ihrem Gatten von der Matte erhob und sich vor die Asche des Feuers kniete, um es wieder anzublasen. Als die Flammen hell brannten, verließ sie das Lager und ging in die Büsche dicht vor der Stelle, wo Xhia lauerte. Sie schaute sich vorsichtig um, dann band sie die Schnur ihres bestickten Schurzes auf, legte ihn beiseite und hockte sich über den Boden. Xhia schlich sich an. Als sie wieder aufstand, sprang er sie von hinten an. Er gab ihr keine Gelegenheit zu schreien. Er bedeckte ihren Mund und ihre Nase und knebelte sie mit ihrem eigenen Lendenschurz. Er drückte sie zu Boden und fesselte sie mit der Rindenkordel, die er am Abend zuvor geflochten hatte. Dann nahm er sie auf die Schulter und trug sie weg. Er machte sich keine Mühe, sein Spur zu verwischen, denn das Mädchen war nur der Köder. Bakkat würde hinter ihr herkommen und Xhia würde auf ihn warten.

Xhia hatte das Gelände längst erkundet und wusste genau, wo er sie hintragen wollte. Er hatte ein isoliertes *Kopje* ausgesucht, nicht weit von ihrem Lager. Die Hänge der Felsenkuppe waren steil und schroff und von der Höhe konnte er alle Zugangswege überblicken. Er hatte nur einen Pfad zur Spitze entdeckt und dieser Pfad läge auf der gesamten Länge im Schussfeld seines Bogens, wenn er sich am Gipfel auf die Lauer legte.

Das Mädchen war klein und leicht, sodass er den Aufstieg im Laufschritt bewältigen konnte. Zuerst trat sie um sich und zappelte, doch er kicherte nur und sagte: «Für jeden dieser Tritte werde ich dich bestrafen.» Sie missachtete seine Warnung und rammte ihm verzweifelt die Knie in die Brust und stöhnte und fluchte in ihren Knebel.

«Xhia hat gesagt, du sollst still sein.» Er kniff eine ihrer Brustwarzen mit seinen Fingernägeln, die scharf waren wie

Steinmesser. Blut quoll ihr aus der Brust und sie versuchte zu schreien, das Gesicht verzerrt vor Schmerzen und Anstrengung, doch sie zappelte und wehrte sich weiter, versuchte, mit ihrem Kopf sein Gesicht zu treffen. Er nahm ihre andere Brustwarze und kniff so fest zu, dass sich die Spitzen der Fingernägel fast in ihrem Fleisch trafen. Sie erstarrte vor Schmerz und er erklomm das letzte, steile Stück des Pfades zum Gipfel des *Kopje*. Dicht unter der Spitze war eine enge Felsspalte. Dort legte er sie hinein. Sobald er sich überzeugt hatte, dass die Fesseln saßen, nahm er ihr den Lederschurz aus dem Mund. Sie schrie sofort aus vollen Lungen.

«Ja!», lachte er ihr ins Gesicht. «Schrei noch mal. Das wird Bakkat zu mir locken, so wie der Schrei der verwundeten Gazelle den Leoparden anlockt.»

Sie fauchte und spuckte ihn an. «Mein Mann ist ein mächtiger Jäger. Er wird dich dafür töten, was du hier tust.»

«Dein Mann ist ein Feigling und Aufschneider. Bevor die Sonne untergeht, werde ich dich zur Witwe machen. Heute Nacht wirst du meine Schlafmatte mit mir teilen und schon morgen wirst du wieder verheiratet sein.» Er führte ein paar schlurfende Tanzschritte vor ihr auf und lüftete seinen Schurz, um ihr zu zeigen, wie erregt er war.

Xhia holte seine Axt, Bogen und Köcher aus einem Versteck zwischen den Felsen hervor. Er prüfte die Sehne und spannte den Bogen voll durch. Dann nahm er den Lederdeckel von seinem Köcher und zog die Pfeile heraus. Es waren leichte Schilfhalme mit Adlerfedern an den Enden. Jede der Spitzen war sorgfältig in ein Stück Leder gewickelt, das mit Zwirn zusammengehalten war. Xhia schnitt nun die Fäden auf und wickelte die Abdeckungen auf. Er arbeitete mit größter Vorsicht. Die Pfeilspitzen waren aus Knochen geschnitzt, voller Widerhaken und nadelspitz. Sie waren mit schwarzem Gift eingeschmiert, die Säfte aus der Larve eines bestimmten Käfers, eingekocht, bis sie dick und klebrig wie Honig waren. Ein Kratzer von einem dieser Giftpfeile bedeutete den sicheren und qualvollen Tod des Opfers.

Letee kannte diese tödliche Waffe. Sie hatte gesehen, wie ihr Vater damit das größte Wild zur Strecke gebracht hatte.

Von Kindheit an hatte er sie gewarnt, dass sie nicht einmal den Köcher berühren durfte, in dem die Pfeile aufbewahrt wurden, die sie nun ängstlich anstarrte. Xhia hielt einen davon hoch. «Dieser hier ist für Bakkat vorgesehen.» Er stach mit der tödlichen Spitze nach ihrem Gesicht, bis sie nur noch einen Fingerbreit von ihren Augen entfernt war. Sie drückte sich erschrocken an den Fels und schrie aus Leibeskräften.

«Bakkat, mein Mann! Gefahr! Ein Feind liegt auf der Lauer!»

Xhia stand auf, den Bogen und den Köcher über seiner muskulösen Schulter. «Mein Name ist Xhia», eröffnete er Letee. «Sag ihm, wer ich bin, damit er weiß, wer auf ihn wartet.»

«Xhia!», schrie sie. «Es ist Xhia! – Xhia, Xhia!», hallte das Echo.

Xhia! FÜR BAKKAT BESTÄTIGTE es nur, was er schon an der Spur abgelesen hatte. Letees Stimme drang ihm bis ins Herz. Er empfand zugleich Freude und Schrecken, Freude, dass sie noch am Leben war, und Schrecken, dass sie einem so grausamen Feind in die Hände gefallen war. Er blickte zu der Felsenkuppe auf, von der die Schreie gekommen waren. Er sah den einzigen sicheren Weg zum Gipfel und der Drang, hinaufzueilen, war fast unwiderstehlich. Er presste die Fingernägel seiner rechten Hand in den Handballen, damit der Schmerz ihn zurückhielt, und studierte die nackten Felswände und die einzige Route zur Spitze. Eine tödliche Falle. Xhia würde hoch oben auf der Lauer liegen und ihn mit seinen Pfeilen beschießen, wenn er dort den Aufstieg versuchte.

Bakkat ging um die Kuppe herum, bis er auf der Rückseite eine andere mögliche Route fand. Es war jedoch kein einfacher Weg. Manche Stellen waren so steil, dass sie vielleicht unpassierbar waren. Der größte Teil des Weges verlief jedoch unter einem Überhang entlang, der direkt unter dem Gipfel herausragte. Nur auf dem allerletzten Stück würde der Feind ihn von oben sehen können.

Bakkat lief zu seinem Lager zurück und legte Bogen und Köcher ab. Er nahm nur sein Messer und die Axt mit, die für den Nahkampf besser geeignet waren. Dann legte er die feuchte Büffelhaut aus und schnitt sich geschwind einen Umhang aus, der seinen Kopf und seine Schultern bedecken würde. Das dicke Fell hatte in der Hitze schon zu stinken begonnen, doch es war ein wirksamer Panzer gegen die leichten Schilfpfeile. Er rollte den schweren Umhang zusammen und band ihn sich auf den Rücken. Dann lief er zu dem *Kopje* zurück, diesmal jedoch direkt zu der Stelle, wo der geschützte Pfad begann, den er für den Aufstieg gewählt hatte. Er schlich durch den Wald am Fuß des Hügels und kam schließlich unter dem Überhang an, fast sicher, dass Xhia ihn nicht entdeckt hatte. Doch bei Xhia konnte man nie sicher sein.

Er rastete nur wenige Augenblicke. Bevor er sich auf den Weg machte, hörte er Letees Schreie, hoch über ihm, und dann rief Xhia zu ihm herunter: «Höre, Bakkat, höre, was ich mit deiner Frau mache. Ah! Ja, meine Finger sind tief in ihr. Wie eng und feucht sie ist!»

Bakkat versuchte seine Ohren zu verschließen vor Xhias Verhöhnung, doch es war unmöglich. «Höre, wie deine Frau quietscht und schreit, Bakkat. Jetzt sind es nur meine Finger, doch das nächste Mal wird sie etwas viel Größeres zu spüren bekommen. Wie sie dann erst quietschen und schreien wird.»

Letee schluchzte und Xhia kicherte. Die Felswände des *Kopje* verstärkten die grässlichen Laute noch mit ihrem Echo. Bakkat musste sich zwingen, still zu bleiben. Xhia wollte nur, dass er seinen Zorn hinausschrie und damit die Richtung verriet, aus der er kam.

Bakkat ging zu der roten Felswand und begann, sie zu erklimmen. Zuerst huschte er die Wand hinauf wie ein Gecko, doch unter dem Überhang musste er sich Griff für Griff vortasten, ohne Halt für die Füße. Nur mit der Kraft seiner Arme hangelte er sich weiter. Die Axt und die schwere Büffelhaut behinderten ihn, er wurde immer langsamer. Seine Füße baumelten über dem gähnenden Abgrund.

Er langte nach dem nächsten Griff, doch als er sein Gewicht daran hängte, brach eine Felsplatte, doppelt so groß wie er, über ihm ab, streifte seinen Kopf und polterte die Wand hinunter. Das Echo donnerte durch das Tal, als der Brocken mit jedem Aufprall einen Sturm von Staub und Felssplittern losschlug. Einige grässliche Sekunden lang hing Bakkat an den Fingerspitzen einer Hand, während er mit der anderen verzweifelt umhertastete, bis er wieder Griff fand. So hing er für eine Weile mit dem Rücken zur Wand und versuchte, sich zu sammeln.

Xhia war inzwischen längst verstummt. Er wusste jetzt genau, wo Bakkat war, und wartete wahrscheinlich schon über ihm, mit einem Giftpfeil im Anschlag. Doch Bakkat hatte keine Wahl. Nachdem die Felsplatte abgebrochen war, gab es nur noch einen Weg für ihn: aufwärts, und dort wartete Xhia auf ihn.

Qualvoll langsam arbeitete sich Bakkat das letzte Stück über die Lippe des Überhangs vor. Im nächsten Augenblick wäre er in Xhias Schussfeld. Doch dann fand Bakkat zu seiner Erleichterung einen schmalen Vorsprung direkt unter der Felsenlippe, gerade breit genug, dass er hineinpasste. Dort hockte er, scheinbar für eine Ewigkeit, bis er wieder Kraft spürte in seinen zitternden Armen. Er rollte die Büffelhaut aus und legte sie sich über Kopf und Schultern. Nachdem er sich vergewissert hatte, dass Messer und Axt noch in seinem Gürtel steckten, richtete er sich zaghaft auf und drückte sich mit der Brust an den Felsen, um nicht das Gleichgewicht zu verlieren. Er stand auf den Zehenspitzen, die Fersen über dem Abgrund. Er griff nach oben und tastete mit beiden Händen die Kante ab, so hoch er konnte. Schließlich fand er eine Nische, in der er mit beiden Händen festen Griff finden konnte. So zog er sich langsam hoch. Seine Füße lösten sich von dem Vorsprung. Für eine Weile tasteten seine Zehen den Felsen ab, ohne Halt zu finden, und dann konnte er sich gerade hoch genug ziehen, dass er einen Arm über die Oberkante der Felswand schwingen konnte.

Er zog sich weiter hoch und sah plötzlich den Gipfel vor sich. Xhia beobachtete ihn. Er lächelte und zielte mit zusammengekniffenen Augen über den Pfeilschaft hinweg. Der Bogen war durchgespannt. Die Pfeilspitze zeigte auf Bakkats

Gesicht, aus so kurzer Entfernung, dass Bakkat die einzelnen Widerhaken erkennen konnte, scharf wie die Fänge des gestreiften Tigerfisches.

Xhia ließ das Pfeilende los und das Geschoss kam so schnell auf Bakkat zu, dass er nicht abducken konnte. Die Pfeilspitze schien die Lücke in seinem Kopfpanzer zu finden und sich in seine Kehle bohren zu wollen, doch im letzten Augenblick kam sie vom Kurs ab und traf seine Schulter. Er fühlte den Aufprall und die Spitze blieb in einer Falte der zähen Büffelhaut stecken, während der Schaft abbrach und in den Abgrund fiel. Die Gefahr eines grausamen Todes gab Bakkat neue Kraft und er schwang sich den letzten Meter zum Gipfelplateau hinauf. Er kauerte am Rand. Xhia legte den nächsten Pfeil an und zielte aus wenigen Schritten Entfernung.

In dem Augenblick, als Xhia den zweiten Pfeil abschoss, warf Bakkat sich nach vorn, und wieder blieb die Spitze in der Büffelhaut stecken. Xhia wollte noch einen Pfeil aus dem Köcher ziehen, doch Bakkat stürzte sich auf ihn und er taumelte nach hinten. Er ließ den Bogen fallen und nahm Bakkat in einen Klammergriff, bevor dieser sein Messer ziehen konnte. Sie rangen Brust an Brust, drehten sich in einem engen Kreis, beide im Versuch, den anderen umzuwerfen.

Letee lag noch, wo Xhia sie hingeworfen hatte, als er die Felsplatte in den Abgrund stürzen hörte. Sie war an Händen und Füßen gefesselt und blutete aus der Wunde, wo Xhia seine Hand in sie gezwungen hatte. Zuerst konnte sie nur hilflos zusehen, wie die beiden Männer miteinander rangen, doch dann sah sie Xhias Axt in der Nähe liegen. Sie rollte sich zweimal herum und die Waffe war plötzlich in ihrer Reichweite. Mit den Zehen richtete sie den Axtkopf auf, sodass er fest zwischen ihren Füßen eingeklemmt war. Dann beugte sie sich vor und sägte mit aller Kraft an den Rindenschnüren, mit denen ihre Handgelenke gefesselt waren.

Alle paar Sekunden schaute sie auf. Sie sah, wie es Xhia gelang, einen Fuß hinter Bakkats Ferse zu haken und ihn nach hinten zu werfen. Sie prallten beide hart auf den Fels und Bakkat fand sich unter Xhias geschmeidigem, muskulösem Körper eingeklemmt. Letee musste zusehen, wie Xhia nach dem Messer griff, das in seinem Gürtel steckte. Dann schrie Xhia plötzlich auf und sein Griff erschlaffte. Er sprang von Bakkat ab und starrte auf seine Brust.

Es dauerte einen Augenblick, bis Bakkat begriff, was geschehen war: Eine der Pfeilspitzen, die in seinem Büffelhautpanzer stecken geblieben waren, war in ihrem Ringkampf zwischen sie geraten und mit seinem Körpergewicht hatte Xhia die giftigen Zacken tief in sein eigenes Fleisch gepresst. Xhia versuchte mit beiden Händen, sich die Pfeilspitze aus der Brust zu reißen, doch die Widerhaken gaben nicht nach. Jedes Mal, wenn er zog, floss ihm hellrotes Blut über den Bauch.

«Du bist ein toter Mann, Xhia», krächzte Bakkat. Er kam mühsam auf die Knie.

Xhia schrie noch einmal, doch diesmal nicht vor Schreck, sondern vor Wut. «Ich werde dich mitnehmen, wenn ich ins Land der Schatten gehe!» Er zog das Messer von seinem Gürtel und stürmte auf Bakkat ein, der noch auf dem Felsen kniete. Er hob die Klinge und Bakkat versuchte auszuweichen, doch dabei verfing er sich im Saum des schweren Büffelumhangs und fiel nach hinten.

«Du wirst mit mir sterben!», schrie Xhia und stieß mit der Klinge nach Bakkats Brust. Bakkat warf sich zur Seite und die Messerspitze streifte seinen Oberarm. Xhia holte zum nächsten Stoß aus, doch nun stand Letee hinter ihm. Ihre Füße waren noch gefesselt, aber ihre Hände waren frei. Sie hatte die Axt aufgehoben. Sie hüpfte noch etwas näher an Xhia heran, hielt die Axt in beiden Händen, schwang sie hoch über den Kopf und ließ sie niedersausen. Die Klinge streifte Xhias Schädel, schnitt eine dicke Scheibe von seiner Kopfhaut und sein rechtes Ohr ab und bohrte sich tief in das Schultergelenk, in dem sein Messerarm steckte. Das Messer fiel ihm aus der gelähmten Hand und der Arm hing ihm schlaff von der Seite. Er wirbelte herum und sah sich dem winzigen Mädchen gegenüber. Mit der noch brauchbaren Hand hielt er sich den Kopf, wo die Axt ihn getroffen hatte. Zwischen seinen Fingern sprudelte das Blut hervor, eine dicke Fontäne.

«Lauf!», rief Bakkat ihr zu, während er aufsprang. «Lauf, Letee!»

Letee ignorierte ihn. Immer noch mit gefesselten Beinen stürzte sie sich wieder auf Xhia. Furchtlos wie ein Honigdachs holte sie zum nächsten Axthieb aus. Xhia sprang nach hinten, und hielt seinen Arm schützend vors Gesicht. Die Klinge traf ihn direkt unter dem Ellbogen und sie hörten den Knochen brechen.

Xhia taumelte zurück, beide Arme verstümmelt und nutzlos. Letee bückte sich geschwind, hackte die Fußfesseln durch und bevor Bakkat eingreifen konnte, ging sie wieder auf Xhia los, eine kleine, nackte Furie, rasend vor Wut. Xhia wich zurück, stolperte auf den Rand des Abgrunds zu. Als er den nächsten Axthieb abzuducken versuchte, verlor er das Gleichgewicht, fiel hintüber und rollte hilflos über die Kante. Plötzlich war von ihm nur noch das Blut zu sehen, das er auf dem Felsen vergossen hatte. Sie hörten seinen Schrei, immer leiser, dann ein dumpfer Aufprall, und Stille.

Bakkat lief zu Letee. Sie ließ die Axt fallen und warf sich in seine Arme. So standen sie lange umschlungen, bis Letees Zittern und Schütteln endlich nachließ. «Sollen wir jetzt den Abstieg beginnen, Frau?» Sie nickte.

Sie nahmen den sicheren Pfad und er führte sie zum Fuß des Hügels. Als sie an Xhias Leichnam vorbeikamen, blieben sie noch einmal stehen. Seine Augen, weit aufgerissen, starrten sie an. Die Pfeilspitze steckte noch in seiner Brust und der halb abgehackte Arm lag unmöglich verrenkt unter seinem Rücken.

«Dieser Mann war ein San wie wir. Warum wollte er uns töten?», fragte Letee.

«Ich werde es dir erzählen, eines Tages», versprach ihr Bakkat, «doch jetzt wollen wir ihn seinem Totem, den Hyänen überlassen.» Sie blickten sich nicht mehr um.

Bakkat war mit seiner neuen Frau auf dem Weg zu Somoya und Welanga.

JIM COURTNEY ERWACHTE LANGSAM im Halbdunkel vor Sonnenaufgang und reckte sich wohlig auf seinem Feldbett. Er tastete instinktiv nach Louisa. Sie schlief noch, drehte sich aber um und legte ihm einen Arm auf die Brust. Sie murmelte etwas, vielleicht etwas Liebes, vielleicht dass sie noch etwas weiterschlafen wollte.

Jim grinste und drückte sie an sich. Plötzlich riss er die Augen auf. «Wo in Gottes Namen bist du gewesen?», brüllte er. Auch Louisa schoss nun hoch und sie starrten die beiden winzigen Gestalten an, die am Fußende ihres Bettes hockten.

Bakkat lachte vergnügt. Er war froh, dass er zurück war und Somoya wieder brüllen hören konnte. «Ich habe dich und Welanga von weitem gesehen», begrüßte er sie.

Jims Züge entspannten sich. «Ich dachte, die Löwen hätten dich erwischt. Ich bin dir nachgeritten, aber in den Bergen habe ich natürlich deine Spur verloren.»

«Konnte ich dir denn gar nichts beibringen?», schüttelte Bakkat traurig den Kopf.

«Wer ist das?», fragte Jim.

«Das ist Letee. Sie ist meine Frau», erklärte Bakkat.

Letee hörte ihren Namen und ihr Gesicht erstrahlte in einem goldenen, sonnigen Lächeln.

«Sie ist sehr schön, und wie groß sie ist», sagte Louisa. Sie sprach inzwischen fließend den Dialekt, in dem sich die Buschmänner verständlich machten, und kannte die Höflichkeitsformeln der San.

Bakkat blickte seine Frau an und nickte ernst. «Ja, sie ist schön wie ein Sonnenvogel.»

Letee sagte etwas in ihrer süßen, hellen Stimme.

«Was sagt sie?», fragte Louisa.

«Sie sagt, solches Haar und solche Haut, wie du sie hast, hat sie noch nie gesehen. Sie will wissen, ob du ein Geist bist. Doch jetzt genug von dem Weibergeschwätz.» Bakkat schaute Jim an. «Etwas Seltsames, Furchtbares hat sich zugetragen, Somoya.»

«Was ist passiert?» Jim war sofort todernst.

«Unsere Feinde sind hier. Sie haben uns gefunden.»

«Berichte», befahl Jim. «Wir haben viele Feinde. Von welchen redest du?»

«Xhia», antwortete Bakkat. «Xhia hat mir und Letee aufgelauert. Er hat versucht, uns zu töten.»

«Xhia!» Jim runzelte die Stirn. «Keysers und Koots' Bluthund. Wie ist das möglich? Wir haben dreitausend Meilen zurückgelegt, seit wir ihn das letzte Mal gesehen haben.»

«Xhia war jedenfalls hier und du kannst sicher sein, er hat Keyser und Koots zu uns geführt.»

«Hast du sie gesehen, die beiden Holländer?»

«Nein, Somoya, aber sie können nicht weit sein. Allein wäre Xhia niemals so weit gewandert.»

«Wo ist er jetzt?»

«Er ist tot, Somoya. Ich habe ihn getötet.»

Jim hob überrascht die Augenbrauen. «Das heißt, er kann uns leider keine Fragen mehr beantworten. Geh jetzt mit deiner schönen kleinen Frau und gib Louisa und mir eine Minute, damit wir uns anziehen können, ohne dass ihr uns dabei zuschaut. Wir werden unser Gespräch fortsetzen, sobald ich in meinen Hosen bin.»

Bakkat wartete am Lagerfeuer, als Jim fünf Minuten später aus seinem Wagen geklettert kam. Jim rief ihn herbei und sie gingen zusammen in den Wald, damit sie niemand hörte.

«Erzähl mir alles, alles, was passiert ist», forderte Jim den Buschmann auf, «wo und wann hat Xhia euch überfallen?» Er hing an Bakkats Lippen, als der kleine Mann seinen Bericht ablegte. Als er fertig war, hatte Jim keine Illusionen mehr über ihre Situation: Sie waren längst nicht so sicher, wie er sich eingebildet hatte. «Du musst Keyser und seine Männer finden, Bakkat. Meinst du, du kannst Xhias Spur zurückverfolgen?»

«Ich weiß schon, von wo er gekommen ist. Gestern, als ich mit Letee auf dem Rückweg zu dir war, bin ich auf Xhias alte Spur gestoßen. Er war mir seit Tagen gefolgt.»

«Und davor?», wollte Jim wissen. «Wo kam er ursprünglich her, bevor er sich an deine Spur gehängt hat?»

«Von da.» Bakkat zeigte zu dem Landeinbruch, der den Rand des Kontinentalschelfs markierte. Es war jetzt nur noch eine dünne, verschwommene Linie am westlichen Horizont. «Er ist die Wagenspuren entlanggekommen, als hätte er uns den ganzen Weg vom Gariep herauf verfolgt.»

«Lauf zurück», befahl Jim. «Finde heraus, ob Keyser und Koots bei ihm waren, und wenn ja, will ich wissen, wo sie jetzt sind.»

Es IST JETZT ACHT TAGE HER, seit Xhia verschwunden ist», sagte Captain Herminius Koots bitter. «Ich bin sicher, er hat sich davongemacht.»

«Warum sollte er das tun?», fragte Oudeman ruhig. «Warum jetzt, so kurz vor dem Ziel, nach all den harten und bitteren Monaten, wo die Belohnung, die du ihm versprochen hast, in greifbarer Nähe ist?» Oudeman hatte ein verschlagenes Funkeln in den Augen. Es wurde allmählich Zeit, dass er Koots an diese Belohnung erinnerte. «Wir alle haben uns unseren Anteil verdient. Warum sollte Xhia jetzt desertieren und seine Belohnung aufgeben?»

Koots runzelte die Stirn. Er sprach nicht gern von der Belohnung für seine Männer. In den letzten Monaten hatte er hin und her überlegt, wie er der Pflicht entgehen konnte, sein Versprechen zu halten. «Wir können nicht länger warten», sagte er nun zu Kadem. «Wir müssen ohne Xhia weiterreiten, wenn uns die Beute nicht entwischen soll, meinst du nicht auch, Kadem?» Koots sah Kadem inzwischen als seinen wichtigsten Verbündeten an. Kadem hatte versprochen, ihn zum Günstling des Kalifen von Oman zu machen, und Koots gierte nach der Macht und dem Reichtum, die damit verbunden wären.

Und für Kadem stellte Koots die einzige Chance dar, wieder an Dorian Courtney heranzukommen. «Ich glaube, du hast Recht, Captain», antwortete er. «Wir brauchen den kleinen Barbaren nicht mehr. Wir haben den Feind gefunden. Lass uns angreifen.»

«Wir sind uns also einig», sagte Koots. «Wir werden einen Gewaltmarsch einlegen und uns vor Jim Courtneys Karawane setzen. Wir werden uns einen Hinterhalt suchen, wo wir ihm auflauern können.»

Es war nicht schwer, Jims Zug zu folgen, ohne zu dicht heranzukommen und ihre Gegenwart zu verraten. Der Staub, den die Viehherden aufwirbelten, war meilenweit zu sehen. Es stimmte: Sie brauchten Xhia nicht mehr. Koots führte seine Männer selbst den Steilhang hinunter und schlug einen weiten Bogen nach Süden um die Karawane herum. Als sie sich zehn Meilen vor der Karawane befanden, ritten sie nach Westen, direkt auf die Spitze der Viehherden zu. Auf diese Weise würden sie keine Spuren hinterlassen.

Das Gelände war günstig. Offenbar folgte Jim Courtney einem Flusstal, das zum Ozean führte. Dort konnten die Herden auf dem Weg weiden und es gab genug Trinkwasser. An einer Stelle musste sich der Fluss jedoch durch eine enge Schlucht zwischen schroffen Hügeln winden. Koots und Kadem studierten dieses Nadelöhr von einer Höhe aus.

«Da müssen sie durch mit ihren Wagen», sagte Koots zufrieden. «Der einzige andere Weg ist vier Tagereisen südlich.»

«Sie werden Tage brauchen, um durch diese Schlucht zu kommen. Das heißt, sie müssen mindestens eine Nacht dort unten lagern», bestätigte Kadem, «und in dieser Nacht werden wir angreifen. Ihre Nguni-Krieger werden nachts nicht kämpfen. Wir werden die Füchse sein und sie die Hühner im Stall.»

Sie warteten auf der Höhe und konnten schließlich beobachten, wie die Wagen langsam durch die enge Einfahrt kamen und in die Schlucht zogen. Koots konnte sich ein Lächeln nicht verkneifen, als er Jim Courtney und diese Frau an der Spitze des Wagenzuges reiten sah. Er beobachtete sie, wie sie ihr Lager aufschlugen und die Ochsen ausspannten. Sie machten sich nicht einmal die Mühe, die Wagen zu einer Burg zusammenzufahren. Hinter den Wagen strömten die Herden in die Schlucht. Die Nguni-Hirten tränkten sie am Fluss und begannen, die Stoßzähne abzuladen, die die Tiere auf dem Rücken trugen.

Dies war das erste Mal, dass Koots so nah an sie herankam, dass er die Beute sehen konnte, die der Angriff versprach. Er versuchte, das Vieh zu zählen, doch in dem Staub und Durcheinander war das unmöglich. Es war, als wollte man die einzelnen Fische in einem Sardinenschwarm zählen. Er schwenkte sein kleines Teleskop zu den Bergen von Elfenbein, die am Flussufer aufgestapelt lagen. Die Schätze, die er vor sich sah, übertrafen seine wildesten Träume.

Er sah zu, wie das Vieh sich für die Nacht zur Ruhe legte, bewacht von den Nguni. Als das Sonnenlicht schwächer wurde, kamen Koots und Kadem aus ihrem Versteck und zogen sich hinter den Rand der Schlucht zurück, wo Sergeant Oudeman mit den Pferden wartete.

«Wir haben Glück, Oudeman», sagte Koots, als sie aufsaßen, «sie sind in die Falle gegangen. Wir können angreifen. Lasst uns zu den anderen zurückreiten.»

Sie überquerten den nächsten Hügelkamm und ritten einen steilen Wildpfad hinunter, der in das enge Flusstal führte.

Bakkat sah, wie sie wegritten. Dennoch wartete er, bis die Sonne den Horizont berührte, bevor er aus seinem Versteck auf dem höheren Hügel auf der anderen Seite der Schlucht kam. Er wollte nicht riskieren, dass Koots zurückkam und ihn doch noch entdeckte. Im Zwielicht der Dämmerung sah Jim ihn geschwind und lautlos die steile Schluchtwand herunterkommen.

Jim lauschte schweigend seinem Bericht und als Bakkat fertig war, sagte er zufrieden: «Es gibt also keinen Zweifel mehr. Koots wird heute Nacht angreifen. Jetzt, wo er das Vieh und das Elfenbein gesehen hat, wird er seine Habgier nicht mehr zügeln können. Folge ihnen, Bakkat, beobachte, was sie tun. Ich horche auf deine Signale.»

Sobald es dunkel genug war, dass es von den Hügeln aus nicht bemerkt werden konnte, ließ Jim die Ochsen wieder vor die Wagen spannen und ohne Peitschenknallen vor einer Nische am Fuß der Hügel zusammenfahren, mit steilen Felswänden zu drei Seiten. In dieser leicht zu verteidigenden Stellung vertäuten sie die Wagen Rad an Rad. Die Ersatzpferde trieben sie in die Mitte der Wagenburg und die Pferde, die sie in dieser Nacht reiten würden, banden sie außen an den Wagen an, fertig gesattelt und mit Musketen und Hiebern in den Sattelscheiden, bereit für einen schnellen Ausfall.

Als das erledigt war, ging Jim zu Inkunzi und seinen Viehtreibern hinaus. Auf Jims Anweisung trieben sie die Herden zusammen und bewegten sie etwa fünfhundert Meter die Schlucht hinauf, weg von der Stelle, wo Koots sie bei Sonnenuntergang gesehen hatte. Den Hirten gefiel dies überhaupt nicht. Sie machten sich Sorgen um die Tiere, die sie immer noch als ihre Kinder betrachteten, doch Jim brachte ihre Proteste schnell zum Verstummen.

Das Vieh schien die Stimmung der Hirten zu spüren und wurde ebenfalls unruhig, doch Inkunzi ging mit seiner Schilfflöte durch die Herden und spielte ihnen ein Schlaflied, worauf sie sich beruhigten und wieder im Gras niederließen, wenn auch dicht zusammengedrängt, die Sicherheit der Herde suchend.

Jim ging zu den Wagen zurück und vergewisserte sich, dass alle seine Männer zu Abend gegessen hatten, in ihren Stiefeln waren, und bewaffnet, bereit für die Schlacht. Danach kletterte Jim mit Louisa ein Stück den Hang über der Wagenburg hinauf, zu einer Stelle, wo sie Bakkats Signale bestimmt nicht überhören würden. Sie saßen dicht beisammen und teilten sich einen Wollumhang gegen die Nachtkälte, die plötzlich hereingebrochen war.

«Sie werden erst kommen, wenn der Mond aufgegangen ist.»

«Wann wird das sein?», fragte Louisa.

«Ein paar Minuten vor zehn. Es ist sieben Tage vor Vollmond, das heißt, es wird gerade genug Licht herrschen.»

Schließlich erhellte der Mondschein den Horizont. Jim warf den Umhang ab. In den Hügeln auf der anderen Seite der Schlucht hörte er einen Uhu zweimal rufen. Ein Uhu ruft aber niemals zweimal. «Das ist Bakkat», flüsterte Jim. «Sie kommen.»

«Auf welcher Seite des Flusses?», fragte Louisa.

«Sie werden auf die Stelle zureiten, wo sie die Wagen gesehen haben, also auf dieser Seite.» Der Uhuruf ertönte noch einmal, diesmal viel näher.

«Koots scheint es sehr eilig zu haben. Komm, Louisa, lass uns zurückgehen.»

Dunkle, vermummte Gestalten warteten am Fuß des Hangs bei den Pferden. Jim redete mit jedem ein paar Worte. Manche der Hirtenjungen waren inzwischen alt genug, in die Schlacht zu reiten und eine Muskete abzufeuern. Die Kleineren, mit Izeze, dem ‹Floh› an der Spitze, hatten die Aufgabe, die Packpferde mit Nachschub an Pulver, Blei und Wasser heranzubringen, falls es zu längeren Kämpfen kommen sollte. Tegwane hatte zwanzig der Nguni-Krieger unter seinem Kommando, mit denen er die Wagen bewachen würde.

Intepe, Tegwanes Enkelin, stand neben Zama und half ihm, seine Ausrüstung auf Crow festzubinden. Die beiden verbrachten inzwischen sehr viel Zeit miteinander. Jim ging zu seinem alten Freund und sagte leise: «Zama, du bist mein zweiter Schwertarm. Einer von uns muss ständig an Welangas Seite sein.»

«Welanga sollte mit den anderen Frauen im Lager bleiben», entgegnete Zama.

«Du hast Recht, alter Freund», grinste Jim, «natürlich sollte sie tun, was ich sage, doch davon habe ich sie leider noch nicht überzeugen können.»

Der Uhuruf war wieder zu hören, dreimal. «Sie müssen jetzt ganz in der Nähe sein.» Jim schaute zu dem zunehmenden Mond auf, der über den Hügeln hing.

«Aufsitzen!», befahl er. Jeder Mann wusste, was er zu tun hatte. Sie schwangen sich ruhig auf ihre Pferde. Jim und Louisa ritten zu der Stelle voran, wo Inkunzi mit seinen Kriegern wartete und die ruhenden Herden bewachte.

«Seid ihr bereit?», fragte Jim im Heranreiten. Inkunzi hatte seinen Schild auf der Schulter und sein Assegai schimmerte im Mondschein. Seine Männer drängten sich dicht hinter ihm.

«Heute Abend werden eure hungrigen Klingen ein Festmahl geboten bekommen. Lasst sie ihren Teil essen und trinken», spornte Jim sie an. «Ihr wisst, was ihr zu tun habt. Lasst uns beginnen.»

Geschwind und lautlos flossen die Krieger zu einer weiten Doppelreihe auseinander, quer durch die Schlucht, vom Flussufer bis zur Felswand. Hinter ihnen nahmen die Reiter ihre Positionen ein.

«Wir sind bereit, großer Gebieter!», verkündete Inkunzi. Jim zog seine Pistole aus dem Sattelhalfter. Er schoss in die Luft und sofort war die Nacht von Geschrei und Aufruhr erfüllt. Die Nguni trommelten mit den Assegais auf ihre Schilde und stimmten ihr Kriegsgeheul an. Die Reiter feuerten ihre Musketen und johlten und trillerten wie eine Hexenmeute. So rückten sie durch die Schlucht vor, während das Vieh mühsam auf die Beine kam, Tier für Tier. Die Stiere blökten erschrocken, als sie spürten, was in den Köpfen ihrer Hirten vorging. Die Kühe muhten elegisch, doch als sie die Reihen schreiender, trommelnder Krieger auf sich zukommen sahen, wirbelten sie in Panik herum und liefen vor ihnen weg.

Es waren lauter schwere Tiere mit großen Fettbuckeln und schwingenden Halslappen, die Spannweite der Hörner doppelt so groß wie die eines Mannes mit ausgestreckten Armen. Diese Hörner hatten die Nguni ihnen über die Jahrhunderte angezüchtet, damit sich das Vieh besser gegen Löwen und andere Raubtiere verteidigen konnte. Sie konnten rennen wie wilde Antilopen, doch wenn sie sich bedroht oder in die Enge getrieben fühlten, waren diese Hörner eine grausame Waffe. So stürmte die Herde durch die Schlucht wie ein dunkler, brüllender Strom, die Nguni-Krieger und Jims Reiter dicht hinter ihnen.

KOOTS WAR SEHR ZUFRIEDEN. Sie hatten sich lautlos an das Lager angeschlichen. Jim Courtneys Wachen hatten sie offenbar nicht bemerkt. Der Mond schien hell und alles war still, abgesehen von den üblichen Lauten der Nachttiere und Vögel.

Koots und Kadem ritten Steigbügel an Steigbügel. Sie wussten, sie hatten noch über eine Meile vor sich, bevor sie zu der Stelle kämen, wo die Wagen ausgespannt worden waren. Die Hottentotten und Kadems arabische Gefolgsleute wussten genau, was sie zu tun hatten. Bevor jemand Alarm schlagen konnte, mussten sie zwischen die Wagen reiten und Jim Courtneys Männer erschießen, wo immer sie sie fanden. Danach konnten sie sich dann um die Nguni kümmern, die zwar zahlreich waren, doch nur mit Speeren bewaffnet.

«Keine Gnade», hatte Koots befohlen, «tötet sie alle.»

«Und was ist mit den Frauen?», hatte Oudeman gefragt. «Du hast uns versprochen, wir könnten das blonde Mädchen haben.»

«Ich habe nichts dagegen, wenn ihr euch ein Poesje fangt, aber passt auf, dass ihr vorher alle Männer getötet habt, sonst steckt euch jemand seinen Hieber in den Arsch, um euch beim Pumpen zu helfen.» Die Männer lachten rau. Koots fand immer noch den Ton, den sie alle am besten verstanden.

Die Soldaten waren nun noch wilder darauf, es dem Feind zu geben. Manche von ihnen hatten von den Höhen aus die Herden, das Elfenbein und die Frauen gesehen. Sie hatten ihren Kameraden davon erzählt, alle freuten sich auf das Plündern und Vergewaltigen.

Plötzlich hallte ihnen ein einzelner Musketenschuss aus der Dunkelheit entgegen. Die Männer zügelten die Pferde, ohne den Befehl abzuwarten, und spähten unsicher in die Nacht.

«Was war das, beim Sohn der großen Hure!», fluchte Koots. Die Antwort ließ nicht lange auf sich warten. Plötzlich war die Nacht von Lärm und Chaos erfüllt. Keiner von ihnen hatte je das Trommeln der Kriegsschilde gehört und der Effekt war Furcht erregend. Augenblicke später hörten sie eine Musketensalve, wildes Geschrei, das Brüllen und Muhen von unzähligen Rindern und dann das Donnern der Hufe, das sich ohrenbetäubend aus der Finsternis näherte.

«Stampede!» schrie Oudeman voller Schrecken. «Stampede!», riefen alle anderen.

Der dicht gedrängte Trupp wirbelte herum, zerstreute sich und floh vor der massiven Wand aus riesigen Hörnern und trommelnden Hufen. Nach kaum einem Dutzend Schritten versank Goffels Pferd mit dem rechten Vorderhuf im Bau eines Ameisenbären. Ein Knochen krachte und das Pferd ging kreischend zu Boden. Goffel wurde nach vorne aus dem Sattel geworfen und prallte mit der rechten Schulter auf dem harten Boden auf. Er kam mühsam auf die Beine, in Todesangst, der Arm schlaff aus dem zerschmetterten Schultergelenk hängend. In diesem Augenblick schwappte die erste Welle der Herden über ihn hinweg. Einer der Leittiere erwischte ihn mit einem Horn. Die Spitze drang unter dem Brustkorb ein und trat in seinem Kreuz wieder aus, auf Höhe der Nieren. Der Stier schüttelte den Kopf und Goffel wurde hoch in die Luft geschleudert, bevor er wieder unter die Hufe der Herde fiel, die ihn zu einem formlosen Haufen Fleisch zusammentrat und zertrampelte. Drei andere Soldaten fanden sich vor einem Felsvorsprung eingeklemmt. Als sie wenden wollten, gerieten sie mitten in die Stampede und ihre Pferde wurden von den wütenden Bullen aufgespießt. In ihrem Todeskampf bäumten sich die Pferde auf und warfen ihre Reiter ab, bevor Mensch und Tier von den Hörnern der Rinder niedergemetzelt und unter ihren Hufen zertrampelt wurden.

Habban und Raschud ritten Seite an Seite. Als Habbans Pferd in ein Loch trat und mit gebrochenem Lauf zu Boden ging, ritt Raschud zurück und hob seinen Freund unter den Hörnern der rasenden Stiere hinweg hinter seinen Sattel. Sie ritten weiter, doch unter der doppelten Last konnte das Pferd das Tempo nicht halten und wurde bald von der brüllenden Herde verschlungen. Habban bekam ein Horn tief in die Hüfte und wurde wieder vom Pferd gerissen.

«Reite weiter!», rief er Raschud nach. «Rette dich!» Raschud versuchte, noch einmal umzukehren, doch die reißenden Hörner hatten dem Pferd bald so zugesetzt, dass es in einem Gewirr von strampelnden Hufen und abfallender Ausrüstung zu Boden ging. Raschud kroch durch Staub und fliegende Hufe. Er spürte, wie die Muskeln und Sehnen in seinem Rücken in Stücke gerissen wurden und er hörte seine Rippen brechen, doch irgendwie kam er zu seinem gestürzten Kameraden durch und schaffte es, ihn hinter einen schützenden Baumstamm zu ziehen. Dort kauerten sie keuchend, während die Stampede über sie hinwegzog.

Die Stampede war schließlich vorüber, doch sie konnten ihr Versteck nicht verlassen, denn nun kam eine Welle heulender Nguni-Krieger durch die Schlucht gestürmt. Als sie fast bei den beiden Arabern waren, kam ein abgeworfener Hottentotenreiter aus seinem Versteck und versuchte, vor den Kriegern davonzulaufen. Die Nguni stürzten sich auf ihn wie Jagdhunde auf einen Fuchs und Raschud und Habban waren noch einmal gerettet. Die Nguni durchbohrten den Soldaten und badeten ihre Klingen in seinem Blut.

Koots und Kadem trieben ihre Pferde in vollen Galopp das Flussufer entlang. Oudeman hielt sich dicht hinter ihnen. Er wusste, Koots hatte einen animalischen Überlebensinstinkt, und traute ihm zu, sogar aus dieser Katastrophe noch einen Ausweg zu finden. Doch nun gerieten sie plötzlich in ein dichtes Dornengestrüpp, das die Pferde fast zum Stillstand brachte, während die Leitstiere hinter ihnen sich nicht um das Hindernis zu kümmern schienen.

«In den Fluss!», brüllte Koots. «Dorthin werden sie uns nicht folgen!»

Er riss sein Pferd herum und trieb es zum Sprung die Böschung hinunter, vier Meter tief in freiem Fall, gefolgt von Kadem und Oudeman. Das Wasser spritzte auf, als Pferde und Reiter in dem Fluss versanken. Als Kadem und Oudeman wieder auftauchten, sahen sie Koots auf halbem Weg durch den Fluss. Sie schwammen neben ihren Pferden her, erreichten das Südufer, wo Koots schon gelandet war, kletterten aus dem Wasser, triefend und erschöpft. Sie sahen zu, wie auf der anderen Seite des Flusses die Stampede vorbeizog. Und dann sahen sie im Mondschein, wie Jim Courtneys Männer hinter der Herde hergeritten kamen. Sie hörten das Knallen und sahen das Mündungsfeuer der Musketen, als sie Koots' überlebende Reiter einholten und niederschossen.

«Unser Pulver ist nass», keuchte Koots. «Wir können nicht weiterkämpfen.»

«Ich habe meine Muskete verloren», sagte Oudeman.

«Es ist vorbei», stimmte Kadem zu, «doch es wird ein anderer Tag kommen und wir werden einen anderen Ort finden, wo wir dies zu Ende bringen werden.» Sie saßen auf und ritten nach Osten, weg von den rasenden Herden und den feindlichen Musketieren.

D IE NGUNI-HIRTEN brauchten viele Tage, um die verstreuten Herden nach der Stampede wieder zusammenzutreiben. Zweiunddreißig der großen Buckelrinder waren getötet oder hoffnungslos verstümmelt worden.

Manche waren in Abgründe gestürzt, in Stromschnellen ersoffen oder von Löwen angefallen worden, nachdem sie von der Herde getrennt worden waren. Die Nguni trauerten um die toten Tiere und gingen unter den überlebenden umher und beruhigten sie mit sanfter Stimme. Sie versorgten ihre Verletzungen, die Schnitte, die die Hörner ihrer Herdengenossen gerissen hatten, und die Abschürfungen und Prellungen, wenn sie gegen Bäume oder andere Objekte gelaufen waren.

Inkunzi war fest entschlossen, Jim deswegen zur Rede zu stellen, wie er die Tiere benutzt hatte, und ihm seine Empörung deutlich zu machen, so deutlich, wie er es wagen konnte. «Ich werde verlangen, dass er den Treck anhält und uns rasten lässt, bis das Vieh sich erholt hat», versicherte er seinen Hirten, und alle unterstützten ihn in dieser Haltung. Am Ende war er jedoch sehr viel diplomatischer in seinem Gespräch mit Jim, der sein Ersuchen dann auch ohne weiteres akzeptierte.

Im Morgengrauen ritten Jim und seine Männer noch einmal über das Schlachtfeld. Sie fanden vier von Koots' Pferden tot und zwei andere so schwer verletzt, dass sie sie erschießen mussten. Elf der feindlichen Pferde hatten nur so geringe Verletzungen davongetragen, dass sie behandelt werden und Jims Herde von Ersatzpferden zugesellt werden konnten.

Sie fanden auch die Leichen von fünf von Koots' Männern. Dreien waren die Gesichter so zertrampelt worden, dass sie nicht mehr zu erkennen waren. Sie identifizierten sie dann anhand ihrer Kleidung und Ausrüstungsstücke. Bei zweien fand Jim Soldbücher, die bewiesen, dass es sich um Kavalleriesoldaten der VOC handelte, wenn auch in Zivil, nicht in militärischer Uniform. «Es waren Keysers Männer, ohne Ausnahme. Keyser selbst war nicht dabei, aber er hat sie geschickt, da bin ich ganz sicher», berichtete Jim Louisa.

Smallboy und Muntu erkannten manche der toten Soldaten, denn die Kapkolonie war nicht groß und jeder kannte jeden.

«Goffel! Das war ein schlimmer Kerl!», sagte Smallboy, während er einen der zertrampelten Leichname mit der Zehenspitze anstieß. Smallboy war selbst kein Engel, dachte Jim, und wenn er das sagt, dann muss Goffel ein wirkliches Scheusal gewesen sein.

«Keine Spur von Koots und dem glatzköpfigen Soldaten», sagte Bakkat, «und auch nicht von den drei Arabern, die wir gestern bei ihnen gesehen haben. Ich werde mich am anderen Ufer umsehen.» Er watete durch den Fluss und Jim sah ihn die Böschung entlanggehen und den Boden studieren. Plötzlich blieb er stehen, wie ein Vorstehhund, der Beute gewittert hat.

«Was hast du gefunden, Bakkat?», rief Jim über den Fluss.

«Drei Pferde in schnellem Galopp», antwortete Bakkat.

Jim, Louisa und Zama durchquerten den Fluss und sie schauten sich zusammen die Spuren an. «Kannst du daraus ablesen, wer die Reiter waren, Bakkat?», fragte Jim. Es schien unmöglich, doch Bakkat beantwortete die Frage, als wäre es eine Selbstverständlichkeit. Er kniete sich neben die Spuren.

«Das hier sind die beiden Pferde, die Koots und der Glatzkopf gestern geritten haben. Auf dem dritten Pferd habe ich einen der Araber gesehen, den mit dem grünen Turban», erklärte er.

«Woher will er das wissen», fragte Louisa staunend. «Drei beschlagene Pferde: Sind die Spuren nicht alle gleich?»

«Nicht in Bakkats Augen», schüttelte Jim den Kopf. «Er sieht, wo die Hufeisen nicht gleichmäßig abgenutzt sind, wo sie zerkratzt sind und wo Stücke fehlen. Und jedes Pferd hat seinen speziellen Gang, der sich in der Spur ausdrückt.»

«Koots und Oudeman sind also entkommen. Willst du sie verfolgen und stellen, Jim?»

Jim antwortete nicht gleich. Unter Bakkats Führung ritten sie für eine Meile die Spur entlang, bis sie scharf nach Norden abbog. Jim fragte Bakkat und Zama nach ihrer Meinung.

«Sie reiten sehr schnell», erinnerte sie Bakkat, «und sie haben eine halbe Nacht und einen ganzen Tag Vorsprung. Wir würden viele Tage brauchen, sie einzuholen, wenn wir sie überhaupt jemals einholen. Lass sie ziehen, Somoya.»

«Ich glaube, sie sind geschlagen», war Zamas Meinung. «Koots wird nicht zurückkommen, doch wenn du ihn stellst, wird er kämpfen wie ein in die Enge getriebener Leopard. Und du wirst Männer verlieren.»

Und vielleicht wäre Jim einer der Männer, die verwundet oder getötet würden, dachte Louisa. Sie hätte fast etwas gesagt, doch das hätte Jim wahrscheinlich nur noch kampfeslustiger gemacht. Sie hatte in ihm die Neigung entdeckt, stets das Gegenteil von dem zu tun, was man ihm riet. Sie bat ihn daher nicht, die Jagd aufzugeben, sondern sagte nur: «Ich will mitkommen, wenn du sie verfolgst.»

Jim blickte sie an. Das kriegerische Funkeln in seinen Augen verblasste und er gab sich lächelnd geschlagen. Es war jedoch keine bedingungslose Kapitulation. «Ich habe das Gefühl, Bakkat hat Recht, wie immer. Koots hat aufgegeben, jedenfalls für den Augenblick. Er ist aber noch nicht geschlagen. Wir haben es immer noch mit fünf Überlebenden zu tun: Koots, Oudeman und die drei Araber. Es könnte zu einem erbitterten Kampf kommen, wenn wir sie stellen. Auch Zama hat Recht. Wir können nicht erwarten, noch einmal ungeschoren davonzukommen. Und was jetzt wie eine Flucht aussieht, könnte sich als List herausstellen, mit der sie uns von den Wagen weglocken wollen. Koots ist eine schlaue Bestie, das wissen wir. Wenn wir ihnen weiter folgen, könnte er einen Bogen schlagen und die Wagen angreifen, bevor wir zurück sind.» Er holte tief Luft und entschied schließlich: «Nein, wir werden unseren Kurs zur Küste halten und sehen, was wir an der Nativity Bay finden.» Sie durchquerten den Fluss und ritten den Weg zurück, auf dem die Stampede aus der Schlucht geströmt war.

Louisa, glücklich, dass Jim nicht hinter Koots herreiten würde, plauderte nun fröhlich, während sie Seite an Seite ritten. Zama schien es sehr eilig zu haben und ritt immer weiter voraus, bis er zwischen den Bäumen fast nicht mehr zu sehen war.

«Er kann es nicht abwarten, zu seiner Lilie zurückzukommen», lachte Louisa.

«Zu wem?», fragte Jim verblüfft.

«Intepe.»

«Tegwanes Enkeltochter? Ist Zama etwa …»

«Ja, das ist er», bestätigte Louisa. «Männer sind manchmal blind. Wie konnte dir das nur entgehen?»

«Ich habe nur Augen für dich, mein Igelchen.»

«Hübsch gesagt, mein Schatz.» Sie beugte sich aus dem Sattel und bot ihm ihre Lippen an. «Dafür hast du einen Kuss verdient.»

Bevor er die Belohnung entgegennehmen konnte, brach vor ihnen plötzlich wildes Geschrei aus. Dann ein Musketenschuss. Sie sahen, wie Frost sich aufbäumte.

«Zama ist in Schwierigkeiten!» Jim gab seinem Pferd die Sporen. Als er näher kam, sah er, dass Zama verwundet war. Er hing halb aus dem Sattel und seine Jacke glänzte von Blut. Bevor Jim bei ihm sein konnte, fiel Zama vom Pferd und blieb reglos am Boden liegen.

«Zama!» Jim wollte zu ihm reiten, doch dann sah er aus dem Augenwinkel, wie sich etwas bewegte. Er witterte die Gefahr und riss Drumfire herum. Ein Araber in einem zerfetzten, blutbefleckten Kittel kauerte hinter dem umgestürzten Stamm eines Fieberbaums. Er war dabei, seine Muskete nachzuladen. Er rammte eine Kugel in den Lauf und schaute auf, als Jim auf ihn zugeprescht kam. Jim erkannte ihn. «Raschud!», rief er. Der Araber gehörte zur Mannschaft des Familienschoners *Gift of Allah*. Jim war mehrmals mit ihm unterwegs gewesen und kannte ihn gut. Und jetzt ritt er plötzlich mit den Feinden und hatte an dem feigen Angriff auf die Courtney-Wagen teilgenommen – und er hatte auf Zama geschossen.

Raschud erkannte Jim ebenfalls. Er ließ die Muskete fallen, sprang auf und lief weg. Jim zog seinen Hieber aus der Scheide und lenkte Drumfire hinter ihm her. Als der Araber erkannte, dass seine Flucht aussichtslos war, fiel er auf die Knie und breitete seine Arme aus. Jim stellte sich über ihm in die Steigbügel.

«Du feiger, blutrünstiger Bastard!» Er war so wütend, dass er dem Mann den Schädel hätte spalten können. Im letzten Moment riss er sich jedoch zusammen, drehte seine Klinge und traf Raschuds Schläfe mit der flachen Seite. Der Stahl krachte mir solcher Gewalt auf den Knochen, dass Jim fürchtete, er könnte ihn dennoch getötet haben. Raschud fiel mit dem Gesicht in den Staub.

«Wage es nicht, zu sterben», knurrte Jim, während er sich aus dem Sattel schwang, «nicht bevor du meine Fragen beantwortet hast. Und dann werde ich dir einen passenden Abschied bereiten.»

Louisa kam herangeritten und Jim rief ihr entgegen: «Kümmere dich um Zama! Ich glaube, er ist schwer getroffen. Ich werde bei euch sein, sobald ich dieses Schwein hier gefesselt habe.

LOUISA SCHICKTE BAKKAT LOS, um zwei Mann mit einer Trage zu holen, auf der sie Zama dann ins Lager trugen. Er hatte eine gefährliche Brustwunde davongetragen, ein schräger Einschusskanal von unten nach oben. Louisa fürchtete um sein Leben, verbarg jedoch ihre Sorge, als Intepe herbeigelaufen kam.

«Er ist verletzt, aber er wird überleben», tröstete sie das schluchzende Mädchen, während sie Zama auf das Bett im Ersatzwagen legten. Die Bücher und Arzneien, die Sarah Courtney ihnen gegeben hatte, und viel praktische Erfahrung in all den Monaten hatten Louisa zu einer tüchtigen Ärztin gemacht. Sie untersuchte die Wunde sorgfältig und konnte schließlich erleichtert ausrufen: «Ein glatter Durchschuss! Die Kugel ist am Rücken wieder ausgetreten. Das ist ein großes Glück, wir müssen sie nicht herausschneiden und er kommt wahrscheinlich an Wundbrand und Blutvergiftung vorbei.»

Jim überließ Zama den beiden Frauen und ließ seine Wut an Raschud aus. Sie fesselten ihn an die Speichen eines der großen Wagenräder, die Glieder abgespreizt wie die Arme eines Seesterns. Dann bockten sie den Wagen auf, dass das Rad sich frei drehen konnte, und warteten, dass Raschud zu Bewusstsein kam.

Smallboy brachte inzwischen den Leichnam des anderen Arabers ins Lager, den sie in Raschuds Schlupfwinkel gefunden hatten. Der Mann war offenbar verblutet. Das Horn eines Stiers hatte die Oberschenkelarterie aufgerissen. Als sie ihn umdrehten, erkannte Jim das Gesicht. Es war einer der anderen Matrosen von der *Gift*. «Habban.»

«Ja, Habban», nickte Smallboy.

«Irgendetwas stinkt hier zum Himmel wie verrotteter Fisch», sagte Jim. «Ich weiß nicht, was es ist, aber der andere Kerl wird es uns wahrscheinlich sagen können.» Er funkelte Raschud an, der immer noch bewusstlos an dem Wagenrad hing. Sie brauchten drei Eimer Wasser, um ihn zum Leben zu erwecken.

«Salaam, Raschud», begrüßte ihn Jim, als er die Augen öffnete. «Die Schönheit deines Antlitzes lässt mein Herz höher schlagen. Du bist ein Diener meiner Familie. Warum hast du unsere Wagen angegriffen und versucht, Zama zu töten?»

Raschud schüttelte das Wasser aus seinem Bart und dem langen, strähnigen Haar. Er starrte Jim ins Gesicht, ohne ein Wort, doch sein Blick sagte alles.

«Wir werden wohl deine Zunge lösen müssen, du Liebling des Propheten.» Jim trat zurück und nickte Smallboy zu. «Gebt ihm hundert Runden.»

Smallboy und Muntu spuckten in die Hände, packten die Felge und drehten das Rad, einer links, einer rechts. Smallboy zählte. Das Rad drehte sich immer schneller, bis Raschuds Körper nur noch ein verschwommener Kreisel war. Als er bei fünfzig war, kam Smallboy mit dem Zählen durcheinander und musste von vorne anfangen und als sie schließlich bei hundert das Rad bremsten, hing Raschud zitternd und keuchend in seinen Fesseln. Sein schmutziges Gewand war schweißgetränkt und seine Augen starrten ins Leere.

«Wie kommt es, dass du bei Koots warst? Wann hast du dich seiner Bande angeschlossen? Wer war der fremde Araber, der mit euch geritten ist, der Mann in dem grünen Turban?»

Trotz seiner Qualen versuchte Raschud, Jim in die Augen zu schauen. «Ungläubiger!», spuckte er aus. «Schmutzige Kaffer! Ich handle nach der heiligen Fatwa, die Zayn al-Din, der Kalif von Maskat, ausgesprochen hat. Ich kämpfe unter dem Kommando seines Paschas, des Generals Kadem ibn Abubaker. Der Pascha ist ein großer Mann, ein mächtiger Krieger, Liebling Gottes und des Propheten.»

«Der Kerl in dem grünen Turban ist also ein Pascha? Was sind die Bedingungen dieser Fatwa?», wollte Jim nun wissen.

«Sie sind zu heilig für das Ohr eines Ungläubigen.»

«Raschud scheint plötzlich fromm geworden zu sein.» Jim schüttelte traurig den Kopf. «Früher habe ich ihn nie solch bigotten Unsinn reden hören.» Er nickte Smallboy zu. «Gib ihm noch mal hundert. Vielleicht dämpft das seinen religiösen Eifer ein wenig.»

Das Rad drehte sich von neuem und bevor sie die hundert Umdrehungen abgezählt hatten, erbrach sich Raschud in einem langen, schier endlosen Strahl. «Hör nicht auf», brummte Smallboy Muntu zu. Im nächsten Augenblick öffneten sich Raschuds Darmschleusen und sein Körper entleerte sich explosiv an beiden Enden.

Bei hundert hielten sie das Rad an, doch für Raschud machte das keinen Unterschied mehr. Seine verwirrten Sinne schienen ihm zu sagen, dass er sich noch schneller drehte als zuvor, und er stöhnte und kotzte, bis sein Magen bis auf den letzten Tropfen geleert war. Danach würgte und zuckte er in grausamen Darmkrämpfen.

«Was sind die Bedingungen dieser Fatwa?», fragte Jim ruhig.

«Tod dem Paar, das sich dem Inzest hingibt.» Raschuds Stimme war kaum zu hören. «Tötet al-Salil und Prinzessin Yasmini.»

Jim zuckte zurück, als er die Namen hörte. «Mein Onkel und meine Tante? Sind sie tot? Sag, dass sie noch am Leben sind, oder ich lasse dir deine schwarze Seele aus dem stinkenden Leib rädern.»

Raschud kam wieder zu Bewusstsein und widersetzte sich Jims Fragen, doch das Rad brach seinen Widerstand allmählich und er begann zu reden. «Der Pascha hat Prinzessin Yasmini hingerichtet. Sie starb an einem Stich durch ihr verkommenes Herz. Und al-Salil hat er so schwer verwundet, dass er dem Tod ins Auge sehen musste.»

Jim war plötzlich so von Wut und Trauer überwältigt, dass er für den Tag genug hatte von der Folter. Sie schnitten Raschud von dem Rad und legten ihn in Ketten. «Bewacht ihn gut», sagte Jim. «Ich werde ihn morgen weiterverhören.» Dann begab er sich zu Louisa, um ihr die schrecklichen Neuigkeiten zu überbringen.

«Tante Yasmini hatte nichts als Güte in sich. Ich wünschte, du hättest sie kennen gelernt. Zum Glück hat wenigstens Onkel Dorian das Attentat überlebt. Es war ein Fanatiker, Kadem ibn Abubaker, den Namen werde ich nie mehr vergessen.» Sie hielt ihn in ihren Armen und seine Tränen tränkten ihr Nachthemd.

AM NÄCHSTEN MORGEN befahl Jim, den Wagen ein Stück vom Lager entfernt aufzubocken, damit Louisa nicht hören musste, wie Raschud auf dem Rad gepeinigt wurde. Sie banden ihn an die Speichen, doch dann brach er zusammen, bevor Jim eine einzige Drehung befehlen musste. «Habt Gnade, Effendi! Genug, Somoya! Ich werde euch alles erzählen, was ihr hören wollt, wenn ihr mich nur von diesem verfluchten Rad losbindet.»

«Du bleibst auf dem Rad, bis du alle meine Fragen beantwortet hast, offen und ehrlich. Wenn du zögerst oder lügst, wird sich das Rad wieder drehen. Wann hat diese Bestie Kadem die Prinzessin ermordet? Was ist mit meinem Onkel? Wo ist meine Familie jetzt?»

Raschud beantwortete jede seiner Fragen, als hinge sein Leben davon ab. Als Jim die ganze Geschichte hörte, wie seine Familie auf den beiden Schonern vom Kap der Guten Hoffnung geflohen und von der Elefantenlagune aus weiter nach Norden gesegelt war, mischte sich schließlich Erleichterung und Vorfreude auf das baldige Wiedersehen in seine Trauer um Yasmini.

«Jetzt weiß ich, dass ich meine Eltern an der Nativity Bay finden werde, und Dorian und Mansur werden bei ihnen sein. In meinem Herzen zähle ich die Tage, bis wir wieder vereint sind. Wir werden morgen früh aufbrechen, sobald es hell wird.»

JIM WAR SO UNGEDULDIG, die Bucht zu erreichen, dass seine Hoffnungen und Sehnsüchte dem schwerfälligen Wagenzug und dem langsamen Strom der

Viehherden weit vorauseilten. Er wollte sofort zur Küste vor-reiten und drängte Louisa, sie solle mitkommen, doch Zama erholte sich nur langsam von seiner Wunde und Louisa be-stand darauf, dass er ihre Pflege brauchte.

«Reite du nur vor», sagte sie, und obwohl er sicher war, dass sie nicht wirklich wollte, dass er sie verließ, fühlte er sich schmerzlich versucht, sie beim Wort zu nehmen. Dann er-innerte er sich jedoch, dass Koots, Oudeman und der arabi-sche Meuchelmörder noch in der Gegend sein mussten und ihnen auflauern konnten. Er konnte Louisa nicht allein lassen. Er ritt jeden Morgen mit Bakkat voraus, um den Weg zu er-kunden, sorgte aber stets dafür, dass sie vor Sonnenuntergang wieder zurück waren. Die enge Schlucht öffnete sich schließ-lich auf üppiges Grasland mit sanften Hügeln und grünen Wäldern dazwischen. Bakkat stieß jeden Tag auf Zeichen von Elefantenherden, doch keine der Spuren war so frisch, dass sich die Verfolgung gelohnt hätte. Am Morgen des fünften Ta-ges – Bakkat ritt wie gewöhnlich etwas voraus, um den besten Weg zu finden und nach Spuren Ausschau zu halten – stellte der Buschmann sein Pferd plötzlich quer und brachte es zum Stehen. Jim kam neben ihn geritten. «Was ist?» Bakkat zeigte schweigend auf den feuchten Boden und die Abdrücke, die sich tief darin eingeprägt hatten. Jim schlug das Herz höher. «Elefanten!»

«Drei große Bullen», bestätigte Bakkat, «und die Spuren sind ganz frisch. Sie sind erst heute Morgen hier durchgekom-men.» Jim hatte es plötzlich nicht mehr so eilig, zur Nativity Bay zu kommen, als er die Spuren sah. «Sie sind tatsächlich sehr groß», sagte er.

«Einer von ihnen ist ein wirklicher Königsbulle», erklärte Bakkat, «vielleicht so groß wie der erste, den du erlegt hast.»

Seit der Schlacht mit Manatasees Impis am Ufer des großen Flusses hatten sie viele erfolgreiche Elefantenjagden hinter sich gebracht und jedes Mal, wenn er einen der großen Bullen niederjagte, lernte Jim mehr über ihr Verhalten. Er war inzwi-schen zu einem erfahrenen Jäger geworden, fast süchtig nach den Gefahren und der Faszination der Jagd nach dieser edlen Beute.

«Wie lange würden wir wohl brauchen, wenn wir sie einholen wollten?», fragte er Bakkat.

«Sie fressen auf dem Weg, das heißt, sie kommen nicht schnell voran.» Bakkat zeigte auf die gebrochenen Äste an den Bäumen, von denen die Elefanten geäst hatten. «Und sie ziehen auf die Küste zu, genau wie unsere Karawane. Es wäre also kein Umweg, wenn wir ihnen folgten.» Bakkat spuckte nachdenklich aus und schaute zum Himmel auf. Er hielt seine rechte Hand hoch und maß die Sonnenhöhe zwischen seinen gespreizten Fingern. «Wenn die Jagdgötter uns gnädig sind, können wir sie noch am Vormittag einholen und wieder bei den Wagen sein, bevor es dunkel wird.» Seit Letees goldene Reize dort auf ihn warteten, verbrachte Bakkat die Nacht ebenso ungern außerhalb des Lagers wie sein Herr.

Jim war hin- und hergerissen. Seine Jagdleidenschaft war stark, doch seine Liebe und die Sorge um Louisa war noch stärker. Es war unvorhersehbar, was auf der Jagd passieren würde. Wenn sie den Bullen folgten, könnte das bedeuten, dass sie zwei Tage länger bis zur Küste brauchen würden. Es war auch immer noch möglich, dass sie es bis zum Abend nicht ins Lager zurückschaffen würden. Doch seit jenem fatalen Nachtangriff hatten sie kein Zeichen von Koots und seinem arabischen Verbündeten gesehen. Bakkat hatte in vielen Meilen Umkreis keine Spur von Gefahr gefunden.

«Jede Minute, die ich hier zaudere, marschieren die Elefanten weiter von mir weg», entschied Jim schließlich. «Bakkat, nimm die Spur auf und trinke den Wind.»

Sie trieben ihre Pferde an und holten schnell auf. Die Spur führte durch Hügel und Wälder geradewegs auf die Küste zu. Manchmal schimmerten die nackten Baumstämme, von denen die Elefanten die Rinde abgefressen hatten, wie Spiegel zweihundert Meter vor ihnen und sie konnten Drumfire und Crow in leichten Galopp bringen, und dann, kurz vor Mittag, stießen sie auf einen Riesenhaufen schwammigen, gelben Dungs, hauptsächlich halb verdaute Baumrinde. Der Haufen türmte sich in einer Pfütze von Elefantenurin auf, der noch nicht im Boden versickert war und war mit lauter wunderschönen weißen, gelben und orangeroten Schmetterlingen bedeckt.

Bakkat glitt von seinem Pferd und steckte seine nackte Zehe in den feuchten Mistberg, um die Temperatur zu messen. Die Schmetterlinge erhoben sich und umflatterten ihn in einer bunten Wolke. «Der Dung ist noch so warm, wie er aus seinem Bauch gekommen ist.» Er grinste zu Jim hoch. «Wenn du seinen Namen rufst, kann er wahrscheinlich deine Stimme hören, so nah muss er jetzt sein.»

Kaum hatte Bakkat es ausgesprochen, erstarrten die beiden und drehten gleichzeitig die Köpfe. «Hm!», brummte Jim. «Offenbar hast du Recht: Er scheint dich gehört zu haben.»

Das Trompeten des Elefanten klang hell und klar wie ein Jagdhorn. Es kam aus dem Wald direkt vor ihnen. Bakkat sprang in den Sattel, flink wie eine Heuschrecke.

«Was hat sie wohl aufgescheucht?», fragte Jim, während er seinen großen deutschen Elefantentöter aus der Scheide unter seinem Knie zog. «Warum hat er plötzlich trompetet? Hat er uns gewittert?»

«Nein, der Wind bläst uns ins Gesicht», antwortete Bakkat. «Sie haben uns nicht gerochen. Es muss etwas anderes sein.»

«Süße Mutter Maria!», rief Jim verblüfft. «Musketenfeuer!»

Der Gewehrdonner echote dumpf von Hügel zu Hügel.

«Koots?», fragte Jim, bevor er sich selbst antwortete: «Nein, das kann nicht sein. Koots würde sich niemals verraten. Er weiß, dass wir in der Nähe sind. Nein, das müssen andere Fremde sein – und sie haben es auf unsere Beute abgesehen.» Jim spürte, wie der Zorn in ihm aufflackerte. Dies waren seine Elefanten. Die Eindringlinge hatten kein Recht, sich in seine Jagd einzumischen. Ihm war ganz danach, sie mit seiner Waffe zur Rede zu stellen, doch dann unterdrückte er die gefährliche Versuchung. Er wusste nicht, wer die anderen Jäger waren. Nach dem massierten Feuer zu urteilen, mussten es mehrere sein, und in der Wildnis konnte jeder Unbekannte eine tödliche Bedrohung darstellen. Plötzlich hörten sie ein anderes Geräusch, das Krachen brechender Äste. Einer der Elefantenriesen schien durch das dichte Unterholz auf sie zuzustürmen.

«Pass auf, Somoya!», rief Bakkat. «Sie haben einen der Bullen auf uns zugetrieben. Er könnte verwundet sein.»

Jim hatte gerade noch Zeit, Drumfire herumzureißen, auf das Geräusch zu, und dann brach auch schon die Laubwand vor ihnen auf und er sah einen Elefantenbullen in vollem Tempo auf sich zurasen. In diesem Augenblick extremer Gefahr schien die Zeit stillzustehen wie im Labyrinth eines Albtraums. Er sah einen mächtigen Stoßzahn hoch über sich, dick wie die Träger eines Kathedralendachs, und Ohren scheinbar so weit wie das Großsegel eines Kriegsschiffs, von Schrot durchlöchert nach einer erbitterten Schlacht. Frisches Blut floss dem Elefanten die Flanke hinab und seine winzigen Augen funkelten vor Wut, als er Jim fixierte.

Bakkat hatte richtig geraten: Das gigantische Tier war verwundet und außer sich vor Zorn. Ein Fluchtversuch wäre tödlich, denn in dem dichten, dornigen Unterholz konnte Drumfire sein Tempo nicht nutzen, während der Bulle einfach alles niedertrampeln würde. Jim konnte auch nicht vom Sattel aus feuern. Drumfire tänzelte und warf den Kopf herum, sodass Jim nicht zielen konnte. Er hielt das schwere Gewehr hoch über seinen Kopf, damit es ihm nicht ins Gesicht schlug, schwang ein Bein über den Sattelknauf, glitt aus dem Sattel und landete wie eine Katze, ohne den Elefanten auch nur für einen Sekundenbruchteil aus den Augen zu verlieren.

Er spannte den Hahn des Gewehrs, sobald seine Füße den Boden berührten. Er dachte keinen Augenblick daran, dem Tier eine Kugel ins Herz zu jagen. Das hätte den Bullen nicht einmal verlangsamt. Er hätte ihn zerrupft, wie ein Metzger ein Hühnchen in seine Teile zerlegt, und wäre dann noch eine Meile weitergelaufen, bevor der Schuss irgendwelche Wirkung gezeigt hätte.

Nach der fast tödlichen Erfahrung mit seinem ersten Bullen hatte er Stunden und Tage damit zugebracht, die Schädel der anderen Elefanten, die er danach schoss, genauestens zu studieren. Daher sah er nun die exakte Lage des Gehirns in der massiven Hirnkapsel vor sich, als wäre der Schädel nicht aus dickem Knochen, sondern aus Glas. Als er sich den Gewehrkolben vor die Schulter drückte, schien er Kimme und Korn gar nicht zu sehen, sondern blickte durch den Stahl hindurch direkt auf das winzige, verborgene Ziel.

Der Schuss donnerte, eine dichte Rauchwolke nahm ihm die Sicht und der Rückstoß warf ihn nach hinten. Dann schien aus dem Rauch eine graue Lawine auf ihn zuzustürzen, eine enorme träge Masse.

Das schwere Gewehr wurde ihm aus der Hand gerissen und er wurde nach hinten geschleudert. Er überschlug sich zweimal, bevor ein niedriger Busch ihn bremste. Während er noch dabei war sich aufzurappeln, blies eine leichte Brise den Schleier silbernen Pulverdampfs zur Seite und er sah den Elefantenbullen vor sich knien, die Rundung der riesigen Stoßzähne auf dem Boden und die Spitzen zum Himmel gerichtet, wie in Unterwerfung, wie ein Arbeitselefant, der darauf wartet, dass ein Mahut ihn besteigt. Das Tier lag still wie ein Granitklotz. Zwischen seinen Augen war ein dunkles Loch zu sehen, so dicht vor Jim, dass er den Arm ausstrecken und seinen Zeigefinger hineinstecken konnte. Die mit Zinn gehärtete Kugel, ein viertel Pfund schwer, hatte die massive Stirnplatte durchschlagen und sich ins Gehirn gebohrt. Als er seinen Finger wieder herauszog, war er mit puddinggelber Hirnmasse bedeckt.

Jim stand auf und lehnte sich auf einen der Stoßzähne. Jetzt, wo die Gefahr vorüber war, zitterten ihm die Knie und er konnte sich kaum aufrecht halten. Sein Atem rasselte. So stand er schwankend an den mächtigen Elfenbeinbogen geklammert, als Bakkat herangeritten kam und Drumfire einfing. Er brachte ihn zu Jim zurück und reichte ihm die Zügel.

«Du scheinst es endlich gelernt zu haben», kicherte der Buschmann. «Doch jetzt musst du der Beute deinen Respekt und Dank erweisen.»

Jim musste sich einige Minuten sammeln, bevor er das antike Ritual der Jagd zum Abschluss bringen konnte. Unter Bakkats zufriedenen Blicken brach er einen grünen Sweetthorn-Zweig ab und legte ihn dem Bullen zwischen die Lippen. «Iss dein letztes Mahl, damit du nicht hungerst auf deiner Reise ins Land der Schatten. Und nimm meinen Dank mit auf den Weg», sagte er dabei. Dann schnitt er dem Bullen den Schwanz ab, so wie es sein Vater zu tun pflegte. Er hatte jedoch auch die Musketenschüsse nicht vergessen, die sie zuvor gehört hatten. Als er sich bückte, um sein Gewehr aufzuheben, fiel ihm wieder die dicke Schicht Blut an der Flanke des Bullen auf, und diesmal sah er auch die Kugelwunde hoch an der rechten Schulter.

«Dieses Tier war angeschossen, bevor ich es erlegt habe», sagte er zu Bakkat. Bevor der Buschmann antworten konnte, hörten sie eine andere Stimme ganz in der Nähe, so unerwartet und doch so vertraut, dass Jim mit dem leer geschossenen Gewehr in der Hand da stand und die athletische Gestalt angaffte, die durch das Unterholz auf sie zukam. Es war ein Weißer, in Hosen europäischer Machart, Stiefeln und einem breitkrempigen Strohhut.

«He da, Bursche! Was zum Teufel bildest du dir ein? Ich habe ihn als Erster angeschossen. Die Beute ist mein.» Die Stimme klang in Jims Ohren wie Kirchenglocken. Unter der Hutkrempe glühten die roten Bartlocken wie ein Buschfeuer.

Jim fand seine Schlagfertigkeit wieder und rief in ebenso streitlustigem Ton. «Werd nicht frech, du Halunke!» Er hatte Mühe, nicht in Lachen auszubrechen. «Du musst schon kämpfen, wenn du diesen Bullen haben willst, und ich werde dir den Schädel brechen, so wie ich es schon fünfzig Mal getan habe!»

Der freche Halunke blieb wie angewurzelt stehen und starrte Jim an, dann stieß er einen Jubelschrei aus und kam auf ihn zugelaufen. Jim ließ seine Flinte fallen und lief ihm entgegen. Sie prallten mit solcher Gewalt zusammen, dass die Rippen krachten.

«Jim! Ich dachte, wir würden dich niemals finden!»

«Mansur! Ich erkenne dich kaum wieder mit diesem roten Busch in deinem Gesicht. Wo in Teufels Namen bist du so lange gewesen?»

Sie stammelten, während sie sich umarmten, einander den Rücken klopften und sich gegenseitig an den Haaren zogen. Bakkat krümmte sich vor Lachen, als er die beiden so sah.

«Und du, du kleiner Gauner!» Mansur hob ihn hoch und nahm ihn unter den Arm, dann umarmte er Jim wieder. Es dauerte einige Zeit, bis sie sich wieder wie normale Menschen benahmen. Mansur stellte Bakkat wieder auf die Füße und Jim entließ Mansur aus dem Schwitzkasten, in dem er ihn gehalten hatte.

Sie saßen Schulter an Schulter an die Seite des toten Elefanten gelehnt, im Schatten des riesigen Kadavers. Sie redeten und redeten, unterbrachen einander, konnten kaum die Antwort erwarten, bevor sie mit der nächsten Frage herausplatzten. Dann und wann zog Mansur Jim am Bart und Jim boxte ihn liebevoll in die Brust. Obwohl keiner von ihnen es erwähnte, waren beide verblüfft, wie sie sich verändert hatten in der Zeit, in der sie sich nicht gesehen hatten. Sie waren zu erwachsenen Männern geworden.

Schließlich kam Mansurs Gefolge hinter ihm her, allesamt Leute von High Weald oder Matrosen von den beiden Schonern. Wie staunten sie alle, als sie Jim bei ihrem Herrn sahen. Nachdem Jim sie herzlich begrüßt hatte, ließ er sie unter Bakkats Anleitung die Stoßzähne aus dem erlegten Bullen herauspräparieren. Jim und Mansur setzten inzwischen ihre Unterhaltung fort und versuchten, sich in Minuten alles zu erzählen, was in fast zwei Jahren passiert war.

«Wo ist das Mädchen, mit dem du davongelaufen bist? War sie vernünftig genug, dir den Laufpass zu geben?», fragte Mansur.

«Bei Gott, Vetter, ich sage dir, sie ist eine Perle von einem Mädchen. Ich werde dich sofort zu den Wagen bringen und sie dir ordentlich vorstellen. Du wirst deinen Augen nicht trauen, wenn du siehst, wie wunderschön sie jetzt ist.» Jim stockte und wurde ernst. «Ich weiß nicht, wie ich es dir sagen soll, aber vor ein paar Wochen ist uns ein Deserteur von der *Gift of Allah* in die Hände gefallen. Du wirst dich an den Schurken erinnern, Raschud ist sein Name. Er hat uns eine seltsame, furchtbare Geschichte erzählt. Ich musste es aus ihm herausfoltern.»

Mansur wurde kreidebleich und eine Minute lang konnte er nichts sagen. Dann platzte er heraus: «Er muss mit zwei anderen Matrosen zusammen gewesen sein, alle drei Deserteure, und sie müssen einen fremden Araber bei sich gehabt haben.»

«Meinst du einen gewissen Kadem ibn Abubaker al-Jurf?»

Mansur sprang auf. «Wo ist er? Er hat meine Mutter umgebracht und hätte fast auch meinen Vater getötet!»

«Ich weiß.» Jim versuchte, ihn zu beruhigen. «Mir ist das Herz gebrochen, als ich es hörte. Ich habe Tante Yassie fast so sehr geliebt wie du. Aber der Mörder ist leider entkommen.»

«Erzähl mir alles», forderte Mansur ihn auf, «und lass nichts aus, nicht die kleinste Einzelheit.»

Louisa hatte laternen in die Bäume gehängt, um Jim den Heimweg zu weisen, und sobald sie die Pferde hörte, kam sie aus dem Wagen geeilt, wo sie mit Intepe bei Zama wachte. Sie löste sich erst aus Jims Umarmung, als sie bemerkte, dass er einen Fremden bei sich hatte, der ihre Liebesbezeugungen schweigend beobachtet hatte.

«Du hast jemanden mitgebracht?» Sie steckte die losen Strähnen ihres seidigen Haars unter ihre Haube und strich sich das Kleid glatt, das Jim zerknittert hatte.

«Ach, das ist nur mein Vetter», sagte Jim leichthin, «Mansur, von dem ich ab und zu gesprochen habe. Du hast ihn, glaube ich, schon einmal gesehen, wenn auch nur von weitem. Mansur, darf ich vorstellen: Louisa Leuven, meine Verlobte.»

«Ich dachte, du hättest übertrieben, als du von ihr sprachst.» Mansur verbeugte sich. Dann blickte er ihr ins Gesicht, das im Laternenschein schimmerte. «Aber sie ist noch schöner, als du gesagt hast.»

«Jim hat mir sehr viel über Sie erzählt», sagte Louisa schüchtern. «Das letzte Mal, als wir uns getroffen haben, war ich noch an Deck der *Möwe*. Wir hatten damals keine Gelegenheit, uns kennen zu lernen. Ich hoffe, wir können das nun nachholen.»

Louisa gab den beiden Männern zu essen, doch sobald alles abgeräumt war, ließ sie sie allein und sie redeten ohne Unterbrechung bis tief in die Nacht. Es war lange nach Mitternacht, als er endlich zu ihr in das breite Feldbett kroch. «Vergib mir, mein Igelchen, dass ich dich heute Abend vernachlässigt habe.»

«Ich weiß, was er dir bedeutet und wie nah ihr einander seid», flüsterte sie. «Doch jetzt bin ich an der Reihe.» Sie breitete die Arme aus. «Und ich möchte dir noch viel näher sein.»

S IE WAREN ALLE wieder auf den Beinen, bevor die Sonne aufging. Während Louisa sich um das Willkommensfrühstück für Mansur kümmerte, nahm der ihren Platz an Zamas Bett ein. Jim schloss sich ihnen an und die drei plauderten und schwelgten in Erinnerungen. Zama gab Mansurs Ankunft so viel Auftrieb, dass er erklärte, er sei bereit, das Krankenlager zu verlassen.

Smallboy und Muntu spannten die Wagen an, die Karawane setzte sich in Bewegung. Louisa ließ Intepe bei Zama und sattelte Trueheart – zum ersten Mal, seit Zama verwundet worden war –, um mit Jim und Mansur auszureiten. Sie ritten durch die Viehherden und Mansur staunte, welche Mengen an Elfenbein sie trugen.

«Onkel Tom und mein Vater mögen mit dem größten Teil des Familienvermögens vom Kap entkommen sein, doch mit dem, was du erbeutet hast, sind wir noch um ein Vielfaches reicher. Erzähl, wie du das geschafft hast. Erzähl mir von der Schlacht gegen diese Nguni-Königin und ihre Legionen.»

«Das habe ich dir doch schon gestern Abend erzählt.»

«Die Geschichte ist einfach zu gut», drängte Mansur weiter. «Erzähl's mir noch einmal.»

Diesmal schmückte Jim Louisas Rolle in den Kämpfen besonders aus, trotz ihrer Proteste, dass er furchtbar übertreibe. «Ich warne dich, Vetter, mach diese Frau niemals wütend. Sie ist eine wahre Walküre, wenn sie erst richtig in Fahrt ist. Nicht um sonst fürchtet man sie weit und breit als den grausamen Igel.»

Sie ritten auf den nächsten Hügelkamm und blickten zum Ozean hinab. Das Meer war nun so nah, dass sie die Gischtkronen vor dem windgepeitschten Horizont sehen konnten. «Wie weit ist es von hier zur Nativity Bay?», fragte Jim.

«Zu Fuß habe ich keine drei Tage gebraucht», antwortete Mansur. «Zu Pferde könnten wir noch heute Abend dort
sein.»

Jim schaute Louisa wehmütig an. Sie lächelte. «Ich weiß,
was du denkst, James Archibald.»

«Und was meinst du, was ich denke, mein Igelchen?»

«Zama, die Wagen und das Vieh sollen nachkommen, so
schnell sie können, und wir sollten den Wind trinken.»

«Folgt mir!», rief Jim voller Freude. «Auf zur Nativity
Bay!»

Der Ritt ging noch schneller, als Mansur geschätzt hatte.
Die Sonne stand noch am Himmel, als sie ihre Pferde auf den
Hügeln über der weiten, funkelnden Bucht zügelten. Die beiden Schoner ankerten vor der Mündung des Umbilo. Jim
hielt sich den Hut über die Augen, um nicht geblendet zu
werden.

«Fort Auspice», sagte Mansur und zeigte auf die neuen Gebäude an den Ufern des Flusses. «Deine Mutter hat den Namen ausgewählt. Sie wollte die Siedlung ‹Fort Good Auspice›
nennen, doch Onkel Tom fand das zu lang. Wer würde sein
Haus schon nach einem schlechten Vorzeichen benennen,
sagte er, das ‹Gut› wäre also überflüssig. Dagegen konnte
Tante Sarah nichts sagen. Also: Fort Auspice.»

Als sie näher heranritten, sahen sie die Palisaden aus ange-
spitzten Pfählen, mit denen die Höhe eingefriedet war, auf der
sie das Fort errichtet hatten. Die Erdhaufen um die Kanonen-
stellungen, die alle Zugänge zu der Festung überschauten, waren noch frisch.

«Unsere Alten Herren haben alle möglichen Vorkehrungen
getroffen, falls Keyser oder jemand anderes uns angreifen
sollte. Die meisten Schiffskanonen sind jetzt an Land», erklärte Mansur.

Über die Palisade hinweg waren die Dächer der Gebäude in
der Festung zu sehen. «Es gibt Baracken für die Arbeiter und
je ein Haus für die beiden Familien.» Mansur zeigte auf die
Häuser, während sie den Hügel hinabritten. «Das da hinten
sind die Ställe und da ist das Lagerhaus, und das dort ist das
Magazin und Kontor.»

Die Dächer waren alle noch hell, aus gelbem, frisch geschnittenem Schilf, ohne jede Spur von Verwitterung.

«Vater scheint der Größenwahn gepackt zu haben», lächelte Jim. «Was er sich hier gebaut hat, ist eine Stadt, keine Handelsstation.»

«Und Tante Sarah hat wenig unternommen, ihn davon abzuhalten», bemerkte Mansur. «Ganz im Gegenteil.» Er riss sich den Hut vom Kopf und winkte. «Da ist sie!» Eine mütterliche Gestalt war im Tor der Festung erschienen und schaute zu den Reitern hinauf. Als sie auch Jim winken sah, gab sie jeden Anschein von Würde auf und kam den Weg heraufgerannt wie ein Schulmädchen.

«Jim! Mein Junge! Jim!» Ihre Freudenschreie hallten von den Klippen. Jim trieb Drumfire in wilden Galopp und ritt ihr entgegen. In der nächsten Sekunde sprang er in vollem Lauf aus dem Sattel und schloss seine Mutter in die Arme.

Als sie Drumfires Hufschlag hörten, kamen auch Dorian und Tom Courtney durch das Tor gelaufen. Mansur und Louisa blieben zurück und ließen Jim zuerst seine Wiedersehensfreude ordentlich auskosten, bevor sie sich der Gruppe anschlossen und ins Fort ritten.

Es dauerte fünf Tage, bis die Wagen und Herden vor Fort Auspice auftauchten. Die ganze Familie versammelte sich, Tom und Dorian jubelten der Herde der Ersatzpferde zu, die zuerst ankam. «Endlich werde ich wieder ein Pferd unter dem Hintern haben», freute sich Tom. «Ohne das war ich nur ein halber Mensch. Jetzt können wir ins Land reiten und es in Besitz nehmen.»

Dann blickten sie in ehrfürchtigem Schweigen auf die schier unermesslichen Viehherden, die die Hügel heruntergeströmt kamen. Als Inkunzi und seine Nguni-Hirten das Elfenbein auf dem offenen Platz vor dem Tor abzuladen begannen, kletterte Tom die Leiter von der Plattform hinunter und ging zwischen den Stapeln von Stoßzähnen umher. Er staunte über die Menge und die Größe mancher der Elfenbeinschäfte. Als er zurückkam, blickte er finster drein und tadelte Jim: «Bei allem, was heilig ist, Junge, kennst du denn gar keine Mäßigung? Hast du nicht daran gedacht, wo wir all das unterbringen sollen? Wir werden noch ein Lagerhaus bauen müssen, nur wegen dir!» Dann lachte er über seinen eigenen Witz und drückte seinen Sohn an sich. «Jetzt bleibt uns wohl nichts anderes übrig, als dich zu einem vollwertigen Teilhaber zu machen.»

IN DEN MONATEN DANACH gab es reichlich zu tun. Die Bauarbeiten an dem Fort wurden fertig gestellt, einschließlich der Erweiterung des Lagerhauses, in dem der riesige Elfenbeinschatz untergebracht wurde. Sarah konnte endlich ihre ganzen Möbel an Land bringen lassen und stellte das Cembalo in dem großen Raum auf, der den Familien als Wohn- und Speisesaal diente. Am ersten Abend, als das Instrument an Ort und Stelle war, spielte Sarah ihre Lieblingsmelodien und alle sangen mit. Der vollkommen unmusikalische Tom sang am lautesten, bis Sarah ihn taktvoll davon abhielt, indem sie ihn bat, die Notenblätter für sie umzuschlagen.

In unmittelbarer Nähe des Forts gab es nicht genug Gras für das viele Vieh. Jim bildete daher sieben kleinere Herden und befahl Inkunzi, sie weiter ins Hinterland zu treiben, wo reichlich Futter und Wasser zu finden waren. Die Nguni-Hirten bauten dann ihre Dörfer dicht bei diesen Weidegründen.

«Das verschafft uns eine Pufferzone rund um das Fort», erklärte Jim seinem Vater und Dorian. «Die Nguni werden uns schon warnen, wenn der Feind noch zwanzig Meilen landeinwärts ist. Natürlich werde ich regelmäßig dort hinausreiten müssen, um die Herden zu inspizieren.»

«Was dir natürlich eine vorzügliche Entschuldigung verschafft, wenn du auf Elefantenjagd gehen willst», nickte Tom. «Deine Aufopferung ist wirklich rührend, mein Junge.»

Nach den ersten derartigen Expeditionen waren die Elefanten jedoch klug genug, aus dem Küstengebiet zu verschwinden und sich tief ins Hinterland zurückzuziehen, wo sie vor Tom sicher waren.

Einen Monat, nachdem sie in Fort Auspice angekommen waren, passten Jim und Louisa Sarah in der Küche ab. Nach einem langen, tränenvollen Gespräch, ging Sarah sofort los, um mit Tom zu reden.

«Bei allem, was heilig ist, Sarah Courtney, ich weiß nicht, was ich sagen soll.» Das waren, wie Sarah wusste, Toms Worte, wenn er wirklich verblüfft war. «Und es ist bestimmt kein Irrtum?»

«Louisa ist ganz sicher. Frauen täuschen sich selten in solchen Sachen», antwortete Sarah.

«Wir werden also jemanden brauchen, den heiligen Bund zu knüpfen, damit alles ordentlich und legal ist.» Tom runzelte die Stirn.

«Du bist hier der Schiffskapitän», bemerkte Sarah. «Diese Pflicht wird also dir zufallen. Du hast das Recht dazu.»

Je länger Tom darüber nachdachte, desto mehr gefiel ihm der Gedanke, bald einen Enkel zu haben. «Na schön, den Probelauf scheint sie ja ganz gut bestanden zu haben», bemerkte er unschuldig.

Sarah stemmte die Fäuste in die Hüften, was stets eine Sturmwarnung war. «Wenn das als Witz gemeint war, Tom Courtney, dann kann ich leider nicht darüber lachen. Was dich und mich und jeden anderen auf der Welt angeht, wird Louisa als unbefleckte Jungfrau in den Ehestand treten!»

«Oh ja, natürlich», gab er sofort klein bei, «und jeder Mann, der etwas anderes behauptet, wird es mit mir zu tun bekommen. Wie wir beide wissen, haben die Frauen in unserer Familie schon immer einen Hang zur Frühgeburt gezeigt. Das gilt für beide Seiten. Außerdem ist Louisa ein schönes und helles Kind. Eine Bessere als sie würde Jim auf der ganzen Welt nicht finden.»

«Heißt das, du wirst es tun?», fragte Sarah schließlich.

«Vermutlich lässt du mich sonst sicher nicht in Frieden.»

«Da vermutest du ausnahmsweise richtig», sagte sie. Tom hob sie hoch und küsste sie auf beide Wangen.

Tom traute sie auf dem Achterdeck der *Sprite*. Das Schiff war zu klein, die ganze Kolonie aufzunehmen, weshalb der größte Teil der Männer und Frauen die Zeremonie von der Takelage der *Revenge* oder von den Palisaden des Forts aus beobachtete. Jim und Louisa sprachen ihre Ehegelöbnisse und unterschrieben im Logbuch. Als Jim danach seine Braut an Land brachte, feuerten Mansur und seine Männer einundzwanzig Salutschüsse aus den Festungskanonen. Die Nguni-Krieger liefen erschrocken auseinander und Letee zitterte vor Angst, bis Bakkat sie überzeugen konnte, dass der Himmel nicht über ihnen einstürzte.

«Gut», sagte Tom zufrieden, «das sollte den gewünschten Zweck erfüllen, bis sie einen Priester finden, der es noch einmal ordentlich machen kann.» Dann nahm er seinen Kapitänshut ab und schlüpfte von der Rolle des Priesters in die des Wirtes, indem er einem Fass Schnaps den Korken ausschlug. Smallboy schlachtete einen Ochsen, den sie dann auf dem Strand vor dem Fort am Spieß grillten. Die Festlichkeiten dauerten an, bis der Ochse verspeist und das Schnapsfass leer getrunken war.

Schon am nächsten Tag begannen Jim und Louisa, ihr eigenes Haus innerhalb der Palisaden zu bauen. Mit den vielen willigen Helfern, die ihre Arbeit anboten, dauerte es keine Woche, bis sie den Wagen, der so lange ihr Heim gewesen war, räumen und in ihre eigenen vier Wände ziehen konnten.

Danach galt es, sich um weniger erfreuliche Dinge zu kümmern. Raschud wurde in Ketten aus der Zelle geholt, die ursprünglich als Keller gedacht gewesen war. Dorian und Mansur, die nach den Gesetzen des Islam seine Richter und Henker waren, gingen mit ihm in den Wald, weit genug weg, dass sie weder gesehen noch gehört werden konnten. Sie blieben nur wenige Stunden fort und als sie zurückkamen, war Raschud nicht mehr bei ihnen.

Am nächsten Tag berief Tom den Familienrat ein, an dem nun zum ersten Mal Louisa Courtney teilnahm, der jüngste Neuzugang des Clans. Da er der Älteste war, fiel es Tom zu, die Entscheidungen zu verkünden, die sie für die Zukunft getroffen hatten. «Dank Jims und Louisas Anstrengungen haben wir jetzt viel zu viel Elfenbein im Lager. Die besten Märkte sind immer noch Sansibar, die Faktoreien an der Koromandelküste und Bombay im Reich des Großmoguls. Sansibar ist in Gewalt des Kalifen Zayn al-Din, dieser Hafen ist uns also verschlossen. Ich werde hier in Fort Auspice bleiben und mich um die Familiengeschäfte kümmern, und dabei brauche ich Jim. Dorian wird die Schiffe nach Norden segeln, mit so viel Elfenbein, wie sie tragen können. Wenn das verkauft ist, wird er noch dringendere Geschäfte vor sich haben, oben in Maskat.» Er blickte seinen jüngeren Bruder an. «Dorian soll euch das erklären.»

Dorian nahm das Elfenbeinmundstück seiner Wasserpfeife aus dem Mund, blickte in die Runde und begann: «Wie wir wissen, hat Zayn al-Din die Macht in Maskat an eine Rebellenjunta verloren. Auf ihrer letzten Reise nach Oman konnten Batula und Kumrah Informationen einholen, die das sicher bestätigen. Kadem ibn Abubaker», Dorians Züge verfinsterten sich, «gab an, er überbringe eine Einladung der Junta an mich, Zayn al-Dins Platz auf dem Elefantenthron einzunehmen und sie in die Schlacht gegen Zayn zu führen. Wir wissen nicht, ob die Junta wirklich versucht hat, mit mir Kontakt aufzunehmen oder ob es nur eine der Lügen war, mit denen Kadem mich in Zayns Klauen bringen wollte. Wie auch immer, ich schlug die Einladung aus, um Yasminis willen – und verurteilte sie damit zum Tode.»

Dorian versagte die Stimme und Tom brummte: «Ach was Bruder, sei nicht so hart mit dir. Kein Mensch hat das vorhersehen können.»

«Wie auch immer», fuhr Dorian fort, «Yasmini ist tot, auf Zayns Befehl, durch Kadems blutige Hand. Wenn ich sie rächen will – und das muss ich –, dann muss ich nach Oman segeln und mein Schicksal mit dem der Revolutionäre in Maskat in die Waagschale legen.»

Mansur erhob sich von seinem Stuhl am Ende des langen Tisches und kam an Dorians Seite. «Wenn du erlaubst, Vater, werde ich mit dir fahren, als deine rechte Hand.»

«Das erlaube ich nicht nur, ich begrüße es von ganzem Herzen.»

«Das wäre also geregelt», sagte Tom schnell. «Jim und seine junge Frau werden Sarah und mir hier zur Hand gehen. Wann habt ihr vor auszulaufen, Bruder?»

«In sechs Wochen wird der Monsun den Passatwind verdrängen. Ende nächsten Monats sollte der Wind also günstig stehen», antwortete Dorian. «Das gibt uns genug Zeit für unsere Vorbereitungen.»

«Wir werden die übrigen Kanonen von den Schiffen holen, damit ihr mehr Elfenbein an Bord nehmen könnt», sagte Tom. «Außerdem können wir sie hier gebrauchen, um unsere Befestigungen zu verstärken. Es besteht immer noch die Möglichkeit, dass Keyser uns hier aufspürt, und außerdem streifen immer noch marodierende Impis durch die Lande. Die Gruppe unter Manatasee konnte Jim aufreiben, doch von den Flüchtlingen, die wir aufgenommen haben, wissen wir, dass andere Horden noch da draußen Amok laufen. Sobald du das Elfenbein verkauft hast, kannst du in Indien neue Geschütze kaufen. Im Pandschab gibt es ganz tüchtige Waffenschmiede. Sie machen ausgezeichnete Neunpfünder, genau das richtige Gewicht und die richtige Länge für unsere Schoner.»

Die Kanonen wurden von den Schiffen gehievt und zusammen mit Pulver und Munition in den Langbooten an Land gebracht. Die Ochsengespanne zogen sie den Hügel hinauf und dann wurden sie hinter Erdwällen um das Fort herum eingegraben.

«Das sollte genügen.» Tom schaute zufrieden auf seine neuen Verteidigungsanlagen. «Jetzt bräuchte es schon eine Armee mit Belagerungsmaschinen, wenn jemand das Fort erobern wollte. Vor marodierenden Stämmen sind wir nun bestimmt sicher, und auch vor den Truppen, die Keyser ins Feld führen könnte, falls er Wind davon bekommt, wo wir jetzt sind.»

Ohne die Kanonen lagen die Schoner nun hoch an den Ankertauen, sodass ein breiter Streifen der Kupferverschalung an den Rümpfen zu sehen war, doch Dorian befahl sogleich, mit dem Verladen des Elfenbeins und dem Füllen der Wasserfässer zu beginnen. Die Langboote brachten frischen Proviant hinaus und die Pökelfässer wurden mit großen Batzen Rindfleisch von den Nguni-Herden gefüllt. Mit diesem Ballast waren die Schiffe bald wieder gut in Trimmung.

Seit Yasminis Tod erlitt Dorian immer wieder unvorhersehbare Perioden tiefer Melancholie. Die Trauer schien ihn vorzeitig altern zu lassen. In seinem rotgoldenen Haar und Bart zeigten sich neue Silbersträhnen und seine Stirn war voller tiefer Falten. Doch jetzt, mit einem neuen Ziel vor Augen, schien er wieder jünger zu werden, mit frischem Schwung und neuer Entschlossenheit.

Er stand mit Batula und Kumrah zusammen und sie begutachteten die Trimmung seiner Schiffe.

«Bis wir neue Kanonen an Bord nehmen, können wir uns kaum verteidigen. Es kommt also alles auf Tempo und Wendigkeit an. Wir müssen schneller sein als jeder potentielle Angreifer, und davon gibt es weiß Gott genug. Trotz aller Anstrengungen meines Vaters und Bruders vor zwanzig Jahren gibt es immer noch viele Piraten auf dem Indischen Ozean.»

«Halte dich besser vom Festland fern», riet ihm Tom, «dort haben sie ihre Nester. Aber mit dem Monsun im Rücken wirst du jeder Piratendau leicht davonsegeln.»

Sie waren alle so beschäftigt, dass die Tage wie im Flug vergingen.

«Ich kann kaum glauben, dass die sechs Wochen schon vorüber sind», sagte Jim nachdenklich. Er stand mit Mansur am Strand und sie schauten zu den beiden kleinen Schonern hinaus. Die Rahen waren inzwischen gekreuzt und die Mannschaften waren an Bord gegangen. Alles war bereit, dass sie am nächsten Morgen mit der Ebbe auslaufen konnten.

«Ja, es sieht aus, als müssten wir schon wieder Abschied nehmen, kaum dass wir uns begrüßt haben», nickte Mansur.

«Und diesmal habe ich das Gefühl, es wird für länger sein», sagte Jim traurig. «Ich glaube, dich erwartet jenseits des blauen Horizonts ein großes Abenteuer und ein neues Leben.»

«Das gilt aber auch für dich, Jim. Du hast deine Frau und bald wirst du einen Sohn haben. Das ganze Land hier wird einmal dein sein, und ich bin allein und immer noch auf der Suche nach dem Land meines Herzens.»

«Ganz gleich, wie viele Meilen zwischen uns liegen, Meer oder Land, du wirst mir immer nah sein», sagte Jim.

Mansur wusste, wie schwer es Jim fallen musste, seine Gefühle so auszudrücken. Er schloss seinen Vetter fest in die Arme.

Die beiden Schoner liefen am frühen Morgen aus. Die ganze Familie war an Bord der *Revenge*, als sie die Ausfahrt der Bucht passierte. Eine Meile vor der Küste drehte Dorian dann bei. Tom, Sarah, Jim und Louisa stiegen in das Langboot und blickten den beiden Schiffen nach, wie sie aufs Meer hinaussegelten, immer winziger in der Ferne. Schließlich verschwanden sie hinter dem Horizont und Jim steuerte das Langboot auf die Bucht zurück.

Ohne Dorian und Mansur schien das Fort plötzlich sehr leer zu sein und sie vermissten ihre wundervollen Stimmen, wenn sie sich am Abend um Sarahs Cembalo versammelten.

D<small>IE REISE ÜBER DEN</small> Indischen Ozean verlief geschwind und fast ohne Zwischenfälle. Die beiden Schoner, die *Sprite* unter Mansurs Kommando und die *Revenge* unter Dorians, segelten im Konvoi und der Monsun umschmeichelte sie. Mansur erinnerte sich an Keysers Drohung, den holländischen Gouverneur in Trincomalee von ihren Untaten in der Kapkolonie zu unterrichten, weshalb sie um die Insel Ceylon einen großen Bogen machten und gleich zur Koromandelküste in Südostindien weitersegelten. So kamen sie dort an, bevor der Wind wechselte. Sie liefen die konkurrierenden Faktoreien der Engländer, Franzosen und Portugiesen an, ohne ihre wahre Identität zu offenbaren. Dorian und Mansur trugen arabische Kleidung und sprachen in der Öffentlichkeit stets nur Arabisch. In jedem Hafen machte sich Dorian zunächst ein genaues Bild vom derzeitigen Bedarf nach Elfenbein und richtete ihre Verkäufe danach ein, die Märkte nicht zu überfluten. Sie machten noch bessere Gewinne, als Tom sich ausgerechnet hatte. Mit den Schiffstruhen voller Silberrupien und Gold-Mohurs und immer noch einem Viertel ihres Elfenbeins an Bord, segelten sie wieder nach Süden, um die Südspitze Indiens herum, über die Palkstraße zwischen Ceylon und dem Festland hindurch und dann wieder nach Norden, die Westküste hinauf, bis sie vor den

Territorien des Großmoguls waren. In Bombay, wo die englische Ostindienkompanie ihren Hauptsitz hatte, und auf anderen Märkten des zerfallenden Mogulnreichs verkauften sie das restliche Elfenbein.

Dieses einst mächtige Imperium, das reichste und größte, das je auf dem indischen Subkontinent existiert hatte, war dem Untergang und der Auflösung geweiht, da nun geringere Herrscher als Babur und Akbar um die Herrschaft rangen. Trotz der politischen Wirren sorgte der neue persische Einfluss am Hof in Delhi für ein günstiges Handelsklima. Die Perser waren Kaufleute durch und durch und die Preise, die sie für Elfenbein zu zahlen bereit waren, übertrafen die, die sie in Koromandel erzielt hatten, bei weitem.

Dorian war nun in der Lage, die beiden Schiffe neu zu bewaffnen, ihre leeren Lagerräume mit Pulver und Kugeln zu füllen und so die Handelsschoner in kleine Schlachtschiffe zu verwandeln. Sie segelten nach Norden und ankerten vor Hyderabad, durch das der Indus in das Arabische Meer fließt. Dorian und Mansur gingen mit einem bewaffneten Trupp unter Batula an Land. Auf dem Hauptmarkt mieteten sie eine Kutsche und heuerten einen Dolmetscher an, der sie in einen der Außenbezirke der geschäftigen, ausgedehnten Stadt führte, zur Eisengießerei eines der berühmtesten Waffenschmiede im ganzen Pandschab – und damit ganz Indiens. Der Besitzer war ein Sikh von kaiserlicher Haltung, ein gewisser Pandit Singh.

Im Laufe der nächsten Wochen kauften Dorian und Mansur eine Batterie von Kanonen aus seinem Lager, zwölf für jedes Schiff. Sie suchten sich Geschütze mit relativ kleiner Bohrung aus, nur zwölf Zentimeter, bei über zwei Metern Rohrlänge, was sie zu sehr zielgenauen Waffen mit großer Reichweite machte, die neun Pfund schwere Eisenkugeln feuern konnten.

Dorian bestand darauf – sehr zum Missfallen von Pandit Singh, der es als Zweifel an seinem Handwerk auffasste –, jede der Kanonen abzufeuern, die sie ausgesucht hatten, um zu sehen, ob keine Materialfehler vorlagen. Zwei Läufe platzten beim ersten Schuss. Pandit Singh erklärte, das hätte nichts mit seiner Arbeit zu tun, sondern wäre auf den Einfluss eines *Goppa* zurückzuführen, der bösesten Art eines Schaitans.

Dorian gab bei örtlichen Zimmerleuten den Bau von Lafetten in Auftrag, die er selbst entwarf. Am Ende wurden die Kanonen auf ihren Fahrgestellen von Ochsengespannen zum Hafen gezogen und mit Leichtern auf die Schiffe geschafft. Pandit Singh goss mehrere Hundert Eisenkugeln für die neuen Kanonen sowie große Mengen Schrapnell und Kettenschrot. Er konnte ihnen auch die gewünschte Menge Schießpulver liefern, von bester Qualität, wie er persönlich garantierte. Dorian öffnete und prüfte jedes einzelne Fass und wies über die Hälfte zurück, bevor er den Rest an Bord bringen ließ.

Als Nächstes kümmerte er sich um die äußere Erscheinung der Flottille, was auf diesen Gewässern fast ebenso wichtig war wie die Bewaffnung. Er schickte Mansur an Land, um auf den Suks in Hyderabad mehrere Ballen des feinsten grünen und weinroten Segeltuchs zu erfeilschen, aus denen sie dann prächtige Segel nähen ließen, als Ersatz für die verblichenen und verwitterten alten Exemplare. Die Näher der Suks wurden auch beauftragt, die Mannschaften der Schoner mit weiten Baumwollhosen und Jacken auszustatten, passend zu den neuen Segeln. Das Ergebnis war eindrucksvoll.

So nah bei Oman brodelte in Hyderabad die Gerüchteküche, was die politische und militärische Lage im Kalifat anging. Zu den Verhandlungen mit den Händlern gehörte, dass sie mit ihnen Kaffee tranken und sich ihren Klatsch anhörten. So erfuhr Dorian, dass die Revolutionsjunta noch in Maskat herrschte, während Kalif Zayn al-Din seine Macht auf Lamu und Sansibar und in allen anderen Häfen des omanischen Reiches konsolidiert hatte. Jeder erzählte ihm, Zayn plane einen Angriff auf Maskat, um die Junta zu überwältigen und seinen verlorenen Thron zurückzuerobern. Dabei könne er sich auf die Hilfe der englischen Ostindienkompanie und der Heiligen Pforte in Konstantinopel stützen, dem Sitz der ottomanischen Herrscher.

Dorian bekam auch heraus, wer die neuen Machthaber in Maskat waren. Es war ein Rat der Zehn und Dorian kannte fast jeden der Namen. Es waren Männer, mit denen er Brot und Salz gegessen hatte und vor Jahren in die Schlacht geritten war. Als sie endlich bereit waren, wieder in See zu stechen, fühlte er sich wie im Himmel.

Sie nahmen jedoch nicht sofort Kurs nach Maskat, das keine siebenhundert Meilen entfernt war, den Wendekreis des Krebses entlang durch den Golf von Oman. Stattdessen segelten sie gerade außer Sichtweite der Küste hin und her und drillten die Mannschaften im Gebrauch der neuen Kanonen. Dorian ließ sie Salve um Salve feuern, bis die Männer fast so schnell und geschickt waren wie die Kanonencrews einer britischen Fregatte.

Die Flottille sah eindrucksvoll aus, als sie schließlich in den Hafen von Maskat segelte, mit blitzsauberen Royalsegeln und frisch uniformierten Mannschaften auf den Rahen. An der Mastspitze wehte die goldblaue Flagge von Oman. Dorian befahl, die Toppsegel zu streichen und die neuen Kanonen feuerten Salutschüsse ab. Die Kanonencrews fanden solches Gefallen am Klang ihrer Geschütze, dass sie erst aufhörten, das gute Pulver zu verschwenden, als die Offiziere ihnen mit Seilenden zuzusetzen begannen.

All dies sorgte an Land für große Aufregung. Dorian beobachtete durch sein Teleskop, wie die Boten am Ufer hin und her liefen und die Kanoniere herbeigerannt kamen, um ihre Stellungen an den Batterien auf den Stadtmauern einzunehmen. Er wusste, nun galt es zu warten, bis die Junta entschied, wie sie auf die Ankunft dieser eigenartigen Flottille von Kriegsschiffen reagieren sollte.

Mansur ließ das Beiboot ab und ließ sich zu seinem Vater hinüberrudern. Danach standen sie zusammen an der Reling der *Revenge* und schauten zu den Schiffen hinaus, die im inneren Hafen ankerten. Besonders interessant war ein schmucker Dreimaster, über dessen Toppsegel der Union Jack flatterte, zusammen mit der Fahne des Generalkonsuls seiner britannischen Majestät. Zuerst dachten sie, ein so feines Schiff müsse der englischen Ostindienkompanie gehören, doch ein verblichener blauer Wimpel bewies, dass es eine Privatyacht war, wie die *Revenge* und die *Sprite*. «Natürlich», erinnerte sich

Dorian, «die Ostindienkompanie kann sich nicht im Hafen von Maskat zeigen, da sich ihre Statthalter auf Sansibar offen auf Zayn al-Dins Seite geschlagen haben. Ein reicher Yachtbesitzer also. Das hübsche Spielzeug muss ihn mindestens fünftausend Pfund gekostet haben.» Er entzifferte den Namen am Bug. «*Arcturus.*»

Die Offiziere in ihren blauen Jacken an Bord der *Arcturus* schienen ebenso interessiert und richteten ihre Teleskope auf die beiden Courtney-Schoner. Die meisten der Männer schienen Inder oder Araber zu sein, dunkelhäutig und bärtig. Dorian erkannte den Kapitän an seinem eckigen Hut und den Goldschnüren an seinen Manschetten. Er war die Ausnahme, ein rotgesichtiger, glatt rasierter Europäer. Mansur schwenkte sein Fernrohr auf den Bug zu und hielt plötzlich inne. «Sie haben weiße Frauen an Bord.»

Zwei vornehme Damen spazierten die Reling entlang, in Begleitung eines modisch gekleideten Mannes in Gehrock und Stehkragen. Er trug einen hohen, schwarzen Hut und einen Stock mit Goldknauf, mit dem er gerade irgendeinen Punkt zu unterstreichen schien, den er seinen beiden Begleiterinnen zu verdeutlichen suchte.

«Da hast du deinen reichen Yachtbesitzer», sagte Mansur. «Ein Dandy. Er scheint sehr zufrieden mit sich zu sein.»

«Das kannst du alles sagen, aus dieser Entfernung?» Dorian lächelte und betrachtete den Mann selbst etwas genauer. Natürlich war es höchst unwahrscheinlich, dass er ihn schon einmal gesehen hatte, doch irgendetwas kam ihm auf einmal eigenartig bekannt vor.

«Siehst du, wie er daherstolziert?», lachte Mansur leise. «Wie ein Pinguin mit einer brennenden Kerze im Hintern. Das Puddinggesicht neben ihm, dieser Berg von Rüschen und Spitzen, ist bestimmt seine Frau. Was für ein Paar ...» Er stockte. Dorian senkte sein Teleskop und betrachtete seinen Sohn. Mansur hatte die Augen zu Schlitzen verengt und seine sonnengebräunte Wange war plötzlich deutlich dunkler. Dorian hatte seinen Sohn selten erröten gesehen, doch genau das schien gerade zu geschehen. Er hob sein Teleskop wieder ans Auge und studierte die zweite Frau, die offenbar die Ursache für die Veränderung war, die er an Mansur bemerkt hatte. Sie war eher noch ein Mädchen als eine Frau, dachte er, wenngleich sie recht hoch gewachsen war. Die Wespentaille bedeutete vielleicht nur, dass sie eines dieser teuren französischen Korsetts trug, doch immerhin. Ihre Haltung war elegant und ihr Gang geschmeidig. «Und was hältst du von der anderen?», fragte er seinen Sohn.

«Wen meinst du?» Mansur spielte den Gleichgültigen.

«Die Bohnenstange in dem kohlfarbenen Kleid.»

«Sie ist keine Bohnenstange und das Kleid ist smaragdgrün», fauchte Mansur, bevor ihm aufging, dass sein Vater ihn aufzog. «Nicht, dass das eine Rolle spielte.»

Dem Mann in dem hohen Hut schien es nicht zu gefallen, dass die Fremden ihn so offen durch ihre Teleskope anstarrten. Er legte einen Arm um seine dickliche Begleiterin und führte sie zur Steuerbordreling der *Arcturus*, außer Sicht. Das Mädchen in dem grünen Kleid blieb stehen und blickte zu ihnen herüber.

Mansur war fasziniert. Der Strohhut hatte ihren Teint offenbar vor der Tropensonne geschützt, sodass die Haut nicht braun, sondern eher pfirsichrosa war. Er war zu weit weg, um alle Einzelheiten erkennen zu können, doch ihre Züge waren fein und ebenmäßig. Ihr hellbraunes Haar war in einem Netz zusammengehalten, das ihr auf den Schultern lag, dick und schimmernd. Ihre Stirn war hoch und ihr Blick ruhig und intelligent. Mansur war atemlos. Er wünschte, er könnte die Farbe ihrer Augen ausmachen. Schließlich warf sie irritiert den Kopf herum, raffte ihre Röcke zusammen und folgte dem älteren Paar zur anderen Seite des Schiffes.

Mansur senkte enttäuscht sein Teleskop.

«Die Vorstellung ist für diesmal vorüber», sagte Dorian. «Ich gehe unter Deck. Ruf mich, wenn sich irgendetwas tut.»

Es verging eine Stunde, bevor Mansur durch das Oberlicht der Heckkabine rief: «Ein Boot ist dabei, vom Palastpier abzulegen.»

Es war eine kleine Feluke mit einem einzelnen Lateinersegel. Die Mannschaft bestand aus sechs Leuten und in den Heckschoten schien ein Passagier zu sitzen. Er trug ein schneeweißes Gewand, einen Turban und einen Krummsäbel in einer goldenen Scheide. Als sie näher kamen, sah Dorian den großen Rubin an seinem Turban funkeln. Er hatte offenbar einen wichtigen Mann vor sich.

Die Feluke kam längsseits und einer der Matrosen machte an den Leinen der *Revenge* fest. Nach einer Weile kam der Besucher durch die Eingangspforte an Deck. Er war wahrscheinlich etwas älter als Dorian. Er hatte die scharfen, harten Züge der Wüstenstämme und den offenen, direkten Blick eines Mannes, der es gewohnt war, zu fernen Horizonten zu schauen. Nun kam er mit langen, geschmeidigen Schritten auf Dorian zu.

«Friede sei mit dir, bin-Shibam», begrüßte Dorian ihn auf die gewohnte Weise, wie Waffenbrüder einander begrüßen. «Es ist viele Jahre her, dass du an meiner Seite im Pass der klugen Gazelle gekämpft und jeden Feind abgewehrt hast.»

Der hoch gewachsene Krieger erstarrte und blickte Dorian an.

«Ich sehe, Gott war dir wohl gesonnen. Du bist noch so stark wie ein junger Mann. Führst du immer noch die Lanze gegen den Tyrannen und Vatermörder?», fuhr Dorian fort.

Der Krieger schrie auf, kam herbeigeeilt und warf sich Dorian zu Füßen. «Al-Salil! Oh wahrer Prinz des Königshauses des Kalifen Abd Muhammad al-Malik! Gott hat unsere inbrünstigen Gebete erhört. Die Prophezeiung des Mullah al-Allama hat sich erfüllt. Du bist zu deinem Volk zurückgekehrt, gerade rechtzeitig, im Augenblick großen Kummers, wo wir dich am meisten brauchen!»

Dorian zog bin-Shibam hoch und umarmte ihn. «Was machst du alter Wüstenadler an den Fleischtöpfen der Stadt?» Er hielt ihn von sich und betrachtete ihn. «Du siehst aus wie ein Pascha, dabei warst du einmal ein Scheich der Saar, des tapfersten Stammes in ganz Oman.»

«Mein Herz sehnt sich nach der offenen Wüste, al-Salil, und nach dem Gefühl, ein Kamel unter mir zu haben», gestand bin-Shibam. «Stattdessen verbringe ich nun meine Zeit in endlosen Debatten, wo ich doch über das Schlachtfeld reiten und die Lanze führen sollte.»

«Komm, alter Freund.» Dorian führte ihn zu seiner Kabine. «Lass uns irgendwohin gehen, wo wir offen reden können.»

In der Kabine ließen sie sich von einem Diener winzige Messingtassen mit süßem, starkem Kaffee servieren.

«Zu meinem Kummer und Unbehagen gehöre ich nun zum Kriegsrat der Junta. Wir sind zehn, einer von jedem der zehn Stämme von Oman. Seit wir dieses blutrünstige Ungeheuer Zayn al-Din vom Elefantenthron vertrieben haben, sitze ich hier in Maskat und rede, bis mir die Kiefer schmerzen.»

«Erkläre mir, worum es geht in diesen Gesprächen», bat ihn Dorian, und über die nächsten Stunden bestätigte bin-Shibam fast alles, was er schon aus anderen Quellen erfahren hatte.

Der Scheich erzählte davon, wie Zayn al-Din alle Erben und Nachfahren von Dorians Adoptivvater, Kalif al-Malik, hatte ermorden lassen. Er wusste auch von vielen anderen unaussprechlichen Schandtaten zu berichten, die Zayn an seinem Volk begangen hatte. «Und dann, im Namen Gottes, erhoben sich die Stämme gegen seine Tyrannei. Wir stellten seine Schergen auf dem Schlachtfeld und triumphierten über sie. Zayn al-Din floh aus der Stadt und entkam zur Fieberküste. Wir hätten unseren Feldzug gegen ihn fortsetzen sollen, doch dann konnten wir uns nicht einigen, wer uns führen sollte. Es gab keine überlebenden Erben des wahren Kalifen mehr.» An dieser Stelle verbeugte sich bin-Shibam vor Dorian. «Gott vergebe uns, al-Salil, aber wir wussten nicht, wo du warst. Erst in den letzten beiden Jahren haben wir Gerüchte gehört, du wärst noch am Leben. Wir haben Boten zu jedem Hafen am Indischen Ozean ausgesandt, um dich zu finden.»

«Ich habe euer Flehen gehört, wenn auch nur leise und fern, und nun bin ich gekommen, mich euch anzuschließen.»

«Gotte möge dich dafür segnen, denn unsere Lage ist kritisch. Jeder der zehn Stämme will seinen eigenen Scheich auf dem Elefantenthron sehen. Zayn ist mit dem größten Teil der Flotte entkommen, sodass wir ihm nicht nach Sansibar folgen konnten. Während wir redeten und redeten, wurden wir immer schwächer und Zayn al-Din immer stärker. Er eroberte die Häfen am afrikanischen Festland und massakrierte alle, die uns dort unterstützten.»

«Es ist die erste Regel in jedem Krieg, deinem Feind niemals die Zeit zu geben, seine Kräfte zu sammeln», erinnerte Dorian ihn.

«Es kommt noch schlimmer, al-Salil: Zayn hat mächtige Verbündete für sich gewonnen.» Bin-Shibam ging zum Kabinenfenster und öffnete die Vorhänge. «Dort siehst du einen von ihnen, der in seiner Arroganz zu uns gekommen ist und sich als Friedensstifter ausgibt, obwohl er in Wirklichkeit eine tödliche Drohung bringt.» Er zeigte auf die *Arcturus*, die im inneren Hafen vor Anker lag.

«Erzähle, wer ist der weiße Mann an Bord dieses Schiffes?»

«Er ist der Repräsentant des englischen Monarchen, sein Generalkonsul für den Orient, einer der mächtigsten Männer auf diesen Meeren. Er sagt, er sei hier, um zwischen uns und Zayn al-Din zu vermitteln, doch wir kennen ihn gut, sein Ruf eilt ihm voraus. Er handelt mit Nationen, Armeen und Kriegswaffen, wie andere mit Teppichen handeln. Er unternimmt geheime Missionen zwischen den Palästen der Ostindienkompanie in Bombay und dem Hofe des Großmoguls in Delhi, vom Busen der Heiligen Pforte zum kaiserlichen Kabinett in Peking, und sein Reichtum scheut keinen Vergleich mit dem all der Herrscher, mit denen er verkehrt. Er hat ihn angehäuft, indem er mit Macht und Krieg handelte, mit dem Leben von Menschen.» Er breitete hilflos die Arme aus. «Wie sollen wir Söhne der Wüste es mit einem solchen Mann aufnehmen?»

«Kennt ihr die Bedingungen, die er stellen wird?»

«Wir haben uns noch nicht mit ihm getroffen. Wir haben versprochen, ihn zu Beginn des Ramadan zu empfangen, doch wir fürchten den Tag. Wir wissen, der Vertrag, den er uns anbieten wird, kann nur zu unserem Schaden sein.» Er kniete wieder vor Dorian. «Vielleicht haben wir im Herzen die ganze Zeit darauf gewartet, dass du zu uns zurückkommst und uns in die Schlacht führst, wie du es schon so oft getan hast. Bitte erlaube mir, zum Rat zurückzugehen und den Scheichs zu sagen, wer du bist und warum du gekommen bist.»

«Geh, alter Freund. Sage ihnen, al-Salil wünscht zu dem Rat zu sprechen.»

Es war erst tief in der Nacht, als bin-Shibam wiederkam und sich vor Dorian zu Boden warf. «Ich wäre früher gekommen, doch der Rat wollte nicht, dass der englische Konsul dich an Land gehen sieht. Die Scheichs haben mich beauftragt, dich ihres tiefsten Respekts und, um deines Vaters willen, ihrer Treue zu deiner Familie zu versichern. Sie erwarten dich nun im Thronsaal des Palastes. Bitte folge mir. Ich werde dich zu ihnen bringen.»

Dorian überließ Mansur das Kommando über die Flottille. Er wickelte sich in einen Kamelhaarumhang und folgte bin-Shibam in die Feluke. Auf dem Weg zum Palastpier fuhren sie dicht an der *Arcturus* vorbei. Der Kapitän war an Deck. Dorian sah sein Gesicht im Licht der Kompasslaterne. Als er seine Befehle an die Wachoffiziere rief, hörte Dorian den deftigen Dialekt Westenglands, der ihm nun eigenartig fremd vorkam.

Auf der Steinmole wurden sie von Wachsoldaten empfangen. Sie führten Dorian durch ein schweres, schmiedeeisernes Tor und eine Wendeltreppe hinauf, durch ein Labyrinth enger Gänge mit rauchenden Fackeln an den massiven Steinwänden. Es roch nach Schimmel und Ratten. Schließlich standen sie vor einer schweren Holztür. Die Soldaten klopften mit ihren Lanzen dagegen und die Tür schwang auf. Dahinter lagen breitere, lichtere Korridore mit hohen, gewölbten Decken. Der Boden war mit Binsenmatten bedeckt, die Wände mit feinen Seiden- und Wollteppichen behangen. Schließlich kamen sie zu einer großen Flügeltür, vor der gepanzerte Krieger Wache standen. Sie kreuzten ihre Lanzen vor ihnen.

«Wer ist es, der Eintritt sucht zum Kriegsrat von Oman?»

«Prinz al-Salil ibn al-Malik.»

Die Wachen traten beiseite und verbeugten sich tief. «Geht durch, Hoheit. Der Rat erwartet Euch.»

Die Tür schwang auf, sehr langsam, mit quietschenden Scharnieren, und Dorian trat in den Saal, der dahinter lag. Der Raum war von unzähligen kleinen Porzellanlampen erleuchtet, mit in duftendem Öl treibenden Dochten. Um einen niedrigen Tisch saß ein Kreis vornehm gekleideter Männer. Die Tischplatte war aus purem Silber, verziert mit geometrischen Mustern, die einzigen Bilder, die in islamischer Kunst erlaubt waren. Die Männer erhoben sich, sobald Dorian vor ihnen stand. Einer von ihnen trat vor, zweifellos der Älteste und Erhabenste in diesem Rat. Sein Bart schimmerte weiß und sein Gang verriet sein hohes Alter. Er blickte Dorian ins Gesicht.

«Gott segne dich, Mustafa Zindara», begrüßte Dorian ihn, «Ich kenne dich. Du warst ein loyaler Berater meines Vaters.»

«Er ist es! In Gottes Namen, er ist es wirklich!», rief der alte Mann. Er warf sich vor Dorian zu Boden und küsste den Saum seines Gewandes. Dorian half ihm auf und umarmte ihn.

So traten sie einer nach dem anderen vor und Dorian begrüßte die meisten beim Namen, fragte nach der Familie und sprach von den Wüstenritten, die sie zusammen unternommen, und den Schlachten, die sie gemeinsam geschlagen hatten.

Jeder der Männer nahm dann eine der Lampen. Sie führten Dorian den langen Saal hinunter. Als sie fast am anderen Ende waren, erschien etwas Hohes, Großes vor ihnen im Lampenschein, schimmernd wie Perlmutt. Dorian wusste, was es war. Das letzte Mal, als er es gesehen hatte, hatte sein Vater darauf gesessen.

Sie führten Dorian die Stufen hinauf und setzten ihn auf die Tigerfelle und mit Gold- und Silberfäden bestickten Seidenkissen, mit denen die oberste Plattform des hohen Monuments bedeckt war. Es war dreihundert Jahre zuvor aus dem Elfenbein von einhundertfünfzig großen Stoßzähnen geschnitzt worden: der Elefantenthron des Kalifats von Oman.

DIE TAGE UND WOCHEN verbrachte Dorian von früh am Morgen bis nach Mitternacht in Konferenz mit seinen Ratgebern und Ministern. Sie klärten ihn über alles auf, was in seinem Königreich vor sich ging, von der Stimmung unter der Stadtbevölkerung und den Wüstenstämmen bis zum Zustand der Staatsfinanzen, der Flotte und der Armee. Sie mussten ihm eröffnen, dass der Handel praktisch zusammengebrochen war, und ihm das politische Dilemma erklären, mit dem sie sich konfrontiert sahen.

Dorian begriff bald, in welch verzweifelter Notlage sie sich befanden. Was von der Flotte, die Oman einmal zu einer großen Seefahrernation gemacht hatte, noch übrig war, war mit Zayn al-Din zur Fieberküste gesegelt. Viele der Stämme hatten es angesichts des endlosen Zauderns des Rates schließlich aufgegeben ihre Schwadronen hatten sich wie Morgennebel aufgelöst. Die Schatzkammern waren fast leer. Zayn hatte sie vor seiner Flucht gründlich ausgeräumt.

Dorian hörte zu und gab seine Befehle, knapp und direkt, als hätte er nie das Kommando aufgegeben. Sein Ansehen als politisches und militärisches Genie verzehnfachte sich in den Geschichten, die man sich auf den Straßen der Hauptstadt erzählte. Er war ein schöner Mann von aristokratischer Erscheinung und natürlicher Autorität und seine Zuversicht wirkten ansteckend. Was von der Staatskasse übrig war, machte er unantastbar, die längst fälligen Ausgaben finanzierte er mit Staatsanleihen. Er übernahm die Kornsilos, rationierte die Lebensmittelversorgung und bereitete die Stadt für die Belagerung vor.

Er schickte die schnellsten Kamelreiter mit Botschaften zu den Scheichs der Wüstenstämme, und als diese Scheichs nach Maskat kamen, um ihm ihre Treue zu schwören, ritt er ihnen entgegen und schickte sie zurück, damit sie ihre Heere aufstellen konnten.

Angespornt durch sein Beispiel, machten sich seine Offiziere mit neuer Energie daran, die Verteidigung der Stadt zu planen. Diejenigen, die offenbar unfähig waren, ersetzte er durch Männer, deren Qualitäten er kannte und denen er vertrauen konnte.

Als er die Befestigungen der Stadt inspizierte, war er stets von jubelnden Massen umgeben. Die Väter hielten ihre Kinder hoch, damit sie den legendären al-Salil sehen konnten, und berührten sein Gewand, wenn er vorbeiritt.

Dreimal sandte Dorian Depeschen an die *Arcturus*, in denen er den Konsul um Geduld bat, mit der Entschuldigung, er habe erst so kürzlich den Thron des Kalifen bestiegen, dass er sich noch nicht mit den Staatsgeschäften habe vertraut machen können. Er schob das unvermeidliche Treffen so lange auf, wie es eben möglich war, denn mit jedem Tag Verzögerung wurde seine Position ein wenig stärker.

Schließlich legte ein Boot von der *Arcturus* am Palastpier an. Es brachte einen Brief vom englischen Generalkonsul, geschrieben in wunderbar fließender arabischer Schrift. Mansur meinte, die Hand einer Frau zu erkennen. Er hatte gar das Gefühl, er wüsste, wessen Hand es war. Der Brief war nicht an den Kalifen adressiert, sondern an den derzeitigen Präsidenten des Revolutionsrats von Oman, ohne Dorians Existenz oder seinen Titel, Kalif al-Salil ibn al-Malik, anzuerkennen, obwohl der englische Konsul inzwischen bestimmt durch seine Spione erfahren hatte, was in der Stadt vor sich ging.

Der brüske Brief verzichtete auf jeden Anschein blumiger Diplomatie. Der Generalkonsul Seiner Majestät bedauerte, dass der Rat sich nicht in der Lage gesehen habe, ihm eine Audienz zu gewähren. Andere, dringendere Angelegenheiten zwängen ihn, in naher Zukunft nach Sansibar zu segeln, und er sei nicht sicher, wann er wieder nach Maskat kommen könne.

Dorian ließ sich durch die nur leicht verhüllte Drohung nicht aus der Ruhe bringen. Was ihn jedoch verblüffte, war die Unterschrift, mit der die Depesche unterzeichnet war. Er gab den Brief ohne ein Wort an Mansur zurück und zeigte auf den in Englisch geschriebenen Namen und die Unterschrift unter dem Brief.

«Er hat denselben Familiennamen wie wir», erkannte Mansur verblüfft. «Sir Guy Courtney.»

«Ja, derselbe Name», Dorian war immer noch bleich und angespannt von dem Schock, «und dasselbe Blut. In dem Augenblick, als ich ihn durch das Teleskop sah, dachte ich, er kommt mir irgendwie bekannt vor. Er ist Toms Zwillingsbruder und mein Halbbruder.

«Warum habt ihr ihn nie erwähnt?», beschwerte sich Mansur. «Ich verstehe das Ganze nicht.»

«Es gibt gute Gründe, warum du noch nicht von Guy Courtney gehört hast. Niemand kann die grässlichen Untaten, die in unserer Familie vorgefallen sind, jemals ungeschehen machen.»

«Könntest du mich wenigstens jetzt aufklären?», bat Mansur.

Dorian schwieg eine Weile, bevor er seufzte: «Es ist eine traurige Mär von Verrat und Betrug, Eifersucht und bitterem Hass.»

«Erzähle, Vater», forderte Mansur ruhig, aber bestimmt.

Dorian nickte. «Ja, ich muss es dir jetzt erzählen, obwohl es mir keine Freude bereitet, diese schrecklichen Dinge noch einmal zu durchleben.» Er griff nach der Wasserpfeife und sprach erst wieder, als der Tabak in der Schale glühte und blauer Rauch durch das parfümierte Wasser der Glaskugel blubberte.

«Es ist jetzt über dreißig Jahre her, seit Tom, Guy und ich in Plymouth zum Kap der Guten Hoffnung aufbrachen. Wir segelten mit deinem Großvater Hal auf der alten *Seraph*. Ich war das Baby unter den Brüdern, kaum zehn Jahre alt, doch Tom und Guy waren fast erwachsen. Es war noch eine andere Familie an Bord. Sie waren unsere Passagiere auf dem Weg nach Bombay, wo Mr Beatty, so hießen die Leute, einen hohen Posten in der Ostindienkompanie einnehmen sollte. Er hatte seine Töchter bei sich. Das älteste Mädchen war Caroline, sechzehn Jahre alt, wunderhübsch und – sehr gefährlich.»

«Du sprichst doch nicht etwa von der Dicken, die wir an Deck der *Arcturus* gesehen haben?», rief Mansur aus.

«Doch, es scheint so», nickte Dorian. «Aber ich versichere dir, damals war sie wirklich entzückend. Die Zeit ändert alles.»

«Vergib mir Vater, ich hätte dich nicht unterbrechen sollen. Du wolltest mir gerade von den anderen Töchtern erzählen.»

«Die Jüngste war Sarah, ein liebes, entzückendes Kind.»

«Sarah?» Mansur traute seinen Ohren nicht.

«Ich weiß, was du denkst, und du vermutest richtig: Ja, das ist jetzt deine Tante Sarah. Kaum hatte die *Seraph* den Hafen von Plymouth verlassen, verliebte sich Guy unsterblich in Caroline. Sie hatte dagegen nur Augen für Tom, ich meine, sie war zu allem bereit, und du kennst deinen Onkel Tom: Er fand nichts Schlechtes dabei, ihr den Gefallen zu tun. Na ja, er putzte ihr kräftig das Rohr, stocherte in ihrem Kamin, dass die Balken wackelten, und schob schließlich einen großen Kuchen in ihren heißen kleinen Ofen.»

«Vater!», lächelte Mansur. «Ich bin erschüttert. Woher kennst du nur all diese schlimmen Ausdrücke?»

«Vergib mir, wenn ich deine zarten Gefühle verletzt habe, aber so war Tom eben. Guy war außer sich vor Zorn, als er das Objekt seiner Liebe und Hingabe so behandelt sah, und forderte ihn zu einem Duell. Tom war schon damals ein ausgezeichneter Fechter – ganz im Gegensatz zu Guy. Tom wollte seinen Bruder nicht umbringen, doch andererseits wollte er auch nichts mehr mit dem Kuchen zu tun haben, den Caroline dabei war zu backen. Für Tom war es nichts als ein bisschen Spaß gewesen. Ich war damals nur ein Kind. Ich wusste nicht genau, was vor sich ging, aber an den Sturm, der die Familie dann erschütterte, kann ich mich noch sehr gut erinnern. Unser Vater verbot das Duell, zu Guys Glück.»

Dorian versuchte es hinter seiner oberflächlichen Sprache zu verbergen, doch Mansur entging nicht, wie sehr er litt, wenn er an diese schlimmen Ereignisse zurückdachte. Er schwieg aus Respekt vor den Gefühlen seines Vaters.

Schließlich fuhr Dorian fort: «Am Ende mussten wir uns dann von Guy trennen. Als wir am Kap der Guten Hoffnung ankamen, heiratete er Caroline und machte Toms Kind damit legitim. Er ging nach Indien und seitdem habe ich ihn nicht mehr gesehen – bis wir ihn und Caroline an Deck der *Arcturus* entdeckten.» Er schwieg wieder und saß brütend in seiner blauen Tabakrauchwolke.

«Doch das war nicht das Ende der Geschichte. Sein Schwiegervater griff ihm in Bombay kräftig unter die Arme und mit seiner Hilfe stieg Guy schnell zum Rang eines Konsuls auf. Als ich im Alter von zwölf Jahren in die Hände der Sklavenhändler fiel, ging Tom zu Guy und bat ihn um Hilfe, mich zu finden und zu befreien. Guy weigerte sich und versuchte, Tom verhaften zu lassen, wegen Mord und anderer Verbrechen, die er nicht begangen hatte. Tom musste fliehen, doch inzwischen hatte er sich in Sarah verliebt, über die Guy damals Vormundschaft hatte. Sarah floh mit Tom, was Guys

Hass auf ihn nur noch mehr anfachte. Sir Guy Courtney mag mein Bruder sein, doch nur dem Namen nach. In Wirklichkeit ist er ein erbitterter Feind, der sich nun sogar mit Zayn al-Din verbündet hat. Aber jetzt genug davon. Ich brauche deine Hilfe. Wir müssen einen Antwortbrief an ihn aufsetzen.»

Sie gaben sich große Mühe mit diesem Brief. Sie verfassten ihn in arabischem Stil, voller blumiger Komplimente und Beteuerungen ihres guten Willens. Dorian entschuldigte sich darin wortreich für die unbeabsichtigte Beleidigung, die Sir Guy von ihm erfahren hatte, und drückte seinen tiefen Respekt für die Macht und Würde des Generalkonsuls aus. Schließlich bat er ihn, den Ort und die Zeit für eine Audienz mit dem Kalifen selbst zu wählen, möglichst bei nächster Gelegenheit, wenn es dem Generalkonsul genehm wäre.

«Ich würde selbst zur *Arcturus* hinausfahren, aber das verbietet natürlich das diplomatische Protokoll. Du musst die Botschaft überbringen. Was immer du tust, er darf nicht ahnen, dass wir Blutsverwandte sind oder dass du Englisch sprichst. Du musst versuchen herauszufinden, was er denkt und was er vorhat. Frag ihn, ob wir sein Schiff mit Wasser, Fleisch oder frischem Obst und Gemüse versorgen sollen. Biete ihm und seiner Mannschaft die Freiheit und Gastfreundschaft der Stadt an. Wenn sie an Land kommen, werden unsere Spione in der Lage sein, Neuigkeiten und Information aus ihnen herauszuholen. Wir müssen ihn hier so lange aufhalten, wie wir können, bis wir bereit sind, Zayn al-Din entgegenzutreten.»

Mansur kleidete sich sorgfältig für den Besuch, wie es sich für den ältesten Sohn des Kalifen von Oman gehörte. Er trug den grünen Turban der Gläubigen, mit einer Smaragdnadel darin, einer der wenigen Edelsteine, die in den Schatzkammern nach Zayn al-Dins Plünderungen noch zu finden gewesen waren. Über einem weißen Gewand trug er eine mit Goldfaden bestickte Kamelhaarweste. Seine Sandalen, Schwertgurt und -scheide waren mit feiner Einlegearbeit von den Goldschmiedemeistern der Stadt verziert.

Als Mansur die Leiter zum Deck der *Arcturus* heraufkam,

schimmerte sein roter Bart in der Sonne. Er gab eine so prachtvolle Erscheinung ab, dass der Kapitän und seine Offiziere ihn minutenlang angafften, bevor sie sich erholten.

«Willkommen, Sir, ich bin Captain William Cornish, Kapitän dieses Schiffes.» Das Arabisch des Kapitäns war primitiv und litt unter einem schweren Akzent. «Darf ich fragen, mit wem ich die Ehre habe?» Sein großes, rotes Gesicht funkelte geradezu in der Sonne. Es hatte ihm den Namen «Ruby» Cornish eingebracht, wie man ihn in der ganzen Flotte der englischen Ostindienkompanie nannte.

«Ich bin Prinz Mansur ibn al-Salil al-Malik», antwortete Mansur in fließendem Arabisch, wobei er zum Gruß Herz und Lippen berührte. «Ich komme als Gesandter meines Vaters, des Kalifen. Ich habe die Ehre, eine Botschaft für seine Exzellenz, den Generalkonsul Seiner britannischen Majestät, zu überbringen.»

Ruby Cornish fühlte sich offenbar nicht wohl in seiner Haut. Er konnte Mansurs Worten nur mit Mühe folgen. Außerdem hatte er strikten Befehl, irgendwelche Titel, auf die diese omanischen Rebellen Anspruch erheben mochten, auf keinen Fall anzuerkennen.

«Sagen Sie Ihren Leuten bitte, sie sollen im Boot bleiben», sagte der Captain. Mansur entließ seine Männer mit einer Geste und Cornish fuhr fort. «Wenn Sie mir bitte folgen wollen, Sir.» Er führte Mansur nach mittschiffs, wo ein Stück Oberdeck mit einem Sonnensegel abgedeckt war. Sir Guy Courtney saß in einem bequemen, mit Leopardenfell bezogenen Sessel. Sein Dreispitzhut lag vor ihm auf dem Tisch, sein Schwert hielt er zwischen den Knien. Er machte keine Anstalten, sich zu erheben, als Mansur näher kam. Er trug eine burgunderrote Jacke aus feinem Wolltuch mit Knöpfen aus massivem Gold und einen hohen Stehkragen. Seine Schuhe hatten abgehackte Spitzen und silberne Schnallen. An den Beinen trug er weiße Seidenkniestrümpfe mit Strumpfhaltern in demselben Rot wie die Jacke und eine enge weiße Kniehose mit einem Latz, der seine Männlichkeit betonen sollte. Dazu trug er die Schärpen und Sterne des Hosenbandordens und verschiedene orientalische Orden.

«Ich fühle mich geehrt, dass Ihr mich zu empfangen geruht, Exzellenz», begrüßte Mansur ihn höflich.

Guy Courtney schüttelte irritiert den Kopf. Mansur wusste, er hatte Toms Zwillingsbruder vor sich. Der Konsul musste also Ende vierzig sein, doch er sah jünger aus. Sein Haar war dünn und die Stirn unnatürlich hoch, doch er war immer noch schlank. Er hatte allerdings schwere, leberfarbene Säcke unter den Augen und einer seiner Frontzähne war dunkel verfärbt. Sein Gesichtsausdruck war säuerlich und unfreundlich. «Meine Tochter wird für mich übersetzen», sagte er auf Englisch und zeigte auf das Mädchen, das hinter seinem Stuhl stand. Mansur tat, als verstände er kein Wort. Er war ihrer Anwesenheit nur zu gewahr, seit dem Augenblick, als er die Yacht betreten hatte, doch nun stand er zum ersten Mal direkt vor ihr.

Er hatte große Mühe, einen neutralen Gesichtsausdruck zu bewahren. Das Erste, was er an ihr bemerkte, waren die großen, grünen Augen, so lebhaft und forschend, mit makellosem Weiß und langen, dichten Wimpernbögen.

Mansur riss seinen Blick von ihr los und sprach zu Sir Guy: «Vergebt mir meine Ignoranz, aber ich spreche nicht Englisch», entschuldigte er sich. «Ich habe nicht verstanden, was Eure Exzellenz sagte.»

Das Mädchen sprach wunderbares klassisches Arabisch, so gut, dass die Worte wie Musik klangen. «Und mein Vater spricht kein Arabisch. Mit Ihrer Erlaubnis werde ich für ihn dolmetschen.»

Mansur verbeugte sich noch einmal. «Mein Kompliment, meine Dame, Sie beherrschen unsere Sprache mit höchster Perfektion. Ich bin Prinz Mansur ibn al-Salil al-Malik. Ich komme als Bote meines Vaters, des Kalifen.»

«Ich bin Verity Courtney, die Tochter des Generalkonsuls. Mein Vater heißt Sie an Bord der *Arcturus* willkommen.»

«Der Besuch des Gesandten eines so mächtigen Monarchen und eines so berühmten Volkes ehrt uns zutiefst.» Sie tauschten noch eine Weile Komplimente und Respektbezeugungen aus, wobei es Verity Courtney geschickt vermied, irgendwelche königlichen Titel oder Anreden zu benutzen. Sie schätzte ihn ebenso sorgfältig ab, wie er es mit ihr tat. Sie war viel hübscher, als sie durch die Linsen des Teleskops gewirkt hatte. Ihre Haut war ganz leicht gebräunt, sonst aber von perfekter englischer Reinheit. Ihre Züge waren entschlossen, ohne dabei hart zu wirken. Ihr Hals war lang und grazil. Ihr höfliches Lächeln betonte den großen Mund und die vollen Lippen. Ihre beiden oberen Frontzähne standen leicht schräg, doch dieser kleine Makel machte sie nur noch faszinierender.

Mansur fragte, ob sie irgendetwas bräuchten, womit er sie versorgen könnte, und Sir Guy sagte zu Verity: «Uns wird das Trinkwasser allmählich knapp, aber das braucht er nicht zu wissen.»

Sie sagte daraufhin: «Ein Schiff kann immer Wasser gebrauchen, Effendi. Es ist nicht dringend, aber mein Vater würde Ihre Großzügigkeit gern akzeptieren.» Dann gab sie Mansurs Antwort an ihren Vater weiter.

«Der Prinz wird sofort das Wasserboot zu uns herausschicken.»

«Bezeichne ihn nicht als Prinzen. Er ist ein schmutziger kleiner Rebell. Zayn wird ihn bald an die Haie verfüttern. Das Wasser, das er uns schicken wird, besteht sicher zur Hälfte aus Kamelpisse.»

Verity zuckte über die Wortwahl ihres Vaters mit keiner Wimper. Offenbar war sie es gewöhnt. Sie wandte sich wieder an Mansur. «Das Wasser wird natürlich süß und trinkbar sein, nicht wahr, Effendi? Sie würden uns doch keine Kamelpisse schicken?», fragte sie nicht in Arabisch, sondern auf Englisch. Sie tat es mit vollkommener Leichtigkeit, ohne den Ton zu ändern, und der Blick ihrer grünen Augen war so offen, dass Mansur sicherlich darauf hereingefallen wäre, hätte er nicht von Anfang an damit gerechnet. Dennoch war er so verblüfft, diese Worte von ihren Lippen zu hören, dass es ihm gerade noch gelang, seine Miene höflich, aber neutral zu halten. Er legte seinen Kopf ein wenig schräg und schaute sie fragend an. «Mein Vater ist dankbar für Ihre Großzügigkeit.» Sie wechselte wieder ins Arabische, nachdem sie seine Sprachkenntnisse erkundet hatte.

«Die Dankbarkeit ist ganz auf unserer Seite», entgegnete Mansur.

«Er versteht kein Englisch, da bin ich sicher», sagte Verity.

«Versuch herauszufinden, worauf der Hund aus ist. Sie sind schlüpfrig wie die Aale, diese Kameltreiber.»

«Mein Vater erkundigt sich nach der Gesundheit Ihres Vaters», vermied Verity wieder das Wort ‹Kalif›.

«Der Kalif ist mit der Kraft und Gesundheit von zehn gewöhnlichen Männern gesegnet.» Mansur betonte den Titel seines Vaters. Das kleine diplomatische Geplänkel begann ihm Spaß zu machen. «Es liegt wohl im königlichen Blut der omanischen Kalifen.»

«Was sagt er?», wollte Sir Guy wissen.

«Er versucht, uns dazu zu bringen, seinen Vater als den neuen Kalifen anzuerkennen.» Verity lächelte höflich in Mansurs Richtung.

«Dann gib ihm die korrekte Antwort.»

«Mein Vater hofft, dass Ihr Vater sich noch hundert Sommer dieser robusten Gesundheit und Gottes Gunst erfreuen und dass sein Gewissen ihm stets den loyalen und ehrenhaften Pfad weisen wird.»

«Mein Vater, der Kalif, wünscht Ihrem Vater, er möge hundert starke und edle Söhne haben, und dass seine Töchter alle zu so schönen und klugen Frauen heranwachsen, wie die, die hier vor mir steht.» Das war ziemlich platt und grenzte an Frechheit, doch warum nicht? Als Prinz hatte er das Recht, sich diese Freiheit zu nehmen. Er bemerkte einen flüchtigen Schatten von Zorn in den Tiefen ihrer grünen Augen.

Aha, dachte er mit einem triumphierenden Lächeln, ich habe den ersten Treffer gelandet.

Doch ihre Riposte war schnell und scharf. «Mögen alle Söhne Ihres Vaters mit guten Manieren gesegnet sein und allen Frauen gegenüber Respekt und Höflichkeit zeigen», erwiderte sie, «selbst wenn es nicht in ihrer Natur liegt.»

«Worüber schwätzt er da?», wollte Sir Guy wissen.

«Er wünscht dir gute Gesundheit.»

«Finde heraus, wann sein verdammter Vater sich mit mir treffen will. Warne ihn, dass ich keinen Unsinn mehr hinnehmen werde.»

«Mein Vater fragt, wann er Ihrem illustren Vater persönlich die Ehre erweisen darf.»

«Der Kalif würde ein solches Treffen sehr willkommen heißen. Es gäbe ihm auch Gelegenheit, zu fragen, warum seine Tochter die Sprache des Propheten mit so lieblicher Zunge zu sprechen weiß.»

Verity hätte fast gelächelt. Welch ein schöner Mann er war. Selbst seine Beleidigungen waren charmant und sein Auftreten war so gewinnend, dass sie sich nicht wirklich beleidigt fühlen konnte, so sehr sie es auch versuchte. Die einfache Antwort auf die Frage, die er dem Kalifen in den Mund gelegt hatte, war, dass sie seit ihrer Kindheit auf Sansibar von allem, was mit dem Orient zu tun hatte, fasziniert gewesen war, besonders von der arabischen Sprache mit ihrem poetischen, ausdrucksvollen Vokabular. Dies war jedoch das erste Mal, dass sie sich von einem orientalischen Mann im Entferntesten angezogen fühlte.

«Wenn Ihr ehrenwerter Vater mich und meinen Vater empfangen könnte, wäre es mir ein Vergnügen, jede seiner Fragen persönlich zu beantworten, anstatt ihm meine Antworten durch eines seiner Kinder überbringen zu lassen.»

Mansur verbeugte sich und gab ihr damit zu erkennen, dass sie die Schlacht gewonnen hatte. Er lächelte nicht, doch seine Augen funkelten, als er den Brief aus seinem Ärmel nahm und ihr überreichte.

«Lies es mir vor», befahl Sir Guy. Verity übersetzte den Brief ins Englische, lauschte der Antwort ihres Vaters und wandte sich wieder an Mansur. Sie machte keinen Versuch mehr, die schamhafte junge Dame zu spielen, sondern schaute ihm direkt in die Augen.

«Der Generalkonsul möchte, dass alle Mitglieder des Rats bei diesem Treffen anwesend sind», eröffnete Verity ihm.

«Der Kalif wird sich geehrt fühlen und diesen Wunsch gern erfüllen. Er schätzt den Rat seiner Minister.»

«Wie lange wird es dauern, bis dieses Treffen arrangiert werden kann?»

Mansur dachte einen Augenblick nach. «Drei Tage. Und der Kalif würde sich noch mehr geehrt fühlen, wenn seine Exzellenz ihn anlässlich dieses Treffens zu einer Expedition in die Wüste begleiten könnte, um seine Falken gegen die Trappe fliegen zu lassen.»

Verity wandte sich an Sir Guy. «Der Rebellenführer will mit dir in der Wildnis auf die Jagd gehen, mit seinen Falken. Ich weiß nicht, ob das sicher für dich wäre.»

«Der neue Knabe wäre verrückt, wenn er irgendetwas gegen mich unternehmen wollte.» Sir Guy schüttelte den Kopf. «Es geht ihm nur um eine Gelegenheit, privat mit mir zu reden, um meine Unterstützung zu gewinnen. Du kannst sicher sein, der Palast ist ein Nest von Ränkeschmieden und Spionen. Draußen in der Wüste könnte ich Dinge von ihm erfahren, die mir zu großem Vorteil gereichen könnten. Sag ihm, ich akzeptiere.»

Mansur lauschte ihrer höflichen Darstellung seiner Antwort, als hätte er kein einziges Wort von dem verstanden, was Sir Guy gesagt hatte. Dann berührte er seine Lippen und sagte: «Ich werde persönlich alles auf eine Weise arrangieren, dass es der Bedeutung dieses Treffens gerecht wird. Ich werde noch morgen früh eine Barke schicken, die Ihr Gepäck abholen wird. Wir werden es zu unserem Jagdlager hinausbringen lassen, wo es Sie erwarten wird.»

Verity signalisierte nickend Sir Guys Einverständnis.

«Wir fühlen uns geehrt.» Dann fuhr er leise fort: «Ich sehne mich nach dem Tag, an dem ich Ihr Gesicht wieder erblicken darf, wie ein erschöpfter Hirsch sich nach kühlem Wasser sehnt.» Er verbeugte sich elegant und entfernte sich.

«Du bist ganz rot», bemerkte Sir Guy in einem Anflug von Sorge um seine Tochter. «Es ist die Hitze. Deine Mutter ist auch schon vollkommen erschöpft.»

«Es geht mir ausgezeichnet, Vater. Danke, dass du dir solche Sorgen um mich machst», antwortete Verity Courtney. Sie hatte sich stets rühmen können, selbst unter schwierigsten Umständen die Nerven zu behalten, doch nun fand sie sich in einem Sturm widersprüchlicher Gefühle.

Sie wollte dem Prinzen nicht nachblicken, als er in die königliche Barke hinabstieg, konnte ihren Vater jedoch auch nicht allein an der Reling stehen lassen.

Mansur blickte so plötzlich zu ihr auf, dass sie nicht wegschauen konnte, ohne dass es verschämt ausgesehen hätte. Trotzig hielt sie seinem Blick stand. Erst als das Segel der Feluke sich im Wind blähte, kam es zwischen sie wie ein Wandschirm und schnitt ihre Blicke ab.

Verity war atemlos vor Zorn und einer Art Erregung, wie sie sie noch nie empfunden hatte. Ich bin doch keine alberne orientalische *Houri*, dachte sie wütend, kein dummes Ding, mit dem er herumspielen kann. Ich bin eine Engländerin und als solche will ich behandelt werden, dachte sie in stiller Entschlossenheit. Dann wandte sie sich ihrem Vater zu und holte tief Luft. «Vielleicht sollte ich bei Mutter bleiben, wenn du mit den Rebellen verhandelst», schlug sie vor. «Es geht ihr wirklich nicht gut. Captain Cornish kann den Dolmetscher spielen.» Sie wollte sich nicht noch einmal von diesen grünen Augen und diesem geheimnisvollen Lächeln verspotten lassen.

«Ach was, Kind. Cornish kann auf Arabisch kaum Guten Tag sagen. Du kommst mit – keine Widerrede.»

Verity war zugleich verärgert und erleichtert über seine Anordnung. Wenigstens werde ich so die Gelegenheit bekommen, noch einmal mit diesem hübschen Prinzling die Klingen zu kreuzen. Mal sehen, wer dann die schnellere Zunge hat, dachte sie.

Vor sonnenaufgang am dritten Tag nach diesem ersten Treffen brachte die Barke des Kalifen die Gäste zur Palastmole, wo Mansur sie mit einer großen Leibgarde aus bewaffneten Reitern und Burschen begrüßte. Nach einem weiteren langwierigen Austausch von Komplimenten führte er Sir Guy zu einem schwarz schimmernden Araberhengst und die Burschen brachten eine braune Stute für Verity, anscheinend ein fügsames Tier, obwohl die Läufe und starke Brust verrieten, dass es über Tempo und Ausdauer verfügte. Verity bestieg das Pferd mit der Leichtigkeit und Anmut einer erfahrenen Reiterin. Es war noch dunkel als sie durch das Stadttor hinausritten, Vorreiter beleuchteten die Straße mit ihren Fackeln. Mansur ritt rechts neben Sir Guy, der seine englische Jagdkluft angelegt hatte, mit Verity zur Linken des Generalkonsuls.

Sie trug eine faszinierende Mischung aus orientalischen und englischen Jagdkleidern. Den hohen Seidenhut hatte sie sich mit einem langen blauen Schal auf den Kopf gebunden, die Enden über die Schultern geworfen. Der blaue Rock reichte ihr bis über die Knie, dazu trug sie kniehohe Stiefel aus weichem Leder. Mansur hatte ihr einen juwelenbesetzten Sattel mit hohem Knauf und ebenso hoher Hinterpausche besorgen lassen. Am Pier hatte sie ihn frostig begrüßt und ihn kaum eines Blickes gewürdigt, während sie unbefangen mit ihrem Vater plauderte. Da er von der Unterhaltung ausgeschlossen war, hatte Mansur Zeit, sie recht unverhohlen anzuschauen. Sie gehörte zu den ungewöhnlichen englischen Frauen, die in den Tropen aufzublühen schienen, statt zu welken und zu schwitzen und unter Hitzeausschlägen zu leiden. Sie wirkte kühl und aufgeweckt und das Kostüm, das für andere vielleicht zu lässig oder gewagt gewesen wäre, trug sie mit *élan*.

Zuerst ritten sie durch die Palmenwälder und über die Felder vor den Stadtmauern, wo verschleierte Frauen in der Morgendämmerung Wasser aus den tiefen Brunnen holten und in Krügen auf dem Kopf davontrugen. Herden von Kamelen und prächtigen Pferden tranken zusammen an den Bewässerungskanälen. Am Rand der Wüste ritten sie an den Lagern der Wüstenstämme vorbei, die aus der Wildnis gekommen waren, nachdem der Kalif sie zu den Waffen gerufen hatte. Sie kamen aus ihren Zelten, riefen dem Prinzen ergebene Grüße zu und feuerten Freudenschüsse in die Luft.

Bald waren sie dann in der echten Wüste. Als der Tag über den Sanddünen anbrach, waren sie alle überwältigt, so majestätisch war diese Landschaft. Dünne Staubwolken hingen in der Luft und reflektierten die Sonnenstrahlen, sodass der östliche Himmel in Brand zu stehen schien. Obwohl Verity den Kopf in den Nacken gelegt hatte, um diese himmlische Pracht zu bewundern, war sie sich sehr wohl bewusst, dass der Prinz sie beobachtete. Seine Unverschämtheit ärgerte sie jedoch nicht mehr so sehr. Gegen ihren Willen begann sie, sein Interesse an ihr amüsant zu finden, wenngleich sie sich alle Mühe gab, ihm nicht die geringste Ermutigung zu zeigen.

Irgendwann kam ihnen eine große Gruppe von Reitern über die Dünen entgegen, die Jäger an der Spitze, die Pferde mit bunten Decken bedeckt, in den goldenen und blauen Farben des Kalifats. Sie trugen Falken auf den Handgelenken, noch mit Lederhauben über den nervösen Köpfen. Hinter ihnen ritten die Musiker, mit Lauten, Hörnern und Messingtrommeln, die zu beiden Seiten von den Sätteln hingen. Danach kamen Stallburschen, die die Ersatzpferde führten, Wasserträger und anderes Gefolge. Sie begrüßten den Generalkonsul mit Schreien und Musketenschüssen, Fanfaren und Trommelschlag, bevor sie sich hinter der Gruppe des Prinzen einreihten.

Nach einem mehrstündigen Ritt über eine weite, dürre Ebene, kamen sie zu einem Tal, in dessen Mitte ein ausgetrocknetes Flussbett klaffte, das tief in den Wüstenboden eingebrochen zu sein schien. Mansur führte sie auf einen zusammengewürfelten Haufen riesiger Felsenmonolithe zu, die sich am Rand dieses Tals erhoben. Als sie näher kamen, erkannte Verity, dass dies die Überreste einer antiken Stadt waren, die hoch über dem Tal eine längst vergessene Handelsstraße überschaut hatte.

«Was sind das für Ruinen?», fragte sie Mansur – die ersten Worte, die sie zu ihm sprach, seit sie den Hafen verlassen hatten.

«Wir nennen es Isakanderbad, Die Stadt Alexanders. Der Mazedonier ist vor dreitausend Jahren hier durchgekommen. Seine Armeen haben diese Festung erbaut.»

Sie ritten zwischen den umgestürzten Mauern und Monumenten hindurch, wo einst mächtige Armeen ihre Triumphe gefeiert hatten. Jetzt lebten hier nur noch Eidechsen und Skorpione.

In den vorangegangen Tagen war jedoch eine Schar von Dienern und Arbeitern dort eingetroffen, und auf dem Platz, wo der große Eroberer einmal Audienz gehalten haben mochte, hatten sie ein Jagdlager aufgeschlagen, hundert bunte

Zeltpavillons mit allem Luxus, allen Annehmlichkeiten, wie sie ein Königspalast geboten hätte. Die Gäste wurden von Dienern begrüßt, die ihnen parfümiertes Wasser aus großen Kannen anboten, damit sie den Staub des langen Ritts abwaschen und sich erfrischen konnten.

Dann führte Mansur sie zu dem größten der prachtvollen Zelte. Als Verity eintrat, fand sie sich von goldener und blauer Seide umgeben. Der Boden war mit kostbaren Teppichen und Kissen bedeckt.

Der Kalif und sein Rat erhoben sich, um sie willkommen zu heißen. Der lange Austausch von Komplimenten und guten Wünschen beanspruchte selbst Veritys Übersetzungskünste bis zum Letzten. Dennoch fand sie Gelegenheit, den Kalifen al-Salil eingehend zu mustern.

Sein Bart war rot wie der seines Sohnes und auch er war ein gut aussehender Mann, doch seine Züge waren von tiefen Sorgenfalten durchzogen und in seinem Bart zeigten sich silberne Strähnen, die er nicht mit Henna eingefärbt hatte. Es gab aber noch etwas, etwas, das sie sich nicht erklären konnte: Sie empfand eine Art *déjà vu*, wenn sie ihm in die Augen schaute. War es einfach, weil sein Sohn ihm so ähnlich sah? Nein, dachte sie, es war mehr als das. Der Eindruck verstärkte sich noch, als sie bemerkte, dass etwas Seltsames zwischen ihrem Vater und al-Salil vor sich zu gehen schien. Sie starrten einander an, als wären sie einander nicht so fremd, wie es hätte sein sollen. Es schien eine knisternde Spannung zwischen ihnen zu bestehen, wie kurz vor einem Sommergewitter, wenn die Luft feucht und drückend ist und jeden Augenblick der erste Blitz den Himmel spalten kann.

Al-Salil führte ihren Vater zur Mitte des Zelts und ließ ihn auf einem Haufen Kissen Platz nehmen. Der Kalif setzte sich neben ihn. Während sie sich höflich unterhielten, servierten die königlichen Köche das Mittagsessen. Dorian bot Sir Guy Leckerbissen von den großen Tabletts an, die von Safranreis, zartem Lamm und gebackenem Fisch überflossen, dann ließ er, was übrig war, zu seinen Gefolgsleuten und Knechten bringen, die in Reihen um das Zelt herum saßen.

Sir Guy nickte Verity zu, sie solle sich zwischen ihm und al-Salil niederlassen, und sie unterhielten sich mit leiser Stimme, während die Sonne den Zenit passierte und die Welt außerhalb des Zelts in sengende Hitze tauchte. Sir Guy warnte al-Salil, wie zerbrechlich die Allianz der Wüstenstämme sei, die er aufgebaut hatte. «Zayn al-Din hat sich die Unterstützung der Heiligen Pforte gesichert. Es stehen jetzt zwanzigtausend türkische Truppen auf Sansibar und die Schiffe, die diese Armee in euer Land bringen sollen, sobald die Monsunwinde drehen, liegen schon im Hafen bereit.»

«Was ist mit der englischen Handelskompanie? Wird sie sich auf Zayns Seite schlagen?», fragte al-Salil.

«Die Kompanie hat sich noch nicht entschieden», antwortete Sir Guy. «Wie Sie wahrscheinlich wissen, wartet der Gouverneur von Bombay auf meine Empfehlung, bevor er seine Entscheidung trifft.» Statt ‹Empfehlung› hätte er ebenso gut ‹Befehl› sagen können. Weder al-Salil noch irgendeiner seiner Ratgeber hatten den geringsten Zweifel, wer die wirkliche Macht in Händen hielt.

Verity war so mit dem Dolmetschen beschäftigt, dass Mansur wieder Gelegenheit bekam, sie eingehend zu studieren. Zum ersten Mal bemerkte er die verborgenen Spannungen zwischen ihr und ihrem Vater. War es möglich, dass sie Angst vor ihm hatte? Er spürte, es lag etwas in der Luft zwischen den beiden, so kalt, dass es ihn fröstelte.

S IE REDETEN den ganzen Nachmittag, während die Hitze draußen unerträglich war. Dorian hörte zu und nickte, als erwöge er Sir Guys Argumente. In Wirklichkeit lauschte er auf die verborgenen Bedeutungen hinter den blumigen Worten, in die Verity sie auf Arabisch fasste. Allmählich begann er zu verstehen, wie sein Halbbruder es zu einer so mächtigen Position gebracht hatte.

Er windet sich wie eine Schlange, dachte Dorian. Am Ende nickte der Kalif weise und sagte zu seinem Gegenüber: «Alles, was Ihr sagt, ist wahr. Ich kann nur zu Gott beten, dass Eure Weisheit und Euer wohlwollendes Interesse an den traurigen

Affären des Kalifats von Oman zu einer gerechten und dauerhaften Lösung führen werden. Bevor wir fortfahren, möchte ich Seine Exzellenz der tiefen Dankbarkeit versichern, die ich persönlich und mein Volk Euch gegenüber empfinden. Ich hoffe, ich werde in der Lage sein, diese Dankbarkeit mit mehr als nur Worten zum Ausdruck zu bringen.» Er bemerkte das habgierige Funkeln im Blick seines Bruders.

«Deswegen bin ich nicht hier», erwiderte Sir Guy, «obwohl man in meiner Heimat sagt, dass jemand, der seine Arbeit tut, auch seinen Lohn verdient.»

«So denken wir auch in diesem Land», sagte Dorian, «doch lasst uns morgen früh weiterreden. Die schlimmste Hitze ist jetzt vorüber. Lasst uns ausreiten und meine Falken fliegen lassen.»

DIE JAGDGESELLSCHAFT, hundert Reiter stark, verließ Isakanderbad und ritt die Hügel entlang, die das Tal überschauten, mehrere Hundert Meter über dem ausgetrockneten Flusstal. Die sinkende Sonne warf geheimnisvolle blaue Schatten über das grandiose Chaos von eingestürzten Mauern.

«Warum hat Alexander wohl solch einen wilden, verlassenen Ort gewählt, um seine Stadt zu bauen?», fragte sich Verity laut.

«Vor dreitausend Jahren floss dort ein mächtiger Strom, das Tal war wahrscheinlich ein einziger grüner Garten», erklärte Mansur.

«Wie traurig, dass von diesen mächtigen Bauwerken so wenig geblieben ist, doch ich weiß: Geringere Männer, die alles von Alexander geerbt hatten, haben alles zerstört, in einer einzigen Generation.»

«Sogar Isakanders Grab ist verloren.» Mansur zog sie weiter in das Gespräch und sie antwortete immer unbefangener. Er war entzückt, dass sie seine Liebe für die Geschichte dieser Lande zu teilen schien. Im Laufe der Unterhaltung fand er gar, dass ihr Wissen das seine bei weitem übertraf, sodass sie bald mehr sprach als er selbst. Er genoss den Klang ihrer Stimme und die Art, wie sie Arabisch sprach.

Plötzlich erklangen die Hörner und die ganze Gesellschaft galoppierte vor wie eine Kavallerieschwadron. Die Hufe trommelten auf dem festgebackenen Sand und der Wind sang in Veritys Ohren. Ihre Stute strich über den rauen Grund wie eine Schwalbe in vollem Flug. Sie lachte vor Freude. Sie schaute zu Mansur hinüber, der neben ihr ritt, und sie lachten zusammen, ohne jeden Anlass, einfach weil sie jung und voller Lebensfreude waren.

Die Bläser stießen wieder ins Horn, diesmal noch schriller. Aufgeregte Schreie erhoben sich aus den Reihen der Falkner. Der Donner der Hufe hatte ein Trappenpaar in einem Salzge-büsch aufgescheucht. Sie liefen mit weit vorgestrecktem Hals, die Köpfe dicht am Boden. Es waren riesige Vögel, größer als Wildgänse. Ihr Gefieder, zimtbraun, blau und dunkelrot, war so perfekt an die Wüstenlandschaft angepasst, dass sie fast kör-perlos wirkten.

Auf das Hornsignal zügelten die Reiter ihre Pferde. Die Rösser tänzelten im Kreis, ungeduldig, wieder losgaloppieren zu können, doch sie blieben an ihren Plätzen, während al-Salil als Einziger vorritt. Er hielt einen Falken auf seinem Handge-lenk, einen Sakerfalken, die schönste und wildeste Art dieser edlen Tiere.

In der kurzen Zeit, seitdem sie in Oman angekommen waren, war der Vogel, den er nun hielt, zu Dorians Liebling geworden. Es war ein männliches Tier, ein Terzel, drei Jahre alt und damit auf dem Höhepunkt seiner Kraft und Schnelligkeit. Er hatte ihn Khamseen genannt, nach dem wütenden Wüstenwind.

Da die Reiter nun ruhig standen, hatten die Trappen ihre Flucht aufgegeben und waren wieder in dem Gebüsch ver-schwunden. Wahrscheinlich lagen sie flach auf dem Boden, mit ausgestreckten Hälsen. Sie lagen so still wie die Wüsten-felsen um sie herum, sodass ihre Tarnfarben sie praktisch un-sichtbar machten.

Al-Salil ritt langsam auf die Stelle in dem Gebüsch zu, wo sie die Vögel zuletzt gesehen hatten. Die Zuschauer wurden immer aufgeregter. Obwohl Verity die Jagdleidenschaft eines wahren Falkners nicht teilen konnte, hielt sie den Atem an, und sie bemerkte, dass ihr die Hände zitterten. Sie blickte zur Seite, wo Mansur neben ihr auf seinem Ross saß, und fand ihn vollkommen im Bann der Jagd. Zum ersten Mal fühlte sie sich vollkommen eins mit ihm.

Plötzlich ertönte ein rauer, krächzender Schrei. Vor den Hufen des Hengstes, den al-Salil ritt, stieg ein riesiger Vogel auf. Verity war verblüfft, wie schnell und kraftvoll die Trappe sich in die Lüfte erheben konnte. Der pfeifende Flügelschlag war deutlich zu hören, so still war es in der Jagdgesellschaft. Die armlangen Flügel mit ihren stumpfen Spitzen bogen sich weit durch, während sie den schweren Vogel emporzogen.

Die Zuschauer stimmten einen langsamen Gesang an, als der Kalif die Haube von dem wunderbar wilden Kopf des Terzels zog. Mit blinzelnden, gelben Augen schaute der Falke zum Himmel auf. Der langsame Takt der Basstrommel hallte über die Ebene und stimmte sowohl die Zuschauer als auch den Falken weiter auf die Jagd ein.

«Khamseen! Khamseen!», summten die Männer. Der Terzel sah den Umriss der Trappe unter dem blauen Himmel und zerrte an den Jessen, mit denen er an al-Salils Handgelenk gefesselt war. Für einen Augenblick hing er mit dem Kopf nach unten und schlug ungeduldig die Flügel. Endlich hob der Kalif seinen Falken hoch vor sein Gesicht, schnappte die Jessen los und ließ ihn fliegen.

Auf geschwinden, messerscharfen Schwingen erhob sich der Terzel in einer weiten Spirale immer höher in die Lüfte. Sein Kopf zuckte hin und her, bis er den großen, flatternden Vogel unter sich über der Ebene entdeckte. Der Trommler beschleunigte seinen Takt und die Zuschauer erhoben ihre Stimmen: «Khamseen! Khamseen!»

Der Terzel kreiste nun unter dem stahlblauen Himmel, ein winziger Punkt hoch über seiner schweren Beute. Dann legte er abrupt die Flügel an und stürzte wie ein Speer zur Erde herab. Der Trommler schlug ein frenetisches Crescendo und hielt plötzlich inne.

In der Stille hörten sie den Wind über das Gefieder des Falken streichen. Sein Sturzflug war so geschwind, dass man ihm nicht folgen konnte, und dann ein Geräusch wie das Krachen von Hirschgeweihen. Der Terzel war auf die Trappe geprallt. Der fette Vogel schien in einer Wolke von Federn zu explodieren, die langsam vom Wind davongetragen wurde.

Ein Triumphschrei erhob sich aus hundert Kehlen. Verity schnappte nach Luft, als tauchte sie aus tiefem Wasser auf.

Al-Salil ritt zu seinem Falken und streichelte ihm den Kopf, während er ihm die Leber der Trappe zu fressen gab. Dann rief er nach einem anderen Jagdvogel. Mit dem zweiten Falken auf dem Handgelenk ritt er wieder vor, diesmal mit Sir Guy und den meisten seiner Minister an seiner Seite. Sie sprachen kein Wort, denn alle waren nun im Bann der Jagdleidenschaft. Verity wurde also nicht gebraucht und sie blieb neben Mansur. Er verlangsamte sein Pferd immer mehr und sie hielt Schritt mit ihm, so in ihr Gespräch vertieft, dass sie immer weiter zurückfielen, ohne dass sie es zu merken schien.

Der Wettstreit zwischen ihnen existierte plötzlich nicht mehr und beide erfreuten sich der Nähe des anderen. Wenn Verity lachte, war Mansur bezaubert von dem entzückenden Laut, und ihre hübschen, wenngleich etwas strengen Züge, erhellten sich so, dass er wahre Schönheit darin entdeckte.

Sie vergaßen allmählich die große, farbenfrohe Gesellschaft, mit der sie ausgeritten waren, und isolierten sich immer mehr inmitten der Masse, bis plötzlich ein ferner Schrei und der Schlag der Kriegstrommeln sie in die Wirklichkeit zurückriss. Mansur stellte sich in seine Steigbügel und rief verblüfft: «Da! Siehst du sie?» Die Männer um sie herum schrien durcheinander und überall wurden Hörner geblasen und Trommeln geschlagen.

«Was ist? Was ist passiert?» Die Veränderung in Mansurs Benehmen wirkte ansteckend und sie ritt dichter an ihn heran. Dann sah sie, was dieses Pandämonium verursacht hatte: Auf der anderen Seite des Tals war die kleine Gruppe von Jägern, mit der al-Salil vorausgeritten war, in vollem Galopp. Sie hatten nur Trappen aufscheuchen wollen, waren dabei aber auf viel gefährlicheres Wild gestoßen.

«Löwen!», rief Mansur. «Mindestens zehn, vielleicht mehr! Komm, das dürfen wir uns nicht entgehen lassen!» Verity trieb ihre Stute an, um mit Mansur Schritt zu halten, als er ins Tal hinabritt.

Die Rotte, die al-Salil und seine Jäger vor sich hertrieben, waren wie huschende, gelbbraune Phantome, die durch die Salzbüsche schossen, in die tiefen Wadis, die den gepeinigten Wüstenboden durchzogen, und wieder heraus.

Der Kalif hatte den Falken einem seiner Falkner überlassen und die Lanzenträger hatten den Jägern ihre langen Stichwaffen übergeben. Sie waren in voller Jagd, ihre Schreie dünn und schwach in der Ferne, dann plötzlich furchtbares Schmerzgebrüll, als al-Salil sich aus dem Sattel lehnte und eine der schnellen Katzen mit seinem Speer durchbohrte. Verity sah, wie der Löwe sich bellend im gelben Staub wälzte, bis al-Salil die Waffe fachmännisch herauszog und hinter seinem nächsten Opfer herritt, während dem Löwen das Lungenblut aus dem Maul sprudelte. Die Reiter hinter dem Kalifen machten dann Schluss mit dem sterbenden Tier, indem sie immer wieder darauf einstachen.

Dann hatte ein anderer Jäger Glück mit seiner Lanze, und dann noch einer, und alles war nur noch ein Chaos von galoppierenden Pferden und fliehenden gelben Katzen. Jedes Mal, wenn die Jäger eine erwischten, stießen sie einen Schrei aus. Die Pferde wieherten und kreischten unter ihnen, halb zum Wahnsinn getrieben vom Gestank des Löwenbluts und dem Brüllen der verwundeten Großkatzen. Und alles geschah in einer großen Staubwolke, unter Trommelschlag und Hornklang.

Mansur schnappte sich eine Lanze von dem Träger, der hinter ihm heranritt, und wollte zu seinem Vater vorgaloppieren. Verity hielt mit ihm Schritt, doch die Jagd verschwand schon über den Kamm, bevor sie sich anschließen konnten.

Sie ritten an zwei toten Löwen vorbei, die in den Salzbüschen ausgestreckt lagen, und die Pferde scheuten vor dem grässlichen Gestank. Bis sie wieder aus dem Tal waren, hatten die Jäger sich schon über die Ebene auf der anderen Seite verteilt. Al-Salil, an der Spitze der Jagd fast eine Meile entfernt, unverwechselbar in seinem wehenden weißen Gewand konnten sie gerade noch erkennen, doch von der Löwenrotte war nichts mehr zu sehen. Sie war wie brauner Rauch in der Weite der Wüste aufgegangen.

«Zu spät», sagte Mansur enttäuscht und zügelte sein Pferd. «Sie haben zu viel Vorsprung. Wenn wir sie verfolgten, würden wir nur unsere Pferde abhetzen, für nichts und wieder nichts.»

«Hoheit!» In der Aufregung schien Verity nicht zu bemerken, dass sie ihn mit diesem Titel anredete. «Ich habe gesehen, wie einer der Löwen sich von den anderen abgesetzt hat.» Sie zeigte nach links den Hang entlang. «Er schien zum Flussbett zurückzulaufen.»

«Dann komm mit, meine Dame.» Mansur wirbelte seinen Hengst herum. «Zeig mir, wo du ihn gesehen hast.»

Sie führte ihn den Grat entlang und dann schräg den Hang hinunter. Innerhalb einer viertel Meile waren sie außer Sicht der übrigen Gesellschaft und fanden sich allein durch die Wildnis. Sie waren immer noch sehr aufgeregt und lachten zusammen, ohne zu wissen, warum. Veritys Hut wehte ihr vom Kopf und als er zurückreiten und ihn aufheben wollte, rief sie: «Nein, lass ihn liegen. Wir holen ihn später.» Sie warf ihren blauen Seidenschal in die Luft. «Das soll die Stelle markieren, wo wir ihn liegen gelassen haben.»

Sie ritten weiter und sie schüttelte ihr Haar aus. Bis jetzt war es immer mit einem weitmaschigen Seidennetz bedeckt gewesen. Nun war Mansur verblüfft, wie lang es war, als es sich in einer honigbraunen Flut über ihre Schultern ergoss, dicht und schimmernd in der sanften Abendsonne. Mit offenem Haar sah sie vollkommen anders aus. Sie schien zu einer wilden Amazone zu werden, frei von allen Banden, die Gesellschaft und Konvention ihr auferlegen konnten.

Mansur war etwas hinter sie zurückgefallen, doch es machte ihm nichts aus, hinter ihr zu reiten und ihren Rücken zu bewundern. Unbändiges Verlangen wallte in ihm auf. Das ist meine Frau, dachte er, die Frau, auf die ich gewartet, nach der ich mich gesehnt habe. In dem Augenblick, als er dies dachte, sah er eine verstohlene Bewegung nicht weit vor ihr. Es mochte eine kleine Drossel sein, die in einem Busch flatterte, doch er wusste, das war es nicht.

Er konzentrierte sich mit aller Macht, und dann entdeckte er den Löwen. Er hatte gesehen, wie die Bestie den Schwanz hochgeworfen hatte. Das Untier lauerte in der flachen Rinne direkt vor Verity, dicht an den Boden gepresst, der von demselben Braunton war wie sein glattes Fell, die Ohren dicht angelegt, bereit zum Sprung, die Augen von kaltem Gold, rosa Schaum auf den dünnen schwarzen Lippen, von der Lanzenwunde in seiner Schulter, die ihm die Lunge durchbohrt hatte.

«Verity!», schrie Mansur. «Da, direkt vor dir! Kehr um! Um Gottes willen, komm zurück!»

Sie blickte über ihre Schulter, die grünen Augen weit aufgerissen vor Verblüffung. Er hatte nicht bemerkt, dass er auf Englisch hinter ihr hergerufen hatte. Vielleicht war sie so überrascht, dass sie nicht verstand, was er rief. Sie machte jedenfalls keinen Versuch, die Stute zu verlangsamen, und ritt weiter auf den lauernden Löwen zu.

Mansur gab seinem Hengst die Sporen und preschte hinter ihr her, doch er war schon zu weit zurückgefallen, um sie noch einholen zu können. Veritys Stute witterte den Löwen im letzten Augenblick und scheute abrupt zu einer Seite. Verity wurde fast abgeworfen, konnte sich aber gerade noch am Knauf festhalten, doch sie hatte keinen festen Sitz mehr und war mit einem Fuß aus dem Steigbügel geraten. Sie klammerte sich mit beiden Armen an den Hals der Stute, die nun vor dem Gestank des Löwen wild den Kopf herumwarf. Dem Mädchen wurden die Zügel aus der Hand gerissen.

Der Löwe näherte sich der Stute von der Seite, mit tiefem, kehligem Brummen. Mit jedem Atemzug tropfte ihm blutiger Schaum von den Lippen. Die Stute drehte sich weg, Verity wurde auf die andere Seite geworfen, bis sie von der Flanke des Tieres hing, ein Fuß noch im Steigbügel. Der Löwe sprang mit ausgestreckten Vorderläufen, die gelben Krallen an den mächtigen Pranken voll ausgefahren.

Er prallte mit solcher Gewalt gegen die Stute, dass sie auf die Hinterläufe sank. Die Krallen des Löwen hatten sich tief in ihren Schenkel gegraben und die Stute kreischte vor Schreck und Schmerz. Das Pferd trat verzweifelt aus und Verity fand sich zwischen den beiden Tierkörpern eingeklemmt. Ihre Schreie trafen Mansur wie Messerstiche. Es klang, als wäre sie tödlich verwundet.

Mit seinem Hengst in vollem Galopp brachte Mansur seine Lanze in Stellung, während er das Pferd mit den Knien steuerte und den Angriffswinkel änderte. Der Löwe hing mit seinen mächtigen Pranken am Rücken der Stute, die sich aufbäumte und buckelte. Unter dem Fell der Bestie zeichneten sich armdicke Muskelstränge und der mächtige Brustkorb ab. Mansur zielte mit der Lanzenspitze auf einen Punkt direkt hinter der Schulter des Löwen und rammte ihm den Stahl seitlich in die Brust. Er spürte kaum Widerstand, als die Speerspitze die Knochen entlangglitt und er das Untier von einer Schulter zur anderen aufspießte. Im Todeskrampf bog der Löwe das Rückgrat durch und der Lanzenschaft brach wie ein Schilfhalm. Die Stute riss sich von ihrem Peiniger los und stob blutend davon, während der Löwe zuckend durch die niedrigen Sträucher rollte.

Verity hatte nicht mehr den Atem zu schreien. Sie klammerte sich mit aller Kraft an den Pferdehals. Trotz der blutigen Wunden an ihrer Hüfte legte die Stute ein Höllentempo vor. Sie war wahnsinnig vor Angst und hatte die Augäpfel verdreht, bis die roten Ränder sichtbar waren. Silberne Speichelstränge hingen ihr aus dem offenen Maul. Verity versuchte, sich wieder in den Sattel zu ziehen, doch ihre Anstrengungen trieben die Stute nur zu noch höherem Tempo an. In seiner Panik schien das Tier immer mehr Kraft zu finden.

Mansur ließ den abgebrochenen Lanzenstummel fallen. Er schrie seinem Hengst in die Ohren, rammte ihm die Fersen in die pulsierenden Weichen und peitschte ihn mit den Zügelenden, doch er konnte die Stute nicht einholen. Sie rasten den Hang hinab und als sie wieder im Talgrund waren, steuerte Veritys Pferd auf das trockene Flussbett zu. Mansur trieb den Hengst hinter ihr her.

Das Rennen ging noch eine halbe Meile weiter, ohne dass Mansur den Abstand verringern konnte, doch dann forderten die grässlichen Verletzungen ihren Tribut, die der Löwe der Stute beigebracht hatte. Ihr Schritt wurde fast unmerklich kürzer und ihre Hinterhufe flogen immer mehr seitwärts, weg von der Lauflinie.

«Halte aus, Verity», rief Mansur, «ich habe dich bald einge-holt!»

Dann sah er den Abgrund, der sich vor der Stute auftat: eine senkrechte Felswand, die zu dem Flussbett abfiel, das sich an dieser Stelle fast hundert Meter tief in die Wüste gegraben hatte. Schwarze Angst packte sein Herz, als er sich vorstellte, wie das Pferd mit dem Mädchen über die Kante fiel und laut-los in den Abgrund stürzte.

Er trieb den Hengst mit Armen und Beinen und all seiner Willenskraft. Die Stute verlor sichtlich an Kraft und der Ab-stand verringerte sich, doch viel zu langsam. Im letzten Mo-ment sah die Stute, wie der Boden sich vor ihr öffnete, und versuchte abzudrehen, doch als sie ihre Vorderhufe in den Bo-den stemmen wollte, gab der poröse Rand des Abgrunds nach und stürzte in die Tiefe. Sie bäumte sich auf, strauchelte in wilder Panik, und stürzte nach hinten.

In dem Augenblick, als die Stute sich überschlug und abzu-rutschen begann, hechtete Mansur mit ausgestrecktem Arm vom Rücken des Hengstes und packte Veritys Fußgelenk. Er wurde fast über den Rand gerissen, doch dann schnappte end-lich der Steigriemen durch und ihr Fuß war frei. Ihr Gewicht zog ihn immer noch auf den Abgrund zu und er hielt sie mit al-ler Kraft. Die Stute stürzte unter ihnen ab und verschwand kreischend in der Tiefe. Verity pendelte mit dem Kopf nach unten über dem Abgrund, nur gehalten von seiner Hand an ih-rem rechten Knöchel. Ihr Mantel war ihr über den Kopf ge-rutscht, doch sie wagte nicht sich zu bewegen, aus Angst, sein Griff um ihr Fußgelenk könnte sich lösen. Sie hörte sein heise-res Keuchen über sich, konnte jedoch nicht nach oben schauen. Dann hörte sie seine Stimme: «Bleib so. Ich werde dich hochziehen.» Seine Stimme war erstickt vor Anstren-gung.

Selbst in ihrer grässlichen Lage bemerkte sie, dass er immer noch akzentloses Englisch sprach, welch eine süße Stimme, die Stimme ihrer Heimat. Wenn ich sterben muss, dann soll das das Letzte sein, was ich höre, dachte sie, doch sie konnte es nicht aussprechen. Sie blickte in den Schwindel erregenden Abgrund hinab, zu dem Flussbett tief unter ihr. Alles verschwamm vor ihren Augen, doch sie blieb regungslos. Sie spürte seine starken Finger durch das weiche Leder ihres Stiefels. Mansur stöhnte vor Anstrengung und die scharfen Felsen kratzten an ihrer Hüfte, als er sie einige Zentimeter hochzog.

Mansur tastete mit einem Bein blind hinter sich und fand eine enge Spalte, in die er sein Knie und den Oberschenkel klemmen konnte. So konnte er sich mit dem Bein halten, warf seinen linken Arm über die Felsenkante und packte Veritys Fußgelenk mit beiden Händen.

«Nur Mut, Mädchen, ich habe dich jetzt mit beiden Händen», keuchte Mansur heiser und zog sie weiter hoch. Dann hielt er inne, um sich noch einmal zu sammeln.

«... and a tiger!», keuchte er den alten Seemannsruf, um sich selbst anzuspornen.

Sie wollte ihn anschreien, er solle seinen kindischen Mund halten und sie endlich hochziehen, doch sie wusste, das Schwierigste käme noch, wenn er sie praktisch über seinen Kopf hinweg über die Felsenkante zu hieven hatte. Er zog noch einmal und brachte sie wieder ein paar Zentimeter höher. Dann spürte sie, wie er seinen Griff festigte und seinen Halt zu verbessern suchte, indem er auf dem Bauch weiter nach oben rutschte, um auch sein anderes Bein in die Felsspalte zu klemmen. Das nächste Mal zog er mit noch mehr Kraft und sie rutschte ein ganzes Stück höher.

«Gott möge dich belohnen», flüsterte sie gerade laut genug, dass er es hören konnte, und dann zog er mit einem solchen Ruck, dass sie meinte, der Oberschenkel würde ihr aus der Hüfte gerissen.

«Wir haben es fast geschafft, Verity.» Er zog noch einmal, doch diesmal bewegte sie sich keinen Millimeter. Ein Strauch hatte in einer Felsspalte Wurzeln geschlagen und die Äste hatten sich nun an ihrer Hose verfangen. Er zog noch einmal, bekam sie aber nicht los. Der drahtige Strauch wollte sie einfach nicht vorbeilassen.

«Du musst irgendwo hängen geblieben sein», grunzte Mansur.

«Es ist ein Busch», flüsterte sie.

«Versuch, ihn zu packen!»

«Halt mich!», sagte sie. Sie beugte den Oberkörper vor und streckte einen Arm aus. Sie fühlte die Zweige an ihren Fingern.

«Hast du ihn?», fragte er.

«Ja!», doch ihr Griff war alles andere als sicher, und dann gefror ihr fast das Herz.

«Der Stiefel! Ich rutsche aus dem Stiefel!», schluchzte sie.

«Gib mir deine andere Hand!», keuchte er.

Bevor sie sich weigern konnte, spürte sie, wie er eine Hand von ihrem Fußgelenk nahm. Er streckte seinen Arm aus, während ihr Fuß weiter aus dem weichen Lederstiefel rutschte.

«Deine Hand!», rief er. Seine Finger tasteten ungeduldig ihren Oberschenkel entlang, mit dem sie an dem Busch hängen geblieben war. Sie spürte, wie ihre Ferse durch den langen Stiefelschaft glitt.

«Mein Fuß! Ich stürze ab!»

«Deine Hand! Um Gottes willen, gib mir deine Hand!»

Sie riss ihren Arm hoch und ihre Finger verhakten sich ineinander. Mit der anderen Hand hielt sie sich noch an dem Busch fest. Mansur hatte noch den Stiefel in der linken Hand, doch mit der Rechten hatte er ihre Hand im Griff. Verity war wie ein Taschenmesser zusammengeklappt und hing an beiden Armen und einem Bein über dem Abgrund. Der Reitmantel fiel ihr vom Gesicht und sie konnte wieder sehen. Sein Gesicht über ihr war rot und geschwollen. Sein Bart war dunkel und nass von Schweiß, der ihr nun ins Gesicht tropfte. Keiner der beiden wagte, sich zu bewegen.

«Was soll ich tun?», fragte sie, doch bevor er antworten konnte, war es schon entschieden. Ihr Fuß rutschte aus dem Stiefel und ihr Becken und Bein klappten ruckartig nach unten. Jetzt hing sie ausgestreckt an beiden Armen und ihre Füße baumelten über dem Abgrund. Der Ruck hatte ihren Griff gelockert, doch sie hing immer noch mit einer Hand an dem Busch und mit der anderen an seiner rechten Hand. Beide schwitzten stark und ihre Haut war wie geölt. Ihre Finger begannen, zwischen seinen hindurchzurutschen.

«Ich kann mich nicht mehr halten», keuchte sie.

«Der Busch», sagte er», lass nur den Busch nicht los.»

Obwohl sein Griff so stark war, dass sie meinte, er würde ihr die Finger brechen, löste er sich schließlich wie ein gebrochenes Kettenglied und sie fiel wieder, bis der Busch ihren Sturz aufhielt. Die Zweige knackten und bogen sich unter ihrem Gewicht.

«Der Busch reißt gleich ab!», schrie sie.

«Ich kann dich nicht packen!» Er tastete mit beiden Händen nach ihr und sie streckte ihre freie Hand aus, doch es reichte nicht.

«Zieh dich hoch! Du musst dich hochziehen, damit ich dich packen kann!», krächzte er. Das Eis um ihr Herz lähmte ihre Muskeln. Sie wusste, es war vorbei. Er sah die Verzweiflung in ihren Augen, sah wie ihr Griff an dem Busch sich zu lösen begann.

Er hatte keine Wahl. Er musste sie zu einer letzten Anstrengung herausfordern. «Nun zieh schon, du Schwächling!», knurrte er. «Zieh dich schon hoch, du schlaffes Mauerblümchen!»

Seine Beschimpfungen machten sie wütend und gaben ihr die Kraft zu einem letzten Versuch, obwohl sie wusste, dass es zwecklos war. Selbst wenn sie ihn erreichte, würden ihre schweißnassen Hände keinen Halt finden. Sie langte nach dem Busch, doch die Zweige konnten ihr Gewicht nicht mehr halten und begannen zu brechen.

«Ich stürze!», schluchzte sie.

«Nein, verdammt noch mal, nein!», schrie er, doch der Busch gab immer mehr nach. Sie begann abzurutschen und stürzte. Im nächsten Augenblick spürte sie zwei starke Hände um die Handgelenke. Ihr Sturz wurde so abrupt aufgehalten, dass es ihr fast die Arme aus den Schultergelenken riss.

Mit letzter Anstrengung hatte Mansur seine Beine aus der Felsspalte befreit, in der er sie verkeilt hatte, und sich über den Rand des Abgrunds geworfen. Mit voll ausgestreckten Armen und Beinen hatte er sie gerade noch abfangen können. Er hing mit dem Kopf nach unten, sein einziger Halt die Stiefelspitzen in der Felsspalte über ihm. Nun musste er sie hochziehen, bevor sie ihm wieder durch die Finger rutschte. Er stützte sich mit den Ellbogen an der Felswand ab und bog langsam die Arme durch. So hob er sie an, bis sie Gesicht an Gesicht waren, seine Züge schmerzverzerrt und rot geschwollen von dem Blut, das ihm in den hängenden Kopf schoss. «Höher kann ich dich nicht heben», keuchte er. Ihre Lippen berührten sich fast. «Du musst an mir heraufklettern. Benutze mich als Leiter.»

Sie hakte einen Arm um den seinen, Ellbogen durch Ellbogen. Dadurch hatte er seine andere Hand frei. Er griff nach unten und bekam ihren Ledergürtel in den Griff, an dem er sie noch etwas höher ziehen konnte. Dann griff er blitzschnell um, packte sie am Hosenboden und zog sie noch ein Stück höher, bis sie ihren anderen Arm zwischen seinen Beinen einhaken konnte. Ihr Gesicht war jetzt in Höhe seiner Taille und sie konnte über den Rand der Felswand schauen. Er formte einen Steigbügel aus seinen beiden Händen, auf den sie ihren nackten Fuß stellen konnte. Mit dieser Unterstützung konnte sie sich endlich über die Kante ziehen. Sie blieb nur für einen Augenblick auf dem Felsen ausgestreckt liegen, dann wirbelte sie herum. «Kannst du dich hochziehen?», keuchte sie. Er hing lang ausgestreckt über dem Abgrund. Es war unmöglich, er konnte es nicht ohne Hilfe über die Kante schaffen.

Er war fast zu erschöpft zu sprechen. «Hol das Pferd», krächzte er, «das Seil am Sattel. Zieh mich mit dem Pferd zurück.»

Sie schaute sich um und sah den Hengst eine halbe Meile entfernt auf dem Weg den Hang hinauf. «Dein Pferd ist nicht mehr da.»

Mansur griff nach oben und versuchte einen Griff zu finden, doch der Fels war zu glatt. Eine seiner Stiefelspitzen bewegte sich kratzend in der Felsspalte und er rutschte ein Stück weiter auf den Abgrund zu. Dann fasste sein Fuß wieder Halt. Verity war vor Schreck erstarrt. Seine Zehenspitzen, nur noch die Zehenspitzen zwischen ihm und dem sicheren Tod. Sie packte sein Fußgelenk mit beiden Händen, erkannte jedoch sofort, dass es hoffnungslos war. Niemals wäre sie in der Lage, einen so großen, schweren Mann zu halten. Sie sah, wie sein Fuß wieder abrutschte und machte sich auf das Schlimmste gefasst. Dann gab die Felsspalte, in der seine Füße steckten, schließlich nach und sein Fußgelenk wurde ihr aus den Händen gerissen.

Er schrie auf, als er über die Kante fiel und sie warf sich bäuchlings nach vorn, um in die Tiefe zu schauen. Sie rechnete damit, ihn mit wehendem Gewand in den Abgrund stürzen zu sehen, doch dann traute sie ihren Augen kaum: Er war mit dem Saum seines Umhangs an einer Granitspitze dicht unter der Felsenklippe hängen geblieben. Das hatte seinen Sturz gebremst und nun pendelte er über dem gähnenden Abgrund, direkt unter ihr. Sie streckte eine Hand aus und versuchte, ihn zu erreichen.

«Gib mir deine Hand!», rief sie. Sie war noch so geschwächt, dass ihre Hand wild zitterte.

«Du kannst mich niemals halten.» Er schaute zu ihr auf. In seinem Blick fand sie keinerlei Furcht, was sie tief berührte.

«Lass es mich versuchen», bettelte sie.

«Nein», sagte er. «Einer von uns soll abstürzen, nicht beide.»

«Bitte!», hauchte sie. Sie hörte, wie der Saum seines Gewands zu reißen begann. «Ich könnte es nicht ertragen, wenn du für mich stirbst.»

«Du wärest es wert», sagte er leise. Ihr wollte das Herz brechen. Dann blickte sie zurück, und plötzlich sah sie wieder einen Hoffnungsschimmer. Sie rutschte ein Stück von der Kante zurück und klemmte sich sicher in die Felsspalte, die Mansur als Halt benutzt hatte. Sie griff sich über die Schultern und nahm zwei Hände voll von ihrem dichten, braunen Haar, zog es vor ihre Brust und flocht es zu einem losen Zopf, der ihr bis an die Hüfte reichte. Dann legte sie sich flach auf das Felsensims, sodass sie gerade über die Kante blicken konnte, über die das Haarseil nun fiel.

«Packe mein Haar», rief sie. Er drehte den Kopf und starrte sie an. Das Ende des Zopfs streichelte sein Gesicht.

«Hast du Halt? Meinst du, du kannst mein Gewicht tragen?»

«Ja, ich habe mich in der Felsspalte verkeilt.» Sie versuchte, zuversichtlich zu klingen, obwohl sie in Wirklichkeit dachte: Und wenn ich dich nicht tragen kann, werden wir wenigstens zusammen sterben. Er wickelte sich ihr Haar um ein Handgelenk, gerade rechtzeitig, bevor sein Gewand nachgab. Sie hörte es reißen und im nächsten Augenblick, kaum dass sie sich gesammelt hatte, hing er mit seinem ganzen Gewicht an ihrem Haar. Der Schmerz betäubte sie fast. Ihr Kopf wurde nach vorn gerissen und ihre Wange mit solcher Gewalt auf den Felsen gerammt, dass ihre Zähne aufeinander schlugen. Sie hörte ihre Halswirbel knacken, als hinge sie am Galgen.

Mansur blieb nur für eine Sekunde an dem Haarseil hängen, bis er sich orientiert hatte. Dann hangelte er sich daran hoch, Hand über Hand, schnell und geschickt wie ein Topprahenmann. Sie schrie unwillkürlich. Sie hatte das Gefühl, ihr würde die Kopfhaut vom Schädel gerissen, doch dann schnellte seine Hand schon an ihr vorbei, fand Griff in der Felsspalte und er hievte sich über den Rand.

Er drehte sich sofort zu ihr um, umfasste sie und zog sie in Sicherheit. Er zog sie an seine Brust und drückte sein Gesicht auf ihren Kopf. Er wusste, wie ihr die Kopfhaut schmerzen musste. Sie lag in seinen Armen und weinte wie in bitterster Trauer. Er wiegte sie sanft, als wäre sie ein Kind, und flüsterte Worte des Trosts und der Dankbarkeit in ihr Haar. Nach einer Weile rührte sie sich und er dachte, sie wollte sich aus seiner Umarmung lösen. Er wollte sie loslassen, doch sie legte ihm sofort die Arme um den Hals. Sie drückte sich an seine Brust, ihre Körper schienen durch die schweißtriefenden Kleider miteinander zu verschmelzen. Ihr Schluchzen legte sich schließlich und, ohne sich von ihm zu lösen, schaute sie auf und blickte ihm in die Augen. «Du hast mein Leben gerettet», flüsterte sie.

«Und du das meine», sagte er. Die Tränen strömten ihr noch über die Wangen und ihre Lippen zitterten. Er küsste sie und ihre Lippen öffneten sich ohne Widerstand. Ihre Tränen schmeckten nach Salz und ihr Mund nach duftenden Kräutern. Es war ein langer Kuss, der erst endete als sie wieder atmen mussten.

«Du bist kein Araber», flüsterte sie. «Du bist Engländer.»

«Du hast mich ertappt», sagte er und küsste sie wieder.

Als sie sich voneinander lösten, fragte sie: «Wer bist du?»

«Ich werde es dir sagen», versprach er, «aber nicht jetzt.»

Er suchte wieder ihre Lippen und sie schenkte sie ihm gern.

Nach einer Weile legte sie beide Hände auf seine Brust und schob ihn sanft von sich. «Bitte, Mansur, wir müssen damit aufhören. Sonst wird etwas geschehen, das alles verderben wird, bevor es begonnen hat.»

«Es hat schon begonnen, Verity.»

«Ja, ich weiß», sagte sie.

«Es begann, als ich dich das erste Mal sah, an Bord der *Arcturus*.»

«Ich weiß», sagte sie wieder und stand geschwind auf. Sie strich sich den prächtigen Haarschopf aus dem Gesicht.

«Sie kommen.» Sie zeigte das Tal hinauf zu der Gruppe von Reitern, die auf sie zugaloppiert kamen.

Auf dem Rückweg nach Isakanderbad hörten sich al-Salil und Sir Guy an, was Verity von der Tragödie zu berichten hatte, der sie so knapp entgangen waren. Als al-Salil seinen Sohn nach seiner Version der Ereignisse fragte, antwortete Mansur natürlich auf Arabisch und Verity ließ ihren Vater in dem Glauben, dass der Prinz kein Englisch sprach. Sie übersetzte für Sir Guy, wie er ihren Mut und ihre Findigkeit pries und konnte auch keine der Übertreibungen auslassen, da sie nun wusste, dass Mansur jedes Wort verstand.

Am Ende lächelte Sir Guy dünnlippig und nickte Mansur zu. «Sag ihm bitte, dass wir in seiner Schuld stehen.» Dann veränderte sich sein Gesichtsausdruck plötzlich. «Wie kommst du dazu, mit ihm allein zu sein, Kind? Dein Benehmen ist ein Skandal.» Wieder bemerkte Mansur die Furcht in ihrem Blick.

Die Sonne war untergegangen und es war fast dunkel, als sie an dem Jagdlager ankamen. Verity fand ihr Zelt von Lampen erleuchtet, deren Dochte auf parfümiertem Öl schwammen, und die Diener hatten die Kleider ausgepackt, die sie vom Schiff mitgebracht hatte. Drei Zofen waren dafür abgestellt worden, ihr jeden Wunsch zu erfüllen. Als sie für ihr Bad bereit war, gossen sie Kannen voll duftenden Wassers über sie. Die Mädchen kicherten und bewunderten ihren schönen, weißen Körper.

Das Abendessen wurde unter dem funkelnden Sternenzelt serviert. Die Wüstenluft war nun angenehm kühl und die Musikanten spielten leise, sanfte Melodien. Nach dem Essen boten die Diener Wasserpfeifen an, doch nur al-Salil nahm das Angebot an, während Sir Guy sich eine der langen, schwarzen Zigarren anzündete, die Verity in einer goldenen Dose stets für ihn bei sich trug. Sie bot auch Mansur höflich eine an, doch der winkte ab. «Danke, meine Dame, Tabak ist noch nie nach meinem Geschmack gewesen.»

«Das verstehe ich», entgegnete sie, «auch ich finde den Geruch des Tabakrauchs höchst unangenehm.» Sie senkte instinktiv ihre Stimme, obwohl ihr Vater kein Arabisch sprach.

Jetzt war Mansur sicher, dass sie in Furcht vor ihm lebte. Sir Guy war ein harter, unerbittlicher Mann und Mansur wusste, er musste sehr vorsichtig sein mit seinen Plänen. Er sprach ebenfalls leise, als er nun sagte: «Am Ende dieser Straße ist ein antiker Tempel der Aphrodite. Kurz vor Mitternacht geht der Mond auf. Der Tempel mag einer heidnischen Gottheit geweiht sein, doch im Mondschein ist er wunderschön.»

Verity hatte ihn nicht gehört. So schien es jedenfalls, nach ihrer Reaktion zu urteilen. Sie drehte sich zu ihrem Vater um und übersetzte die Bemerkung, die Sir Guy zu al-Salil gemacht hatte. Sie sprachen darüber, wie dankbar der Kalif war, dass Sir Guy im Namen der Kompanie und der britischen Regierung intervenieren wollte. «Wie kann ich meiner Dankbarkeit am besten Ausdruck verleihen?», fragte al-Salil. Sir Guy schlug daraufhin höflich vor, fünfhunderttausend Goldrupien wären wohl angemessen, und danach jährliche Zahlungen von jeweils hunderttausend.»

Der Kalif verstand nun, wie sein Bruder das riesige Vermögen angehäuft hatte, das man ihm nachsagte. Um so viel Gold abzutransportieren, bräuchte man zwei schwere Ochsenkarren. In den Schatzkammern von Maskat wäre momentan nicht einmal ein Zehntel dieser Summe zu finden gewesen, doch das ließ er Sir Guy nicht wissen. Stattdessen sagte er: «Darüber können wir ein andermal reden, denn ich hoffe mich Eurer Gesellschaft noch für viele Tage erfreuen zu können. Es ist spät, wenn wir morgen wieder vor Sonnenaufgang aufstehen wollen, sollten wir uns jetzt zurückziehen. Mögen angenehme Träume Euren Schlaf begleiten.»

Verity nahm den Arm ihres Vaters und er eskortierte sie zu ihrem Zelt, wohin die Fackelträger sie nun führten. Mansur schaute ihnen nach, seine Gefühle waren in Aufruhr. Nichts deutete darauf hin, dass sie ihre Verabredung einhalten würde.

Später wickelte er sich in einen schwarzen Umhang und wartete im Tempel der Aphrodite. Der Mond schien durch ein Loch in dem verfallenen Dach und beleuchtete die Statue der Göttin. Der perlweiße Marmor schimmerte wie von innerem Leben. Ihr fehlten beide Arme – das Alter hatte seinen Tribut gefordert –, doch die Figur war noch so anmutig wie eh und je und das angeschlagene Gesicht lächelte wie in ewiger Ekstase.

Istaph, sein stets zuverlässiger Bootsführer von der *Sprite*, den er als Wache auf dem Dach postiert hatte, ließ einen leisen Pfiff hören. Mansur hielt den Atem an. Sein Herz schlug schneller. Er erhob sich von dem umgestürzten Steinblock, auf den er sich gesetzt hatte, und ging in die Mitte des Tempels, damit sie ihn sofort sehen konnte und nicht erschrak, wenn er plötzlich aus den Schatten erschiene. Er sah das schwache Licht ihrer Lampe, als sie die enge Gasse herunterkam, über das Geröll und die Trümmer von dreitausend Jahren.

Sie blieb stehen und schaute zu ihm herüber. Dann stellte sie die Lampe in einer Nische neben dem Eingang ab und schob ihre Kapuze zurück. Sie hatte ihr Haar zu einem einzelnen Zopf geflochten, der ihr über eine Schulter hing. Im Mondschein wirkte sie blass wie die Göttin selbst. Auch er öffnete nun seinen Umhang und ging ihr entgegen. Ihr Gesichtsausdruck war ernst und zurückhaltend.

Als er auf Armeslänge vor ihr war, hob sie eine Hand. «Wenn Ihr mich berührt, muss ich sofort gehen. Ihr habt gehört, was mein Vater gesagt hat. Es ist mir untersagt, je wieder mit Euch allein zu sein.»

«Ja, ich habe es gehört. Ich verstehe Ihre Lage», versicherte er ihr. «Ich bin dankbar, dass Sie dennoch gekommen sind.»

«Es war nicht richtig, was heute geschehen ist.»

«Es war meine Schuld», sagte er.

«Keinem von uns kommt irgendwelche Schuld zu. Unsere Erleichterung und Dankbarkeit waren unter diesen Umständen nur natürlich. Dennoch habe ich manche dummen Dinge gesagt, die Ihr vergessen solltet. Dies ist das letzte Mal, dass wir uns auf diese Weise sehen.»

«Ich werde jeden deiner Wünsche erfüllen.»

«Danke, Hoheit.»

Mansur wechselte ins Englische. «Willst du mich nicht wenigstens als einen Freund behandeln und Mansur nennen, statt mich bei diesem Titel anzureden, der dir so schwer von den Lippen kommt?»

Sie antwortete lächelnd in derselben Sprache: «Wenn das dein wirklicher Name ist. Mir scheint, dahinter verbirgt sich viel mehr, als du mir sagen willst, Mansur.»

«Ich habe dir versprochen, ich werde es dir erklären, Verity.»

«Das hast du allerdings. Deshalb bin ich hier.»

Sie ließ sich auf einem Steinblock nieder, der gerade groß genug war, dass sie allein darauf sitzen konnte. Sie zeigte auf einen anderen in taktvollem Abstand. «Willst du dich nicht auch setzen?»

Er setzte sich ihr gegenüber. Sie stützte einen Ellbogen auf ihr Knie und beugte sich gespannt vor, das Kinn auf die Hand gestützt. «Ich lausche.»

Er schüttelte lachend den Kopf. «Wo soll ich beginnen? Wie kann ich dich je dazu bringen, dass du mir glaubst?» Er sammelte seine Gedanken für einen Augenblick. «Lass mich mit dem Unglaublichsten beginnen. Wenn ich dich davon überzeugen kann, wirst du den Rest der Medizin leichter schlucken können.»

Sie nickte einladend und er holte tief Luft. «Mein englischer Familienname ist derselbe wie deiner: Courtney. Ich bin dein Vetter.»

Sie brach in Lachen aus. «Bei allem, was recht ist, du hast mich gewarnt, aber das ist tatsächlich bittere Medizin, die du mir da verabreichen willst.» Sie machte Anstalten, aufzustehen und wegzugehen. «Ich verstehe. Du willst dich über mich lustig machen.»

«Warte! Hör mir wenigstens zu!» Sie sank auf ihren Stein zurück. «Sagen dir die Namen Thomas und Dorian Courtney etwas?» Das Lächeln verschwand von ihren Lippen und sie nickte schweigend. «Was hast du von diesen beiden Männern gehört?»

Sie dachte einen Augenblick nach. Die Erinnerung bereitete ihr offenbar keine Freude. «Tom Courtney war ein furchtbarer Verbrecher. Er war der Zwillingsbruder meines Vaters. Er hat seinen älteren Bruder William ermordet und musste dann aus England fliehen. Er ist in der afrikanischen Wildnis umgekommen und liegt irgendwo verscharrt, in einem namenlosen Grab. Niemand trauert um ihn.»

«Ist das alles, was du über ihn weißt?»

«Nein. Ich weiß noch mehr», gab Verity zu. «Er ist eines noch schändlicheren Verbrechens schuldig.»

«Schlimmer als ein Brudermord?»

Verity schüttelte den Kopf. «Ich kenne die Einzelheiten nicht, nur dass es so unaussprechlich böse war, dass es seinen Namen und sein Gedenken für immer beflecken wird. Ich weiß nicht, welche Sünden er begangen hat, aber sie müssen sehr schlimm sein, denn wir durften noch nicht einmal seinen Namen erwähnen.»

«Wir? Wen meinst du? Wer ist die andere Person?»

«Christopher, mein älterer Bruder.»

«Es tut mir weh, dass ich derjenige sein muss, der dich darüber aufklären muss, aber was du über Tom Courtney zu wissen meinst, ist nichts als ein trauriges Zerrbild der Wahrheit», fuhr Mansur fort, «doch bevor wir weiter darüber reden, sage mir, was du über Dorian Courtney weißt.»

Verity zuckte die Schultern. «Sehr wenig, denn da gibt es nicht viel zu wissen. Er war der jüngste Bruder meines Vaters – nein, das stimmt nicht ganz, er war ein Halbbruder. Er fiel unglücklicherweise arabischen Piraten in die Hände, als er noch ein Kind war, zehn oder zwölf Jahre alt. Tom Courtney, dieser verkommene Schurke, hatte die Schuld an seiner Entführung. Er unternahm damals nichts, um ihn zu retten. Dorian starb dann an Fieber und gebrochenem Herzen, als Gefangener in irgendeinem Piratennest.»

«Woher weißt du das alles?»

«Mein Vater hat es uns erzählt und Dorians Grab habe ich mit eigenen Augen gesehen, auf dem alten Friedhof auf der Insel Lamu. Ich habe Blumen auf sein Grab gelegt und für seine arme kleine Seele gebetet. Ich weiß, er ruht nun am Busen Jesu. Das ist alles.»

Im Mondschein sah Mansur die Träne, die an ihrer Wimper zitterte. «Bitte weine nicht für den kleinen Dorian», sagte er leise. «Du bist heute mit ihm auf Jagd gewesen. Vor wenigen Stunden hast du mit ihm beim Essen gesessen.»

Sie zuckte zusammen, dass die Träne von der Wimper fiel und über ihre Wange floss. Sie starrte ihn an. «Ich verstehe nicht!»

«Dorian ist der Kalif.»

«Wenn das wahr ist … dann wäre ich deine Kusine!»

«Bravo! Jetzt sind wir wieder da, wo wir begonnen haben.»

Sie schüttelte den Kopf. «Das kann nicht sein … und doch hast du etwas – …» Sie stockte und fing noch einmal von vorne an. «Als ich dich das erste Mal sah, spürte ich etwas, eine Nähe, die ich mir nicht erklären konnte.» Sie sah verstört aus. «Wenn all dies ein Witz ist, dann ist es ein sehr grausamer Witz.»

«Kein Witz, das schwöre ich dir.»

«Es gehört mehr dazu, mich zu überzeugen.»

«Mehr? Ja, ich kann dir noch viel mehr erzählen, mehr als du dir vorstellen kannst. Soll ich damit beginnen, wie die Piraten Dorian an den Kalifen al-Malik verkauft haben und wie der Kalif ihn so lieb gewann, dass er ihn adoptierte und wie seinen eigenen Sohn behandelte? Soll ich erzählen, wie Dorian sich in seine Adoptivschwester, die Prinzessin Yasmini verliebte, und wie sie zusammen flohen? Wie sie ihm einen Sohn gebar, dem sie den Namen Mansur gaben? Wie Yasminis Halbbruder Zayn al-Din nach al-Maliks Tod den Kalifenthron bestieg? Und wie dieser Zayn al-Din vor nicht einmal einem Jahr einen Mörder ausgesandt hat, der meine Mutter getötet hat?»

«Mansur!» Verity war so bleich wie die marmorne Aphrodite. «Deine Mutter? Zayn al-Din hat deine Mutter ermorden lassen?»

«Das ist der Hauptgrund, weshalb wir, mein Vater und ich, nach Oman zurückgekehrt sind: Um meine Mutter zu rächen und unser Volk aus der Tyrannei zu erlösen. Doch jetzt muss ich dir auch die Wahrheit über meinen Onkel Tom erzählen. Er ist nicht die Bestie, als die du ihn beschrieben hast.»

«Mein Vater hat uns erzählt …»

«Ich habe ihn das letzte Mal vor einem Jahr gesehen, gesund und munter in Afrika. Er ist der beste Mann, den du dir vorstellen kannst, tapfer und aufrichtig. Er ist mit deiner Tante Sarah verheiratet, der jüngeren Schwester deiner Mutter.»

«Sarah ist tot!», rief Verity aus.

«Nein, sie ist sehr lebendig. Wenn du sie kenntest, würdest du sie ebenso lieben wie ich. Du bist wie sie, so stark und stolz. Sogar äußerlich seid ihr euch ähnlich. Sie ist groß und schön.» Er lächelte und fügte leise hinzu: «Du scheinst ihre Nase geerbt zu haben.» Verity fasste sich an die Nasenspitze und lächelte schwach.

«Mit einer solchen Nase kann sie nicht sehr schön sein.» Das kleine Lächeln verblasste. «Sie haben mir erzählt – meine Mutter und mein Vater haben mir erzählt, sie wären alle tot, Dorian, Tom und Sarah …» Verity versuchte zu begreifen, was sie soeben gehört hatte.

«Tom Courtney hat in seinem Leben zwei Fehler begangen. Er hat seinen Bruder William getötet, in einem fairen Kampf, in Selbstverteidigung, als Black Billy ihn ermorden wollte.»

«Ich dachte, Tom hätte William im Schlaf erstochen.» Sie ließ ihre Hand sinken und blickte Mansur an.

«Toms anderer Fehler war, dass er deinen Bruder Christopher gezeugt hat. Deshalb haben deine Eltern ihn so gehasst.»

«Nein!» Sie sprang auf. «Mein Bruder ist kein Bastard! Meine Mutter ist keine Hure!»

«Deine Mutter hat ihn in Liebe empfangen. Das macht sie nicht zur Hure», sagte Mansur und sie sank wieder auf ihren Steinblock. Sie streckte ihren Arm aus und legte ihm ihre

Hand auf den Arm. «Oh Mansur! Das ist zu viel für mich, ich kann es nicht ertragen. Deine Worte reißen meine Welt in Stücke.»

«Ich erzähle dir all dies nicht, um dir wehzutun, Verity, sondern um unser beider willen.»

«Ich verstehe nicht.»

«Ich habe mich in dich verliebt», sagte Mansur. «Du hast mich gefragt, wer ich bin, und weil ich dich liebe, musste ich es dir erklären.»

«Du täuschst dich nur selbst. Du täuschst dich und mich», flüsterte sie. «Liebe fällt nicht einfach wie Manna vom Himmel. Liebe muss langsam wachsen zwischen zwei Menschen …»

«Sag, dass du nichts für mich empfindest, Verity.»

Sie wollte nicht antworten. Sie sprang stattdessen auf und blickte zum Himmel, als suchte sie dort nach einer Antwort. «Es wird schon hell. Mein Vater darf niemals erfahren, dass wir uns getroffen haben. Ich muss sofort zu meinem Zelt zurück.»

«Beantworte meine Frage, bevor du gehst. Sage mir, du empfindest nichts für mich, und ich werde dich nie mehr belästigen.»

«Wie kann ich das sagen, wenn ich nicht weiß, was ich empfinde? Ich verdanke dir mein Leben. Das andere weiß ich nicht, noch nicht.»

«Verity, gib mir nur ein Körnchen Hoffnung.»

«Nein, Mansur. Ich muss jetzt gehen, kein Wort mehr.»

«Können wir uns morgen Nacht wieder hier treffen?»

«Du kennst meinen Vater nicht …» Sie hielt abrupt inne. «Ich kann dir nichts versprechen.»

«Es gibt noch so viel, was ich dir erzählen muss.»

Sie lachte kurz auf. «Hast du mir nicht schon genug für ein ganzes Leben erzählt?»

«Wirst du kommen?»

«Ich werde es versuchen, aber nur, um mir den Rest deiner Geschichte anzuhören.» Sie hob die Lampe auf, zog sich die Kapuze über den Kopf und lief aus dem Tempel.

In der Morgendämmerung ritt der Kalif wieder mit seinen Gästen aus, um seine Falken fliegen zu lassen. Sie erlegten drei Trappen, bevor sich die Hitze auf die Wüste senkte und sie in den Schutz der Zelte zurückkehren mussten.

In der Mittagshitze sprach Sir Guy zum Rat und erklärte den Ministern, wie er Oman vor dem Tyrannen retten und aus den Klauen der Türken und Moguln befreien würde. «Ihr müsst euch unter die Schirmherrschaft des englischen Monarchen und seiner Handelskompanie stellen.»

Die Scheichs hörten ihn an und stritten miteinander. Sie waren freie, stolze Männer. Schließlich fragte Mustafa Zindara für alle: «Wir haben den Schakal aus unseren Schafherden vertrieben. Warum sollten wir nun dem Leoparden erlauben, seinen Platz einzunehmen? Wenn dieser englische Monarch möchte, dass wir uns zu seinen Untertanen machen, wird er dann zu uns kommen, damit wir sehen können, wie er reitet und mit der Lanze kämpft? Wird er uns in die Schlacht führen, wie al-Salil es getan hat?»

«Der König von England wird seinen Schild über euch halten und euch vor euren Feinden beschützen», wich Sir Guy der Frage aus.

«Und was ist der Preis für diesen Schutz? Wie viel Gold müssten wir dafür bezahlen?», fragte Mustafa Zindara.

Al-Salil bemerkte, dass Mustafas Zorn wuchs. Er blickte Verity an und sagte leise: «Ich muss Ihren Vater um Nachsicht bitten. Wir müssen seinen Vorschlag besprechen. Ich muss meinen Männern erklären, was es bedeuten würde, um ihre Ängste zu beschwichtigen.» Er wandte sich an den Rat. «Wir sollten morgen früh weiterreden.»

Verity tat alles, um Mansur aus dem Weg zu gehen. Sie blickte nicht einmal in seine Richtung. Wann immer er in ihre Nähe kam, wandte sie sich ihrem Vater oder dem Kalifen zu. Er bemerkte die Veränderung in der Art, wie sie Dorian anschaute, jetzt wo sie wusste, dass er ihr Onkel war. Sie blickte ihm ins Gesicht und schaute ihm in die Augen, wenn er zu ihr sprach. Aufmerksam folgte sie jeder seiner Gesten, Mansur dagegen schien für sie nicht zu existieren. Während der Nachmittagsjagd hielt sie sich dicht an Sir Guys Seite. Am Ende musste Mansur sich damit zufrieden geben, bis zum Abendessen zu warten. Nur einmal erhaschte er Veritys Blick und nickte ihr eine stumme Frage zu, doch sie hob nur vieldeutig eine Augenbraue.

Als der Kalif die Gesellschaft endlich entließ, konnte Mansur erleichtert in sein eigenes Zelt entkommen. Er wartete, dass es draußen ruhig wurde. Selbst wenn es ihr Wunsch war, die Verabredung einzuhalten, würde sie erst gehen, wenn alles still wäre. Es herrschte an diesem Abend jedoch eine eigenartige Unruhe im Lager. Die Männer liefen umher, man hörte laute Stimmen und Gesang. So musste er bis lange nach Mitternacht warten, bevor er sein Zelt verlassen und sich auf den Weg zu dem Tempel machen konnte. Zu seiner Überraschung erwartete ihn dort Istaph vor dem Eingang. «Ist alles in Ordnung?», fragte Mansur.

Istaph flüsterte: «Es sind Fremde in unserem Lager.»

«Wer sind sie?»

«Zwei Männer sind aus der Wüste gekommen, während der Kalif mit seinen Gästen speiste. Sie verbargen sich bei den Pferden. Als der englische Effendi mit seiner Tochter die Gesellschaft verließ, ging das Mädchen nicht wie letzte Nacht zu ihrem eigenen Zelt. Sie ging mit ihrem Vater. Und dann kamen die beiden Fremden dazu.»

«Attentäter?», rief Mansur erschrocken aus.

«Nein», beruhigte ihn Istaph schnell, «ich konnte hören, wie der Effendi sie begrüßte, als sie sein Zelt betraten.»

«Bist du sicher, du hast diese beiden Männer noch nie gesehen?»

«Ja, ich bin sicher, es sind Fremde. Ich kenne sie nicht.»

«Wie sind sie gekleidet?»

«Sie tragen arabische Gewänder, doch nur einer von ihnen ist ein Omaner.»

«Wie sieht der andere aus?»

Istaph zuckte die Schultern. «Ich konnte ihn nur für einen Augenblick sehen. Es ist schwer, es nur nach dem Gesicht zu beurteilen, aber ich glaube, er ist ein Ferengi.»

«Ein Europäer?», rief Mansur überrascht. «Bist du sicher?»

Istaph zuckte wieder die Schultern. «Ich hatte den Eindruck.»

«Und sie sind immer noch im Zelt des Konsuls, und die Frau ist bei ihnen?», fragte Mansur noch einmal.

«Sie waren alle noch in dem Zelt, als ich wegging, um dich hier abzufangen.»

«Komm mit, aber Vorsicht, wir dürfen nicht gesehen werden!»

«Die einzigen Wachen stehen in einem weiten Kreis um das Lager herum», sagte Istaph.

Mansur ging lautlos die enge Gasse zurück, die er gekommen war, als wollte er zu seinem Zelt zurück. Er duckte sich hinter einen Haufen antiken Mauerwerks und wartete, bis er sicher war, dass niemand sie beobachtete. Dann schlich er mit Istaph hinter Sir Guys Zelt. Drinnen brannte Licht, Mansur konnte Stimmen hören.

Verity übersetzte offenbar für ihren Vater: «Er sagt, die anderen werden innerhalb einer Woche hier sein.»

«Eine Woche!», rief Sir Guy. «Ich warte schon seit Anfang des Monats auf sie!»

«Leise, Vater, sonst hört man dich im ganzen Lager.»

Für eine Weile hörte Mansur nur noch Gemurmel. Dann sprach jemand auf Arabisch. Mansur konnte keine einzelnen Worte ausmachen. Dennoch wusste er, er hatte diese Stimme schon einmal gehört, obwohl er nicht sicher war, wo oder wann.

Verity flüsterte kaum vernehmlich ihre Übersetzung, worauf Sir Guy wieder seine Stimme erhob. «Daran darf er nicht einmal denken! Sag ihm, das könnte all unsere Pläne zunichte machen. Seine Privatangelegenheiten müssen noch warten. Er soll seine blutrünstigen Instinkte zügeln, bis wir mit dem anderen fertig sind.»

Mansur lauschte angestrengt, konnte jedoch nur einzelne Wortfetzen verstehen. Einmal sagte Sir Guy: «Kein einziger Fisch darf uns durch die Maschen schlüpfen.»

Dann hörte Mansur, wie die Fremden sich verabschiedeten. Wieder zermarterte er sein Hirn, wo er diese arabische Stimme gehört hatte, die die traditionellen Abschiedsgrüße flüsterte.

Nun sprach der zweite Fremde zum ersten Mal. Istaph hatte sich nicht getäuscht: Dies war ein Europäer. Er sprach Arabisch, aber mit einem harten deutschen oder holländischen Akzent. Er konnte sich nicht erinnern, die Stimme schon einmal gehört zu haben, und konzentrierte sich lieber darauf, was Sir Guy und der Araber sich zu sagen hatten. Dann wurde es still und Mansur wurde klar, dass die Fremden Sir Guys Zelt so lautlos verlassen hatten, wie sie gekommen waren. Er sprang aus seinem Versteck und spähte um eine Ecke des Zeltes. Er musste seinen Kopf jedoch sofort wieder zurückziehen, denn keine zehn Schritte entfernt standen Sir Guy und Verity am Zelteingang und unterhielten sich leise, während sie in die Richtung schauten, in die ihre Besucher verschwunden waren. Wenn Mansur und Istaph ihnen gefolgt wären, hätte Sir Guy sie bestimmt bemerkt. Vater und Tochter blieben noch einige Minuten in dem Zelteingang stehen, bevor sie wieder hineingingen, und inzwischen waren die fremden Besucher längst zwischen den anderen Zelten verschwunden.

Mansur drehte sich zu Istaph um, der dicht hinter ihm stand. «Wir dürfen sie nicht entkommen lassen. Such das andere Ende des Lagers ab, und versuch herauszufinden, ob sie in die Richtung geritten sind. Ich kümmere mich um die Nordseite des Lagers.»

Sie liefen sofort los. Etwas in der Stimme des Fremden erfüllte Mansur mit düsteren Vorahnungen. Ich muss herausfinden, wer dieser Araber ist, dachte er.

Als er bei den letzten Ruinen am Nordrand des Lagers ankam, sah er zwei der Wachposten im Schatten der Mauern zusammenstehen. Sie stützten sich auf ihre Krummsäbel und unterhielten sich leise. «Sind zwei Männer hier durchgekommen?», rief Mansur ihnen zu.

Sie erkannten seine Stimme und kamen zu ihm gelaufen. «Nein, Hoheit, hier ist niemand vorbeigekommen.» Sie schienen hellwach zu sein und Mansur glaubte ihnen.

«Sollen wir Alarm schlagen?», fragte einer der Männer.

«Nein», antwortete Mansur, «geht wieder auf euren Posten.»

Die Fremden mussten also nach Süden gegangen sein, zu dem ausgetrockneten Flussbett hinab. Er rannte durch das dunkle Lager und sah im Mondschein, wie Istaph ihm entgegenkam. Aus der Entfernung rief Mansur ihm zu: «Hast du sie gefunden?»

«Ja. Hoheit, folgt mir!», rief Istaph mit heiserer, erschöpfter Stimme. Sie liefen zusammen den Hang hinab, bis Istaph von dem Pfad abbog und Mansur auf ein hohes Dornengebüsch zuführte.

«Sie haben Kamele», keuchte er.

Im nächsten Augenblick brachen zwei Reiter aus dem Gebüsch hervor. Mansur blieb auf der Stelle stehen und sie blickten den beiden Fremden nach, die unter ihnen den Hang entlangritten, nicht weiter als einen Pistolenschuss von ihnen entfernt. Sie ritten prächtige Rennkamele mit prallen Satteltaschen und genug Wassersäcken für eine lange Wüstenreise, ein gespenstisches Bild, wie sie sich im silbernen Mondschein lautlos auf die offene Wüste zu bewegten.

«Halt!», rief Mansur ihnen nach. «Halt, im Namen des Kalifen, ich befehle euch, stehen zu bleiben!»

Die Reiter drehten sich blitzschnell in ihren hohen Sätteln um, als sie seine Stimme hörten, und blickten zu ihm zurück. Mansur erkannte sie sofort. Den Mann mit den europäischen Gesichtszügen, den Istaph einen Ferengi genannt hatte, hatte er seit Jahren nicht mehr gesehen. Es war jedoch der Araber, den er nun anstarrte. Der Mann hatte sein Gesicht entblößt, das nun für einen flüchtigen Augenblick im Mondlicht aufblitzte. Für einen Herzschlag starrten sie einander an, dann beugte sich der Araber über den Hals seines Kamels und trieb es mit seinem langen Reitstock in den ausgreifenden, eleganten Trab, in dem es in so erstaunlichem Tempo ganze Wüsten durchqueren konnte. Der dunkle Umhang blähte sich hinter dem Reiter, während er in dem Tal verschwand, mit seinem Ferengi-Freund dicht auf den Fersen.

Mansur war wie gelähmt vor ungläubigem Schock. Er

starrte den beiden Eindringlingen nach. Schwarze Gedanken schienen auf seinen Kopf einzuprügeln wie Geierflügel, bis es ihm endlich gelang, sich zu fassen. Ich muss zu meinem Vater, dachte er, ich muss ihn warnen, welche Gefahr uns droht.

Mansur rannte den ganzen Weg, schnell und lautlos zwischen den Zelten hindurch, immer noch darauf bedacht, keinen Alarm auszulösen. Zwei Wachen standen vor dem Zelt des Kalifen, doch auf ein leises Wort von Mansur steckten sie die Krummsäbel in ihre Scheiden und traten zur Seite. Er ging sofort in das innere Gemach des großen Pavillonzeltes. Eine einzelne Öllampe auf einem bronzenen Dreibein tauchte den Raum in warmes Licht.

«Vater!», rief er.

Dorian setzte sich auf seiner Schlafmatte auf. «Wer ist da?»

«Mansur.»

«Was ist? Was hast du zu dieser Stunde?» Dorian war Mansurs drängende Stimme aufgefallen.

«Zwei Fremde sind heute Nacht in unser Lager eingedrungen. Sie haben sich mit Sir Guy getroffen.»

«Wer waren sie?»

«Der eine war Captain Koots von der Garnison am Kap, der Mann, der Jim durch die Wildnis verfolgt hat.»

«Was, Koots hier in Oman?» Dorian war nun hellwach. «Unmöglich. Bist du sicher?»

«Absolut sicher, doch noch sicherer bin ich, was den anderen Mann angeht. Sein Gesicht wird in meiner Seele eingebrannt bleiben, bis zum Tag meines Todes.»

«Sprich!», befahl Dorian.

«Es war der Mörder, Kadem ibn Abubaker, das Schwein, das meine Mutter erstochen hat.»

«Wo sind sie jetzt», fragte Dorian mit rauer Stimme.

«Sie sind in die Wüste geflohen, bevor ich sie stellen konnte.»

«Wir müssen ihnen sofort folgen. Wir dürfen Kadem nicht noch einmal entkommen lassen.»

«Sie haben Rennkamele», gab Mansur zu bedenken, «und sie reiten auf die Dünen zu, wo wir sie zu Pferde niemals einholen werden.»

«Wir müssen es trotzdem versuchen», erwiderte Dorian und rief nach den Wachen.

D̲IE DÄMMERUNG GLÜHTE SCHON über dem östlichen Horizont, bis bin-Shibam ein Kommando seiner Wüstenkrieger zusammengestellt hatte und alle abmarschbereit waren. Sie galoppierten die Steinstraße zu der Stelle hinunter, wo Mansur die beiden Fremden hatte verschwinden sehen. Der Boden war steinig und von der Sonne zusammengebacken. Die Kamele hatten keine unmittelbar sichtbaren Spuren hinterlassen und sie hatten keine Zeit, die geübtesten Jäger jeden Zentimeter absuchen zu lassen.

Mit Mansur an der Spitze ritten sie in die Richtung, die Kadem in die Wildnis eingeschlagen hatte, und nach zwei Stunden sahen sie die Silhouetten der Sanddünen vor sich aufsteigen. Im Licht des frühen Morgens schimmerten die glatten Hänge, an denen der Sand hinabfloss, blau, purpurn und violett wie Amethyste. Die Kämme waren scharf und gewunden wie der Rücken eines riesigen Leguans.

Dort fanden sie schließlich die Spuren von zwei Kamelen, tiefe Kuhlen in dem flüssigen Sand, wo sie die erste Düne erklommen und über den Kamm verschwunden waren. Sie versuchten, ihnen zu folgen, doch die Pferde sanken bei jedem Schritt bis über die Knieflechten ein und am Ende musste Dorian sich geschlagen geben.

«Genug, bin-Shibam!», sagte er zu dem verwitterten alten Krieger. «Wir kommen nicht weiter. Wartet hier auf mich.»

Er erlaubte nicht einmal Mansur, ihn zu begleiten, als er die nächste Düne hinaufritt. Für sein erschöpftes Pferd war jeder Schritt wie ein mächtiger Sprung, doch schließlich schafften sie es auf den Kamm. Dorian stieg ab und Mansur beobachtete ihn vom Fuß der Düne aus, eine hohe, einsame Gestalt, wie er in die Wüste hinausblickte, das Gewand hinter ihm in der Morgenbrise wehend. So stand der Kalif lange Zeit, bevor er auf die Knie sank und betete. Mansur wusste, er betete für Yasmini, und seine eigene Trauer um seine Mutter wallte in ihm auf, dass es ihm die Kehle zuschnürte.

Schließlich saß Dorian wieder auf und kam die Düne herunter. Sein Hengst ließ sich mit ausgestreckten Vorderläufen den Sand hinunterrutschen. Der Kalif sagte kein Wort, als er an seinen Männern vorbeikam, das Kinn auf die Brust gesenkt. So ritt er voran und führte den kleinen Trupp nach Isakanderbad zurück.

Dorian saß an den Pferdeleinen ab, wo die Stallburschen seinen Hengst übernahmen. Von dort begab er sich geradewegs zu Sir Guys Zelt, Mansur dicht hinter ihm. Er hatte vor, seinem Bruder seine wahre Identität zu offenbaren, ihn zur Rede zu stellen, ihn mit der Vergangenheit zu konfrontieren, wie gemein er Tom, Sarah und ihn selbst behandelt hatte, damals, als er in der Gewalt von Sklavenhändlern war. Und er wollte eine Erklärung von ihm verlangen, was Kadem ibn Abubaker in seinem Zelt zu suchen gehabt hatte.

Bevor sie am Zelt des Generalkonsuls waren, bemerkten sie die Veränderungen, die sich in ihrer Abwesenheit ereignet hatten. Vor dem Eingang zu dem Zelt hatte sich eine Gruppe von Fremden versammelt, alle in Seemannskleidung und schwer bewaffnet, unter Führung von Captain William Cornish von der *Arcturus*. Dorian war so wütend, dass er sie fast auf Englisch angeschrien hätte. Es kostete ihn große Mühe, die Beherrschung zu bewahren.

Mansur war unmittelbar hinter ihm, als er in das Zelt stürmte. Sir Guy und Verity trugen Reitkleider und unterhielten sich angeregt. Nun schauten sie verblüfft auf, als die beiden Männer mit grimmigem Gesicht in ihr Privatzelt gestürzt kamen.

«Frag sie, was sie wollen», befahl Sir Guy seiner Tochter. «Gib ihnen zu verstehen, dass ich ihr Benehmen als Beleidigung auffasse.»

«Mein Vater heißt Sie willkommen. Er hofft, es gibt keine ernsten Schwierigkeiten.» Verity war blass und schien aufgelöst.

Dorian ließ sich zu einer flüchtigen Begrüßungsgeste herab und schaute sich in dem Zelt um. Die Zofen waren dabei, Sir Guys Gepäck fertig zu packen.

«Ihr verlasst uns?»

«Mein Vater hat eine wichtige Botschaft erhalten. Er muss zur *Arcturus* zurück und sofort in See stechen. Er bittet mich, seinem tiefsten Bedauern Ausdruck zu geben. Er wollte Euch von seinen geänderten Plänen unterrichten, doch dann hat man ihn informiert, Ihr und Euer Sohn wäret in die Wüste geritten.»

«Wir mussten Banditen verfolgen», erklärte Dorian. «Wir sind untröstlich, dass Ihr ehrenwerter Vater uns verlassen muss, bevor wir zu einer Einigung kommen konnten.»

«Das bedauert auch mein Vater sehr. Er hofft, Ihr akzeptiert seinen Dank für die Großzügigkeit und Gastfreundschaft, die Ihr ihm gewährt habt.»

«Bevor er abreist, möchte ich ihn noch einmal um seine Hilfe bitten, wenn Sie erlauben. Es sind letzte Nacht zwei gefährliche Banditen in dieses Lager eingedrungen, einer Araber, der andere Europäer, vielleicht ein Holländer. Hat Ihr Vater mit diesen Männern gesprochen? Sie sind gesehen worden, wie sie dieses Zelt verließen.»

Sir Guy lächelte, als Verity ihm die Frage übersetzte, doch das Lächeln war nur auf seinen Lippen und sein Blick blieb kalt. «Mein Vater möchte ihnen versichern, dass die beiden Männer, die uns letzte Nacht in diesem Zelt besucht haben, keine Banditen sind», sagte Verity. «Es waren die Boten, die ihm die Nachricht gebracht haben, welche zu der Änderung seiner Pläne geführt hat.»

«Kennt Ihr Vater diese Männer gut?», fragte Dorian weiter. Sir Guys Antwort verriet keinerlei Arglist.

«Mein Vater hatte sie noch nie gesehen.»

«Was sind die Namen dieser Männer?»

«Mein Vater hat sie nicht danach gefragt. Ihre Namen sind weder von Interesse noch von Bedeutung. Sie waren nur Boten.»

Mansur beobachtete Veritys Gesicht genau, während sie diese Fragen beantwortete. Ihr Gesichtsausdruck war ruhig, doch in ihrer Stimme hörte er eine latente Spannung und in ihren Augen meinte er Schatten huschen zu sehen, als lauerten finstere Gedanken dahinter: Sie log, vielleicht für ihren Vater, vielleicht für sich selbst.

«Darf ich seine Exzellenz fragen, welcher Art die Botschaft war, die diese Männer für ihn hatten?»

Sir Guy quittierte diese Frage mit einem bedauernden Kopfschütteln. Er zog ein Pergamentpäckchen aus seiner Innentasche. Es trug, tief eingraviert, das königliche Wappen mit der Inschrift *Honi soit qui mal y pense* und zwei rote Wachssiegel. «Seine Exzellenz bedauert es sehr, doch dies ist ein offizielles, privilegiertes Dokument. Jede fremde Macht, die diese Siegel bräche, beginge einen Kriegsakt gegen die britische Krone.»

«Versichern Sie seiner Exzellenz bitte, dass niemand hier vorhat, einen Kriegsakt zu begehen.»

Weiter wollte Dorian nicht gehen. «Ich bedaure zutiefst, dass seine Exzellenz uns so plötzlich verlassen muss, und wünsche ihm eine sichere schnelle Rückreise nach Oman. Ich hoffe, er wird mir erlauben, ihn für eine Meile zu begleiten.»

«Mein Vater würde sich sehr geehrt fühlen.»

«Ich lasse Sie jetzt allein, damit Sie Ihre Reisevorbereitungen beenden können. Ich werde mit einer Ehrengarde am Rand des Lagers warten.»

Die beiden Männer verbeugten sich voreinander und der Kalif zog sich zurück. Als sie aus dem Zelt gingen, warf Verity Mansur einen schnellen Blick zu. Er wusste, sie wollte unbedingt mit ihm reden.

Sir Guy und Verity, in Begleitung von Captain Cornish und seinen bewaffneten Matrosen, kamen auf die Straße nach Osten geritten, wo Dorian und Mansur auf sie warteten. Dorian hatte seinen Zorn inzwischen tief in sich begraben und sie ritten gemeinsam aus dem Lager. Mansur ritt neben ihnen, doch Verity hielt sich dicht bei ihrem Vater und übersetzte die höflichen, wenn auch bedeutungslosen Worte, die Dorian mit Sir Guy wechselte. Auf der ersten Höhe wehte ihnen die kühle, erfrischende Seebrise ins Gesicht. Verity löste den Schal, mit dem sie ihren hohen Hut festgebunden hatte, und im nächsten Augenblick wurde er ihr vom Kopf geblasen. Auf der steifen Krempe rollte er wie ein Rad einen Hang hinab. Mansur wendete sein Pferd und ritt hinter dem Hut her. Er lehnte sich weit aus dem Sattel und hob ihn vom Boden auf, ohne sein Pferd zu bremsen. Dann kehrte er um und überreichte ihn dem Mädchen, das ihm entgegengeritten war. Sie nickte ihm ihren Dank zu, setzte den Hut auf und band ihn mit dem Seidenschal fest, sodass ihr Gesicht für einen Augenblick dahinter verborgen war. Es war ihr gelungen, sich hundert Schritte von der übrigen Gesellschaft abzusondern, sodass sie unbemerkt mit Mansur sprechen konnte.

«Wir haben nur einen Augenblick, sonst wird mein Vater misstrauisch. Du bist letzte Nacht nicht an unserem Treffpunkt erschienen», sagte sie. «Ich habe auf dich gewartet.»

«Ich konnte nicht», entgegnete er. Er wollte es ihr erklären, doch sie fiel ihm ins Wort.

«Ich habe einen Brief hinterlassen, unter dem Sockel der Göttin.»

«Verity!», rief Sir Guy mit scharfer Stimme. «Komm her, Kind! Ich brauche dich zum Dolmetschen!»

Mit dem Hut wieder sicher an seinem Platz, trat Verity ihrem Pferd in die Weichen und schloss zu ihrem Vater auf. Danach schaute sie Mansur nicht mehr an, nicht einmal, als Sir Guy und al-Salil noch einmal Komplimente austauschten und die Gruppen sich trennten. Sir Guy ritt mit seinen Leuten nach Maskat weiter, während der Kalif mit seiner Eskorte nach Isakanderbad zurückkehrte.

Im unbarmherzigen Licht der Mittagssonne wirkte der Gesichtsausdruck der Göttin nur noch melancholischer und die Schläge, die ihre Schönheit im Laufe der Jahrtausende abbekommen hatte, waren nun deutlich sichtbar. Mansur schaute sich noch einmal um, ob niemand ihn beobachtete, dann stützte er sich auf ein Knie vor dem Sockel der Statue. Jemand hatte fünf kleine, weiße Kiesel in Form einer Pfeilspitze davor ausgelegt. Sie zeigte zu einem Punkt, wo der Sand kürzlich aufgewühlt und sorgfältig wieder geglättet worden war.

Er wischte den Sand beiseite. Darunter wurde ein enger Spalt zwischen dem Marmorsockel und den Bodenplatten sichtbar. Mansur legte den Kopf auf den Boden und sah den gefalteten Pergamentbogen, den jemand tief in die Ritze geschoben hatte. Er brauchte seinen Dolch, um ihn herauszubekommen. Dann eilte er zu seinem Zelt und ging in das innerste Schlafabteil. Dort breitete er den Brief auf seiner Schlafmatte aus und begann zu lesen. Keine Grußzeile.

Ich hoffe, du kommst heute Abend. Wenn nicht, dann werde ich diesen Brief für dich hinterlassen. Ich habe die Unruhe gehört, die vor kurzem im Lager ausbrach, und wie Männer davongeritten sind. Ich kann nur annehmen, dass du unter diesen Reitern warst. Vermutlich jagt ihr gerade die beiden Männer, die diese Nacht meinen Vater besucht haben. Es sind die obersten Generäle der Armeen Zayn al-Dins. Der eine heißt Kadem ibn Abubaker. Der andere ist ein holländischer Söldner, dessen Namen ich nicht kenne. Sie kommandieren die türkische Infanterie, die den Angriff auf Maskat einleiten wird. Die Nachricht, die sie meinem Vater brachten, besagt, dass die Flotte, mit der Zayns Armee ankommen wird, nicht mehr in den Meerengen um Sansibar liegt. Die Schiffe und Boote sind vor zwei Wochen in See gestochen und ankern jetzt vor Boomi. Mein Vater und ich werden so schnell wie möglich an Bord der Arcturus *zurückkehren, damit wir nicht im Hafen von Maskat eingeschlossen werden, wenn die Türken angreifen. Mein Vater hat vor, zu Zayns Flotte zu stoßen, damit er dabei sein kann, wenn Zayn in die Stadt einzieht.*

Mansur krampfte sich das Herz zusammen. Boom war eine kleine Insel kaum zehn Meilen vor dem Hafen von Maskat. Der Feind hatte sich unbemerkt genähert und die Stadt war in furchtbarer Gefahr. Er las eilig weiter.

Zayn befindet sich auf dem Flaggschiff der Flotte. Er hat fünfzig große Dauen und siebentausend türkische Soldaten unter sich. Sie planen, auf der Halbinsel zu landen und von der Landseite her in die Stadt einzumarschieren. So hoffen sie, die Verteidiger zu überraschen und den Kanonen auf den Mauern zum Meer hin aus dem Weg zu gehen. Wenn du dies liest, haben sie vielleicht schon ihren Angriff begonnen. Zayn hat weitere fünfzig Dauen voller Soldaten

*und Munition, die innerhalb der nächsten Woche vor Maskat er-
scheinen werden.*

Mansur war so schockiert, dass er fast aufgesprungen und
zu seinem Vater gelaufen wäre, um ihn zu warnen, ohne den
Rest des Briefes gelesen zu haben.

*Es ist voller Traurigkeit und Schuld, dass ich dir nun schreiben
muss, dass mein Vater der Junta nur seine Hilfe angeboten hat, um
sie einzulullen und die Scheichs in Maskat aufzuhalten, damit Zayn
sie alle zusammen gefangen nehmen kann. Zayn wird keine Gnade
zeigen, weder für die Wüstenscheichs noch für dich und deinen Vater.
Dies alles habe ich erst vor einer Stunde erfahren. Zuvor hatte ich
wirklich geglaubt, das Angebot britischen Schutzes, das mein Vater
vorschlug, wäre ernst gemeint gewesen. Ich schäme mich dafür, was
er seinen Brüdern Tom und Dorian angetan hat, vor all diesen Jahren. Bis du es mir erzählt hast, hatte ich keine Ahnung davon. Ich
wusste immer, dass er ein ehrgeiziger Mann war, doch ich konnte
nicht ahnen, wie weit er wirklich gehen würde. Ich wünschte, ich
könnte es wiedergutmachen, doch wie?*

«Es gibt einen Weg, Verity», flüsterte Mansur, während er
weiterlas.

*Es gibt noch mehr, was ich dir erzählen muss. Ich habe heute Nacht
auch erfahren, dass Kadem ibn Abubaker der Schurke ist, der deine
Mutter ermordet hat, Prinzessin Yasmini. Er hat sich vor uns mit dieser schändlichen Tat gebrüstet. Er wollte noch diese Nacht deinen Vater
töten. Mein Vater hat ihn davon abgehalten, doch nicht aus Mitleid,
sondern weil es den Plan, der er mit Zayn ausgeheckt hat, gefährdet
hätte. Wenn ihn mein Vater nicht aufgehalten hätte, hätte ich euch
irgendwie gewarnt, das schwöre ich dir. Du kannst nicht ahnen, wie
sehr ich verabscheue, was mein Vater getan hat. In einer kurzen Stunde habe ich gelernt, ihn zu hassen. Doch noch mehr fürchte ich ihn.
Bitte vergib mir, Mansur, für all das, was wir euch angetan haben.*

«Du hast keine Schuld», flüsterte er und drehte den Bogen
Pergament um. Er las die letzten Zeilen.

*Letzte Nacht hast du mich gefragt, ob ich etwas für dich emp-
finde. Ich wollte dir dann nicht antworten, doch jetzt will ich es: Ja,
es ist wahr, es ist etwas zwischen uns.*

*Wenn ich dich nie mehr wiedersehe, hoffe ich, dass du immer
weißt, dass ich dir nie wehtun wollte. In Liebe, deine Kusine, Verity
Courtney.*

SIE TRIEBEN DIE PFERDE gnadenlos
an auf dem Ritt nach Maskat, und dennoch kamen sie zu spät.
Als die Türme und Minarette der Stadt in Sicht kamen, hörten sie schon den Kanonendonner und sahen den graugelben
Rauch der Schlacht am Himmel über dem Hafen.

Mit al-Salil an der Spitze trieben sie die erschöpften Pferde
durch die Palmenhaine. Jetzt hörten sie das Musketenfeuer
und die Schreie vor der Stadtmauer. Sie stürmten weiter. Die
Straßen wimmelten von Frauen, Kindern und alten Männern,
die aus der Stadt geflohen kamen. Sie galoppierten weiter
durch die Haine. Der Schlachtlärm wurde immer lauter, bis sie
schließlich Säbel und Bronzehelme vor sich aufblitzen sahen:
Die Türken stürmten auf das Stadttor zu.

Sie prügelten das letzte bisschen Tempo aus ihren Pferden
heraus und ritten in dichter Formation auf das Tor zu. Die
Türken liefen vor ihnen durch den Palmenhain und die Türflügel schwangen langsam zu.

«Das Tor wird geschlossen sein, bevor wir da sind!», rief
Mansur seinem Vater zu.

Dorian riss sich den Turban vom Kopf. «Sie sollen sehen,
wer wir sind!», rief er. Mansur zog sich ebenfalls den Turban
vom Kopf und ihr rotes Haar wehte hinter ihnen her wie ein
doppeltes Banner.

«Al-Salil! Es ist der Kalif!», erhob sich der Schrei von den
Zinnen.

Das Tor schwang wieder auf, so schnell die Männer an den
Winden es schaffen konnten.

Die Türken sahen, dass sie ihnen zu Fuß nicht den Weg abschneiden konnten. Ihre Kavallerie war noch nicht eingetrof-

fen, denn die folgte erst mit der zweiten Flotte. Also blieben sie stehen und nahmen die kurzen, nach vorne gekrümmten Bogen von den Schultern. Die erste Salve Pfeile erhob sich dunkel unter dem blauen Himmel und zischte wie eine Schlangengrube, als sie sich auf die arabischen Reiter senkte. Ein Pferd wurde getroffen und stockte in vollem Lauf, als wäre es in einen Fallstrick gelaufen. Mansur kehrte um, hievte Istaph aus dem Sattel des strauchelnden Pferdes, schwang ihn hinter sich auf die Hüften seines Hengstes und ritt weiter. Das Tor begann sich wieder zu schließen, sobald der Kalif hindurchgaloppiert war. Inmitten des Pfeilhagels schrie Mansur den Männern an den Winden zu, sie sollten ihn durchlassen, doch sie schienen ihn nicht zu hören und das Tor drohte sich vor seiner Nase zu schließen.

Dann wendete Dorian plötzlich sein Pferd, noch in dem Tunnel durch die Stadtmauer, und stellte sich in die Bahn der schweren Mahagoniflügel, die sofort knirschend zum Stillstand kamen, kurz bevor sie den Kalifen zerquetscht hätten. Mansur kam durch die Lücke geprescht und das Tor knallte zu, kurz bevor die türkischen Angreifer nachkommen konnten. Die Verteidigungstruppen auf der Mauer eröffneten sofort das Feuer. Musketenkugeln und Pfeile prasselten auf die Türken nieder und im nächsten Augenblick waren sie auf der Flucht zurück in den Palmenhain.

Dorian galoppierte durch die engen Gassen zur Moschee und lief die Wendeltreppe zum obersten Balkon des Minaretts hinauf. In einer Richtung konnte er den Hafen und die Landzunge überblicken, in der anderen die Felder und Palmenhaine des Hinterlands. Er hatte ein System von Flaggensignalen eingeführt, mit denen er sich mit den Kanonieren auf den Zinnen über dem Hafen und mit seinen beiden Schiffen auf der Bucht verständigen würde.

Von der Spitze des Minaretts aus konnte er durch sein Teleskop den Wald von Masten sehen, der über die Landzunge ragte: Zayn al-Dins Flotte. Er senkte das Fernrohr und blickte seinen Sohn an. «Unsere Schiffe sind noch in Sicherheit.» Er zeigte zu der *Sprite* und der *Revenge* hinüber, die in der Bucht vor Anker lagen. «Doch wenn Zayn mit seinen Kriegsdauen um die Landzunge kommt, werden sie nur noch Zielscheiben sein. Wir müssen sie dichter an Land bringen, wo die Batterien auf der Hafenmauer ihnen Deckung bieten.»

«Wie lange können wir aushalten, Vater?» Mansur hatte seine Stimme gesenkt und sprach Englisch, damit bin-Shibam, der ihnen gefolgt war, ihn nicht verstehen konnte.

«Wir hatten nicht genug Zeit, die Südmauer vernünftig zu befestigen», antwortete Dorian. «Es wird nicht lange dauern, bis sie diese Schwachstelle entdecken.»

«Die kennt Zayn wahrscheinlich sowieso schon. Es wimmelt hier von Spionen. Da!» Mansur zeigte auf die leblosen Körper, die wie auf einer Wäscheleine auf der äußeren Mauer hingen. «Mustafa Zindara mag die meisten von denen erledigt haben, aber der eine oder andere ist bestimmt durchgekommen.»

Dorian schwenkte sein Teleskop über die Lücken in den Befestigungen, die sie hastig mit Holzbalken und Sandkörben gefüllt hatten. Es waren nur provisorische Reparaturen, die keinen entschlossenen Angriff von erfahrenen Truppen überstehen würden. Dann hob er sein Fernrohr und schwenkte es über die Palmenhaine. Plötzlich hielt er inne und reichte Mansur das Teleskop. «Der erste Angriff ist schon unterwegs.» Sie sahen die Sonne auf den Helmen der türkischen Truppen funkeln, die sich im Schutz der Palmen sammelten. «Mansur, ich will, dass du an Bord der *Sprite* gehst und das Oberkommando über beide Schiffe übernimmst. Bringe sie so dicht an Land, wie es gerade noch sicher ist. Ich will, dass deine Kanonen die Zugänge zur Südmauer mit Feuer belegen können.»

Wenig später sah Dorian, wie sich sein Sohn im Langboot zur *Sprite* hinausrudern ließ. Fast sofort, als er an Bord war, schwangen beide Schiffe herum und holten ihre Anker ein. Unter den Toppsegeln fuhren sie tiefer in die Bucht hinein, zuerst Mansur auf der *Sprite* und dahinter Batula auf der *Revenge*.

In der schwachen Brise trieben sie langsam über das funkelnde Wasser, die Rümpfe türkis und gelb schillernd, wo die Sonne sich in dem weißen Lagunensand spiegelte. Dann blickte Dorian wieder nach Süden und sah die erste Welle der türkischen Angreifer über die offenen Felder auf die Mauer zuschwärmen. Er befahl, eine rote Flagge auf der Spitze des Minaretts zu hissen: das verabredete Signal an seine Männer, dass ein Angriff kurz bevorstand. Er sah, wie Mansur zu der Flagge aufschaute, winkte ihm zu und zeigte nach Süden. Mansur winkte ebenfalls und führte die Schiffe weiter in den Hafen hinein.

Dann, direkt vor der Hafenmauer, drehten sich die Schiffe eines nach dem anderen, die Geschützluken klappten auf und die Kanonen wurden ausgefahren wie die Krallen eines Ungeheuers. Mansur lief auf dem Kanonendeck hin und her und sprach mit seinen Männern, die sich aufgeregt um die Lafetten drängten.

D IE SÜDMAUER und ihre Zugangswege lagen noch hinter der Südostecke der hohen Hafenmauer verborgen, doch die *Sprite* trieb weiter nach Süden und drehte sich auf das Ufer zu, und dann konnte Mansur alles überblicken.

Die Türken drängten sich um die langen Sturmleitern, die sie auf die Mauer zutrugen. Einige der Soldaten schauten zum Wasser hinaus, als die beiden schnittigen kleinen Schiffe um die Ecke der Stadtmauer erschienen. Die türkischen Infanteristen hatten noch keine Ahnung, welche Wirkung die Geschosse aus einem Schiffsneunpfünder haben konnten. Manche winkten gar und Mansur befahl seinen Männern, zurückzuwinken, um den Feind in Sicherheit zu wiegen.

Alles geschah mit schlafwandlerischer Sicherheit. Mansur hatte Zeit, die Einstellung jeder einzelnen Kanone zu prüfen. Oft musste er die Höhenrichtschraube herunterdrehen, da manche seiner Kanoniere immer noch zu glauben schienen, sie könnten die Wirkung der Kanonen verbessern, indem sie sie ganz nach oben schraubten. Sie trieben immer näher ans Ufer und Mansur lauschte, wie der Lotgast die Tiefe ausrief: «Noch fünf Faden!»

«Das ist nah genug», murmelte Mansur, dann zu Kumrah: «Dreh einen Strich bei.»

Die *Sprite* nahm Kurs parallel zum Ufer. Die vordersten Kanonen der *Sprite* kamen allmählich in Schussposition, doch Mansur wartete noch. Er wusste, die erste Breitseite würde den größten Schaden anrichten. Wenn diese Salve saß, konnte der Feind sich nur noch zerstreuen und Deckung suchen.

Sie waren so dicht am Ufer, dass er durch sein Fernrohr die einzelnen Glieder der türkischen Kettenhemden und die Federn an den Helmen der Offiziere ausmachen konnte.

Er senkte das Teleskop und ging noch einmal hinter den Kanonen entlang. Jede war nun perfekt eingerichtet und die Kanoniere blickten zu Mansur, warteten auf sein Kommando. Er nahm sein scharlachrotes Halstuch in die rechte Hand und hielt es einige Sekunden lang hoch, bevor er es herunterriss.

«Feuer!»

KADEM IBN ABUBAKER und Herminius Koots standen auf einem Felsen und blickten über das offene Gelände vor der Südmauer. Ihre Offiziere standen um sie herum, darunter auch die türkischen Generäle, von denen sie das Kommando übernommen hatten, nachdem Zayn al-Din sie befördert hatte.

Sie beobachteten, wie die Sturmtruppen in drei Kolonnen von je zweihundert Mann mit ihren langen Leitern vorrückten, leichte Bronzeschilde auf den Schultern, zum Schutz gegen die Geschosse, die von der Mauer auf sie herabregnen würden, sobald sie in Reichweite kämen. Dicht dahinter folgten die Bataillone, die nachstoßen würden, sobald sich die Sturmtrupps auf der Mauer festsetzen konnten. «Es lohnt sich, ein paar hundert Mann zu riskieren, wenn wir damit einen schnellen Durchbruch schaffen», sagte Koots.

«Ja, wir können uns die Verluste leisten», stimmte Kadem zu. «In wenigen Tagen wird die restliche Flotte hier sein, mit zehntausend Mann Verstärkung. Wenn es uns heute nicht gelingt, können wir morgen früh mit der systematischen Belagerung beginnen.»

«Du musst deinen verehrten Onkel, den Kalifen überzeugen, dass er seine Schiffe um die Landzunge herumbringen muss, damit wir die Blockade der Bucht und des Hafens beginnen können.»

«Er wird den Befehl geben, sobald er sieht, wie dieser erste Angriff endet», versicherte Kadem dem Holländer. «Hab Vertrauen, General, mein Onkel ist ein erfahrener Kommandeur. Der Kalif hat seine Feinde bekriegt, seit dem Tag, als er den Elefantenthron bestieg. Der feige Aufstand dieser Schweinefresser», er zeigte auf die Reihen der Verteidiger auf der Stadtmauer, «war die einzige Niederlage, die er je erlitten hat, und selbst das wäre nie geschehen, wenn seine Höflinge ihn nicht verraten hätten. Es wird nicht noch einmal vorkommen.»

«Der Kalif ist ein großer Mann, das habe ich nie bestritten», versicherte ihm Koots eilig. «Wir werden diese Verräter an ihren eigenen Eingeweiden an die Stadtmauer hängen.»

In den zwei Jahren, die sie nun zusammen waren, waren die anfänglich losen Bande zwischen den beiden Männern zu einer stählernen Kette geworden. Geringere Männer als sie hätten den grausamen Marsch, zu dem Jim Courtney sie gezwungen hatte, nachdem ihre Männer in dem verhängnisvollen Nachtangriff niedergemacht worden waren, niemals überlebt. Über Tausende von Meilen in der Wildnis hatten sie Krankheit und Hunger getrotzt. Ihre Pferde waren an Erschöpfung verendet oder von kriegerischen Stämmen getötet worden, sodass sie die letzten Etappen durch Sümpfe und Mangrovenwälder zu Fuß zurücklegen mussten, bis sie die Küste erreichten. Dort waren sie auf ein Fischerdorf gestoßen, das sie dann nachts angriffen. Die Männer und Kinder hatten sie sofort getötet, doch die fünf Frauen und drei kleinen Mädchen hatten sie erst massakriert, nachdem Koots und Oudeman ihre aufgestauten Lüste an ihnen ausgelassen hatten. Kadem ibn Abubaker hatte auf dem Strand gebetet, während die Frauen schluchzten, bevor sie ein letztes Mal aufschrien, als Koots und Oudeman ihnen die Kehle durchschnitten.

Auf den erbeuteten Fischerbooten – uralte, halb verrottete

Auslegerboote – waren sie dann in See gestochen und hatten nach einer weiteren entbehrungsreichen Reise schließlich Lamu erreicht, wo sie sich im Thronsaal des Palastes vor Zayn al-Din in den Staub warfen.

Zayn al-Din hatte seinen Neffen wärmstens willkommen geheißen. Er hatte ihn schon für tot gehalten und war entzückt, als Kadem ihm Yasminis Hinrichtung melden konnte. Wie Kadem versprochen hatte, nahm der Kalif auch Kadems neuen Kumpan in seine Gunst und lauschte aufmerksam, als sein Neffe ihm erzählte, welch ein großer und grausamer Krieger der Holländer war.

Um ihn auf die Probe zu stellen, hatte Zayn Koots mit einer kleinen Streitmacht ausgesandt, die Rebellenstützpunkte auf dem Festland, die sich dort noch hatten halten können, endgültig auszumerzen. Der Kalif dachte, Koots würde versagen wie all die anderen, die es vor ihm versucht hatten, doch Koots wurde seinem Ruf gerecht, indem er nach zwei Monaten die Rädelsführer in Ketten nach Lamu brachte. Dort hatte er den Gefangenen dann eigenhändig und in Zayns königlicher Gegenwart bei lebendigem Leibe den Bauch aufgeschlitzt. Als Belohnung schenkte ihm Zayn hunderttausend Goldrupien aus den geraubten Schätzen und erlaubte ihm freie Auswahl unter den Sklavinnen, die er erbeutet hatte. Dann hatte er ihn zum General befördert und ihm das Kommando über vier Bataillone der Armee übertragen, die er für den Angriff auf Maskat ausgehoben hatte.

«Der Kalif ist hier. Gleich kannst du den Befehl zum Angriff geben.» Kadem drehte sich auf dem Absatz um und ging der Sänfte entgegen, die von acht Sklaven den Hügel heraufgeschleppt wurde. Schließlich setzten sie den Tragstuhl ab und Zayn al-Din kam unter den goldenen und blauen Tüchern hervor.

Zayn war nicht mehr der pummelige Knabe, den Dorian im Harem der Insel Lamu einst verprügelt hatte und dessen Fuß verstümmelt worden war, als Dorian das grausame Spiel beendete, mit dem Zayn Yasmini gequält hatte. Er hinkte immer noch, doch ein Leben ununterbrochener Intrigen und Kriege hatte seinen Körper gestählt und seinen Geist geschärft. Sein

Blick war flink und gierig, sein Auftreten Ehrfurcht gebietend. Kadem und Koots warfen sich vor ihm zu Boden. Am Anfang hatte Koots diese Art der Respektbezeugung abstoßend gefunden, doch inzwischen gehörte es zu seinem neuen Dasein, ebenso wie die orientalischen Kleider, die er nun trug.

Zayn gab seinen beiden Generälen ein Zeichen, sich zu erheben. Sie folgten ihm auf den Hügelkamm, der das offene Gelände überblickte, auf dem die Angreifer zusammengezogen wurden. Zayn studierte die Aufstellung der Truppen mit geübtem Auge. Schließlich nickte er: «Vorrücken», befahl er mit hoher, fast mädchenhafter Stimme. Als Koots diese Stimme das erste Mal hörte, hatte er Zayn dafür verachtet, doch außer seiner Stimme hatte der Kalif nichts Weibliches an sich. Er hatte einhundertdreiundzwanzig Kinder gezeugt, nur sechzehn Mädchen darunter, und er hatte Tausende von Feinden niedergemacht, viele mit seiner eigenen Klinge.

«Ein rote Rakete», nickte Koots seinem Adjutanten zu. Der Befehl wurde geschwind an die Signaloffiziere weitergegeben, die hinter dem Hügel warteten, und bald funkelte die Rakete wie ein Rubin, als sie sich auf einem langen, silbernen Rauchschweif in den wolkenlosen Himmel erhob. Vom Fuß des Hügels wehten Jubelrufe herauf und die Truppen schwärmten auf die Stadtmauer zu. Ein Sklave stellte sich vor Zayn auf und der Kalif benutzte ihn als lebendiges Stativ, indem er ein Teleskop auf seine Schulter auflegte.

Die ersten Reihen der Türken waren schon an dem Graben vor der Mauer, als die *Sprite* plötzlich hinter der Mauer hervorkam, dicht gefolgt von der *Revenge*. Zayn und seine Offiziere schwenkten ihre Teleskope zu den beiden Schiffen.

«Das sind die Schiffe, auf denen der Verräter al-Salil nach Maskat gekommen ist», schnappte Kadem.

Zayn sagte nichts, doch seine Miene veränderte sich, als er den Namen al-Salil hörte. Er spürte stechenden Schmerz in seinem verkrüppelten Fuß und den Geschmack von Hass in der Kehle.

«Sie haben die Kanonen ausgefahren», sagte Koots, das Auge am Fernrohr. «Sie haben unsere Bataillone im Visier. Schick einen Reiter, um sie zu warnen», knurrte er seinen Adjutanten an.

«Wir haben keine Pferde», erinnerte ihn der Mann.

«Dann geh eben selbst!» Koots packte ihn an der Schulter und stieß ihn den Hang hinab. «Lauf schon, du nichtsnutziger Hund, oder soll ich dich mit einer Kanone abschießen?» Der Mann rannte schreiend und mit den Armen wedelnd den Hügel hinab und zeigte auf die kleine Kriegsflotte. Die Türken waren jedoch schon in vollem Angriff und schauten nicht mehr zurück.

«Sollen wir den Rückzug signalisieren?», schlug Kadem vor, obwohl sie alle wussten, dass es dafür zu spät war. Sie sahen schweigend zu, wie das erste Schiff in einer weißen Rauchwolke zu explodieren schien. Die *Sprite* legte sich leicht auf die Seite, als die Kanonen ihre Breitseite feuerten, und richtete sich wieder auf, der Rumpf noch im Pulverdampf verborgen, aus dem nur die Masten ragten. Der Kanonendonner erreichte Zayn und seine Generäle eine Sekunde später und verhallte in immer leiseren Echos in den fernen Hügeln.

Die Beobachter schwenkten ihre Teleskope wieder auf die dicht gedrängte Menschenmasse auf der Ebene vor ihnen und das Bild, das sich ihnen dort bot, schockierte selbst diese alten Krieger, die schon viele blutige Schlachtfelder gesehen hatten. Die Schrapnellladungen streuten auf eine Weise, dass jeder Schuss eine zwanzig Schritte breite Schneise durch die massierten Bataillone schlug. Die Soldaten wurden restlos niedergemäht wie mit einer riesigen Sense. Kettenhemden und Bronzepanzer boten nicht mehr Schutz als ein Blatt Papier. Abgerissene Köpfe, noch mit dem Suppentopfhelm umgeschnallt, wurden hoch in die Luft geschleudert, arm- und beinlose Rümpfe auf Haufen geworfen. Die Schreie der Sterbenden und Verwundeten waren deutlich zu hören.

Die *Sprite* wendete auf die Bucht hinaus und die *Revenge* nahm gemächlich ihren Platz ein. Die Überlebenden an Land standen in erschrockener Ratlosigkeit, unfähig zu begreifen, welche Katastrophe sie heimgesucht hatte. Als die *Revenge* ihre Kanonen auf sie einrichtete, wurde das Stöhnen der Verwundeten vom verzweifelten Geheul der noch Unversehrten übertönt. Nur wenige brachten die Geistesgegenwart auf, sich flach auf den Boden zu werfen. Sie ließen einfach die Sturmleitern fallen und liefen davon.

Die *Revenge* feuerte ihre Breitseite und die Schrapnellkugeln fegten das Schlachtfeld leer, bevor auch sie wendete und ihrem Schwesterschiff folgte. Die *Sprite* beendete ihr Manöver durch den Wind und kam wieder herum, diesmal mit der anderen Seite zum Land, bereit, eine Backbordbreitseite hinter den fliehenden Türken herzufeuern. Die Steuerbordbatterie hatte inzwischen nachgeladen und war ebenfalls wieder schussbereit.

So fuhren die beiden Schiffe ihre Achten auf dem Hafenbecken, wie in einem gemächlichen Menuett, und jedes Mal, wenn sie das Schlachtfeld passierten, schickten die Kanonen einen Donnerschlag über den schmalen Streifen Wasser, eine Hölle aus Rauch, Feuer und gusseisernem Schrapnell.

Als die *Sprite* ihre zweite Passage beendet hatte, schob Mansur sein Teleskop zusammen und sagte zu Kumrah: «Es gibt nichts mehr, worauf wir feuern könnten. Lass die Kanonen einfahren und bring uns wieder auf die Bucht hinaus.» Unter dem Schutz der Kanonen auf der Hafenmauer segelten die Schiffe an ihre Ankerplätze zurück.

Zayn und seine beiden Generäle blickten über das Schlachtfeld, das dick mit Leichen bedeckt war, wie ein herbstlicher Waldboden.

«Wie viele?», fragte Zayn mit seiner hohen Mädchenstimme.

«Nicht mehr als dreihundert», riet Kadem.

«Nein, nein, weniger», schüttelte Koots den Kopf, «hundertfünfzig, höchstens zweihundert.»

«Es sind nur Türken. Vor Ende der Woche werden noch hundert Dauen voll Kanonenfutter hier ankommen», sagte Zayn mitleidlos. «Wir sollten beginnen, Gräben auszuheben und Wälle aus Sandkörben entlang der Ufermauer aufzubauen, um unsere Männer vor den Schiffskanonen zu schützen.»

«Werden Majestät befehlen, die Flotte in Blockadeformation zu bringen, um die Bucht abzuriegeln?», fragte Kadem respektvoll. «Wir müssen al-Salils Schiffe einschließen und dafür sorgen, dass die Stadt sich nicht von See aus mit Lebensmitteln versorgen kann.»

«Die Befehle sind schon erteilt», entgegnete Zayn hochmütig. «Der englische Konsul wird mit seiner Yacht an der Spitze der Flotte segeln. Sein schnelles Schiff ist das einzige, das mit den feindlichen Schonern mithalten kann. Sir Guy wird verhindern, dass sie unsere Blockade durchbrechen und auf die offene See gelangen.»

«Al-Salil und sein Bastard dürfen uns nicht entkommen.» Kadems Augen funkelten, als er den Namen aussprach.

«Mein Hass auf ihn ist stärker als deiner. Abubaker war mein Bruder und al-Salil hat ihn ermordet. Und es gibt noch andere alte Rechnungen, fast ebenso wichtig, die wir zu begleichen haben», erinnerte ihn Zayn. «Die Schlinge liegt ihm schon um den Hals und jetzt werden wir sie zuziehen.»

ÜBER DIE NÄCHSTEN WOCHEN beobachtete Dorian von seinem Kommandostand auf dem Minarett aus, wie die Belagerung sich entwickelte. Die Schiffe der feindlichen Flotte kamen schließlich um die Landzunge gesegelt und verteilten sich in der Einfahrt zur Bucht, gerade außer Reichweite der Hafenbatterien und der langen Neunpfünder auf den beiden Schonern. Manche der größeren, schwerfälligeren Dauen ankerten an der Zwanzig-Faden-Linie, wo das Hafenbecken in die Tiefsee überging. Die wendigeren Schiffe patrouillierten das tiefere Wasser, bereit, jedes Versorgungsschiff abzufangen, das in die Bucht einlaufen wollte, und die beiden Schoner aufzuhalten, wenn sie einen Ausbruch versuchten.

Der Rumpf und die elegant geneigten Masten der *Arcturus* waren in der Ferne zu sehen, manchmal hinter Klippen verborgen, manchmal am Horizont verschwindend. Ab und zu hörte Dorian, wie sie ihre Kanonen auf ein unglückliches Schiff abfeuerte, das versuchte, mit Lebensmitteln in den Hafen zu gelangen. Danach erschien sie wieder aus einer anderen

Richtung. Mansur und Dorian konnten die *Arcturus* durch ihre Teleskope beobachten.

«Sie liegt gut am Wind, wenn sie sie dichtholen, ganz anders als die Dauen. Sie kann anderthalbmal so viel Segelfläche setzen wie die *Sprite* oder die *Revenge*. Sie hat achtzehn Kanonen, unsere beiden Schoner nur zwölf», murmelte Dorian. «Ein sehr gutes Schiff.»

Mansur war in Gedanken. Er fragte sich, ob Verity wohl an Bord war. Natürlich war sie da, dachte er dann. Wenn Sir Guy auf dem Schiff war, dann war sie bei ihm. Sie ist seine Stimme. Er braucht sie. Mansur stellte sich vor, wie es wäre, wenn er seine Kanonen auf die *Arcturus* richten müsste, während Verity auf dem offenen Deck war. Darüber mache ich mir Sorgen, wenn es dazu kommt, beschloss er, bevor er seinem Vater zu bedenken gab: «Aber die *Sprite* und die *Revenge* sind noch besser. Sie können noch dichter am Wind gesegelt werden und zusammen haben sie vierundzwanzig Kanonen gegen Sir Guys achtzehn. Und Kumrah und Batula kennen diese Gewässer wie ihre Westentasche. Im Vergleich zu ihnen ist Ruby Cornish ein mit Kanonen bewaffnetes Baby.» Mansur lächelte in jugendlicher Zuversicht. «Wir werden es ihnen zeigen. Zayn und seine Türken werden am Ende wegrennen, als hätten sie glühende Kohlen im Hemd.»

«Ich wünschte, ich könnte auch so denken.» Dorian schwenkte sein Teleskop zum Hinterland, wo die Belagerungsarmee sich unaufhaltsam der Stadtmauer näherte. «Zayn hat reichlich Erfahrung mit dieser Art Krieg. Er wird kaum einen Fehler begehen. Siehst du, wie er seine Truppen langsam in unsere Verteidigungslinien treibt? Hinter dem Graben und dem Sandwall dort finden sie Deckung, bis sie direkt vor der Mauer stehen.» So lernte Mansur von seinem Vater jeden Tag ein bisschen mehr über die antike Kunst des Belagerungskriegs. «Da, sie bringen ihre großen Kanonen in den Löchern in Stellung, die sie ausgehoben haben. Wenn sie ernsthaft zu feuern beginnen, werden die Kugeln die schwachen Stellen in der Stadtmauer schneller zerschmettern als wir sie reparieren können, und wenn sie erst ein paar Lücken geschlagen haben, werden sie von den Angriffsgräben aus in die Stadt zu stürmen versuchen.»

Sie beobachteten, wie die Geschütze von Ochsengespannen in ihre Stellungen gezogen wurden. Vor Wochen war Zayns übrige Flotte aus Lamu eingetroffen und hatte Pferde, Zugtiere und weitere türkische Bataillone auf der anderen Seite der Landzunge abgeladen. Nun patrouillierte seine Kavallerie in den Palmenwäldern und Hügeln des Hinterlands.

«Was können wir dagegen tun?» Mansur klang schon nicht mehr so optimistisch.

«Sehr wenig», antwortete Dorian. «Wir können Ausfallangriffe versuchen und ihre Befestigungen angreifen, doch damit rechnen sie. Wir würden schwere Verluste erleiden. Wir könnten vielleicht den einen oder anderen Sandkorb wegschießen, doch solchen Schaden hätten sie innerhalb weniger Stunden wieder repariert.»

«Du klingst defätistisch», sagte Mansur anklagend. «Das bin ich von dir nicht gewöhnt, Vater.»

«Defätistisch? Nein, nicht was das Endergebnis anbelangt. Dennoch hätte ich niemals zulassen sollen, dass Zayn uns in der Stadt einschließt. Unsere Männer kämpfen nicht gut von hinter einer Mauer aus. Sie sehen sich lieber in der Rolle des Angreifers. Mustafa Zindara und bin-Shibam haben alle Mühe, ihre Männer in der Stadt zu halten. Sie selbst wären lieber draußen in der offenen Wüste, wo sie kämpfen können, wie sie es gelernt haben.»

An jenem Abend öffneten Hunderte von bin-Shibams Männern eines der Stadttore, galoppierten in dichter Formation durch die türkischen Linien und entkamen in die Wüste. Die Wachmannschaft konnte gerade noch das Tor schließen, bevor die Angreifer die Gelegenheit nutzen und in die Stadt strömen konnten.

«Hättest du sie nicht aufhalten können?», fragte Mansur den Scheich am nächsten Morgen.

Bin-Shibam zuckte nur die Schultern über Mansurs Unwissenheit und Dorian antwortete für ihn: «Die Saar akzeptieren keine Befehle, Mansur. Sie folgen einem Scheich nur solange sie damit einverstanden sind, was er von ihnen verlangt. Wenn das nicht mehr der Fall ist, reiten sie heim.»

«Da es jetzt begonnen hat, werden uns bald noch mehr

Leute verlassen. Die Dahm und Awamir sind auch schon unruhig», warnte Mustafa Zindara.

Bei Anbruch der Dämmerung am nächsten Morgen begannen die feindlichen Batterien von ihren tief eingegrabenen Stellungen aus die südliche Stadtmauer zu bombardieren. Dorian und Mansur zählten die Geschützblitze und Rauchfahnen und kamen zu dem Schluss, dass sie es mit elf Kanonen mächtigen Kalibers zu tun hatten. Die Steinkugeln, die sie feuerten, wogen bestimmt über hundert Pfund. Man konnte den Flug der riesigen Geschosse mit bloßem Auge verfolgen und Mansur maß die Zeit, wie lange die Geschützmannschaften dazu brauchten, eine Kanone nach einem Schuss zu reinigen, zu laden, scharf zu machen, wieder in Stellung zu bringen, einzurichten und wieder abzufeuern: keine zwanzig Minuten. Als die feindlichen Kanonen erst ihre Reichweite gefunden hatten, fanden die schweren Kugeln ihr Ziel mit beängstigender Genauigkeit. Jede schlug nur wenige Meter neben der vorhergehenden ein. Die erste Kugel schlug einen Riss in eine Mauer und die zweite zertrümmerte sie dann vollständig. Wenn eine Kugel die Holzbalken traf, mit denen die Verteidiger die Schwachstellen ausgebessert hatten, flogen sie in tausend Splitter. Am Abend des ersten Tages klafften schon zwei Lücken in der Stadtmauer, die dann im Schutz der Dunkelheit von Arbeitstrupps unter Mansurs Führung repariert wurden.

Am nächsten Morgen begann das Bombardement von neuem. Bis mittags waren die Reparaturen wieder zerstört und die Steinkugeln nagten an der Mauer und vergrößerten die Lücken. Dorians Kanoniere brachten die Hälfte ihrer Geschütze von der Hafenmauer herbei, um die Batterie an der Südmauer zu verstärken, und erwiderten das türkische Feuer regelmäßig. Zayns Kanonen waren jedoch gut hinter Bergen von Sandkörben eingegraben, sodass nur die weiten Mündungen der Bronzerohre zu sehen waren, und diese stellten auf solche Entfernung ein zu winziges Ziel dar. Wenn die Kugeln der Verteidiger die Sandkörbe trafen, absorbierten diese den Aufprall so wirkungsvoll, dass solch ein Treffer fast keine Wirkung zeigte.

Gegen drei Uhr landeten sie jedoch den ersten direkten

Treffer. Eine der zwanzig Pfund schweren Eisenkugeln traf die Kanone am östlichen Ende der Belagerungslinie mitten in die Mündung. Das Bronzerohr hallte auf wie eine Kirchenglocke und wurde trotz seines mächtigen Gewichts von der Lafette geschleudert. Die Geschützmannschaft dahinter wurde zu Hackfleisch zerquetscht und das Kanonenrohr blieb senkrecht im Boden stecken. Die Kanoniere auf der Stadtmauer jubelten und verdoppelten ihre Anstrengungen, doch am Abend hatten sie immer noch nur diesen einen Volltreffer zu verzeichnen, und die Lücken in der Mauer wurden immer größer.

Sobald der Mond unterging, führten bin-Shibam und Mansur einen Ausbruch in die feindlichen Linien. Mit je zwanzig Mann schlichen sie sich vor den Geschützstellungen an. Obwohl die Türken mit einem Überfall gerechnet hatten, entdeckten sie Mansurs Trupp erst, als er fast an dem Wall vor einer der Stellungen war. Ein Wachposten feuerte seine Muskete und die Kugel zischte an Mansurs Kopf vorbei. «Folgt mir!», rief der Prinz seinen Männern zu.

Er kroch über den Sandwall, sprang auf das Kanonenrohr und stieß dem Soldaten, der auf ihn geschossen hatte, in vollem Lauf seinen Dolch in die Kehle. Der Mann ließ die Muskete fallen, die er hatte nachladen wollen, und packte die Klinge mit beiden Händen. Als Mansur sie herauszog, schnitt sie seinem Opfer fast die Finger ab. Mansur sprang über den zuckenden Leib mitten zwischen die türkischen Kanoniere, die sich schlaftrunken aus ihren Decken rollten. Er tötete noch einen und verwundete einen dritten Soldaten, bevor die anderen heulend in die Nacht flüchteten. Sobald seine Männer den Feind beschäftigt hielten, stieß Mansur die Spitze eines Eisendorns in das Spundloch der Kanone und ein Helfer trieb sie mit einem Dutzend herzhafter Hammerschläge tief in das Rohr.

Sie liefen durch den Verbindungsgraben zur nächsten Geschützstellung. Dort waren die Kanoniere schon hellwach und erwarteten sie mit Spießen und Streitäxten. Innerhalb von Sekunden war alles eine schreiende, ringende Masse und Mansur erkannte, dass sie es niemals zum nächsten Geschütz schaffen würden, zumal immer mehr Feinde durch den Graben nachrückten, um sie zurückzuschlagen.

«Zurück!», rief Mansur. In dem Augenblick, als sie über den Sandwall krochen, kamen Istaph und die anderen Stallburschen mit den Pferden herangeritten. So galoppierten sie, dicht gefolgt von bin-Shibam, in die Stadt zurück.

Wie sie bald feststellten, hatte der Ausfall sie fünf Mann und ein Dutzend Verwundete gekostet. In der Morgendämmerung sahen sie, dass die Türken die arabischen Gefallenen nackt auf dem Geschützwall ausgelegt hatten. Mansur und bin-Shibam hatten zusammen nur zwei der feindlichen Kanonen unbrauchbar machen können und die anderen acht eröffneten wieder das Feuer. Innerhalb weniger Stunden hatten Steinkugeln wieder sämtliche Reparaturen zunichte gemacht, die sie in der Nacht vorgenommen hatten. Am Nachmittag verwandelte ein einziger Glückstreffer ein sechs Meter langes Stück Stadtmauer in einen Haufen loses Geröll. Dorian inspizierte den Schaden. «In spätestens einer Woche wird Zayn so weit sein, dass er seinen Hauptangriff starten kann», schätzte er.

In der Nacht sattelten zweihundert Awamir- und Dahm-Krieger ihre Pferde und ritten aus der Stadt. Am nächsten Tag rief der Muezzin die Gläubigen wie gewöhnlich zum Gebet auf und beide Seiten folgten seinem Ruf, der vom Minarett über Stadt und Land hallte. Die großen Geschütze verstummten. Die Türken nahmen ihre runden Helme ab und knieten zwischen den Palmen. Die Verteidiger auf der Stadtmauer knieten ebenfalls zum Gebet nieder. Dorian schloss sich dem Gottesdienst an, obwohl er lächeln musste, wenn er daran dachte, dass beide Seiten zu demselben Gott für den Sieg beteten.

Diesmal nahm das Ritual eine neue Wendung. Nach den Gebeten ritten Zayns Herolde um die Stadtmauer und riefen den Verteidigern eine Warnung zu: «Hört die Worte des wahren Kalifen. ‹Diejenigen unter euch, die diese verlorene Stadt verlassen wollen, mögen dies nun tun. Ich gewähre euch Gnade für euren Verrat. Ihr dürft eure Pferde und Waffen nehmen und zu euren Zelten und Frauen zurückkehren. Wer mir jedoch den Kopf des schändlichen Usurpators bringt, den werde ich mit hunderttausend Goldrupien belohnen.›»

Die Verteidiger reagierten mit Hohnrufen, doch in der

nächsten Nacht ritten noch tausend Krieger durch die Stadttore. Bevor sie in die Wüste verschwanden, kamen zwei der geringeren Scheichs zu Dorian, um sich zu verabschieden. «Wir sind keine Verräter oder Feiglinge», beteuerten sie, «doch dies ist keine Art zu kämpfen für einen Mann. Draußen in der Wüste würden wir mit dir in den Tod reiten. Wir lieben dich, wie wir deinen Vater geliebt haben, doch wir wollen hier nicht sterben wie eingesperrte Hunde.»

«Geht mit meinem Segen», entgegnete Dorian. «Möge Gott stets mit Wohlgefallen auf euch schauen, und wisst: Ich werde wieder zu euch kommen.»

«Wir werden auf Euch warten, al-Salil.»

Am nächsten Tag zur Gebetszeit, als die Waffen schwiegen, kamen die Herolde wieder vor die Stadtmauer geritten.

«Zayn al-Din, der wahre Kalif, hat die Stadt zur Plünderung freigegeben. Alle, die innerhalb der Mauern angetroffen werden, wenn der Kalif einmarschiert, erwarten Folter und Tod.»

Diesmal riefen nur noch wenige Stimmen von den Mauern zurück und am Abend verließ fast die Hälfte der übrigen Krieger die Stadt. Die Türken standen Spalier und ließen sie unbehelligt passieren.

GEHT ES DIR NICHT GUT, mein Kind?» Caroline Courtney blickte ihrer Tochter forschend ins Gesicht. «Du siehst so besorgt aus. Was ist nur mit dir?»

Abgesehen von einem gemurmelten Gruß hatte Verity keinen Ton gesagt, seit sie aus der prunkvollen Kabine ihres Vaters gekommen war. Die Besprechung mit Kadem ibn Abubaker, dem Oberbefehlshaber des Kalifen, hatte fast den ganzen Morgen gedauert. Nun stand Verity an der Reling und blickte der Feluke nach, die den General wieder an Land brachte. Sie hatte für ihren Vater Abubakers Bericht und den Befehl des Kalifen übersetzt, die Blockade der Bucht zu verschärfen, damit kein Schiff entkommen konnte, wenn die Stadt schließlich von dem Usurpator zurückerobert wäre.

Sie drehte sich seufzend zu ihrer Mutter um. «Die Belagerung wird bald zu Ende sein, Mutter», antwortete sie höflich. Die beiden waren sich nie sehr nah gewesen. Caroline war eine nervöse, hysterische Frau. Ihr Mann dominierte sie vollkommen, sodass sie für ihre Rolle als Mutter kaum jemals die Zeit oder Energie gefunden hatte.

«Ich werde so erleichtert sein, wenn diese grässliche Geschichte endlich ein Ende findet und dein Vater diesen Schurken al-Salil abgefertigt hat. Dann können wir endlich dieses ganze grausame Geschäft hinter uns lassen und nach Hause fahren.» Nach Hause bedeutete für Caroline zurück zum Konsulat in Delhi. Hinter den hohen Mauern, in den Gärten und Innenhöfen mit sprudelnden Springbrunnen fühlte sie sich sicher, abgeschirmt vor der grausamen, fremden Welt des Orients. Sie kratzte sich am Hals und stöhnte leise. Auf ihrer weißen Haut zeigte sich oft ein roter Ausschlag, ein Leiden, das die feuchte Tropenluft in ihrer heißen kleinen Kabine nur noch schlimmer gemacht hatte. Es juckte entsetzlich.

«Soll ich dich mit der Tinktur einreiben?», bot Verity an. Sie war immer wieder überrascht, wie leicht es ihrer Mutter gelang, ihr Schuldgefühle zu machen. Sie ging zu Caroline, die in der breiten Hängematte lag, die Captain Cornish in einer Ecke des Achterdecks für sie aufgespannt hatte. Ein Leinendach schützte sie vor der Sonne und erlaubte gleichzeitig, dass die kühle Meeresluft ihren fetten, schweißnassen Körper umwehte.

Verity kniete sich neben ihre Mutter und tupfte die weiße Flüssigkeit auf den entzündeten, juckenden Hautausschlag. Caroline winkte träge mit einer Hand. Ihre Diamantringe waren tief in die teigigen, weißen Finger eingesunken. Ein schlankes indisches Dienstmädchen in einem prachtvollen Seidensari kam herbei und kniete auf der anderen Seite neben der Hängematte, Verity gegenüber, und hielt Caroline einen Teller Gebäck hin. Sie suchte sich einen rosa Würfel türkischen Honig aus. Als das indische Mädchen weggehen wollte, schnippte Caroline mit den Fingern und nahm noch zwei der nach Blumen schmeckenden, gezuckerten Geleeklümpchen von dem Teller und stopfte sie sich in den Mund.

«Was wird wohl mit al-Salil und seinem Sohn Mansur geschehen, wenn Kadem ibn Abubaker sie gefangen nimmt?», fragte Verity mit sanfter Stimme.

«Ich bin sicher, es wird etwas ganz und gar Abscheuliches sein», sagte Caroline gleichgültig. «Der Kalif lässt sich für seine Feinde die grässlichsten Dinge einfallen: von Elefanten zertrampelt, vor Kanonen gebunden ...» Sie schüttelte sich und griff nach dem Glas Honigscherbett, das das Mädchen ihr anbot. «Ich möchte wirklich nicht darüber reden.» Sie nippte an dem Glas und ihre Züge erhellten sich. «Wenn wir bis Ende des Monats hier fertig sind, können wir vielleicht zu deinem Geburtstag wieder in Delhi sein. Ich bin dabei, einen Ball für dich zu planen, zu dem die begehrtesten Junggesellen der Kompanie erscheinen werden. Als ich in deinem Alter war, war ich schon vier Jahre verheiratet und hatte zwei Kinder.»

Verity war plötzlich wütend wie noch nie auf diese schale, alberne Frau. Sie hatte ihre Mutter immer mit distanzierter Achtung behandelt und ihre Fresssucht und anderen Schwächen mit Nachsicht betrachtet. Bevor sie Mansur kennen gelernt hatte, hatte sie nicht verstanden, weshalb sie sich ihrem Vater gegenüber so unterwürfig verhielt. Sie hatte nichts gewusst von der Schuld, die sie in seine Gewalt gebracht hatte. Doch jetzt war sie empört über ihre hirnlose Selbstgefälligkeit. Ihr Zorn kochte über.

«Ja, Mutter», sagte sie bitter, «und das erste dieser beiden Kinder war Tom Courtneys Bastard.» Kaum hatte sie die Worte ausgesprochen, hätte sie sie am liebsten verschluckt.

Caroline riss ihre großen, wässrigen Augen auf. «Oh, du böses, böses Kind! Du hast mich nie geliebt!», wimmerte sie. Eine Mischung aus Scherbett und halb zerkautem türkischem Honig tropfte ihr auf die Spitzenbluse.

Das letzte bisschen Achtung, das sie für ihre Mutter noch empfunden hatte, war schließlich verpufft. «Du erinnerst dich doch an Tom Courtney, nicht wahr, Mutter?», fragte Verity. «Und an die Spielchen, die ihr beiden auf der Reise nach Indien getrieben habt, damals auf Großvaters Schiff, der *Seraph*?»

«Du – wer hat dir das erzählt? Was hast du gehört? Das sind lauter Lügen!», stammelte Caroline hysterisch.

«Und was ist mit Dorian Courtney? Erinnerst du dich noch, wie du und Vater ihn damals im Stich gelassen habt, in der Gewalt der Piraten? Dabei war er noch ein kleiner Junge, und ihr hättet ihn einfach verrotten lassen! Weißt du noch, wie du und Vater Onkel Tom angelogen habt, wie ihr Tom erzählt habt, Dorian wäre am Fieber gestorben? Mir habt ihr dieselben Lügen erzählt. Ihr habt mir sogar das Grab auf Lamu gezeigt, wo er angeblich begraben liegt.»

«Hör auf!» Caroline hielt sich die Ohren zu. «Ich will nichts mehr hören von diesem Schmutz!»

«Schmutz, sagst du, Mutter?», fragte Verity mit kalter Stimme. «Wer, meinst du, ist wohl dieser al-Salil, den du von Elefanten zertrampelt oder vor eine Kanone gebunden sehen möchtest? Weißt du nicht, dass es Dorian Courtney ist?»

Caroline starrte sie an, das Gesicht weiß wie Buttermilch, sodass der entzündete rote Ausschlag noch deutlicher sichtbar wurde. «Lügen», zischte sie, «lauter grässliche, schändliche Lügen!»

«Und Mansur, Mansur Courtney, al-Salils Sohn, ist mein Vetter. Du suchst einen Mann für mich, Mutter? Die Suche kannst du dir ersparen. Wenn Mansur mich je fragt, ob ich ihn heiraten will, werde ich nicht zögern, keine Sekunde. Ich würde in seine Arme fliegen.»

Caroline stieß einen erstickten Schrei aus, fiel aus der Hängematte und klatschte auf die Planken. Das Mädchen und zwei der Schiffsoffiziere kamen herbeigelaufen und halfen ihr auf die Beine. Sobald sie aufrecht stand, riss sie sich von ihnen los und stampfte zu der Treppe, die zur Kabine ihres Gatten führte. Sir Guy hörte ihr Geschrei und kam in Hemdsärmeln herausgelaufen. Er packte seine Frau am Arm und zog sie in die Kabine.

Verity wartete an der Reling auf die Strafe, die sie gewiss erwartete. Sie blickte über die Blockadeflotte hinweg nach Maskat hinüber, zu den Türmen und Minaretten der fernen Stadt. Im Geist hörte sie wieder die furchtbaren Neuigkeiten, die Kadem ibn Abubaker ihrem Vater gebracht und die sie übersetzt hatte. Maskat würde wieder in Zayn al-Dins Gewalt sein, bevor der Monat zu Ende wäre. Mansur schwebte in unfassbarer Gefahr und sie hatte keine Möglichkeit, ihm zu helfen. Ihr

Schreck und ihr Gefühl der Ohnmacht hatten dazu geführt, dass sie vor ihrer Mutter die Nerven verloren und alles verraten hatte. «Bitte, Gott», flüsterte sie, «lass nicht zu, dass Mansur etwas geschieht.»

Nach einer Stunde kam der Steward ihres Vaters herauf und bestellte sie in seine Kabine.

Ihre Mutter saß unter dem Heckfenster. Sie hatte ein feuchtes, zerknülltes Schnupftuch in der Hand, mit dem sie sich die Augen wischte und die Nase laut schnäuzte. Ihr Vater stand in der Mitte der Kabine, immer noch in Hemdsärmeln. Seine Miene war ernst und hart. «Was sind das für gemeine Lügen, die du deiner Mutter da erzählt hast?», wollte er wissen.

«Es sind keine Lügen, Vater», antwortete sie trotzig. Sie wusste, was kommen würde, wenn sie ihn provozierte, doch das kümmerte sie nicht mehr.

«Wiederhole sie vor mir», befahl Sir Guy, und Verity erzählte ihm mit ruhiger Stimme alles, was sie von Mansur erfahren hatte. Als sie fertig war, schwieg er eine Weile. Er ging zum Heckfenster und blickte auf die sanfte Dünung hinaus. Seine Frau würdigte er keines Blickes. Verity wusste, mit seinem Schweigen wollte er sie nur einschüchtern und gefügig machen.

«Und all das hast du mir verschwiegen?», sagte er schließlich. «Warum hast du es mir nicht sofort berichtet, sobald du es erfahren hast? Das wäre deine Pflicht gewesen, Kind.»

«Du streitest es also nicht ab, Vater?», fragte sie.

«Ich habe überhaupt nichts abzustreiten oder zu gestehen. Du bist es, die hier vor Gericht steht.»

Es war wieder still in der heißen, stickigen Kabine. Das Schiff rollte langsam in der öligen Strömung. Sie bekam kaum Luft und ihr war übel, doch sie war entschlossen, sich nichts anmerken zu lassen.

«Du hast deiner Mutter mit diesen verrückten Geschichten einen ernsten Schock zugefügt», fuhr Sir Guy schließlich fort. Caroline schluchzte theatralisch und schnäuzte sich die Nase. «Ein schnelles Paketboot ist heute früh aus Bombay angekommen. Deine Mutter wird auf dem Schiff nach Delhi zurückkehren.»

«Ich werde nicht mit ihr fahren», sagte Verity ruhig.

«Nein», bestätigte Sir Guy, «das wirst du gewiss nicht. Ich werde dich hier behalten. Du wirst bei der Hinrichtung der Rebellen zugegen sein, für die du ein so ungesundes Interesse gezeigt hast.» Er schwieg wieder, während er darüber nachdachte, wie viel Verity über seine Angelegenheiten wusste. Er musste sie unbedingt unter seiner direkten Kontrolle halten.

«Vater, diese Rebellen sind dein eigener Bruder und sein Sohn», brach Verity das Schweigen.

Sir Guy zeigte keinerlei Reaktion. Stattdessen sagte er mit leiser Stimme. «Nach dem, was deine Mutter mir erzählt hat, hast du dich als Flittchen für diesen jungen Araber hergegeben. Hast du vergessen, dass du eine Engländerin bist? Du erniedrigst mich und deine Familie durch dein gedankenloses Benehmen. Schon dafür verdienst du es, bestraft zu werden.»

Er ging zu seinem Schreibtisch und nahm den Reitstock in die Hand, der auf der Tischplatte bereitlag. Dann drehte er sich zu ihr um. «Zieh dich aus!», befahl er. Sie rührte sich nicht.

«Tu, was dein Vater sagt», schaltete sich Caroline ein, «du schmutziges kleines Flittchen!» Sie schluchzte plötzlich nicht mehr und ihr Ton war rachsüchtig und hämisch.

«Zieh dich sofort aus», wiederholte Sir Guy, «oder ich werde zwei der Matrosen kommen lassen, damit sie es für dich tun.»

Verity hob die Hände an ihren Hals und knotete das Band auf, das ihre Bluse zusammenhielt. Als sie schließlich nackt vor ihnen stand, hob sie trotzig ihr Kinn und schüttelte ihr Haar aus, sodass es ihre spitzen jungen Brüste und ihre Scham bedeckte.

«Auf die Couch, das Gesicht nach unten», befahl ihr Vater.

Sie ging mit festen Schritten zu dem Ruhebett und streckte sich auf dem mit Knöpfen gerafften grünen Leder aus. Ich werde nicht schreien, schwor sie sich, doch ihre Muskeln verkrampften sich unwillkürlich, als der elastische Stock durch die Luft zischte und auf ihrem Po landete. Dieses Vergnügen soll er nicht haben, schwor sie sich und schloss die Augen, als der nächste Hieb auf ihre Oberschenkel hinabsauste. Es brannte wie der Stachel eines Skorpions. Sie biss sich auf die Unterlippe, bis sie Blut schmeckte, salzig und metallisch.

Schließlich trat Sir Guy zurück. «Du kannst dich wieder anziehen, du schamlose Hure», keuchte er. «Du hast mich belogen und verraten. Ich kann dir nicht mehr vertrauen. Du wirst in deiner Kabine eingeschlossen bleiben, bis ich entschieden habe, welche andere Strafe du damit über dich gebracht hast», warnte er sie.

D ORIAN UND MANSUR standen mit den Scheichs auf dem Balkon des Minaretts und schauten zu, wie die Federn und Spitzen der türkischen Rundhelme vor der Stadtmauer auftauchten. Sie kamen durch die Gräben marschiert und sammelten sich vor der Mauer. Zayn al-Dins schwere Geschütze verdoppelten indes ihre Schussfrequenz. Sie benutzten nun auch eine andere Munition, nicht mehr die großen Steinkugeln, sondern ganze Wagenladungen von faustgroßen Steinen und Gusseisenstücken. Die Kanonen schwiegen schließlich und die türkischen Trompeter bliesen zum Angriff. Die Trommler schlugen einen drängenden Takt.

Massen schreiender Türken kamen aus den Gräben geströmt. Sobald sie auf den letzten, deckungslosen Metern vor den Durchbrüchen waren, eröffneten die Verteidiger auf der Stadtmauer das Feuer und die Bogenschützen ließen ihre Pfeile auf sie niederprasseln.

Die ersten Angreifer hatten den offenen Grund jedoch schon hinter sich, bevor die Kanoniere nachladen konnten. Tote und Verwundete bedeckten den von Kugeln aufgewühlten Grund, doch Welle um Welle türkischer Truppen rückte nach.

Sie kletterten über Geröll und zerschmetterte Steinblöcke und kamen durch die Durchbrüche geschwärmt. Innerhalb der Stadtmauern fanden sie sich sofort in einem Labyrinth enger Straßen und Sackgassen. Dorian hatte überall Barrikaden aufbauen lassen, die die Türken nun eine nach der anderen gegen Salven von Musketenfeuer erstürmen mussten. Sobald sie eine Barrikade erklommen hatten, liefen die Araber zur nächsten Verteidigungslinie und zwangen die Türken erneut zum Angriff. Allmählich wurde Mansurs und bin-Shibams kleine Streitmacht auf den Hauptmarkt zurückgedrängt, wo die Türken sie umgehen und zum großen Stadttor vordringen konnten. Sie metzelten die Männer nieder, die versuchten, die Winden zu verteidigen, und stießen das Tor weit auf. Kadem und Koots warteten draußen an der Spitze von zweitausend Türken und marschierten ein, sobald das Tor offen war.

Von der Spitze des Minaretts aus sah Dorian, wie sie wie eine Flutwelle durch die engen Straßen strömten. Er war erleichtert, dass es ihm im Laufe der vergangenen Monate gelungen war, die meisten der Frauen und Kinder aus der Stadt in die Wüste zu evakuieren, denn sie wären nun nichts als Lämmer für diese Wölfe. In dem Augenblick, als das Stadttor geöffnet wurde, gab er das vereinbarte Flaggensignal an die *Sprite* und die *Revenge* und wandte sich an seine Ratgeber und Hauptleute. «Es ist vorbei», sagte er. «Ich danke euch für eure Tapferkeit und Ergebenheit. Ruft eure Männer zusammen und flieht, wenn ihr könnt. Wir werden ein andermal wieder Seite an Seite kämpfen.» Sie traten einer nach dem anderen vor und umarmten ihn.

Bin-Shibam war mit Staub und Ruß bedeckt. Sein Gewand war mit dem getrockneten Blut aus einem halben Dutzend Fleischwunden befleckt, und mit dem Blut der Türken, die er niedergemacht hatte. «Wir werden auf deine Rückkehr warten», sagte er.

«Du weißt, wo du mich finden kannst. Schicke einen Boten zu mir, wenn alles bereit ist, und ich werde sofort an eure Seite eilen», versprach ihm Dorian, «wenn es Gottes Wille ist. Gott sei gepriesen.»

«Gott ist groß», antworteten die Scheichs im Chor.

Die Pferde warteten in den Gassen vor dem kleinen Nordtor. Sobald das Tor aufschwang, ritten Mustafa Zindara, bin-Shibam und der übrige Rat an der Spitze ihrer Männer auf das offene Gelände hinaus. Sie kämpften sich durch die Reihen der Angreifer, die ihnen den Weg abzuschneiden versuchten.

Dorian blickte ihnen vom Minarett aus nach. Plötzlich hörte er Schritte die Marmortreppe heraufkommen. Er wirbelte herum, das Schwert in der Hand. Für einen Augenblick erkannte er seinen eigenen Sohn nicht, so dick war die Schmutz- und Rußschicht auf seiner Haut.

«Komm, Vater», sagte Mansur, «wir müssen uns sputen.»

Sie liefen zusammen die Treppe hinunter. Istaph wartete mit zehn Mann unten in der Moschee.

«Hier entlang.» Ein Imam erschien aus den Schatten und zeigte ihnen den Weg. Er führte sie durch ein Labyrinth von Gängen, bis sie zu einer schmalen Eisentür kamen. Der Imam schloss auf und Mansur trat gegen dir Tür, bis sie aufflog.

«Halte die Stellung. Gott segne dich.»

«Geh mit Gottes Segen», antwortete der Mann, «und möge Er dich schnell nach Oman zurückbringen.»

Sie stürzten durch die Tür und fanden sich in einer schummrigen Gasse, so eng, dass die vergitterten Balkone vor den Obergeschossen der verlassenen Häuser sich fast berührten.

«Hierher, Majestät!» Sie liefen hinter Istaph her und standen plötzlich in gleißendem Sonnenlicht, direkt am Hafen. Das Langboot der *Sprite* wartete auf der Bucht, bereit, sie zu ihrem Schiff hinauszubringen. Mansur rief und winkte Kumrah zu, der an der Pinne stand. Die Ruderer tauchten die Riemen ein und das Boot schoss auf das Ufer zu.

In diesem Augenblick hörten sie wütende Schreie hinter sich. Ein Haufen türkischer und omanischer Krieger kam auf sie zugestürmt, die erste Reihe mit langen Spießen und blitzenden Klingen. Dorian schaute über seine Schulter und sah, dass das Langboot immer noch einen Pistolenschuss entfernt war, draußen auf dem grünen Wasser. «Rückt zusammen!», rief er und sie formten einen engen Halbkreis um die Landungstreppe, Schulter an Schulter.

«Al-Salil!», rief der Araber an der Spitze der Angreifer. Er war groß und schlank und bewegte sich wie ein Leopard. «Al-Salil! Ich komme! Ich habe auf dich gewartet!» Dorian erkannte den wilden, fanatischen Blick.

«Kadem!» Mansur erkannte ihn im selben Augenblick. Seine Stimme war voller Hass.

«Auch du bist jetzt dran, du Bastardsohn eines Straßenköters und seiner heißen Schwester!», rief Kadem.

«Zuerst musst du mit mir fertig werden.» Dorian trat einen Schritt vor und Kadem stürzte sich auf ihn. Ihre Klingen krachten zusammen, als Dorian den ersten Hieb auf seinen Kopf zu abblockte und mit seiner Riposte auf Kadems Kehle zielte. Stahl kratzte und knirschte an Stahl. Es war das erste Mal, dass sie die Klingen kreuzten, doch Dorian erkannte sofort, dass Kadem ein gefährlicher Gegner war. Sein rechter Arm war schnell und kraftvoll und in der Linken hielt er einen Krummdolch, mit dem er jede Lücke in Dorians Verteidigung ausnutzen würde.

«Du hast meine Frau auf dem Gewissen», knurrte Dorian.

«Ich danke Gott, dass ich diese Pflicht erfüllen konnte. Ich hätte dich damals schon töten sollen», erwiderte Kadem, «um meines Vaters willen.»

Mansur kämpfte rechts neben Dorian, Istaph zu seiner Linken. Sie deckten seine Flanken, immer darauf bedacht, seinen Schwertarm nicht zu behindern. Schritt für Schritt zogen sie sich weiter zu der Landungstreppe zurück, auf die die Angreifer sie zudrängten.

Dorian hörte die Ruder des Langboots an die Kaimauer stoßen und Kumrah rief: «Komm an Bord, al-Salil!»

Die Stufen der Treppe waren mit schleimigen grünen Algen bedeckt. Kadem erkannte, dass Dorian zum zweiten Mal im Begriff war, seiner Rache zu entgehen, und sprang wütend vor. Dorian wurde auf die oberste Stufe gedrängt und sein rechter Fuß rutschte auf der schleimigen Oberfläche aus. Er war gezwungen, die Klinge für einen Augenblick zu senken, um nicht die Balance zu verlieren. Kadem sah seine Gelegenheit. Er legte sein ganzes Gewicht auf den rechten Fuß und zielte mit seinem Stoß auf Dorians Herz.

Doch Mansur hatte Kadems Reaktion vorausgesehen. Als Kadem mit ausgestrecktem Arm seinen Körper nach vorn warf, entblößte er für einen Augenblick seine Flanke und Mansur stach unter den erhobenen Arm. Er setzte all seinen Zorn und Hass, all seine Trauer um seine Mutter in seinen Stoß. Er erwartete, die Klinge würde tief in die Seite des Feindes gleiten, das lebendige Fleisch würde die Klinge umarmen. Stattdessen glitt der Stahl an Kadems Rippen ab. Er spürte im Handgelenk, wie die Schwertspitze abgelenkt wurde und unter dem Schulterblatt hängen blieb. Sie berührte keine lebenswichtigen Organe, doch die Gewalt des Stoßes ließ Kadem taumeln und vereitelte den Stoß auf Dorians Herz. Mansur zog seine Klinge heraus, für den nächsten Stoß, sodass Kadem in die Abwehr gezwungen wurde und Dorian aufspringen konnte.

Vater und Sohn stürzten sich nun gemeinsam auf Kadem. Das Blut strömte aus der Wunde unter seinem Arm und floss ihm die Seite hinab. Der Schock und die Erkenntnis, dass er zwei versierte Fechter vor sich hatte und in tödlicher Gefahr war, ließen ihn erbleichen.

«Effendi!», rief Kumrah aus dem Langboot. «Kommt! Sonst sitzen wir gleich in der Falle. Es kommen immer mehr Türken.» Die Feinde kamen aus der Gasse geströmt, auf die Fechter zu.

Als er ihre Lage erkannte, zögerte Dorian einen Augenblick, und das war alles, was Kadem brauchte, um auszubrechen und sich von dem Gefecht zu verabschieden. Zwei ölige, gepanzerte Türken nahmen sofort seinen Platz ein und stürzten sich auf Dorian. Er hieb auf sie ein, doch seine Klinge glitt an den Kettenhemden ab.

«Genug», brummte Dorian, «geh ins Boot.» Mansur fintierte einen Stoß auf das Gesicht eines der Türken zu und als der sich duckte, sprang Mansur zur Seite, um seinem Vater Deckung zu geben.

«Lauf!», rief er und Dorian stürmte die Treppe hinunter. Istaph und die anderen waren schon an Bord und Mansur blieb allein auf dem Pier zurück. Eine geschlossene Front von Spießen und Krummsäbeln drängte ihn zurück. In der hintersten Reihe der Angreifer erspähte er Kadem ibn Abubaker. Die Wunde hatte seinen Hass nur noch mehr angefacht.

«Tötet ihn!», schrie er. «Lasst den Schweinehund nicht entnommen!»

«Mansur!», rief sein Vater vom Bug des Langboots, doch wenn er jetzt die Treppe hinunterliefe, würde ihn ein Spieß von hinten durchbohren. Also drehte er sich um und sprang. Er fiel drei Meter vor der Kaimauer hinab und landete auf einer der Duchten des Boots. Die Planke knackte unter seinem Gewicht und er stürzte nach vorn. Mansur wäre fast über Bord gefallen, doch sein Vater hielt ihn fest, bis er sicher auf den Planken zu liegen kam.

Die Ruderer stießen ab und das Langboot schoss auf die Bucht hinaus. Dorian schaute über das Heck zurück und sah, wie Kadem an den Rand des Piers getaumelt kam. Er hatte sein Schwert fallen gelassen und hielt sich die Wunde unter seinem Arm. Das Blut strömte ihm durch die Finger. «Du wirst meiner Rache nicht entkommen!», schrie er ihnen nach. «Du hast das Blut meines Vaters an den Hän-den und auf dem Gewissen! Ich habe vor Allah geschworen, dass ich dich töten werde. Ich werde dich verfolgen, bis vor das Tor zur Hölle!»

«Er weiß nicht, was es heißt, wirklich zu hassen», flüsterte Dorian, «doch ich werde es ihm beibringen, eines Tages.»

«Diesen Schwur teile ich mit dir, Vater», sagte Mansur, «doch jetzt müssen wir unsere Schiffe aus der Bucht und aufs offene Meer bringen. Wir werden Zayns ganze Flotte gegen uns haben.»

Dorian schüttelte die lähmenden Gefühle von Trauer und Hass ab und blickte zur Ausfahrt der Bucht hinaus. Vier der großen Kriegsdauen ankerten in Sichtweite und weitere zwei waren unter Segeln.

«Keine Spur von der *Arcturus*?», fragte er Mansur.

«Nein, sie ist seit drei Tagen verschwunden», antwortete Mansur. «Sie ist aber bestimmt nicht weit. Wahrscheinlich lauert sie gerade hinter dem Horizont.»

Dorian kletterte an Deck der *Revenge* und rief zu Mansur hinunter, der im Langboot geblieben war: «Wir dürfen uns nicht aus den Augen verlieren, selbst wenn es zu Kämpfen kommt. Falls wir uns dennoch trennen müssen, weißt du, wo wir uns treffen.»

Mansur winkte zu ihm hinauf. «Swada, die Nordspitze der Insel. Ich werde auf dich warten.» Plötzlich donnerte ein Kanonenschuss und er schaute sich zu der Stadtmauer am Hafen um. Über den Zinnen stieg eine Wolke von Pulverdampf auf, die schnell vom Wind davongetragen wurde. Augenblicke später spritzte dicht neben der *Sprite* das Wasser auf.

«Der Feind hat die Hafenbatterien erobert», rief Dorian. «Wir müssen sofort in See stechen!»

Wieder knallte ein Kanonenschuss, bevor Mansur bei der *Sprite* war. Der Schuss war viel zu kurz geraten, doch Mansur wusste, die Kanoniere würden sich bald auf ihr Ziel eingeschossen haben.

«Rudert!», rief er seinen Männern zu. «Rudert, sonst müssen wir gleich alle schwimmen!»

Die Mannschaft der *Sprite* stand schon an der Ankerwinde und die Leinen hingen von den Davits, um das Boot an Bord zu heißen. Mansur sprang an Bord und befahl, das Focksegel so einzurichten, dass der Bug sich Richtung Ausfahrt drehte, und als die *Sprite* dann im Wind stand, ließ Kumrah sämtliche Segel setzen.

Der abendliche Küstenwind wehte stetig von Westen, sodass die *Sprite* in optimaler Trimmung auf die Ausfahrt der Bucht zuflog. Als sie die *Revenge* einholten, wurde dort das Hauptsegel kurz gerefft, um die *Sprite* an die Spitze zu lassen. Die Ausfahrt war voller tückischer Riffe und Kumrah kannte diese Gewässer noch besser als Batula auf der *Revenge*. Kumrah sollte sie aus der Bucht lotsen.

Mansur war bis dahin nicht aufgefallen, wie schnell der Tag vergangen war. Die Sonne senkte sich schon über den Berggipfeln und tauchte den Hafen in warmes, goldenes Licht. Die Kanonen auf den Mauern von Maskat feuerten immer noch hinter ihnen her. Ein Glücksschuss hatte ein sauberes Loch in das Stagsegel am Besantoppmast gerissen, doch sie zogen weiter davon, waren bald außer Reichweite und sahen die Blockadeschiffe vor sich, die in der Ausfahrt lagen. Zwei der Kriegsdauen hatten die Anker gelichtet und die großen Lateinersegel gesetzt. Nun kamen sie ihnen im Ausfahrtkanal entgegen. Sie waren langsam und schwerfällig in Vergleich mit den viel kleineren Schonern und fielen schon sichtlich vom Kurs ab, obwohl sie den Bug nicht besonders scharf in die steife Abendbrise gedreht hatten. Die Schoner hatten dagegen alle Segel gesetzt und glitten über die Bucht.

Mansur blickte das Deck hinunter und sah, dass seine Kanoniere schon an ihren Gefechtsständen waren. Sie hatten die mit Eisenschrot geladenen Kanonen jedoch noch nicht ausgefahren. Die Lunten glimmten in den Sandeimern und die Männer lachten und schwatzten begeistert miteinander. Die Tage des Kanonendrills und der erfolgreiche Angriff auf die türkische Infanterie hatten ihnen Selbstbewusstsein verliehen. Die Untätigkeit der letzten Wochen mochte ihnen zugesetzt haben, doch jetzt, da Mansur und al-Salil wieder das Kommando über die Flottille übernommen hatten, brannten sie auf das kommende Gefecht.

Kumrah korrigierte den Kurs um ein paar Strich und obwohl Mansur seinem Urteil vertraute, wurde er nun etwas nervös. Auf diesem Kurs würden sie in der brodelnden, weißen Brandung vor den Klippen enden, die die Ausfahrt bildeten.

Die nächste Kriegsdau änderte ebenfalls den Kurs, als der Feind bemerkte, was Kumrah tat, und kam nun schnell auf sie zu. Mansur hob sein Fernglas und musterte die Dau. Auf dem Deck drängten sich Matrosen und schwer bewaffnete Krieger, und sie hatten schon ihre großen Kanonen ausgefahren.

«Es sind kurze, dicke Ostras», sagte Kumrah zu Mansur.

«Ostras? Davon habe ich noch nie gehört.»

«Kein Wunder», lachte Kumrah. «Diese Kanonen sind wahrscheinlich älter als Euer Großvater, und bei weitem nicht so stark.»

«Das heißt, wir sind vermutlich eher in Gefahr, auf die Klippen aufzulaufen als von diesen antiken Waffen eine Kugel abzubekommen», bemerkte Mansur scharf, denn sie steuerten immer noch direkt auf die Felsen zu.

«Ihr müsst Allah vertrauen, Hoheit.»

«Ich vertraue Allah, doch was den Kapitän meines Schiffes angeht, bin ich nicht so sicher.»

Kumrah lächelte nur und hielt den Kurs. Die Dau feuerte ihre erste stümperhafte Breitseite aus allen fünfzehn Steuerbordkanonen, obwohl sie noch gut außer Reichweite waren. Mansur sah nur eine Kugel ins Wasser fallen, und selbst dieser Versuch war einen halben Musketenschuss zu kurz geraten.

Die Männer auf der Dau schienen dennoch ganz zufrieden und ihr Jubel wehte zur *Sprite* herüber.

Die riesige Dau und die beiden kleinen Schiffe kamen immer dichter zusammen, doch als sie weiter auf die weiße Gischt zurasten, versiegte der Jubel auf der Dau allmählich, und mit ihm jeder Anschein von Kampfeslust.

«Du versetzt den Feind genauso in Schrecken wie mich», sagte Mansur. «Hast du tatsächlich vor, uns auf dem Riff zu zertrümmern, Kumrah?»

«Ich bin als kleiner Junge zum Fischen hier herausgekommen, genau wie mein Vater und sein Vater vor ihm», beruhigte Kumrah ihn. Das Riff lag immer noch voraus und näherte sich schnell. Die Dau feuerte noch eine Breitseite, doch inzwischen war klar, dass die Kanoniere sich mehr um das Korallenriff kümmerten als um ihre Zielgenauigkeit. Eine einzelne große Steinkugel heulte über die *Sprite* hinweg und kappte eine Besanwante.

Dann steuerte Kumrah den Schoner, ohne ein einziges Segel zu reffen, in einen engen Kanal durch das Riff, den Mansur nicht einmal bemerkt hatte. Die Fahrrinne war gerade breit genug für den Kiel des Schoners. Während sie durch den Kanal glitten, blickte Mansur die Bordwand hinab und sah die riesigen Korallenköpfe kaum einen Faden tief unter der brodelnden Oberfläche. Jedes dieser Kalksteingewächse konnte der *Sprite* die Eingeweide herausreißen.

Das war zu viel für die Nerven des Daukapitäns. Mansur sah ihn im Heck des Schiffes, schreiend und wild mit den Armen fuchtelnd. Seine Mannschaft verließ ihre Posten an den Kanonen und holte eiligst das geblähte Lateinersegel ein, um das Schiff zu wenden. Mit abgelassenem Segel mussten sie nun den Baum um den Mast schwenken und auf der Backbordseite sichern. Das war ein mühsames Geschäft und die Dau dümpelte hilflos im aufgewühlten Wasser.

«Fertig machen zum Wenden!», befahl Kumrah, worauf seine Männer an die Seile liefen. Kumrah blickte angestrengt voraus, eine Hand über den Augen, und wartete den richtigen Augenblick ab. «Steuermann, in den Wind!», rief er und das Steuerrad wirbelte herum, dass die Speichen verschwammen.

Die *Sprite* drehte eine halbe Pirouette und schoss um die scharfe Kurve in dem Kanal. Sekunden später kamen sie am anderen Ende heraus und waren in tieferem Wasser, während die Dau hilflos vor ihnen auf den Wogen schaukelte, die Segel kreuz und quer und die Kanonen unbemannt.

«Fahrt die Steuerbordkanonen aus!», befahl Mansur. Die Kanonenklappen flogen auf. Sie fuhren so dicht am Heck der Dau vorbei, dass Mansur seinen Hut hätte hinüberwerfen können.

«Zielen und Feuer frei!»

Die Kanonen brüllten auf und jede Kugel riss ein klaffendes Loch in das feindliche Schiff. Mansur sah, wie die Balken in einer Wolke von Holzsplittern explodierten. Einer dieser Splitter, so lang wie sein Arm, bohrte sich wie ein Pfeil in den Mast neben ihm. Aus dieser kurzen Entfernung verfehlte keine Kugel das Ziel und die Kugeln wüteten durch den Rumpf der Dau, vom Heck bis zum Bug. Grauenhafte Schreie hallten hinter ihnen her, als die *Sprite* an der verkrüppelten Dau vorbei aufs offene Meer zusteuerte. Dicht dahinter kam die *Revenge* durch den Kanal und bombardierte die Dau mit einer weiteren Breitseite. Der Mast des arabischen Kriegsschiffs stürzte um und fiel über die Seite.

Mansur blickte voraus. Sie hatten freie Bahn. Keine der anderen Dauen war in Position, ihnen den Weg abzuschneiden. Mit seinem scheinbar selbstmörderischen Manöver war es Kumrah gelungen, den Feind zu übertölpeln. «Fahrt die Kanonen ein!», befahl Mansur. «Schließt die Klappen und sichert die Lafetten!»

Er schaute nach achtern und sah die *Revenge* nur eine halbe Kabellänge hinter ihnen. Weit dahinter wurde die entmastete Dau vom Wind auf das Riff getrieben. Sie lief auf und legte sich sofort auf die Seite. Durch sein Fernrohr sah Mansur, wie die Matrosen und Soldaten von Bord sprangen und ins Wasser platschten. Sie schwammen auf den Hafen zu und Mansur fragte sich, wie viele von ihnen die Rippströmung überleben würden, die vor den Klippen wütete, und die rasiermesserscharfen Fänge der Korallen.

Er ließ das Hauptsegel aus dem Wind nehmen und die *Re-*

venge längsseits kommen, dicht genug, dass sein Vater sich durch das Sprachrohr verständlich machen konnte. «Sag Kumrah, er soll so etwas nicht noch einmal versuchen! Es war wie das Tor zur Hölle!»

Kumrah vollführte eine tiefe, reuige Verbeugung und Dorian ließ das Sprachrohr sinken und winkte ihm seine Gratulation zu, dass er kühlen Kopf bewahrt hatte. Dann rief er: «In einer Stunde wird es dunkel sein. Ich werde eine einzelne Laterne ans Heck hängen, damit ihr in Sichtkontakt bleiben könnt. Wenn wir dennoch getrennt werden, treffen wir uns vor Swada!»

Die *Revenge* pflügte weiter durch die Wellen und die *Sprite* segelte hinterher. Ihren endgültigen Bestimmungsort hatten sie schon Wochen zuvor vereinbart. Am ganzen Indischen Ozean gab es nur einen Hafen, den sie noch anlaufen konnten. Zayn al-Din hatte die gesamte Fieberküste und die Küste von Oman in seiner Gewalt, die Holländer hatten Ceylon und Batavia und die Engländer patrouillierten alle Küsten Indiens, dafür würde Sir Guy gesorgt haben. Der einzige sichere Hafen für sie war also Fort Auspice an der Nativity Bay. Dort würden sie ihre Kräfte sammeln und Zukunftspläne schmieden können. Er hatte den Kurs auf der Karte eingezeichnet und Mustafa Zindara und bin-Shibam die Reise erklärt. Sie würden ein Schiff nach Fort Auspice schicken, sobald sie die Wüstenstämme wieder geeint hätten und alles für seine Rückreise bereit wäre. Dorian war immer noch nicht sicher, ob er das Geld und genügend Männer würde auftreiben können, doch darüber konnte er später noch nachdenken.

Im Augenblick gab es andere Dinge, um die es sich zu kümmern galt. Er nahm Kurs nach Ostsüdost, in sicherem Abstand am Golf von Oman vorbei. Sobald sie auf dem offenen Ozean wären, könnten sie direkt auf Madagaskar zusteuern, von wo die Mozambique-Strömung sie weiter nach Süden tragen würde. Mansur hielt sich dicht hinter der *Revenge* und sie segelten vor dem atemberaubenden Sonnenuntergang entlang. Über dem westlichen Horizont türmten sich Wolkenberge auf und die untergehende Sonne kleidete die Gewitterwolken in ein rotgoldenes und kobaltblaues Kleid.

All diese Schönheit bewahrte Mansur jedoch nicht vor der tiefen Melancholie, die ihn plötzlich überkam. Er war dabei, das Land und das Volk zu verlassen, das er so schnell lieben gelernt hatte. Ein Königreich war ihm vielleicht für immer geraubt worden. Doch nicht einmal der Elefantenthron zählte, wenn er an die Frau dachte, die er verloren hatte, bevor er sie gewonnen hatte. Er nahm den Brief, den er stets über dem Herzen trug, aus der Innentasche seines Gewandes, und las ihre Worte, vielleicht zum tausendsten Mal: «Letzte Nacht hast du mich gefragt, ob ich etwas für dich empfinde. Ich wollte dir dann nicht antworten, doch jetzt will ich es: Ja, es ist wahr, es ist etwas zwischen uns.»

Für ihn waren dies die schönsten Worte, die je ein Mensch geschrieben hatte.

D IE DUNKELHEIT SENKTE SICH SO plötzlich auf Meer und Land, wie man es nur in den Tropen erleben kann. Einzelne Sterne lugten durch die Lücken, die noch zwischen den hohen Gewitterwolken zu sehen waren. Bald waren sie jedoch vollkommen eingeschlossen von den schwarzen Wolkenheeren und es war stockfinster, bis auf das Funzellicht der Laterne, das wie ein Glühwürmchen am Heck der *Revenge* flackerte.

Mansur lehnte sich auf das Kompasshäuschen und gab sich seinen romantischen Fantasien hin. So verträumte er die halbe Nacht, ohne seine Koje aufzusuchen. Plötzlich schreckte ihn eine Blitzgabel auf, die für einen Sekundenbruchteil die dichte Wolkendecke mit der Meeresoberfläche verband, sofort gefolgt von bebendem Donnerschlag. Für einen Augenblick erschien die *Revenge* blassblau schimmernd vor ihm in der Finsternis. Dann verschwand sie wieder in der Dunkelheit, scheinbar finsterer als zuvor.

Mansur sprang aus seiner gebeugten Stellung über dem Kompasshäuschen auf und lief zur Steuerbordreling. In jenem gleißenden Blitzlicht meinte er noch etwas anderes gesehen zu haben, eine flüchtige Reflexion am fernen Horizont.

«Hast du das auch gesehen?», rief er Kumrah zu, der neben ihm an die Reling kam.

«Meint Ihr die *Revenge*?», entgegnete Kumrah verwirrt. «Ja, Hoheit, sie ist schließlich nur eine Kabellänge entfernt. Da – man sieht immer noch die Hecklaterne.»

«Nein, nein», rief Mansur aufgeregt, «nicht vor uns, nein, dort hinten! Es war etwas anderes!»

«Nein, Herr, ich habe nichts gesehen.»

Beide Männer starrten in die Nacht hinaus und wieder knallte ein Blitz über ihnen wie eine gigantische Peitsche. Der ohrenbetäubende Donner schien das dunkle Meer erzittern zu lassen. In diesem kurzen Augenblick sah Mansur es wieder, diesmal klar wie ein Diamant.

«Da!» Mansur packte Kumrah bei den Schultern und schüttelte ihn. «Da! Hast du es jetzt gesehen?»

«Ein Schiff, ein anderes Schiff!», rief Kumrah.

«Wie weit mag es entfernt sein?»

«Zwei Seemeilen, vielleicht weniger. Hohe Masten und Querrahen. Das ist keine Dau.»

«Es ist die *Arcturus*! Sie liegt hier auf der Lauer!» Mansur blickte besorgt zum Schiff seines Vaters hinüber und sah, dass die verräterische Laterne immer noch am Heck brannte. «Die *Revenge* hat die Gefahr noch nicht bemerkt.»

«Wie müssen mit ihr aufschließen und sie warnen!», rief Kumrah.

«Selbst wenn wir den letzten Fetzen Segel hissen, brauchen wir mindestens eine Stunde, um in Rufweite zu kommen. Dann könnte es zu spät sein.» Mansur zögerte noch eine Sekunde, dann traf er seine Entscheidung: «Lass alle in Gefechtsstellung gehen, feuert eine Kanone, um die *Revenge* zu warnen. Danach holen wir die Segel nach Backbord und versuchen, den Feind abzufangen. Zündet die Schlachtlaternen erst an, wenn ich den Befehl gebe. Mit Gottes Hilfe können wir sie vielleicht noch überraschen.

Die Kriegstrommeln dröhnten durch die Finsternis und sobald die Männer in Stellung waren, krachte ein einzelner Kanonenschuss. Während die *Sprite* wendete, spähte Mansur zu dem anderen Schiff hinaus und wartete darauf, dass sie endlich die Laterne löschten oder auf andere Weise zeigten, dass sie das Signal verstanden hatten, doch in diesem Augenblick öffneten sich die Gewitterwolken und Regen begann auf sie niederzuprasseln. Alles verschwand in einem warmen Wasserfall, jeder Laut ging unter in dem Prasseln der dicken Tropfen auf die Segel über ihnen und die Planken unter ihren Füßen.

Mansur lief zum Kompasshäuschen zurück und schätzte schnell die Richtung ab, in der sie die *Arcturus* gesehen hatten, doch diese Schätzung konnte nicht genau sein. Außerdem konnte das feindliche Schiff sie ebenfalls entdeckt und den Kurs geändert haben. Die Chance, sie in diesem Wolkenbruch ausfindig zu machen, war verschwindend gering. Selbst wenn sie im Abstand von nur einem Pistolenschuss an ihnen vorbeisegelten, hätte sie einander nicht bemerkt.

«Dreh das Stundenglas um und markiere das Kursbrett», befahl er dem Steuermann. Vielleicht konnte er den Kurs auf diese Weise gissen und die *Arcturus* abfangen. «Zwei gute Männer ans Steuerrad», befahl er scharf.

Er lief zum Bug und versuchte durch die Mauer aus Wasser die Hecklaterne der *Revenge* auszumachen. Dass er nichts sehen oder hören konnte, war keine große Beruhigung für ihn.

«Gott sei uns gnädig. Hoffentlich hat Vater die Laterne löschen lassen.» Er überlegte, ob er noch eine Kanone abfeuern sollte, doch ein zweiter Schuss hätte die Leute auf der *Revenge* nur verwirrt. Sein Vater würde möglicherweise glauben, die *Sprite* hätte den Feind schon gestellt und befände sich im Feuerwechsel. Außerdem hätte es die *Arcturus* auf sie aufmerksam machen können. So segelten sie weiter in die Finsternis und den blutwarmen Regen.

«Schick deine besten Ausgucke nach oben», befahl er Kumrah grimmig, «und sorge dafür, dass die Kanoniere bereit sind, sofort die Geschütze auszufahren, wenn ich den Befehl gebe. Es wird alles sehr schnell gehen, wenn wir uns erst dem Feind nähern.»

Das Stundenglas wurde zweimal umgedreht und sie fuhren immer noch durch die nasse Finsternis, jeder Mann an Bord angestrengt auf irgendwelche Zeichen des Feindes lauschend. Und der Regen ließ keinen Augenblick nach.

Vielleicht ist der Feind weitergesegelt, ohne uns zu bemerken, dachte Mansur. Oder die *Arcturus* hat gewendet, um uns abzufangen, und ist dicht an uns vorbeigekommen. Vielleicht nähert sie sich schon der ahnungslosen *Revenge*.

«Lass beidrehen», sagte er schließlich zu Kumrah, «und schärfe jedem Mann ein, er soll Augen und Ohren offen halten.»

Noch eine Stunde verging. Der Regen wurde schwächer. Der Wind frischte von Norden auf und brachte den würzigen Geruch der Wüste. Dann hörte es ganz auf zu regnen. Mansur wollte gerade Befehl geben, die Segel wieder zu setzen, als hinter ihrem Heck Lichtblitze aufflackerten, wie Kerzenschein unter der niedrigen Wolkendecke. Mansur hielt den Atem an und zählte langsam bis fünf. Dann kam es: das unverkennbare Grollen von Kanonenfeuer.

«Die *Arcturus* ist an uns vorbeigeschlüpft und hat die *Revenge* aufgebracht! Das Gefecht ist in vollem Gange!», rief er. «Alle Segel nach Steuerbord! Wenden!»

Mit der Nachtbrise im Rücken pflügte die *Sprite* durch die Finsternis. Mansur und Kumrah holten zusammen den letzten Knoten aus ihr heraus. Vor ihnen wurden das flackernde Licht und der Kanonendonner immer heller und lauter.

«Mein Gott, hoffentlich kommen wir nicht zu spät», betete Mansur, während der Fahrtwind ihm Tränen in die Augen trieb. Obwohl die *Sprite* tief geneigt vor dem Wind lag und wie ein gejagter Hirsch über die Wellen stob, dauerte für Mansur alles viel zu lange.

Der Abstand verringerte sich jedoch stetig und schließlich konnte er vom Bug aus, auf dem er den wilden Ritt seines Schiffes ausbalancierte, die Umrisse der beiden Schiffe ausmachen. Im Licht der Mündungsblitze sah er sie in erbitterter Schlacht.

Die beiden Schiffe schienen von der *Sprite* wegzulavieren und Mansur rief Kumrah zu, er solle das Schiff um zwei Strich herumbringen und einen Abfangkurs einschlagen. Die Schiffe näherten sich nun schneller und er konnte sich ein genaueres Bild von der Gefechtslage machen.

Dorian war es irgendwie gelungen, Captain Cornish den

Wind aus den Segeln zu nehmen und seine Anstrengungen zu vereiteln, längsseits zu kommen und die *Revenge* zu entern. Cornish blockierte andererseits jeden Versuch, die *Revenge* vor den Wind zu bringen und in bester Segellage vor dem überlegenen Feind das Weite zu suchen. In dieser Formation waren die beiden Schiffe annähernd gleich schnell. Die *Revenge* würde sich das größere Schiff nicht lange vom Leib halten können und in einem Zermürbungskampf würde sich schließlich die Übermacht an Kanonen durchsetzen. Die *Sprite* näherte sich dem Geschehen jedoch immer schneller. Bald würde sie ihre Geschütze in den ungleichen Kampf einbringen können. Das würde das Kräftegleichgewicht zu ihren Gunsten ändern – wenn Mansur sie erreichen konnte, bevor die *Arcturus* das kleinere Schiff einholte und enterte.

Die *Sprite* stampfte immer dichter an die beiden Schiffe heran. Fast hätte sich Mansur mit seinem Schiff einfach auf die *Arcturus* gestürzt, doch dann zügelte er seine Kriegerinstinkte und manövrierte noch einmal durch den Wind.

Er wusste, die Dunkelheit machte sie immer noch unsichtbar für die Kapitäne und Mannschaften der anderen Schiffe. Er musste das Überraschungsmoment nutzen, so gut er konnte. Es würde noch einige Minuten dauern, bis er wieder wenden und hinter dem Heck der *Arcturus* aus der Finsternis auftauchen und sie achterlich von Backbord anlaufen und entern konnte. Im Augenblick blieb ihm nichts anderes übrig, als durch sein Fernrohr zu beobachten, wie die Schlacht sich entwickelte.

Die Kanonen feuerten ununterbrochen, doch die kämpfenden Schiffe waren immer noch zu weit auseinander, um sich gegenseitig ernsthaft Schaden zuzufügen. Einige der Kugeln der *Revenge* hatten über der Wasserlinie Löcher in den Rumpf des feindlichen Schiffes gerissen. An den Rändern der Einschüsse schimmerte frisches, zersplittertes Holz, manche der Segel zeigten Risse und Löcher und in der Takelage waren einige Spieren abgeschossen worden, doch die *Arcturus* feuerte noch aus allen Rohren.

Auch die *Revenge* schien noch in ganz gutem Zustand. Im Licht der Mündungsblitze konnte Mansur sogar seinen Vater ausmachen, der zwischen den Kanonieren hin- und herlief und ihnen Befehle zurief. Batula stand neben dem Steuerrad und versuchte, die letzte Unze Tempo aus seinem Schiff herauszumelken.

Mansur schwenkte das Teleskop zum Achterdeck der *Arcturus* zurück und suchte es voller Sorge nach der hoch gewachsenen schlanken Gestalt ab, die nur Verity sein konnte, konnte sie jedoch nicht finden. Vermutlich hatte Sir Guy sie unter Deck eingesperrt, dachte Mansur erleichtert, in einer Ecke, wo sie etwas sicherer wäre vor den kreischenden Kanonenkugeln.

Dann sah er Captain Cornishs leuchtend rotes Gesicht, wie er gemessenen Schrittes auf dem Deck auf und ab ging, manchmal einen wütenden Blick auf den Feind werfend, dann wieder seine Kanoniere durch sein Sprachrohr anschreiend. Vor Mansurs Augen traf die *Revenge* mit einem Glücksschuss eine Spiere in der Takelage der *Arcturus*, deren Hauptsegel jetzt klatschend auf das Achterdeck niederging und Offiziere und Steuermann unter sich begrub.

Plötzlich herrschte Chaos auf der *Arcturus*. Matrosen eilten herbei, das schwere Segeltuch beiseite zu räumen. Das Kanonenfeuer ließ nach und der Steuermann ließ sein Schiff in seiner Blindheit ein paar Strich vom Wind abfallen, bevor er unter dem abgestürzten Segel hervorkam. Dann sah Mansur, wie Sir Guy vom anderen Ende des Achterdecks herbeigelaufen kam, um Captain Cornishs Platz einzunehmen. Seine Stimme wehte zur *Sprite* herüber und Mansur konnte sehen, wie unter Sir Guys Kommando schnell wieder Ordnung hergestellt wurde. Er musste sofort handeln, wenn er die Situation noch ausnutzen wollte. Die *Sprite* änderte ihre Fahrtrichtung und kam aus der Dunkelheit gestampft, dicht hinter dem Heck der *Revenge* vorbei. Mansur sprang in die Wanten. «Vater!», rief er über den schmalen Streifen Wasser hinweg, der noch zwischen ihnen lag. Dorian wirbelte herum, verblüfft, dass die *Sprite* plötzlich so nah war. «Ich werde seinen Bug kreuzen und ihn mit Feuer belegen und dann werde ich sie von Backbord entern. Fahr von der anderen Seite heran und halte sie dort beschäftigt!» Dorians Miene erhellte sich und er signalisierte seinem Sohn grinsend, dass er verstanden hatte: Nun konnte die Schlacht richtig beginnen.

Mansur ließ die Kanonen ausfahren und steuerte einen waghalsigen Kurs vor den Bug der *Arcturus*. Fast fünf Minuten lang, was Mansur und seiner Mannschaft wie eine Ewigkeit erschien, liefen sie Gefahr, unter direktes Feuer zu kommen, doch die meisten der Geschützmannschaften auf der *Arcturus* waren zum Glück noch nicht bereit und nur drei Kugeln schlugen in die schweren Deckplanken ein. Die Splitter schwirrten umher wie ein Hornissenschwarm, doch niemand auf der *Sprite* wurde verletzt. Dann fanden sie sich endlich vor dem Bug der *Arcturus*, die ihnen nun mit ihrem eigenen Bauch Deckung vor den Geschützen bot.

Mansur lief nach vorn, während die Kanonen in Stellung gebracht wurden, und ging langsam zurück, um sich zu vergewissern, dass jedes einzelne Geschütz ordentlich auf das Ziel eingerichtet war, bevor er den Feuerbefehl gab. Im nächsten Augenblick spien die riesigen Bronzewaffen eine nach der anderen Feuer und Eisen und krachten in die Leinen zurück, mit denen die Lafetten gesichert waren. Jede Kugel traf ihr Ziel, doch Mansur hatte für seine Attacke einen so gewagten Kurs gewählt, dass das Bugspriet der *Arcturus* in die Besanwanten der *Sprite* geriet und abbrach. Die Rümpfe der beiden Schiffe strichen in Armeslänge Abstand aneinander vorbei.

Sobald Mansur wieder Manövrierraum hatte, wirbelte er die *Sprite* herum und brachte sie sauber längsseits zur *Arcturus*. Die Backbordklappen des größeren Schiffes waren noch geschlossen, da die Männer auf der *Arcturus* von dieser Seite keinen Angriff erwartet hatten. Während die Enterhaken über das Schanzkleid der *Arcturus* flogen und die beiden Schiffe mit Leinen aneinander festgemacht wurden, ließ Mansur seine Steuerbordbatterie noch eine Salve feuern, aus nächster Nähe, bevor er seine Männer in einer johlenden Masse auf die *Arcturus* führte. Die Geschützmannschaften der großen Yacht kamen ihnen entgegengeeilt, doch während sie in verzweifelten Nahkampf mit den Männern der *Sprite* verwickelt waren, nutzte die *Revenge* ihre überlegene Segellage und kam heran, um die *Arcturus* von Steuerbord her zu entern. Die Kanonen auf dieser Seite waren nach der letzten Salve noch nicht nachgeladen worden und die Mannschaften hatten ihre Posten verlassen, um sich Mansurs Angriff entgegenzustellen: Die *Arcturus* fand sich in den Fängen des Barrakudas.

Die Kämpfe gingen zunächst hin und her und wüteten über das ganze Hauptdeck, doch zusammen waren die Mannschaften der beiden Schoner in der Überzahl und gewannen allmählich die Oberhand. Mansur fand Captain Cornish und kreuzte mit ihm die Klingen. Ruby Cornish war jedoch ein erfahrener Seebär und erwiderte die Attacke schnell und entschlossen. Sie umkreisten einander auf der Suche nach einer Lücke in der Deckung des anderen.

NACHDEM DORIAN mit einem flinken Stoß einen Mann aus dem Weg geräumt hatte, hielt er sofort nach Sir Guy Ausschau. Er wusste nicht, was er tun würde, wenn er ihn fände. Tief in seinem Herzen hoffte er vielleicht auf eine Versöhnung auf diesem Schlachtfeld. In der Traube der Kämpfer konnte er ihn jedoch nirgendwo entdecken. Die Schlacht schien sich zu ihren Gunsten zu wenden. Die Mannschaft der *Arcturus* zog sich allmählich zurück und gab den Kampf auf. Einige hatten schon ihre Waffen weggeworfen und huschten die nächste Stiege hinunter, und wenn eine Mannschaft unter Deck flüchtete, hieß das, sie war geschlagen.

«Der Sieg ist unser, in Gottes Namen», ermunterte Dorian die Männer, die neben ihm kämpften. «Auf sie!» Seine Stimme gab ihnen neue Kraft und sie stürzten sich auf den Feind. Dorian hielt nach Mansur Ausschau und fand ihn auf der anderen Seite des Decks, in erbittertem Gefecht mit Captain Cornish. Er sah das Blut auf Mansurs Gewand und konnte nur hoffen, dass es nicht sein eigenes war. Dann sah er, wie Ruby Cornish sich zurückzog und zu seinen fliehenden Männern lief, um sie wieder in die Schlacht zu treiben. Mansur war zu erschöpft, um noch einmal nachzusetzen und stützte sich auf sein Schwert.

«Was ist mit Guy?», rief Dorian über das Deck hinweg. «Wo ist mein Bruder? Hast du ihn irgendwo gesehen?»

«Nein, Vater», rief Mansur heiser zurück, «er muss mit den anderen unter Deck geflohen sein.»

«Wir haben sie geschlagen!», rief Dorian. «Noch eine letzte Attacke und die *Arcturus* ist unser. Kommt!»

Die Männer um ihn ließen einen rauen Kriegsschrei erklingen und wollten sich auf die Feinde stürzen, die noch kämpfen wollten, doch dann schnitt Guy Courtneys heller Schrei durch den Schlachtlärm. Er stand an der Reling vor der Heckhütte, mit einem Stück brennender Zündschnur in der Hand und einem Pulverfass auf der Schulter. Der Stopfen war schon herausgeschlagen und ein dicker Strahl Schwarzpulver ergoss sich auf die Planken zu seinen Füßen.

«Diese Pulverspur führt direkt zum Hauptmagazin!», rief er. Obwohl er Englisch sprach, wusste jeder an Bord, worum es ging. Die Araber hörten auf zu kämpfen und starrten verblüfft zu ihm hinauf. Totenstille lag plötzlich über der *Arcturus*.

«Ich werde das Schiff versenken, jeder Einzelne von euch wird mit ihm in die Luft fliegen!», schrie er. Er hielt die Funken sprühende Zündschnur hoch. «So wahr mir Gott helfe, ich werde es tun!»

«Guy!», rief Dorian zu ihm hinauf. «Ich bin dein Bruder, Dorian Courtney!»

«Das weiß ich!», schrie Guy mit unüberhörbarer Bitterkeit zurück. «Verity hat mir längst gestanden, dass sie mich verraten hat und mit euch unter einer Decke steckt. Doch das wird dich nicht retten.»

«Nein, Guy», rief Dorian, «tu es nicht!»

«Du kannst sagen, was du willst, du wirst mich nicht davon abhalten!», rief Guy zurück und schleuderte das Pulverfass Dorian zu Füßen. Dann senkte er langsam die brennende Lunte und Angstgeheul erhob sich vom Hauptdeck, wo sich die Männer drängten. Einer von Dorians Matrosen drehte sich um, lief an die Reling und sprang über die schmale Lücke an Deck der *Revenge*.

Sein Beispiel wirkte ansteckend. Alles ergriff die Flucht auf die kleineren Schiffe. Sobald sie an Bord waren, kappten sie mit ihren Schwertern die Enterleinen, die sie noch an die *Arcturus* fesselten. Nur Kumrah, Batula und ein paar andere tapfere Seemänner hielten die Stellung neben Dorian und Mansur.

«Es ist ein Trick», sagte Dorian. «Er wird es niemals tun. Folgt mir.» Doch sobald er die erste Stufe der Leiter zu seinem Bruder hinauf betrat, warf Guy Courtney die brennende Lunte auf die Pulverspur. Das Schießpulver entzündete sich in einer zischenden Rauchwolke und die Flamme huschte über die Deckplanken, bis sie durch eine offene Luke in den Schiffsbauch verschwand.

Nun verloren gar die erfahrenen Kapitäne und Offiziere die Nerven. Sie drehten sich auf dem Absatz um und rannten. Die letzten Enterleinen schnappten entzwei wie Baumwollzwirn. In einer Sekunde würden sich die beiden Schoner von der *Arcturus* losreißen und in die Nacht verschwinden.

«Selbst wenn es ein Trick ist, wir würden immer noch hier festsitzen», rief Mansur seinem Vater zu.

«Lauf!», rief Dorian, «renne so schnell du kannst, Mansur!»

In dem Augenblick, als die letzte Enterleine riss und die Schiffe auseinander zu treiben begannen, sprangen sie auf die *Sprite* und die *Revenge* zurück. Guy Courtney stand einsam auf seinem Schanzdeck, wie Satan in wirbelnden Rauchwolken. Die Funken des brennenden Schwarzpulvers verfingen sich in der Takelage und Flammen leckten an den Wanten empor.

D<small>IE ERSTE KANONENSALVE</small> erschütterte den Rumpf und Verity war sofort hellwach. Die *Arcturus* war so lautlos gefechtsbereit gemacht worden, dass sie in ihrer abgesperrten Kabine nicht bemerkt hatte, was an Deck vor sich ging. Sie kroch aus ihrer Koje und drehte den Docht der Laterne hoch, die an einem Ring von der Decke hing. Sie griff nach ihren Kleidern und schlüpfte in ein Baumwollhemd und die Hose, die sie Röcken vorzog, wenn sie Bewegungsfreiheit brauchte.

Sie war noch mit ihren Stiefeln beschäftigt, als das Schiff sich scharf gegen die nächste Breitseite neigte. Sie lief zur Kabinentür und bearbeitete sie mit den Fäusten. «Lasst mich raus!», schrie sie. «Öffnet die Tür!» Doch niemand hörte sie.

Sie nahm den schweren Silberkandelaber vom Tisch und versuchte damit die Tür zu durchschlagen, doch die harten Teakplanken hielten ihren Hieben stand. Es blieb ihr nichts anderes übrig als sich in die hinterste Ecke der Kabine zurückzuziehen. Sie klappte die Fensterluke auf und spähte hinaus. Auf diesem Weg konnte sie nicht entkommen. Sie hatte in den Wochen ihrer Gefangenschaft oft darüber nachgedacht. Ihr Gesicht war dicht über der Wasserlinie, bis zum Deck hinauf waren es über zwei Meter. Sie blickte in die Nacht hinaus und versuchte im flackernden Licht der Mündungsblitze zu erkennen, was draußen im Gange war. Dann sah sie das Schiff, mit dem sie die Kanonensalven austauschten, und erkannte es sofort als die *Revenge*. Von Mansurs Schiff keine Spur.

Sie stöhnte jedes Mal auf, wenn eine Salve von dem Kanonendeck über ihrer Kabine abgefeuert wurde oder wenn eine feindliche Kugel krachend in den Rumpf der *Arcturus* einschlug. Der Lärm machte sie fast taub. Der beißende Gestank des verbrannten Pulvers sickerte in die Kabine und sie konnte nicht aufhören zu husten.

Dann sah sie plötzlich etwas anderes lautlos aus der Finsternis erscheinen, ein anderes Schiff.

«Die *Sprite*», hauchte sie und ihr Herz hüpfte vor Freude. Mansurs Schiff! Sie hatte gedacht, sie würde ihn nie mehr wiedersehen, und nun war er hier. Die *Sprite* eröffnete das Feuer auf sie, doch sie war so aufgeregt, dass sie nicht die geringste Furcht empfand. Eine nach der anderen krachten die schweren Eisenkugeln in die *Arcturus*, die nun unter jedem Treffer erzitterte.

Dann wurde sie plötzlich zu Boden geworfen. Eine Kugel hatte das Schott neben der Tür durchschlagen und die Kabine füllte sich mit Rauch und Holzstaub. Als der Rauch sich auflöste, sah sie, dass die Tür aufgesprengt worden war. Sie kletterte über die Trümmer und zwängte sich in den Gang, von wo eine Treppe nach oben führte. Sie hörte, wie Männer an Deck miteinander fochten. Die Mannschaft der *Sprite* war soeben an Bord gekommen: Klirrende Stahlklingen, Pistolen- und Musketenknall und Rufe. Sie sah sich nach einer Waffe um, konnte jedoch keine finden. Dann bemerkte sie, dass die Kabinentür ihres Vaters offen stand. Sie wusste von den Pistolen in seiner Schublade und lief zu seinem Schreibtisch.

Jetzt stand sie direkt unter dem offenen Oberlicht und hörte deutlich die Stimme ihres Vaters: «Diese Pulverspur führt direkt zum Hauptmagazin!», schrie er. Verity erstarrte. «Ich werde das Schiff versenken, jeder Einzelne von euch wird mit ihm in die Luft fliegen!», schrie er weiter. «So wahr mir Gott helfe, ich werde es tun!»

«Guy!» Verity erkannte die Stimme. «Ich bin dein Bruder, Dorian Courtney!»

«Das weiß ich!», kreischte Guy. «Verity hat mir längst gestanden, dass sie mich verraten hat und mit euch unter einer Decke steckt. Doch das wird dich nicht retten.»

«Nein, Guy», rief Dorian, «tu es nicht!»

«Du wirst mich nicht davon abhalten!»

Mehr brauchte Verity nicht zu hören. Sie lief in den Gang hinaus und sah sofort die dicke Spur schwarzen Schießpulvers, die die Treppe herunterkam. Der hölzerne Rumpf des Schiffes war immer in Gefahr, in Flammen aufzugehen, wenn es zur Schlacht kam, weshalb auch jetzt überall, wo Platz war, Eimer voll Meerwasser aufgestellt worden waren. Verity schüttete das Wasser auf die Pulverspur und spülte so eine lange Lücke darin frei.

Sie war gerade noch rechtzeitig gekommen, denn schon kamen zischende Flammen die Treppe heruntergeschossen, die nun jedoch in einer blauen Rauchwolke endeten, als sie an die Stelle kamen, wo Verity den Eimer ausgeschüttet hatte. Sie sprang auf das Pulver und trat die letzten glühenden Körner aus. Dann nahm sie einen zweiten Eimer Wasser und leerte ihn auf das rauchende Pulverhäufchen. Bevor sie die Treppe zum Achterdeck hinaufeilte, vergewisserte sie sich noch einmal, dass alles gelöscht war.

«Vater, du bist wahnsinnig!», schrie Verity, als sie hinter ihm aus dem Rauch erschien.

«Ich habe dir befohlen, in deiner Kabine zu bleiben!», brüllte er sie an. «Du warst wieder einmal ungehorsam!»

«Wenn ich nicht so ungehorsam gewesen wäre, hättest du dich und mich soeben in Stücke gesprengt!», schrie sie ihn an.

Er sah ihre halb verbrannten, verrußten und nassen Kleider. «Du gemeine, böse Verräterin!», kreischte er. «Du bist zum Feind übergelaufen!»

Er ballte die Faust und schlug ihr ins Gesicht. Sie flog über die Planken, bis ein Schanzkleid ihren Sturz bremste. Sie starrte ihn an, voller Schrecken und Entrüstung. Die Prügel mit der Reitpeitsche auf Beine und Po, mit denen er sie zu bestrafen pflegte, wenn sie sein Missfallen erregte, war sie von Kindheit an gewöhnt, doch mit der Faust hatte er sie nur zwei Mal geschlagen. Sie wusste in diesem Augenblick, dies war das dritte und das letzte Mal. Sie wischte sich mit dem Handrücken über den Mund und blickte auf die dicke Blutspur von ihren aufgeplatzten Lippen. Dann drehte sie sich um und schaute auf die *Sprite* hinab, die noch längsseits lag. Die letzten Enterleinen, die die beiden Schiffe zusammenhielten, schnappten entzwei. Die Segel des Schoners füllten sich mit der Nachtbrise und sie begann abzutreiben. Auf dem mit Trümmern übersäten Deck hielten sich die Männer ihre Wunden oder eilten an die Kanonen, während andere noch von der höheren *Arcturus* über die immer weitere Lücke sprangen.

Dann sah sie Mansur unten auf dem Deck der *Sprite* und trotz ihrer Verletzungen und der hasserfüllten Gegenwart ihres Vaters schlug ihr Herz nun höher. Die ganze Zeit, seit sie auseinander gegangen waren, hatte sie ihre Gefühle für ihn zu unterdrücken versucht. Sie hatte die Hoffnung aufgegeben, ihn jemals wiederzusehen. Sie hatte gedacht, sie hätte ihn vergessen, doch jetzt, als sie ihn wiedersah, so groß und schön im flackernden Licht der brennenden Takelage, erinnerte sie sich wieder an die Geheimnisse, die er ihr offenbart hatte, und an seine Liebesbeteuerungen. Sie konnte sich ihm nicht mehr versagen.

Plötzlich schaute er auf und sah sie. Seine Überraschung wich sofort grimmiger Entschlossenheit. Er stürzte quer über das Deck zum Steuerrad, stieß den Steuermann weg, packte die Speichen und wirbelte es in die entgegengesetzte Richtung. So stoppte er die Drehung der *Sprite* nach Backbord weg. Das Schiff reagierte auf das Ruder und kam langsam herum, bis der Bug hart mit der Mitte der *Arcturus* zusammenstieß. Die *Sprite* prallte nicht ab, da Mansur mit dem Steuerrad gegenhielt, und rutschte die Wand des größeren Schiffes entlang.

«Spring!», rief Mansur zu ihr hinauf. «Spring, Verity, komm zu mir!» Für einen langen Augenblick war sie wie gelähmt und dann war es fast zu spät. «Verity, in Gottes Namen, du darfst mich nicht verlassen! Ich liebe dich! Spring!»

Nun zögerte sie nicht länger. Sie stand auf, flink wie eine Katze, und sprang auf das Schanzkleid, auf dem sie für einen Augenblick mit den Armen rudernd stehen blieb. Guy begriff endlich, was sie vorhatte, und kam auf sie zugerannt.

«Ich verbiete es dir!», kreischte er und versuchte, ihr Bein zu packen. Sie trat seine Hand weg, doch er ließ nicht locker. Als er sie miteinander ringen sah, verließ Mansur das Steuerrad und lief an die Reling. Er stand direkt unter ihr und breitete die Arme aus.

«Spring!», rief er noch einmal. «Ich werde dich fangen!»

Sie warf sich über Bord, doch ihr Vater wollte immer noch nicht loslassen. Ihr Hemd riss und am Ende hatte er nur noch einen Fetzen Stoff in der Hand. Verity fiel in Mansurs Arme. Ihr Gewicht brachte ihn auf die Knie, doch er richtete sich sofort wieder auf und hielt sie für einen Augenblick fest an seine Brust gedrückt. Dann setzte er sie ab und zog sie in Sicherheit. Die Hängematten der Mannschaft waren auf dem Schanzkleid aufgestapelt worden, als zusätzlicher Schutz gegen Splitter und Kanonenkugeln. Hinter diesem Wall drückte Mansur sie nun zu Boden. Dann lief er zum Steuerrad zurück und drehte es in die entgegengesetzte Richtung.

Die beiden Schiffe trieben schnell auseinander. Die *Revenge* hatte sich inzwischen ebenfalls befreit und alle Segel gehisst. Die *Arcturus* stand noch in Flammen, doch Mansur sah, wie

Ruby Cornish schon auf seinem Deck hin und her lief und die Löscharbeiten in die Hand nahm. Seine Männer kamen aus den Luken geströmt und innerhalb von Minuten hatten sie die lodernden Segel eingeholt und mit Seewasser aus den Pumpen gelöscht.

Mit ausgefahrenen und nachgeladenen Kanonen machte sich die *Arcturus* wieder auf die Verfolgung der *Sprite*, doch ihre Takelage war schwer beschädigt und Cornish hatte nicht die Zeit, neue Segel aus den Segeltruhen heraufzubringen und an die verkohlten Rahen binden zu lassen. Die *Sprite* und die *Revenge* zogen mühelos davon.

So schnell, wie er gekommen war, legte sich der Nachtwind plötzlich. Als hätte sie die Dämmerung geahnt, öffnete sich die Wolkendecke und ließ einzelne Sterne durchscheinen. Stille senkte sich auf den Ozean. Das wogende Meer schien plötzlich zu einer glatten Eisfläche zu gefrieren. Die drei gebeutelten Schiffe kamen langsam zum Stillstand. Selbst in dem schwachen Sternenlicht waren alle drei in Sichtweite zueinander. Die *Sprite* und die *Revenge* waren jedoch zu weit voneinander entfernt, als dass sie einander zurufen konnten, sodass Dorian und Mansur ihre weiteren Pläne nicht besprechen und miteinander abstimmen konnten. «Die Männer sollen bei der Arbeit frühstücken», sagte Mansur zu Kumrah. «Wir müssen schnellstens die Schäden reparieren. Diese Flaute wird nicht lange anhalten.» Sobald Mansur sah, dass alle an der Arbeit waren, machte er sich auf die Suche nach Verity. Sie stand allein an der Reling und blickte zur *Arcturus* hinüber, doch als sie ihn bemerkte, drehte sie sich sofort zu ihm um.

«Du bist also zu mir gekommen», begann er.

«Ja, weil du mich gerufen hast», entgegnete sie leise und bot ihm ihre Hand an. Er war überrascht, wie kühl und weich ihre Haut war, wie schmal und weich ihre Hand.

«Es gibt so vieles, was ich dir sagen möchte.»

«Dafür werden wir nun unser ganzes Leben Zeit haben», sagte sie, «jetzt will ich nur diese ersten Augenblicke genießen.» Sie schauten einander in die Augen.

«Du bist so schön», sagte er.

«Nein, das bin ich nicht, aber das Herz bebt mir, wenn ich es dich sagen höre.»

«Ich würde dich küssen.»

«Ich weiß, aber du kannst nicht, nicht unter den Augen deiner Mannschaft. Sie würden es ungehörig finden.»

«Zum Glück werden wir auch dafür noch unser ganzes Leben Zeit haben.»

«Und ich werde jede Minute davon genießen.»

D IE DÄMMERUNG BRACH AN. Die ersten Sonnenstrahlen lugten durch die Lücken zwischen den Gewitterwolken und ließen den Ozean in tiefem Violett erstrahlen. Das Licht spielte auf den drei Schiffen, die bewegungslos auf dem Meer lagen wie Spielzeugboote auf einem Dorfteich, die spiegelglatte Oberfläche nur unterbrochen durch winzige Wellenringe, wo fliegende Fische über das Meer huschten und die silbernen und goldenen Thunfische auftauchten, die hinter ihnen herjagten.

Die halb gerefften Segel hingen schlaff und leer von den Rahen. Von allen drei Schiffen hallten die Schläge der Hämmer und das Kreischen der Sägen über das stille Wasser. Die Segelmacher legten die beschädigten Segel auf den Decks aus und flickten das durchlöcherte Tuch mit geschwinden Stichen. Bald würde sich die Morgenbrise erheben und die nächste Phase der Schlacht beginnen.

Durch sein Teleskop sah Mansur zu, wie die Mannschaft der *Arcturus* die letzten Flammen löschte, neue Spieren an den Masten heraufzog, das abgebrochene Bugspriet ersetzte und die Rahen austauschten, die abgebrannt oder abgeschossen worden waren.

«Ist deine Mutter an Bord der *Arcturus*?», fragte Mansur.

«Nein, mein Vater hat sie vor sechs Wochen nach Bombay zurückgeschickt», antwortete Verity. Sie wollte jetzt nicht an Caroline denken, oder an die Umstände, als sie sie das letzte Mal gesehen hatte. Um das Thema zu wechseln, fragte sie:

«Wird es wieder zum Gefecht kommen?»

«Hast du Angst?», fragte er zurück.

Sie schaute ihn an. Ihre grünen Augen funkelten und ihr Blick war direkt. «Das ist keine sehr nette Frage.»

«Entschuldige», sagte er sofort, «ich zweifele nicht an deinem Mut. Mut hast du letzte Nacht zur Genüge bewiesen. Ich wollte nur wissen, wie du darüber empfindest.»

«Ich fürchte nicht um mich selbst, doch mein Vater ist auf dem anderen Schiff und du bist auf diesem.»

«Ich habe gesehen, wie er dich ins Gesicht geschlagen hat.»

«Das war gewiss nicht das erste Mal. Er hat mich oft geschlagen, aber er ist immer noch mein Vater.» Sie senkte den Blick. «Noch wichtiger ist aber, dass du nun mein Mann bist. Ich fürchte für euch beide, doch ich werde dir nicht im Wege sein.»

Er berührte ihren Arm. «Ich werde alles versuchen, ein Gefecht zu vermeiden», versicherte er ihr. «Das hätte ich auch letzte Nacht getan, aber da war mein Vater in Gefahr, ich hatte keine Wahl. Ich befürchte jedoch, Sir Guy wird alles versuchen, dich und mich am Entkommen zu hindern. Alles, was in seiner Macht steht.» Er blickte finster zur *Arcturus* zurück.

«Ich spüre die Morgenbrise», sagte sie. «Bald werden wir sehen, was mein Vater vorhat.»

Der Wind pflügte über das azurblaue Meer wie mit Katzenkrallen. Die Segel der *Arcturus* blähten sich und sie begann vorwärts zu gleiten. Alle Rahen waren hoch und die meisten waren mit strahlend weißen, neuen Segeln ausgerüstet. Sobald sie steuerfähig war, legte sie das Ruder um und steuerte direkt auf die beiden Schoner zu. Die Kanonen waren noch ausgefahren. Ihre Absichten waren offensichtlich.

«Ich fürchte, dein Vater ist auf eine weitere Schlacht aus.»

«Bist du das nicht auch?», fragte sie anklagend.

«Das darfst du nicht sagen», schüttelte er den Kopf. «Ich habe schon gewonnen. Ich habe dich. Mehr wollte ich nicht von Sir Guy.»

«Dann lass uns hoffen, der Wind kommt zu uns, bevor mein Vater hier ist.» In dem Augenblick, als Verity es aussprach, wehte ihr der Wind um die Wangen und blies ihr eine lange Haarsträhne in die Augen. Sie steckte sie unter ihr seidenes Haarnetz zurück.

Die *Sprite* neigte sich mit dem Wind, die Segel schlugen gegen die Masten und die Rollen rasselten, als die Seile sich spannten und die Segel sich füllten. Die Planken unter ihren Füßen erzitterten unter der Brise und trotz aller Sorgen lachte Verity begeistert auf. «Wir sind unterwegs!», rief sie und klammerte sich für einen Augenblick an seinen Arm. Dann sah sie Kumrahs Blick und trat einen Schritt zurück. «Wenigstens brauchst du keine Anstandsdame extra für mich anzuheuern, Mansur. Von denen gibt es hier schon genug.»

Die *Sprite* schloss geschwind mit der *Revenge* auf, die noch in der Flaute lag, doch schließlich wurde auch sie vom Wind ergriffen und die beiden Schoner stampften zusammen davon, die *Revenge* zwei Kabellängen voraus. Mansur blickte zu den Verfolgern zurück.

«Wenn der Wind nicht dreht, wird dein Vater uns niemals einholen», eröffnete er Verity voller Freude. «Bis heute Abend wird die *Arcturus* hinter dem Horizont verschwunden sein.» Er nahm ihren Arm und führte sie höflich zur Treppe. «Kumrah kann jetzt das Deck übernehmen. Lass uns nach unten gehen und ein bequemes Quartier für dich finden.»

«Ja, hier oben sind zu viele Augen auf uns gerichtet», stimmte sie zu und folgte ihm bereitwillig.

Am Fuß der Leiter nahm er ihren Kopf in beide Hände und drehte ihr Gesicht zu sich. Sie war nicht viel kleiner als er und ihr dichtes, üppiges Haar ließ den Unterschied noch geringer erscheinen. «Hier gibt es keine anderen Augen», sagte er.

«Ich fürchte, ich war etwas leichtsinnig.» Ihre Wangen erglühten wie Rosenblätter. «Doch Ihr würdet mir bestimmt nicht die Unschuld rauben, nicht wahr, Hoheit?»

«Ich fürchte, Sie könnten meine Ritterlichkeit überschätzt haben, Miss Courtney, denn genau das habe ich vor.»

«Ich nehme an, es hätte keinen Zweck, wenn ich schreien würde, oder?»

«Nein, leider nicht. Es wäre vollkommen zwecklos.»

Sie drückte sich an ihn. «Dann spar ich mir lieber den

Atem», hauchte sie. «Vielleicht kann ich ihn später noch gebrauchen.»

«Deine Lippe ist geschwollen.» Er berührte sie zart. «Es wird doch nicht wehtun?»

«Wir Courtneys können einigen Schmerz ertragen», sagte sie.

Er küsste sie vorsichtig.

Es war Verity, die ihn fester an sich drückte und ihm ihre geschwollenen Lippen öffnete. «Es tut kein bisschen weh», sagte sie. Und Mansur trug sie in seine Kabine.

K UMRAH STAMPFTE DREIMAL mit dem Fuß auf die Planken über Mansurs Koje und Mansur schreckte hoch. «Ich werde an Deck gewünscht.»

«Nicht so sehr, wie du hier gewünscht wirst», murmelte Verity wohlig, «aber wenn die Pflicht ruft, lasse ich dich für einen Augenblick gehen.»

Er stand auf und sie betrachtete ihn mit immer größeren Augen. «Ich habe noch nie einen Mann so vor mir gesehen», sagte sie. «Jetzt begreife ich erst, was mir die ganze Zeit gefehlt hat. Es gefällt mir sehr, was ich da vor mir sehe.»

Er beugte sich vor und küsste ihren Bauch. Die Haut war sahneweich, die Muskeln fest und schlank. Er ließ seine Zungenspitze in den kleinen runden Bauchnabel fahren.

Sie stöhnte und wand sich lüstern. «Hör auf, hör sofort auf, sonst werde ich dich niemals gehen lassen.»

Er reckte sich und riss erschrocken die Augen auf. «Da ist Blut auf dem Laken! Habe ich dir wehgetan?»

Sie lächelte. «Das ist die Blume meiner Jungfernschaft, die ich dir zum Beweis geschenkt habe, dass ich immer nur dir gehört habe und keinem anderen.»

«Oh mein Liebling.» Er setzte sich auf den Rand der Matratze und bedeckte ihr Gesicht mit Küssen.

Schließlich stieß sie ihn weg. «Nun geh schon und tu deine Pflicht. Aber komm zurück, sobald du fertig bist.»

Mansur fühlte sich wie auf Wolken, als er die Leiter hinauflief, doch oben angekommen blieb er erschrocken stehen. Er hatte damit gerechnet, die *Revenge* immer noch weit voraus zu sehen, da sie gewöhnlich etwas schneller war als die *Sprite*, doch nun lag sie fast längsseits. Er zog das Teleskop aus dem Köcher neben dem Kompasshäuschen und ging zur Reling. Er bemerkte sofort, wie tief die *Revenge* im Wasser lag, und die Matrosen arbeiteten an allen Pumpen. Aus den Auslassrohren strömte schäumendes Seewasser. Während Mansur besorgt durch sein Fernrohr schaute, erschien Dorian in der Hauptluke. Mansur griff nach dem Sprachrohr und rief hinüber. Sein Vater schaute auf und kam an die Reling.

«Was ist passiert?», wiederholte Mansur seine Frage.

«Wir haben eine Kugel unter der Wasserlinie abbekommen, das Wasser kommt schneller herein als wir es abpumpen können.» In dem Wind war die Stimme seines Vaters kaum zu hören.

Der Geschwindigkeitsunterschied zwischen den beiden Schiffen war so groß, dass die *Sprite* wieder einige Meter aufgeholt hatte, und sein Vater war schon etwas deutlicher zu hören. Er schaute nach achtern und sah, dass die *Arcturus* in den Stunden, die er mit Verity unter Deck gewesen war, kaum zurückgefallen war. Inzwischen war sie sogar schneller als die lahmende *Revenge*.

«Wie kann ich euch helfen?», fragte er seinen Vater. Es gab eine lange Pause.

«Ich habe alle Stunde den Hauptmast der *Arcturus* angepeilt», rief Dorian schließlich zurück. «Wenn sich nichts ändert, werden wir vor heute Abend in Reichweite ihrer Kanonen sein. Wir werden ihr nicht einmal im Dunkeln entkommen können.»

«Können wir den Schaden nicht reparieren?»

Dorian schüttelte den Kopf. «Das Loch ist an einer schwierigen Stelle. Wenn wir beidrehen und es zu reparieren versuchen, holt die *Arcturus* uns ein, bevor wir es stopfen können.»

«Was sollen wir also tun?»

«Wenn nichts Unvorhergesehenes passiert, werden wir wieder kämpfen müssen. Es wird uns nichts anderes übrig bleiben.»

Die *Revenge* fiel weiter zurück. Mansur sah sich gezwungen, das Hauptsegel zu reffen, um die *Sprite* so weit zu verlangsamen, dass die *Revenge* mithalten konnte. Dann rief er seinem Vater zu: «Kumrah hat einen Plan. Bleib so dicht bei uns, wie du kannst, und ich werde weitere Segel reffen, wenn du zu weit zurückfällst.»

Kumrah brachte den Bug der *Sprite* noch drei Strich nach Westen, bis sie direkt auf Ras al-Had zusteuerten, die Landspitze, wo der Golf sich in den Indischen Ozean öffnet.

Den restlichen Morgen hielt Mansur seine Mannschaft damit beschäftigt, die Schäden zu reparieren, die sie erlitten hatten, die Kanonen zu reinigen und zu warten, mehr Kugeln vom Orlopdeck heraufzuholen und die Pulversäcke für die Geschützstände aufzufüllen. Dann hievten sie eine der Kanonen mit Rollen und Tauen vom Hauptdeck auf das Poopdeck, wo die Zimmerleute einen provisorischen Kanonenstand für sie gebaut hatten. Mit dem Rohr zum Heck gerichtet, konnten sie mit dem Geschütz nun nach achtern feuern, sobald die *Arcturus* in Reichweite käme.

Die *Revenge* sank fast unmerklich immer tiefer, während die Männer an den Pumpen sich abmühten, mit dem Wasser fertig zu werden, das durch den durchlöcherten Rumpf an Bord strömte. Mansur ging längsseits und sie warfen eine Leine hinüber. So schickte er zwanzig frische Männer auf das Schwesterschiff, um den erschöpften Pumpenmannschaften eine Pause zu gönnen. Er ordnete auch Baris auf die *Revenge* ab, einen von Kumrahs jüngeren Offizieren, der von diesen Gestaden stammte und jeden Felsen und jedes Riff fast ebenso gut kannte wie Kumrah selbst. Während die beiden Schiffe dicht nebeneinander lagen, erklärte Mansur seinem Vater Kumrahs Plan.

Dorian begriff, dass es wahrscheinlich ihre beste Chance war, und stimmte sofort zu. «So machen wir es, Junge!»

Innerhalb einer Stunde musste Mansur noch ein Segel reffen, um die *Revenge* nicht über Nacht zu verlieren. Als es dunkel wurde, blickte er zur *Arcturus* zurück und schätzte den Abstand auf nur noch zwei Seemeilen.

Es war fast Mitternacht, als er in seine Kabine ging, und

selbst dann konnten Mansur und Verity noch nicht schlafen. Sie liebten sich, als wäre es das letzte Mal, und dann lagen sie einander nackt in den Armen, schwitzend in der Tropennacht, und unterhielten sich leise. Sie hatten sich viel zu erzählen, ihre ganze Lebensgeschichte. Am Ende konnte nicht einmal die Liebe sie noch wach halten und eng umschlungen schliefen sie ein.

Eine Stunde vor Anbruch der Dämmerung schlüpfte Mansur aus dem Bett und ging an Deck. Nach wenigen Minuten kam Verity jedoch nach und blieb vor dem Poopdeck stehen, wo sie ihm nah sein konnte, ohne in den Weg zu geraten.

Mansur befahl den Köchen, den Männern ihr Frühstück zu geben, und während sie aßen, sprach er ihnen Mut zu, obwohl alle wussten, dass die *Arcturus* dicht hinter ihnen war und sie bald wieder gezwungen sein würden, sich zum Gefecht zu stellen.

Als es hell wurde, standen Mansur und Kumrah schon an der Reling neben der Heckkanone. Die Laterne am Flaggenknopf der *Revenge* flackerte dicht hinter ihnen. Dann blickten sie über das Schwesterschiff hinaus und dort lag die *Arcturus* vor dem immer noch dunklen Horizont. In den Stunden der Dunkelheit hatte sie fast eine Meile aufgeholt. Mansur hätte fast laut geflucht. Noch während er durch sein Teleskop blickte, blitzte es am Bug der *Arcturus* und eine weiße Rauchwolke stieg auf.

«Dein Vater feuert mit Bugkanonen auf uns. Der Abstand dürfte aber noch etwas zu groß sein, zumindest für eine Weile», informierte er Verity.

«Land voraus!», rief der Ausguck von der Mastspitze. Sie liefen alle zum Bug und spähten zum Horizont.

«Du hast dich wieder einmal selbst übertroffen, Kumrah», lobte Mansur seinen Kapitän. «Wenn ich mich nicht sehr irre, ist das Ras al-Had dort vor uns.» Sie gingen an den Kartentisch neben dem Kursbrett und beugten sich über das kartographische Kunstwerk, das Kumrah gezeichnet hatte – das Lebenswerk des alten Seemanns.

«Und wo ist diese Klippe, von der du gesprochen hast, dieses Kos al-Heem?», fragte Mansur. In dem Dialekt, der an der omanischen Küste gesprochen wurde, bedeutete der Name ‹die Trügerische›.

«Ich habe sie nicht eingezeichnet.» Kumrah stach die Spitze seines Zirkels an einem Punkt auf dem eingewachsten Lederbogen ein. «Manche Dinge hält man besser geheim vor der Welt. Aber hier ist sie.» Er zeigte auf die Karte.

«Wie schnell können wir dort sein?», wollte Mansur wissen.

«Wenn der Wind sich hält, eine Stunde nach Mittag.»

«Bis dahin wird die *Arcturus* die *Revenge* eingeholt haben.» Mansur blickte zum Schiff seines Vaters.

«Wenn es Gottes Wille ist», sagte Kumrah schicksalsergeben, «denn Gott ist groß.»

«Wir müssen versuchen, die *Revenge* vor dem Feuer der *Arcturus* abzuschirmen, bis wir die Klippe erreichen.» Mansur gab seine Befehle und ging zum Heck zurück, wo sich schon eine Geschützmannschaft um den Neunpfünder versammelt hatte. Kumrah nahm noch etwas Segelfläche aus dem Wind, bis er die *Sprite* zwischen die beiden anderen Schiffe bringen konnte. Die *Arcturus* feuerte in der Zeit noch zwei Kugeln aus ihrer Bugkanone. Beide Schüsse waren zu kurz, doch die nächste Kugel platschte schon längsseits der *Revenge* ins Wasser.

«Sehr gut», nickte Mansur, «das heißt, wir können jetzt auch einen Schuss versuchen.»

Er wählte eine Eisenkugel aus der Munitionskiste und rollte sie unter seinem Fuß, um ihre Rundheit zu prüfen. Dann maß er sorgfältig die Pulverladung ab und ließ seine Männer das Rohr ausputzen, um so viel wie eben möglich von den Pulverrückständen zu entfernen.

Als die Kanone geladen und ausgefahren war, stellte Mansur sich dahinter und beobachtete, wie das Heck der *Sprite* sich auf der Dünung hob und senkte. Er berechnete die Korrekturen, die nötig waren, um diese Bewegung auszugleichen. Dann trat er drei Schritte zurück, um vor dem Rückschlag des Geschützes sicher zu sein, und wartete die nächste Welle ab. In dem Augenblick, als die *Sprite* ihr Hinterteil hob, drückte er die brennende Lunte auf das Pulver im Spundloch. Das gehobene Heck würde der Kugel die zusätzliche Reichweite verleihen, die eine Schlacht entscheiden konnte.

Die lange Kanone brüllte auf und sprang in ihr Seilgeschirr zurück. Verity und Kumrah fungierten als Zielbeobachter.

Sekunden später sahen sie in der Ferne eine winzige weiße Schaumkrone aufspritzten. «Hundert Meter zu kurz und ungefähr drei Grad zu weit links», rief Verity.

Mansur drehte die Höhenrichtschraube ganz nach oben und sie feuerten noch einmal. «Immer noch zu kurz, aber die Richtung stimmt jetzt.» So schossen sie über mehrere Stunden eine Kugel nach der anderen ab. Die *Revenge* beteiligte sich an dem Bombardement, während die *Arcturus* langsam näher kam, ebenfalls aus ihren Bugkanonen feuernd.

Es ging schon auf Mittag zu, ohne dass eines der Schiffe einen Treffer verzeichnen konnte. Mansur und seine Geschützmannschaft hatten die Hemden ausgezogen. Ihre nackten Oberkörper glänzten vor Schweiß. Das Kanonenrohr war so heiß, dass man es nicht mehr anfassen konnte, und der nasse Schwabber zischte und dampfte, wenn sie ihn in den Lauf schoben. So fuhren sie den langen Neunpfünder noch einmal aus, zum dreiundzwanzigsten Mal an diesem Morgen, und Mansur richtete das Geschütz sorgfältig ein. Über Kimme und Korn betrachtet sah die *Arcturus* viel größer aus. Er ging wieder in sicheren Abstand zu dem schweren Geschütz und wartete auf den richtigen Augenblick.

Die Lafette sprang zurück und spannte ihre Halteseile, doch diesmal sahen sie kein Wasser aufspritzen, als sie durch ihre Fernrohre spähten. Stattdessen sah Verity eine Wolke von Holzsplittern über dem Bug der *Arcturus* aufsteigen. Eine der Kanonen dort wurde aus ihrem Fahrgestell gerissen und stand plötzlich senkrecht.

«Ein Treffer, ein klarer Treffer!»

«Sagen Fräulein Verity und der Barde!», lachte Mansur. Er erfrischte sich mit einer Kelle Wasser, bevor er sein Geschütz für den nächsten Schuss einrichtete.

Wie zur Vergeltung platzierte die *Arcturus* eine Kugel aus der anderen Bugkanone so knapp hinter dem Heck der *Sprite*, dass eine Gischtfontäne Mansur und seine Männer bis auf die Haut durchnässte.

Die ganze Zeit rückte das Felsenkap, das als Ras al-Had bekannt war, immer näher und die *Arcturus* holte sie langsam von achtern ein.

«Wie weit ist es noch zum Kos al-Heem?», fragte Mansur .

«Man sieht das Riff erst kurz bevor man aufläuft. Deshalb hat man es so genannt, doch da sind die Landmarken: Die weiße Ader in dem Kliff da hinten und die Spitze des eiförmigen Felsens links davon.»

«Übernimm jetzt das Steuerrad, Kumrah. Luv ein bisschen an und geh aus dem Wind. Lassen wir die *Arcturus* so dicht herankommen wie eben möglich, ohne dass sie Verdacht schöpfen.»

Das Kanonenduell zwischen den Schiffen ging ununterbrochen weiter. Mansur hoffte, Captain Cornish von der Gefahr abzulenken, die vor ihnen lag, und wollte die *Revenge* etwas Vorsprung gewinnen lassen. Die *Arcturus* kam eifrig heran und innerhalb einer Stunde waren sie so dicht zusammen, dass Mansur und Verity durch das Teleskop Captain Ruby Cornishs unverwechselbare Züge erkennen konnten.

«Da ist … Sir Guy!» Mansur hätte fast «dein Vater» gesagt, doch er wollte Verity nicht daran erinnern, wie nah sie dem Feind stand.

Sogar mitten im Gefecht wahrte Guy Courtney seine elegante Erscheinung. Er hatte sich offenbar eigens umgezogen und trug nun eine enge weiße Hose, schwarze Stiefel, einen blauen Rock mit scharlachroten Aufschlägen und einen hohen Dreispitz. So stand er an der Reling und starrte zu ihnen herüber. Seine Miene war kalt und hart. Er zeigte eine tödliche Entschlossenheit, die Verity das Blut in den Adern gefrieren ließ: Sie kannte ihn, wenn er so war, und fürchtete ihn wie die Cholera.

«Kumrah!», rief Mansur wieder. «Wo ist diese Klippe? Wo ist Kosal-Heem? Gibt es den Felsen wirklich oder existiert er nur in deinen Haschischträumen?»

Kumrah schaute zur *Revenge* hinüber, die langsam vor ihnen davonzog. Sie war inzwischen schon eine viertel Meile voraus.

«Der Kalif, Euer verehrter Vater, wird gleich da sein.»

«Ich sehe aber keine Spur von einem Riff.» Mansur studierte die Wasseroberfläche vor ihrem Schwesterschiff, wo die Wellen ungebrochen voranmarschierten, ohne das geringste Zeichen, dass etwas im Weg lag, keine Wirbel und keine Gischtzäune.

«Deshalb nennt man die Klippe ‹die Trügerische›», erinnerte ihn Kumrah, «sie hat mindestens hundert Schiffe zerstört, darunter die Galeere des Ptolemäus, des Generals und Favoriten des mächtigen Isakander. Nur durch Gottes Gnade überlebte er den Schiffbruch.»

«Gott ist groß», murmelte Mansur automatisch.

«Gott sei gepriesen», sagte Kumrah. Im nächsten Augenblick schwenkte die *Revenge* plötzlich herum und steckte den Bug in den Wind, sodass alle Segel umschlugen und an die Masten klatschten.

«Ah!», rief Kumrah. «Baris hat Kos al-Heem für uns gefunden und markiert es jetzt für uns.»

«Fahrt die Backbordbatterie aus. Haltet euch für die Wende bereit. Wir gehen bald auf Backbordbug», befahl Mansur. Während die Männer an ihre Gefechtsstände eilten, behielt er weiter die nahende *Arcturus* im Auge. Sie kam unter vollen Segeln auf sie zugeschossen. Die Kanonenluken klappten krachend auf und die Mündungen schoben sich bedrohlich aus beiden Seiten. Mansur ging nach vorn, bis er die *Revenge* gut im Blick hatte. Sie lag still, direkt voraus. Auch sie hatte ihre Kanonen ausgefahren und war bereit zum Feuerwechsel.

Mansur ging zum Steuerrad zurück. Er wusste, Verity stand immer noch unter dem Poopdeck und beobachtete ihn. Sie schien vollkommen ruhig und zeigte keine Furcht.

«Ich möchte, dass du unter Deck gehst, mein Liebling», riet er ihr leise. «Wir werden jeden Moment unter Feuer kommen.»

Sie schüttelte den Kopf. «Schiffsplanken bieten keinen Schutz gegen neun Pfund schwere Eisenkugeln, Das weiß ich aus Erfahrung», sagte sie mit einem frechen Funkeln in den Augen. «Weißt du nicht mehr, wie du damit auf mich geschossen hast?»

«Das stimmt, ich habe ganz vergessen, mich dafür bei dir zu

entschuldigen.» Er lächelte ebenfalls. «Es war unverzeihlich, aber ich schwöre, ich werde es tausendfach wiedergutmachen.»

«Was immer geschieht, mein Platz ist jetzt an deiner Seite. Ich werde mich nicht unter irgendein Bett verkriechen.»

«Das werde ich stets zu schätzen wissen», sagte er und wandte sich wieder der *Arcturus* zu. Endlich war sie gut in Reichweite der Kanonen. Nun musste er ihre ganze Aufmerksamkeit auf sich ziehen und sie in vollem Tempo heranlocken. Kumrah wartete auf Mansurs Befehl.

«Wenden!», rief Mansur schließlich. Die *Sprite* drehte sich wie eine Tänzerin und kehrte der *Arcturus* ihre volle Breitseite zu.

«Ruhig, Kanoniere!», rief Mansur durch das Sprachrohr. «Sorgfältig zielen!» Einer nach dem anderen hoben die Vormänner der Geschützmannschaften den Arm, um zu signalisieren, dass sie die Rohre fertig eingerichtet hatten.

«Feuer!», rief Mansur und die Breitseite krachte wie ein einziger Donnerschlag. Eine dicke graue Rauchwolke zog über das Deck und wurde fast sofort vom Wind weggeblasen, sodass sie eine einzelne Wasserfontäne vor dem Bug der *Arcturus* aufspritzen sahen, während die übrige Breitseite in den Vordersteven einschlug und die Planken durchlöcherte. Das Schiff schien zu erzittern unter diesem furchtbaren Anschlag, stampfte jedoch mit unverminderter Geschwindigkeit weiter auf sie zu.

«Bring sie wieder auf den alten Kurs», befahl Mansur und die *Sprite* gehorchte dem Ruder ohne Widerstand. Die *Arcturus* hatte keine Zeit gehabt, ihre Breitseite anzubringen, doch die *Sprite* hatte durch das Manöver fast ihren gesamten Vorsprung eingebüßt. Der Feind war nur noch kaum vierhundert Meter hinter ihnen. Sie feuerte ihre Bugkanone und die *Sprite* erbebte, als die Kugel das Heck traf und sich in den Rumpf bohrte.

Kumrah und Mansur blickten mit zusammengekniffenen Augen voraus. Mansur konnte immer noch kein Zeichen eines Riffs entdecken. Kumrah rief dem Steuermann eine Kurskorrektur zu und der Bug drehte sich leicht nach Backbord. Damit hatte die *Revenge* freie Schussbahn. Sie zeigte dem Feind immer noch ihre Breitseite und konnte nun feuern, ohne fürchten zu müssen, die *Sprite* zu treffen. Für einen Augenblick verschwand die *Revenge* hinter einem Schleier aus Pulverdampf.

Der Abstand war groß, doch wenigstens einige der Kugeln trafen ihr Ziel. Mansur konnte hören, wie die schwere Eisenmunition wie Hammerschläge auf die Planken der *Arcturus* einprasselte.

«Das wird Cornish beschäftigt halten», sagte Verity in der plötzlichen Stille nach der Breitseite. Mansur sagte nichts. Er blickte immer noch mit vor Sorge gerunzelter Stirn über den Bug hinweg.

«Wo ist es nur, dieses dreimal verdammte Riff ...» Er stockte. Dicht unter der blauen Meeresoberfläche schien plötzlich ein glitzerndes Schneetreiben auszubrechen, so unerwartet, dass er für einen Augenblick nicht wusste, was er vor sich sah. Dann dämmerte es ihm.

«Füsilierfische!», rief er. Schwärme dieser winzigen, schimmernden Fische waren oft über Unterwasserklippen zu finden, selbst hier draußen auf offener See, am Rand des Kontinentalschelfs. Die Schwärme zerstreuten sich vor dem Bug der *Sprite* und Mansur sah dunkle, grässliche Schatten aus der Tiefe aufragen wie kohlschwarze Fänge, direkt auf dem Kurs, den der Schoner steuerte. Kumrah stieß den Steuermann weg und nahm das Rad in seine liebevollen Hände, um das Schiff durch das Riff zu manövrieren.

Mansur sah die dunklen Umrisse immer klarer: drei Granithörner, die bis auf zwei Meter unter der Oberfläche vom Meeresboden aufragten. Die Spitzen waren so scharf, dass sie den Strömungen und Wellen kaum Widerstand boten, weshalb sie an der Oberfläche keine Turbulenzen hervorriefen. Mansur hielt unwillkürlich den Atem an, als Kumrah auf die Mitte dieser grausamen Steinkrone zuhielt. Er spürte Veritys Hand an seinem Arm. Ihre Fingernägel bohrten sich schmerzhaft in seine Haut.

Die *Sprite* schrappte über die Felsen. Mansur fühlte sich, als ritte er ein Pferd in vollem Galopp durch einen Wald voller dornigen Unterholzes. Das Deck erzitterte sanft unter seinen Füßen und er hörte die Granithörner an den Bodenplanken kratzen. Und dann waren sie durch. Mansur atmete auf. «Mein Gott, knapper hätte es nicht sein können!», rief Verity.

Mansur nahm sie bei der Hand und sie liefen an die Heckreling. Von dort mussten sie nun zusehen, wie die *Arcturus* in vollem Tempo in die Falle ging. Trotz der Gefechtsschäden und der rußgeschwärzten Takelage war sie immer noch ein prächtiges Schiff, alle Segel gebläht, die hohe, weiße Bugwelle schäumend und funkelnd links und rechts vor ihrem Kiel.

Sie rammte die Steinnadeln, blieb augenblicklich hängen und verwandelte sich von einer Sekunde zur nächsten von einem Bild erhabener Anmut in ein taumelndes Wrack. Der Vormast brach am Fuß ab und die Hälfte der Rahen stürzten auf das Deck. Die Planken unter der Wasserlinie barsten mit lautem Knall und sie hing im Wasser, als wäre sie ein Teil des Riffs. Die Granithörner trieben sich tief in ihren Rumpf. Die Toprahenmänner wurden von ihren Ständen gerissen wie Geschosse von einer Steinschleuder und flogen in hohem Bogen längsseits ins Wasser, einen halben Pistolenschuss von ihrem Schiff entfernt. Die übrige Mannschaft rutschte das Deck hinunter und wurde gegen Masten und Schoten geworfen. Ihre eigenen Kanonen wandten sich gegen sie, indem sie den Männern, die nun auf das harte Metall prallten, Beine und Rippen brachen. Die Mannschaften der beiden kleineren Schiffe drängten sich an der Reling und blickten voller Grauen auf die Zerstörung, die sie angerichtet hatten, zu überwältigt, um ihren Sieg bejubeln zu können.

Mansur ging längsseits zur *Revenge*. «Was nun, Vater?», rief er hinüber.

«Wir können Guy nicht so zurücklassen», antwortete Dorian. «Wir müssen ihm helfen, so gut wir können. Ich werde im Langboot zu ihm hinüberfahren.»

«Nein, Vater!», rief Mansur. «Dein Schiff ist kaum noch seetüchtig. Fahrt zu dem sicheren Hafen vor Sawda, wo wir den Unterwasserschaden reparieren können, bevor ihr absauft und sinkt.»

«Und was soll aus Guy und seinen Leuten werden?» Dorian zögerte immer noch.

«Darum werde ich mich kümmern», versprach Mansur.

Dorian beriet sich kurz mit Batula und kam wieder an die Reling der *Revenge*. «Also gut. Batula meint auch, wir müssen einen sicheren Ankerplatz finden, bevor sich der nächste Sturm zusammenbraut. Mit rauer See würden wir in unserem Zustand nicht fertig werden.»

«Ich werde die Überlebenden der *Arcturus* aufnehmen und nachkommen, so schnell ich kann.»

Dorian legte die *Revenge* wieder vor den Wind und steuerte auf das Festland zu. Mansur übergab Kumrah das Kommando und kletterte ins Langboot. Er blieb im Heck des Boots stehen, während sie auf die gestrandete und schon schwer krängende *Arcturus* zuruderten. Sobald sie in Rufweite waren, befahl er der Mannschaft, die Ruder ruhen zu lassen. «*Arcturus*! Wir haben einen Wundarzt bei uns! Wie können wir euch helfen?»

Cornishs rotes Gesicht erschien über einer der schiefen Schotten. «Wir haben viele gebrochene Knochen hier. Ich muss die Verwundeten ins Lazarett auf Bombay Island bringen, sonst werden sie alle sterben.»

«Ich komme an Bord!», rief Mansur.

Doch dann meldete sich eine andere, wütende Stimme: «Bleib wo du bist, du schmutziges Rebellenschwein!» Sir Guy Courtney klammerte sich mit einer Hand an die Hauptmastwanten. Den anderen Arm hatte er unter die Rockbrust geschoben, als provisorische Schlinge. Er hatte seinen Hut verloren und frisches Blut aus den tiefen Rissen an seinem Kopf verklebte sein Haar und eine Seite seines Gesichts. «Wenn du versuchst, an Bord zu kommen, werde ich dich erschießen!»

«Sir Guy! Ich bin der Sohn Ihres Bruders Dorian. Sie müssen mir erlauben, Ihnen und Ihren Männern Hilfe zu leisten.»

«In Gottes heiligem Namen, ich habe keinen Bruder und du bist nichts als ein heidnischer Bastard, ein Entführer und Schänder unschuldiger englischer Frauen!»

«Ihre Männer brauchen Hilfe und Sie sind selbst verwundet. Lassen Sie mich die Verletzten nach Bombay Island bringen.»

Guy antwortete nicht und ging das schräg stehende Deck entlang zur nächsten Kanone. Dort nahm er eine rauchende Lunte aus dem Sandeimer. Das bronzene Rohr des schweren Geschützes ragte noch aus der offenen Kanonenluke, doch das machte Mansur keine Angst. Die Waffe war harmlos. Das Deck stand fast senkrecht, sodass die Kanonenmündung ins Wasser dicht neben dem Schiff zeigte.

«Nehmen Sie endlich Vernunft an, Sir Guy. Mein Vater und ich wollen Sie retten. Wir sind vom gleichen Blut. Sehen sie doch, ich bin unbewaffnet.» Er hielt seine Hände hoch, um es zu beweisen. Doch dann erkannte er mit kaltem Schrecken, dass Guy gar nicht vorhatte, die große Kanone abzufeuern. Er packte vielmehr den langen Stiel des Mörsers, der hässlich in seinem Kardanrahmen an einem Schott hing: eine Handkanone, mit der man Entertrupps abwehrte, geladen mit einem Hut voll Bleischrot. Auf kurze Entfernung konnte diese Waffe verheerende Wirkung zeigen.

Das Langboot lag dicht längsseits neben der *Arcturus*. Guy schwenkte den Mörser auf sie zu und zielte mit zusammengekniffenen Augen über das einfache Visier auf Mansurs Körper.

«Ich habe dich gewarnt, du verdammter Mädchenschänder.» Er drückte die brennende Lunte in das Spundloch.

«Köpfe runter!», schrie Mansur und warf sich auf die Planken. Seine Mannschaft begriff nicht schnell genug und der Schrott klatschte durch sie hindurch. Unter den Schreien der Verwundeten rappelte sich Mansur wieder hoch. Sein Hemd war mit dem Hirn seines Bootsmanns befleckt und drei tote Männer lagen übereinander an einer Seite des Bootes. Zwei andere hielten sich ihre Wunden und wanden sich in ihrem Blut. Seewasser schoss durch die Löcher, die das Blei in die Planken geschlagen hatte.

«Zurück zur *Sprite*!», rief Mansur seiner restlichen Mannschaft zu und sie legten sich mit aller Gewalt in die Riemen. Von den Heckschotten aus schrie Mansur zu der Gestalt zurück, die immer noch den Stiel der rauchenden Handkanone umklammert hielt: «Soll deine schwarze Seele in der Hölle schmoren, Guy Courtney, du blutiger Schlächter! Dies waren unbewaffnete Männer auf einer Rettungsmission!»

Mansur war bleich vor Zorn, als er an Bord der *Sprite* stürmte. «Kumrah», knurrte er, «lass unsere Toten und Verwundeten an Bord holen, und dann ladet sämtliche Kanonen mit Schrapnell. Ich werde diesem Mörder seine eigene Medizin zu schmecken geben.»

Kumrah takelte die *Sprite* nach Backbord um und steuerte das Schiff auf einen Kurs, der sie in hundert Metern Abstand an dem gestrandeten Wrack der *Arcturus* vorbeiführen würde, die Entfernung, aus der die Schrapnellladungen das größte Gemetzel anrichten würden.

«Zielen und Feuer frei!», rief Mansur seinen Kanonieren zu. «Fegt ihnen das Deck leer. Tötet sie alle, und wenn ihr damit fertig seid, stecken wir das Wrack in Brand und lassen es bis zur Wasserlinie niederbrennen.» Er zitterte immer noch vor Wut.

Die Mannschaft der *Arcturus* sah dem Tod ins Auge. Die Männer liefen ratlos umher. Manche flüchteten unter Deck, andere sprangen über Bord und ruderten hilflos im brodelnden Wasser. Nur Captain Cornish und sein Schiffseigner, Sir Guy Courtney, sahen aufrecht der Breitseite der *Sprite* entgegen.

Mansur spürte eine leichte Berührung an seinem Arm und schaute sich um. Verity stand neben ihm, das Gesicht blass und ausdruckslos. «Das ist Mord», sagte sie.

«Dein Vater ist hier der Mörder.»

«Ja, aber er ist immer noch mein Vater. Wenn du das tust, werden wir sein Blut nie mehr von uns abwaschen können, unser ganzes Leben lang, selbst wenn wir hundert Jahre lebten.»

Er blickte auf und sah, dass der erste Kanonier im Begriff war, seine Waffe zu zünden, die rauchende Lunte war nur noch Zentimeter vom Spundloch entfernt. «Halt!», brüllte Mansur und der Mann zog seine Hand zurück. Alle Geschützoffiziere blickten Mansur an. Er nahm Verity bei der Hand und führte sie zur Reling. Dann hob er das Sprachrohr an seine Lippen.

«Guy Courtney! Nur Ihre Tochter hat Sie noch einmal vor dem sicheren Tod bewahrt», rief er hinüber.

«Diese Verräterin ist nicht meine Tochter. Sie ist nichts als eine gewöhnliche Straßenhure!» Guy war aschfahl, das Gesicht grau und rot von geronnenem Blut. «Schmutz und Schmutz gesellt sich gern. Nimm sie ruhig mit in deine Jauchegrube. Ich wünsche euch beiden die schwarzen Pocken an den Leib.»

Es kostete Mansur schier übermenschliche Anstrengung, seine Wut zu zügeln und mit kalter Stimme zu erwidern: «Ich danke Ihnen, Sir, für die Hand Ihrer Tochter. Den Segen, den Sie uns so großzügig gegeben haben, werde ich mein Leben lang in Ehren halten.» Dann blickte er Kumrah an. «Sollen sie hier verrotten. Bringe uns auf Kurs nach Sawda.» Als sie abdrehten, legte sich Captain Cornish zum Gruß eine Hand an die Stirn, womit er seine Niederlage und Mansurs Gnade anerkannte, nicht noch einmal das Feuer eröffnet zu haben.

D IE *REVENGE* LAG in einer winzigen Bucht zwischen den Klippen vor Sawda Island vor Anker, wo sich schwarzer Fels hundert Meter senkrecht über das Meer erhob. Dies war der Rand des Kontinentalschelfs, sechs Meilen vor der Küste Arabiens. Kumrah hatte diesen Platz aus gutem Grund gewählt. Die Insel war unbewohnt und vom Festland isoliert. So waren sie sicher davor, zufällig entdeckt zu werden. Außerdem schützte die Bucht sie vor Stürmen von Osten. Das Wasser war ruhig und der schmale, mit schwarzem Vulkansand bedeckte Strand bildete eine gute Plattform, um ein Schiff kielzuholen. Es gab sogar eine versteckte Süßwasserquelle, die aus einer Spalte am Fuß der Klippe sprudelte.

Sobald sie Anker geworfen hatten, ließ Mansur sich mit Verity zur *Revenge* hinüberrudern. Dorian erwartete sie an der Eingangspforte und hieß sie an Bord willkommen.

«Ich brauche dir deine Nichte Verity nicht mehr vorzustellen, Vater. Ihr kennt euch schon ganz gut, glaube ich.»

«Eure ergebene Dienerin, Majestät.» Verity machte einen Knicks.

«Jetzt können wir endlich Englisch miteinander reden und ich kann dich als meine Nichte begrüßen.» Er umarmte sie. «Willkommen in deiner Familie, Verity. Ich bin sicher, wir werden noch reichlich Gelegenheit finden, uns besser kennen zu lernen.»

«Das hoffe ich sehr, Onkel, doch ich weiß, du und Mansur habt jetzt viele andere Dinge zu erledigen.»

Sie planten geschwind ihre nächsten Schritte, dann machten sie sich sofort an die Arbeit. Mansur brachte die *Sprite* längsseits und sie vertäuten die beiden Schiffe miteinander. Nun konnten sie alle Pumpen einsetzen, um den gefluteten Kielraum der *Revenge* zu leeren. Gleichzeitig zogen sie eine Lage schwersten Segeltuchs unter dem Rumpf der *Revenge* durch. Der Wasserdruck presste es fest an die Schiffsplanken und dichtete damit das Loch unter der Wasserlinie ab. Da nun kein Wasser mehr eindringen konnte, hatten sie den Rumpf innerhalb weniger Stunden trocken gelegt.

Dann holten sie alle schwere Ladung und Ausrüstung von der *Revenge* – Kanonen, Pulver und Kugeln, Ersatzsegel, Masten und Spieren – und legten alles auf dem offenen Deck der *Sprite* ab. So entlastet, lag die *Revenge* hoch und leicht auf dem Wasser wie ein Flaschenkorken, sodass sie sie mit den Booten auf den Strand schleppen und mit der nächsten Flut auf die Seite legen konnten, um das Einschussloch zugänglich zu machen. Dann machten sich die Zimmerleute und ihre Gesellen an die Arbeit.

Sie brauchten zwei Tage und Nächte, bevor die Reparaturen abgeschlossen waren. Als sie fertig waren, war die reparierte Stelle stärker als zuvor. Sie nutzten auch die Gelegenheit, die Algen vom Rumpf zu kratzen, die Fugen nachzudichten und die Kupferverschalung zu erneuern, die den Schiffswurm davon abhielt, das Holz unter der Wasserlinie zu zersetzen. Als sie die *Revenge* wieder zu Wasser ließen, war sie dicht und trocken. Sie legten sie auf der Bucht vor Anker, beluden sie und brachten Waffen und Munition zurück an Bord. Bis zum Abend hatten sie an der Quelle alle Wasserfässer aufgefüllt und waren bereit, wieder in See zu stechen. Dorian ordnete jedoch an, dass die Mannschaften zwei Tage Ruhe verdienten, um das islamische Fest des Id zu begehen.

Am Abend versammelten sie sich am Strand und Dorian tötete eine der Milchziegen, die sie in Käfigen an Bord der *Revenge* hielten. Das magere Tier lieferte nur einen Bissen für jeden, doch dazu aßen sie frischen Fisch, den sie über den Feuern rösteten, während die Musiker unter den Seeleuten sangen, tanzten und Gott für ihre Rettung aus Maskat und ihren Sieg über die *Arcturus* priesen. Verity saß zwischen Dorian und Mansur auf seidenen Gebetsteppichen, die sie auf dem schwarzen Sand ausgebreitet hatten.

Wie die meisten Menschen, die Dorian kennen lernten, fand Verity seine Wärme und seinen ruhigen Humor unwiderstehlich. Sie empfand mit ihm die Trauer um seine ermordete Prinzessin und respektierte seine Schwermütigkeit. Dorian seinerseits war beeindruckt von ihrer lebhaften Intelligenz, dem Mut, den sie so reichlich bewiesen hatte, und ihrer offenen, liebenswürdigen Art. Sie hat nur die besten Eigenschaften ihrer Eltern geerbt, dachte er, als er sie nun im Feuerschein betrachtete: die Schönheit ihrer Mutter, bevor sie der Fresssucht zum Opfer gefallen war, und Guys klugen Kopf.

Als die Musikanten schließlich müde waren, entließ Dorian sie mit seinem Dank und einer Goldmünze für ihre Dienste. Die drei waren jedoch noch zu aufgekratzt, um schlafen zu gehen. Am nächsten Morgen würden sie nach Fort Auspice aufbrechen. Mansur beschrieb Verity, welches Leben sie in Afrika führen würden, und welche Verwandten sie dort zum ersten Mal sehen würde. «Du wirst Tante Sarah und Onkel Tom bestimmt sofort lieb gewinnen.»

«Tom ist der Beste von uns drei Brüdern», nickte Dorian. «Er war immer der Anführer, während Guy und ich …» Er stockte, als er erkannte, dass er Guy besser nicht erwähnte, wenn er ihnen nicht die Stimmung verderben wollte. Das peinliche Schweigen dehnte sich aus und niemand wusste, wie man es brechen konnte.

Dann machte Verity schließlich den Anfang. «Ja, Onkel Dorian. Mein Vater ist gewiss kein guter Mann. Ich weiß, wie rücksichtslos er ist. Es würde mir nie einfallen, nach Entschuldigungen für ihn zu suchen, besonders nicht, nachdem er auf das Langboot geschossen hat. Vielleicht kann ich euch aber erklären, warum er es getan hat.»

Die beiden Männer schwiegen betreten. Sie starrten in die Glut des Lagerfeuers und wagten nicht, Verity anzuschauen. Nach einer Weile fuhr sie fort: «Er wollte nur verhindern, dass jemand die Fracht entdeckt, die er im Laderaum der *Arcturus* versteckt hält.»

«Was ist das für eine Fracht, meine Liebe?» Dorian schaute auf.

«Bevor ich dir antworte, muss ich erklären, wie mein Vater ein Vermögen anhäufen konnte, das ihn reicher macht als jeder orientalische Potentat, außer vielleicht dem Großmogul und der Heiligen Pforte in Konstantinopel. Er handelt mit Macht. Er benutzt seine Stellung als Generalkonsul, um Könige zu krönen oder abzusetzen. Er setzt die Macht der englischen Monarchie und der englischen Ostindienkompanie dazu ein, Armeen und Nationen zu kaufen und zu verkaufen, wie andere Leute mit Vieh handeln.»

«Diese Macht, von der du sprichst, besitzt er aber nicht», wandte Dorian ein.

«Ich weiß, aber mein Vater ist wie ein Meister der Illusion. Er kann andere glauben machen, was er will, obwohl er nicht einmal die Sprache der Könige und Kaiser spricht, die seine Klienten sind.»

«Dafür hatte er dich.»

Sie blickte zu Boden. «Ja, ich war seine Zunge, doch er ist der politische Kopf. Du hast ihn gehört, Onkel. Ist er nicht wirklich überzeugend?»

Dorian nickte schweigend und sie fuhr fort: «Wärest du nicht gewarnt worden, hättest du sein Angebot bestimmt in Erwägung gezogen, trotz des exorbitanten Preises, den er forderte. Aber Zayn al-Din hat ihm schon ein Vielfaches davon bezahlt, und mein Vater ist so genial, dass er nicht nur Zayn gemolken hat, sondern auch die Heilige Pforte und die Ostindienkompanie, die ihm fast noch einmal so viel dafür bezahlt haben, dass er als ihr Gesandter fungierte. Für seine Arbeit in

Arabien hat mein Vater über die letzten drei Jahre fünfzehn Lakhs Gold eingestrichen.»

Mansur pfiff durch die Zähne und Dorian runzelte die Stirn. «Das ist fast eine viertel Million Guineen», sagte er leise, «der Schatz eines Kaisers.»

«Ja», flüsterte Verity, «und all das Gold hat er im Frachtraum der *Arcturus*. Deshalb wäre mein Vater lieber gestorben, bevor er euch auf sein Schiff gelassen hätte. Deshalb war er bereit, sein Pulvermagazin in die Luft zu jagen, als er seine Fracht in Gefahr sah.»

«Bei allen Engeln des Himmels», flüsterte Mansur, «warum erzählst du uns das erst jetzt?»

Sie schaute ihm in die Augen. «Nur aus einem Grund. Ich habe mein ganzes Leben mit einem Mann verbracht, dessen Seele von Habgier verzehrt ist. Ich weiß genau, wie verderblich diese Sucht ist. Ich wollte nicht, dass der Mann, den ich liebe, der gleichen Krankheit verfällt.»

«Das könnte niemals geschehen», beteuerte Mansur. «Du tust mir Unrecht.»

«Mein Schatz», antwortete sie, «wenn du jetzt nur dein Gesicht sehen könntest.» Mansur senkte beschämt den Blick. Er wusste, ihr Pfeil hatte fast das Ziel getroffen, denn in seinem Innersten spürte er, wie die Gefühle, vor denen sie warnte, schon in ihm nagten.

«Verity, meine Liebe», schaltete sich Dorian ein, «wäre es nicht nur gerecht, wenn wir Zayn al-Dins blutbeflecktes Gold dazu verwenden könnten, ihn vom Elefantenthron zu vertreiben und sein Volk zu befreien?»

«Darüber habe ich ständig nachgedacht, seit mein Schicksal so unwiderruflich mit deinem und Mansurs verknüpft ist. Und deshalb habe ich nun von dem Gold an Bord der *Arcturus* erzählt: weil ich zu demselben Schluss gekommen bin wie du, Onkel. Gott möge uns beistehen, dass wir das Blutgeld, wenn wir es in Besitz nehmen, für einen guten Zweck nutzen können.

VON WEITEM SAHEN SIE, dass die Takelage der *Arcturus* schon weitgehend repariert oder ersetzt worden war. Als sie näher heranfuhren, erkannten sie jedoch, dass sie immer noch auf den Granithörnern des verborgenen Riffs aufgespießt war wie ein Opfer auf dem Altar des Mammons. Schließlich sahen sie die kleine verlorene Gruppe von Männern, die um den Fuß des Hauptmastes auf dem Deck herumstand. Durch sein Teleskop erkannte Dorian die massige Gestalt und den roten Kopf Ruby Cornishs. Die *Arcturus* stellte offenbar keine Bedrohung mehr dar. Sie lag fest und die starke Neigung machte ihre Kanonen nutzlos. Auf der Backbordseite zeigten die Rohre ins Wasser, auf der Steuerbordseite zum Himmel. Dorian ging dennoch kein Risiko ein. Er befahl, dass die *Revenge* und die *Sprite* gefechtsklar gemacht und die Kanonen ausgefahren wurden. So legten die beiden Schoner bei und bedrohten die *Arcturus* mit ihren Breitseiten.

Sobald er nah genug heran war, rief Dorian zu Cornish hinüber: «Sind Sie bereit, Ihr Schiff aufzugeben, Sir?»

Ruby Cornish war verblüfft, dass der Rebellenkalif ihn in perfektem Englisch ansprach. Er hörte sogar den heimatlichen Akzent von Devon in Dorians Stimme. Sogleich nahm er seinen Hut ab und kam vorsichtig das schräg stehende Deck herab an die Reling.

«Ihr lasst mir keine Wahl, Kapitän. Soll ich Euch auch mein Schwert aushändigen?»

«Nein, Captain. Sie haben tapfer und ehrenhaft gekämpft. Behalten Sie Ihr Schwert.» Dorian hoffte auf Cornishs Kooperation.

«Ihr seid sehr großzügig, Majestät», freute sich Cornish über das Kompliment. Er setzte sich den Hut wieder auf und schnallte seinen Schwertgurt fester. «Ich warte auf Eure Befehle.»

«Wo ist Sir Guy Courtney? Ist er unter Deck?»

«Nein. Vor neun Tagen ist er mit den Booten und einigen meiner besten Männer von hier verschwunden, nach Maskat, um Hilfe zu holen. Er wollte so schnell wie möglich zurückkommen, um die *Arcturus* zu bergen. Mich hat er hier gelassen, um das Schiff und die Ladung zu bewachen.» Cornishs Gesicht glühte wie ein Rubin, als er diesen Bericht zu Dorian hinübergerufen hatte.

«Ich werde einen Entertrupp auf die *Arcturus* schicken. Ich habe die Absicht, Ihr Schiff zu bergen. Wir müssen es von dem Riff heben. Werden Sie mit meinen Offizieren zusammenarbeiten?»

«Ich habe mich ergeben, Majestät», antwortete Cornish nach kurzem Überlegen. «Wir werden tun, was Ihr befehlt.»

Sie brachten die *Sprite* und die *Revenge* längsseits und holten die Kanonen, Kugeln und Wasserfässer von der *Arcturus*. Dann zogen sie die schwersten Ankertaue unter ihrem Kiel durch und spannten sie mit den Winden der *Revenge* und der *Sprite*, bis sie hart waren wie Eisenbalken. So hoben sie die *Arcturus* langsam an. Sie hörten die Planken knacken und knirschen, als die Granithörner des Riffs sich langsam aus dem Schiffsbauch lösten. Um diese Jahreszeit konnte der Gezeitenunterschied in diesen Gewässern fast sechs Meter ausmachen und bevor Dorian mit der Bergung fortfuhr, wartete er die Ebbe ab. Dann schickte er jeden Mann, den er hatte, an die Pumpen und auf sein Signal begannen sie, die langen Pumphebel auf und ab zuwuchten. Das Wasser aus dem Kielraum strömte in größeren Mengen über die Seiten, als es durch die Lecks eindringen konnte. So erleichtert kam die *Arcturus* bald in Bewegung und versuchte, sich von dem Riff loszureißen. Die steigende Flut half ihr in diesem unbändigen Bestreben und mit einem letzten, grässlichen Bersten richtete sie sich schließlich auf und trieb frei auf dem Wasser. Alle drei Schiffe setzten sofort die Hauptsegel und glitten, immer noch miteinander vertäut, aus den Klauen des Kos al-Heem. Sobald sie fünfzig Faden Wasser unter dem Kiel hatten, brachte Dorian die drei Schiffe dann vorsichtig auf Kurs zur Insel Sawda. Über den Ladeluken des Frachtraums der *Arcturus* postierte er bewaffnete Wachen, denen er strikten Befehl erteilte, niemanden vorbeizulassen.

Die drei aneinander gefesselten Schiffe torkelten heimwärts wie Saufkumpane nach einer durchfeierten Nacht. Als der

Morgen anbrach, sahen sie das schwarze Felsenmassiv von Sawda am Horizont auftauchen und noch am Vormittag liefen sie in die Bucht ein und konnten Anker werfen.

Die erste Aufgabe war nun wieder, ein schweres Leinensegel unter den Rumpf der *Arcturus* zu bringen, um die furchtbaren Risse in den Kielplanken abzudecken. Erst dann konnten sie die Yacht leer pumpen. Bevor sie sie auf dem Strand auf Kiel legten, gingen Dorian, Mansur und Verity noch einmal an Bord.

Verity lief sofort in ihre Kabine hinunter. Sie war entsetzt, als sie den Schaden sah, den die Schlacht angerichtet hatte. Ihre Kleider lagen in der ganzen Kabine verstreut, zerrissen von fliegenden Holzsplittern und voller Seewasserflecke. Parfümflaschen und Puderdosen lagen zertrümmert umher, der Inhalt über ihre Petticoats und Strümpfe verteilt. Doch es waren ihre Bücher und Manuskripte, um die sie sich wirklich Sorgen machte, besonders ihre seltenen, wundervoll illustrierten, jahrhundertealten Bände des *Ramayana*, ein persönliches Geschenk des Großmoguls Muhammad Shah, in Anerkennung ihrer Dienste als Dolmetscherin in seinen Verhandlungen mit Sir Guy. Die ersten fünf Bände dieses mächtigen Hindu-Epos hatte sie schon ins Englische übersetzt.

Ein anderer ihrer Schätze war ein Exemplar des Korans, das ihr Sultan Obied anlässlich ihres letzten Besuchs im Topkapi Sarayi in Konstantinopel vermacht hatte. Er hatte ihr das Buch unter der Auflage zum Geschenk gemacht, dass sie es ins Englische übersetzte. Der Band galt als eine der Originalabschriften des autorisierten Textes, der so genannten Uthmanischen Rezension, die Kalif Uthman zwischen 644 und 656 in Auftrag gegeben hatte, zwölf Jahre nach dem Tod des Propheten. Verity hatte ihr Versprechen an den Sultan gehalten und ihre Übersetzung war schon fast fertig. Ihre Manuskripte stellten zwei Jahre harter Arbeit dar. Mit klopfendem Herzen zog sie nun die Truhe, in der sie sie aufbewahrte, unter einem Haufen Schutt hervor. Sie ließ einen Freudenschrei los, als sie den Deckel öffnete und die Manuskripte unbeschädigt fand.

DORIAN UND MANSUR durchsuchten indes Sir Guys große Kabine nebenan. Ruby Cornish hatte ihnen den Schlüssel ausgehändigt. «Ich habe alles unberührt gelassen», hatte er ihnen beteuert, und er schien die Wahrheit gesagt zu haben. Dorian nahm die Logbücher der *Arcturus* und alle anderen Papiere an sich. In Sir Guys Schreibtischschubladen fanden sie seine Privatdokumente und Tagebücher.

«Darin werden wir wertvolle Beweise für die Aktivitäten meines Bruders finden», sagte Dorian grimmig, «besonders, was seine Geschäfte mit Zayn al-Din und der Ostindienkompanie angeht.»

Sie gingen wieder an Deck und brachen die Siegel der Luken über dem großen Frachtraum. Sie hoben die Klappen an und gingen hinunter. Im Kielraum fanden sie große Mengen Musketen, Schwerter und Lanzenspitzen, alles nagelneu. Es gab auch tonnenweise Pulver und Munition, zwanzig leichte Feldgeschütze und andere Rüstungsgüter.

«Das reicht, um einen Krieg oder eine Revolution anzufangen», bemerkte Mansur trocken.

«Und genau das hatte Guy vor», nickte Mansur.

Viel von der Fracht hatte Wasserschaden erlitten und es war ein zeitraubendes Geschäft, alles auszuräumen, doch schließlich standen sie auf dem blanken Deck. Von dem Gold, das Verity versprochen hatte, war keine Spur.

MANSUR KLETTERTE aus dem heißen, stickigen Frachtraum und machte sich auf die Suche nach Verity. Sie war immer noch in ihrer Kabine. Er blieb in der Tür stehen. In der kurzen Zeit hatte sie schon Ordnung wiederhergestellt, soweit es möglich war. Sie saß an ihrem Mahagonischreibtisch unter dem Oberlicht. Sie war nicht mehr in Mansurs viel zu großen Kleidern, sondern trug nun ein frisches blaues Organzakleid mit Gigotärmeln und feinen Spitzenborten. Um den Hals trug sie eine schimmernde Perlenkette. Sie las in einem Buch in einem juwelenbesetzten, prächtig gravierten Silbereinband und machte sich Notizen in einem anderen Buch mit einfachen Pappdeckeln. Mansur sah, dass die Seiten in diesem zweiten Buch dicht mit ihrer kleinen, eleganten Handschrift bedeckt waren. Sie schaute auf und lächelte ihn an. «Ah, Euer Hoheit, welche Ehre, dass Ihr mir für einen Augenblick Eure Aufmerksamkeit schenkt.»

Trotz seiner Enttäuschung über das fehlende Gold konnte Mansur nicht anders, als sie bewundernd anzustarren. «Ohne den Schatten eines Zweifels, mein Schatz, du bist die schönste Frau, die ich je erblickt habe», sagte er voller Ehrfurcht. In dieser Umgebung erschien sie ihm wie ein makelloser Edelstein.

«Hoheit ist dagegen ziemlich verschwitzt und schmutzig», lachte sie. «Was führt dich also zu mir?»

«Wir haben da unten keine einzige Goldmünze gefunden», sagte er kleinlaut.

«Habt ihr euch auch die Mühe gemacht, unter den Deckplanken nachzuschauen?»

«Ich liebe dich mit jeder Stunde mehr, mein kluger Schatz.» Er lief zum Frachtraum zurück und rief die Zimmerleute zu sich.

V ERITY WARTETE, bis das Hämmern im Kielraum plötzlich verstummte und sie das Knirschen hörte, als die Planken losgestemmt wurden. Dann legte sie das *Ramayana* beiseite, ging an Deck und schlenderte zu der offenen Ladeluke. Sie kam gerade rechtzeitig, um beobachten zu können, wie die erste Truhe vorsichtig aus ihrem engen Versteck gezogen wurde. Sie war so schwer, dass Mansur die Hilfe von fünf Männern brauchte, um sie anzuheben. Als einer der Zimmerleute den Deckel aufschraubte, quoll Meerwasser durch die Ritzen, denn die Truhe war unter Wasser gewesen, seit das Schiff auf das Riff aufgelaufen war.

Mansur hob den Deckel und die Männer waren sprachlos vor Staunen. Verity stand direkt über ihnen und sah für einen Augenblick den liederlichen Schimmer puren Goldes, bevor die Männer sich darüber beugten und ihr die Sicht nahmen.

Mansur und Dorian holten fünfzehn Truhen Gold aus dem nassen Kielraum der *Arcturus*. Als sie sie wogen, fanden sie, dass jede der Truhen ein Lakh des edlen Metalls enthielt, wie Verity gesagt hatte.

«Mein Vater ist ein ordentlicher Mensch», erklärte Verity. «Ursprünglich war das Gold aus den Schatzkammern von Oman und Konstantinopel in Form von allen möglichen Münzen verschiedenen Alters und in verschiedenen Währungen, und als Barren, Perlen und Drahtrollen geliefert worden.

Mein Vater hat dann alles einschmelzen und in einheitliche Barren von je zehn Pfund Gewicht gießen lassen, jeder mit seinem Wappen und einem Reinheitssiegel gestempelt.»

«Welch ein Vermögen», flüsterte Dorian, als die fünfzehn Truhen in den Laderaum der *Revenge* gehievt wurden, wo er sie unter direkter Kontrolle hatte. «Mein Bruder war ein reicher Mann.»

«Er braucht dir nicht Leid zu tun», bemerkte Verity. «Er ist immer noch ein reicher Mann. Dies ist nur ein kleiner Teil seiner Schätze. Im Tresorraum des Konsulats in Bombay ist noch viel mehr davon. Mein Bruder Christopher wacht wie ein Adler über diesen Schatz. In dieser Hinsicht ist er noch schlimmer als sein Vater.»

«Ich gebe dir mein Wort, Verity: Alles, was wir nicht dafür ausgeben, Maskat aus den blutigen Klauen Zayn al-Dins zu befreien, wird in die Schatzkammern des Kalifats zurückfließen, aus denen das meiste davon ohnehin gestohlen worden ist. Jede Unze soll zum Wohle meines Volkes eingesetzt werden.»

«Ich vertraue deinem Wort, Onkel. Ich muss sagen, mir wird übel, wenn ich an diesen Schatz denke und an die Rolle, die ich dabei gespielt habe, ihn für einen Mann zusammenzuraffen, dem Gold mehr wert ist als Menschenleben.»

Jetzt, wo sie das Gold aus der *Arcturus* geborgen hatten, konnten sie die Yacht auf den Strand schleppen und kielholen. Danach ging alles sehr schnell, da die Männer sich auf ihre Erfahrungen von der Reparatur der *Revenge* stützen konnten. Außerdem hatten sie diesmal Captain Cornishs Wissen auf ihrer Seite. Er betete sein Schiff an wie eine schöne Geliebte und sein Rat und seine Hilfe waren von unschätzbarem Wert. Dorian verließ sich immer mehr auf ihn, obwohl er im Prinzip sein Kriegsgefangener war.

Auf seine plumpe, bauernhafte Art war Ruby Cornish immer noch ein heißer Bewunderer der entzückenden und klugen Verity Courtney. So suchte er nun eine Gelegenheit, mit ihr allein zu sein. Diese Gelegenheit ergab sich, als sie auf dem schwarzen Sand an der Bucht saß und die Szene skizzierte, wie die Zimmerleute um die auf die Seite gelegte *Arcturus* herumschwärmten.

«Haben Sie ein paar Minuten Zeit für mich, Miss Courtney?», fragte Captain Cornish kleinlaut. Er hatte seinen Hut abgenommen und hielt ihn verschämt vor der Brust. Verity schaute von der Staffelei auf und legte lächelnd ihre Stifte beiseite.

«Captain Cornish, welch angenehme Überraschung. Ich dachte schon, Sie hätten mich vergessen.»

Cornish wurde noch roter als er gewöhnlich war. «Ich möchte Sie um einen Gefallen bitten.»

«Schießen Sie los, Captain. Ich werde tun, was ich kann.»

«Ich bin im Moment ohne Heuer, Miss, da Kalif al-Salil mein Schiff beschlagnahmt hat. Wie ich nun weiß, ist der Kalif ein Engländer, sogar ein Verwandter von Ihnen.»

«Ich weiß, es ist alles sehr verwirrend, aber ja, es stimmt: Al-Salil ist mein Onkel.»

«Er hat die Absicht geäußert, mich nach Bombay oder Maskat zurückzuschicken. Doch ich habe das Schiff Ihres Vaters verloren, das Schiff, das er mir anvertraut hatte», erklärte Cornish weiter, «und, verzeihen Sie bitte, Ihr Vater ist kein Mann, der so etwas einfach vergeben wird. Er wird mich direkt dafür verantwortlich machen.»

«Ja, das nehme ich ebenfalls an.»

«Ich würde ihm lieber nicht erklären müssen, wie es zum Verlust seines Schiffes gekommen ist.»

«Das könnte in der Tat Ihrer Gesundheit abträglich sein.»

«Miss Verity, Sie kennen mich, seit Sie ein junges Mädchen waren. Könnten Sie es vielleicht mit Ihrem Gewissen vereinbaren, mich Ihrem Onkel, dem Kalifen zu empfehlen, dass er mich weiterhin als Kapitän der *Arcturus* beschäftigt? Ich glaube, Sie wissen, unter den gegebenen Umständen wäre ich meinem neuen Eigner treu ergeben. Außerdem würde es mich sehr freuen, wenn unsere lange Bekanntschaft nicht auf dieser Insel endete.»

Sie kannten sich tatsächlich seit vielen Jahren. Cornish war ein ausgezeichneter Seemann und ergebener Diener seines Schiffseigners. Sie mochte ihn nicht zuletzt deshalb, weil er sich bei vielen Gelegenheiten auch als ihr zuverlässiger und diskreter Verbündeter bewährt hatte. Wann immer es möglich war, hatte er sie vor den perversen Bosheiten ihres Vaters beschützt.

«Ich werde sehen, was ich tun kann, Captain Cornish.»

«Sie sind sehr gut zu mir», brummte er. Dann setzte er seinen Hut wieder auf, salutierte vor ihr und stapfte davon.

Dorian brauchte nicht lange nachzudenken, als Verity mit ihrem Anliegen zu ihm kam. Sobald die *Arcturus* neu ausgerüstet vor dem Strand lag, übernahm Cornish wieder das Kommando, und nur zehn seiner Seeleute weigerten sich, seinem Beispiel zu folgen und in die Dienste des Kalifen zu treten.

Bald segelte die kleine Flottille aus der Bucht vor Sawda und nahm Kurs nach Südwesten, auf die warme, milde Mozambiqueströmung zu, die sie, mit dem Monsunwind im Rücken, schnell die Fieberküste entlang nach Süden trieb.

Einige Wochen später, riefen sie eine große Handelsdau an, die auf dem Weg nach Osten war. Dorian tauschte Neuigkeiten mit dem Kapitän aus und erfuhr dabei, dass sie auf einer Handelsreise zu den fernen Häfen von Cathay waren. Der Araber war sofort bereit, die zehn unwilligen Matrosen von der *Arcturus* aufzunehmen. So wusste Dorian, es würde Jahre dauern, bis ihr Bericht nach Maskat oder zum Englischen Konsulat in Bombay dringen konnte.

Sie setzten so viel Segel, wie der Monsun zuließ, und fuhren weiter nach Süden, durch die lange Meerenge zwischen Madagaskar und dem afrikanischen Festland. Zu ihrer Rechten zog eine wilde, unerforschte Küste entlang, bis sie endlich den walfischförmigen Felsen sichteten, der die Einfahrt zur Nativity Bay markierte.

Es war heller Mittag, doch das Fort schien menschenleer. Kein Rauch aus den Schornsteinen, keine Wäsche auf den Leinen, keine spielenden Kinder auf dem Strand. Es war fast drei Jahre her, dass sie von hier aufgebrochen waren, und in der Zeit konnte viel passiert sein. In ihrer Abwesenheit mochte die Kolonie feindlichen Kriegern, Pest oder Hungersnot zum Opfer gefallen sein. Dorian feuerte eine Kanone, als sie auf den Strand zuglitten, und zu seiner großen Erleichterung kam schließlich Leben in die Siedlung. Köpfe erschienen über den Palisaden, das Tor wurde aufgerissen, eine Schar von Arbeitern und Kindern kam herausgelaufen. Dorian hob sein Teleskop und richtete es auf das Tor. Sein Herz machte einen Freudensatz, als er die große, bärengleiche Gestalt erkannte, die nur sein Bruder sein konnte. Tom winkte mit seinem Hut. Er war noch nicht am Wasser, als Sarah hinter ihm hergelaufen kam. Als sie ihn einholte, hakte sie sich bei ihm ein. Ihre glücklichen Willkommensrufe hallten zu den Schiffen, die nun vor Anker gingen.

«Du hast wieder einmal Recht gehabt», sagte Verity zu Mansur. «Wenn das meine Tante Sarah ist, dann habe ich sie jetzt schon lieb gewonnen.»

Können wir diesem Mann trauen?», fragte Zayn al-Din in seiner hohen, femininen Stimme.

«Er ist einer meiner besten Kapitäne, Majestät. Ich bürge mit meinem Leben für ihn», antwortete Muri Kadem ibn Abubaker. Zayn hatte ihm den Titel eines Muri oder Großadmirals verliehen, nachdem sie Maskat zurückerobert hatten.

«Ich hoffe, dazu wird es nicht kommen.» Zayn strich sich nachdenklich den Bart, während er den Mann studierte, über den sie sprachen. Er hatte sich vor dem Thron niedergeworfen, die Stirn auf dem Steinboden. Zayn winkte mit seinem knochigen Zeigefinger und Kadem übersetzte die Geste augenblicklich.

«Hebe dein Haupt. Lass den Kalifen dein Gesicht sehen»,

befahl er seinem Kapitän und der Mann setzte sich auf seine Fersen. Er blickte jedoch immer noch zu Boden, da er nicht wagte, dem Kalifen in die Augen zu schauen. Zayn studierte das Gesicht sorgfältig. Der Mann war noch jung genug, die Kraft und Tollkühnheit eines Kriegers zu zeigen, und alt genug, dass er außer diesen Qualitäten auch Erfahrung und Urteilskraft erlangt haben konnte. «Wie heißt du?»

«Mein Name ist Laleh, Majestät.»

«Also gut, Laleh», nickte Zayn, «dann lass uns deinen Bericht hören.»

«Sprich», befahl Kadem.

«Majestät, auf Befehl des Muri Kadem bin ich vor sechs Monaten nach Süden gesegelt, bis ich die Bucht erreichte, die die Portugiesen Natal nennen und die Engländer Nativity Bay. Der Muri hatte mich geschickt, um zu bestätigen, was unsere Spione uns berichtet hatten: dass dies das Versteck al-Salils ist, Feind des Kalifen und des Volkes von Oman. Ich habe immer dafür gesorgt, dass meine Dau von der Küste aus nicht zu sehen war. Am Tage kreuzte ich weit hinter dem Horizont. Nur wenn es dunkel war, näherte ich mich der Einfahrt zur Bucht. Zum Gefallen Seiner Majestät.» Laleh warf sich wieder zu Boden und drückte seine Stirn auf den kalten Steinboden.

Die Männer, die dem Thron zugewandt auf dicken Kissen saßen, hatten alle aufmerksam gelauscht. Sir Guy Courtney saß dem Kalifen am nächsten. Obwohl er sein Schiff verloren hatte, mitsamt dem Vermögen an Gold, das es geladen hatte, waren seine Macht und sein Einfluss ungemindert. Er war immer noch der Gesandte der englischen Ostindienkompanie und König George' von England.

Sir Guy hatte einen neuen Dolmetscher ausgewählt, als Ersatz für Verity. Er war ein langjähriger Schreiber vom Hauptquartier der Kompanie in Bombay, ein hagerer Geselle, die Haut voller Pockennarben. Sein Name war Peter Peters. Obwohl er ein halbes Dutzend Sprachen beherrschte, konnte Sir Guy ihm nicht so vertrauen wie es einmal mit seiner Tochter möglich gewesen war.

Vor Sir Guy, etwas tiefer als er, saß Pascha Herminius Koots. Auch er war nach der Einnahme von Maskat befördert worden. Koots war zum Islam übergetreten, denn, wie er wusste, ohne Allah und seinen Propheten hätte er nie wirklich die Gunst des Kalifen erlangen können. Er war jetzt der oberste Kommandeur der Armeen des Kalifen. Alle drei, Kadem, Koots und Sir Guy, hatten dringende politische und persönliche Gründe für ihre Anwesenheit in diesem Kriegsrat.

Zayn al-Din machte eine ungeduldige Geste und Muri Kadem stieß Kapitän Laleh mit seiner großen Zehe an. «Fahre fort, im Namen des Kalifen.»

«Möge Allah ihm stets wohl gesonnen sein und ihn mit Glück überschütten», deklamierte Laleh, während er sich wieder aufsetzte. «Des Nachts ging ich an Land und versteckte mich an einem verborgenen Ort hoch über der Bucht. Ich schickte mein Schiff fort, damit al-Salils Anhänger mich nicht entdeckten, und beobachtete die Festung des Feindes, zum Gefallen Seiner Majestät.»

«Sprich weiter!» Diesmal wartete Kadem nicht auf das Wort des Kalifen und trat Laleh in die Rippen.

Laleh keuchte und berichtete eilig weiter. «Drei Schiffe liegen in der Bucht vor Anker. Eines davon hat früher dem englischen Effendi gehört.» Laleh blickte zu Sir Guy und der quittierte diese Erinnerung an seinen Verlust mit einem zornigen Stirnrunzeln. «Die anderen Schiffe waren die, mit denen al-Salil nach seiner Niederlage gegen den glorreichen Kalifen Zayn al-Din, den Liebling des Propheten, geflohen ist.» Laleh warf sich wieder zu Boden, doch diesmal erwischte ihn Kadem in vollem Flug mit einem kräftigen Tritt mit seinen mit Nägeln verstärkten Sandalen.

Laleh saß sofort wieder aufrecht, mit schmerzverzerrtem Gesicht und mit pfeifenden Lungen nach dem letzten Tritt. «Gegen Abend sah ich, wie ein kleines Fischerboot die Bucht verließ und an dem Riff vor der Einfahrt ankerte. In der Nacht begannen die drei Männer in dem Boot im Laternenschein ihre Leinen auszuwerfen. Als ich wieder an Bord meiner Dau war, schickte ich meine Männer aus, sie gefangen zu nehmen. Sie töteten einen im Kampf, doch die beiden anderen fielen in unsere Hände. Das Fischerboot schleppte ich viele Meilen aufs offene Meer hinaus, wo ich es mit Steinballast voll lud und versenkte, um al-Salil glauben zu machen, das Meer hätte es in der Nacht überwältigt und die Männer wären ertrunken.»

«Wo sind diese Gefangenen?», fragte Zayn. «Ich will sie sehen.»

Muri Kadem klatschte in die Hände und die Wachen führten zwei Männer herein, nackt bis auf ein dünnes Lendentuch. Ihre ausgemergelten Körper waren von schweren Prügeln gezeichnet. Einer hatte ein Auge verloren. Beide schlurften unter dem Gewicht der Fußeisen, mit denen sie gefesselt waren. Die Wachen warfen sie vor dem Thron zu Boden. «Zeigt eure Demut vor dem Liebling des Propheten, dem Herrscher von Oman und aller Inseln des Indischen Ozeans, des Kalifen Zayn al-Din.» Die Gefangenen wanden sich vor Zayn und wimmerten ihre Unterwerfungsformeln.

«Majestät, hier sind die beiden Gefangenen», sagte Laleh. «Der einäugige Schurke hat leider den Verstand verloren, doch der andere, sein Name ist Omar, ist aus härterem Holz geschnitzt und wird die Fragen beantworten können, die Ihr ihm stellen mögt.» Laleh nahm eine lange Nilpferdpeitsche von seinem Gürtel und wickelte sie ab. In dem Augenblick, als er die Peitschenschnur ausschlug, begann der verwirrte Gefangene vor Angst zu wimmern und auszuspucken.

«Ich habe gehört, diese beiden Männer waren Matrosen auf dem Schiff, das al-Salil kommandierte. Sie waren viele Jahre in seinen Diensten und wissen viel über das Tun dieses Verräters.»

«Wo ist al-Salil?», fragte Zayn al-Din. Laleh ließ die Peitsche knallen und der einäugige Irre schiss sich vor Angst das Bein hinunter. Zayn wandte sich angeekelt ab und befahl den Wachen: «Bringt ihn hinaus und tötet ihn.» Sie schleppten den kreischenden Mann aus dem Thronsaal und Zayn wandte sich Omar zu, um ihm dieselbe Frage zu stellen: «Wo ist al-Salil?»

«Als ich ihn das letzte Mal gesehen habe, Majestät, war er an der Nativity Bay, in dem Fort, das sie Auspice nennen. Sein Sohn, sein älterer Bruder und ihre Frauen waren bei ihm.»

«Was sind seine Pläne? Wie lange wollen sie dort bleiben?»

«Ich bin nur ein einfacher Matrose, Majestät. Al-Salil hat seine Pläne nie mit mir diskutiert.»

«Wo warst du, als al-Salil die *Arcturus* eroberte? Hast du die Truhen voll Gold gesehen, die es geladen hatte?»

«Majestät, ich war bei al-Salil, als er die *Arcturus* auf ein Riff namens Kos al-Heem lockte. Ich war einer der Männer, die die Goldtruhen aus dem Laderaum gehievt und an Bord der *Revenge* gebracht haben.»

«Die *Revenge*?», rief Zayn.

«Das ist al-Salils Flaggschiff», erklärte Omar schnell.

«Wo sind diese Goldtruhen jetzt?»

«Sie wurden an Land gebracht, sobald die Schiffe auf der Nativity Bay Anker geworfen hatten. Ich habe dabei geholfen. Wir haben sie in eine Schatzkammer unter dem Fundament des Forts getragen.»

«Wie viele Männer hat al-Salil? Wie viele davon sind Krieger, Männer, die im Umgang mit Schwert und Muskete geschult sind? Wie viele Kanonen hat al-Salil? Hat der Verräter nur diese drei Schiffe oder gibt es noch mehr?» So verhörte Zayn den Gefangenen geduldig und oft eine Frage wiederholend, und wenn Omar einmal nicht sofort antwortete, knallte die Peitsche und Laleh zog ihm die Schnur über die geschundenen Rippen. Als Zayn sich schließlich zurücklehnte und zufrieden nickte, tropfte Blut aus den frischen Wunden auf Omars Rücken.

Als Nächstes wandte sich Zayn den drei Männern zu, die auf Seidenkissen vor seinem Thron saßen. Er blickte ihnen ins Gesicht und ein wissendes Lächeln zuckte um seine Lippen. Sie saßen da wie hungrige Hyänen, die einem Löwen beim Fressen zusahen und darauf warteten, dass sie sich selbst auf den Kadaver stürzen konnten, sobald der Löwe satt war.

«Vielleicht habe ich die eine oder andere Frage vergessen, auf die wir eine Antwort brauchen, bevor wir fortfahren?» Er blickte Sir Guy an.

Peters übersetzte und Sir Guy verbeugte sich knapp, bevor er antwortete: «Die Fragen, die Seine Majestät diesem Schurken gestellt hat, legen Zeugnis ab von Seiner großen Weisheit. Es gibt jedoch noch ein paar Kleinigkeiten, persönliche

Dinge, von denen diese verabscheuungswürdige Kreatur Kenntnis haben könnte. Wenn Ihr erlaubt?» Er verbeugte sich noch einmal.

Zayn winkte ihm zu, fortzufahren. Peters wandte sich an Omar und stellte ihm die erste Frage. Es war ein mühsames Unterfangen, doch nach und nach holte Sir Guy jede Einzelheit über den Schatz und die Tresorkammer, aus dem Gefangenen heraus. Am Ende konnte er sicher sein, dass all sein verlorenes Gold in Fort Auspice war und nichts an irgendeinem anderen geheimen Ort versteckt worden war. Seine einzige Sorge war nun noch, wie er den Schatz zurückerobern konnte, ohne große Anteile daran an seine Verbündeten abgeben zu müssen, die hier mit ihm vor dem Thron Zayn al-Dins saßen. Doch um dieses Problem würde er sich später kümmern. Stattdessen befragte er Omar ausführlich über die Ferengi, die in dem Fort hausten. Omars Aussprache der Namen war kaum zu verstehen, doch nach einer Weile wusste Sir Guy, dass es Tom und Sarah Courtney waren, und Dorian mit seinem Sohn Mansur.

Die Jahre hatten den bitteren Hass, den er für seinen Zwillingsbruder Tom empfand, kaum gemildert. Er erinnerte sich noch lebhaft an seine jugendliche Anbetung für Caroline und wie vernichtet er gewesen war, als er die beiden um Mitternacht auf den Pulversäcken im Magazin der alten *Seraph* ertappt hatte. Natürlich, am Ende hatte er Caroline geheiratet, doch da war sie nur noch beschädigte Ware und trug Toms Bastard in ihrem Bauch. Er hatte seinen Hass zu lindern versucht, indem er Caroline über die Jahre ihrer Ehe einer subtilen Folter unterwarf, doch der Hass war geblieben.

Seine nächsten Fragen betrafen Mansur Courtney und Verity. Verity war die andere große Liebe seines Lebens, doch dies war eine düstere, perverse Liebe. Er wollte sie besitzen, auf jede Weise, selbst so, wie es gegen Gesetz und Natur verstoßen hätte. Ihre Stimme und ihre Schönheit stillten einen tiefen Hunger in seiner Seele. Nie hatte er größere Ekstase empfunden, als in den Augenblicken, wenn er die Rute auf ihr süßes, weißes Fleisch knallen ließ und die roten Striemen auf ihrer makellosen Haut schwellen sah. In jenen Momenten war seine

Liebe für sie wild und verzehrend. Und nun schien Mansur ihm diesen Ausbund seiner Begierde für immer geraubt zu haben.

«Was ist mit der Ferengi-Frau, die al-Salil in der Schlacht mit meinem Schiff erbeutet hat?» Sir Guys Stimme zitterte vor Schmerz bei dem Gedanken an sie.

«Spricht der Effendi von seiner Tochter?», fragte Omar in gespielter Naivität. Sir Guy brachte es nicht über sich, zu antworten, und nickte nur hastig.

«Sie ist jetzt Mansurs Frau», antwortete Omar. «Sie teilen ein Bett und verbringen viel Zeit miteinander, lachend und schwatzend.» Er zögerte, bevor er über eine solche Ungebührlichkeit reden konnte, doch schließlich fuhr er fort. «Er behandelt sie als seinesgleichen, obwohl sie nur eine Frau ist. Er erlaubt ihr, vor ihm zu gehen und ihn zu unterbrechen, wenn er redet, und er umarmt und streichelt sie vor aller Augen. Er mag ein Moslem sein, doch ihr gegenüber benimmt er sich wie ein Ungläubiger.»

Sir Guy drehte sich fast der Magen um, solcher Zorn ergriff ihn nun. Er dachte an Veritys Körper, so weiß und vollkommen. In seinem Kopf überschlugen sich die Wahnbilder, so lebhaft, dass er fürchtete, die Männer um ihn herum könnten es ebenfalls sehen. Er hatte genug.

«Ich bin fertig mit diesem Stück Dreck, Majestät.» Er wusch sich die Hände in der Schale parfümierten warmen Wassers, die neben ihm stand, als wollte er sich von dem Kontakt mit dem Gefangenen reinigen.

Zayn al-Din schaute Pascha Koots an. «Gibt es irgendetwas, was du den Gefangenen fragen möchtest?»

«Wenn Majestät erlauben.» Er verbeugte sich. Seine ersten Fragen an Omar betrafen Dinge, die er als Soldat wissen wollte. Er fragte den Gefangenen, wie viele Männer auf den drei Schiffen waren, wie viele in dem Fort, wie loyal sie waren und wie kampfbereit. Er fragte nach ihren Waffen, wie viel Pulver und wie viele Musketen, und wo die Kanonen und die Feldgeschütze, die sie von der *Arcturus* erbeutet hatten, platziert waren.

Doch dann änderten sich seine Fragen. «Der, den sie Klebe nennen und dessen Ferengi-Name Tom ist, du sagst, du kennst ihn?»

«Ja, ich kenne ihn gut», nickte Omar.

«Er hat einen Sohn.»

«Auch den kenne ich. Wir nennen ihn Somoya, denn er ist wie ein Sturmwind», antwortete Omar.

«Wo ist er?», fragte Koots mit steinharter Miene.

«Ich habe im Fort gehört, er wäre auf eine Expedition ins Landesinnere gegangen.»

«Er ist auf Elefantenjagd gegangen?», fragte Koots weiter.

«Man sagt, Somoya wäre ein mächtiger Jäger. Er hat ein riesiges Elfenbeinlager in dem Fort.»

«Hast du das Lager mit eigenen Augen gesehen?»

«Ich habe die fünf großen Lagerhallen des Forts gesehen, alle bis zum Dach voll mit Stoßzähnen.»

Koots nickte zufrieden. «Das ist alles, was ich im Augenblick wissen will. Meine anderen Fragen kann ich später stellen.»

Kadem verbeugte sich vor seinem Onkel. «Majestät, ich ersuche Euch, den Gefangen unter meine persönliche Aufsicht zu stellen.»

«Bringt ihn weg und sorgt dafür, dass er nicht stirbt, jedenfalls noch nicht, nicht bevor er seinen Zweck erfüllt hat.» Die Wachen hoben Omar auf die Beine und schleppten ihn aus dem Thronsaal. Zayn al-Din blickte Laleh an, der in die Schatten am anderen Ende des Saals davongekrochen war. «Du hast gute Arbeit geleistet. Geh jetzt und mach dein Schiff auslaufbereit. Ich werde deine Dienste als Führer benötigen, wenn meine Flotte zur Nativity Bay segelt.»

Laleh zog sich zurück, indem er sich alle paar Schritte vor dem Kalifen verbeugte.

Als die Wachen und alle Untergebenen den Saal verlassen hatten, herrschte zunächst vollkommene Stille. Alle warteten darauf, was Zayn als Nächstes verkünden würde. Er schien tief in Träumen versunken, wie ein Haschischraucher, doch dann hob er plötzlich den Kopf und blickte Kadem ibn Abubaker an.

«Ein Bluteid verpflichtet dich, den Tod deines Vaters zu rächen, den al-Salil auf dem Gewissen hat.»

Kadem verbeugte sich tief. «Dieser Eid ist mir teurer als mein Leben.»

«Al-Salils Bruder, Tom Courtney, hat deine Seele entheiligt. Er hat dich in eine Schweinehaut einnähen lassen und gedroht, dich lebendig zu begraben, im selben Grab wie das ekelhafte Tier.»

Kadem knirschte mit den Zähnen, als er sich daran erinnerte. Er sank auf die Knie. «Ich flehe Euch an, mein Kalif und Bruder meines Vaters, bitte erlaubt mir, Genugtuung zu suchen für die grässlichen Untaten, die diese beiden teuflischen Brüder an mir verübt haben.»

Zayn nickte nachdenklich und wandte sich an Sir Guy. «Generalkonsul, al-Salils Sohn hat Eure Tochter entführt. Auch Euer prächtiges Schiff und Euer Vermögen ist den Piraten in die Hände gefallen.»

«All dies ist wahr, Majestät.»

Schließlich blickte Zayn seinen Pascha Herminius Koots an. «Durch dieselbe Familie hast auch du große Demütigung erlitten. Sie haben deine Ehre beschmutzt.»

«Ja, Majestät.»

«Was mich selbst betrifft, so geht die Liste der Anklagen gegen al-Salil bis in meine Kindheit zurück», sagte Zayn al-Din. «Sie ist zu lang und es wäre zu schmerzlich, nun alles hier aufzuzählen. Wir haben ein gemeinsames Ziel. Unser Ziel ist, dieses Nest von giftigen Reptilien und Schweinefressern ein für alle Mal auszumerzen. Wir wissen, wie viel Gold und Elfenbein sie angehäuft haben, doch das ist nur die Pfeffersauce, die unseren Appetit auf Rache noch verstärkt.» Er hielt inne und blickte von einem zum anderen.

«Wie lange werdet ihr brauchen, den Schlachtplan zu entwerfen?», fragte er seine Generäle.

«Mächtiger Kalif, Pascha Koots und ich werden weder schlafen noch essen, bis wir Euch den Schlachtplan zur Bewilligung vorlegen können», versprach Kadem.

Zayn lächelte. «Nichts anderes hätte ich von dir erwartet. Wir treffen uns hier morgen nach den Abendgebeten, um euren Plan zu vernehmen.»

«Wie ihr befehlt. Wir werden morgen Abend bereit sein», versicherte Kadem.

Im Licht von fünfhundert Lampen, deren Dochte in parfümiertem Öl schwammen, um die Moskitos zu vertreiben, setzten die Männer ihre Beratungen fort.

P ETER P ETERS GING wie gewöhnlich einen Schritt hinter Sir Guy Courtney. Sie befanden sich in einem Labyrinth von Gängen, auf dem Weg zum königlichen Harem auf der Rückseite des unüberschaubaren Palastkomplexes. Die Wände rochen nach Fäulnis, Schimmel und zweihundert Jahren der Vernachlässigung. Ratten huschten vor den Fackelträgern davon, die den Kalifen zu seinem Schlafgemach führten, und die Schritte der Leibgarde hallten hohl vom Gewölbe und aus den dunklen Nischen der Korridore wider.

Der Kalif erging sich in einem fistelstimmigen Monolog und Peters übersetzte die Worte fast in dem Augenblick, als sie Zayn von den Lippen kamen. Sir Guys Entgegnung übersetzte er ebenso schnell. Schließlich sahen sie das Tor zum Harem vor sich, von wo aus eine Gruppe bewaffneter Eunuchen die Eskorte bilden würde, denn außer dem Kalifen war kein Mann im Besitz seiner Männlichkeit in diesem Teil des Palastes zugelassen.

Weihrauch wehte hinter den Elfenbeinwandschirmen zu ihnen und mischte sich mit dem Duft lüsterner junger Weiblichkeit. Peters lauschte angespannt und meinte, kleine, nackte Füße über den Steinboden huschen zu hören, und Mädchenlachen, hell wie winzige Goldglöckchen. Seine Müdigkeit war sofort verflogen und die Lust zerrte an seinem Schoß. Doch Peters brauchte keinen Neid zu empfinden, als der Kalif sich in dieses Paradies zurückzog, denn für diese Nacht hatte der Palastwesir ihm etwas ganz Besonderes versprochen. «Eine Tochter der Saar», hatte er gesagt, «des wildesten Stammes in ganz Oman. Sie hat erst fünfzehn Sommer erblickt, doch sie ist außerordentlich begabt. Ein Geschöpf der Wüste, eine Gazelle mit festen Brüsten und langen Beinen. Sie hat das Gesicht eines Kindes und die Instinkte einer Hure. Sie ergötzt sich an den Freuden und Künsten der Liebe. Sie wird Euch alle drei Gänge der Glückseligkeit öffnen.» Der Wesir kicherte. Es gehörte zu seinen Pflichten, alles über jeden herauszufinden, der sich im Palast aufhielt. So wusste er genau, was Peters' Vorlieben waren. «Sogar durch den verbotenen hinteren Gang wird sie Euch willkommen heißen. Sie wird Euch behandeln wie den großen Herrn, der Ihr tatsächlich seid, Effendi.» Er wusste, wie sehr es diesem unwürdigen kleinen Schreiber behagte, mit diesem Titel angeredet zu werden.

Als Sir Guy ihn endlich entließ, eilte Peters sofort zu seinem Schlafquartier. In Bombay hatte er in drei mit Schaben verpesteten Kammern auf der Rückseite des Kompaniekomplexes gewohnt. Die einzige weibliche Gesellschaft, die er sich mit seinem jämmerlichen Gehalt hatte leisten können, waren die Straßenhuren in ihren billigen Saris, mit ihren großen Messingohrringen, die Lippen blutig wie Schwertwunden von zu vielen Betelnüssen, stinkend nach Kardamom, Knoblauch, Curry und ungewaschenen Genitalien.

Hier im Palast von Muskat behandelte man ihn dagegen wie einen Gentleman. Sie nannten ihn Effendi und er hatte zwei Haussklaven, die ihm jeden Wunsch erfüllten. Sein Quartier war luxuriös und die Mädchen, die der Wesir schickte, um ihm Gesellschaft zu leisten, waren jung, schön und willig, und wenn er einer müde wurde, gab es immer eine Neue für ihn.

Als er in seinem Schlafzimmer ankam, war er zuerst bitter enttäuscht, denn niemand schien dort auf ihn zu warten. Dann roch er ihren Duft, wie ein Zitronenhain in voller Blüte. Er stand in der Mitte des Raums, schaute sich um und wartete, dass sie sich zeigte. Eine Weile rührte sich nichts und kein Laut war zu hören, bis auf das Rascheln der Blätter an dem Tamarindenbaum, der auf der Terrasse unter seinem Balkon wuchs.

Peters zitierte leise eine Strophe eines persischen Gedichts: «‹Ihr Busen schimmert wie die Schneefelder des Taborabergs, ihre Backen sind hell und rund wie der aufgehende Mond, und das dunkle Auge, das sich dazwischen verbirgt, blickt tief in meine Seele.›»

Der Vorhang vor dem Balkon bewegte sich und das Mädchen kicherte. Es war ein kindliches Lachen und noch bevor er sie erblickte, wusste er, dass der Wesir sie bestimmt nicht zu alt geschätzt hatte. Als sie hinter dem Vorhang hervortrat, fiel der Mondschein durch ihr Gewand und er konnte die elfischen Umrisse ihres Körpers sehen. Sie kam zu ihm und rieb sich an ihm wie eine Katze. Als er ihren kleinen, runden Po durch den dünnen Stoff streichelte, schnurrte sie leise.

«Wie heißt du, mein schönes Kind?»

«Man nennt mich Nazeen, Effendi.» Der Wesir hatte sie sorgfältig instruiert, was Peters' Vorlieben waren, und obwohl sie noch so jung war, wusste sie genau, was sie zu tun hatte. Viele Male in jener langen Nacht blökte und schrie er wie ein säugendes Kalb.

In der Morgendämmerung saß er in der Mitte der Daunenmatratze und Nazeen kuschelte sich in seinen Schoß. Sie nahm eine der reifen Loquatfrüchte von dem Silberteller neben dem Bett und biss sie mit ihren kleinen weißen Zähnen in zwei Hälften. Den glänzenden braunen Kern spuckte sie aus und den Rest der süßen Frucht schob sie Peters zwischen die Lippen. «Du hast mich gestern Abend so lange warten lassen, dass mir fast das Herz gebrochen wäre», schmollte sie.

«Ich war bis nach Mitternacht bei dem Kalifen und seinen Generälen.» Peters konnte der Versuchung nicht widerstehen, das Mädchen zu beeindrucken.

«Mit dem Kalifen persönlich?» Sie riss ehrfürchtig die großen, dunklen Augen auf. «Hat er zu dir gesprochen?»

«Natürlich.»

«Du musst in deinem Land ein großer Herr sein. Was wollte der Kalif denn von dir?»

«Er wollte meine Meinung und meinen Rat in äußerst geheimen und wichtigen Dingen.» Sie zappelte aufgeregt auf seinem nackten Schoß und kicherte, als sie spürte, wie er unter ihr wuchs und hart wurde. Sie kniete sich auf und griff mit beiden Händen nach hinten. So riss sie ihre strammen, braunen Pobacken auseinander und ließ sich auf seinen Schoß sinken.

«Ich liebe Geheimnisse», flüsterte sie, während sie ihm ihre rosa Zunge tief ins Ohr stieß.

NAZEEN VERBRACHTE DANACH
noch fünf Nächte mit Peters, und wenn sie nicht anderweitig
beschäftigt waren, redeten sie sehr viel – oder genauer gesagt:
Peters redete und das Mädchen hörte zu.

Als der Wesir am fünften Morgen kam, um sie abzuholen,
versprach er Peters: «Sie wird heute Abend wiederkommen.»
Dann führte er sie, noch im Dunkeln, an der Hand zu einer
Hintertür in der Palastmauer, wo ein alter Saar geduldig neben einem ebenso alten Kamel kniete und auf sie wartete. Der
Wesir wickelte Nazeen in einen dunklen Kamelhaarschal und
hob sie in den Sattel.

Bei Sonnenaufgang wurden die Stadttore geöffnet und danach begann das alltägliche Ein und Aus der Wüstenbewoh-
ner, die mit ihren Waren zu den Märkten der Stadt kamen
oder in die weite Wildnis zurückkehrten: Pilger und kleine
Beamte, Kaufleute und Reisende. Unter den Geschöpfen, die
die Stadt verließen, war auch das alte Kamel mit seinen beiden
Reitern. Nichts an ihnen konnte Interesse oder Neid erregen.
Nazeen mochte das Enkelkind des alten Mannes sein. Unter
dem schäbigen Kittel, der ihren Kopf und Körper bedeckte,
konnte man kaum sagen, ob sie Junge oder Mädchen war. Sie
ritten durch die Palmenhaine und keiner der Wachsoldaten
achtete auf sie, als sie davonritten. Kurz vor Mittag erspähten
die Reiter eine Ziegenherde auf einer Spitze der nackten Hü-
gellandschaft. Die kleinen, zottigen Tiere stolperten zwischen
den Felsen umher und knabberten die trockenen Zweige der
Salzbüsche. Der Hirte spielte eine klagende kleine Weise auf
seiner Schilfflöte. Der alte Mann hielt das Kamel an und
tappte es mit seinem Stock am Hals, bis es sich unter Zischen
und Brüllen auf den Sand kniete. Nazeen rutschte vom Rücken des großen Tieres und lief leichtfüßig den Felsenhügel
hinauf, unterwegs die Kapuze ihres Kittels abwerfend.

Sie warf sich vor dem Hirten in den Staub und küsste den
Saum seines Gewandes. «Mächtiger Scheich bin-Shibam, Vater meines ganzen Stammes, möge Allah jeden deiner Tage
mit dem Duft der Jasminblüte versüßen.»

«Nazeen! Steh auf, Kind! Selbst hier in der Wildnis könnten uns fremde Augen beobachten.»

«Oh Herr, ich habe viel zu berichten», plapperte Nazeen los. Ihre dunklen Augen funkelten vor Aufregung. «Zayn schickt mindestens fünfzehn Kriegsdauen nach Süden!»

«Nazeen, hole tief Atem, sprich langsam und lass nichts aus, kein einziges Wort von dem, was Ferengi Peters erzählt hat.»

Sie legte ihren Bericht ab und bin-Shibams Gesicht verfinsterte sich immer mehr. Die kleine Nazeen hatte ein ausgezeichnetes Gedächtnis und sie hatte erstaunliche Einzelheiten aus Peters herausgeholt. Sie rasselte mühelos die Anzahl der Männer und die Namen der Daukapitäne herunter, deren Schiffe die Armee nach Süden bringen würden. Sie nannte dem Scheich das genaue Datum und sogar die Tageszeit, zu der die Flotte in See stechen würde, und das Datum, an dem sie vor der Nativity Bay anzukommen hofften. Als sie fertig war, war die Sonne schon auf halbem Weg durch den Nachmittagshimmel, doch bin-Shibam hatte noch eine letzte Frage für sie: «Sage mir, Nazeen, hat Zayn al-Din auch schon entschieden, wer die Expedition kommandieren wird? Ist es Kadem ibn Abubaker oder der Ferengi Koots?»

«Großer Scheich, Kadem ibn Abubaker wird die Flotte kommandieren und der Ferengi Koots die Krieger, die an Land gehen werden, doch Zayn al-Din wird mit der Flotte segeln und persönlich das Oberkommando führen.»

«Bist du sicher, Kind?» Bin-Shibam konnte sein Glück kaum fassen.

«Ja, ganz sicher, das hat er vor seinem Kriegsrat verkündet und dies sind die Worte, die Peters vor mir wiederholt hat: ‹Meine Herrschaft wird niemals sicher sein, solange al-Salil noch am Leben ist. Ich will dabei sein, wenn ihn endlich der Tod ereilt. Ich will meine Hände in seinem Herzblut waschen. Erst dann glaube ich, dass er wirklich tot ist.›»

«Wie deine Mutter gesagt hat, Nazeen, in der Schlacht gegen den Tyrannen bist du so viel wert wie ein Dutzend Krieger.»

Nazeen senkte scheu den Blick. «Wie geht es meiner Mutter, großer Scheich?»

«Sie ist gut versorgt, wie ich es versprochen habe. Sie hat

mich gebeten, dir zu sagen, wie sehr sie dich liebt und wie stolz sie darauf ist, was du für uns tust.»

Nazeens Augen funkelten vor Freude. «Sage meiner Mutter, dass ich jeden Tag für sie bete.» Ihre Mutter war blind. Die Fliegen hatten unter ihren Augenlidern Eier gelegt und die Maden hatten sich in die Augäpfel gefressen. Ohne Nazeen wäre sie längst aufgegeben worden, denn das Wüstenleben ist gnadenlos. Doch jetzt lebte sie unter dem persönlichen Schutz des Scheichs bin-Shibam.

Bin-Shibam blickte dem Mädchen nach, wie sie den Hügel hinabging und hinter dem Kamelreiter aufstieg. So machten sie sich auf den Rückweg zur Stadt. Der Scheich empfand weder Schuld noch Reue wegen der Aufgabe, die er Nazeen übertragen hatte. Wenn al-Salil wieder auf dem Elefantenthron säße, würde er ihr einen guten Mann finden – wenn es das war, was sie wollte.

Bin-Shibam schüttelte lächelnd den Kopf. Er hatte das Gefühl, sie war ein Naturtalent und hatte wirklichen Spaß an ihrer Arbeit. In seinem Innersten wusste er, sie würde niemals die Aufregung der Stadt gegen das strenge, asketische Stammesleben eintauschen wollen. Und sie gehörte gewiss nicht zu den Frauen, die sich ohne Widerrede einem Ehemann unterwerfen würden.

«Die Kleine könnte mit hundert Männern fertig werden. Vielleicht ist es besser, wenn ich mich nur um ihre blinde Mutter kümmere. Sie soll allein ihre Bestimmung finden. Geh in Frieden, kleine Nazeen, und werde glücklich», flüsterte er, während das Kamel im purpurnen Dunst des ausklingenden Tages verschwand. Dann stieß er einen Pfiff aus und nach einer Weile kam der wirkliche Hirte zwischen den Felsen hervor. Er kniete vor dem Scheich und küsste ihm die Füße. Bin-Shibam schlüpfte aus dem verblichenen Hirtenkittel und gab ihn dem Mann zurück.

«Du hast nichts gehört oder gesehen», sagte er.

«Ich bin taub, blind und stumm», nickte der Ziegenhirte. Bin-Shibam gab ihm eine Münze und der Mann weinte vor Dankbarkeit.

Bin-Shibam überquerte den Hügelkamm und ging zu der

Stelle hinunter wo er sein Kamel in Kniefesseln zurückgelassen hatte. Er stieg auf, wandte das Tier nach Süden und ritt ohne Pause die Nacht und den nächsten Tag hindurch. Unterwegs aß er ab und zu eine Hand voll Datteln und trank dicke Kamelmilch aus der Hautblase, die hinter seinem Sattel hing. Er betete sogar in vollem Ritt.

Am Abend roch er die salzige Seeluft. Immer noch ohne anzuhalten ritt er durch die zweite Nacht, bis er in der Morgendämmerung den Ozean vor sich liegen sah. Von den Hügeln aus erspähte er die schnelle Feluke, die dicht vor dem Strand ankerte. Tasuz, der Kapitän des kleinen Schiffes, hatte sich ihm oft als ein ergebener und fähiger Mitstreiter erwiesen. Er schickte ein kleines Boot zum Strand, um bin-Shibam an Bord zu holen.

Bin-Shibam hatte Schreibmaterial mitgebracht. So setzte er sich mit überkreuzten Beinen auf die Deckplanken und schrieb alles nieder, was Nazeen ihm berichtet hatte. Er schloss mit den Worten: «Möge Gott Euch Sieg und Ruhm schenken, Majestät. Ich werde mit allen Stämmen auf Eure Rückkehr warten.» Als er fertig war, war der Tag fast vorüber. Er gab die Schriftrolle Tasuz. «Übergib dieses Dokument nur dem Kalifen al-Salil persönlich. Gib eher dein Leben her als es in die Hände anderer fallen zu lassen», befahl er. Tasuz konnte weder lesen noch schreiben, weshalb der Bericht bei ihm sicher war. Bin-Shibam hatte ihm schon detaillierte Instruktionen erteilt, wie er zur Nativity Bay gelangen würde. Wie viele Menschen, die nicht lesen und schreiben können, hatte der Kapitän ein unfehlbares Gedächtnis. Er würde nicht die geringste Kleinigkeit vergessen.

«Geh mit Gott und möge Er dein Segel mit Seinem heiligen Atem füllen», entließ ihn bin-Shibam.

«Gott sei mit Euch und mögen die Engel ihre Schwingen über Euch ausbreiten, großer Scheich», entgegnete Tasuz.

Einhundert und drei Tage später machte Tasuz den hohen, walbuckelförmigen Felsen aus, den der Scheich ihm beschrieben hatte, und als er auf die Lagune segelte, erkannte er die drei stolzen Schiffe, die er zuletzt vor Maskat gesehen hatte.

DIE GESAMTE FAMILIE COURTNEY hatte sich im Refektorium versammelt, dem größten Raum im Hauptgebäude von Fort Auspice, wo sie die meiste freie Zeit verbrachten. Sarah hatte vier Monate gebraucht, es einzurichten und zu einem gemütlichen Wohnzimmer zu machen. Den Fußboden und alle Möbel hatten die Tischler liebevoll aus einheimischen Hölzern angefertigt, Stinkwood, Tambootie und Schwarzholz, prächtig gemasert und mit Bienenwachs zu einem warmen Glanz poliert. Die Frauen hatten die Kissen bestickt und mit wildem Kapok gefüllt. Der Boden war mit gegerbten Tierhäuten bedeckt und an den Wänden hingen Gemälde, die meisten von Sarahs und Louisas Pinsel, obwohl auch Verity in der kurzen Zeit, die sie im Fort war, schon viel zu der kleinen Galerie beigetragen hatte. Sarahs Cembalo hatte natürlich einen Ehrenplatz vor der Hauptwand des Raums und jetzt, wo Dorian und Mansur zurück waren, war der Chor wieder vollständig.

An diesem Abend gab es jedoch keinen Gesang. Sie saßen schweigend beisammen und lauschten, während Verity den detaillierten Bericht, den Tasuz ihnen von bin-Shibam überbracht hatte, ins Englische übersetzte. Nur ein Mitglied der Familie hörte nicht so aufmerksam zu wie die anderen.

George Courtney war jetzt fast drei Jahre alt. Er war also sehr mobil und geschwätzig. Er wusste genau, was er brauchte und wollte, und hatte keine Angst, es laut auszusprechen. Er lief um den Tisch herum, der runde Po nackt unter dem Hemdchen, das sein einziges Kleidungsstück war. George war es gewohnt, die Aufmerksamkeit aller anderen zu genießen, vom geringsten Diener bis zu jenem gottgleichen Wesen, Großvater Tom.

«Wepity!» Er zog drängend an Veritys Röcken, immer noch nicht ganz fähig, ihren Namen auszusprechen. «Sprich mit mir, ich auch!»

Verity stockte. George war nicht leicht abzuschütteln. Sie machte eine Pause in der Aufzählung der Männer, Schiffe und Kanonen und blickte zu ihm hinab. Er hatte das goldene Haar seiner Mutter und die grünen Augen seines Vaters. Er war solch ein kleiner Engel, dass sich ihr Herz zusammenkrampfte und sein Anblick in ihr Instinkte weckte, die so tief in ihr lagen, dass sie sie erst kürzlich entdeckt hatte. «Ich erzähle dir nachher eine Geschichte», bot sie ihm an.

«Nein! Jetzt!», antwortete George.

«Geh weg», sagte Jim.

«Georgiebaby, komm zu Mama», rief Louisa.

George ignorierte seine Eltern. «Jetzt, Wepity, jetzt!», wiederholte er mit noch lauterer Stimme. Sarah griff in ihre Schürzentasche und zog ein Stück harten Kuchen hervor. Sie zeigte es ihm unter dem Tisch. George verlor sofort das Interesse an Verity, ließ sich auf alle viere nieder und schoss zwischen ihren Beinen hindurch, um seiner Großmutter den Leckerbissen aus der Hand zu reißen.

«Du kannst wunderbar mit Kindern umgehen, Sarah Courtney», grinste Tom. «Du verwöhnst sie einfach, bis sie dich in Ruhe lassen.»

«Die Kunst habe ich erlernt, weil ich ständig mit dir zu tun habe», erwiderte sie spitz, «denn du bist das größte Baby von allen.»

«Könnt ihr beide für einen Augenblick zu zanken aufhören? Ihr seid noch schlimmer als Georgie», rügte Dorian. «Es steht ein Königreich und unser aller Leben auf dem Spiel und ihr benehmt euch wie kleine Kinder.»

Verity erhob ihre Stimme und fuhr fort, wo sie unterbrochen worden war. Alle waren wieder ernst. Schließlich verlas sie bin-Shibams Schlusswort an seinen Kalifen: «Möge Gott Euch Ruhm schenken, Majestät. Ich werde mit allen Stämmen auf Eure Rückkehr warten.»

Alle schwiegen, bis Tom sagte: «Können wir dem Kerl vertrauen? Wie will er all das erfahren haben?»

«Ja, Bruder, wir können ihm vertrauen», antwortete Dorian. «Ich weiß nicht, wie es ihm gelungen ist, so viele Einzelheiten zu erfahren. Ich weiß nur, wenn bin-Shibam etwas sagt, dann stimmt es.»

«In dem Fall können wir nicht hier sitzen bleiben und auf den Angriff einer überlegenen, mit kampferprobten Kriegern voll gestopften Flotte von Kriegsdauen warten. Wir müssen weiterziehen.»

«Schlag dir das aus dem Kopf, Tom Courtney», sagte Sarah

sofort. «Ich habe meine ganze Ehe auf der Flucht verbracht. Dies ist mein Heim und diese Kreatur, dieser Zayn al-Din, wird mich nicht von hier vertreiben. Ich bleibe hier.»

«Frau, kannst du nicht einmal in deinem Leben vernünftig sein?»

«Ich schlage mich in einem solchen Streit nicht gern auf eine Seite.» Dorian nahm seine Pfeife aus dem Mund und schenkte ihnen ein warmes Lächeln. «Aber Sarah hat Recht. Wir können fliehen, so weit wir wollen, aber dem Zorn Zayns und der Männer um ihn würden wir niemals entkommen.»

Tom runzelte finster die Stirn. «Vielleicht hast du Recht, Dorry», seufzte er. «Früher oder später müssen wir uns ihnen stellen und mit ihnen fertig werden.»

«Eine solche Gelegenheit werden wir nicht noch einmal bekommen», fuhr Dorian fort. «Dank bin-Shibam kennen wir Zayns ganzen Schlachtplan. Wenn Zayn an Land geht, wird seine Armee eine Seereise von zweitausend Meilen hinter sich haben und längst nicht alle seine Pferde werden die Anstrengungen der Reise überlebt haben. Wir sind dagegen gut vorbereitet, unsere Männer sind ausgeruht, gut bewaffnet und gut beritten.»

Dorian legte seinem Bruder eine Hand auf die Schulter. «Glaub mir, Tom, dies ist unsere beste Chance, wahrscheinlich die einzige, die wir jemals haben werden.»

«Du denkst wie ein Krieger», gab Tom zu, «und ich denke wie ein Kaufmann. Du hast von jetzt an das Kommando hier. Wir anderen, Jim und Louisa, Mansur und Verity, werden deinen Befehlen folgen. Dasselbe würde ich gern von meiner lieben Gattin sagen, aber Befehlen zu folgen war noch nie ihre Stärke.»

«Also gut, Tom. Wir haben nicht mehr viel Zeit, unseren eigenen Schlachtplan zu entwickeln», sagte Dorian. «Wir müssen jede Minute nutzen. Als Erstes müssen wir das Schlachtfeld studieren. Wir müssen die Stellen aussuchen, wo wir am stärksten sind, und diejenigen meiden, wo wir am schwächsten sind.»

Tom nickte zustimmend. «Sprich weiter, Bruder. Wir lauschen.»

Dorian sprach zwischen Zügen an seiner Wasserpfeife. «Von bin-Shibam haben wir erfahren, dass Zayn einen Ablenkungsangriff plant. Er wird mit seinen Schiffen in die Lagune einlaufen und das Fort bombardieren. Die Hauptstreitmacht unter Koots' Kommando wird irgendwo an der Küste landen und über Land marschieren, um uns einzukreisen und die Fluchtwege ins Hinterland abzuschneiden. Als Erstes müssen wir also die Stelle finden, wo Koots am wahrscheinlichsten landen wird, und dann müssen wir die Marschroute finden, die er nehmen muss, um das Fort zu erreichen.»

Am nächsten Tag gingen Dorian und Tom an Bord der *Revenge* und segelten die Küste entlang nach Norden. Sie standen am Kartentisch, studierten die Küstenlinie, an der sie vorbeifuhren, und frischten ihre Erinnerung an die wichtigsten Landmarken auf.

«Koots wird versuchen, möglichst nah beim Fort zu landen. Jede Meile, die er länger marschieren muss, wird seine Schwierigkeiten verzehnfachen», sagte Dorian leise.

Die Küste war tückisch und voller Gefahren. Nativity Bay war fast der einzige sichere Hafen innerhalb von hundert Meilen. Der einzige andere mögliche Landeplatz war an einem großen Fluss, der wenige Meilen nördlich von der Einfahrt zur Bucht ins Meer mündete. Die örtlichen Stämme nannten diesen Fluss Umgeni. Große Kriegsdauen würden es nicht über die Barriere von Untiefen in der Mündung schaffen, doch für kleinere Boote wäre es kein Problem.

«Dort wird Koots landen», sagte Dorian mit Bestimmtheit. «Mit seinen Langbooten könnte er in wenigen Stunden fünfhundert Mann den Fluss hinauf bringen.»

Tom nickte. «Wenn sie an Land gehen, haben sie aber immer noch viele Meilen Marsch durch raues Gelände vor sich, bevor sie das Fort erreichen.»

«Finden wir lieber heraus, wie rau das Gelände wirklich ist», meinte Dorian. Er wendete die *Revenge* und sie fuhren nach Süden zurück. Die beiden Brüder standen an der Heckreling und studierten die Küste durch ihre Teleskope.

Den ganzen Weg entlang sahen sie zuckerbraune Sandstrände, unablässig geprügelt von schwerer Brandung. «Wenn sie sich auf dem Strand halten wollen, werden sie mit ihren Panzern, Waffen und Proviant in dem tiefen Sand nur langsam vorankommen», sagte Tom. «Außerdem wären sie den ganzen Weg entlang der Gefahr ausgesetzt, von unseren Schiffen bombardiert zu werden.»

«Koots würde zudem das Überraschungsmoment einbüßen, wenn das sein Plan ist. Nein, er wird niemals über den Strand kommen. Er muss wissen, dass wir eine so große Streitmacht sofort entdecken würden. Er muss sich also durch das Hinterland schlagen», meinte Dorian schließlich.

«Sag, Bruder, der Busch hinter dem Strand scheint undurchdringlich zu sein. Ist das wirklich so?»

«Es ist dichter Dschungel, aber nicht undurchdringlich», klärte Tom ihn auf. «Es gibt Sümpfe und es wimmelt von Büffeln und Nashörnern, in den Feuchtgebieten gibt es auch Krokodile. Unter dem Hügelkamm parallel zur Küste gibt es jedoch Wildpfade, ungefähr fünfhundert Meter hinter dem Strand. Dort ist der Grund das ganze Jahr trocken und fest.»

«Dann müssen wir das Gelände dort gründlich absuchen und den Pfad markieren», sagte Dorian, während sie in die Bucht zurücksegelten. Am nächsten Morgen ritten sie mit Jim und Mansur den Strand entlang, bis zur Mündung des Umgeni hinauf.

«Ein Kinderspiel.» Mansur schaute auf seine Taschenuhr. «Wir haben für die ganze Strecke nur drei Stunden gebraucht.»

«Das mag so sein, doch der Feind wird zu Fuß sein, nicht zu Pferde», erinnerte ihn Jim, «und wir könnten sie von unseren Schiffen aus mit Schrapnellfeuer belegen.»

«Ja», stimmte Dorian zu. «Tom und ich sind schon zu dem Schluss gekommen, dass sie durchs Hinterland ziehen müssen. Wir wollen jetzt ihre Route auskundschaften.»

Sie ritten etwa eine Meile das Südufer des Umgeni entlang flussaufwärts, bis sie in die Hügel kamen, wo das Gelände so steil und eng wurde, dass sie es selbst in dieser kleinen Gruppe schwierig fanden.

«Nein, so weit werden sie nicht landeinwärts gehen. Sie werden versuchen, so schnell wie möglich zum Fort vorzu-

dringen. Sie müssen sich durch die Küstensümpfe schlagen»,
schloss Dorian.

Sie kehrten um und Jim zeigte auf den Anfang eines niedrigen natürlichen Damms durch das Feuchtland, wo die Bäume
höher waren als der Wald in der Umgebung. Sie verließen
den Fluss und ritten auf den Damm zu. Fast sofort sanken die
Pferde im schwarzen Schlamm des Mangrovensumpfes ein.
Sie mussten absteigen und sie am Zügel führen, bis sie festeren Grund erreichten. Sogar dort gab es aber noch tückische
Sumpflöcher unter der harmlos wirkenden grünen Schleim-
schicht. Der Busch war so dicht, dass die Pferde nicht durch-
kamen. Die knorrigen Stämme uralter Milchholzbäume erhoben sich vor ihnen wie gepanzerte Krieger und die Äste
hingen so tief herab, dass sie sich in den Amatimgoola-Bü-
schen verfingen, deren lange, starke Dornen ihre Lederstiefel
durchstechen und ihnen tiefe, schmerzhafte Wunden zufügen
konnten.

Der einzige Weg war über die Wildpfade, die kreuz und
quer durch diesen Dschungel verliefen, nicht mehr als von
Büffeln und Nashörner geschlagene enge Tunnels durch die
störrische Vegetation. Das dornige Dach war so tief, dass sie
wieder absteigen und die Pferde führen mussten, und selbst
dann mussten sie gebückt gehen, während die Dornen ihre
leeren Sättel zerkratzten. Moskitos und Mücken stiegen in
schwarzen Wolken von den Sumpflöchern auf, umschwärm-
ten ihre verschwitzten Gesichter und krochen ihnen in Ohren
und Nasenlöcher.

«Als Kadem und Koots ihren Schlachtplan aufstellten, wussten sie bestimmt nicht, wie es hier aussieht.» Tom nahm seinen Hut ab und wischte sich das Gesicht und den glänzenden
Glatzkopf ab.

«Wir können dafür sorgen, dass sie für jeden Meter, den sie
vorankommen, teuer bezahlen müssen», sagte Jim. «Wenn es
in diesem Urwald zum Kampf kommt, kann es nur Mann gegen Mann sein. Bogen und Speere sind hier wirkungsvoller als
Musketen.»

«Bogen und Speere?», fragte Dorian mit plötzlichem Interesse. «Und wer soll diese Waffen führen?»

«Mein guter Freund und Blutsbruder, König Beshwayo und seine blutrünstigen Wilden», sagte Jim stolz.

Am Abend blieb die Familie nach dem Essen im Refektorium. Sarah stand hinter Toms Stuhl, einen Arm um seine Schultern geschlungen. Ab und zu rieb sie die Moskitostiche auf Toms Glatze und jedes Mal, wenn sie das tat, schloss er die Augen in stillem Genuss. Dorian saß am anderen Ende des Tisches, Mansur zu einer Seite, seine Wasserpfeife zur anderen.

Verity hatte sich nie vorstellen können, jemals zu einer Hausfrau zu werden, doch seit ihrer Ankunft in Fort Auspice zog sie immer mehr Befriedigung daraus, Mansur ein Heim zu bieten und für ihn zu sorgen. Sie und Louisa waren so grundverschiedene Wesen, und doch hatten sie sich von Anfang an gemocht. Nun bewegten sie sich flink durch den großen Raum, räumten Teller ab, servierten eine Tasse Kaffee nach der anderen, setzten sich von Zeit zu Zeit zu ihnen, um zu hören, was sie besprachen, und trugen dann und wann ihre eigene Meinung zur Diskussion bei. Louisa war vollauf mit dem kleinen George beschäftigt.

«Erzähle uns von Beshwayo», befahl Dorian seinem Neffen.

Jim hob seinen Sohn vom Boden auf und setzte ihn sich auf den Schoß. «Du hast für heute genug Unsinn angestellt, mein Junge. Nun sitz still, damit ich meine Geschichte erzählen kann.»

«Geschichte!», sagte George und war sofort mucksmäuschenstill. Er legte seinen goldenen Lockenkopf an Jims Schulter und steckte sich den Daumen in den Mund.

«Nachdem du und Mansur mit der *Sprite* und der *Revenge* verschwunden wart, haben wir unsere Wagen beladen und sind in die Wildnis gezogen, um nach Elefanten zu suchen und mit den Stämmen Kontakt aufzunehmen, damit wir mit ihnen Handel treiben können. Ich wusste, aus dem Norden kamen immer noch viele große Nguni-Horden mit ihrem Vieh.»

«Wie hast du das erfahren?», wollte Dorian wissen.

«Von Inkunzi, und dann habe ich Bakkat nach Norden geschickt, um nach Spuren zu suchen.»

«Inkunzi?»

«Lass mich deine Erinnerung auffrischen, Onkel: Inkunzi war Königin Manatasees Oberhirte. Als ich ihr Vieh erbeutet hatte, zog er lieber mit uns weiter, als sich von seinem geliebten Vieh zu trennen.»

«Natürlich, Jimboy, wie konnte ich das nur vergessen. Eine wunderbare Geschichte.»

«Inkunzi und Bakkat führten uns dann ins Hinterland, um die marodierenden Nguni-Stämme aufzustöbern. Manche waren tatsächlich so feindselig und gefährlich wie ein Nest giftiger Kobras oder Menschen fressender Löwen. Wir hatten das eine oder andere Scharmützel, dann stießen wir auf Beshwayo.»

«Wo habt ihr den gefunden?»

«Etwa zweihundert Meilen nordwestlich von hier», erklärte Jim. «Er kam mit seinem Stamm und all ihrem Vieh aus dem Hochland herunter. Unser Zusammentreffen war äußerst bemerkenswert. Ich war gerade auf drei große Elefantenbullen gestoßen. Ich wusste nicht, dass Beshwayo uns von einem nahen Hügel aus beobachtete. Er hatte noch nie in seinem Leben einen berittenen Mann oder eine Muskete gesehen. Die Jagd war ein großer Erfolg. Ich konnte die Elefanten aus dem Wald auf das offene Grasland treiben. Dort ritt ich sie einen nach dem anderen nieder, während Bakkat meine Gewehre lud und mir anreichte. Es gelang mir, alle drei zu töten, ohne dass ich Drumfire mehr als zwei Meilen reiten musste. Beshwayo erzählte mir später, er hätte vorgehabt, die Wagen anzugreifen und uns alle zu massakrieren, doch nachdem er gesehen hatte, wie ich schoss und ritt, hätte er sich eines Besseren besonnen. So ist er, dieser König Beshwayo, immer geradeheraus.»

«Ein grausames Ungeheuer von einem Mann», korrigierte ihn Louisa. «Deshalb kommen er und Jim so gut miteinander aus.»

«Das stimmt nicht», lachte Jim. «Ich war es nicht, der sein

Herz gewann. Es war Louisa. Er hatte solches Haar noch nie gesehen, und schon gar nicht solch ein Junges, wie sie es vor kurzem geboren hatte. Beshwayo liebt nichts mehr als Rinder und Söhne.» Sie blickten beide voller Liebe auf das Kind auf seinem Schoß. George hatte inzwischen schlapp gemacht. Die wohlige Wärme des väterlichen Körpers und der Klang seiner Stimme waren immer ein wirkungsvolles Schlafmittel für ihn und er war friedlich eingeschlummert.

«Von Inkunzi hatte ich schon genug von der Sprache der Nguni gelernt, um mich mit Beshwayo verständigen zu können. Als er seine Krieger davon abgehalten hatte, die Wagen anzugreifen, baute er seinen Kral nicht weit von uns und wir verbrachten die nächsten Wochen zusammen. Ich machte ihn mit den Freuden von Kleidern, Glasperlen, Spiegeln und den anderen üblichen Tauschwaren bekannt. Die gefielen ihm nicht schlecht, aber unsere Pferde machten ihm immer noch Angst. Ich konnte ihn nicht überreden, eines auszuprobieren. Er war jedoch fasziniert von der Kraft des Schießpulvers, die ich ihm bei jeder Gelegenheit demonstrieren musste.»

Louisa versuchte, George aus den Armen seines Vaters zu heben und ihn ins Bett zu tragen, doch sobald sie ihn berührte, war er wieder hellwach und ließ einen Protestschrei los. Es dauerte einige Minuten und bedurfte guten Zuredens von der ganzen Familie, ihn so weit zu beruhigen, dass Jim seine Erzählung fortsetzen konnte.

«Bald vertraute Beshwayo mir an, dass er in Streit mit einem anderen Nguni-Stamm lag, den Amahin. Die Amahin waren eine schlaue, skrupellose Schurkenbande, die die unverzeihliche Sünde begangen hatte, mehrere Hundert von Beshwayos Rindern zu stehlen. Diese Schandtat war noch durch den Umstand verschlimmert, dass sie dabei auch ein Dutzend seiner Hirtenjungen ermordet hatten, darunter zwei seiner Söhne. Beshwayo war noch nicht in der Lage gewesen, seine Söhne zu rächen und sein Vieh zurückzuerobern, weil die Amahin sich in einer uneinnehmbaren natürlichen Festung verschanzt hatten, einer Höhle, die Wind und Wetter in die senkrechte Wand am Rande des Hochlands gefressen hatten. Beshwayo bot mir zweihundert Stück besten Viehs an, wenn ich ihm helfen würde, die Feste der Amahin anzugreifen. Ich sagte, da ich ihn nun als meinen Freund betrachtete, würde ich gern neben ihm kämpfen, ohne einen Preis dafür zu verlangen.

«Bis auf die ausschließlichen Handelsrechte mit seinem Stamm.» Louisa lächelte. «Und das Recht, im ganzen Territorium, das der König beherrscht, auf Elfenbeinjagd zu gehen, auf immer und ewig.»

«Vielleicht hätte ich sagen sollen, ohne einen großen Preis zu verlangen», gab Jim zu, «aber wir wollen nicht pedantisch sein. Mit Smallboy, Muntu und dem Rest meiner Burschen ritten wir also mit Beshwayo zur Höhle der Amahin. Wie ich dann entdeckte, war es eher ein großer Felsen, der sich aus der Steilwand gelöst hatte und auf dem sie nun lagerten. Der einzige Zugang war über eine Felsenbrücke, so schmal, dass nur vier Mann nebeneinander hinüberkommen würden. Und die Amahin überschauten diesen Zugang aus der Höhle von der anderen Seite, von wo sie jeden, der es versuchen würde, mit Steinen und Giftpfeilen überschütten konnten. Über hundert von Beshwayos Männern hatten auf diese Weise schon den Tod gefunden. Ich fand dann eine Stelle an der Hauptwand der Schlucht, von wo meine Männer die Amahin mit Musketenfeuer belegen konnten. Die Burschen erwiesen sich als eine zähe Bande. Die Musketenkugeln dämpften ihren Kampfgeist ein bisschen, hielten sie jedoch nicht davon ab, die Angreifer von der Felsenbrücke zu fegen, sobald sie einen Fuß darauf zu setzen wagten.»

«Ich bin sicher, als das militärische Genie, das du bist, hast du dann eine Lösung für dieses unlösbare Problem gefunden», lachte Mansur und Jim grinste ihn an.

«Leider nicht, lieber Vetter, ich war vollkommen ratlos und tat natürlich, was wir alle in solchen Fällen zu tun pflegen: Ich habe meine Frau gefragt!» Alle drei Frauen begrüßten diese Perle von Jims Weisheit mit so lautem Gelächter, dass George wieder aufwachte und mit seinem Geschrei zu dem allgemeinen Aufruhr beitrug. Louisa nahm ihn vor die Brust und steckte ihm den Daumen in den Mund, worauf er sofort wieder im Land der Träume war.

«Ich hatte noch nie von der römischen Testudo gehört, bis Louisa es mir erklärte. Sie hatte bei Livius davon gelesen. Obwohl viele von Beshwayos Männern Lederschilde trugen, galt ihr Gebrauch für den König als unmännlich. Jeder Krieger kämpft für sich, nicht als Teil einer Formation, und in Augenblicken höchster Gefahr neigt er dazu, den Schild wegzuwerfen und sich schutzlos auf den Feind zu werfen. Er vertraut ganz auf die Gewalt seines Anschlags und den grausamen Anblick, den er bietet, um den Feind vom Schlachtfeld zu treiben und unversehrt zu bleiben. Beshwayo war also zunächst entsetzt, als wir ihm eine so feige Taktik vorschlugen. Seiner Ansicht nach versteckten sich nur Frauen hinter Schilden. Andererseits wollte er unbedingt seine Söhne rächen und das gestohlene Vieh zurückgewinnen. Seine Männer lernten schnell, wie sie die Schilde über ihren Köpfen zusammenzuschieben hatten, um die schützende Schildkrötenformation zu bilden. Meine Männer hielten die Amahin unter Feuer, während Beshwayos Impis unter ihrem Schildkrötenpanzer über die Brücke stürmten. Sobald sich die ersten auf der anderen Seite festgesetzt hatten, galoppierten wir hinüber und feuerten aus dem Sattel. Die Amahin hatten es noch nie mit Kavallerie zu tun gehabt, doch die Macht unserer Feuerwaffen kannten sie inzwischen. Ihr Widerstand brach unter unserem ersten Angriff. Diejenigen unter ihnen, die nicht freiwillig in den Abgrund sprangen, taten es schließlich mit etwas Hilfe von Beshwayos Kriegern.»

«Es freut euch wahrscheinlich zu hören, dass die Frauen der Amahin nicht gesprungen sind. Sie blieben bei ihren Kindern und die meisten von ihnen fanden bald nach der Schlacht neue Männer unter Beshwayos Leuten», versicherte Louisa Sarah und Verity.

«Sehr vernünftig», bemerkte Sarah und streichelte Toms Glatze. «Ich hätte das Gleiche getan.»

Tom zwinkerte Jim zu. «Kümmere dich nicht um deine Mutter. Sie hat ein gutes Herz. Schade nur, dass ihr Mundwerk nicht entsprechend ist. Erzähl weiter, mein Junge. Ich kenne die Geschichte schon, aber sie ist immer wieder gut.»

«Abgesehen von vielleicht zwanzig Rindern, die die Amahin geschlachtet und aufgegessen hatten, konnten wir die gestohlene Herde retten. Der König war natürlich hocherfreut. Wir haben zusammen Hirsebier getrunken, aus demselben Krug, aber erst, nachdem wir es mit unserem Blut verdünnt hatten. Wir sind jetzt Blutsbrüder, Brüder im Krieg. Meine Feinde sind seine Feinde.»

«Jetzt habe ich keinen Zweifel mehr, dass ich die Verteidigung der Sümpfe zwischen hier und dem Umgeni dir und deinem Blutsbruder Beshwayo überlassen sollte», erklärte Dorian. «Und Gott helfe Herminius Koots, wenn er dort durchzukommen versucht.»

«Sobald die Wagen fertig sind, werde ich mich zu Beshwayo auf den Weg machen und mich seiner Hilfe versichern», sagte Jim zu.

«Ich hoffe, du hast nicht vor, mich hier zu lassen, wenn du wieder das Weite suchst?», fragte Louisa mit süßer Stimme.

«Wie kannst du nur so schlecht von mir denken? Außerdem würde mich in Beshwayos Kral ein kühler Empfang erwarten, wenn ich dich und Georgie nicht mitbrächte.»

Bakkat lief in die Hügel, um Inkunzi herbeizurufen. Der Oberhirte und seine Helfer zogen mit den Viehherden umher und niemand außer dem kleinen Buschmann hätte sie so schnell gefunden. Smallboy schmierte inzwischen die Wagen ab und stellte die Ochsengespanne zusammen. Innerhalb von fünf Tagen war Inkunzi mit zwölf Kriegern im Fort und sie waren bereit aufzubrechen.

Die restliche Familie stand auf der Palisade und blickte dem Wagenzug nach, wie er auf die Hügel zurollte. Louisa und Jim ritten auf Trueheart und Drumfire voran. Jim hatte sich George in einer Lederschlinge auf den Rücken gebunden. Er winkte mit seinem pummeligen kleinen Arm. «Bye-bye, Großpapa! Bye, Großmama! Bye, Onkel Dowy. Bye Mani und Wepity!», rief er fröhlich. «Nicht weinen, Großmama, Georgie ist bald zurück!»

«Du hast deinen Enkel gehört», brummte Tom. «hör schon auf zu flennen, Frau!»

«Ich weine nicht», schnappte Sarah. «Mir ist nur eine Mücke ins Auge geflogen.»

BIN-SHIBAM HATTE DORIAN in seinem Bericht gewarnt, dass Zayn vorhatte, in Maskat Segel zu setzen, sobald der südöstliche *Kusi*-Wind drehte und zu dem *Kaskazi* wurde, der stetig von Nordosten her weht und die Flotte die Küste entlang nach Süden treiben würde. Als er diesen Plan fasste, erwarteten sie diesen Windwechsel in nur wenigen Wochen. Dann stellten sich jedoch schlechte Zeichen ein. Die schwarzköpfigen Möwen waren schon in dichten Schwärmen erschienen und hatten auf den Felsen ihre Brutkolonien eingerichtet. Dies kündete von einem frühzeitigen Wechsel der Jahreszeiten. Und Dorian musste vermuten, dass Zayns Flotte schon unterwegs war.

Dorian und Mansur schickten nach ihren Schiffskapitänen und sie studierten zusammen die Karte. Obwohl Tasuz nicht lesen konnte, verstand er die Umrisse der Inseln und des Festlands und die Pfeile, die Windrichtung und Strömungen anzeigten. Dies waren die Symbole, die ihn sein ganzes Leben lang geleitet hatten.

«Zuerst wird sich der Feind weit vor der Küste halten, wo er den Kaskazi und die Mozambiqueströmung nutzen kann», sagte Dorian mit Bestimmtheit. «Wir bräuchten eine große Flotte, wenn wir sie dort draußen finden wollten.» Er strich mit der Hand über den weiten Ozean, der auf der Karte dargestellt war. «Der einzige Ort, wo wir ihnen auflauern können, ist hier.» Er bewegte seine Hand nach Süden zu der fischförmigen Insel Madagaskar. «Zayns Flotte muss durch den engen Kanal zwischen dem Festland und der Insel, wie Sand durch ein Stundenglas. Diese Meerenge müsst ihr im Auge behalten. Eure drei Schiffe können sich in dem Kanal dicht vor dem Festland halten, denn solch eine Masse von Kriegsschiffen wird sich über viele Meilen ausdehnen. Ihr könnt auch die örtlichen Fischer heranziehen, um euch bei der Wache zu helfen.»

«Wenn wir die Flotte entdecken, sollen wir sie dann angreifen?», fragte Batula.

Dorian lachte. «Ich weiß, das würdest du am liebsten tun, aber ihr müsst mit euren Schiffen stets hinter dem Horizont bleiben. Der Feind darf euch nicht entdecken, sonst würde Zayn merken, dass wir ihn beobachten. Sobald ihr die Flotte sichtet, müsst ihr sofort zu uns zurück, so schnell Wind und Strömung euch tragen können.»

«Was ist mit der *Arcturus*?», fragte Ruby Cornish mit betretener Miene. «Soll ich ebenfalls den Wachhund spielen?»

«Ich habe Sie nicht vergessen, Captain Cornish. Ihr Schiff ist das stärkste, aber nicht das flinkste in unserer Flotte. Selbst Tasuz' kleine Feluke ist schneller. Ich brauche Sie hier auf der Nativity Bay, und wenn die Zeit kommt, werden Sie bestimmt alle Hände voll zu tun haben.» Cornish schaute schon etwas zufriedener drein und Dorian fuhr fort: «Jetzt will ich mit euch besprechen, was wir tun werden, wenn der Feind vor der Bucht auftaucht.» Diese Beratungen beanspruchten den restlichen Tag und die halbe Nacht. Sie mussten alle Eventualitäten in Betracht ziehen.

«Unsere Flotte ist so klein und die Feinde so zahlreich, dass unser Erfolg davon abhängt, dass alle unsere Schiffe perfekt zusammenarbeiten. In der Nacht werde ich Signallaternen einsetzen, am Tage Rauch und chinesische Raketen. Ich habe eine Liste von Signalen zusammengestellt, die wir einsetzen werden. Fräulein Verity hat alles hübsch in Arabisch niedergeschrieben.»

In der Morgendämmerung nutzten die drei kleinen Schiffe, die *Sprite*, die *Revenge* und Tasuz' Feluke die Ebbe und den Landwind und segelten aus der Bucht. Nur die *Arcturus* blieb zurück, um das Fort mit ihren Kanonen zu beschützen.

Beshwayo war mit seinem Kral fünfzig Meilen flussabwärts gezogen. Dennoch führte Bakkat sie ohne Schwierigkeiten zu ihm, denn jeder Pfad und alle Viehspuren strahlten von dem Kral aus wie die Rippen eines Spinnennetzes, mit König Beshwayo, der Königsspinne, in der Mitte. Überall in dem wogenden Grasland, durch das sie ritten, stießen sie auf seine Herden.

Die Regimenter des Königs bewachten diese Herden und viele der Krieger waren mit Jim in den Krieg gegen die Amahin gezogen. Sie wussten alle, dass Beshwayo ihn zu seinem Blutsbruder gemacht hatte. So begrüßten sie ihn begeistert. Jeder der Indunas ordnete fünfzig Krieger seines Regiments dazu ab, sich der Eskorte anzuschließen, die die Wagen zum königlichen Kral begleitete. Die schnellsten Läufer liefen voran, um den König von der bevorstehenden Ankunft seines Verbündeten zu unterrichten.

So war Jims Zug auf mehrere hundert Mann angewachsen, als sie den letzten Kamm überquerten und den Talkessel vor sich hatten, wo Beshwayo seinen neuen Kral errichtet hatte. Es war eine enorme, aus konzentrischen Ringen geformte Kreisfläche. Jim schätzte, selbst auf Drumfire würde er fast eine halbe Stunde brauchen, um außen herumzureiten. Der Kral war von einem hohen Zaun umgeben und in der Mitte befand sich eine große Viehkoppel, die alle königlichen Herden aufnehmen konnte. Beshwayo lebte gern eng zusammen mit seinen Tieren. Er hatte Jim auch erklärt, wie dieser innerste Kreis zugleich als Fliegenfalle wirkte. Die Insekten legten ihre Eier in dem frischen Rinderdung, wo sie dann von den Tieren zertrampelt wurden und daher nicht ausschlüpfen konnten.

Die äußeren Kreise des Krals wurden von dicht nebeneinander gebauten, bienenkorbförmigen Hütten geformt, die Beshwayos Hof beherbergten. Die Leibgarde des Königs lebte in den kleineren Hütten. Die größeren Hütten seiner zahlreichen Frauen standen in einem Gehege aus verflochtenen Dornenästen. In einem anderen, kleineren eingezäunten Bereich waren fünfzig kunstvoll errichtete Hütten zu sehen, in denen die Indunas, Beshwayos Ratsherren und Heerführer, mit ihren Familien wohnten.

Doch alle diese Gebäude wirkten winzig gegen den Königspalast, den man beim besten Willen kaum als eine Hütte bezeichnen konnte. Er war so hoch wie eine englische Dorfkirche. Es schien unglaublich, wie man aus Stöcken und Schilfhalmen eine so hohe Konstruktion errichten konnte, ohne dass sie zusammenbrach. Jeden einzelnen Halm hatten die Baumeister sorgfältig ausgesucht. Der Palast war eine perfekte Halbkugel.

«Es sieht aus wie das Ei des Roc!», rief Louisa aus. «Sieh nur, wie es das Sonnenlicht reflektiert.»

«Was ist ein Roc, Mama?», fragte der kleine George, der immer noch in der Schlinge auf dem Rücken seines Vaters saß.

«Der Roc ist ein riesiger Fabelvogel», antwortete Louisa.

«Kann ich einen haben? Bitte, bitte!»

Die Krieger in ihrer Begleitung stimmten einen wunderbar tiefen, melodischen Gesang an, eine Hymne auf ihren König. Der lange Zug von Männern, Pferden, Wagen schlängelte sich über das goldene Grasland, die Krieger in perfektem Gleichschritt, der Federschmuck gleichmäßig wogend und wippend. Jedes Regiment hatte sein eigenes Totem, den Reiher, den Geier, den Adler oder die Eule, und jeder Krieger trug die Federn seines Clans. Um die Oberarme trugen sie Kuhschwänze, die Ehrenzeichen, die Beshwayo ihnen für das Erschlagen eines Feindes verliehen hatte. Die Schilde eines Regiments waren in einheitlichen Farben, manche gepunktet, manche schwarz, andere rot, einige der Eliteregimenter trugen weiße Schilde. Als sie sich über den Paradeplatz vor dem Kral näherten, trommelten sie mit ihren Assegais darauf. Am anderen Ende des weiten Platzes erwartete sie ihr König Beshwayo, eine majestätische Gestalt auf einem geschnitzten Ebenholzthron. Er war splitternackt, damit alle Welt sehen konnte, dass die Dimensionen seiner Männlichkeit die seiner Untertanen bei weitem übertrafen. Seine Haut war mit Rinderfett eingeschmiert, sodass er in der Sonne glänzte. Die Hauptleute seiner Regimenter, die Indunas mit ihren Ringen auf den geschorenen Schädeln, und seine Zauberheiler und Frauen hatten sich hinter ihm aufgestellt.

Jim zügelte sein Pferd und schoss mit seiner Muskete in die Luft. Beshwayo liebte es, so begrüßt zu werden, und brach in brüllendes Gelächter aus. «Ich sehe dich, Somoya, mein Bruder!», rief er über den Paradeplatz hinweg, die ganzen dreihundert Meter.

«Ich sehe dich, großer schwarzer Stier!», rief Jim zurück und trieb Drumfire in Galopp. Louisa brachte Trueheart neben ihn. Beshwayo klatschte vor Begeisterung in die Hände, als er die Pferde laufen sah. Georgie wäre vor Freude fast aus seiner Schlinge gesprungen.

«Beshie», jubelte er, «mein Beshie!»

«Lass ihn besser herunter», rief Louisa zu Jim hinüber, «sonst wird er dir oder sich selbst noch wehtun.»

Jim brachte den Hengst auf den Hinterläufen zu Stehen, hob das Kind mit einer Hand aus der Schlinge und lehnte sich aus dem Sattel, um ihn auf den Boden zu stellen. Georgie rannte geradewegs auf den Großen Stier der Erde und den Schwarzen Donner des Himmels zu.

König Beshwayo kam ihm auf halbem Weg entgegen, hob ihn auf und warf ihn hoch in die Luft. Louisa hielt den Atem an und schloss die Augen, um es nicht sehen zu müssen, doch George quietschte vor Vergnügen. Der König fing ihn auf und setzte ihn auf seine glänzenden, muskelbepackten Schultern.

Am Abend ließ Beshwayo fünfzig fette Ochsen schlachten und sie aßen und tranken schäumendes Bier aus großen Tonkrügen. Jim und Beshwayo lachten und brüsteten sich mit ihren Großtaten, von denen sie sich haarsträubende Geschichten erzählten.

«Manatasee!», rief Beshwayo, «erzähl mir noch einmal, wie du Manatasee getötet hast. Erzähl, wie ihr Kopf in die Luft flog wie ein Vogel.» Er flatterte mit seinen mächtigen Armen.

Louisa hatte die Geschichte schon zu oft gehört und entschuldigte sich mit ihren Mutterpflichten von der königlichen Gesellschaft. Dann trug sie den müde protestierenden George zu seinem Bettchen in ihrem Wagen.

Am nächsten Morgen brauchte Jim zwei Becher starken Kaffee, bevor er brummen konnte, er würde den Tag vielleicht überleben, wenn sie sich gut um ihn kümmerte.

«Das hoffe ich, mein lieber Gatte, denn wie du dich vielleicht erinnerst, wird heute das Fest der ersten Blumen stattfinden, zu dem der König dich eingeladen hat.» Jim stöhnte erbärmlich.

«Beshwayo hat doppelt so viel von diesem Höllengebräu getrunken wie ich. Meinst du nicht, er könnte das Fest verschieben?»

«Nein», sagte Louisa mit einem engelhaften Lächeln, «das

glaube ich nicht, denn da kommen schon seine Indunas, um uns abzuholen.»

Sie führten Louisa und Jim wieder auf den Paradeplatz. Dichte Reihen junger Krieger mit prächtigem Federschmuck und Fellschurzen säumten das offene Feld. Still und stumm wie Anthrazitstatuen saßen sie auf ihren Schilden. Am Eingang des großen Krals waren geschnitzte Stühle für Jim und Louisa aufgestellt worden, neben dem leeren Thron des Königs. Dahinter saßen die Frauen des Königs in zwei Reihen. Fast alle jungen waren in irgendeinem Stadium der Schwangerschaft, von einer sanften Schwellung bis zu voller Blüte, mit prallen Busen und ausgestülpten Bauchnabeln.

Louisa beugte sich seufzend zu Jim hinüber. «Ist eine Frau nicht auf eine ganz besondere Weise schön, wenn sie ein Baby erwartet?», fragte sie unschuldig.

Jim stöhnte. «Du suchst dir die seltsamsten Augenblicke aus, um mir mit solchen Gedanken zu kommen», flüsterte er. «Meinst du nicht, ein George ist schon mehr als die Welt verkraften kann?»

«Vielleicht würde es ein Mädchen», gab Louisa zu bedenken.

«Würde sie aussehen wie du?» Trotz des hellen Sonnenscheins öffnete er seine Augen ein bisschen weiter.

«Das könnte gut sein.»

«Dann sollten wir ernsthaft darüber nachdenken», gab er zu. In diesem Augenblick schrillte im Inneren des Krals eine ohrenbetäubende Fanfare auf, begleitet von dröhnendem Trommelwirbel. Die Krieger sprangen auf und ihre Stimmen hallten von den Hügeln wider: «*Bayete! Bayete!*», grüßten sie ihren König.

Die königlichen Musikanten kamen aus dem Kral marschiert, Reihe um Reihe. Sie wiegten sich im Tanz, warfen den Oberkörper vor und zurück, ließen ihren Federschmuck erzittern wie Kraniche im Paarungstanz, und stampften mit den Füßen, bis sie bis zu den Knien mit Staub bedeckt waren. Dann erstarrten sie mitten im Schritt, sodass sich nur noch die Federn an ihren Köpfen bewegten.

König Beshwayo kam durch das Tor marschiert. Er trug einen einfachen Schurz aus weißen Kuhschwänzen und Kriegsrasseln an Händen und Füßen. Sein Kopf war kahl rasiert und seine Haut mit einer Mischung aus Fett und gelbrotem Lehm poliert. Sein Gang war majestätisch und er schimmerte wie ein Gott.

Als er an seinem Platz war, schaute er mit so grimmiger Miene auf seine Untertanen, dass sie vor seinem Blick zurückwichen. Dann schleuderte er plötzlich den Speer, mit dem er den Platz betreten hatte, in die Luft. Von seinen mächtigen Schultern getrieben, stieg er in unglaubliche Höhen auf, bevor er in einer anmutigen Parabel zur Erde zurückstürzte und sich die funkelnde Spitze in den sonnengebackenen Lehmboden des Paradeplatzes bohrte.

Es war immer noch kein Laut zu hören. Kein Mann, keine Frau rührte sich – dann eine einsame Stimme, die sich süß und leise von dem Flussbett am anderen Ende des Platzes erhob. Die versammelten Krieger seufzten auf, wie mit einer Stimme, und ihre Federn erzitterten, als sie sich zu dem Flussbett umdrehten.

Eine Prozession von Jungfrauen kam das Ufer herauf. Jede hatte die Hände auf den Hüften des Mädchens vor ihr in der Kette und folgte ihren Bewegungen mit unheimlicher Präzision. Sie trugen sehr kurze Röcke aus gekämmtem Gras und aus wilden Blumen geflochtene Kronen. Ihre nackten Brüste glänzten von dem Öl, mit dem sie sich eingerieben hatten. So kamen sie aus dem Flussbett gestiegen.

«Dies sind die ersten Blumen des Stammes», sagte Louisa leise. «Jede von ihnen hat vor kurzem zum ersten Mal den roten Mond gesehen und jetzt sind sie für die Ehe bereit.»

Das Mädchen an der Spitze beendete die erste Strophe des Liedes und alle anderen fielen in den Refrain ein. Ihre Stimmen erhoben sich, dann wieder ganz leise, dann wieder laut, mit herzzerreißender Klarheit. Die Kette der tanzenden Jungfrauen blieb vor den Reihen der jungen Krieger stehen. Sie drehten sich zu ihnen um und der Gesang änderte sich. Der Rhythmus wurde so drängend wie ein Liebesakt, die Worte anzüglich und obszön.

«Wie spitz sind eure Speere?», fragten sie die Krieger in ihrem Lied. «Wie lang ist der Schaft? Wie tief könnt ihr damit stoßen? Bis zum Herzen? Wird Blut fließen, wenn ihr eure Klinge aus der Wunde zieht?»

Dann begannen sie wieder zu tanzen, zunächst wie langes Gras, das sich im Wind wiegt, dann warfen sie ihre Köpfe zurück und lachten mit weißen Zähnen und blitzenden Augen. Gleichzeitig hoben sie ihre Brüste mit beiden Händen und boten sie den jungen Männern an. Dann tanzten sie zurück und wirbelten herum, dass die Grasröcke hochflogen und die kahl gezupfte Scham der jungen Mädchen deutlich zu sehen war. Schließlich kehrten sie den Männern den Rücken zu, beugten sich vor, bis sie mit der Stirn den Boden berührten, und ließen ihre Hüften rollen und vibrieren.

Die Krieger tanzten sich im Takt mit den Mädchen in einen Sturm der Wollust. Sie stampften mit den Füßen, dass der Boden unter ihnen bebte, und schüttelten ihre Schultern. Sie verdrehten die Augen, bis nur noch das Weiß zu sehen war, und Schaum spritzte von ihren verzerrten Lippen. Sie stießen ihre Hüften hoch und nach vorn wie kopulierende Hunde, sodass die steifen, prallen Glieder zwischen den Fellstreifen hervorlugten, die ihre Scham bedeckten.

Plötzlich sprang Beshwayo von seinem Stuhl auf und landete auf ausgestreckten Beinen, gerade und stark wie zwei Bleiholzstämme. «Genug!», brüllte er.

Jeder auf dem Paradeplatz, Krieger und Jungfrauen, warf sich zu Boden und blieb liegen wie tot, kein Laut bis auf das Keuchen der Tänzer, keine Bewegung bis auf zitternden Federschmuck.

Beshwayo ging zwischen den Reihen der Mädchen hindurch. «Dies sind meine besten jungen Kühe», brüllte er, «die Schätze des Beshwayo!» Er blickte voller Stolz auf die Töchter seines Stammes.

«Sie sind schön und stark. Sie sind wirkliche Frauen. Sie sind meine Töchter. Aus ihren heißen Leibern werden meine Regimenter entspringen, meine Krieger, die die ganze Welt erobern werden, und ihre Söhne werden meinen Namen zum Himmel schreien.» Er warf den Kopf zurück und aus seiner umfangreichen Brust drang ein Schrei, der von den Hügeln widerhallte. «Beshwayo!»

Niemand sonst rührte sich und das Echo verhallte zu vollkommener Stille. Beshwayo drehte sich um und schritt vor die Reihen der Krieger, die immer noch lang auf dem Boden lagen. «Und wer sind die?», fragte er verächtlich. «Sind es Männer, die da vor mir im Staub kriechen?», bellte er mit höhnischem Gelächter. «Nein!», antwortete er sich selbst. «Männer stehen aufrecht und sind voller Stolz. Dies hier sind kleine Kinder. Sind es Krieger?», schrie er seine Frage zum Himmel empor und lachte noch lauter. «Nein, dies sind keine Krieger. Krieger haben ihre Speerspitzen im Blut meiner Feinde gehärtet. Nein, dies sind nur Kinder und Rotznasen.» Er ging durch die Reihen der jungen Männer und stieß sie mit seinen Füßen an.

«Steht auf, ihr Milchbuben!», schrie er. Sie sprangen auf, gewandt wie Akrobaten, die jungen Körper zur Vollkommenheit gestählt in hartem Drill. Beshwayo schüttelte verächtlich den Kopf und ging weg. Dann sprang er plötzlich hoch in die Luft und landete mit der Eleganz eines Panthers. «Steht auf, meine Töchter!», brüllte er und die Mädchen erhoben sich und wiegten sich vor ihm wie ein Feld schwarzer Lilien.

«Seht, wie ihre Schönheit die Sonne überstrahlt. Kann der König diesen Kälbern, die noch am Euter hängen, erlauben, diese prächtigen Kühe zu besteigen?», verhöhnte er die Krieger weiter. «Nein, denn sie haben nichts zwischen den Beinen, was diese Kühe befriedigen könnte. Diese prächtigen Färsen brauchen mächtige Stiere, ihre Leiber hungern nach dem Samen großer Krieger.»

«Geht!», brüllte er sie an. «Geht weg! Und kommt erst zurück, wenn ihr eure Speere im Blut meiner Feinde gewaschen habt. Geht! Und kommt nicht wieder, bevor ihr euren Mann getötet habt und den Kuhschwanz am rechten Arm tragen könnt.»

«*Bayete!*», riefen sie mit einer Stimme, und wieder: «*Bayete!* Wir haben die Stimme des schwarzen Donners gehört und werden ihm gehorchen.»

In dichter Formation und perfektem Gleichschritt marschierten die Regimenter ab, Preislieder für Beshwayo auf den Lippen. Beshwayo nahm wieder auf seinem Thron Platz. Sein

Gesicht war zu einer grimmigen Maske verzerrt, er beugte sich zu Jim und sagte leise: «Hast du sie gesehen, Somoya? Sie sind junge Löwen und dürsten nach Blut. Dies ist der beste Beschneidungsjahrgang, den ich in meiner Herrschaftszeit gesehen habe. Kein Feind wird sich mit ihnen messen können.» Er drehte sich zu Louisa um. «Hast du sie gesehen, Welanga? Meinst du, es gibt eine einzige Jungfrau in meinem Reich, die ihnen widerstehen könnte?»

«Es sind prächtige junge Männer», bestätigte Louisa.

«Jetzt brauche ich nur noch einen Feind, gegen den ich sie ins Feld führen kann.» Beshwayos Fratze verfinsterte sich noch mehr. «Ich habe meine Männer zwanzig Tage lang in alle Richtungen marschieren lassen, um das Land nach Feinden abzusuchen, doch in all der Zeit konnten wir kein Futter für meine Speere finden.»

«Ich bin dein Bruder», sagte Jim, «ich kann nicht zulassen, dass du solchen Mangel leidest. Ich habe einen Feind und weil du mein Bruder bist, werde ich diesen Feind mit dir teilen.» Beshwayo starrte ihn lange an. Dann brach er in so wildes Gelächter aus, dass alle seine Indunas und schwangeren Frauen ihn sklavisch imitierten.

«Zeige mir deinen Feind. Somoya. Wir werden uns auf ihn stürzen und ihn zerreißen, du und ich, wie zwei schwarzmähnige Löwen, die eine Gazelle verschlingen.»

Drei Tage später, als die Wagen sich auf den Rückweg zur Küste machten, ging Beshwayo mit ihnen an der Spitze seiner neuen Regimenter und ihrer kampferprobten Indunas.

WIE DORIAN BEFOHLEN HATTE, trennten sich die *Sprite* und die *Revenge*, sobald sie den Mozambiquekanal erreichten. Kumrah fuhr die Westküste Madagaskars hinauf und Batula segelte vor der afrikanischen Ostküste entlang. Auf dem Weg liefen sie jedes Fischerdorf an und von den Häuptlingen dieser Dörfer tauschten sie, für den Preis einer Hand voll Glasperlen, Kupferdrahtrollen und andere Ausrüstung wie Fischleinen, Seile und Bronzenägel ein. Für ähnliche Bezahlung heuerten sie eine kleine Flotte von Feluken und Auslegerbooten an, und als sie sich an der abgesprochenen Stelle vor der Nordspitze der langen Insel trafen, waren die beiden Schoner wie Entenmütter mit einer Horde strampelnder Küken im Schlepptau. Die meisten dieser Boote waren uralt und halb verfault und viele konnten sich nur über Wasser halten, weil die Mannschaften sie ununterbrochen ausschöpften.

Batula und Kumrah formierten die Flotte zu einer dünnen Linie von der Insel zum Festland und fuhren mit den Schonern so weit nach Süden, dass sie die Boote gerade noch sehen konnten. Auf diese Weise hofften sie zu verhindern, dass die zerbrechlichen Boote ihre Posten verließen und dass Zayns Konvoi von Kriegsdauen sie sah, wenn die Fischer signalisierten, dass die Flotte am nördlichen Horizont auftauchte. Sie hofften, Zayns Ausgucke würden keinen Verdacht schöpfen, denn solche Fischerboote waren ein alltäglicher Anblick in diesen Küstengewässern.

So zogen sich die Wochen dahin, während sie diesen undankbaren Wachdienst schoben. Auf den Fischerbooten herrschte bald ständige Unruhe. Die Mannschaften rebellierten gegen die gefährliche, unbequeme und langweilige Arbeit oder die Boote fielen auseinander, oder der raue Wind trieb sie an Land. Der Beobachtungsschirm war bald so gefährlich dünn, dass in schwerer See oder in der Dunkelheit selbst eine große Flotte durch die Maschen schlüpfen konnte.

Batula hatte Tasuz an der Stelle platziert, wo die Flotte am wahrscheinlichsten durchkommen würde, gerade noch in Sichtweite der blauen Küstenlinie des afrikanischen Kontinents. Er vermutete, Zayn würde sich nicht zu weit von den omanischen Handelsniederlassungen entfernen wollen, die seit Jahrhunderten an jeder geeigneten Flussmündung und geschützten Bucht an der Küste zu finden waren. Dort würde Zayn wahrscheinlich frisches Wasser und Lebensmittel für seine Schiffe aufnehmen.

Batula tat sein Bestes, sich an diesen langen, ereignislosen Tagen beschäftigt zu halten. Im ersten Tageslicht kletterte er zum Flaggenknopf des Hauptmastes hinauf und hielt in der grauen Dämmerung nach Tasuz' Feluke Ausschau, und an keinem einzigen Morgen wurde er enttäuscht. Selbst im schlechtesten Wetter, wenn alle anderen Boote einen schützenden Hafen aufsuchen mussten, hielt Tasuz stur seinen Posten. Obwohl sein Boot oft unter den grauen Wogen der Mozambiqueströmung begraben zu werden schien, tauchte sein schmutziges Lateinersegel immer wieder aus dem Mahlstrom auf.

An diesem Morgen wehte nur ein leichter Zephir. Weißer Schaum trieb träge vor dem Horizont entlang, auf den langen Wellen, die von Norden den Kanal herabmarschiert kamen. Batula hielt gespannt nach der Feluke Ausschau, doch wie überrascht war er, als das Boot plötzlich kaum eine Seemeile voraus aus dem Dunst erschien. «Er hat die blaue Fahne gehisst!», rief er aufgeregt. Das lange blaue Banner an der Mastspitze der Feluke schlängelte sich in der sanften Brise, himmelblau, die Farbe al-Salils. «Das ist das Signal. Tasuz hat die feindliche Flotte gesichtet.»

Ihm war sofort klar, in welcher Gefahr sie nun schwebten. Der Dunst über dem Meer würde sich auflösen, sobald die Sonne aufging, und an dem klaren Tag, der vor ihnen lag, würden sie freie Sicht bis zum Horizont haben. Es hing alles davon ab, wie viel Vorsprung die Feluke noch vor dem Feind hatte.

Er glitt so geschwind die Wanten hinunter, dass seine Handflächen rauchten, und sobald seine Füße die Deckplanken berührten, befahl er, das Schiff zu wenden und Kurs nach Süden zu nehmen. Tasuz folgte im Kielwasser der *Revenge* und die schnelle Feluke holte schnell auf. Innerhalb einer Stunde waren die Schiffe dicht beisammen und Tasuz konnte Batula seinen Bericht zurufen: «Mindestens fünf große Schiffe kommen geradewegs den Kanal herunter und am Horizont zeigen sich schon die Mastspitzen vieler anderer Schiffe.»

«Wann hast du sie das letzte Mal gesichtet?», rief Batula zurück.

«Gestern Abend bei Einbruch der Dunkelheit.»

«Haben sie versucht, dich abzufangen?»

«Nein, sie scheinen sich nicht um mich gekümmert zu haben. Wahrscheinlich haben sie mein Schiff für einen Küstenfrachter oder ein Fischerboot gehalten. Ich habe den Kurs erst gewechselt, als es dunkel war und sie mich nicht mehr sehen konnten.»

Tasuz war ein guter Mann. Ohne beim Feind Verdacht zu erregen, war es ihm gelungen, vor der Kriegsflotte davonzusegeln, um die beiden Schoner zu warnen.

«Der Dunst beginnt sich zu heben, Effendi», rief der Ausguck zum Deck hinunter und Batula sah, wie die Luft immer klarer wurde. Er griff nach seinem Teleskop und kletterte wieder auf den Hauptmast. Kaum hatte er es sich dort oben bequem gemacht, hob sich der Morgennebel wie ein schimmernder Vorhang und das Meer lag in strahlendem Sonnenschein.

Er schwenkte sein Fernglas geschwind über den nördlichen Horizont. Auf dem Kanal hinter der Feluke war nichts zu sehen, nur weite, offene See. Madagaskar lag außer Sichtweite im Osten und Afrika war nur ein dünner blauer Strich im Westen, über dem er die Toppsegel der *Sprite* ausmachen konnte.

Dann studierte er den nördlichen Horizont noch einmal genauer. «Aha, ja!» Nun sah er die winzigen weißen Flecke, wie Möwenschwingen, die von Zeit zu Zeit über dem Horizont auftauchten und wieder verschwanden: die ersten Schiffe der Flotte, die Rümpfe noch hinter dem Horizont, nur die Segelspitzen sichtbar.

Er winkte noch einmal zu Tasuz' Feluke hinüber. «Segle so schnell wie möglich zur *Sprite* hinüber. Feuere deine Kanone ab, um sie auf dich aufmerksam zu machen …» Er stockte und starrte zu dem fernen Schoner hinüber. «Nein, das brauchst du nicht. Kumrah hat schon erkannt, was wir vorhaben. Er kommt auf uns zu.»

Vielleicht hatte Kumrah den Feind ebenfalls gesichtet, oder das überraschende Manöver der *Revenge* hatte ihn alarmiert. Wie auch immer, er hatte sein Schiff gewendet und segelte nun unter vollen Segeln nach Süden.

Bald blies der Kaskazi mit gewohnter Stärke und die Schiffe flogen geradezu Richtung Nativity Bay. Am Mittag war von Zayns Schiffen nichts mehr zu sehen. Kumrah steuerte einen Kurs, der den der *Revenge* kreuzte und am späten Nachmittag waren die beiden Schiffe dicht zusammen, während Tasuz schon fast über den südlichen Horizont verschwunden war. Batula sah zu, wie das Lateinersegel der Feluke immer winziger wurde und schließlich im Abenddunst versank. Dann beugte er sich über seine Karte und stellte seine Berechnungen an. «In diesem Wind sollte Tasuz in sieben Tagen in die Nativity Bay einlaufen. Wir werden zehn Tage brauchen und Zayn wird drei oder vier Tage hinter uns sein. Wir werden al-Salil rechtzeitig warnen können.»

Z AYN AL-DIN SASS mit überkreuzten Beinen auf einem Berg von Kissen und seidenen Gebetsmatten auf dem Luvdeck seines Flaggschiffs unter einem Leinenschirm, der zum Schutz gegen die Sonne, den Wind und die Gischt aufgespannt worden war, die über die Bordwand spritzte, wann immer die *Sufi* ihre Schulter in die grünen Wogen tauchte. Sie war das stärkste und am besten bewaffnete Schiff der gesamten omanischen Flotte. Der Kalif höchstselbst hatte Rahmad als Kapitän für diese Mission ausgewählt.

Rahmad warf sich vor Zayn auf die Planken. «Majestät, der Walfischbuckel, der Felsen an der Einfahrt zu der Bucht, an der die Verräter ihre Hochburg haben, ist jetzt in Sicht.»

Zayn nickte zufrieden und entließ ihn. Dann sagte er zu Sir Guy Courtney, der ihm gegenübersaß: «Wenn Rahmad uns direkt zu unserem Bestimmungsort gebracht hat, nach zwanzig Tagen ohne Land in Sicht, dann hat er gute Arbeit geleistet. Lasst uns sehen, ob es wirklich so ist.» Die beiden standen auf gingen an die Leereling. Rahmad und Laleh verbeugten sich ehrfürchtig, als sie näher kamen.

«Ist dies dieselbe Bucht, auf der du al-Salils Schiffe gesehen hast?», fragte Zayn Laleh.

«Ja, dies ist der Ort, großer Kalif. Dies ist tatsächlich das Nest al-Salils. Von der Höhe dieser Landzunge aus habe ich auf die Bucht hinabgeschaut, an der er sein Fort errichtet hat und wo seine Schiffe ankern.»

Rahmad verbeugte sich tief und überreichte Zayn sein Messingteleskop. Zayn al-Din balancierte mühelos die Bewegung des Schiffes aus, richtete das Teleskop ein und studierte die ferne Küste. Dann schob er das Teleskop schwungvoll zusammen und sagte lächelnd: «Unsere Ankunft wird den Verräter, Euren und meinen Bruder, in Angst und Schrecken versetzen. Da wir nicht gezwungen waren, uns die Küste entlangzutasten, kann er nichts wissen von unserer Gegenwart. Wir werden plötzlich vor ihm auftauchen, in all unserer Macht und Stärke. In seinem Herzen weiß er inzwischen bestimmt, dass er unserer Vergeltung nun nicht mehr entgehen kann.»

«Und er wird keine Zeit haben, seine Beute in Sicherheit zu bringen», nickte Sir Guy zufrieden. «Seine Schiffe werden in der Bucht vor Anker liegen und dieser Wind wird sie dort festhalten.»

«Der englische Effendi hat Recht. Der Wind weht stetig von Osten.» Rahmad schaute an dem riesigen Segel hinauf. «Er wird uns an unser Ziel tragen, ohne dass wir noch einmal wenden müssen. Noch an diesem Vormittag werden wir die Laguneneinfahrt passieren.»

«Wo ist dieser Fluss Umgeni, wo Pascha Koots mit seiner Hauptstreitmacht an Land gehen wird?»

«Aus dieser Entfernung kann man die Mündung nicht sehen, Majestät, aber es ist dort drüben, etwas nördlich von der Bucht.» Rahmad stockte abrupt. «Da ist ein Schiff!», rief er verblüfft. Er zeigte zur Bucht. Zayn brauchte eine Weile, bevor er das winzige Segel vor dem Land erkennen konnte.

«Was ist es für ein Schiff?»

«Das kann ich nicht genau sagen. Vielleicht eine Feluke. Es ist nicht groß, aber diese Schiffe sind sehr schnell am Wind. Seht! Es wendet und kommt aufs offene Meer.»

«Kannst du eines unserer Schiffe ausschicken, es abzufangen?»

Rahmad runzelte die Stirn. «Majestät, wir haben kein Schiff in unserer Flotte, das schnell genug wäre, eine solche Feluke in offenem Rennen einzuholen. Sie hat schon viele Meilen Vorsprung. In einer Stunde wird sie über dem Horizont verschwunden sein.»

Zayn dachte einen Augenblick nach und schüttelte dann den Kopf. «Das Boot kann keinen Schaden mehr anrichten. Die Ausgucke auf dem Felsen werden uns ohnehin schon gesehen und den Feind gewarnt haben. Lassen wir ihn ziehen.»

Zayn drehte sich um und schaute zu seiner Flotte zurück. «Setzt das Signal an Muri Kadem ibn Abubaker ab», befahl er.

Zayn hatte die Flotte in zwei Schlachtgruppen aufgeteilt. Die erste davon kommandierte er persönlich. Zu ihr gehörten die fünf größten Kriegsdauen, alle mit schweren Kanonen bewaffnet.

Seit sie Oman verlassen hatten, hatten Kadem ibn Abubaker und Koots jede Gelegenheit wahrgenommen, Zayn auf der *Sufi* zu besuchen und an seinem Kriegsrat teilzunehmen. Mithilfe der Informationen, die sie in verschiedenen Häfen auf dem Weg gesammelt hatten, hatte Zayn seinen Plan einige Male leicht geändert, doch nun, unmittelbar vor der Schlacht erachtete er es nicht als notwendig, seine Kommandeure zu noch einem Treffen einzuberufen. Jeder wusste genau, was Zayn von ihm erwartete. Der Plan war einfach, wie die meisten guten Pläne.

Zayns erste Flotte würde direkt auf die Nativity Bay segeln und die feindlichen Schiffe angreifen, die sie dort vor Anker finden würden. Mit ihrer Überzahl und überlegenen Feuerkraft würden sie den Feind auf kurzem Abstand unter Feuer nehmen und schnell überwältigen. Und dann würden sie alle ihre Kanonen auf das Fort richten. Kadem würde inzwischen mit seiner Infanterie an der Flussmündung landen und Koots würde auf einem Eilmarsch über Land zum Fort vorstoßen. Sobald Koots seinen Angriff begänne, würde Sir Guy eine zweite Landungsstreitmacht von den Schiffen auf der Bucht führen und ihm Verstärkung bringen. Der Generalkonsul hatte sich für diese Aufgabe zur Verfügung gestellt, weil er dabei sein wollte, wenn die Angreifer in die Schatzkammer unter dem Fort einbrächen, wo seine fünfzehn Truhen Gold versteckt waren. Er wollte unter allen Umständen verhindern, dass jemand seine Schätze plünderte.

Sein Plan hatte nur eine mögliche Schwäche: Würden die Rebellenschiffe wirklich in der Bucht vor Anker liegen? Zayn hatte das nicht einfach angenommen. Er hatte seine Spione in allen Häfen am Indischen Ozean, bis nach Ceylon und zum Roten Meer. Doch niemand hatte sie in den vielen Monaten, seit sie die *Arcturus* aufgebracht hatten, irgendwo gesichtet. Sie waren spurlos verschwunden.

«So vielen Augen können sie einfach nicht entgangen sein», meinte Zayn. «Sie haben sich verkrochen und es gibt nur ein Versteck, wo sie niemand sehen kann, und das ist hier.» Er wollte es glauben, doch die Zweifel juckten ihn wie Flöhe. Er wollte ganz sicher sein. «Schickt nach dem heiligen Mullah. Er soll für uns um Gottes Anleitung beten. Und dann werde ich Kadem ibn Abubaker fragen, ob er irgendwelche Zeichen empfangen hat.» Mullah Khaliq war ein mächtiger Priester und Heiliger. Seine Gebete hatte Zayn beschützt, seit er die Macht übernommen hatte, und sein Glaube hatte ihn stets zum Sieg geführt, selbst in den dunkelsten Stunden.

Kadem ibn Abubaker hatte das sechste Gesicht. Dies war einer der Gründe, weshalb Zayn ihn so hoch schätzte. Er verließ sich auf die Prophezeiungen, die die Stimmen Kadem einflüsterten.

So saßen der Kalif, der Mullah und der Admiral die ganze lange Nacht in der großen Kabine der *Sufi* zusammen und beteten. Khaliqs Auge – er hatte nur noch eines – funkelte in tiefer Verzückung, als er die heiligsten Texte in seinem näselnden Singsang deklamierte. Während er dem Gebet lauschte und die liturgischen Antworten sprach, sank Kadem in diesen traumartigen Zustand, in dem er die Stimmen hörte. Er wusste, Gottes Engel war nah.

Kadem erwachte in frommer Ekstase. Zayn al-Din und Khaliq starrten ihn an und warteten auf ein Zeichen von ihm.

«Majestät, ich habe die Schiffe gesehen», eröffnete er seinem Kalifen. «Der Engel hat sie mir gezeigt. Sie liegen in der Bucht und werden in Flammen aufgehen.»

Nun hatte Zayn keinen Zweifel mehr. Der Engel würde ihm seinen Feind ausliefern. Er blickte über das mit weißen Gischtkronen gefleckte Meer zu dem fernen Berg hinaus.

«Al-Salil ist hier. Ich kann ihn im Wind riechen», flüsterte er.

«Auf diesen Augenblick habe ich mein Leben lang gewartet.»

Peter Peters übersetzte seine Worte und Sir Guy stimmte sofort zu. «Ich bin ebenfalls überzeugt davon. Bevor dieser Tag vorüber ist, werde ich wieder an Deck meiner geliebten *Arcturus* stehen.» Während Peters diese Bemerkung für den Kalifen übersetzte, hatte Sir Guy einen anderen Gedanken, der ihm fast ebenso große Befriedigung verschaffte. Er würde nicht nur sein Schiff zurückerobern, sondern auch seine Tochter. Verity würde zu ihm zurückkehren.

«Majestät, Muri Kadems Flotte dreht bei», berichtete Rahmad.

Zayn erhob sich und ging zum Heck. Genauso hatte er es geplant. Kadem hatte die fünf kleineren Kriegsdauen und die fünfzehn Truppentransporter und Versorgungsschiffe unter seinem Kommando. Keiner dieser Frachter war bewaffnet. Es waren Handelsschiffe, die Zayn für diese Expedition beschlagnahmt hatte und die nun alle mit Truppen und Ausrüstung voll gestopft waren.

Kadem würde sich vor der Küste halten, bis die erste Flottenabteilung in die Bucht einlief und das Rebellenfort angriff. Zayns Kanonenfeuer wäre das Signal für ihn, mit der zweiten Abteilung in die Flussmündung zu segeln und Koots und seine Truppen an Land gehen zu lassen. Sobald Koots sicher gelandet wäre, würden sie die Frachtschiffe, auf denen auch die Pferde untergebracht waren, hereinbringen und die Reittiere durch die Brandung landen. Die Kavallerie würde der Infanterie folgen und die Überlebenden niedermachen, die versuchen würden, aus dem Fort zu fliehen.

Die lange Reise durch schwere See hatte den Pferden jedoch sehr zugesetzt. Vier von zehn hatten sie schon verloren und die übrigen waren in schlechtem Zustand. So abgemagert sie waren, konnten sie vielleicht noch dazu benutzt werden, Feinde zu verfolgen, doch wirklich gefechtsbereit wären sie erst in einigen Wochen.

Viele der Infanteriesoldaten waren in kaum besserem Zustand. Die Schiffe waren überfüllt und die Truppen litten unter Seekrankheit, den halb verfaulten Rationen, die sie zu essen hatten, und dem stinkenden, mit grünem Schleim bedeckten Wasser, das sie trinken mussten. Wenn sie erst an Land wären, würde Koots sie schon wieder in Form bringen, dachte Zayn mit wölfischem Lächeln. Der Holländer konnte einen Gefallenen dazu bringen, wieder aufzustehen und zu kämpfen, bis er noch einmal getötet würde.

Sie ließen die zweite Flotte abdrehen und Zayns Schiffe stampften weiter auf die Buchteinfahrt zu. Als sie in den Schatten des schwarzen Felsenbergs segelten, konnte Zayn inmitten der vom Seewind aufgewühlten weißen Brandung das ruhigere Wasser der Fahrrinne in die Bucht ausmachen.

«Sie können uns nicht mehr entkommen», freute er sich. «Selbst wenn sie uns jetzt entdecken, wird es für sie zu spät sein.»

«Ich sehne mich danach, meine *Arcturus* wiederzusehen.» Sir Guy blickte gespannt voraus.

«Soll ich die Männer auf ihre Posten beordern, mein Kalif?», fragte Rahmad respektvoll.

«Ja, tu das», nickte Zayn. «Fahrt die Kanonen aus. Der Feind muss uns inzwischen gesehen haben. Sie werden auf ihren Schiffen auf uns warten, und auf den Mauern ihrer Festung.»

Bald waren alle Kanonen geladen und die Geschützmannschaften hockten in ihren Stellungen. So fuhren die Kriegsdauen eine nach der anderen, die *Sufi* an der Spitze, auf die Mitte der Bucht. Laleh fungierte als Lotse, denn er war der Einzige an Bord, der den Einfahrtskanal kannte. Er stand neben dem Steuermann und lauschte auf die Rufe des Lotmanns, der vom Bug aus die Tiefe durchgab. Zu ihrer Linken türmte sich der Walfelsen über ihnen auf, zu ihrer Rechten erstreckten sich der Urwald und die Mangrovensümpfe des Küstenstreifens. Laleh sah die Biegung in der Fahrrinne und gab dem Steuermann seine Anweisungen.

Die Segel der *Sufi* schlugen um und füllten sich wieder mit einem gedämpften Knall. Im nächsten Augenblick hatten sie den Felsen umsegelt und fuhren auf die Bucht zu. Zayn blickte erregt voraus. Er schien die Luft zu schnüffeln wie ein Bluthund, der seinem Opfer dicht auf den Fersen ist, doch als sich die Lagune immer mehr vor ihnen öffnete, wich seine kriegerische Miene einem Ausdruck ungläubigen Staunens. Sollte die Vision, die der Engel Kadem gezeigt hatte, wirklich falsch gewesen sein?

«Sie sind verschwunden», flüsterte Sir Guy.

Die Bucht war wie ausgestorben. Nicht einmal ein Fischerboot war zu sehen auf dem weiten Wasser und es herrschte bedrohliche Stille.

Die fünf Schiffe segelten dennoch weiter, direkt auf die Palisaden des Forts zu, von denen aus sie die feindlichen Kanonen anstarrten, aus einer Meile Entfernung. Zayn verdrängte die düsteren Vorahnungen, die ihn zu lähmen drohten. Der Engel hatte Kadem eine Vision gewährt, und doch waren die Schiffe nun nirgendwo zu sehen. Er schloss die Augen und betete laut: «Erhöre mich, Heiligster aller Heiligen, ich flehe dich an, großer Gabriel, sprich zu mir!» Sir Guy und Rahmad blickten ihn verwundert an. «Wo sind die Schiffe?», fragte Zayn seinen Engel.

«Auf der Bucht!», hallte die Stimme durch seinen Kopf und Zayn hörte den boshaften Spott, der in ihr mitschwang. «Die Schiffe, die brennen werden, sind nun alle auf der Bucht.»

Zayn schaute sich um und sah gerade noch, wie die fünfte und letzte seiner Kriegsdauen den Einfahrtskanal hinter sich brachte und auf der Bucht erschien.

«Du bist nicht Gabriel», stammelte Zayn, «du bist der Schaitan Iblis, der gefallene Engel. Du hast uns belogen.» Rahmad starrte ihn erschrocken an. «Du hast uns unsere eigene Flotte gezeigt», rief Zayn. «Du hast uns in eine Falle geführt! Du bist nicht Gabriel! Du bist der schwarze Engel!»

«Nein, großer Kalif», protestierte Rahmad, «ich bin Euer ergebenster Diener. Es würde mir nicht im Traum einfallen, Euch in eine Falle zu führen!»

Zayn starrte ihn an. «Nicht du, du Idiot, ich rede von einem schlaueren Kopf als du ihn hast.»

Ein einzelner Kanonenschuss hallte über die Bucht und riss Zayn in die Gegenwart zurück. Pulverdampf erhob sich über dem Fort, während die Kugel auf dem Wasser aufprallte und mehrere Male abprallte, bevor sie in den Rumpf der *Sufi* krachte. Unter Deck schrie jemand auf.

«Ankert die Flotte in einer Linie und eröffnet das Feuer auf das Fort», befahl Zayn, erleichtert, dass die Schlacht endlich begonnen hatte. Die Kriegsdauen warfen Anker, refften die Segel und kehrten ihre Steuerbordbreitseiten dem Fort zu. Eine nach der anderen eröffneten sie dann das Feuer und die schweren Steinkugeln ließen die Erde von dem Glacis auf- spritzen oder krachten in die Holzmauer. Bald war klar, dass diese Befestigungen einem so wütenden Bombardement nicht lange widerstehen konnten. Die Holzbalken erzitterten und barsten bei jedem Einschlag.

«Ich hatte gedacht, die sei eine uneinnehmbare Festung.» Sir Guy sah mit Befriedigung, wie wirkungsvoll das Bombar- dement war. «Von diesen Palisaden wird heute Abend nichts mehr übrig sein. Peters, sag dem Kalifen, ich werde sofort den Landungstrupp aufstellen, damit ich an Land gehen kann, so- bald das Fort gefallen ist.»

«Die Verteidigung des Verräters ist jämmerlich!» Zayn musste schreien, um über dem Kanonendauer gehört zu werden. «Ich sehe nur zwei Kanonen, die das Feuer erwi- dern.»

«Da!», rief Sir Guy. «Eine ihrer Kanonen hat einen Treffer abbekommen!» Beide Männer schwenkten ihre Fernrohre zu dem klaffenden Loch, das eine Kugel in die hölzerne Brüstung gerissen hatte. Sie konnten erkennen, dass eine Kanonenla- fette umgestürzt war. Der zerschmetterte Leichnam eines der feindlichen Kanoniere hing von den zersplitterten Holz- stümpfen wie ein Stück Vieh.

«Im süßen Namen Allahs!», rief Rahmad. «Sie geben das Fort auf! Sie laufen um ihr nacktes Leben!»

Die Tore des Forts wurden aufgeschoben, Menschen ka- men in Panik herausgelaufen. Sie ließen das Tor weit offen und flohen in den Dschungel. Der letzte Kanonier verließ seine Stellung hinter der Brüstung und das feindliche Feuer schwieg.

«Beeilung!», schrie Zayn Sir Guy an. «Bringt Euer Batail- lon an Land und stürmt das Fort!»

Die Kapitulation des Feindes hatte sie vollkommen über- rascht. Zayn hatte erwartet, auf entschlossenen Widerstand zu stoßen. Nun verloren sie kostbare Zeit damit, die Boote zu Wasser zu lassen und die Soldaten zusammenzutrommeln.

GUY STAND UNGEDULDIG an der Gangway und rief den Männern, die er für seinen Landungstrupp ausgesucht hatte, Befehle zu. Es waren lauter harte Kämpfer. Er hatte sie schon im Einsatz gesehen und wusste, sie waren wie eine Rotte von Bluthunden. Die meisten von ihnen sprachen sogar oder verstanden zumindest ein bisschen Englisch. «Kommt, wir dürfen nicht noch mehr Zeit verschwenden, wenn der Feind uns nicht entkommen soll. Mit jeder Minute wird eure Beute geringer.»

Das verstanden die meisten Männer und für den Rest übersetzte es Peters ins Arabische. Irgendwo hatte Peters ein Schwert und eine Pistole aufgetrieben, die er sich nun umgeschnallt hatte. Der Gürtel sackte von seiner schmächtigen Taille und die Säbelscheide schleifte über die Planken. Er gab eine absurde Figur ab.

Das Bombardement wütete ohne Unterlass und die großen Steinkugeln krachten gnadenlos in die Überreste der Befestigungen um die Siedlung. Die letzten Verteidiger verschwanden im Wald und das Fort war menschenleer; endlich waren alle Boote beladen und Guy und Peters kletterten in das größte.

«Rudern!», rief Guy. «Geradewegs zum Strand!» Er konnte es kaum abwarten, seinen Schatz wiederzusehen. Sobald sie die halbe Strecke hinter sich hatten, stellten die Schiffe das Feuer ein, um sie nicht zu treffen. Drückende Stille legte sich über die Bucht, während die Boote auf den Strand zuschossen. Guys Langboot kam als erstes an. Sobald der Bug den Sand berührte, sprang er aus dem Boot.

«Nun kommt schon!», schrie er. «Folgt mir!» Dank der Informationen, die sie aus Omar, Lalehs Gefangenem, herausgeprügelt hatten, hatte er einen detaillierten Plan des Forts zeichnen können. Er wusste genau, wo er hinwollte. Sobald sie durch das offene Tor waren, schickte er Männer auf die Brüstung, um die Palisade zu sichern, und andere durchsuchten die Gebäude nach zurückgebliebenen Feinden. Dann eilten sie zum Pulvermagazin. Vier Mann mit schweren Brecheisen stemmten die Tür aus den Angeln. Das Magazin war leer. Das hätte Guy eine Warnung sein sollen, doch er konnte nur an sein Gold denken. Er lief zum Hauptgebäude. Die Treppe, die zum Tresorraum hinunterführte, war hinter dem Küchenherd verborgen. Es war eine geschickte Konstruktion und obwohl Guy wusste, dass die Treppe da war, dauerte es einige Zeit, bis er sie gefunden hatte. Schließlich trat er die Tür auf und ging die Wendeltreppe hinunter. Am Fuß der Treppe blieb er verdattert stehen: Der lange Raum vor ihm war bis unter die Decke mit Elfenbein voll gestopft.

«Der Teufel soll mich holen, Koots hat nicht übertrieben! Das sind Tonnen von Elfenbein. Wenn sie einen solchen Schatz einfach zurückgelassen haben, ist dann auch mein Gold noch hier?»

Omar hatte beschrieben, wie Tom Courtney die Tür zum innersten Tresor unter dem Elfenbein verborgen hatte, doch Guy stürmte nicht einfach weiter. Er wartete ab, bis einer seiner Hauptleute die Treppe herunterkam und ihm berichtete. Der Mann keuchte vor Aufregung, doch weder auf seiner Kleidung noch an seinem Schwert war ein Tropfen Blut zu sehen. «Frag ihn, ob wir das Fort sicher in der Hand haben», befahl Guy seinem Dolmetscher, doch der Soldat konnte genug Englisch und hatte die Frage verstanden.

«Alle weg, Effendi, niemand mehr da, kein Mann, kein Hund!»

«Gut», nickte Guy. «Dann hol uns zwanzig Mann hier herunter, damit wir das Elfenbein vor der rechten Wand wegräumen können.»

Die Tür zum Goldtresor war mit den größten Stoßzähnen verstellt und es bedurfte fast zwei Stunden harter Arbeit, zu der kleinen Eisentür vorzudringen, und noch eine Stunde, um die Tür aufzubrechen. In dem Augenblick, als die Tür aus ihrem Rahmen fiel und in einer dicken Staubwolke auf den Steinboden krachte, bückte sich Guy und spähte in die Kammer dahinter, und als der Staub sich schließlich gesetzt hatte, entdeckte er zu seinem Zorn und seiner Enttäuschung, dass der Raum leer war.

Nein, nicht ganz: An der Rückwand hatte jemand einen Bogen Pergament angenagelt. Die schwungvolle, große Handschrift erkannte er selbst nach über zwei Jahrzehnten. Guy riss das Blatt von der Wand und sein Gesicht verfinsterte sich zu einer wütenden Fratze.

Quittung für empfangene Güter

Ich, der Unterzeichnete, bestätige hiermit dankbar den ordnungsgemäßen Empfang der folgenden Güter von Sir Guy Courtney:

15 Truhen Goldbarren, erste Qualität

Nativity Bay, am fünfzehnten Tag im November des Jahres 1738

Mr Thomas Courtney

Guy knüllte das Papier in der Faust zusammen und warf es an die Wand. «Soll deine diebische Seele in der Hölle verrotten, Tom Courtney», sagte er bebend vor Wut. «Du meinst, du kannst dich über mich lustig machen? Warte nur ab. Der Zins, den ich dir abverlangen werde, ist gewiss kein Scherz.»

Er stürmte die Treppe hinauf und kletterte zu der Brüstung hinauf, von wo er die Bucht überschauen konnte.

Zayns Flotte lag noch vor Anker. Sie waren inzwischen dabei, die Pferde abzuladen. Sie hievten sie aus den Frachträumen, schwangen sie über die Schiffsseiten und ließen sie ins Wasser ab, wo sie die Trageschlingen abnahmen, damit die Tiere zum Strand schwimmen konnten. Einige Pferde waren schon an Land und wurden von Stallburschen versorgt.

Zayn al-Din stand an der Reling seines Flaggschiffs. Guy wusste, er sollte sofort an Bord gehen und ihm Bericht erstatten, doch zuerst musste er seinen Zorn unter Kontrolle bringen. «Keine *Arcturus*, keine Verity und, noch schlimmer, kein Gold. Wo versteckst du dich mit meinem Gold, Tom Courtney, du verdammter Blutsauger von einem Hurensohn? Reicht es dir nicht, dass du dich am Bauch meiner Frau gerieben und mir deinen Bastard aufgehalst hast? Und jetzt willst du mir mein rechtmäßiges Eigentum rauben!»

Er blickte die Wagenspur entlang, die aus dem Fort hinausführte und sich direkt davor gabelte. Danach führte eine Spur zum Strand hinunter und die andere auf das Hinterland zu, wo sie sich durch Flecken dichten Waldes und durch Sumpfland schlängelte, dann die fernen Hügel hinauf und über den Kamm.

«Wagen!», flüsterte Guy. «Du brauchst Wagen, um fünfzig Lakh Gold abzutransportieren.» Peters stand hinter ihm. «Sag diesen Männern, sie sollen mir folgen», befahl er seinem Dolmetscher. Er führte sie im Laufschritt durch das Tor der Festung und zum Strand hinunter, wo die Pferde gelandet waren. Die Stallburschen waren noch dabei, das Sattelzeug aus den Booten zu holen.

«Sag ihnen, ich brauche zwanzig Pferde», befahl er Peters. «Die Männer, die mitkommen sollen, werde ich mir selbst aussuchen.» Er klopfte jedem, den er für die Expedition auswählte, auf die Schulter. Sie waren alle schwer bewaffnet und hatten mehrere Pulverflakons am Gürtel. «Sie sollen sich Sättel aus den Booten holen.»

Als der Mann, der für die Pferde verantwortlich war, begriff, dass Guy vorhatte, die besten seiner Tiere mitzunehmen, schüttelte er den Kopf und schrie ihm ins Gesicht. Guy versuchte, ihn wegzustoßen und schrie ihn auf Englisch an, doch der Mann packte ihn am Arm, immer noch protestierend. «Ich habe keine Zeit, mich herumzustreiten», sagte Guy. Er zog seine Pistole und spannte den Hahn. Im nächsten Augenblick hielt er dem Araber die Mündung vor das verblüffte Gesicht und schoss ihm in den offenen Mund. Der Mann brach zusammen. Guy stieg über den zuckenden Körper und lief zu dem Pferd, das einer seiner Männer für ihn hielt.

«Aufsitzen!», rief er, und Peters und zwanzig Araber folgten seinem Beispiel. Er führte sie vom Strand und sie ritten die Wagenspur entlang in die Hügel. «Hör zu, Tom Courtney», zischte er, «hör gut zu! Ich werde mir mein Gold zurückholen, und weder du noch irgendjemand anderes wird mich davon abhalten.»

VOM ACHTERDECK DER *SUFI* sah Zayn al-Din mit Spannung zu, wie Sir Guy seine Männer in das verlassene Fort führte. Es gab keinen Kampflärm und niemand war zu sehen, der noch aus dem Fort zu fliehen versuchte. Er wartete ungeduldig auf den Bericht, den Sir Guy ihm versprochen hatte. Er wollte wissen, was in dem Fort vor sich ging. Nach einer Stunde schickte er einen Mann an Land, um nachzufragen. Als er zurückkam, meldete er: «Mächtiger Kalif, der englische Effendi hat entdeckt, dass alle Ausrüstung und Vorräte aus dem Fort geschafft worden sind, außer einem großen Elfenbeinlager. In dem Keller unter dem Hauptgebäude ist eine Geheimtür. Die Männer sind noch dabei, sie aufzubrechen, doch sie ist aus sehr starkem Eisen.»

Es verging noch eine Stunde und Zayn befahl, die Pferde an Land zu bringen. Dann erschien Sir Guy plötzlich auf der Brüstung des Forts. An seinem Verhalten erkannte Zayn sofort, dass der Engländer nicht gefunden hatte, wonach er suchte. Dann lief Sir Guy plötzlich auf den Strand, gefolgt von seinem Sturmtrupp. Zayn erwartete, er würde wieder an Bord kommen und ihm berichten, doch das schien er nicht vorzuhaben, denn Sir Guys Männer begannen die meisten der Pferde zu satteln. Es gab ein Handgemenge auf dem Strand und dann knallte ein Pistolenschuss. Zayn sah einen Mann reglos im Sand liegen, und dann sah er zu seiner Verblüffung, dass ungefähr zwanzig seiner Krieger aufsaßen und vom Wasser wegritten.

«Haltet sie auf!», schrie er Rahmad an. «Schick sofort einen Boten an Land und befiehl diesen Männern umzukehren!» Rahmad rief seinem Bootsmann die entsprechenden Befehle zu, doch bevor dieser ihn verstanden hatte, war Sir Guys Desertion schon ohne Bedeutung.

Ein Kanonenschuss ließ sie alle aufschauen. Das Echo rollte über die Felswände und schien immer lauter zu werden. Zayn wirbelte herum und starrte die Rauchwolke an, die über dem Dickicht am Fuß des Walfischbergs hing: Sie wurden aus dem Wald beschossen. Er konnte das Geschütz nicht sehen, so sehr er auch seine Augen anstrengte, auch nicht durch sein Teleskop. Die Waffe war zu gut versteckt, wahrscheinlich tief eingegraben, irgendwo an dem Berghang.

Dann sah er plötzlich nur noch einen weißen Schleier vor seinem Fernglas, als direkt vor ihm eine hohe Fontäne aufspritzte. Er ließ das Fernrohr sinken und sah, dass eine Kanonenkugel dicht neben der *Sufi* ins Wasser eingeschlagen war. Als er nun an der Schiffsseite hinabblickte, entwickelte sich vor seinen Augen ein eigenartiges Schauspiel. Im Zentrum der konzentrischen Wellen, wo die Kugel versunken war, begann das Wasser zu zischen und aufzubrodeln wie in einem Boiler, und Dampf brach in einer dichten Wolke durch die Oberfläche. Für einen langen Augenblick konnte sich Zayn nicht erklären, was er vor sich sah, doch dann traf ihn die Erkenntnis wie ein kalter, grauenhafter Blitz. «Glühendes Eisen! Die Schweinefresser beschießen uns mit glühenden Kugeln!» Er schwenkte das Teleskop über den Hang, weg von der Rauchwolke, und jetzt, als er danach suchte, sah er den flimmernden Schleier, wo eine Säule heißer Luft zum Himmel aufstieg, wie eine Fata Morgana in der Wüste. An der Stelle war kein Rauch zu sehen und Zayn wusste, was das hieß.

«Ein Holzkohleofen!», rief er. «Rahmad, wir müssen unsere Schiffe sofort auf die offene See hinausbringen. Wir sitzen in einer grausamen Falle. In einer Stunde wird die ganze Flotte in Flammen stehen, wenn wir nicht sofort die Bucht verlassen.»

Rahmad rief seine Befehle, doch bevor sie den Anker an Bord hatten, kam die nächste rot glühende Kugel von den Höhen über der Bucht auf sie zugeflogen. Sie zog eine Funkenspur am Himmel und traf die letzte Dau in der Reihe der geankerten Kriegsschiffe. Die Kugel brach durch das Hauptdeck und bohrte sich tief in den Schiffsbauch. Die glühenden Eisenspäne, die von der Kugel abfielen, blieben in den trockenen Planken stecken, die sofort zu rauchen begannen. Luft drang an die Glut und wie durch ein Wunder brannten plötzlich Dutzende von Feuern und breiteten sich schnell aus.

Auf der *Sufi* herrschte sofort helles Chaos. Männer eilten an die Pumpen und die Ankerwinde, andere kletterten in die Takelage, um die Segel zu setzen. Der Anker löste sich aus dem sandigen Meeresgrund, das Lateinersegel spannte sich und das

Schiff drehte sich langsam auf die Buchtausfahrt zu. Dann war ein panischer Schrei von dem Ausguck an der Mastspitze der *Sufi* zu hören: «Deck! Im Namen Allahs! Passt auf, es ist der Fluch des Schaitan!»

Zayn blickte zu dem Mann hinauf und schrie voller Zorn: «Was hast du gesehen? Wir können dich nicht verstehen, du Schwachkopf!» Doch der Mann stammelte und wimmerte weiter und zeigte immer wieder über den Bug auf die Ausfahrt zu.

Jeder Mann an Deck blickte nun in die Richtung, in die der Ausguck zeigte und alle stöhnten auf, in abergläubischem Entsetzen. «Ein Seeungeheuer! Die große Schlange aus der Tiefe, die Schiffe und Menschen verschlingt!», schrie eine Stimme. Manche fielen auf die Knie und beteten, andere starrten in sprachlosem Grauen auf das schlangenartige Etwas, das sich langsam von einer Seite des Ausfahrtkanals her auszurollen begann, der mächtige Rücken scheinbar voller Höcker, die auf dem Wasser des Kanals auf und ab schaukelten.

«Es wird uns angreifen», schrie Rahmad. «Tötet es! Schießt es ab! Eröffnet das Feuer!»

Die Geschützmannschaften stürzten an ihre Gefechtsstände und von jedem Schiff der Schlachtgruppe erhob sich Kanonendonner, Feuer und Rauch. Säulen von Meerwasser stiegen um das schwimmende Ungeheuer auf. Einige Kugeln mussten ihr Ziel getroffen haben, sie hörten deutlich die krachenden Einschläge. Das Ungetüm schwamm jedoch weiter, ohne jedes Anzeichen, dass es verwundet war. Bald hatte der Kopf die andere Seite des Felsentors erreicht und die Seeschlange, munter auf der Brandung schaukelnd, versperrte die Ausfahrt auf voller Breite, während weiterhin die Kanonenkugeln darauf einprasselten wie Hagelkörner.

Zayn kam als Erster wieder zu Verstand. Er lief an die Reling und studierte das Etwas durch sein Teleskop. Dann kreischte er mit seiner hohen, durchdringenden Stimme: «Feuer einstellen! Schluss mit diesem Wahnsinn!» Das Bombardement verstummte allmählich.

Rahmad kam zu seinem Kalifen gelaufen. «Was ist es, Majestät?»

«Der Feind hat eine Baumkette vor der Ausfahrt ausgespannt. Sie pferchen uns ein wie eine Herde blöder Schafe.»

Noch während er sprach, senkte sich die nächste glühende Kugel unter ihrem zischenden Funkenschweif auf die Bucht und platschte nur wenige Meter hinter dem Heck der *Sufi* ins Wasser. Zayn schaute zu den anderen Schiffen hinaus. Die erste Dau, die getroffen worden war, stand in hellen Flammen, ein wütender Feuersturm, der nun auch das hohe Lateinersegel zu verschlingen begann. Das brennende Segeltuch stürzte aufs Deck, begrub kreischende Männer und ließ sie in Flammen aufgehen, wie Motten über einer Öllampe. Ohne das Großsegel trieb das Schiff hilflos im Kreis, bis es auf dem Strand auflief und sich schwer auf die Seite legte. Die Überlebenden sprangen über Bord und kraulten an Land.

Noch eine heiße Eisenkugel zog ihren feurigen Bogen am Himmel und kam rauchend auf die *Sufi* zugeflogen. Sie sauste nur einen Meter am Großmast vorbei und krachte in die Kriegsdau, die neben dem Flaggschiff lag. Das Deck explodierte fast sofort in einer zischenden Stichflamme. Die Matrosen waren schon an den Pumpen, doch das Wasser, das sie in das Feuer spritzten, zeigte nicht die geringste Wirkung. Die Flammen leckten immer höher.

«Bring uns näher an das Schiff dort. Ich will mit dem Kapitän reden», befahl Zayn Rahmad. Die *Sufi* trieb an die andere Dau heran und als sie längsseits waren, rief Zayn dem Kapitän zu: «Dein Schiff ist verloren, wir müssen es dazu benutzen, einen Fluchtweg für die anderen Schiffe frei zu brechen. Rammt die Barriere, die der Feind vor die Ausfahrt gelegt hat.»

«Wie Ihr befehlt, Majestät!» Der Kapitän lief zum Steuerrad und stieß seinen Steuermann weg. Die anderen drei Schiffe machten den Weg für sie frei und er steuerte direkt auf die dicken Baumstämme zu, die, verbunden mit einem schweren Schiffstau, den Ausfahrtkanal versperrten.

Die Offiziere an Deck der *Sufi* jubelten, als das brennende Wrack die Barriere rammte und einige der Baumstämme unter die Oberfläche gedrückt wurden. Die Dau legte sich auf die

Seite, die Mastspitze brach ab und das brennende Segel senkte sich auf ihr Deck. Sie lag für einen Augenblick vollkommen fest, doch dann, trotz der zerstörten Segel und Takelage, richtete sie sich langsam wieder auf. Und dann kamen auch die Baumstämme wieder an die Oberfläche. Die Barriere hatte den Anschlag unbeschädigt überstanden. Das Schiff drehte sich manövrierunfähig im Kreis.

«Jetzt ist sie auch unter der Wasserlinie beschädigt. Sie wird sinken», sagte Rahmad leise. «Seht Ihr? Der Bug zeigt schon immer mehr nach unten. Die Baumstämme müssen den Kiel aufgerissen haben, die Flammen werden sie verschlingen, bis alles versunken ist.»

Die Mannschaft des verlorenen Schiffes hatte es geschafft, zwei Boote zu Wasser lassen, in denen sich nun die Überlebenden drängten und auf das Ufer zuruderten. Zayn schaute sich zum Rest seiner Flottille um. Inzwischen stand noch ein Schiff in Flammen. Es trieb auf den Strand zu wie ein lodernder, schwimmender Scheiterhaufen und blieb bald im Sand stecken. Dann wurde die nächste Dau getroffen und eine dichte Rauchwolke schwärzte den Himmel über ihr. Die Feuersbrunst trieb den größten Teil der Mannschaft zum Bug. Manche brachen in dem beißenden Rauch zusammen und wurden von den Flammen verschlungen. Der Rest sprang über Bord. Wer schwimmen konnte, versuchte, es zum Strand zu schaffen, doch viele ertranken auf der Stelle.

Die Offiziere, die sich um Zayn gedrängt hatten, schrien erschrocken auf, als sie zu dem Hang vor dem Walfischfelsen aufschauten. Noch eine Feuerkugel senkte sich wie ein Meteor auf sie herab, und diese würde ihr Ziel nicht verfehlen.

D ER KANONENDONNER HALLTE von den Klippen und rollte über die Wogen zu Kadem ibn Abubakers Schiff, das eine Meile vor der Mündung des Umgeni lag.

«Der Kalif hat den Angriff auf das Fort begonnen. Sehr gut. Jetzt musst du mit deinen Bataillonen an Land gehen», sagte Kadem zu Koots. Er drehte sich um und rief dem Steuermann zu: «Bring sie wieder an den Wind.» Die Dau drehte gehorsam den Bug und unter dem Schub des großen Lateinersegels fuhren sie auf die Küste zu, gefolgt von den anderen Schiffen des Konvois.

Manche der Boote, die die Frachter hinter sich her geschleppt hatten, waren schon mit bewaffneten Männern voll gestopft, von denen noch mehr an Deck der Schiffe warteten, dass die Boote leer zurückkehrten und sie ebenfalls am Strand absetzen würden. Sie fuhren in den gelbbraunen Süßwasserstrom, der in der Flussmündung und meilenweit vor dem Strand das klare Seewasser verfärbte. Kadem und Koots musterten die Küste durch ihre Fernrohre.

«Keine Menschenseele», brummte Koots.

«Natürlich nicht», erklärte Kadem. «Du wirst erst auf Widerstand stoßen, wenn ihr vor dem Fort ankommt, und selbst dort sind alle feindlichen Kanonen auf die Buchteinfahrt gerichtet. Sie rechnen nicht mit einem Angriff von der Landseite her.»

«Ein schneller Vorstoß, während der Feind noch mit dem Angriff der Kriegsdauen beschäftigt ist, und wir sind im Fort.»

«Inshallah!», nickte Kadem.

«Der Kalif hat den Angriff schon begonnen. Du musst das Fort vom Hinterland abschneiden, bevor der Feind mit der Beute entkommen kann.»

Die Mannschaft rollte das Segel ein und der Anker ging über Bord. Zweihundert Meter hinter der ersten Brandungslinie kam die Dau zur Ruhe und wiegte sich langsam auf den langen Wellen, die auf den Strand zurollten.

«Es wird Zeit, dass wir Abschied voneinander nehmen, mein alter Waffenbruder», sagte Kadem. «Und vergiss nie, was du mir versprochen hast, falls du das Glück haben solltest, al-Salil oder seinen Bastard gefangen zu nehmen.»

«Ja, ich werde mich daran erinnern.» Koots lächelte wie eine Kobra. «Du willst sie für dich. Ich schwöre, wenn es in meiner Macht steht, werde ich sie dir ausliefern. Für mich selbst will ich nur Jim Courtney und seine hübsche Dirne.»

«Geh mit Gott», sagte Kadem. Dann blickte er Koots nach, wie er in das überfüllte Boot stieg und sich an der Spitze des Schwarms zum Strand rudern ließ. Als sie sich der Flussmündung näherten, hob die Dünung sie in einem Schwung über die Sandbank, die davor lag, und sobald sie auf ruhigem Wasser waren, hielten die Boote auf das Ufer zu. Aus jedem Boot sprangen zwanzig Mann in das hüfttiefe Wasser, hielten ihre Waffen hoch über dem Kopf und wateten an Land.

Oberhalb der Hochwasserlinie versammelten sie sich in ihren Zügen und warteten geduldig, während die leeren Boote über die Wellenfronten hinweg, die auf die Flussmündung anstürmten, zu den geankerten Schiffen zurückgerudert wurden. Sobald sie neben den Frachtdauen längsseits gingen, füllten sich die Boote mit weiteren Soldaten, die dann zum Strand gerudert wurden. So ging es hin und her und mit jeder Tour der Bootsflotte scharten sich mehr Männer auf dem Strand, ohne dass sich jemand in den dichten Dschungel wagte, der kaum hundert Meter dahinter begann.

Kadem beobachtete die Landungsaktion durch sein Teleskop und wurde immer unruhiger. Worauf wartet Koots noch, fragte er sich. Er vertut unsere Chance, wenn er nicht sofort losmarschiert. Dann drehte er sich um und lauschte. Der ferne Kanonendonner hatte aufgehört. Was war aus dem Angriff des Kalifen geworden? Konnte er das Fort schon überwältigt haben? Er blickte wieder zu den Truppen auf dem Strand hinaus. Koots muss sofort aufbrechen, dachte er. Er durfte nicht noch mehr Zeit verschwenden.

Nᴀᴄʜ ᴅᴇʀ ʟᴀɴᴅᴜɴɢ hatte Koots Gelegenheit gehabt, sich ein besseres Bild von dem Terrain zu machen, das vor ihnen lag, und das Ergebnis war eine höchst unangenehme Überraschung gewesen. Er hatte Kundschaftertrupps in den Busch geschickt, um den leichtesten Weg zu finden, doch die waren noch nicht zurückgekehrt. Jetzt wartete er ungeduldig am Rand des Dickichts. Er schlug sich frustriert die Faust in die Hand. Er war sich nur zu bewusst, wie gefährlich es war, wenn sein Angriff an Schwung verlöre, doch er wollte auch nicht einfach ins Ungewisse gehen.

Wäre es vielleicht besser, den Strand entlangzumarschieren? Koots blickte auf den honigbraunen Sandstreifen, der sich nach Süden erstreckte. Und dann schaute er auf seine Füße. Sie steckten bis zu den Knöcheln im Sand. Hier würden selbst seine härtesten Kämpfer bald unter dem Gewicht ihrer Ausrüstung zusammenbrechen.

Es war eine Stunde nach Ebbe, schätzte er. Bald wird der Strand überflutet sein, dann müssen wir ohnehin in den Busch ausweichen. Während er noch überlegte, brach ein Kundschaftertrupp aus dem Dickicht hervor. «Wo habt ihr euch herumgetrieben?», brüllte Koots den Anführer an. «Habt ihr einen Weg gefunden?»

«Die ersten dreihundert Meter sind furchtbar. Direkt hinter dem Waldrand beginnt ein tiefer Sumpf. Einer meiner Männer wurde von einem Krokodil angefallen. Wir haben versucht, ihn zu retten. Deshalb waren wir so lange weg», berichtete der Offizier.

«Du Idiot!» Koots schlug dem Mann seine Schwertscheide über die Schläfe. «Das hast du die ganze Zeit da draußen gemacht? Du hast deine Zeit damit verschwendet, einen anderen nichtsnutzigen Bastard wie dich aus dem Sumpf zu ziehen? Du hättest ihn dem Krokodil überlassen sollen. Habt ihr einen Pfad gefunden?»

Der Mann schwankte leicht und hielt sich den verletzten Kopf. «Keine Sorge, Pascha Effendi», murmelte er. «Hinter dem Sumpf liegt ein etwas erhöhtes, trockenes Gelände, eine Trasse nach Süden, an der ein Pfad entlangführt, gerade breit genug, dass drei Mann nebeneinander gehen können.

«Irgendein Zeichen vom Feind?»

«Nein, nichts, großer Pascha, aber es gibt viele wilde Tiere dort.»

«Führ uns sofort zu diesem Pfad, oder ich werde dafür sorgen, dass du ebenfalls von einem Krokodil gefressen wirst.»

WENN WIR SIE JETZT ANGREIFEN, werden wir sie mit dem ersten Ansturm ins Meer zurückjagen», sagte Beshwayo ungeduldig.

«Nein, großer König, das war nicht unser Plan. Es werden noch viel mehr an Land kommen. Wir wollen sie alle», sagte Jim ruhig. «Warum sollen wir uns mit so wenigen von ihnen zufrieden geben, wenn wir sie alle töten können?»

Beshwayo lachte und schüttelte den Kopf, sodass die Ohrringe, die Louisa ihm geschenkt hatte, klimperten. «Du hast Recht, Somoya. Ich habe so viele junge Krieger, die sich ihr Recht auf eine Frau erkämpfen wollen, diese Ehre will ich ihnen nicht nehmen.»

Jim und Beshwayo hatten sich einen Aussichtspunkt in den Hügeln gesucht, von wo sie den Strand und das Meer überblicken konnten. Von dort hatten sie zugesehen, wie Zayns Flotte sich in zwei Schlachtgruppen teilte. Die fünf größten Dauen waren in die Bucht gesegelt. Sie hatten die Rauchwolken aufsteigen sehen, als die Kanonen das Feuer auf das Fort eröffneten. Dies schien das Signal gewesen zu sein, auf das die zweite, größere Gruppe gewartet hatte, denn danach fuhren die Dauen sofort auf die Flussmündung zu. Jim hatte gewartet, bis die Schiffe Anker geworfen hatten, und nun beobachtete er, wie die Landungsboote hin- und herfuhren und die Truppen nach und nach an der Flussmündung absetzten.

«Das ist das Fleisch, das ich dir versprochen habe, mächtiger schwarzer Löwe», sagte Jim zu Beshwayo.

«Dann lass uns hinuntergehen und den Schmaus beginnen, Somoya. Mir knurrt schon der Magen.»

Die Regimenter der jungen Nguni-Krieger strömten auf den flachen Küstenstreifen. Lautlos wie Panther begaben sie sich zu ihren Stellungen. Jim und Beshwayo liefen zu dem Ausguck, den sie Tage zuvor ausgesucht hatten, einen wilden Feigenbaum, den sie nun erklommen. Die gewundenen Luftwurzeln und knorrigen Äste formten eine natürliche Leiter und die gelben Fruchttrauben und das dichte Laub direkt am Stamm machten sie praktisch unsichtbar. Von einer stabilen Astgabel aus konnten sie durch das Laub hindurch den ganzen Strand südlich der Flussmündung überblicken.

Jim hatte sein Auge am Teleskop. Plötzlich rief er verblüfft: «Süße Mutter Maria, wenn das nicht Koots persönlich ist, aufgetakelt wie ein muselmanischer Fürst. Siehst du den Mann auf dem Strand dort unten, der mit dem Kopftuch und dem glitzernden Stirnband? Sein Name ist Koots. Mein Todfeind.»

«Dann werde ich ihn dir überlassen», versprach der König.

«So, jetzt scheinen sie endlich alle ihre Truppen an Land zu haben. Und Koots scheint endlich aufzubrechen.»

Selbst über den Lärm der Wellen hinweg, die sich auf der Sandbank brachen, hörten sie, wie die arabischen Hauptleute ihre Befehle riefen. Die Soldaten erhoben sich und schnallten ihre Waffen an. Sie stellten sich geschwind in Reihen auf und bewegten sich langsam auf den Busch und das Sumpfland zu. Jim versuchte, sie zu zählen, doch er konnte nur schätzen: «Über zweihundert.»

Beshwayo stieß einen Pfiff aus und zwei seiner Indunas kamen den Baum heraufgeklettert. Sie trugen Kopfringe als Abzeichen ihres Ranges. Ihre Bärte waren grau und an Brust und Armen trugen sie die Narben vieler Schlachten. Beshwayo gab ihnen schnell eine Reihe von Befehlen und bei jedem antworteten sie mit einer Stimme: «*Yebbo, Nkosi Nkulu!*» Ja, großer König!»

Beshwayo entließ seine Hauptleute, die dann den Baum herabglitten und im Unterholz verschwanden. Minuten später sah Jim, wie der Busch unter ihnen sacht in Bewegung zu kommen schien, als Beshwayos Regimenter vorzurücken begannen.

Eine Abteilung Türken in ihren bronzenen Rundhelmen kam fast direkt unter ihrem Baum vorbei. Die Soldaten waren jedoch so damit beschäftigt, ihren Weg durch den fast undurchdringlichen Busch zu finden, dass niemand aufschaute. Plötzlich hörten sie Grunzen, brechende Äste und platschenden Schlamm unter sich. Eine kleine Büffelherde war in ihrem Sumpfloch aufgeschreckt worden und brach nun durch den Busch, schwarze, lehmverkrustete Riesen mit langen, krummen Hörnern. Jemand schrie auf und Jim sah, wie einer der Araber von der alten Büffelkuh, die die Herde anführte, aufgespießt und in die Luft geschleudert wurde.

Sekunden später war von der Herde nichts mehr zu hören oder zu sehen.

Einige der Soldaten standen um den zertrampelten Leichnam ihres Kameraden herum, doch dann kam der Hauptmann dazu und schrie sie wütend an. So ließen sie ihn liegen, wo er gefallen war, und gingen weiter. Die ersten Züge waren inzwischen schon im Dschungel verschwunden, während die hinteren Reihen gerade den Strand verließen und in das Sumpfland zu marschieren begannen.

Im Busch konnte jeder der Soldaten gerade den Mann vor sich sehen, sie folgten einander blind. Sie fielen immer wieder in Schlammlöcher und verloren bald jeden Orientierungssinn, da sie gezwungen waren, die dichtesten Dorngestrüppe zu umgehen. Von dampfenden Tümpeln stiegen Schwärme von Insekten auf. Die Türken schwitzten unter ihren Kettenhemden. Ihre Bronzehelme blitzten im Dickicht auf. Die Offiziere mussten immer lauter rufen, um mit ihren Leuten in Kontakt zu bleiben, und bald gaben sie jeden Versuch auf, auf ihrem Vormarsch unbemerkt zu bleiben.

Für Beshwayo und seine Krieger war dies dagegen die Art von Terrain, wo sie am besten jagten und kämpften. Für Koots' Infanteristen waren sie vollkommen unsichtbar. Sie beschatteten die Marschkolonne auf beiden Flanken. Die Indunas sprachen kein Wort. Sie führten ihre Impis zur Beute, indem sie Vogellaute oder die Schreie von Baumfröschen nachahmten, so natürlich, dass schwer zu glauben war, dass diese Laute aus menschlichen Kehlen kamen.

Beshwayo lauschte intensiv auf diese Laute. Er verstand die Signale, als wären es klare Worte. «Der Augenblick ist gekommen, Somoya», sagte er schließlich. Er legte den Kopf in den Nacken und füllte seine Lungen. Seine Brust blähte sich und zog sich mit aller Gewalt wieder zusammen. So brachte er den hohen, melodischen Ruf des Fischadlers hervor. Fast sofort waren von fern und nah Dutzende dieser Rufe zu hören. In dem Dschungel unter ihnen schien es plötzlich von Fischadlern zu wimmeln: Seine Indunas hatten verstanden. Ihr König hatte den Befehl zum Angriff gegeben.

«Komm, Somoya», sagte Beshwayo leise. «Wenn wir uns

nicht beeilen, werden wir die Jagd noch versäumen.» Als Jim den Waldboden berührte, fand er Bakkat am Fuß des Feigenbaums vor.

Er begrüßte Jim mit einem strahlenden Lächeln. «Ich habe den Fischadler rufen gehört, Somoya.» Er reichte Jim den Schwertgürtel. Jim schnallte ihn sich um den Bauch und steckte ein Paar doppelläufige Pistolen in die Lederschlingen. Beshwayo war schon wie ein dunkler Schatten in einem dichten Schilffeld verschwunden. «Koots ist hier. Er hat die feindlichen Brigaden unter sich», klärte Jim den Buschmann auf. «Finde ihn für mich, Bakkat.»

«Er wird an der Spitze seiner Truppen marschieren», sagte Bakkat. «Wir müssen um die Hauptkämpfe herumgehen, damit wir nicht darin stecken bleiben wie ein Elefantenbulle im Treibsand.»

Plötzlich hallte der Dschungel von Gefechtslärm: Dumpfes Knallen von Musketen und Pistolen, das Trommeln von Knüppeln und Assegais auf ledernen Schilden, wildes Platschen in Schlammlöchern und krachende Äste, als die Krieger durch den Busch stürmten. Die Kriegsschreie der Nguni wurden mit herausfordernden Rufen in Arabisch und Türkisch beantwortet.

Bakkat schoss davon. Er schlug einen Bogen auf den Fluss zu, um vor die Spitze der feindlichen Brigaden zu kommen. Jim hatte alle Mühe, mit ihm Schritt zu halten. Ein oder zwei Mal verlor er ihn aus den Augen, wo der Busch noch dichter war als gewöhnlich, doch Bakkat stieß dann einen leisen Pfiff aus und führte ihn weiter.

Schließlich kamen sie auf dem trockenen Grund am anderen Ende des Sumpfes an. Bakkat fand einen schmalen Wildpfad, auf dem sie nun zurückliefen. Nach wenigen hundert Schritten blieb er wieder stehen und sie lauschten beide. Jim japste wie ein Hund und sein Hemd, schwarz von Schweiß, klebte an ihm wie eine zweite Haut. Die Schlacht war nun so nah, dass sie unter dem allgemeinen Lärm deutlich die Laute ausmachen konnten, die den Tod eines Kriegers begleiteten: das Krachen eines Schädels, gespalten vom Hieb eines Nguni-Knüppels, das Grunzen des Opfers, wenn seine Brust von ei-

nem Spieß durchbohrt wird, das Zischen eines Krummsäbel-
schwungs, der dumpfe Aufprall fallender Körper und das
Stöhnen und Röcheln der Verstümmelten und Sterbenden.

Bakkat blickte Jim an und machte ein Zeichen, sie sollten
weiter auf die Schlacht zugehen, doch Jim hob die Hand und
lauschte. Er kam schnell wieder zu Atem. Er löste die Pistolen
in ihren Schlingen und zog sein Schwert. Plötzlich brüllte jemand in dem Dickicht direkt vor ihnen wie ein Stier:
«Kommt, meine Söhne! Kommt, Kinder des Himmels,
kommt, verschlingen wir sie!»

Jim grinste. Das konnte nur Beshwayo sein. Wie als Antwort war nun eine andere Stimme zu hören, in Arabisch mit
einem starken Akzent: «Ruhig! Noch nicht feuern! Lasst sie
näher herankommen!»

«Das ist er», nickte Jim Bakkat zu. «Das ist Koots!»

Sie verließen den Wildpfad und stürzten sich in das Unterholz. Jim brach durch eine Mauer aus Dornen und plötzlich
lag eine mit Sumpfgras bedeckte Lichtung vor ihm. In der
Mitte lag eine kleine Insel, nicht mehr als zwanzig Schritte im
Durchmesser. Dort sollten Koots und ein Dutzend seiner
Männer nun um ihr Leben kämpfen. Sie hatten sich hastig in
zwei Reihen formiert, manche kniend, andere aufrecht mit der
Muskete im Anschlag. Koots ging hinter der zweiten Reihe auf
und ab. Er hatte einen blutigen Fetzen Stoff um die Stirn gebunden und sein Totenkopflächeln offenbarte seine zu-
sammengebissenen Zähne.

Jenseits des schmalen Sumpfstreifens stand ihnen eine
Masse von Nguni-Kriegern gegenüber, mit Beshwayo, dem
großen Stier, an der Spitze. Beshwayo legte wieder den Kopf
in den Nacken und brüllte ein letztes Mal: «Kommt, meine
Kinder. Dies ist der Weg zum Ruhm!» Er stapfte durch das
mit dickem grünem Algenschleim bedeckte Sumpfwasser.
Seine Krieger stürmten hinter ihm her und der Sumpf spritzte
auf wie grüne Gischt.

«Ruhig!», rief Koots. «Ein Schuss und sie fallen über uns
her.»

Beshwayo stampfte auf die erhobenen Musketenläufe zu
wie ein rasender Büffel.

«Er ist verrückt», schüttelte Jim den Kopf. «Dabei kennt er die Macht des Gewehrs.»

«Wartet!», befahl Koots leise. «Wartet!» Jim sah nun, dass Koots den König aufs Korn genommen hatte. Er zielte auf Beshwayos Brust. Jim zog eine seiner Pistolen und feuerte, ohne zu zögern oder zu zielen. Der Versuch war hoffnungslos. Koots zuckte nicht einmal, als die Kugel an seinem Kopf vorbeischwirrte. «Feuer!», rief er heiser. Die Salve donnerte durch den Wald und in dem Rauch sah Jim mindestens vier Krieger fallen. Zwei waren auf der Stelle tot, zwei blieben zuckend im Schlamm liegen. Ihre Kameraden liefen über sie hinweg. Jim hielt verzweifelt nach Beshwayo Ausschau. Dann lüftete sich die Rauchwolke und er sah ihn unversehrt und unverzagt immer noch an der Spitze des Angriffs: «Ich bin der schwarze Tod! Schaut mich an und fürchtet mich!» So warf er sich in die erste Reihe der Araber. Zwei begrub er sofort unter seinem Schild. Dann stellte er sich über sie und ließ sein Assegai auf sie niedersausen, blitzschnell, und jedes Mal, wenn er die Klinge wieder herauszog, folgte ihr ein dicker Strahl karminroten Blutes.

Koots warf seine leer geschossene Muskete weg und wirbelte herum. Er überquerte die Insel mit langen Schritten, stürzte sich in das Sumpfwasser und kam direkt auf Jim zu. Jim trat aus dem Dornendickicht hervor und erwartete ihn mit gezogenem Schwert am Rand des Tümpels. Koots erkannte ihn und blieb auf der Stelle stehen, bis zu den Knöcheln im Schlamm.

«Das Courtney-Bürschchen!» Er lächelte immer noch. «Auf diesen Augenblick habe ich lange gewartet. Keyser wird immer noch gute Goldgulden zahlen, wenn ich ihm deinen Kopf bringe.»

«Dann komm schon her.»

«Und wo ist deine blonde Hure? Für die habe ich auch etwas.» Er fasste sich an den Hodensack und schüttelte ihn obszön.

«Den werde ich dir abschneiden und ihr zum Geschenk machen», versprach Jim finster.

Koots blickte über seine Schulter. Seine Männer waren alle

tot. Einige von Beshwayos Kriegern waren gerade dabei, ihnen mit ihren Assegais die Bäuche aufzuschlitzen, damit ihre Seelen entweichen konnten: eine letzte Ehrenbezeigung für tapfere Kämpfer. Andere kamen jedoch schon hinter Koots her.

Nun verlor der Holländer keine Zeit mehr. Er kam mit langen Schritten aus dem Schlamm gestürmt und stürzte sich auf Jim, immer noch mit diesem Lächeln auf der bleichen Fratze. Mit seinen farblosen Augen starrte er Jim ins Gesicht, um dessen Absichten zu erkennen. Sein erster Stoß kam ohne jede Warnung, direkt auf Jims Kehle. Jim berührte Koots' Klinge gerade noch rechtzeitig, dass sie abgelenkt wurde und die Spitze an seinem Ohr vorbeizischte. Während Koots noch in voller Streckung war, ließ Jim seine Klinge vorschnellen. Stahl kratzte an Stahl und führte Jims Schwertspitze in ihr Ziel. Er spürte den Treffer, wie die Klinge durch Kleidung und Fleisch glitt und auf einen Knochen traf. Koots sprang zurück.

«*Liefde tot* Gott!» Sein Lächeln war einem verblüfften Starren gewichen. Frisches Blut tränkte seine schmutzige Hemdbrust. «Der Bastard ist zu einem ausgewachsenen Hund geworden.»

Dann wich seine Überraschung frischem Zorn und er stürzte sich wieder auf Jim. Ihre Klingen krachten zusammen und kratzten gegeneinander. Koots versuchte, Jim zurückzudrängen, damit er festeren Tritt fassen konnte, doch Jim rührte sich nicht von der Stelle und hielt ihn in dem weichen Schlamm, der an Koots' Stiefeln klebte und jeden seiner Schritte behinderte.

«Ich komme, Somoya!», rief Beshwayo herüber.

«Ich habe dir dein Essen nicht weggenommen», rief Jim ihm zu. «Nun musst du mir auch diesen Bissen lassen.»

Beshwayo blieb stehen und hielt eine Hand hoch, um seine Männer aufzuhalten.

«Somoya ist hungrig», sagte er, «lasst ihn in Frieden speisen.» Er lachte brüllend.

Koots ließ sich einen Schritt zurückfallen und versuchte, Jim in den Schlamm zu locken. Jim lächelte ihm in die fahlen Augen und schüttelte sanft den Kopf. So leicht ließ er sich nicht verladen. Koots schlug einen Bogen nach links und sobald Jim sich ihm zugedreht hatte, brach er in die andere Richtung aus, doch in dem Schlamm war er zu langsam. Jim brachte noch einen Treffer an, diesmal in die Flanke. Beshwayos Männer brüllten anerkennend.

«Du blutest wie das große Schwein, das du bist», verhöhnte ihn Jim. Das Blut lief Koots am Bein herunter und tropfte in den Schlamm. Sein Gesicht verzerrte sich zu einer wütenden Fratze. Keine der Wunden war tief, doch zusammen würden sie ihm bald die letzte Kraft rauben. Jim begann seine nächste Attacke.

Als Koots nun zurücksprang, spürte er die Schwäche in seinen Beinen. Er wusste, er musste eine schnelle Entscheidung suchen. Er schaute auf den Mann, den er vor sich hatte, und empfand, fast zum ersten Mal in seinem Leben, so etwas wie Furcht. Das war nicht mehr der Halbstarke, den er durch ganz Afrika gejagt hatte. Dies war ein Mann, groß und breitschultrig, das stahlharte Produkt der Schmiede des Lebens.

Koots nahm all seinen Mut zusammen und stürmte auf Jim los. Er wollte ihn mit seiner schieren Masse und Kraft zurücktreiben, doch Jim stellte sich ihm entgegen. Nichts als eine hauchdünne Wand aus wirbelndem Stahl schien sie noch voneinander zu trennen. Das Kratzen und Kreischen der Klingen erhob sich zu einem grässlichen Crescendo. Beshwayos Krieger blickten wie gebannt auf diese für sie ganz neue Kampfart. Sie erkannten, welche Geschicklichkeit und Kraft es erforderte, und brachen in Anfeuerungsrufe aus, trommelten mit ihren Assegais auf den Schilden und zappelten vor Aufregung.

Es konnte nicht mehr lange dauern. Blanke Verzweiflung schlich sich in Koots starren Blick. Sein Schweiß mischte sich mit dem Blut, das ihm an der Seite herunterlief. Er spürte, wie sein Handgelenk immer schlaffer wurde und seine Muskeln ihm nicht mehr gehorchten. Jim blockte seinen nächsten verzweifelten Vorstoß ab und stoppte Koots Klinge zwischen ihren Gesichtern. Durch das Kreuz, das der zitternde Stahl vor ihren Augen bildete, starrten sie einander an. Sie standen einander gegenüber wie aus Marmor gemeißelt. Die Krieger spürten das Drama des Augenblicks und verstummten.

Koots wusste es und Jim wusste: Wer immer aus diesem

Block auszubrechen versuchte, wäre dem Todesstoß ausgeliefert. Und dann spürte Jim, wie es passierte, wie Koots sich absetzen versuchte. Der Holländer änderte seinen Tritt und versuchte, Jim mit beiden Armen zurückzustoßen. Jim war bereit. Sobald Koots sich abstieß, schoss er mit seiner Klinge vor wie ein Vipernkopf. Koots riss die Augen auf, doch sein Blick war matt und blind. Seine Hand öffnete sich und sein Schwert fiel in den Schlamm.

Jim stand vor ihm, die Klinge tief in Koots' Brust. Das Schwertheft pulsierte sanft in seiner Hand und für einen Augenblick dachte er, er spürte seinen eigenen Puls. Doch dann begriff er, dass er Koots das Herz durchbohrt hatte, und was nun sein Schwert zum Pulsieren brachte, war Koots' ersterbender Herzschlag.

Koots schien verblüfft. Er öffnete den Mund, wie um etwas zu sagen, und schloss ihn wieder. Dann gaben seine Knie langsam nach und er sackte zusammen. Jim erlaubte ihm, von der Klinge zu gleiten. Schließlich fiel der Holländer mit dem Gesicht in den Schlamm und Beshwayos Männer brüllten wie ein Rudel Löwen.

W̶OCHEN ZUVOR WAREN DIE *REVENGE*, die *Sprite* und die *Arcturus* mit der Morgenflut aus der Nativity Bay ausgelaufen. Sie ließen Tasuz mit seiner kleinen Feluke in Sichtweite des Walbuckels zurück, um auf Zayns Flotte zu warten, während sie sich jenseits des östlichen Horizonts auf die Lauer legten. Die folgenden Tage waren von unendlicher Monotonie und Unsicherheit geprägt. Sie kreuzten am Rand des Kontinentalschelfs und warteten, dass Tasuz sie in die Schlacht rief.

Ruby Cornish auf der *Arcturus* nahm jeden Mittag seine Sonnenpeilung vor, doch Kumrahs und Batulas Instinkte waren fast ebenso akkurat wie Cornishs Navigationsinstrumente und alle wussten jederzeit genau, wo sie waren.

Mansur verbrachte fast den ganzen Tag über dem Haupttoppsegel und blickte durch sein Teleskop zum westlichen

Horizont, bis sein rechtes Auge blutunterlaufen war von der Anstrengung und dem hellen Sonnenlicht, das sich im Meer spiegelte. Jeden Abend, nach einem frühen Essen mit Captain Cornish, begab er sich dann in Veritys Kabine, wo er bis spät an ihrem Schreibschrank saß. Bei ihrem Abschied an der Nativity Bay hatte sie ihm die Schlüssel zu den Schubladen gegeben. «Niemand anderes hat je meine Tagebücher zu lesen bekommen. Ich habe sie in Arabisch geschrieben, damit weder mein Vater noch meine Mutter sie entziffern konnten. Ich will, dass du der Erste bist, der sie liest.»

«Ich fühle mich beschämt, dass du mir eine so große Ehre erweist», hatte er mit erstickter Stimme gesagt.

«Es geht hier nicht um Ehre, sondern um Liebe», hatte Verity entgegnet.

So saß er jeden Abend viele Stunden in ihrer Kabine und las im Licht der Öllampe von den Sehnsüchten und Wirren ihres jungen Lebens, von ihren kindlichen Katastrophen und kleinen Triumphen. An manchen Stellen sprachen die Seiten von unbändigem Glück, an anderen von so tiefer Traurigkeit, dass ihm das Herz für sie schmerzte. Es gab dunkle, geheimnisvolle Stellen, wenn sie über das Verhältnis zu ihren Eltern reflektierte, und er schauderte, wenn sie das Unsagbare ansprach, wenn sie über ihren Vater schrieb. Sie ließ keine Einzelheit aus, wenn sie die Züchtigungen beschrieb, die er sie hatte erleiden lassen, und seine Hände zitterten vor Zorn, wenn er die parfümierten Seiten umschlug. In anderen Abschnitten konnte er nur staunen über die Klarheit ihres Denkens. Manchmal musste er laut lachen und an anderen Stellen standen ihm die Tränen in den Augen, so rührend waren ihre Worte.

Die letzten Seiten des vorletzten Bandes befassten sich mit der Zeit zwischen ihrer ersten Begegnung an Deck der *Arcturus* im Hafen von Maskat und ihrem Abschied auf dem Rückweg von Isakanderbad. Einmal hatte sie über ihn geschrieben: «Obwohl er es noch nicht weiß, gehört ihm schon jetzt ein Teil von mir. Von nun an werden unsere Spuren untrennbar sein auf dem Sand der Zeit.»

Wenn sie mit ihren Worten seine Gefühle genug aufgewühlt hatte, blies er die Öllampe aus und legte sich benommen in ihr Bett. Das Kissen verströmte noch den üppigen Duft ihres Haars und die Betttücher dufteten nach ihrer Haut.

Ganz gleich, wie wenig er geschlafen hatte, erschien er täglich an Deck der *Arcturus*, sobald es acht Glasen der Mittelwache schlug, und lange bevor die Sonne aufging, saß er schon unter der Mastspitze und hielt Ausschau.

Als das kampfstärkste, aber langsamste Schiff der Flottille hielt sich die *Arcturus* auf der Luvseite der Formation, und Mansur hatte die schärfsten Augen von allen an Bord. So war er es auch, der als Erster das Segel der Feluke über dem Horizont erspähte. Sobald sie sicher waren, dass sie das richtige Schiff gesichtet hatten, wendete Cornish die *Arcturus* und sie eilten Tasuz entgegen.

Sobald sie in Rufweite waren, meldete der Araber: «Zayn al-Din ist da, mit fünfundzwanzig großen Dauen.» Dann wendete er wieder und führte die Schwadron auf die Festlandsküste zu, die nun als dünne Linie am Horizont auftauchte, dunkelblau und bedrohlich wie ein Seeungeheuer. Wieder war es Mansur, der als Erster die feindlichen Schiffe ausmachte, die vor der Mündung des Umgeni ankerten. Sie hatten die Segel eingerollt und ihre dunklen Rümpfe waren fast unsichtbar vor den Hügeln und Wäldern im Hintergrund.

«Sie ankern genau an der Stelle, wo mein Vater sie erwartet hat.» Cornish studierte die Flotte eingehend, während sie sich schnell näherten. «Die Landungsboote sind schon auf dem Wasser. Der Angriff hat begonnen.»

Sie kamen immer näher und fanden den Feind so mit der Landung der Truppen beschäftigt, dass er es versäumt hatte, die offene See im Auge zu behalten.

«Das dort drüben sind die fünf Kriegsdauen, die den Geleitzug bilden.» Mansur zeigte auf die mächtigen Schiffe. «Die anderen sind reine Truppentransporter.»

«Wir sind auf der Windseite.» Cornish lächelte zufrieden, sein Gesicht glühte vor Freude. «Derselbe Wind, der uns auf sie zutreibt, hält sie vor der Küste fest. Wenn sie die Anker lichten, werden sie wahrscheinlich sofort auf Grund laufen. Kadem ibn Abubaker ist in unserer Gewalt. Wie sollen wir verfahren, Hoheit?» Cornish blickte Mansur an. Dorian hatte seinem Sohn das Oberkommando über die kleine Flotte übertragen. Die arabischen Kapitäne hätten niemand anderen als Mansur in dieser Position akzeptiert. Sie hätten es nicht verstanden.

«Mein Instinkt sagt mir, wir sollten sofort die Kriegsdauen angreifen, solange sie dort in der Falle sitzen. Wenn wir die zerstören können, fallen uns die Frachter in den Schoß wie reife Früchte. Meinen Sie nicht auch, Captain Cornish?»

«Absolut, Hoheit.» Cornish quittierte Mansurs höfliche Frage, indem er sich kurz an den Hut fasste.

«Dann wollen wir bitte zu den anderen Schiffen aufschließen, damit ich den Befehl zu ihnen hinüberrufen kann. Ich werde jedem ein feindliches Schiff zuteilen. Wir werden uns mit der *Arcturus* das größte vornehmen.» Mansur zeigte zu der Dau in der Mitte der geankerten Flotte. «Dort werden wir wahrscheinlich auch Kadem ibn Abubaker finden. Ich werde sofort an Bord gehen und es übernehmen, während Sie zum nächsten Schiff in der Reihe weitersegeln und dort dasselbe tun.»

Die *Sprite* und die *Revenge*, die ein wenig voraus waren, nahmen ihre Segel etwas aus dem Wind, um nicht zu viel Vorsprung vor der *Arcturus* zu gewinnen. Mansur winkte zu ihnen hinüber und zeigte ihnen die Dauen, um die sie sich jeweils zu kümmern hatten. Sobald sie verstanden hatten, was von ihnen erwartet wurde, zogen sie davon und stürmten auf die Reihe der geankerten Schiffe zu.

Die Ankunft der drei Schoner stürzte die omanische Flotte in helles Chaos. Drei der Frachter waren dabei, die Pferde zu landen. Sie hoben sie mit Bauchschlingen aus den Frachträumen und senkten sie ins Wasser. Dort nahmen sie die Schlingen ab und ließen die Tiere schwimmen. Matrosen trieben sie dann mit kleinen Booten durch die Brandung. Über hundert der kranken, erschöpften Tiere waren schon im Wasser und schwammen um ihr Leben.

Als sie die stolzen Schoner auf sie zustampfen sahen, alle Kanonen ausgefahren, packte die Kapitäne der Pferdetransporter die Panik. Mit wenigen Axthieben kappten sie die Ankertaue und versuchten, von der Küste wegzukommen. Zwei stießen dabei zusammen und in dem Durcheinander trieben sie in die kräftige weiße Brandung. Während sie immer noch ineinander verkeilt waren, brachen die Wellen über sie herein. Eine Dau kenterte sofort und riss die andere mit sich. Das Wasser war mit Wrackteilen und schwimmenden und strampelnden Menschen und Pferden bedeckt. Ein oder zwei andere Truppenschiffe schafften es, ihren Anker zu kappen und die Segel zu hissen. Mit Mühe und Not entkamen sie aufs offene Meer.

«Sie sind unbewaffnet», erklärte Mansur. «Lassen wir sie ziehen. Wir können sie später aufbringen. Zuerst müssen wir mit den Kriegsdauen fertig werden.» Er ließ Cornish stehen und ging nach vorne, um den Entertrupp zu übernehmen. Die fünf Kriegsdauen hatten ihre Position gehalten und lagen noch vor Anker. Sie waren zu schwerfällig, um vor einem so mächtigen Feind das gewagte Manöver riskieren zu können, sich von der Luvküste zu lösen. Sie hatten keine Wahl: Sie mussten bleiben und kämpfen.

Die *Arcturus* lief direkt auf die größte Dau zu. Mansur stand auf dem Bug und spähte auf das Deck des feindlichen Schiffes. Der Abstand wurde schnell geringer. «Da ist er!», rief er plötzlich und zeigte mit seinem Schwert auf die Dau. «Ich wusste es!»

Die Schiffe waren nun so dicht beieinander, dass Kadem seine Stimme hörte und zu ihm hinausstarrte. Der Hass, der in ihren Blicken lag, war fast greifbar.

«Eine Breitseite, Captain Cornish!» rief Mansur nach achtern. «Wir werden sie über den Bug entern, durch den Rauch hindurch.» Cornish winkte, dass er verstanden hatte, und legte das Ruder um.

Der Wind hielt Kadems Dau mit dem Bug zur offenen See und mit dem Heck zum Strand. Die omanische Mannschaft fuhr tapfer ihre Kanonen aus, doch in dieser Lage konnten sie sie nicht nutzen. Cornish fuhr vor ihrem Bug entlang und beschoss sie aus nächster Nähe. Die *Arcturus* stand höher im Wasser als die Dau und konnte daher von oben auf sie herabfeuern. Cornish hatte die Kanonen mit Schrapnell laden lassen und als die Breitseite donnerte, flogen brennende Klumpen Baumwolle mit dem Eisen aus den Kanonenrohren. Der Rauch umhüllte zunächst das ganze Freideck der Dau. Als der Wind schließlich für freie Sicht sorgte, bot sich ihnen ein Bild der Verwüstung. Die Deckplanken der Dau waren zerrissen worden, die Kanoniere lagen in blutigen Haufen auf ihren nutzlosen Kanonen. Die geborstenen Speigatten waren rot von Blut.

Mansur hielt in dieser Verwüstung nach Kadem Ausschau. Mit einem kleinen, ungläubigen Stich im Herzen sah er, dass er unversehrt war und schon wieder auf den Beinen. Er lief hin und her und tat sein Bestes, die Überlebenden des furchtbaren Eisengewitters noch einmal zum Kampf anzuspornen. Cornish brachte die beiden Schiffe mit ein paar gezielten Drehungen am Steuerrad in Berührung und hielt sie zusammen, indem er noch gegensteuerte. Mansur führte seinen Entertrupp eilig hinüber und nach einer weiteren schnellen Drehung am Steuerrad hatte Cornish wieder Manövrierraum und fuhr die Reihe der geankerten Schiffe entlang zur nächsten Kriegsdau, bevor sie entkommen konnte. Er hatte ein paar Minuten Zeit, sich umzuschauen und zu sehen, wie die anderen beiden Schiffe sich schlugen.

Nachdem sie sie mit mehreren Breitseiten aus dichtem Abstand weich geklopft hatten, hatten die Mannschaften der *Revenge* und der *Sprite* die beiden Dauen, die ihnen zugeteilt waren, ebenfalls schon geentert. Noch drei von den Truppentransportern waren in die Brandung geraten und gekentert. Andere Schiffe lagen noch vor Anker und sechs waren den Angreifern entkommen und versuchten verzweifelt, die offene See zu erreichen. Dann blickte er über sein Heck und sah den erbitterten Kampf, der auf Kadems geankerter Dau wütete. Einmal meinte er Mansur mitten im Getümmel zu sehen, doch er konnte nicht sicher sein, so wild ging es hin und her. Der Prinz hätte vielleicht besser daran getan, sie mit noch ein paar Breitseiten Schrapnellschrot zu füttern, bevor er sie enterte, dachte Cornish im Stillen, doch dann schüttelte er den Kopf. Nein, Mansur ist ein Hitzkopf und Kadem ibn Abubaker hat Mansurs Mutter ermordet. Dies ist der einzig ehrenhafte Weg für ihn: Mann gegen Mann.

Die *Arcturus* zog schnell auf die nächste Kriegsdau in der Reihe zu und darum musste sich Cornish nun kümmern. «Die gleiche Medizin, Burschen!», rief er seinen Kanonieren zu. «Ein hübscher Schluck Eisenschrapnell, und dann werden wir sie entern.»

Die Breitseite hatte die Hälfte der Männer an Deck von Kadem ibn Abubakers Schiff getötet oder verwundet, doch in dem Augenblick, als Mansurs Entertrupp sich von der *Arcturus* herüberschwang, schrie Kadem einen Befehl. Der Rest seiner Mannschaft kam von unter Deck aus den Luken geströmt und stürzte sich in den Kampf.

Der Zahl nach waren sich Angreifer und Verteidiger annähernd ebenbürtig. Es war so voll auf dem Deck, dass kaum Platz war, mit einem Schwert auszuholen und mit einer Lanze zuzustoßen. Der Kampf ging hin und her. Die Männer rutschten auf den blutigen Planken aus, schrien sich an und hackten aufeinander ein.

Mansur hielt in dem Getümmel nach Kadem Ausschau, sah sich jedoch sofort drei Kriegern gegenüber. Dem ersten trieb er seine Klinge von unten in den Brustkorb. Er hatte gerade genug Zeit, seine blutverschmierte Klinge herauszuziehen und *en garde* zu gehen, da stürzten sich schon die beiden anderen auf ihn.

Der eine war ein drahtiger Kerl mit stahlharten, langen Armen. Er hatte eine Sure des Korans auf die Brust tätowiert. Daran erkannte Mansur ihn: Sie hatten Seite an Seite auf den Mauern Maskats gekämpft. Der Mann fintierte und versuchte einen Hieb zu Mansurs Kopf. Mansur blockte ihn ab und hielt ihn mit seiner Klinge. Dann schwang er ihn herum wie einen Schild, um seinen Kameraden abzuwehren, der versuchte einzugreifen.

«Sieh mal an, Zaufar. Du konntest also nicht warten, bis al-Salil, dein wahrer Kalif, zurückkehrt», knurrte Mansur ihm ins Gesicht. «Das letzte Mal habe ich dir das Leben gerettet und jetzt werde ich dir es nehmen.»

Zaufar sprang verblüfft zurück. «Prinz Mansur, seid Ihr es?» Als Antwort riss sich Mansur den Turban vom Kopf und schüttelte sein kupfergoldenes Haar aus.

«Es ist der Prinz!», rief Zaufar. Seine Kameraden hielten inne und zogen sich zurück. Alle starrten Mansur an.

«Al-Salils Sohn!», rief einer, «Wir müssen uns ihm ergeben!»

«Er ist vom Samen eines Verräters!», brüllte ein dickbäuchiger Kerl und drängte sich durch die Reihen. Zaufar drehte sich um und stieß ihm seinen Säbel tief in die schwabbelnde Wampe. Die Feinde waren gespalten und Mansurs Männer stürmten vor, um die Verwirrung zu nutzen.

«Al-Salil!», riefen sie, und so mancher unter den Männern der Dau stimmte ein in diesen Schlachtruf, während andere trotzig zurückbrüllten: «Zayn al-Din!»

Mit den vielen Überläufern waren die Angreifer nun klar in der Überzahl und drängten Kadems Leute immer mehr nach achtern. Mansur kämpfte an der Spitze, mit wildem Blick. Er suchte immer noch nach Kadem. Immer mehr seiner Feinde erkannten ihn, während er sich durch ihre Reihen kämpfte. Sie ließen ihre Waffen fallen und warfen sich ihm zu Füßen.

«Gnade, im Namen al-Salils!», schrien sie.

Am Ende stand Kadem ibn Abubaker allein an der Heckreling der Dau und starrte zu Mansur hinab.

«Ich bin gekommen, um Rache zu nehmen», rief Mansur. «Ich bin gekommen, deine schwarze Seele mit Stahl zu reinigen.» Er stürmte wieder vor und die Männer stoben vor ihm auseinander. «Komm, Kadem ibn Abubaker, stelle dich.»

Kadem beugte sich zurück, holte aus und schleuderte seinen Krummsäbel auf Mansurs Kopf zu. Die blutbefleckte Klinge surrte wie ein Bumerang durch die Luft, Mansur duckte sich und die Säbelspitze bohrte sich hinter ihm in den Mast.

«Noch nicht, Bürschchen. Zuerst will ich deinen Vater töten, den Hund, der dich gezeugt hat. Erst danach habe ich Zeit für dich.»

Bevor Mansur begriff, was er vorhatte, zog Kadem sich sein Gewand über den Kopf und warf es auf die Planken. Er war nackt bis auf ein Lendentuch. Unter seinem Arm war die purpurne Narbe zu sehen, wo Mansur ihm sein Schwert in die Brust gebohrt hatte, damals im Hafen von Maskat. Kadem drehte sich um, kletterte auf die Reling und sprang in hohem Bogen ins Wasser. Er ging unter, kam wieder hoch und kraulte mit kräftigen Zügen auf den Strand zu.

Mansur lief zum Heck und warf auf dem Weg seine Kleider ab. Er ließ seinen Säbel fallen, behielt aber den Krummdolch in seiner Scheide. Er band ihn hinten an seinem Lendentuch fest, damit er ihn nicht beim Schwimmen behinderte. Dann sprang er kopfüber über die Reling. Mansur und Jim hatten zusammen schwimmen gelernt, unten in den turbulenten Wassern des Banguelastroms, der die Strände am Kap der Guten Hoffnung umspült.

Mansur tauchte auf und schüttelte sich die nasse Mähne aus dem Gesicht. Er sah Kadem fünfzig Meter vor sich. Aus Erfahrung wusste er, dass nur wenige Araber schwimmen lernten, obwohl sie so tüchtige Seeleute abgaben. Deshalb war er überrascht, wie kraftvoll Kadem durch das Wasser pflügte. Mansur schwamm hinter ihm her und bald hatte er seinen mächtigen Kraulrhythmus gefunden.

Er hörte die Anfeuerungsrufe von seinen Männern auf der Dau und legte sein ganzes Herz, jeden Muskel und jede Sehne in dieses Rennen. Alle zehn Züge blickte er voraus. Er sah, dass er Kadem langsam einholte.

Als sie näher an den Strand kamen, begannen die Wellen unter ihnen anzuschwellen. Kadem war als Erster an der Brandungslinie. Die wirbelnde weiße Gischt erfasste ihn und tauchte ihn unter. Dann spuckte sie ihn wieder aus, hustend und desorientiert. Er schwamm plötzlich nicht mehr mit dem Strom, sondern dagegen.

Mansur schaute sich um und sah, wie sich die nächsten Wellenfronten vor dem blauen Himmel buckelten. Er hörte auf zu schwimmen und paddelte nur noch leicht mit Händen und Füßen, um sich über Wasser zu halten. Er sah zu, wie sich die erste Welle hinter ihm erhob und ließ sie unter sich hinweggleiten. Sie hob ihn hoch genug an, dass er Kadem deutlich sehen konnte, nur dreißig Meter vor ihm. Die Welle rollte weiter und ließ Mansur hinter sich zurück. Die nächste war größer und kraftvoller.

«Die erste ist nur ein Plätschern, die zweite ein Wasserfall und die dritte spült dich den Berg hinauf.» Er konnte Jim fast hören, wie er ihm den Spruch zurief, wie er es so oft getan hatte, wenn sie zusammen mit der Brandung spielten. «Warte die dritte Welle ab!»

Mansur ließ sich von der zweiten Welle noch höher heben als von der ersten. Vom Kamm aus sah er, wie Kadem sich überschlug und mit dem Kopf zuerst in der brodelnden Gischt der ersten Welle landete und sich mit rudernden Armen und Beinen an die Oberfläche zu kämpfen versuchte. Die Welle donnerte über Mansur hinweg und er fand sich nach Luft schnappend in dem tiefen Tal dahinter wieder. Und dann sah Mansur die dritte Welle, die sich wie ein Himmelstor hinter ihm auftürmte, mit grüner, schimmernder Krone.

Er begann auf den Strand zuzuschwimmen, so schnell er konnte, um mit der Welle Schritt zu halten. Schließlich wurde er ergriffen und fand sich hoch an der fast senkrechten Wasserwand, mit Kopf und Oberkörper im freien, rasenden Flug auf die Küste zu.

Kadem taumelte immer noch in den Brechern und Mansur steuerte mit Armen und Beinen quer vor der Wellenfront entlang, direkt auf Kadem zu, der ihn im letzten Moment kommen sah. Er riss verblüfft die Augen auf. Mansur füllte seine Lungen mit Luft, rammte seinen Todfeind und umklammerte ihn mit Armen und Beinen. Im nächsten Augenblick wurden beide von der Welle verschlungen und tief unter Wasser gedrückt.

Mansur spürte, wie seine Trommelfelle unter dem Druck zu bersten drohten. Er ließ dennoch nicht locker. Er schluckte trocken und seine Trommelfelle poppten, als endlich der Druck nachließ. Sie wurden immer tiefer gezogen, bis er mit einem Fuß den Grund berührte. Die ganze Zeit hielt er Kadem umklammert wie in der Umarmung einer Pythonschlange.

Sie sanken auf den Meeresgrund und rollten zusammen über den Sandboden. Mansur öffnete die Augen und blickte nach oben. Die Oberfläche schien so fern wie die Sterne. Er nahm alle seine Kräfte zusammen und drückte noch einmal zu. Er spürte, wie Kadems Rippen knackten. Dann riss Kadem plötzlich vor Schmerzen den Mund weit auf und seine Lungen leerten sich explosiv.

Ertrinke, du Schwein, dachte Mansur. Er sah zu, wie die silbernen Luftblasen an die Oberfläche stiegen. Er hätte jedoch besser mit der letzten Verzweiflung des sterbenden Tieres gerechnet, denn irgendwie gelang es Kadem nun, beide Füße auf den Boden zu setzen und sich mit aller Kraft abzustoßen, sodass sie beide nach oben schossen, immer schneller, je höher sie kamen.

Ihre Köpfe stießen durch die Wasseroberfläche und Kadem saugte die Luft ein. Dies gab ihm frische Kraft. Er drehte sich in Mansurs Griff und hatte seine Fingerkrallen plötzlich in seinem Gesicht. Seine Fingernägel, spitz wie Eisennägel, kratzten Mansur über Stirn und Wangen, immer näher an den Augen.

Mansur spürte, wie eine harte Fingerspitze seine fest zusammengekniffenen Augenlider aufriss und tief in die Augenhöhle drang. Der Schmerz war unfassbar, als der Fingernagel an dem Augapfel kratzte, den Kadem versuchte, aus Mansurs Schädel zu rupfen. Mansur löste seinen Griff und riss seinen Kopf zurück, kurz bevor sein Augapfel aus der Höhle schlüpfte. Das Blut, das aus der Wunde schoss, machte ihn halb blind. Er leerte seine Lungen in einem gellenden Schmerzensschrei. Mit neuer Kraft warf sich Kadem auf Mansur. Er nahm ihn mit einem Arm in einem Würgegriff und drückte ihn unter Wasser. Gleichzeitig trieb er Mansur sein Knie in den Unterleib und bearbeitete ihn mit der freien Faust, während er ihn unter Wasser hielt. Mansurs Lungen waren leer und sein Drang zu atmen war so stark wie sein Lebenswille. Kadems Arm war wie ein Eisenband um seinen Hals. Er wüsste, er würde den letzten Rest seiner Kraft verschwenden, wenn er weiter mit ihm rang.

Er griff mit einer Hand hinter seinen Rücken und zog den Dolch aus der Scheide. Mit der Linken tastete er die Unterkante von Kadems Rippenkasten ab, um den tödlichen Punkt zu finden. Mit letzter Kraft trieb er die Klinge in die Kuhle unter dem Brustbein. Der Krummdolch war eigens dafür geformt, diese Art Todesstoß zu erleichtern, und die Klinge war so scharf, dass Kadems angespannte Bauchmuskeln kaum Widerstand boten. Der Stahl bohrte sich ganz in Kadems Brust, bis Mansur spürte, wie das Heft an die unterste Rippe stieß. Dann zog er die Klinge nach unten und schlitzte Kadem den Bauch auf, von den Rippen bis zum Beckenknochen.

Kadem zuckte am ganzen Körper, lockerte schließlich seinen Würgegriff und rollte auf den Rücken. Er trieb auf dem Wasser und versuchte mit beiden Händen, seine Därme in die Wunde zurückzustopfen, doch sie schlüpften immer wieder heraus und wickelten sich auf, bis er sich mit seinen zappelnden Beinen darin verfing. Sein Gesicht war zum Himmel gerichtet und sein Mund öffnete sich in einem stummen Schrei des Zorns und der Verzweiflung.

Mansur blickte sich nach ihm um, doch durch sein verletztes Auge sah er Kadems Gesicht in verschwommenen Facetten, wie in einem zerbrochenen Spiegel. Sein Kopf schmerzte derart, dass er meinte, er würde platzen. Er tastete sich vorsichtig das Gesicht ab und fand zu seiner großen Erleichterung, dass der Augapfel noch in der Höhle saß und nicht an der Wange herunterhing.

Die nächste Welle brach über Mansur herein und als er wieder auftauchte, war Kadem verschwunden. Stattdessen sah er nun etwas viel Schrecklicheres. Die Mündungen der afrikanischen Flüsse spülten Exkremente und Aas ins Meer und waren daher ein natürlicher Futterplatz für den Sambesihai. Mansur erkannte sofort die typische stumpfe Rückenflosse, die nun auf ihn zukam, angezogen von dem Blut und den aufgebrochenen Därmen. Die nächste Welle hob das Untier an und für einen Augenblick sah Mansur den Umriss klar wie in einem grünen Wasserfenster. Der Hai schien ihn anzustarren mit seinem kalten Blick. Der harte, glatte Körper und die kupferrote Haut hatten eine obszöne Schönheit an sich. Die Schwanz- und Rückenflossen waren wie riesige Klingen und der Mund schien zu einem grausamen, berechnenden Lächeln verzerrt.

Mit einem winzigen Schlag seines Schwanzes steuerte der Fisch knapp an Mansur vorbei, streifte ihn an den Beinen. Dann war er verschwunden. Sein Verschwinden war noch erschreckender als seine Gegenwart. Mansur wusste, die Bestie kreiste unter ihm. Dies war das Vorspiel zu einem Angriff. Er hatte mit Männern gesprochen, die die Begegnung mit diesen blutrünstigen Tieren überlebt hatten. Alle hatten dabei Arme oder Beine eingebüßt oder andere grässliche Verstümmelungen davongetragen, und sie alle hatten die gleiche Geschichte erzählt: «Erst streicheln sie dich und dann schlagen sie zu.»

Mansur rollte sich auf den Bauch und ignorierte die Schmerzen in seiner Augenhöhle. Zum Glück rollte noch eine Welle über ihn hinweg und er schwamm mit ihr, bis sie ihn anhob, ihn in die Arme schloss wie ein Baby und ihn schnell auf den Strand zutrug. Er fühlte den Sand unter seinen Füßen und taumelte den Strand hinauf, wobei weitere Wellen ihn fast umgerissen hätten.

Er hielt sich eine Hand über das verletzte Auge und stöhnte vor Schmerzen. Sobald er die Hochwasserlinie erreicht hatte, fiel er auf die Knie, riss einen Streifen von seinem Lendentuch ab und knotete es fest um seinen Kopf und über sein Auge, um den Schmerz zu lindern.

Dann blickte er zurück in die Brandung. Fünfzig Meter vor dem Strand sah er etwas Weißes an die Oberfläche kommen: ein Arm. Unter der Stelle bewegte sich etwas sehr Großes und Schweres, dann war der Arm wieder verschwunden im blutroten Wasser.

Mansur kam wacklig auf die Beine und sah, dass sich nun zwei Haie an Kadems Leichnam labten. Sie kämpften darum wie zwei Hunde um einen Knochen. Während sie daran zerrten, trieben sie sich mit schlagenden Schwänzen in immer flacheres Wasser. Schließlich warf eine größere Welle den Brocken angefressenen Fleisches, alles, was noch von Kadem Abubaker übrig war, hoch auf den Strand. Die Haie schwammen noch eine Weile vor der Brandung umher und verschwanden dann in der Tiefe.

Mansur blickte auf die Überreste seines Feindes. Große,

halbmondförmige Stücke waren aus seinem Fleisch gebissen worden. Selbst im Tod war sein Blick noch zu einem bösartigen Starren fixiert und sein Mund zu einer hasserfüllten Fratze verzogen.

«Ich habe meine Pflicht erfüllt», flüsterte Mansur. «Vielleicht kann der Schatten meiner Mutter jetzt Frieden finden.» Er stieß den verstümmelten Leichnam mit dem Fuß an. «Und was dich angeht, Kadem ibn Abubaker, ist die Hälfte deines Fleisches im Bauch der Untiere. Du wirst niemals Frieden finden.»

Er wandte sich ab und schaute aufs Meer hinaus. Die Schlacht war fast vorüber. Drei der Kriegsdauen waren erobert. Die blauen Banner al-Salils flatterten an den Masten. Das Wrack der vierten Kriegsdau lag zwischen denen der angespülten Frachter, zu Kleinholz zermalmt von der unablässigen Brandung. Die *Arcturus* verfolgte die fünfte Kriegsdau aufs offene Meer hinaus. Im nächsten Augenblick donnerten ihre Kanonen, als sie die Dau eingeholt hatte. Die *Revenge* war hinter den fliehenden Frachtschiffen hergesegelt, doch die waren inzwischen schon zu weit über das Meer verstreut.

Dann sah er die *Sprite*, die noch vor der Flussmündung verharrte, und winkte ihr zu. Er wusste, der gute, treue Kumrah suchte nach ihm und selbst aus dieser Entfernung würde er seinen Rotschopf erkennen. Schon sah er, wie die *Sprite* ein Boot abließ und durch die Brandung schickte, um ihn abzuholen. Er sah immer noch alles verschwommen, doch er meinte, Kumrah selbst im Bug zu erkennen.

Mansur wandte seinen Blick von dem Boot ab und schaute den Strand entlang. Über eine Meile verstreut lagen ertrunkene Männer und Pferde von den zerstörten Dauen auf dem Sand. Manche der Feinde hatten überlebt. Sie saßen nun einzeln oder in kleinen Gruppen am Wasser. Die würden bestimmt nicht mehr kämpfen. Einzelne Pferde trotteten vor dem Waldrand entlang.

Er hatte in der Brandung seinen Dolch verloren. Plötzlich fühlte er sich furchtbar verletzlich, halb blind, fast nackt und unbewaffnet. Er versuchte, die Schmerzen in seinem Auge zu ignorieren und lief zu einem der nächsten Leichname. Der Mann hatte noch eine Waffe um den Bauch geschnallt. Mansur nahm ihm das armselige Gewand ab und zog es sich über den Kopf. Er schnallte sich auch den Schwertgurt um. Er zog den Krummsäbel aus der Scheide und prüfte die Klinge. Sie war aus gutem Damaszenerstahl. Er ließ sie wieder in die Scheide gleiten. Erst jetzt bemerkte er die fernen Stimmen. Sie kamen aus dem Dickicht hinter dem Strand.

Es ist noch nicht vorbei! Die Erkenntnis traf ihn wie ein Peitschenhieb. Im selben Augenblick kamen Männer aus dem Dschungel hervor, fast zweihundert Meter weiter oben am Strand, zwischen ihm und der Flussmündung, eine gemischte Bande von Türken und Arabern. Eine Gruppe von Beshwayos Kriegern trieb sie aufs Wasser zu. Die Assegais blitzten auf und bohrten sich in lebendiges Fleisch, und die Triumphrufe der Krieger mischten sich mit den verzweifelten Schreien der Feinde.

«*Ngi dhla!* Ich habe gegessen!»

Mansur begriff sofort, in welcher Gefahr er schwebte. Beshwayos Krieger waren im Blutrausch. Niemand würde ihn als Freund erkennen und sie würden ihn mit ebenso großer Freude aufspießen wie die anderen Omaner.

Der nasse Sand am Wasser war hart und fest. So lief er auf die Flussmündung zu. Die überlebenden Araber erkannten, dass sie ins Meer getrieben würden und stellten sich Beshwayos Männern zu einem letzten, erbitterten Kampf. Es war nur noch eine enge Lücke zwischen ihnen und den Nguni und Mansur rannte zwischen ihnen hindurch, obwohl der Schmerz in seinem Auge ihn bei jedem Schritt aufstöhnen ließ. Er war fast durch und das Boot von der *Sprite* hatte die Brandung hinter sich und war in ruhigem Wasser. Es würde auf dem Strand sein, bevor er es erreichte.

Dann hörte er jemanden hinter sich rufen und drehte sich um. Drei der schwarzen Krieger hatten ihn bemerkt. Sie hatten die umzingelten Araber ihren Kameraden überlassen und kamen hinter ihm hergerannt. Sie bellten und jaulten wie Hunde, die einen Hasen gewittert hatten.

Von der Flussmündung her hörte er ermutigende Rufe:

«Wir sind hier, Hoheit, lauft, im Namen Gottes!» Er erkannte die Stimme und sah Kumrah im Bug des Bootes. Mansur lief, doch der furchtbare Kampf in der Brandung und der Schmerz in seinem Auge hatten ihn geschwächt, und er hörte die nackten Füße dicht hinter ihm auf den Sand klatschen. Er spürte fast schon, wie ihm ein Assegai zwischen die Schulterblätter gestoßen wurde. Kumrah war nur dreißig Schritte voraus, doch es hätten auch dreißig Meilen sein können. Er hörte den Atem eines Mannes dicht hinter seinem Rücken. Er musste sich umdrehen und kämpfen. Er riss den Krummsäbel aus der Scheide und wirbelte herum.

Der erste der Krieger war so nah, dass er sein Assegai schon gehoben hatte, bereit zum Todesstoß, doch als Mansur sich umdrehte, besann er sich eines anderen und sagte leise zu seinen Kameraden: «Die Hörner des Stiers.» Das war ihre Lieblingstaktik. Sie kamen um ihn herum, einer links, einer rechts und einer vor ihm. Wo immer Mansur sich hinwandte, er würde eine lange Klinge in den Rücken bekommen. Er wusste, er war ein toter Mann. Dennoch stürzte er sich auf den Krieger vor ihm. Bevor er mit ihm die Klingen kreuzen konnte, hörte er Kumrah rufen: «Runter, Hoheit!» Mansur warf sich, ohne zu zögern, flach auf den Sand.

Sein Gegner stand über ihm und hob sein Assegai hoch über den Kopf. *«Ngi dhla!»*

Beshwayos Männer wussten noch nicht, welche Wirkung Musketenfeuer aus solcher Nähe hatte. Bevor der Krieger zustoßen konnte, fegte eine Salve über Mansur hinweg. Eine Kugel traf den Krieger in den Ellbogen und sein Arm brach wie ein trockener Zweig. Das Assegai flog ihm aus der Hand und er taumelte zurück. Dann traf ihn eine andere Kugel in die Brust. Mansur rollte herum, um sich um die anderen Krieger zu kümmern, doch einer war schon auf den Knien und hielt sich den Bauch und der andere lag auf dem Rücken.

«Kommt, Prinz Mansur!», rief Kumrah durch den Schleier von Pulverdampf, der das Boot umhüllte. Der Rauch wurde weggeweht und Mansur sah, dass jeder Mann in dem Boot seine Muskete abgefeuert hatte, um ihm das Leben zu retten.

Er rappelte sich hoch und taumelte weiter. Jetzt, da er nicht mehr in Lebensgefahr war, hatte er keine Kraft mehr, sich über das Schandeck zu ziehen, doch viele starke Arme streckten sich nach ihm aus und halfen ihm.

Tom und Dorian knieten in der Geschützstellung und stützten ihre Teleskope auf der Brüstung auf. Sie studierten Zayns Gefechtsgruppe, fünf große Kriegsdauen, die dem Fort gegenüber am anderen Ende der Bucht ankerten und die Palisaden bombardierten.

Dorian hatte die langen Neunpfünder sorgfältig postiert. Von der Höhe aus konnten sie jeden Punkt auf der Bucht unter Feuer nehmen. Kein Schiff wäre sicher vor ihnen, wenn es erst die Einfahrt passiert hätte.

Es hatte sie herkulische Mühen gekostet, die Kanonen zu diesem Horst hinaufzuschaffen. Die Wände des Felsenbergs waren zu hoch und steil und die Kanonen zu schwer, um die Geschütze direkt vom Wasser aus hochzuhieven. Tom hatte daher einen Pfad durch den dichten Wald auf dem ansteigenden Bergrücken geschlagen, und auf dieser Rampe hatten Ochsengespanne die Kanonen zu einem Punkt direkt über dem vorgesehenen Platz gezogen. Dann hatten sie sie mit schweren Ankertauen in die versteckten Stellungen abgelassen. Sobald die Kanonen an Ort und Stelle waren, hatten sie sie auf Punkte rings um die Küste eingerichtet. Die ersten Übungsschüsse waren weit über ihr Ziel hinausgegangen und in den Wald gekracht.

Als sie mit der Position der Kanonen zufrieden waren, bauten sie einen Holzkohleofen fünfzig Schritte vom Pulverlager entfernt, um die Gefahr von Funkenflug zu verringern. Sie verputzten den Ofen mit Flussschlamm und bauten große Blasebälge aus gegerbten Ochsenhäuten, deren Nähte sie mit Teer versiegelten. Köche, Arbeiter und Handlanger waren dann dafür zuständig, die langen Hebel der Blasebälge zu bedienen und Luft in den Ofen zu zwingen.

Als er die maximale Temperatur erreicht hatte, konnte man mit nacktem Auge nicht mehr in das glühende Innere des Ofens schauen. Dorian ließ ein Stück Glas mit dem Rauch einer Öllampe schwärzen und indem sie sich diese Scherbe vors Auge hielten, konnten sie beurteilen, ob die Kugel im Ofen heiß genug war. Dann holten sie jede Kanonenkugel mit langen Zangen einzeln aus der Glut. Die Männer, die diese Arbeit zu verrichten hatten, trugen dicke Lederhandschuhe und Schürzen, die sie vor der Hitze schützten. Jede der glühenden Kugeln legten sie in ein spezielles Haltegestell, ebenfalls mit langen Griffen, zu den Kanonen getragen wurde, die mit fast senkrecht erhobenen Rohren auf die gefährliche Ladung warteten.

Wenn eine solche Kugel im Lauf war, brannte sie sich schnell durch den feuchten Baumwollstopfen und zündete die Pulverladung darunter. Eine frühzeitige Zündung, wenn der Lauf noch zum Himmel zeigte, würde die Kanone von der Lafette reißen, die Stellung verwüsten und die Kanonenmannschaft verstümmeln oder töten. Sie hatten also nur Sekunden, die Kanone auf das Ziel einzurichten und abzufeuern. Und dann musste die ganze gefährliche, langwierige Prozedur wiederholt werden. Nach wenigen Schüssen war das Rohr überhitzt und dem Bersten nahe, und es musste einem gewaltigen Rückstoß standhalten. Sie mussten die Kanonen also auswischen und Seewasser in die dampfenden Mündungen gießen, bevor sie es wagen konnten, sie mit frischem Pulver zu laden.

In den Wochen davor, während sie auf Zayn al-Dins Flotte warteten, hatte Dorian mit den Kanonieren geübt, wie man heiße Kugeln handhabt und abfeuert. Einmal war eine der Kanonen explodiert. Zwei Mann waren von den fliegenden Splittern des Bronzerohrs getötet worden, weshalb die Mannschaften die glühenden Kanonenkugeln nun mit tiefem Respekt behandelten.

Der Vormann kam vom Glutofen und meldete Dorian mit besorgter Stimme: «Wir haben zwölf Kugeln bereit, mächtiger Kalif.»

«Gut gemacht, Farmat, wir sind aber noch nicht feuerbe-

reit. Sorgt dafür, dass der Ofen heiß ist.» Er und Tom beobachteten weiter, was unten auf der Bucht passierte. Das Bombardement durch Zayns Schiffskanonen bedeckte die ganze
Bucht mit dickem Rauch, doch durch die Lücken in diesem
Nebel sahen sie nun, wie die Verteidiger das Fort aufgaben
und durch das Tor gelaufen kamen.

«Gut», sagte Dorian zufrieden, «sie haben meine Befehle
nicht vergessen.» Er hatte die vorgetäuschte Verteidigung des
Forts angeordnet, um Zayns Flotte tief in die Bucht zu locken.
Sie hatten nie daran gedacht, das Fort mit ihren wenigen Geschützen wirklich zu halten.

«Ich hoffe, sie haben sich auch daran erinnert, dass sie die
Kanonen auf der Brüstung unbrauchbar machen sollten, bevor
sie das Weite suchen», brummte Tom. «Ich möchte nicht, dass
sie später auf uns gerichtet werden.»

Das Geschützfeuer verstummte allmählich und sie sahen
zu, wie die Sturmtruppen in die Landungsboote stiegen und
auf den Strand zuruderten, um das verlassene Fort einzunehmen. Dorian und Tom erkannten Guy Courtney im Bug des
führenden Bootes.

«Der ehrenwerte Generalkonsul Seiner Britannischen Majestät, in Fleisch und Blut!», rief Dorian aus. «Der Geruch des
Goldes war zu stark für ihn. Er will es sich persönlich zurückholen.»

«Mein geliebter Zwillingsbruder!», rief Tom. «Es wärmt
mir das Herz, ihn nach all diesen Jahren wiederzusehen. Das
letzte Mal, als wir uns begegnet sind, hat er versucht, mich umzubringen. Es scheint sich seitdem nichts geändert zu haben.»

«Bald wird er entdecken, dass die Schränke leer sind», sagte
Dorian. «Schlagen wir also die Tür hinter ihnen zu.» Er rief
den Botenläufer zu sich, der nur für diesen Zweck im Hintergrund wartete. Er war einer von Sarahs Waisenknaben und
kam nun mit einem breiten Grinsen im Gesicht zu ihnen gerannt. «Lauf zu Smallboy hinunter und sag ihm, es ist Zeit, das
Tor zu schließen.» Schon sprang der Junge über die Brüstung
und lief den steilen Pfad hinab. «Pass auf, dass sie dich nicht
sehen!», musste Dorian ihm hinterher rufen.

SMALLBOY UND MUNTU hatten ihre Ochsen schon vor das schwere Ankertau gespannt, das sie quer durch die Einfahrt der Bucht gelegt hatten, um die mächtigen Baumstämme vom anderen Ufer herüberzuziehen. Das Tau lag noch mit Gewichten beschwert am Grund der Fahrrinne, sodass die Kriegsdauen darüber hinweggleiten konnten, ohne es zu bemerken.

Die Barriere bestand aus siebzig langen Stämmen. Viele davon waren schon vor einem Jahr gefällt worden und hatten vor der Sägemühle bereit gelegen, wo sie ursprünglich zu Planken verarbeitet werden sollten, doch trotz dieses Lagers fehlten ihnen immer noch zwanzig Stämme, wenn sie die Bucht vollständig abriegeln wollten.

Jim und Mansur waren also mit jedem verfügbaren Mann in den Wald gegangen, um weitere Riesenbäume zu fällen, und Smallboys Ochsengespanne hatten sie dann auf den Strand geschleppt. Dort waren sie der Länge nach mit dem Ankertau veröst worden, das sie aus dem Orlopdeck der *Arcturus* geholt hatten. Das Tau hatte fast zehn Zentimeter Durchmesser und konnte eine Ruhespannung von über dreißig Tonnen verkraften. Die Baumstämme, manche davon einen Meter dick und über zwölf Meter lang, wurden an dem dicken Hanftau aufgezogen wie Perlen an einer Halskette. Dies würde eine Barriere bilden, die nach Toms und Dorians Berechnungen dem Anschlag selbst der größten Dauen standhalten würde. Die schwere Baumkette würde jedem Schiff eher den Kiel aufreißen, als es durchzulassen.

Sobald sie Zayns Flotte von den Höhen über der Bucht aus sichteten, hatten Smallboy und Muntu die Ochsen eingespannt und zum Südufer des Einfahrtkanals geführt. Dort hielten sie sie im dichten Busch verborgen und ließen die fünf großen Dauen vorübersegeln, kaum einen Pistolenschuss vor ihrem Versteck vorbei. Als der Botenjunge mit Dorians Befehl von den Geschützstellungen herunterkam, war er so außer Atem und aufgeregt, dass er kaum sprechen konnte. Smallboy musste ihn bei den Schultern packen und schütteln, bevor er piepsen konnte: «Master Klebe sagt, ihr sollt das Tor schließen!»

Smallboy ließ seine lange Peitsche knallen und die Ochsengespanne spannten das Tau, bis es aus dem Wasser auftauchte. Dann mussten sich die Tiere noch einmal richtig ins Zeug legen, um die Baumstämme am anderen Ufer in Bewegung zu bringen. Schließlich glitten sie einer nach dem anderen das Kabel entlang und schlängelten sich über den Einfahrtkanal. Sobald der erste Baumstamm ans Südufer stieß, kettete Smallboy ihn an einen riesigen Tambootiebaum. Die Bucht war verschlossen wie mit einem massiven Korken.

Tom und Dorian hatten zugesehen, wie Guy seinen Landungstrupp eilig durch das verlassene Fort führte und hinter der Palisade verschwand. Dann richteten sie ihre Teleskope auf die Bucht und sahen, wie das mächtige Tau an die Oberfläche kam, als die Ochsen es strammgezogen hatten.

«Wir können die erste Kanone laden», sagte Dorian zu seinen Kanonieren. Die Männer waren alles andere als erfreut über diesen Befehl, doch sie gehorchten. Der Geschützoffizier gab den Befehl an den Vormann des Glutofens weiter. Es war ein langwieriges Geschäft, die erste Kugel aus dem Ofen zu fischen, und Tom und Dorian behielten in der Zeit den Feind im Auge.

«Guy ist soeben an der Brüstung aufgetaucht», sagte Tom plötzlich. «Er muss den Brief entdeckt haben, den ich für ihn hinterlassen habe.» Er lachte spitzbübisch. «Selbst aus dieser Entfernung kann ich sehen, dass er vor Wut fast platzt.» Dann wurde er wieder ernst. «Was hat der gerissene Hund denn jetzt vor? Er geht zum Strand zurück. Er lässt die Pferde satteln, die an Land gebracht worden sind. Er scheint sich mit jemandem zu streiten. Mein Gott! Guy hat einen seiner eigenen Männer erschossen!» Der ferne Pistolenschuss hallte zu ihnen herauf und Dorian kam zu Tom gelaufen.

«Er sitzt schon im Sattel.»

«Er scheint mindestens zwanzig Mann mitzunehmen.»

«Wo, zum Teufel, will er nur hin?»

Sie beobachteten, wie die Schwadron mit Guy an der Spitze die Wagenstraße entlangritt. Und dann dämmerte es Tom und Dorian im selben Augenblick.

«Er hat die Wagenspuren gesehen.»

«Er reitet hinter dem Wagen und dem Gold her.»

«Die Frauen, der kleine George! Wenn Guy sie findet …» Tom konnte es nicht aussprechen. Der Gedanke war zu grauenhaft. «Es ist meine Schuld», sagte er bitter. «Ich hätte damit rechnen müssen, dass das passieren könnte. So leicht gibt Guy nicht auf.»

«Die Wagen haben viele Tage Vorsprung. Sie werden inzwischen meilenweit weg sein.»

«Es sind leider nur zwanzig Meilen», gestand Tom voller Reue. «Ich habe ihnen gesagt, sie sollen nur bis zur Schlucht reiten und dort ihr Lager aufschlagen.»

«Es war mein Fehler», sagte Dorian. «Ich hätte mich zuallererst um die Sicherheit der Frauen kümmern sollen. Wie konnte ich nur so dumm sein?»

«Ich muss hinter ihnen her.» Tom sprang auf.

«Ich werde mit dir reiten.» Dorian stand ebenfalls auf.

«Nein!» Tom stieß ihn zurück. «Das hier ist deine Schlacht. Ohne dich wäre alles verloren. Du kannst dein Kommando nicht im Stich lassen. Das gilt auch für Jim und Mansur. Sie dürfen auf keinen Fall hinter mir herreiten. Du musst dafür sorgen, dass die Burschen hier bei dir bleiben. Gib mir dein Wort darauf, Dorry.»

«Also gut. Aber du musst Smallboy und seine Musketiere mitnehmen. Bis du bei ihnen bist, werden sie die Bucht abgeriegelt haben.» Er klopfte Tom auf die Schulter. «Reite, was das Zeug hält, und möge Gott jeden deiner Schritte beschützen.» Tom sprang aus dem Geschützloch und lief zu den Pferden.

WÄHREND TOM DEN PFAD hinabgaloppierte, kamen zwei Männer vom Glutofen herangetaumelt. Sie trugen das Kugelgestell an zwei langen Griffen zwischen sich. Die Eisenkugel darin glühte. Dorian blickte noch einmal seinem Bruder nach, dann eilte er zu den Kanonieren, um ihnen zu helfen, die Kugel in die Kanonenmündung zu manövrieren. Als sie schließlich in den glatten Lauf gerollt war, stampften zwei Mann sie mit dem Ladestock fest auf die nasse Wolle, die zu knistern begann. Eine dicke Dampfwolke kam aus der Mündung, während sie das Rohr senkten.

Dorian richtete die Kanone selbst ein. Die genaue Einstellung der Höhenrichtschraube wollte er niemand anderem anvertrauen. Zwei mit Stemmeisen bewaffnete Männer nahmen unter Dorians Anleitung die Seiteneinrichtung vor. «Links, noch ein wenig nach links!», rief Dorian. Als er schließlich sicher war, dass sie die größte der Dauen im Visier hatten, befahl Dorian den Männern, von dem Geschütz zurückzutreten, und riss an dem Taljereep. Die riesige Kanone sprang auf wie ein wildes Tier, das an seinem Käfig rappelt.

Sie verfolgten alle den Flug der Funken sprühenden Kugel, als sie sich in hohem Bogen auf die funkelnde Bucht senkte. Sie schien direkt auf die geankerte Dau zuzustürzen und rauer Jubel erhob sich, als sie noch dachten, sie würden einen Volltreffer landen, doch dann stöhnten alle enttäuscht auf, als sie die hohe, weiße Fontäne dicht längsseits der Dau aufsteigen sahen.

«Wascht sie gut ab», befahl Dorian. «Ihr habt gesehen, was passiert, wenn ihr das nicht tut.»

Er kroch aus dem Geschützloch und lief zur zweiten Kanone. Die nächste Kugel wurde schon vom Ofen herbeigetragen und die Mannschaft wartete auf ihn. Bevor sie die Kanone laden und einrichten konnten, hatten die fünf Schiffe die Anker gelichtet und flohen auf die Buchtausfahrt zu. Dorian schaute sich die Zielhilfe an. Er hatte den Höhenwinkel mit weißer Farbe markiert und die Männer mit den Stemmeisen rückten das lange Rohr herum. Sie feuerten.

Diesmal gab es einen Triumphschrei, als sie die hellen Funken sahen, die aus einer der Dauen aufstiegen. Sie hatten das Deck getroffen und die Kugel fraß sich tief in den Schiffsbauch. Dorian lief zur dritten Kanone, während die anderen Mannschaften mit dem Abkühlen ihrer Geschütze beschäftigt waren. Bis sie wieder geladen hatten, brannte die getroffene Dau wie ein Freudenfeuer.

«Sie versuchen, die Barriere zu durchbrechen!», rief einer der Männer. Das brennende Schiff fuhr in vollem Tempo auf die in der Ausfahrt treibenden Baumstämme zu. Die Männer brachen wieder in Jubel aus, als die Dau auf einen der Stämme auflief. Der Mast knickte ab und das Feuer breitete sich noch schneller aus. Die Mannschaft sprang geschlossen über Bord.

Dorian war schweißgebadet. Das Laden und Einrichten der Kanonen war Schwerstarbeit. Die Mannschaften überschütteten die Rohre mit Eimern voll Wasser. Das Metall knisterte und brutzelte wie eine Bratpfanne. Bei jedem neuen Schuss zerrten die Geschütze mit größerer Gewalt an ihren Lafetten und Haltetauen. Dennoch gelang es ihnen, innerhalb der nächsten Stunde noch zwanzig glühende Eisenkugeln abzufeuern. Danach standen vier der fünf Dauen in hellen Flammen. Das Schiff, das die Barriere gerammt hatte, war bis zur Wasserlinie abgebrannt und ein anderes trieb ziellos über die Bucht, aufgegeben von der Mannschaft, die in Booten an Land gerudert war. Zwei andere Schiffe waren gestrandet und die Mannschaften hatten sie brennend zurückgelassen und waren in den Wald geflohen. Nur die größte Dau war bisher dem Feuer entgangen, das Dorian auf sie hinabgeschüttet hatte. Doch auch sie war in der Bucht eingeschlossen und konnte nur hin- und herkreuzen.

«Du kannst mir nicht für immer entwischen», brummte Dorian. Als die nächste Kugel aus dem Ofen herbeigetragen wurde, spuckte er auf sie, in der Hoffnung, das würde ihm Glück bringen. Der Speichel tanzte kurz auf dem glühenden Eisen und verpuffte in einer kleinen Dampfwolke. Im selben Augenblick fegte eine massive, heiße Druckwelle über den Hang. Der Donner zerrte an ihren Trommelfellen und alle starrten erschrocken auf die Bucht hinunter.

Die treibende Dau war in die Luft geflogen, nachdem die Flammen schließlich das Pulvermagazin erreicht hatten. Ein hoher Rauchpilz stieg zum Himmel auf, höher als der Hügel, auf dem sie sich eingegraben hatten. Dann explodierte eine der gestrandeten Dauen mit noch größerer Gewalt. Die

Druckwelle fegte über die Bucht und schlug schäumende Wellen. Sie donnerte durch den Wald oberhalb des Strandes, legte die kleineren Bäume flach, riss Äste von den größeren, und wirbelte einen Sturm aus Staub, Blättern und Zweigen auf. Die Männer, die dies nun von ihren Stellungen aus beobachteten, waren sprachlos, als sie die Zerstörung sahen, die sie gesät hatten. Sie jubelten nicht mehr, sondern starrten nur mit offenem Mund auf die Bucht hinab.

«Einen Strich nach links», brach Dorian den Bann. «Da ist sie, schön wie eine Braut am Hochzeitstag.» Er zeigte auf die große Dau, die wieder gewendet hatte und nun auf den Strand zusteuerte.

Die Kugelträger hoben die rauchende und knisternde Kugel an die Mündung, doch bevor sie sie hineinrollen lassen konnten, riefen die anderen Männer: «Sie setzen sie auf Grund! Gott sei gepriesen und alle seine Engel, sie haben genug! Sie geben auf!»

Der Kapitän der überlebenden Dau hatte gesehen, welches Schicksal die anderen Schiffe erlitten hatten, und steuerte direkt auf den sanft ansteigenden Strand zu. Im letzten Augenblick nahm er das Segel aus dem Wind lief mit solcher Gewalt auf den Sand, dass sie die Kielplanken bersten hörten. Sie legte sich schwer auf die Seite und lag still, nur noch ein bloßes Wrack. Die Mannschaft schwärmte über Bord und ließ das einst stolze Schiff am Wasser zurück.

«Genug!», rief Dorian seinen Männern zu. Die Träger ließen die heiße Kugel erleichtert zu Boden fallen. Dorian schöpfte eine Kelle aus einem der Trinkwassereimer und schüttete sich das kühle Nass über den Kopf, bevor er sich mit dem Arm das Gesicht abwischte.

«Da!», schrie einer der Vormänner am Ofen und zeigte nach unten. Sofort herrschte große Unruhe unter den Kanonieren, als sie den hoch gewachsenen Mann in dem wolkenweißen Gewand erkannten, der nun aus der gestrandeten Dau geklettert kam und in seinem hinkenden Gang seine Männer zum Fort führte.

«Zayn al-Din!», riefen sie.

«Tod und Verdammnis für den Tyrannen!»

«Macht und Ruhm für al-Salil!»

«Gott hat uns den Sieg geschenkt! Gott ist groß!»

«Nein!» Dorian sprang auf die Einfriedung am oberen Ende des Lagers, wo sie ihn alle sehen konnten. «Der Sieg ist noch nicht unser. Zayn sucht in unserem Fort Zuflucht wie ein verwundeter Schakal.»

Sie beobachteten, wie die feindlichen Kämpfer und Matrosen, die von den anderen Schiffen geflohen waren, zaghaft aus dem Wald gekrochen kamen und, als sie Zayn sahen, mit frischem Mut auf das Fort zuliefen.

«Wir müssen ihn ausräuchern», sagte Dorian. Er sprang von der Brüstung, rief seine Geschützoffiziere zu sich und erteilte geschwind seine Befehle. «Schluss mit der Feuerkanonade. Ab jetzt werden wir kalte Kugeln einsetzen, aber wir müssen die Palisaden ständig unter Beschuss halten. Ich gehe hinunter und trommle alle unsere Männer zusammen, um das Fort zu belagern. Der Feind hat weder Nahrung noch Wasser. Wir haben die Pulvermagazine ausgeräumt und die Kanonen auf den Brüstungen unbrauchbar gemacht. Zayn kann nicht länger aushalten als einen oder zwei Tage.»

Ein Bursche hatte sein Pferd schon gesattelt und Dorian ritt mit allen Männern, die nicht an den Geschützen gebraucht wurden, den Pfad hinunter. Die Leute, die für die Scheinverteidigung des Forts verantwortlich gewesen waren, warteten am Fuß des Hügels und schlossen sich ihnen an. Dorian ließ sie das Fort umstellen und dafür sorgen, dass kein Feind entkommen konnte.

Dann sah er Muntu vom Buchteingang her durch den Wald kommen und ritt ihm entgegen. «Wo ist Smallboy?»

«Er ist mit Klebe und zehn Mann hinter den Wagen hergeritten.»

«Habt ihr die Barriere geöffnet für unsere Schiffe?»

«Ja, Herr. Die Einfahrt ist frei.» Dorian hob sein Teleskop und schwenkte es über den Einfahrtkanal. Muntu hatte das Tau gekappt und die Strömung hatte die Baumstämme an die Ufer getrieben.

«Gut gemacht, Muntu. Hol jetzt deine Ochsen.» Er zeigte den Strand entlang zu Zayns gestrandeter Dau. «Bergt die Kanonen von dem Schiff dort und zieht sie vor unsere Palisaden. Wir wollen den Feind von allen Seiten mit Feuer belegen. Wir schießen eine Bresche in die Befestigungen, damit wir das Fort stürmen können, sobald Jim mit Beshwayos Impis hier ist.»

Bis zum späten Nachmittag hatten die Ochsen die Kanonen von der gestrandeten Dau in Stellung geschleppt und die ersten Schüsse rissen Erdklumpen und Holzpfähle aus dem Festungswall. Dieses Bombardement setzten sie dann die ganze Nacht hindurch fort, sodass der Feind keine Ruhe fand.

In der Morgendämmerung kam die *Sprite* auf die Bucht gesegelt, gefolgt von der *Arcturus* und der *Revenge*. Sie trieben die eroberten omanischen Dauen und Frachtschiffe vor sich her. Die Kriegsschiffe gingen vor Anker und richteten sofort alle Kanonen auf das Fort. Zusammen mit den drei langen Neunpfündern auf der Höhe und den von Zayns Dauen erbeuteten Schiffskanonen nahmen sie das Fort unter vernichtendes Feuer.

Mansur kam an Land, sobald die *Revenge* Anker geworfen hatte. Dorian erwartete ihn auf dem Strand und lief ihm sofort entgegen, als er den Verband um Mansurs Kopf sah. Er umarmte ihn und fragte besorgt: «Du bist verletzt. Wie schlimm ist es?»

«Nur ein Kratzer am Augapfel», winkte Mansur ab. «Es ist schon fast geheilt. Doch Kadem ist tot.»

«Wie ist er gestorben?», wollte Dorian wissen. Er hielt seinen Sohn auf Armeslänge und blickte ihm ins Gesicht.

«Durch das Messer, so, wie er meine Mutter ermordet hat.»

«Du hast ihn getötet?»

«Ja, und er ist keinen leichten Tod gestorben. Meine Mutter ist gerächt.»

«Nein, mein Sohn. Es gibt noch einen anderen, der dafür zu bezahlen hat. Zayn al-Din hat sich im Fort verschanzt.»

«Bist du sicher, dass er da ist? Hast du ihn mit eigenen Augen gesehen?» Sie blickten beide zu den zerschmetterten Palisaden. Dahinter konnten sie vereinzelt Soldaten ausmachen, die ihre Köpfe über den Wall zu stecken wagten. Zayn hatte jedoch keine Artillerie und die meisten seiner Männer zeigten nicht diesen Leichtsinn, sondern duckten sich hinter den Befestigungen. Die Musketenschüsse, die dann und wann zu hören waren, waren eine klägliche Antwort auf den Kanonendonner.

«Ja, Mansur, ich habe ihn gesehen. Er wird diesen Ort nicht verlassen, bis er nicht auch den vollen Preis bezahlt hat und seinen Schergen Kadem ibn Abubaker in die Hölle begleiten kann.»

Dann hörten sie etwas anderes, zuerst leise, doch mit jeder Minute lauter. Eine halbe Meile entfernt kamen Männer in dichten Reihen aus dem Wald marschiert, in sauberer militärischer Formation. Der Federschmuck auf den Köpfen der Krieger tanzte im Rhythmus ihrer Schritte wie die Schaumkrone einer schwarzen Welle. Die ersten Sonnenstrahlen spiegelten sich in ihren Assegais und auf ihrer eingeölten Haut. Sie sangen mit tiefer Stimme, ein Klang, der den Arabern das Blut in den Adern gefrieren ließ. Ein einsamer Reiter ritt an der Spitze des ersten Regiments auf einem schwarzen Hengst, dessen Mähne und Schweif in der Morgenbrise wehten.

«Es ist Jim!», rief Mansur voller Freude. «Gott sei Dank, er ist in Sicherheit.» Mansur lief Jim entgegen, der sich aus dem Sattel schwang und ihn kräftig umarmte.

«Was trägst du da für einen Fetzen um den Kopf, Vetter? Ist das irgendeine neue Mode, der du verfallen bist? Es steht dir überhaupt nicht, das kann ich dir sagen.» Dann, immer noch einen Arm um Mansurs Schultern, wandte er sich Dorian zu.

«Wo ist mein Vater, Onkel Dorry?» Sein Gesicht verfinsterte sich. «Er ist doch nicht verwundet oder gefallen? Sprich, bitte, sprich!»

«Nein, Jim, Kugeln und Stahl können unserem Tom nichts anhaben. Sobald seine Arbeit hier erledigt war, ist er losgeritten, um sich um die Frauen und den kleinen Georgie zu kümmern.»

Er wusste, wenn er ihm die ganze Wahrheit über Guys Eingreifen erzählte, würde er sein Versprechen an Tom nicht halten können, die jungen Männer bei sich zu halten. Sie wären sofort losgestürmt. Er wechselte also schnell das Thema: «Und wie steht es an deiner Front?»

«Es ist vorüber, Onkel Dorry. Herminius Koots, der Kommandeur der feindlichen Infanterie, ist tot. Dafür habe ich persönlich gesorgt. Beshwayos Männer haben den Wald von den übrigen Feinden gesäubert. Die Jagd hat den ganzen Tag und den größten Teil der Nacht in Anspruch genommen. Einige der Türken mussten sie bis in die Hügel hinauf verfolgen, bevor sie sie stellen konnten.»

«Wo sind die Gefangenen?», wollte Dorian wissen.

«Das Wort existiert nicht in Beshwayos Sprache und ich habe es nicht geschafft, es ihm beizubringen», lachte Jim. Doch Dorian konnte nicht mitlachen. Er stellte sich vor, welches Gemetzel in jenem Wald stattgefunden haben musste, und es lastete auf seinem Gewissen. Die Omaner, die unter den Assegais gestorben waren, waren seine Untertanen gewesen. All dies fachte seinen Zorn auf Zayn al-Din nur noch mehr an. Auch dies war Blut, für das er zu bezahlen hatte.

Jim bemerkte nicht, was in seinem Onkel vorging. Er war immer noch voller Euphorie über die gewonnene Schlacht. «Schau ihn dir nur an.» Er zeigte auf Beshwayo, der seine Impis schon vor dem Fort aufmarschieren ließ.

Die Kanonen hatten eine weite Bresche in die Palisade geschlagen. Beshwayo ging vor seinen Männern entlang, zeigte mit seinem Assegai auf die Lücke und gab sich alle Mühe, ihren Blutdurst zu schüren. «Meine Söhne, einige von euch haben sich immer noch nicht das Recht auf eine Frau verdient. Habe ich euch nicht genug Gelegenheit gegeben? Wart ihr zu langsam? Hattet ihr Pech?» Er funkelte sie an. «Oder war es Angst? Habt ihr euch vielleicht die Beine hinuntergepisst, als ihr das Festmahl saht, das ich euch geboten habe?»

Seine Impis riefen wütenden Widerspruch. «Wir sind immer noch durstig. Wir haben immer noch Hunger!»

Bevor beshwayo seine impis durch die Bresche schicken kann, musst du den Batterien befehlen, das Feuer einzustellen, sonst treffen wir seine Männer», sagte Jim zu Dorian.

Dorian schickte die Boten mit seinem Befehl zu den Schiffen und den Batterien um das Fort und das Kanonenfeuer verstummte nach und nach. Sie brauchten etwas länger, um zu den drei Neunpfündern auf den Höhen zu gelangen, doch am Ende lag eine angespannte, schwere Stille über der Bucht.

Das Einzige, was sich noch bewegte, waren die Federn der Beshwayo. Die belagerten Araber blickten auf die geordneten Reihen der schwarzen Krieger hinab, die sich so bedrohlich vor der Palisade aufgestellt hatten, und ihr schwaches Musketenfeuer verstummte ebenfalls. Sie sahen einem unvermeidlichen, grausamen Tod ins Auge.

Dann ertönte plötzlich ein Hornsignal auf der Palisade und die Nguni scharrten ungeduldig mit den Füßen. Dorian schwenkte sein Teleskop und sah, wie jemand eine Flagge schwenkte.

«Kapitulation?», lächelte Jim. «Noch ein Wort, das Beshwayo nicht versteht. Die weiße Fahne wird keinen einzigen Mann dort drinnen vor dem Tod bewahren.»

«Es geht nicht um Kapitulation.» Dorian schob sein Teleskop zusammen. «Ich kenne den Mann, der die Flagge schwenkt. Rahmad ist einer der omanischen Admirale, ein guter Seemann und tapferer Soldat. Er konnte sich nicht aussuchen, welchem Herrn er dient. Doch ergeben er wird sich niemals. Er will verhandeln.»

Jim schüttelte ungeduldig den Kopf. «Ich kann Beshwayo nicht viel länger zurückhalten. Worüber könnte er schon verhandeln?»

«Genau das möchte ich herausfinden», sagte Dorian.

«Bei Gott, Onkel! Du kannst Zayn al-Din nicht vertrauen. Es könnte eine Falle sein.»

«Jim hat Recht, Vater», sagte Mansur. «Du kannst dich unmöglich in Zayns Gewalt begeben.»

«Ich muss mit Rahmad reden. Wenn es die geringste Chance gibt, dass ich das Blutvergießen jetzt beenden und den armen Teufeln in diesem Fort das Leben retten kann, muss ich es versuchen.»

«Dann werde ich mitkommen», sagte Jim.

«Ich auch.» Mansur trat neben seinen Vetter.

Dorian lächelte und legte jedem eine Hand auf die Schulter. «Ihr bleibt hier, beide. Ich werde Männer wie euch brauchen, um mich zu rächen, falls alles schief geht.» Er löste seinen Schwertgurt und übergab die Waffe Mansur. «Bewahr das für mich auf.»

«Beeil dich besser, Onkel. Beshwayo ist nicht für seine Geduld berühmt.» Jim ging mit Dorian zu Beshwayo, der noch vor den Reihen seiner Krieger stand, und sprach ein ernstes Wort mit ihm. Am Ende brummte Beshwayo widerwillig und Jim konnte Dorian berichten: «Beshwayo sagt, er wird warten, bis du zurückkommst.»

Dorian schritt durch die Reihen der Beshwayo-Impis, die sich sofort vor ihm öffneten. Die Krieger erkannten, dass sie einen wahren König vor sich hatten. Dorian ging gemessenen, majestätischen Schrittes auf die Palisade zu und blieb stehen, als er keinen Pistolenschuss mehr entfernt war. Dann schaute er zu dem Mann hinauf, der die Flagge geschwenkt hatte.

«Sprich, Rahmad!», befahl er.

«Du erinnerst dich an mich?», fragte Rahmad verwundert.

«Ich kenne dich gut, sonst würde ich dir nicht vertrauen. Du bist ein Mann von Ehre.»

«Majestät!» Rahmad verbeugte sich tief. «Mächtiger Kalif.»

«Wenn du mich so anredest, warum kämpfst du dann gegen mich?»

Rahmad schien für einen Augenblick von Scham überwältigt. Dann hob er sein Haupt. «Ich spreche nicht nur für mich selbst, sondern für jeden Mann innerhalb dieser Mauern.»

Dorian hob die Hand, um ihn zum Schweigen zu bringen. «Das ist seltsam, Rahmad. Du sprichst für die Männer? Du sprichst nicht für Zayn al-Din? Erklär mir das.»

«Mächtiger al-Salil, Zayn al-Din ist …» Rahmad schien nach den richtigen Worten zu suchen. «Wir haben Zayn al-Din ersucht, uns und aller Welt zu beweisen, dass er, nicht Ihr, der wahre Kalif von Oman ist.»

«Und wie könnte er das beweisen?»

«Auf die überlieferte Weise, wenn zwei Männer den gleichen Anspruch auf den Thron haben. Wir haben Zayn al-Din ersucht, Mann gegen Mann um diesen Thron zu kämpfen, bis zum Tode, im Antlitz Gottes und vor allen Männern, die hier versammelt sind.»

«Du schlägst ein Duell zwischen uns vor?»

«Wir haben Zayn al-Din unsere Ergebenheit geschworen. Wir können ihn euch nicht ausliefern. Unsere Pflicht ist, ihn mit unserem Leben zu verteidigen. Wenn er jedoch in einem traditionellen Duell fiele, wären wir dieser Pflicht entbunden und würden uns freudig deinem Befehl unterwerfen.»

Dorian verstand ihr Problem. Sie hatten Zayn al-Din gefangen gesetzt, doch sie konnten ihn nicht hinrichten oder ausliefern. Er musste Zayn al-Din selbst töten, in offenem Zweikampf. Die Alternative wäre, Beshwayo zu erlauben, alle Omaner abzuschlachten.

«Warum sollte ich mich in solche Gefahr begeben? Du und Zayn al-Din sind in meiner Gewalt.» Dorian zeigte auf die Reihen der schwarzen Krieger. «Warum soll ich sie nicht ins Fort lassen und ihnen erlauben, euch zu massakrieren, hier und jetzt?»

«Ein geringerer Mann würde das vielleicht tun, doch nicht Ihr, denn Ihr seid der Sohn des Sultans Abd Muhammad al-Malik. Ihr werdet Eure Ehre nicht mit einer solchen Untat beschmutzen.»

«Es ist wahr, was du sagst, Rahmad. Es ist meine Bestimmung, das Königreich Oman zu vereinigen, nicht es zu spalten. Ich muss diese Bestimmung erfüllen. Ich werde mit Zayn al-Din um das Kalifat kämpfen.»

D IE OMANISCHEN ÄLTESTEN und Hauptleute markierten den Kampfring mit weißer Asche auf dem hart gebackenen Boden vor den Befestigungsanlagen des Forts. Es war ein Kreis von zwanzig Schritten Durchmesser.

Alle Araber, die auf Zayn al-Dins Seite gekämpft hatten und nun im Fort eingeschlossen waren, standen an der Brüstung. Ihnen gegenüber auf der Buchtseite des Rings hatten sich Dorians

Streitkräfte versammelt, einschließlich der Mannschaften der eroberten Dauen, die ihm schon ihre Treue geschworen hatten.

Jim hatte Beshwayo die Regeln und den Zweck des Duells erklärt und Beshwayo war begeistert. Er bedauerte es nicht mehr, dass man ihm das Recht bestritten hatte, das Fort zu stürmen und die Belagerten auszulöschen. Der Gladiatorenkampf, der nun bevorstand, fesselte ihn noch mehr.

«Welch großartige Art, einen Streit beizulegen, Somoya. Ich werde es in Zukunft genauso machen.»

Die gesamte Beshwayo-Armee saß in Reihen hinter Dorians Legionen. Die hohe Brüstung und der ansteigende Grund erlaubten jedem unbehinderte Sicht auf den Kampfring.

Dorian, flankiert von Jim und Mansur, stand vor seinen Männern vor dem geschlossenen Tor des Forts. Er war barfuß und trug einen einfachen weißen Kittel. Den Regeln des Wettkampfes entsprechend war er unbewaffnet.

Der Trompeter stieß in sein Widderhorn und das Tor schwang auf, vier Männer kamen herausmarschiert und gingen den Hang hinunter. Sie trugen bronzene Helme, Kettenhemden und Schienbeinpanzer: die Henker des omanischen Hofes. Folter und Tod waren ihr Geschäft. Sie nahmen ihre Plätze um den Kampfring ein und stützten sich auf ihre Schwerter. Nach einer Weile erklang noch ein Trompetenstoß und eine zweite Prozession kam den Hügel herunter, mit Mullah Khaliq an der Spitze. Hinter ihm gingen Rahmad und vier Stammeshäuptlinge. Zayn al-Din, mit einer Eskorte von fünf Mann, hinkte hinter ihnen her. Sie blieben auf der anderen Seite des Rings stehen.

Rahmad trat in die Mitte des Rings. «Im Namen des Einzigen Gottes und Seines Wahren Propheten, wir haben uns heute hier versammelt, um das Schicksal unseres Volkes zu entscheiden. Al-Salil», er verbeugte sich vor Dorian, «oder Zayn al-Din.» Er verbeugte sich noch einmal. Einer von euch wird heute sterben und der andere wird den Elefantenthron von Oman besteigen.»

Er streckte seine Arme aus und die beiden Häuptlinge an seiner Seite legten ihm einen Krummsäbel in jede Hand. Rahmad stieß die Spitze einer dieser Waffen in den Boden, gerade innerhalb des Ascherings. Dann durchquerte er den Ring und steckte die andere Klinge auf der gegenüberliegenden Seite in die Erde.

«Nur einer von euch wird diesen Ring lebend verlassen. Die vier Ringrichter», er zeigte auf die Henker, «haben strikten Befehl, denjenigen sofort zu töten, der über die Aschenlinie geworfen oder getrieben wird.» Er berührte die Linie mit seiner Sandalenspitze. «Mullah Khaliq wird nun die Gebete um Gottes Schirmherrschaft über diesen Kampf sprechen.»

Die Stimme des heiligen Mannes leierte durch die Stille, als er die Wettkämpfer Gottes Gnade und ihrem Schicksal anheim gab. Dorian und Zayn starrten sich über den Ring hinweg an. Ihre Miene war kalt, doch in ihren Blicken brannten Hass und Zorn. Der Mullah schloss sein Gebet: «In Gottes Namen, der Kampf möge beginnen.»

«Im Namen Gottes, macht euch bereit!», rief Rahmad.

Seit ihrer Kindheit waren Dorian und Zayn zu Kriegern erzogen worden, obwohl sie sich vor diesem Tag nur einmal im Kampf gegenübergestanden hatten. Damals waren sie jedoch noch Kinder gewesen und die Welt um sie war inzwischen zu einer anderen geworden.

Sie standen sich gegenüber, gerade außer Reichweite. Sie sagten kein Wort, doch sie beobachteten einander intensiv. Rahmad trat zwischen sie. Er hielt ein Stück Seidenschnur, leicht wie Gaze, doch stärker als Stahl. Er hatte die Länge abgemessen und es auf genau fünf Schritte kürzer als der Ringdurchmesser zugeschnitten.

Rahmad ging zuerst auf Zayn zu. Obwohl er genau wusste, dass Zayn Linkshänder war, fragte er förmlich: «Welche Hand?»

Ohne sich zu einer Antwort herabzulassen, hielt ihm Zayn seine rechte Hand hin. Rahmad knotete ihm ein Ende der Schnur um das Handgelenk. Er war ein Seemann. Der Knoten würde sich weder lösen noch zuziehen. Mit dem anderen Ende der Schnur ging er zu Dorian, der ihm das linke Handgelenk hinhielt, und Rahmad legte ihm genau die gleiche seidene Handschelle an. Nur der Tod konnte die beiden nun noch voneinander trennen.

«Schaut auf eure Schwerter!», befahl Rahmad und die Kämpfer blickten sich zu den Krummsäbeln um, die hinter ihnen im Boden steckten. Die Seidenschnur war zu kurz, als dass sie beide zugleich zu ihren Waffen gelangen konnten.

«Ein Trompetenstoß wird diesen Kampf eröffnen, doch enden kann er nur mit dem Tod», deklamierte Rahmad. Er und die vier Häuptlinge verließen den Ring. Eine fürchterliche Stille senkte sich auf den Kampfplatz. Selbst die Luft schien still zu stehen und die Möwen hörten zu schreien auf. Rahmad blickte zu dem Trompeter und hob eine Hand. Der Trompeter hob das Widderhorn und setzte es an die Lippen. Rahmad ließ seine Hand sinken und der Hornstoß hallte von den Klippen und Hügeln wider. Eine Welle von Lärm schwappte über den Ring, als alle Zuschauer aufschrien.

Die Kämpfer rührten sich nicht. Sie standen einander gegenüber und lehnten sich leicht gegen die Schnur zurück, hielten sie stramm und schätzten die Kraft und das Gewicht des anderen ab, wie ein Fischer einen schweren Fisch einschätzt, den er am Haken hat. Jeder der beiden konnte seinen Säbel nur erreichen, wenn der andere Boden einbüßte. Sie hielten lautlos die Schnur gespannt. Plötzlich sprang Dorian vor und Zayn taumelte zurück, als die Schnurr erschlaffte. Dann wirbelte er herum und lief auf sein Schwert zu. Dorian bemerkte eine gewisse Schwerfälligkeit, als Zayn sein Gewicht auf den verkrüppelten Fuß verlagerte. Er stürzte hinter ihm her und holte dabei eine doppelte Armlänge Schnur ein. Er stand nun in der Mitte und verkürzte die Schnur zwischen ihnen um fast die Hälfte. Von dieser Position aus beherrschte er den Ring, doch dafür hatte er wertvollen Boden eingebüßt. Zayn griff nach dem Heft seines Säbels. Dorian wickelte sich noch ein Stück Schnur um die Hand und fasste Tritt. Mit einem Ruck zog er die Schnur ein und Zayn wurde mit solcher Gewalt zurückgerissen, dass er wieder auf seinem schwachen Fuß zu stehen kam. Für einen Augenblick verlor er das Gleichgewicht und Dorian holte ihn ein wie einen Spielzeugdrachen, wobei er eine weitere Armlänge Schnur gewann.

Plötzlich änderte Dorian den Winkel, in dem er zog. So machte er sich zu der Achse, um die sich Zayn drehte, wie ein

Geschoss in einer Steinschleuder. Dorian nutzte das Drehmoment, um Zayn auf den weißen Aschekreis zuzutreiben, direkt auf die Henker zu, die mit gezogenen Schwertern dort warteten. Es sah aus, als würde er rückwärts aus dem Ring geschleudert, doch dann fand Zayn mit seinem starken Bein Halt und bremste die Schleuderbewegung. Eine Wolke feiner Asche stieg von der Linie auf, aber er konnte es vermeiden, aus dem Ring zu geraten. Die Schnur hing nun jedoch schlaff auf den Boden und Dorian hatte Zayn nicht mehr in seiner Gewalt. Er rannte vor und wollte ihn mit einem Schulterstoß aus dem Ring treiben. Zayn sah ihn kommen, knickte die Knie ein und senkte seine Schultern, um ihn abzublocken.

Sie prallten mit solcher Gewalt zusammen, dass es jeden Knochen in ihnen erschütterte. Dann stemmten sie sich gegeneinander, grunzend vor Anstrengung. Dorian hatte seine rechte Handwurzel unter Zayns Kinn und drückte seinen Kopf nach hinten. Zayns Rücken bog sich langsam über die Linie, der Henker trat einen Schritt vor, um ihn in Empfang zu nehmen, wenn er aus dem Ring fiele. Zayn holte zischend Luft, nahm seine letzten Kräfte zusammen. Sein Gesicht schien unter der Anstrengung anzuschwellen, doch sein Rücken kam langsam wieder hoch und er zwang Dorian einen Schritt zurück.

Der Lärm war ohrenbetäubend, die Beshwayo-Krieger tanzten und trommelten auf ihren Schilden. Zayn nutzte sein überlegenes Gewicht und brachte seine Schulter langsam unter Dorians Achselhöhle. Dann richtete er sich mit einem Ruck auf und Dorian verlor seinen Tritt und Griff. Seine nackten Fußsohlen rutschten über den Staub und er wurde einen Meter zurückgetrieben, und dann noch einen. Dorian stemmte sich mit aller Kraft gegen Zayns Vorstoß, und dann sprang Zayn plötzlich zurück. Nun war es Dorian, der aus dem Gleichgewicht war. Er taumelte nach vorn und Zayn huschte vor ihm davon, flink wie eine Eidechse, trotz seines verkrüppelten Fußes, direkt auf die Stelle zu, wo sein Krummsäbel im Boden steckte.

Dorian versuchte, das Seil einzuholen und ihn zurückzuhalten, doch bevor er es spannen konnte, war Zayn bei seiner

Waffe und hatte sie fest im Griff. Dorian wollte ihn zurückrei-
ßen, doch Zayn kam ihm zuvor, indem er auf ihn zugestürmt
kam, die Spitze des Säbels auf Dorians Kehle gerichtet. Dorian duckte ab und sie umkreisten einander, immer noch verbunden durch die seidene Nabelschnur.

Zayn lachte leise, doch es war ein freudloses Lachen. Mit
angetäuschten Angriffen zwang er Dorian immer mehr zurück
und sobald genug lose Schnur zwischen ihnen war, stürzte er
vor und zog den anderen Säbel aus dem Boden, bevor Dorian
die Schnurr stramm ziehen konnte. Nun stand Zayn seinem
Todfeind mit zwei Schwertern gegenüber, einem in jeder
Hand.

Die Menge verstummte. Alle beobachteten voller Grauen
und Faszination, wie Zayn Dorian durch den Ring verfolgte,
und diesmal war es Dorian, auf den die Henker hinter der Linie warteten. Dorian beobachtete Zayn genau. Er wusste inzwischen, Zayn mochte Linkshänder sein, doch sein rechter
Arm war fast ebenso gefährlich. Wie zum Beweis setzte Zayn
nun einen rechtshändigen Hieb auf Dorians Kopf an. Als Dorian wegtauchte, stieß Zayn mit der Linken zu, und diesmal
konnte Dorian nicht ausweichen. Er drehte sich noch zur
Seite, doch die Klinge streifte seine Rippen und die Menge
heulte auf, als sein Blut aus der Wunde floss. Mansur packte
Jims Arm. «Er ist verletzt. Wir müssen einschreiten.»

«Nein, Vetter», sagte Jim leise, «wir können nichts tun.»

Die beiden Kämpfer kreisten im Ring, als wäre die Seiden-
schnur eine Radspeiche, doch Dorian hielt immer noch ein
Stück der Schnur, das er eingeholt hatte, zwischen seinen
Fäusten.

Zayn zitterte vor Ungeduld, endlich den Todesstoß anbringen zu können. Seine Lippen bewegten sich und seine Augen
funkelten düster. «Blute, du Schwein, und wenn du den letzten
Tropfen vergossen hast, werden ich deinen Kadaver in fünfzig
Stücke hacken und in alle Winkel meines Reiches schicken,
damit jeder weiß, welche Strafe den Verräter erwartet.»

Dorian reagierte nicht. Er hielt sein Ende der Schnur locker in der rechten Hand. In vollkommener Konzentration
starrte er in Zayns Augen und wartete auf ein Zeichen, dass er

wieder angreifen würde. Zayn fintierte einen Ausfall mit seinem schlechten Fuß und sprang dann auf seiner starken Seite vor. Genau das hatte Dorian erwartet. Er ließ die Seidenschlaufe, die er in der Hand hielt, locker und mit einer schnellen Bewegung aus dem Handgelenk ließ er das Ende der Schnur vorschnappen wie eine Peitschenschnur. Das Ende traf Zayns rechtes Auge mit solcher Gewalt, dass die Blutgefäße auf dem Augapfel platzten, Pupille und Hornhaut zerschmettert wurden und der Augapfel sich in einen zerbrechlichen, rosa Geleesack verwandelte.

Zayn schrie auf, hoch und schrill wie ein Mädchen. Er ließ beide Säbel fallen und hielt sich die Hände vor das verletzte Auge. So stand er blind und schreiend in der Mitte des Rings. Dorian hob einen der Krummsäbel auf. Noch während er sich wieder aufrichtete, elegant wie ein Tänzer, trieb er die Klinge tief in Zayns Bauch.

Der Schrei erstarb auf Zayns Lippen. Eine Hand hielt er über sein Auge, mit der anderen fasste er nach unten und fand die klaffende Wunde. Er sank auf die Knie und ließ den Kopf hängen. Sein Hals war ausgestreckt. Dorian hob den Säbel und ließ ihn herabsausen. Die Luft pfiff um den blutigen Stahl, der eine Lücke zwischen den Halswirbeln fand und den Knorpel durchtrennte. Zayn sprang der Kopf von den Schultern und fiel dumpf auf die harte Erde. Sein Körper kniete noch für einen Augenblick, während die durchtrennten Arterien das Blut aus ihm herauspumpten. Dann fiel er vornüber.

Dorian bückte sich und nahm eine Hand voll von Zayns grauschwarzem Haar. Dann riss er den abgetrennten Kopf hoch. Die Augen waren weit aufgerissen, und zitterten blind in alle Richtungen.

«So räche ich Prinzessin Yasmini! So nehme ich den Elefantenthron von Oman!», rief Dorian triumphierend.

Und tausend Stimmen antworteten ihm: «Heil al-Salil! Heil dem Kalifen!»

Beshwayo und seine Impis sprangen auf und riefen den königlichen Gruß: *«Bayete, Inkhosi! Bayete!»*

Dorian ließ den Kopf fallen und krümmte sich unter den Schmerzen, die seine Wunde verursachte. Das Blut floss ihm immer noch an der Seite herab und er wäre gestürzt, wenn Mansur und Jim nicht in den Ring geeilt wären und ihn gestützt hätten. Sie mussten ihn fast tragen, als sie sich in das Fort zurückzogen.

Die Zimmer waren alle vollkommen leer. Dennoch trugen sie Dorian in sein Schlafzimmer und legten ihn dort auf den nackten Boden. Mansur befahl Rahmad, Zayn al-Dins Leibarzt zu holen, der schon an der Tür wartete und sofort herbeigeeilt kam.

Während der Arzt die Wunde badete und mit Katzendarm zunähte, sprach Dorian leise mit Mansur und Jim. «Ich musste Tom versprechen, euch nichts zu sagen, bis die Kämpfe hier vorüber sind. Nun bin ich also von diesem Versprechen befreit. Als unsere Männer das Fort geräumt hatten, kam Guy mit einer Schwadron bewaffneter Männer an Land. Sie stürmten ins Fort. Als Guy die Schatzkammer leer fand, schäumte er vor Wut und stieg auf die Brüstung, um sich zu beruhigen. Und dann sah er die Wagenspuren. Er muss sich sofort ausgerechnet haben, dass wir das Gold mit den Wagen weggeschafft hatten. Zayn hatte inzwischen schon seine Pferde gelandet. Guy nahm sich zwanzig davon und folgte mit seinen besten Männern den Wagenspuren. Er hat zweifellos vor, die Wagen zu nehmen und sein Gold zurückzuerobern.» Die beiden jungen Männer trauten kaum ihren Ohren.

Jim fand als Erster seine Stimme wieder. «Die Frauen! Georgie!»

«Sobald wir erkannten, was geschehen war, ist Tom mit Smallboy und seinen Musketieren hinter Guy hergejagt.»

«Mein Gott!», stöhnte Mansur. «Das war gestern! Wer weiß, was seitdem passiert ist! Warum hast du es uns nicht früher gesagt?»

«Du weißt, warum. Ich konnte mein Versprechen nicht brechen.»

Jim blickte Mansur an. Die Stimme versagte ihm fast vor Sorge um seine Familie – Sarah, Louisa, Georgie … «Bist du dabei, Vetter?»

«Lässt du mich gehen, Vater?»

«Natürlich, mein Sohn, geh mit meinem Segen.»

«Ich bin dabei, Vetter!», rief Mansur und sie liefen zur Tür. Jim hatte Bakkat schon herbeigerufen. «Sattle Drumfire. Wir reiten sofort los.»

DIE SCHLUCHT WAR NICHT nur in sicherem Abstand von der Küste, sie war auch wunderschön. Deshalb hatten sie sie für ihr Lager ausgesucht. Der Fluss kam in einer Reihe von Stromschnellen und Wasserfällen aus dem Hochland gestürzt. Die Becken unter diesen Wasserfällen waren klar und ruhig und voller gelber Fische. Ihr Lager lag im Schatten hoher Bäume, deren duftende Früchte Scharen von Vögeln und Meerkatzen anzogen.

Obwohl Tom ihr ans Herz gelegt hatte, die meisten Möbel und ihre anderen Besitztümer nicht weit hinter dem Fort zu verstecken – in derselben Höhle, wo sie einiges Elfenbein untergebracht hatten –, hatte Sarah all ihre wirklichen Schätze auf die Wagen packen lassen. Die Truhen voll Goldbarren, die Tom ihr aufgebürdet hatte, bedeuteten ihr nicht viel. Als sie den Lagerplatz erreichten, machte sie sich nicht einmal die Mühe, sie abladen zu lassen. Als Louisa und Verity höflich fragten, ob das nicht etwas leichtsinnig sei, lachte Sarah: «Das wäre nur Zeitverschwendung. Wir müssten nur das ganze Zeug wieder aufladen, wenn wir heimfahren.»

Dagegen scheute sie keine Mühe, das Lager mit allem möglichen häuslichen Luxus auszustatten. Ihr Prunkstück war eine aus Lehmwänden errichtete Küche mitsamt Speisezimmer. Das Dach war ein Meisterwerk der Schilfdeckerkunst. Sarahs Cembalo hatte natürlich einen Ehrenplatz in der Mitte des Raumes und jeden Abend versammelten sie sich zum Gesang, während Sarah die Tasten streichelte.

Am Tag hielten sie Picknicks am Ufer und sahen Georgie zu, wenn er schwamm wie ein kleiner, nackter Fisch. Sie klatschten alle in die Hände, als er mit möglichst lautem Platschen von dem hohen Ufer ins Wasser sprang. Sie malten und nähten. Louisa gab George Reitstunden. Der kleine Knirps saß wie ein Floh auf Truehearts Rücken. Verity arbeitete an ihrer Koranübersetzung und an der englischen Version des *Ramayana*. Sarah ging mit George wilde Blumen pflücken, die sie dann zeichneten, mit Beschreibungen versahen und in ihre Sammlung aufnahmen. Verity hatte eine Truhe mit ihren Lieblingsbüchern aus der Kabine der *Arcturus* mitgebracht und las den anderen Frauen vor. So lauschten sie verträumt James Thomsons *Jahreszeiten* und kicherten wie Schulmädchen über *Rage on Rage*.

An manchen Morgen ließ Louisa George in Sarahs und Intepes Obhut und ritt mit Verity in den Wald hinaus. Das passte auch George sehr gut. Großmama Sarah war eine unerschöpfliche Quelle von Gebäck, Karamellbonbons und anderen Leckereien. Und sie konnte die wunderbarsten Geschichten erzählen. Die sanfte Intepe, Zamas «Lilie», war so entzückt von George, dass sie ihm jeden Wunsch erfüllte. Sie hatte mit Zama inzwischen selbst zwei stramme Söhne. Zama hatte für sie und Georgie einen kleinen Bogen gebaut und einen Stock angespitzt, den sie als Speer benutzten. So verbrachten sie viel Zeit damit, um das Lager herum auf Jagd zu gehen. Bisher hatten sie nur einmal etwas gefangen: eine Feldmaus, die den Fehler begangen hatte, George vor die Füße zu laufen, und der war ihr dann vor Schreck auf den Kopf getreten. Sie garten den winzigen Leichnam über dem großen Lagerfeuer, das sie eigens zu diesem Zweck gebaut hatten.

Es mochte als ein idyllisches Leben erscheinen, doch das war es nicht. Ein dunkler Schatten hing über dem Lager. Inmitten von Gelächter wurden die Frauen manchmal plötzlich still und blickten die Wagenspur zurück, die zur Küste führte. Nachts schreckten sie auf, wenn eines der Pferde schnaubte oder mit den Hufen stampfte.

«Hast du es auch gehört, Mutter?»

«Schlaf jetzt, Louisa, es war nur eines unserer Pferde. Jim wird bald wieder bei uns sein.»

«Geht es dir gut, Verity?»

«So gut wie uns allen. Ich vermisse Mansur, wie du Jim vermisst.»

«Schluss jetzt, Mädchen!» Sarah machte solchen nächtlichen Gesprächen von Wagen zu Wagen ein Ende. «Sie sind beide Court-neys, und die Courtneys sind ein zähes Volk. Sie werden bald hier sein.»

Alle vier oder fünf Tage kam ein Reiter von Fort Auspice herauf und brachte einen Lederbeutel mit Briefen für die Frauen. Und dann ging wieder das lange, einsame Warten los.

Tegwane, Intepes Großvater, spielte den Nachtwächter für sie. In seinem Alter brauchte er nicht viel Schlaf und er nahm seine Pflichten sehr ernst. Auf seinen Storchenbeinen ging er ständig um die Wagen herum, stets seinen Speer auf der Schulter. Zama war der Hauptmann des Lagers, mit acht Mann unter sich, darunter die Wagenfahrer und bewaffneten Askari. Izeze, der Floh, war zu einem kräftigen jungen Mann und feinen Musketenschützen herangewachsen. Er war der Sergeant des Wachtrupps. Auf Jims Befehl hatte Inkunzi alles Vieh von der Küste in die Hügel getrieben, wo sie vor Zayn al-Dins Expeditionsstreitkräften sicher waren. Er und seine Nguni-Hirten waren niemals weit, falls es zu Schwierigkeiten käme.

Nach achtundzwanzig Tagen in diesem Flusslager hätten die Frauen sich eigentlich sicher fühlen sollen, doch so war es nicht. Sie hätten in der Lage sein sollen, ruhig zu schlafen, doch sie konnten nicht. Über allem hing eine Vorahnung des Bösen.

In der neunundzwanzigsten Nacht konnte Louisa überhaupt nicht schlafen. Sie hängte eine Decke vor Georges Bettchen, zündete die Öllampe wieder an, schob sich alle Kissen in den Rücken und las Henry Fielding. Plötzlich legte sie das Buch beiseite und eilte zur Achterklappe des Wagens. Sie zog den Vorhang auf und lauschte, bis sie ganz sicher war.

«Reiter!», rief sie. «Es muss die Post sein.»

In den anderen Wagen flammten die Dochte auf und die drei Frauen sprangen heraus und versammelten sich vor der Küche. Sie redeten aufgeregt miteinander. Zama und Tegwane legten Scheite auf das Feuer und Funken sprühten in den Nachthimmel empor.

Sarah war die Erste, die ein schlechtes Gefühl hatte. «Es ist mehr als ein Pferd.» Sie lauschte noch einmal in die Finsternis.

«Meinst du, es könnten die Männer sein?», fragte Louisa voller Freude.

«Vielleicht sollten wir Vorsichtsmaßnahmen treffen», schlug Verity vor. «Wir sollten nicht annehmen, es sind Freunde, nur weil sie beritten sind und sich nicht anschleichen.»

«Verity hat Recht. Louisa, hol Georgie! Alle anderen in die Küche! Dort werden wir uns verschanzen, bis wir wissen, wer sie sind.»

Louisa raffte ihr Nachthemd zusammen und lief mit fliegenden Haaren zu ihrem Wagen zurück. Intepe kam mit ihren Kindern aus ihrer Hütte gelaufen und Sarah und Verity schoben sie in die Küche. Sarah nahm eine Muskete aus dem Regal und stellte sich in die Tür.

«Beeilung, Louisa!» rief sie besorgt. Der Hufschlag kam immer näher und dann erschien eine große Gruppe von Reitern aus der Finsternis. Sie galoppierten in das Lager und zügelten ihre Pferde, die tänzelnd zum Stehen kamen und dabei Eimer, Töpfe und Stühle umwarfen und Unmengen Staub aufwirbelten.

«Wer seid ihr?», rief Sarah mit scharfer Stimme. Sie stand immer noch in der Küchentür. «Was wollt ihr von uns?»

Der Anführer der Bande ritt auf sie zu und schob seinen Hut zurück, sodass sie sehen konnte, dass er ein Weißer war. «Leg das Gewehr weg, Frau. Lass alle herauskommen. Ich übernehme hier.»

Verity trat an Sarahs Seite. «Es ist mein Vater.»

«Verity, du böses Kind, komme sofort heraus, du Verräterin.»

«Lass sie in Ruhe, Guy Courtney. Verity steht unter meinem Schutz.»

Guy lachte bitter, als er sie erkannte. «Sarah Beatty, meine liebe Schwägerin, wie lange haben wir uns nicht mehr gesehen.»

«Nicht lange genug für meinen Geschmack», zischte Sarah. «Und hüte dich, ich bin nicht mehr Sarah Beatty, sondern Mrs Tom Courtney. Und jetzt verschwinde und lass uns in Ruhe.»

«Ich würde mich an deiner Stelle nicht damit brüsten, die Frau dieses Straßenräubers und Mörders zu sein. Wie auch immer, ich kann leider nicht einfach verschwinden, denn ihr habt hier Dinge versteckt, die ihr mir gestohlen habt: mein Gold und meine Tochter. Ich bin hier, um mir beides zurückzuholen.»

«Du musst mich umbringen, bevor du irgendetwas davon in die Finger bekommst.»

«Das kann ich tun, kein Problem, meine Liebe.» Er lachte und rief Peters zu: «Sag ihnen, sie sollen die Wagen durchsuchen.»

«Halt!» Sarah hob ihre Muskete.

«Schieß doch», lud Guy sie ein. «Aber ich schwöre, das ist das Letzte, was du je tun wirst.»

Sarah zögerte. Guys Männer liefen zu den Wagen. Einen Augenblick später hörten sie jemanden rufen und Peters informierte Guy: «Sie haben die Goldtruhen gefunden.»

Dann gab es noch einen Schrei und zwei der Araber zerrten Louisa aus ihrem Wagen. Sie hielt George in den Armen und versuchte verzweifelt, die Soldaten abzuschütteln. «Lasst mich in Ruhe! Lasst mein Kind in Ruhe!»

«Wer ist dieser Balg?» Guy fasste nach unten und riss George aus Louisas Armen. Er schaute über das Feuer hinweg Sarah an. «Weißt du irgendetwas über diesen kleinen Bastard?»

Verity zupfte an Sarahs Nachthemd und flüsterte mit drängender Stimme: «Lass dir nicht anmerken, was George dir bedeutet. Er wird ihn nur benutzen.»

«Nun, meine liebe Tochter, du hast dich also auf die Seite der Feinde deines Vaters geschlagen. Schande über dich!» Dann blickte er wieder Sarah an. Sie war leichenblass und er lächelte kalt. «Du hast also nichts zu tun mit diesem Kind? Gar nichts? Dann weg damit.»

Er beugte sich aus dem Sattel und hielt George über die Flammen des Lagerfeuers. Das Kind spürte die Hitze an seinen nackten Beinen und schrie vor Schmerzen. Louisa schrie ebenso laut und Verity rief: «Nein, Daddy, bitte tu es nicht!»

«Nein, Guy!» Sarah lief vor. «Er ist mein Enkel. Bitte tu ihm nicht weh. Wir tun alles, was du willst, wenn du nur Georgie verschonst.»

«Das klingt schon viel vernünftiger.» Guy hob das Kind von den Flammen weg.

«Gib ihn mir, Guy.» Sarah streckte beide Arme aus. «Bitte, Guy.»

«Bitte, Guy!», äffte er sie nach. «Das ist schon viel höflicher. Aber ich fürchte, ich muss den kleinen George noch behalten, für den Fall, dass du wieder deine Meinung änderst. Jetzt will ich, dass all eure Leute ihre Waffen niederlegen und aus ihren Verstecken kommen, wo immer sie sich verkrochen haben, mit erhobenen Händen. Nun gib schon den Befehl!»

«Zama! Tegwane! Izeze! Kommt alle raus. Tut, was er sagt!», befahl Sarah. Sie kamen widerwillig zwischen den Wagen und Bäumen hervor. Guys Männer nahmen ihnen die Musketen ab, fesselten ihnen die Hände hinter dem Rücken und führten sie ab.

«Und jetzt, Sarah, Verity und diese andere Frau», er zeigte auf Louisa, «geht in eure Hütte zurück. Und denkt daran, ich habe immer noch diesen kleinen Kerl.» Er kniff George die Wange, bis die zarte Haut aufbrach und der Knabe vor Schmerz aufschrie. Die Frauen versuchten, sich von den Arabern loszureißen, die sie festhielten, doch die zogen sie in die Küche. Die Tür wurde zugeschlagen und zwei von Guys Männern standen davor Wache.

Guy schwang sich aus dem Sattel und warf die Zügel einem seiner Männer zu. Er schleifte George hinter sich her und wenn das Kind aufschrie, beugte er sich hinunter und schüttelte ihn, dass ihm die Zähne klapperten und er so außer Atem war, dass er nicht mehr schreien konnte. «Halt dein Maul, du kleines Ferkel!» Er richtete sich wieder auf und rief Peters zu: «Sie sollen die Goldtruhen abladen. Ich werde selber nachsehen, ob noch alles da ist.»

Sie brauchten länger als Guy erwartet hatte, die schweren Kisten aus den Wagen zu heben und die Deckel aufzuschrauben, doch als er schließlich davor stand und auf die gelb schimmernden Barren hinabschaute, erstarrte er in Ehrfurcht. «Es ist alles da», flüsterte er verträumt, «bis auf die letzte Unze.» Er schüttelte sich wach. «Jetzt müssen wir es nur noch zu den Schiffen bringen. Wir brauchen mindestens zwei dieser Wagen.» Er nahm George unter den Arm und ging zu den Leuten, die seine Männer bewachten. «Wer von euch sind die Wagenfahrer?» Die

Fahrer standen auf. «Geht mit meinen Männern und holt eure Ochsen. Spannt sie vor diese beiden Wagen. Und macht schnell. Jeder, der zu entkommen versucht, wird erschossen.»

S<small>OBALD DIE KÜCHENTÜR</small> hinter ihnen zugeknallt war, sprach Sarah mit den Mädchen. Verity war bleich, aber gefasst. Louisa zitterte und schluchzte leise.

«Verity, du bleibst an der Tür und warnst uns, wenn jemand hereinkommen will.» Sie legte ihren Arm um Louisas Schultern. «Komm, Liebes, sei tapfer. Es hilft George nicht, wenn du jetzt schlappmachst.»

Louisa wischte sich die Tränen ab. «Was muss ich tun?»

«Hilf mir.» Sarah ging zu der Marinetruhe, die an einer Wand stand. Sie wühlte in einer der unteren Schubladen und brachte eine blaue Lederschatulle zum Vorschein. Als sie sie öffnete, sahen sie die silbernen Duellierpistolen auf ihren samtenen Kissen. «Tom hat mir beigebracht, wie man damit umgeht.» Sie gab eine Louisa. «Hilf mir, sie zu laden.»

Jetzt riss sich Louisa zusammen und lud die Pistole mit flinker, sicherer Hand. Sarah hatte sie schon früher beobachtet und wusste, dass Jim sie zu einer vortrefflichen Schützin gemacht hatte.

«Versteck sie in deinem Mieder», befahl Sarah, während sie die andere Pistole in ihr Nachthemd steckte. Dann ging sie zur Tür und horchte. «Hast du irgendetwas gehört?», fragte sie Verity.

«Die beiden arabischen Wachen schwatzen miteinander.»

«Was sagen sie?»

«In der Bucht scheint eine Schlacht stattzufinden. Sie sind sehr besorgt. Auf dem Weg hierher haben sie schweres Kanonenfeuer gehört. Sie glauben, Zayns Schiffe könnten in die Luft geflogen sein. Sie überlegen, ob sie desertieren sollen. Sie wollen nicht hier hängen bleiben, wenn Zayn geschlagen ist.»

«Es ist also noch nicht alles verloren. Tom und Dorian kämpfen also noch.»

Sarah ließ Verity an der Tür zurück und stellte einen Stuhl unter das einzige Fenster hoch in der Wand. Louisa hielt den Stuhl fest und Sarah kletterte hinauf. Dann schob sie das Kudufell, das vor dem Fenster hing, einen Spalt beiseite und spähte hinaus.

«Kannst du George sehen?», fragte Louisa mit zitternder Stimme.

«Ja, Guy hat ihn. Er sieht etwas erschrocken aus, scheint aber nicht verletzt zu sein.»

«Mein armes Baby», schluchzte Louisa.

«Nun fang nicht damit wieder an», schnappte Sarah. Damit die beiden jungen Frauen nicht in Panik ausbrachen, beschrieb sie alles, was sie draußen sah. «Sie laden das Gold ab und öffnen die Truhen. Guy schaut sich alles genau an.»

Sie beschrieb, wie die Truhen wieder verschlossen und auf die Wagen geladen wurden und wie die Fahrer dann die Ochsen unter den Augen von Guys Schergen vor die Wagen spannten.

«Sie sind bereit, zu verschwinden», sagte Sarah erleichtert. «Guy hat alles, was er will. Jetzt wird er bestimmt George freigeben und uns in Frieden lassen.»

«Ich glaube nicht, dass er das tun wird, Tante», sagte Verity zögernd. «Ich glaube, wir sind sein Freibrief zur Küste. Solange er uns noch in seiner Gewalt hat, können sie ihn nicht angreifen.»

Wenige Minuten später fanden sie Veritys Befürchtungen bestätigt. Männer kamen herbeigelaufen und rissen die Tür auf. Fünf Araber kamen hereingestürmt und sprachen mit Verity. Sie übersetzte für die anderen. «Er sagt, wir sollen uns schnell warm anziehen. Wir werden sofort aufbrechen.»

Sie wurden zu ihren Wagen geführt und Soldaten bewachten sie, während sie schwere Mäntel über ihren Nachthemden anzogen und eilig ein paar notwendige Dinge in eine Reisetasche warfen. Dann wurden die drei Frauen zu den Pferden gebracht, die für sie gesattelt worden waren. Die beiden Wagen mit dem Gold standen schon hintereinander, bereit, zur Küste zurückzufahren. Guy war an der Spitze seiner Männer.

«Gib mir den kleinen George zurück», bat ihn Sarah.

«Vor langer Zeit hast du mich schon einmal zum Narren gehalten, Sarah Beatty. Das wird nicht noch einmal passieren. Ich werde deinen Enkelsohn gut bewachen.» Er zog den Dolch aus seinem Gürtel und hielt ihn dem Kind an die Kehle. George war so erschrocken, dass er aufschrie. «Zweifle keine Sekunde, dass ich ihm die Kehle durchschneide, wenn du mir den geringsten Anlass gibst. Wenn wir auf Tom oder Dorian oder irgendeinen anderen von dieser verdammten Brut stoßen, sag ihnen das. Und jetzt halt dein Maul.»

Sie stiegen auf die Pferde, die Zama, Izeze und Tegwane für sie hielten. Als Louisa auf Truehearts Rücken saß, beugte sie sich vor und flüsterte Zama zu: «Wo sind Intepe und die Kinder?»

«Ich habe sie in den Wald geschickt», antwortete er leise. «Niemand hat sie verfolgt.»

«Gott sei Dank», seufzte Louisa.

Guy gab den Befehl aufzubrechen und Peters wiederholte es auf Arabisch. Die Peitschen knallten und der Treck bewegte sich vorwärts. Guy ritt an der Spitze des Konvois. George saß unbequem auf seinem Schoß. Die arabische Eskorte zwang die Frauen, dicht hinter Guy herzureiten. Sie trieben sie so eng zusammen, dass sich ihre Knie berührten. Das Rumpeln der Wagenräder und das Quietschen und Rasseln der Ausrüstung übertönte Sarahs Stimme, als sie mit den beiden jungen Frauen flüsterte: «Hast du deine Pistole bereit, Louisa?»

«Ja, Mutter, ich habe meine Hand darauf.»

«Gut. Und jetzt müsst ihr Folgendes tun.» Sie sprach leise weiter und die beiden Mädchen nickten unauffällig. «Wartet auf mein Kommando. Unsere einzige Chance ist, sie zu überraschen. Wir müssen zusammen handeln, sonst ist alles zwecklos.»

Die Kavalkade wand sich das Hochland hinunter auf den Küstenstreifen zu. Die Ochsenwagen gaben das Tempo vor und nach einer Weile waren alle still. Geiselnehmer und Geiseln fielen in ein lethargisches Schweigen, das langsam in Schlaf überging. George war schon lange in einen erschöpften Schlummer gesunken. Sein Kopf schaukelte vor Guys Schulter. Jedes Mal, wenn Sarah zu ihm hinüberschaute, bekam sie es mit der Angst zu tun.

Ab und zu streckte sie verstohlen eine Hand aus und berührte eines der Mädchen, damit sie nicht einschliefen und wachsam blieben. Sie hatte sich inzwischen die Pferde genauer angeschaut, die die Araber ritten. Sie waren abgemagert und auch sonst in schlechtem Zustand. Wahrscheinlich hatten sie eine lange, qualvolle Reise in engen Schiffen hinter sich. Mit den Pferden, die sie und die Mädchen ritten, würden sie es niemals aufnehmen können. Trueheart war das schnellste der drei Tiere und Louisa war leicht zu tragen. Auf Trueheart würde sie allen entkommen, selbst mit George vor sich im Sattel.

Dem Araber, der neben Sarah ritt, sank der Kopf auf die Brust. Er rutschte fast aus dem Sattel, doch kurz bevor er vom Pferd fiel, zuckte er auf und setzte sich wieder zurecht.

Im Mondschein erkannte Sarah die Stelle wieder, wo sie nun waren. Sie kamen an eine Furt über einen der Nebenflüsse. Auf dem Weg von Fort Auspice herauf hatten Zama und seine Leute Tage damit zugebracht, Rampen in die hohen Ufer zu graben. Es war eine enge, steile Furt, die nicht leicht zu passieren war. Sie wusste, dies war der beste Platz für einen Fluchtversuch. Sie hatten noch eine Stunde Dunkelheit, um zu entkommen, und in der Zeit wären sie den geschwächten Pferden der Verfolger bestimmt davongelaufen.

Sie berührte verstohlen die beiden Mädchen, eine nach der anderen. Sie drückte ihre Hände. Die drei stießen ihre Fersen sanft in die Weichen der Pferde, bis sie fast mit Sir Guy zusammenstießen. Sarah griff in ihren Mantel und zog die Duellpistole aus ihrem Mieder. Das Klicken des Hahns, als sie ihn halb spannte, wurde von dem dicken Schaffell gedämpft. Der Druckpunkt der Waffe war leicht zu verpassen, weshalb sie nicht wagte, den Hahn ganz durchzuspannen, bevor sie sicher feuern konnte. Fünfzig Meter vor ihnen sah sie die Lücke in dem Flussufer aus der Dunkelheit erscheinen. Die Straße führte direkt ins Wasser. Sie wartete, bis Guy sein Pferd zügelte und das Gelände vor ihnen musterte.

Bevor Guy irgendetwas tun konnte, rammte sie sein Pferd von hinten. Die Mädchen an ihrer Seite ritten vor und für einen Augenblick tänzelten die Pferde durcheinander.

«Könnt ihr eure verdammten Gäule nicht unter Kontrolle halten?», rief Guy zornig.

Dann erklang eine andere Stimme aus der Finsternis unmittelbar vor ihnen. «Bleibt, wo ihr seid! Fünfzig Musketen sind auf euch gerichtet und sie sind alle mit Schrot geladen!»

«Tom!», rief Sarah. «Es ist Tom!» Tom Courtney hatte die Wagen natürlich schon aus einer Meile Entfernung gehört und die Furt war der beste Platz, sie anzugreifen.

«Tom Courtney!», rief Guy zurück, «Ich habe deinen Enkelsohn im Arm. Mein Dolch ist an seiner Kehle. Meine Männer haben deine Frau in ihrer Gewalt, und alle anderen Frauen deiner Familie! Geh aus dem Weg und lass uns durch, wenn du irgendeine von ihnen lebend wiedersehen willst!»

Um seine Drohung zu unterstreichen, hielt er George mit beiden Händen hoch. «Da ist dein Großvater, Junge. Sprich mit ihm, sag ihm, dass du noch lebst.» Er pikste Georges Arm mit seinem Dolch an und Sarah sah, wie Blut durch die zarte Haut quoll.

«Großpapa!», schrie George aus Leibeskräften. «Ein furchtbarer Mann hält mich fest und tut mir weh!»

«Bei Gott, Guy, wenn du diesem Kind auch nur ein Haar krümmst, werde ich dich mit bloßen Händen erwürgen», rief Tom in hilflosem Zorn.

«Hörst du, wie das kleine Ferkel quietscht?», rief Guy. «Werft eure Waffen weg und zeigt euch, oder ich schicke dir die Eingeweide deines Enkels auf einem silbernen Tablett.»

Sarah zog die Pistole aus ihrem Mantel und spannte den Hahn durch. Sie streckte den Arm aus und drückte Guy die Mündung ins Kreuz, dort, wo die Nieren sitzen. Sie feuerte. Guys Kleider und Fleisch dämpften den Knall. Die Kugel zerschmetterte Guys Wirbelsäule und er zuckte zusammen. Sein Griff löste sich und George fiel aus seinen erhobenen Händen.

«Jetzt, Louisa!», schrie Sarah.

Doch Louisa brauchte keine Aufforderung. Sie beugte sich aus dem Sattel und fing George in vollem Flug. Sie drückte ihn an ihren Busen und stieß Trueheart die Fersen in die Rippen. «Ha!», schrie sie der Stute ins Ohr, «lauf, Trueheart, lauf!»

Trueheart preschte vor. Einer der Araber versuchte Louisa zu packen, doch sie leerte die zweite Pistole in sein bärtiges Gesicht und er fiel rückwärts aus dem Sattel. Verity schwenkte hinter Trueheart ein, um George vor den Musketenkugeln abzuschirmen, die die Eskorte abfeuerte. Sie kam gerade noch rechtzeitig, denn einer der Araber riss seine Büchse hoch und das lange Mündungsfeuer erhellte die Nacht. Sarah hörte, wie die Kugel auf Fleisch traf. Veritys Pferd brach zusammen und Verity flog über den Kopf des Tieres.

Sarah sprengte voran. Im selben Augenblick fiel Guy hintüber und rutschte schlaff aus dem Sattel. Ihr Pferd versuchte, über ihn hinwegzuspringen, doch eines der Hufeisen traf Guys Stirn und sie hörte seinen Schädel brechen wie dickes Eis. Das Pferd fand sein Gleichgewicht wieder und Sarah steuerte es auf Verity zu, die gerade wieder auf die Beine kam. «Ich komme, Verity!», rief sie ihr zu und streckte den Arm nach ihr aus. Sarah hakte sich bei ihr ein und sie stürmten weiter. Keine der beiden Frauen hatte die Kraft, Verity aufs Pferd zu heben, doch sie konnte sich an den Hals der Stute klammern, während sie Trueheart zur Furt hinunter folgten.

«Tom!», schrie Sarah. «Schieß nicht, wir kommen!»

Die übrigen Araber hatten inzwischen ihre Sinne beisammen und jagten in enger Formation hinter Sarah her, doch dann donnerte eine Musketensalve vom Ufer des Flusses, wo Smallboy und Toms andere Männer lagen. Drei Pferde gingen kreischend zu Boden und die anderen Araber machten kehrt und suchten hinter den Wagen Schutz.

Tom sprang von dem Uferdamm und als Sarah ihr Pferd zügelte, packte er sie und Verity und zog sie in Sicherheit.

«Louisa!», keuchte Sarah. «Du musst Louisa und George einholen.»

«Niemand kann Louisa einholen, wenn Trueheart einmal in Schwung ist. Die beiden sind sicher dort draußen, solange wir die Araber hier in Schach halten.» Er umarmte Sarah.

«Mein Gott, bin ich froh, dich zu sehen, Frau.»

Sarah stieß ihn weg. «Für solchen Unsinn haben wir später noch genug Zeit, Tom Courtney. Wir sind hier noch nicht fertig.»

«Wie Recht du hast!»

Tom stieg wieder das Ufer hinauf und rief zu den Wagen hinüber: «Guy, kannst du mich hören?»

«Er ist tot, Tom», sagte Sarah, «ich habe ihn erschossen.»

«Du bist mir also zuvorgekommen», sagte Tom grimmig. «Ich hatte mich so darauf gefreut, es selbst zu tun.» Er bemerkte plötzlich, dass Verity neben ihm stand. «Es tut mir Leid, mein Kind. Ich weiß, er war dein Vater.»

«Wenn ich eine Pistole gehabt hätte, hätte ich ihn selbst erschossen», sagte Verity ruhig. «Als er anfing, Georgie zu foltern ... nein, Onkel Tom, er hat es verdient. Er musste sterben.»

«Du bist ein tapferes Mädchen, Verity.» Er nahm sie in die Arme.

«Wir Courtneys haben eine dicke Haut», sagte sie und erwiderte seine Umarmung. Tom lachte leise und ließ sie los.

«Und jetzt wäre ich dir sehr verbunden, wenn du mit diesen Arabern reden könntest, die sich hinter den Wagen verstecken. Sag ihnen, wir werden ihnen nichts tun. Sie haben freies Geleit zur Küste, vorausgesetzt sie geben die Wagen wieder her. Sag ihnen, ich habe hundert Mann bei mir, was natürlich gelogen ist, aber wenn sie sich nicht ergeben, werden wir sie bis auf den letzten Mann niedermachen.»

Verity rief es auf Arabisch in die Nacht. Für eine Weile schienen die Feinde dann ihren Vorschlag zu besprechen. Sie konnte die erregten Stimmen hören und schnappte einzelne Worte auf. Manche meinten, der Effendi sei tot und es gäbe keinen Grund mehr, weiterzukämpfen. Andere redeten von dem vielen Gold und was Zayn al-Din mit ihnen machen würde, wenn sie es aufgäben. Doch dann erinnerte sie einer an den Schlachtlärm, den sie von der Bucht her gehört hatten. «Vielleicht ist Zayn al-Din auch schon tot!»

Guy Courtney lag noch, wo er gefallen war. Nun setzte die Dämmerung ein und bald war es hell genug, dass Verity sein

lebloses Gesicht sehen konnte. Trotz der tapferen Worte, die
sie zuvor gesprochen hatte, musste sie nun den Blick abwenden.

Schließlich rief einer der Araber zu ihnen zurück: «Lasst
uns in Frieden ziehen und wir werden euch unsere Waffen
aushändigen und die Wagen übergeben.»

J IM UND MANSUR GALOPPIERTEN
durch die Nacht. Die meiste Zeit sprachen sie keinen Ton,
sondern hingen ihren Gedanken nach, und diese Gedanken
waren finsterer als die Nacht. Wenn sie etwas sagten, waren es
meist nur abgehackte Worte und kurze Sätze, ohne sich
gegenseitig anzuschauen, den Blick starr nach vorne.

«Keine sechs Meilen mehr bis zum Lager», keuchte Jim, als
sie zu einem steilen Hügel kamen. Er erkannte den hohen
Baum, der sich vor dem Himmel abzeichnete. «In einer
Stunde sind wir da.»

«Bitte, Gott!», sagte Mansur, als sie auf den Kamm ritten und
vorausschauten. Vor ihnen wand sich der Fluss durch die tiefe
Schlucht. Und dann berührten die ersten Sonnenstrahlen die
Wolkenbäuche und erleuchteten das Tal mit dramatischer
Plötzlichkeit. Beide sahen die Staubwolke im selben Augen-
blick.

«Ein Reiter im Galopp», sagte Jim.

«Das kann nur ein Bote sein, in diesem Tempo», sagte
Mansur leise. «Lass uns hoffen, er bringt gute Nachrichten.»

Sie zogen ihre Teleskope aus den Köchern und waren für einen Moment sprachlos, als sie erkannten, wer da auf sie zugeprescht kam.

«Trueheart!», rief Jim.

«Im Namen Gottes! Und sie hat Louisa auf dem Rücken!
Sie hält etwas in ihren Armen. Es ist Georgie!»

Jim verschwendete keine Sekunde mehr. Er band sein Ersatzpferd los und schrie Drumfire ins Ohr: «Lauf, was du
kannst!»

George sah sie kommen und zappelte in Louisas Armen wie ein Fisch. «Papa!», schrie er. «Papa!»

«Wo ist Verity? Ist sie in Sicherheit?», fragte Mansur.

«Sie sind alle an der Furt. Verity ist bei Tom und Sarah.»

«Gott möge dich lieben, Louisa.» Mansur preschte weiter und ließ die drei zurück. Louisa und Jim lagen sich in den Armen, weinend vor Glück, und George zog mit beiden Händen an Jims Bart.

Sᴵᴱ ɢʀᴜʙᴇɴ ᴇɪɴ ɢʀᴀʙ für Guy Courtney neben dem Wagenpfad und wickelten den Leichnam in eine Decke, bevor sie ihn in die Grube abließen.

«Er war ein niederträchtiger Bastard», brummte Tom in Sarahs Ohr. «Er hätte verdient, dass wir ihn den Hyänen überlassen – aber er war mein Bruder.»

«Und ich habe ihn getötet. Damit werde ich wohl leben müssen.»

«Mach dir nicht zu viele Gedanken darüber. Dich trifft keine Schuld», sagte Tom leise. Sie schauten zu Verity und Mansur hinüber, die Hand in Hand auf der anderen Seite des offenen Grabes standen.

«Wir haben nichts falsch gemacht», sagte Sarah.

«Nein, und dennoch … Lass uns hier fertig werden und nach Fort Auspice zurückkehren. Dorian ist verwundet. Er mag jetzt vielleicht ein König sein, aber er braucht uns immer noch.»

Sie überließen es Zama und Muntu, das Grab aufzufüllen und mit Steinen zu bedecken, damit die Hyänen den Leichnam nicht ausgruben. Dann gingen sie mit Mansur und Verity den Hügel hinab zu der Stelle, wo Smallboy die beiden Wagen voll Gold eingespannt hatte.

Jim und Louisa warteten bei den Wagen. Sie hatten sich geweigert, an dem Begräbnis teilzunehmen. «Nicht nach dem, was er Louisa und Georgie angetan hat», hatte Jim gesagt, als Tom ihn einlud. Jetzt warf Jim seinem Vater einen fragenden Blick zu und Tom nickte. «Es ist erledigt.»

Sie saßen auf und lenkten die Pferde auf Fort Auspice zu.

Sɪᴇ ʙʀᴀᴜᴄʜᴛᴇɴ ᴍᴇʜʀᴇʀᴇ Wᴏᴄʜᴇɴ, die gestrandete *Sufi* zu reparieren und wieder zu Wasser zu lassen. Rahmad und seine Mannschaft brachten sie auf die Mitte der Bucht, wo sie nun ankerte. Die Frachtdauen waren schon auslaufbereit für die lange Reise nach Maskat, die Laderäume voll gepackt mit Elfenbein.

Dorian stützte sich schwer auf Toms Schulter, als sie zusammen den Strand hinuntergingen. Die Wunde, die Zayn al-Din ihm zugefügt hatte, war noch nicht ganz verheilt und Sarah hielt sich dicht neben ihrem königlichen Patienten. Als sie alle im Langboot saßen, ruderten Jim und Mansur sie zur *Arcturus* hinaus. Verity, Louisa und George, der zwitschernd auf Louisas Hüfte saß, warteten schon an Bord. Verity hatte das Abschiedsmahl auf einem großen Tisch auf dem Achterdeck ausgebreitet. So lachten und aßen und tranken sie ein letztes Mal zusammen. Doch Ruby Cornish behielt schon die Flut im Auge. Schließlich erhob er sich und sagte bedauernd: «Vergebt mir, Majestät, aber die Flut und der Wind stehen jetzt günstig.»

«Gib uns einen letzten Trinkspruch, Bruder Tom», rief Dorian.

Tom stand auf, schon etwas wacklig auf den Beinen. «Auf eine schnelle und sichere Reise. Und auf ein baldiges Wiedersehen.»

Sie prosteten einander zu und umarmten sich. Dann begaben sich die, die in Fort Auspice bleiben würden, in das Langboot und fuhren zum Strand zurück. Von dort aus sahen sie zu, wie die *Arcturus* ihren Anker lichtete. Dorian stand an der Reling, gestützt von Verity und Mansur. Plötzlich begann er zu singen. Seine Stimme war so kräftig und schön wie eh und je:

‹*Farewell and adieu to you, fair Spanish ladies,*
Farewell and adieu to you, ladies of Spain,
For we've received orders to sail for old England,
But we hope in a short time to see you again.›

Die *Arcturus* führte die Flotte aus der Bucht und als das Festland nur noch eine dünne blaue Linie am Horizont war, kam Ruby Cornish zur Luvreling, wo Dorian saß. «Majestät, wir sind auf hoher See.»

«Danke, Captain Cornish. Könnten Sie nun so gut sein, das Schiff auf Kurs nach Maskat zu bringen? Dort gibt es Einiges zu tun.»

D IE WAGEN WAREN BELADEN und Smallboy und Muntu brachten die Ochsen von den Weiden und spannten sie ein. «Wo geht es hin?», fragte Sarah.

Louisa zuckte die Schulter. «Da musst du Jim fragen, Mutter.»

Die beiden Frauen schauten ihn an und er lachte. «Zum nächsten blauen Horizont», antwortete er, während er sich George auf eine Schulter setzte. «Doch keine Angst, wir werden bald zurück sein, und die Wagen werden unter dem Gewicht des Elfenbeins und der Diamanten ächzen, die wir dann mitbringen werden.»

Tom und Sarah standen an der Brüstung von Fort Auspice und blickten dem Wagenkonvoi nach, der sich in die Hügel des Hinterlands wand. Jim und Louisa ritten im Vortrab, dicht gefolgt von Bakkat und Zama. Intepe und Letee gingen mit ihren Kindern neben dem ersten Wagen her. Auf dem Hügelkamm drehte sich Jim noch einmal um und winkte seinen Eltern zu. Sarah riss sich die Haube vom Kopf und winkte wie verrückt, bis sie über den Kamm verschwunden waren.

«Nun, Thomas Courtney, jetzt sind wir wieder allein, du und ich», sagte sie leise.

«Ach, das ist mir ganz lieb so, weißt du das?» Er legte ihr einen Arm um die Taille.

J IMS AUGEN GLÄNZTEN. Er schaute in die Ferne. George saß auf seinen Schultern und rief: «Hüh, Pferdchen, hüh!»

«Ich glaube, wir haben ein Ungeheuer in die Welt gesetzt, mein Igelchen», sagte Jim.

Louisa lehnte sich zu ihm hinüber und lächelte geheimnisvoll. «Ich hoffe, mit unserem nächsten Versuch haben wir mehr Glück.»

Jim blieb wie angewurzelt stehen und starrte sie an. «Nein, das ist nicht wahr! Wirklich?»

«Oh ja, es ist wahr», entgegnete sie.

«Warum hast du mir das nicht früher erzählt?»

«Weil du mich dann vielleicht zurückgelassen hättest.»

«Niemals!», rief er und umarmte sie voller Leidenschaft. «Niemals!»